2009 年注册会计师全国统一考试辅导用书

2009 年注册会计师考试
考点扫描及练习题库
经济法

总策划　北大东奥

组　编　东奥会计在线

编　著　孙艺军

北京大学出版社
PEKING UNIVERSITY PRESS

图书在版编目(CIP)数据

2009 年注册会计师考试考点扫描及练习题库·经济法/孙艺军编著.—北京:北京大学出版社,2009.4

(轻松过关)

2009 年注册会计师全国统一考试辅导用书

ISBN 978-7-301-15032-0

Ⅰ.2… Ⅱ.孙… Ⅲ.经济法－中国－会计师－资格考核－自学参考资料 Ⅳ.F23

中国版本图书馆 CIP 数据核字(2009)第 042582 号

本书正版具有以下标识,请认真识别:1. 扉页附有"东奥会计在线"学习卡一张;2. 内文局部铺有带灰网的图案。凡无以上标识即为盗版。盗版书刊因错漏百出、印制粗糙,对读者会造成知识上的误导,希望广大读者不要购买。

盗版举报电话:(010)62115588

书　　　　名:	2009 年注册会计师考试考点扫描及练习题库·经济法
著作责任者:	孙艺军　编著
责 任 编 辑:	靳兴涛　陈莉
标 准 书 号:	ISBN 978-7-301-15032-0/F·2146
出 版 发 行:	北京大学出版社
地　　　　址:	北京市海淀区成府路 205 号　100871
网　　　　址:	http://www.pup.cn
电 子 信 箱:	pw@pup.pku.edu.cn
电　　　　话:	东奥会计在线客服中心 010-62115588,400-628-5588(24 小时热线)
印 刷 者:	保定市中画美凯印刷有限公司
经 销 者:	新华书店

787 毫米×1092 毫米　B5 开本　30.625 印张　567 千字

2009 年 4 月第 1 版　2009 年 4 月第 1 次印刷

定　　　　价: 44.00 元

09年注册会计师考试特色班

选择理由：东奥根据学员需求设定合理班次，根据学员需求量身打造课程，每位名师只讲自己最擅长部分，确保您轻松过关。

主讲老师 / 科目 \ 课程	基础阶段		提高阶段			冲刺阶段				优惠方案
	基础学习班100元40-60课时	强化提高班100元30-40课时	习题精讲班80元10-15课时	专题精讲班80元10-15课时	重难点答疑班80元10-15课时	考前应试技巧班80元3-5课时	冲刺串讲班80元5课时	模考试题精讲班90元3-5课时	考前一周语音串讲100元2-5课时	
会计	张志凤	唐 宁	张志凤	张志凤	唐 宁	张筱冰	张志凤	张志凤	权威专家	基础阶段+提高阶段+冲刺阶段=240元（原价360元）
审计	刘圣妮	范永亮	刘圣妮	刘圣妮	范永亮	范永亮	刘圣妮	刘圣妮	权威专家	
财务成本管理	闫华红	田 明	闫华红	田 明	田 明	田 明	闫华红	闫华红	权威专家	
经济法	郭守杰	王 燕	郭守杰	郭守杰	孙艺军	王 燕	郭守杰	郭守杰	权威专家	
税法	刘 颖	李 文	刘 颖	刘 颖	李 文	李 文	刘 颖	刘 颖	权威专家	
公司战略与风险管理	田 明	祁敬宇	田 明	田 明	祁敬宇	田 明	田 明	田 明	权威专家	

09年注册会计师考试精品班

选择理由：班主任电话沟通，3小时内高效答疑（10：00-15：00），点对点教学，班级真实感，个性化学习指导，小班管理，更多精华练习。

课程名称	主讲老师	辅导班次	辅导价	优惠价
会计	张志凤 / 唐 宁 / 张筱冰	基础学习班 + 强化提高班 + 习题精讲班 + 冲刺串讲班 + 专题精讲班 + 重难点答疑班 + 考前应试技巧班 + 模考试题精讲班 + 考前一周语音串讲	800元/门	600元/门
审计	刘圣妮 / 范永亮		800元/门	600元/门
财务成本管理	闫华红 / 田 明		800元/门	600元/门
经济法	郭守杰 / 孙艺军 / 王 燕		800元/门	600元/门
税法	刘 颖 / 李 文		800元/门	600元/门
公司战略与风险管理	田 明 / 祁敬宇		800元/门	600元/门

09年注册税务师考试辅导班

课程名称	主讲老师	基础学习班（40-60课时）	习题精讲班（10-15课时）	冲刺串讲班（3-5课时）	套餐优惠方案
税法(一)	刘 颖	100元/门	80元/门	80元/门	
税法(二)	李 文	100元/门	80元/门	80元/门	套餐A：基础学习班+习题精讲班+冲刺串讲班=200元/门
财务与会计	张志凤闫华红	100元/门	80元/门	80元/门	套餐B：基础学习班+习题精讲班=150元/门 套餐C：基础学习班+冲刺串讲班=150元/门
税收相关法律	王 燕	100元/门	80元/门	80元/门	套餐D：习题精讲班+冲刺串讲班=120元/门
税务代理实务	许 明	100元/门	80元/门	80元/门	

2009年注册会计师全国统一考试辅导教材最佳配套辅导

注册会计师全国统一考试是目前国内难度最大的考试之一，大多数考生一般要经过三个阶段的复习。

第一阶段是基础阶段：全面复习、夯实基础。

第二阶段是提高阶段：综合提高、融会贯通。

注会考试的难度主要体现在命题的综合性、灵活性和跨章节考点的结合，这是大多数考生在复习过程中面临的最大挑战。

第三阶段是冲刺阶段：迅速收网、考前冲刺。

为配合考生各阶段的复习，"东奥会计在线"（www.dongao.com）携顶级名师，倾心解读2009注会新教材，总结考试复习新规律，倾力打造2009版系丛书，必将成为您顺利通过考试的得力助手。

"6+1" 对于选择新考试制度的考生：

基础阶段 按照教材的章节顺序，看懂教材每一个自然段、看透教材每一个考点，通过做大量的习题，全面、深入、准确地理解教材内容。

轻松过关系列之一：《2009年注会考试基础阶段应试指导及全真模拟测试》

体例一直被模仿 质量从未被超越：
在同类辅导书中连续11年销量遥遥领先，被30省报名组织部门和众多社会办学机构选作培训教材，是注册会计师考试指定教材的最佳配套辅导。

提炼新教材精要 把握考试新变化：
顶级名师十几年的一线辅导经验，精益求精的写作态度使得本套丛书精准把握教材新内容，精挑细选典型例题、历年考题、强化练习题使您获得实战体验，熟知考试规律，确保"轻松过关"。

代号	书名	作者	定价	邮资	预计出版时间
S06	会计	张志凤	46元	1.5	4月中旬
S07	审计	刘圣妮	45元	1.5	4月中旬
S08	财务成本管理	闫华红	48元	1.5	4月中旬
S09	经济法	郭守杰	40元	1.5	4月中旬
S10	税法	刘颖	40元	1.5	4月中旬
S11	公司战略与风险管理	田明	32元	1.5	4月中旬

轻松过关系列之二：《2009年注册会计师考试考点扫描及练习题库》

扫描新考点 提升考试通过率：
针对2009年可能出现的考点突出讲解，并结合经典例题进行归纳总结。关注新教材变化，分析命题思路。把握考试内容，预测考试方向。

题库题量充足 难度接近真题：
通过做大量习题帮助考生熟知试题题型，领悟解题思路、掌握解题技巧、提高解题效率、增强备考信心。

代号	书名	作者	定价	邮资	预计出版时间
S12	会计	唐宁	40元	1.5	4月中旬
S13	审计	范永亮	48元	1.5	4月中旬
S14	财务成本管理	田明	48元	1.5	4月中旬
S15	经济法	孙艺军	44元	1.5	4月中旬
S16	税法	李文	32元	1.5	4月中旬
S17	公司战略与风险管理	祁敬宇	28元	1.5	4月中旬

轻松过关系列之三：《2009年注册会计师考试考点荟萃及记忆锦囊》

设计小巧，方便携带：
便于考生充分利用零碎时间进行反复记忆；浓缩了新教材最精华的重点内容，结合教材变化预测命题方法、命题思路、使考生对知识点的重要程度及考试类型一目了然。

在理解的基础上轻松记忆：
形式新颖、层次分明、形式活泼、以通俗易懂的方法对重难点进行了讲解、归纳、总结。

代号	书名	作者	定价	邮资	预计出版时间
S18	会计	上官颖林 彭功军	12元	1.5	4月下旬
S19	审计	周春利	12元	1.5	4月下旬
S20	财务成本管理	祖新哲	12元	1.5	4月下旬
S21	经济法	王锦 李伟	12元	1.5	4月下旬
S22	税法	葛艳军 蔡广场	12元	1.5	4月下旬
S23	公司战略与风险管理	周春利 祖新哲	12元	1.5	4月下旬

轻松过关系列之五：《2009年注册会计师考试课堂笔记及典型例题精析》

名师的讲稿 教材的精华：
将顶级名师在授课时的讲稿全部呈现、把厚厚的教材提炼浓缩为精华。

便于自学 无师自通：
模拟真实课堂情境，一个考点、一段分析讲解、几个典型例题，让考生对每个考点都做到准确理解、灵活运用。与网上辅导课程配套使用，效果更佳。

代号	书名	作者	定价	邮资	预计出版时间
S30	会计	张志凤	32元	1.5	4月上旬
S31	审计	刘圣妮	30元	1.5	4月上旬
S32	财务成本管理	闫华红	30元	1.5	4月上旬
S33	经济法	郭守杰	32元	1.5	4月上旬
S34	税法	刘颖	30元	1.5	4月上旬
S35	公司战略与风险管理	田明	30元	1.5	4月上旬

提高阶段 站在一个更高的视角，站在整个教材的角度，灵活运用相关考点，看懂每一个综合题的命题思路，看透综合题的每一个进攻点，真正达到CPA考试的难度要求。大多数考生已经认识到第二阶段复习的重要性，但苦于找不到真正适合第二阶段复习的有针对性的复习资料。

轻松过关系列之六：《2009年注会考试提高阶段应试指导及全真模拟测试》

依据新大纲 帮您提炼分析归纳总结：
严格依据即将公布的2009年考试大纲，2009年考试题型，对2009年新版教材中最重要的知识点，易混淆的相关考点，可能出主观题的考点进行提炼、分析、归纳、总结。

掌握命题规律 助您融会贯通综合提高：
帮助考生尽快适应新教材、新大纲、新考试题型，掌握命题的综合性、灵活性和各个章节考点的结合，真正做到融会贯通、综合提高。

代号	书名	作者	定价	邮资	预计出版时间
S37	会计	张志凤	28元	1.5	5月中旬
S38	审计	刘圣妮	28元	1.5	5月中旬
S39	财务成本管理	闫华红	28元	1.5	5月中旬
S40	经济法	郭守杰	28元	1.5	5月中旬
S41	税法	刘颖	28元	1.5	5月中旬
S42	公司战略与风险管理	田明	28元	1.5	5月中旬

冲刺阶段 迅速收网 考前冲刺

轻松过关系列之四：《2009年注册会计师考试考前最后六套题》

涵盖了教材中最重要的知识点，最有可能出现在2009年试题中的考点；

让考生熟悉如何合理分配时间、如何审题，迅速进入备考状态，检验复习效果，为即将到来的考试提前热身。

代号	书名	作者	定价	邮资	预计出版时间
S24	会计	张志凤 唐宁	15元	1.5	5月中旬
S25	审计	刘圣妮 范永亮	15元	1.5	5月中旬
S26	财务成本管理	闫华红 田明	15元	1.5	5月中旬
S27	经济法	郭守杰 孙艺军 王燕	15元	1.5	5月中旬
S28	税法	刘颖 李文	15元	1.5	5月中旬
S29	公司战略与风险管理	田明 祁敬宇	15元	1.5	5月中旬

"原制度五门" 对于选择原考试制度的考生：

轻松过关系列之一：《2009年注册会计师考试应试指导及全真模拟测试》

教材不变 东奥辅导书变：
本书编者依据对2009年命题方向的分析，围绕政策法规和考试制度的最新变化，对教材内容进行了重新梳理讲解，调改了大量典型的、有针对性的习题，直击考点，增加通过考试的几率。

降低学习难度 提高考试通过率：
对考生不容易理解、易模糊或需要前后贯穿的考点进行了深入浅出地讲解分析；准确把握考

代号	书名	作者	定价	邮资	预计出版时间
S01	会计	张志凤	45元	1.5	3月下旬
S02	审计	刘圣妮	38元	1.5	3月下旬
S03	财务成本管理	闫华红	44元	1.5	3月下旬
S04	经济法	郭守杰	38元	1.5	3月下旬
S05	税法	刘颖	38元	1.5	3月下旬

试方向，精挑细选典型例题、历年考题、强化练习题、模拟试题以提高考生的应试能力。依据命题的新趋势，重新编排内容，提炼重点、难点、考点，详尽分析，透彻讲解，详略更加得当，针对性更强。

敬 告 读 者

注册会计师全国统一考试是目前国内难度最大的考试之一,大多数考生一般要经过三个阶段的复习。

●第一阶段是基础阶段:全面复习、夯实基础。在基础班学习,通过做大量习题,全面、深入、准确地理解教材内容。建议考生在 7 月 20 日之前完成第一阶段的复习。

●第二阶段是提高阶段:综合提高、融会贯通。CPA 考试的难度主要体现在命题的综合性、灵活性和跨章节考点的结合,这是大多数考生在复习过程中面临的最大挑战。

●第三阶段是冲刺阶段:迅速收网、考前冲刺。

为配合考生基础阶段的复习,"东奥会计在线"(www.dongao.com)提供了 40 ~ 60 小时的基础班和 30 ~ 40 小时的强化班(基础班讲义的 WORD 版本即轻松过关 5"课堂笔记及典型例题精析"),及 2009 年注会考试基础阶段"应试指导及全真模拟测试"(轻松过关 1)、"考点扫描及练习题库"(轻松过关 2)等丛书。

为配合考生提高阶段的复习,"东奥会计在线"(www.dongao.com)提供了 10 ~ 15 小时的专题精讲班、习题精讲班和重难点答疑班。目前,大多数考生已经认识到提高阶段复习的重要性,但苦于找不到真正适合提高阶段复习的有针对性的复习资料。为此,东奥会计在线组织张志凤、刘圣妮、闫华红、郭守杰、刘颖、田明六位名师,精心编写了 2009 年注会考试提高阶段"应试指导及全真模拟测试"(轻松过关 6)。该书将严格依据即将公布的 2009 年考试大纲、考试时间和题型题量,对 2009 年新教材中最重要的知识点进行提炼,对 2009 年新教材中类似的、容易混淆的相关知识点进行归纳,对 2009 年新教材中有可能出主观题的考点进行总结,帮助考生尽快适应新教材、新考试大纲、新考试时间、新考试题型,真正做到融会贯通、综合提高。该套丛书预计 2009 年 5 月出版,每科定价 28 元,您可以通过"东奥会计在线"(www.dongao.com)邮购或到全国各大书店直接购买。

为配合考生冲刺阶段的复习,东奥会计在线提供了 5 个小时左右的冲刺串讲班、3 个小时左右的考前应试技巧班和模考试题精讲班,以及 2009 年注会考试冲刺阶段"考前最后六套题"(轻松过关 4)。

本书编委会
2009 年 4 月

超 值 回 报

　　由北大东奥总策划、东奥会计在线组织编写的"轻松过关"系列丛书自出版以来,深受广大考生欢迎,但同时也被大量盗版。盗版书刊印制粗劣、错漏百出,且不能给广大考生提供免费答疑、考前串讲等超值服务,严重损害了版权所有者、编著者及广大考生的合法权益。为防止盗版,我们采取了一系列防伪措施,并对购买正版书的读者给予超值回报。请广大考生认真识别,抵制盗版。

● 正版识别
之一:扉页附有"东奥会计在线"学习卡一张
之二:内文局部铺有带灰色网的图案

● 超值回报
　　凡购买正版"轻松过关"系列之一丛书的考生均可获赠由"东奥会计在线"提供的学习卡一张:
　　1. 此卡具有 10 元面值,凭此卡可直接充抵 10 元学费。
　　2. 凭此卡还可享受"东奥会计在线"提供的以下超值服务:
　　★登录"东奥会计在线"答疑专区可获得免费、专业的 24 小时答疑服务;
　　★赠送由权威专家主讲的考前视频模考试题精讲班(价值 90 元);
　　★赠送由权威专家依据最新考试信息主讲的考前一周语音串讲(价值 100 元)。

● 特别提示:
　　1. 本学习卡为赠卡,不能单独出售;
　　2. 一张随书赠送学习卡只能选择一门课程且不能和其他赠品累加使用;
　　3. 本卡有效期截至 2009 年 9 月 20 日止;
　　4. 若卡遗失或密码涂层被刮开,请及时与经销商调换。

　　详情请登录:http://www.dongao.com

本书编委会
2009 年 4 月

编委会成员名单

（按姓氏笔画先后顺序排列）

马小鸥	王　锦	王晓菲
王佳靓	王　燕	田　明
孙艺军	李　文	李孙珊
张小燕	祁敬宇	范永亮
陈丽丽	陈　娇	周春利
祖新哲	唐　宁	上官颖林
彭功军	靳兴涛	葛艳军
谭志军	魏永红	

前　言

在 2009 年注册会计师考试制度发生重大变化的时刻,我们对考生建议如下:

相信名师的力量。 名师之所以成为名师,是基于对行业的深厚积累、对专业的融会贯通。正因为此,他们对行业的变化能够作到敏锐感知和深刻理解。北大东奥拥有张志凤、刘圣妮、闫华红、郭守杰、刘颖、唐宁、范永亮、田明、孙艺军、王燕、李文等国内顶尖名师组成的师资队伍独家授课,每位名师均有 10 年以上注册会计师考试辅导经验,熟知命题变化规律,是各科次独一无二的领军人物。

相信品牌的力量。 北大东奥在注册会计师考试辅导领域拥有的品牌,是积 11 年艰辛努力锻造而成,是广大考生用无声的投票给予我们的认可,是我们无比珍视的宝贵财富。由北大东奥总策划、"东奥会计在线"(www. dongao.com)组织编写的"轻松过关"系列丛书,11 年来始终得到广大考生高度认同,发行量稳居市场第一,被众多培训机构和各省报名组织部门推荐为指定教材的最佳配套辅导。

相信理念的力量。 "轻松过关",是基于对广大考生参加注册会计师考试之艰辛不易的深切理解,同时也是我们不懈追求的务实理念。注会考试虽然艰难,但也有规律可循。我们追踪 11 年考生备考复习规律,围绕教材重点、难点、考点进行全面透彻的解析,辅以大量典型例题,帮助考生加深理解、强化记忆;我们追踪 11 年考试命题变化规律,有针对性地提供精心编写的经典习题,难度接近真题,便于考生熟悉考试规律、获得实战体验,确保"轻松过关"。

相信创新的力量。 本书编委会组织强大名师团队,依据 2009 年最新考试大纲和教材变化,围绕政策法规调改和考试制度变革,对教材内容进行重新梳理、提炼和精析,帮助考生把握重点、难点,直击考点,提高备考效率,把握考试内容,预测考试方向,增加通过考试的几率。

同时我们提请新考生特别关注:

书网结合,助您轻松过关。 读最优秀老师写的书,同时进入网上课堂,把同一批名师请回家,接受名师面对面的辅导,对照教材、辅导用书和网络课件,综合使用读、写、听、看的方式交叉复习,可以增强您通过考试的把握。

"特色班",确保轻松过关。 2009 年,东奥会计在线基于行业独步的强大名师阵容,特别打造"特色班"。结合每位名师的特点,进行优质高效的组合,名师只讲自己最擅长的、把握最精准的内容,节省学员宝贵时间,提高备考效率。

超值服务,伴您轻松过关。 对于购买正版"轻松过关"系列丛书的考生,将免费获得如下超值服务:(详情请登录 www. dongao. com)

1. 免费获赠"东奥会计在线"10元面值学习卡一张,此卡可直接充抵学费;

2. 免费获得针对本书内容的答疑服务,您提交到答疑板上的问题将在 24 小时内得到满意答复;

3. 免费获赠由权威专家主讲的考前视频模考试题精讲班;

4. 免费获赠由权威专家依据最新考试信息主讲的考前一周语音串讲;

5. 我们将不定期组织顶级名师与广大学员进行实时音视频交流,由专家对学员提出的问题集中进行解答;

6. 我们将定期出版电子读物"学习周刊",汇聚复习资料、考试攻略和重要考试资讯;

7. 2009 年考试大纲公布后,我们会依据最新大纲对本书进行修订并第一时间发布在"东奥会计在线"的首页上;

8. 2009 年考试题型公布后,我们将在第一时间发布在"东奥会计在线"的首页上;

9. 考前一周左右,我们将在"东奥会计在线"的首页上向考生提供"考前复习建议及考试注意事项";

10. 考试后,我们将在第一时间组织各主讲老师在论坛上和考生交流考试情况;

11. 考试后,我们将随时公布各地的查分信息。

限于时间和水平,本书难免存在一些缺点和错误,敬请广大考生批评、指正。最后,预祝所有考生都能顺利过关!

本书编委会

2009 年 4 月

目录

第三部分　提高篇

第四部分　实战演习篇

第一部分

命题趋势预测及解题思路点拨

命题趋势预测及解题思路点拨

一、本学科近 3 年考点归纳

表一　　　　　　　　　　近 3 年考试试卷中，各章节分值及主要知识点分布情况列表

年度	分值在 3 分以下的章节	分值在 3～5 分的章节	分值在 5～10 分的章节	分值在 10 分以上的章节
2006	第七章	第一章	第二章	第四章
	第十一章	第三章	第六章	第五章
		第十章	第九章	
		第十二章	第十三章	
		第十五章	第十四章	
2007	第一章	第七章	第四章	第二章
	第十一章	第三章	第十三章	第六章
	第十五章	第十二章	第九章	第五章
		第十四章	第十章	
2008	第一章	第十二章	第二章	第八章
	第七章	第十四章	第三章	第四章
	第十章		第六章	第九章
	第十一章		第五章	
	第十五章		第十三章	

鉴于 2009 年教材变动较大，特别是章节的排列序号进行了重大调整，特作如下说明：

1. 表一（包括表二）中各章的序号按照 2009 年教材排序。

2. 2009 年各章题目、排序与 2008 年对比，发生变化的有：第一章法律基础知识（第一章经济法基础知识）、第二章个人独资企业和合伙企业法律制度（第四章个人独资企业法和合伙企业法）、第三章外商投资企业法律制度（第六章外商投资企业法）、第四章公司法（第五章公司法）、第五章证券法（第八章证券法）、第六章企业破产法（第七章企业破产法）、第七章企业国有资产法律制度（第三章国有资产管理法律制度）、第八章物权法律制度（第二章物权法）、第十四章工业产权法律制度（第十四章知识产权法）、第十五章竞争法律制度（第十五章会计法）。此外，第九章合同法律制度（总则）、第十章合同法律制度（分则）、第十一章外汇管理法律制度、第十二章支付结算法律制度、第十三章票据法律制度，题目与排序没有变化。

3. 第八章物权法是 2008 年教材新增加的内容，因此在上述表格中 2006 年、2007 年的统计中均没有体现。

4. 表一中的第十五章是原教材中会计法的分值，2009 年已经删除，被竞争法律制度替代。

从近 3 年考试卷的分析中可以看到以下情况：（1）在考试卷中占分值比例较大的章节主要集中在第四章（公司法）、第五章（证券法）、第九章（合同法律制度总则）、第十三章（票据法律制度）。（2）2007 年由于指定教材结合新修订的几部法律进行了重大的调整，所以变动较大的几章分值突出，主要是第二章第二节（合伙企业法）、第六章（企业破产法）都出现了综合题。而相对没有变化的重点章第四章公司法非常罕见地没有出现综合题。其他各章的分值与往年相比，基本相当。（3）2008 年指定教材中增加了第八章（物权法律制度），因此，该章也成为考试的重点章，分值高达 20 分。（4）第十章（合同法律制度分则）、第十四章（知识产权法律制度）、第十二章（支付结算法律制度）是分值较高的几章，有出现综合题的可能性（见表二）；而第一章（法律基础知识）、第七章（企业国有资产法律制度）、第十章（外汇管理法律制度）、第十五章（会计法）则分值相对较小，因此，一般出现客观题。

表二 近三年考试试卷中，主观题主要考查的章节和知识点列表

年度	主要章节	综合题涉及知识点
2006	第四章	（1）有限责任公司的出资方式、比例及期限；（2）公司法定代表人；（3）有限责任公司章程自治（股东利润分配、表决权）
	第五章	（1）公司债券发行的主体、条件；（2）公司债券的期限、用途；（3）证券发行程序（承销团承销、承销期、对承销商的限制）
	第九章	（1）不安抗辩权；（2）保证方式、保证期间；（3）物的担保与保证并存时当事人的担保责任
	第十章	（1）买卖合同标的物风险责任承担；（2）承运人的责任
	第十四章	（1）专利权、商标权、著作权侵权行为界定；（2）著作权的专有使用权
2007	第二章	（1）合伙企业对外代表权的限制；（2）合伙事务执行的决议方法；（3）合伙人质押担保的效力；（4）合伙债务清偿；（5）有限合伙变更为普通合伙
	第五章	（1）增发股票的条件（盈利能力、分配利润、净资产收益率）；（2）增发新股的法律障碍（违规担保、委托理财）；（3）发行价格
	第六章	（1）撤销权；（2）别除权；（3）管理人决定解除合同后的债权申报；（4）抵销权；（5）职工债权的清偿顺序
	第九章	（1）留置权；（2）合同解除（约定解除权）；（3）效力待定的合同
	第十章	（1）买卖合同交付地点的确定；（2）买卖合同的解除
2008	第三章	外国投资者对上市公司进行战略投资的要求
	第四章	（1）有限责任公司的股权转让；（2）股东出资不实的法律责任；（3）股东直接诉讼；（4）股份有限公司董事、监事的股份转让；（5）股份有限公司收购本公司股份的限制
	第五章	（1）股份有限公司董事、监事进行股份转让的限制；（2）为上市公司出具审计报告的人员购买股票的限制
	第八章	（1）不动产物权的登记；（2）建设用地使用权的取得、抵押；（3）地役权的概念、取得及消灭；（4）在建房屋的抵押及抵押物的保全
	第九章	（1）撤销权；（2）代位权；（3）合同抵销；（4）债权转让

从近3年考试试卷的分析中可以看到：（1）指定教材中第四章（公司法）、第五章（证券法）、第九章（合同法律制度总则）基本是每年必考主观题的章节；（2）第二章（个人独资企业和合伙企业法律制度）、第六章（企业破产法）、第十章（合同法律制度分则）、第十四章（原教材知识产权法）是轮换考查的。（3）2008年教材中新增加的第八章（物权法律制度），成为当年出现主观题的重点章。（4）第十三章（票据法律制度）在最近3年的综合题中一直没有出现，但是追溯此前的综合试题，该章也经常出现。

二、本学科近年命题规律总结及趋势预测

（一）2009年教材的主要变化

2009年的经济法指定教材在上一年大幅调整的基础上，再次进行重大调整，除对全书各章题目及排序进行调整（见表一下方说明）外，各章具体主要变化情况如下：

1. 变化重大的章节

（1）第七章企业国有资产法律制度。本章集中变化的部分有，第一节企业国有资产法律制度概述，基本是重新编写的；第五节企业国有产权转让法律制度中增加了企业国有产权向管理层转让的问题；第六节国有企业清产核资法律制度是新增加的内容。此外，其他部分也有零星的修改、补充。

（2）第十一章外汇管理法律制度。本章各节内容结合新的外汇管理法律制度的变化，基本进行了全新的编写。

（3）第十五章竞争法律制度。2009年教材以竞争法取代了会计法。该章第二节反不正当竞争法律制度是从第十四章调整而来，并在原有基础上进行了结构调整，适当增加了一些新内容；第二节反垄断法律制度教材中增加的全新内容。

2. 变化较大的章节

（1）第一章法律基础知识。第一节法律的一般理论中增加了关于法系、法律关系变动的原因—法律事实等内容，第五节民事诉讼与仲裁制度中增加

了民事诉讼的基本制度、仲裁的基本制度等内容。此外，将第九章合同法律制度（总则）中无效合同与可撤销合同的内容合并到本章的第二节无效民事行为中一并介绍。总之，第一章内容变化的特点是理论性更强，细化了某些知识点。

（2）第三章外商投资企业法律制度。第一节外商投资企业概述中增加了第九个问题，即外商投资企业合并与分立。第二节中外合资经营企业法律制度中增加了，中外合资经营企业的协议、合同和章程，在经营管理问题中增加了引进技术管理和场地使用权及其费用管理的内容。第三节中外合作经营企业中，就合作企业的组织机构内容进行了修改。第四节外资企业法律制度中，在外资企业的经营管理问题中增加了用地及费用管理内容。

（3）第四章公司法。第一节基本上重新进行了编写。第三节有限责任公司和第四节股份有限公司主要进行了结构调整。第五节公司股票和公司债券，在公司股票的一般理论中增加了股票的种类、股票的转让的方式等内容。并将原教材中第五节股份有限公司的股份发行和转让中，股票转让的限制调整至本节。删除了原教材中第六节公司董事、监事、高级管理人的资格和义务，将该部分内容调整至第三节有限责任公司。第八节公司解散和清算中，在清算原因、清算组及其组成中增加了司法解释，在公司清算问题中增加了公司在清算期间的行为限制等内容。

（4）第五章证券法。2009年教材将本章涉及的三大类证券，即股票、公司债券和证券投资基金的发行与交易，分别放在二、三、四节中介绍，打破了原教材中将三类证券的发行集中在一节，交易集中在一节编写的体例。第二节股票的发行与交易中，增加了股票公开发行的方式，在上市公司增发股票中增加了发行对象和认购条件、非公开发行股票的程序等内容。第三节公司债券的发行与交易中，对公司债券发行的条件进行过了修改。第四节证券投资基金的发行与交易中，增加了证券投资基金的法律关系问题。将禁止的交易行为独立编为一节，即第六节。

（5）第六章企业破产法。本章进行了较大的结构性调整，将原来债务人财产与管理人制度一节的内容，分别独立为第三节管理人制度和第四节债务人财产，并适当增加了一些新内容和相关解释；将破产债权从原来第二节破产申请与受理中独立出来，单独成为一节即第五节，其中特别增加了破产债务人的连带责任保证人的责任问题，并对此作出较为详细的解释。

（6）第八章物权法律制度。第一节物权基本理论主要进行了局部的结构调整，适当增加了一些解释性内容。第三节用益物权制度和第四节担保物权制度中，主要在一些法律规定的解释性内容上进行了调整，增加了浮动抵押制度。

（7）第十四章工业产权法。本章删除了原有教材中著作权法的内容，将反不正当竞争法的内容调整至第十五章，并且将知识产权法更名为工业产权法。就保留的专利法律制度和商标法律制度的内容而言，也零星增加了一些新内容，集中增加的内容有专利权的行使、专利权的转让、侵害专利权案件的处理、商标注册申请的期限、注册商标的变更、注册商标的转让等。此外，变化较大的一些问题有专利的强制实施许可、诉前救济措施与诉讼时效、商标使用管理等。

（8）第十五章竞争法律制度。本章取代了会计法的内容，为全书新增加的一章，其中第二节反不正当竞争法从第十四章调整过来，第三节反垄断法为全新内容。

3. 基本没有变化的章节

（1）第二章个人独资企业和合伙企业法律制度

（2）第九章合同法律制度（总则）

（3）第十章合同法律制度（分则）

（4）第十二章支付结算法律制度

（5）第十三章票据法律制度

总而言之，2009年指定教材无论在体例结构上，还是在内容上都进行了重大的调整。

（二）2009年教材各章内容基本定位

自2006年以来经济法指定教材连续几年发生较大的变化，但是相比之下，2009年指定教材的变化之大，是以往从未有过的。我们结合历年考试各章基本命题情况，以及今年教材的变化情况，对教材中各章在考试中的定位加以分析：

1. 教材中的重点章

所谓重点章，必然是试卷中所占分值较高，一般在10分左右或以上，通常涉及综合题的章节。主要包括：

（1）第四章公司法

纵观历年考试不难发现，本章除2007年没有出现综合题外，几乎每年必考综合题。综合题的命题形式除以本章内容单独命题（如2008年综合试题第1题）外，由于本章与证券法的内容联系紧密，股份有限公司的内容与证券的发行、交易结合命题也是常见的形式（如2008年综合试题第4题）。

（2）第五章证券法

本章是教材中篇幅最多的一章，同时本章内容与注册会计师的执业联系十分紧密，因此是历年考试的重点章。每一年的综合题都会光顾本章，特别是2008年本章综合题与公司法内容结合，所占分值不高，因此2009年以本章内容单独命题的可能性极大，分值也将随之增加。由于最近几年本章内容变化较大，2009年指定教材对本章内容再次进行调整和补充，因此2008年和2009年教材发生主要变化之处，而在2008年的综合题目中没有出现的内容，都将是考生特别关注的部分。

（3）第八章物权法律制度

由于本章是 2008 年教材中新增加的一章，在当年的综合试题中已经独立出现过，因此，2009 年再次独立出现本章的综合试题的可能性不大。但是，由于本章内容与合同法等章节的内容联系紧密，因此，不排除与其他章节结合出现在综合试题中的可能。即使本章不出现综合试题，但由于本章内容在现实经济活动中的重要性，其分值也有可能接近 10 分。

（4）第九章合同法律制度（总则）

由于本章内容辐射面较广，与第六章企业破产法、第八章物权法律制度、第十章合同法律制度（分则）、第十三章票据法律制度等都有联系。因此，本章除了单独考过综合题（如 2008 年综合试题第 2 题）之外，还曾经与上述几章内容结合考过综合题（见第十章考情分析部分）。2009 年本章仍然是综合题的重点目标之一，但是由于去年已经独立命题，且第十章合同法分则内容没有考，因此，今年与合同法分则内容结合出现综合题的可能性较大。

（5）第十三章票据法律制度

本章在历年考试中，也是经常出现综合题的一章。由于 2006 年、2007 年和 2008 年连续三年本章没有考过综合题，因此 2009 年特别提醒考生多加注意。

2．教材中的相对重点章

相对重点章也是次重点章，有出现综合题的可能性。如果出现综合题，分值大约在 10 分左右；如果不考综合题，分值也将在 5 分以上。主要包括：

（1）第二章个人独资企业和合伙企业法律制度

本章虽然不是每年都会出现综合题，但是曾经在 1999 年、2000 年和 2007 年考过综合题。而这几年恰好是本章内容发生变化非常大的年份。就 2009 年教材而言，由于本章内容整体变化不大，因此出现综合题的可能性相对较小。

（2）第三章外商投资企业法律制度

本章最近 10 年间，在 1998 年独立考过综合题，2004 年本章内容与全民所有制企业法（2008 年已删除）有关内容的结合，2008 年本章内容与公司法、证券法内容结合考过综合题。结合 2009 年本章内容变化分析，单独出现综合题的可能性非常小，但本章增加的外商投资企业的合并、分立等内容，与公司法的联系非常紧密，2008 年教材中增加的"外商投资企业投资者股权变更"，"外国投资者对上市公司战略投资"和"外商先行回购投资的审批"等问题，与证券法的联系也非常紧密，因此不排除像去年一样与公司法或证券法的内容结合，出现在综合题中。

（3）第六章企业破产法

本章在最近 10 年间，在 1998 年、2003 年和

2007 年（当年教材中变化最大的一章）考过独立的综合题。2009 年本章内容整体变化不突出，因此出现综合题的可能性基本没有，但是也不排除与其他章的内容结合，如物权法、合同法等内容结合，在综合题中出现本章问题。

（4）第七章企业国有资产法律制度

本章历来不是重点章，最低分值 1 分，只有 2005 年与公司法内容结合考过综合题。但是由于 2009 年教材本章是变化非常突出的一章，篇幅增加、内容更新。其中第一节概述、第五节企业国有产权转让法律制度中的某些内容与公司法、证券法联系紧密，因此，与公司法、证券法内容结合出现在综合试题中的可能性非常大。

（5）第十四章工业产权法律制度

本章曾经在 2003 年、2006 年考过独立的综合题。2009 年本章整体内容减少，删除了著作权法，将反不正当竞争法调整到第十五章，适当增加了一些内容，但对本章内容整体影响不大。因此，无论考试题型还是分值都不可能有大的变化。但是，值得注意的是本章内容与公司法（如知识产权出资）或合同法（如技术合同）结合较为紧密，不排除出现在公司法或合同法综合题中的可能。

3．非重点章

非重点章的题型一般为客观题，或者虽然会与其他章内容结合出现在综合题中，但是总体分值一般在 5 分及以下。主要包括：

（1）第一章法律基础知识

本章以往题型都是客观题，最高分值 5 分，最低分值 2 分。相对而言，本章是在非重点章中重点、难点较多的一章，并且是本学科的基础，因此，考生应重点理解并掌握本章的基础知识，为以后各章的学习打下扎实的基础。由于 2009 年教材内容变化较大，法律行为制度、代理制度以及诉讼时效、诉讼和仲裁制度，都可以与合同法的案例结合命题。

（2）第十章合同法律制度（分则）

2009 年教材在 2008 年教材对本章内容进行结构性调整的基础上基本保持没变。本章除了客观题以外，通常与合同法总则的内容结合考综合题。尽管如此，一般分值也不超过 5 分。不过由于本章出现的综合题内容比较灵活，特别是与总则的内容结合紧密，特别是去年本章没有出现考题，考生不可小视。

（3）第十一章外汇管理法律制度

本章是 2009 年教材中变化相当突出的一章，进行了颠覆性的修改，因此分值可能较之去年略有提高。但是，由于本章内容较少，且受客观题型所限，不会有大的突破。

（4）第十二章支付结算法律制度

本章 2009 年教材基本没有变化。在非重点章中，考点相对丰富，与票据法内容的结合点较多，

也曾与此内容结合考过综合题。

（5）第十五章竞争法律制度

本章是 2009 年教材新增加的一章。但是，由于篇幅不多，应当不是命题的重点章，题型将以客观题为主。

（三）经济法试题的特点

1. 题型多、题量大、覆盖面广

自注册会计师资格考试以来，经济法试卷从开始的六种题型，逐步变化为 2000 年试卷中的四种题型，即单项选择题、多项选择题、判断题和综合题。

历年试题总题量均在 50 题以上，这些题目分布在全书各章的内容中。对此考生应当有足够的心理准备，避免猜题、押题的侥幸心理，一定要全面、认真地掌握教材内容，以便在规定的时间内完成如此大量的考题。

综合题是经济法试题中的主观题。其特点就在于将教材中的多个知识点组合在一道题目中，出现几个法律制度的结合，如将公司法、证券法的问题，组合在一个题目当中，或者将合同法与票据法的内容组合命题等，这样就出现一题多问的形式，最多时一道题可以出现七个问题（如 2007 年试题的综合题的第 3 题），一般的综合题也都有三、四个问题。一道题的分值最高可达到 16 分（如 2004 年试卷中综合题的第 4 题），少则也有 7 分（如 2008 年试卷中综合题的第 1 题）、8 分。

题目覆盖面广不仅反映在综合题上，而且客观题也非常突出。如一道 1 分的单选题，其中有四个选项，分别涉及四个知识点；甚至一道 1 分客观题将两章的内容联系起来（如 2007 年有一道多选题将公司法与外商投资企业法的规定进行比较）。

2. 全面考核、重点突出

结合前面的表一，我们可以看出教材的每一章内容都有考题，突出了全面考核的命题思路。但同时我们也可以看到在每章的题量和分值上又存在较为明显的差异，其中某几章的分值在历年考试中都比较高，而有些章分值又一直较低，这又反映了突出重点的命题思路。

表三　　　　最近 3 年各章题量分值（各章序号按 2009 年教材排序）

	2006 年	2007 年	2008 年
第一章	4 题 4 分	2 题 2 分	2 题 2 分
第二章	6 题 6 分	3 题 16 分	5 题 5 分
第三章	5 题 5 分	4 题 4 分	2.25 题 6 分
第四章	6 题 19 分	6 题 6 分	4.5 题 13 分
第五章	5 题 19 分	6 题 18 分	0.25 题 6 分
第六章	6 题 6 分	4 题 14 分	8 题 8 分
第七章	1 题 1 分	3 题 3 分	2 题 2 分
第八章			5 题 20 分
第九章	2.5 题 9 分	3.5 题 9 分	1 题 12 分
第十章	0.5 题 5 分	0.5 题 7 分	
第十一章	2 题 2 分	1 题 1 分	2 题 2 分
第十二章	3 题 3 分	4 题 4 分	4 题 4 分
第十三章	8 题 8 分	9 题 9 分	7 题 7 分
第十四章	2 题 9 分	5 题 5 分	5 题 5 分
第十五章	3 题 3 分	2 题 2 分	2 题 2 分

说明：第十五章按原教材会计法统计的分值。

将表三与前面 2009 年教材各章内容基本定位结合分析，可以看到如下情况：最近 3 年重点章的平均分值大约为 52 分（其中第八章物权法律制度 2006 年和 2007 年分值均为零）；相对重点章的平均分值约为 35 分；非重点章平均分值约为 13 分。其中重点章和相对重点章的分值相加大约为 87 分，接近试卷分数的 90%。可见考生掌握前两个层次的内容是取胜的关键。

3. 突出新规定、新内容

经济法教材紧扣国家立法形式，每年都将根据有关法律制定、修改的情况，及时增加新的法律规定，修改教材内容，调整教材结构。虽然每年变化或调整的程度不同。但增加或修订的新内容，通常是当年考试的重点。如 2003 年增加了知识产权法一章，当年本章考了一道综合题；由于 2006 年和 2007 年教材的变化非常突出，因此试题及分值反映在新规定、新内容方面更加突出，以 2007 年的综合题为例，四道题中，有三道题目的内容反映的是新增加的，或者发生变化的内容；2008年教材中增加了物权法一章，综合题中即有一道该章的题目，外商投资企业法中增加了外国投资者对上市公司战略投资的内容，该内容与证券法、公司法的内容结合也在综合题中做出反应。

由于2009年教材的突出变化（具体变化内容在本书第二部分各章考点分析中均有说明），本年度的考试仍将在新规定、新内容上做文章。对于重点章和相对重点章的变化之处留意出现综合题的可能；对教材中非重点章的局部变化，可作为客观题关注。

4. 应用性强、灵活性大、综合分析要求高

经济法是一门应用性较强的科目。试题在考核考生对法律具体规定把握的基础上，注重考核考生对法律知识的理解和实际应用能力。所以近些年经济法试题除综合题体现了较强的应用性之外，在单选题、多选题和判断题中亦体现了一定的应用性，以小案例的形式出现。

纵观近几年经济法试题的命题特点，今年的试题仍将沿袭实用性、灵活性和综合性的特点。基于上述特点，一些小案例、计算题，在客观题中将占一定比例。综合题仍将出现一题多问、一题多章的情况，即题目所涉及内容将会较广、较散，一道题中包含几节甚至几章的内容，并在此基础上适当出现一些较偏的题目，如涉及法律责任的问题，和具有一定深度即隐蔽性较强的题目，以此增加个别题目的难度。由于2009年教材的变化较大，因此试卷难度整体不会加大，基本维持在上一年度的水平。上一年度经济法考试的通过率维持在常年水平（17.09%），因此试卷难度整体不会加大。

三、学习方法及解题思路点拨

（一）合理安排复习时间

通过对历年命题规律的分析，考生已对此有了基本的了解。要顺利通过考试，除了具备认真刻苦的学习态度，还应当注意掌握正确的学习方法。结合以往考试的成功经验，考生可以分四个阶段准备复习考试：

第一阶段是全面了解阶段。这一阶段应详细阅读教材和主要的法律、法规，从整体上了解该学科的考试内容及知识体系。

第二阶段是重点掌握阶段，对教材中的重点、难点问题强化复习，个个击破，考生可结合练习题加以训练。同时考生还应关注历年试题，从中可以发现每年的考点重复率很高。针对以往考题复习时，考生首先应注意题目答案及解析是否与2009年教材内容一致，如有不一致应当注意纠正；其次，结合题目做到举一反三，以点带面的复习，不要拘泥于题目现有的内容，可以在原题的基础上给自己多设计几个问题，多个角度的思考。最后，注意总结解题思路。

第三阶段是综合训练阶段。在对各章内容基本掌握的情况下，在这一阶段可选择有代表性的模拟题，按照正式考试的时间要求进行训练。

第四阶段是查漏补缺阶段。此阶段应针对综合训练中发现的问题进行有针对性的学习。

以上几个阶段在时间分配上也应当合理，一般来说，前两个阶段花费的时间相对较长，到最后阶段大约需要十几天的时间集中突破。

（二）认真、扎实对待教材

经济法教材是以法律规定为基础，贯穿基本理论而编写的。内容跨度较大，纷繁复杂，章节之间联系的紧密程度不同。考生应当注重对教材内容的理解、分析，通过归纳、对比等方法加强对教材内容的掌握。现将教材中相互关联的内容，归纳如下：

1. 第一章法律基础知识、第八章物权法律制度、第九章合同法律制度（总则）、第十章合同法律制度（分则）。合同行为属于民事法律行为，因此与第一章中法律行为制度与代理制度的内容联系紧密；同时合同又为债的一种，与担保的内容联系非常密切，因此与第八章物权担保的内容结合；合同种类中涉及转移财产权利的合同，必然与物权法中的所有权、用益物权等内容又有联系。

2. 第二章个人独资企业和合伙企业法律制度、第三章外商投资企业法律制度、第四章公司法。这几章内容涉及的都是主体法的内容。其在设立条件、组织机构或事务执行、解散清算等方面有联系、有差异，通过对比能更加清楚的掌握各类企业不同的法律规定。

3. 第四章公司法与第五章证券法。公司法中有关股份有限公司（特别是上市公司）的法律规定，与证券法的联系密切。如，在股票发行及上市条件中，通常要求发行人组织机构符合公司法的规定，不存在违规担保等要求。

4. 第六章企业破产法、第八章物权法律制度、第九章合同法（总则）第五节合同担保。企业破产法中核心的问题就是解决企业债务问题，合同作为债的一种与破产问题的解决有关联，而在债务的清偿过程中，对有物权担保以及保证担保的债务有特别的规定，因此有关担保方面的知识，对于理解破产问题非常有帮助。

5. 第十二章支付结算法律制度和第十三章票据法律制度。票据作为一种支付方式，其在形式上的要求，与支付结算法律制度的规定相通。特别是关于票据的签章、金额的记载，以及有关法律责任的规定，如签发空头支票、延压票款拖延支付等。

6. 第十章合同法律制度（分则）、第十四章工业产权法律制度。合同法分则中涉及的技术合同与专利法的联系非常紧密，如专利许可的方式、职务发明与非职务发明的界定、专利申请权与专利权的

界定等内容，都存在交叉。

由于某些章节之间的联系，建议考生可以将其放在一起复习，打破教材中章节的顺序。此外，还有一些章节之间联系甚少，甚至没有任何联系，因此考生不必因为某一章的内容掌握不理想，而对整个复习失去信心。

（三）加强理解，准确记忆

有人认为经济法的取胜之道就是死记硬背。这种认识非常片面。任何一个学科对知识的记忆都是必要的，但是理解一定是记忆的前提，经济法也不例外。考生在复习中，应注重对法律规定的理解，首先弄明白这句话是什么意思，进而还可以分析为什么要这么规定，即理解是什么，又知道为什么。这样对牢固的掌握法律规定，并灵活运用是大有益处的。

当然，经济法教材中，也有相当一部分规定是需要死记硬背的，比如有关比例、时间、人数等数字化的法律规定较多，考生在复习的过程中应当注意。在记忆的过程中，不但要掌握有关数字，还应连同数字的出处一同记忆。如某一比例数字，应考虑该比例是与注册资本有关，还是与资本总额或者净资产有关；某一时间规定应从何日开始计算；表决通过某项决议是按全体成员还是按出席会议的成员为准，是以出资额还是以人数通过，等等。对此考生也可采取一些方法帮助记忆，如对相关问题或数字之间的对比、列表或者相互提问等方式。

（四）注重平时训练，更注重临场发挥

考生既要注重平时训练，也应注意临场发挥。针对不同题型，考生可以区别对待。

客观题相对来说难度较小，其考核的是考生对基本法律规定理解的正确性、记忆的准确性。但是，由于题干中已经包含了法律规定，只是从中做出取舍、判断就可以。对客观题的处理可以考虑如下几点：（1）在单选题和多选题的处理上可以通过直接选择法、比较法和排除法，甚至是猜题法。如计算类的单题，先不要看选项，首先根据掌握的法律规定进行计算，将计算出的结果与选项对比，迅速找出与结果对应的选项，其他选项不再关注，这就是直接选择法，可以节省时间；（2）判断题实行倒扣分办法，但是不作判断既不得分也不扣分，考生对于没有绝对把握的题目可以放弃，因此不易使用猜题法。

综合题对考生的要求较高，不但要准确地掌握相关法律知识，还要具备分析能力、灵活运用能力，即将法律规定与题目所述事实结合起来。所以考生要对法律规定正确理解，切忌一味死记硬背，生搬硬套。考生在面对一道具体的试题时，首先要认真阅读，充分发现试题中所述事实与问题之间的关系；其次，迅速回顾已掌握的相关法律规定，依照规定分析事实与问题之间的关系，找到解题的切入点；最后，用准确、精练的语言回答问题。对于一个问题的回答通常分为三个步骤：（1）给出结论，如该行为合法或违法，有效或无效；（2）说明理由。即引用相关法律规定，在引用时注意的是内容的表述，尽量使用法言法语，如果不能用法律原文作答，也应将该规定的关键词表述准确，这就要求考生在平时的训练中，注意加强这方面的训练。同时也再次说明了理解的重要，因为考生只有对法律规定真正理解，才能找到该规定的关键词。至于是否写清引用的哪个法第几条，都不影响得分；（3）结合题目事实加以说明。

此外，提醒考生针对综合题还需加强书写能力的训练。力求做到字迹清楚，提高书写速度。

综上所述，正确理解是记忆和运用法律规定的前提；加强训练是考生备战考试自我检测的重要方法，从而达到强化记忆，增加复习的针对性；刻苦学习，是考生通往成功的关键；良好的复习方法，将达到事半功倍的效果。以上复习方法和解题方法仅供考生参考，相信每位考生能够结合自己的实际情况总结出行之有效的复习方法。

一分耕耘，一分收获。预祝各位考生收获成功！

第二部分

基础篇

第一章

法律基础知识

本章考情分析

　　本章是本学科的一个基础，题型以客观题为主，所占分值不多，但通常以小案例的形式出现，题目灵活。本章历年试题均可参考，考点的重复性十分突出。

　　本章的主要内容有：（1）法律行为；（2）代理；（3）诉讼时效；（4）经济仲裁与诉讼等。

　　考生学习本章内容时，应当注意对相关法律概念的正确理解，切忌死记硬背；有关构成条件、时间的规定一定要准确理解并记忆，并与其他章节中的相关知识，如合同效力、票据行为的构成要件等内容联系，融会贯通，灵活运用。

　　2009年指定教材对本章内容进行了补充和调整，主要包括：（1）在第一节中增加了法律的特征、法系、法律体系、法律关系的变动原因等内容；（2）将法律行为与代理分别编写，即分为第二节和第三节，并适当补充和调整了部分内容；（3）丰富了民事诉讼与仲裁的内容。

最近3年题型题量分析

年　份　　题　型	2006年	2007年	2008年
单选题	2题2分	1题1分	1题1分
多选题	1题1分		
判断题	1题1分	1题1分	1题1分
综合题			
合计	4题4分	2题2分	2题2分

本章考点扫描

【考点一】法律渊源（见表1－1）

表1－1　　　　　　　　　　　　　　　　　法律渊源

	制定主体	地位及效力	表现形式
1. 宪法	由全国人民代表大会制定和修改	具有最高法律效力	中华人民共和国宪法
2. 法律	由全国人民代表大会及其常委会制定	仅次于宪法	中华人民共和国××法
3. 行政法规	由国家最高行政机关国务院制定	仅次于宪法和法律，经济法大量以该种形式存在	××条例，××实施细则等
4. 地方性法规	由地方国家机关制定	不得与宪法、法律和行政法规相抵触	××地方××条例，暂行办法等
5. 部门规章	由国务院的组成部门及其直属机构在其职权范围内制定		××规章，××办法等
6. 司法解释	由最高人民法院、最高人民检察院制定并发布		
7. 国际条约或协定	我国同外国或地区	对缔约国的国家机关、团体和公民	公约、协定等

【注意问题】考生对此内容应重点把握两点区别：一是各种形式的制定主体和适用的效力范围不同；二是各种形式的具体表现形式不同，如称之为××法，××条例，××实施细则等。

【例题1·单选题】下列规范性文件中，属于行政法规的是(　　)。(2004年试题)

A. 全国人民代表大会常务委员会制定的《中华人民共和国公司法》

B. 国务院制定的《中华人民共和国外汇管理条例》

C. 深圳市人民代表大会制定的《深圳经济特区注册会计师条例》

D. 中国人民银行制定的《人民币银行账户管理办法》

【答案】B

【解析】行政法规的制定者是国务院，故选择B项。本题中A项属于法律，C项属于地方法规，D项属于部门规章。

【考点二】法系（2009年新增内容，见表1－2）

表1－2　　　　　　　　　　　　大陆法系与英美法系的主要区别

	大陆法系	英美法系
法律渊源	成文法	既包括制定法，也包括判例
法官权限	只能适用法律而不能创造法律	法官不仅适用法律，也在一定的范围内创造法律
诉讼程序	以法官为重心	以原告、被告及其辩护人和代理人为重心

【考点三】法律关系的主体（重要，2009年指定教材有变化）

1. 权利能力。是指权利主体享有权利和承担义务的资格，它反映了权利主体享有权利和承担义务的可能性。

2. 行为能力。是指权利主体能够通过自己的行为取得权利和承担义务的能力。

【注意问题】行为能力必须以权利能力为前提，无权利能力就谈不上行为能力。但是，对自然人来讲，有权利能力不一定有行为能力。

（1）自然人的行为能力（见表1－3）

表1－3　　　　　　　　　　　　自然人的行为能力

	划分标准	行为方式
完全行为能力人	1. 18岁以上的公民 2. 16周岁以上不满18周岁的公民，能以自己的劳动收入为主要生活来源	可以独立进行民事活动
限制行为能力人	1. 10周岁以上的未成年人 2. 不能完全辨认自己行为的精神病人	可以进行与他的年龄、智力、精神健康状况相适应的民事活动。其他民事活动由他的法定代理人代理，或者征得法定代理人的同意
无行为能力人	1. 不满10周岁的未成年人 2. 不能辨认自己行为的精神病人	由他的法定代理人代理民事活动

（2）法人的权利能力、行为能力在法人成立时同时产生，到法人终止时同时消灭。法人的行为能力通过法定代表人或者其他代理人实现。

【例题2·判断题】小明年满16周岁，外出打工生活，可以自己决定购买一台笔记本电脑；小力年满16周岁，在校学习，也可以用自己的压岁钱购买一台笔记本电脑。(　　)

【答案】×

【考点四】法律关系的内容

法律关系的内容是指法律关系主体享有的权利和承担的义务。

【注意问题】就权利与义务的关系而言，没有无义务的权利，也没有无权利的义务。权利的行使有一定的界限，不能滥用权利。

【考点五】法律关系的客体（2009年教材有变化）

1. 物。是指法律关系主体支配的、在生产上和生活上所需要的客观实体。

【解释】这里所称的物必须同时具备三个特点：其一为主体支配；其二生产或生活上所需；其三以

特定的实体形态表现出来。

2. 行为。如旅客运输合同的客体是运送旅客的行为。

3. 人格利益。如公民和组织的姓名或者名称，公民的肖像、名誉、尊严、公民的人身、人格和身份等。

4. 智力成果。如文学艺术作品、科学著作、科学发明等。

【例题3·多选题】下列各项中，可以作为经济法律关系客体的有（　　）。（1997年试题）

A. 阳光　　　　　　　B. 房屋

C. 经济决策行为　　　D. 非专利技术

【答案】BCD

【解析】由于阳光不为人们控制和支配，不具有物的可控性，所以不选。后三项分别归属为法律关系客体中的物、行为、智力成果。

【注意问题】以上三个考点为法律关系的三要素。法律关系三要素的核心是内容，即权利和义务；权利义务的承受者是主体，权利义务指向的对象是客体。法律关系是分析法律问题的基础，分清一个案件中有几个法律关系，再分别针对不同的法律关系逐一解决，是综合性问题的解决思路。如，甲委托乙以甲的名义向丙购买设备，甲乙之间存在委托关系，甲和丙之间存在买卖合同关系。如果乙超越代理权限与丙订立合同，并且丙不知道乙越权的事实，则甲应当向丙履行合同，而不应由乙向丙承担责任，因为乙与丙之间不存在买卖合同关系。如果乙的行为给甲造成损失，则甲有权要求乙承担赔偿责任，因为甲乙之间存在委托合同关系。

【考点六】法律关系的变动原因—法律事实（2009年新增内容）

1. 事件（与当事人意志无关）。包括：（1）人的出生与死亡；（2）自然灾害与意外事件；（3）时间的经过。

2. 人的行为（人的有意识的活动）。根据人的行为是否属于表意行为，可以分为两类：（1）法律行为；如创作行为（2）事实行为。如侵权行为。

【例题4·判断题】甲将乙打伤，甲应向乙进行赔偿，于是甲乙之间产生了民事法律关系；如果甲的行为构成犯罪，还产生刑事法律关系。（　　）

【答案】√

【考点七】意思表示（2009年新增内容）

1. 意思表示的表示方式一般采用明示方式，但在特定情况下，默示的状态也可以成立意思表示。

2. 意思表示可分为有相对人的意思表示和无相对人的意思表示。有相对人的意思表示"原则上"必须当意思表示到达相对人时才能生效。无相对人的意思表示于意思表示完成时即可产生法律效力。

3. 有相对人的意思表示还可分为对话的意思表示和非对话的意思表示。对话的意思表示到达对方，处于客观上可以了解的时候发生效力；而非对话的意思表示，采用到达主义。

【相关链接】《合同法》规定，承诺不需要通知的，根据交易习惯或者要约的要求做出承诺的行为时生效。

4. 如果意思表示由表意人通过传达人传达的，则由于传达人没有转达或者推迟转达意思表示的风险，由表意人承担。

【考点八】法律行为有效的实质要件（重点）

1. 行为人具有相应的民事行为能力

【解释】因为自然人的民事行为能力有无民事行为能力、限制民事行为能力和具有完全的民事行为能力之分，对于限制民事行为能力人，其可以从事的民事行为的内容即受到一定的限制，在此应当注意对"相应"二字的理解，即行为人所从事的行为内容与其行为能力是否相应。

2. 意思表示真实。包括意思表示自愿和意思表示真实。

3. 不违反法律或社会公共利益

【注意问题】

民事行为不一定是合法行为，只有法律行为才是合法行为（如下图）。对于一个已经发生或者即将发生的行为如何认定其效力，主要的认定依据即法律行为的有效要件。因此，提醒考生注意掌握该考点。

民事行为：

（1）民事法律行为（是合法行为，具备有效要件）

（2）可撤销、可变更的民事行为

（3）无效民事行为

【考点九】法律行为的形式有效要件（重要）

1. 口头形式

2. 书面形式

3. 推定形式（实施某种积极行为）

4. 沉默形式（消极的不作为）

【解释】形式有效要件是对要式法律行为特别提出的要求，并非所有法律行为都需考虑形式问题。那么哪些行为是要式行为，主要依据法律的规定。考生可关注第八章物权法律制度、第九章合同法律制度（总则）担保一节、第十章合同法律制度（分则）、第十二章支付结算法律制度、第十三章票据法律制度等。

【注意问题】以上两个关于法律行为生效要件的考点，我们概括为：行为人的主体合格、意思表示真实、行为内容及行为的形式（针对要式行为）都要合法。如果欠缺意思表示真实这一要件可能将导致可撤销行为的发生，如果是其他三个要件中的任何一个要件欠缺，则必然导致无效民事行为的发生。因此，有关法律行为生效要件的考题，通常与无效、可撤销民事行为的结合出现。

【考点十】无效民事行为（重要）

1. 无效民事行为的特征：

（1）自始无效。即从行为开始时起就没有法律约束力。

（2）当然无效。即不论当事人是否主张，是否知道，不论是否经过人民法院或者仲裁机构确认。

（3）绝对无效。不能通过当事人的行为进行补正。

2. 部分无效的民事行为：

（1）定金条款。超过合同标的20%的部分无效。

（2）抵押或者质押合同中的流押或流质条款。

【解释】抵押合同或者质押合同中约定，当主债务履行期限届满，债务人不能履行债务的，抵押物或质物的所有权归抵押权人或者质权人所有，即为流押或流质条款。

（3）联营合同中的保底条款。

（4）借款合同中约定利率超过银行同期贷款利率的四倍的，超过部分无效。

3. 无效民事行为的种类（见表1-4）

表1-4 **无效民事行为与可撤销民事行为比较**

	无效民事行为	可撤销民事行为
种类	（1）无行为能力人独立实施的民事行为； （2）限制民事行为能力人依法不能独立实施的民事行为； （3）受欺诈而为的民事行为； （4）受胁迫而为的民事行为； （5）乘人之危所为的单方民事行为； （6）恶意串通损害他人利益的民事行为； （7）违反法律或社会公共利益的民事行为； （8）以合法形式掩盖非法目的的民事行为； （9）违反国家指令性计划的民事行为	（1）行为人对行为内容有重大误解的民事行为； （2）显失公平的民事行为； （3）受欺诈、胁迫而订立的不损害国家利益的合同或者乘人之危而订立的合同
特征	（1）自始无效。即从行为开始时起就没有法律约束力 （2）当然无效。即不论当事人是否主张，是否知道，不论是否经过人民法院或者仲裁机构确认 （3）绝对无效。不能通过当事人的行为进行补正	（1）在该行为撤销前，已经生效，未经撤销，其效力不消灭； （2）由撤销权人以撤销行为为之，法院不主动干预；无效民事行为的确认，法院或仲裁机构可以主动干预。 （3）撤销权人对权利行使拥有选择权。该行为一经撤销，其效力溯及于行为开始时无效。 （4）该行为的撤销，应由有撤销权人提出，且应自当事人知道或者应知道之日起一年内向法院提出；无效民事行为，则不存在此种限制
法律后果	（1）返还财产。 （2）赔偿损失。即有过错的一方应当赔偿对方因此所受的损失，但如果双方都有过错的，应当各自承担相应的责任 （3）追缴财产收归国家或集体所有或返还第三人。这是针对双方恶意串通，实施的民事行为损害国家、集体或者第三人利益的，应当采取的措施	可撤销的民事行为，一旦撤销自始无法律效力，其法律后果同无效民事行为

【解释1】表1-4中列举的无效民事行为的种类，可与法律行为有效要件联系。其中（1）、（2）情形即主体不合格；（3）、（4）为意思表示不真实；（5）、（6）、（7）、（8）、（9）为内容违法。

【解释2】注意《民法通则》与《合同法》的规定有区别（见表1-5）。

表 1 - 5　　　　无效民事行为与无效合同、可撤销民事行为与可撤销合同比较

无效民事行为与无效合同的不同之处	可撤销民事行为与可撤销合同的不同之处
（1）一方以欺诈、胁迫的手段或者乘人之危，使对方在违背真实意思的情况下所为的民事行为为无效民事行为，但是《合同法》规定，一方以欺诈、胁迫手段或者乘人之危，使对方在违背真实意思的情况下订立的合同是可撤销的合同，如损害到国家利益的，则属于无效合同 （2）合同无效或者被撤销后，因该合同取得的财产，除了返还财产、过错方赔偿损失外，还规定了不能返还或者没有必要返还的，应当折价补偿	可撤销民事行为的发生情形有两点（见表 1 - 4），而可撤销合同的发生情形，还包括一方以欺诈、胁迫的手段或者乘人之危，使对方在违背真实意思的情况下订立的合同

【例题 5 · 判断题】无效民事行为须得到法院的确认，法院确认民事行为无效的，该行为自始即无法律约束力。（　　）

【答案】×

【例题 6 · 多选题】根据有关法律的规定，下列选项中，属于无效民事行为的有（　　）。（2000 年试题）

A. 不满十周岁的丫丫自己决定将压岁钱 500 元捐赠给希望工程

B. 李某因认识上的错误为其儿子买回一双不能穿的鞋

C. 甲企业的业务员黄某自己得到乙企业给予的回扣款 1000 元而代理甲企业向乙企业购买了 10 吨劣质煤

D. 丙公司向丁公司转让一辆无牌照的走私车

【答案】ACD

【解析】本题涵盖了两个考点，一是法律行为的有效要件；二是无效民事行为与可撤销的民事行为的区别。A 选项中的行为人不满十周岁，因主体资格不合法导致其行为无效；B 选项所述属于因重大误解而发生的行为，为可撤销的民事行为，不是无效民事行为；C 选项中的代理人与第三人恶意串通，属滥用代理权，其代理行为无效；D 选项的行为内容不合法，转让走私汽车行为违法，损害国家利益，明显属无效民事行为。

【考点十一】可变更、可撤销的民事行为
（见表 1 - 4）

【例题 7 · 单选题】根据有关规定，对于可撤销民事行为，享有撤销权的当事人未在法定期间内行使撤销权，该行为对当事人具有约束力。当事人可行使撤销权的法定期间为（　　）。（2003 年试题）

A. 6 个月　　　　　　　　B. 1 年
C. 2 年　　　　　　　　　D. 20 年

【答案】B

【例题 8 · 多选题】下列关于无效民事行为与可撤销民事行为的联系和区别的表述中，正确的有（　　）。（2003 年试题）

A. 无效民事行为与可撤销民事行为都欠缺法律行为的有效要件

B. 无效民事行为与可撤销民事行为都从行为开始起就没有法律约束力

C. 可撤销民事行为被依法撤销后，其效力与无效民事行为一样，自行为开始时无效

D. 可撤销民事行为被依法撤销后，其法律后果与无效民事行为相同

【答案】ACD

【注意问题】无效民事行为与可撤销民事行为的联系、区别（见表 1 - 4）。

【考点十二】附条件和附期限的法律行为

1. 不得附条件的民事行为：（1）条件与行为性质相违背的。如法定抵销不得附条件。（2）条件违背社会公共利益或者社会公德的。如结婚、离婚等行为。

2. 能够作为法律行为所附条件的事实必须具备以下条件：

（1）是将来发生的事实，已发生的事实不能作为条件；

（2）是不确定的事实，即条件是否必然发生，当事人不能肯定；

（3）是双方当事人约定的；

（4）是合法的事实，不得以违法或违背道德的事实作为所附条件。

3. 附延缓条件与附解除条件的民事法律行为。

4. 附条件的法律行为一旦成立，则已经在当事人之间产生了法律关系，当事人各方均应受该法律关系的约束。

【例题 9 · 单选题】李某与钱某约定，如果李某的儿子结婚搬走，李某与钱某的房屋租赁合同即行生效。这一民事法律行为属于（　　）的法律行为。

A. 附延缓条件　　　　B. 附解除条件
C. 附延缓期限　　　　D. 附解除期限

【答案】A

【注意问题】

1. 条件与期限的最大区别在于，期限是必然到

来的事实,而条件是不确定的事实,是否必然发生,当事人不能肯定。

2. 与《合同法》中附条件或附期限的合同相联系。

【相关链接】第九章合同法律制度(总则)中,当事人对合同的效力可以附条件或者附期限。附生效条件的合同,自条件成就时生效。附解除条件的合同,自条件成就时失效。当事人为自己的利益不正当地阻止条件成就的,视为条件已成就;不正当地促成条件成就的,视为条件不成就。附生效期限的合同,自期限届至时生效。附终止期限的合同,自期限届满时失效。

【考点十三】代理的特征

1. 代理行为是民事法律行为;

2. 代理人以被代理人的名义为民事法律行为;

3. 代理人是在代理权限内独立向第三人进行意思表示;

4. 代理人所为的民事法律行为的法律效果直接归属于被代理人。

【例题10·单选题】下列行为中,属于代理行为的是( )。(2001年试题)

A. 居间行为

B. 行纪行为

C. 代保管物品行为

D. 保险公司业务员的揽保行为

【答案】D

【解析】(1)行纪行为是行纪人以自己的名义为委托人从事活动。(2)代人保管物品的行为中代管人不与第三人进行意思表示,其只对寄存人负责。(3)居间行为的行为人只是向委托人提供信息,不需要独立地进行意思表示。(4)保险公司业务员的揽保行为之所以属于代理行为,因为保险公司的业务员是接受保险公司的委托,并以保险公司的名义,而非本人的名义,与第三人独立地进行意思表示,使保险公司与客户之间订立保险合同,该保险合同的法律效果直接归属于保险公司,即保险公司应当按照合同中的约定依法享受权利承担义务。

【考点十四】代理的适用范围

1. 代理人从事的行为主要包括三类:(1)民事法律行为;(2)民事诉讼行为;(3)某些财政、行政行为,如代理专利申请等。

2. 不得代理的行为。某些具有人身性质的民事法律行为,必须由本人亲自实施,不得代理。

【例题11·判断题】代书遗嘱是订立遗嘱的一种方式,因此立遗嘱可以代理。( )(2007年试题)

【答案】×

【解析】立遗嘱的行为根据其行为性质不得代理,必须由立遗嘱人亲自进行。所谓代书遗嘱,是指由他人代替书写,而非由他人代表作出意思表示。

【考点十五】委托代理(在2000年、2006年考过两次)

授权委托书授权不明的,被代理人应当对第三人承担民事责任,代理人负连带责任。

【解释】委托代理是根据被代理人的委托而产生的一种代理,要求被代理人依法签署授权委托书,所以权限不明应首先考虑被代理人的责任;但代理人是直接从事代理活动的人,对授权范围不明确,而从事代理行为亦有责任,所以应负连带责任。

【例题12·单选题】根据《中华人民共和国民法通则》的规定,被代理人出具的授权委托书授权不明的,应当由( )。(2000年试题)

A. 被代理人对第三人承担民事责任,代理人不负责任

B. 代理人对第三人承担民事责任,被代理人不负责任

C. 被代理人对第三人承担民事责任,代理人负连带责任

D. 先由代理人对第三人承担民事责任,代理人无法承担责任的,由被代理人承担责任

【答案】C

【考点十六】代理权的滥用(重要)

滥用代理权的行为包括:

1. 自己代理。代理人以被代理人的名义与自己进行民事活动的行为。

2. 双方代理。同一代理人代理双方当事人进行同一项民事活动的行为。

3. 代理人和第三人恶意串通。代理人和第三人恶意串通,损害被代理人利益的,代理人应当承担民事责任,第三人和代理人负连带责任。

【例题13·多选题】下列代理行为中,属于滥用代理权的有( )。(2006年试题)

A. 超越代理权进行代理

B. 代理人与第三人恶意串通,损害被代理人利益

C. 没有代理权而进行代理

D. 代理他人与自己进行民事行为

【答案】BD

【解析】选项A、C所述情形属于无权代理。

【考点十七】无权代理(重要)

1. 无权代理的种类:(1)没有代理权的代理行为;(2)超越代理权的代理行为;(3)代理权终止后的代理行为。

2. 无权代理的后果。

(1)本人的追认。没有代理权、超越代理权或

者代理权终止后的行为，只有经过被代理人的追认，被代理人才承担民事责任。

【相关链接】行为人没有代理权、超越代理权或者代理权终止后以被代理人名义订立的合同，未经被代理人追认，对被代理人不发生效力，由行为人承担责任。相对人可以催告被代理人在一个月内予以追认。被代理人未作表示的，视为拒绝追认。

【解释】一旦本人拒绝追认，无权代理行为就确定地转化为无效民事行为，由各方当事人按照过错程度承担法律责任。

（2）相对人的保护。第一，催告。相对人可以催告被代理人在一个月内予以追认；第二，撤销权。善意相对人在被代理人行使追认权之前，有权撤销其对无权代理人已经作出的意思表示。

【注意问题】撤销权的行使有两个条件：（1）只有善意相对人才可以行使撤销权；（2）撤销权的行使必须是本人行使追认权之前。

【例题14·判断题】甲公司未授予王某代理权，王某以甲公司名义与乙企业实施民事行为，甲公司知道该事项而不作否认表示的，王某所为的代理行为的法律后果应由甲公司承担。（ ）（2000年试题）

【答案】√

【注意问题】在无权代理的情况下，注意区分是否得到了被代理人（本人）的追认。本题中的王某虽然没有代理权，甲公司知道王某以自己的名义与乙企业实施民事行为，而不作否认表示，则王某的行为视为有权代理，代理行为的法律后果由甲公司承担。

【考点十八】表见代理（重要）

1. 表见代理的构成要件：
（1）代理人无代理权。
（2）相对人主观上为善意。
（3）客观上有使相对人相信无权代理人具有代理权的情形。
（4）相对人基于这个客观情形而与无权代理人成立民事行为。

2. 表见代理的效果
（1）表见代理相对于本人来说，产生与有权代理一样的效果，即在相对人与被代理人之间发生法律关系。
（2）表见代理相对于相对人来说，既可主张其为狭义无权代理，也可以主张其为表见代理。如果选择前者，则相对人可以行使善意相对人的撤销权，从而使整个代理行为归于无效。

【例题15·多选题】乙以甲公司的名义采取下列方式与他人订立的合同，法律效果归属于甲公司的有（ ）。（2005年试题）

A. 乙使用偷盗的甲公司合同专用章，与善意的丙公司订立的合同

B. 乙使用伪造的甲公司合同专用章，与善意的丁公司订立的合同

C. 乙使用甲公司交给的合同专用章，超越甲公司授权范围与善意的戊公司订立的合同

D. 乙使用甲公司交给的合同专用章，在代理权终止后，与善意的庚公司订立的合同

【答案】CD

【解析】本题C、D各项所述情形符合表见代理的情形。

【注意问题】

1. 代理的问题与法律行为的问题，通常有两个命题思路。一是首先确定该行为的效力，例如该行为是法律行为还是无效民事行为，或可撤销民事行为；该代理是有权代理还是无权代理，或者滥用代理权。二是在对该行为定性的基础上，要求分析该行为的法律后果，即责任人是谁，应当如何承担责任。

2. 代理关系中包括了三个基本的当事人。反映了三个基本的关系。

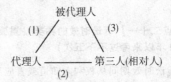

（1）被代理人与代理人之间的代理权关系。被代理人授权不明，如何承担责任。

（2）代理人与第三人之间的实施法律行为的关系。代理人应当在被代理人的授权范围内，以被代理人的名义与第三人发生法律关系。如果代理人超越代理权限，代理人责任自负，被代理人不承担民事责任，但表见代理以及被代理人追认的除外；如果代理人滥用代理权，视为无效代理，给被代理人或者他人造成损害的须承担相应的赔偿责任；如果代理人与第三人串通，损害被代理人利益的，由代理人与第三人对被代理人负连带责任。

（3）被代理人与第三人之间的承受代理行为法律后果的关系。代理人以被代理人的名义，在被代理人的授权范围内，独立进行意思表示与第三人发生的法律关系，其后果由被代理人承担。在表见代理和无权代理被追认的情况下，被代理人也须承受这一后果。

【考点十九】诉讼时效的适用对象（2009年新增内容）

1. 诉讼时效适用于债权请求权，其他请求权，如物上请求权不适用诉讼时效。

2. 对下列债权请求权提出诉讼时效抗辩的，人民法院不予支持：（1）支付存款本金及利息请求权；（2）兑付国债、金融债券以及向不特定对象发行的企业债券本息请求权；（3）基于投资关系产生

的缴付出资请求权。

【考点二十】诉讼时效与除斥期间（2009 年新增内容）

诉讼时效和除斥期间都是以一定的事实状态的存在和一定期间的经过为条件而发生一定的法律后果，都属于法律事实中的事件。但二者有如下区别：

1. 适用对象不同。诉讼时效适用于债权请求权；除斥期间一般适用于形成权，如追认权、撤销权等。

2. 可以援用的主体不同。诉讼时效须由当事人主张后，法院才能审查；除斥期间无论当事人是否主张，法院均可以主动审查。

3. 法律效力不同。诉讼时效届满只是导致胜诉权消灭，实体权力不消灭；除斥期间届满，实体权力消灭。

4. 期间性质不同。诉讼时效是可变期间，可以因主客观原因中断、中止或延长；除斥期间是不变期间。

【考点二十一】诉讼时效的种类（重要，自 2000 年以来考过不下五次）

1. 诉讼时效期间从权利人知道或者应当知道其权利被侵害时起计算。如果权利人不知道或不应当知道权利被侵害，诉讼时效期间即不应开始。但是，从权利被侵害之日起超过 20 年的，人民法院不予保护。

2. 诉讼时效期间的种类

（1）普通诉讼时效（2 年）

（2）短期诉讼时效期间（1 年）

①身体受到伤害要求赔偿的；

②出售质量不合格的商品未声明的；

③延付或者拒付租金的；

④寄存财物被丢失或者损毁的。

（3）长期诉讼时效（4 年）

①国际货物买卖合同争议；

②技术进出口合同争议。

（4）最长诉讼时效（20 年）

【解释】20 年是保护时效，从权利被侵害之日起开始计算，无论当事人是否知道，如果权利被侵害的事实已经超过 20 年，即无计算诉讼时效的意义。因此，诉讼时效所适用的 1 年或 2 年的期间，应当发生在权利被侵害的 20 年内，自当事人知道或者应当知道之日开始计算。

【例题 16·单选题】甲将一工艺品寄存乙处。2003 年 2 月 10 日，乙告之甲寄存的工艺品丢失。2003 年 8 月 2 日，乙找到了丢失的工艺品并将其归还给甲，甲发现工艺品损毁严重。根据民法通则的规定，甲向人民法院请求保护其民事权利的诉讼时效期间为（　　）。（2003 年试题）

A. 自 2003 年 2 月 10 日至 2004 年 2 月 10 日

B. 自 2003 年 8 月 2 日至 2004 年 8 月 2 日

C. 自 2003 年 2 月 10 日至 2005 年 2 月 10 日

D. 自 2003 年 8 月 2 日至 2005 年 8 月 2 日

【答案】B

【注意问题】（1）掌握适用 1 年诉讼时效的情形，如本题。（2）关于诉讼时效的起算点，为权利人知道或者应当知道其权利受到侵害时开始计算，就本题而言，权利人甲知道其权利受到侵害的时间为 2003 年 8 月 2 日，因为甲要求乙就损毁严重的后果提起诉讼。所以，B 选项是正确的。

【例题 17·单选题】1988 年 2 月 8 日夜，赵某回家路上被人用木棍从背后击伤。经过长时间的访查，赵某于 2007 年 10 月 31 日掌握确凿证据证明将其打伤的是钱某。赵某要求钱某赔偿的诉讼时效届满日应为（　　）。（2008 年试题）

A. 1990 年 2 月 8 日

B. 2008 年 2 月 8 日

C. 2008 年 10 月 31 日

D. 2009 年 10 月 31 日

【答案】B

【注意问题】（1）身体受到伤害要求赔偿的，诉讼时效期间为 1 年，自权利人知道或者应当知道权利被侵害之日起计算。（2）从权利受侵害之日起超过 20 年的，人民法院不予保护。在本题中权利人赵某知道其权利受到钱某伤害的时间是 2007 年 10 月 31 日，此诉讼时效应当为 2007 年 10 月 31 日至 2008 年 10 月 31 日；但是，赵某受到伤害的时间是 1988 年 2 月 8 日，截止到 2008 年 2 月 8 日，即从权利被侵害之日起满 20 年，超过 20 年的法院不予保护。因此，本题的诉讼时效届满日为 B 选项。

【考点二十二】诉讼时效期间的起算（重要，2009 年增加了新内容）

诉讼时效从知道或者应当知道权利被侵害时起开始计算。诉讼时效起算的具体情况：

1. 附条件的或附期限的债的请求权，从条件成就或期限届满之日起算。

2. 定有履行期限的债的请求权，从清偿期届满之日起算。当事人约定同一债务分期履行的，诉讼时效期间从最后一期履行期限届满之日起算。

3. 未定有履行期限或者履行期限不明确的债的请求权，依法可以确定履行期限的，诉讼时效期间从履行期限届满之日起算；不能确定履行期限的，诉讼时效期间从债权人要求债务人履行义务的宽限期届满之日起算，当债务人在债权人第一次向其主张权利之时明确表示不履行义务的，诉讼时效期间从债务人明确表示不履行义务之日期计算。

4. 因侵权行为而发生的赔偿请求权，从受害人知道或者应当知道其权力被侵害或者损害时起算。伤害明显的，从受伤之日起算；伤害当时未发现，从伤势确诊之日起算。

5. 请求他人不作为的债权的请求权，应当自义务人违反不作为义务时起算。

6. 国家赔偿的诉讼时效的起算，自国家机关及其工作人员行使职权时的行为被确认为违法之日起算。

【例题18·多选题】下列各项中，有关诉讼时效期间的起算，正确的有（　　）。

A. 定有履行期限的债的请求权，从清偿期届满之日起算

B. 当事人约定同一债务分期履行的，诉讼时效期间从最后一期履行限期届满之日起计算

C. 因侵权行为而发生的赔偿请求权，从伤势被医疗机构确诊之日起算

D. 附条件的债的请求权，从条件成就之日起算

【答案】ABD

【考点二十三】诉讼时效的中止与中断（重要，自2000年以来考过四次。见表1-6）

表1-6　　　　　　　诉讼时效的中止与中断

		诉讼时效的中止	诉讼时效的中断
相同点		发生在诉讼时效期间	
不同点	发生事由	为不可抗力和其他障碍。（一般为不以当事人意志为转移的客观事由）	包括权利人提起诉讼；当事人一方向义务人提出请求履行义务的要求；当事人一方同意履行义务。（通常为当事人主动的行为）
	计算方法	诉讼时效的中止事由发生后，并且是在诉讼时效期间的最后六个月内发生的，暂时停止计算诉讼时效期间，以前经过的时效期间仍然有效，待阻碍时效进行的事由消失后，时效继续进行	诉讼时效的中断事由发生后，致使已经经过的时效期间统归无效，待时效中断的法定事由消除后，诉讼时效期间重新计算

【例题19·判断题】甲公司与乙银行订立一份借款合同，甲公司到期未还本付息。乙银行于还本付息到期届满后1年零6个月时向有管辖权的人民法院起诉，要求甲公司偿还本金、支付利息并承担违约责任。乙银行的行为引起诉讼时效中断。（　　）（2001年试题）

【答案】√

【解析】本题包含了两个考点，一个是诉讼时效期间；另一个是关于诉讼时效的中断。甲公司与乙银行订立的是一份借款合同，应当适用普通的诉讼时效期间，即两年，从还本付息到期日起开始计算，乙银行在还本付息到期届满后的1年零6个月时向法院起诉，没有超过诉讼期间。诉讼时效的中断特指在诉讼时效的期间内因法定事由的发生引起，包括权利人提起诉讼等事由，所以乙银行作为权利人在其权利受到侵害时，有权向法院提起诉讼，并因该事由的发生导致诉讼时效中断。

【例题20·单选题】2001年5月5日，甲拒绝向乙支付到期租金，乙忙于事务一直未向甲主张权利。2001年8月，乙出差遇险无法行使请求权的时间为20天。根据民法通则的有关规定，乙请求人民法院保护其权利的诉讼时效期间是（　　）。（2002年试题）

A. 自2001年5月5日至2002年5月5日

B. 自2001年5月5日至2002年5月25日

C. 自2001年5月5日至2003年5月5日

D. 自2001年5月5日至2003年5月25日

【答案】A

【解析】本题涉及如下几个考点：首先，这是一个关于拒付租金的诉讼，其诉讼时效期间适用1年期的特殊诉讼时效期间，因此C、D选项可以排除；其次，还涉及诉讼时效的中止问题，但由于乙遇险的事由不是发生在诉讼时效的最后6个月内，所以，不适用诉讼时效的中止，诉讼时效应当连续计算，所以A选项是正确的。

【例题21·单选题】下列有关诉讼时效的表述中，正确的是（　　）。（2005年试题）

A. 诉讼时效期间从权利人的权利被侵害之日起计算

B. 权利人提起诉讼是诉讼时效中止的法定事由之一

C. 只有在诉讼时效期间的最后6个月内发生诉讼时效中止的法定事由，才能中止时效的进行

D. 诉讼时效中止的法定事由发生之后，已经经过的时效期间统归无效

【答案】C

【解析】诉讼时效期间从权利人知道或者应当知道权利受到侵害之日起开始计算，A选项不对；权利人提起诉讼是诉讼时效中断的法定事由之一，B选项也不对；诉讼时效中止的法定事由发生之后，已经经过的时效期间仍然有效，待阻碍时效进行的事由消失后，时效继续进行，所以D选项也不正确。

【考点二十四】民事诉讼的基本制度（摘要，2009年新增内容）

1. 回避制度。回避制度除了适用于审判人员和人民陪审员以外，还可以适用于书记员、翻译人员、鉴定人员等。

2. 两审终审制度。不发生二审程序的案件主要有:(1)如果一审判决、裁定作出后,当事人不上诉或在法定期限内未上诉以及一审经过调解结案,不发生二审程序,一审判决、裁定即发生法律效力。(2)最高人民法院所作出的一审判决、裁定,为终审判决、裁定,当事人不得上诉。(3)根据民事诉讼法的规定,适用特别程序、督促程序、公示催告程序和破产程序审理的案件,实行一审终审制。

3. 再审制度。如果当事人对生效的判决、裁定仍不服的,可在两年内申请再审,但不影响判决、裁定的执行。

【例题22·判断题】人民法院作出一审判决后,当事人在法定期限内未上诉的,一审判决即发生法律效力,当事人不履行判决的,另一方当事人可以向人民法院申请强制执行。( )(2003年试题)

【答案】√

【解析】虽然我国《民事诉讼法》规定,经济纠纷案件适用两审终审制,但是,并非所有案件均需经过两审,一审判决后,超过上诉期限该判决即成为生效判决,当事人应当履行。其次,关于强制执行程序是针对生效判决,当事人未自觉履行时,

请求人民法院采取的一种制度,也不是所有案件都需要采取的程序。

【例题23·判断题】当事人对人民法院二审作出的判决不服的,可在4年内申请再审,但不影响该判决的执行。( )(2004年试题)

【答案】×

【注意问题】

1. 再审提出的时间为2年。

2. 再审不同于二审,更不是三审(见表1-8)。

【考点二十五】当事人提起诉讼的条件(见表1-8)

【例题24·判断题】甲乙之间的债务纠纷已经二审法院作出判决,但是,甲不服法院的判决。半年后,如果甲能够提供新的证据或者变更诉讼请求,可以再次向法院提起诉讼,法院应当受理。( )

【答案】√

【注意问题】当事人不得就同一事实、同一诉讼标的再行向法院提起诉讼。

【考点二十六】法院的判决与裁定(见表1-7)

表1-7 判决与裁定的关系

		判决	裁定
	相同	都是国家行使审判权,依照法定程序作出的具有法律效力的结论性判定	
区别		1. 解决实体问题。 2. 案件审理终结时作出,一般一个案件一个判决。 3. 只能用书面形式。 4. 一审判决可以上诉,上诉期限为自判决书送达之日起15日内	1. 解决程序问题。 2. 发生于诉讼的各阶段,一个案件可能有多个裁定。 3. 书面形式和口头形式都可以。 4. 除不予受理、对管辖权有异议、驳回起诉的裁定可以上诉外(上诉期限为自裁定书送达之日起10日内),其他裁定一律不准上诉

【例题25·多选题】甲向乙借款5万元,到期未还,于是乙向法院提起诉讼,要求甲偿还5万元借款及利息。下列各项中,人民法院对该诉讼的处理,正确的有( )。

A. 法院裁定甲向乙偿还5万元借款及利息

B. 如果甲乙之间有书面的仲裁协议,法院裁定不予受理

C. 如果甲对法院的判决不服的,上诉期为判决书送达之日起15日内

D. 如果甲对法院的裁定不服的,上诉期为裁定书送达之日起10日内

【答案】BC

【注意问题】实体问题应当以判决书作出,因此A选项不对。对裁定不服可以上诉的仅限于三种情形(见表1-7),故D选项也不选。

【考点二十七】仲裁(见表1-8)

表1-8 经济仲裁与经济诉讼比较

	经济仲裁	经济诉讼
受理机关	当事人选定的仲裁委员会。仲裁委员会与行政机关没有隶属关系,仲裁委员会彼此之间也没有隶属关系	人民法院。人民法院有四级设置,有上下级的隶属关系

续表

	经济仲裁	经济诉讼
申请仲裁与起诉的条件	（1）有仲裁协议；（2）有具体的仲裁请求和所依据的事实、理由；（3）属于仲裁委员会受理的范围；（4）受理仲裁的仲裁机构有管辖权	（1）原告是与本案有直接利害关系的公民、法人和其他组织；（2）有明确的被告；（3）有具体的诉讼请求和事实、理由；（4）属于人民法院受理民事诉讼的范围和受诉人民法院管辖。此外，还应注意：（1）当事人没有事先或事后约定由仲裁机构裁决的协议；（2）当事人没有就同一事实，同一诉讼标的再行向法院提起诉讼
程序	一裁终局	两审终审。注意二审与再审的区别。二审是当事人对未生效的判决、裁定提起上诉引起；再审是当事人对生效的判决、裁定（包括一审超过法定上诉期限的）仍不服的，可在两年内申请再审，但不影响判决、裁定的执行
法律文书的生效	裁决书自作出之日起发生法律效力	一审判决上诉期限届满之日，以及二审判决作出之日
执行程序	向人民法院申请执行	由人民法院适用执行程序
二者关系	当事人达成仲裁协议，一方向人民法院起诉的，人民法院不予受理，但仲裁协议无效的除外。即实行或裁或审的制度，仲裁和诉讼是相互排斥的，不能两种方式并用	

【例题26·判断题】仲裁庭作出的仲裁裁决书发生法律效力后，如果当事人一方不履行裁决的，另一方当事人可以依据民事诉讼法的有关规定向人民法院申请执行。（ ）（2000年试题）

【答案】√

【例题27·判断题】仲裁庭对当事人申请仲裁的争议作出裁决，自裁决书作出之日起发生法律效力。（ ）（2002年试题）

【答案】√

【注意问题】仲裁不同于诉讼，其实行一裁终局制度，不存在上诉的问题，因此自裁决书作出之日起发生法律效力。

【考点二十八】仲裁协议（2009年新增内容）

1. 对于仲裁条款的效力的确认，由仲裁委员会和人民法院决定。

2. 当事人对仲裁协议的效力有异议的，可以请求仲裁委员会作出决定或者请求人民法院作出裁定。一方请求仲裁委员会做出决定，另一方请求人民法院作出裁定的，由人民法院裁定。

3. 当事人在仲裁首次开庭前没有对仲裁协议的效力提出异议，而后向人民法院申请确认仲裁协议无效的，人民法院不予受理。

4. 仲裁条款具有独立性，作为主合同的一个条款，不因主合同的无效、被撤销而失效，也不因主合同的未成立而影响效力。

【例题28·多选题】当事人对仲裁协议的效力有异议的，下列各项中，采取的方式正确的有（ ）。

A. 可以请求仲裁委员会作出决定

B. 可以请求人民法院作出裁定

C. 一方请求仲裁委员会做出决定，另一方不得请求人民法院作出裁定的

D. 一方请求仲裁委员会做出决定，另一方请求人民法院作出裁定的，由人民法院裁定

【答案】ABD

经典试题回顾

一、单项选择题

1. 根据《中华人民共和国民法通则》的有关规定，下列选项中，适用于诉讼时效期间为一年的情形有（ ）。（2000年）

A. 身体受到伤害要求赔偿的

B. 拒付租金的

C. 拒不履行买卖合同的

D. 寄存财物被丢失的

【答案】ABD

【解析】根据《民法通则》第136条的规定，身体受到伤害要求赔偿的、出售质量不合格的商品未声明的、延付或拒付租金、寄存财物被丢失或损毁的，诉讼时效期间为1年。

2. 根据有关法律规定，下列争议中，诉讼时效期间为1年的是（ ）。（2006年）

A. 国际技术进出口合同争议

B. 贷款担保合同争议

C. 因出售质量不合格的商品未声明引起的争议

D. 因运输的商品丢失或损毁引起的争议

【答案】C

【解析】同 2000 年考题。

3. 根据《民法通则》的规定，下列选项中，属于无效民事行为的是（　　）。（2006 年）

A. 限制民事行为能力人实施的民事行为

B. 恶意串通损害第三人利益的民事行为

C. 所附条件尚未成就的附条件民事行为

D. 因重大误解而实施的民事行为

【答案】B

【解析】《民法通则》第 58 条列举的无效民事行为之一：恶意串通，损害国家、集体或者第三人利益的民事行为。

4. 甲于 2007 年 3 月 20 日将小件包裹寄存乙处保管。3 月 22 日，该包裹被盗。3 月 27 日，甲取包裹时得知包裹被盗。甲要求乙赔偿损失的诉讼时效期间届满日是（　　）。（2007 年）

A. 2009 年 3 月 27 日　　B. 2009 年 3 月 22 日

C. 2008 年 3 月 27 日　　D. 2008 年 3 月 22 日

【答案】C

【解析】本题有两个考点：第一，寄存财物被丢失的，诉讼时效期间为 1 年；第二，诉讼时效从当事人知道或者应当知道权利受到侵害之日起开始计算。本例中甲知道其权利受到侵害的时间为 2007 年 3 月 27 日。

二、多项选择题

1. 下列选项中，属于无效民事行为的有（　　）。（2002 年）

A. 恶意串通损害第三人利益的民事行为

B. 行为人对行为内容有重大误解的民事行为

C. 一方以欺诈手段使对方在违背真实意思的情况下所为的民事行为

D. 显示公平的民事行为

【答案】AC

【解析】《民法通则》第 58 条对无效民事行为作出了具体规定。BD 两种情形属于可撤销的民事行为。此外注意，《民法通则》与《合同法》关于一方以欺诈手段使对方在违背真实意思的情况下所为的民事行为的认定不同。所以，遇到此类题目一定要注意审题，本题就是以无效民事行为命题的，并不涉及无效合同的问题。

2. 根据《民法通则》的规定，下列情形中，诉讼时效期间为 1 年的有（　　）。（2004 年）

A. 身体受到伤害要求赔偿的

B. 延付或者拒付租金的

C. 出售质量不合格产品未声明的

D. 寄存财物被丢失或者损毁的

【答案】ABCD

【解析】本题涵盖了适用 1 年特殊诉讼时效期间的四种情形。

3. 甲公司委托业务员张某到某地采购一批等离子电视机，张某到该地后意外发现当乙公司的液晶电视机很畅销，就用盖有甲公司公章的空白介绍信和空白合同书与乙公司签订了购买 200 台液晶电视机的合同，并约定货到付款。货到后，甲公司拒绝付款。下列表述中，正确的有（　　）。（2008 年）

A. 甲公司有权拒绝付款

B. 甲公司应接受货物并向乙公司付款

C. 张某无权代理签订购买液晶电视机合同

D. 若甲公司因该液晶电视机买卖合同受到损失，有权向张某追偿

【答案】BCD

【解析】本题主要涉及表见代理。张某购买液晶电视机的行为属于无权代理，但因其持有盖有甲公司公章的介绍信和空白合同书，使善意的乙公司有理由相信其为甲公司的代理人，因此而产生的法律后果应由甲公司向乙公司承担。但是，甲公司因张某无权代理行为而受到的损失，有权向无权代理人张某追偿。

三、判断题

1. 授权委托书授权不明的，被代理人应当对第三人承担民事责任，代理人不承担责任。（　　）（2006 年）

【答案】×

【解析】授权委托书授权不明的，被代理人应当对第三人承担民事责任，代理人负连带责任。曾以选择题的形式考过该内容。

本章练习题库

一、单项选择题

1. 下列各项中，关于经济法的形式的表述中，不正确的是（　　）。

A. 法律由全国人大及其常委会制定

B. 法律是经济法构成的主体和核心

C. 行政法规的效力次于宪法和法律

D. 行政法规由国家各级行政机关制定

2. 下列各项中，不能成为经济法律关系客体的是（　　）。

A. 空气　　　　　　　　B. 汽车

C. 商标权　　　　　　　D. 经济决策行为

3. 根据法律行为的成立是否要求当事人采取法律或法规规定的特定形式来划分，可以将法律行为划分为（　　）。

A. 单方的法律行为和多方的法律行为

B. 诺成性的法律行为和实践性的法律行为

C. 要式的法律行为和不要式的法律行为

D. 主法律行为和从法律行为

4. 下列各项中，关于民事法律行为的表述中，不正

确的是(　　)。

A. 行为人应具有相应的民事行为能力。法人的行为能力与其权利能力的范围相适应,其权利能力范围一般以核准登记的生产经营和业务范围为准

B. 如果行为人故意作出不真实的意思表示,则该行为人无权主张行为无效,而善意的相对人或第三人,则可根据情况主张行为无效

C. 如果行为人基于某种错误认识而导致意思表示与内在意志不一致,则有权请求人民法院或者仲裁机关予以变更或撤销

D. 如果行为人进行某项特定的法律行为时,未能采用法律规定的特定形式的,则不能产生法律效力

5. 根据《民法通则》的规定,下列各项有关民事法律行为的表述中,正确的是(　　)。

A. 如果行为人故意作出不真实的意思表示,说明存在欺诈,行为人可主张行为无效

B. 法人的权利能力范围一般以核准登记的生产经营和业务范围为准,法人的行为能力与其权利能力的范围相适应

C. 附条件的法律行为是将一定条件的发生或不发生作为法律行为效力是否发生的根据

D. 主法律行为无效,则从法律行为亦当然不能生效;主法律行为履行完毕,必然导致从法律行为的效力的丧失

6. 甲对其儿子乙说,若乙能考上大学,甲将给乙买一台电脑。甲对其儿子乙的行为属于(　　)。

A. 附期限的法律行为　　B. 附条件的法律行为
C. 附义务的法律行为　　D. 附权利的法律行为

7. 一位老人的儿子出国留学,老人将其他儿子的房屋出租给一位年轻人居住,双方约定,待老人的儿子留学回国,该房屋租赁关系终止。该法律行为属于(　　)的法律行为。

A. 附生效条件　　　　B. 附解除条件
C. 附生效期限　　　　D. 附解除期限

8. 下列各项中,关于无效民事行为与可撤销民事行为的表述中,正确的是(　　)。

A. 可撤销的民事行为在该行为撤销前,其效力已经发生,如果自行为成立时起超过2年当事人才请求撤销的,人民法院不予保护

B. 无效民事行为与可撤销民事行为均自行为开始起就没有法律约束力

C. 对无效民事行为的产生,如果双方都有过错,应当各自承担相同的责任

D. 无效民事行为和可撤销民事行为都是欠缺法律行为有效要件的行为

9. 下列各项中,属于可撤销的民事行为是(　　)。

A. 甲从乙处买回一件假冒名牌产品

B. 甲趁乙急需用钱之时,以低于市场价30%的价格从乙处买走一辆汽车

C. 不满10周岁的甲与乙发生的买卖行为

D. 不满18周岁的中学生甲花20元钱从书店里买了一本书

10. 下列行为中,不可以代理的有(　　)。

A. 收养子女　　　　B. 申请行为
C. 发行证券　　　　D. 申报行为

11. 下列行为中,属于滥用代理权的情况有(　　)。

A. 没有代理权的代理

B. 超越代理权

C. 代理权终止后而为的代理

D. 代理双方当事人进行同一民事行为

12. 甲在无权代理的情形下,以乙的名义与丙订立合同,乙不应当向丙承担责任的情形是(　　)。

A. 乙在合同上签字

B. 乙知道甲以其名义与丙订立合同而不作否认表示

C. 丙在知道甲没有得到乙的授权的情况下,依据该合同向乙发货,被乙拒绝的

D. 甲在乙不知情的情况下,向丙提供了加盖乙的合同专用章的空白合同书而订立的合同

13. 张某是某企业的销售人员,随身携带盖有该企业公章的空白合同书,便于对外签约。后张某因收取回扣被企业除名,但空白合同书未被企业收回。张某以此合同书与他人签订买卖合同,如果合同内容并无违法或违背社会公共利益之处,该买卖合同的性质应当是(　　)。

A. 合同不成立

B. 合同成立,但得到某企业追认前无效

C. 合同成立,但某企业可以撤销

D. 合同成立,对某企业应承担履约责任

14. 甲从首饰店购买戒指一枚,标签标明该钻石为天然钻石,买回后即被人告知为人造钻石。甲遂多次与首饰店交涉,历时一年零六个月,未果。现甲欲以欺诈为由诉请法院撤销该买卖关系。下列选项中,对其主张正确的说法是(　　)。

A. 不可以,因已超过行使撤销权的期间

B. 可以,因首饰店主观上存在欺诈故意

C. 可以,因未过两年诉讼时效

D. 可以,因双方系因重大误解订立合同

15. 王某于2007年11月30日晚到某餐厅用餐,至第二天凌晨感觉身体严重不适,立即到医院抢救。医生诊断为食物中毒,经住院抢救治疗花费2000多元,王某脱离危险,于12月5日出院。王某在12月10日找到某餐厅就身体受到的伤害要求赔偿,遭到拒绝,于是王某决定起诉某餐厅。王某对某餐厅的诉讼可以在(　　)提起。

A. 2008年11月30日之前

　　B. 2008 年 12 月 5 日之前
　　C. 2008 年 12 月 10 日之前
　　D. 2009 年 12 月 1 日之前

16. 当事人对生效的判决、裁定仍不服的，可在两年内(　　)，但不影响判决、裁定的执行。
　　A. 依仲裁协议申请仲裁
　　B. 申请强制执行
　　C. 提起上诉
　　D. 申请再审

17. 当事人对仲裁协议的效力有异议，应当依法提出，否则此后再向人民法院申请确认仲裁协议无效的，人民法院不予受理。该依法提出的时间要求是(　　)。
　　A. 向仲裁机构提出仲裁申请前
　　B. 仲裁庭首次开庭前
　　C. 向法院提起诉讼前
　　D. 法庭首次开庭前

二、多项选择题

1. 根据《民法通则》的规定，下列各项中，关于民事法律行为的表述中，正确的有(　　)。
　　A. 甲乙双方在合同中约定"本合同自 2005 年 8 月 1 日起生效"，此行为属于附期限的民事行为
　　B. 一位 9 岁的小学生，将其价值千元的游戏机卖给其他同学的行为，属于可撤销的民事行为
　　C. 甲故意向乙作出不真实的意思表示，事后甲无权主张行为无效，而乙在弄清事实真相后，有权主张行为无效
　　D. 享有撤销权的当事人未在法定期限内行使撤销权，该行为视同法律行为，对当事人有约束力；如可撤销的民事行为被依法撤销，则具有与无效民事行为相同的法律后果，自行为发生之日起即没有法律约束力

2. 甲委托其在外地的好友乙代购药材，并汇去两万元钱。因一时无货，乙征得甲的同意便以甲的名义将该货款存入银行。乙的好友丙因生产经营急需用钱，乙便将甲的存折借给了丙，由丙的好友丁担保。乙未将上述情况告之甲。后因丙生产不善无力还款而引起纠纷。甲诉至法院。下列民事行为中有效的有(　　)。
　　A. 甲与乙之间的委托代理关系
　　B. 甲与银行之间的储蓄法律关系
　　C. 乙与丙之间的借款法律关系
　　D. 丁与乙、丙之间的担保法律关系

3. 关于可撤销的民事行为，下列各项中表述不正确的有(　　)。
　　A. 在该行为撤销前，其效力已经发生，未经撤销，其效力不消灭
　　B. 该行为的撤销，应由撤销权人提出并实施，可以随时请求人民法院或仲裁机构予以撤销
　　C. 由于某商场售货员向甲销售某商品时看错了标价，将该商品低价卖给了甲，后乙也在该商场购买了同类商品，得知甲买的价钱比自己买的低，遂要求法院撤销甲与某商场的买卖行为
　　D. 可撤销的民事行为，自撤销时起行为无效

4. 如果行为人因实施无效民事行为而损害国家利益或社会利益的，其在法律上将可能产生的法律后果有(　　)。
　　A. 追缴当事人取得的财产，收归国家所有
　　B. 给予当事人行政处分
　　C. 罚款
　　D. 构成犯罪的，追究刑事责任

5. 下列行为中，不属于代理的有(　　)。
　　A. 甲的朋友向甲送礼物，甲不在，乙代甲接收礼物的行为
　　B. 甲向乙和丙提供交易信息的行为
　　C. 甲信托公司，将乙委托给自己出卖的自行车以自己的名义出卖给丙的行为
　　D. 甲将邮局转来的给董事长乙的信件送给乙的行为

6. 下列行为中，属于滥用代理权的有(　　)。
　　A. 甲在代理权终止后，仍以被代理人的名义与他人订立合同
　　B. 乙被授权购买 50 公斤某地产大米，但乙却购买了 80 公斤
　　C. 丙既代理 A 又代理 B，订立 A 与 B 之间的房屋租赁合同
　　D. 丁代理 C，将 C 的一套房屋买下

7. 根据《民法通则》的规定，下列各项中，被代理人应当对第三人承担民事责任的有(　　)。
　　A. 被代理人授权委托不明的
　　B. 代理人超越委托权限，被代理人知道而不予以制止的
　　C. 代理人以被代理人的名义与自己进行民事行为的
　　D. 没有代理权的当事人为了他人利益，以他人名义与第三人发生的民事行为，尚未得到他人认可的

8. 李某装修，委托王某代购装饰材料，王某在采购中发生了如下问题。在下列情形中，不正确的处理方式有(　　)。
　　A. 因为李某委托王某代购装饰材料，所以王某为李某买回的所有装饰材料，李某都应当向王某支付垫款
　　B. 王某为了获得回扣，与某装饰材料经销商串通购进某些质量低劣的材料，对此王某应当向李某承担赔偿责任
　　C. 如果李某指定王某购买某个品牌的装饰材料，王某认为另外一个品牌的材料也不错便将其购回，李某验收时对此提出异议，要求王某退掉，如果王某没有退掉，但由于该合同是以李某的名义订立的，仍应由李某承担付款义务

D. 李某因对王某不信任，而取消了王某的代理权，但是授权委托书没有收回，王某持李某的授权委托书同某装饰材料经销商订立买卖合同，该合同的付款义务应当由李某承担

9. 下列各项中，诉讼时效期间适用一年规定的有( )。
   A. 延付或拒付租金的
   B. 借款合同纠纷
   C. 国际货物买卖合同争议
   D. 出售质量不合格的商品未予声明的

10. 下列各项中，关于经济纠纷仲裁与诉讼制度的表述中，正确的是( )。
    A. 当事人因买卖合同纠纷经仲裁机构裁决后，不服裁决的，可向法院提起诉讼
    B. 如果当事人一方不履行仲裁裁决的，另一方可以向人民法院申请执行
    C. 一审判决、裁定超过上诉期限的，发生法律效力；二审判决、裁定作出之日起即发生法律效力
    D. 某人在被他人伤害 20 年以后找到了致害人，要求致害人承担赔偿责任，因超过诉讼时效期间而不能得到法院的保护

11. 2006 年 6 月 3 日，甲向乙借款 3 万元，双方约定借款期限为 1 年。1 年后，甲没有还款，但表示将在 1 个月内还清款项，乙表示应允。对此，下列说法中，正确的有( )。
    A. 乙请求甲还款的诉讼时效期间至 2009 年 6 月 3 日届满
    B. 乙请求甲还款的诉讼时效期间至 2009 年 7 月 3 日届满
    C. 甲在 1 个月内还款的表示引起诉讼时效期间的中断
    D. 甲在 1 个月内还款的表示引起诉讼时效期间的延长

12. 甲将一辆旧车出售给乙，双方约定，如存在质量问题，应在半年之内提出请求。8 个月后，乙在一次修车过程中，发现该车的发动机非约定品牌，遂与甲发生纠纷。对此，下列说法中，正确的有( )。
    A. 诉讼时效期间已过，乙已丧失胜诉权
    B. 诉讼时效期间未过，乙仍享有胜诉权
    C. 诉讼时效期间已过，因乙已放弃时效利益
    D. 诉讼时效期间未过，因乙未放弃时效利益

13. 有关仲裁协议的要求，下列表述中正确的有( )。
    A. 仲裁协议包括在书面合同中约定的仲裁条款或事后达成的书面协议
    B. 仲裁可以先行调解，但应当根据调解协议制作成裁决书
    C. 仲裁协议中应共同选定仲裁机构
    D. 当事人没有书面仲裁协议的，该争议可向法院起诉

14. 下列各项中，关于民事判决与裁定的说法中，正确的有( )。
    A. 判决是在案件终结时作出的，裁定发生于诉讼的各阶段，因此判决不可以上诉，裁定可以上诉
    B. 判决应当以书面形式作出，裁定书面与口头形式作出都可以
    C. 一般一个案件一个判决，一个案件的裁定可能有多个
    D. 判决解决的是案件的实体问题，裁定解决的是诉讼中的程序问题

15. 下列各项中，属于部分无效的民事行为有( )。
    A. 附条件的债务法定抵销行为
    B. 超过合同标的额 20% 以上部分的定金担保
    C. 联营合同中的保底条款
    D. 超过银行同期贷款利率四倍以上部分的约定

16. 下列各项中，有关意思表示的表述，正确的有( )。
    A. 意思表示的表示方式一般采用明示方式
    B. 有相对人的意思表示原则上必须在意思表示到达相对人时才能生效
    C. 无相对人的意思表示于意思表示完成时即可产生法律效力
    D. 如果意思表示由表意人通过传达人传达的，由于传达人没有转达的风险，由表意人承担

17. 下列各项中，有关民事诉讼与仲裁的表述中，正确的有( )。
    A. 当事人达成仲裁协议的，除仲裁协议无效以外，向人民法院提起诉讼，人民法院不予受理
    B. 诉讼和仲裁都适用公开审理制度
    C. 当事人对仲裁裁决不服的可以向人民法院起诉
    D. 诉讼实行两审终审制，仲裁实行一裁终局制度

三、判断题

1. 经济法律关系的主体可依照自己的利益需要，根据自己的意志为一定行为或不为一定行为，是当事人行使经济权利的表现。 ( )

2. 参与民事法律行为的行为人都应具有完全的民事行为能力。 ( )

3. 李某告知张某自己收藏了一件某朝代的古旧青花瓷花瓶，因急需用钱愿以市场估价的八折卖与张某。张某信以为真，遂将其买下。事后张某发现其为仿制品。李某也在家人和朋友的谴责下，认为自己办了一件损人利己的事，对此李某可以向张某主张该买卖无效。 ( )

4. 甲乙双方于 2008 年 10 月签订一买卖合同，约定由甲向乙提供原材料，期限为一年，合同自双方

法定代表人签字, 并加盖单位合同专用章之日起
生效。该合同属于附延缓期限的民事行为。
( )

5. 部分无效的民事行为的无效部分从行为开始即无
法律的约束力, 而其余部分仍对当事人有约束
力。 ( )

6. A 公司的工作人员甲, 接受 A 公司的委托去购买
一批香烟。甲到 B 公司进货, 为了从中获取回
扣, 甲以 A 公司的名义从 B 公司购进一批假冒
名牌香烟, A 公司发现后责令甲退货。甲的行为
属于越权代理, 责任自负。 ( )

7. A 公司与 B 公司有长期的业务关系, A 公司的业
务活动一直由甲同 B 公司联系。后来, A 公司告
知 B 公司, 该公司的业务活动由乙取代甲同 B
公司联系, 但是 A 公司因其他原因并未实际授
权乙同 B 公司联系, 而此时乙以 A 公司的名义
同 B 公司签订的合同, 应由乙本人负责。
( )

8. 超过诉讼时效期间, 当事人自愿履行的, 不受诉
讼时效限制。 ( )

9. 王某向李某借款, 借据上写明: 王某于 2006 年
12 月 31 日前向李某还款。后李某找不到借据,
也忘记了具体的还款日期。至 2007 年 3 月 10
日, 李某找到了王某书写的借据, 向王某要求还
款, 王某以资金紧张为由拒绝还款。则李某可以
在 2008 年 12 月 31 日前对王某提起诉讼。
( )

10. 人民法院作出一审判决后, 当事人在法定期限
内未上诉的, 一审判决即发生法律效力, 当事
人不履行判决的, 另一方当事人可以向人民法
院申请强制执行。 ( )

11. 当事人对一审法院的判决、裁定不服的, 都可
在法定的期间内提起上诉。 ( )

12. 当事人对一审判决在上诉期内未提起上诉, 丧
失了申请二审的权利, 也无权申请再审。
( )

13. 诉讼时效是指权利人在法定期间内不行使权利,
即丧失请求人民法院或仲裁机关保护其权利的
权利。说明一旦超过诉讼时效期间, 法院均拒
绝受理。 ( )

14. 当事人申请仲裁解决经济纠纷的, 一定要有事
先在合同中达成的书面仲裁协议。 ( )

15. 法院判决在案件审理终结时作出, 裁定发生在
诉讼开始, 如驳回起诉、不予受理等。 ( )

16. 回避制度除了适用于审判人员和人民陪审员以
外, 还可以适用于书记员、翻译人员、鉴定人
员等。 ( )

17. 当事人对仲裁协议的效力有异议的, 应当请求
人民法院作出裁定。 ( )

本章练习题库参考答案及解析

一、单项选择题

1. 【答案】D
【解析】行政法规由国家最高行政机关国务院制
定。

2. 【答案】A
【解析】经济法律关系的客体包括物、行为、智
力成果以及权利。本题中汽车属于物, 商标权属
于智力成果, 经济决策行为属于行为, 而空气不
属于经济法律关系客体的原因是, 不能为人们控
制和支配, 不具有客体的基本特征。

3. 【答案】C
【解析】要式法律行为与不要式法律行为的区别
就在于, 法律行为的成立是否以法律规定的特定
形式作为其生效要件作为判断标准。要式法律行
为是指法律规定必须采取一定的形式或履行一定
的程序才能成立的法律行为。

4. 【答案】C
【解析】如果行为人基于某种错误的认识而导致
意思表示与内在意志不一致, 则只有在存在重大
错误的情况下, 才有权请求人民法院或者仲裁机
关予以变更或撤销。

5. 【答案】B
【解析】(1) A 选项中, "行为人可主张行为无
效"是错误的, 应当是善意的相对人或第三人,
可根据情况主张行为无效; (2) C 选项中, 对于
附条件的法律行为的解释不全面, 其既可附生效
条件也可附解除条件; (3) D 选项中, 前一句表
述是正确的, 后一句的表述是不正确的, 因为主
法律行为履行完毕, 并不必然导致从法律行为的
效力的丧失; (4) B 选项的表述虽然是正确的,
但还应注意自然人与法人的行为能力的要求不
同。

6. 【答案】B
【解析】本题属于一个附条件的赠与行为, 即该
赠与行为是否发生, 取决于甲的儿子能否考上大
学, 这是双方约定的将来发生的, 但又不能确定
的事实。

7. 【答案】B
【解析】本题中双方约定的"老人的儿子留学回
国"的事实, 也符合附条件的法律行为所附的
事实的要求。与上一题不同的是, 本题所附条件
为解除条件。

8. 【答案】D
【解析】A 选项中的时间不对, 应当是 1 年; 无
效民事行为自行为开始起没有法律约束力, 但是
可撤销的民事行为被撤销后, 自行为开始起没有
法律约束力, 撤销前其效力已经发生, 所以 B 选

项不对；C 选项中，双方都有过错的，应当各自承担"相应"的责任。

9.【答案】B

【解析】（1）A 属于行为内容违法，为无效民事行为；（2）C 是无民事行为能力人从事的行为，属于行为人主体资格不合格，所以为无效民事行为；（3）D 属于限制民事行为能力人从事的行为，因与其年龄相适应，是有效的民事行为；（4）B 属于显失公平的行为，可依法撤销。

10.【答案】A

【解析】收养子女按照国家法律规定必须由本人亲自进行的行为，不能代理，此外根据行为的性质必须由本人亲自进行的行为也不能代理，如约稿、演出等。

11.【答案】D

【解析】本题的前三个选项属于无权代理。滥用代理权与无权代理不同，代理人虽然有代理权，但没有正确的使用，损害被代理人的利益，或者违背代理的基本要求。

12.【答案】C

【解析】本题中甲为代理人，乙为被代理人，丙是第三人。（1）A 说明被代理人对无权代理行为事后追认，应承担责任；（2）B 说明被代理人在知情的情况下，对代理人的无权代理行为不予反对，也应承担责任；（3）D 属于表见代理，被代理人对其结果承担责任；（4）C 说明无权代理人与第三人串通订立合同，被代理人不知情，而第三人知情，所以被代理人乙不应向第三人丙承担责任。

13.【答案】D

【解析】本题适用表见代理。

14.【答案】A

【解析】本题考点为撤销权行使的期间。注意撤销权行使的期间与诉讼时效期限是两个不同的概念。

15.【答案】C

【解析】本题应当注意如下几个问题：（1）王某的诉讼请求为身体受到伤害要求赔偿，应当适用一年的特别诉讼时效，所以排除 D 选项；（2）诉讼时效期间的起算点，应当从权利人知道或者应当知道权利被侵害时起计算。王某知道其身体受到伤害的时间为 2007 年 12 月 1 日，11 月 30 日王某就餐的当晚并不知道其身体受到了伤害，所以 A 选项不对；（3）诉讼时效的中断。王某于 2007 年 12 月 10 日向某餐厅提出要求赔偿，则引起诉讼时效的中断，即以前经过的诉讼时效期间无效，应当自 2007 年 12 月 10 日重新计算，所以 B 选项是错误的。因此，只有 C 选项符合上述各项法律规定。

16.【答案】D

【解析】注意分清二审、再审以及执行程序的

申请条件。

17.【答案】B

【解析】当事人在仲裁首次开庭前没有对仲裁协议的效力有异议，而后再向人民法院申请确认仲裁协议无效的，人民法院不予受理。

二、多项选择题

1.【答案】ACD

【解析】B 选项所述情形属于行为人主体资格不合格，应为无效民事行为。

2.【答案】AB

【解析】乙擅自将甲的钱借给丙，是无合法处分权的行为，该行为无效。丁与乙、丙发生的担保行为，属于借款行为的从属行为，主行为无效，从行为当然无效。故 C、D 两项所述情形为无效。

3.【答案】BCD

【解析】B 选项的错误在于，没有指出撤销权行使的期限，应自行为成立之日起一年内行使；C 选项中，某商场在该买卖行为中发生了重大误解，为撤销权人，可以请求法院撤销该买卖行为，其他人不能主张其效力的消灭。D 选项的错误是概念性的，可撤销的民事行为被依法撤销，其效力溯及行为开始时无效，与无效民事行为具有相同的法律后果。

4.【答案】ABCD

【解析】第一项是对无效行为引起的财产后果的处理。后三项是对无效行为的行为人根据其违法行为的情节，所采取的不同处罚，可以单独适用也可并用。

5.【答案】ABCD

【解析】代理行为的目的在于与第三人设立、变更或终止权利义务关系，须代理人直接向第三人为意思表示，才能实现代理的目的，A 选项不符合代理的此项特征；B 选项中，甲的行为属于居间行为，甲无须独立作出意思表示；C 选项的行为属于行纪行为，信托公司以自己的名义，而非乙的名义出卖自行车，不符合代理人以被代理人的名义实施法律行为的特征；D 选项中，甲的行为属于传递信息的行为，也无须独立作出意思表示。

6.【答案】CD

【解析】前两项属于无权代理，后两项属于滥用代理权。其中 C 选项属于代理双方当事人进行同一民事行为；D 选项属于代理他人与自己进行民事活动。

7.【答案】AB

【解析】A 属于代理权授权不明，被代理人应承担民事责任；B 属于被代理人对无权代理知情而不反对的，也应承担民事责任；C 属于代理人滥用代理权，被代理人不承担民事责任，代理人应

对被代理人受到的损害承担民事责任；D 属于无权代理未得到本人追认的，本人不承担民事责任。

8. 【答案】ABC

【解析】A 选项所述情形为代理人授权不明，对此应当由被代理人向第三人承担民事责任，代理人负连带责任，李某为被代理人应当承担付款的责任，但是代理人王某也应承担连带责任，所以全部货款都由李某支付不正确。B 选项所述情形为代理人与第三人恶意串通，损害被代理人的利益，属于滥用代理权的行为。滥用代理权的行为，视为无权代理，代理人滥用代理权给被代理人及他人造成损害的，必须承担相应的赔偿责任。所以王某与第三人某经销商应当向李某承担赔偿责任，由王某一人向李某承担赔偿责任是不正确的。C 选项所述为无权代理的情形，王某超越代理权，在无权代理的情形下，如果经过被代理人的追认，代理行为有效，若未得到追认，则属于无权代理，无权代理均不对被代理人产生任何法律效力，代理行为的法律后果由代理人承担。D 选项所述情形为表见代理，第三人某经销商认为王某有代理权，故该买卖合同由被代理人李某承担责任。

9. 【答案】AD

【解析】B 项适用 2 年的普通诉讼时效；C 项适用 4 年的特殊诉讼时效。

10. 【答案】BCD

【解析】（1）我国经济纠纷的仲裁与诉讼施行或裁或审的原则，经过仲裁机构裁决后，不得再向法院起诉，故 A 选项不对。（2）自权利受到侵害之日起超过 20 年的，人民法院不予保护。所以，D 选项是正确的。

11. 【答案】BC

【解析】因为甲在 1 个月内还款的表示引起诉讼时效期间的中断，所以诉讼时效期间应当自 2007 年 7 月 3 日重新开始计算。

12. 【答案】BD

【解析】诉讼时效期间自当事人知道或者应当知道权利受到侵害之日起开始计算。

13. 【答案】ACD

【解析】仲裁可以调解，调解达成协议的，仲裁应当制作调解书或根据协议结果制作裁决书。调解书与裁决书具有同等法律效力。说明仲裁裁决书并不是唯一的生效法律文书。所以 B 选项的说法不正确。

14. 【答案】BCD

【解析】除不予受理、对管辖权的异议、驳回起诉的裁定可以上诉外，其他裁定一律不准上诉，一审的判决可以上诉。所以 A 项说法不正确。

15. 【答案】BCD

【解析】债务的法定抵销不得附有条件或期限，因此 A 选项的行为无效。

16. 【答案】ABCD

17. 【答案】AD

【解析】（1）诉讼一般公开审理，仲裁一般不公开审理，因此 B 选项不对；（2）仲裁裁决一经作出即发生法律效力，因此，当事人也不得再行向法院提起诉讼，故 C 选项错误。

三、判断题

1. 【答案】×

【解析】经济法律关系的主体行使经济权利，应当在法定范围内进行。

2. 【答案】×

【解析】本题涉及法律行为的实质要件之一，应当为行为人具有"相应"的民事行为能力，限制民事行为能力人，也能从事与其年龄、智力及精神健康状况相适应的法律行为。

3. 【答案】×

【解析】行为人故意做出不真实的意思表示，则该行为人无权主张行为无效，而善意相对人，则可根据情况主张行为无效。

4. 【答案】×

【解析】应当属于附生效条件的民事行为。因为买卖行为是不要式行为，双方当事人的签字或盖章，并不是合同行为生效的必要条件，显然是本题中甲乙双方的约定，同时符合附条件的法律行为所附条件的要求。

5. 【答案】√

【解析】部分无效的民事行为，通常不是从根本上违反法律，而只是该行为的局部违法，如付款方式违法，而其他部分都符合法律要求，因此，只要将违法的部分加以修正，对当事人仍然具有约束力。

6. 【答案】×

【解析】甲的行为为滥用代理权，属于代理人与第三人恶意串通，损害被代理人利益的情况。滥用代理权的行为，视为无效代理。代理人滥用代理权给被代理人及他人造成损害的，必须承担相应的赔偿责任。

7. 【答案】×

【解析】本题为表见代理。被代理人 A 公司对第三人 B 公司表示已将代理权授予他人乙，而实际并未授权，第三人 B 公司有理由认为代理人乙有代理权，被代理人 A 公司应当承担代理的法律后果。

8. 【答案】√

【解析】《民法通则》第 138 条的规定。

9. 【答案】×

【解析】本题有三个考点：其一，关于诉讼时效期间的计算，诉讼时效期间自权利人知道或者应当知道权利受到侵害时起开始计算。本题中李某应当知道其权利受到侵害的时间为 2006 年 12 月 31 日。其二，是诉讼时效的具体时间，本题适用 2 年的普通时效。其三，诉讼时效中断，2007 年 3 月 10 日王某要求还款，引起诉讼时效中断，诉讼时效自此重新开始计算。因此，诉讼时效应截止到 2009 年 3 月 10 日。

10.【答案】√
【解析】虽然我国《民事诉讼法》规定，经济纠纷案件适用两审终审制，但是，并非所有案件均需经过两审，一审判决后，超过上诉期限该判决即成为生效判决，当事人应当履行。另外，关于强制执行程序是针对生效判决，当事人未自觉履行时，请求人民法院采取的一种制度，也不是所有案件都需要采取的程序。

11.【答案】×
【解析】除不予受理、对管辖权有异议、驳回起诉的裁定可以上诉外，其他裁定一律不准上诉，一审判决可以上诉。

12.【答案】×

【解析】当事人对生效的判决、裁定仍不服的，可在两年内申请再审，但不影响判决、裁定的执行。

13.【答案】×
【解析】如果符合《民事诉讼法》规定的起诉条件，法院对当事人的起诉应当予以受理。在受理后经审查认为超过诉讼时效期限的，法律不予保护，再依此作出驳回申请的裁定。

14.【答案】×
【解析】仲裁协议，包括事先在合同中约定的仲裁条款，也包括事后达成的书面仲裁协议，只要是书面协议即可。

15.【答案】×
【解析】法院判决在案件审理终结时作出，一般一个案件一个判决；但是裁定可以发生于诉讼的各个阶段，一个案件可能有多个裁定。

16.【答案】√

17.【答案】×
【解析】可以请求仲裁委员会作出决定或者请求人民法院作出裁定。

第二章

个人独资企业和合伙企业法律制度

本章考情分析

2007 年本章合伙企业法部分结合修订后的新法进行了较大调整。一般以客观题为主,分值在 5 分以上。在 1999 年、2000 年和 2007 年曾考过综合题,属于相对重点章。

本章应试的重点和难点部分在合伙企业法。复习过程中注意两个对比:一是个人独资企业与合伙企业的对比;二是普通合伙企业与有限合伙企业的对比。

本章的历年综合试题非常有参考价值,但 2007 年以前的题目注意按照修订后的法律理解。

2009 年指定教材本章内容变化不大,主要对有关法律责任的内容进行了调整。

最近 3 年题型题量分析

年 份 题 型	2006 年	2007 年	2008 年
单选题	2 题 2 分		
多选题	2 题 2 分	1 题 1 分	3 题 3 分
判断题	2 题 2 分	1 题 1 分	2 题 2 分
综合题		1 题 14 分	
合计	6 题 6 分	3 题 16 分	5 题 5 分

本章考点扫描

【考点一】个人独资企业的特征（摘要）

1. 个人独资企业的投资人对企业债务承担无限责任。

2. 个人独资企业是非法人企业。个人独资企业虽然不具有法人资格,但却是独立的民事主体,可以自己的名义从事民事活动。

【例题 1·判断题】个人独资企业不具有法人资格,也无独立承担民事责任的能力。（　　）（2000 年试题）

【答案】√

【注意问题】企业的法人资格,与独立民事主体是两个不同的概念。所有企业自核发营业执照之日即取得民事主体资格,可以企业的名义参与工商活动、民事活动等,但个人独资企业与他人发生债务关系,无力以企业财产清偿时,则须以投资人的个人财产为企业债务承担清偿责任,即企业此时无独立承担民事责任的能力。企业能否独立承担民事责任,是判断其是否具有法人资格的重要特征。

【考点二】个人独资企业的设立（重要）

1. 设立条件（见表 2-1）

2. 相关法律责任

（1）个人独资企业使用的名称与其在登记机关的名称不相符合的,责令限期改正,处以 2000 元以下的罚款。

（2）涂改、出租、转让营业执照的,责令改正,没收违法所得,处以 3000 元以下的罚款;情节严重的,吊销营业执照。

（3）伪造营业执照的,责令改正,没收违法所得,处以 5000 元以下的罚款。构成犯罪的,依法追究刑事责任。

（4）违反规定,未领取营业执照,以个人独资企业名义从事经营活动的,责令停止经营活动,处以 3000 元以下的罚款。

（5）个人独资企业成立后无正当理由超过 6 个月未开业的,或者开业后自行停业连续 6 个月以上的,吊销营业执照。

【例题 2·判断题】设立个人独资企业时,投资人可以个人财产出资,也可以家庭共有财产作为个人出资。以家庭共有财产作为个人出资的,投资人可以在设立登记申请书上予以说明。（　　）

【答案】×

【注意问题】投资人可以个人财产出资，也可以家庭共有财产作为个人出资。以家庭共有财产作为个人出资的，投资人应当在设立（变更）登记申请书上予以注明，可见不是投资人可以在设立登记申请书上予以说明。

【例题3·多选题】根据个人独资企业法的规定，个人独资企业发生的下列违法情形中，依法应当吊销营业执照的有(　　)。（2008年试题）

A. 涂改营业执照且情节严重

B. 开业后自行停业时间连续达9个月

C. 使用的名称与其在登记机关登记的名称不相符合

D. 登记事项发生变更时未按照规定办理变更登记，被登记机关责令限期办理，但逾期仍未办理

【答案】AB

【解析】类似题目2006年考过多选。

【考点三】个人独资企业的事务管理（重要，2001年、2004年单选题，2000年综合题考过）

投资人对受托人或者被聘用的人员职权的限制，不得对抗善意第三人。受托人或者被聘用的人员超出投资人的限制与善意第三人的有关业务交往应当有效。

【例题4·单选题】甲投资设立乙个人独资企业，委托丙管理企业事务，授权丙可以决定10万元以下的交易。丙以乙企业的名义向丁购买15万元的商品。丁不知甲对丙的授权限制，依约供货。乙企业未按期付款，由此发生争议。下列表述中，符合法律规定的是(　　)。（2004年试题）

A. 乙企业向丁购买商品的行为有效，应履行付款义务

B. 丙仅对10万元以下的交易有决定权，乙企业向丁购买商品的行为无效

C. 甲向丁出示给丙的授权委托书后，可不履行付款义务

D. 甲向丁出示给丙的授权委托书后，付款10万元，其余款项丁只能要求丙支付

【答案】A

【相关例题】见本章经典试题回顾部分2000年综合题第一问。

【注意问题】

1. 注意区分内部关系与外部关系。受托人或被聘用人员与个人独资企业之间的关系是内部关系，如果他们给企业造成损害，应根据协议的约定以及事实向企业承担责任；但是他们以个人独资企业名义与善意第三人之间发生的经济业务事项，是企业的外部关系，应由企业向善意第三人承担责任。

2. 注意区分第三人是否善意。如果第三人为善意的，按照上述规定处理；如果第三人不是善意的，则表明第三人与受托人（或被聘用人员）恶意串通，其结果损害投资人利益的，依照代理关系，

应由受托人与第三人向投资人承担责任。

【考点四】个人独资企业事务管理人员禁止的行为（重要）

投资人委托或者聘用的管理个人独资企业事务的人员不得从事的行为有（摘要）：

1. 未经投资人同意，从事与本企业相竞争的业务（竞业限制）；

2. 未经投资人同意，同本企业订立合同或者进行交易（关联交易）。

【例题5·多选题】某个人独资企业为一家餐饮企业，该企业以往聘用的管理人员所发生的下列行为中，根据相关法律的规定，不违反法律规定的有(　　)。

A. 被聘用的管理人员甲，未经投资人同意，同时受聘于某服装销售企业

B. 被聘用的管理人员乙，同时经营面粉加工企业，乙自主决定将其加工的面粉出售给该餐饮企业

C. 被聘用的管理人员丙，经投资人同意，同时受聘于另一餐饮企业

D. 被聘用的管理人员丁，经投资人同意，将其加工的面粉出售给该餐饮企业

【答案】ACD

【注意问题】

1. 竞业限制特指被聘用的管理人员同时从事与被聘企业具有竞争性（一般是相同）的业务。

2. 竞业以及关联交易并不必然被禁止，关键在于是否经投资人同意，只有未经同意才被禁止。

3. 注意与《合伙企业法》中的相关规定比较。

【考点五】个人独资企业的解散（见表2-8）

【例题6·多选题】根据《个人独资企业法》的规定，下列情形，属于个人独资企业应当解散的有(　　)。

A. 经营期限届满

B. 投资人决定解散

C. 投资人死亡或者被宣告死亡

D. 被依法吊销营业执照

【答案】BD

【注意问题】

1. 个人独资企业设置简单，法律未要求制定章程，也没有经营期限的要求，可以由投资人根据经营情况随时决定解散。

2. 投资人死亡或者被宣告死亡，不是个人独资企业解散的绝对原因，因为个人独资企业可以依法继承，所以，在无继承人或者继承人放弃继承时，才能作为个人独资企业解散的原因。

【考点六】个人独资企业的清算（重要，见表2-8）

【例题7·单选题】某个人独资企业由王某以

个人财产出资设立。该企业因经营不善被解散，其财产不足以清偿所欠债务，对尚未清偿的债务，下列处理方式中，符合《个人独资企业法》规定的是（　　）。（2006 年试题）

A. 不再清偿

B. 以王某的其他财产予以清偿，仍不足清偿的，则不再清偿

C. 以王某的家庭共有财产予以清偿，仍不足清偿的，则不再清偿

D. 债权人在企业解散后 5 年内未提出偿债请求的，王某不再承担清偿责任

【答案】D

【注意问题】个人独资企业解散后，原投资人对个人独资企业存续期间的债务仍应承担偿还责任，但债权人在 5 年内未向债务人提出偿债请求的，该责任消灭。

【例题 8·多选题】张先生在谈到个人独资企业法的有关规定时讲到以下内容，其中正确的有（　　）。（2003 年试题）

A. 设立个人独资企业时，投资人可以个人财产出资，也可以家庭其他成员的财产作为个人出资

B. 个人独资企业可以设立分支机构

C. 个人独资企业解散时，可由投资人自行清算，也可由债权人申请人民法院指定清算人进行清算

D. 个人独资企业解散清偿债务时，所欠职工工资和社会保险费用应作为第一顺序清偿

【答案】BCD

【注意问题】

1. 本题的考点较多。A 选项的错误之处为以家庭其他成员的财产作为个人出资，正确的说法为，可以家庭共有财产作为个人出资。

2. B、C、D 的命题都是正确的，并且与其他企业在上述问题的规定上有相同之处。

【例题 9·单选题】个人独资企业违反法律规定，应当承担民事赔偿责任和缴纳罚款、罚金、其财产不足以支付的，或者被判处没收财产的，应当先（　　）。（2000 年试题）

A. 承担民事赔偿责任

B. 缴纳罚款

C. 缴纳罚金

D. 没收财产

【答案】A

【注意问题】在法律责任承担中，遇有民事责任、行政责任与刑事责任并存时，其当事人的财产不足以同时支付的，法律规定的处理原则为先民后刑。所以先承担民事赔偿责任的选项是正确的。在《证券法》等法律中也有相同规定。

【考点七】普通合伙人的责任（重要）

普通合伙人对合伙企业债务依法承担无限连带责任，法律另有规定的除外。

【解释】法律另有规定的除外，是指特殊的普通合伙企业中，根据法律规定合伙人可以不承担无限连带责任（具体内容见考点二十二）。

【例题 10·单选题】根据《中华人民共和国合伙企业法》的有关规定，合伙人承担合伙企业债务责任的方式是（　　）。（2001 年试题）

A. 对内对外均承担按份责任

B. 对内对外均承担连带责任

C. 对外承担连带责任，对内承担按份责任

D. 对内承担连带责任，对外承担按份责任

【答案】C

【注意问题】

1. 根据新《合伙企业法》的规定，本题内容只适用于普通合伙人。

2. 注意区分合伙人对合伙企业的外部责任，与合伙人之间债务分担的内部责任。合伙人对合伙企业的债务承担连带责任，合伙之间约定的分担比例对合伙企业的债权人没有约束力，这是合伙人的外部责任；合伙人之间按照合伙协议约定的比例分担，如果合伙人实际支付的清偿数额超过了其依照既定比例所应承担的数额，该合伙人有权就该超过的部分，向其他未支付或者未足额支付应承担数额的合伙人追偿，这是合伙人的内部责任。

【考点八】普通合伙企业的设立

1. 设立条件（见表 2-1）

普通合伙企业设立条件与个人独资企业设立条件对比

表 2-1　　　　个人独资企业与普通合伙企业设立条件对比

	个人独资企业	合伙企业
投资人	一个具有中国国籍的自然人，但法律、行政法规规定禁止从事经营活动的人除外	2 个以上合伙人。合伙人可以是自然人、法人和其他组织。自然人应具有完全民事行为能力。但法律禁止的企业及事业单位、社会团体除外
投资	1. 没有注册资本最低限额的要求； 2. 投资方式包括：货币、实物、土地使用权、知识产权或者其他财产权利； 3. 可以个人财产出资，也可以家庭共有财产出资。注 1	1. 没有注册资本最低限额要求； 2. 投资方式与个人独资企业基本相同。以劳务出资的，其评估办法由全体合伙人协商确定，并在合伙协议中载明（该种出资方式，是普通合伙人特有的）

	个人独资企业	合伙企业
名称	企业名称中不得使用"有限"、"有限责任"或者"公司"字样	企业名称中应当标明"普通合伙"字样
协议	无	合伙协议经全体合伙人签名、盖章后生效；合伙协议应当载明的具体事项（简要了解）
其他	有固定的生产经营场所和必要的生产经营条件；有必要的从业人员	有生产经营场所

注 1. 个人独资企业投资人在申请企业设立登记时，明确以其家庭财产作为个人出资的，应当依法以家庭共有财产对企业债务承担无限责任。

2. 相关法律责任

（1）合伙企业未在其名称中标明"普通合伙"、"特殊普通合伙"或者"有限合伙"字样的，由企业登记机关责令限期改正，处以 2000 元以上 1 万元以下的罚款。

（2）提交虚假文件或者采取其他欺骗手段，取得合伙企业登记的，由企业登记机关责令改正，处以 5000 元以上 5 万元以下的罚款；情节严重的，撤销企业登记，并处 5 万元以上 20 万元以下的罚款。

（3）未领取营业执照，而以合伙企业或者合伙企业分支机构名义从事合伙业务的，由企业登记机关责令停止，处以 5000 元以上 5 万元以下的罚款。

（4）企业登记事项发生变更时，未依照规定办理变更登记的，由企业登记机关责令限期登记；逾期不登记的，处以 2000 元以上 2 万元以下的罚款。

【例题 11·多选题】甲、乙、丙拟设立一普通合伙企业，并订立了一份合伙协议。该合伙协议的部分内容中，符合《合伙企业法》规定的有（　　）。

A. 甲的出资为现金 1000 元和劳务作价 5 万元

B. 乙的出资为现金 5 万元，于合伙企业成立后半年内缴付

C. 丙的出资为作价 8 万元的房屋一栋，不办理财产权转移手续，且丙保留对该房屋的处分权

D. 三位合伙人须具有中国国籍的自然人

【答案】AB

【注意问题】

1. 只有普通合伙人可以劳务出资；

2. 合伙人可以实际缴纳出资，也可以在合伙协议中认缴出资；

3. 以实物出资，依法应当办理相应的产权转移手续；

4. 普通合伙人与个人独资企业投资人的资格要求不同。前者可以是除自然人之外的法人或其他组织，并且对自然人没有中国国籍的要求。

【考点九】　合伙企业财产

1. 合伙企业财产的构成。合伙人的出资、以合伙企业名义取得的收益和依法取得的其他财产，均为合伙企业的财产。

【解释】合伙企业的原始财产是全体伙人"认缴"的财产，而非合伙人"实际缴纳"的财产。

2. 合伙企业财产的性质。具有独立性和完整性。合伙人在合伙企业清算前，不得请求分割合伙企业的财产；但是，法律另有规定的除外。合伙人在合伙企业清算前私自转移或者处分合伙企业财产的，合伙企业不得以此对抗善意第三人。

【例题 12·判断题】甲合伙企业的合伙人 A 将甲企业的财产私自出售给乙，如果乙对 A 向其出售的财产不知道是甲企业的，认为是 A 的个人财产，则甲企业不得要求乙返还。（　　）

【答案】√

【考点十】　财产份额转让（重要，见表 2－7）

【例题 13·多选题】根据合伙企业法律制度的规定，下列各项中，除合伙协议另有约定的外，须经普通合伙企业全体合伙人一致同意的有（　　）。（2003 年试题经调整）

A. 合伙人以劳务作为出资

B. 合伙人向合伙以外的人转让其在合伙企业的部分财产份额

C. 合伙人以其在合伙企业中的财产份额出质

D. 合伙企业的执行人以合伙企业的名义为他人提供担保

【答案】BCD

【注意问题】注意分清普通合伙企业须经全体合伙人一致同意的事项，是否存在协议约定的除外条件。在普通合伙企业中，须经全体合伙人一致同意，但协议另有约定的事项具体包括：本题 B、C 两种情况，考点十一中所涉及的事项（如本题 D 选项），以及新合伙人入伙的条件，合伙人性质的转变。须经全体合伙人一致同意（未规定协议另有约定的除外）的事项包括：合伙人的劳务出资，协议退伙，无民事行为能力或限制民事行为能力人，依法转为有限合伙人，除名，合伙人身份的继承。

【相关例题】见本章经典试题回顾部分 2007 年综合题

【考点十一】合伙事务执行（重要，自 1999 年以来考过四次多选题）

1. 除合伙协议另有约定外，应当经全体合伙人一致同意的事项：（1）改变合伙企业的名称；（2）改变合伙企业的经营范围、主要经营场所的地点；（3）处分合伙企业的不动产；（4）转让或者处分合伙企业的知识产权和其他财产权利；（5）以合伙企业名义为他人提供担保；（6）聘任合伙人以外的人担任合伙企业的经营管理人员。

【解释】其中（1）、（2）、（6）项内容是有关合伙企业的重大事项，（3）、（4）、（5）项涉及的内容有关合伙企业的财产处理，基于合伙财产的独立性与完整性，因此，除合伙协议另有约定外，应经全体合伙人一致同意。

2. 合伙人对《合伙企业法》规定或者合伙协议约定必须经全体合伙人一致同意始得执行的事务擅自处理，给合伙企业或者其他合伙人造成损失的，依法承担赔偿责任。

【例题 14·多选题】根据合伙企业法律制度的规定，普通合伙企业存续期间，下列行为中，除合伙协议另有约定的外，必须经全体合伙人一致同意的有（　　）。（2002 年试题经调整）

A. 合伙人之间转让其在合伙企业中的财产份额

B. 合伙人向合伙以外的人转让其在合伙企业中的财产份额

C. 合伙人以其在合伙企业中的财产份额出质

D. 执行合伙企业事务的合伙人向企业登记机关申请办理变更登记手续

【答案】BD

【注意问题】

1. 区分合伙人财产转让是对内还是对外；

2. 合伙协议对上述事项是否有约定。

【考点十二】合伙人在执行合伙事务中的义务（重要，见表 2 - 7）

【相关链接】

1. 与个人独资企业法中，对被聘用人员的限制规定不同。《个人独资企业法》规定，投资人委托或者聘用的管理企业事务的人员不得未经投资人同意，从事与本企业相竞争的业务。

2. 与有限合伙人的规定也不同。有限合伙人可以自营或者同他人合作经营与本有限合伙企业相竞争的业务；但是，合伙协议另有约定的除外。

3. 与公司法中，对公司高级管理人员职权的限制规定也不同。《公司法》规定，公司的董事、高级管理人员，未经股东会或者股东大会同意，不得利用职务便利为自己或者他人谋取属于公司的商业机会，自营或者为他人经营与所任职公司同类的业务。

此外，除表 2 - 7 中涉及的竞业禁止及关联交易内容外，合伙人执行合伙事务，或者合伙企业从业人员利用职务上的便利，将应当归合伙企业的利益据为己有的，或者采取其他手段侵占合伙企业财产的，应当将该利益和财产退还合伙企业；给合伙企业或者其他合伙人造成损失的，依法承担赔偿责任。

【例题 15·多选题】某普通合伙企业中，合伙事务执行人王某欲将一批原材料卖与合伙企业。下列各种情形下，王某可以与该合伙企业发生买卖行为的有（　　）。

A. 经全体合伙人 2/3 以上同意

B. 经全体合伙人同意

C. 合伙协议中允许该行为

D. 合伙事务执行人有权自行决定，所以王某有权独自决定

【答案】BC

【注意问题】

1. 普通合伙人与合伙企业的关联交易，在合伙协议另有约定或者经全体合伙人同意的情况下发生合法。

2. 普通合伙人与合伙企业发生竞业行为，被绝对禁止。

【考点十三】合伙事务执行的决议办法（见表 2 - 7）

【相关例题】见本章经典试题回顾部分 2007 年综合题。

【考点十四】合伙企业的损益分配（重要，自 1999 年起考过四次）

合伙损益由合伙利益与合伙亏损两部分构成。其分配原则主要有：

1. 按照合伙协议的约定办理；

2. 合伙协议未约定或者约定不明确的，由合伙人协商决定；

3. 协商不成的，由合伙人按照实缴出资比例分配、分担；

4. 无法确定出资比例的，由合伙人平均分配、分担；

5. 合伙协议不得约定将全部利润分配给部分合伙人或者由部分合伙人承担全部亏损。

【解释】以上规定中，前四点注意顺序。

【例题 16·单选题】根据合伙企业法律制度的规定，普通合伙协议未规定合伙人之间利润分配和亏损分担比例，且合伙人又协商不成的，其利润分配和亏损分担的原则，下列各项中正确的是（　　）。（2002 年试题经调整）

A. 由各合伙人平均分配利润和分担亏损

B. 按各合伙人实际出资比例分配利润和分担亏损

C. 根据各合伙人对合伙企业的贡献大小分配利润和分担亏损

D. 申请人民法院裁定利润分配和亏损分担比例

【答案】B

【例题17·判断题】甲、乙订立书面合伙协议约定：甲以10万元出资，乙以劳务出资；乙执行合伙企业事务；合伙企业利润由甲、乙分别按80%和20%的比例分配，亏损由甲、乙分别按20%和80%的比例分担。该合伙协议的约定符合《合伙企业法》的规定。（　　）（2006年试题）

【答案】√

【注意问题】

1. 以上两题都适用于普通合伙人。有限合伙人则以其认缴的出资额为限对合伙企业债务承担责任。

2. 法律没有要求合伙人分配利润的比例与分担亏损的比例必须相同，即享受多少利润，就承担多大亏损，而是规定合伙协议不得约定将全部利润分配给部分合伙人或者由部分合伙人承担全部亏损。

【考点十五】非合伙人参与经营管理

除合伙协议另有约定外，经全体合伙人一致同意，可以聘任合伙人以外的人担任合伙企业的经营管理人员。但是，被聘任的经营管理人员，超越合伙企业授权范围履行职务，或者在履行职务过程中因故意或者重大过失给合伙企业造成损失的，依法承担赔偿责任。

【例题18·判断题】某普通合伙企业协议约定，经全体合伙人2/3以上同意，可以聘请非合伙人甲担任管理人员，甲因越权与他人订立的合同企业不承担责任，并由甲承担为此给企业造成的损失。该协议内容合法。（　　）

【答案】×

【注意问题】

1. 此处规定亦为"协议自治"。

2. 聘任的管理人员管理合伙事务，与企业之间形成委托代理关系，其越权行为应分析相对人是否知情，适用代理的关系处理，此为外部关系；管理人越权给企业造成损失，承担赔偿责任，此为内部关系。

【考点十六】合伙企业事务执行中的对外代表权

合伙企业对外代表权的效力，主要有三种情况：

1. 全体合伙人都取得合伙事务的对外代表权；

2. 部分合伙人受委托有权对外代表合伙企业；

3. 由于特别授权在单项合伙事务上有执行权的合伙人，依照授权范围可以对外代表合伙企业。

【解释】如甲普通合伙企业有A、B、C、D四位合伙人，合伙协议约定A为合伙事务执行人，对外代表合伙企业，其他几位合伙人没有对外代表权。但是，合伙人又约定对企业电脑的维护业务，如购买电脑耗材等，由合伙人D代表企业处理，即属于在单项合伙事务上对D给予特别授权。

【考点十七】合伙企业对外代表权的限制（重要）

合伙企业对合伙人执行合伙事务以及对外代表合伙企业权利的限制，不得对抗善意第三人。

【注意问题】遇此类问题应当注意分析第三人是否善意，所以对"善意"的概念应当正确理解。

【相关例题】见经典试题回顾部分2007年综合题。

【考点十八】合伙企业的债务清偿（重要，见表2-2）

合伙企业债务清偿与合伙人的关系（即合伙企业债务的清偿顺序）

表2-2

第一步	以合伙企业的全部财产进行清偿	
第二步	只有当合伙企业财产不足清偿时，才由合伙人以其个人财产，对合伙企业债务承担无限连带清偿责任。注意当合伙企业财产能够清偿债务时，债权人不得向合伙人追偿	合伙企业与债权人之间的外部清偿关系
第三步	合伙人之间的债务分担和追偿。如果合伙人实际支付的清偿数额超过了其依照既定比例所应承担的数额，该合伙人有权向其他合伙人追偿	合伙人之间的内部关系，故合伙人之间约定的分担比例对债权人没有约束力，债权人既可以根据自己的清偿利益请求全体合伙人中的一人或数人承担全部清偿责任，也可以按照自己确定的比例向各合伙人分别追索

【例题19·多选题】甲、乙、丙为某合伙企业的合伙人。该合伙企业向丁借款15万元，甲、乙、丙之间约定，如果到期合伙企业无力偿还该借款，甲、乙、丙各自负责偿还5万元。借款到期时，该合伙企业没有财产向丁清偿。下列关于该债务清偿的表述中，正确的有（　　）。（2005年试题）

A. 丁有权直接向甲要求偿还 15 万元

B. 只有在甲、乙确实无力清偿的情况下，丁才有权要求丙偿还 15 万元

C. 乙仅负有向丁偿还 5 万元的义务

D. 丁可以根据各合伙人的实际财产情况，要求甲偿还 10 万元，乙偿还 3 万元，丙偿还 2 万元

【答案】AD

【解析】本题中，丁与该合伙企业的债务属于企业的外部关系，合伙人之间约定的债务分担比例对债权人没有约束力，债权人既可以根据自己的清偿利益，请求全体合伙人中的一人或者数人承担全部清偿责任，也可以按照自己确定的比例向各合伙人分别追索。注意分清合伙企业与债权人的外部关系，以及合伙人之间债务分担的内部关系。对于有关合伙企业的有限合伙人，以其认缴的出资额为限对合伙企业债务承担责任。

【相关例题】见本章经典试题回顾部分 1999 年综合题。

【考点十九】合伙人的债务清偿与合伙企业的关系（重要，自 1999 年考过五次。见表 2－3）

表 2－3　　合伙人个人债务的清偿

两个禁止规定	1. 合伙人发生与合伙企业无关的债务，相关债权人不得以其债权抵销其对合伙企业的债务
	2. 合伙人发生与合伙企业无关的债务，也不得代位行使合伙人在合伙企业中的权利
合伙人对其债务的清偿	合伙人的自有财产不足清偿其与合伙企业无关的债务的，该合伙人可以以其从合伙企业中分取的收益用于清偿
债权人的权利主张	可依法请求人民法院强制执行该合伙人在合伙企业中的财产份额用于清偿。此时，须注意：1. 这种清偿必须通过民事诉讼法规定的强制执行程序进行，债权人不得自行接管债务人在合伙企业中的财产份额；2. 在强制执行个别合伙人在合伙企业中的财产份额时，其他合伙人有优先购买权；其他合伙人未购买，又不同意该财产份额转让给他人的，依法为该合伙人办理退伙结算，或者办理消减该合伙人相应财产份额的结算

【注意问题】

1. 考点十八、十九讲到两种债务，一为合伙企业债务；另一为合伙人的个人债务。因此在解决合伙债务问题时应当注意：第一，应区分债务的主体；第二，债务清偿的对应关系，即合伙企业的债务理应以合伙企业财产清偿，合伙人个人债务以个人财产清偿；第三，在各自财产不足以清偿各自债务时，须注意清偿顺序及责任。

2. 合伙人之间的分担比例对债权人没有约束力。债权人可以根据自己的清偿利益，请求全体合伙人中的一人或数人承担全部清偿责任，也可以按照自己确定的清偿比例向各合伙人分别追偿。

【例题20·判断题】甲为乙普通合伙企业的合伙人。甲欠丙 20 万元，丙欠乙 30 万元。丙提出：将甲欠丙的 20 万元抵销丙欠乙的 20 万元，丙再偿还乙 10 万元。丙的主张符合合伙企业法的规定。（　　）（2008 年试题）

【答案】×

【解析】合伙企业法规定，合伙人发生与合伙企业无关的债务，相关债权人不得以其债权抵销其对合伙企业的债务。因此，丙作为合伙人甲的债权人，不得要求以其债权抵销其对乙合伙企业的债务。

【例题21·单选题】李平、李亮和李光同为明星合伙企业的合伙人。李平欠张石人民币 20 万元，无力用个人财产清偿。张石在不满足于用李平从明星合伙企业分得的收益偿还其债务的情况下，可以（　　）。（1999 年试题）

A. 代位行使李平在明星合伙企业的权利

B. 依法请求人民法院强制执行李平在明星合伙企业的财产份额用于清偿

C. 自行接管李平在明星合伙企业的财产份额

D. 直接变卖李平在明星合伙企业的财产份额用于清偿

【答案】B

【注意问题】

1. 合伙人只能以个人财产清偿个人债务，其从合伙企业中分取的收益属于个人财产；

2. 债权人可依法请求人民法院强制执行该合伙人在合伙企业中的财产份额用于清偿：（1）这种清偿必须通过民事诉讼法规定的强制执行程序，债权人不得自行接管债务人在合伙企业中的财产份额；（2）人民法院强制执行合伙人的财产份额时，应当通知全体合伙人；（3）在强制执行个别合伙企业中的财产份额时，其他合伙人有优先购买权。

【相关例题】见本章经典试题回顾部分 2000 年综合题。

【考点二十】入伙（重要，见表 2－4）

表 2－4　　入伙的条件与新合伙人的责任

条件	应当经全体合伙人同意，并依法订立书面入伙协议。订立入伙协议时，原合伙人应当向新合伙人如实告知原合伙企业经营状况和财务状况
责任	对内：入伙的新合伙人与原合伙人享有同等权利，承担同等责任。入伙协议另有约定的，从其约定
	对外：入伙的新合伙人对入伙前合伙企业的债务承担连带责任

【解释】一般来讲，入伙的新合伙人与原合伙人享有同等的权利，承担同等的责任。但是，如果原合伙人愿意以更优越的条件吸引新合伙人入伙，或者新合伙人愿意以较为不利的条件入伙，也可以在入伙协议中另行约定。

【例题22·判断题】入伙的新合伙人与原合伙人可以在入伙协议中约定，新合伙人比原合伙人享有较大的权利，承担较小的责任。（　　）（2005年试题）

【答案】√

【注意问题】合伙协议约定的内容，只在合伙人之间发生效力，即此为内部关系；但在对外关系中，新入伙的合伙人入伙前合伙企业发生的债务应承担连带责任。

【相关例题】见本章经典试题回顾部分2007年综合题。

【考点二十一】退伙（重要，自1999年以来考过七次）

1. 退伙原因（见表2－5）

表2－5　　　　　　　合伙人各类退伙原因比较

	发生情形	退伙生效时间	异议解决或责任
协议退伙	合伙协议约定合伙期限的，下列情形发生退伙：（1）合伙协议约定的退伙事由出现；（2）经全体合伙人一致同意；（3）发生合伙人难以继续参加合伙的事由；（4）其他合伙人严重违反合伙协议约定的义务		合伙人违反规定退伙的，应当赔偿由此给合伙企业造成的损失
通知退伙	须同时具备以下三项条件：（1）合伙协议未约定合伙期限的（与协议退伙的前提条件不同）；（2）合伙人在不给合伙企业事务执行造成不利影响的情况下；（3）应当提前30日通知其他合伙人		同上
当然退伙	合伙人有下列情形之一：（1）作为合伙人的自然人死亡或者被依法宣告死亡；（2）个人丧失偿债能力；（3）作为合伙人的法人或者其他组织依法被吊销营业执照、责令关闭、撤销，或者被宣告破产；（4）法律规定或者合伙协议约定合伙人必须具有相关资格而丧失该资格；（5）合伙人在合伙企业中的全部财产份额被人民法院强制执行。见注1、2、3	退伙事由实际发生之日为退伙生效日	
除名	合伙人有下列情形之一，其他合伙人一致同意，可以将其除名：（1）未履行出资义务；（2）因故意或重大过失给合伙企业造成损失；（3）执行合伙企业事务时有不正当行为；（4）发生合伙协议约定的其他事由	被除名人自接到书面除名通知之日起，除名生效，被除名人退伙	被除名人对除名决议有异议的，可以在接到除名通知之日起30日内，向人民法院起诉

注1. 合伙人被依法认定为无民事行为能力人或者限制民事行为能力人的，经其他合伙人一致同意，可以依法转为有限合伙人，普通合伙企业转为有限合伙企业。其他合伙人未能一致同意的，该无民事行为能力或者限制民事行为能力的合伙人退伙。

注2. 合伙人死亡或者依法被宣告死亡的，对该合伙人在合伙企业中的财产份额享有合法继承权的继承人，按照合伙协议的约定或者经全体合伙人一致同意，从继承开始之日起，取得该合伙企业的合伙人的资格。不能成为合伙企业合伙人的，合伙企业应当向合伙人的继承人退还被继承合伙人的财产份额。

注3. 合伙人的继承人为无民事行为能力人或者限制民事行为能力人的，经全体合伙人一致同意，可以依法成为有限合伙人，普通合伙企业依法转为有限合伙企业。全体合伙人未能一致同意的，合伙企业应当将被继承合伙人的财产份额退还该继承人。

2. 退伙结算（合伙人之间的内部关系）

（1）合伙人退伙，其他合伙人应当与该退伙人按照退伙时的合伙企业财产状况进行结算，退还退伙人的财产份额。退伙人对给合伙企业造成的损失负有赔偿责任的，相应扣减其应当赔偿的数额。退伙时有未了结的合伙企业事务的，待该事务了结后进行结算。（2）退伙人在合伙企业财产份额的退还办法，由合伙协议约定或者由全体合伙人决定。（3）合伙人退伙时，合伙企业财产少于合伙企业债务的，退伙人应当依照法律规定分担亏损，即损益分配原则的规定。

3. 退伙人的责任（合伙人与合伙企业债权人之间的外部关系）

退伙人对基于其退伙前的原因发生的合伙企业债务，承担无限连带责任。

【例题23·多选题】某普通合伙企业在经营期间吸收甲入伙。甲入伙前，合伙企业对乙负债10万元。甲入伙后，该合伙企业继续亏损，甲遂要求退伙，获其他合伙人一致同意。在此期间，该合伙企业欠丙货款20万元。甲退伙后，合伙企业又向丁借款20万元。后合伙企业解散，上述债务均未清偿。下列表述中，符合合伙企业法规定的有（　　）。

A. 对于合伙企业对乙的债务，甲应承担无限连带责任

B. 对于合伙企业对丙的债务，甲应承担无限连带责任

C. 对于合伙企业对丁的债务，甲应承担无限连带责任

D. 对于合伙企业对乙、丁的债务，甲均不承担责任

【答案】AB

【解析】本题涉及普通合伙人入伙与退伙的责任问题。

【例题24·单选题】赵某、钱某、孙某和李某共同设立了一家合伙企业，钱某被委托单独执行合伙企业事务。钱某因重大过失给合伙企业造成了较大的损失，但自己并未谋取私利。为此，赵某、孙某和李某一致同意将钱某除名，并作出除名决议，书面通知钱某本人。对于该除名决议的下列表述中，正确的是（　　）。（2005年试题）

A. 赵某、孙某和李某不能决议将钱某除名，但可以终止对钱某单独执行合伙事物的委托

B. 如果钱某对除名决议没有异议，该除名决议自作出之日起生效

C. 如果钱某对除名决议有异议，可以在接到除名通知之日起30日内，向人民法院起诉

D. 如果钱某对除名决议有异议，可以在接到除名通知之日起30日内，请求工商行政管理机关作出裁决

【答案】C

【注意问题】

1. 除名须经其他合伙人一致同意，须以书面形式通知；

2. 被除名人自接到除名通知之日起，除名生效；

3. 对除名决议有异议，可以在接到除名通知之日起30日内，向人民法院起诉。

【例题25·单选题】根据《合伙企业法》的规定，下列选项中，属于合伙人当然退伙的情形是（　　）。（2006年试题）

A. 未履行出资义务

B. 个人丧失偿债能力

C. 合伙协议约定的退伙事由出现

D. 执行合伙企业事务时有不正当行为

【答案】B

【注意问题】除名即开除，是因为合伙人的行为不利于其他合伙人，因此一致作出决定；当然退伙是合伙人没有实际的责任能力。

【例题26·多选题】甲死亡，乙对甲在某普通合伙企业中的财产份额享有合法继承权。下列有关乙与合伙企业关系的表述中，符合合伙企业法规定的有（　　）。（2008年试题）

A. 如果乙不愿意成为合伙企业的合伙人，则该合伙企业可以不必向乙退还甲的财产份额

B. 如果乙未取得合伙协议约定的合伙人资格，则该合伙企业可以不必向乙退还甲的财产份额

C. 如果乙为无民事行为能力人，全体合伙人未能一致同意乙入伙，则该合伙企业应当将甲的财产份额退还乙

D. 如果乙为无民事行为能力人，经全体合伙人一致同意，乙可以成为有限合伙人，但该合伙企业应转为有限合伙企业

【答案】CD

【解析】根据法律规定，本题A、B两项所述情形，合伙企业应当向合伙人的继承人退还被继承合伙人的财产份额，因此A、B两项的表述内容，不符合规定。

【相关例题】见本章经典试题回顾部分1999年综合题。

【考点二十二】特殊的普通合伙企业（重要，见表2-6）

表2-6　　特殊的普通合伙企业的责任形式

	有限责任与无限责任相结合	无限连带责任
情形	一个合伙人或数个合伙人在执业活动中因故意或者重大过失造成合伙企业债务的，应当承担无限责任或者无限连带责任，其他合伙人以其在合伙企业中的财产份额为限承担责任	对合伙人在执业活动中非因故意或者重大过失造成的合伙企业债务以及合伙企业的其他债务，全体合伙人承担无限连带责任

续表

	有限责任与无限责任相结合	无限连带责任
责任追偿	合伙人执业活动中因故意或者重大过失造成的合伙企业债务，以合伙企业财产对外承担责任后，该合伙人应当按照合伙协议的约定对给合伙企业造成的损失承担赔偿责任	

【例题27·判断题】注册会计师甲、乙、丙共同出资设立一合伙制会计师事务所。甲、乙在某次审计业务中，因出具虚假审计报告造成会计师事务所债务80万元。对该笔债务，甲、乙应承担无限连带责任，丙应以其在会计师事务所中的财产份额为限承担责任。（ ）（2007年试题）

【答案】√

【注意问题】合伙人执业过程中给企业造成的损失，注意区分是出于故意、重大过失，还是非因故意、重大过失造成的，其责任形式不同。

【考点二十三】有限合伙企业（重要，见表2-7）

表2-7 有限合伙企业与普通合伙企业规定的比较

	普通合伙企业	有限合伙企业
概念	由普通合伙人组成，合伙人对企业债务承担无限连带责任	由普通合伙人和有限合伙人组成，普通合伙人对合伙企业债务承担无限连带责任，有限合伙人以其认缴的出资额为限对合伙企业债务承担责任
设立	（1）合伙人为2人以上，可以是自然人、法人、其他组织。（2）有合伙人认缴或者实际缴付的出资（即没有注册资本最低限额的要求）。合伙人可以用货币、实物、知识产权、土地使用权或者其他财产权利出资，也可以用劳务出资。（3）企业名称中应标明"普通合伙"字样。（4）有书面合伙协议。（5）合伙人应当按照合伙协议约定的出资方式、数额和缴付期限，履行出资义务	（1）合伙人为2个以上50个以下，其中至少应有一个普通合伙人。国有独资公司、国有企业、上市公司以及公益性的事业单位、社会团体不得成为普通合伙人。（2）其出资方式与普通合伙企业基本相同，但有限合伙人不得以劳务出资。（3）企业名称中应当标明"有限合伙"字样。（4）有书面合伙协议，但具体内容要求不同。（5）有限合伙人应当按照合伙协议的约定期足额缴纳出资；未按期足额缴纳的，应当承担补缴义务，并对其他合伙人承担违约责任
事务执行	（1）合伙人对执行合伙事务享有同等的权利。（2）有两种执行方式。（3）有6项事务（见考点十一）应当由全体合伙人一致同意，合伙协议另有约定的除外。（4）按照合伙协议约定的表决办法作出决议；未约定或者约定不明确的，实行合伙人一人一票并经全体合伙人过半数通过的表决办法。（5）合伙企业对合伙人执行合伙事务以及对外代表合伙企业权利的限制，不得对抗善意第三人	（1）有限合伙人不执行合伙事务，不得对外代表有限合伙企业。（2）第三人有理由相信有限合伙人为普通合伙人并与其交易的，该有限合伙人对该笔交易承担与普通合伙人同样的责任。（3）有限合伙人未经授权以有限合伙企业名义与他人进行交易，给有限合伙企业或者其他合伙人造成损失的，该有限合伙人应当承担赔偿责任
利益分配	（1）按照合伙协议的约定办理；（2）合伙协议未约定或者约定不明确的，由合伙人协商决定；（3）协商不成的，由合伙人按照实缴出资比例分配、分担；（4）无法确定出资比例的，由合伙人平均分配、分担；（5）合伙协议不得约定将全部利润分配给部分合伙人或者由部分合伙人承担全部亏损	有限合伙企业不得将全部利润分配给部分合伙人；但是，合伙协议另有约定的除外
合伙人的权利和义务	（1）合伙人不得自营或者同他人合作经营与本合伙企业相竞争的业务。（2）除合伙协议另有约定或者经全体合伙人一致同意外，合伙人不得同本合伙企业进行交易	（1）有限合伙人可以自营或者同他人合作经营与本有限合伙企业相竞争的业务；但是，合伙协议另有约定的除外。（2）有限合伙人可以同本有限合伙企业进行交易；但是，合伙协议另有约定的除外

续表

	普通合伙企业	有限合伙企业
财产出质与转让	(1) 合伙人以其在合伙企业中的财产份额出质的，须经其他合伙人一致同意；未经其他合伙人一致同意，其行为无效，由此给善意第三人造成损失的，由行为人依法承担赔偿责任（见相关链接）。(2) 除合伙协议另有约定外，合伙人向合伙人以外的人转让其在合伙企业中的全部或部分财产份额时，须经其他合伙人一致同意。(3) 合伙人之间转让在合伙企业中的全部或者部分财产份额时，应当通知其他合伙人。(4) 合伙人向合伙人以外的人转让其在合伙企业中的财产份额的，在同等条件下，其他合伙人有优先购买权	(1) 有限合伙人可以将其在有限合伙企业中的财产份额出质；但是，合伙协议另有规定的除外。(2) 有限合伙人可以按照合伙协议的约定向合伙人以外的人转让其在有限合伙企业中的财产份额，但应当提前30日通知其他合伙人
合伙人的债务	清偿合伙人的自有财产不足清偿其与合伙企业无关的债务的，该合伙人可以以其从有限合伙企业中分取的收益用于清偿；债权人也可以依法请求人民法院强制执行该合伙人在合伙企业中的财产份额用于清偿。其他合伙人有优先购买权	有限合伙人的自有财产不足清偿其与合伙企业无关的债务的，该合伙人可以以其从有限合伙企业中分取的收益用于清偿；债权人也可以依法请求人民法院强制执行该合伙人在有限合伙企业中的财产份额用于清偿。人民法院强制执行有限合伙人的财产份额时，应当通知全体合伙人。在同等条件下，其他合伙人有优先购买权
入伙	新入伙人对入伙前合伙企业的债务承担无限连带责任	新入伙的有限合伙人对入伙前有限合伙企业的债务，以其认缴的出资额为限承担责任
退伙	(1) 见注1。(2) 见注2、注3。(3) 退伙人对基于退伙前的原因发生的合伙企业债务，承担无限连带责任	(1) 作为有限合伙人的自然人在有限合伙企业存续期间丧失民事行为能力的，其他合伙人不得因此要求其退伙。(2) 作为有限合伙的自然人死亡、被依法宣告死亡或者作为有限合伙的法人及其他组织终止时，其继承人或者权利承受人可以依法取得该合伙人在有限合伙企业中的资格。(3) 有限合伙人退伙后，对基于其退伙前的原因发生的有限合伙企业债务，以其退伙时从有限合伙企业中取回的财产承担责任
合伙人性质转变	普通合伙人转变为有限合伙人的，对其作为普通合伙人期间合伙企业发生的债务承担无限连带责任	有限合伙人转变为普通合伙人的，对其作为有限合伙人期间有限合伙企业发生的债务承担无限连带责任
解散情形	见注4	与注4内容一致。但有限合伙企业仅剩有限合伙人的，应当解散；有限合伙企业仅剩普通合伙人的，转为普通合伙企业

注1. 合伙人被依法认定为无民事行为能力人或者限制民事行为能力人的，经其他合伙人一致同意，可以依法转为有限合伙人，普通合伙企业转为有限合伙企业。其他合伙人未能一致同意的，该无民事行为能力或者限制民事行为能力的合伙人退伙。

注2：合伙人死亡或者依法被宣告死亡的，对该合伙人在合伙企业中的财产份额享有合法继承权的继承人，按照合伙协议的约定或者经全体合伙人一致同意，从继承开始之日起，取得该合伙企业的

合伙人的资格。不能成为合伙企业合伙人的，合伙企业应当向合伙人的继承人退还被继承合伙人的财产份额。

注3. 合伙人的继承人为无民事行为能力人或者限制民事行为能力人的，经全体合伙人一致同意，可以依法成为有限合伙人，普通合伙企业依法转为有限合伙企业。全体合伙人未能一致同意的，合伙企业应当将被继承合伙人的财产份额退还该继承人。

注4. 合伙企业有下列情形之一的，应当解散：

（1）合伙期限届满，合伙人决定不再经营；（2）合伙协议约定的解散事由出现；（3）全体合伙人决定解散；（4）合伙人已不具备法定人数30天；（5）合伙协议约定的合伙目的已经实现或者无法实现；（6）依法被吊销营业执照、责令关闭或者被撤销；（7）法律、行政法规规定的其他原因。

【解释】表2-7主要说明有限合伙企业与普通合伙企业法律规定的不同之处，对有限合伙企业未作规定的，适用普通合伙企业的有关规定。

【相关链接】出质人以其不具有所有权但合法占有的动产出质的，不知出质人无处分权的质权人行使质权后，因此给动产所有人造成损失的，由出质人承担赔偿责任。

【相关例题】见经典试题回顾部分2007年综合题。

【例题28·多选题】根据《合伙企业法》的规定，下列各项中，关于有限合伙人财产出质与转让的表述正确的有（   ）。

A. 有限合伙人经全体合伙人一致同意，可以将其在有限合伙企业中的财产份额出质

B. 有限合伙人可以将其在有限合伙企业中的财产份额出质

C. 有限合伙人经其他合伙人一致同意，可以向合伙人以外的人转让其在有限合伙企业中的财产份额

D. 有限合伙人可以按照合伙协议的约定向合伙人以外的人转让其在有限合伙企业中的财产份额，但应当提前30日通知其他合伙人

【答案】BD

【注意问题】注意区分有限合伙人与普通合伙人财产出质与财产转让的区别。

【例题29·多选题】根据《合伙企业法》的规定，下列各项中，关于有限合伙人的行为符合法律规定的有（   ）。

A. 有限合伙企业如果在协议中约定有限合伙人可以同本企业进行交易，则有限合伙人可以交易，否则不得同企业进行交易

B. 有限合伙企业如果在协议中未禁止有限合伙人同本企业进行交易，则有限合伙人可以同企业进行交易

C. 有限合伙企业如果在协议中约定有限合伙人可以经营与本企业相竞争的业务，则有限合伙人可以经营，否则不得经营与本企业相竞争的业务

D. 有限合伙企业如果在协议中未禁止有限合伙人可以经营与本企业相竞争的业务，则有限合伙人可以经营与本企业相竞争的业务

【答案】BD

【例题30·多选题】根据《合伙企业法》的规定，下列各项中，关于有限合伙企业债务清偿的表述中，符合规定的有（   ）。

A. 有限合伙人以其认缴的出资额为限，对合伙企业债务承担责任

B. 新入伙的有限合伙人对入伙前有限合伙企业的债务以其认缴的出资额为限承担责任

C. 有限合伙人退伙后，对基于其退伙前的原因发生的有限合伙企业债务，以其退伙时从有限合伙企业中取回的财产承担责任

D. 有限合伙人转变为普通合伙人的，对其作为有限合伙人期间有限合伙企业发生的债务承担无限连带责任

【答案】ABCD

【例题31·判断题】某有限合伙企业协议约定，普通合伙人甲为合伙事务执行人，甲以劳务出资，企业经营第一年如果盈利，作为奖励全部归甲。该协议约定的内容合法。（   ）

【答案】√

【例题32·判断题】某有限合伙企业的有限合伙人甲，以合伙企业的名义，并持有加盖该合伙企业合同专用章的空白合同书与乙企业订立买卖合同。如果该合伙企业无力支付合同货款，则甲对该笔债务承担无限连带责任。（   ）

【答案】√

【解释】第三人有理由相信有限合伙人为普通合伙人并与其交易的，该有限合伙人对该笔交易承担与普通合伙人同样的责任。

【例题33·判断题】有限合伙企业的有限合伙人转变为普通合伙人的，对其作为有限合伙人期间有限合伙企业发生的债务承担无限连带责任。（   ）（2008年试题）

【答案】√

【考点二十四】合伙企业解散与清算（见表2-8）

表2-8　　　　　合伙企业解散与清算（与个人独资企业比较）

	个人独资企业	合伙企业
解散情形	1. 投资人决定解散； 2. 投资人死亡或者被宣告死亡，无继承人或者继承人决定放弃继承； 3. 被依法吊销营业执照； 4. 法律、行政法规规定的其他情形	见表2-7注4

续表

	个人独资企业	合伙企业
确定清算人（清算人的职责具体了解教材内容）	由投资人自行清算或者由债权人申请人民法院指定清算人进行清算	（1）清算人由全体合伙人担任；或者经全体合伙人过半数同意，指定1名或者数名合伙人或者委托第三人，担任清算人；（2）未确定清算人的，合伙人或者其他利害关系人可以申请人民法院指定清算人
通知、公告债权人	（1）投资人自行清算的，应当在清算前15日内书面通知债权人，无法通知的，应当予以公告；（2）债权人应当在接到通知之日起30日内，未接到通知的应当在公告之日起60日内，向投资人申报其债权。见【相关链接】	（1）清算人自被确定之日起10日内将合伙企业解散事项通知债权人，并于60日内在报纸上公告；（2）债权人应当自接到通知书之日起30日内，未接到通知书的自公告之日起45日内，向清算人申报债权
清算顺序	（1）所欠职工工资和社会保险费用；（2）所欠税款；（3）其他债务。投资人的持续偿债责任	（1）清算费用；（2）职工工资、社会保险费、法定补偿金；缴纳所欠税款；清偿债务；（3）剩余财产合伙人分配
持续债权责任	企业解散后，原投资人对企业存续期间的债务仍应承担偿还责任。但是，债权人在5年内未向债务人提出偿债请求的，该责任消灭	（1）合伙企业注销后，原普通合伙人对合伙企业存续期间的债务仍应承担无限连带责任；（2）合伙企业不能清偿到期债务的，债权人可以依法向人民法院提出破产清算申请，也可以要求普通合伙人清偿。合伙企业依法被宣告破产的，普通合伙人对合伙企业债务仍应承担无限连带责任

【相关链接】关于债权人申报债权时间的规定，与《公司法》的规定相同。

【例题34·多选题】根据《合伙企业法》的规定，合伙企业不能清偿到期债务的，下列各项中，正确的解决途径有（　　）。

A. 债权人依法向人民法院提出破产清算申请
B. 要求合伙人清偿
C. 要求普通合伙人清偿
D. 在企业解散后的5年内，普通合伙人负有持续偿债的义务

【答案】AC

【注意问题】注意区分普通合伙人与有限合伙人的责任。

经典试题回顾

【说明】（1）2007年以前涉及合伙企业法的题目，按照修订后的《合伙企业法》的规定，适用于普通合伙企业。（2）以前年度的考题，与新修订的《合伙企业法》内容大相径庭的，不再选取；部分抵触的，适当调整。（3）涉及本章已经删除内容的题目不再选取。

一、单项选择题

1. 个人独资企业投资人甲聘用乙管理企业事务，同时对乙的职权予以限制，凡乙对外签订标的额超过1万元的合同，须经甲同意。某日，乙未经甲同意与善意第三人丙签订了一份标的额为2万元的买卖合同。下列关于该合同效力的表述中，正确的是（　　）。（2001年）

A. 该合同有效，但如果给甲造成损害，由乙承担民事赔偿责任
B. 该合同无效，如果给甲造成损害，由乙承担民事赔偿责任
C. 该合同为可撤销合同，可请求人民法院予以撤销
D. 该合同无效，经甲追认后有效

【答案】A

【解析】投资人对受托人或者被聘用人员的限制，不得对抗善意第三人。即个人独资企业投资人与受托人或者被聘用人员之间有关权利义务的限制只对受托人或者被聘用的人员有效，对第三人并无约束力，受托人或者被聘用的人员超出投资人的限制与善意第三人的有关业务交往应当有效。本题中乙为个人独资企业的被聘用人员，丙为善意第三人，乙超出投资人甲的限制与丙订立的买卖合同，根据上述规定应当有效。同时个人独资企业法规定，投资人委托或者聘用的人员管理个人独资企业事务时违反双方订立的合同，给投资人造成损害的，承担民事赔偿责任。所以，A选项是正确的。

二、多项选择题

1. 根据《中华人民共和国合伙企业法》的规定，

合伙企业的下列事务中，必须经全体合伙人一致同意通过的有（　　）。（1999 年）

A. 以合伙企业的名义为他人提供担保

B. 合伙人之间转让在合伙企业中的部分财产份额

C. 聘任合伙人以外的人担任合伙企业的经营管理人员

D. 改变合伙企业的名称

【答案】ACD

【解析】根据新的合伙企业法的规定，本题适用于普通合伙企业，并且合伙协议没有约定的情况下，考虑哪些事项须经全体合伙人一致同意才有意义。B 选项所列情形，无须经全体合伙人同意，转让人只要通知其他合伙人，即可在合伙人之间转让出资份额，所以仅 B 选项错误。

2. 根据《中华人民共和国合伙企业法》的规定，下列人员中，应对合伙企业债务承担连带责任的有（　　）。（2000 年）

A. 合伙企业的全体合伙人

B. 合伙企业债务发生后办理入伙的新合伙人

C. 合伙企业债务发生后办理退伙的退伙人

D. 被聘为合伙企业的经营管理人员

【答案】ABC

【解析】根据新的《合伙企业法》的规定，本题只适用于普通合伙企业。

3. 以个人财产出资设立的个人独资企业解散后，其财产不足以清偿所负债务，对尚未清偿的债务，下列处理方式中，不符合《中华人民共和国个人独资企业法》规定的有（　　）。（2001 年）

A. 不再清偿

B. 以投资人家庭共有财产承担无限责任

C. 以投资人个人的其他财产予以清偿，仍不足清偿的，如果债权人在 2 年内未提出偿债请求的，则不再清偿

D. 以投资人个人的其他财产予以清偿，仍不足清偿的，如果债权人在 5 年内未提出偿债请求的，则不再清偿

【答案】ABC

【解析】第一，个人独资企业的投资人对企业债务承担无限责任，即当个人独资企业解散后，企业财产不足以清偿所负债务时，投资人应当以其个人财产予以清偿，所以 A 选项的处理方式不正确。第二，以家庭共有财产作为个人出资的，投资人应当在设立（变更）登记申请书上予以注明，明确以其家庭共有财产作为个人出资的，应当依法以家庭共有财产对企业债务承担无限责任，本题是以个人财产出资，所以以家庭共有财产承担无限责任的处理也不正确。第三，C 选项所表述的投资人对企业债务的责任承担是正确的，但承担企业债务的时间不正确，不应当是 2 年内债权人未提出偿债请求，则不予清偿，而是

债权人在 5 年内未向债务人提出偿债请求的，该责任消灭，所以 C 选项的处理方式也不正确，D 选项的处理是正确的。

4. 甲向乙借款 4 万元作为出资与他人合伙设立了一家食品厂。借款到期后，乙要求甲偿还借款，甲个人财产不足以清偿。下列有关偿还借款的方式中，正确的有（　　）。（2004 年）

A. 甲用从食品厂分取的收益偿还借款

B. 甲自行将自己在食品厂的财产份额转让给乙，以抵偿借款

C. 甲自行将自己在食品厂的财产份额出质取得贷款，用于偿还借款

D. 乙请求人民法院强制执行甲在食品厂的财产份额用于清偿借款

【答案】AD

【解析】本题内容对于普通合伙企业而言，B、C 两项所述情形，都应当由其他合伙人一致同意方可，因为甲在食品厂的财产份额属于合伙人共同所有的财产，因此甲无权自行处理。但是，按照新《合伙企业法》的规定，对于有限合伙企业中的有限合伙人，B、C 两项内容应另作分析。

5. 根据《合伙企业法》的规定，当合伙企业的财产不足以清偿其债务时，下列人员中，应对合伙企业的债务承担连带责任的有（　　）。（2006 年）

A. 合伙企业债务发生后入伙的新合伙人

B. 合伙企业债务发生后自愿退伙的合伙人

C. 合伙企业债务发生后被除名的合伙人

D. 不参加执行合伙企业事务的合伙人

【答案】ABCD

【解析】根据新的《合伙企业法》的规定，本题情形适用于普通合伙企业。（1）新合伙人对入伙前合伙企业的债务承担无限连带责任；（2）退伙人（包括自愿退伙与除名）对基于其退伙前的原因发生的合伙企业债务，承担无限连带责任；（3）合伙企业不能清偿到期债务的，合伙人（无论其是否参加执行合伙企业事务）承担无限连带责任。

6. 根据《个人独资企业法》的规定，个人独资企业的下列违法行为中，应当受到吊销营业执照处罚的有（　　）。（2006 年）

A. 提交虚假文件取得企业登记，且情节严重

B. 使用的名称与在登记机关登记的名称不相符合

C. 出租营业执照，且情节严重

D. 开业后自行停业连续 5 个月

【答案】AC

【解析】使用的名称与在登记机关登记的名称不相符合的，责令限期改正，处以 2000 元以下的罚款，故 B 选项不选；开业后自行停业连续 6 个月以上的，吊销营业执照，所以 D 选项也不选。

三、判断题

1. 合伙协议未约定合伙企业的利润分配和亏损分担比例的,按照合伙人的出资比例分配和分担。( )（1999年）

【答案】×

【解析】本题只考虑普通合伙企业。根据新的《合伙企业法》的规定,合伙协议未约定合伙企业的利润分配和亏损分担比例的,由合伙人协商决定;协商不成的,由合伙人按照实缴出资比例分配、分担;无法确定出资比例的,由合伙人平均分配、分担。

2. 合伙协议没有约定合伙企业经营期限的,合伙人在不给合伙企业事务执行造成不利影响的情况下,可以退伙,但应当提前30日通知其他合伙人。( )（1999年）

【答案】√

【解析】本题属于通知退伙,三个条件均具备,故正确。

3. 普通合伙企业的债权人可以根据自己的清偿利益,请求全体合伙人中的一人或数人承担全部的清偿责任,也可以按照自己确定的比例向各合伙人分别追索。( )（2001年）

【答案】√

【解析】本题适用于普通合伙人。因为合伙人之间的分担比例对债权人没有约束力,合伙人须对合伙企业债务承担无限连带责任。

4. 甲向乙借款5万元作为出资与其他2人共同设立了一合伙企业。合伙企业经营期间,乙欠合伙企业贷款5万元,乙可以将其对甲的债权抵销对合伙企业的债务。( )（2001年）

【答案】×

【解析】本题适用于普通合伙人。合伙企业中某一合伙人的债权人,不得以该债权抵销其对合伙企业的债务。甲是合伙人,欠了乙5万元钱,而乙是合伙企业的债务人,欠了合伙企业5万元,所以乙的债务不得与合伙企业的债务抵销。

5. 个人独资企业解散后,其财产不足以清偿债务的,投资人应当以其个人的其他财产予以清偿,仍不足清偿的,投资人应当以其家庭共有财产予以清偿。( )（2002年）

【答案】×

【解析】根据《个人独资企业法》的有关规定,个人独资企业财产不足以清偿债务的,投资人应当以其个人的其他财产予以清偿。个人独资企业投资人在申请企业设立登记时,明确以其家庭共有财产作为个人出资的,应当依法以家庭共有财产对企业债务承担无限责任。

6. 甲、乙订立书面合伙协议约定:甲以10万元出资,乙以劳务出资;乙执行合伙事务;合伙企业利润由甲、乙平均分配,亏损由乙承担。该合伙

协议的约定符合合伙企业法的规定。( )（2004年）

【答案】×

【解析】合伙企业法规定,合伙协议不得约定合伙利润由部分合伙人享有,而亏损由部分合伙人分担。本题内容适用于普通合伙企业,如果按照新《合伙企业法》的规定,有限合伙企业协议另有约定的除外。

四、综合题

1. 本题主要考点有:普通合伙人入伙与退伙的责任,普通合伙企业的债务清偿。

1998年元月,甲、乙、丙共同设立一合伙企业。合伙协议约定:甲以现金人民币5万元出资,乙以房屋作价人民币8万元出资,丙以劳务作价人民币4万元出资;各合伙人按相同比例分配盈利、分担亏损。合伙企业成立后,为扩大经营,于1998年6月向银行贷款人民币5万元,期限为1年。1998年8月,甲提出退伙,鉴于当时合伙企业盈利,乙、丙表示同意。同月,甲办理了退伙结算手续。1998年9月,丁入伙。丁入伙后,因经营环境变化,企业严重亏损。1999年5月,乙、丙、丁决定解散合伙企业,并将合伙企业现有财产价值人民币3万元予以分配,但对未到期的银行贷款未予清偿。1999年6月,银行贷款到期后,银行找合伙企业清偿债务,发现该企业已经解散,遂向甲要求偿还全部贷款,甲称自己早已退伙,不负责清偿债务。银行向丁要求偿还全部贷款,丁称该笔贷款是在自己入伙前发生的,不负责清偿。银行向乙要求偿还全部贷款,乙表示只按照合伙协议约定的比例清偿相应数额。银行向丙要求偿还全部贷款,丙则表示自己是以劳务出资的,不承担偿还贷款义务。

要求:

根据以上事实,回答下列问题:

(1) 甲、乙、丙、丁各自的主张能否成立?并说明理由。

(2) 合伙企业所欠银行贷款应如何清偿?

(3) 在银行贷款清偿后,甲、乙、丙、丁内部之间应如何分担清偿责任?（1999年）

【参考答案】（本题内容主要适用于普通合伙企业。）

(1) 甲的主张不能成立。根据《合伙企业法》的规定,退伙人对其退伙前已发生的债务与其他合伙人承担连带责任,故甲对其退伙前发生的银行贷款应负连带清偿责任。

乙的主张不能成立。根据《合伙企业法》的规定,合伙人之间对债务承担份额的约定对债权人没有约束力,故乙提出应按约定比例清偿债务的主张不能成立,其应对银行贷款承担连带清偿责任。

丙的主张不能成立。根据《合伙企业法》的规定，以劳务出资成为合伙人的，也应承担合伙人的法律责任，故丙也应对银行贷款承担连带清偿责任。

丁的主张不能成立。根据《合伙企业法》的规定，入伙的新合伙人对入伙前的债务承担连带清偿责任，故丁对其入伙前发生的银行贷款应负连带清偿责任。

（2）根据《合伙企业法》的规定，合伙企业所欠银行贷款首先应用合伙企业的财产清偿，合伙企业财产不足清偿时，由各合伙人承担无限连带责任。乙、丙、丁在合伙企业解散时，未清偿债务便分配财产，是违法无效的，应全部退已分得的财产；退还的财产应首先用于清偿银行贷款，不足清偿的部分，由甲、乙、丙、丁承担无限连带清偿责任。

（3）根据《合伙企业法》的规定，合伙企业各合伙人在其内部是依合伙协议约定承担按份责任的。据此，甲因已办理退伙结算手续，结清了对合伙企业的财产债务关系，故不再承担内部清偿份额；如在银行的要求下承担了对外部债务的连带清偿责任，则可向乙、丙、丁追偿。乙、丙、丁应按合伙协议的约定分担清偿责任；如乙、丙、丁任何一人实际支付的清偿数额超过其应承担的份额时，有权就其超过的部分，向其他未支付或未足额支付应承担份额的合伙人追偿。

2. 本题主要考点有：个人独资企业事务管理，个人独资企业财产清偿顺序，合伙人的债务清偿与合伙企业的关系。

2000年1月15日，甲出资5万元设立A个人独资企业（本题下称"A企业"）。甲聘请乙管理企业事务，同时规定，凡乙对外签订标的额超过1万元以上的合同，须经甲同意。2月10日，乙未经甲同意，以A企业名义向善意第三人丙购入价值2万元的货物。2000年7月4日，A企业亏损，不能支付到期的丁的债务，甲决定解散该企业，并请求人民法院指定清算人。7月10日，人民法院指定戊作为清算人对A企业进行清算。经查，A企业和甲的资产及债权债务情况如下：

（1）A企业欠缴税款2000元，欠乙工资5000元，欠社会保险费用5000元，欠丁10万元；

（2）A企业的银行存款1万元，实物折价8万元；

（3）甲在B合伙企业出资6万元，占50%的出资额，B合伙企业每年可向合伙人分配利润；

（4）甲个人其他可执行的财产价值2万元。

要求：

根据上述材料，分别回答以下问题：

（1）乙于2月10日以A企业名义向丙购买价值2万元货物的行为是否有效？并说明理由。

（2）试述A企业的财产清偿顺序。

（3）如何满足丁的债权请求？（2000年）

【参考答案】

（1）乙于2月10日以A企业名义向丙购买价值2万元货物的行为有效。根据《个人独资企业法》的规定，投资人对被聘用的人员职权的限制，不得对抗善意第三人。尽管乙向丙购买货物的行为超越职权，但丙为善意第三人，因此，该行为有效。

（2）根据个人独资企业法的规定，A企业的财产清偿顺序为：①职工工资和社会保险费用；②税款；③其他债务。

（3）首先，用A企业的银行存款和实物折价共9万元清偿所欠乙的工资、社会保险费用、税款后，剩余78000元用于清偿所欠丁的债务；其次，A企业剩余财产全部用于清偿后，仍欠丁22000元，可用甲个人财产清偿；最后，在用甲个人财产清偿时，可用甲个人其他可执行的财产2万元清偿，不足部分，可用甲从B合伙企业分取的收益予以清偿或由丁依法请求人民法院强制执行甲在B合伙企业中的财产份额用于清偿（或可用甲从B合伙企业分取的收益予以清偿或由丁依法请求人民法院强制执行甲在B合伙企业中的财产份额用于清偿，如不足部分，可用甲个人其他可执行的财产2万元清偿）。

3. 本题主要考点有：合伙企业对外代表权的限制，合伙事务执行的决议办法，普通合伙人、有限合伙人以财产份额出质的效力，普通合伙人和有限合伙人对企业债务的清偿责任，有限合伙企业的设立条件。

甲、乙、丙、丁共同投资设立了A有限合伙企业（以下简称A企业）。合伙协议约定：甲、乙为普通合伙人，分别出资10万元；丙、丁为有限合伙人，分别出资15万元；甲执行合伙企业事务，对外代表A企业。2006年A企业发生下列事实：

2月，甲以A企业的名义与B公司签订了一份12万元的买卖合同。乙获知后，认为该买卖合同损害了A企业的利益，且甲的行为违反了A企业内部规定的甲无权单独与第三人签订超过10万元合同的限制，遂要求各合伙人作出决议，撤销甲代表A企业签订合同的资格。

4月，乙、丙分别征得甲的同意后，以自己在A企业中的财产份额出质，为自己向银行借款提供质押担保。丁对上述事项均不知情，乙、丙之间也对质押担保事项互不知情。

8月，丁退伙，并从A企业取得退伙结算财产12万元。

9月，A企业吸收庚作为普通合伙人入伙，庚出资8万元。

10月，A企业的债权人C公司要求A企业偿还6月份所欠款项50万元。

11月，丙因所设个人独资企业发生严重亏损不能清偿D公司到期债务，D公司申请人民法院强制执行丙在A企业中的财产份额用于清偿其债务。人民法院强制执行丙在A企业中的全部财产份额后，甲、乙、庚决定A企业以现有企业组织形式继续经营。

经查：A企业内部约定，甲无权单独与第三人签订超过10万元的合同，B公司与A企业签订买卖合同时，不知A企业该内部约定。合伙协议未对合伙人以财产份额出质事项进行约定。

要求：

根据上述材料，分别回答下列问题：

（1）甲以A企业的名义与B公司签订的买卖合同是否有效？并说明理由。

（2）合伙人对撤销甲代表A企业签订合同的资格事项作出决议，在合伙协议未约定表决办法的情况下，应当如何表决？

（3）乙、丙的质押担保行为是否有效？并分别说明理由。

（4）如果A企业的全部财产不足清偿C公司的债务，对不足清偿的部分，哪些合伙人应当承担清偿责任？如何承担清偿责任？

（5）人民法院强制执行丙在A企业中的全部财产份额后，甲、乙、庚决定A企业以现有企业组织形式继续经营是否合法？并说明理由。

（2007年）

【参考答案】

（1）甲以A企业的名义与B公司签订的买卖合同有效。第一，甲为普通合伙人，并且是A企业的对外事务执行人；第二，合伙企业法规定，合伙企业对合伙人执行合伙事务以及对外代表合伙企业权利的限制，不得对抗善意第三人。尽管事实证明甲代表A企业与B公司签订的买卖合同超越了内部规定的限制，但也同时证明B公司与A企业签订买卖合同时，不知A企业该内部约定。故B公司为善意第三人，因此该合同有效。

（2）合伙企业法规定，合伙人对合伙企业有关事项作出决议，按照合伙协议约定的表决办法办理。合伙协议未约定或者约定不明的，实行合伙人一人一票并经全体合伙人过半数通过的表决办法。因此，合伙人对撤销甲代表A企业签订合同的资格事项作出决议，在合伙协议未约定表决办法的情况下，应当由乙、丙、丁三位合伙人同意，方能符合全体合伙人过半数的要求，撤销甲的代表权。

（3）乙的质押担保行为无效。合伙企业法规定，普通合伙人以其在合伙企业中的财产份额出质的，须经其他合伙人一致同意；未经其他合伙人一致同意，其行为无效。乙作为A企业的普通合伙人，在其他合伙人不知情的情况下，擅自将

其出资设定质押担保的行为无效。

丙的质押担保行为有效。合伙企业法规定，有限合伙人可以将其在有限合伙企业中的财产份额出质。但是合伙协议另有约定的除外。由于A企业的合伙协议未对合伙人以财产份额出质事项进行约定，丙作为有限合伙人以其出资财产出质的行为有效。

（4）如果A企业的全部财产不足清偿C公司的债务，对不足清偿的部分，合伙人甲、乙、丙、丁、庚均应当承担清偿责任。其中甲、乙为普通合伙人，根据法律规定应对该笔债务承担无限连带责任；庚以普通合伙人身份入伙，根据规定，新合伙人对入伙前合伙企业的债务承担无限连带责任；丙为有限合伙人，根据规定以其认缴的出资额为限对A企业债务承担责任（见说明）；丁在退伙前为有限合伙人，根据规定，有限合伙人退伙后，对基于其退伙前的原因发生的有限合伙企业债务，以其退伙时从有限合伙企业中取回的12万元财产为限承担责任。

说明：因题目中没有说明丙是否已经实际缴纳了其认缴的出资额，故只从法律规定上加以解释。如具体分析可作两种假设：如果丙此时已经缴纳了其认缴的全部出资，则丙无需再承担清偿责任，因为A企业的财产中已包含了丙的出资；如果此时丙还未缴纳其认缴的出资，则以其认缴的出资承担清偿责任。

（5）人民法院强制执行丙在A企业中的全部财产份额后，甲、乙、庚决定A企业以现有企业组织形式继续经营不合法。根据合伙企业法规定，有限合伙企业仅剩普通合伙人的，应当转为普通合伙企业。所以，A企业在仅剩甲、乙、庚三位普通合伙人的情况下，不得再以有限合伙企业组织形式继续经营，依法应当转为普通合伙企业。

本章练习题库

一、单项选择题

1. 下列关于个人独资企业设立条件的表述中，符合《个人独资企业法》规定的是（　　）。
   A. 投资人可以是中国公民，也可以是外国公民
   B. 投资人只能以个人财产出资
   C. 企业名称不允许使用"公司"
   D. 企业可以不设固定的生产经营场所

2. 依照《个人独资企业法》的规定，下列各项中，不得作为投资人出资方式的有（　　）。
   A. 土地使用权
   B. 其他财产权利
   C. 劳务
   D. 家庭共有财产

3. 根据《合伙企业法》的规定，下列各项中，可以设立为特殊普通合伙企业的是（　　）。
   A. 会计师事务所
   B. 几位年轻人协议成立的环保小组
   C. 甲、乙、丙三个年轻人出资开设的酒吧
   D. 甲企业与乙企业之间联营设立的生产型合伙企业

4. 依照《合伙企业法》的规定，下列各项中，关于普通合伙企业财产的规定不正确的有（　　）。
   A. 合伙企业的财产包括合伙人出资和合伙企业的收益及其他依法取得的财产
   B. 合伙人在合伙企业清算前私自转移或者处分合伙企业财产的，合伙企业不得以此对抗善意第三人
   C. 合伙人以其在合伙企业中的财产份额出质的，须经其他合伙人一致同意
   D. 合伙人转让财产份额的，须经其他合伙人一致同意

5. 根据《合伙企业法》的规定，合伙企业存续期间，下列行为中，必须经全体合伙人一致同意的有（　　）。
   A. 有限合伙人同本合伙企业进行交易
   B. 新合伙人入伙
   C. 限制民事行为能力的合伙人转为有限合伙人
   D. 执行合伙企业事务的合伙人处分合伙企业的不动产

6. 甲、乙、丙同为 A 普通合伙企业的合伙人。甲欠 B 人民币 20 万元，无力用个人财产清偿。B 在不满足于用甲从 A 合伙企业分得的收益偿还其债务的情况下，可以（　　）。
   A. 代位行使甲在 A 合伙企业的权利
   B. 依法请求人民法院强制执行甲在 A 合伙企业的财产份额用于清偿
   C. 自行接管甲在 A 合伙企业的财产份额
   D. 直接变卖甲在 A 合伙企业的财产份额用于清偿

7. 甲、乙、丙经营普通合伙企业，约定由甲代表合伙企业执行合伙企业事务，后来乙擅自代表合伙企业与某企业签订了一份合同，如无其他违法情节，则对该合同的处理应当是（　　）。
   A. 如果某企业不知道乙没有对外代表权，则合同有效，合伙企业应履行该合同，乙应承担由此给合伙企业造成的损失
   B. 如果某企业知道乙没有对外代表权，则合同无效，甲向某企业负合同无效责任
   C. 无论某企业是否知道乙没有对外代表权，合同都有效，合伙企业履行合同，甲应赔偿由此给合伙企业造成的损失
   D. 无论某企业是否知道乙没有对外代表权，合同都无效，乙向某企业负合同无效责任

8. 甲为普通合伙企业的合伙人，乙为甲个人债务的

债权人，当甲的个人财产不足以清偿乙的债务时，根据合伙企业法律制度的规定，乙可以行使的权利是（　　）。
   A. 代位行使甲在合伙企业中的权利
   B. 依法请求人民法院强制执行甲在合伙企业中的财产份额用于清偿
   C. 自行接管甲在合伙企业中的财产份额
   D. 以对甲的债权抵销其对合伙企业的债务

9. 某一有限合伙企业，由普通合伙人甲、乙，以及有限合伙人丙、丁出资设立。后全体合伙人决定解散该合伙企业。清算过程中，在用合伙企业的财产及普通合伙人甲、乙的个人财产承担清偿责任后，仍不足清偿合伙企业的债务，剩余债务的解决方法是（　　）。
   A. 应当结束清算程序，注销该企业，剩余债务不再清偿
   B. 不能结束清算程序，剩余债务由原合伙人甲、乙继续清偿
   C. 不能结束清算程序，剩余债务由原合伙人甲、乙、丙、丁继续清偿
   D. 应当结束清算程序，注销该企业，债权人未得到清偿的债务由合伙人甲、乙继续承担无限连带责任

10. 根据《合伙企业法》的规定，下列各项表述中，符合法律规定的是（　　）。
    A. 有限合伙人转变为普通合伙人的，对其作为有限合伙人期间有限合伙企业发生的债务以其出资额为限承担责任
    B. 有限合伙企业不得约定，有限合伙人可以自营或者同他人合作经营与本有限合伙企业相竞争的业务
    C. 普通合伙企业中的合伙人可以按照合伙协议的约定向合伙人以外的人转让其在合伙企业中的财产份额，但应当提前 30 日通知其他合伙人
    D. 普通合伙企业协议不得约定将全部利润分配给部分合伙人，但是，有限合伙企业可以约定将全部利润分配给部分合伙人

11. 如果合伙人选择通知方式退伙的，下列条件中，合伙人不受约束的条件是（　　）。
    A. 合伙协议未约定合伙企业的经营期限
    B. 合伙协议约定了合伙企业的经营期限
    C. 合伙人的退伙不给合伙企业事务执行造成不利影响
    D. 提前 30 日通知其他合伙人

12. 合伙人死亡或者被宣告死亡的，对该合伙人在合伙企业中的财产份额享有合法继承权的继承人，依照合伙协议的约定或者经全体合伙人同意，可以取得该合伙企业合伙人的资格。该合伙人的资格从（　　）开始。
    A. 继承开始之日起
    B. 全体合伙人同意之日起

C. 合伙协议作出明确规定之日起

D. 法院依法裁定之日起

13. 根据《合伙企业法》的规定，普通合伙人被依法认定为无民事行为能力人或者限制民事行为能力人的，下列各项中，关于该合伙人的处理正确的是（　　）。

A. 该合伙人当然退伙

B. 该合伙人可以转为有限合伙人，普通合伙企业依法转为有限合伙企业

C. 其他合伙人未能一致同意该合伙人转为有限合伙人，该合伙人应该退伙

D. 该合伙人的退伙生效日为其他合伙人一致同意之日

14. 下列各项中，关于特殊普通合伙企业中，合伙人在执业活动中非因故意或者重大过失造成的合伙企业债务以及合伙企业的其他债务，正确的处理方式是（　　）。

A. 该合伙人应当承担无限责任，其他合伙人以其在合伙企业中的财产份额为限承担责任

B. 由全体合伙人承担无限连带责任

C. 该合伙人应当对合伙企业的损失承担赔偿责任

D. 按照该合伙企业协议的约定承担责任

15. 合伙企业解散进行清算时，清算人应当在法定期限内将合伙企业解散事项通知或者公告债权人。该法定期限为（　　）。

A. 自清算人被确定之日起 10 日内通知债权人，并于 30 日内在报纸上公告

B. 自决定解散之日起 10 日内通知债权人，并于 30 日内在报纸上公告

C. 自清算人被确定之日起 10 日内通知债权人，并于 60 日内在报纸上公告

D. 自决定解散之日起 10 日内通知债权人，并于 60 日内在报纸上公告

二、多项选择题

1. 根据《个人独资企业法》的规定，下列关于个人独资企业出资方面的要求，正确的表述有（　　）。

A. 投资人的知识产权

B. 投资人的劳务

C. 投资人家庭共有的房屋

D. 有符合规定的法定最低注册资本

2. 受委托或被聘用管理个人独资企业事务的人员，应当具备的条件及应尽的义务有（　　）。

A. 受托人或者被聘用的人应当与个人独资企业订立书面合同

B. 受托人或者被聘用的人员应在个人独资企业授权的范围内管理事务

C. 受托人或者被聘用的人员超出投资人的限制与第三人有关的业务交往应当有效

D. 同本企业订立合同或者进行交易

3. 依照《个人独资企业法》的规定，个人独资企业解散时，通知和公告债权人的正确做法有（　　）。

A. 应当在清算前 15 日内书面通知债权人

B. 债权人应当在接到通知之日起 30 日内，向投资人申报其债权

C. 无法通知的，应当予以公告

D. 未接到通知的债权人，应当在公告之日起 90 日内，向投资人申报其债权

4. 个人独资企业解散的，可以采取的清算方式有（　　）。

A. 投资人自行清算

B. 债权人申请人民法院指定清算人进行清算

C. 由人民法院成立清算组进行清算

D. 债权人申请仲裁机构指定清算人进行清算

5. 根据《个人独资企业法》的规定，下列各项中，投资人的违法行为，导致吊销营业执照的有（　　）。

A. 出租、转让营业执照，且情节严重的

B. 个人独资企业登记事项发生变更，逾期仍未依法办理有关变更登记

C. 企业使用的名称与其在登记机关登记的名称不相符合的

D. 个人独资企业成立后无正当理由超过 6 个月未开业的

6. 赵、钱、孙、李四人成立一普通合伙企业，赵以一台电脑作为出资。合伙企业经营期间，赵急需用钱，A 借给赵 5000 元钱，赵将其投资于合伙企业的电脑质押给 A，A 不知道该质押电脑不是赵的个人财产。此行为的处理办法是（　　）。

A. 如果钱、孙、李三个合伙人同意，赵的质押行为有效

B. 如果钱、孙、李三个合伙人不同意，赵的质押行为无效

C. 如果钱、孙、李三个合伙人不同意，赵的质押行为可以认定为退伙

D. 赵因不能如期向 A 返还借款而给 A 造成的损失，应依法向 A 赔偿

7. 根据《合伙企业法》的规定，普通合伙企业存续期间，下列行为中，除合伙协议另有约定的以外，必须经全体合伙人一致同意的有（　　）。

A. 合伙人之间转让其在合伙企业中的财产份额

B. 合伙人向合伙以外的人转让其在合伙企业中的部分财产份额

C. 合伙人以其在合伙企业中的财产份额出质

D. 执行合伙企业事务的合伙人处分合伙企业的不动产

8. 根据合伙企业法律制度的规定，下列各项中，除合伙协议另有约定的外，须经全体合伙人一致同意的有（　　）。

A. 聘任合伙人以外的人担任合伙企业的经营管理人员

B. 普通合伙人向合伙以外的人转让其在合伙企业的部分财产份额

C. 有限合伙人以其在合伙企业中的财产份额出质

D. 合伙企业的执行人以合伙企业的名义为他人提供担保

9. 下列各项中，经其他合伙人一致同意，可以决议将某合伙人除名的情形有（　　）。

A. 个人丧失偿债能力

B. 未履行出资义务

C. 执行合伙事务时有不正当行为

D. 发生合伙协议约定的事由

10. 张某、李某和王某共同出资设立达利普通合伙企业，合伙人共同推举张某为该合伙企业的事务执行人，但张某在执行合伙事务中因重大过失给合伙企业造成损失，故李某和王某决定开除张某。在对张某作出除名处理时，下列各项中符合法律规定的正确处理方式是（　　）。

A. 除名决议应当以书面形式通知张某

B. 除名决议自李某和王某共同作出之日起生效

C. 除名决议自张某接到书面通知之日起生效

D. 张某如果对除名决议有异议的，可以在接到除名通知之日起 15 日内向人民法院起诉

11. 根据《合伙企业法》的规定，下列各项中，符合有限合伙企业法律规定的有（　　）。

A. 有限合伙企业至少应当有一个有限合伙人

B. 有限合伙企业由 2 个以上 50 个以下合伙人设立

C. 有限合伙人不得以劳务出资

D. 有限合伙人经合伙协议约定，可以执行合伙事务，对外代表有限合伙企业

12. 根据《合伙企业法》的规定，下列人员中，应对合伙企业债务承担连带责任的有（　　）。

A. 新入伙的普通合伙人，对入伙前合伙企业的债务

B. 有限合伙人转变为普通合伙人的，对其作为有限合伙人期间有限合伙企业发生的债务

C. 普通合伙人转变为有限合伙人的，对其作为普通合伙人期间合伙企业发生的债务

D. 普通合伙人退伙，对基于其退伙前的原因发生的合伙企业债务

13. 甲、乙、丙三人经营一家有限合伙企业，甲为有限合伙人。后甲因故退伙，合伙企业在甲退伙前欠他人债务 5 万元，在甲退伙后又欠他人债务 2 万元，甲对这两笔债务正确的处理方法有（　　）。

A. 甲对其退伙前的合伙企业债务以其实际缴纳的出资为限承担责任

B. 甲对其退伙前的合伙企业债务应承担连带责任

C. 甲对其退伙后合伙企业债务不承担责任

D. 甲以其退伙时从有限合伙企业中取回的财产承担责任

14. 下列各项中，关于新入伙的有限合伙人，应当符合的法律规定有（　　）。

A. 必须经全体合伙人一致同意

B. 应当订立书面入伙协议，并对原合伙协议作相应的变更

C. 原合伙人应当就原合伙企业经营状况和财务状况履行告之义务

D. 新入伙的有限合伙人对入伙前合伙企业的债务，以其认缴的出资额为限承担责任

15. 根据《合伙企业法》的规定，下列各项中，有关合伙企业清算的表述，符合规定的有（　　）。

A. 清算人自被确定之日起 10 日内将合伙企业解散事项通知债权人，并于 30 日内在报纸上公告

B. 债权人应当自接到通知书之日起 30 日内，未接到通知书的自公告之日起 45 日内，向清算人申报债权

C. 合伙企业的财产首先用于支付合伙企业的清算费用

D. 合伙企业依法被宣告破产的，合伙人对合伙企业债务仍应承担清偿责任

16. 有限合伙企业解散时，其清算人的确定，在下列各项中可以采取的方式有（　　）。

A. 由全体普通合伙人担任

B. 须经全体合伙人同意，可以自合伙企业解散事由出现后 15 日内委托第三人担任

C. 须经全体合伙人过半数同意，可以自合伙企业解散事由出现后 15 日内指定 1 名或数名合伙人担任

D. 合伙企业解散事由出现之日起 15 日内，未能确定清算人的，合伙人可以申请法院指定清算人

三、判断题

1. 个人独资企业的出资人须具有中国国籍，但合伙企业的出资人不一定具有中国国籍。（　　）

2. 个人独资企业的出资人与企业是不可分割的，即当企业的资产不足以清偿到期债务时，投资人应当以自己个人的全部财产用于清偿，这实际上将企业的责任与投资人的责任连为一体。（　　）

3. 某个人独资企业投资人聘用甲管理企业事务，在个人独资企业经营中，甲有权决定将企业的商标有偿转让给他人使用。（　　）

4. 国有独资公司、国有企业、上市公司以及公益性的事业单位、社会团体不得成为合伙人。（　　）

5. 某普通合伙企业的合伙人李某欲向合伙人以外的人张某转让其在合伙企业中的部分财产份额，得到其他合伙人的一致同意。但另一合伙人王某决定购买，所以李某不得向张某转让。（　　）

6. 某从事餐饮服务的有限合伙企业，其普通合伙人王某向另一家餐饮企业投资入伙，如果该合伙协议允许，则王某的行为合法。（　　）

7. 某从事餐饮服务的普通合伙企业，其合伙人李某向一家从事服装经营的企业投资入股。李某的行为不违反合伙企业法的规定。（　　）

8. A是甲有限合伙企业的有限合伙人，A欲向B借款2万元，则A可将其在甲合伙企业的出资份额质押给B。如果该合伙企业协议对此没有约定，则A无须经其他合伙人的一致同意。（　　）

9. 某从事服装零售的有限合伙企业，有限合伙人李某未被推举为合伙事务的执行人，于是李某又向另一家从事服装零售业务的企业投资入伙。该有限合伙企业协议中对此未作出约定，李某的行为不符合《合伙企业法》的规定。（　　）

10. 有限合伙人可以同本有限合伙企业进行交易；但是，合伙协议另有约定的除外。（　　）

11. 某有限合伙企业的有限合伙人赵某按照合伙协议的约定向合伙人以外的人转让其在有限合伙企业中的财产份额，但应当提前30日通知其他合伙人。（　　）

12. 合伙人死亡或被依法宣告死亡，不能除名，应等待其法定继承人的出现。（　　）

13. 有限合伙企业可以约定在合伙经营的第一年，将全部利润分配给部分合伙人。该约定不违反法律规定。（　　）

14. 除合伙协议另有约定外，普通合伙人转变为有限合伙人，应当经全体合伙人一致同意，但是有限合伙人转变为普通合伙人，不受此限制。（　　）

15. 有限合伙人转变为普通合伙人的，对其作为有限合伙人期间有限合伙企业发生的债务以其认缴的出资为限承担责任。（　　）

四、综合题

1. 王某决定出资办一小型食品加工厂，于是说服全家人，用其家庭资产8万元出资，向工商行政管理部门申请设立登记。在投资人栏目中王某注明为个人财产；企业名称为好味食品公司。工商部门指出其中的错误。王某更正后，于2005年2月16日予以注册登记。

企业成立后，王某聘请吴某管理企业事务，同时规定，凡吴某对外签订标的额超过2万元以上的合同，须经王某同意。2005年8月2日，吴某未经王某同意，为了获得甲企业给予的回扣款，以好味企业的名义向甲企业购入了一批价值2.5万元的劣质货物。2005年12月，吴某从银行贷款

10万元购买住房，在与银行签订借款合同时，吴某以好味企业的财产进行了抵押，贷款到期后，吴某没有还清全部贷款，银行要求法院处分抵押权时，遭到王某的拒绝，于是银行以吴某为被告起诉至法院。此外，吴某受聘好味企业后，一直背着王某与其与他人合伙开办的一家糖厂进货，从中得利，直至企业解散时才被发现。

2006年9月，好味企业发生亏损，欠乙公司的到期债务无力偿还，王某决定解散企业。

要求：

根据以上事实，请分别回答以下问题：

（1）好味企业为何种法律形态的企业？其设立过程中的错误之处有哪些？请予改正。

（2）吴某以好味企业的名义从甲企业购物的行为是否有效？为什么？

（3）吴某将好味企业的财产抵押给银行的行为是否合法？请说明理由。

（4）吴某从其合伙开办的糖厂进货的行为是否合法？为什么？

（5）好味企业应如何偿还乙公司的债务？好味企业解散后，债权人乙公司尚未得到清偿的债务怎么办？

2. 甲为一家从事长途客运业务公司的投资人，乙、丙分别为经营长途客运业务的个体户，后三人商定合伙经营货运咨询网络及运输服务，每人出资10万元入伙。于是，甲从原公司退出，与乙、丙共同出资，设立了一家特殊普通合伙企业。甲提出其原公司业务经理丁某善于管理，可以由丁某以其管理才能入伙，不需缴纳出资，乙、丙表示同意，为此在合伙协议中特别载明了丁劳务出资的评估办法。随后，丁某也从原运输公司辞职，加入该合伙企业，四人一致同意由丁作为日常业务负责人。

乙在该合伙企业入伙后，其亲戚在外地开办运输公司，知道乙有开办运输公司的经验，便邀请乙投资入股。乙开始有些为难，怕其他合伙人知道后影响合伙人之间的关系，推辞不愿入股，但其亲戚几经劝说，乙也逐渐认为这家运输公司不在本地，自己既不是合伙企业的执行人，也不在该运输公司担任职务，只是投资入股，帮忙出出主意，对合伙企业的经营不会有影响，并且其他合伙人不可能知道，最终答应投资入股该运输公司。

合伙企业设立一年后，丁在长途运输过程中因酒后驾驶撞伤他人，需向受害者支付医疗费、赔偿金等共计60万元。丁个人无力承担该等费用，受害者要求合伙企业及其他几位合伙人承担责任。但其他几位合伙人认为该事故是因为丁未能安全驾驶引发的，应由丁本人承担责任，因此拒绝承担。此时，合伙企业尚有财产40万元。为此引起纠纷，受害者将合伙企业及合伙人诉至法

院。法院依法进行了处理。

合伙企业经营过程中，后甲因突发脑溢血死亡。甲尚有一个年满 16 岁上中学的儿子。

要求：

根据以上事实，请回答以下问题：

（1）丁以其管理才能入伙是否有效？

（2）乙在某运输公司投资入股的行为是否合法？请说明理由。

（3）因丁交通事故引发的医疗费、赔偿金等费用应如何向受害者承担？对受害者的赔偿责任承担之后，该合伙人是否应对合伙企业承担赔偿责任？

（4）甲死亡后产生什么法律后果？其儿子能否成为合伙企业的合伙人？请说明理由。

3. 甲、乙两家企业，与丙、丁两位自然人共同出资，欲设立一家从事服装生产的有限合伙企业。该合伙协议约定，甲、乙为普通合伙人，丙、丁为有限合伙人。甲企业的经理与乙企业的经理共同执行合伙企业的事务。合伙企业经营的前 2 年，企业的全部利润与亏损均由合伙人甲、乙分配或分担，以后各年按照各合伙人的出资比例进行利润分配或亏损承担；在此期间丙、丁可向其他企业投资，但不得销售本合伙企业生产的服装。有限合伙人向合伙以外的人转让其在有限合伙企业中的财产份额，须经普通合伙人的一致同意。

该合伙企业依法成立后，合伙人丙向另一家服装生产企业投资入股，投资款项是向一位朋友 A 借款筹得，债权人 A 要求丙提供质押担保，于是，丙将其投入到合伙企业的某办公设备出质给 A。合伙人甲将其企业生产的拉链、钮扣等服装配件销售给该合伙企业。甲和丙的行为被合伙人丁得知后，对此提出异议，认为丙的行为已经违反了有关竞业禁止的规定，其出质行为也未征得其他合伙人的同意。同时认为，协议不允许丁销售合伙企业的服装，但甲却向合伙企业提供服装配件，同样违反了有关禁止关联交易的规定。要求甲和丙改正其不合法的行为。

企业经营过程中，由于丁与其他合伙人产生了分歧，决定将其出资份额转让给 B，退出该合伙企业。丁的退伙决定得到了甲和乙的同意，并与退伙的 1 个月前通知了合伙人丙。丁退伙时，从合伙企业中取回全部投资及应得利润。在丁退伙以前该企业尚有一笔到期货款没有支付，债权人 C 曾经多次向该合伙企业追讨，企业以资金周转困难为由一直拖欠。丁退伙后，债权人 C 继续向包括丁在内的合伙企业及其他合伙人追要。

要求：

根据以上事实请分别回答下列问题：

（1）该有限合伙企业协议的约定是否符合法律规定？请说明理由。甲、乙两家企业作为有限合伙企业的合伙人，根据《合伙企业法》的规定，该企业不得是哪些企业？

（2）甲和丙的行为是否违法？请说明理由。

（3）丁的退伙是否合法？为什么？丁在退伙后是否还应对该笔货款承担责任？

（4）如果合伙人乙转为有限合伙人，或者合伙人丙转为普通合伙人，应当具备什么条件？对其未转变合伙人特定身份前，合伙企业发生的债务，应如何承担责任？

4. 甲公司与自然人乙、丙共同出资设立一家有限合伙企业 A 企业（以下简称为"A 企业"），从事电子零配件的加工生产。该合伙企业协议约定的有关内容如下：企业名称为"A 电子配件加工厂"。合伙人甲公司与自然人乙为有限合伙人。甲公司以厂房、机器设备、办公设备等作价出资，出资额为 30 万元，甲公司于企业设立之初先行缴纳包括厂房和机器设备在内的出资，并于企业成立后的 1 个月内办理相关的产权过户手续，办公设备于企业设立后的两个月内陆续配置到位；乙以某项专利技术出资，作价金额为 8 万元，另将其提供生产技术指导与培训服务折合 8 万元作为其出资，专利技术出资于企业设立时即办理产权转让手续；合伙人丙以现金出资，出资额为 5 万元，先期缴纳 3 万元，于企业设立半年内缴纳其余的 2 万元，同时丙为 A 企业对外事务执行人，并将其提供管理付出的劳务折合出资 10 万元。合伙人甲公司与乙以其各自认缴的出资额为限对 A 企业债务承担责任；合伙人丙对企业债务承担无限连带责任。A 企业的上述非货币出资均经法定资产评估机构作价。A 企业的上述协议，因存在违法之处，未能获得工商部门的注册。经律师帮助修改后，得以注册成立。

A 企业成立后，合伙人甲公司虽然将厂房及机器设备交与 A 企业使用，但一直未按照合伙协议的约定办理相关的产权过户手续。合伙人乙按照协议办理了相应的产权过户手续。合伙人丙按照协议约定的期限如数缴纳其出资。

A 企业成立后，丙代表 A 企业与 B 公司签订一份加工承揽合同。合同约定由 A 企业为 B 公司加工生产某电子配件，履行期限为 1 个月，加工费为 5 万元（含 A 企业提供的原材料）。B 企业于合同签订后的 5 日内向 A 企业预先支付定金 1 万元，其余费用于 A 企业向 B 公司交付加工产品，B 公司经验收合格后在 10 日内向 A 企业全部结清。合同签订后，B 公司即按合同约定将 1 万元定金转入 A 企业的银行账户。A 企业在收到该笔定金的第二天，合伙人丙因发生车祸死亡。该加工承揽合同到期后，B 公司要求 A 企业交付加工产品。此时，A 企业表示该合同是丙和 B 公司签订的，现在丙已经身故，故 A 企业不承担责任。B 公司遂将 A 企业起诉至法院，要求 A

企业继续履行合同,并承担双倍返还定金的违约
责任。

要求:

根据以上事实,分别回答下列问题:

(1) 请指出 A 企业协议的违法之处,并予以说明。

(2) 合伙人甲公司未按期缴纳出资的行为应如何处理?说明理由。

(3) A 企业与 B 公司的合同是否有效? B 公司的诉讼主张能否支持?说明理由。

(4) 合伙人丙死亡后,如果丙没有继承人, A 企业能否存在?如果丙有继承人,该继承人是否须具备完全的民事行为能力?

本章练习题库参考答案及解析

一、单项选择题

1.【答案】C

【解析】根据《个人独资企业法》规定的条件,投资人只能是具有中国国籍的自然人;投资人可以个人财产出资,也可以家庭共有财产出资;企业名称不得使用"有限"、"有限责任"以及"公司"等字样;企业应当具有固定的生产经营场所和必要的生产经营条件。

2.【答案】C

【解析】在目前我国的各类企业中,只有合伙企业法律明确规定可以劳务出资,其条件为须经全体合伙人一致同意,并依法评估作价。

3.【答案】A

【解析】《合伙企业法》规定,以专业知识和专门技能为客户提供有偿服务的专业服务机构,可以设立为特殊的普通合伙企业。

4.【答案】D

【解析】D 选项的错误在于,没有区分合伙人转让财产的对象。合伙人向合伙人以外的人转让其在合伙企业中的全部或者部分财产份额时,须经其他合伙人一致同意;合伙人之间转让在合伙企业中的全部或者部分财产份额时,应当通知其他合伙人。

5.【答案】C

【解析】(1)有限合伙人和普通合伙人与本企业进行交易,是否应经其他合伙人一致同意规定不同,前者除合伙协议另有约定的外,可与本企业进行交易;后者除合伙协议另有约定或者经全体合伙人一致同意外,不得同本企业进行交易。所以 A 选项不选。(2)新合伙人入伙,以及执行合伙企业事务的合伙人处分合伙企业的不动产,除合伙协议另有约定外,应经全体合伙人一致同意。因此, B、D 项也不选。

6.【答案】B

【解析】(1)本题中 B 身为合伙企业合伙人甲的债权人,因其不满足甲从合伙企业分得的收益偿还其债务,根据《合伙企业法》的规定,有权请求法院强制执行甲在合伙企业的财产份额用于清偿。因此 B 选项是正确的。(2)合伙人发生与合伙企业无关的债务,不得代位行使合伙人在合伙企业中的权利。故 A 选项是错误的。(3) C、D 两个选项,主要反映在清偿程序上存在错误,债权人无权自行接管或者变卖合伙人在合伙企业中的财产份额,必须通过民事诉讼法规定的强制执行程序由人民法院进行。

7.【答案】A

【解析】《合伙企业法》规定,合伙企业对合伙人执行合伙事务以及对外代表合伙企业权利的限制,不得对抗善意第三人,所以合同有效,但是乙的行为给合伙企业造成损害的应当依法承担赔偿责任。注意合伙企业与第三人的合同关系同乙对合伙企业的赔偿关系是两个法律关系,应当分别处理,不可混淆。

8.【答案】B

【解析】本题的债务人甲为合伙人,根据《合伙企业法》的规定,合伙人发生与合伙企业无关的债务,相关债权人不得以其债权抵销其对合伙企业的债务;也不得代位行使合伙人在合伙企业中的权利。此外,合伙企业的财产由出资人的出资加收益构成,为全体合伙人共有,因此,甲的债权人也无权接管甲在合伙企业中的财产份额。所以 A、C、D 三个选项都不对。注意执行甲在合伙企业中的财产份额用于清偿的,债权人一定得依法请求人民法院采取强制执行的程序。

9.【答案】D

【解析】首先,合伙企业解散清算中,已没有合伙企业及普通合伙人的个人财产用于清偿的,应当结束清算程序。第二,合伙企业注销后,原普通合伙人对合伙企业存续期间的债务仍应承担无限连带责任。

10.【答案】D

【解析】注意有限合伙企业与普通合伙企业的不同规定。A 选项的正确表述应当为,该合伙人对其作为有限合伙人期间有限合伙企业发生的债务承担无限连带责任。B 选项的内容适用于普通合伙企业或者普通合伙人,但对于有限合伙人而言,合伙企业协议另有约定的除外。C 选项的规定适用于有限合伙企业中有限合伙人。

11.【答案】B

【解析】在合伙企业法确定的自愿退伙中包括有协议退伙和通知退伙,二者的区别之一在于前者是合伙协议中约定了企业经营期限的,后者是协议中未约定企业的经营期限。

12.【答案】A

13.【答案】C

【解析】注意新旧《合伙企业法》就此规定的不同。本题所述情形，并不是法定的当然退伙的情形之一，故 A 选项不对。B 选项的错误在于，没有说明是否经其他合伙人一致同意。退伙事由实际发生之日为退伙生效日，所以，D 选项也不正确。

14.【答案】B

【解析】注意区分合伙人是否因故意或者重大过失造成的合伙企业债务。如果是，则应当适用 A 选项；如果否，即本题所述的情形，则选择 B 选项。

15.【答案】C

【解析】本题关于合伙企业清算人通知、公告债权人的时间，以及债权人申报债权的时间规定，与《公司法》的规定相同。

二、多项选择题

1.【答案】AC

【解析】劳务出资是合伙企业特有的出资方式；个人独资企业和合伙企业都没有注册资本最低限额的法律要求。所以，B、D 两项是不正确的。

2.【答案】AB

【解析】C 选项的错误是，受托人超出投资人与第三人的业务交往，没有指出第三人是否善意的，所以不能肯定其交往是有效的；D 选项的错误是，没有说明是否经过投资人的同意。

3.【答案】ABC

【解析】未接到通知的债权人，应当在公告之日起 60 日内，向投资人申报债权。考生注意，与《公司法》中有关公告申报债权的要求不同。

4.【答案】AB

【解析】对于个人独资企业和合伙企业，解散时清算人的确定基本相同，由投资人清算或者由债权人申请人民法院指定清算人，公司等其他企业的解散一般成立清算组进行清算。

5.【答案】AD

【解析】B、C 两项的情形，处以 2000 元以下的罚款。

6.【答案】ABD

【解析】注意修改后《合伙企业法》的规定，合伙人以其在合伙企业中的财产份额出质的，须经其他合伙人一致同意；未经其他合伙人一致同意，其行为无效，由此给善意第三人造成损失的，由行为人依法承担赔偿责任。

7.【答案】BCD

【解析】注意区分几种情况：（1）合伙人之间转让财产份额与合伙人向合伙以外的人转让财产额的条件不同，前者只需通知其他合伙人；（2）注意普通合伙人与有限合伙人向合伙以外的人转让财产份额不同，前者除合伙协议另有约定的

外，应经其他合伙人一致同意；后者可以按照合伙协议的约定转让，但应提前 30 日通知其他合伙人，其他合伙人有优先购买权；（3）普通合伙人与有限合伙人以财产份额出质的规定也不同。前者除合伙协议另有约定外，须经其他合伙人一致同意；后者除合伙协议另有约定的外，可以以其财产份额出质，无需其他合伙人的同意；（4）执行合伙企业事务的合伙人处分合伙企业的不动产，不必区分普通合伙与有限合伙。

8.【答案】ABD

【解析】本题 A、D 两项内容在《合伙企业法》的 31 条中有明确规定；B 选项涉及合伙人转让财产额的问题，注意分清合伙人之间的转让与向合伙人以外的人转让的条件不同；C 选项是针对有限合伙人的，如果是普通合伙人以其在合伙企业中的财产份额出质，须经其他合伙人一致同意。

9.【答案】BCD

【解析】A 选项属于当然退伙的情形。

10.【答案】AC

【解析】《合伙企业法》明确规定，对合伙人的除名决议应当书面通知被除名人。被除名人自接到除名通知之日起，除名生效，被除名人退伙。被除名人对除名决议有异议的，可以在接到除名通知之日起 30 日内，向人民法院起诉。

11.【答案】BC

【解析】有限合伙企业至少应当有一个普通合伙人，故 A 选项不对。有限合伙人不执行合伙事务，不得对外代表有限合伙企业，因此 D 选项也不对。

12.【答案】ABCD

【解析】注意区分有限合伙人与普通合伙人的责任。

13.【答案】CD

【解析】有限合伙人退伙后，对基于其退伙前的原因发生的有限合伙企业债务，以其退伙时从有限合伙企业中取回的财产承担责任。注意有限合伙人与普通合伙人的责任区别。

14.【答案】BCD

【解析】注意有限合伙企业有特殊规定的适用特殊规定，如 D 选项，没有特别规定则适用普通合伙企业的有关规定，如 A、B、C 选项。

15.【答案】BC

【解析】（1）清算人自被确定之日起 10 日内将合伙企业解散事项通知债权人，并于 60 日内在报纸上公告，故 A 选项不对；（2）合伙企业依法被宣告破产的，"普通"合伙人对合伙企业债务仍应承担"无限连带"责任，因此，D 选项也不对。

16.【答案】CD

【解析】合伙企业解散，清算人的确定无需区

分普通合伙企业与有限合伙企业。根据法律规定，清算人由全体合伙人担任；经全体合伙人过半数同意，可以自合伙企业解散事由出现后15日内指定一个或者数个合伙人，或者委托第三人，担任清算人。自合伙企业解散事由出现之日起15日内未确定清算人的，合伙人或者其他利害关系人可以申请人民法院指定清算人。

三、判断题

1.【答案】√

【解析】个人独资企业与合伙企业的出资人虽然都要求是自然人，但是就国籍方面的要求不同，合伙企业对此没有限制。

2.【答案】√

【解析】个人独资企业的财产与责任同投资人个人是紧密相连的，企业财产所有权归投资人所有，投资人的个人财产也是企业的财产，因此企业财产不足清偿债务时，则用投资人的个人财产予以清偿。

3.【答案】×

【解析】应当征得投资人同意，否则属于擅自的处理个人独资企业财产的行为，不符合法律规定。

4.【答案】×

【解析】本题所涉及主体，不得成为普通合伙人，但法律并未限制其成为有限合伙人。

5.【答案】×

【解析】本题内容表述不完整。应为普通合伙人依法转让其财产份额时，在同等条件下，并且合伙协议未作约定的情况下，其他合伙人有优先受让的权利。

6.【答案】×

【解析】关于竞业禁止的规定，合伙企业法对有限合伙人与普通合伙人的要求不同。对于普通合伙人不得发生同业竞争的行为。如果合伙协议允许则该协议内容无效。

7.【答案】√

【解析】因为李某的行为未构成同业竞争，其所投资的两家企业不具有同业竞争关系。

8.【答案】√

【解析】有限合伙人可以将其在有限合伙企业中的财产份额出质；但是，合伙协议另有约定的除外。

9.【答案】×

【解析】有限合伙人可以自营或者同他人合伙经营与本有限合伙企业相竞争的业务；但是合伙协议另有约定的除外。

10.【答案】√

【解析】注意合伙企业法对有限合伙人与普通合伙人，同本企业发生交易的规定不同。

11.【答案】√

【解析】注意普通合伙人与有限合伙人向合伙人以外的人转让出资份额的条件不同。

12.【答案】×

【解析】合伙人死亡或者被宣告死亡属于当然退伙，不是除名的问题。当然退伙以法定事由发生之日为退伙生效日。

13.【答案】√

【解析】《合伙企业法》规定，有限合伙企业不得将全部利润分配给部分合伙人；但是，合伙协议另有约定的除外。

14.【答案】×

【解析】除合伙协议另有约定外，普通合伙人转变为有限合伙人，或者有限合伙人转变为普通合伙人，应当经全体合伙人一致同意。

15.【答案】×

【解析】有限合伙人转变为普通合伙人的，对其作为有限合伙人期间有限合伙企业发生的债务承担无限连带责任。

四、综合题

1.【答案】本题考查要点：个人独资企业的设立条件，受聘人员与第三人之间的关系，受聘人员的义务，个人独资企业的清算。

(1) 好味企业属一个自然人出资设立的企业，应为个人独资企业。其设立过程中的错误有两处。一为《个人独资企业法》规定，投资人可以个人财产出资，也可以家庭共有财产作为个人出资。以家庭共有财产作为个人出资的，投资人应当在设立登记申请书上予以注明。二为个人独资企业的名称不合法，个人独资企业的名称中不得使用"有限"、"有限责任"或者"公司"字样，好味企业的名称可以叫好味食品加工厂或好味食品加工部等。

(2) 吴某以好味企业的名义从甲企业购物的行为无效。《个人独资企业法》规定，受托人或者被聘用的人员超出投资人的限制与善意第三人的有关业务交往应当有效。所谓善意第三人是指第三人在就有关经济业务事项交往中，没有从事与受托人或者被聘用的人员串通，故意损害投资人的利益的人。但是，本案中的第三人甲企业与吴某串通，提供劣质物品，损害投资人王某的利益，不属善意第三人，故此不适用该法律规定，应为无效。

(3) 吴某以好味企业的财产抵押贷款的行为无效。因为根据《个人独资企业法》的规定，投资人委托或者聘用的管理个人独资企业事务的人员不得擅自以企业财产提供担保。本案中吴某用该企业财产提供担保，为自己购买住房的贷款行为进行抵押，没有经过投资人王某的同意，侵犯了独资企业的财产权益，吴某应当自己向银行承担责任，并应当承担因此行为给该独资企业造成的损失。

（4）吴某从其合伙开办的糖厂进货的行为不合法。该行为属于关联交易行为。根据法律规定，吴某的关联交易行为，即同受聘企业订立合同或者进行交易，须经投资人王某的同意。因吴某未经王某同意暗中进行交易，故其关联交易行为不合法。

（5）好味企业首先应对其财产进行清算，有权要求甲企业和吴某，就他们所从事的无效行为，给本企业造成的损失予以赔偿，还有权要求吴某因擅自用独资企业财产抵押和违法的关联交易行为给本企业造成的损失进行赔偿，并将上述几项赔偿并入好味企业。如果好味企业的财产不足以清偿到期债务时，应当依法以王某的家庭共有财产对企业债务承担无限责任，因为其在设立登记之初，虽没有注明以家庭共有财产作为个人出资，隐瞒了出资的真实情况，但经工商部门指出其错误后进行了修正。因为《个人独资企业法》规定，以家庭共有财产作为个人出资的，投资人应当在设立（变更）登记申请书上予以说明。个人独资企业解散后，王某仍需用家庭共有财产对债权人乙公司的债务承担偿还责任，但乙公司在五年内未向王某提出偿债请求的，该责任消灭。

2.【答案】本题考查要点：合伙企业的设立、合伙人的竞业禁止义务、合伙企业债务承担、合伙人的资格、合伙人因死亡退伙及继承。

（1）有效。根据《合伙企业法》的规定，合伙人以劳务出资，其评估办法由全体合伙人协商确定，并在合伙协议中载明。丁的管理才能出资属于劳务出资，并经其他合伙人一致同意，在合伙协议中载明了其评估办法，因此，该出资合伙有效。

（2）乙在某运输公司投资入股的行为不合法。《合伙企业法》规定，合伙人不得自营或者同他人合作经营与本合伙企业相竞争的业务。因此，乙先后在两家从事运输业务的企业投资，违反了法律规定。

（3）由于该合伙企业是专门从事货运咨询网络及长途运输服务的企业，属于以专业知识和专门技能为客户提供有偿服务的专业服务机构，为特殊普通合伙企业。丁因酒后驾驶发生交通事故，致人伤害，属于重大过失行为。根据《合伙企业法》规定，一个合伙人在执业活动中因故意或者重大过失造成合伙企业债务的，应当承担无限责任，其他合伙人以其在合伙企业中的财产份额为限承担责任。为此，丁应承担无限责任，其他合伙人甲、乙、丙以其出资额为限承担责任。在对受害者的赔偿责任承担之后，根据《合伙企业法》的规定，合伙人执业活动中因故意或者重大过失造成的合伙企业债务，以合伙企业财

产对外承担责任后，该合伙人应当按照合伙协议的约定对给合伙企业造成的损失承担赔偿责任。因此，丁应按照合伙协议的约定向合伙企业承担损失赔偿责任。

（4）甲死亡后，根据《合伙企业法》的规定，属于当然退伙。甲的儿子能否成为合伙企业的合伙人，决定性的条件在于全体合伙人是否一致同意。因为甲的儿子属于限制民事行为能力，根据《合伙企业法》的规定，经全体合伙人一致同意，可以依法成为有限合伙人，普通合伙企业依法转为有限合伙企业。全体合伙人未能一致同意的，合伙企业应当将被继承合伙人的财产份额退还该继承人。

3.【答案】本题考查要点：合伙企业事务执行，合伙企业的利润分配，有限合伙人的身份限制、竞业禁止、出质行为以及向合伙以外的人转让财产的条件，普通合伙人与合伙企业的交易行为，普通合伙人与有限合伙人的身份转变及责任承担。

（1）该有限合伙企业协议的约定符合法律规定。第一，有限合伙企业中至少应有一名普通合伙人，该企业有两位普通合伙人。第二，有限合伙人不执行合伙事务，不得对外代表有限合伙企业，该企业的事务执行人由普通合伙人担任。第三，有限合伙企业不得将全部利润分配给部分合伙人；但是，合伙协议另有约定的除外。由此可见，《合伙企业法》允许合伙协议中约定将全部利润分配给部分合伙人。第四，有限合伙人可以自营或者同他人合作经营与本有限合伙企业相竞争的业务；但是，合伙协议另有约定的除外。因此，关于有限合伙人能否发生同业竞争的行为可以由合伙协议作出约定。第五，有限合伙人可以同本有限合伙企业进行交易；但是，合伙协议另有约定的除外。因此，该合伙协议约定限制有限合伙人丙、丁不得销售企业生产的服装不违反法律规定。第六，合伙协议可以对有限合伙人向合伙人以外的人转让出资的事项作出约定。甲、乙两家企业作为有限合伙企业的普通合伙人，根据《合伙企业法》的规定，该企业不得是国有企业、国有独资公司以及上市公司。

（2）丙的行为均不违法。首先，丙向另一家服装生产企业投资的行为，《合伙企业法》未作限制性规定，但是，须注意的是，该合伙协议约定在合伙经营的前2年，允许有限合伙人向同类的其他企业投资，所以，丙的投资行为不能超过合伙协议限定的时间。其次，关于丙以其出资的办公设备向其债权人A出质的行为，由于丙是有限合伙人，根据《合伙企业法》的规定，对于有限合伙人以其出资份额出质的，无需经其他合伙人的一致同意。除合伙协议另有约定的外。而该合伙协议中也未对此作出约定。所以，丙的出质行为是合法的。

甲的行为违反法律规定。《合伙企业法》规定，除合伙协议另有约定或者经全体合伙人一致同意外，合伙人不得同本合伙企业进行交易。甲虽然为普通合伙人，并且负责执行企业事务，但是该合伙协议中没有约定甲可以同合伙企业进行交易，甲也未征得其他合伙人的一致同意。所以，甲的行为不符合法律规定。

（3）丁的退伙合法。《合伙企业法》规定，有限合伙人可以按照合伙协议的约定向合伙人以外的人转让其在有限合伙企业中的财产份额，但应当提前30日通知其他合伙人。丁已经按照合伙协议的约定经普通合伙人甲、乙同意，并在退伙前30日通知了其他合伙人丙。丁在退伙后还应对该笔货款承担责任。《合伙企业法》规定，有限合伙人退伙后，对基于其退伙前的原因发生的有限合伙企业债务，以其退伙时从有限合伙企业中取回的财产承担责任。

（4）如果合伙人乙转为有限合伙人或者合伙人丙转为普通合伙人，根据《合伙企业法》的规定，应当经全体合伙人一致同意。合伙人乙转为有限合伙人，对其作为普通合伙人期间合伙企业发生的债务承担无限连带责任；合伙人丙转为普通合伙人，对其作为有限合伙人期间有限合伙企业发生的债务也应承担无限连带责任。

4.【答案】（本题主要考点有：有限合伙企业的设立，有限合伙企业的事务执行，合同效力认定及定金法则，有限合伙企业的解散。）

（1）根据《合伙企业法》的规定，A企业协议的违法之处有：第一，A企业名称不符合法律规定。该企业为有限合伙企业，根据规定，其名称中应当标明"有限合伙"的字样。第二，乙以劳务折合出资的方式不符合法律规定。乙为有限合伙人，根据规定，有限合伙人不得以劳务出资。第三，丙为普通合伙人，以劳务出资虽然符合法律规定，但是劳务出资亦由法定评估机构评

估作价的方式不符合法律规定。根据规定，合伙人以劳务出资的，其评估办法由全体合伙人协商确定，并在合伙协议中载明。

（2）合伙人甲公司未按期缴纳出资的行为，根据《合伙企业法》的规定，有限合伙人应当按照合伙协议的约定按期足额缴纳出资；未按期足额缴纳出资的，应当承担补缴义务，并对其他合伙人承担违约责任。

（3）A企业与B公司的合同合法有效。首先，该合同是A企业的合伙事务执行人丙代表企业订立的。丙为该有限合伙企业的普通合伙人，依法可以成为有限合伙企业的事务执行人，同时该企业合伙协议又约定其有权对外代表合伙企业，故其有资格代表A企业订立合同。第二，该合同内容真实、具体，是A企业与B公司意思表示一致的协议。因此，该合同合法有效。

B公司的诉讼主张应当支持。因为该合同合法有效，《合同法》规定，合同生效后，当事人不得因姓名、名称的变更或者法定代表人、负责人、承办人的变动而不履行合同义务。所以，A企业的事务执行人丙虽然身故，但该A企业为该合同的当事人，依然有履行合同的义务。现A企业到期未能履行合同义务，已构成违约行为。A企业已经收取了B公司的定金，根据定金罚则的规定，收受定金的一方不履行合同义务的，应当双倍返还定金。债权人要求继续履行的，还应承担继续履行的义务。

（4）合伙人丙死亡后，如果丙没有继承人，A企业不能存在。因为《合伙企业法》规定，有限合伙企业仅剩有限合伙人的，应当解散。如果丙有继承人，该继承人须具备完全的民事行为能力。因为《合伙企业法》规定，有限合伙企业至少须有一个普通合伙人，合伙人为自然人的，应当具有完全民事行为能力。

第三章

外商投资企业法律制度

本章考情分析

本章共介绍了三类外商投资企业的法律制度，总体而言，理解难度不大，但需要记忆的内容突出。

本章题型以客观题为主，分值一般在5分以上。在1997年、1998年考过10分以上的综合题，2004年本章与全民所有制企业法的内容（2008年教材已删除）结合，2008年本章与证券法、公司法的内容结合考过综合题。因而，本章属于相对重点章。

复习本章内容，注意三个比较（可参考第四章考点扫描部分表4-1）：（1）中外合资经营企业和外资企业，与有限责任公司在设立条件及组织机构方面的异同；（2）中外合资经营企业与中外合作经营企业的异同；（3）外资企业与外国公司分支机构的区别。掌握三大记忆模块：（1）注册资本与投资总额的比例；（2）外国投资者并购境内企业的有关时间、外商投资企业投资者股权变更、反垄断审查等规定；（3）外国投资者对上市公司战略投资。

2009年指定教材本章内容整体变化不大，适当增加了一些新内容，并进行了一些结构上的调整。

最近3年题型题量分析

题型 ＼ 年份	2006年	2007年	2008年
单选题	2题2分	2题2分	
多选题	3题3分	1题1分	1题1分
判断题		1题1分	1题1分
综合题			0.25题4分
合计	5题5分	4题4分	2.25题6分

本章考点扫描

【考点一】外商投资企业的投资项目（见表3-1）

表3-1　　　　　　　　　　　外商投资企业的投资项目

鼓励类	1. 属于农业新技术、农业综合开发和能源、交通、重要原材料工业的； 2. 属于高新技术、先进适用技术，能够改进产品性能、提高企业技术经济效益或者生产国内生产能力不足的新设备、新材料的； 3. 适应市场需求，能够提高产品档次、开拓新兴市场或者增加产品国际竞争能力的； 4. 属于新技术、新设备，能够节约能源和原材料、综合利用资源和再生资源以及防治环境污染的； 5. 能够发挥中西部地区的人力和资源优势，并符合国家产业政策的； 6. 产品全部直接出口的允许类外商投资项目，视为鼓励类外商投资项目； 7. 法律、行政法规规定的其他情形
限制类	1. 技术水平落后的； 2. 不利于节约资源和改善生态环境的； 3. 从事国家规定实行保护性开采的特定矿种勘探、开采的； 4. 属于国家逐步开放的产业的； 5. 法律、行政法规规定的其他情形

续表

禁止类	1. 危害国家安全或者损害社会公众利益的； 2. 对环境造成污染损害，破坏自然资源或者损害人体健康的； 3. 占用大量耕地，不利于保护、开发土地资源的； 4. 危害军事设施安全和使用效能的； 5. 运用我国特有工艺或者技术生产产品的； 6. 法律、行政法规规定的其他情形
允许类	1. 不属于鼓励类、限制类和禁止类的项目，为允许类外商投资项目； 2. 产品出口销售额占其产品销售总额70%以上的限制类外商投资项目，经省、自治区、直辖市及计划单列市人民政府或国务院主管部门批准，可以视为允许类外商投资项目

【例题1·多选题】根据指导外商投资方向的有关规定，下列各项中，属于国家限制类外商投资项目的有（ ）。（2003年试题）

A. 运用我国特有工艺生产产品的项目
B. 不利于节约资源的项目
C. 技术水平落后的项目
D. 不利于改善生态环境的项目

【答案】BCD

【注意问题】注意各类投资项目的区别，特别是限制类和禁止类的部分项目容易混淆。

【考点二】外商投资企业的出资方式（重要，见表3-2）

表3-2　　　　　　　　外商投资企业出资方式的要求

现金	1. 外方投资者以现金出资时，只能以外币缴付出资，不能以人民币缴付出资； 2. 经审批机关批准，外国投资者也可以用其从中国境内举办的其他外商投资企业获得的人民币利润出资
实物	1. 中外投资者以实物出资需要作价时，其作价由中外投资各方按照公平合理的原则协商确定，或者聘请中外投资各方同意的第三者评定； 2. 中外投资者用作投资的实物必须为自己所有、且未设立任何担保物权，并应当出具其拥有所有权和处置权的有效证明，任何一方都不得以企业名义取得的贷款、租赁的设备或者其他财产，以及用自己以外的他人财产作为自己的实物出资； 3. 任何一方也不得以企业或者投资他方的财产和权益为其出资担保； 4. 外方投资者用以投资的机器设备或者其他物料，还应报审批机关批准，符合下列条件：①为企业生产所必需的；②作价不得高于同类机器设备或其他物料当时的国际市场价格
场地使用权	1. 中方投资者可以用场地使用权作为出资； 2. 如果未用场地使用权作为中方投资者投资的，则举办的外商投资企业应当向中国政府缴纳场地使用费； 3. 中方投资者以场地使用权作价出资的，其作价金额应与取得同类场地使用权所应缴纳的使用费相同
工业产权、专有技术	1. 外方投资者出资的工业产权、专有技术必须符合下列条件之一：①能显著改进现有产品的性能、质量，提高生产效率；②能显著节约原材料、燃料、动力； 2. 中外投资者出资的工业产权、专有技术必须是自己所有并且未设立任何担保物权的； 3. 凡是以工业产权、专有技术作价出资的，出资者应当出具拥有所有权和处置权的有效证明，仅通过许可证协议方式取得的技术使用权，不得用来出资； 4. 有关评估作价的要求与实物出资要求相同
其他财产权利	主要包括：国有企业的经营权、国有自然资源的使用经营权、公民或集体组织的承包经营权、公司股份或其他形式的权益等

【例题2·多选题】根据有关规定，下列选项中，属于中外合资经营企业外方合营者以机器设备出资必须符合的条件有（ ）。（1999年试题经调整）

A. 为合营企业生产所必不可少
B. 中国不能生产
C. 能显著节约原材料、燃料、动力
D. 价格不得高于同类机器设备当时的国际市场价格

【答案】AD

【注意问题】该条件只针对外国投资者的实物出资。

【例题3·判断题】中外合资经营企业、中外合作经营企业的中方投资者以场地使用权作价出资的，其作价金额可以由中外双方协商确定，也可以聘请各方同意的第三方评定。（　　）（2004年试题）

【答案】×

【注意问题】场地使用权的作价不同于其他非货币出资，无须评估作价。但是，该规定仅适用于外商投资企业，其他企业设立中，如果投资人以土地使用权出资，仍需评估作价。

【相关例题】见本章经典试题回顾部分1998年综合题。

【考点三】外商投资企业的出资比例

1. 合营企业，外国合营者的投资比例一般不得低于企业注册资本的25%。

2. 合作企业，对取得法人资格的合作企业，外国合作者的投资比例一般不得低于注册资本的25%；对不具备法人资格的合作企业，合作各方的投资比例或合作条件，由国务院对外经济贸易主管部门规定。

【解释】对外国投资者的出资比例"一般"要求不低于注册资本的25%，但不是绝对的，如果其出资比例低于注册资本25%的，该企业不享受外商投资企业的优惠待遇。

【例题4·单选题】根据有关规定，中外合资经营企业的外国投资者出资比例低于注册资本25%的，下列表述中，正确的是（　　）。（2005年试题）

A. 外国投资者应当自营业执照签发之日起3个月内一次缴清出资

B. 该企业的设立不需要经过外商投资企业审批机关审批

C. 该企业不能享受合营企业的优惠待遇

D. 该企业不能取得法人资格

【答案】C

【考点四】外商投资企业的出资期限（重要，自1998年以来考过不下十次，包括综合题。见表3－3）

表3－3　　　　　　　　　　　　外商投资企业的出资期限

期限（与公司法规定不同）	一次缴付出资自营业执照签发之日起6个月内缴清。分期缴付出资见【解释】	1. 第一期出资不得低于各自认缴出资额的15%，并且应当在营业执照签发之日起3个月内缴清； 2. 分期出资的总期限依照公司法的规定；（见【相关链接1】） 3. 中外投资者均须按合同规定的比例和期限同步缴付认缴的出资额。因特殊情况不能同步缴付的，应报原审批机关批准，并按实际缴付的出资额比例分配收益
	违约的法律后果	1. 投资各方均违约的法律后果（见注1） 2. 一方守约，一方违约的法律后果（见注2）
	以收购国内企业资产或股权的方式设立的外商投资企业的出资期限及法律后果	1. 应自营业执照颁发之日起3个月内支付全部购买金； 2. 对特殊情况需要延长支付者，经审批机关批准后，应自营业执照颁发之日起6个月内支付购买总金额的60%以上，在1年内付清全部购买金，并按实际缴付的出资额的比例分配收益；（见【相关链接2】） 3. 控股投资者在付清全部购买金额之前，不能取得企业决策权，不得将其在企业中的权益、资产以合并报表的方式纳入该投资者的财务报告

【解释】关于外商投资企业分期缴纳出资的期限规定，其中首次缴付出资的比例及时间，应符合外商投资企业法律制度的规定；总期限的规定，在公司法施行后已经删除，依照公司法的规定执行。因此，历年考题中涉及该内容的不必再看。

【相关链接1】公司法规定，外商投资企业和有限责任公司的股东首次出资额应当符合法律、行政法规的规定，其余部分应当自公司成立之日起两年内缴足，其中，投资公司可以在5年内缴足。

【相关链接2】第二章利用外资改组国有企业中规定，以转让方式进行改组的，外国投资者一般应当在外商投资企业营业执照颁发之日起3个月内支付全部价款。确有困难的，应当在营业执照颁发之日起6个月内支付价款总额的60%以上，其余款项应当依法提供担保，在一年内付清。

注1. 外商投资企业投资各方未能在规定的期限内缴付出资的，视同外商投资企业自动解散，外商投资企业批准证书自动失效。外商投资企业应当向工商行政管理机关办理注销登记手续，缴销营业执照；不办理注销登记手续和缴销营业执照的，由工商行政管理机关吊销其营业执照，并予以公告。

注2. 外商投资企业投资一方未按照合同的规定如期缴付或者缴清其出资的，即构成违约。守约方应当催告违约方在1个月内缴付或者缴清出资，

逾期仍未缴付或者缴清的，视同违约方放弃在合同中的一切权利，自动退出外商投资企业。守约方应当在逾期1个月内，向原审批机关申请批准解散外商投资企业或者申请批准另找外国投资者承担违约方在合同中的权利和义务。守约方可以依法要求违约方赔偿因未缴付或者缴清出资造成的经济损失。否则，审批机关有权吊销其批准证书，工商行政管理机关有权吊销其营业执照，并予以公告。

【例题5·单选题】某中外合资经营企业的注册资本总额为600万美元，合营各方约定分期缴付出资。根据有关规定，合营各方缴齐全部资本的总期限为自营业执照核发之日起（　　）。（1999年试题经调整）

A. 1年内　　　　　B. 1年半内

C. 2年内　　　　　D. 3年内

【答案】C

【注意问题】外商投资企业分期缴纳出资的，其首次缴纳出资的比例及期限应符合外商投资企业法律制度的规定，总的出资期限，由于2007年教材中已经删除了外商投资分期缴纳出资的总期限，依据《公司法》的规定（见前面【相关链接1】）。

【例题6·单选题】某中外合资经营企业的注册资本为500万美元，其中外国合营者认缴出资额为300万美元，中国合营者认缴出资额为200万美元。如果合营企业合同约定分三期缴付出资，则外国合营者第一期缴付的出资额应不低于（　　）万美元。（2001年试题）

A. 45　　　　　　B. 60

C. 75　　　　　　D. 100

【答案】A

【注意问题】外商投资企业法和公司法关于投资人首次缴纳出资的时间、比例要求不同。（1）外商投资企业法规定投资者自营业执照颁发之日起3个月内缴纳；而根据《公司法》的规定，投资人必须在有限责任公司设立时缴纳不低于注册资本20%的出资。（2）外商投资企业法中规定投资者首次缴纳出资不得低于各自认缴出资额的15%，而《公司法》规定首次缴纳出资不低于注册资本的20%。因此前者的比例是以每个投资者认缴的出资额与实缴的出资比对计算，后者是以所有投资人的实际出资与认缴的注册资本比对计算。

【例题7·多选题】甲公司是一家中外合资经营企业，注册资本为800万美元，合营企业合同约定合营双方分期缴纳出资，1997年5月1日甲公司取得企业法人营业执照。下列选项中，表述正确的有（　　）。（1998年试题经调整）

A. 在1997年5月1日，甲公司实收资本可以为零

B. 在1997年8月1日，甲公司实收资本不得少于120万美元

C. 1997年11月1日，中方合营者已缴付出资200万美元，若无特殊情况，外方合营者也应缴出资200万美元

D. 在1999年5月1日，甲公司实收资本不得少于800万美元

【答案】ABD

【例题8·多选题】香港甲公司收购境内乙公司部分资产，并以该部分资产作为出资与境内丙公司于1998年3月1日成立了一家中外合资经营企业。甲公司收购乙公司部分资产的价款为120万美元。下列选项中，不符合我国法律规定的价款支付方式是（　　）。（1999年试题）

A. 甲公司于1998年5月30日向乙公司一次支付120万美元

B. 甲公司于1998年5月30日向乙公司支付60万美元，1999年2月28日支付60万美元

C. 甲公司于1999年2月28日向乙公司一次支付120万美元

D. 甲公司于1998年8月30日向乙公司支付80万美元，1999年8月30日支付40万美元

【答案】BCD

【注意问题】如果不是自公司成立之日起3个月内一次支付全部购买金额的，注意掌握具体的时间、比例，并且应当经审批机关批准。

【例题9·多选题】中外合资经营企业的外方合营者未按照合同的规定如期缴纳其出资，经中方合营者催告1个月后仍未缴付的，可能引起的法律后果有（　　）。（2000年试题）

A. 视同外方合营者自动退出中外合资经营企业

B. 中方合营者向原审批机关申请批准解散中外合资经营企业

C. 中方合营者向原审批机关申请批准另找外方合营者

D. 外方合营者赔偿中方合营者因其未缴付出资造成的损失

【答案】ABCD

【注意问题】本题的考点为合营企业中的一方投资者未按合同规定期限缴付出资的法律后果，在此有别于中外双方均未按合同规定期限缴付出资的法律后果。如果属后一种情况，其法律后果为视同外商投资企业自动解散，外商投资企业批准证书自动失效，并办理注销登记，予以公告。

【例题10·判断题】国内企业甲被外国投资者乙收购60%的股权，于2007年10月12日依法变更为中外合资经营企业丙。经审批机关批准延期支付后，乙于2008年1月5日支付了购买股权总金额50%的款项，于2008年3月30日支付了购买股权总金额30%的款项，于2008年9月10日支付了剩余的购买股权款项。乙取得丙企业决策权的时间应当为2008年3月30日。（　　）

【答案】×

【解析】根据规定，控股投资者在付清全部购买金额之前，不能取得企业决策权。因此，乙取得丙企业决策权的时间应当为 2008 年 9 月 10 日。2007 年考过类似判断题。

【相关例题】见本章经典试题回顾部分 1998 年综合题。

【考点五】外商投资企业投资者股权变更的要求（重要）

1. 除非外方投资者向中国投资者转让其全部股权，外商投资企业投资者股权变更不得导致外方投资者的投资比例低于企业注册资本的 25%。

2. 有关投资者以股权质押担保的要求。（1）经外商投资企业其他投资者同意，缴付出资的投资者可以依据担保法的有关规定，通过签订质押合同并经审批机关批准将其已缴付出资部分形成的股权质押给质权人。（2）投资者不得质押未缴付出资部分的股权。投资者不得将其股权质押给本企业。（3）在质押期间，出质投资者作为企业投资者的身份不变，未经出质投资者和企业其他投资者同意，质权人不得转让出质股权；未经质权人同意，出质投资者不得将已出质的股权转让或再质押。（4）外商投资企业投资者与质权人签订股权质押合同后，应将有关文件报送批准设立该企业的审批机关审查。企业应在获得审批机关同意其投资者出质股权的批复后，持有关批复文件向原登记机关办理备案。未按规定办理审批和备案的质押行为无效。

【相关链接 1】《公司法》规定，公司不得接受本公司股票作为质押权的标的。

【相关链接 2】《物权法》规定，质权人在质权存续期间，为担保自己的债务，经出质人同意，以其所占有的质物为第三人设定质权的，应当在原质权所担保的债权范围之内，超过的部分不具有优先受偿的效力。

3. 以国有资产投资的中方投资者股权变更时，必须经有关国有资产评估机构对需变更的股权进行价值评估，并经国有资产管理部门确认。经确认的评估结果应作为变更股权的作价依据。

【例题 11·多选题】根据有关规定，下列各项中，外国投资者股权变更过程中，投资者以股权质押的表述，符合规定的有( )。

A. 缴付出资的投资者以缴付出资部分形成股权质押的，应当经企业其他投资者同意，质押合同应经审批机关批准

B. 投资者不得将其股权质押给本企业

C. 未经其他投资者同意，出质投资者不得将已出质的股权转让

D. 未按规定办理审批和备案的质押行为无效

【答案】ABD

【注意问题】在质押期间，对于出质股权能否转让或再质押，应当注意是出质人转让，还是质权人转让，其前提条件不同。

【考点六】被并购境内企业的债权、债务承继（重要）

1. 外国投资者股权并购的，并购后所设外商投资企业承继被并购境内公司的债权和债务。

2. 外国投资者资产并购的，出售资产的境内企业承担其原有的债权和债务。出售资产的境内企业应当在投资者向审批机关报送申请文件之前至少 15 日，向债权人发出通知书，并在全国发行的省级以上报纸上发布公告。

【例题 12·判断题】向外国投资者出售资产的境内企业应当按照规定的期限和方式通知债权人并发布公告，债权人自接到通知书之日起 30 日内或者自公告之日起 60 日内，有权要求出售资产的境内企业提供相应的担保。( )（2005 年试题）

【答案】×

【解析】2007 年教材已作修改，删除了关于债权人接到通知或公告后的要求。

【注意问题】注意区分股权并购与资产并购时，被并购的境内企业债权、债务由谁承继。

【考点七】外国投资者并购境内企业的注册资本与投资总额（重要）

1. 注册资本。外国投资者在并购后所设外商投资企业注册资本中的出资比例一般不低于 25%。外国投资者的出资比例低于 25% 的，依法进行审批、登记。审批机关在颁发外商投资企业批准证书时加注"外资比例低于 25%"的字样，登记机关在营业执照上同样加注。除法律、行政法规另有规定外，该企业不享受外商投资企业待遇。

2. 外国投资者并购境内企业的投资总额（见表 3－4）

并购（股权并购）后所设外商投资企业应按照以下比例确定投资总额上限

表 3－4

注册资本	投资总额
在 210 万美元以下的	不得超过注册资本的 10/7
在 210 万美元以上至 500 万美元的	不得超过注册资本的 2 倍
在 500 万美元以上至 1200 万美元的	不得超过注册资本的 2.5 倍
在 1200 万美元以上的	不得超过注册资本的 3 倍

【解释】外国投资者资产并购的，应根据购买资产的交易价格和实际生产经营规模确定拟设立的外商投资企业的投资总额。拟设立的外商投资企业的注册资本与投资总额的比例应符合有关规定。

【例题 13·多选题】根据外国投资者并购境内

企业的有关规定，外国投资者采取股权并购方式设立外商投资企业的，并购后所设外商投资企业的注册资本与投资总额的下列约定中，符合规定的有（　　）。（2005 年试题）

A. 注册资本 150 万美元，投资总额 200 万美元

B. 注册资本 300 万美元，投资总额 620 万美元

C. 注册资本 700 万美元，投资总额 1500 万美元

D. 注册资本 1500 万美元，投资总额 3900 万美元

【答案】ACD

【注意问题】此处是突出的考点，考生可结合中外合资经营企业法中的相关规定一并掌握。

【考点八】外国投资者并购境内企业的出资（重要）

1. 基本的出资时间要求（见表 3－3 中最后一栏的规定）。

2. 外国投资者的出资比例低于 25% 时的出资要求：

（1）现金出资的，应自外商投资企业营业执照颁发之日起 3 个月内缴清；

（2）非现金出资（实物、工业产权等）的，应自外商投资企业营业执照颁发之日起 6 个月内缴清。

【例题 14·多选题】某外商投资企业由外国投资者并购境内企业设立，注册资本 800 万美元，其中，外国投资者出资 180 万美元。下列有关该外国投资者出资期限的表述中，符合外国投资者并购境内企业有关规定的有（　　）。（2008 年试题）

A. 以现金出资的，应自外商投资企业营业执照颁发之日起 3 个月内缴清

B. 以现金出资的，应自外商投资企业营业执照颁发之日起 6 个月内缴清

C. 以工业产权出资的，应自外商投资企业营业执照颁发之日起 6 个月内缴清

D. 以工业产权出资的，应自外商投资企业营业执照颁发之日起 9 个月内缴清

【答案】AC

【注意问题】

1. 注意此类问题，如果题目中没有直接给出外国投资者的出资比例，考生需要根据题中的相关数据计算，首先确定外国投资者的出资比例是否达到注册资本的 25%。

2. 注意区分外国投资者的出资比例低于 25% 的与超过 25% 的，其出资时间要求不同。

3. 在外资低于 25% 时，还需注意出资方式，是现金出资，还是非现金出资，具体出资期限又有区别。

【相关例题】见本章经典试题回顾部分 2004 年综合题。

【考点九】外国投资者以股权并购的条件（重要）

【解释】外国投资者以股权作为支付手段并购境内公司，是指境外公司的股东以其持有的境外公司股权，或者境外公司以其增发的股份，作为支付手段，购买境内公司股东的股权或者境内公司增发的股份的行为。

1. 对境外公司的要求：

境外公司应合法设立并且其注册地具有完善的公司法律制度，且公司及其管理层最近 3 年未受到监管机构的处罚；除特殊目的的公司外，境外公司应为上市公司，其上市所在地具有完善的证券交易制度。

2. 并购所涉及的境内外公司的股权，应符合以下条件：

（1）股东合法持有并依法可以转让；

（2）无所有权争议且没有设定质押及任何其他权利限制；

（3）境外公司的股权应在境外公开合法证券交易市场挂牌交易；

（4）境外公司的股权最近 1 年交易价格稳定。

上述第（3）、（4）项不适用于特殊目的的公司。

【注意问题】与证券法中上市公司增发股票具有结合点。可以作为多选题、综合题的考点。

【例题 15·多选题】根据有关规定，下列各项中，有关外国投资者以股权并购所涉及的条件的表述中，除特殊目的的公司外，符合规定的有（　　）。

A. 境外公司应为上市公司

B. 境外公司及其管理层最近 1 年未受到监管机构的处罚

C. 并购所涉及的境内外公司的股权无所有权争议且没有设定质押及任何其他权利限制

D. 境外公司的股权最近 3 年交易价格稳定

【答案】AC

【考点十】外国投资者以股权并购的程序（重要）

1. 向商务部报送有关文件。

2. 商务部审核后，颁发批准证书，加注"外国投资者以股权并购境内公司，自营业执照颁发之日起 6 个月内有效"。再向登记机关办理企业变更登记，颁发加注"自颁发之日起 8 个月内有效"的营业执照。

3. 两种结果：

结果一：自营业执照颁发之日起 6 个月内，境内公司或其股东依法办理相关手续。商务部如果核准境内公司或其股东持有境外公司的股权后，颁发中国企业境外投资批准证书，并换发无加注的外商投资企业批准证书，之后向登记机关申请换发无加注的外商投资企业营业执照。

结果二：自营业执照颁发之日起 6 个月内，如果境内外公司没有完成其股权变更手续，则加注的批准证书和中国企业境外投资批准证书自动失效，登记机关根据境内公司预先提交的股权变更登记申请文件核准变更登记，使境内公司股权结构恢复到股权并购之前的状态。

【解释】由于外商投资企业的设立可以先注册登记，后分期缴纳出资，因此商务部颁发批准证书，工商部门颁发营业执照，即假定境内外公司的股权变更手续完成，该外商投资企业已经成立。但是其股权转让给出了时间限定，即自营业执照颁发之日起 6 个月内，如果在此期间内完成了股权转让的手续，则意味着该外商投资企业设立成功，进而换发无加注的营业执照，如上述第一种结果；如果境内外公司在上述期限内未能完成股权变更手续，则意味着该外商投资企业设立失败，原来的批准证书也随之失效，境内公司股权结构再恢复到股权并购之前的状态。

4. 并购过程中的限制：

境内公司取得无加注的外商投资企业批准证书、外汇登记证之前，不得向股东分配利润或向有关联关系的公司提供担保，不得对外支付转股、减资、清算等资本项目款项。

【注意问题】由于此处涉及到股权转让的问题，因此与公司法的内容具有结合点，如股东持有的股份应当如何转让、有何限制等。由于此处内容又涉及股票增发，所以与证券法中的相关规定也有结合点。

【考点十一】特殊目的公司以股权并购境内企业的程序（重要）

【解释】特殊目的公司，是指中国境内公司或自然人为实现以其实际拥有的境内公司权益在境外上市而直接或间接控制的境外公司。

境内公司在境外设立特殊目的公司，应向商务部申请办理核准手续。

1. 商务部初审，并由证监会核准后，向商务部申领批准证书。商务部向其颁发加注"境外特殊目的公司持股，自营业执照颁发之日起一年内有效"字样的批准证书。向登记机关办理变更登记。

2. 结果

第一，境内公司应自特殊目的公司或与特殊目的公司有关联关系的境外公司完成境外上市之日起 30 日内，向商务部报告境外上市情况和融资收入调回计划，并申请换发无加注的外商投资企业批准证书。

第二，如果境内公司在规定的期限内未向商务部报告，境内公司加注的批准证书自动失效，境内公司股权结构恢复到股权并购之前的状态，并应办理变更登记手续。

【解释】因为特殊目的公司完成境外上市即产生了外汇收入，按照我国外汇管理体制的要求，该项收入属于资本项目的外汇，应当调回国内，所以要求其在境外上市之日起 30 日内向商务部报告境外上市情况和融资收入调回计划。如果不按期进行报告，则有逃避外汇管制之嫌，则产生上述第一种结果。

第三，自营业执照颁发之日起 1 年内，如果境内公司不能取得无加注批准证书，则加注的批准证书自动失效，并应办理变更登记手续。

【解释】由于特殊目的公司或境内公司境外上市之前首先需经商务部核准，商务部核准即假定其境外上市成功，因此颁发加注的批准证书，给出 1 年的期限，如果其在 1 年内完成境外上市，并按规定进行报告，即上述第一个结果；否则就产生上述第三个结果。

【考点十二】特殊目的公司境外上市融资收入的调回方式（重要）

1. 境外上市融资收入的调回方式

（1）向境内公司提供商业贷款；

（2）在境内新设外商投资企业；

（3）并购境内企业。

2. 境内公司及自然人从特殊目的公司获得的利润、红利及资本变动所得外汇收入，应自获得之日起 6 个月内调回境内。利润或红利可以进入经常项目外汇账户或者结汇。

【例题 16·多选题】根据规定，下列各项中，境内公司及自然人获得收入，可以进入经常项目外汇账户或者结汇的又（　　）。

A. 境外上市融资收入

B. 从特殊目的公司获得的利润

C. 从特殊目的公司获得的红利

D. 因资本变动所得的外汇收入

【答案】BC

【解释】上述法律规定中，第 1 点是境外融资收入，属于资本项目收入；第 2 点中利润、红利收入，可以进入经常项目外汇账户或者结汇。

【考点十三】反垄断审查（重要）

1. 境内并购。外国投资者并购境内企业，有下列情形之一的，投资者应就所涉情形向国家商务部和国家工商行政管理部门报告：

（1）并购一方当事人当年在中国市场营业额超过 15 亿元人民币；

（2）一年内并购国内关联行业的企业累计超过 10 个；

（3）并购一方当事人在中国的市场占有率已经达到 20%；

（4）并购导致并购一方当事人在中国的市场占有率达到 25%。

此外，外国投资者并购境内企业虽未达到上述条件，但是，应有竞争关系的境内企业、有关职能部门或者行业协会的请求，商务部和国家工商行政管理总局认为外国投资者并购涉及市场份额巨大，或者存在其他严重影响市场竞争或国计民生和国家经济安全等重要因素的，也可以要求外国投资者作出报告。上述部门认为可能造成过度集中、妨害正当竞争、损害消费者利益的，应自收到规定报送的全部文件之日起 90 日内，共同或经协商单独召集有关部门、机构、企业以及其他利害关系方举行听证会。

2. 境外并购。境外并购有下列情形之一的，并购方应在对外公布并购方案之前或者报所在国主管机构的同时，向商务部和国家工商行政管理总局报送并购方案。商务部和国家工商行政管理总局应审查是否存在造成境内市场过度集中、妨害境内正当竞争、损害境内消费者利益的情形，并作出是否同意的决定：

（1）境外并购一方当事人在我国境内拥有资产 30 亿元人民币以上；

（2）境外并购一方当事人当年在中国市场上的营业额 15 亿元人民币以上；

（3）境外并购一方当事人及与其有关联关系的企业在中国市场占有率已经达到 20%；

（4）由于境外并购，境外并购一方当事人及与其有关联关系的企业在中国的市场占有率达到 25%；

（5）由于境外并购，境外并购一方当事人直接或间接参股境内相关行业的外商投资企业将超过 15 家。

3. 反垄断审查的豁免。

有下列情况之一的并购，并购一方当事人可以向商务部和国家工商行政管理总局申请审查豁免：

（1）可以改善市场公平竞争条件的；

（2）重组亏损企业并保障就业的；

（3）引进先进技术和管理人才并能提高企业国际竞争力的；

（4）可以改善环境的。

【例题 17·多选题】根据外国投资者并购境内企业的有关规定，外国投资者并购境内企业，发生下列情形时，应当向商务部和国家工商行政管理总局报告的有（　）。（2006 年试题）

A. 1 年内并购国内关联行业的企业达到 8 个

B. 并购导致并购一方当事人在中国的市场占有率达到 25%

C. 并购一方当事人当年在中国市场营业额超过 15 亿元人民币

D. 并购一方当事人在中国市场占有率已经达到 15%

【答案】BC

【例题 18·多选题】根据外国投资者并购境内企业的有关规定，外国投资者在并购境内企业过程中，发生下列情形时，并购方应在对外公布并购方案之前或者报所在国主管机构的同时，向商务部和国家工商行政管理总局报送并购方案的有（　）。（2007 年试题）

A. 境外并购一方当事人在我国境内拥有资产 30 亿元人民币以上

B. 境外并购一方当事人及与其有关联关系的企业在中国市场占有率已经达到 20%

C. 由于境外并购，境外并购一方当事人及与其有关联关系的企业在中国的市场占有率达到 25%

D. 由于境外并购，境外并购一方当事人直接或间接参股境内相关行业的外商投资企业将超过 15 家

【答案】ABCD

【考点十四】外国投资者进行战略投资的要求（重要，2008 年新增内容，综合试题出现）

外国投资者进行战略投资应符合以下要求：

1. 以协议转让、上市公司定向发行新股方式以及国家法律法规规定的其他方式取得上市公司 A 股股份；

2. 投资可分期进行，首次投资完成后取得的股份比例不低于该公司已发行股份的 10%，但特殊行业有特别规定或经相关主管部门批准的除外；

3. 取得的上市公司 A 股股份 3 年内不得转让。

【例题 19·多选题】根据规定，下列各项中，符合外国投资者进行战略投资要求的有（　）。

A. 外国投资者可以协议转让的方式取得上市公司 A 股

B. 外国投资者可以上市公司定向发行新股的方式取得上市公司 A 股

C. 分期进行投资的，首次投资完成后取得的股份比例不低于该公司已发行股份的 20%

D. 取得的上市公司 A 股股份 3 年内不得转让

【答案】ABD

【相关例题】见第八章经典试题回顾部分 2008 年综合题。

【考点十五】对外国投资者的要求（重要）

实施战略投资的外国投资者应符合以下要求：

1. 依法设立、经营的外国法人或其他组织，财务稳健、资信良好且具有成熟的管理经验。

2. 境外实有资产总额不低于 1 亿美元或管理的境外实有资产总额不低于 5 亿美元；或其母公司境外实有资产总额不低于 1 亿美元或管理的境外实有资产总额不低于 5 亿美元。

3. 有健全的治理结构和良好的内控制度，经营行为规范。

4. 近 3 年内未受到境内外监管机构的重大处罚（包括其母公司）。

【例题20·判断题】依法设立、经营的外国法人、其他组织，以及自然人，财务稳健、资信良好且具有成熟的管理经验，是对外国投资者实施战略投资的要求。（　　）

【答案】×

【注意问题】实施战略投资的外国投资者只限于法人或其他组织，不包括自然人。

【考点十六】外国投资者进行战略投资的外汇管理

1. 投资者应在商务部原则批复有关文件之日起15日内，根据外商投资并购的相关规定开立外汇账户。投资者从境外汇入的用于战略投资的外汇资金，应当根据外汇管理的有关规定，到上市公司注册所在地外汇局申请开立外国投资者专用外汇账户（收购类），账户内资金的结汇及账户注销手续参照相关外汇管理规定办理。

2. 投资者应在资金结汇之日起15日内启动战略投资行为，并在原则批复之日起180日内完成战略投资。投资者未能在规定时间内按战略投资方案完成战略投资的，审批机关的原则批复自动失效。投资者应在原则批复失效之日起45日内，经外汇局核准后将结汇所得人民币资金购汇并汇出境外。

【例题21·判断题】外国投资者启动战略投资行为，未在规定时间内完成战略投资的，商务部审批的原则批复自动失效。投资者可以在原则批复文件失效后，规定的期限内经外汇局核准后将结汇所得的人民币资金购汇并汇出境外。（　　）

【答案】×

【注意问题】外国投资者未能按期完成战略投资的，"应当"在规定期限内经外汇局核准后将结汇所得的人民币资金购汇并汇出境外。

【考点十七】外国投资者领取相关证书

1. 战略投资完成后，上市公司应于10日内凭相关文件到商务部领取外商投资企业批准证书。加注"外商投资股份公司（A股并购）"。如投资者取得单一上市公司25%或以上股份并承诺在10年内持续持股不低于25%，商务部在颁发的外商投资企业批准证书上加注"外商投资股份公司（A股并购25%或以上）"。

2. 上市公司应自外商投资企业批准证书签发之日起30日内，向工商行政管理机关申请办理公司类型变更登记。

3. 上市公司应自外商投资企业营业执照签发之日起30日内，到税务、海关、外汇管理等有关部门办理相关手续。

【例题22·判断题】根据有关规定，外国投资者完成战略投资后，投资者应当在规定的期限内向商务部、登记机关等有关部门办理批准、变更登记等手续。（　　）

【答案】×

【注意问题】上述相关手续，应当由上市公司办理。

【例题23·判断题】外国投资者实施战略投资完成后，取得单一上市公司25%以上股份，商务部在颁发的外商投资企业批准证书上加注"外商投资股份公司（A股并购25%或以上）"。

【答案】×

【注意问题】还须承诺在10年内持续持股不低于25%。

【考点十八】战略投资的管理（重要）

1. 除以下情形外，投资者不得进行证券买卖（B股除外）：（1）投资者进行战略投资所持上市公司A股股份，在其承诺的持股期限届满后可以出售；（2）投资者根据《证券法》相关规定须以要约方式进行收购的，在要约期间可以收购上市公司A股股东出售的股份；（3）投资者在上市公司股权分置改革前持有的非流通股份，在股权分置改革完成且限售期满后可以出售；（4）投资者在上市公司首次公开发行前持有的股份，在限售期满后可以出售；（5）投资者承诺的持股期限届满前，因其破产、清算、抵押等特殊原因需转让其股份的，经商务部批准可以转让。

【注意问题】上述有关限期出售股票的规定，请考生注意联系《公司法》和《证券法》中的相关规定。

2. 投资者减持股份使上市公司外资股比例低于25%，上市公司应在10日内向商务部备案并办理变更外商投资企业批准证书的相关手续。投资者减持股份使上市公司外资股比例低于10%，且该投资者非为单一最大股东，上市公司应在10日内向审批机关备案并办理注销外商投资企业批准证书的相关手续。

【相关链接】见考点十七。

3. 投资者持股比例低于25%的上市公司，其举借外债按照境内中资企业举借外债的有关规定办理。

【例题24·多选题】根据有关规定，下列各项表述中，外国战略投资者可以进行A股买卖的情形，符合规定的有（　　）。

A. 外国战略投资者承诺持有的上市公司A股股份已满10年的，可以出售

B. 外国战略投资者以要约方式在要约期间收购上市公司股东出售的A股股份

C. 外国战略投资者在上市公司首次公开发行股票前持有的股份，自公司股票上市交易之日起满1年可以出售

D. 外国投资者持有的A股股份，因上市公司清算，经清算组许可可以转让

【答案】ABC

【考点十九】外商投资企业合并与分立的基本要求（摘要，2009年新增内容）

1. 在投资者按照公司合同、章程规定缴清出资、提供合作条件且实际开始生产、经营之前，公司之间不得合并，公司不得分立。投资者已经按照公司合同、章程规定缴付出资、提供合作条件的，公司可以与中国内资企业合并。

2. 有限责任公司之间合并后为有限责任公司。股份有限公司之间合并后为股份有限公司。上市的股份有限公司与有限责任公司合并后为股份有限公司。非上市的股份有限公司与有限责任公司合并后可以是股份有限公司，也可以是有限责任公司。

3. 公司合并、分立后的注册资本要求：（1）股份有限公司之间合并或者公司合并后为有限责任公司的，合并后的注册资本为原公司注册资本额之和。各方投资者在合并后的公司中的股权比例，由投资者之间协商或者根据资产评估机构对其在原公司股权价值的评估结果，在合并后的公司合同、章程中确定，但外国投资者的股权比例不得低于合并后公司注册资本的25%。（2）有限责任公司与股份有限公司合并后为股份有限公司的，合并后公司的注册资本为原有限责任公司净资产额根据拟合并的股份有限公司每股所含净资产额折成的股份额与原股份有限公司股份总额之和。（3）分立后公司的注册资本额，由分立前公司的最高权力机构，依照有关规定确定，但分立后各公司的注册资本额之和应为分立前公司的注册资本额。（4）各方投资者在分立后的公司中的股权比例，由投资者在分立后的公司合同、章程中确定，但外国投资者的股权比例不得低于分立后公司注册资本的25%。

4. 公司合并，采取吸收合并形式的，接纳方公司的成立日期为合并后公司的成立日期；采取新设合并形式的，登记机关核准设立登记并签发营业执照的日期为合并后公司的成立日期。因公司分立而设立新公司的，登记机关核准设立登记并签发营业执照的日期为分立后公司的成立日期。

5. 公司与中国内资企业合并后为外商投资企业，其投资总额为原公司的投资总额与中国内资企业财务审计报告所记载的企业资产总额之和，注册资本为原公司的注册资本与中国内资企业的注册资本额之和。

6. 合并后存续的公司或者新设的公司全部承继因合并而解散的公司的债权、债务。分立后的公司按照分立协议承继原公司的债权、债务。

【例题25·多选题】根据有关规定，下列各项中，关于外商投资企业合并、分立的表述，正确的有（　　）。

A. 采取吸收合并形式的，接纳方公司的成立日期为合并后公司的成立日期

B. 分立后的公司按照分立协议承继原公司的债权、债务

C. 在投资者按照公司合同、章程规定缴清出资、提供合作条件且实际开始生产、经营之前，公司之间不得合并，公司不得分立

D. 公司与中国内资企业合并后为外商投资企业，其投资总额为原公司的投资总额与中国内资的投资总额之和

【答案】ABC

【考点二十】外商投资企业合并与分立的程序（摘要，2009年新增内容）

1. 拟合并或分立的公司应当自审批机关就同意公司合并或分立作出初步批复之日起10日内，向债权人发出通知书，并于30日内在全国发行的省级以上报纸上至少公告3次。公司应在上述通知书和公告中说明对现有公司债务的承继方案。

2. 公司债权人自接到通知书之日30日内，未接到通知书的债权人自第一次公告之日起90日内，有权要求公司对其债务承继方案进行修改，或者要求公司清偿债务或提供相应的担保。

3. 如果债权人未在规定期限内行使有关权利，视为债权人同意拟合并或分立公司的债权、债务承继方案，该债权人的主张不得影响公司的合并或分立进程。

【例题26·判断题】根据规定，拟合并公司的债权人，自接到通知书之日起30日内，未接到通知书的债权人自第一次公告之日起45日内，有权要求公司对其债务承继方案进行修改，或者要求公司清偿债务或提供相应的担保。（　　）

【答案】×

【注意问题】注意与公司法中规定的公司合并、分立的相关程序区分。

【考点二十一】中外合资经营企业的特点（重要，见表3-5）

表3-5　　　　　　　　　　中外合资经营企业与合作企业的特点比较

	中外合资经营企业	中外合作经营企业
相同	外国合营（合作）者可以是公司、企业、其他经济组织或个人，中国合营（合作）者不能是个人	

续表

不同		中外合资经营企业	中外合作经营企业
	合营方式	股权式的合营	契约式的合营
	组织形式	依法取得中国法人资格的企业，为有限责任公司	可取得中国法人资格，也可以不具备中国法人资格
	投资回收方式	外国合营者无先行回收投资的规定	外国合作者在一定条件下可以先行回收投资
	经营管理机构	董事会制	合作企业的经营管理机构具有多样性
	利润分配方式	净利润按各方的股权比例进行分配	按合同约定的方式和比例分配利润，可以采取净利润分成、产品分成或产值分成等

【例题27·判断题】中外合资经营企业中，中外双方投资者既可以是公司、企业、其他经济组织，也可以是个人。（　　）

【答案】×

【注意问题】中方投资者不可以是个人。

【例题28·单选题】某中外合作经营企业合作合同规定：外方合作者以现金和机器设备出资，占总出资额的60%，中方合作者以厂房和土地使用权出资，占总出资额的40%；合作企业合作期内所得收益首先全部用于偿付外方出资，在外方出资偿付完毕后的合作期限内，合作双方各按50%比例分配收益；合作企业合作期限为8年，合作期满后，企业全部固定资产无偿归中方合作者所有。下列各项中，你认为正确的是（　　）。（1998年试题）

A. 合作合同违反法律规定，为无效合同

B. 合作合同显失公平，应变更为在合作期限内按双方出资比例分配收益

C. 合作合同合法有效，合作企业可以登记为具有法人资格的有限责任公司

D. 合作合同合法有效，合作企业必须登记为具有合伙性质的企业

【答案】C

【注意问题】本题充分反映了中外合作企业的突出特点，该企业为契约式合营，因此法人资格、利润分配比例、组织形式等都可以约定。其实利润分配的多少，即决定了外商能否先行回收投资，也就是说外商分配的比例多于实际缴纳出资的比例，其投资即先行得到回收。

【考点二十二】合营企业的协议、合同和章程（2009年新增内容）

1. 合营企业协议与合营企业合同有抵触时，以合营企业合同为准。

2. 经合营各方同意，也可以不订立合营企业协议而只订立合营企业合同、章程。

3. 合营企业的协议、合同、章程经审批机构批准后生效，其修改时，也需经审批机构批准。

【例题29·单选题】合营企业协议与合营企业合同有抵触时，其确认方式为（　　）。

A. 由审批机构确认

B. 以合营企业协议为准

C. 以合营企业合同为准

D. 以合营企业章程为准

【答案】C

【考点二十三】合营企业的注册资本（重点）

【解释】合营企业的注册资本为合营各方认缴的出资额之和。

1. 外国合营者的出资比例一般不得低于该企业注册资本的25%，否则便不再享受合营企业的待遇。

2. 合营期限内，不得减少其注册资本。但因投资总额和生产经营规模等发生变化，确需减少注册资本的，须经审批机关批准。增加注册资本，应符合法律程序。

【例题30·多选题】根据中外合资企业法律制度的规定，中外合资经营企业发生下列事项时，须经审查批准机关批准的有（　　）。（2002年试题）

A. 增加或者减少注册资本

B. 聘任企业总经理

C. 在国际市场上购买机器设备

D. 合营一方向他方转让部分出资额

【答案】AD

【考点二十四】合营企业的投资总额（重要，自2000～2007年间，考过六次，其中包括2004年综合题）

1. 投资总额由注册资本与借款构成。合营企业的借款是指为弥补投资总额的不足，以合营企业的名义向金融机构借入的款项。

2. 注册资本与投资总额的比例（见表3-6）

表3-6　　注册资本与投资总额的比例

投资总额	注册资本占投资总额的比例
300万美元以下（含300万美元）	至少应占7/10
300万～1000万美元（含1000万美元）	至少应占1/2 300万～420万美元的，注册资本不低于210万美元

续表

投资总额	注册资本占投资总额的比例
1000 万～3000 万美元（含3000 万美元）	至少应占 2/5 1000 万～1250 万美元的，注册资本不低于 500 万美元
3000 万美元以上	至少应占 1/3 3000 万～3600 万美元的，注册资本不低于 1200 万美元

【解释】以上比例关系，也适用于中外合作经营企业和外资企业。

【例题 31·单选题】某中外合资经营企业的投资总额为 1200 万美元，根据中外合资经营企业法律制度的规定，该中外合资经营企业的注册资本不得低于(   )万美元。（2002 年试题）

A. 500 　　　　　B. 480
C. 450 　　　　　D. 400

【答案】A

【例题 32·单选题】国内企业甲与外国投资者乙共同投资举办中外合资经营企业丙，其中甲出资 60%，乙出资 40%；投资总额为 400 万美元。根据中外合资经营企业法律制度的规定，下列有关甲乙出资额的表述中，正确的是(   )。（2003 年试题）

A. 甲至少应出资 240 万美元，乙至少应出资 160 万美元

B. 甲至少应出资 126 万美元，乙至少应出资 84 万美元

C. 甲至少应出资 120 万美元，乙至少应出资 80 万美元

D. 甲至少应出资 168 万美元，乙至少应出资 112 万美元

【答案】B

【相关试题】见本章经典试题回顾部分 2004 年综合题。

【注意问题】

1. 上述比例考生一定要记，在记忆时既要注意比例，又要注意在特定区间内的具体数额要求，如例题 31。

2. 例题 32 出题方式比较灵活，变换角度仍然考的是注册资本与投资总额的比例。

【考点二十五】中外合资经营企业的组织机构（重要，见表 3 - 7）

表 3 - 7　　　　　股份有限公司、合营企业、合作企业董事会比较

名称＼事项	股份有限公司	中外合资经营企业	中外合作经营企业
地位	公司执行机构	企业最高权力机构	企业最高权力机构
董事人数及产生方式	5～19 人，股东大会选举产生和更换。可以有公司职工代表	不得少于 3 人，由合营各方按照分配的名额委派和撤换	不得少于 3 人，其名额的分配由合作者参照其投资或者提供的合作条件协商确定
董事长的产生方式	由董事会全体董事的过半数选举产生	由合营各方协商确定或者由董事会选举产生。中外合营者的一方担任董事长的，由他方担任副董事长	由合作企业章程规定，一方担任董事长的，另一方担任副董事长
会议召开次数	每年至少召开两次	每年至少召开一次	每年至少召开一次
董事任期	3 年	4 年	3 年
会议召开条件	1/2 以上的董事出席	2/3 以上的董事出席	2/3 以上的董事出席
临时会议召开的情形	1/10 以上表决权的股东、1/3 以上董事或者监事会提议	1/3 以上的董事提议	1/3 以上的董事提议
董事不能亲自出席会议时	只能书面委托其他董事，不能委托董事以外的人	可出具委托书委托他人代表其出席和表决，可以是非董事	可出具委托书委托他人代表其出席和表决，可以是非董事（见注 1、注 2）
董事会决议	全体董事的过半数通过	特别事项由出席会议的董事一致通过；一般事项可根据企业章程规定的决议方式作出	特别事项由出席会议的董事一致通过；一般事项须经全体董事的过半数通过

注 1：董事或委员无正当理由不参加又不委托他人代表其参加董事会会议或者联合管理委员会会议的，视为出席董事会会议或者联合管理委员会会议并在表决中弃权。

注2：召开董事会会议或者联合管理委员会会议，应当在会议召开的10天前通知全体董事或委员。董事会或者联合管理委员会也可以用通讯的方式作出决议。

【例题33·多选题】根据《中外合资经营企业法》的规定，下列关于中外合资经营企业董事会的表述中，正确的有(　　)。(2005年试题)

A. 董事会是合营企业的最高权力机构

B. 董事会每半年至少召开一次会议

C. 董事会会议应有2/3以上董事出席才能召开

D. 合营企业资产抵押事项的决议，须经出席董事会会议的董事一致通过

【答案】AC

【考点二十六】合营企业引进技术管理（重要，2009年新增内容）

合营企业引进技术，应当与技术输出方订立技术转让协议。技术转让协议必须符合下列规定（摘要）：

1. 除双方另有协议外，技术输出方不得限制技术输入方出口其产品的地区、数量和价格；

2. 技术转让协议的期限一般不超过10年；

3. 技术转让协议期满后，技术输入方有权继续使用该项技术；

4. 技术输入方有权按自己认为合适的来源购买需要的机器设备、零部件和原材料。

【例题34·多选题】根据有关规定，下列各项中，中外合资经营企业引进技术，属于技术输入方权利的有(　　)。

A. 有权决定出口其产品的地区、数量和价格

B. 技术转让协议期满后，有权继续使用该项技术

C. 有权按自己认为合适的来源购买需要的机器设备

D. 有权按自己认为合适的来源购买需要的原材料

【答案】BCD

【考点二十七】场地使用权及其费用管理（重要，2009年新增内容）

1. 从事农业、畜牧业的合营企业，经所在地的省、自治区、直辖市人民政府同意，可以按合营企业收入的百分比向所在地的土地主管部门缴纳场地使用费。在经济不发达地区从事开发性的项目，场地使用费经所在地人民政府同意，可以给予特别优惠。

2. 场地使用费在开始用地的5年内不调整。以后随着经济的发展、供需情况的变化和地理环境条件的变化需要调整时，调整的间隔期应当不少于3年。场地使用费作为中国合营者投资的，在该合同期限内不得调整。

3. 合营企业按规定取得的场地使用权，其场地使用费应当按合同规定的用地时间从开始起按年缴纳，第一日历年用地时间超过半年的按半年计算；不足半年的免缴。在合同期内，场地使用费如有调整，应当自调整的年度起按新的费用标准缴纳。

【考点二十八】中外合资经营企业的财务会计管理

1. 报送的会计资料。合营企业应向合营各方、当地税务机关、财政机关报送季度和年度会计报表。年度会计报表应抄报原审批机关。

2. 设总会计师。合营企业设总会计师，协助总经理负责企业的财务会计工作。必要时，可以设副总会计师。合营企业可以设审计师，负责审查、稽核合营企业的财务收支和会计账目，向董事会、总经理提出报告。

3. 利润分配。合营企业的税后利润中可向出资人分配的利润，按照合营企业各方出资比例进行分配。合营企业以前年度尚未分配的利润，可并入本年度的可分配利润中进行分配。合营企业以前年度的亏损未弥补前不得分配利润。

4. 须经注册会计师验证的文件。合营企业的下列文件、报表、证件，应经中国注册会计师验证和出具证明方为有效：（1）合营各方的出资证明书（以非货币出资的，应当包括合营各方签字同意的财产估价单及其协议文件）；（2）合营企业的年度会计报表；（3）合营企业清算的会计报表。

【例题35·多选题】根据外商投资企业法律制度的有关规定，中外合资经营企业的下列文件中，应当经中国注册会计师验证和出具证明方为有效的有(　　)。(2004年试题)

A. 合营各方的出资证明书

B. 合营企业的半年度会计报表

C. 合营企业融资的项目评估报告

D. 合营企业清算的会计报表

【答案】AD

【考点二十九】中外合资经营企业的出资额的转让（重要）

1. 出资额的转让条件：（1）须经合营各方同意；（2）须经董事会会议通过后，报原审批机构批准；（3）合营他方有优先购买权，即合营一方向第三者转让出资额的条件，不得比向合营他方转让的条件优惠。

2. 出资额的转让程序：（1）申请出资额转让；（2）董事会审查决定；（3）报告审批机构批准；（4）办理变更登记手续。

【例题36·多选题】根据中外合资经营企业法律制度的规定，下列选项中，属于中外合资经营企业合营一方转让出资额必须符合的条件有(　　)。

（2001年试题）

　　A. 通知合营各方

　　B. 经合营各方同意

　　C. 经董事会会议通过

　　D. 经原审批机构批准

【答案】BCD

【注意问题】与有限责任公司中股东转让出资的规定有两点不同：（1）有限责任公司股东转让出资，须区分是否发生在股东之间，否则条件不同；而合营企业中的出资额转让，无论是否发生在投资人之间，其适用条件相同。（2）有限责任公司股东之间转让出资，只需通知其他股东，向股东以外的人转让出资须经其他股东过半数同意，不同意转让的股东须出资购买该转让的出资，否则视为同意转让，或根据公司章程规定的条件。合营企业须经合营各方同意，并经董事会通过，审批机关批准。

【相关例题】见本章经典试题回顾部分1998年综合题。

【考点三十】中外合作经营企业的合同和章程

　　1. 合作企业合同自审查批准机关颁发批准证书之日起生效。在合作期限内，合作企业合同、章程有重大变更的，须经审查批准机关批准。

　　2. 合作企业章程的内容与合作企业合同不一致的，以合作企业合同为准。

　　3. 合作企业的期限由中外合作者协商确定，并在合作企业合同中订明。

【例题37·多选题】根据外商投资企业法律制度的规定，下列有关中外合作经营企业合作合同的表述中，正确的有（　　）。（2004年试题）

　　A. 合作企业合同自审批机关颁发合作企业批准证书之日起生效

　　B. 合作企业合同的重大变更须经审批机关批准

　　C. 合作企业合同内容与合作企业章程不一致的，应以合作企业合同为准

　　D. 合作企业合同中可以定明合作企业期限，也可以不定明合作企业期限

【答案】ABC

【注意问题】合营企业的合同中，根据企业的投资项目情况不同，可以约定期限，也可以不约定期限；但是合作企业合同中，应当定明合作期限。因为合作企业中，外商可以先行回收投资，但是其前提条件是企业约定的合作期限届满时，全部固定资产无偿归中国合作者所有，因此如果合作企业不约定合作期限，不但固定资产无偿归中方所有难以实现，而且也难以计算外国合作者可以在多长时间内其投资可以得到回收。

【考点三十一】合作企业的组织机构（重要，见表3-8）

表3-8　　　　合作企业组织机构

	董事会制	联合管理委员会制	委托管理制
前提条件	具备法人资格	不具备法人资格	必须经董事会或联合管理委员会一致同意，报审查批准机关批准，并向工商行政管理机关办理变更登记手续
组成及议事规则	与合营企业基本相同（见表3-7）		

【例题38·多选题】根据外商投资企业法律制度的规定，中外合作经营企业发生的下列事项中，应由董事会（或联合管理委员会）出席会议的董事（或者委员）一致通过的有（　　）。（2004年试题）

　　A. 企业章程的修改

　　B. 资产抵押

　　C. 注册资本的增减

　　D. 企业的合并

【答案】ABCD

【注意问题】合营企业董事会，与合作企业董事会（或联合管理委员会）应当经出席会议的董事（或委员）一致通过的事项基本相同，只是资产抵押在合营企业董事会的重大事项中没有规定。

【考点三十二】外商先行回收投资的规定（重要，只适用于合作企业）

　　1. 外商先行回收投资的方式

　　（1）在按照投资或者提供合作条件进行分配的基础上，在合作企业合同中约定扩大外国合作者的收益分配比例；

　　（2）经财政税务机关审查批准，外国合作者在合作企业缴纳所得税前回收投资；

　　（3）经财政税务机关和审查批准机关批准的其他回收投资方式。

　　2. 外商先行回收投资的法定条件

　　（1）中外合作经营者在合作企业合同中约定合作期满时，合作企业的全部固定资产无偿归中方合作者所有（无论什么方式，都须具备）；

　　（2）对于税前回收投资的，必须向财政税务机关提出申请，并由财政税务机关依法审查批准；

　　（3）中外合作者应当按照有关法律的规定和合作企业合同的约定，对合作企业的债务承担责任；

　　（4）外国合作者提出先行回收投资的申请，并具体说明先行回收投资的总额、期限和方式，经财

政税务机关审查同意后，报审查批准机关审批；

（5）外国合作者应在合作企业的亏损弥补之后，才能先行回收投资。

【解释】合作企业是契约式合营，其利润分配可以按照合同约定的比例，而非注定按照出资比例分配，因此可以采取加大外国投资者分配比例等方式，满足外商先行回收投资的要求。

【相关例题】见本章经典试题回顾部分 1997年、2004 年综合题。

【考点三十三】合作期限延长

合作企业合同约定外国合作者先行回收投资，并且投资已经回收完毕的，合作企业期限届满不再延长。但是，外国合作者增加投资的，经合作各方协商同意，可以向审查批准机关申请延长合作期限。经批准延长合作期限的，合作企业凭批准文件向工商行政管理机关办理变更登记手续，延长的期限从期限届满后的第一天起计算。

【例题39·单选题】根据有关规定，中外合作经营企业的合作各方在合作期限届满前，经协商同意延长期限，并向审批机关提出延长合作期限申请而获得批准的，延长期限的起算日期是（　　）。（2005 年试题）

A. 合作各方达成延长合作期限协议之日

B. 审批机关批准合作企业延长合作期限之日

C. 工商行政管理机关为合作企业延长合作期限办理变更登记之日

D. 合作企业原合作期限届满后的次日

【答案】D

【考点三十四】外资企业的组织形式

符合中国法律关于法人条件的规定的，依法取得中国法人资格，组织形式为有限责任公司。

【注意问题】外资企业虽然可以是外国的自然人单独出资在中国境内设立，但是根据《个人独资企业法》关于出资人应当具有中国国籍的要求，其不得设立为个人独资企业，不过外资企业不排除以合伙企业的形式设立。

【考点三十五】外资企业用地及费用管理（2009 年新增内容）

1. 外资企业应当在营业执照签发之日起 30 天内，持批准证书和营业执照，按规定领取土地证书。土地证书为外资企业使用土地的法律凭证。

2. 外资企业在经营期限内未经批准，其土地使用权不得转让。

3. 外资企业在领取土地证书时，应当向其所在地土地管理部门缴纳土地使用费。

4. 外资企业使用经过开发的土地，应当缴付土地开发费。土地开发费包括征地拆迁安置费用和为外资企业配套的基础设施建设费用。土地开发费可由土地开发单位一次性计收或者分年计收。

【考点三十六】外资企业的劳动管理

外资企业雇用中国职工应当依法签订合同，外资企业的职工依法建立工会组织。外资企业研究决定有关职工奖惩、工资制度、生活福利、劳动保护和保险问题时，工会代表有权列席会议。外资企业应当每月按照企业职工实发工资总额的 2% 拨交工会经费，由本企业工会依照有关工会经费管理办法使用。

【例题40·多选题】根据有关外资企业的法律规定，外资企业的工会代表有权列席的本企业会议有（　　）。（2000 年试题）

A. 研究有关职工奖惩、工资制度的会议

B. 研究有关企业发展规划、生产经营活动方案的会议

C. 研究有关劳动保护和保险问题的会议

D. 研究有关企业合并、解散的会议

【答案】AC

【考点三十七】外资企业财务会计管理

1. 储备基金的提取比例不得低于税后利润的 10%，当累计提取金额达到注册资本的 50% 时，可以不再提取。

【解释】与《公司法》中法定公积金的计提要求相同。

2. 职工奖励及福利基金的提取比例由外资企业自行确定。外资企业以往会计年度的亏损未弥补前，不得分配利润；以往会计年度未分配的利润，可与本会计年度可供分配的利润一并分配。

3. 会计报表的验证和备案要求与公司法和合营企业法的规定基本相同。

【例题41·单选题】根据外商投资企业法律制度的规定，外资企业应当从税后利润中提取相应的储备基金。下列有关外资企业提取储备基金的表述中，正确的是（　　）。（2004 年试题）

A. 按不低于税后利润的 5% 提取，当累计提取金额达到注册资本的 40% 时可以不再提取

B. 按不低于税后利润的 10% 提取，当累计提取金额达到注册资本的 50% 时可以不再提取

C. 按不低于税后利润的 5% 提取，当累计提取金额达到注册资本的 50% 时可以不再提取

D. 按不低于税后利润的 10% 提取，当累计提取金额达到注册资本的 40% 时可以不再提取

【答案】B

【考点三十八】解散与清算（见表 3-9）

【例题42·多选题】根据《中外合资经营企业法》的规定，下列各项中，合营企业应当解散的情形有（　　）。（1997 年试题）

A. 因水灾而遭受严重损失，无法继续经营的

B. 法定代表人因犯罪而被依法逮捕的

C. 合营一方不按照合同规定提供技术，而使企业无法继续经营的

D. 合营企业发生严重亏损，无力继续经营的

【答案】ACD

【例题43·多选题】根据《外资企业法》的规定，外资企业依法解散时，清算委员会的组成人员应当包括(　　)。(2005 年试题)

A. 外资企业的法定代表人

B. 债权人代表

C. 债务人代表

D. 有关主管机关的代表

【答案】ABD

表 3－9　　　　　　　　　　　三类企业终止和清算比较

	合营企业	合作企业	外资企业
解散原因	1. 合营期限届满； 2. 合营企业发生严重亏损，无力继续经营； 3. 合营一方不履行合营企业协议、合同、章程规定的义务，致使企业无法继续经营； 4. 因自然灾害、战争等不可抗力遭受严重损失，无力继续经营； 5. 合营企业未达到其经营目的，同时又无发展前途； 6. 合营合同、章程所规定的其他解散原因已经出现； 7. 被依法宣告破产	1. 合作期限届满； 2. 合作企业发生严重亏损，或者因不可抗力遭受严重损失，无力继续经营； 3. 中外合作者一方或者数方不履行合同、章程规定的义务，致使合作企业无法继续经营； 4. 合作企业合同、章程中规定的其他解散原因已经出现； 5. 合作企业违反法律、行政法规，被依法责令关闭	1. 经营期限届满； 2. 经营不善，严重亏损，外国投资者决定解散； 3. 因自然灾害、战争等不可抗力而遭受严重损失，无法继续经营； 4. 破产； 5. 违反中国法律、法规，危害社会公共利益被依法撤销； 6. 外资企业章程规定的其他解散的事由已经出现
申请（决议）及批准	上述第 2、4、5、6 项情况发生的，由董事会提出解散申请书，报审批机关批准。第 3 项情况发生，由履行合同的一方提出申请，报审批机关批准	上述第 2、4 项所列情形发生，应当由合作企业的董事会或联合管理委员会作出决定，报审查批准机关批准。在第 3 项所列情形下，履行合同一方或者数方有权向审查批准机关提出申请，解散合作企业	在上述第 2、3、4 项所列情形下，应当自行提交终止申请书，报审批机关批准。审批机关作出核准的日期为企业的终止日期
清算	除破产按破产法的程序进行外，合营企业清算应当成立清算委员会。清算委员会成员一般在企业的董事中选任，也可以聘请中国的注册会计师、律师担任，审批机关认为必要时，可以派人进行监督		清算委员会应当由外资企业的法定代表人、债权人代表以及有关主管机关的代表组成，并聘请中国的注册会计师、律师等参加

经典试题回顾

【说明】以前年度试题中，遇现有教材中已经删除的部分，不再选取；如有矛盾，以现有教材规定为准适当调整。

一、单项选择题

1. 根据中外合作经营企业的有关法律规定，中外合作经营企业合同约定外国合作者在合作企业缴纳所得税前回收投资的，必须经有关机关审查批准。该审查批准机关是指(　　)。(2000 年)

A. 企业行业主管机关

B. 对外经济贸易管理机关

C. 财政税务机关

D. 企业登记机关

【答案】C

【解析】合作企业税前回收投资，是中外合作企业外方合作者先行回收投资的方式之一，其法定条件是必须经财政税务机关审查批准。所以 C 选项正确。

2. 国内企业甲由外国投资者乙收购 51% 的股权，于 1999 年 10 月 8 日依法变更为中外合资经营企业丙。经审批机关批准后，乙于 2000 年 1 月 15

日支付了购买股权总金额 50% 的款项，于 2000 年 3 月 20 日支付了购买股权总金额 20% 的款项，于 2000 年 10 月 5 日支付了剩余的购买股权款项。根据中外合资经营企业法律制度的规定，乙取得丙控股权的时间是( )。(2001 年)

A. 1999 年 10 月 8 日　　B. 2000 年 1 月 15 日

C. 2000 年 3 月 20 日　　D. 2000 年 10 月 5 日

【答案】D

【解析】对于通过收购国内企业资产或者股权设立外商投资企业的外国投资者，应自外商投资企业营业执照颁发之日起 3 个月内支付全部购买金。经审批机关批准，可以延长，在 1 年内付清全部购买金，并按实际缴付的出资额的比例分配收益。控股投资者在付清全部购买金额之前，不能取得企业决策权，不得将其在企业中的权益、资产以合并报表的方式纳入该投资者的财务报表。

3. 某外国投资者协议购买境内公司股东的股权，将境内公司变更为外商投资企业，该外商投资企业的注册资本为 700 万美元。根据外国投资者并购境内企业的有关规定，该外商投资企业的投资总额的上限是( )。(2006 年)

A. 1000 万美元　　B. 1400 万美元

C. 1750 万美元　　D. 2100 万美元

【答案】C

【解析】根据规定，注册资本在 500 万美元以上至 1200 万美元的，投资总额不得超过注册资本的 2.5 倍。700 × 2.5 = 1750 万美元。

4. 某外商投资企业由外国投资者并购境内企业设立，注册资本 600 万美元，其中外国投资者以现金出资 120 万美元。下列有关该外国投资者出资期限的表述中，符合外国投资者并购境内企业有关规定的是( )。(2006 年)

A. 外国投资者应自外商投资企业营业执照颁发之日起 3 个月内缴清出资

B. 外国投资者应自外商投资企业营业执照颁发之日起 6 个月内缴清出资

C. 外国投资者应自外商投资企业营业执照颁发之日起 9 个月内缴清出资

D. 外国投资者应自外商投资企业营业执照颁发之日起 1 年内缴清出资

【答案】A

【解析】关于外资并购的出资期限问题，首先应当确定外国投资者的出资比例是否低于注册资本的 25%，然后再考虑其出资期限的具体规定。如本题中，外国投资者的出资比例低于注册资本的 25%，其出资期限再区分是否为现金出资，具体按照 A 项所要求的期限缴清出资。

5. 下列有关中外合资经营企业与中外合作经营企业共同特点的表述中，符合外商投资企业法律制度规定的是( )。(2007 年)

A. 二者的中外投资者均可以是公司、企业、其他经济组织或者个人

B. 二者的中外投资者均以其投资额为限对企业的债务承担有限责任

C. 二者的注册资本均为在工商行政管理机关登记的中外投资各方认缴的出资额之和

D. 二者均由中外投资各方共同投资、共同经营，按各自的出资比例共担风险、共负盈亏

【答案】C

【解析】(1) 无论是中外合资经营企业还是中外合作经营企业，其中方投资者不得为个人，因此 A 选项不符合法律规定；(2) 中外合资经营企业是有限责任公司，投资者以其出资比例为限对企业债务承担有限责任，但中外合作经营企业可以为具有法人资格的有限责任公司，也可以为不具有法人资格的其他企业，如普通合伙企业，故 B 选项不对；(3) 中外合资经营企业是股权式经营，中外合作经营企业是契约式经营，投资者的风险承担、盈亏负担可以按照约定执行，所以 D 选项也不正确。

二、多项选择题

1. 根据外商投资企业的有关法律规定，下列关于中外合资经营企业（下称合营企业）与中外合作经营企业（下称合作企业）区别的正确表述有( )。(2000 年)

A. 合营企业外方投资比例不得低于注册资本的 25%，而合作企业外方投资比例没有限制

B. 合营企业按照出资比例分配收益，而合作企业按照合同约定分配收益

C. 合营企业必须是依法取得法人资格的企业，而合作企业可以不具备法人资格

D. 合营企业在经营期间外方不得先行回收投资，而合作企业在经营期间内外方在一定条件下可以先行回收投资

【答案】BCD

【解析】根据有关法律规定，中外合资经营企业与中外合作经营企业，外国投资者的出资比例一般都不低于企业注册资本的 25%。所以 A 选项不正确。B、C、D 三个选项所述内容，均为合营企业与合作企业的区别点。

2. 外国甲公司收购境内乙公司部分资产，并以该资产作为出资与境内丙公司于 2000 年 3 月 1 日成立了一家中外合资经营企业。甲公司收购乙公司部分资产的价款为 120 万美元。甲公司向乙公司支付价款的下列方式中，不符合规定的有( )。(2002 年)

A. 甲公司于 2000 年 5 月 30 日向乙公司一次支付 120 万美元

B. 甲公司于 2000 年 5 月 30 日向乙公司支付 60 万美元，2001 年 2 月 28 日支付 60 万美元

C. 甲公司于 2001 年 2 月 28 日向乙公司一次支付 120 万美元

D. 甲公司于 2000 年 8 月 30 日向乙公司支付 80 万美元，2001 年 8 月 30 日支付 40 万美元

【答案】BCD

【解析】根据法律规定，外国投资者，应自企业营业执照颁发之日起 3 个月内支付全部购买金。对特殊情况需延长支付者，经审批机关批准后，应自营业执照颁发之日起 6 个月内支付购买总金额的 60% 以上，在 1 年内付清全部购买金。

3. 根据中外合资经营企业法律制度的规定，中外合资经营企业发生的下列事项中，须经审查批准机关批准的有（　）。（2006 年）

A. 减少注册资本

B. 合营一方向他方转让部分出资额

C. 延长合营期限

D. 在国际市场上购买经营所需的重要机器设备

【答案】ABC

【解析】因为合营合同中包括了注册资本、合营各方的出资方式及出资额以及合营期限等内容，而合营合同须经审批机关批准，因此涉及合同内容变更也须经审批机关批准。D 选项的内容属于企业的自主经营权。

4. 根据《指导外商投资方向规定》的规定，下列选项中，属于限制类外商投资项目的有（　）。（2006 年）

A. 能源、重要原材料工业项目

B. 不利于节约资源和改善生态环境的项目

C. 从事国家规定实行保护性开采的特定矿种勘探的项目

D. 运用我国特有工艺生产产品的项目

【答案】BC

【解析】A 选项所述项目属于鼓励类外商投资项目；D 选项所述项目属于禁止类外商投资项目。2004 年曾考过此类问题。

三、判断题

1. 中外合资经营企业的投资总额在 300 万美元以下的，注册资本至少应有 150 万美元。（　）（1998 年）

【答案】×

【解析】本题考点为中外合资经营企业注册资本与投资总额的比例问题。法律规定，投资总额在 300 万美元以下的（含 300 万），注册资本应占投资总额的 7/10，所以本题中该企业的投资总额在 300 万美元以下，注册资本为 150 万美元，仅占 1/2，不符合规定，命题错误。

2. 外资企业研究决定有关职工奖惩、工资制度、劳动保护和保险问题时，工会代表有权列席会议。（　）（1998 年）

【答案】√

【解析】外资企业研究决定的内容与职工利益密切相关，工会代表有权列席会议。

3. 中外合作经营企业的合作合同约定外国合作者先行回收投资，并且投资已经回收完毕的，合作企业期限届满不再延长。但是，外国合作者增加投资的，经合作各方协商同意，可以向审查批准机关申请延长合作期限。（　）（1999 年）

【答案】√

4. 某中外合资经营企业的中国合营者将其在合营企业中的出资额全部转让给另一中国公司的行为，在征得外国合营者同意，并经合营企业董事会会议通过的情况下，即发生法律效力。（　）（1999 年）

【答案】×

【解析】本题考点为中外合资经营企业出资额转让的问题。根据法律规定，合营企业出资额的转让应符合四步程序：（1）申请出资额转让；（2）董事会审查决定；（3）报告审批机构批准；（4）办理变更登记手续。本题所述出资额转让的程序，没有报告审批机构批准，也未办理变更登记手续，因此程序错误，不能发生法律效力。

5. 中外合资经营企业增加注册资本，应当经合营各方协商一致，董事会会议通过后，向原登记管理机关办理注册资本的变更登记手续即可。（　）（2000 年）

【答案】×

【解析】根据法律规定，中外合资经营企业增加注册资本的，应当经合营各方协商一致，并由董事会会议通过，同时还要对合营企业章程作必要修改，还应当报经原审批机关核准，并办理变更注册资本登记手续。据此可见，本题所述程序错误，未提及对合营企业章程的修改，以及报经原审批机关核准，所以存在错误。

6. 中国某公司拟与德国某公司合资设立一中外合资经营企业。双方可以约定以下条款：企业总投资额为 400 万美元；注册资本为 220 万美元，其中，中方出资 150 万美元，德方出资 70 万美元，各方自企业营业执照签发之日起 6 个月内一次缴清。中德双方这一约定符合法律规定。（　）（2000 年）

【答案】√

【解析】本题涉及三个考点，一是中外合资经营企业中注册资本与投资总额的比例问题；二是外方投资者的出资在出资总额中所占比例问题；三是出资额缴付期限的法律规定。该企业的投资总额为 400 万美元，法律规定，注册资本至少应为 210 万美元，该企业注册资本为 220 万美元，已符合规定；德方出资 70 万美元，已超过注册资本的 25%，也符合外方投资者的出资比例不低于注册资本 25% 的规定；双方出资自营业执照签发之日起 6 个月一次缴清，也符合法律规定一

次缴付全部出资的时间规定。所以双方约定合法。

7. 中外合资经营企业增加注册资本的决议，必须经出席董事会会议的董事一致通过。（　　）（2001年）

【答案】√

8. 中国某公司拟与外国某公司合资设立一中外合资经营企业。双方约定：企业总投资额为3300万美元，注册资本为1100万美元。双方这一约定符合中国法律规定。（　　）（2001年）

【答案】×

【解析】本题是关于合营企业注册资本与投资总额的比例问题。法律规定：投资总额在3000万美元以上的，注册资本至少应占投资总额的1/3，其中投资总额在3600万美元以下的，注册资本不得低于1200万美元。

9. 中国某公司与外国某公司拟共同出资设立一中外合资经营企业。双方约定：总投资额为400万美元；注册资本为220万美元，其中：中方出资150万美元，外方出资70万美元。这一约定符合中外合资经营企业法律制度的规定。（　　）（2002年）

【答案】√

【解析】本题包括两个考点，一个是注册资本与投资总额的比例；另一个是外方投资者的出资额占该企业注册资本的比例。

10. 中外合作者选择以有限责任公司形式设立中外合作经营企业的，应当按照合作各方的出资比例进行利润分配。（　　）（2003年）

【答案】×

【解析】中外合作企业属于契约式的合营，中外合作各方不是以投资数额、股权等作为利润分配的依据，而是通过签订合同具体确定各方的权利和义务。

11. 中外合资经营企业的投资一方未能在规定的期限内缴付出资的，视同合营企业自动解散，合营企业批准证书自动失效。（　　）（2005年）

【答案】×

【解析】注意分清投资各方均未按期缴纳出资与投资一方未按期缴纳出资的不同后果。

12. 甲境内企业由乙国外投资者收购60%的股权，并于2006年10月12日依法变更为中外合资经营企业。经审批机关批准后，乙于2007年1月5日支付了购买股权总金额50%的款项，于2007年3月30日支付了购买股权总金额30%的款项，于2007年9月10日支付了剩余的购买股权款项。乙取得中外合资经营企业决策权的时间为2007年3月30日。（　　）（2007年）

【答案】×

【解析】本题中外国投资者缴纳出资的时间虽然符合规定，但是控股投资者在付清全部购买金额之前，不能取得企业决策权。

四、综合题

1. 本题主要考点有：（1）注册资本与投资总额的比例；（2）合营企业的组织机构；（3）出资方式；（4）外商先行回收投资。

某西方跨国公司（以下简称"西方公司"）拟向中国内地的有关领域进行投资，并拟定了一份投资计划。该计划在论及投资方式时，主张采用灵活多样的形式进行投资，其有关计划要点如下：

（1）在中国上海寻求一位中国合营者，共同投资举办一家生产电话交换系统设备的中外合资经营企业（以下简称"合营企业"）。合营企业投资总额拟定为3000万美元，注册资本为1200万美元。西方公司在合营企业中占60%的股权，并依据合营项目的进展情况分期缴纳出资，且第一期出资不低于105万美元。合营企业采用有限责任公司的组织形式，拟建立股东会、董事会、监事会；股东会为合营企业的最高权力机构、董事会为合营企业的执行机构、监事会为合营企业的监督机构。

（2）在中国北京寻求一位中国合作者，共同成立一家生产净水设备的中外合作经营企业（以下简称"合作企业"）。合作期限为八年。合作企业注册资本总额拟定为250万美元。西方公司出资额占注册资本的总额70%。中方合作出资额占注册资本总额的30%。西方公司除以机器设备、工业产权折合125万美元出资外，还由合作企业作担保向中国的外资金融机构贷款50万美元作为其出资；中方合作者可用场地使用权、房屋及辅助设施折价出资75万美元。西方公司与中方合作者在合作企业合同中规定：西方公司在合作企业正式投产之后的头五年分别先行回收投资，每年先行回收投资的支出部分可计入合作企业当年的成本；合作企业的税后利润以各占50%的方式分配；在合作期限届满时，合作企业的全部固定资产归中方合作者所有，但中方合作者应按其残余价值的30%给予西方公司适当的补偿。

要求：

根据上述各点，请分别回答以下问题：

（1）西方公司拟在中国上海与中方合营者共同举办的合营企业的投资总额与注册资本的比例、西方公司的第一期出资的数额、拟建立的组织机构是否符合有关规定？并说明理由。

（2）西方公司拟在中国北京与中方合作者共同举办的合作企业的出资方式、利润分配比例、约定先行回收投资的办法以及合作期限届满后的全部固定资产的处理方式是否符合有关规定？并说明理由。（1997年，删除了原题中第（3）点及

第三问）
【参考答案】
(1) 西方公司拟在中国上海与中方合营者共同举办的合营企业的投资总额与注册资本的比例符合国家有关规定。因为，根据有关规定，投资总额在 1000 万美元以上至 3000 万（含 3000 万）美元的，注册资本至少应占投资总额的 2/5，该合营企业的注册资本达到其投资总额的 2/5；西方公司的第一期出资的数额不符合有关规定，因为，根据有关规定，合营各方第一期出资不得低于各自认缴出资额的 15%，按西方公司认缴的出资额计算，其第一期出资应不低于 108 万美元；拟设立的合营企业的组织形式不符合有关规定，因为，根据有关规定，合营企业的组织机构应为董事会和经营管理机构，并且董事会是合营企业的最高权力机构，合营企业无须设立股东会和监事会。

(2) 西方公司拟在中国北京与中方合作者共同举办的合作企业的出资方式有不符合规定之处。因为，根据有关规定，合作企业的任何一方都不得由合作企业为其出资作担保。西方公司由合作企业担保向中国的外资金融机构贷款 50 万美元作为其出资，违反了有关规定；合作各方有关利润分配比例的约定符合有关规定。因为，依照有关规定，合作企业的合作各方可以自行约定利润分配比例；西方公司拟约定每年先行回收投资的支出部分计入合作企业当年成本不符合有关规定。因为，根据有关规定，外国合作者只有在合作企业的亏损弥补之后，才能先行回收投资，这表明，合作企业只能以其利润用于先行回收投资，因此，先行回收投资不能计入合作企业的成本；西方公司拟约定合作期限届满时的全部固定资产的处理方式不符合有关规定。因为，根据有关规定，凡是外方合作者在合作期内先行回收投资的，应约定在合作期限届满时，合作企业的全部固定资产无偿归中方合作者所有，因此，西方公司拟约定在合作期限届满时中方合作者应按固定资产残余价值的 30% 给予其补偿，不符合有关规定。

2. 本题主要考点有：中外合资经营企业的出资方式、比例及期限，利润分配，出资额转让等。
   1998 年 3 月 1 日，某会计师事务所受一家中外合资经营企业（下称合资企业）的委托，对该企业 1997 年度的财务状况进行审计，并为其出具审计报告。该会计师事务所指派的注册会计师进驻合资企业之后，了解到以下情况：
   (1) 企业系由香港的甲公司与内地的乙公司共同出资并于 1996 年 9 月 30 日正式注册成立的公司。合资双方签订的合资合同规定：①合资企业注册资本总额为 200 万美元，其中：甲公司出资 110 万美元，占注册资本的 55%；乙公司出资 90

万美元，占注册资本的 45%。②甲公司以收购乙公司所属一家全资子公司（下称"丙企业"）的资产折合 60 万美元，另以机器设备折合 30 万美元和货币资金 20 万美元出资；乙公司以建筑物和土地使用权折合 80 万美元和货币资金 10 万美元出资。③合资各方认缴的出资分二期进行，即自合资企业成立之日起 3 个月内，合资各方必须将除货币资金之外的其他出资投入合资企业；其余的货币资金则应于 1997 年 9 月 30 日之前缴付完毕。④合资各方按出资比例进行收益分配。⑤合资企业的董事会由 5 名董事组成，其中：甲公司委派 3 名，乙公司委派 2 名。合资企业的董事长由甲公司委派，副董事长由乙公司委派。甲公司与乙公司在签订合资合同的同时，亦签订了一份收购协议，该协议规定：甲公司收购乙公司所属丙企业的资产，并将该资产作为其出资投入合资企业；收购价款总额为 60 万美元，甲公司自合资企业正式注册成立之日起 3 个月内，向乙公司支付 36 万美元，其余 24 万美元在 1 年内付清。该协议规定的付款方式已经过有关审批机关的批准。

(2) 合资企业成立之后，合资各方按照合资合同的规定，履行了第一期出资义务。在履行第二期出资义务时，甲公司则由乙公司作担保向银行贷款 20 万美元缴付了出资；乙公司则由其母公司作担保向银行贷款 10 万美元缴付了出资。甲公司依照与乙公司签订的收购协议于 1996 年 12 月 28 日向乙公司支付 36 万美元，其余收购价款尚未支付。

(3) 在合资企业经营期间，按照合资合同规定的组织机构进行管理，甲公司在合资企业中行使决策权。截至 1997 年 12 月 31 日止，合资企业税后可分配利润为人民币 360 万元。

(4) 1998 年 2 月，甲公司受东南亚金融危机之影响，经营发生困难，遂向乙公司提出将其在合资企业所持股份转让给美国的丁公司，乙公司已表示同意。
要求：
根据以上事实，请分别回答以下问题：
(1) 合资各方两期缴付出资的行为是否符合有关规定？为什么？
(2) 甲公司与乙公司签订的收购协议规定的支付收购价款的方式是否符合规定？为什么？
(3) 甲公司现时可否在合资企业中行使决策权？为什么？
(4) 如果对截至 1997 年 12 月 31 日止合资企业税后可分配利益进行分配，并不考虑加权平均因素，甲公司和乙公司各应分配多少万元？（保留小数点后 1 位数）
(5) 如果甲公司将在合资企业所持股份转让给丁公司，应履行何种法律手续？（1998 年）

【参考答案】

（1）合资各方第一期缴付出资的行为符合有关规定。因为，根据有关规定，外商投资企业的投资者分期出资的，投资各方第一期出资不得少于各自认缴出资额的15%，并且应当在营业执照签发之日起3个月缴清。合资各方第一期缴付的出资额均超过各自认缴出资额的15%，并符合缴付期限的规定。在第二期缴付出资时，甲公司的缴付行为不符合规定，乙公司符合规定。根据有关规定：合资各方不得以他方的财产权益为其出资作担保，甲公司以乙公司的财产权益为其出资作为担保违反了该规定。

（2）甲公司与乙公司签订的收购协议中规定的支付收购价格的方式符合规定。因为，依照有关规定，外方投资者以收购国内企业资产用于出资的，应自外资企业营业执照颁发之日起3个月内支付全部购买金，但对特殊情况需延长支付者，经审批机关批准后，应自营业执照颁发之日起6个月内支付购买总金额的60%以上，并在1年内付清全部购买金。

（3）甲公司现时不应在合资企业中行使决策权。因为，尽管合资合同规定甲公司出资比例占注册资本的55%，并且甲方委派了3名董事并由其委派的董事担任董事长，但是，依照有关规定，投资各方应按实际缴付的投资额行使决策权，控股投资者以收购国内企业资产投资的，在其付清全部购买金额之前，不能取得企业决策权。甲公司和乙公司在第一期出资认缴完毕之后，甲公司实际缴付出资仅为30万美元，至1997年12月28日，加上甲公司支付的收购资产的购买金，也仅为66万美元，而乙公司实际缴付80万美元。在第二期出资认缴完毕后，甲公司即使加上不符规定缴付的出资，也仅为86万美元，而乙公司则实际缴付90万美元。故甲公司不应取得合资企业的决策权。

（4）如果对截止1997年12月31日止的合资企业税后可分配利润进行分配，并不考虑加权平均因素，甲公司应分配人民币152.3万元，即360×66/（66＋90），乙公司应分配人民币207.7万元，即360×90/（66＋90）。（或答甲公司应分配人民币175.9万元，乙公司应分配人民币184.1万元，亦算正确）

（5）甲公司将在合资企业所持股份转让给丁公司，应办理以下法律手续：①提出出资转让申请；②经合营他方同意，并经董事会一致同意通过；③报经原审批机构批准；④办理变更登记手续。

3. 本题考查要点主要有：利用外资改组国有企业的出资期限、合营企业中注册资本与投资总额的比例、合营企业利润分配方式。

2003年5月，甲国有企业拟利用美国乙公司的投资将其全资拥有的丙国有独资公司（下称丙公司）改组为中外合资经营企业。甲企业在与乙公司协商后，拟订的改组方案中有关要点如下：

（1）改组前的丙公司注册资本5000万元人民币。甲企业拟将丙公司60%的股权转让给乙公司，转让价款为450万美元；乙公司在中外合资经营企业营业执照颁发后半年内向甲企业支付250万美元，余款在2年内付清。

（2）丙公司改组后注册资本增加至1200万美元，投资总额拟为3300万美元。甲企业与乙公司分别按照40%和60%的股权比例以现金向丙公司增资。注册资本与投资总额的差额，由丙公司向境外借款解决。

（3）改组后，丙公司的经营期限为20年。经营期满后，丙公司的全部固定资产无偿归甲企业所有。在乙公司投资回收完毕之前，丙公司的收益按甲企业20%、乙公司80%的比例进行分配。乙公司投资回收完毕后，甲企业与乙公司按出资比例分配收益。

要求：

根据上述内容，分别回答以下问题：

（1）.乙公司向甲企业支付股权转让价款的期限是否符合规定？并说明理由。

（2）改组后的丙公司的注册资本与投资总额的安排是否符合规定？改组后的丙公司向境外借款的安排是否符合规定？并分别说明理由。

（3）改组后的丙公司的收益分配方式是否符合规定？并说明理由。（2004年，删去原题中第（3）点及第三问。）

【参考答案】

（1）乙公司向甲公司支付股权转让价款的期限不符合规定。以转让方式改组的，外国投资者一般应在外商投资企业营业执照颁发之日起3个月内支付全部金额。对特殊情况需延长支付者，经审批机关批准后，应在营业执照颁发之日起6个月内支付价款总额的60%以上，其余款项在一年内付清。本题中，乙公司在2年内付清不符合规定。

（2）改组后的丙公司的注册资本与投资总额的安排符合规定。外商投资企业投资总额3000万美元以上的，注册资本占总投资额的比例不得低于1/3。投资总额在3600万美元以下的，注册资本不得低于1200万美元（或丙公司注册资本为1200万美元，其投资总额未超过3600万美元）。

改组后的丙公司向境外借款的安排符合规定。

（3）改组后的丙公司的收益分配方式不符合规定。中外合资经营企业合资各方只能按照出资比例分配收益，外国合营者不能提前回收投资。

4. 2008年综合题以证券法的内容为主，请见第五章经典试题回顾部分2008年综合题。

本章练习题库

一、单项选择题

1. 某中外合资经营企业的注册资本为 500 万美元，其中外国合营者认缴出资额为 300 万美元，中国合营者认缴出资额为 200 万美元。如果合营企业合同约定分三期缴付出资，则外国合营者第一期缴付的出资额应不低于(　　)万美元。
   - A. 45
   - B. 60
   - C. 75
   - D. 100

2. 某外国企业与某中国企业协议签订了合资经营企业合同。下列各项中，将导致审批机关不予审批，登记机关不予登记结果发生的情形是(　　)。
   - A. 中外双方未在法定的期限内缴清出资
   - B. 外方未在法定的期限内缴清出资，中方自此 1 个月内催告无效
   - C. 中方的第一期出资未能在法定的期限内缴清
   - D. 该企业未按投资进度在合同、章程中明确规定出资期限

3. 中国甲公司与 B 国乙公司签订一份合资经营企业合同，经某市工商行政管理局核准登记于 2007 年 8 月 1 日领取营业执照。合同约定一次缴付出资。至 2008 年 3 月底，乙方已缴清全部出资，甲方未缴付，虽经乙方催缴数月仍无结果。对此应(　　)。
   - A. 由工商行政机关限期乙方在 1 个月内缴清
   - B. 视同合资企业自动解散
   - C. 由合资企业办理注销登记手续，注销营业执照
   - D. 由甲方向乙方承担未缴付出资的赔偿责任

4. 根据有关规定，缴付出资的投资者可以依法将其已缴纳出资部分形成的股权质押给质权人。下列各项中，有关股权质押的表述，不正确的是(　　)。
   - A. 经外商投资企业其他投资者同意，缴付出资的投资者通过签订质押合同将其已缴纳出资部分形成的股权质押给质权人的行为有效
   - B. 投资者不得将其股权质押给本企业
   - C. 在质押期间，出质投资者作为企业投资者的身份不变
   - D. 未经质权人同意，出质投资者不得将已出质的股权转让或再质押

5. 外国投资者并购境内企业设立外商投资企业，外国投资者出资比例低于 25% 的，投资者以实物、工业产权等非现金出资的，下列各项中，符合有关出资时间规定的是(　　)。
   - A. 外国投资者应自外商投资企业营业执照颁发之日起 3 个月内缴清出资

   - B. 外国投资者应自外商投资企业营业执照颁发之日起 6 个月内缴清出资
   - C. 外国投资者应自外商投资企业营业执照颁发之日起 9 个月内缴清出资
   - D. 外国投资者应自外商投资企业营业执照颁发之日起 1 年内缴清出资

6. 外国投资者股权并购境内企业的，下列各项中，关于被并购的境内公司债权债务的处理方式，正确的是(　　)。
   - A. 被并购的境内公司继承原有债权债务
   - B. 并购后所设立的外商投资企业继承被并购境内公司的债权债务
   - C. 并购的外国投资者继承被并购境内公司的债权债务
   - D. 由审批机关确定

7. 根据外国投资者并购境内企业的有关规定，境内公司及自然人从特殊目的公司获得的利润、红利及资本变动所得外汇收入，应当自获得之日起一定期限内调回境内，该规定期限为(　　)。
   - A. 3 个月
   - B. 6 个月
   - C. 1 年
   - D. 2 年

8. 境内公司应自特殊目的公司完成境外上市之日起 30 日内，向商务部报告境外上市情况和融资收入调回计划，并申请换发无加注的外商投资企业批准证书。自营业执照颁发之日起的一定期限内，如果境内公司不能取得无加注批准证书，则加注的批准证书自动失效，并应当办理变更登记手续。根据规定，该一定期限为(　　)。
   - A. 3 个月
   - B. 6 个月
   - C. 1 年
   - D. 2 年

9. 根据有关规定，外国投资者进行战略投资的，投资可分期进行，首次投资完成后，除特殊行业有特别规定或经相关主管部门批准的以外，外国投资者取得的股份比例不低于该公司已发行股份的(　　)。
   - A. 5%
   - B. 10%
   - C. 15%
   - D. 25%

10. 外国投资者进行战略投资，其取得上市公司 A 股股份，根据规定在一定期限内不得转让，该规定期限为(　　)。
    - A. 3 个月内
    - B. 6 个月内
    - C. 1 年内
    - D. 3 年内

11. 根据有关规定，外国战略投资者取得境内单一上市公司 25% 以上股份并承诺在一定期限内持续持股不低于 25% 的，商务部在向其颁发的外商投资企业批准证书上加注"外商投资股份公司（A 股并购 25% 或以上）"。该承诺期限为(　　)。
    - A. 1 年
    - B. 3 年
    - C. 5 年
    - D. 10 年

12. 根据有关规定，外国战略投资者减持境内上市

公司股份，使该上市公司外资股比例低于一定比例，且该投资者非为单一最大股东，上市公司应在 10 日内向审批机关备案并办理注销外商投资企业批准证书的相关手续。该一定比例为（　　）。

A. 10%　　　　　　　B. 20%

C. 25%　　　　　　　D. 30%

13. 中美两家企业共同投资设立一家中外合资经营企业，其中中方出资 300 万美元，美方出资 200 万美元。该合资企业的投资总额最多为（　　）万美元。

A. 1000　　　　　　　B. 1250

C. 1500　　　　　　　D. 3000

14. 某中外合资经营企业的投资总额为 1200 万美元，根据中外合资经营企业法律制度的规定，该中外合资经营企业的注册资本不得低于（　　）万美元。

A. 500　　　　　　　B. 480

C. 450　　　　　　　D. 400

15. 在举办中外合资经营企业和中外合作经营企业时，中方投资者可以用场地使用权作为出资，投资者以场地使用权作价出资的，其作价金额应（　　）。

A. 与取得同类场地使用权所应缴纳的费用相同

B. 由中外合营或合作者按公平合理原则协商确定

C. 由国有资产管理部门确定

D. 依市场行情确定

16. 某外国投资者与中方投资者共同出资设立一家中外合资经营的有限责任公司，根据相关法律制度的规定，下列各项中，表述不正确的是（　　）。

A. 外方投资者可以是自然人、法人或者其他组织，但中方投资者不可以是自然人

B. 中外双方按照出资比例进行利润分配，但公司章程另有规定的除外

C. 依照《公司法》的规定，投资人应当在公司成立后两年内缴清出资

D. 公司的权力机构为董事会，公司可以不设监事会

17. 中外合资经营企业的董事会每年至少召开一次董事会会议，经一定比例的董事提议，可以召开临时会议。下列各项中，符合有关比例要求的是（　　）。

A. 1/4　　　　　　　B. 1/2

C. 1/3　　　　　　　D. 2/3

18. 中外合资经营企业应当建立健全财务管理机构，执行国家统一的财务会计制度。根据中国有关法律和财务会计制度的规定，企业的年度会计报表应抄报（　　）。

A. 原审批机关

B. 企业当地的财政机关

C. 企业当地的税务机关

D. 企业的主管部门

19. 中国一家企业拟与德国的一家公司共同出资，设立一个具有中国法人资格的中外合作经营企业。在中外双方共同草拟的合作企业章程中，就其组织机构的组成形式约定：企业设立董事会；董事会成员为 5 人，董事长由德方担任，副董事长由中方担任；每届的任期不得超过 4 年，董事任期届满，委派方继续委任的，可以连任。你认为该合作企业章程的内容是（　　）。

A. 该章程内容合法

B. 该章程内容不合法，董事长应由中方担任，副董事长应由外方担任

C. 该章程内容不合法，应当设立联合管理委员会，由中德双方共同管理该企业

D. 该章程内容不合法，每届董事的任期应不得超过 3 年

20. 中外合作企业修改章程，必须由企业权力机构依法作出。下列各项中，符合规定的是（　　）。

A. 董事会全体董事一致通过

B. 出席董事会会议的董事一致通过

C. 2/3 的董事通过

D. 1/2 的董事通过

21. 中外合作者在合作企业合同中约定外方先行回收投资的，合作企业期限届满时，合作企业的（　　）应无偿归中方合作者所有。

A. 全部固定资产

B. 外方投入的固定资产

C. 全部资产

D. 外方投入的全部资产

22. 外资企业的经营期限，（　　）。

A. 由外国投资者在章程中确定

B. 由审批机关根据所从事的行业确定

C. 由外国投资者申报，审批机关批准

D. 由外国投资者与审批机关共同确定

23. 中外合作经营企业召开董事会会议或者联合管理委员会会议，应当在会议召开前的一定期限内通知全体董事或委员。该一定期限是（　　）。

A. 召开的 10 天前　　　B. 召开的 15 天前

C. 召开的 20 天前　　　D. 召开的 25 天前

24. 中外合资经营企业引进技术，应当签订技术转让协议。该技术转让协议的期限一般不超过（　　）。

A. 3 年　　　　　　　B. 5 年

C. 10 年　　　　　　　D. 15 年

25. A、B 两家外商投资企业合并，采用吸收合并的方式，B 公司被 A 公司吸收。A 公司成立于

2000 年 5 月 16 日。2008 年 3 月 28 日双方达成合并协议，并经审批机关批准。8 月 20 日被吸收公司债务清偿完毕。8 月 28 日办理被吸收公司的注销手续。合并后公司的成立日期是（　　）。

A. 2000 年 5 月 16 日　　B. 2008 年 3 月 28 日

C. 2008 年 8 月 20 日　　D. 2008 年 8 月 28 日

二、多项选择题

1. 根据指导外商投资方向的有关规定，下列各项中，属于国家限制类外商投资项目的有（　　）。

A. 运用我国特有工艺生产产品的项目

B. 不利于节约资源的项目

C. 对环境造成污染损害

D. 不利于改善生态环境的项目

2. 根据《指导外商投资方向规定》的规定，下列各项中，属于鼓励类外商投资项目的有（　　）。

A. 能够发挥中西部地区的人力和资源优势，并符合国家产业政策的

B. 适应市场需求，能够提高产品档次、开拓新兴市场

C. 产品全部直接出口的允许类外商投资项目

D. 产品出口销售额占其产品销售额 70% 以上的限制类外商投资项目

3. 根据有关规定，下列各项中，关于外国投资者并购境内企业债权、债务承继的表述，符合规定的有（　　）。

A. 外国投资者股权并购的，并购后所设外商投资企业承继被并购境内公司的债权和债务

B. 外国投资者资产并购的，出售资产的境内企业承担其原有的债权和债务

C. 出售资产的境内企业应当在投资者向审批机关报送申请文件之前至少 15 日，向债权人发出通知书，并在全国发行的省级以上报纸上发布公告

D. 并购后的企业应当在投资者向审批机关报送申请文件之前至少 15 日，向债权人发出通知书，并在全国发行的省级以上报纸上发布公告

4. 根据外国投资者并购境内企业的有关规定，下列各项中，关于外国投资者以股权并购境内公司所涉及的境内外公司的股权，符合条件的有（　　）。

A. 股东持有的该公司的股票已经上市交易 1 年以上

B. 无所有权争议

C. 境外公司的股权应在境外公开合法证券交易市场挂牌交易

D. 境外公司的股权最近 1 年交易价格稳定

5. 境外的甲公司收购境内乙公司部分资产，并以该部分资产作为出资，与境内丙公司于 2006 年 8 月 8 日成立了一家中外合资经营企业。甲公司收购乙公司部分资产的价款为 120 万美元。下列选项中，不符合我国法律规定的价款支付方式的有（　　）。

A. 甲公司于 2006 年 11 月 7 日向乙公司一次支付 120 万美元

B. 甲公司于 2006 年 11 月 7 日向乙公司支付 60 万美元，2007 年 8 月 7 日支付 60 万美元

C. 甲公司于 2007 年 8 月 7 日向乙公司一次支付 120 万美元

D. 甲公司于 2007 年 2 月 7 日向乙公司支付 80 万美元，2007 年 8 月 7 日支付 40 万美元

6. 外国投资者股权并购的，除国家另有规定外，对并购后所设外商投资企业的投资总额应当符合有关规定。下列各项中，符合规定的有（　　）。

A. 注册资本在 210 万美元以下的，投资总额不得超过注册资本的 10/7

B. 注册资本在 210 万美元以上至 500 万美元的，投资总额不得超过注册资本的 2 倍

C. 注册资本在 500 万美元以上至 1200 万美元的，投资总额不得超过注册资本的 2.5 倍

D. 注册资本在 1200 万美元以上的，投资总额不得超过注册资本的 3 倍

7. 外国投资者并购境外企业，在下列各项中，属于投资者应就所涉情形向商务部和国家工商行政管理总局报送并购方案的有（　　）。

A. 境外并购一方当事人在我国境内拥有资产 30 亿元人民币以上

B. 境外并购一方当事人当年在中国市场的营业额 15 亿元人民币以上

C. 境外并购一方当事人在中国市场的占有率已经达到 20%

D. 由于境外并购，境外并购一方当事人直接或间接参股境内相关行业的外商投资企业将超过 10 个

8. 外国投资者并购境内企业，在下列各项中，属于投资者应就所涉情形向商务部和国家工商行政管理总局报告的有（　　）。

A. 并购一方当事人当年在中国市场营业额超过 15 亿元人民币

B. 并购一方当事人在中国的市场占有率已经达到 20%

C. 并购导致并购一方当事人在中国的市场占有率达到 25%

D. 一年内并购国内企业累计超过 10 个

9. 根据外国投资者并购境内企业的有关规定，商务部自收到规定的报送文件后，经审核对符合条件的，颁发批准证书，并在批准证书上加注"外国投资者以股权并购境内公司，自营业执照颁发之日起 6 个月内有效"。如果境内外公司没有按照上述时间完成股权变更手续，将产生的法律后果有（　　）。

A. 加注的批准证书和中国企业境外投资批准证书自动失效

B. 登记管理机关根据境内公司预先提交的股权变更登记申请文件核准变更登记，使境内公司股权结构恢复到股权并购之前的状态

C. 并购境内公司增发股份而未实现的，在登记管理机关予以核准变更登记之前，境内公司应当依法减少相应的注册资本并在报纸上公告

D. 自期限届满前 15 日内申请展期

10. 根据有关规定，特殊目的的公司的境外上市融资收入，应当调回境内。下列各项中，可以采取的方式有（　　）。

A. 向境内公司提供商业贷款

B. 在境内新设外商投资企业

C. 并购境内企业

D. 开立资本项目外汇账户保留

11. 根据规定，下列各项关于外国投资者并购境内企业中，并购一方当事人可以向商务部和国家工商行政管理总局申请豁免的有（　　）。

A. 可以改善环境

B. 可以改善市场公平竞争条件

C. 重组亏损企业

D. 引进先进技术和管理人才并能提高企业国际竞争力

12. 外商投资企业投资者股权变更过程中，投资者以股权质押的。根据规定，下列各项中，导致质押行为无效的有（　　）。

A. 投资者以未缴付出资部分的股权出质

B. 投资者将其股权质押给本企业

C. 未按规定办理审批和备案的质押

D. 未经外商投资企业其他投资者同意的质押

13. 根据有关规定，下列各项中，外国投资者进行战略投资，符合规定的有（　　）。

A. 以协议转让方式取得上市公司 A 股

B. 以上市公司定向发行新股方式取得上市公司 A 股

C. 取得上市公司 A 股股份 10 年内不得转让

D. 取得上市公司 A 股股份不得低于该公司已发行股份的 25%

14. 根据有关规定，下列各项中，外国投资者进行战略投资，可以买卖上市公司 A 股股票的情形有（　　）。

A. 取得上市公司 A 股股份 3 年以后

B. 持有上市公司 30% A 股股份的外国投资者继续收购该上市公司股份的

C. 外国投资者在上市公司首次公开发行股份前持有的股份，自该公司股票上市交易之日起 1 年以后

D. 投资者因其破产、清算、抵押等特殊原因需转让其股份

15. 根据有关规定，下列各项中，符合外国战略投

资者要求的有（　　）。

A. 投资者境外实有资产总额不低于 1 亿美元

B. 投资者管理的境外实有资产总额不低于 5 亿美元

C. 投资者的母公司境外实有资产总额不低于 1 亿美元

D. 投资者的母公司管理的境外实有资产总额不低于 5 亿美元

16. 根据中外合资企业法律制度的规定，中外合资经营企业发生下列事项时，须经审查批准机关批准的有（　　）。

A. 减少注册资本

B. 合营一方不履行合营协议规定的义务，致使企业无法继续经营，履约方提出解散申请

C. 在国际市场上购买机器设备

D. 合营一方向他方转让部分出资额

17. 我国的甲公司与香港的 B 公司拟举办一家合资经营企业，双方就共同投资问题进行了协商。下列协商内容中，不符合中国法律规定的有（　　）。

A. 甲公司提供已设定抵押权的厂房

B. B 公司通过 C 公司提供的担保从香港等地银行获得的贷款出资

C. 甲公司提供劳务

D. B 公司以合营企业名义租赁的设备出资

18. 根据有关规定，下列选项中，属于中外合资经营企业外方合营者以机器设备出资必须符合的条件有（　　）。

A. 为合营企业生产所必不可少

B. 中国不能生产

C. 能显著节约原材料、燃料、动力

D. 价格不得高于同类机器设备当时的国际市场价格

19. 根据中外合资经营企业法律制度的规定，下列选项中，属于中外合资经营企业合营一方转让出资额必须符合的条件有（　　）。

A. 通知合营各方

B. 经合营各方同意

C. 经董事会会议通过

D. 经原审批机构批准

20. 根据《中外合资经营企业法》，下列各项中，关于合营企业董事长产生方式表述正确的有（　　）。

A. 合营企业的董事长既可以由中方担任，也可以由外方担任

B. 合营企业的董事长由出资最多的一方担任

C. 合营企业的董事长由一方担任的，副董事长必须由他方担任

D. 合营企业的董事长由一方担任的，总经理必须由他方担任

21. 关于中外合资经营企业的资本，下列说法中正

确的有( )。

A. 合营企业在合营期间可以增加注册资本也可以减少注册资本

B. 合营一方向第三人转让其出资份额时，须征得合营他方同意

C. 合营一方向第三人转让其出资份额时，须经董事会会议通过后，报原审批机构批准

D. 合营一方向第三人转让其出资份额时，合营他方有同等条件下的优先购买权

22. 中外合资经营企业的( )，应经中国注册会计师验证和证明后，方为有效。

A. 合营各方的出资证明书

B. 企业季度资产负债表

C. 企业年度会计报表

D. 企业利润分配报告

23. 中方与外方合作设立一家中外合作经营企业（有限责任公司），在其协商约定的事项中，为我国法律所允许的有( )。

A. 合作企业注册为有限责任公司，外方出资200万美元，中方以土地使用权和厂房出资

B. 外方出资中的150万美元为设备，于公司取得营业执照后3个月内运抵公司所在地

C. 外方出资中的50万美元为现金，由外方向境外银行借贷，公司以设备提供担保

D. 公司不设董事会，由双方各派1名代表组成联合管理委员会，作为公司的权力机构

24. 中外合作企业的外方合作者不履行合作企业合同、章程规定的义务，致使合作企业无法继续经营的，其可以采取的处理方法有( )。

A. 中方合作者有权向审批机关提出申请，解散合作企业

B. 外方合作者可以合同无法履行为由，向审批机关提出申请，修改合同、章程

C. 外方合作者有权向审批机关提出申请，解散合作企业

D. 中方合作者有权要求外方因不履行合同而给其造成的损失承担赔偿责任

25. 下列各项中，属于中外合作经营企业解散原因的有( )。

A. 合作企业期限届满

B. 合作企业一方或数方不履行合作企业合同规定的义务

C. 合作企业因严重的环境污染，被当地环境保护主管部门依法责令关闭

D. 合作企业严重亏损，无力继续经营

26. 下列各项中，有关外资企业用地及费用管理的表述，正确的有( )。

A. 外资企业应当在营业执照签发后，办理相应土地使用手续，领取土地证书

B. 外资企业领取土地证书时，应当向土地管理部门缴纳土地使用费

C. 外企业使用经过开发的土地，应当缴付土地开发费

D. 土地开发费包括征地拆迁安置费和为外资企业配套的基础设施建设费用，应当由土地开发单位一次性计收

27. 下列各项中，有关中外合资经营企业场地使用权及其费用管理的表述，符合规定的有( )。

A. 场地使用费在开始用地的3年内不调整

B. 场地使用费调整的间隔期应当不少于3年

C. 场地使用费作为中国合营者投资的，在该合同期限内不得调整

D. 场地使用费按年缴纳，合营企业取得场地使用权的时间不足半年的，按照实际使用时间缴纳

28. 下列各项中，有关外商投资企业合并、分立的表述中，正确的有( )。

A. 合并后存续的公司或者新设的公司全部承继因合并而解散公司的债权、债务

B. 公司合并后为有限责任公司的，合并后公司的注册资本为原公司注册资本额之和

C. 分立后公司的注册资本额之和不得超过分立前公司的注册资本额

D. 外国投资者的股份比例不得低于合并后公司注册资本的25%

三、判断题

1. 中外投资者以专利权或专利使用权作价出资的，出资者应当出具拥有所有权和处置权的有效证明。 ( )

2. 根据《外资企业法实施细则》的规定，经外资企业章程同意，外国投资者也可以用其从中国境内举办的其他外商投资企业获得的人民币利润出资。 ( )

3. 投资者以其已经缴付出资部分形成的股权出质的，质押期间，出质投资者作为企业投资者的身份不变，未经其他投资者同意，出质投资者不得将已出质的股权转让或再质押。 ( )

4. 经外商投资企业其他投资者同意，投资者以其认缴的股权出质的，未按规定办理审批和备案的质押行为无效。 ( )

5. 出售资产的境内企业应自作出出售资产决议之日起10日内，向债权人发出通知书，并在全国发行的省级报纸上发布公告。债权人自接到该通知书或自公告发布之日起10日内，有权要求出售资产的境内企业提供相应的担保。 ( )

6. 外国投资者以资产并购境内企业的，并购后所设外商投资企业继承被并购境内企业原有的债权和债务。 ( )

7. 某中外合资经营企业的注册资本为1000万美元，其中中方出资400万美元，外方出资600万美元，其中100万美元以收购国内某企业作为出

资，自营业执照颁发之日起 3 个月内支付。合营者在合营合同中约定：第一期自营业执照领取之日起的 3 个月内出资，中外双方各自缴纳出资额的 15%；1 年内中方缴纳出资额的 50%，外方缴纳出资额的 40%；两年内中外双方将剩余部分的出资全部缴清。该约定是不合法的。（   ）

8. 根据有关规定，境内公司取得无加注的外商投资企业批准证书、外汇登记证之前，不得向股东分配利润或向有关联关系的公司提供担保，不得对外支付转股、减资、清算等资本项目款项。（   ）

9. 根据有关规定，特殊目的公司境外上市的股票发行价总值，不得低于其所对应的经中国有关资产评估机构评估的被并购境内公司股权的价值。（   ）

10. 特殊目的公司的境外上市融资收入，可以通过向境内公司提供商业贷款、在境内新设外商投资企业、并购境内企业的方式调回境内。（   ）

11. 境内公司及自然人从特殊目的公司获得的利润、红利及资本变动所得外汇收入，应自获得之日起 1 年内调回境内，可以进入经常项目外汇账户或者结汇。（   ）

12. 中外合资经营企业的投资总额在 300 万美元以下的，注册资本至少应有 150 万美元。（   ）

13. 外国投资者以股权并购境内企业的，投资总额为 1000 万美元的，注册资本至少可以是 500 万美元。（   ）

14. 外国投资者并购境内企业设立外商投资企业，投资者以现金出资的，应自外商投资企业营业执照颁发之日起 3 个月内缴清；投资者以实物、工业产权等出资的，应自外商投资企业营业执照颁发之日起 6 个月内缴清。（   ）

15. 外国投资者、被并购境内企业的债权人可以对被并购境内企业的债权债务的处置另行达成协议，但是该协议不得损害第三人利益和社会公共利益。债权债务的处置协议应报送审批机关。（   ）

16. 除非外方投资者向中国投资者转让其全部股权，外商投资企业投资者股权变更不得导致外方投资者的投资比例低于企业注册资本的 25%。（   ）

17. 外国投资者实施战略投资的，对其资产状况的要求是，境内外实有资产总额不低于 1 亿美元或管理的境外实有资产总额不低于 5 亿美元；或其母公司境外实有资产总额不低于 1 亿美元或管理的境外实有资产总额不低于 5 亿美元。（   ）

18. 中国某公司与外国某公司拟共同出资设立一中外合资经营企业。双方约定，总投资额为 400 万美元；注册资本为 220 万美元，其中：中方出资 150 万美元，外方出资 70 万美元。这一约定符合中外合资经营企业法律制度的规定。（   ）

19. 某中外合资经营企业的中国合营者将其在合营企业中的出资额全部转让给另一中国公司的行为，在征得外国合营者同意，并经合营企业董事会会议通过的情况下，即发生法律效力。（   ）

20. 中外合作者选择以有限责任公司形式设立中外合作经营企业的，应当按照合作各方的出资比例进行利润分配。（   ）

21. 中外合作经营企业中，经财政税务机关的审查同意批准，外国合作者也可在合作企业的亏损弥补之前，先行回收投资，但企业解散时全部固定资产应无偿归中方合作者所有。（   ）

22. 除双方另有协议外，技术输入方有权按自己认为合适的来源购买需要的机器设备、零部件和原材料。（   ）

23. 有限责任公司与股份有限公司合并的，合并后公司的注册资本为原有限责任公司净资产额根据拟合并的股份有限公司每股所含净资产额折成的股份额与原股份有限公司股份总额之和。（   ）

四、综合题

1. 2002 年 1 月，中国某企业与日本某株式会社依法经批准，在中国上海设立了一中外合作经营企业，该合作企业取得中国法人资格，组织形式为有限责任公司。经审批机关批准的该合作企业章程载明了法定事项，其中包含了下列内容：（1）该合作企业名称为华日有限责任公司（以下简称华日公司）；（2）该合作企业的投资总额为 500 万元人民币，注册资本为 400 万元人民币，其中中方投资比例为 55%，日方投资比例为 45%；（3）中方和日方分别按 40%、60% 的比例分担风险、分享收益；（4）该合作企业设立董事会（有 5 位董事组成）决定企业的重大问题，不设股东会和监事会；（5）合作企业的总经理由董事会决定任命或者聘请，总经理负责企业的日常经营管理工作，对董事会全权负责，总经理有权聘任或者解聘合作企业其他高级管理人员。

2002 年 3 月，华日公司聘任了日方的 A 某担任公司总经理，全面负责公司的日常经营管理工作。同时，公司还与中方的 B 某签订了劳动合同，聘任其为华日公司副总经理，负责市场销售工作，并规定试用期为 5 个月。

2002 年 7 月 20 日，华日公司总经理 A 某通知 B 某解除其公司副总经理职务，理由是 B 某在任职期间，部门协调能力差，作为销售负责人不能及时提交公司的年度销售计划,影响工作进度,造成公司销售业绩不佳,已不适合留在公司工作。B某不同意解除聘任合同,理由是:华日公司作为有限责任公司,应遵守我国《公司法》的规定,作为公司副总经理,只能由董事会决定聘任或者解聘,总经理未经公司董事会批准,擅自将其解聘,应属无效行为。另外,华日公司的章程也有多处违反了我国《公司法》的规定,如,股东未按出资比例分享收益;公司未设股东会和监事会等。

2004年3月,华日公司经3位董事提议召开董事会会议,决定修改公司章程。董事长C某召集并主持了本次董事会会议,共有4位董事出席了该次会议,一致同意就公司章程发如下事项进行修改:一是将公司的管理方式,修改为委托合作各方以外的他人经营管理;二是修改中日双方的利润分配和风险分担比例,将日方与中方的原分担比例分别改为70%和30%,以达到日方先行回收投资的目的。

要求:

根据以上事实,请分别回答下列问题:

(1)华日公司章程中,关于公司组织形式、组织机构的设置以及利润和亏损分担比例的内容是否合法?请说明理由。

(2)华日公司对副总经理B某的解聘是否合法?为什么?B某的说法是否正确?请说明理由。

(3)2004年3月华日公司董事会的召开是否合法?为什么?董事会的两项决议能否通过?请说明理由。如果能够通过,第一项决议应如何执行?第二项决议的执行还须符合什么条件?

2. 境内甲公司依法核准在境外A地设立特殊目的公司B公司,为此向商务部申领批准证书。商务部向其颁发加注的批准证书。后B公司在境外B地成功上市。B公司完成境外上市后第25日,境内甲公司向商务部报告境外上市情况和融资收入调回计划,并申请换发无加注的外商投资企业批准证书。

甲公司拟定的融资收入调回计划表明,B公司境外融资收入拟通过并购境内乙股份有限公司(以下简称乙公司)股权的方式调回境内。乙公司为一家正在筹备成立的股份公司,除B公司外还有两家境内企业共同作为发起人,采取发起设立的方式成立。B公司的并购方案涉及的出资时间及比例如下:3位发起人自申请公司营业执照时缴付注册资本的20%,其余出资自公司成立之日起2年内缴清,其中B公司认缴的出资额占公司注册资本的25%。

B公司与境内上市公司丙公司拟达成股份转让协议,B公司受让丙公司已发行的A股股份的25%。该协议转让行为拟分两期进行,第一期转让行为完成后,B公司取得丙公司已发行A股股

份的10%,1年内完成该转让协议。

据了解,B公司经过几年的发展,境外实有资产总额为1.2亿美元,财务稳健、资信良好且具有成熟的管理经验,最近3年未受到境内外监管机构的处罚,但是其母公司甲公司应违规经营1年前曾受到有关部门的重大处罚。

要求:

根据以上事实,请分别回答下列问题:

(1)境内甲公司在其特殊目的公司完成境外上市后,向商务部报告的时间及内容是否符合规定?商务部向其颁发的加注批准证书的有效期是多长?

(2)B公司境外融资收入调回境内的方式是否合法。乙公司是否符合法律规定的设立条件?说明理由。

(3)B公司受让丙公司A股股份的协议内容是否合法?说明理由。B公司取得丙公司A股股份后,多长时间内不得转让?

(4)B公司是否符合战略投资者的要求?说明理由。

3. 某纺织机械总公司(下称中方)拟定与瑞士LD公司(下称外方)共同组建企业,双方达成以下主要意向:

(1)合资企业投资总额380万美元,注册资本拟为200万美元,其中外方出资102万美元,占总股本的51%,中方出资98万美元,占总股本的49%。

(2)中方拟定以其经依法评估和有关机关确认的机器设备、厂房、办公楼、有偿获得的土地使用权和资金出资(其中办公楼已为下属企业贷款而作抵押),外方拟以机器设备和美元现金出资。

(3)从合资企业营业执照签发之日起,合营双方分两期缴付出资,其中:中方第一次出资为前述固定资产和土地使用权,折合为70万美元,在三个月内缴付;第二次出资为货币,为28万美元,在六个月内缴付。外方第一次出资为货币,为12万美元,在三个月内缴付,第二次出资为机器设备,折合为90万美元,在六个月内缴付。

(4)合资企业合营期限为20年,合营期进入第5年时,合营各方可按各自出资比例减少30%的注册资本。

要求:

请分别回答以下问题:

(1)在合资企业投资总额和股权比例不变的前提下,注册资本数额是否符合法律规定?按最低注册资本要求,双方出资应做何调整?

(2)合营各方出资的资产种类、比例和出资期限是否有不符合法律规定之处?并说明理由。

(3)合营各方约定合营期内减少注册资本30%

的计划是否合法？为什么？

本章练习题库参考答案及解析

一、单项选择题

1.【答案】A

【解析】根据有关法律和行政法规的规定，外商投资企业合同中规定分期缴付出资的，投资各方第一期出资不得低于各自认缴出资额的15%。外方投资者的第一期出资额为：300×15%＝45，所以A选项是正确的。

2.【答案】D

【解析】因为外商投资企业，有关法律规定可以先登记注册，之后一次或者分期缴纳出资。在企业注册登记之前要经审批机关审批，获得批准方可登记注册。所以，外商投资企业的投资应按项目进度，在合同、章程中明确规定出资期限。未作规定的，审批机关不予批准，登记机关不予登记注册。

3.【答案】D

【解析】本题属于外商投资企业中一方未按期缴纳出资的情况，考生应当区分，投资一方与投资各方均未按规定缴付或者缴清出资的法律后果。如果投资一方未按合同规定如期缴付或者缴清其出资的，即构成违约。按照有关法律规定，守约方应当催告违约方在1个月内缴付或者缴清，所以A选项说由工商行政机关限期乙方在1个月内缴清是不对的。违约方经催告后，逾期仍未缴付或者缴清的，视同违约方放弃在合同中的一切权利，自动退出外商投资企业，所以B选项所述视同合资企业自动解散是不正确的，这是合营双方未按期缴清出资的结果。守约方应当在逾期1个月内，向原审批机关申请批准解散外商投资企业或者申请批准另找外国投资者承担违约方在合同中的权利和义务。否则，审批机关有权吊销批准证书，工商行政管理机关有权吊销其营业执照。守约方可以要求违约方赔偿因未缴付或者缴清出资造成的经济损失。所以，C选项说由合资企业办理注销登记手续，注销营业执照也是错误的。

4.【答案】A

【解析】质押合同应经审批机关批准，未按规定办理审批和备案的质押行为无效。

5.【答案】B

【解析】外国投资者并购境内企业设立外商投资企业，外国投资者的出资比例低于25%的，投资者以现金出资的，外国投资者应自外商投资企业营业执照颁发之日起3个月内缴清出资；投资者以实物、工业产权等出资的，应自外商投资企业营业执照颁发之日起6个月内缴清出资。

6.【答案】B

【解析】注意区分股权并购与资产并购时，对境内企业原有债权债务的处理方式。

7.【答案】B

【解析】境内公司及自然人从特殊目的公司获得的利润、红利及资本变动所得外汇收入，应当自获得之日起6个月内调回境内。

8.【答案】C

【解析】在外资并购境内企业的有关规定中，商务部颁发的加注批准证书有两种情况：一是外国投资者以股权方式并购，加注的批准证书有效期为6个月，自营业执照颁发之日起6个月内没有完成股权转让手续，则批准证书失效；二是本题中特殊目的的公司境外上市，加注的批准证书有效期为1年，完成境外上市后在规定时间内换发无加注批准证书，否则，超过1年加注的批准证书失效。

9.【答案】B

10.【答案】D

11.【答案】D

12.【答案】A

【解析】注意与上一题联系。外购投资者取得境内单一上市公司25%或以上股份并承诺10年内持续持股不低于25%的，获得上题所称的批准证书；如果坚持股份使上市公司股份外资股比例低于25%，上市公司应向商务部备案并办理变更外商投资企业批准证书的相关手续；如果为本题所述情形，则注销外商投资企业批准证书。

13.【答案】B

【解析】合营企业注册资本与投资总额比例的有关规定，投资总额在1000万美元以上至3000万（含3000万）美元的，注册资本至少应占投资总额的2/5，其中投资总额在1250万美元以下的，注册资本不得低于500万美元。

14.【答案】A

【解析】投资总额在1000万美元以上至3000万（含3000万美元）美元的，注册资本至少应占投资总额的2/5，注意其中投资总额在1250万美元以下的，注册资本不得低于500万美元。此类问题还有几个，考生应注意加以区分。

15.【答案】A

16.【答案】B

【解析】根据外商投资企业法律制度的规定，中外合资经营企业按各方的实缴出资比例进行分配。不同于公司法的规定。

17.【答案】C

【解析】董事会每年至少召开一次董事会会议，经1/3以上董事提议，可以召开临时会议。董事会会议应有2/3以上董事出席。

18.【答案】A

【解析】合营企业应当建立健全财务会计管理机构,执行国家统一的财务会计制度,根据中国有关的法律和财务会计制度的规定,制定适合本企业的财务会计制度,并报当地财政、税务机关备案。合营企业应向合营各方、当地税务机关、主管财政机关、企业主管部门报送季度和年度会计报表。年度会计报表应抄报原审批机关。所以应当注意区分备案、报送、抄报的部门和会计资料。

19.【答案】D

【解析】中外合作经营企业中,董事会董事或者联合管理委员会的委员任期为3年,可以连任。该内容与中外合资经营企业中,董事4年的任期规定不同。

20.【答案】B

【解析】因为合作企业的董事会会议由2/3以上的董事出席方可举行,一般决议须经全体董事过半数通过。但是对合作企业章程的修改、注册资本的增减、资产抵押以及合作企业的合并、分立、解散等事项,应由出席董事会会议的董事一致通过。实际上对这些重大事项的决议方式和有限责任公司、股份有限公司股东会或者股东大会的要求是一致的。

21.【答案】A

【解析】这是中外合作企业,外方先行回收投资的条件之一。

22.【答案】C

【解析】外资企业经营期限的规定与合营企业经营期限的规定不同。合营企业经营期限一般项目原则上为10～30年,特殊情况可延长至50年,经国务院特别批准,可在50年以上,属于国家鼓励和允许投资项目的企业可以约定经营期限,也可以不约定经营期限。

23.【答案】A

24.【答案】C

25.【答案】A

【解析】公司合并,采取收入合并方式的,接纳方公司的成立日期为合并后公司的成立日期。

二、多项选择题

1.【答案】BD

【解析】根据有关规定,属于下列情形之一的,列为限制类外商投资项目:(1)技术水平落后的;(2)不利于节约资源和改善生态环境的;(3)从事国家规定实行保护性开采的特定矿种勘探、开采的;(4)属于逐步开放的产业的;(5)法律、行政法规规定的其他情形。注意与禁止类外商投资项目相区别,A、C两项属于禁止类。

2.【答案】ABC

【解析】注意区分鼓励、允许、限制和禁止四类

的划分。

3.【答案】ABC

4.【答案】ACD

【解析】A选项属于股东合法持有并依法可以转让的股权,故A选项符合条件。B选项的错误在于该表述不完整,应当为"无所有权争议且没有设定质押及任何其他权利限制"。

5.【答案】BC

【解析】通过收购国内企业资产或股权设立外商投资企业的外国投资者,有关法律规定,应自外商投资企业营业执照颁发之日起3个月内支付全部购买金。对特殊情况需延长支付者,经审批机关批准后,应自营业执照颁发之日起6个月内支付购买总金额的60%以上,在1年内付清全部购买金,并按实际缴付的出资额的比例分配收益。

6.【答案】ABCD

7.【答案】ABC

【解析】境外并购有下列情形之一的,并购方应在对外公布并购方案之前或者报所在国主管机构的同时,向商务部和国家工商行政管理总局报送并购方案:(1)境外并购一方当事人在我国境内拥有资产30亿元人民币以上;(2)境外并购一方当事人当年在中国市场上的营业额15亿元人民币以上;(3)境外并购一方当事人及与其有关联关系的企业在中国市场占有率已经达到20%;(4)由于境外并购,境外并购一方当事人及与其有关联关系的企业在中国的市场占有率达到25%;(5)由于境外并购,境外并购一方当事人直接或间接参股境内相关行业的外商投资企业将超过15家。

8.【答案】ABC

【解析】一年内并购国内"关联行业"的企业累计超过10个的,因此D项不正确。

9.【答案】ABC

10.【答案】ABC

【解析】A、B、C三项所述方式,是有关规定可以采取的三种方式。

11.【答案】ABD

【解析】此题涉及反垄断审查。根据规定,包括有四种情形,即本题的四个选项。但其中C选项应改为"重组亏损企业并保障就业的"。

12.【答案】ABCD

13.【答案】AB

【解析】(1)取得上市公司A股股份3年内不得转让,因此C选项不对;(2)没有如D选项所述内容的要求,只是持股是否达到25%或以上,决定了该上市公司获得商务部批准证书上加注的内容不同。

14.【答案】ABC

【解析】投资者承诺的持股期限届满前,因其

破产、清算、抵押等特殊原因需转让其股份的，经商务部批准可以转让。故 D 选项不正确。

15.【答案】ABCD

16.【答案】ABD

【解析】合营企业根据生产需要有权自主决定在中国市场或者国际市场购买机器设备、办公用品等。所以，C 项无须经审查批准机关批准。此外，增加注册资本只需"核准"，而非"审批"。

17.【答案】ACD

【解析】有关法律规定，中外投资者用作投资的实物，必须为自己所有、且未设立任何担保物权，并应出具其拥有所有权和处置权的有效证明，任何一方都不得用以企业名义取得的贷款、租赁的设备或者其他财产，以及用自己以外的他人财产作为自己的实物出资，也不得以企业或者投资他方的财产和权益为其出资担保。B 公司是通过 C 公司提供担保从银行获得贷款作为出资的，而 C 公司既不是合营他方，也不是合营企业，所以这种担保是合法的。

18.【答案】AD

【解析】其中 C 选项所述能显著节约原材料、燃料、动力的内容，是外方投资者出资的工业产权、专有技术必须符合的条件之一，而不是外国投资者以机器设备或其他物料出资应具备的条件，所以 C 选项不正确。中国不能生产不是法定的条件，即使该机器设备中国能够生产，但是只要符合 A、D 两个条件也可以。所以，B 选项也不对。

19.【答案】BCD

【解析】根据有关法律、行政法规的规定，合营企业中出资额的转让必须符合的条件有：（1）须经合营各方同意；（2）须经董事会会议通过后，报原审批机构批准；（3）合营他方有优先购买权。

20.【答案】AC

【解析】中外合资经营企业的董事长和副董事长由合营各方协商确定或者由董事会选举产生。中外合营者的一方担任董事长的，由他方担任副董事长。董事名额分配由合营各方参照出资比例协商确定，董事由合营各方按照分配的名额委派和撤换。

21.【答案】ABCD

22.【答案】AC

【解析】合营企业与外资企业有关须经中国注册会计师验证的会计报表的要求是一样的。

23.【答案】AB

【解析】合作的任何一方不得以企业的名义提供担保，通过银行借贷资金作为其出资，所以 C 选项不对。合作企业的法人资格虽然具有可选择性，但是合作企业如果为有限责任公司的，

则其权力机构为董事会，而不得采用联合管理委员会方式。

24.【答案】AD

【解析】合作企业合作者一方或者数方不履行合作企业合同、章程规定的义务，致使合作企业无法继续经营的，不履行合作企业合同、章程规定的义务的中外合作者一方或者数方，应当对履行合同的他方因此遭受的损失承担赔偿责任。履行合同的一方或者数方有权向审查批准机关提出申请，解散合作企业。

25.【答案】ACD

【解析】B 选项的错误在于只是说明中外合作者一方或者数方不履行合作企业合同、章程的义务，但是没有说明致使合作企业无法继续经营。

26.【答案】ABC

【解析】土地开发费可由土地开发单位一次性计收或者分年计收。因此，D 选项表述不全面。

27.【答案】BC

【解析】（1）场地使用费在开始用地的 5 年内不调整，A 选项不符合规定；（2）合营企业取得场地使用权的时间不足半年的，免缴。D 选项不对。

28.【答案】ABD

【解析】分立后公司的注册资本额之和应为分立前公司的注册资本额。

三、判断题

1.【答案】×

【解析】专利技术使用权不得用来出资。

2.【答案】×

【解析】注意应当经审批机关批准，并且人民币出资是外国投资者从在中国境内的其他外商投资企业取得的人民币利润。

3.【答案】×

【解析】应当为"未经出质投资者和企业其他投资者同意，质权人不得转让出质股权；未经质权人同意，出质投资者不得将已出质的股权转让或再质押。"

4.【答案】×

【解析】投资者出质的股权必须为已经缴纳的出资。

5.【答案】×

【解析】出售资产的境内企业应当在投资者向审批机关报送申请文件之前至少 15 日，向债权人发出通知，并在全国发行的省级以上报纸上发布公告。

6.【答案】×

【解析】注意区分外国投资者以股权并购与资产并购所设立的外商投资企业，其对被并购企业原有债权债务的继承方式不同。前者以并购后所设

立的外商投资企业继承被并购境内企业原有的债权和债务；后者由出售资产的境内企业承担其原有的债权和债务。

7.【答案】×
【解析】中外合资经营企业的投资者均须按合同规定的比例和期限同步缴付认缴的出资额。该约定合法。

8.【答案】√

9.【答案】√

10.【答案】√

11.【答案】×
【解析】应自获得之日起6个月内调回境内，利润或红利可以进入经常项目外汇账户或者结汇。

12.【答案】×
【解析】本题考点为中外合资经营企业注册资本与投资总额的比例问题。法律规定，投资总额在300万（含300万）美元以下的，注册资本应占投资总额的7/10，所以本题中该企业的投资总额在300万美元以下，注册资本为150万美元，仅占1/2，不符合规定，命题错误。

13.【答案】√
【解析】注册资本在210万美元以上至500万美元的，投资总额不得超过注册资本的2倍。

14.【答案】×
【解析】应说明该外商投资企业中，外国投资者出资比例低于25%的，其出资方式及时间按照以上规定。

15.【答案】×
【解析】债权债务处置协议，应当由外国投资者、被并购境内企业、债权人及其他当事人达成。

16.【答案】√

17.【答案】×
【解析】应当为"境外"实有资产总额达到题目所述的规模。

18.【答案】√
【解析】本题包括两个考点：一个是注册资本与投资总额的比例；另一个是外方投资者的出资额占该企业注册资本的比例。

19.【答案】×
【解析】本题考点为中外合资经营企业出资额转让的问题。根据法律规定，合营企业出资额的转让应符合四步程序：（1）申请出资额转让；（2）董事会审查决定；（3）报告审批机构批准；（4）办理变更登记手续。本题所述出资额转让的程序，没有报告审批机构批准，也未办理变更登记手续，因此程序错误，不能发生法律效力。

20.【答案】×
【解析】中外合作企业属于契约式的合营，中

外合作各方不以投资数额、股权等作为利润分配的依据，而是通过签订合同具体确定各方的权利和义务。

21.【答案】×
【解析】外国合作者应在合作企业亏损弥补之后，才能先行回收投资。

22.【答案】×
【解析】应当删掉"除双方另有协议外"。

23.【答案】×
【解析】本题应考虑两点问题：（1）非上市的股份有限公司与有限责任公司合并后可以是股份有限公司，也可以是有限责任公司。本题没有说明结果。（2）合并后为有限责任公司的，合并后公司的注册资本为原公司注册资本额之和；合并后为股份有限公司的，合并后公司的注册资本额则按本题处理。

四、综合题

1.【答案】本题考查要点有：中外合作企业的特点，合作企业的组织机构，外商先行回收投资的条件等。

（1）华日公司章程中，关于公司组织形式、组织机构的设置以及利润和亏损分担比例的内容都是合法的。

根据外商投资企业法律制度的规定，中外合作经营企业其法人资格具有选择性，具有法人资格的合作企业，其组织形式应当为有限责任公司，公司设立董事会，董事会是公司的最高权力机构。虽然该中外合作企业为有限责任公司，但是其与中外合资经营的有限责任公司不同，属于契约式的合营，中外合作各方不以投资数额、股权等作为利润分配的依据，而是通过签订合同具体确定各方的权利和义务。

（2）华日公司对副总经理B某的解聘是合法的。根据外商投资企业法律制度的规定，合作企业的管理活动，根据批准的合作企业合同、章程进行，其经营管理自主权不受干涉，并依法受到保护。由于华日公司章程中已经规定，总经理负责企业的日常经营管理工作，对董事会全权负责，总经理有权聘任或解聘合作企业的其他高级管理人员。所以，总经理A某根据公司章程的规定，对副总经理B某因为不胜任该工作作出的解除聘任合同的做法是正确的。

B某的说法是不正确的。虽然华日公司的组织机构的设置不符合《公司法》的规定，但是，《公司法》规定，有关中外合资经营企业、中外合作经营企业、外资企业的法律另有规定的，适用其规定。所以，华日公司虽然是有限责任公司，但并不完全适用《公司法》的规定。

（3）2004年3月华日公司董事会的召开是合法的。根据外商投资企业法律制度的规定，1/3以

上的董事提议可以召开董事会会议。董事会会议由董事长召集和主持，董事会会议应当有 2/3 以上董事出席方能举行。

董事会的两项决议第一项不能通过，第二项可以通过。根据外商投资企业法律制度的规定，合作企业成立后，改为委托合作各方以外的他人经营管理的，必须经董事会一致同意。而华日公司的董事会成员并没有全部出席会议，因此不符合法律规定。第二项决议是修改公司章程中管理利润分配方案的内容，根据外商投资企业法律制度的规定，对合作企业章程的修改、注册资本的增减、资产抵押以及合作企业的合并、分立、解散等事项，应由出席董事会会议的董事一致通过。可见，第二项决议的通过，已经符合了上述法律规定。

如果第一项决议能够通过，具体执行还应报审批机关批准，并向工商行政管理机关办理变更登记手续。

如果第二项决议能够通过，具体执行还应当符合的条件是，在合作企业的合同中约定合作期限届满时，合作企业的全部固定资产无偿归中国合作者所有。外国合作者应在合作企业的亏损弥补之后，才能先行回收投资。

2.【答案】本题主要考点有：特殊目的公司境外融资的调回，境外公司并购境内企业设立外商投资企业，对投资者进行战略投资的要求。

（1）甲公司向商务部报告的时间及内容符合规定。根据规定，境内公司应自特殊目的公司完成境外上市之日起 30 日内，向商务部报告境内上市情况和融资收入调回计划。

商务部向其颁发的加注批准证书的有效期为 1 年，自营业执照颁发之日起计算。

（2）B公司境外融资收入调回境内的方式合法。乙公司符合法律规定的设立条件。第一，根据《公司法》规定，股份有限公司的发起人为 2 人以上 200 人以下，其中须有半数以上的发起人在中国境内有住所。乙公司共有 3 位发起人，其中两位为境内企业。第二，根据有关规定，外国投资者认购发起方式设立的股份有限公司股份的，股东应当在公司申请外商投资者企业营业执照时缴付不低于 20% 的注册资本，企业部分的出资时间应符合《公司法》的规定。乙公司的 3

位发起人拟定申领营业执照时缴纳 20% 的注册资本，其余的出资按照公司法的规定，自公司成立之日起两年内缴清。

（3）B公司受让丙公司 A 股股份的协议内容合法。根据规定，外购投资者进行战略投资的，可以采取协议转让方式；投资可分期进行，首次投资完成后取得的股份比例不低于该公司已发行股份的 10%。

B公司取得丙公司 A 股股份后，根据规定 3 年内不得转让。

（4）B公司不符合战略投资者的要求。虽然 B 公司的经营以及资产总额的要求均符合规定，但是其母公司近 3 年内受到监管机构的重大处罚，因此不符合对投资者的要求。

3.【答案】本题考点主要有：（1）注册资本与投资总额的比例；（2）出资方式、首期出资比例及期限；（3）注册资本减少的审批。

（1）在合资企业投资总额和股权比例不变的前提下，注册资本数额不符合法律规定。依照有关法律规定，按最低注册资本要求，该注册资本总额为 210 万美元。按外方占总股本 51% 比例计算，其出资额为 107.1 万美元；按中方占总股本的 49% 比例计算，中方出资额为 102.9 万美元。

（2）外方符合法律规定，中方则有不符合法律规定之处。根据有关规定，合营各方可以自己所有的机器设备、建筑物、现金、无形资本出资，但不得以其他设定担保的财产作为出资，中方以其设定抵押的办公楼作为出资，不符合有关法律规定。

双方的货币出资不符合公司法的规定，不足注册资本的 30%。

中方分期认缴出资的安排符合法律规定，外方分期认缴出资的安排则有不妥之处。因为，依照有关规定，合营各方分期出资的，第一次出资不得低于各自认缴出资的 15%，并且应从合资企业注册登记之日起三个月内缴纳，而外方第一次出资额未达到其认缴出资额的 15%，故为不妥。

（3）不合法。依照规定，合营企业在合营期限内，不得减少其注册资本。但因投资总额和生产经营规模等发生变化，确需减少注册资本的，须经审批机关批准。

第四章

公司法

本章考情分析

公司法是各类企业法律制度中最为丰富的，公司设立和管理较之其他企业更为复杂，也是实践中所占数量较多的企业，因而是各类企业法律制度中最为重要的种类，故独立成章。

2006年本章内容变化较大。本章虽然理解难度不突出，但由于所占篇幅较多，考生需要记忆的内容繁杂，因此是教材中重点难点较多的一章，特别是综合题基本每年必考，所占分值较高。此外，本章与注册会计师执业的需要联系尤其紧密，因此，是非常重要的一章。

学习本章应注意以下问题：（1）分清哪些是有限责任公司和股份公司的特有法律规定，而哪些是两类公司，甚至是所有企业均应遵守的法律规定。（2）注意与个人独资企业法、合伙企业法以及外商投资企业法中相关问题的比较（见表4-1）。（3）公司法与证券法的联系。（4）最近3年的考题非常有参考意义，以前年度的考题注意按照现行规定理解。

公司法既是组织法又是行为法。第一，就其组织法的特征而言，两类公司各种组织机构的设立、在公司中的地位、组成、人数、职责、议事规则等规定，都是应当掌握的重点。第二，就其行为法的特征而言，有如下几个方面：1. 公司设立行为。主要包括（1）出资方式、出资期限；（2）股东出资不实的法律后果；（3）有限责任公司转变为股份有限公司的条件。2. 股东权利及股东诉讼。3. 股权转让的条件及限制。4. 公司事项变更的程序、时间。5. 公司合并、分立、增加、减少注册资本以及解散清算的程序规定。

2009年指定教材本章内容整体变化不大。主要变化为：（1）对本章内容重新梳理，结构更加合理，内容更加清晰；（2）适当增加了一些新内容。

最近3年题型题量分析

题型 ＼ 年份	2006年	2007年	2008年
单选题	2题2分	2题2分	2题2分
多选题	2题2分	3题3分	1题1分
判断题	1题1分	1题1分	
综合题	1题15分		1.5题10分
合计	6题20分	6题6分	4.5题13分

本章考点扫描

表4-1 **各类企业有关法律规定比较**

法律规定 ＼ 企业类型	个人独资企业	合伙企业	有限责任公司	股份有限公司	中外合资经营企业	中外合作经营企业	外资企业
企业名称	不得使用"有限"、"有限责任"，以及"公司"的字样	根据合伙企业的不同分类，分别注明"普通合伙"、"特殊普通合伙"、"有限合伙"字样	注明"有限责任公司"字样	注明"股份有限公司"字样	与有限责任公司相同	与有限责任公司和合伙企业的法律规定相同	同中外合作经营企业

续表

企业类型 法律规定	个人独资企业	合伙企业	有限责任公司	股份有限公司	中外合资经营企业	中外合作经营企业	外资企业
出资人及人数要求	一个自然人，且只能是中国公民。法律、法规规定禁止从事经营活动的人除外	见注1	一般为50人以下，自然人、法人、组织均可（关注一人有限责任公司和国有独资公司的特殊规定）	发起人为2人以上200人以下，其中须有过半数的发起人在中国境内有住所。自然人、法人、组织均可	中方为公司、企业或者其他经济组织，外方除上述形式外，还有个人	与合营企业相同	外国投资者包括公司、企业、经济组织和个人
出资方式	货币、实物、土地使用权、知识产权和其他财产权利	与个人独资企业基本相同，但普通合伙人经合伙协议载明可以劳务出资	货币、实物、知识产权、土地使用权等。注意有关出资方面的具体要求（见考点11、12）	与有限责任公司相同	现金、实物、场地使用权、工业产权、专有技术和其他财产权利。注意对中外双方出资的不同要求	与合营企业相同	与合营企业相同
注册资本的要求	没有规定	没有规定	见注2	500万元（上市公司为3000万元）	见注2	见注2	见注2
出资额的转让	没有具体规定	见注3	见注4	见注5	1. 须经合营各方同意；2. 董事会通过，且原审批机构批准；3. 合营他方有优先购买权；4. 办理变更登记手续	没有规定	没有规定
组织机构设置	可自行管理，也可委托或聘用他人管理企业事务，但投资人对受托人或者被聘用的人员职权的限制，不得对抗善意第三人	见注6	见表4-3	见表4-3	董事会成员不少于3人，是公司的权力机构	董事会和联合管理委员会是企业最高权力机构，人数不少于3人，还可采取委托管理制	由外国投资者自行决定
协议或章程的制定	没有规定	由全体合伙人共同制定合伙协议	由全体股东共同制定公司章程	由发起人制定公司章程，并经创立大会讨论通过	由合营各方共同制定，经审批机关审查批准	由合作各方共同制定，经审批机关审查批准	外国投资者制定

续表

企业类型 法律规定	个人独资企业	合伙企业	有限责任公司	股份有限公司	中外合资经营企业	中外合作经营企业	外资企业
利润分配及责任承担方式	投资人承担无限责任	见注7	见注8	1. 股东以所认购的股份为限，对公司债务承担有限责任； 2. 见注8第(2)点	与有限责任公司相同	按合作各方共同约定的协议分配	没有规定
实收资本的缴纳方式	与注册资本同步缴纳	按照合伙协议约定的出资方式、数额和缴付期限缴纳	见注9	见注10	可分期缴纳。具体见第三章	可分期缴纳	可分期缴纳

注1.（1）合伙人可以为自然人、法人、其他组织。（2）普通合伙企业中的合伙人为2人以上，自然人应具有完全的民事行为能力；有限合伙企业中，合伙人为2人以上50人以下，有限合伙人可以为无民事行为能力人及限制民事行为能力人。（3）国有独资公司、国有企业、上市公司以及公益性的事业单位、社会团体不得成为普通合伙人。

注2. 有限责任公司注册资本的最低限额为人民币3万元。一人有限责任公司的注册资本最低限额为人民币10万元。

注3.（1）在普通合伙企业中，除合伙协议另有约定外，合伙人向合伙人以外的人转让其在合伙企业中的全部或者部分财产份额时，须经其他合伙人一致同意，在同等条件下，其他合伙人有优先购买权；合伙人之间转让在合伙企业中的全部或者部分财产份额时，应当通知其他合伙人。（2）有限合伙企业中，有限合伙人可以按照合伙协议的约定向合伙人以外的人转让其在有限合伙企业中的财产份额，但应当提前30日通知其他合伙人。

注4. 有限责任公司的股东之间可以相互转让其全部或者部分股权。股东向股东以外的人转让股权，应当经其他股东过半数同意。股东应就其股权转让事项书面通知其他股东征求同意，其他股东自接到书面通知之日起满30日未答复的，视为同意转让。其他股东半数以上不同意转让的，不同意的股东应当购买该转让的股权；不购买的，视为同意转让。经股东同意转让的股权，在同等条件下，其他股东有优先购买权。两个以上股东主张行使优先购买权的，协商确定各自的购买比例；协商不成的，按照转让时各自的出资比例行使优先购买权。公司章程对股权转让另有规定的，从其规定。

注5.（1）发起人持有的本公司的股份，自公司成立之日起1年内不得转让。公司公开发行股份前已发行的股份，自公司股票在证券交易所上市交易之日起1年内不得转让。（2）公司董事、监事、高级管理人员应当向公司申报所持有的本公司的股份及变动情况，在任职期间每年转让的股份不得超过其所持有的本公司股份总数的25%；所持本公司股份自公司股票上市交易之日起1年内不得转让。上述人员离职后半年内，不得转让其所持有的本公司股份。（3）但是因司法强制执行、继承、遗赠、依法分割财产等导致股份变动的除外。上市公司董事、监事、高级管理人员所持股份不超过1000股的，可一次全部转让，不受上述转让比例的限制。公司章程可以对公司董事、监事、高级管理人员转让其所持有的本公司股份作出其他限制性规定。（4）上市公司董事、监事和高级管理人员在下列期间不得买卖本公司股票：①上市公司定期报告公告前30日内；②上市公司业绩预告、业绩快报公告前10日内；③自可能对本公司股票交易价格产生重大影响的重大事项发生之日或在决策过程中，至依法披露后2个交易日内；④证券交易所规定的其他期间。（以上（3）、（4）两项内容为2008年新增内容）

注6.（1）普通合伙人对执行合伙事务享有同等的权利。（2）委托一个或数个合伙人对外执行合伙事务。（3）合伙企业对合伙人执行合伙事务以及对外代表合伙企业权利的限制，不得对抗善意第三人。（4）有限合伙人不执行合伙事务，不得对外代表有限合伙企业。

注7.（1）普通合伙人对企业债务承担无限连带责任；有限合伙人以其认缴的出资额为限对合伙企业债务承担责任。（2）合伙企业的利润分配、亏损分担，按照合伙协议的约定办理；合伙协议未约定或者约定不明确的，由合伙人协商确定；协商不成的，由合伙人按照实缴出资比例分配、分担；无法确定出资比例的，由合伙人平均分配、分担。合伙协议不得约定将全部利润分配给部分合伙人或者由部分合伙人承担全部亏损。（3）有限合伙企业不得将全部利润分配给部分合伙人；但是，合伙协议

另有约定的除外。

注8.（1）股东以出资额为限，对公司债务承担有限责任。（2）公司股东滥用公司法人独立地位和股东有限责任，逃避债务，严重损害公司债权人利益的，应当对公司债务承担连带责任。（3）一人有限责任公司的股东不能证明公司财产独立于股东自己的财产的，应当对公司债务承担连带责任。

注9. 公司全体股东的首次出资额不得低于注册资本的20%，也不得低于法定的注册资本最低限额，其余部分由股东自公司成立之日起2年内缴足；其中，投资公司可以在5年内缴足。但一人有限责任公司，股东应当一次足额缴纳公司章程规定的出资额。

注10.（1）采取发起设立方式的，注册资本为在公司登记机关登记的全体发起人认购的股本总额。公司全体发起人的首次出资额不得低于注册资本的20%，其余部分由发起人自公司成立之日起2年内缴足；其中，投资公司可以在5年内缴足。在缴足前，不得向他人募集股份。（2）采取募集方式设立的，注册资本为在公司登记机关登记的实收股本总额。

【考点一】公司的特征（摘要）

公司具有独立法人资格。（1）公司具有独立的财产；（2）公司独立承担民事责任；（3）公司具有独立的组织机构。

公司法人人格否认制度。公司股东滥用公司法人独立地位和股东有限责任，逃避债务，严重损害公司债权人利益的，应当对公司债务承担连带责任。

【解释】根据公司一般原理，有限责任公司股东对公司债务承担有限责任，即以其认缴的出资额为限（股份有限公司股东以其持有的股份为限），但是在股东滥用公司法人独立地位和股东有限责任的情况下，为保护债权人利益，即否定了公司法人人格，进而股东应对公司债务承担连带责任。

【例题1·判断题】因为公司是具有法人资格的企业，因此在所有情形下，股东均以其认缴的出资额承担公司债务，公司则以其全部资产承担公司债务。（　）

【答案】×

【考点二】公司分类

1. 母公司与子公司。母公司与子公司是具有重要关联关系的独立法人。母子公司之间虽然存在控制与被控制的组织关系，但它们都具有法人资格，在法律上是彼此独立的公司，依法独立承担民事责任。

2. 本公司和分公司。公司可以设立分公司，分公司不具有法人资格，其民事责任由公司承担。

3. 关联公司与公司集团。公司集团中集团公司与成员公司、成员公司与成员公司之间往往都是关联公司，关联公司往往还包括公司集团之外存在控制关系利益相互转移关系的公司。

【相关链接1】公司设立分公司，应当自决定作出之日起30日内向分公司所在地的公司登记机关申请登记。分公司的经营范围不得超出公司的经营范围。

【相关链接2】

1. 外国公司分支机构，是外国公司的一个组成部分，不具有中国法人资格。外国公司对其分支机构在中国境内进行经营活动承担民事责任。

2. 外国公司的分支机构撤销时，必须依我国《公司法》的规定进行清算，未清偿债务之前，不得将其分支机构的财产移至中国境外。

【注意问题】外国公司分支机构与外资企业的法律地位不同。前者不具有中国法人资格，后者可以具有中国法人资格。

【例题2·多选题】某集团公司下设有包括A营销分公司（以下简称"A"公司）和B有限责任公司（以下简称"B"公司）等4家企业。下列各项中，关于A、B两公司的行为中，符合法律规定的有（　）。

A. A公司可以总公司名义进行经营活动，因此A公司可以不进行工商登记领取营业执照

B. A公司与他人发生的债务，由某集团公司承担

C. B公司与他人发生的债务，由B公司承担

D. B公司没有独立的章程、财产，由集团公司控制

【答案】BC

【注意问题】

1. 分公司没有法人资格，其民事责任由总公司承担；子公司具有法人资格，其独立承担民事责任。

2. 分公司经营活动必须领取营业执照。

3. 分公司没有独立的章程、财产；子公司具有独立的章程、财产等。

【考点三】有限责任公司与股份有限公司比较（见表4-2）

表4-2　　　　　　　　有限责任公司与股份有限公司的区别

	有限责任公司	股份有限公司
设立方式	只能以发起方式设立	既可以发起设立，也可募集设立
股东人数	50人以下	发起人为2人以上200人以下，其中须有过半数的发起人在中国境内有住所

续表

	有限责任公司	股份有限公司
出资证明形式	出资证明书	股票（记名和无记名）
股权转让方式	见注	股票以自由转让为原则，以法律规定为例外
注册资本最低限额、体现方式	注册资本见表一，不划分等额股份	注册资本见表一，划分为等额股份
组织机构	见表 4-3、表 4-4	见表 4-3、表 4-4
企业所有权与经营权分离程度	较低，股东意思自治	较高，法律规定强制性义务较多
信息披露义务	其财务状况、经营状况无需披露	负有法定信息披露义务

注：除公司章程另有规定者外，在股东之间可以自由转让全部或部分股权；股东向股东以外的人转让股权，应当经过其他股东过半数同意。经股东同意转让的股权，在同等条件下，其他股东有优先购买权。

【考点四】外商投资公司

外商投资公司也适用《公司法》，但有关外商投资企业法律另有规定的，适用其规定。

【例题 3·判断题】中外合资经营企业的有限责任公司可以不设股东会、监事会，董事会为其权力机构。（   ）

【答案】√

【考点五】公司法人财产权的限制（重要）

【解释】公司法人财产与公司资本不是同一个概念。公司资本是股东出资构成的财产总额，其只是公司法人财产的一部分，公司法人财产还包括公司成立后在经营过程中积累或接受赠与等形成的财产。

1. 对外投资的限制。

（1）公司可以向其他企业投资，但除法律另有规定外，不得成为对所投资企业的债务承担连带责任的出资人。

【相关链接】《合伙企业法》规定，国有独资公司、国有企业、上市公司以及公益性的事业单位、社会团体不得成为普通合伙人。

（2）公司向其他企业投资，按照公司章程的规定由董事会或者股东会、股东大会决议；公司章程对投资总额及单项投资的数额有限额规定的，不得超过规定的限额。

【解释】《公司法》对公司对外投资的决议方式、投资数额没有限制，要看公司章程是否有限制性规定，属于公司章程自治内容。

2. 担保的限制。

（1）公司章程对公司为他人提供担保的担保总额及单项担保数额有限额规定的，不得超过规定的限额。

【解释】《公司法》对公司对外担保的规模没

有限制，要看公司章程是否有限制性规定。

（2）公司为他人提供担保（非股东、非实际控制人）的，按照公司章程的规定由董事会或者股东会、股东大会决议。

【解释】公司为他人提供担保，《公司法》对决议方式并没有限制，公司章程可以约定由董事会作出决议，也可以约定由股东会、股东大会决议。

（3）公司为公司股东或者实际控制人提供担保的，必须经股东会或者股东大会决议。接受担保的股东或者受实际控制人支配的股东，不得参加上述规定事项的表决。该项表决由出席会议的其他股东所持表决权的过半数（大于 1/2）通过。

【解释】公司为公司股东或者实际控制人提供担保，属于公司的关联交易，有可能被大股东操纵，损害中小股东权益，所以不能由董事会作出决议，必须经股东会或者股东大会决议。并且股东大会决议在表决时，接受担保的股东或者实际控制人应当回避。

【例题 4·单选题】某有限责任公司的股东会拟对公司为股东甲提供担保事项进行表决。下列有关该事项表决通过的表述中，符合公司法规定的是（   ）。（2007 年试题）

A. 该项表决由公司全体股东所持表决权的过半数通过

B. 该项表决由出席会议的股东所持表决权的过半数通过

C. 该项表决由除甲之外的股东所持表决权的过半数通过

D. 该项表决由出席会议的除甲之外的股东所持表决权的过半数通过

【答案】D

【相关链接 1】上市公司在 1 年内购买、出售重大资产或者担保金额超过公司资产总额 30% 的，应当由股东大会作出决议，并经出席会议的股东所持表决权的 2/3 以上通过。

【解释】此为针对上市公司对外担保作出的特别规定，因此对其担保金额以及表决方式均有特殊规定。

【相关链接 2】上市公司股东大会审议批准的

对外担保，包括但不限于下列情形：（1）本公司及本公司控股子公司的对外担保总额，达到或者超过最近一期经审计净资产50%以后提供的任何担保；（2）公司的对外担保总额，达到或者超过最近一期经审计总资产的30%以后提供的任何担保；（3）为资产负债率超过70%的担保对象提供的担保；（4）单笔担保额超过最近一期经审计净资产10%的担保；（5）对股东、实际控制人及其关联方提供的担保。

【例题5·多选题】某上市公司最近一期经审计的净资产为90000万元，以下关于该公司对外担保，必须经股东大会通过的有（   ）。

A. 为资产负债率超过70%的A公司提供的担保

B. 为B公司提供的9800万元的担保

C. 为本公司最小的股东C公司提供的担保

D. 为本公司控股股东D公司提供的担保

【答案】ABCD

【注意问题】

（1）考生应注意该考点在案例题中出现。2005年综合题中曾考过，根据教材变化题目内容已不符合规定，但出题思路可以借鉴。

（2）解题时注意：（1）区别题目中提供的被担保对象，是否为公司股东、实际控制人，或者资产负债率等方面的情况；（2）注意是否给出了提供担保公司的净资产状况；（3）关注决议机构及表决方式是否符合规定。

3. 借款的限制。一般情况下，除非公司章程有特别规定或经股东会、股东大会的批准同意，公司董事、经理不得擅自将公司资金借贷给他人。

【考点六】股东知情权（重要，见表4-5中第二种情形）

【例题6·多选题】根据公司法的规定，股份有限公司的下列文件中，股东有权要求查阅的有（   ）。（2008年试题）

A. 公司章程

B. 股东名册

C. 董事会会议记录

D. 公司财务会计报告

【答案】AD

【注意问题】股东有权查阅、复制的文件中，包括股东会的会议记录，董事会和监事会的决议，注意区分会议记录和决议。

【考点七】公司登记事项（摘要）

1. 公司名称。在企业名称中使用"总"字的，必须下设三个以上分支机构；不能独立承担民事责任的分支机构，其名称应当冠以其所从属的企业名称，缀以"分"、"分厂"、"分店"等字样。

2. 法定代表人。公司法定代表人依照公司章程的规定，由董事长、执行董事或者经理担任。

【例题7·判断题】有限责任公司和股份有限公司的法定代表人均可以由公司的经理担任。（   ）（2007年试题）

【答案】√

【相关例题】见本章经典试题回顾部分2006年综合题。

【注意问题】公司章程自治。

【考点八】变更登记

1. 公司修改公司章程的，应当提交由公司法定代表人签署的修改后的公司章程或者公司章程修正案。

2. 公司变更名称、法定代表人、经营范围的，应当自变更决议或者决定作出之日起30日内申请变更登记。公司变更住所的，应当在迁入新住所前向迁入地公司登记机关申请变更登记。

3. 公司变更实收资本的，应当提交验资证明，并应当按照公司章程载明的出资时间、出资方式缴纳出资。公司应当自足额缴纳出资或者股款之日起30日内申请变更登记。

4. 公司合并、分立、减少注册资本的，应当自公告之日起45日后申请登记，提交合并协议和合并、分立决议或者决定以及公司在报纸上登载公司合并、分立公告的有关证明和债务清偿或者债务担保情况的说明。

【注意问题】此处规定为自公告之日起45日后办理变更登记事项。

【相关链接】《公司法》规定，公司合并、分立、减少注册资本的，应当自作出合并决议之日起10日内通知债权人，并于30日内在报纸上公告。债权人自接到通知书之日起30日内，未接到通知书的自公告之日起45日内，可以要求公司清偿债务或者提供相应的担保。因此在公告后的45日内办理债权清偿或担保事项后，方可办理变更登记事项。

5. 有限责任公司的股东转让股权的，应当自转让股权之日起30日内申请变更登记。

6. 有限责任公司的股东或者股份有限公司的发起人改变姓名或者名称的，应当自改变姓名或者名称之日起30日内申请变更登记。

7. 公司登记事项变更涉及分公司登记事项变更的，应当自公司变更登记之日起30日内申请分公司变更登记。

8. 备案事项。公司章程修改未涉及登记事项的，公司应当将修改后的公司章程或者公司章程修正案送原公司登记机关备案。公司董事、监事、经理发生变动的，应当向原公司登记机关备案。

【例题8·单选题】根据公司法律制度的规定，下列有关公司变更登记的表述中，正确的是（   ）。（2004年试题经调整）

A. 公司的董事、监事、经理发生变动的，应

当到原公司登记机关办理变更登记

B. 公司变更名称的，应当在作出变更决议或者决定之日起45日内申请变更登记

C. 公司减少注册资本的，应当自减少注册资本决议或者决定作出之日起45日后申请变更登记

D. 公司分立的，应当自公告之日起45日后申请变更登记

【答案】D

【注意问题】

1. 区分办理变更登记与备案的情形。如果公司的董事、监事、经理发生变动的只需备案即可，但是公司章程中载明经理为公司法定代表人，则应办理变更登记。

2. 不同变更事项的时间限制不同，有30日、45日之分，并且有之内、之后的区别。

3. 有关期限的起算点不同，有决议或决议之日开始计算，有公告之日开始计算，有足额缴纳出资之日计算等。

【考点九】变更登记的撤销

公司根据股东（大）会、董事会决议已办理变更登记，人民法院宣告该决议无效或者撤销该决议的，公司应当向公司登记机关申请撤销变更登记。公司申请撤销变更登记的，应当提交公司法定代表人签署的申请书和人民法院的裁判文书。

【解释】《公司法》规定，股东会或者股东大会、董事会的会议召集程序、表决方式违反法律、行政法规或者公司章程，或者决议内容违反公司章程的，股东可以自决议作出之日起60日内，请求人民法院撤销。股东据此规定提起诉讼的，人民法院可以应公司的请求，要求股东提供相应担保。如果公司有关变更事项的决议程序、方式、内容不符合法律或章程规定，股东为此提起诉讼请求法院宣告无效或者撤销，撤销之后则按照上述规定申请撤销变更登记。

【例题9·多选题】公司根据股东（大）会、董事会决议已办理变更登记，人民法院宣告该决议无效或者撤销该决议的，公司应当向公司登记机关申请撤销变更登记。公司申请撤销变更登记的，应当提交的文件有（　　）。

A. 公司法定代表人签署的撤销变更登记申请书

B. 公司股东（大）会的决议

C. 公司董事会的决议

D. 人民法院的裁判文书

【答案】AD

【考点十】有限责任公司设立的财产条件（重要）

1. 最低注册资本限额（见表4-1）

【注意问题】

（1）注意一人有限责任公司的注册资本最低限额与一般的有限责任公司要求不同。

（2）有限责任公司的注册资本为在公司登记机关登记的全体股东认缴的出资额。

【解释】认缴出资额为公司章程中载明的，并在登记机关登记的出资额，不同于实缴出资额。

2. 缴纳注册资本的首次出资额和期限。公司全体股东的首次出资额不得低于注册资本的20%，也不得低于法定的注册资本最低限额，其余部分由股东自公司成立之日起2年内缴足；其中，投资公司可以在5年内缴足。

【解释】股东首次出资经验资机构验资后，应当依法向公司登记机关申请设立登记。公司成立后，股东不得抽逃出资。一般情况下，股东缴纳注册资本的20%，这20%要大于最低注册资本3万元，即可成立公司。

【例题10·判断题】某有限责任公司由甲、乙两位股东出资设立，注册资本拟定为6万元，其首次缴纳出资不得低于1.2万元。（　　）

【答案】×

【注意问题】股东首次出资既不能低于注册资本的20%，同时也不得低于注册资本3万元的最低限额。

【相关例题】见本章经典试题回顾部分2006年综合题。

3. 出资形式

（1）股东可以用货币出资，也可以用实物、知识产权、土地使用权等可以用货币估价并可以依法转让的非货币财产作价出资，但是法律、行政法规规定不得作为出资的财产除外。全体股东的货币出资金额不得低于有限责任公司注册资本的30%。

【相关链接】股东不得以劳务、信用、自然人姓名、商誉、特许经营权或者设定担保的财产等作价出资。

（2）（2009年新增内容）投资人可以以其持有的在中国境内设立的有限责任公司或者股份有限公司的股权作为出资，投资于境内其他有限责任公司或者股份有限公司。可以用于出资的股权应当权属清楚、权能完整、依法可以转让。但是，出现下列情形之一的，股权公司的股权不得用于出资：①股权公司的注册资本尚未缴足；②已被设立质权；③已被依法冻结；④股权公司章程约定不得转让；⑤法律、行政法规或者国务院决定规定，股权公司股东转让股权应当报经批准而未经批准等。

4. 缴纳方式

以货币出资的，应当将货币出资足额存入有限责任公司在银行开设的账户。以非货币财产出资的，应当依法办理财产权的转移手续。

【相关例题】见本章经典试题回顾部分2006年综合题。

5. 股东不按规定出资的责任（2002年、2004年单选题，1999年、2008年综合题）

（1）股东不按照规定缴纳出资的，除应当向公司足额缴纳外，还应当向已按期足额缴纳出资的股东承担违约责任。股东依法出资后，必须经法定的验资机构验资并出具证明。

【解释】此为股东未按照规定的时间缴纳出资，其责任为向按期足额缴纳出资的股东承担违约责任。

（2）有限责任公司成立后，发现设立公司出资的非货币财产的实际价额显著低于公司章程所定价额的，应当由交付该出资的股东补足其差额；公司设立时的其他股东承担连带责任。

【解释】此为股东未按照约定足额缴纳出资，其责任为补缴差额。

【例题11·单选题】甲、乙、丙共同出资设立一有限责任公司。其中，丙以房产出资30万元。公司成立后又吸收丁入股。后查明，丙作为出资的房产仅值20万元，丙现有可执行的个人财产6万元。下列处理方式中，符合公司法律制度规定的是（ ）。（2002年试题）

A. 丙以现有可执行财产补交差额，不足部分由丙从公司分得的利润予以补足

B. 丙以现有可执行财产补交差额，不足部分由甲、乙补足

C. 丙以现有可执行财产补交差额，不足部分由甲、乙、丁补足

D. 丙无须补交差额，甲、乙、丁都不承担不足出资的连带责任

【答案】B

【注意问题】

（1）首先应当由该股东补缴差额；

（2）在该股东没有能力补缴差额的情况下，一定是"公司设立时"的股东为其承担连带责任。

【相关例题】见本章经典试题回顾部分2008年综合题。

【考点十一】有限责任公司设立程序（摘要）

1. 公司成立后，股东不得抽逃出资。

2. 有限责任公司成立后，应当向股东签发出资证明书。出资证明书是确认股东出资的凭证。

【相关链接】公司应当将股东的姓名或者名称及其出资额向公司登记机关登记；登记事项发生变更的，应当办理变更登记。股东未经登记或者变更登记的，不得对抗第三人。

【注意问题】股东身份及股东出资由公司登记机关的登记事项证明。有关事项发生变更，应按照规定及时办理相关变更登记。

表4-3 有限责任公司组织机构

事项 ＼ 名称	股东会（一人公司、国有独资公司不设）	董事会	监事会	经理
组成	全体股东。除国家某些特别的限制规定外，有权代表国家投资的政府部门或机构、企业法人、具有法人资格的事业单位和社会团体、自然人，均可按规定成为股东	两个以上的国有企业或者其他两个以上的国有投资主体投资设立的有限责任公司，以及国有独资公司中，其董事会成员中应当有公司职工代表	由股东代表和公司职工代表组成。其中职工代表的比例不得低于1/3。公司的董事、高级管理人员不得兼任监事（国有独资公司见注5）	
人数	同公司股东人数。一人公司、国有独资公司除外	3~13人。股东人数较少和规模较小的有限责任公司，可以设1名执行董事	不得少于3人。股东人数较少和经营规模较小的，可以设1~2名监事	1名
成员的产生		由股东会选举（国有独资公司由国家授权投资的机构或部门委派或更换）。其中职工代表由公司职工通过民主方式选举产生	其中股东代表出任的监事由股东会选举。职工代表出任的监事由职工民主选举产生	由董事会聘任或解聘
地位	公司的最高权力机构	公司股东会的执行机构	公司的内部监督机构	负责公司的日常管理工作

续表

名称 事项	股东会（一人公司、国有独资公司不设）	董事会	监事会	经理
职权	1. 决定公司的经营方针和投资计划；2. 选举和更换非由职工代表担任的董事、监事，决定有关董事、监事的报酬事项；3. 审议批准董事会的报告；4. 审议批准监事会或者监事的报告；5. 审议批准公司的年度财务预算方案、决算方案；6. 审议批准公司的利润分配方案和弥补亏损方案；7. 对公司增加或减少注册资本作出决议；8. 对发行公司债券作出决议；9. 对公司合并、分立、解散、清算或者变更公司形式作出决议；10. 修改公司章程；11. 公司章程规定的其他职权	1. 召开股东会会议，并向股东会报告工作；2. 执行股东会的决议；3. 决定公司的经营计划和投资方案；4. 制订公司的年度财务预算方案、决算方案；5. 制订公司的利润分配方案和弥补亏损方案；6. 制订公司增加或者减少注册资本以及发行公司债券的方案；7. 制订公司合并、分立、变更公司形式、解散的方案；8. 决定公司内部管理机构的设置；9. 决定聘任或解聘公司经理及其报酬事项，并根据经理的提名决定聘任或解聘公司副经理、财务负责及其报酬事项；10. 制定公司的基本管理制度；11. 公司章程规定的其他职权（国有独资公司见注4）	1. 检查公司财务；2. 对董事、高级管理人员执行公司职务的行为进行监督，对违反法律、法规、公司章程或者股东会决议的董事、高级管理人员提出罢免的建议；3. 当董事、高级管理人员的行为损害公司的利益时，要求董事、高级管理人员予以纠正；4. 提议召开临时股东会会议，在董事会不履行本法规定的召集和主持股东会会议职责时召集和主持股东会会议；5. 向股东会会议提出提案；6. 依法对董事、高级管理人员提起诉讼。7. 公司章程规定的其他职权	1. 主持公司的生产经营管理工作，组织实施董事会决议；2. 组织实施公司年度经营计划和投资方案；3. 拟订公司内部管理机构设置方案；4. 拟订公司的基本管理制度；5. 制定公司的具体规章；6. 提请聘任或者解聘副经理、财务负责人；7. 决定聘任或者解聘除应由董事会聘任或者解聘以外的管理人员；8. 董事会授予的其他职权
议事规则	见注1	见注2	见注3	

注1. 股东会的议事规则：（1）除《公司法》有规定的以外，由公司章程规定。股东会会议作出修改公司章程、增加或者减少注册资本的决议，以及公司合并、分立、解散或者变更公司形式的决议，必须经代表2/3以上表决权的股东通过。股东会决议由股东按照出资比例行使表决权，但公司章程另有规定的除外。（2）股东会会议的形式分为定期会议和临时会议两种。定期会议按照公司章程规定的时间召开。临时会议只能由以下人员提议召开：代表1/10以上表决权的股东，1/3以上的董事，监事会或者不设监事会的公司监事。（3）首次股东会会议由出资最多的股东召集和主持，依法行使职权。以后的股东会会议，公司设立董事会的，由董事会召集，董事长主持；董事长不能或者不履行职务的，由副董事长主持；副董事长不能或不履行职务的，由半数以上董事共同推举一名董事主持。公司不设董事会的，股东会会议由执行董事召集和主持。董事会或者执行董事不能或者不履行召集股东会会议职责的，由监事会或者不设监事会的监事召集和主持；监事会或者监事不召集和主持的，代表1/10以上表决权的股东可以自行召集和主持。（4）召开股东会会议，应当于会议召开15

日以前通知全体股东，但公司章程另有规定或者全体股东另有约定的除外。

注2. 董事会会议由董事长召集和主持。董事长因特殊原因不能履行该项职责时，由副董事长召集和主持，副董事长不能或者不履行职务的，半数以上董事共同推举一名董事召集和主持。董事会决议的表决，实行一人一票。董事会的议事方式和表决程序，除《公司法》有规定的以外，由公司章程规定。

注3. 监事会每年度至少召开一次会议，监事可以提议召开临时监事会会议。监事会决议应当经半数以上监事通过。

注4.（1）国有独资公司董事会的职权除了具有一般有限责任公司董事会的职权外，还受托具有一部分应由股东会享有的权利。但公司的合并、分立、解散、增减资本和发行公司债券必须由国有资产监督管理机构决定。其中，重要的国有独资公司合并、分立、解散、申请破产的，应当由国有资产监督管理机构审核后，报本级人民政府批准。（2）国有独资公司的董事长、副董事长、董事、高级管理人员，未经国有资产监督管理机构同意，不得在其他有限责任公司、股份有限公司或者其他经济组

织兼职。

注5. 国有独资公司监事会成员不得少于5人，其中职工代表的比例不得低于1/3，具体比例由公司章程规定。

【考点十二】有限责任公司的股东会（重要，见表4-3）

【例题12·多选题】根据《公司法》的规定，下列各项中，有关有限责任公司股东会的表述中，正确的是（　　）。

A. 决定公司的经营计划和投资方案

B. 股东会会议由出资最多的股东召集和主持

C. 股东会议须在会议召开15日以前通知全体股东

D. 股东的表决权可以由公司章程约定不以出资比例行使

【答案】CD

【注意问题】

1. 股东会与董事会职权的联系与区别，股东会决定公司的经营方针和投资计划，董事会决定公司的经营计划和投资方案。

2. 首次股东会由出资最多的股东召集和主持，以后的股东会会议，一般由董事会召集，董事长主持。

3. 股东会议通知的时间和股东的表决权，允许公司章程自治。

【例题13·多选题】根据公司法律制度的规定，有限责任公司股东会作出的下列决议中，必须经代表2/3以上表决权的股东通过的有（　　）。（2003年试题）

A. 对股东转让出资作出决议

B. 对发行公司债券作出决议

C. 对变更公司形式作出决议

D. 对修改公司章程作出决议

【答案】CD

【注意问题】

1. 有限责任公司股东会和股份有限公司股东大会采取特别决议的事项是一致的，而这些事项（涉及增加注册资本、减少注册资本、公司的合并与分立、公司的解散或变更公司形式、修改公司章程等事项）。从公司的经营角度分析，不是经常或者定期发生的事项。除此之外的事项，如审议批准董事会、监事会报告等，是定期需进行的，则不以特别方式进行表决。

2. 虽然表决比例都是2/3以上，但是股份有限公司是出席会议的股东所持表决权的2/3。

【相关例题】见本章经典试题回顾部分2006年综合题。

【考点十三】有限责任公司的董事会（重要，见表4-3）

【例题14·判断题】有限责任公司应当设立董事会，其成员为5~19人，董事会成员中应当有公司职工代表。（　　）

【答案】×

【注意问题】

1. 规模较小的有限责任公司可以不设董事会，只设一名执行董事。

2. 有限责任公司与股份有限公司董事会人数要求不同，前者为3~13人，后者为5~19人。

3. 只有两个以上的国有企业或者其他两个以上的国有投资主体投资设立的有限责任公司，其董事会成员中应当有公司职工代表；其他有限责任公司的董事会，包括股份有限公司的董事会，法律未作强制性规定。

4. 无论投资人性质如何，也无论是有限责任公司还是股份有限公司，监事会成员中都应当有公司职工代表。

【例题15·判断题】有限责任公司可以设经理，由董事会决定聘任或者解聘；也可以不设经理，由执行董事兼任公司经理。（　　）

【答案】√

【注意问题】董事会聘任或解聘公司经理，根据经理的提名，决定聘任或者解聘公司的副经理、财务负责人。

【考点十四】有限责任公司监事会（重要，见表4-3）

【例题16·多选题】根据《中华人民共和国公司法》的规定，下列选项中，属于有限责任公司监事会职权的有（　　）。（2000年试题）

A. 提议召开临时股东会

B. 检查公司财务

C. 要求董事和经理纠正损害公司利益的行为

D. 监督董事、经理在执行职务时违反法律、法规或者公司章程的行为

【答案】ABCD

【注意问题】提议召开临时股东会，就董事而言应达到1/3以上，如果是监事会提议，根据规定，监事会决议应当经半数以上监事通过。

【考点十五】公司董事、监事、高级管理人员的资格（重要）

以下5种人员不具备任职资格：

1. 无民事行为能力或者限制民事行为能力者。

2. 因贪污、贿赂、侵占财产、挪用财产罪或者破坏社会经济秩序，被判处刑罚，执行期满未逾5年，或者因犯罪被剥夺政治权利，执行期满未逾5年者。

3. 担任破产清算的公司、企业的董事或者经理、厂长，并对该公司、企业的破产负有个人责任的，自该公司、企业破产清算完结之日起未逾3年的人。

4. 担任因违法被吊销营业执照责令关闭的公司、企业的法定代表人，并负有个人责任的，自该公司、企业被吊销营业执照之日起未逾3年的人。

5. 未清偿到期个人所负数额较大的债务者。

公司违反《公司法》的上述规定选举、委派董事、监事或者聘任高级管理人员的，该选举、委派或者聘任无效。公司董事、监事、高级管理人员在任职期间出现上述所列情形的，公司应当解除其职务。

【例题17·多选题】根据《中华人民共和国公司法》的规定，下列人员中，不得担任公司董事的有（　　）。（1999年试题经调整）

A. 因贪污罪被执行期满未逾5年

B. 本公司监事

C. 本公司财务责任人

D. 本公司经理

【答案】AB

【注意问题】此处也可与《证券法》结合作为综合题考点。

【考点十六】公司董事、监事、高级管理人员的义务（重要）

公司董事、高级管理人员不得有下列行为：

1. 挪用公司资金；

2. 将公司资金以其个人名义或者以其他个人名义开立账户存储；

3. 违反公司章程的规定，未经股东会、股东大会或者董事会同意，将公司资金借贷给他人或者以公司财产为他人提供担保；

4. 违反公司章程的规定或者未经股东会、股东大会同意，与本公司订立合同或者进行交易；

5. 未经股东会或者股东大会同意，利用职务便利为自己或者他人谋取属于公司的商业机会，自营或者为他人经营与所任职公司同类的业务；

6. 接受他人与公司交易的佣金归为己有；

7. 擅自披露公司秘密；

8. 违反对公司忠实义务的其他行为。

公司董事、高级管理人员违反上述规定所得的收入应当归公司所有。

公司董事、监事、高级管理人员执行公司职务时违反法律、行政法规或者公司章程的规定，给该公司造成损失的，应当承担赔偿责任。

公司股东会或者股东大会要求董事、监事、高级管理人员列席会议的，董事、监事、高级管理人员应当列席并接受股东的质询。

【例题18·判断题】甲公司的董事为乙公司经营与甲公司同类的业务，不违反公司法的规定。（　　）（2002年试题）

【答案】×

【例题19·判断题】甲公司主要经营医疗器械业务，该公司的总经理王某在任职期间代理乙公司从国外进口一批医疗器械销售给丙公司，获利2万

元。甲公司得知上述情形后，除将王某获得的2万元收归公司所有外，还撤销了王某的职务。甲公司的上述做法不符合公司法的有关规定。（　　）（2003年试题）

【答案】×

【例题20·多选题】某有限责任公司的董事李某拟将其所有的一套商住两用房屋以略低于市场价格的条件卖给该公司作为办公用房。关于该交易的下列表述中，正确的有（　　）。（2005年试题）

A. 该交易在获得公司监事会批准后可以进行

B. 该交易在获得公司董事会批准后可以进行

C. 该交易在获得公司股东会批准后可以进行

D. 如果公司章程中规定允许此种交易，该交易可以进行

【答案】CD

【注意问题】同业竞争、关联交易行为的发生是否合法，同意其发生的公司机构不同。（1）例题18、19中公司董事、经理的行为均已构成同业竞争行为，是否合法，关键在于该行为是否经股东会或者股东大会同意，如经公司权力机构同意不违法，未经同意即违法。（2）例题20中董事李某的行为属于关联交易行为，是否合法，关键在于公司章程的规定或者股东会、股东大会的同意。此外，该内容与证券法中上市公司发行股票的条件也有结合点。

【考点十七】一人有限责任公司的特别规定（重要，2006年至2008年考过四次）

1. 注册资本的特别规定。一人有限责任公司的注册资本最低限额为人民币10万元，高于普通有限责任公司。股东应当一次足额缴纳公司章程规定的出资额，不允许分期缴纳出资。

2. 股东的特别规定。一个自然人只能投资设立一个有限责任公司，禁止其设立多个一人有限责任公司，而且该一人有限责任公司不能投资设立新的一人有限责任公司。

3. 组织机构的特别规定。一人有限责任公司不设股东会，法律规定的股东会的职权由股东行使，当股东行使相应职权作出决定时，应当采用书面形式，签字后置备于公司。

4. 有限责任的特别规定。一人有限责任公司的股东不能证明公司财产独立于股东自己财产的，应当对公司债务承担连带责任。

【例题21·单选题】根据公司法的有关规定，下列关于一人有限责任公司的表述中，正确的是（　　）。（2008年试题）

A. 一个法人只能投资设立一个一人有限责任公司

B. 一人有限责任公司的股东可以分期缴付公司章程规定的出资

C. 一个自然人投资设立的一人有限责任公司，

不能投资设立新的一人有限责任公司

D. 债权人不能证明一人有限责任公司的财产与其股东自己的财产相混同的，一人有限责任公司的股东以其出资额为限对公司债务承担责任

【答案】C

【注意问题】（1）注意 A、C 两项内容的比较，注意区分一人有限责任公司的投资人是自然人还是法人；（2）注意 B、D 选项的错误，没有区分一人有限责任公司与普通有限责任公司缴付出资时间、责任承担方面的特殊规定。

【考点十八】国有独资公司组织机构（见表 4-3）

【例题 22·判断题】国有独资公司的董事长由董事会成员的过半数选举产生。（ ）

【答案】×

【注意问题】国有独资公司的董事长、副董事长由国有资产监督管理机构从董事会成员中指定。

【例题 23·判断题】国有独资公司的董事长、副董事长、董事、高级管理人员，未经国有资产监督管理机构同意，不得在其他与所任职公司具有竞争关系的有限责任公司、股份有限公司或其他经济组织兼职。（ ）

【答案】√

【注意问题】国有独资公司的董事长、副董事长、董事、高级管理人员，未经国有资产监督管理机构同意，不得在其他有限责任公司、股份有限公司或其他经济组织兼职。无论该公司与其所任公司是否具有竞争关系。

【考点十九】有限责任公司股权转让的一般条件（重要，2001 年、2003 年、2004 年考过单选题，2005 年、2008 年考过综合题。见表 4-1）

【例题 24·单选题】1999 年 8 月，甲、乙、丙共同出资设立了 A 有限责任公司。2000 年 5 月，丙与丁达成协议，将其在 A 公司的出资全部转让给丁，甲、乙均不同意。下列解决方案中，不符合《中华人民共和国公司法》的规定的是（ ）。（2001 年试题）

A. 由甲或乙购买丙的出资
B. 由甲和乙共同购买丙的出资
C. 如果甲、乙均不愿购买，丙无权将出资转让给丁
D. 如果甲、乙均不愿购买，丙有权将出资转让给丁

【答案】C

【相关例题】见本章经典试题回顾部分 2005年、2008 年综合题。

【注意问题】

1. 区分股东之间转让与股东向股东以外的人转让。
2. 须其他股东过半数同意，而不是全体股东的

过半数，因此不能计算提出转让股份的股东。

3. 股东向股东以外的人转让股份时，其他股东的优先购买权以同等条件为前提。

4. 公司章程对股权转让另有规定的，从其规定。允许章程自治。

【考点二十】强制执行程序下的股权转让

人民法院依照法律规定的强制执行程序转让股东的股权时，应当通知公司及全体股东，其他股东在同等条件下有优先购买权。其他股东自人民法院通知之日起 20 日不行使优先购买权的，视为放弃优先购买权。自然人股东死亡后，其合法继承人可以继承股东资格，但公司章程另有规定的除外。

【例题 25·判断题】人民法院依照法律规定的强制执行程序转让股东的股权时，其他股东自人民法院强制执行之日起 20 日不行使优先购买权的，视为放弃优先购买权。（ ）

【答案】×

【注意问题】注意起算点。

【考点二十一】股权转让的程序

股东股权转让后，公司应当注销原股东的出资证明书，向新股东签发出资证明书，并相应修改公司章程和股东名册中有关股东及出资额的记载。对公司章程的该项修改不需再由股东会表决。

【解释】因为股东股权转让已经股东表决同意，因此无需再召开股东会就公司章程的修改再进行表决。

【例题 26·单选题】根据《公司法》的规定，有限责任公司的股东转让股权后，公司无须办理的事项是（ ）。（2006 年试题）

A. 注销原股东的出资证明书
B. 向新股东签发出资证明书
C. 召开股东会作出修改章程中有关股东及出资额记载的决议
D. 申请变更工商登记

【答案】C

【考点二十二】股权回购请求权（重要，见表 4-5）

【例题 27·多选题】下列各项中，股东对股东会的决议投反对票的，可以请求公司按照合理的价格收购其股权的有（ ）。

A. 公司连续 5 年不向股东分配利润
B. 公司合并、分立
C. 公司转让财产
D. 公司章程规定的营业期限届满，股东会会议通过修改章程使公司存续的

【答案】BD

【注意问题】

1. 公司不仅连续 5 年不向股东分配利润，一定

注意该公司连续 5 年盈利，并且符合法律规定的分配利润的条件，即有利可分，股东为此可能失去投资热情。

2. 公司转让的是主要财产。

【例题 28·判断题】在股东会议上对有关事项投反对票的股东，依法请求回购所持有的公司股权的，自股东会会议决议通过之日起 60 日内，与公司不能达成股权收购协议的，股东可以在 90 日内向人民法院提起诉讼。（   ）

【答案】×

【注意问题】股东诉讼应当自股东会会议决议通过之日起 90 日内提起。

【考点二十三】股份有限公司的发起人（重要）

1. 发起人条件（见表 4 - 1，历年综合试题中多次出现）

【解释】股份有限公司对发起人人数有限制，但对股东人数没有限制。发起人既是股东，又不等同于股东。因为发起人是公司的投资人，因此具有股东身份，但法律又赋予发起人一定的义务、责任，如公司不能成立时，对设立行为产生的费用、债务负连带责任；其所持有的公司股票自公司成立之日起 1 年内不得转让等，因而又不同于一般的股东。

2. 发起人责任

(1) 公司不能成立时，对设立行为所产生的债务和费用负连带责任。

【解释】如果公司成立了，该债务和费用由公司承担。

(2) 在公司不能成立时，对认股人已缴纳的股款，负返还股款并加算银行同期存款利息的连带责任。

【解释】如果公司成立，对认股人不承担该项责任。认股人即投资人，为公司的股东。

(3) 在公司设立过程中，由于发起人的过失致使公司利益受到损害的，应当对公司承担赔偿责任。

【注意问题】应当理解向谁承担责任，承担何种责任。

【考点二十四】股份有限公司的财产条件及设立方式（重要）

1. 财产条件

股份有限公司注册资本的最低限额为人民币 500 万元。上市公司为 3000 万元。

【解释】股份有限公司的全部资本以等额股份的形式表现，每股法定面值为 1 元，因此此公司的股本总额（股份数额）即为公司的注册资本（其他财产条件的内容同有限责任公司基本相同）。

2. 设立方式

(1) 发起设立。①股份有限公司采取发起设立

方式设立的，注册资本为在公司登记机关登记的全体发起人认购的股本总额。公司全体发起人的首次出资额不得低于注册资本的 20%，其余部分由发起人自公司成立之日起两年内缴足，其中，投资公司可以在五年内缴足。在缴足前，不得向他人募集股份。②以发起方式设立股份有限公司的，发起人应当书面认缴公司章程规定其认购的股份；一次缴纳的，应即缴纳全部出资；分期缴纳的，应即缴纳首期出资。以非货币财产出资的，应当依法办理其财产权的转移手续。发起人不按照规定缴纳出资的，应当按照发起人协议的约定承担违约责任。发起人首次缴纳出资后，应当选举董事会和监事会，由董事会依法向公司登记机关申请设立登记。

(2) 募集设立。①股份有限公司采取募集方式设立的，注册资本为在公司登记机关登记的实收股本总额。②以募集设立方式设立股份有限公司的，发起人认购的股份不得少于公司股份总数的 35%；但法律、行政法规另有规定的，从其规定。

【例题 29·多选题】根据《公司法》的规定，下列各项中，关于股份有限公司法定资本最低限额的表述中，符合规定的有（   ）。

A. 股份有限公司的注册资本为全体发起人认购的股本总额

B. 股份有限公司的注册资本最低限额为人民币 500 万元

C. 采取发起方式设立股份有限公司的，在发起人缴足注册资本之前，不得向他人募集股份

D. 发起人首次缴纳出资不得低于注册资本的 20%

【答案】BC

【注意问题】

1. 发起设立与募集设立关于注册资本概念的界定不同，前者为全体发起人"认购"的股份，后者为在登记机关登记的"实收"股本总额。

2. 发起设立可以分期缴纳出资，与有限责任公司股东出资期限、比例规定相同。募集设立分两个阶段进行，首先发起人一般缴纳出资不得低于股本总额的 35%，其余部分向他人募集，该募集时间由《证券法》规定。

3. 该问题与《证券法》联系密切，经常结合出案例题。

【考点二十五】设立公司失败的后果（2009 年新增内容）

如果发行的股份超过招股说明书规定的截止期限尚未幕足的，或者发行股份的股款缴足后，发起人在 30 日内未召开创立大会的，认股人可以按照所缴股款并加算银行同期存款利息，要求发起人返还。

【考点二十六】股份有限公司的股东大会（重要，见表4－4）

表4－4　　　　　股份有限公司的组织机构（注意与有限责任公司对比）

事项 ＼ 名称	股东大会	董事会	监事会	经理
产生	股东是公司的出资人（注意发起人在公司成立前不得叫股东，以便于分清发起人的责任）	由股东大会选举（与有限责任公司相同）	由股东大会选举（与有限责任公司相同）	由董事会聘任（与有限责任公司相同）
人数	发起人应当有2人以上200人以下，并且其中须有过半数的发起人在中国境内有住所。但股东人数没有最多的限制	5～19人	与有限责任公司相同	与有限责任公司相同
组成	全体股东（与有限责任公司相同）	董事会成员中可以有公司职工代表	股东和职工代表，职工代表比例不低于1/3	
地位	与有限责任公司相同	与有限责任公司相同	与有限责任公司相同	与有限责任公司相同
职权	与有限责任公司相同见注1	与有限责任公司相同	与有限责任公司相同	与有限责任公司相同
议事规则	见注2	见注3	见注4	

注1. 此外，上市公司股东大会还有以下职权：（1）对公司聘用、解聘会计师事务所作出决议；（2）审议公司在一年内购买、出售重大资产超过公司最近一期经审计总资产30%的事项；（3）审议批准变更募集资金用途事项；（4）审议股权激励计划；（5）审议批准对外担保事项（具体内容见考点五相关链接2）。

注2.（1）股东大会的形式分为年会和临时会议两种。由董事会召集，董事长主持。年会每年按时召开一次，上市公司的年度股东大会应当于上一会计年度结束后的6个月内举行。临时会议在下列情形下举行：①董事人数不足《公司法》规定的人数或者公司章程所定人数的2/3时；②公司未弥补的亏损达到实收股本总额的1/3时；③单独或者合并持有公司股份10%以上的股东请求时；④董事会认为必要时；⑤监事会提议召开时。出现上述情形之一的，应当在2个月内召开临时股东大会（上述情形与有限责任公司临时股东会的召开不同）。（2）股东大会的决议分为特别决议和一般决议。特别决议是指对修改公司章程、增加或者减少注册资本，以及公司合并、分立、解散或者变更公司形式，须经出席会议的股东所持表决权的2/3以上通过；上述事项以外的为一般决议，只须经出席会议的股东所持表决权的过半数通过。上述表决方式与有限责任公司不同。（3）股东可以自己出席股东大会，也可以委托代理人出席股东大会。（4）上市公司董事会、独立董事和符合有关条件的股东可向上市公司股东征集其在股东大会上的投票权。投票权征集应采取无偿的方式进行，并应向被征集人充分披露信息。（5）股东大会会议的召集和主持与有限责任公司股东会的召集与主持基本相同，但是当监事会不召集和主持的，连续90日以上单独或者合计持有公司10%以上股份的股东可以自行召集和主持。（6）召开股东大会会议的，应当将会议召开的时间、地点和审议的事项于会议召开20日前通知各股东；临时股东大会应当于会议召开15日前通知各股东；发行无记名股票的，应当于会议召开30日前公告会议召开的时间、地点和审议事项。（7）单独或者合计持有公司3%以上股份的股东，可以在股东大会召开10日前提出临时提案并书面提交董事会，董事会应当在收到提案后2日内通知其他股东，并将该临时提案提交股东大会审议。

注3.（1）股份有限公司的董事会每年度至少召开两次会议，由董事长召集主持。每次会议应当于会议召开10日前通知全体董事和监事。代表1/10以上表决权的股东、1/3以上的董事或者监事会，可以提议召开董事会临时会议。（2）董事应亲自出席，如因故不能出席时，可以书面委托其他董事代为出席（受托人一定是董事，与股东的委托不同），但书面委托中应载明授权范围。董事会形成决定的会议记录，由出席会议的董事签名。（3）董事会应有过半数的董事出席方可举行。董事会的决议必须经全体董事的过半数通过。（4）上市公司董事会可以按照股东大会的有关决议，设立专门委员

会。专门委员会成员全部由董事组成，其中审计委员会、提名委员会、薪酬与考核委员会中独立董事应占多数并担任召集人，审计委员会中至少应有一名独立董事是会计专业人士。(5) 为保证上市公司与控股股东在人员、资产、财务上严格分开，上市公司的总经理必须专职，总经理在集团等控股股东单位不得担任除董事以外的其他职务。

注4. 监事会每6个月至少召开一次会议。监事可以提议召开临时监事会会议。

【例题30·多选题】根据《中华人民共和国公司法》的规定，股份有限公司发生下列情形时，应当召开临时股东大会的有(   )。(1999 年试题经调整)

A. 董事人数不足公司章程所定人数的 1/2 时

B. 公司未弥补的亏损达到股本总额的 1/3 时

C. 持有公司股份 5% 的股东请求时

D. 监事会提议召开时

【答案】AD

【注意问题】

1. 在 A 选项中，问题是"股份有限公司发生下列情形时，应当召开临时股东大会的有"，而不是"下列选项中符合《公司法》规定的有"，因此当董事人数不足公司章程所定人数的 1/2 时，当然更不足 2/3，应当召开临时股东大会。如果是后一种提问方式，因选项中的比例明显不符合公司法规定，当然不能选。此处是个陷阱，遇到此类题目时，提醒考生一要注意提问的方式，二要注意比较有关数字、比例的大小。

2. 公司未弥补的亏损达到"实收股本总额"的 1/3 时。

3. 此处规定与有限责任公司临时股东会召开的情形不同。

【例题31·多选题】根据《中华人民共和国公司法》及有关规定，上市公司召开股东大会审议下列事项时，不须以特别决议方式通过的有(   )。(2001 年试题经调整)

A. 董事会和监事会的工作报告

B. 董事会和监事会成员的任免及其报酬和支付方法

C. 发行公司债券

D. 公司章程修改

【答案】ABC

【注意问题】股东大会特别决议，必须经出席会议的股东所持表决权的 2/3 以上通过。普通事项决议，必须经出席会议的股东所持表决权过半数通过。

【例题32·判断题】召开股东大会会议，应当将会议召开的时间、地点和审议的事项于会议召开 20 日前通知各股东；临时股东大会应当于会议召开 15 日前通知各股东；发行无记名股票的，应当于会议召开 30 日前公告会议召开的时间、地点和审议事项。但公司章程另有规定的除外。(   )

【答案】×

【注意问题】股份有限公司股东大会召开发出通知时间的要求是法定的，不允许公司章程另有规定，有限责任公司是可以由章程另行约定的。

【例题33·判断题】股东大会不得对向股东通知中未列明的事项作出决议，因此股东不得提出临时提案。(   )

【答案】×

【注意问题】单独或者合计持有公司 3% 以上股份的股东，可以在股东大会召开 10 日前提出临时提案并书面提交董事会；董事会应当在收到提案后两日内通知其他股东，并将该临时提案提交股东大会审议。因此股东在会议召开期间不得提出临时提案，但是在召开前的法定期限内可以提出。

【例题34·判断题】股东出席股东大会会议，所持每一股份有一表决权。股东可以委托代理人出席股东大会会议。(   )

【答案】√

【注意问题】以所持股份行使表决权是股份有限公司股东表决权的法定要求，章程不得另有约定，与有限责任公司规定不同。

【例题35·判断题】为保证上市公司与控股股东在人员、资产、财务上严格分开，A 上市公司的总经理李某，不得在 A 公司的控股集团公司担任其他任何职务。(   )

【答案】×

【注意问题】上市公司的总经理必须专职，总经理在集团等控股股东单位不得担任除董事以外的其他职务。

【考点二十七】股份有限公司的董事会、经理(重要，见表 4-4)

1. 上市公司经理。上市公司的总经理必须专职，总经理在集团等控股股东单位不得担任除董事以外的其他职务。

2. (2009 年新增内容) 公司应当定期向股东披露董事、监事、高级管理人员从公司获得报酬的情况。公司不得直接或者通过子公司向董事、监事、高级管理人员提供借款。上市公司总经理及高层管理人员 (副总经理、财务主管和董事会秘书) 必须在上市公司领薪，不得由控股股东代发薪水。

【例题36·多选题】某股份有限公司的董事会由 11 人组成，其中董事长 1 人，副董事长 2 人。该董事会某次会议发生的下列行为不符合《公司法》规定的有(   )。(1998 年试题)

A. 因董事长不能出席会议，董事长指定一位副董事长王某主持该次会议

B. 通过了增加公司注册资本的决议

C. 通过了解聘公司现任经理，由副董事长王某兼任经理的决议

D. 会议所有议决事项均载入会议记录后，由

主持会议的副董事长王某和记录员签名存档

【答案】BD

【例题37·多选题】根据《中华人民共和国公司法》及有关规定，下列选项中，属于上市公司董事会职权的有（　　）。（2001年试题）

A. 拟订公司重大收购、回购本公司股票方案

B. 对公司增加注册资本作出决议

C. 制订公司的年度财务预算方案、决算方案

D. 管理公司信息披露事项

【答案】ACD

【注意问题】

1. 注意股东大会与董事会职权的区别、联系。某些事项的决议由股东大会作出，但是方案由董事会制订。

2. 上市公司信息披露事务具体由董事会秘书办理。

【例题38·多选题】董事会每年度至少召开两次会议，每次会议应当于会议召开10日前通知全体董事和监事。下列情形中，应当召开临时董事会的有（　　）。

A. 代表1/10以上表决权的股东提议

B. 1/3以上董事提议

C. 监事会提议

D. 公司章程规定的情形

【答案】ABC

【注意问题】与有限责任公司临时股东会召开的情形相同。

【相关例题】见本章经典试题回顾部分2001年综合题。

【注意问题】

1. 股份有限公司股东大会、董事会的有关规定通常是综合题的考点，一般与证券法结合，上市公司组织机构有违反公司法规定的，通常构成发行股票的法律障碍。

2. 无论是综合题还是客观题，涉及股份有限公司组织机构的题目，一般的问题方式是"股东大会（或董事会）的该项决议是否合法？"此类问题的解题思路可以考虑：（1）本次会议讨论的事项应当由哪个机构作出，是股东大会还是董事会；（2）议事规则是否有问题，包括会议通知的时间、出席人（股东和董事虽然都可以委托他人出席，但董事一定要委托其他董事代为出席，不得委托其他人，对股东没有要求）、出席人数（董事会有要求）、表决比例（股东大会区分普通决议与特别决议）。以上两个方面如果都符合法律规定，则结论为本次会议讨论的事项合法（或者能够通过），如果其中某一个环节有问题，本次会议均不能通过该事项。

【考点二十八】股份有限公司监事会（见表4-4）

【例题39·多选题】下列各项中，有关股份有限公司监事会的表述中，符合公司法规定的有（　　）。

A. 监事会成员中应当包括股东代表和不低于1/3的公司职工代表

B. 监事会成员由股东大会选举

C. 监事会每6个月至少召开一次

D. 监事可以列席董事会

【答案】ACD

【注意问题】监事会成员中的职工代表，由职工代表大会选举产生。

【考点二十九】上市公司组织机构的特别规定（重要）

1. 股东大会特别决议事项（见表4-4下方注1）

2. 增设关联关系董事的表决权排除制度。

（1）上市公司董事与董事会会议决议事项所涉及的企业有关联关系的，不得对该项决议行使表决权，也不得代理其他董事行使表决权。

（2）该董事会会议由过半数的无关联关系董事出席即可举行，董事会会议所作决议须经无关联关系董事过半数通过。

（3）出席董事会的无关联关系董事人数不足3人的，应将该事项提交上市公司股东大会审议。

【注意问题】此处规定与《证券法》联系紧密。关联交易可能构成上市公司发行股票法定障碍。

3. 股权激励机制。上市公司以本公司股票为标的实行股权激励机制。股权激励计划的激励对象可以包括上市公司的董事、监事、高级管理人员、核心技术（业务）人员，以及公司认为应当激励的其他员工，但不应当包括独立董事。

【考点三十】上市公司独立董事的任职条件（重要）

1. 担任独立董事应当符合的条件之一，具有五年以上法律、经济或者其他履行独立董事职责所必需的工作经验。

2. 下列人员不得担任独立董事：

（1）在上市公司或者其附属企业任职的人员及其直系亲属、主要社会关系（直系亲属是指配偶、父母、子女等；主要社会关系是指兄弟姐妹、岳父母、儿媳女婿、兄弟姐妹的配偶、配偶的兄弟姐妹等）；

（2）直接或间接持有上市公司已发行股份1%以上或者是上市公司前十名股东中的自然人股东及其直系亲属；

（3）在直接或间接持有上市公司已发行股份5%以上的股东单位或者在上市公司前五名股东单位任职的人员及其直系亲属；

（4）最近一年内曾经具有前三项所列举情形的人员；

（5）为上市公司或者其附属企业提供财务、法

律、咨询等服务的人员；

（6）公司章程规定的其他人员。

【例题40·单选题】甲、乙、丙、丁拟任A上市公司独立董事。根据上市公司独立董事制度的规定，下列选项中，不影响当事人担任独立董事的情形是（　　）。（2008年试题）

A. 甲之妻半年前卸任A上市公司之附属企业B公司总经理之职

B. 乙于1年前卸任C公司副董事长之职，C公司持有A上市公司已发行股份的7%

C. 丙正在担任B公司的法律顾问

D. 丁是持有A上市公司已发行股份2%的自然人股东

【答案】B

【相关例题】见本章经典试题回顾部分2002年、2004年综合题。

【考点三十一】独立董事的提名

1. 上市公司董事会、监事会、单独或者合并持有上市公司已发行股份1%以上的股东可以提出独立董事候选人，并经股东大会选举决定。

2. 中国证监会对独立董事的任职资格和独立性进行审核。对中国证监会持有异议的被提名人，可作为公司董事候选人，但不作为独立董事候选人。在召开股东大会选举独立董事时，上市公司董事会应对独立董事候选人是否被中国证监会提出异议的情况进行说明。

【考点三十二】独立董事的任期及特别职权（重要）

1. 独立董事每届任期与该上市公司其他董事任期相同，任期届满，连选可以连任，但是连任时间不得超过六年。

2. 独立董事如果连续3次未亲自出席董事会会议，应由董事会提请股东大会予以撤换。

3. 独立董事除应具有董事的职权外，还应当行使以下特别职权：

（1）重大关联交易（指上市公司拟与关联人达成的总额高于300万元或高于上市公司最近经审计净资产值的5%的关联交易）应由独立董事认可后，提交董事会讨论；独立董事作出判断前，可以聘请中介机构出具独立财务顾问报告，作为其判断的依据。

（2）向董事会提议聘用或解聘会计师事务所。

（3）向董事会提请召开临时股东大会。

（4）提议召开董事会。

（5）独立聘请外部审计机构和咨询机构。

（6）可以在股东大会召开前公开向股东征集投票权。

独立董事行使上述职权应当取得全体独立董事的1/2以上同意。

4. 如果上市公司董事会下设薪酬、审计、提名等委员会的，独立董事应当在委员会成员中占有1/2以上的比例。

5. 除行使上述特别职权外，独立董事应当对上市公司的以下重大事项向董事会或股东大会发表独立意见：

（1）提名、任免董事；

（2）聘任或解聘高级管理人员；

（3）公司董事、高级管理人员的薪酬；

（4）上市公司的股东、实际控制人及其关联企业对上市公司现有或新发生的总额高于300万元或高于上市公司最近经审计净资产值的5%的借款或其他资金往来，以及公司是否采取有效措施回收欠款；

（5）独立董事认为可能损害中小股东权益的事项；

（6）公司章程规定的其他事项。

6. 凡须经董事会决策的事项，上市公司必须按法定的时间提前通知独立董事并同时提供足够的资料，独立董事认为资料不充分的，可以要求补充。当2名或2名以上独立董事认为资料不充分或论证不明确时，可联名书面向董事会提出延期召开董事会会议或延期审议该事项，董事会应予以采纳。

【例题41·多选题】上市公司的独立董事连续2次未亲自出席董事会会议的，由董事会提请股东大会予以撤换。（　　）（2002年试题）

【答案】×

【例题42·多选题】根据有关规定，上市公司独立董事在经公司全体独立董事1/2同意后，可以行使的职权有（　　）。（2002年试题）

A. 事先认可提交董事会讨论的总额高于300万元的关联交易事项

B. 向董事会提议聘用或者解聘会计师事务所

C. 在股东大会召开前向股东征集投票权

D. 提议召开董事会

【答案】ABCD

【例题43·判断题】某上市公司拟与关联人达成总额为500万元的关联交易，该交易在提交公司董事会讨论前，必须获得公司独立董事的认可。（　　）（2003年试题）

【答案】√

【注意问题】

1. 注意区分独立董事行使权应当取得全体独立董事1/2以上同意的情形，和独立董事向董事会或股东大会发表独立意见的情形。

2. 还应注意分清重大的关联交易，如果是上市公司"拟与"关联人达成总额高于300万元或高于上市公司最近经审计净资产值5%的关联交易，须经全体独立董事的1/2以上认可。而上市公司的股东、实际控制人及其关联企业对上市公司"现有"或"新发生"的总额高于300万元或高于上市公司最近经审计净资产值 5% 的借款或资金往来，独立董事应发表独立意见。

【例题44·判断题】根据规定，上市公司召开董事会须提前通知独立董事并同时提供足够的资料，当1/2以上的独立董事认为资料不充分或论证不明确时，可联名书面向董事会提出延期召开董事会会议或延期审议该事项，董事会应予以采纳。（　　）

【答案】×

【解析】应当为 2 名或者 2 名以上的独立董事，可联名书面向董事会提出延期召开董事会会议或延期审议该事项，董事会应予以采纳。

【考点三十三】上市公司为独立董事提供的条件

1. 保证独立董事的知情权。凡须经董事会决策的事项，上市公司必须按法定时间提前通知独立董事并同时提供足够的资料，当 2 名或者 2 名以上的独立董事认为资料不充分或论证不明确时，可联名书面向董事会提出延期召开董事会会议或延期审议该事项，董事会应予以采纳。

2. 上市公司应当给予独立董事适当的津贴。津贴的标准由董事会制订预案，股东大会审议通过，并在公司年报中进行披露。除上述津贴外，独立董事不应从该上市公司及其主要股东或有利害关系的机构和人员取得额外的、未予披露的其他利益。

【考点三十四】股东诉讼（重要，此处将教材中涉及的股东诉讼问题进行归纳。见表 4 – 5）

表 4 – 5　　有关股东诉讼的规定

发生情形	提起诉讼的方式、时间要求
股东（大）会、董事会的会议召集程序、表决方式违反法律、行政法规或者公司章程，或者决议内容违反公司章程的	股东可以自决议作出之日起60日内，请求人民法院撤销。股东据此规定提起诉讼的，人民法院可以应公司的请求，要求股东提供相应担保
股东有权查阅、复制公司章程、股东会会议记录、董事会会议决议、监事会会议决议和财务会计报告。股东要求查阅公司会计账簿的，应当向公司提出书面请求，说明目的。公司有合理根据认为股东查阅会计账簿有不正当目的，可能损害公司合法利益的，可以拒绝提供查阅，并应当自股东提出书面请求之日起15日内书面答复股东并说明理由	股东可以请求人民法院要求公司提供查阅
关于股东的股权回购请求权，《公司法》规定有下列情形之一的，对股东会该项决议投反对票的股东可以请求公司按照合理的价格收购其股权：1. 公司连续五年不向股东分配利润，而公司该五年连续盈利，并且符合法律规定的分配利润条件的；2. 公司合并、分立、转让主要财产的；3. 公司章程规定的营业期限届满或者章程规定的其他解散事由出现，股东会会议通过决议修改章程使公司存续的	自股东会会议决议通过之日起60日内，股东与公司不能达成股权收购协议的，股东可以自股东会会议决议通过之日起90日内向人民法院提起诉讼
公司董事、高级管理人员执行公司职务时违反法律、行政法规或者公司章程的规定，给公司造成损失的	有限责任公司的股东、股份有限公司连续180日以上单独或者合计持有公司1%以上股份的股东，可以书面请求监事会或者不设监事会的有限责任公司的监事向人民法院提起诉讼
监事执行公司职务时违反法律、行政法规或者公司章程的规定，给公司造成损失的	有限责任公司的股东、股份有限公司连续180日以上单独或者合计持有公司1%以上股份的股东可以书面请求董事会或者不设董事会的有限责任公司董事向人民法院提起诉讼
监事会、不设监事会的有限责任公司监事，或者董事会、执行董事收到上述股东的书面请求后拒绝提起诉讼，或者自收到请求之日起30日内未提起诉讼，或者情况紧急、不及时提起诉讼将会使公司利益受到难以弥补的损害的	有限责任公司的股东、股份有限公司连续180日以上单独或者合计持有公司1%以上股份的股东，有权为了公司的利益以自己的名义直接向人民法院提起诉讼
公司董事、高级管理人员违反法律、行政法规或者公司章程的规定，损害股东利益的。股东可以依法向人民法院提起诉讼。公司经营管理发生严重困难，继续存续会使股东利益受到重大损失，通过其他途径不能解决的	持有公司全部股东表决权10%以上的股东，可以请求人民法院解散公司
上市公司董事、监事、高级管理人员、持有上市公司股份5%以上的股东，将其持有的该公司的股票在买入后6个月内卖出，或者在卖出后6个月内又买入，由此所得收益归公司所有，公司董事会应当收回其所得收益	公司董事会未按规定执行的，股东有权要求董事会在30日内执行。公司董事会未在上述期限内执行的，股东有权为了公司的利益以自己的名义直接向人民法院提起诉讼

【例题45·多选题】根据公司法的规定，有限责任公司发生的下列事项中，属于公司股东可以依法请求人民法院予以撤销的有（　　）。（2007年试题）

A. 股东会的决议内容违反法律的

B. 董事会的决议内容违反公司章程的

C. 董事会的会议召集程序违反法律的

D. 股东会的会议表决方式违反公司章程的

【答案】BCD

【注意问题】考生应注意区分无效与可撤销的情形。公司股东会或股东大会、董事会的决议内容违反法律、行政法规的无效。股东会或者股东大会、董事会的会议召集程序、表决方式违反法律、行政法规或公司章程，或者决议内容违反公司章程的，股东可以自决议作出之日起60日内，请求人民法院撤销。

【相关例题】见本章经典试题回顾部分2008年综合题（股东直接诉讼）。

【例题46·判断题】有限责任公司股东、股份有限公司连续180日以上单独或者合计持有公司1%以上股份的股东，在情况紧急、不立即提起诉讼将会使公司利益受到难以弥补的损害的，有权为了公司的利益以自己的名义直接向人民法院提起诉讼。（　　）

【答案】√

【注意问题】股东代表诉讼又称股东间接诉讼，是为了公司利益和股东的共同利益，一般由公司董事会、监事会提起的，但在本题所述的特定情况下，可以股东名义提起；股东直接诉讼是为个别股东利益以股东名义提起的。

【例题47·判断题】公司经营管理发生严重困难，继续存续会使股东利益受到重大损失，通过其他途径不能解决的，持有公司全部股东表决权5%以上的股东，可以请求人民法院解散公司。（　　）

【答案】×

【注意问题】《公司法》中有关股东持股比例的规定非常多，提醒考生加以区别。本题所述情形下，持有公司全部股东表决权的10%以上的股东，可以请求人民法院解散公司。

【考点三十五】股票转让的限制（重点，与《证券法》结合紧密）

【例题48·判断题】发起人持有的本公司股份，自公司股票上市交易之日起1年内不得转让。（　　）

【答案】×

【注意问题】虽然都是发起人持有的本公司股份，虽然限制转让的时间都是"1年"内，但是计算方式不同、限制转让的股份不同。

（1）自"公司成立之日"起1年内不得转让，是指公司设立时认购的股份。

（2）自"公司股票在证券交易所上市交易之日"起1年内不得转让，是指公司公开发行股票前已发行的股份，即发起人持有的股份如果不是公开发行的股份，受到该规定的限制；如果其持有的股份为本次公开发行的股份，不受该限制。

【相关链接】股份有限公司发起设立的，在公司登记机关登记的全体发起人认购的股本总额缴足前，不得向他人募集股份。

【例题49·单选题】根据公司法的规定，下列有关股份有限公司股份转让限制的表述中，错误的是（　　）。（2007年试题）

A. 公司发起人持有的本公司股份自公司成立之日起1年内不得转让

B. 公司高级管理人员离职后1年内不得转让其所持有的本公司股份

C. 公司监事所持本公司股份自公司股票上市交易之日起1年内不得转让

D. 公司董事在任职期间每年转让的股份不得超过其所持有本公司股份总数的25%

【答案】B

【注意问题】此处也是综合题的考点，与证券法结合。

【相关例题】见第五章经典试题回顾部分2008年综合题。

【考点三十六】公司收购自身股票的限制（重点，2006年、2007年考过多选题，2008年综合题中出现）

1. 公司不得收购本公司股份，但有下列情形之一的除外：

（1）减少公司注册资本；

（2）与持有本公司股份的其他公司合并；

（3）将股份奖励给本公司职工；

（4）股东因对股东大会作出的公司合并、分立决议持异议，要求公司收购其股份的。

公司因上述第1项至第3项的原因收购本公司股份的，应当经股东大会决议。公司收购本公司股份后，属于第1项情形的，应当自收购之日起10日内注销；属于第2项、第4项情形的，应当在6个月内转让或者注销。公司依照第3项规定收购本公司股份，不得超过本公司已发行股份总额的5%；用于收购的资金应当从公司的税后利润中支出；所收购的股份应当在1年内转让给职工。

2. 公司不得接受本公司的股票作为质押权的标的。

【例题50·多选题】根据《公司法》的规定，股份有限公司在发生下列事项时，可以收购本公司股份的有（　　）。（2006年试题）

A. 减少公司注册资本

B. 与持有本公司股份的其他公司合并

C. 将股份奖励给本公司职工

D. 股东因对股东大会的公司合并、分立决议持异议，要求公司收购其股份

【答案】ABCD

【例题51·多选题】根据公司法的规定，股份有限公司可以收购本公司股份奖励给本公司职工。下列有关该收购本公司股份事项的表述中，正确的有( )。(2007年试题)

A. 该收购本公司股份事项，应当经股东大会决议

B. 因该事项所收购的股份，应当在2年内转让给职工

C. 用于该事项收购的资金，应当从公司的税后利润中支出

D. 因该事项收购的本公司股份，不得超过本公司已发行股份总额的10%

【答案】AC

【注意问题】考生不仅要掌握公司可以收购本公司股份的四种情形，还要进一步掌握针对不同收购情形的具体收购要求，如本题中因该事项所收购的股份，应当在1年内转让给职工，并且不得超过本公司已发行股份总额的5%。

【相关例题】见第五章经典试题回顾部分综合题。

【考点三十七】利润分配（重要）

公司弥补亏损和提取公积金后所余税后利润，有限责任公司按照股东实缴的出资比例分配，但全体股东约定不按照出资比例分配的除外；股份有限公司按照股东持有的股份比例分配，但股份有限公司章程规定不按持股比例分配的除外。

【相关例题】见本章经典试题回顾部分2006年综合题。

【注意问题】

1. 利润分配的顺序。

2. 有限责任公司"全体股东约定"，股份有限公司"公司章程规定"可以不按出资比例或持股比例分配利润。

【考点三十八】公积金

1. 法定公积金按照公司税后利润的10%提取，当公司法定公积金累计额为公司注册资本的50%以上时可以不再提取。任意公积金按照公司股东会或者股东大会决议，从公司税后利润中提取。

2. 资本公积金主要来源，包括股份有限公司以超过股票票面金额发行股份所得的溢价款以及国务院财政部门规定列入资本公积金的其他收入。

3. 公积金的用途：

（1）弥补亏损；

（2）扩大公司生产经营；

（3）转增公司资本。用法定公积金转增资本时，转增后留存的该项公积金不得少于转增前公司

注册资本的25%。

【例题52·判断题】某有限责任公司的注册资本为600万元，该公司的法定公积金为400万元，公司决定用法定公积金转增资本，该公司可用于转增注册资本的公积金最多为250万元。( )

【答案】√

【注意问题】

1. 法定公积金必须按比例计提。

2. 用任意公积金转增资本的，法律没有限制，但用法定公积金转增资本时，以转增后留存的该项公积金不少于转增前公司注册资本的25%为限。

【考点三十九】公司合并（重要）

1. 合并的形式：（1）吸收合并；（2）新设合并。

吸收合并的几种类型（2009年新增内容）：（1）以现金购买资产方式；（2）以股权购买资产方式；（3）以现金购买股权方式；（4）以股权购买股权方式。

2. 通知债权人。公司应当自作出合并决议之日起10日内通知债权人，并于30日内在报纸上公告。债权人自接到通知书之日起30日内，未接到通知书的自公告之日起45日内，可以要求公司清偿债务或者提供相应的担保。

【相关链接】公司合并、分立的，应当自公告之日起45日后申请登记，提交合并协议和合并、分立决议或者决定以及公司在报纸上登载公司合并、分立公告的有关证明和债务清偿或者债务担保情况的说明。

3. 公司合并各方的债权、债务。公司合并时，合并各方的债权、债务应当由合并后存续的公司或者新设的公司承继。

【相关链接】《合同法》规定，当事人订立合同后合并的，由合并后的法人或者其他组织行使合同权利，履行合同义务。

【例题53·单选题】根据《中华人民共和国公司法》的规定，公司合并时，应在法定期限内通知债权人。该法定期限为( )。(1999年试题)

A. 公司作出合并决议之日起10日内

B. 合并各方签订合并协议之日起10日内

C. 合并各方主管部门批准之日起10日内

D. 公司办理工商登记后10日内

【答案】A

【例题54·单选题】某有限责任公司作出公司合并决议后，即依法向债权人发出通知书，并予以公告。根据公司法律制度的规定，该公司债权人在法定期间内有权要求公司清偿债务或者提供相应的担保。该法定期间为( )。(2002年试题经调整)

A. 自接到通知书之日起15日内，未接到通知书的自公告之日起30日内

B. 自接到通知书之日起 30 日内，未接到通知书的自公告之日起 60 日内

C. 自接到通知书之日起 30 日内，未接到通知书的自公告之日起 45 日内

D. 自接到通知书之日起 60 日内，未接到通知书的自公告之日起 90 日内

【答案】C

【注意问题】

1. 掌握公司发出通知或公告的时间，以及起算点，如例题 53。

2. 掌握债权人申报债权的期限，以及起算点，如例题 54。

【考点四十】公司分立

1. 公司分立的形式有两种：（1）派生分立；（2）新设分立。

2. 通知债权人的时间要求同合并。

3. 公司分立前的债务承担。公司分立前的债务由分立后的公司承担连带责任。但是，公司在分立前与债权人就债务清偿达成的书面协议另有约定的除外。

【相关链接】《合同法》规定，当事人订立合同后分立的，除债权人和债务人另有约定的以外，由分立的法人或者其他组织对合同的权利和义务享有连带债权，承担连带债务。

【考点四十一】注册资本的减少

1. 通知债权人的时间要求同合并。

2. 公司减资后的注册资本不得低于法定的最低限额。

【考点四十二】注册资本的增加

1. 在一般情况下，公司新增资本时，股东有权优先按照实缴的出资比例认缴出资。但是，全体股东可以约定不按照出资比例认缴出资。

【解释】以上规定适用于有限责任公司，股份有限公司通过认购新股增加注册资本。

2. 有限责任公司增加注册资本时，股东认缴新增资本的出资，依照《公司法》设立有限责任公司缴纳出资的有关规定执行。股份有限公司为增加注册资本发行新股时，股东认购新股，依照《公司法》设立股份有限公司缴纳股款的有关规定执行。

【考点四十三】公司解算的特征（摘要，2009 年新增内容）

公司解算事由发生后，公司并未终止，仍然具有法人资格，可以自己的名义开展与清算相关的活动，直到清算完毕并注销后才消灭其主体资格。

【例题 55·判断题】甲公司因股东会决议解散。此时，甲公司仍然具有法人资格，可以自己的名义从事经营活动。（　　）

【答案】×

【注意问题】在此期间，只能以自己的名义开展与清算相关的活动。

【考点四十四】公司解散原因（重要，包括 2009 年新增内容）

1. 公司解散的原因有以下五种：（1）公司章程规定的营业期限届满或者公司章程规定的其他解散事由出现；（2）股东会或者股东大会决议解散；（3）因公司合并或者分立需要解散；（4）依法被吊销营业执照、责令关闭或者被撤销；（5）人民法院依法予以解散。

2. 公司有上述第 1 项情形的，可以通过修改公司章程而存续。

3. 单独或者合计持有公司全部股东表决权 10% 以上的股东，有下列四种情况之一，公司继续存续会使股东利益受到重大损失，通过其他途径不能解决的，提起解散公司诉讼，人民法院应予受理（2009 年新增内容）：（1）公司持续两年以上无法召开股东会或者股东大会，公司经营管理发生严重困难的；（2）股东表决时无法达到法定或者公司章程规定的比例，持续两年以上不能做出有效的股东会或者股东大会决议，公司经营管理发生严重困难的；（3）公司董事长期冲突，且无法通过股东会或者股东大会解决，公司经营管理发生严重困难的。

4. 股东以知情权、利润分配请求权等权益受到损害，或者公司亏损、财产不足以偿还全部债务，以及公司被吊销企业法人营业执照未进行清算等为由，提起解散公司诉讼的，人民法院不予受理（2009 年新增内容）。

5. 股东提起解散公司诉讼，同时又申请人民法院对公司进行清算的，人民法院对其提出的清算申请不予受理（2009 年新增内容）。

【例题 56·多选题】下列各项中，因公司继续存续会使股东利益受到重大损失，通过其他途径不能解决的，单独或者合计持有公司全部股东表决权 10% 以上的股东，提起解散公司诉讼，人民法院应予受理的有（　　）。

A. 公司持续盈利，且连续两年以上未向股东分配利润的

B. 公司连续两年亏损，财产不足以偿还全部债务的

C. 公司持续两年以上无法召开股东会或者股东大会，公司经营管理发生严重困难的

D. 公司董事长期冲突，且无法通过股东会或者股东大会解决，公司经营管理发生严重困难的

【答案】CD

【考点四十五】公司在清算期间的行为限制（2009 年新增内容）

1. 清算期间，公司不再从事新的经营活动，仅

局限于清理公司已经发生且尚未了结的事务，包括清偿债务、实现债权以及处理公司内部事务等。

2. 清算期间，公司的代表机构为清算组。清算组负责处理未了事务，代表公司对外进行诉讼。在清算组未成立前，仍然由原公司法定代表人代表公司进行诉讼。清算组进行民事诉讼，应当以公司名义进行。

3. 清算期间，公司财产在未按照法定程序清偿前，不得分配给股东。

【考点四十六】清算组及其组成（2009年新增内容）

1. 成立清算组。公司应当在解散事由出现之日起15日内成立清算组，开始清算。

2. 有下列情形之一，债权人申请人民法院制定清算组进行清算的，人民法院应予受理：

(1) 公司解散逾期不成立清算组进行清算的；

(2) 虽然成立清算组但故意拖延清算的；

(3) 违法清算可能严重损害债权人或者股东利益的。

3. 清算组成员可以从下列人员或者机构中产生：

(1) 公司股东、董事、监事、高级管理人员；

(2) 依法设立的律师事务所、会计师事务所、破产清算事务所等社会中介机构；

(3) 上述依法设立的中介机构中具备相关专业知识并取得执业资格的人员。

【考点四十七】清算工作程序（摘要）

1. 登记债权（重要）。清算组应当自成立之日起10日内通知债权人，并于60日内在报纸上公告，而合并的程序中要求30日内在报纸上公告。债权人应当自接到通知书之日起30日内，未接到通知书的自公告之日起45日内，向清算组申报债权。

【解释】 与公司合并、分立中的债权登记时间要求基本相同，但有两点区别：(1) 起算点为"清算组成立之日起"；(2) 60日内在报纸上公告。

2. 制定清算方案。

(1) 清算组制定清算方案。清算方案应当报股东会、股东大会或者人民法院确认。

(2) 清算组在清理公司财产、编制资产负债表和财产清单后，发现公司财产不足清偿债务的，应当依法向人民法院申请宣告破产。

3. 清偿债务（重要）。公司财产在分别支付清算费用、职工的工资、社会保险费用和法定补偿金、缴纳所欠税款、清偿公司债务后的剩余财产，有限责任公司按照股东的出资比例分配，股份有限公司按照股东持有的股份比例分配。

【解释】 清算期间，公司存续，但不得开展与清算无关的经营活动。公司财产在未按上述规定清

偿前，不得分配给股东。

【考点四十八】公司发起人、股东的法律责任

1. 公司的发起人、股东虚假出资，未交付或者未按期交付作为出资的货币或者非货币财产的，由公司登记机关责令改正，处以虚报出资金额5%以上15%以下的罚款。构成犯罪的，处5年以下有期徒刑或者拘役，并处或者单处虚假出资金额2%以上10%以下的罚金。单位犯此罪的，对单位处以罚金，并对其直接负责的主管人员和其他直接责任人员，处5年以下有期徒刑或者拘役。

2. 公司的发起人、股东在公司成立后，抽逃其出资的，由公司登记机关责令改正，处以所抽逃出资金额5%以上15%以下的罚款。构成犯罪的，处5年以下有期徒刑或者拘役，并处或者单处虚假出资金额2%以上10%以下的罚金。单位犯此罪的，对单位处以罚金，并对其直接负责的主管人员和其他直接责任人员，处5年以下有期徒刑或者拘役。

【相关例题】 见本章经典试题回顾部分2002年综合题。

【注意问题】 考生在处理此类问题时，一是对行为定性，二是考虑具体处罚，如金额、比例等。

【考点四十九】公司的法律责任

1. 公司违反《公司法》规定，在法定的会计账簿以外另立会计账簿的，由县级以上人民政府财政部门责令改正，处以5万元以上50万元以下的罚款。构成犯罪的，依法追究刑事责任。

2. 公司在依法向有关主管部门提供的财务会计报告等材料上作虚假记载或者隐瞒重要事实的，由有关主管部门对直接负责的主管人员和其他直接责任人员处以3万元以上30万元以下的罚款。

3. 公司不依照《公司法》规定提取法定公积金的，由县级以上人民政府财政部门责令如数补足应当提取的金额，可以对公司处以20万元以下的罚款。

【例题57·单选题】 根据《中华人民共和国公司法》的规定，不按照规定提取法定公积金、法定公益金的，责令如数补足应当提取的金额，并可处（　　　）。（2000年试题经调整）

A. 1000元以上1万元以下的罚款

B. 5000元以上5万元以下的罚款

C. 1万元以上10万元以下的罚款

D. 20万元以下的罚款

【答案】 D

【注意问题】 新旧法律相比提高了处罚金额。

【考点五十】承担资产评估、验资或者验证的机构的法律责任

1. 承担资产评估、验资或者验证的机构提供虚假材料的，由公司登记机关没收违法所得，处以违

法所得 1 倍以上 5 倍以下的罚款，并可以由有关主管部门依法责令该机构停业、吊销直接责任人员的资格证书，吊销营业执照。构成犯罪的，依法追究刑事责任。

2. 承担资产评估、验资或者验证的机构因过失提供有重大遗漏的报告的，由公司登记机关责令改正，情节较重的，处以所得收入 1 倍以上 5 倍以下的罚款，并可以由有关主管部门依法责令该机构停业、吊销直接责任人员的资格证书，吊销营业执照。严重不负责任，出具的证明文件有重大失实，造成严重后果的，负刑事责任。

【例题 58·多选题】甲资产评估公司在乙股份有限公司的设立过程中，为该股份公司的主要发起人丙出具了虚假的证明文件，收取了 15 万元评估费。有关机构拟对甲资产评估公司采取的下列处罚措施中，符合法律规定的有（　　）。（2005 年试题）

A. 对甲公司处以 60 万元的罚款
B. 没收甲公司 15 万元的违法所得
C. 责令甲公司停业
D. 吊销甲公司主要负责人的执业资格证书

【答案】ABC

【相关例题】见经典试题回顾部分 2002 年综合题。

【注意问题】区分提供虚假材料与过失提供有重大遗漏报告的责任。

经典试题回顾

2006 年以前的试题与新的《公司法》规定略有不同的，选取时依新法进行调整。

一、单项选择题

1. 某有限责任公司注册资本为人民币 8000 万元，净资产为人民币 1 亿元，该公司经批准变更为股份有限公司时，法律允许其折合的股份总额最多为人民币（　　）。（1999 年经调整）
A. 1 亿元　　　　　B. 8000 万元
C. 6500 万元　　　　D. 5200 万元
【答案】A
【解析】《公司法》规定，有限责任公司变更为股份有限公司时，折合的实收股本总额不得高于公司净资产额。

2. 某有限责任公司的股东甲拟向公司股东以外的人 W 转让其出资。下列关于甲转让出资的表述中，符合公司法律制度规定的是（　　）。（2003 年）
A. 甲可以将其出资转让给 W，无须经其他股东同意
B. 甲可以将其出资转让给 W，但须通知其他股东
C. 甲可以将其出资转让给 W，但须经其他股东

的过半数同意
D. 甲可以将其出资转让给 W，但须经其他股东的 2/3 以上同意
【答案】C
【解析】《公司法》规定，有限责任公司的股东向股东以外的人转让出资，应当经其他股东过半数同意。注意 A 选项适用于股份有限公司股东转让出资的情形；B 选项适用于普通合伙人之间转让出资，或者有限合伙人、有限责任公司的股东之间转让出资。

3. 根据公司法律制度的规定，上市公司的下列事项中，必须由股东大会以特别决议通过的是（　　）。（2003 年）
A. 董事会的工作报告
B. 回购本公司的股票
C. 利润分配和亏损弥补方案
D. 公司的年度报告
【答案】B
【解析】本题为 2003 年考题，但在当年的教材中也没有对于 B 选项内容的直接规定。对本题的处理可以用排除法，即排除了 A、C、D 选项之后，选择 B；也可以用推理的方法，即根据法律规定股份有限公司回购本公司的股票，只在法定情形下才被允许，通常包括减少公司的股本数额，与其他公司合并、分立等，而这些事项应当以特别决议通过。

4. 根据公司法律制度的规定，公司减少注册资本时，应当依法通知债权人并在报纸上公告。下列有关公司通知债权人及公告的表述中，正确的是（　　）。（2003 年经调整）
A. 公司应自作出减少注册资本决议之日起 10 日内通知债权人，并于 30 日内在报纸上公告
B. 公司应自作出减少注册资本决议之日起 15 日内通知债权人，并于 45 日内在报纸上公告
C. 公司应自作出减少注册资本决议之日起 30 日内通知债权人，并于 60 日内在报纸上公告
D. 公司应自作出减少注册资本决议之日起 30 日内通知债权人，并于 90 日内在报纸上公告
【答案】A
【解析】根据《公司法》的规定，公司减少注册资本、发生合并、分立时的程序要求是一致的，即应自作出减少注册资本决议（或者合并、分立决议）之日起 10 日内通知债权人，并于 30 日内在报纸上公告。注意与公司解散时通知、公告时间的要求有区别。后者为清算组应当自成立之日起 10 日内通知债权人，并于 60 日内在报纸上公告。

5. 根据公司法律制度的规定，下列有关有限责任公司股东出资的表述中，正确的是（　　）。（2004 年）
A. 经全体股东同意，股东可以用劳务出资

B. 不按规定缴纳所认缴出资的股东，应对已足额缴纳出资的股东承担违约责任

C. 股东在认缴出资并经法定验资机构验资后，不得抽回出资

D. 股东向股东以外的人转让出资，须经全体股东 2/3 以上同意

【答案】B

【解析】劳务只有合伙企业法允许普通合伙人作为其出资方式，因此，A 选项不对；有限责任公司成立后，股东不得抽回出资，所以，C 选项不正确；股东向股东以外的人转让出资，应当经其他股东的过半数同意，故 D 选项也不正确。

6. 根据《公司法》的规定，国有独资公司董事长的产生方式是（　　）。（2005 年）

A. 由董事会选举

B. 由监事会选举

C. 由国有资产监督管理机构指定

D. 由公司职工代表大会选举

【答案】C

【解析】董事长、副董事长由国有资产监督管理机构从董事会成员中指定。

7. 根据《公司法》的规定，下列有关公司组织机构的表述中，正确的是（　　）。（2006 年）

A. 股东人数较少或者规模较小的有限责任公司可以不设监事会，也可以不设监事

B. 一人有限责任公司不设股东会

C. 国有独资公司的董事长由董事会以全体董事的过半数选举产生

D. 股份有限公司的董事会成员应当有公司职工代表

【答案】B

【解析】股东人数较少或者规模较小的有限责任公司可以不设监事会，但应有 1～2 名的监事，故 A 选项不正确；国有独资公司的董事长、副董事长由国有资产监督管理机构从董事会成员中指定，所以 C 选项不符合规定；《公司法》规定，股份有限公司的董事会成员中"可以"有公司职工代表，而非"应当"，因此 D 选项也不正确。

8. 一个自然人只能投资设立一个一人有限责任公司，且该一人有限责任公司不能投资设立新的一人有限责任公司。（　　）（2006 年）

【答案】√

【解析】《公司法》仅对一个自然人投资设立的一人有限责任公司，再投资设立新的一人有限责任公司时作出禁止性规定，但对非自然人投资设立的一人有限责任公司，是否可以再投资设立一人有限责任公司，未作限制。

二、多项选择题

1. 某上市公司召开董事会会议，下列选项中，符合

有关规定的有（　　）。（2002 年）

A. 董事长因故不能出席会议，会议由董事长指定的副董事长甲主持

B. 通过了有关公司董事报酬的决议

C. 通过了免除乙的经理职务，聘任副董事长甲担任经理的决议

D. 会议记录由主持人甲和记录员丙签名后存档

【答案】AC

【解析】本题是关于董事会的问题。董事的报酬由股东大会决定；会议记录应当由出席会议的董事签名后存档。所以，B、D 两项是错误的。

2. 甲公司为依《公司法》设立的有限责任公司，乙公司为依《中外合资经营企业法》设立的有限责任公司，两公司均从事商品零售业务。下列有关甲乙两公司区别的表述中，不正确的有（　　）。（2003 年经调整）

A. 甲公司的股东按投资比例分配利润和分担亏损，而乙公司的股东按合同约定比例分配利润和分担亏损

B. 甲公司的最高权力机构为股东会，而乙公司的最高权力机构为董事会

C. 甲公司的注册资本最低限额为人民币 30 万元，而乙公司的注册资本额可以低于人民币 30 万元

D. 甲公司股东的出资必须在公司成立时一次缴足，而乙公司股东的出资可以分期缴纳

【答案】ACD

【解析】本题涉及外商投资企业法与公司法之间的关系问题。（1）利润分配和亏损分担，甲公司应当按照股东实缴出资比例或公司章程的约定，乙公司（合营企业，而非合作企业）按照股东出资比例。故 A 选项不正确。（2）若外商投资企业法有特别规定的，外商投资企业按照特别规定执行，本题的 B 选项属于该种情况。（3）注册资本最低限额不符合《公司法》规定。故 C 选项错误。同时，如果外商投资企业法没有规定的，则按照《公司法》的一般规定执行，如注册资本应当符合《公司法》的要求。（4）甲、乙公司均可以分期缴纳出资，因此 D 选项也不对。但注意首次缴纳出资的时间和比例要求不同。

3. 根据公司法律制度的规定，上市公司股东大会审议的下列事项中，须以特别决议通过的有（　　）。（2004 年）

A. 董事会拟定的亏损弥补方案

B. 发行公司债券

C. 公司章程的修改

D. 回购本公司的股票

【答案】CD

【解析】参考 2003 年单选试题的解析。此外，根据《公司法》的规定，有限责任公司股东会和

股份有限公司股东大会须以特别决议通过的事项，是相同的。

4. 根据《公司法》的规定，下列选项中，属于一人有限责任公司与其他有限责任公司不同之处的有（ ）。（2006年）

A. 关于注册资本最低限额的规定

B. 关于股东出资可否分期缴付的规定

C. 关于年终财务报告是否须经会计师事务所审计的规定

D. 关于股东是否承担有限责任的规定

【答案】AB

【解析】一人有限责任公司的注册资本最低限额为10万元，一次缴清；其他有限责任公司的注册资本最低限额为3万元，超过注册资本20%且不低于3万元以上的注册资本可以自公司成立之日起两年内缴清。

5. 甲公司为依《公司法》设立的有限责任公司，乙公司为依《中外合资经营企业法》设立的有限责任公司。下列有关甲、乙两公司区别的表述中，正确的有（ ）。（2007年）

A. 甲公司的最高权力机构为股东会，而乙公司的最高权力机构为董事会

B. 甲公司的股东可以约定不按出资比例分配利润，而乙公司的股东必须按出资比例分配利润

C. 甲公司成立时的股东实际缴付的出资额不得低于注册资本的20%，而乙公司成立时的股东实际缴付的出资额没有最低限额

D. 甲公司对修改公司章程事项作出决议须经代表2/3以上表决权的股东通过，而乙公司对修改公司章程事项作出决议须经出席董事会会议的董事一致通过

【答案】ABCD

【解析】本题涉及《公司法》与《外商投资企业法律制度》规定的区别，依《公司法》规定设立的有限责任公司与依《中外合资经营企业法》设立的有限责任公司的主要区别，本题的四个选项从组织机构（A、D）、注册资本（C）和利润分配（B）方面已基本概括。

三、判断题

1. 国有资产监督管理机构投资设立的国有独资公司可以设立股东会，也可以不设立股东会。（ ）（1998年）

【答案】×

【解析】国有独资公司只有一名股东，当然不设股东会，而非"可以"不设立股东会。

2. 股份有限公司董事会决议违反法律、行政法规，致使公司遭受严重损失时，参与决议的董事对公司负赔偿责任，但经证明在表决时曾表示异议并记载于会议记录的，该董事可以免除责任。（ ）（1998年）

【答案】√

3. 股份有限公司董事会的决议必须经出席会议的董事过半数通过。（ ）（1999年）

【答案】×

【解析】《公司法》规定，股份有限公司的董事会须有1/2以上的董事出席方可举行。董事会的决议必须经全体董事的过半数通过。

4. 股份有限公司创立大会的召开，必须有代表股份总数2/3以上的认股人出席。（ ）（2000年）

【答案】×

【解析】《公司法》规定，股份有限公司创立大会的召开，必须有代表股份总数1/2以上的认股人出席。

5. 股份有限公司的股东大会审议有关关联交易事项时，关联股东不得参与投票表决，其所代表的有表决权的股份不计入有效表决总数。（ ）（2001年）

【答案】√

6. 上市公司拟与关联人达成总额高于300万元的关联交易时，须经公司1/2以上独立董事认可后，才能提交公司董事会讨论。（ ）（2004年）

【答案】√

7. 某股份有限公司的未弥补亏损达到了公司股本总额的40%，该公司应当在2个月内召开临时股东大会。（ ）（2004年经调整）

【答案】×

【解析】《公司法》规定，股份公司未弥补的亏损达实收股本总额的1/3时，属于应当召开临时股东大会的法定情形之一，并且应当在出现该情形的2个月内召开。

四、综合题

1. 本题考查要点有：股份有限公司董事会的议事规则，包括召开时间、出席人数、董事委托出席会议的委托方式、董事会的决议方式、会议记录要求。

某股份有限公司（本题下称"股份公司"）是一家于2000年8月在上海证券交易所上市的上市公司。该公司董事会于2001年3月28日召开会议，该次会议召开的情况以及讨论的有关问题如下：

（1）股份公司董事会由7名董事组成。出席该次会议的董事有董事A、董事B、董事C、董事D；董事E因出国考察不能出席会议；董事F因参加人民代表大会不能出席会议，电话委托董事A代为出席并表决；董事G因病不能出席会议，委托董事会秘书H代为出席并表决。

（2）出席本次董事会会议的董事讨论一致作出决定，于2001年7月8日举行股份公司2000年度股东大会年会，除例行提有关事项由该次股东大会年会审议通过外，还将就下列事项提交该

次会议以普通决议审议通过，即修改公司章程。

（3）根据总经理的提名，出席本次董事会会议的董事讨论并一致同意，聘任张某为公司财务负责人，并决定给予张某年薪10万元；董事会会议讨论通过了公司内部机构设置的方案，表决时，除董事B反对外，其他均表示同意。

（4）该次董事会会议记录，由出席董事会会议的全体董事和列席会议的监事签名后存档。

要求：

根据上述内容，回答下列问题：

（1）根据本题要点（1）所提示的内容，出席该次董事会会议的董事人数是否符合规定？董事F和董事G委托他人出席该次董事会会议是否有效？并分别说明理由。

（2）指出本题要点（2）中不符合有关规定之处，并说明理由。

（3）根据本题要点（3）所提示的内容，董事会通过的两项决议是否符合规定？并分别说明理由。

（4）指出本题要点（4）的不规范之处，并说明理由。（2001年经调整）

【参考答案】

（1）首先，出席该次董事会会议的董事人数符合规定。根据有关规定，出席董事会会议的董事人数须有1/2以上，即可举行。其次，董事F电话委托董事A代为出席董事会会议不符合有关规定。根据有关规定，董事因故不能出席董事会会议时，可以书面委托其他董事代为出席。最后，董事G委托董事会秘书H出席董事会会议不符合规定。根据有关规定，董事因故不能出席董事会会议时，只能委托其他董事出席，而不能委托董事之外的人代为出席。

（2）首先，该次董事会会议决定股份公司股东大会年会于2001年7月8日举行不符合规定。根据有关规定，上市公司的股东大会年会应当于上一个会计年度完结之后的6个月之内举行，董事会会议决定股东大会年会于7月8日举行超过了6个月。其次，修改公司章程由股东大会以普通决议通过不符合规定。根据有关规定，该项内容应当以特别决议通过。

（3）首先，出席本次董事会会议的董事讨论并一致通过的聘任财务负责人并决定其报酬的决议符合规定。根据有关规定，该决议事项属于董事会职权范围内的内容。其次，批准公司内部机构设置方案不符合规定。根据有关规定，董事会决议必须经全体董事的过半数通过；公司董事由7人组成，董事B反对该事项后，实际只有3名董事同意，未超过全体董事的半数。

（4）董事会会议决议形成的会议记录不规范之处是：会议记录无须列席会议的监事签名。

2.（经调整）本题主要考点有：虚假出资行为的认定及法律责任，独立董事的任职资格等。

某人举报甲上市公司（以下简称"甲公司"）存在以下事实：

（1）甲公司的主要发起人乙企业以经营性资产投入甲公司，并认购相应的发起人股份。在甲公司成立后，乙企业将已经作为出资应当交付给甲公司的部分机器设备折合2000万元作为自己的资产使用已3年有余，至今尚未交付给甲公司。

（2）甲公司选任的两名独立董事不符合有关规范性文件规定的任职资格。甲公司董事会提名E某和G某作为独立董事候选人，而E某直接持有甲公司流通股股票10万股，G某为具有4年从事会计专业研究和实务工作经历的专家。上述独立董事提案由出席2001年度股东大会的股东和股东代表所持有表决权股份数10800万股（占甲公司已发行股份总额18000万股的60%）的全数同意通过。

要求：

如果举报反映的情况属实，回答以下问题：

（1）根据上述要点（1）提示的内容，根据《中华人民共和国公司法》的规定，乙企业的行为属于何种性质的违法行为？乙企业应当承担何种法律责任？

（2）根据上述要点（2）提示内容，E某和G某是否符合独立董事的任职资格？并分别说明理由。（2002年）

【参考答案】

（1）乙企业的行为属虚假出资行为。根据《公司法》的规定，对乙企业应责令改正，处以虚假出资金额5%以上15%以下的罚款。若构成犯罪，对乙企业处以2%~10%的罚金，对其直接负责的主管人员和其他直接责任人员处5年以下有期徒刑或者拘役。

（2）E某符合独立董事的任职资格，而G某不符合独立董事的任职资格。

①根据《关于在上市公司建立独立董事制度的指导意见》的规定，直接或间接持有上市公司已发行股份1%以上的自然人股东及其直系亲属不得担任独立董事，而E某所持10万股并不及公司所发行的18000万股的1%。因此，E某符合条件。

②根据《关于在上市公司建立独立董事制度的指导意见》的规定，独立董事应具有5年以上法律、经济或者其他履行独立董事职责所必需的工作经验。因此，G某不符合条件。

3. 2003年和2004年本章综合题与《证券法》结合，请见第五章。

4. 2005年综合题中第二、四两题涉及到本章内容。其中第四题与《证券法》和《合同法》的相关内容结合，该题第一问是有关上市公司组织机构方面的问题，请考生见第五章经典试题回顾部分。在此将第二题提供给考生。

本题考查要点有：定金担保（第九章的内容），国有资产产权转让（第七章的内容），临时股东大会的召开及表决方式。

2005 年 2 月，甲国有企业（下称甲企业）发布了拟转让其持有的乙有限责任公司的全部国有股权的产权转让公告，该公告公布的乙公司截止2004 年 12 月 31 日经审计的有关财务资料显示：注册资本总额 5000 万元，其中甲企业持有 4000 万元出资额，丙公司持有 1000 万元出资额；净资产 9500 万元（账面净值）。丁公司是一家 A 股上市公司，有意收购甲企业转让的全部出资额。从 2005 年 3 月至同年 6 月，相关各方为实施该收购事宜进行了相关工作如下：

（1）2005 年 3 月，丁公司向甲企业提出了收购乙公司出资额的有关意向：丁公司拟按每 1 元出资额 2.8 元的价格受让甲企业持有的乙公司的全部出资额；丁公司愿意向甲企业支付 500 万元定金，作为订立股权转让合同的担保。

（2）甲企业经产权交易机构委托，对意向收购方进行登记管理，在对包括丁公司在内的 5 家意向收购方进行登记后，将相关资料交付给产权交易机构进行资格审查。4 月 22 日，产权交易机构在对意向收购方进行资格审查后，发现只有丁公司 1 家符合条件，即通知甲企业与丁公司可以以协议方式转让其持有的乙公司出资额。

（3）4 月 28 日，乙公司召开股东会，讨论甲企业拟转让持有的乙公司的出资额的事宜。丙公司提出：自己愿意以每 1 元出资额 2 元的价格受让甲企业拟转让的出资额；作为乙公司的股东之一，对甲企业拟转让的出资额有优先购买权，如果甲企业不同意按照该价格转让其出资额，丙公司将会反对甲企业的本次转让行为。甲企业不同意丙公司提出的受让条件。

（4）5 月 8 日，丁公司董事会就收购甲企业持有的乙公司出资额事宜发布了于 6 月 12 日召开临时股东大会的公告，该公告说明该次收购行为构成重大资产重组。6 月 12 日，丁公司的 5 名非流通股股东全部派代表出席了该次会议，合计持有 65% 股份；150 名社会公众股股东亲自或委托代理人出席了该次会议，合计持有 20% 股份。出席该次会议的非流通股股东全部投了赞成票；出席该次会议的社会公众股股东或股东代表中，投赞成票的占出席本次会议社会公众股股东所持股份总额的 35%，投反对票的占出席本次会议社会公众股股东所持股份总额的 65%。（2005年）

要求：

根据本题所述内容，分别回答下列问题：

（1）如果甲企业与丁公司签订了书面定金协议，丁公司向甲企业交付了定金后，丁公司股东大会

未批准该收购事项，丁公司是否有权要求甲企业返还定金？并说明理由。

（2）甲企业受托对意向收购方进行登记管理是否符合有关规定？并说明理由。由产权交易机构对意向收购方进行资格审查是否符合有关规定？并说明理由。确定由甲企业以协议转让的方式转让所持有乙公司出资额是否符合有关规定？并说明理由。

（3）丙公司提出的优先购买甲企业持有的乙公司出资额的条件是否成立？并说明理由。丙公司对甲企业转让出资额事项表示反对时，甲企业是否可以将出资额转让给丁公司？并说明理由。

（4）丁公司所安排的召开临时股东大会的时间是否符合规定？并说明理由。丁公司拟受让甲企业转让的出资额的事项是否获得了临时股东大会的批准？并说明理由。

【参考答案】

（1）丁公司无权要求甲企业返还定金。根据有关规定，当事人约定以交付定金作为订立合同担保的，给付定金的一方拒绝订立合同的，无权要求返还定金。

（2）首先，甲企业受托对意向收购方进行登记管理不符合有关规定。根据有关规定，对征集到的意向收购方由产权交易机构负责登记管理，产权交易机构不得将对意向受让方的登记管理委托转让方进行（或者产权交易机构不得将对意向受让方的登记管理委托甲企业进行）。其次，由产权交易机构对意向收购方进行资格审查不符合规定，根据有关规定，意向收购方的资格应当由转让方审查（或者甲企业和产权交易机构共同审查）。再次，确定由甲企业以协议方式转让所持乙公司出资额符合规定，根据有关规定，经公司征集只产生一个受让方时，可以采用协议转让方式。

（3）首先，丙公司提出的优先购买甲企业所持乙公司出资额的条件不成立。根据有关规定，经股东同意转让出资的，在同等条件下，其他股东对该出资有优先购买权，而丙公司提出的受让条件劣于丁公司。其次，丙公司对甲企业转让出资额事项表示反对时，甲企业可以将出资额转让给丁公司。根据有关规定，有限责任公司的股东转让出资额时，不同意转让的股东应当购买该转让的出资，如果不购买该转让的出资，视为同意转让。

（4）首先，丁公司公告所安排的召开临时股东大会的时间符合规定。根据有关规定，股份有限公司召开股东大会，应当在 30 日之前将会议审议事项通知各股东。其次，丁公司拟受让甲企业持有的出资额的事项未能获得临时股东大会的批准。根据有关规定（该内容 2006 年教材已经删除），上市公司重大资产重组，购买的资产总价

较所购资产经审计的账面净值溢价达到或超过20%的，应当经参加表决的社会公众股股东所持表决权的半数以上通过，（答案中只答出"20%"和"半数以上"之一的，不得该1.5分）（或者丁公司拟以每1元出资额2.8元的价格购买甲企业持有的乙公司出资额，该价格的溢价超过了经审计的账面净值的20%，应当经出席股东大会社会公众股股东所持股份过半数同意），出席该次临时股东大会的社会公众股股东投赞成票的股份未能达到出席本次会议社会公众股股东所持股份总额的半数。

5. 本题考查要点有：有限责任公司股东的出资方式、期限及比例，公司法定代表人，股东会的表决方式，公司利润分配方式。

甲、乙、丙拟共同出资设立一家有限责任公司（以下简称公司），并共同制定了公司章程草案。该公司章程草案有关要点如下：

（1）公司注册资本总额为600万元。各方出资数额、出资方式以及缴付出资的时间分别为：甲出资180万元，其中：货币出资70万元、计算机软件作价出资110万元，首次货币出资20万元，其余货币出资和计算机软件出资自公司成立之日起1年内缴足；乙出资150万元，其中：机器设备作价出资100万元、特许经营权出资50万元，自公司成立之日起6个月内一次缴足；丙以货币270万元出资，首次货币出资90万元，其余出资自公司成立之日起2年内缴付100万元，第3年缴付剩余的80万元。

（2）公司的董事长由甲委派，副董事长由乙委派，经理由丙提名并经董事会聘任，经理作为公司的法定代表人。在公司召开股东会会议时，出资各方行使表决权的比例为：甲按照注册资本30%的比例行使表决权；乙、丙分别按照注册资本35%的比例行使表决权。

（3）公司需要增加注册资本时，出资各方按照在股东会行使表决权的比例优先认缴出资；公司分配红利时，出资各方依照以下比例进行分配：甲享有红利25%的分配权；乙享有红利40%的分配权；丙享有红利35%的分配权。

要求：

根据上述内容，分别回答下列问题：

（1）公司成立前出资人的首次出资总额是否符合《公司法》的有关规定？并说明理由。公司出资人的货币出资总额是否符合《公司法》的有关规定？并说明理由。甲以计算机软件和乙以特许经营权出资的方式是否符合有关规定？并分别说明理由。甲、乙、丙分期缴纳出资的时间是否符合《公司法》的有关规定？并分别说明理由。

（2）公司的法定代表人由经理担任是否符合《公司法》的有关规定？并说明理由。公司章程规定的出资各方在公司股东会会议上行使表决权的比例是否符合《公司法》的有关规定？并说明理由。

（3）公司章程规定增加注册资本时，不按照出资比例优先认缴出资是否违反《公司法》的有关规定？并说明理由。公司章程规定的出资各方分红比例是否符合《公司法》的有关规定？并说明理由。（2006年）

【参考答案】

（1）公司成立前出资人的首次出资总额不符合规定。《公司法》规定，全体股东的首次出资额不得低于注册资本的20%。公司出资人首次出资额合计为110万元，仅占注册资本的18.3%（或者：公司出资人首次出资额合计为110万元，未达到注册资本的20%）。

公司出资人的货币出资总额符合规定。《公司法》规定，全体股东的货币出资金额不得低于有限责任公司注册资本的30%。公司股东货币出资金额合计为340万元，占到注册资本的56.67%（或者：公司股东货币出资金额合计为340万元，超过注册资本的30%）。

甲以计算机软件出资符合规定。计算机软件作为知识产权中著作权的一种形式，是《公司法》规定的一种出资方式。乙以特许经营权出资不符合有关规定。《公司法》规定，特许经营权不得作为出资的一种方式。

甲、乙分期缴纳出资的时间符合规定，丙分期缴纳出资时间不符合规定，《公司法》规定，出资人可以分期交付出资。除首次出资外，其余部分出资应由股东自公司成立之日起2年内缴足。

（2）公司法定代表人由经理担任符合规定。《公司法》规定，公司法定代表人可以由董事长、执行董事或者经理担任（或者：经理可以担任公司法定代表人）。

公司章程规定的出资各方在公司股东会会议上行使表决权的比例符合有关规定。《公司法》规定，股东会会议由股东按照出资比例行使表决权，但公司章程另有规定的除外（或者：公司股东在章程中规定不按出资比例行使表决权不为法律所禁止）。

（3）公司章程规定增加注册资本时，不按照出资比例优先认缴出资不违反有关规定。《公司法》规定，股东可以在章程中规定公司增加注册资本时，不按照出资比例优先认缴出资。

公司章程规定的出资各方的分红比例符合有关规定。《公司法》规定，股东可以在章程中规定不按照出资比例分配红利，而另行约定分红比例。

6. 本题主要考点有：有限责任公司的股权转让、股东出资不实的责任、股东直接诉讼。

2007年8月8日，甲、乙、丙、丁共同出资设立了一家有限责任公司（下称公司）。公司未设董事会，仅设丙为执行董事。2008年6月8日，甲与戊订立合同，约定将其所持有的全部股权以20万元的价格转让给戊。甲于同日分别向乙、丙、丁发出拟转让股权给戊的通知书。乙、丙分别于同年6月20日和24日回复，均要求在同等条件下优先购买甲所持公司全部股权。丁于同年6月9日收到甲的通知后，至7月15日未就此项股权转让事项作出任何答复。

戊在对公司进行调查的过程中，发现乙在公司设立时以机器设备折合30万元用于出资，而该机器设备当时的实际价值仅为10万元。

公司股东会于2008年2月就2007年度利润分配作出决议，决定将公司在该年度获得的可分配利润68万元全部用于分红，并在4月底之前实施完毕。至7月底丁尚未收到上述分红利润，在没有告知公司任何机构和人员的情况下，直接向人民法院提起诉讼，要求实施分红决议。

要求：

根据上述内容，回答下列问题：

（1）丁未作答复将产生何种法律效果？并说明理由。

（2）乙、丙均要求在同等条件下，优先受让甲所持有公司全部股权，应当如何处理？

（3）如果乙出资不实的行为属实，应当如何处理？

（4）丁直接向人民法院提起诉讼的行为是否符合法律程序？并说明理由。（2008年）

【参考答案】

（1）丁未作答复视为同意转让。因为《公司法》规定，股东向股东以外的人转让股权，应当就其股权转让事项书面通知其他股东征求意见，其他股东自接到书面通知之日起满30日未答复的，视为同意转让。由于丁6月9日收到甲的书面通知后，至7月15日已经超过30日未作答复，根据规定，视为同意转让。

（2）乙、丙均要求在同等条件下，优先受让甲所持有公司全部股权，根据《公司法》的规定协商确定各自的购买比例；协商不成的，按照转让时各自的出资比例行使优先购买权。公司章程对股权转让另有规定的，从其规定。

（3）如果乙出资不实的行为属实，根据《公司法》的规定，应当由乙补缴其20万元的差额，如果乙无力缴纳，则公司设立时的股东甲、丙、丁为其承担连带责任。此外，因乙未按期足额缴纳出资，还应对已足额缴纳出资的甲、丙、丁承担违约责任。

（4）丁直接向人民法院提起诉讼的行为符合法律程序。因为公司执行董事未按规定执行股东会分红决议，损害股东丁的利益，根据《公司法》规定，公司董事、高级管理人员违反法律、行政法规或者公司章程的规定，损害股东利益的，股东可以依法向人民法院提起诉讼。

本章练习题库

一、单项选择题

1. 甲公司为一家以商品批发为主，兼营零售业务的有限责任公司，并且在A地设立其子公司A公司，在B地设立其分公司B公司。根据《公司法》的规定，下列各项中，该公司有关事项的表述中，正确的是（　　）。

A. A公司应当在A地工商行政管理部门登记注册，B公司可在甲公司所在地登记注册

B. A公司和B公司在经营过程中发生的债务，都可以要求甲公司承担

C. A公司的经营范围可以超过甲公司，B公司的经营范围不得超过甲公司

D. 甲公司的注册资本为全体股东实缴的出资额之和

2. 根据《公司法》规定，公司可以向其他企业投资，但同时又作出了限制性的规定。下列各项中，有关公司对外投资的表述中，不正确的是（　　）。

A. 甲上市公司股东大会决定，公司作为普通合伙人向A合伙企业投资

B. 乙有限责任公司章程规定，公司单项投资不得超过100万元

C. 丙股份有限公司章程规定，公司向其他企业投资由董事会决议

D. 丁股份有限公司章程规定，公司向其他企业投资由股东大会决议

3. 某有限责任公司的注册资本为10万元，根据《公司法》的规定，下列各项中，符合规定的是（　　）。

A. 首期缴付出资不得低于2万元

B. 工业产权、非专利技术出资不得超过2万元

C. 货币出资不得低于3万元

D. 股东出资经验资并出具验资报告后，股东不得抽回出资

4. 有限责任公司的股东不按照规定缴纳所认缴的出资，除应当向公司足额缴纳外，还应当承担的责任是（　　）。

A. 向公司承担违约责任

B. 向已按期足额缴纳出资的股东承担违约责任

C. 向公司承担赔偿责任

D. 向其他股东承担赔偿责任

5. 某有限责任公司共有A、B、C、D四位股东，现A决定将其出资转让给甲，下列各项，关于A能够向甲转让出资的条件的表述中，正确的是（　　）。

A. 其中B、C两位股东自接到A的书面转让通知之日起30日内未作答复的，D明确表示不同

意转让

B. 只要 B、C、D 三位股东中的两位同意，并且其代表的出资额与 A 的出资相加超过注册资本的 1/2

C. 无论 B、C、D 中几位股东同意，其所代表的出资额与 A 的出资相加超过注册资本的 1/2

D. 须经 B、C、D 三位股东全体同意

6. 2008 年 8 月，甲、乙、丙共同出资设立了 A 有限责任公司。2009 年 5 月，丙与丁达成协议，将其在 A 公司的出资全部转让给丁，丙就其股权转让事项书面通知股东甲、乙征求意见，甲、乙自接到书面通知之日起满 30 日未作答复。下列解决方案中，符合《中华人民共和国公司法》的规定的是(　　)。

A. 如果甲、乙自接到书面通知之日起满 30 日未作答复，丙无权将出资转让给丁

B. 如果甲、乙自接到书面通知之日起 30 日内通知丙不同意其转让股权，丙无权将出资转让给丁

C. 如果甲、乙自接到书面通知之日起 30 日内通知丙同意其转让股权，但在同等条件下，甲、乙可以优先于丁购买该转让的股权

D. 如果甲、乙自接到书面通知之日起 30 日内通知丙同意其转让股权，甲、乙对丙转让的股权按照转让时各自的出资比例行使优先受偿权

7. 国有独资公司的董事长、副董事长、董事、高级管理人员，未经有关部门同意，不得在其他有限责任公司、股份有限公司或者其他经济组织兼职。该有关部门是指(　　)。

A. 国有独资公司的董事会

B. 国有独资公司的监事会

C. 国有资产监督管理机构

D. 国家的人事管理机构

8. 根据公司法律制度的规定，下列各项中，关于股份公司成立过程中不符合规定的是(　　)。

A. 在公司登记机关登记的注册股本总额为人民币 500 万元

B. 发起人共 5 人，其中 2 人在中国境内无住所

C. 有两名发起人，其中一位发起人的专利技术出资超过注册资本的 20%

D. 采取募集方式设立的，全体发起人首期出资额不低于注册资本的 20%

9. 股份有限公司股东大会、董事会的决议违反法律、行政法规，侵犯股东合法权益的，股东有权(　　)。

A. 要求重新召开股东大会进行讨论和表决

B. 要求召开临时股东大会进行讨论和表决

C. 要求召开临时股东大会，重新选举董事会

D. 向人民法院提起要求停止该违法行为和侵害行为的诉讼

10. 有限责任公司的股东，因不同意公司的合并方案，而请求公司按照合理价格收购其股权的，如果股东与公司不能达成股权收购协议，股东可以向人民法院提起诉讼。根据规定，提起诉讼的时间为(　　)。

A. 自股东会会议决议通过之日起 15 日内

B. 自股东会会议决议通过之日起 30 日内

C. 自股东会会议决议通过之日起 60 日内

D. 自股东会会议决议通过之日起 90 日内

11. 股东(大)会、董事会的会议召集程序、表决方式违反法律、行政法规或者公司章程，或者决议内容违反公司章程的，下列各项中，股东采取的方式正确的是(　　)。

A. 股东可以自决议作出之日起 60 日内，请求人民法院撤销

B. 股东可以自决议作出之日起 45 日内，请求人民法院撤销

C. 股东可以自决议作出之日起 30 日内，请求人民法院撤销

D. 股东可以自决议作出之日起 15 日内，请求人民法院撤销

12. 公司经营管理发生困难，继续存续会使股东利益受到重大损失的，通过其他途径不能解决的，公司股东可以请求人民法院解散公司。下列各项中，关于该股东所持有公司股份表决权的比例表述正确的是(　　)。

A. 持有公司全部股东表决权 5% 以上的股东

B. 持有公司全部股东表决权 10% 以上的股东

C. 股份有限公司连续 180 日以上合计或者单独持有公司 5% 以上股份的股东

D. 股份有限公司连续 180 日以上合计或者单独持有公司 10% 以上股份的股东

13. 根据《公司法》的规定，公司连续 5 年不向股东分配利润，而公司该 5 年连续盈利，并且符合法律规定的分配利润条件的，对股东会该项决议投反对票的股东，可以请求公司按照合理的价格收购其股权。自股东会会议决议通过之日起(　　)内，股东与公司不能达成股权收购协议的，股东可以自股东会会议通过之日起(　　)内向人民法院提起诉讼。

A. 15 日　30 日　　　　B. 30 日　60 日

C. 60 日　90 日　　　　D. 90 日　180 日

14. 王某系 A 有限责任公司的董事兼总经理，该公司主要经营计算机销售业务。任职期间，王某代理 B 公司从国外进口一批计算机并将其销售给 C 公司，A 公司得知后提出异议。本案正确的处理是(　　)。

A. 王某的行为与 A 公司无关，A 公司无权提出异议

B. 王某违反竞业禁止义务，其代理 B 公司与 C 公司签订的销售合同无效，所进口的计算机应由 A 公司优先购买

C. 王某违反竞业禁止义务，但这并不影响销售

合同的效力，由这笔买卖所得的收益应当归 A 公司所有

D. 王某违反竞业禁止义务，但这并不影响销售合同的效力，也不影响他由这一买卖所得的收益，仅存在被解聘的可能性

15. 某股份有限公司召开股东大会，董事长、副董事长因故均不能出席会议，于是董事会指定由董事甲主持会议，但是出席会议的代表 2/3 以上表决权的股东对此有异议，故推举股东乙主持会议，而出席本次会议的最大股东丙认为其他股东的做法是对其大股东的不尊重，认为应由自己主持会议。监事会认为股东大会主持人发生争议，将影响股东大会如期召开和公司的决策行为，于是决定由监事会主持该次股东大会。你认为该股东大会应由(   )主持。

　　A. 董事甲　　　　　　 B. 股东乙
　　C. 股东丙　　　　　　 D. 监事会

16. 某有限责任公司在其减少公司注册资本的方案中，有如下几种意见，你认为其中不符合法律规定的是(   )。

　　A. 公司现有注册资本 40 万元人民币，故减资 10 万元后，公司注册资本不低于法定的最低限额

　　B. 股东会同意本方案的决议，须经股东所持表决权的 2/3 以上通过

　　C. 公司自作出减资决议之日起，除了在 10 日内通知债权人外，还应在 60 日内登报公告

　　D. 如果债权人在法定期限内要求公司清偿债务或者提供相应的担保，公司有义务予以满足

17. 根据《公司法》的规定，下列各项中，有关股份有限公司董事会的表述中，不符合法律规定的是(   )。

　　A. 董事会成员为 5～19 人，可以有公司职工代表

　　B. 董事会每年度至少召开两次会议，每次会议应当于会议召开 10 日前通知全体董事

　　C. 代表 1/10 以上表决权的股东、1/3 以上董事或者监事会，可以提议召开临时会议

　　D. 董事会会议应有过半数的董事出席方可举行，董事因故不能出席会议的，可以书面委托其他董事代为出席

18. A 有限责任公司是一家服装生产企业，董事、经理的下列行为中，违反法律规定的是(   )。

　　A. 经理刘某根据公司章程的规定，经董事会同意，将 A 公司的资金 10 万元借给朋友王某，王某于 3 个月内归还

　　B. 该公司的股东张某向他人借钱，董事李某根据公司章程的规定，经股东同意，以 A 公司的汽车为其作抵押担保

　　C. 董事李某未经公司许可，向生产电子配件的

B 公司投资，并参与 B 公司的经营管理

D. 经理刘某擅自与其从事纺织品批发业务的朋友王某签订合同，购入布匹用于服装生产，为此获得一笔佣金

19. 根据《公司法》的规定，下列各项中，有关股份有限公司股东大会议事规则的表述中，不符合法律规定的是(   )。

　　A. 股东大会不得对向股东通知中未列明的事项作出决议

　　B. 单独或者合计持有公司 3% 以上股份的股东，可以在股东大会召开 10 日前提出临时提案并书面提交董事会

　　C. 临时股东大会应在出现法定情形之日起两个月内召开，应当于会议召开 20 日前通知各股东

　　D. 股东可以委托代理人出席股东大会

20. 根据《公司法》规定，下列各项中，关于有限责任公司股东会议事规则的规定，符合法律规定的是(   )。

　　A. 股东会会议分为定期会议和临时会议，定期会议每年至少应当召开一次

　　B. 召开股东会会议，应当于会议召开 15 日以前通知全体股东，但公司章程另有规定的除外

　　C. 股东会会议必须由股东按照出资比例行使表决权

　　D. 股东会会议作出修改公司章程的决议，必须经出席会议的有 2/3 以上表决权的股东通过

21. 根据《公司法》的规定，股份有限公司因将股份奖励给本公司职工，而收购本公司股份的，其收购比例不得超过本公司已发行股份总额的(   )。

　　A. 3%　　　　　　　　 B. 5%
　　C. 6%　　　　　　　　 D. 10%

22. 根据有关规定，下列各项中，关于上市公司董事、监事和高级管理人员所持本公司股份转让的说法中，正确的是(   )。

　　A. 所持股份不超过 3000 股的，可一次全部转让

　　B. 上市公司定期报告公告前 30 日内，不得买卖本公司股票

　　C. 上市公司业绩预告、业绩快报公告前 5 日内，不得买卖本公司股票

　　D. 自可能对本公司股票交易价格产生重大影响的重大事项发生之日或在决策过程中，至依法披露后 3 个交易日内，不得买卖本公司股票

23. 某股份有限公司采取发起方式于 2006 年 1 月设立，股本总额为 1 亿元，由发起人 A、B、C、D、E 出资认购，首期缴纳出资 3000 万元，其余出资于 2008 年 1 月前缴纳。2007 年 6 月，该公司欲申请首次公开发行股票并上市。根据前述事实，下列各项中，认识正确的是(   )。

　　A. 该公司首次公开发行股票并上市的申请，可

以通过

B. 该公司的注册资本为股东实缴资本，不能分期缴纳

C. 如果该公司的首次公开发行股票并上市的申请获准，发起人在此之前认购的股份因满一年可以转让

D. 该公司申请首次公开发行股票并上市的决议，公司董事会应提请股东大会批准

24. 根据有关规定，独立董事每届任期与该上市公司其他董事任期相同，任期届满，连选可以连任。下列各项中，由董事会提请股东大会予以撤换的情形是（　　）。

A. 累计 3 次未出席董事会会议

B. 累计 3 次未亲自出席董事会会议

C. 连续 3 次未出席董事会会议

D. 连续 3 次未亲自出席董事会会议

25. 根据《公司法》规定，公司的发起人、股东在公司成立后，抽逃其出资的，由公司登记机关责令改正，并处以罚款。其罚款金额为（　　）。

A. 所抽逃出资金额 2% 以上 10% 以下

B. 所抽逃出资金额 2 倍以上 10 倍以下

C. 所抽逃出资金额 5% 以上 15% 以下

D. 所抽逃出资金额 1 倍以上 5 倍以下

26. 股东表决时无法达到法定或者公司章程规定的比例，持续两年以上不能做出有效的股东会或者股东大会决议，公司经营管理发生严重困难的，持有公司一定比例表决权的股东，可以提起解散公司的诉讼，法院应予受理。该一定比例为（　　）。

A. 3%　　　　　　　　B. 5%

C. 10%　　　　　　　 D. 20%

27. 下列各项中，股东向人民法院提起解散公司的诉讼，法院应予受理的是（　　）。

A. 公司董事长期冲突，且无法通过股东会解决，公司经营管理发生严重困难的

B. 股东的知情权受到严重损害的

C. 公司持续盈利，但连续两年以上不向股东分配利润，严重损害股东利益的

D. 公司连续两年亏损，财产不足以偿还全部债务的

二、多项选择题

1. 根据公司登记管理法律制度的规定，下列各项中，需要办理变更登记的有（　　）。

A. 甲有限责任公司的财务总监发生变化

B. 乙股份有限公司的住所发生变化

C. 丙股份有限公司的股东发生变化

D. 丁有限责任公司的名称发生变化

2. 根据《公司法》的规定，下列各项中，符合规定的有（　　）。

A. 公司向其他企业投资或者为他人提供担保，按照公司章程的规定由董事会或者股东会、股东大会决议

B. 公司为公司股东或者实际控制人提供担保的，必须经股东会或者股东大会的决议

C. 上市公司在一年内购买、出售重大资产或者担保金额超过公司资产总额 30% 的，应当由股东大会以特别决议方式通过

D. 上市公司董事与董事会会议决议事项所涉及的企业有关联关系的，不得对该项决议行使表决权，也不得代理其他董事行使表决权，出席董事会的无关联关系的董事人数不足董事会人员的 1/2 的，应将该事项提交上市公司股东大会审议

3. 根据《公司法》的规定，下列各项中，关于设立有限责任公司的条件，符合规定的有（　　）。

A. 有限责任公司的股东可以是 1 个人，也可以是 50 人以下，法人、非法人组织及自然人均可成为股东

B. 有限责任公司的注册资本不得低于 3 万元，可在两年内缴纳

C. 一人有限责任公司的注册资本最低为 10 万元，不允许分期缴付出资

D. 有限责任公司的注册资本中，货币出资不得低于注册资本的 30%

4. 甲、乙、丙三人出资 10 万元，设立一咨询有限责任公司。其中甲出资 2 万元，乙出资 3 万元，丙出资 5 万元。公司成立后，召开了第一次股东会。有关这次股东会的下列情况中，不符合《公司法》规定的有（　　）。

A. 会议由甲召集和主持

B. 会议决定：公司不设董事会，由乙任执行董事兼总经理，任期 3 年

C. 会议决定：公司设监事 1 名，由丙担任，任期 6 年

D. 会议决定：同意公司以 2.5 万元购买甲的一项专利权

5. 根据公司法律制度的规定，有限责任公司股东会作出的下列决议中，必须经代表 2/3 以上表决权的股东通过的有（　　）。

A. 对股东转让出资作出决议

B. 对发行公司债券作出决议

C. 对变更公司形式作出决议

D. 对修改公司章程作出决议

6. 下列各项中，有限责任公司可以提议召开临时股东会议的情形有（　　）。

A. 代表 1/10 以上表决权的股东提议

B. 1/3 以上董事提议

C. 监事会提议

D. 总经理提议

7. 某股份有限公司在审议董事会人选时，有下列四人的任职资格受到股东质疑。下列各项中，不属

于《公司法》规定的不得担任董事的情形有（ ）。

A. 张某，五年前因对一起重大工程事故负有责任，被判处有期徒刑一年

B. 李某，两年前被任命为一家长期经营不善、负债累累的国有企业的厂长，上任仅三个月，该企业被宣告破产

C. 陈某，曾独资开办一家工厂，一年前该厂因无力清偿大额债务而倒闭，债权人至今仍在追讨

D. 刘某，66 岁，曾任市政府副秘书长，现退休在家

8. 某公司的章程规定公司董事、高级管理人员的行为须经公司董事会同意，下列各项中，该公司董事、高级管理人员未经董事会的同意所发生的行为，属于应当禁止的有（ ）。

A. 将公司资金借贷给他人

B. 与本公司订立合同

C. 以公司资产为他人债务提供担保

D. 为他人经营与其所任职公司同类的业务

9. 下列各项中，股份有限公司的发起人应当承担的责任有（ ）。

A. 公司不能成立时，对设立行为所产生的债务和费用负连带责任

B. 公司不能成立时，对设立行为所产生的债务和费用负有限责任

C. 公司不能成立时，对认股人已缴纳的股款，负返还股款并加算银行同期存款利息的连带责任

D. 在公司设立过程中，由于发起人的过失致使公司利益受到损害的，应当对公司承担赔偿责任

10. 根据《公司法》的规定，下列各项中，有关股份有限公司监事会的表述中，符合规定的有（ ）。

A. 监事会成员不得少于 3 人，公司规模较小的公司，可以设 1 ~ 2 名监事

B. 监事会成员包括股东代表和适当比例的公司职工代表，职工代表的比例不得低于 1/3

C. 监事会主席和副主席由全体监事的过半数选举产生

D. 监事会每 6 个月至少召开一次会议，监事可以提议召开临时监事会会议

11. 根据《公司法》关于法律责任的规定，某公司董事、经理的下列行为中，导致其行为所得收入归公司所有的包括（ ）。

A. 董事长甲向社会公众散布虚假信息，引起该公司股票上涨，然后将自己持有的该公司股票抛出以获利

B. 总经理乙将公司的一笔暂时不用的资金用于个人炒股，获利后将这笔资金归还

C. 副董事长丙以公司的一处房产为某个体户的贷款提供担保，获得酬金一笔

D. 副总经理丁得知某种货物价格将会上涨，将公司库存的这种货物卖给自己的亲戚，以后又替他将这批货物卖出，从中分得一部分利润

12. 国务院有关规定确定的重要国有独资公司的下列事项中，应当由国有资产监督管理机构审核后，报本级人民政府批准的有（ ）。

A. 增减注册资本

B. 公司合并、分立

C. 发行公司债券

D. 公司解散或申请破产

13. 根据《公司法》的规定，下列各项中，符合股份有限公司设立条件的有（ ）。

A. 发起人为二人以上二百人以下，其中须有半数以上的发起人在中国境内有住所

B. 以发起方式设立股份有限公司的，发起人首次缴纳出资后，应当选举董事会和监事会，由董事会依法向公司登记机关申请设立登记

C. 以发起方式设立股份有限公司的，公司全体发起人的首次出资额不得低于注册资本的 20%，其余部分由发起人自公司成立之日起两年内缴足

D. 股份有限公司注册资本的最低限额为人民币 1000 万元

14. 根据《公司法》的规定，下列各项中，对股东会决议投反对票的股东可以请求公司按照合理的价格收购其股权的有（ ）。

A. 公司连续五年不向股东分配利润，而公司该五年连续盈利，并且符合法律规定的分配利润条件的

B. 公司连续三年不向股东分配利润，而公司该三年连续盈利，并且符合法律规定的分配利润条件的

C. 公司合并、分立、转让主要财产的

D. 公司章程规定的营业期限届满或者章程规定的其他解散事由出现，股东会会议通过决议修改章程使公司存续的

15. 《公司法》规定，公司不得收购本公司的股份，但又规定了几种除外的情形，下列各项中，属于除外情形的有（ ）。

A. 减少公司注册资本

B. 与持有本公司股份的其他公司合并

C. 将股份奖励给本公司职工

D. 接受本公司的股票作为质押权的标的

16. 某上市公司董事、监事、高级管理人员持有的本公司股份，在任职期间内转让应受到限制，下列各项中，关于该规定的表述正确的有（ ）。

A. 上述人员所持有的本公司股份在任职期间不得进行转让

B. 上述人员在任职期间每年转让的股份不得超过其所持本公司股份总数的 25%

C. 上述人员所持有的本公司股份自公司成立之

日起 1 年内，以及离职后半年内不得转让

D. 上述人员所持有的本公司股份自公司股票上市交易之日起 1 年内，以及离职后半年内不得转让

17. 根据有关规定，下列选项中，符合上市公司股东大会职权及议事规则的有（　　）。

A. 发行无记名股票的，应当于会议召开 20 日前公告会议召开的时间、地点和审议事项

B. 年度股东大会应当于上一会计年度结束后的 6 个月内举行

C. 决定公司的经营计划和投资方案

D. 决定修改公司章程

18. 根据有关规定，下列各项中，有关上市公司董事会和经理的表述，符合规定的有（　　）。

A. 上市公司董事会应当设立战略、审计等专门委员会

B. 专门委员会全部由董事组成

C. 审计委员会中至少应有一名独立董事是会计专业人士

D. 上市公司的经理不得在控股股东单位担任职务

19. A 上市公司的股本总额为 100000 万股。根据有关规定，下列人员中，可以担任 A 上市公司独立董事的有（　　）。

A. 持有 A 公司 1000 万股的 B 公司的经理

B. B 公司经理的妻子

C. 持有 A 公司 900 万股的第十名股东李某

D. 1 年前曾在 A 公司担任财务负责人的王某

20. 根据有关规定，下列各项中，关于上市公司独立董事行使职权，须经全体独立董事 1/2 以上同意的有（　　）。

A. 提名、任免董事

B. 向董事会提议聘用或解聘会计师事务所

C. 提请董事会召开临时股东大会、董事会

D. 上市公司的股东、实际控制人及其关联企业对上市公司现有或新发生的总额高于 300 万元的资金往来

21. 下列各项中，公司发生合并时，在双方签订合并协议后，依法就公司合并事项作出决议之前，应当完成的事项有（　　）。

A. 编制资产负债表

B. 向主管部门提出合并申请

C. 编制财产清单

D. 通知或公告债权人

22. 公司的董事、监事、高级管理人员违反法律、行政法规或者公司章程的规定，给公司造成损失的，股东可以向法院提起诉讼。下列各项中，有权提起诉讼的股东有（　　）。

A. 有限责任公司的股东

B. 股份有限公司的股东

C. 股份有限公司连续 180 日以上合计持有公司

1% 以上股份的股东

D. 股份有限公司连续 180 日以上单独持有公司 1% 以上股份的股东

23. 根据《公司法》的规定，下列各项中，股东向人民法院提起相关权利主张的表述，符合规定的有（　　）。

A. 股东会的决议内容违法法律、行政法规的，股东可以自决议作出之日起 60 日内，请求人民法院撤销

B. 股东会的决议内容违反公司章程的，股东可以自决议作出之日起 60 日内，请求人民法院撤销

C. 公司书面答复股东拒绝其查阅公司会计账簿的，股东可以请求人民法院要求公司提供查阅

D. 公司经营管理发生严重困难，继续存续会使股东利益受到重大损失，通过其他途径不能决议的，持有公司全部股东表决权 10% 以上的股东，可以请求法院解散公司

24. 甲公司为有限责任公司。根据公司法律制度的规定，下列各项中，属于甲公司解散事由的有（　　）。

A. 甲公司章程规定的营业期限届满

B. 甲公司被丁公司吸收合并

C. 经代表 2/3 以上表决权的股东同意，甲公司股东会通过了解散公司的决议

D. 甲公司成立后自行停业连续 6 个月以上

25. 公司解散时，应当依法成立清算组。下列选项中关于公司解散、清算组成立及职权的规定，正确的有（　　）。

A. 有限责任公司股东会决议解散的，应当在 15 日内成立由股东组成的清算组

B. 公司经营管理发生严重困难，无法继续生存的，持有公司全部股东表决权 10% 以上的股东，可以请求人民法院解散公司

C. 清算组应当自成立之日起 10 日内通知债权人，并于 60 日内在报纸上公告，在债权申报期间，清算组不得对债权人进行清偿

D. 清算组有权处理公司清偿债务后的剩余财产

26. 根据规定，下列各项中，债权人申请人民法院指定清算组进行清算，人民法院应予受理的有（　　）。

A. 公司解散逾期不成立清算组进行清算的

B. 清算组成员有严重损害公司或者债权人利益的行为

C. 清算组故意拖延清算的

D. 股东组成的清算组违法清算可能严重损害债权人利益的

27. 下列各项中，属于公司在清算期间应当受到的行为限制有（　　）。

A. 清算组代表公司实现债权

B. 从事新的经营活动

C. 向股东进行利润分配

D. 处理公司内部事务

28. 投资人可以以其持有的在中国境内设立的有限责任公司或者股份有限公司的股权作为出资，投资于境内其他有限责任公司或股份有限公司。但是，下列各项中，股权公司的股权不得用于出资的有（　　）。

A. 已被设定质权

B. 已被依法冻结

C. 股权公司的注册资本尚未缴足

D. 股权公司章程约定不得转让

三、判断题

1. 在我国境内由外商投资的有限责任公司既应适用《外商投资企业法》的规定，也应适用《公司法》。因为这些公司也是中国的企业法人，在中国境内从事生产经营活动，应当优先适用我国的《公司法》，《公司法》未作规定的，适用外商投资企业法律制度的规定。（　　）

2. 公司股东滥用公司法人独立地位和股东有限责任，逃避债务，严重损害公司债权人利益的，应当对公司债务承担连带责任。（　　）

3. 公司的实际控制人，是指其出资额占有限责任公司资本总额50%以上或者其持有的股份占股份有限公司股本总额50%以上的股东；出资额或者持有的股份比例虽然不足50%，但依其出资额或者持有的股份所享有的表决权已足以对股东会、股东大会的决议产生重大影响的股东。（　　）

4. 预先核准的公司名称保留期限为6个月，在保留期内，预先核准的公司名称不得用于从事经营活动，不得转让。（　　）

5. 股东有权查阅、复制公司章程、股东会会议记录、董事会会议记录及决议、监事会会议记录及决议和财务会计报告。公司拒绝提供查阅的，股东可以提起诉讼，请求人民法院要求公司提供查阅。（　　）

6. 股东人数较少和规模较小的有限责任公司，可以设1~2名执行董事，不设董事会。（　　）

7. 法律规定，只有两个以上的国有企业或者两个以上的国有投资主体设立的有限责任公司的监事会，应当由股东代表和适当比例的公司职工代表组成。（　　）

8. 一个自然人只能投资设立一个一人有限责任公司，禁止其设立多个一人有限责任公司，但该一人有限责任公司能够投资设立新的一人有限责任公司。（　　）

9. 某有限责任公司的注册资本为1000万元，净资产为3000万元，该公司拟变更为股份有限公司，其折合的实收股本总额最高为3000万元。（　　）

10. 股份有限公司董事会的决议必须经出席会议的董事过半数通过。（　　）

11. 某股份公司其章程确定的董事会成员为9人，但截止到2006年9月30日，该公司董事会成员因种种变故，实际为5人，该公司应当在2006年10月30日前召开临时股东大会。（　　）

12. 某股份有限公司采取发起设立的方式，于2007年3月28日成立，至2010年3月28日前，该公司发起人持有的股份不得转让。（　　）

13. 股东会会议决议通过回购股东股权的，自决议通过之日起60日内，股东与公司不能达成股权收购协议的，股东可以自股东会会议决议通过之日起90日内向人民法院提起诉讼。（　　）

14. 某上市公司已发行股份总额为90000万股，该公司拟收购本公司股份奖励职工，根据法律规定，该公司最多可收购4500万股，并应当在6个月内转让给职工。（　　）

15. 公司债券的持有人将该债权交付给受让人后即发生转让的效力，受让人一经持有该债券，即成为公司的债权人。（　　）

16. 股份有限公司董事会应当定期向股东披露董事、监事、高级管理人员从公司获得报酬的情况。根据公司章程的规定或股东大会同意，公司可以直接或者通过子公司向董事、监事、高级管理人员提供借款。（　　）

17. 股份有限公司股东大会选举董事、监事，应当实行累计投票制，股东拥有的表决权可以集中使用。（　　）

18. 上市公司独立董事累计3次未亲自出席董事会的，应由董事会提请股东大会予以撤换。（　　）

19. 上市公司董事会、独立董事和符合有关条件的股东可向上市公司股东征集其在股东大会上的投票权。投票权征集应采取无偿的方式进行，并应向被征集人充分披露信息。（　　）

20. 上市公司股权激励计划的激励对象可以包括上市公司的董事、监事、高级管理人员、核心技术（业务）人员，以及公司认为应当激励的其他员工，但不应当包括独立董事。（　　）

21. 上市公司独立董事由上市公司董事会、监事会、单独或者合并持有上市公司已发行股份1%以上的股东提名，经股东大会选举决定。（　　）

22. 某有限责任公司共有甲、乙、丙、丁四位股东，四位股东认缴的出资分别为10万元，20万元，30万元和40万元，公司注册资本为100万元。如果甲、乙在首期即缴纳了其认缴的全部出资额，丙缴纳了10万元，丁缴纳了20万元。如果公司章程对股东的利润分配没有约定，那么，此时该公司股东甲和丙分得的红利相同，乙和丁分得的红利相同。该分配方案是正确的。
（　　）

23. 某公司的注册资本为 6500 万元，2007 年度该公司税后利润为 8000 万元，法定盈余公积金累计为 2500 万元。本年度该公司提取 800 万元的法定公积金后，可不再提取。（　　）

24. 某有限责任公司的注册资本为 1000 万元，法定公积金有 500 万元，如果该公司以公积金转增注册资本，最多可以转增 250 万元。（　　）

25. 公司的所有权归股东共同所有。一旦公司终止并进行清算股东有权分得公司出卖全部资产并偿还所有债务之后剩下的资产净值。（　　）

26. 公司合并、分立的，应当自合并、分立决议或者决定作出之日起 90 日内申请登记，提交合并、分立决议或者决定以及公司在报纸上登载公司合并、分立公告的证明和债务清偿或者债务担保情况的说明。（　　）

27. 公司在依法向有关主管部门提供的财务会计报告等材料上作虚假记载或者隐瞒重要事实的，由有关主管部门责令其改正，并处以 5 万元以上 50 万元以下的罚款。（　　）

28. 股东提起解散公司诉讼，同时又申请人民法院对公司进行清算，人民法院对其提出的清算申请不予受理。（　　）

四、综合题

1. 某市电子器件有限责任公司（以下简称为电子公司）是 2000 年 5 月 18 日注册成立的一家生产经营显像管和其他各类电子器件的企业。其股东有：市灯泡厂、电子管厂、显像管厂、仪表电讯工业局和电子仪器设备公司。注册资本为 3000 万元。2004 年 7 月 8 日，市玻璃股份有限公司（以下简称为玻璃公司）与电子公司签订了一份买卖合同。合同约定：玻璃公司在 8 月 5 日前向电子公司供应玻璃 500 箱，每箱 24 块玻璃，每块玻璃 100 元，共 120 万元。货到后 10 天内付款。8 月 1 日，玻璃股份有限公司将货物按照合同的约定托运至电子公司的仓库。到 8 月 15 日，市玻璃公司仍未收到货款，于是就向电子公司索要货款，但几次要款均未奏效。原来，电子公司成立后正赶上电子产品降价，加之该公司管理不善，产品质量较差，经营状况不佳，一直处于亏损状态，因此无力支付货款。玻璃公司考虑设立该有限责任公司的股东的经营状况不错，并且还有国有股东，就向这几家公司索要货款，在遭到拒绝的情况下，以电子公司和其五名股东为被告向人民法院提起诉讼。
原告市玻璃股份有限公司诉称：我公司与被告市电子器件有限责任公司签订的买卖合同是合法、有效的合同，根据合同的约定，被告应在货到后 10 天内付款，现在被告无力偿付货款，应当由

成立该公司的股东负责，请求法院判令承担支付货款的责任。
被告市电子器件有限责任公司辩称：我公司确实与原告签订了合同，但现在公司经营状况不佳，暂时无力支付货款，望原告给予谅解，并给予一定的时间偿付该笔货款。
市灯泡厂等五家股东辩称：我们是市电子器件有限公司的股东，但我们只对公司承担有限责任，该公司由于经营管理不善造成的亏损我们不承担任何责任，所以，请求法院判令驳回原告对我们的起诉。
诉讼期间，电子公司为了调整生产结构，准备减少电子公司的注册资本，同时另外成立一家全资子公司，从事软件开发与生产。为此，公司董事会草拟了有关方案。之后电子公司立即召开临时股东会，讨论该两项事宜。上述方案遭到仪表电讯工业局和电子仪器设备公司两家股东的反对，其所持有的股份数额共计 790 万元。灯泡厂代表因故未能出席股东会，其所持有的股份数额为 200 万元。
如果电子公司的子公司如期成立，为了进一步解决开发经费，向银行申请贷款 500 万元，由电子公司提供保证担保，此时有股东表示反对，于是提请董事会按照公司章程的规定讨论该担保事项。对此，有的董事认为这样做违反公司法的规定；另有董事认为，子公司与电子公司一样都是具有法人资格的企业，反正要自己承担责任。最终董事会未能就该事项作出决议。电子公司的董事长代表电子公司与银行签订了保证合同。
要求：
根据上述事实，请分别回答下列问题：
（1）电子公司欠玻璃公司的货款应当由谁承担清偿责任？玻璃公司将电子公司的五位股东列为被告是否合法？请说明理由。
（2）电子公司减少注册资本和成立子公司的方案能否通过？如果通过，其所欠玻璃公司的货款未得到清偿是否构成障碍？如果电子公司于 2004 年 7 月 10 日作出减少注册资本的决议，那么应在什么时间内通知或者公告债权人？债权人可以在什么时间内，提出什么要求？如果不能通过，请说明理由。
（3）电子公司为其子公司的银行贷款提供担保是否违法？

2. 华玉股份有限公司（以下简称"华玉公司"）临时股东大会在董事会的要求下，于 2001 年 10 月 26 日在该公司总部会议室召开，本次会议的议题为讨论华玉公司与某实业公司资产置换，修改公司章程及增加注册资本的事宜。出席本次会议的股东有 6 人，股东甲因故不能出席，故书面授权李某代为出席，其所持有的股份为 1000 万股。股东乙没有出席会议，其所持有的股份为 2000

万股。该 7 位股东代表的股份为 7000 万股，约占公司总股本的 80%，该公司股东所持股票的面值均为 1 元。会议由华玉公司的董事长张某主持，公司董事、监事及部分高级管理人员出席，某律师事务所的律师到会见证。

会议经过投票表决，作出以下决议：

(1) 以 4000 万股同意，0 万股反对，1000 万股弃权，表决通过公司董事会《关于公司与某实业有限公司部分资产置换方案》。基于对公司长远发展的考虑，为提高公司的资产质量和盈利水平同意公司将所属的甲分公司、乙分公司、丙分公司、丁分公司和一个研究所（以上资产经中资资产评估事务所评估后的评估价值为 9779.47 万元），与某实业公司持有的某集团公司 60% 的股权（经中资资产评估事务所评估后的评估价值为 9936.53 万元）进行置换，差额部分以现金抵付。

(2) 以 5000 万股同意，占出席会议股份总数的 100%，0 股反对，0 股弃权，表决同意修改公司章程中关于经营范围的条款。具体为在公司章程中增加了公司的经营范围。

(3) 以 4000 万股同意，0 万股反对，1000 万股弃权，表决同意股东丙成为华玉公司产品销售代理商。股东丙回避该项讨论，投了弃权票。

(4) 以 5000 万股同意，占出席会议股份总数的 100%，0 股反对，0 股弃权，表决同意将公司的 6000 万元的法定盈余公积金中的 3000 万元转增为注册资本。

本次临时股东大会要求所有出席会议的股东均在会议记录上签名。

要求：

根据上述内容，分别回答下列问题：

(1) 该次临时股东大会召开的情形、条件、讨论的事项及出席人员是否合法？

(2) 该次临时股东大会讨论通过公司资产置换的方案是否有效？

(3) 该次临时股东大会通过修改公司章程的决议是否有效？

(4) 该次临时股东大会讨论股东丙为华玉公司产品代理商的事项是否有效？

(5) 该次股东大会同意增加公司注册资本的决议是否有效？

(6) 对此次会议记录的签名要求是否正确？

以上问题在回答时，请说明理由。

3. 某股份有限公司成立于 2002 年 2 月，由某研究所、某大学、某药厂、某化学制剂厂及某医药公司发起设立，发起人都属于国有企业或国有投资人，成立后的股份公司将从事生物医药开发研究和生产。2006 年该股份公司股票上市交易，股本总额为 2 亿元。

该股份公司董事会成员共有 9 名，其中有 3 名独立董事甲、乙、丙。独立董事甲是某高校的经济学教授。独立董事乙是某会计师事务所的注册会计师，同时受聘于该股份公司，聘期 1 年，为该股份公司提供财务咨询报告。独立董事丙 1 年前曾在该股份公司附属企业内担任董事。此外，董事会成员中董事丁两年前曾因交通肇事逃逸，被判刑 1 年。该公司的部分股东认为董事会成员乙、丙、丁的任职资格不符合公司法的规定，还有股东认为该公司董事会成员中没有公司职工代表，也不符合《公司法》的规定。为此部分股东提出召开临时股东大会，重新选举董事。

该股份公司依法召开临时股东大会，重新选举董事会成员 A 及独立董事 B。出席本次临时股东大会的股东所持股份数额占股份总额的 76.5%，对重新确定的董事人选，分别以超过该公司股份 48.8% 的比例以上的持股数量通过。

该股份公司重新选举的董事 A，为该公司股东之一某化学制剂厂的经理，为此董事 A 提出该股份公司用于某项研发项目的原材料及试剂等由化学制剂厂供应，总金额约为 300 多万元。独立董事 B 就此事提出了不同的看法，认为应当延缓该项目的开发，特别是对某化学试剂厂在原材料等方面的供应能力也提出质疑。独立董事甲认为该股份公司经理，违反公司章程规定，未经公司董事会同意，利用职权擅自以公司财产为其朋友的个人债务提供担保，为此发表独立意见，提请董事会提议召开临时股东大会，免去董事 D 的职务。

该股份公司截止到 2007 年底，公司的税后利润为 5000 万元，法定盈余公积金为 8000 万元。监事会发现该公司未按照公司法规定提取法定盈余公积金，于是通报该公司主管财务工作的董事及经理，责令该公司的财务部门予以改正。

要求：

根据上述事实，请分别回答下列问题：

(1) 股份公司独立董事甲、乙、丙的任职资格是否合法？并说明理由。

(2) 董事丁的任职资格是否合法？该公司董事会成员中是否应当包括公司职工代表？为什么？

(3) 该公司股东提议召开临时股东大会应当如何提出？如果符合法定情形，临时股东大会应当在什么时间内召开？

(4) 临时股东大会通过的董事人选是否有效？请说明理由。

(5) 独立董事 B 是否有权对该公司与某化学制剂厂的合作提出质疑？其提出质疑的方式是否正确？

(6) 独立董事甲就董事 D 的行为所发表的独立意见是否合法？为什么？

(7) 监事会是否有权要求改正公司财务问题？应如何改正？

4. 甲、乙、丙、丁、戊五人共同出资设立海通实业有限责任公司。甲为控股股东、董事长。公司注册资本 800 万元，其中乙、丙、丁、戊每人出资 40 万元，其余为甲的出资。该公司成立后的最初几年效益较好。自 1997 年以来，公司效益急剧滑坡。1997 年，股东年会上，甲提出与某进出口公司合并，理由是该公司的上级主管部门是外经贸部，且效益一直不错。但乙、丙、丁 3 位股东考虑到自己所占份额本来就少，合并后，自己所占份额将更少，公司是否盈利，盈利多少，都由甲一人掌握，于是均不同意合并，戊支持甲的合并方案。甲与进出口公司商量，让乙丙丁等三人退股，并对海通公司进行清算。经过清理，公司有固定资产 1200 万元、流动资金 60 万元，其中银行贷款连本带利 316.34 万元，清理各项债务后公司实有资本 560 万元。按当年每位股东出资时的比例，乙、丙、丁 3 位股东每人只分得公司资本的 2.5%，即 14 万元。乙、丙、丁股东认为清产不实而要求重新清产核资。

要求：

根据以上事实，请分别回答下列问题：

（1）股东会的合并决议是否有效？为什么？

（2）如果海通公司与进出口公司合并，应进行哪些工作？银行的贷款本息应如何偿还？

（3）不同意公司合并的股东，是否当然退股？

（4）乙、丙、丁按清算程序分得的财产是否正确？请说明理由。

5. A 股份有限公司的股票，于 2000 年 3 月上市交易。由于该公司经营管理不善，产品质量不高，致使经济效益不佳，到 2002 年底仅有微利。此时，公司经理王某考虑到本公司的股票价格可能下跌，就准备转让其在手的本公司股票 2000 股，同时劝说其好友丁某转让持有的该公司的 3000 股记名股票，B 私营企业的老板刘某以 25000 元购买了 A 股份有限公司 5000 股股票。

2003 年 2 月，B 私营企业与 A 股份公司签订一份买卖合同。约定由 A 股份公司向 B 企业出售价款为 50 万元的针织用品，B 企业向 A 股份公司预付合同总价款 5% 的定金，即 25000 元。双方还约定，如果所交货物的质量不符合约定，买方有权单方解除合同。合同订立后，B 企业因资金周转困难，老板刘某提出将前不久购买的 A 公司价值 25000 元的股票作为定金，A 公司同意。B 私营企业收到 A 公司的货后，经检验，认为该批针织用品的质量明显不符合合同的约定，B 企业提出拒绝收货，解除合同，并要求 B 股份公司双倍返还定金 5 万元。A 公司不同意解除合同，提出可以退货，而由其重新发货，确保质量符合约定。经协商 B 企业同意了 A 公司退货并重新发货的要求，但 B 企业在对新发来的货物进行检验后，认为仍未达到合同约定的质量标准，遂向 A 公司再次提出解除合同，拒绝接收

货物，以及双倍返还定金的要求。对于 B 企业要求 A 公司双倍返还定金的要求，A 公司认为，原以股票作为定金的担保无效，该公司要么将股票退给刘某，要么以此时该公司股票的市价给付 12500 元（因此时该公司的股票价格狂跌，每股价格只有原来价格的一半）。刘某不同意，双方发生纠纷，并诉至法院。

后经有关部门检验，该针织用品的质量未达到行业标准的要求。

要求：

根据以上事实，请分别回答下列问题：

（1）A 公司经理王某和其好友丁某转让所持股票的行为是否合法，为什么？

（2）定金担保的内容是否符合法律规定，请说明理由。

（3）A 公司与 B 企业的买卖合同能否解除？本案的合同纠纷应如何处理？

以上问题均请说明理由。

本章练习题库参考答案及解析

一、单项选择题

1. 【答案】C

【解析】公司设立分公司的，应当在分公司所在地的工商行政管理部门登记注册，所以 A 选项不对；子公司具有法人资格，分公司不具有法人资格，所以 A 公司的债务不能要求甲公司承担，B 选项也不对；公司的注册资本应当为全体股东在公司章程中所认缴的出资额之和，所以，D 选项也不对。

2. 【答案】A

【解析】（1）《合伙企业法》规定，国有独资公司和上市公司不能成为普通合伙人。因此，A 选项错误。（2）《公司法》规定，公司向其他企业投资或者为他人提供担保，按照公司章程的规定由董事会或者股东会、股东大会决议；公司章程对投资或者担保的总额及单项投资或担保的数额有限额规定的，不得超过规定限额。故 B、C、D 三个选项是正确的。

3. 【答案】C

【解析】首期缴付出资不得低于注册资本的 20%，并且不得低于注册资本的最低限额，所以 A 选项不对；新《公司法》取消了对工业产权出资的比例限制，因此，B 选项也不对；有限责任公司成立后，股东不得抽回出资，所以，D 选项不正确。

4. 【答案】B

【解析】有限责任公司由全体股东共同制定公司章程，章程中记载每个股东的出资方式及出资数额等，所以股东未足额缴纳出资，违反了公司章

程，即违反了股东之间的约定，所以应当向已足额缴纳出资的股东承担违约责任。

5.【答案】A

【解析】《公司法》规定，股东向股东以外的人转让其出资时，应当经其他股东过半数同意。股东应就其股权转让事项书面通知其他股东征求意见，其他股东自接到书面通知之日起满30日未答复的，视为同意转让。故A选项符合上述条件。

6.【答案】C

【解析】《公司法》规定，股东之间可以互相转让出资。但股东向股东以外的人转让其出资时，必须经其他股东的过半数同意。股东应当就其股权转让事项书面通知其他股东征求意见，其他股东自接到书面通知之日起满30日未答复的，视为同意转让。其他股东半数以上不同意转让的，不同意的股东应当购买该转让的股权；不购买的，视为同意转让。经股东同意转让的股权，在同等条件下，其他股东有优先购买权。两个以上的股东主张行使优先购买权的，协商确定各自的购买比例；协商不成的，按照转让时各自的出资比例行使优先购买权。

7.【答案】C

8.【答案】D

【解析】注意区分发起设立和募集设立关于注册资本的含义不同，前者为在公司登记机关全体发起人认购的股本总额，其首次出资额不得低于注册资本的20%，其余部分可以自公司成立之日起2年内缴足；后者为在公司登记机关登记的实收股本总额不可以分期出资。因此，D选项不对。

9.【答案】D

10.【答案】D

11.【答案】A

【解析】股东（大）会、董事会的会议召集程序、表决方式违反法律、行政法规或者公司章程，或者决议内容违反公司章程的，股东可以自决议作出之日起60日内，请求人民法院撤销。股东据此规定提起诉讼的，人民法院可以应公司的请求，要求股东提供相应的担保。

12.【答案】B

【解析】公司经营管理发生困难，继续存续会使股东利益受到重大损失，通过其他途径不能解决的，持有公司全部股东表决权10%以上的股东，可以请求人民法院解散公司。

13.【答案】C

14.【答案】C

【解析】王某的行为已构成同业竞争的行为，但并不能因此而认定王某代理B公司与C公司订立的合同无效，因为责任在王某，王某应当对其行为承担相应的民事责任。

15.【答案】D

【解析】股东大会会议由董事会召集，董事长主持；董事长不能或者不履行职务的，由副董事长主持；副董事长不能或者不履行职务的，由半数以上董事推举一名董事主持。董事会不能或者不履行召集股东大会会议职责的，监事会应当及时召集和主持。

16.【答案】C

【解析】《公司法》规定，公司减少注册资本时，应当自作出减少注册资本决议之日起10日内通知债权人，并于30日内在报纸上公告。

17.【答案】B

【解析】根据《公司法》规定，董事会召开10日前应通知全体董事和监事。B选项中没有包含监事，因此不符合规定。

18.【答案】D

【解析】（1）根据《公司法》规定，公司董事、监事、高级管理人员，违反公司章程的规定，未经股东会或者董事会同意，将公司资金借贷给他人或者以公司财产为他人提供担保，为不得发生的行为。本题A、B两项中发生的借贷、担保行为，当事人均根据公司章程规定履行了必要程序。（2）C选项中所述情形，不构成同业竞争。（3）D选项中所述的情形，经理刘某的行为属于接受他人与公司交易的佣金归为己有，根据《公司法》的规定，是公司高级管理人员不得发生的行为。

19.【答案】C

【解析】《公司法》规定，召开股东大会会议，应当将会议召开的时间、地点和审议的事项于会议召开20日前通知各股东；临时股东大会应当于会议召开15日前通知各股东；发行无记名股票的，应当于会议召开30日前公告会议召开的时间、地点和审议事项。故C选项中所涉及的时间不符合规定。以此提醒考生注意区分上述不同时间规定。

20.【答案】B

【解析】注意区分股份有限公司与有限责任公司相关规定的区别。（1）A选项所述情形，适合于股份有限公司定期股东大会的要求，而有限责任公司定期股东会按照公司章程规定按时召开。（2）股份有限公司的股东按照其所持有的股份行使表决权，而有限责任公司的股东会会议由股东按照出资比例行使表决权，但公司章程另有规定的除外。（3）股份有限公司股东大会的特别表决权，须经出席会议的股东所持表决权的2/3以上行使；有限责任公司股东会的特别表决权，须经代表2/3以上表决权的股东行使。

21.【答案】B

【解析】《公司法》规定，股份有限公司因将股份奖励给本公司职工，而收购本公司股份的，其收购比例为不得超过本公司已发行股份总额的5%，用于收购的资金应当从公司的税后利润中支出，所收购的股份应当在一年内转让给职工。

22.【答案】B

【解析】（1）所持股份不超过1000股的，可一次全部转让；（2）上市公司业绩预告、业绩快报公告前10日内，不得买卖本公司股票；（3）自可能对本公司股票交易价格产生重大影响的重大事项发生之日或在决策过程中，至依法披露后2个交易日内，不得买卖本公司股票。因此A、C、D三个选项不正确。

23.【答案】D

【解析】（1）股份有限公司采取发起设立方式设立的，注册资本为在公司登记机关登记的全体发起人认购的股本总额。全体发起人的首次出资额不得低于注册资本的20%，其余部分由发起人自公司成立之日起两年内缴足。在注册资本缴足之前，不得向他人募集股份。所以，A、B选项的认识不正确。（2）发起人持有的本公司股份，自公司成立之日起1年内不得转让。公司公开发行股份前已发行的股份，自公司股票在证券交易所上市交易之日起1年内不得转让。因此C选项的认识也不正确。

24.【答案】D

25.【答案】C

【解析】发起人、股东虚报注册资本、虚假出资、抽逃出资，其罚款金额均为相应出资部分的5%以上15%以下。

26.【答案】C

27.【答案】A

【解析】股东以B、C、D三项内容提起解散公司诉讼的，法院不予受理。但股东可依法提出有针对性的诉讼请求。

二、多项选择题

1.【答案】BD

【解析】本题考点为公司变更登记的事项。应当注意区别需要办理变更登记的事项和需要备案的事项。一般而言，公司设立登记时已登记的事项发生变化，都应办理变更登记手续；但公司高级管理人员发生变动的，只需向登记机关备案，因此A选项不选。有限责任公司的股东以及股份有限责任公司的发起人发生变化，应当办理变更登记，故C选项也不选。

2.【答案】ABC

【解析】《公司法》规定，出席董事会的无关联关系的董事人数不足3人的，应将该事项提交上市公司股东大会审议。故D选项不符合规定。

3.【答案】ACD

【解析】有限责任公司的注册资本为在公司登记机关登记的全体股东认缴的出资额，全体股东的首次出资额不得低于注册资本的20%，也不得低于法定的注册资本的最低限额。所以，B选项不对。

4.【答案】AC

【解析】有限责任公司第一次股东会由出资最多的股东主持，所以应当由丙主持，A选项所述不合法。规模较少的有限责任公司可以不设监事会，只设1~2名监事，但每届监事的任期为3年，可以连任，所以C选项也不合法。

5.【答案】CD

【解析】《公司法》规定，涉及增加注册资本、减少注册资本、公司的合并与分立、公司的解散或变更公司形式、修改公司章程等事项的，必须经代表2/3以上表决权的股东通过。

6.【答案】ABC

【解析】《公司法》规定，代表1/10以上表决权的股东，1/3以上董事，监事会或者不设监事会的公司的监事，可以提议召开临时会议。

7.【答案】ABD

【解析】A项中张某，虽然被判处刑罚，执行期满未逾五年，但所犯罪行不在公司法禁止的经济类犯罪之内；B项中李某，虽然管理的企业破产，但在其上任之前即已负债累累，达到破产界限，因此李某对该企业的破产并不负有个人责任；D项中的刘某，虽然曾经是国家公务员，但现已退休。所以，以上三个选项不在公司法规定的禁止之列。C选项属于个人所负数额较大的债务，到期不能清偿的，不得担任公司的高级管理人员。

8.【答案】ABCD

9.【答案】ACD

【解析】本题为股份公司发起人的责任，应当注意区分不同的责任对象及责任形式。

10.【答案】BCD

【解析】注意有限责任公司与股份有限公司监事会、董事会设置的区别。前者可以不设监事会、董事会。

11.【答案】BCD

【解析】因为B、C、D选项中所述的行为都给公司造成了损失，所以行为人应当将其非法所得归公司所有，而A选项所述内容，并没有对公司造成损害，而是对社会公众造成了损害，所以其非法所得不应归公司所有。

12.【答案】BD

【解析】公司的分立、合并、解散、增减注册资本和发行公司债券，必须由国有资产监督管理机构决定；其中，国务院有关规定确定的重要国有独资公司的合并、分立、解散、破产，应当由国有资产监督管理机构审核后，报本级人民政府批准。

13.【答案】ABC

【解析】股份有限公司注册资本的最低限额为人民币 500 万元。

14.【答案】ACD

【解析】B 选项的时间不正确，其他几项都符合《公司法》规定。

15.【答案】ABC

【解析】公司不得接受本公司的股票作为质押权的标的，因此不属于除外的情形。

16.【答案】BD

【解析】公司董事、监事、高级管理人员应当向公司申报所持有的本公司股份及其变动情况。在任职期间每年转让的股份不得超过其所持有本公司股份总数的 25%；所持本公司股份自公司股票上市交易之日起一年内不得转让。上述人员离职后半年内，不得转让其所持有的本公司股份。公司章程可以对公司董事、监事、高级管理人员转让其所持有的本公司股份作出其他限制性规定。

17.【答案】BD

【解析】A 选项中的时间有误，应当于会议召开 30 日前公告；C 选项所述内容属于董事会的职权。

18.【答案】BC

【解析】2008 年教材新增内容。（1）上市公司董事会可以按照股东大会的有关决议，设立专门委员会，所以 A 选项不对；（2）上市公司的总经理必须专职，总经理在集团等控股股东单位不得担任除董事以外的其他职务。故 D 选项也不对。

19.【答案】ABD

【解析】（1）在直接或者间接持有上市公司已发行股份 5% 以上的股东单位或者在上市公司前五名股东单位任职的人员及其直系亲属，不得担任该上市公司独立董事，A、B 两项不属于该情形；（2）持有上市公司已发行股份 1% 以上或者是上市公司前十名股东中的自然人股东及其直系亲属，不得担任该上市公司独立董事，因此 C 选项不选；（3）1 年内曾经在上市公司或其附属企业任职的人员及其直系亲属，不得担任该上市公司独立董事，D 选项已经超过该时间限制。

20.【答案】BC

【解析】2008 年教材重新恢复的内容。注意区分独立董事行使职权应当取得全体独立董事 1/2 以上同意的情形，和独立董事向董事会或股东大会发表独立意见的情形。

21.【答案】AC

【解析】根据《公司法》规定，公司在签订合并协议并编制资产负债表及财产清单后，应当

就公司合并的有关事项作出合并决议。公司在作出决议后，依法通知或公告债权人。

22.【答案】ACD

【解析】《公司法》规定，有限责任公司的股东、股份有限公司连续 180 日以上单独或者合计持有公司 1% 以上股份的股东，有权为了公司的利益以自己的名义直接向人民法院提起诉讼。

23.【答案】BCD

【解析】公司股东会或股东大会、董事会的决议内容违反法律、行政法规的无效。故 A 选项不对。注意区分，如果上述机构的议事规则违反法律、行政法规或公司章程，以及决议内容违反公司章程的，股东可以自决议作出之日起 60 日内，请求人民法院撤销。

24.【答案】ABCD

【解析】A 项属经营期限届满，当然解散；B 项中，在吸收合并的情形下，被吸收一方主体资格消灭；C 选项中，经股东会以特别决议的方式进行了表决，该结果合法有效；D 项的情形属于违反法律、法规被责令解散的情形，《公司法》规定，公司成立后无正当理由超过 6 个月未开业或者开业后自行停业连续 6 个月以上的，吊销其公司营业执照。

25.【答案】ABCD

26.【答案】ACD

【解析】B 选项，清算组成员有严重损害公司或者债权人利益的行为，属于法院可以更换清算组成员的情形之一。

27.【答案】BC

【解析】清算期间公司不再从事新的经营活动，仅局限于清理公司已经发生但尚未了结的事务。

28.【答案】ABCD

三、判断题

1.【答案】×

【解析】外商投资企业应优先适用外商投资企业法律制度的规定，外商投资企业法律制度没有规定的，适用《公司法》的规定。

2.【答案】√

【解析】《公司法》第 20 条的规定，此为"揭开公司面纱"理论。

3.【答案】×

【解析】本题的表述为控股股东。

4.【答案】√

5.【答案】×

【解析】股东有权查阅、复制的文件包括：公司章程、股东会会议记录、董事会会议决议、监事会会议决议和财务会计报告。

6.【答案】×

【解析】股东人数较少或者规模较小的有限责任

公司可设执行董事，不设董事会，人员为1名。

7.【答案】×

【解析】有限责任公司监事会的组成，由股东代表和适当比例的公司职工代表组成，并非只有国有的有限责任公司监事会才有此要求。

8.【答案】×

【解析】一个自然人只能投资设立一个一人有限责任公司，禁止其设立多个一人有限责任公司，而且该一人有限责任公司不能够投资设立新的一人有限责任公司。

9.【答案】√

【解析】有限责任公司变更为股份有限公司时，折合的实收股本总额不得高于公司净资产额。有限责任公司变更为股份有限公司，为增加资本公开发行股份时，应当依法办理。

10.【答案】×

【解析】《公司法》规定，股份有限公司的董事会须有1/2以上的董事出席方可举行。董事会的决议必须经全体董事的过半数通过。所以须经出席会议的董事过半数通过不合法，属命题错误。

11.【答案】×

【解析】本题有两个考点：一个是股份有限公司董事会人数的要求；另一个是临时股东会召开的要求。该公司董事人数虽然符合5～19人的要求，但是董事人数已不足该公司章程所定人数的2/3，应当召开临时股东大会，但应当在该情形发生之日起2个月内召开，即2006年11月30日前。

12.【答案】×

【解析】应当自公司成立之日起1年内不得转让，即2008年3月28日前。注意新旧公司法的区别。

13.【答案】√

14.【答案】×

【解析】本题收购股份的比例没有超过公司已发行股份的5%，符合规定，但是转让给职工的时间不对，《公司法》规定，所收购的股份应当在1年内转让给职工。

15.【答案】√

【解析】公司债权有记名公司债券与无记名公司债券之分，其转让方式不同。

16.【答案】×

【解析】《公司法》规定，公司不得直接或者通过子公司向董事、监事、高级管理人员提供借款。

17.【答案】×

【解析】《公司法》规定，股份有限公司股东大会选举董事、监事，可以根据公司章程的规定或者股东大会的决议，实行累计投票制。因此，本题命题为"应当"是不正确的。

18.【答案】×

【解析】因当为连续3次，而不是累计3次。

19.【答案】√

20.【答案】√

21.【答案】√

22.【答案】√

【解析】《公司法》规定，公司弥补亏损和提取公积金后所余税后利润，有限责任公司按照股东实缴的出资比例分配，但全体股东约定不按照出资比例分配的除外。

23.【答案】√

【解析】《公司法》规定，法定盈余公积金按照税后利润（减弥补亏损）的10%提取，当盈余公积金累计金额已达注册资本50%以上时，可不再提取。6500×50% － 2500 ＝ 750（万元）。因此，无论从提取的比例，还是累计的金额都符合法律规定。

24.【答案】√

【解析】《公司法》规定，用法定公积金转增资本时，转增后留存的该项公积金不得少于转增前注册资本的25%。

25.【答案】√

26.【答案】×

【解析】公司合并、分立的，应当自公告之日起45日后申请登记，提交合并、分立决议或者决定以及公司在报纸上登载公司合并、分立公告的有关证明和债务清偿或者债务担保情况的说明。

27.【答案】×

【解析】对违反该行为的处罚为：由有关主管部门对直接负责的主管人员和其他直接责任人员处以3万元以上30万元以下的罚款。

28.【答案】√

四、综合题

1.【答案】本题考查要点主要有：股东有限责任，股东会特别决议，减少注册资本的程序，公司董事、高级管理人员的禁止性义务。

（1）电子公司欠玻璃公司的货款应当由电子公司承担清偿责任。玻璃公司将电子公司的五位股东列为被告是不合法的。正如五位被告所辩称的那样，电子公司是有限责任公司，有限责任公司的股东在其认缴的出资额范围内对公司债务承担有限责任，即股东对公司的出资义务履行完毕，其对公司的有限责任即承担完毕。

（2）能通过。根据《公司法》的规定，公司减少注册资本须经股东会讨论通过，有限责任公司减少注册资本的，必须经代表2/3以上表决权的股东通过。电子公司的注册资本为3000万元，反对票和未出席会议的股东所持表决权相加不足1/3，所以合法通过。

构成法律障碍。因为公司减少注册资本时，应当到公司登记管理机关办理变更登记手续，并应提交公司在报纸上登载其减少注册资本公告的有关证明和公司债务清偿或者债务担保情况的说明，因此，如果电子公司欠玻璃公司的货款没有得到清偿将构成这一障碍。

根据《公司法》的规定，公司减少注册资本时，必须编制资产负债表及财产清单。公司减少注册资本时，应自作出减少注册资本决议之日起10日内通知债权人，并于30日内在报纸上公告。所以，电子公司最迟应当在7月20日之内通知债权人玻璃公司，并在8月10日之前在报纸上进行公告。

根据《公司法》的规定，债权人自接到通知书之日起30日内，未接到通知书的自公告之日起45日内，有权要求公司清偿债务或者提供相应的担保。

（3）电子公司为其子公司的银行贷款提供担保违法。因为《公司法》规定，公司董事、高级管理人员不得违反公司章程的规定，未经董事会同意，以公司财产为他人提供担保。

2.【答案】本题考查要点主要有：股份有限公司临时股东大会的召开情形、职权、议事规则及会议记录和保存要求等。

（1）我国《公司法》规定了股份有限公司召开临时股东大会有五种情形，其中之一为董事会认为必要时，可以提议召开临时股东大会。所以华玉公司临时股东大会由董事会提议召开是合法的。该次临时股东大会召开的条件也是合法的，股东甲虽然没有出席会议，但是根据《公司法》的规定，股东可以自己出席股东大会，也可以委托代理人出席股东大会。所以股东甲的委托是有效的，其所代表的股份数应计入出席股东大会的股东所占有的股份数之内。该次临时股东大会讨论的事项是合法的，因为决定公司的经营方针和投资计划，修改公司章程，通过公司增加注册资本的方案都是股东大会行使的职权，并且本次临时股东大会的通知中已经说明了会议将要讨论的事项。本次临时股东大会的与会人员也是合法的，因为公司的董事、监事及高级管理人员，依照《公司法》的规定，都可列席股东大会。

（2）该次临时股东大会讨论公司资产置换的方案，属于公司的经营方针和投资计划问题，将改变公司的资产结构，从而须修改公司章程。股份有限公司股东大会的决议分为特别决议和一般决议。特别决议是指对公司合并、分立或者解散和修改公司章程所作的决议，在此之外的决议为一般决议。特别决议须经出席会议的股东所持表决权的2/3以上通过，一般决议只须经出席会议的股东所持表决权的半数以上通过。该事项应属于重大事项，须经出席会议的股东所持表决权的2/3以上通过。本次股东大会出席会议的股东所持股份总额为5000万股，其中有4000万股表决同意，已符合法定表决权，所以该决议有效。

（3）该次临时股东大会通过修改公司章程的决议有效。该事项属于应以特别决议通过的事项，即出席会议的股东所持表决权的2/3以上通过，该临时股东大会以出席会议的股东所持表决权的100%通过，完全符合《公司法》的规定。

（4）该次股东大会讨论通过由股东丙为华玉公司产品代理商的决议不合法。因为《公司法》规定，股东大会不得对通知中未列明的事项作出决议。

（5）该次股东大会通过董事会有关增加注册资本的决议有效。首先，该事项符合特别决议的议事规则，已经出席会议的股东所持表决权的2/3以上通过。其次，该公司以法定盈余公积金转增注册资本，转增后留存的该项公积金不少于转增前注册资本的25%，具体为该公司原有注册资本是8750万元，6000万元法定盈余公积金中的3000万元转增为注册资本，即注册资本为11750万元，法定盈余公积金为3000万元，仍然符合上述要求。

（6）根据《公司法》的规定，股份有限公司的股东大会应对所议事项的决定形成会议记录，主持人、出席会议的董事应当在会议记录上签名。会议记录应当与出席会议的股东的签名册及代理出席会议的委托书一并保存。所以该次会议只要求所有与会股东在会议记录上签名的做法是不正确的。

3.【答案】本题考查要点主要有：独立董事、董事的任职资格、职权，临时股东大会召开的情形、时间，股东大会的表决权，法定盈余公积金的提取等。

（1）独立董事甲的任职资格合法，具有5年以上法律、经济或者其他履行独立董事职责所必须的相关的工作经验。独立董事乙的任职资格不合法。因为其是为该上市公司提供财务服务的人员。独立董事丙的任职资格合法，因为其在该上市公司附属企业中的任职已经超过1年，不为法律所限制。

（2）董事丁的任职资格不违反公司法的规定。虽然其在两年前因刑事犯罪被判处刑罚，现刑满释放不足5年，但是其所犯罪行不属于贪污、贿赂等经济类犯罪，因此不在公司法规定的限制之内。

该公司董事会成员中不一定包括公司职工代表。因为根据《公司法》的规定，两个以上国有企业或者两个以上的国有投资主体投资设立的有限责任公司，其董事会成员中应当有公司职工代表。但是本案中的该公司为股份公司，对此，《公司法》没有明确规定，公司可根据具体情况确定。

（3）根据《公司法》的规定，该公司股东提议召开临时股东大会，应当有持有公司表决权股份总数10%以上的股东书面请求。临时股东大会应当在上述情形出现后的2个月内召开。

（4）临时股东大会通过的董事人选有效。首先，关于董事的选举属于股东大会的职权之一；其次，有关董事选举的问题是本次临时股东大会通知中列明的事项；第三，根据《公司法》的规定，股份有限公司股东大会的一般决议须经出席会议的股东所持表决权的1/2以上通过即可，而本次临时股东大会通过的事项属于一般决议，已经依法定比例得到通过。

（5）独立董事B有权提出该质疑，但其在行使该职权时的方法欠妥。根据规定，上市公司拟与关联人达成的总额高于300万元的关联交易，应由独立董事认可后，提交董事会讨论，但是独立董事在行使该职权时应当取得全体独立董事的1/2以上同意。

（6）独立董事甲发表独立意见的行为合法。首先，董事D违反了公司章程的规定，未经公司董事会同意擅自以公司资产为个人债务提供担保；其次，根据中国证监会的有关规定，独立董事可以就任免董事发表独立意见。

（7）监事会有权要求公司改正财务问题。公司法规定监事会的职责包括检查公司财务；当董事和经理的行为损害公司利益时，要求董事和经理予以纠正。

根据《公司法》的规定，法定盈余公积金按税后利润（减弥补亏损）的10%提取，当盈余公积金累计金额已达到注册资本50%以上时可不再提取。所以，该公司应当从税后利润中提取10%的法定盈余公积金，即500万元。

4.【答案】（1）股东会的合并决议有效。《公司法》规定，涉及增加注册资本，公司合并与分立等重大事项，必须经代表2/3以上表决权的股东通过，股东会决议由股东按照出资比例行使表决权。该公司股东甲和戊的出资比例已大大超过2/3，所以决议有效。

（2）公司决议合并时，应编制资产负债表及财产清单。并在作出合并决议之日起10日内通知债权人，并于30日内在报纸上至少公告3次。债权人自接到通知书之日起30日内，未接到通知书的自第一次公告之日起90日内，有权要求公司清偿债务或者提供相应的担保。不清偿债务或者不提供相应担保的，公司不得合并。本案中海通公司的债务为银行贷款及利息316.34万元，债权人如果在法定时间内向其提出清偿要求，应

予清偿或提供相应担保。如银行未在法定期限内向海通公司提出清偿要求，则由合并后存续的公司承继。

（3）不同意合并的股东，并不意味着当然退股。如果乙、丙、丁愿意退出海通公司，应当找到相应的出资购买者并且应当召开股东会讨论通过。在此情况下，甲、戊如果同意乙、丙、丁的转让行为，因为其所持股份已过半数，乙、丙、丁的股份转让行为成立，即他们退出该公司；如甲、戊不同意转让，则乙、丙、丁的转让出资的行为不成立，由甲、戊出资购买。

（4）乙、丙、丁按清算程序分得的财产不正确。乙、丙、丁按当年的出资计算，出资比例分别为5%。海通公司在清理各种债务后的剩余财产为560万元，所以乙、丙、丁三股东各自实际应分配财产为28万元。

5.【答案】（1）A公司经理王某和其好友丁某转让所持股票的行为不合法。《公司法》规定，股份有限公司的董事、监事和经理应当向公司申报所持有的本公司的股份，并在任职期间内不得转让。王某身为公司的经理，转让所持本公司股票明显违法。王某又利用内部信息劝其好友丁某擅自转让了3000股记名股票，但未按《公司法》规定，由公司将受让人刘某的姓名或名称及住所记载于股东名册。

（2）定金担保的内容不合法。理由如下：①定金担保是以货币为担保，而不得以股票，股票可用作质押担保；②《公司法》规定，股份有限公司不得接受以本公司的股票为抵押权（质权）的标的。A公司接受了B企业老板刘某以A公司股票作为定金充当买卖合同的担保，该定金担保无效。

（3）A公司与B企业的买卖合同可以解除。《合同法》规定，当事人一方迟延履行债务或者有其他违约行为致使不能实现合同目的的，当事人一方有权要求据此解除合同。本案中，A公司向B企业所交货物质量不符合约定，并有检验部门出具的检验证明，说明A公司违约，致使买方B企业无法实现合同目的，B企业有权单方解除合同。

本案的处理：由于股票转让行为和定金担保都无效，所以应由B企业老板刘某将A公司的股票返还给A公司经理王某及好友丁某，王某及丁某向刘某如数返还股票转让款。A公司与B企业的合同纠纷，因A公司所交货物质量不符合约定造成，A公司是违约方，应承担合同解除后的责任，赔偿因此给B企业造成的损失。

第五章

证券法

本章考情分析

本章是注册会计师执业活动中非常重要的一部分，也是教材中篇幅最多的一章，综合题几乎每年必考，所占分值一般在 15 分以上，因而是非常重要的一章。

证券法的核心问题是证券的发行与交易，即本章的第二节和第三节。第四节上市公司收购和第五节上市公司信息披露，也发生在证券上市、交易过程中，因此同属本章的重点。

本章介绍的证券主要有股票、公司债券和证券投资基金。考生应加强各类证券发行条件与交易条件的比较，通过比较加深记忆，解决各类不同的具体问题。由于最近几年本章内容变化较大，对于历年试题的理解应当注意按照现行法律的规定处理。

2009 年本章主要变化为进行了重大的结构性调整，适当增加了一些新内容。

最近 3 年题型题量分析

年 份 题 型	2006 年	2007 年	2008 年
单选题	2 题 2 分	1 题 1 分	1 题 1 分
多选题	1 题 1 分	3 题 3 分	1 题 1 分
判断题	1 题 1 分	1 题 1 分	1 题 1 分
综合题	1 题 15 分	1 题 13 分	0.25 题 4 分
合计	5 题 19 分	6 题 18 分	2.25 题 6 分

本章考点扫描

【考点一】公开发行（重要）

有下列情形之一的，为公开发行：

1. 向不特定对象发行证券；
2. 向累计超过 200 人的特定对象发行证券；
3. 法律、行政法规规定的其他发行行为。非公开发行证券，不得采用广告、公开劝诱和变相公开方式。

【例题 1·判断题】股份有限公司依法向 100 人的特定对象发行证券属于公开发行证券。（　　）（2006 年试题）

【答案】×

【考点二】首次公开发行股票并上市的条件（重要，2007 年多选题、2008 年判断题、1999 年、2000 年和 2004 年综合题考过）

【说明】此处仅选取作出具体要求的条件，对于概括性要求的条件，请了解教材内容。应重点掌握，是出综合题的考点。

1. 发行人应当是依法设立且合法存续一定期限的股份有限公司。发行人合法存续的期限条件符合下列情形之一即可：

（1）该股份有限公司应自成立后，持续经营时间在 3 年以上；

（2）有限责任公司按原账面净资产值折股整体变更为股份有限公司的，持续经营时间可以从有限责任公司成立之日起计算，并达 3 年以上（经国务院批准，有限责任公司在依法变更为股份有限公司时，可以采取募集设立方式公开发行股票）；

（3）经国务院批准，可以不受上述时间的限制。

【例题 2·判断题】某有限责任公司于 2003 年依法设立，以截至 2006 年 12 月 31 日经评估的净资产折股整体变更为股份有限公司。如果该股份有限公司于 2008 年下半年申请首次公开发行股票并上市，可以认定其符合持续经营时间已达三年以上的首次公开发行股票的条件。（　　）（2008 年试题）

【答案】√

【注意问题】注意必须是有限责任公司按原账面净资产值折股整体变更为股份有限公司，持续经营时间可以从有限责任公司成立之日起计算，并达 3 年以上。

【相关例题】见本章经典试题回顾部分 2000 年综合题第 2 题、2004 年综合题。

2. 发行人已合法并真实取得注册资本项下载明的资产。

发行人的注册资本已足额缴纳，发起人或者股东用作出资的资产的财产权转移手续已经办理完毕，发行人的主要资产不存在重大权属纠纷。

【相关链接】《公司法》规定，股份有限公司采取发起设立方式的，全体发起人的首次出资额不得低于注册资本的 20%，其余部分由发起人在两年内缴足；其中，投资公司可以在 5 年内缴足。在缴足前，不得向他人募集股份。

3. 发行人最近 3 年内主营业务和董事、高级管理人员没有发生重大变化，实际控制人没有发生变更。

【解释】这一规定要求公司近 3 年的业务发展、管理人员结构相对稳定，具有可持续发展的可能。

4. 发行人的股权清晰，控股股东和受控股股东、实际控制人支配的股东持有的发行人股份不存在重大权属纠纷。

5. 发行人的资产完整，人员、财务、机构和业务独立。

（1）资产完整。生产型企业应当具备与生产经营有关的生产系统、辅助生产系统和配套设施，合法拥有与生产经营有关的土地、厂房、机器设备以及商标、专利、非专利技术的所有权或者使用权，具有独立的原材料采购和产品销售系统；非生产型企业应当具备与经营有关的业务体系及相关资产。

（2）人员独立。①发行人的总经理、副总经理、财务负责人和董事会秘书等高级管理人员不得在控股股东、实际控制人及其控制的其他企业中担任除董事、监事以外的其他职务，不得在控股股东、实际控制人及其控制的其他企业领薪；②发行人的财务人员不得在控股股东、实际控制人及其控制的其他企业中兼职。

（3）发行人应当建立独立的财务核算体系，能够独立作出财务决策，具有规范的财务会计制度和对分公司、子公司的财务管理制度；发行人不得与控股股东、实际控制人及其控制的其他企业共用银行账户。

（4）发行人应当建立健全内部经营管理机构，独立行使经营管理职权，与控股股东、实际控制人及其控制的其他企业之间不得有机构混同的情形。

（5）发行人的业务应当独立于控股股东、实际控制人及其控制的其他企业，与控股股东、实际控制人及其控制的其他企业间不得有同业竞争或者显失公平的关联交易。

【例题 3·单选题】A 股份有限公司是一家由甲有限责任公司控股的公司，出于公司管理的需要，A 公司和甲公司的管理人员相互在对方公司任职。现 A 公司拟首次公开发行股票并上市，下列各项中，有关 A 公司的人员结构不符合规定的有（　　）。

A. A 公司的董事会成员有 3 名为甲公司董事

B. 甲公司的董事张某担任 A 公司的董事长

C. A 公司的财务人员在甲公司控股的 B 公司中兼职

D. A 公司的经理为甲公司的监事

【答案】C

【例题 4·判断题】A 股份有限公司是一家房地产开发企业，其控股的甲有限责任公司为一家包括房地产开发经营在内的大型集团公司。A 公司如果申请公开发行股票并上市，其业务范围将构成发行的法律障碍。（　　）

【答案】√

【相关例题】见本章经典试题回顾部分 2000 年综合题第 1 题（说明：考生在此参考该考题，只是借鉴其中的个别例子，题目的背景应当忽略，因为不是首次发行股票而是上市公司增发股票）。

6. 发行人具备健全且运行良好的组织机构。

（1）依《公司法》规定，建立相关组织机构，并依法履行职责。

【注意问题】与《公司法》有关组织机构的规定结合复习，这经常是两章内容结合出现综合题之处。如果一家股份有限公司的组织机构不符合公司法规定，将导致发行障碍。

（2）发行人的董事、监事和高级管理人员符合法律、行政法规和规章规定的任职资格，而且不得有：①被中国证监会采取证券市场禁入措施尚在禁入期的；②最近 36 个月内受到中国证监会行政处罚，或者最近 12 个月内受到证券交易所公开谴责；③因涉嫌犯罪被司法机关立案侦查或者涉嫌违法违规被中国证监会立案调查，尚未有明确结论意见。

【注意问题】受到中国证监会的行政处罚的限制时间为 36 个月，受到证券交易所的公开谴责的限制时间为 12 个月。

（3）发行人的公司章程中已明确对外担保的审批权限和审议程序，不存在为控股股东、实际控制人及其控制的其他企业进行违规担保的情形。

【相关链接 1】《公司法》规定，公司向其他企业投资或者为他人担保，按照公司章程的规定由董事会或者股东会、股东大会决议；公司章程对投资或者担保的总额及单项投资或者担保的数额有限额规定的，不得超过规定的限额。

【相关链接 2】《公司法》规定，公司为公司股东或者实际控制人提供担保的，必须经股东会或者股东大会决议。接受担保的股东或者受实际控制人支配的股东不得参加表决。该项表决由出席会议的其他股东所持表决权的过半数通过。

【相关链接 3】《公司法》规定，上市公司在 1 年内购买、出售重大资产或者担保金额超过公司资产总额 30% 的，应当由股东大会作出决议，并经出席会议的股东所持表决权的 2/3 以上通过。

【相关链接 4】证监会的相关文件规定，应由股东大会审批的对外担保，必须经董事会审议通过后，方可提交股东大会审批。须经股东大会审批的对外担保，包括但不限于下列情形：（1）上市公司及其控股子公司的对外担保总额，超过最近一期经审计净资产50%以后提供的任何担保。（2）为资产负债率超过70%的担保对象提供的担保。（3）单笔担保额超过最近一期经审计的净资产10%的担保。（4）对股东、实际控制人及其关联方提供的担保。股东大会在审议为股东、实际控制人及其关联方提供的担保议案时，该股东或受该实际控制人支配的股东，不得参与该项表决，该项表决由出席股东大会的其他股东所持表决权的半数以上通过。应由董事会审批的对外担保，必须经出席董事会的2/3以上董事审议同意并作出决议。

【注意问题】以上链接的内容，与首次公开发行股票的条件有非常密切的结合点，是综合题命题的考虑因素。

（4）发行人有严格的资金管理制度，不得有资金被控股股东、实际控制人及其控制的其他企业以借款、代偿债务、代垫款项或者其他方式占用的情形。

7. 发行人具有持续盈利能力。发行人不得有下列影响持续盈利能力的情形：

（1）发行人的经营模式、产品或服务的品种结构已经或者将发生重大变化，并对发行人的持续盈利能力构成重大不利影响；

（2）发行人的行业地位或发行人所处行业的经营环境已经或者将发生重大变化，并对发行人的持续盈利能力构成重大不利影响；

（3）发行人最近一个会计年度的营业收入或净利润对关联方或者存在重大不确定性的客户存在重大依赖；

（4）发行人最近一个会计年度的净利润主要来自合并财务报表范围以外的投资收益；

（5）发行人在用的商标、专利、专有技术以及特许经营权等重要资产或技术的取得或使用存在重大不利变化的风险。

8. 发行人的财务状况良好。

（1）财务管理规范。发行人的内部控制在所有重大方面应是有效的，并由注册会计师出具了无保留结论的内部控制鉴证报告。

（2）财务指标良好。发行人发行股票并上市的财务指标应达到以下要求：

①最近3个会计年度净利润均为正数且累计超过人民币3000万元，净利润以扣除非经常性损益后较低者为计算依据。

②最近3个会计年度经营活动产生的现金流量净额累计超过人民币5000万元；或者最近3个会计年度营业收入累计超过人民币3亿元。

③发行前股本总额不少于人民币3000万元。

④最近一期期末无形资产（扣除土地使用权、

水面养殖权和采矿权等后）占净资产的比例不高于20%。

⑤最近一期期末不存在未弥补亏损。

（3）发行人不存在重大偿债风险，不存在影响持续经营的担保、诉讼以及仲裁等重大或有事项。

（4）财务资料真实完整。

【例题5·多选题】某股份有限公司拟公开发行股票并上市。根据证券法律制度的有关规定，下列各项中，符合公司首次公开发行股票并上市的条件的有（　　　）。（2007年试题）

A. 公司发行股票前股本总额为人民币6000万元

B. 公司上一年度严重违反环境保护管理法规受到罚款的行政处罚

C. 公司最近3个会计年度净利润均为正数且累计为人民币4000万元

D. 公司最近1个会计年度的净利润主要来自合并财务报表范围以外的投资收益

【答案】AC

9. 发行人募集资金用途符合规定。

（1）募集资金原则上应当用于主营业务。

（2）募集资金投资项目实施后，不会产生同业竞争或者对发行人的独立性产生不利影响。

（3）发行人应当建立募集资金专项存储制度，募集资金应当存放于董事会决定的专项账户。

10. 发行人不存在法定的违法行为。发行人存在下列情形之一的，构成首次发行股票并上市的法定障碍：

（1）最近36个月内未经法定机关核准，擅自公开或变相公开发行过证券；或者有关违法行为虽然发生在36个月前，但目前仍处于持续状态；

（2）最近36个月内违反工商、税收、土地、环保、海关以及其他法律、行政法规，受到行政处罚，且情节严重；

（3）最近36个月内曾向中国证监会提出发行申请，但报送的发行申请文件有虚假记载、误导性陈述或重大遗漏；或者不符合发行条件以欺骗手段骗取发行核准；或者以不正当手段干扰中国证监会及其发行审核委员会审核工作；或者伪造、变造发行人或其董事、监事、高级管理人员的签字、盖章；

（4）本次报送的发行申请文件有虚假记载、误导性陈述或者重大遗漏；

（5）涉嫌犯罪被司法机关立案侦查，尚未有明确结论意见。

【考点三】首次公开发行股票的程序（摘要）

1. 股票发行申请经核准后，发行人应自中国证监会核准发行之日起6个月内发行股票；超过6个月未发行的，核准文件失效，须重新经中国证监会核准后方可发行。股票发行申请未获核准的，自中国证监会作出不予核准决定之日起6个月后，发行人可再次提出股票发行申请。

2. 对于已作出的核准证券发行的决定，发现不符合法定条件或者法定程序，尚未发行证券的，应当予以撤销，停止发行。已经发行尚未上市的，撤销发行核准决定，发行人应当按照发行价并加算银行同期存款利息返还证券持有人；保荐人应当与发行人承担连带责任，但是能够证明自己没有过错的除外；发行人的控股股东、实际控制人有过错的，应当与发行人承担连带责任。

【考点四】股票承销（摘要）

1. 承销方式。公开发行证券的发行人有权依法自主选择承销的证券公司。证券承销业务采取代销或包销方式。

2. 股票发行价格。股票发行采取溢价发行的，其发行价格由发行人与承销的证券公司协商确定。

3. 承销团。向不特定对象公开发行的证券票面总值超过人民币 5000 万元的，应当由承销团承销。承销团应当由主承销商和参与承销的证券公司组成。

4. 承销期限。证券的代销、包销期限最长不得超过 90 日。证券公司在代销、包销期内，对所代销、包销的证券应当保证先行出售给认购人，证券公司不得为本公司预留所代销的证券和预先购入并留存所包销的证券。

5. 股票发行失败。股票发行采用代销方式，代销期限届满，向投资者出售的股票数量未达到拟公开发行股票数量 70% 的，为发行失败。发行人应当按照发行价并加算银行同期存款利息返还股票认购人。

【例题 6·判断题】A 股份有限公司拟公开发行股份总额 50000 万元，由 B 证券公司独家承销，在承销期内证券公司保证先行出售给认购人。（　　）

【答案】×

【相关例题】见本章经典试题回顾部分 2006 年综合题。

【考点五】上市公司增发股票的一般条件（重要，2000 年、2003 年和 2007 年综合题考过）

【注意问题】2007 年本章综合题的内容主要来自本考点，特别注意与首次申请公开发行股票并上市的条件加以联系和区别。

1. 组织机构健全，运行良好。现任董事、监事和高级管理人员具备任职资格，不存在违反公司法第 148 条、第 149 条规定的行为，且最近 36 个月内未受到过中国证监会的行政处分、最近 12 个月内未受到过证券交易所的公开谴责；上市公司与控股股东或实际控制人的人员、资产、财务分开，机构、业务独立，能够自主经营管理；最近 12 个月内不存在违规对外提供担保的行为。

【相关链接 1】《公司法》第 148 条和第 149 条的规定，见教材第四章《公司法》的第六节公司董事、监事、高级管理人员的资格和义务。

【相关链接 2】《公司法》和《合同法》中有关担保问题的规定（见考点三中的相关链接）。

【相关例题】见本章经典试题回顾部分 2003 年综合题。

2. 盈利能力应具有可持续性。上市公司最近 3 个会计年度连续盈利。业务和盈利来源相对稳定，不存在严重依赖于控股股东、实际控制人的情形；高级管理人员和核心技术人员稳定，最近 12 个月内未发生重大不利变化；不存在可能严重影响公司持续经营的担保、诉讼、仲裁或其他重大事项；最近 24 个月内曾公开发行证券的，不存在发行当年营业利润比上年下降 50% 以上的情形。

【相关例题】见本章经典试题回顾部分 2000 年综合题第 1 题、2007 年综合题。

3. 财务状况良好。最近 3 年及一期财务报表未被注册会计师出具保留意见、否定意见或无法表示意见的审计报告。最近 3 年以现金或股票方式累计分配的利润不少于最近 3 年实现的年均可分配利润的 20%。

【相关例题】见本章经典试题回顾部分 2007 年综合题。

4. 财务会计文件无虚假记载。

5. 募集资金的数额和使用符合规定。上市公司募集资金数额不超过项目需要量。除金融类企业外，本次募集资金使用项目不得为持有交易性金融资产和可供出售的金融资产、借予他人、委托理财等财务性投资，不得直接或间接投资于以买卖有价证券为主要业务的公司。投资项目实施后，不会与控股股东或实际控制人产生同业竞争或影响公司生产经营的独立性；建立募集资金专项存储制度，募集资金必须存放于公司董事会决定的专项账户。

【相关例题】见本章经典试题回顾部分 2007 年综合题。

6. 上市公司不存在下列行为：

（1）本次发行申请文件有虚假记载、误导性陈述或重大遗漏；

（2）擅自改变前次公开发行证券募集资金的用途而未作纠正；

（3）上市公司最近 12 个月内受到过证券交易所的公开谴责；

（4）上市公司及其控股股东或实际控制人最近 12 个月内存在未履行向投资者作出的公开承诺的行为；

（5）上市公司或其现任董事、高级管理人员因涉嫌犯罪被司法机关立案侦查或涉嫌违法违规被中国证监会立案调查；

（6）严重损害投资者的合法权益和社会公共利益的其他情形。

【相关例题】见本章经典试题回顾部分 2000 年综合题第 1 题。

【考点六】上市公司向原股东配股的条件（重要，2000 年综合题）

配股除了应当符合前述一般条件（见考点五）之外，还应当符合以下条件：

1. 拟配售股份数量不超过本次配售股份前股本总额的 30%；

2. 控股股东应当在股东大会召开前公开承诺认配股份的数量；

3. 采用证券法规定的代销方式发行。控股股东不履行认配股份的承诺，或者代销期限届满，原股东认购股票的数量未达到拟配售数量的 70% 的，发行人应当按照发行价并加算银行同期存款利息返还已经认购的股东。

【例题 7·判断题】 上市公司将本次配股募集资金用于国家重点项目和技改项目的，如发起人承诺足额认购配股，不受配股发行数量不得超过该公司前一次发行并募足股份后其普通股股份总数 30% 的限制。（ ）（1999 年试题经调整）

【答案】 ×

【相关例题】 见本章经典试题回顾部分 2000 年综合题第 1 题。

【考点七】上市公司向不特定对象公开募集股份（增发）的条件（重要，2007 年综合题）

增发除了符合前述一般条件（见考点五）之外，还应当符合下列条件：

1. 最近 3 个会计年度加权平均净资产收益率平均不低于 6%。扣除非经常性损益后的净利润与扣除前的净利润相比，以低者作为加权平均净资产收益率的计算依据。

2. 除金融类企业外，最近一期期末不存在持有金额较大的交易性金融资产和可供出售的金融资产、借予他人款项、委托理财等财务性投资的情形。

3. 发行价格应不低于公告招股意向书前 20 个交易日公司股票均价或前一个交易日的均价。

【相关例题】 见本章经典试题回顾部分 2007 年综合题。

【考点八】上市公司非公开发行股票的条件（重要）

1. 发行对象。

（1）非公开发行股票的特定对象应当符合股东大会决议规定的条件，其发行对象不超过 10 名。

【注意问题】（2009 年新增内容）这里的发行对象不超过 10 名是指认购并获得本次非公开发行股票的法人、自然人或者其他合法投资组织不超过 10 名。其中：证券投资基金管理公司以其管理的 2 只以上基金认购的，视为一个发行对象；信托公司作为发行对象，只能以自有资金认购；发行对象为境外战略投资者的，应当经国务院相关部门事先批准。

（2）（2009 年新增内容）发行对象属于下列情形之一的，具体发行对象及其认购价格或者定价原则应当由上市公司董事会的非公开发行股票决议确定，并经股东大会批准；认购的股份自发行结束之日起 36 个月内不得转让：①上市公司的控股股东、实际控制人或其控制的关联人；②通过认购本次发行的股份取得上市公司实际控制权的投资者；③董事会拟引入的境内外战略投资者。

（3）除上之外的发行对象，上市公司应当在取得发行核准批文后，按照有关规定以竞价方式确定发行价格和发行对象。发行对象认购的股份自发行结束之日起 12 个月内不得转让。

（4）发行对象认购本次非公开发行股票的发行价不低于定价基准日前 20 个交易日公司股票均价的 90%。

【解释】（2009 年新增内容）定价基准日可以为关于本次非公开发行股票的董事会决议公告日、股东大会决议公告日，也可以为发行期的首日。

2. 上市公司存在下列情形之一的，不得非公开发行股票：

（1）本次发行申请文件有虚假记载、误导性陈述或重大遗漏；

（2）上市公司的权益被控股股东或实际控制人严重损害且尚未消除；

（3）上市公司及其附属公司违规对外提供担保且尚未解除；

（4）现任董事、高级管理人员最近 36 个月内受到过中国证监会的行政处罚，或者最近 12 个月内受到过证券交易所公开谴责；

（5）上市公司或其现任董事、高级管理人员因涉嫌犯罪正被司法机关立案侦查或涉嫌违法违规正被中国证监会立案调查；

（6）最近一年及一期财务报表被注册会计师出具保留意见、否定意见或无法表示意见的审计报告。保留意见、否定意见或无法表示意见所涉及事项的重大影响已经消除或者本次发行涉及重大重组的除外；

（7）严重损害投资者合法权益和社会公共利益的其他情形。

【例题 8·多选题】 根据上市公司证券发行的有关规定，下列关于上市公司非公开发行股票的表述中，正确的有（ ）。（2008 年试题）

A. 发行对象不得超过 200 人

B. 发行价格不得低于市场交易价格

C. 控股股东认购的股份 36 个月内不得转让

D. 非控股股东认购的股份在 12 个月内不得转让

【答案】 CD

【考点九】上市公司增发股票的程序（摘要）

1. 股东大会就发行事项作出决议，必须经出席会议的股东所持表决权的 2/3 以上通过。

2. 自中国证监会核准发行之日起，上市公司应在 6 个月内发行股票；超过 6 个月未发行的，核准文件失效，须重新经中国证监会核准后方可发行。证券发行申请未获核准的上市公司，自中国证监会作出不予核准的决议之日起 6 个月后，可再次提出证券发行申请。

【考点十】非公开发行股票的程序（摘要，2009 年新增内容）

1. 董事会决议

（1）董事会作出决议确定具体发行对象的，上市公司应当在召开董事会的当日或者前 1 日与相应发行对象签订附条件生效的股份认购合同，约定本次发行一经上市公司董事会、股东大会批准并经中国证监会核准，该合同即应生效。

（2）董事会决议未确定具体发行对象的，董事会决议应当明确发行对象的范围和资格，定价原则、限售期。

（3）本次非公开发行股票的数量不确定的，董事会决议应当明确数量区间（含上限和下限）。

（4）董事会决议经表决通过后，上市公司应当在 2 个交易日内披露，并编制非公开发行股票预案，作为董事会决议的附件，与董事会决议同时刊登。

2. 股东大会决议

3. 提交发行申请并核准

4. 发行股票

（1）上市公司发行股票，应当由证券公司承销；非公开发行股票，发行对象均属于原前 10 名股东的，可以由上市公司自行销售。

（2）董事会决议未确定具体发行对象的，在发行期起始的前 1 日，保荐人应当向符合条件的特定对象提供认购邀请书。认购邀请书发送对象的名单由上市公司及保荐人共同确定。认购邀请书发送对象的名单除应当包含董事会决议公告后已经提交认购意向书的投资者、公司前 20 名股东外，还应当包含符合有关规定条件的下列询价对象：①不少于 20 家证券投资基金管理公司；②不少于 10 家证券公司；③不少于 5 家保险机构投资者。

（3）在申购报价期间，上市公司、保荐人应当确保任何工作人员不泄漏发行对象的申购报价情况，申购报价过程应当由发行人律师现场见证。

【例题 9·判断题】 上市公司非公开发行股票的，可以由上市公司自行销售。（ ）

【答案】 ×

【注意问题】 发行对象必须属于公司原有的前 10 名股东。

【考点十一】证券交易的主体必须合法（重要，自 2000 年以来考过不少于 5 次，包括综合题）

【说明】《证券法》与《公司法》内容结合，归纳如下：

1. 发起人持有的本公司股份，自公司成立之日起 1 年内不得转让；公司公开发行股份前已发行的股份，自公司股票在证券交易所上市交易之日起 1 年内不得转让。

2. 公司董事、监事、高级管理人员在任职期间每年转让其持有的本公司股份总数不得超过其所持有的本公司股份总数的 25%；所持本公司股份自公司股票上市交易之日起 1 年内不得转让。上述人员离职后半年内，不得转让其所持有的本公司股份。

3. 证券交易所、证券公司和证券登记结算机构的从业人员、证券监督管理机构的工作人员以及法律、行政法规禁止参与股票交易的其他人员，在任期或者法定期限内，不得直接或以化名、借他人名义持有、买卖股票，也不得收受他人赠送的股票。任何人在成为前款所列人员时，其原已持有的股票，必须依法转让。

4. 为股票发行出具审计报告、资产评估报告或者法律意见书等文件的证券服务机构和人员，在该股票承销期内和期满后 6 个月内，不得买卖该种股票。

5. 为上市公司出具审计报告、资产评估报告或者法律意见书等文件的证券服务机构和人员，自接受上市公司委托之日起至上述文件公开后 5 日内，不得买卖该种股票。

6. 上市公司董事、监事、高级管理人员、持有上市公司股份 5% 以上的股东，将其持有的该公司的股票在买入后 6 个月内卖出，或者在卖出后 6 个月内又买入，由此所得收益归该公司所有，公司董事会应当收回其所得收益。但是，证券公司因包销购入售后剩余股票而持有 5% 以上股份的，卖出该股票不受 6 个月的时间限制。

7. 公司董事会不按照前款规定执行的，股东有权要求董事会在 30 日内执行。公司董事会未在上述期限内执行的，股东有权为了公司的利益以自己的名义直接向人民法院提起诉讼。

【例题 10·多选题】 下列股票交易行为中，属于国家有关证券法律、法规禁止的有（ ）。（2004 年试题）

A. 甲上市公司的董事乙，在任职期间，买卖丙上市公司的股票，甲上市公司、董事乙与丙上市公司无任何关联关系

B. W 证券公司的从业人员 Y，在任职期间，买卖 Z 上市公司股票，W 证券公司、从业人员 Y 与 Z 上市公司无任何关联关系

C. 某上市公司的收购人，在收购行为完成后的第 4 个月，转让其所收购股票的 1/3

D. 为 M 股票有限公司首次发行股票出具审计报告的 N 会计师事务所的 H 注册会计师，在该公司股票承销期满后的第 11 个月，买卖该公司的股票

【答案】 BC

【注意问题】

1. 注意区分为股票发行出具审计报告与为上市

公司出具审计报告,对有关人员限制买卖股票的时间不同。

2. 上市公司董事、监事、高级管理人员、持有上市公司股份5%以上的股东,将其持有的该公司的股票在买入后6个月内卖出,或者在卖出后6个月内又买入,与上市公司收购人转让公司股份的限制时间也不同。上市公司收购,在收购行为完成后的12个月内收购人不得转让所收购的股份。

【相关例题】见本章经典试题回顾部分2000年、2008年综合题。

【考点十二】申请股票上市的条件(重要,见表5-1)

表5-1 股票上市交易条件与公司债券上市交易条件比较

股票上市交易条件	公司债券上市交易条件
1. 股票经国务院证券监督管理机构核准已公开发行; 2. 公司股本总额不少于人民币三千万元; 3. 公开发行的股份达到公司股份总数的25%以上;公司股本总额超过人民币四亿元的,公开发行股份的比例为10%以上; 4. 公司最近三年无重大违法行为,财务会计报告无虚假记载	1. 公司债券的期限为一年以上; 2. 公司债券实际发行额不少于人民币五千万元; 3. 公司申请债券上市时仍符合法定的公司债券发行条件(见注)

注(公司债券发行条件摘要):①股份有限公司的净资产不低于人民币3000万元,有限责任公司的净资产不低于人民币6000万元;②公司最近一期末经审计的净资产额应当符合法律、行政法规和中国证监会的有关规定;③最近3个会计年度实现的年均可分配利润不少于公司债券1年的利息;④本次发行后累计公司债券余额不超过最近一期末净资产额的40%;⑤筹集的资金投向符合国家产业政策;

【例题11·多选题】根据《证券法》的规定,下列选项中,属于股份有限公司申请股票上市应当符合的条件有( )。(2006年试题)

A. 公司股本总额不少于人民币5000万元

B. 公司股本总额超过人民币2亿元,公开发行股份的比例为10%以上

C. 公司最近3年无重大违法行为,财务会计报告无虚假记载

D. 股票经国务院证券监督管理机构核准已公开发行

【答案】CD

【解析】根据《证券法》的规定,公司股本总额不少于人民币3000万元,即符合上市条件,因此A选项所述条件不是《证券法》的规定;公司股本总额超过人民币4亿元的,公开发行股份的比例为10%以上,所以B项的内容也不符合法律规定。

【相关例题】见本章经典试题回顾部分1998年、1999年综合题。

【考点十三】股票上市的公告事项

1. 股票获准在证券交易所交易的日期;

2. 持有公司股份最多的前10名股东的名单和持股数额;

3. 公司实际控制人;

4. 董事、监事、高级管理人员的姓名及其持有本公司股票和债券的情况。

【例题12·判断题】股票上市交易申请经证券交易所审核后,股份公司应当在规定的期限内进行公告,其中包括公司董事、监事、高级管理人的姓名及其持有股票和债券情况的内容。( )

【答案】×

【注意问题】只限于对上述人员持有的"本公司"股票和债券情况的公告。

【考点十四】股票暂停、终止上市交易(重要,自2000年以来考过4次。见表5-2)

表5-2 股票、债券暂停交易、终止交易对比

	股票	公司债券
暂停交易的情形	1. 公司股本总额、股权分布等发生变化不再具备上市条件;2. 公司不按照规定公开其财务状况,或者对财务会计报告作虚假记载,可能误导投资者;3. 公司有重大违法行为;4. 公司最近三年连续亏损	1. 公司有重大违法行为;2. 公司情况发生重大变化不符合公司债券上市条件;3. 公司债券所募集资金不按照核准的用途使用;4. 未按照公司债券募集办法履行义务;5. 公司最近二年连续亏损
终止交易的情形	1. 公司股本总额、股权分布等发生变化不再具备上市条件,在证券交易所规定期限内仍不能达到上市条件;2. 公司不按照规定公开其财务状况,或者对财务会计报告作虚假记载,且拒绝纠正;3. 公司最近三年连续亏损,在其后一个年度内未能恢复盈利;4. 公司解散或者被宣告破产	公司有上述第1项、第4项所列情形之一查实后果严重的;或者有第2项、第3项、第5项所列情形之一,在限期内未能消除的。公司解散或者被宣告破产的,由证券交易所终止其公司债券上市交易
决定机构	证券交易所	

【例题 13·多选题】根据有关规定，上市公司发生的下列情形中，国务院证券监督管理机构可以决定暂停其股票上市的有(　　)。(2000 年试题经调整)

A. 公司的股票被收购人收购达到该公司股本总额的 70%

B. 公司最近 3 年连续亏损

C. 公司对财务会计报告作虚假记载，可能误导投资者

D. 公司发生重大诉讼

【答案】BC

【例题 14·多选题】根据有关规定，上市公司发生下列事项时，有关部门可以终止其股票上市的有(　　)。(2005 年试题经调整)

A. 最近 3 年连续亏损，在限定期限内未能扭亏为盈

B. 收购人通过收购行为，持有上市公司的股份数额达到该公司已发行股份总数的 70%

C. 有重大违法行为，经查实后果严重

D. 财务会计报告作虚假记载，且拒绝纠正

【答案】AD

【注意问题】股票暂停交易与终止交易的情形，存在程度上的差异：

1. 公司最近 3 年连续亏损，属于暂停情形，如在其后一个年度内未能恢复盈利，则终止交易。

2. 公司不按规定公开其财务状况，属暂停情形，如果拒绝纠正的，终止交易。公司对财务会计报告作虚假记载，可能误导投资者的，应当暂停股票交易，如果拒绝纠正的，终止交易。

3. 与股票上市交易条件结合，考虑股本总额、股权分布情况。如例题 13 中的 A 选项，收购人持有 70% 的股份，公开发行的股份尚有 30%，股权分布符合上市交易条件。

【考点十五】发行公司债券的条件（重要）

1. 公司债券发行条件（见表 5−1 下方注）

【例题 15·单选题】1996 年 5 月某股份有限公司成功发行了 3 年期公司债券 1200 万元，1 年期公司债券 800 万元。该公司截止 1998 年 9 月 30 日的净资产额为 8000 万元，计划于 1998 年 10 月再次发行公司债券。根据有关规定，该公司此次发行公司债券额最多不得超过(　　)万元。(1998 年试题)

A. 3200　　　　　B. 2000

C. 1200　　　　　D. 1000

【答案】B

【注意问题】注意对累计的理解，如本题(8000×40% − 1200=2000)。

2. 上市公司存在下列情形的，不得发行公司债券：

(1) 最近 36 个月内公司财务会计文件存在虚假记载，或公司存在其他重大违法行为；

(2) 本次发行申请文件存在虚假记载、误导性陈述或者重大遗漏；

(3) 对已发行的公司债券或者其他债务有违约或者迟延支付本息的事实，仍处于继续状态；

(4) 严重损害投资者合法权益和社会公共利益的其他情形。

3. 公开发行公司债券募集的资金，必须用于核准的用途，不得用于弥补亏损和非生产性支出。

【相关例题】见本章经典试题回顾部分 2006 年综合题。

【考点十六】公司债券的期限、面值和发行价格（重要）

公司债券的期限为 1 年以上，公司债券的每张面值为 100 元，发行价格由发行人与保荐人通过市场询价确定。

【例题 16·判断题】有关法律规定，公司债券的最短期限为 1 年，最长不超过 6 年。(　　)

【答案】×

【注意问题】(1) 有关法律只对公司债券的最短期限加以限制，没有最长时间的限制。发行人应当在公告的募集文件中具体说明还本付息的时间。(2) 与可转换公司债券的期限不同，本题属于可转换公司债券的期限。

【考点十七】公司债券的发行（重要）

发行公司债券，可以申请一次核准，分期发行。自中国证监会核准发行之日起，公司应在六个月内首期发行，剩余数量应当在 24 个月内发行完毕。超过核准文件限定的时效未发行的，须重新经中国证监会核准后方可发行。首期发行数量应当不少于总发行数量的 50%，剩余各期发行的数量由公司自行确定，每期发行完毕后 5 个工作日内报中国证监会备案。

【例题 17·判断题】某上市公司拟发行 5 年期公司债券 1 亿元，首期发行 5000 万元，自核准之日起 3 个月内发行，其余数量的公司债券，自核准之日起 2 年内发行完毕。该方案符合公司债券发行的规定。(　　)

【答案】√

【考点十八】公司债券持有人的权益保护（重要）

1. 信用评级。公司与资信评级机构应当约定，在债券有效存续期间，资信评级机构每年至少公告一次跟踪评级报告。

2. 公司债券的受托管理。债券受托管理人由本次发行的保荐人或者其他经中国证监会认可的机构担任。为本次发行提供担保的机构不得担任本次债券发行的受托管理人。债券受托管理人应当履行下列职责：(1) 持续关注公司和保证人的资信状况，出现可能影响债券持有人重大权益的事项时，召集

债券持有人会议;(2)公司为债券设定担保的,债券受托管理协议应当约定担保财产为信托财产,债券受托管理人应在债券发行前取得担保的权利证明或其他有关文件,并在担保期间妥善保管;(3)在债券持续期内勤勉处理债券持有人与公司之间的谈判或者诉讼事务;(4)预计公司不能偿还债务时,要求公司追加担保,或者依法申请法定机关采取财产保全措施;(5)公司不能偿还债务时,受托参与整顿、和解、重组或者破产的法律程序。

3. 债券持有人会议。有下列情况的,应当召开债券持有人会议:(1)拟变更债券募集说明书的约定;(2)拟变更债券受托管理人;(3)公司不能按期支付本息;(4)公司减资、合并、分立、解散或者申请破产;(5)保证人或者担保物发生重大变化;(6)发生对债券持有人权益有重大影响的事项。

4. 公司债券的担保。担保范围包括债券的本金及利息、违约金、损害赔偿金和实现债权的费用。以保证方式提供担保的,应当为连带责任保证;设定担保的财产,权属应当清晰,尚未被设定担保或者采取保全措施,且担保财产的价值经有资格的资产评估机构评估不低于担保金额。

【例题18·判断题】债券受托管理人由本次发行的保荐人或者其他经中国证监会认可的机构担任。为本次发行提供担保的机构不得担任本次债券发行的受托管理人。( )

【答案】√

【例题19·多选题】根据公司债券发行办法的有关规定,下列各项中,属于应当召开债券持有人会议的有( )。

A. 公司减资
B. 担保物发生毁损
C. 公司不能按期支付本息
D. 拟变更债券募集说明书的约定

【答案】ABCD

【考点十九】上市公司公开发行可转换公司债券的条件(重要,2007年多选题,2002年、2006年综合题考过)

上市公司发行可转换公司债券,除了应当符合增发股票的一般条件(见考点五)之外,还应当符合以下条件:

1. 最近3个会计年度加权平均净资产收益率平均不低于6%。计算依据同前述规定。

2. 本次发行后累计公司债券余额不超过最近一期末净资产额的40%。

3. 最近3个会计年度实现的年均可分配利润不少于公司债券1年的利息。

【例题20·多选题】根据证券法律制度的规定,下列各项中,属于上市公司公开发行可转换公司债券应当具备的条件的有( )。(2007年试题)

A. 本次发行后累计公司债券余额不超过最近一期末资产总额的40%

B. 最近3个会计年度加权平均净资产收益率平均不低于6%

C. 最近3个会计年度实现的年均可分配利润不少于公司债券1年的利息

D. 最近3年以现金或股票方式累计分配的利润不少于最近3年实现的年均可分配利润的30%

【答案】BC

【注意问题】

1. 应当注意将上市公司增发股票的一般条件与此规定结合。本题的D选项即是一般条件中的规定。

2. 本次发行后累计公司债券余额不超过最近一期末净资产额的40%。《证券法》中有关比例的规定比较多,考生在掌握这些比例时,注意是何种资产的比例,如例题20中A选项。

【例题21·多选题】2004年5月,甲电力上市公司拟申请发行可转换公司债券,乙证券公司对该公司进行调查了解后,发现的下列事实中,构成发行可转换公司债券障碍的有( )。(2004年试题经调整)

A. 1998年因发生操纵市场的重大违法行为而被查处

B. 截至2004年3月底,净资产为32000万元,在本次申请发行可转换公司债券之前,累计债券余额为14400万元

C. 经注册会计师核验,其扣除非经常性损益后,最近3个会计年度加权平均净资产收益率平均值为8%

D. 2003年3月,委托丙证券公司理财资金3000万元,在2003年的年度报告以及以往披露的信息中未予说明,构成信息披露的重大遗漏

【答案】BD

【注意问题】上市公司发行可转换公司债券,除符合其特有的条件外,还应符合增发股票的一般条件。(1)A选项的情形应当从增发股票的一般条件中分析,由于该行为已经发生5年多的时间,没有相关限制性的规定,所以该项不选;(2)特有条件中规定,本次发行后累计公司债券余额不超过最近一期末净资产额的40%,根据规定,计算结果为45%,因不符合规定构成发行的障碍;(3)C选项的内容(对原题作调整)属于特有条件,即最近3个会计年度加权平均净资产收益率平均不低于6%的条件,因符合该规定不选;(4)D选项涉及一般条件,要求财务会计文件无虚假记载、重大遗漏。因此D项构成发行障碍。

【考点二十】可转换公司债券的期限、面值和利率(重要)

可转换公司债券的期限最短为1年,最长为6

年；每张面值 100 元；利率由发行公司与主承销商确定，但必须符合国家的有关规定。

【相关例题】见本章经典试题回顾部分 2002 年综合题。

【考点二十一】可转换债券持有人的权利保护（与考点十八结合复习）

有下列事项之一的，应当召开债券持有人会议：

1. 拟变更募集说明书的约定；
2. 发行人不能按期支付本息；
3. 发行人减资、合并、分立、解散或者申请破产；
4. 保证人或者担保物发生重大变化。

【例题 22·判断题】上市公司发行可转换公司债券，拟变更募集说明书的约定，应当召开股东大会讨论。（　　）

【答案】×

【考点二十二】公开发行可转换公司债券的担保（重要，与考点十三结合复习）

1. 公开发行可转换公司债券，应当提供担保，但最近一期末经审计的净资产不低于人民币 15 亿元的公司除外。

2. 提供担保的，应当为全额担保，担保范围包括债券的本金及利息、违约金、损害赔偿金和实现债权的费用。

3. 以保证方式提供担保的，应当为连带责任担保，且保证人最近一期经审计的净资产额应不低于其累计对外担保的金额。

4. 证券公司或上市公司不得作为发行可转债的担保人，但上市商业银行除外。

【解释】上市公司发行可转换公司债券后，使公司资产负债率上升，如果公司不能履行到期还本付息的义务，担保人要代为承担。由于证券公司的经纪业务，代理客户买卖证券，控制着客户的证券，如果证券公司作担保，有可能损害客户利益。

5. 设定抵押或质押的，抵押或质押财产的估值应不低于担保金额。

【例题 23·多选题】根据规定，下列各项中，有关上市公司发行可转换公司债券提供担保的表述中，符合规定的有（　　）。

A. 最近一期末经审计的净资产超过人民币 15 亿元的公司，不必提供担保

B. 某上市公司拟定发行 1 亿元的可转换公司债券，其抵押财产的价值应当不低于 1 亿元

C. A 上市公司发行可转换公司债券 1 亿元，B 公司提供保证担保，担保金额为 1 亿元

D. A 上市公司发行可转换公司债券，由 B 证券公司提供担保

【答案】AB

【考点二十三】可转换公司债券转换为股份（重要）

1. 转股期限。可转换公司债券自发行结束之日起 6 个月后方可转换为公司股票，转股期限由公司根据可转换公司债券的存续期限及公司财务状况确定。债券持有人对转换股票或者不转换股票有选择权，转换股票的于转股的次日成为发行公司的股东。

2. 转股价格。转股价格应不低于募集说明书公告日前 20 个交易日该公司股票交易均价和前一交易日的均价。

3. 不转换股票的结果。持有人不转换为股票的，上市公司应当在可转换公司债券期满后 5 个工作日内办理完毕偿还债券余额本息的事项。

【相关例题】见本章经典试题回顾部分 2002 年综合题。

【注意问题】注意转股价格和上市公司公开募集股份的发行价格（见考点七）不同。

【考点二十四】公开发行可转换公司债券的信息披露（重要）

1. 募集说明书可以约定赎回条款、回售条款。

2. 募集说明书应当约定，上市公司改变公告的募集资金用途的，赋予债券持有人一次回售的权利。

3. 发行可转换公司债券后，因配股、增发、送股、派息、分立及其他原因引起上市公司股份变动的，应当同时调整转股价格。

4. 募集说明书约定转股价格向下修正条款的，应当同时约定：

（1）转股价格修正方案须提交公司股东大会表决，且须经出席会议的股东所持表决权的 2/3 以上通过。股东大会进行表决时，持有公司可转换债券的股东应当回避。

（2）修正后的转股价格不低于前项规定的股东大会召开前 20 个交易日该公司股票交易均价和前一交易日的均价。

【解释】由于可转换公司债券持有人可以将债券转化为股票，在转股期内，假定该公司的股票价格走低，而当初募集说明书公告时的股票价格高，如果还要求持有人按当初约定的价格转股，其转股成本必然高。在这种情况下，可以考虑转股价格向下修正，但是价格向下修正的过低，又将影响公司股东的利益，因此转股价格向下修正时必须召开股东大会讨论决定。

【例题 24·判断题】上市公司发行可转换公司债券后，因配股、增发、送股、派息、分立及其他原因引起上市公司股份变动的，应当同时调整转股价格。调整后的转股价格不低于股东大会召开前 20 个交易日该公司股票交易均价或前一交易日的均价。（　　）

【答案】×

【相关例题】见本章经典试题回顾部分 2002 年综合题。

【注意问题】上市公司发行可转换公司债券的转股价格，以及调整后的转股价格，对前 20 个交易日的均价、前一个交易日的均价，都应考虑。不同于增发新股的发行价格，只考虑其中一个均价。

【考点二十五】分离交易的可转换公司债券（重要）

1. 发行条件。除符合公司增发股票的一般条件（见考点五）外，还应当符合下列条件：

（1）公司最近一期末经审计的净资产不低于人民币 15 亿元；

（2）最近 3 个会计年度实现的年均可分配利润不少于公司债券 1 年的利息；

（3）最近 3 个会计年度经营活动产生的现金流量净额平均不少于公司债券 1 年的利息，但最近 3 个会计年度加权平均净资产收益率平均不低于 6%；

（4）本次发行后累计公司债券余额不超过最近一期末净资产额的 40%，预计所附认股权全部行权后募集的资金总量不超过拟发行公司债券金额。

2. 交易。分离交易的可转换公司债券中的公司债券和认股权分别符合证券交易所上市条件的，应当分别上市交易。

【解释】认股权证只是该权证持有人认购公司股票的一种权利凭证，如规定持有一个权证，可以购买公司一股股份。

3. 期限。分离交易的可转换公司债券的期限最短为 1 年。募集说明书应当约定，上市公司改变公告的募集资金用途的，赋予债券持有人一次回售的权利。

4. 行权价格。认股权证的行权价格应不低于公告募集说明书日前 20 个交易日公司股票均价和前一个交易日的均价。

【解释】所谓行权，是指认股权证的持有人行使其认购公司股票的权利。行权价格就是权证的持有人购买公司股票时每一股所应支付的价格。也就是说，认股权证的持有人可以购买公司股票，也可以选择放弃购买。

5. 认股权证的存续期限。不超过公司债券的期限，自发行结束之日起不少于 6 个月。募集说明书公告的权证存续期限不得调整。

【解释】认股权证的存续期限，也就是该权证的有效期。

6. 行权期间。认股权证自发行结束至少已满 6 个月起方可行权，行权期间为存续期限届满前的一段时间，或者是存续期限内的特定交易日。

【解释】行权期间就是权证的持有人行使认购公司股票的权利，不等于权证的存续期，而是在权证存续期内的特定的时间，如有效期届满前的 5 个工作日。

【例题 25·判断题】某股份公司董事会拟发行 550000 万元分离交易的可转换公司债券，票面金额为 100 元/张，发行数量为 550 万手（5500 万张），债券期限为 5 年，票面利率预设区间为 1.40% ~ 2.00%。本次发行的分离交易可转债的到期日为 2011 年 11 月 13 日，兑付日期为到期日 2011 年 11 月 13 日之后的 5 个工作日。每张该股份分离交易可转债的最终认购人可以同时获得发行人派发的 23 份认股权证，行权比例为 1∶1，即每 1 份认股权证代表 1 股发行人发行的 A 股股票的认购权利，每张权证的认购价格为人民币 3.40 元/股。该方案符合法律规定。

【答案】√

【考点二十六】债券上市交易的条件（重要，见表 5 - 1）

【例题 26·多选题】根据法律规定，下列各项中，符合公司债券上市交易条件的有（　　）。

A. 公司债券实际发行额不少于人民币 1 亿元

B. 公司债券的期限为 1 年以上，5 年以下

C. 累计公司债券余额不超过公司最近一期经审计的净资产的 40%

D. 最近 3 个会计年度实现的年均可分配利润不少于公司债券 1 年的利息

【答案】CD

【相关例题】见本章经典试题回顾部分 2002 年综合题第 2 题。

【考点二十七】公司债券的暂停、终止上市交易（重要，见表 5 - 2）

【例题 27·判断题】某股份有限公司为购置一套大型生产设备发行公司债券并上市交易，后该公司将其中的部分资金投资于某房地产项目导致公司近期发生亏损。根据证券法的规定，该公司债券应当暂停上市交易。（　　）

【答案】√

【解析】公司债券所募资金不按照核准的用途使用的，应当暂停其债券上市交易。

【考点二十八】基金财产（重要，2009 年新增内容）

1. 基金财产独立于基金管理人、基金托管人的财产。注意以下问题：

（1）基金管理人、基金托管人不得将基金财产归入其固有财产；

（2）基金管理人、基金托管人因基金财产的管理、运用或者其他形式而取得的财产和收益，归入基金财产；

（3）基金财产也不属于基金管理人、基金托管人依法解算、被依法撤销或者被依法宣告破产等原

因进行清算的财产；

（4）基金财产的债权，不得与基金管理人、基金托管人固有财产的债务相抵销；

（5）不同基金财产的债权债务，不得相互抵销；

（6）非因基金财产承担的债务，不得对基金财产强制执行。

2. 证券投资基金财产应当用于下列投资：（1）上市交易的股票、债券；（2）国务院证券监督管理机构规定的其他证券品种。

3. 基金财产不得用于下列投资或者活动：（1）承销证券；（2）向他人贷款或者提供担保；（3）从事承担无限责任的投资；（4）买卖其他基金份额，但是国务院另有规定的除外；（5）向其基金管理人、基金托管人出资或者买卖其基金管理人、基金托管人发行的股票或者债券；（6）买卖与其基金管理人、基金托管人有控股关系的股东或者与其基金管理人、基金托管人有其他重大利害关系的公司发行的证券或者承销期内承销的证券；（7）从事内幕交易、操纵证券交易价格及其不正当的证券交易活动。

【考点二十九】基金管理人（重要）

1. 设立投资基金由基金管理人依法募集。基金管理人由依法设立的基金管理公司担任。设立基金管理公司，应当具备下列条件，并经国务院证券监督管理机构批准（关注以下两点）：

（1）注册资本不低于1亿元人民币，且必须为实缴货币资本；

（2）主要股东具有从事证券经营、证券投资咨询、信托资产管理或者其他金融资产管理的较好的经营业绩和良好的社会信誉，最近3年没有违法记录，注册资本不低于3亿元人民币。

2. 基金管理人不得从事下列行为（2009年新增内容，摘要）：

（1）将其固有财产或者他人财产混同于基金财产从事证券投资；

（2）利用基金财产为基金份额持有人以外的第三人牟取利益；

（3）向基金份额持有人违规承诺收益或者承担损失。

【考点三十】基金托管人（2009年新增内容）

1. 基金托管人由依法设立并取得基金托管资格的商业银行担任。

2. 基金托管人与基金管理人不得为同一人，不得相互出资或者持有股份。

【考点三十一】基金份额持有人（2009年新增内容）

1. 基金份额持有人通过基金份额持有人大会审议基金的重大事项，如：提前终止基金合同；基金扩募或者延长基金合同期限；转换基金运作方式；提高基金管理人、基金托管人的报酬标准；更换基金管理人、基金托管人等。

2. 代表基金份额10%以上的基金份额持有人就同一事项要求召开基金份额持有人大会，而基金管理人、基金托管人都不召集的，代表基金份额10%以上的基金份额持有人有权自行召集，并报国务院证券监督管理机构备案。

3. 召开基金份额持有人大会，召集人应当至少提前30日公告基金份额持有人大会的召开时间、会议形式、审议事项、议事程序和表决方式等事项。

4. 基金持有人持有的每一基金份额具有一票表决权，基金份额持有人可以委托代理人出席基金份额持有人大会并行使表决权。基金份额持有人大会应当有代表50%以上基金份额的持有人参加，方可召开；大会就审议事项作出决议，应当经参加大会的基金份额持有人所持表决权的50%以上通过；但是，基金运作方式、更换基金管理人或者基金托管人、提前终止基金合同，应当经参加大会的基金份额持有人所持表决权的2/3以上通过。

【考点三十二】证券投资基金的募集（重要）

1. 基金管理人应当自收到核准文件之日起6个月内进行基金募集。超过6个月开始募集，原核准的事项未发生实质性变化的，应当报国务院证券监督管理机构备案；发生实质性变化的，应当向国务院证券监督管理机构重新提交申请。

2. 基金募集不得超过国务院证券监督管理机构核准的基金募集期限。基金募集期限自基金份额发售之日起计算。基金募集期限届满，封闭式基金募集的基金份额总额达到核准规模的80%以上，开放式基金募集的基金份额总额超过核准的最低募集份额总额，并且基金份额持有人人数符合国务院证券监督管理机构规定（见考点三十）。

【相关例题】见本章经典试题回顾部分1999年综合题。

【考点三十三】证券投资基金上市交易的条件（重要）

申请上市的基金必须符合的条件（摘要）：

1. 基金合同期限为5年以上；

2. 基金募集金额不低于2亿元人民币；

3. 基金持有人不少于1000人。

【例题28·多选题】根据有关规定，下列选项中，属于申请上市的封闭式基金必须符合的条件有（　　）。（2001年试题）

A. 基金的最低募集数不少于2亿元

B. 基金管理人持有的基金份额不少于2000万元

C. 基金存续期不少于 5 年

D. 基金管理人为经国务院证券监督管理机构批准设立的基金管理公司

【答案】ACD

【考点三十四】基金的暂停上市、终止上市（重要）

1. 基金的暂停上市

（1）发生重大变更而不符合上市条件；

（2）违反法律、行政法规，国务院证券监督管理机构决定暂停上市；

（3）严重违反投资基金上市规则。

2. 基金的终止上市

（1）不再具备上市交易条件；

（2）基金合同期限届满；

（3）基金份额持有人大会决定提前终止上市交易；

（4）基金合同约定的或者基金份额上市交易规则规定的终止上市交易的其他情形。

【例题29·单选题】根据《证券投资基金法》的规定，下列有关证券投资基金发行和交易的表述中，正确的是（　　）。（2006 年试题）

A. 封闭式基金的基金份额可以在证券交易所交易，但基金份额持有人不得申请赎回

B. 开放式基金可以在销售机构的营业场所销售及赎回，也可以上市交易

C. 申请上市基金的基金持有人不得少于 500 人

D. 基金上市后发生基金合同期限届满的情形将暂停上市

【答案】A

【注意问题】开放式基金不可以上市交易。基金上市后发生基金合同期限届满的情形将终止上市。

【考点三十五】开放式基金的销售及赎回（重要）

1. 开放式基金在销售机构的营业场所销售及赎回，不上市交易。

2. 开放式基金单位的认购、申购和赎回业务，可以由基金管理人直接办理，也可以由基金管理人委托经国务院证券监督管理机构认定的其他机构代为办理。

3. 投资人申购基金时，必须全额交付申购款项。款项一经交付申购申请即为有效。

4. 基金管理人应当于收到基金投资人申购、赎回申请之日起 3 个工作日内，对该交易的有效性进行确认。除不可抗力等特殊情况外，基金管理人不得拒绝接受基金投资人的赎回申请。

【例题30·单选题】根据证券投资基金法律制度的规定，下列有关开放式基金申购、赎回的表述中，正确的是（　　）。（2005 年试题）

A. 办理基金单位申购、赎回业务的人仅限于基金管理人

B. 除基金合同另有约定外，基金管理人应当在每个工作日办理基金申购、赎回业务

C. 投资人申购基金时，经基金管理人同意，可以在申购期满前交纳部分申购款项，在申购期满后 30 日内补交余款

D. 基金管理人应当在收到基金投资人申购、赎回申请的当日对该交易的有效性进行确认

【答案】B

【考点三十六】首次信息披露

1. 招股说明书

招股说明书中引用的财务报表在其最近一期截止日后 6 个月内有效。特别情况下发行人可申请适当延长，但至多不超过 1 个月。招股说明书的有效期为 6 个月，自中国证监会核准发行申请前招股说明书最后一次签署之日起计算。

2. 债券募集说明书

3. 上市公告书

【考点三十七】定期报告（重要，见表 5 - 3）

表 5 - 3　　　　　　　　　　　　　　定期报告

	年度报告	中期报告	季度报告
披露时间	应当在每一个会计年度结束之日起 4 个月内完成	应当在每个会计年度的前 6 个月结束后两个月内完成	应当在每个会计年度第 3 个月、第 9 个月结束后的 1 个月内编制完成并披露
披露内容	1. 公司概况；2. 公司财务会计报告和经营情况；3. 董事、监事、高级管理人员简介及其持股情况；4. 已发行的股票、公司债券情况，包括持有公司股份最多的前 10 名股东名单和持股数额；5. 公司的实际控制人	1. 公司财务会计报告和经营情况；2. 涉及公司的重大诉讼事项；3. 已发行的股票、公司债券变动情况；4. 提交股东大会审议的重要事项	1. 公司基本情况；2. 主要会计数据和财务指标；3. 中国证监会规定的其他事项

【注意问题】

1. 年度报告中的财务会计报告应当经具有证券、期货相关业务资格的会计师事务所审计。

2. 第一季度季度报告的披露时间不得早于上一

年度年度报告的披露时间。

3. 上市公司预计经营业绩发生亏损或者发生大幅变动的，应当及时进行行业业绩预告。

【例题31·判断题】某上市公司于2008年4月18日披露2007年年度报告，于4月22日披露2008年第一季度的季度报告。该上市公司信息披露的时间是正确的。（ ）

【答案】√

【相关例题】见本章经典试题回顾部分2005年综合题。

【考点三十八】临时报告（重要）

下列情况为应当报送临时报告的重大事件：

1. 公司经营方针和经营范围的重大变化；

2. 公司的重大投资行为和重大的购置财产的决定；

3. 公司订立重要合同，可能对公司的资产、负债、权益和经营成果产生重要影响；

4. 公司发生重大债务和未能清偿到期重大债务的违约情况；

5. 公司发生重大亏损或者重大损失；

6. 公司生产经营的外部条件发生的重大变化；

7. 公司的董事、1/3以上监事或者经理发生变化；

8. 持有公司5%以上股份的股东或者实际控制人，其持有股份或者控制公司的情况发生较大变化；

9. 公司减资、合并、分立、解散及申请破产的决定；

10. 涉及公司的重大诉讼，股东大会、董事会决议被依法撤销或者宣告无效；

11. 公司涉嫌犯罪被司法机关立案调查，公司董事、监事、高级管理人员涉嫌犯罪被司法机关采取强制措施；

12. 新公布的法律、法规、规章、行业政策可能对公司产生重大影响；

13. 董事会就发行新股或者其他再融资方案、股权激励方案形成相关决议；

14. 法院裁决禁止控股股东转让其所持股份；任意一个股东所持公司5%以上股份被质押、冻结、司法拍卖、托管、设定信托或者被依法限制表决权；

15. 主要资产被查封、扣押、冻结或者被抵押、质押；

16. 主要或者全部业务陷入停顿；

17. 对外提供重大担保；

18. 获得大额政府补贴等可能对公司资产、负债、权益或者经营成果产生重大影响的额外收益；

19. 变更会计政策、会计估计；

20. 因前期已披露的信息存在差错、未按规定披露或者虚假记载，被有关机关责令改正或者经董事会决定进行更正。

【例题32·多选题】根据有关规定，上市公司发生的下列事件中，应当立即公告的有（ ）。（1999年试题经调整）

A. 公司总经理发生变动

B. 公司20%的董事发生变动

C. 公司遭受超过净资产10%以上的重大损失

D. 法院依法撤销董事会决议

【答案】ABCD

【相关例题】见本章经典试题回顾部分2005年综合题

【考点三十九】上市公司信息披露事务管理制度

1. 上市公司应当制定信息披露事务管理制度，经公司董事会审议通过后，报注册地证监局和证券交易所备案。

2. 在定期报告的编制、审议、披露程序中，（1）经理、财务负责人、董事会秘书等高级管理人员应当及时编制定期报告草案，提请董事会审议；（2）董事会秘书负责送达董事审阅；（3）董事长负责召集和主持董事会会议审议定期报告；（4）监事会负责审核董事会编制的定期报告；（5）董事会秘书负责组织定期报告的披露工作。

3. 在重大事件的报告、传递、审核、披露程序中，董事、监事、高级管理人员知悉重大事件发生时，应当按照公司规定立即履行报告义务；董事长在接到报告后，应当立即向董事会报告，并敦促董事会秘书组织临时报告的披露工作。

4. 上市公司应当履行关联交易的审议程序，并严格执行关联交易回避表决制度。上市公司董事、监事、高级管理人员、持股5%以上的股东及其一致行动人、实际控制人应当及时向上市公司董事会报送上市公司关联人名单及关联关系的说明。

【考点四十】信息披露工作中的职责（重要）

1. 上市公司应当在最先发生的以下任一时点，及时履行重大事件的信息披露义务：（1）董事会或者监事会就该重大事件形成决议时；（2）有关各方就该重大事件签署意向书或达成协议时；（3）董事、监事或者高级管理人员知悉该重大事件发生并报告时。

这里说的及时是指自起算日起或者触及披露时点的两个交易日内。

2. 在上述规定的时点之前出现下列情形之一的，上市公司应当及时披露相关事项的现状、可能影响事件进展的风险因素：（1）该重大事件难以保密；（2）该重大事件已经泄露或者市场出现传闻；（3）公司证券及衍生品种出现异常交易情况。

3. 上市公司参股公司发生可能对上市公司证券及其衍生品种交易价格产生较大影响的事件的，上市公司应当履行信息披露义务。

【例题33·判断题】A 公司拟与 B 上市公司股东达成收购协议，收购 B 公司 20% 股份从而成为 B 公司第一大股东。该收购协议尚未达成，证券市场已经因受该收购协议传闻的影响导致 B 公司股票持续上涨。此时 B 公司应当及时披露有关收购的现状。（　　）

【答案】√

【考点四十一】上市公司的股东、实际控制人在信息披露中的义务（重要）

上市公司的股东、实际控制人发生以下事件时，应当主动告知上市公司董事会，并配合上市公司履行信息披露义务：（1）持有公司 5% 以上股份的股东或者实际控制人，其持有股份或者控制公司的情况发生较大变化的；（2）法院裁决禁止控股股东转让其所持股份，任何一个股东所持公司 5% 以上股份被质押、冻结、司法拍卖、托管、设定信托或者被依法限制表决权的；（3）拟对上市公司进行重大资产或者业务重组的。

通过接受委托或者信托等方式持有上市公司 5% 以上股份的股东或者实际控制人，应当及时将委托人情况告知上市公司，配合上市公司履行信息披露义务。

【考点四十二】内幕交易行为（重要，自 2000 年以来考过 4 次。见表 5－4）

表 5－4　　　　　　　　　　　禁止的交易行为

	行为主体	行为表现
内幕交易行为	内幕人员（见注 1）	利用内幕信息进行交易（见注 2）
操纵市场行为	有资金优势或职权的人	通过单独或者合谋，集中资金优势、持股优势或者利用信息优势联合或者连续买卖证券；或者与他人串通，相互进行证券交易，以抬高或压低某种证券价格，从中获利等
虚假陈述行为	国家工作人员、监管机构及人员、中介机构及人员、新闻传播媒介的人员等	编造和传播虚假信息和作虚假陈述或信息误导
欺诈客户行为	证券公司及其从业人员	1. 违背客户的委托为客户买卖证券；2. 不在规定的时间内向客户提供交易的书面确认文件；3. 挪用客户所委托买卖的证券或客户账户上的资金；4. 未经客户的委托，擅自为客户买卖证券，或者假借客户的名义买卖证券；5. 为牟取佣金收入，诱使客户进行不必要的证券交易等

注 1. 内幕人员包括以下几种：①发行股票或者公司债券的公司的高级管理人员；②持有公司 5% 以上股份的股东及其董事、监事、高级管理人员，公司的实际控制人及其董事、监事、高级管理人员；③发行人控股的公司及其董事、监事、高级管理人员；④由于所任公司职务可以获取公司有关内幕信息的人员；⑤证券监督管理机构工作人员以及由于法定职责对证券的发行、交易进行管理的其他人员；⑥保荐人、承销的证券公司、证券交易所、证券登记结算机构、证券服务机构的有关人员；⑦国务院证券监督管理机构规定的其他人员。

注 2. 内幕信息包括：①《证券法》第 67 条第 2 款所列应报送临时报告的重大事件；②公司分配股利或者增资的计划；③公司股权结构的重大变化；④公司债务担保的重大变更；⑤公司营业用主要资产的抵押、出售或者报废一次超过该资产的 30%；⑥公司的董事、监事、高级管理人员的行为可能依法承担重大损害赔偿责任；⑦上市公司收购的有关方案；⑧国务院证券监督管理机构认定的对证券交易价格有显著影响的其他重要信息。

【注意问题】证券交易内幕信息的知情人和非法获取内幕信息的人，在内幕信息公开前，不得买卖该公司的证券，或者泄露该信息，或者建议他人买卖该证券。

【例题34·多选题】根据《中华人民共和国证券法》的规定，下列选项中，属于知悉证券交易内幕信息的知情人员的有（　　）。（1999 年试题）

A. 发行股票公司的控股股东的高级管理人员

B. 持有公司 5% 以上股份的股东

C. 证券监督管理机构工作人员

D. 参与证券上市交易有关业务活动的中介机构工作人员

【答案】ABCD

【例题35·多选题】根据证券法律制度的规定，下列信息中，属于内幕信息的有（　　）。（2003 年试题）

A. 公司董事的行为可能依法承担重大损害赔偿责任

B. 公司营业用主要资产的抵押、出售或者报废一次超过该资产的 20%

C. 公司生产经营的外部条件发生重大变化

D. 公司董事长发生变动

【答案】ACD

【注意问题】注意将内幕信息与临时公告中的

重大事件（见考点三十八）结合复习。

【考点四十三】操纵市场行为（见表5-4）

【例题36·判断题】甲、乙、丙、丁合谋，集中资金优势、持股优势联合买卖或者连续买卖证券，影响证券交易价格，从中牟取利益的行为是欺诈客户的行为。（　　）（2001年试题）

【答案】×

【考点四十四】虚假陈述行为（见表5-4）

【例题37·判断题】股民李某急于将手中套牢的A公司的股票出手，于是编造了A公司即将与某国外大公司签订重大合同的消息，并在证券交易场所散布。李某的行为已构成制造虚假信息的行为。（　　）

【答案】×

【注意问题】制造虚假信息行为的主体具有特定性。

【考点四十五】欺诈客户行为（重要，见表5-4）

【例题38·判断题】证券公司不在规定时间内向客户提供交易的书面确认文件，属于欺诈客户行为。（　　）（1999年试题）

【答案】√

【注意问题】欺诈客户行为的主体针对证券公司。

【考点四十六】实际控制（重要）

投资者可以采取要约收购、协议收购、间接收购及其他合法方式收购上市公司。收购意味着控制，实际控制是指：

1. 投资者为上市公司持股50%以上的控股股东；

2. 投资者可以实际支配上市公司股份表决权超过30%；

3. 投资者通过实际支配上市公司股份表决权能够决定公司董事会半数以上成员选任；

4. 投资者以其可实际支配的上市公司股份表决权足以对公司股东大会的决议产生重大影响。

【例题39·判断题】甲公司通过协议转让方式受让乙上市公司12%的股份，而乙上市公司没有其他持股数额达到12%的股东。如无相反证据，甲公司的行为构成上市公司收购的行为。（　　）（2004年试题经调整）

【答案】×

【注意问题】上市公司的第一大股东，不一定为其实际控制人。

【考点四十七】一致行动人（重要）

收购人包括投资者及与其一致行动的他人。如

无相反证据，投资者有下列情形之一的，为一致行动人：

1. 投资者之间有股权控制关系；

【解释】如A公司收购甲上市公司股份，B公司也是甲上市公司的股东，A公司是B公司的控股股东，则A公司与B公司为一致行动人。

2. 投资者受同一主体控制；

【解释】如A公司收购甲上市公司股份，B公司也是甲上市公司的股东，乙公司是A公司和B公司的控股股东，则A公司与B公司为一致行动人。

3. 投资者的董事、监事或者高级管理人员中的主要成员，同时在另一个投资者担任董事、监事或者高级管理人员；

【解释】如A公司收购甲上市公司股份，B公司也是甲上市公司的股东，A公司的董事，又在B公司担任董事，A公司与B公司为一致行动人。

4. 投资者参股另一投资者，可以对参股公司的重大决策产生重大影响；

5. 银行以外的其他法人、其他组织和自然人为投资者取得相关股份提供融资安排；

6. 投资者之间存在合伙、合作、联营等其他经济利益关系；

7. 持有投资者30%以上股份的自然人，与投资者持有同一上市公司股份；

【解释】A公司收购甲公司，自然人张某持有A公司30%以上的股份，同时张某又持有甲公司的股份，则A公司与张某为一致行动人。

8. 在投资者任职的董事、监事及高级管理人员，与投资者持有同一上市公司股份；

【解释】A公司收购甲公司，李某是A公司的董事，李某同时持有甲公司的股份，则A公司与李某是一致行动人。

9. 持有投资者30%以上股份的自然人和在投资者任职的董事、监事及高级管理人员，其父母、配偶、子女及其配偶、配偶的父母、兄弟姐妹及其配偶、配偶的兄弟姐妹及其配偶等亲属，与投资者持有同一上市公司股份；

【解释】该点规定其实是在上述第7、8两种情形的基础上所作的延伸，是将与他们有血亲或姻亲关系的人员纳入到一致行动人。

10. 在上市公司任职的董事、监事、高级管理人员及其前项所述亲属同时持有本公司股份的，或者与其自己或者其前项所述亲属直接或间接控制的企业同时持有本公司股份；

11. 上市公司董事、监事、高级管理人员和员工与其所控制或者委托的法人或者其他组织持有本公司股份；

12. 投资者之间具有其他关联关系。

一致行动人应当合并计算其所持有的股份。投资者计算其所持有的股份，应当包括登记在其名下的股份，也包括登记在其一致行动人名下的股份。

【例题40·多选题】甲公司拟收购乙上市公司。根据证券法律制度的规定，下列投资者中，如无相反证据，属于甲公司一致行动人的有（　　）。（2007年试题）

A. 由甲公司的监事担任董事的丙公司

B. 持有乙公司1%股份且为甲公司董事之弟的张某

C. 持有甲公司20%股份且持有乙公司3%股份的王某

D. 在甲公司中担任董事会秘书且持有乙公司2%股份的李某

【答案】ABD

【注意问题】

1. 注意对该问题的理解，特别是在案例题中如何界定是否构成一致行动人。

2. 投资者在一个上市公司中拥有的权益，包括登记在其名下的股份和虽未登记在其名下但该投资者可以实际支配表决权的股份。投资者及其一致行动人在一个上市公司中拥有的权益应当合并计算。

【考点四十八】不得收购的情形（重要）

1. 收购人负有数额较大的债务，到期未清偿，且处于持续状态；

2. 收购人最近3年有重大违法行为或者涉嫌有重大违法行为；

3. 收购人最近3年有严重的证券市场失信行为；

4. 收购人为自然人的，存在《公司法》第147条规定情形。

【相关链接】《公司法》第147条规定，是指不得担任公司董事、监事、高级管理人员任职的5种情形。

【考点四十九】上市公司收购中有关当事人的义务

1. 收购的义务。（1）报告义务。实施要约收购的收购人必须事先向中国证监会报送上市公司收购报告书。在要约收购完成后，收购人应当在15日内将收购情况报告中国证监会和证券交易所。（2）锁定义务。收购人持有的被收购的上市公司的股票，在收购行为完成后的12个月内不得转让。

2. 被收购公司的董事、监事、高级管理人员的义务。不得利用公司资源向收购人提供任何形式的财务资助，不得损害公司及其股东的合法权益。

【考点五十】权益披露（重要）

1. 无论是通过证券交易所的证券交易，还是通过协议转让方式，投资者及其一致行动人拥有权益的股份达到一个上市公司已发行股份的5%时，应当在该事实发生之日起3日内编制权益变动报告书，向中国证监会、证券交易所提交书面报告，抄报该上市公司所在地的中国证监会派出机构，通知

该上市公司，并予公告；在上述期限内，不得再行买卖该上市公司的股票。

2. 投资者及其一致行动人拥有权益的股份达到一个上市公司已发行股份的5%后，通过证券交易所的证券交易或者协议转让方式，其拥有权益的股份占该上市公司已发行股份的比例每增加或者减少5%，应当依照前述规定进行报告和公告。在报告期限内和作出报告、公告后2日内，不得通过证券交易所的证券交易再行买卖该上市公司的股票。

【相关链接】持股5%的股东属于内幕人员，注意对其内幕交易的限制。

【例题41·多选题】根据证券法律制度的规定，投资者通过证券交易所的证券交易持有一个上市公司已发行股份的5%时，应当在该事实发生之日起3日内履行一定的法定义务。下列选项中，属于该法定义务的有（　　）。（2002年试题）

A. 向国务院证券监督管理机构作出书面报告

B. 向证券交易所作出书面报告

C. 向证券登记结算机构作出书面报告

D. 通知上市公司持股情况并予以公告

【答案】ABD

【考点五十一】权益变动的披露方式（重要）

1. 编制简式权益变动报告书。投资者及其一致行动人不是上市公司的第一大股东或者实际控制人，其拥有权益的股份达到或者超过该公司已发行股份的5%但未达到20%的，应当编制简式权益变动报告书。简式权益变动报告书的主要内容：

（1）投资者及其一致行动人的基本情况；

（2）持股目的，是否有意在未来12个月内继续增加其在上市公司中拥有的权益；

（3）上市公司的名称、股票的种类、数量、比例；

（4）在上市公司中拥有权益的股份达到或者超过上市公司已发行股份的5%或者拥有权益的股份增减变化达到5%的时间及方式；

（5）权益变动事实发生之日前6个月内通过证券交易所的证券交易买卖该公司股票的简要情况。

2. 编制详式权益变动报告书。投资者及其一致行动人为上市公司第一大股东或者实际控制人，其拥有权益的股份达到或者超过一个上市公司已发行股份的5%，但未达到20%的，投资者及其一致行动人拥有权益的股份达到或者超过一个上市公司已发行股份的20%但未超过30%的，应当编制详式权益变动报告书。

（1）投资者及其一致行动人的控股股东、实际控制人及其股权控制关系结构图；

（2）取得相关股份的价格、所需资金额、资金来源，或者其他支付安排；

（3）投资者、一致行动人及其控股股东、实际控制人所从事的业务与上市公司的业务是否存在同

业竞争或者潜在的同业竞争，是否存在持续关联交易；存在同业竞争或者持续关联交易的，是否已作出相应的安排，确保投资者、一致行动人及其关联方与上市公司之间避免同业竞争以及保持上市公司的独立性；

（4）未来 12 个月内对上市公司资产、业务、人员、组织结构、公司章程等进行调整的后续计划；

（5）前 24 个月内投资者及其一致行动人与上市公司之间的重大交易；

（6）不存在不得收购的情形。

【例题 42·多选题】根据规定，下列各项中，投资者及其一致行动人应当编制详式权益变动报告书，并予以披露的情形有（　　）。

A. 投资者及其一致行动人不是上市公司的第一大股东或实际控制人

B. 投资者及其一致行动人拥有权益的股份达到或者超过一个上市公司已发行股份的 5%，但未达到 20% 的

C. 投资者及其一致行动人是上市公司的第一大股东或实际控制人，其拥有权益的股份达到或者超过一个上市公司已发行股份的 5%，但未达到 20% 的

D. 投资者及其一致行动人不是上市公司的第一大股东或实际控制人，其拥有权益的股份达到或者超过一个上市公司已发行股份的 20% 但未超过 30% 的

【答案】CD

【例题 43·判断题】投资者及其一致行动人编制简式权益变动报告书的，其应披露的内容包括投资者、一致行动人及其控股股东、实际控制人所从事的业务与上市公司的业务是否存在同业竞争或者潜在的同业竞争，是否存在持续关联交易。（　　）

【答案】×

【注意问题】注意区分简式权益变动报告书与详式权益变动报告书的编制人，以及所披露内容的区别。

【考点五十二】免于履行权益披露义务的情形

1. 已披露权益变动报告书的投资者及其一致行动人在披露之日起 6 个月内，因拥有权益的股份变动需要再次报告、公告权益变动报告书的，可以仅就与前次报告书不同的部分作出报告、公告。

2. 因上市公司减少股本导致投资者及其一致行动人拥有权益的股份变动，出现法定情形，投资者及其一致行动人免于履行报告和公告义务。

【注意问题】注意将此处规定的情形，与上述几个考点中应当进行权益披露的情形区别，如在多选题中出现。

【考点五十三】要约收购的适用条件（重要）

1. 要约收购的适用条件（须同时具备）：

（1）持股比例达到 30%。投资者通过证券交易所的证券交易，或者协议、其他安排持有或与他人共同持有一个上市公司已发行的股份达到 30%。

（2）继续增持股份。应当采取要约方式进行，发出全面要约或者部分要约。

2. 以要约方式收购一个上市公司股份的，其预定收购的股份比例不得低于该上市公司已发行股份的 5%。

【解释】因为收购人持有一个上市公司的股份达到 30% 时，如果要继续增持股份，应当采取要约收购的方式，也就是通过证券交易市场的交易活动进行收购，是一种公开求购的方式，同时由于在前面已经规定，当收购人及其一致行动人持有一个上市公司股份达到 5% 时，应当依法进行权益披露。所以，收购人既然欲收购该上市公司，其预定收购股份的比例不得低于该上市公司已发行股份的 5%。

【例题 44·判断题】通过证券交易所的证券交易，投资者持有一个上市公司已发行的股份的 30% 时，继续进行收购的，除国务院证券监督管理机构免除发出要约的以外，应当依法向该上市公司所有股东发出收购要约。（　　）（2000 年试题经调整）

【答案】×

【注意问题】

1. 投资者及其一致行动人对一个上市公司持有的股份达到 30%，是其发出收购要约的前提。但是，投资者及其一致行动人对一个上市公司持有的股份达到 30%，又不必然的要进行要约收购，还需看其是否有继续增持股份的意图。如果有，原则上须采取要约收购的方式。

2. 收购要约根据收购人的目的，可以发出全面要约或者部分要约。

【考点五十四】要约收购的程序（摘要）

1. 收购人向中国证监会报送要约收购报告书后，拟自行取消的，应当向中国证监会提出申请并说明原因，予以公告。自公告之日起 12 个月内，该收购人不得再次对同一上市公司进行收购。

2. 公告收购要约。收购要约的期限不得少于 30 日，并不得超过 60 日，但是出现竞争要约的除外。

3. 预受与收购。

（1）同意接受收购要约的股东（预受股东），应当委托证券公司办理预受要约的相关手续。

（2）收购人应当委托证券公司向证券登记结算机构申请办理预受要约股票的临时保管。证券登记结算机构临时保管的预受要约的股票，在要约收购期间不得转让。

（3）在要约收购期限届满 3 个交易日前，预受股东可以委托证券公司办理撤回预受要约的手续，证券登记结算机构根据预受要约股东的撤回申请解除对预受要约股票的临时保管。在要约收购期限届满前 3 个交易日内，预受股东不得撤回其对要约的

接受。

(4) 在要约收购期限内,收购人应当每日在证券交易所网站上公告已预受收购要约的股份数量。出现竞争要约时,接受初始要约的预受股东撤回全部或者部分预受的股份,并将撤回的股份售予竞争要约人的,应当委托证券公司办理撤回预受初始要约的手续和预受竞争要约的相关手续。

(5) 收购期限届满,发出部分要约的收购人应当按照收购要约约定的条件购买被收购公司股东预受的股份,预受要约股份的数量超过预定收购数量时,收购人应当按照同等比例收购预受要约的股份。

(6) 以终止被收购公司上市地位为目的的,收购人应当按照收购要约约定的条件购买被收购公司股东预受的全部股份;

(7) 未取得中国证监会豁免而发出全面要约的收购人应当购买被收购公司股东预受的全部股份。

【例题45·单选题】收购人以要约收购方式收购上市公司,在依照规定报送有关收购报告书并公告收购要约后,即可在收购要约的期限内实施收购。根据证券法律制度的规定,该收购要约的期限为( )。(2002年试题)

A. 不得少于15日,并不得超过30日

B. 不得少于15日,并不得超过60日

C. 不得少于30日,并不得超过60日

D. 不得少于30日,并不得超过90日

【答案】C

【例题46·判断题】A公司发出要约收购的提示性公告,欲收购甲上市公司25%的股份。如果预受股东持有的股份为甲公司已发行股份的50%,则A公司对每位预受股东应按照1/2的比例收购预受要约的股份。( )

【答案】√

【考点五十五】要约价格和价款支付方式（重要）

1. 要约价格

(1) 收购人依法进行要约收购的,对同一种类股票的要约价格,不得低于要约收购提示性公告日前6个月内收购人取得该种股票所支付的最高价格。

(2) 要约价格低于提示性公告日前30个交易日该种股票的每日加权平均价格的算术平均值的,收购人聘请的财务顾问应当就该种股票前6个月的交易情况进行分析,说明是否存在股价被操纵、收购人是否有未披露的一致行动人、收购人前6个月取得公司股份是否存在其他支付安排、要约价格的合理性等。

【例题47·单选题】根据有关规定,下列有关要约人进行要约收购的,对同一种类股票的要约价格的表述中,正确的是( )。(2004年试题经调整)

A. 不得低于提示性公告日前30个交易日该种股票的每日加权平均价格的算术平均值

B. 不得低于提示性公告日前30个交易日内,收购人取得被收购公司股票所支付的最高价格

C. 不得低于要约收购提示性公告日前6个月收购人取得该种股票所支付的最高价格

D. 不得低于被收购公司最近一期经审计的每股净资产值

【答案】C

2. 价款支付方式

(1) 以现金支付收购价款的,应当在作出要约收购提示性公告的同时,将不少于收购价款总额的20%作为履约保证金存入证券登记结算机构指定的银行。

(2) 收购人以证券支付收购价款的,应当提供该证券的发行人最近3年经审计的财务会计报告、证券估值报告,并配合被收购公司聘请独立财务顾问的尽职调查工作。

①收购人以在证券交易所上市交易的证券支付收购价款的,应当在作出要约收购提示性公告的同时,将用于支付的全部证券交由证券登记结算机构保管,但上市公司发行新股的除外。

②收购人以在证券交易所上市的债券支付收购价款的,该债券的可上市交易时间应当不少于一个月;

③收购人以未在证券交易所上市交易的证券支付收购价款的,必须同时提供现金方式供被收购公司的股东选择,并详细披露相关证券的保管、送达被收购公司股东的方式和程序安排。

【例题48·单选题】采取要约方式收购上市公司股份时,下列有关收购人支付收购上市公司价款的表述中,符合上市公司收购管理规定的是( )。(2007年试题)

A. 收购人以在证券交易所上市的债券支付价款的,该债券的可上市交易时间应当不少于3个月

B. 收购人以证券支付价款的,应当提供该证券发行人上一年度经审计的财务会计报告和证券估值报告

C. 收购人以未在证券交易所上市交易的证券支付价款的,应当同时提供现金方式供被收购公司的股东选择

D. 收购人以现金支付价款的,应当将不少于收购价款总额的10%作为履约保证金存入证券登记结算机构指定的银行

【答案】C

【考点五十六】收购要约的效力

1. 收购要约期限届满前15日内,收购人不得变更收购要约;但是出现竞争要约的除外。

2. 出现竞争要约时,发出初始要约的收购人变更收购要约距初始要约收购期限届满不足15日的,

应当延长收购期限，延长后的要约期限应当不少于15日，不得超过最后一个竞争要约的期满日，并按规定比例追加履约保证金；以证券支付收购价款的，应当追加相应数量的证券，交由证券登记结算机构保管。发出竞争要约的收购人最迟不得晚于初始要约收购期限届满前15日发出要约收购的提示性公告，并应当根据有关规定履行报告、公告义务。

【解释】如A公司持有甲上市公司30%的股份，于2007年6月5日发出要约收购的提示性公告，收购期限为30日，截止到7月5日。B公司也欲收购甲上市公司，于2007年7月1日发出要约收购的公告，收购期限也是30日，截止到7月31日。A公司是初始要约的收购人，根据规定应当延长收购期限至7月31日。

3. 收购人作出提示性公告后至要约收购完成前，被收购公司除继续从事正常的经营活动或者执行股东大会已经作出的决议外，未经股东大会批准，被收购公司董事会不得通过处置公司资产、对外投资、调整公司主要业务、担保、贷款等方式，对公司的资产、负债、权益或者经营成果造成重大影响。

4. 在要约收购期间，被收购公司董事不得辞职。

【考点五十七】终止交易（重要）

收购期限届满，被收购公司股权分布不符合上市条件，该上市公司的股票由证券交易所依法终止上市交易。在收购行为完成前，其余仍持有被收购公司股票的股东，有权在收购报告书规定的合理期限内向收购人以收购要约的同等条件出售其股票，收购人应当收购。

【相关链接1】上市公司的股本总额、股权分布等发生变化不再具备上市条件，在证券交易所规定的期限内仍不能达到上市条件的，应当终止其股票上市交易。

【相关链接2】股份有限公司申请股票上市的条件之一为：公开发行的股份达到公司股份总数的25%以上；公司股本总额超过人民币4亿元的，公开发行股份的比例为10%以上。

【例题49·判断题】某上市公司的股本总额为2亿股，收购期限届满，收购人通过要约收购持有被收购上市公司股份达到16000万股，该上市公司的股票应当终止交易。（　　）

【答案】√

【考点五十八】协议收购（重要）

1. 采取协议方式收购上市公司的，收购人可以依照法律、行政法规的规定同被收购公司的股东协议转让股份。收购协议达成后，收购人必须在3日内将该收购协议向国务院证券监督管理机构及证券交易所作出书面报告，并予以公告。在公告前不得履行收购协议。

2. 协议收购的双方可以临时委托证券登记结算机构保管协议转让的股票，并将资金存放于指定的银行。

3. 采取协议收购方式，收购人收购或者通过协议、其他安排与他人共同收购一个上市公司已发行的股份达到30%时，继续进行收购的，应当向该上市公司的所有股东发出收购上市公司全部或者部分股份的要约。但是，经国务院证券监督管理机构免除发出要约的除外。

【注意问题】注意协议收购与要约收购之间的联系。即收购人通过协议、其他安排与他人共同收购一个上市公司已发行的股份达到30%时，继续进行收购的，应当向该上市公司的所有股东发出收购上市公司全部或者部分股份的要约。但是，经国务院证券监督管理机构免除发出要约的除外。

【相关例题】见本章经典试题回顾部分1999年综合题。

【考点五十九】豁免申请

1. 当出现规定的特殊情形时（见考点六十），投资者及其一致行动人可以向中国证监会申请豁免。

【解释】投资者及其一致行动人持有被收购公司30%的股份，拟继续增持的，在出现豁免情形时，可以免予以要约方式收购。

2. 未取得豁免的，投资者及其一致行动人应当在收到中国证监会通知之日起30日内将其或者其控制的股东所持有的被收购公司股份减持到30%或者30%以下；拟以要约以外的方式继续增持股份的，应当发出全面要约。

【考点六十】豁免事项（重要）

1. 免予以要约收购方式增持股份的事项

（1）收购人与出让人能够证明本次转让未导致上市公司的实际控制人发生变化；

（2）上市公司面临严重财务困难，收购人提出的挽救公司的重组方案取得该公司股东大会批准，且收购人承诺3年内不转让其在该公司中所拥有的权益；

（3）经上市公司股东大会非关联股东批准，收购人取得上市公司向其发行的新股，导致其在该公司拥有权益的股份超过该公司已发行股份的30%，收购人承诺3年内不转让其拥有权益的股份，且公司股东大会同意收购人免予发出要约。

2. 存在主体资格、股份种类限制或者法律、行政法规、中国证监会规定的特殊情形的事项

（1）经政府或者国有资产管理部门批准进行国有资产无偿划转、变更、合并，导致投资者在一个上市公司中拥有权益的股份占该公司已发行股份的

比例超过 30%。

（2）在一个上市公司中拥有权益的股份达到或者超过该公司已发行股份的 30% 的，自上述事实发生之日起 1 年后，每 12 个月内增加其在该公司中拥有权益的股份不超过该公司已发行股份的 2%。

【相关链接】以要约方式收购一个上市公司股份的，其预定收购的股份比例均不得低于该上市公司已发行股份的 5%。

（3）在一个上市公司中拥有权益的股份达到或者超过该公司已发行股份的 50% 的，继续增加其在该公司拥有的权益不影响该公司的上市地位。

【相关链接 1】上市公司股票终止交易的情形之一是股权比例不再具备上市条件，即公开发行的股份达到公司股份总数的 25% 以上；公司股本总额超过人民币 4 亿元的，公开发行股份的比例为 10% 以上。如该收购人持有上市公司已发行股份的 75% 以上，将导致上市公司的股权比例不再具备上市条件。

【相关链接 2】豁免事项：收购人与出让人能够证明本次转让未导致上市公司的实际控制人发生变化。

（4）因上市公司按照股东大会批准的确定价格向特定股东回购股份而减少股本，导致当事人在该公司中拥有权益的股份超过该公司已发行股份的 30%。

（5）证券公司、银行等金融机构在其经营范围内依法从事承销、贷款等业务导致其持有一个上市公司已发行股份超过 30%，没有实际控制该公司的行为或者意图，并且提出在合理期限内向非关联方转让相关股份的解决方案。

（6）因继承导致在一个上市公司中拥有权益的股份超过该公司已发行股份的 30%。

【例题 50·判断题】A 公司在甲上市公司中拥有权益的股份达到该公司已发行股份的 51%，甲公司股本总额为 3 亿元。A 公司拟与甲公司股东达成协议，通过协议方式继续收购甲公司 16% 的股份。A 公司的做法符合法律规定。（　　）

【答案】√

【注意问题】以上事项考生应当注意理解。可以从多选题、判断题，甚至是综合题的角度关注。

【考点六十一】财务顾问

1. 收购人未按照规定聘请财务顾问的，不得收购上市公司。

2. 上市公司董事会或者独立董事聘请的财务顾问，不得同时担任收购人的财务顾问或者与收购人的财务顾问存在关联关系。

3. 自收购人公告上市公司收购报告书至收购完成后 12 个月内，财务顾问应当通过日常沟通、定期回访等方式，关注上市公司的经营情况，结合被收购公司定期报告和临时公告的披露事宜，对收购

人及被收购公司履行持续督导职责。

【例题 51·判断题】在上市公司收购中，收购人与被收购人应当按照规定聘请财务顾问，否则，不得收购上市公司。（　　）

【答案】×

【考点六十二】上市公司收购后事项的处理（重要）

1. 收购期限届满，被收购公司股权分布不符合上市条件的，该上市公司的股票应当由证券交易所依法终止上市交易；其余仍持有被收购公司股票的股东，有权向收购人以收购要约的同等条件出售其股票，收购人应当收购。收购行为完成后，被收购公司不再具备股份有限公司条件的，应当依法变更企业形式。

2. 在上市公司收购中，收购人持有的被收购公司的股票，在收购行为完成后的 12 个月内不得转让。

3. 收购行为完成后，收购人与被收购公司合并，并将该公司解散的，被解散公司的原有股票由收购人依法更换。

4. 收购行为完成后，收购人应当在 15 日内将收购情况报告国务院证券监督管理机构和证券交易所，并予公告。

【相关例题】见本章经典试题回顾部分 1999 年综合题。

【考点六十三】证券交易所的职责

1. 办理股票、公司债券的暂停上市、恢复上市或者终止上市的事务；

2. 未经证券交易所许可，任何单位和个人不得发布证券交易即时行情；

3. 采取技术性停牌、临时停市措施，但必须及时报告国务院证券监督管理机构。

【例题 52·单选题】根据《中华人民共和国证券法》的规定，证券交易所的临时停市应（　　）。（2000 年试题）

A. 由证券交易所决定，并及时报告国务院

B. 由国务院证券监督管理机构决定，证券交易所执行

C. 由证券交易所决定，并及时报告国务院证券监督管理机构

D. 由国务院决定，证券交易所执行

【答案】C

【考点六十四】证券交易规则

1. 参与集中竞价交易的必须是证券交易所的会员；

2. 投资者应委托证券公司买卖证券；

3. 证券公司根据投资者的委托，按照证券交易规则提出交易申报，参与证券交易所场内的集中交

易，并根据成交结果承担相应的清算交收责任；

4. 按照依法制定的交易规则进行的交易，不得改变其交易结果。

【例题53·单选题】根据法律规定，下列各项中，投资者买卖证券正确的方式是（　　）。

A. 委托证券交易所

B. 委托证券公司

C. 委托证券登记结算机构

D. 进入证券交易所自主买卖

【答案】B

【注意问题】区分证券交易所与证券交易场所。

【考点六十五】证券公司的设立条件及业务范围（重要，见表5-5）

表5-5　　　　　　　　　　　证券公司设立条件及业务范围

设立条件	重点关注的条件有：1. 主要股东具有持续盈利能力，信誉良好，最近3年无重大违法、违规行为，净资产不低于人民币2亿元；2. 有符合《证券法》规定的注册资本；3. 董事、监事、高级管理人员具备任职资格，从业人员具有证券从业资格（见注）。了解其他条件	
业务范围	注册资本5000万元	1. 证券经纪；2. 证券投资咨询；3. 与证券交易、证券投资活动有关的财务顾问
	注册资本1亿元	除上述三项业务外，还可经营下列业务之一：4. 证券承销与保荐；5. 证券自营；6. 证券资产管理；7. 其他证券业务
	注册资本5亿元	除上述前三项业务外，还可经营后四项业务中的两项

注：有《公司法》第147条规定的情形或者下列情形之一的，不得担任证券公司的董事、监事、高级管理人员：（1）因违法行为或者违纪行为被解除职务的证券交易所、证券登记结算机构的负责人或者证券公司的董事、监事、高级管理人员，自被解除职务之日起未逾5年；（2）因违法行为或者违纪行为被撤销资格的律师、注册会计师或者投资咨询机构、财务顾问机构、资信评级机构、资产评估机构、验证机构的专业人员，自被撤销资格之日起未逾5年；（3）因违法行为或者违纪行为被开除的证券交易所、证券登记结算机构、证券服务机构、证券公司的从业人员和被开除的国家机关工作人员，不得招聘为证券公司的从业人员；（4）国家机关工作人员和法律、行政法规规定的禁止在公司中兼职的其他人员，不得在证券公司中兼任职务。

【例题54·单选题】根据《证券法》的规定，证券公司同时经营证券自营和证券资产管理业务的，其注册资本最低限额为（　　）。（2006年试题）

A. 人民币5000万元　　　B. 人民币1亿元

C. 人民币5亿元　　　　　D. 人民币10亿元

【答案】C

【考点六十六】证券公司的经营管理（重要）

1. 证券公司的自营业务必须以自己的名义进行，不得假借他人名义或者个人名义进行，必须使用自有资金和依法筹集的资金；证券公司不得将其自营账户借给他人使用。

2. 证券公司办理经纪业务，不得接受客户的全权委托而决定证券买卖、选择证券种类、决定买卖数量或者买卖价格。证券公司不得以任何方式对客户证券买卖的收益或者赔偿证券买卖的损失作出承诺。

3. 证券公司应当妥善保管客户的有关交易资料，保存期不得少于20年。

【例题55·判断题】投资者委托证券公司买卖股票，应当有关于股票名称、买卖数量以及交易价格的具体要求。（　　）

【答案】√

【考点六十七】投资咨询机构及其从业人员禁止的行为（重要）

1. 代理委托人从事证券投资；

【解释】代理委托人从事证券投资，属于证券公司的经纪业务。

2. 与委托人约定分享证券投资收益或者分担证券投资损失；

3. 买卖本咨询机构提供服务的上市公司股票；

4. 利用传播媒介或者通过其他方式提供、传播虚假或者误导投资者的信息。

【考点六十八】有关证券违法行为及法律责任

1. 发行人、上市公司或者其他信息披露义务人未按照规定披露信息，或者所披露的信息有虚假记载、误导性陈述或者重大遗漏的，责令改正，给予警告，并处以三十万元以上六十万元以下的罚款。对直接负责的主管人员和其他直接责任人员给予警告，并处以三万元以上三十万元以下的罚款。

2. 发行人、上市公司擅自改变公开发行证券所募集资金的用途的，责令改正，对直接负责的主管人员和其他直接责任人员给予警告，并处以三万元以上三十万元以下的罚款。

3. 上市公司的董事、监事、高级管理人员、持有上市公司股份5%以上的股东，违反《证券法》第47条的规定，买卖本公司股票的，给予警告，可以并处三万元以上十万元以下的罚款。

4. 法律、行政法规规定禁止参与股票交易的人员，直接或者以化名、借他人名义持有、买卖股票的，责令依法处理非法持有的股票，没收违法所得，并处以买卖股票等值以下的罚款；属于国家工作人员的，还应当依法给予行政处分。

证券公司成立后，无正当理由超过三个月未开始营业的，或者开业后自行停业连续三个月以上的，由公司登记机关吊销其公司营业执照。

5. 证券交易所、证券公司、证券登记结算机构、证券服务机构的从业人员或者证券业协会的工作人员，故意提供虚假材料，隐匿、伪造、篡改或者毁损交易记录，诱骗投资者买卖证券的，撤销证券从业资格，并处以三万元以上十万元以下的罚款；属于国家工作人员的，还应当依法给予行政处分。

6. 为股票发行、上市、交易出具审计报告、资产评估报告或者法律意见书等文件的证券服务机构和人员，违反本法第四十五条的规定买卖股票的，责令依法处理非法持有的股票，没收违法所得，并处以买卖股票等值以下的罚款。

7. 证券服务机构未勤勉尽责，所制作、出具的文件有虚假记载、误导性陈述或者重大遗漏的，责令改正，没收业务收入，暂停或者撤销证券服务业务许可，并处以业务收入一倍以上五倍以下的罚款。对直接负责的主管人员和其他直接责任人员给予警告，撤销证券从业资格，并处三万元以上十万元以下的罚款。

【注意问题】此处规定较多，为 2008 年教材进行补充、细化的部分。由于内容太多，受篇幅所限，此处选择了几个。考生可以总结一些规律，一般有如下几种处罚：三万元以上十万元以下的罚款；一倍以上五倍以下的罚款；买卖股票等值以下的罚款；没收违法收入；给予警告；国家工作人员依法给予行政处分等，吊销执业资格证书或营业执照。

经典试题回顾

【说明】由于近几年本章内容变化非常大，因此本章现有内容不存在的试题，不再选取；与本章现有内容规定不一致的，根据现有规定作适当调整。

一、单项选择题

1. 根据《中华人民共和国证券法》的规定，为股票发行出具审计报告的注册会计师在一定期限内不得购买该公司的股票。该期限为（　　）。（2001 年）
   A. 该股票的承销期内和期满后 1 年内
   B. 该股票的承销期内和期满后 6 个月内
   C. 出具审计报告后 6 个月内
   D. 出具审计报告后 1 年内
   【答案】B

【解析】我国《证券法》第 39 条规定，为股票发行出具审计报告、资产评估报告或者法律意见书等文件的专业机构和人员，在该股票承销期内和期满后 6 个月内，不得买卖该种股票。

2. 根据证券法律制度的规定，为上市公司发行新股出具审计报告的注册会计师在法定期间内，不得买卖该上市公司的股票。该法定期间为（　　）。（2003 年）
   A. 自接受上市公司委托之日起至审计报告公开后 5 日内
   B. 上市公司股票承销期内和期满后 6 个月内
   C. 自接受上市公司委托之日起至上市公司股票承销期满后 6 个月内
   D. 自接受上市公司委托之日起至出具审计报告后 6 个月内
   【答案】B

【解析】注意区分为上市公司发行新股出具审计报告，和为上市公司出具审计报告，对注册会计师买卖股票的限期规定不同。C 选项属于对前者的要求，A 选项属于对后者的要求。

二、多项选择题

1. 某从事原材料生产经营的上市公司拟发行可转换债券，下列各项中，是其发行可转换公司债券应当符合的条件有（　　）。（1998 年经调整）
   A. 最近 3 个会计年度加权平均净资产收益率平均不低于 6%
   B. 最近 3 个会计年度实现的年均可分配利润不少于公司债券 1 年的利息
   C. 最近 3 年以现金或股票方式累计分配的利润不少于最近 3 年的年均可分配利润的 10%
   D. 本次发行后累计公司债券余额不超过最近一期末净资产额的 40%
   【答案】ABD

【解析】根据规定，上市公司发行可转换公司债券，既要符合特定的条件，又要符合增发股票的一般条件。本题中 A、B、D 三项属于发行可转换公司债券应当具备的特定条件，C 项为增发股票的一般条件之一，其错误在于有关比例，应将其中的"10%"改为"20%"。

2. 上市公司的董事发生的下列行为中，可以被中国证监会认定该董事为市场禁入者的事实有（　　）。（1998 年）
   A. 对公司不履行信息披露义务负有直接责任
   B. 对公司信息披露有重大遗漏的行为负有直接责任
   C. 利用公司资金买卖本公司股票
   D. 利用内幕消息建议他人买卖本公司股票
   【答案】ABCD

【解析】本题所列举的该董事的行为均属违法行为。

3. 根据《中华人民共和国公司法》及有关规定，上市公司发生的下列事项中，国务院证券监督管理机构可以决定暂停公司股票上市的有（　　）。（2001年经调整）

A. 公司的股票被收购人收购达到该公司股本总额的70%

B. 公司最近3年连续亏损

C. 公司对财务会计报告作虚假记载，可能误导投资者

D. 公司发生重大诉讼

【答案】BC

【解析】本题在2000年曾经考过。

4. 根据证券投资基金管理的规定，下列选项中，属于申请上市的基金必须符合的条件有（　　）。（2002年）

A. 基金最低募集数不少于人民币1.5亿元

B. 基金存续期不少于5年

C. 基金持有人不少于1000人

D. 基金的托管人为经国务院证券监督管理机构批准设立的基金管理公司

【答案】BC

【解析】根据证券投资基金管理的规定，基金最低募集数应不少于2亿元人民币；基金托管人为经国务院证券监督管理机构和中国人民银行批准、具有开展基金托管业务资格的商业银行，基金管理公司为基金的管理人。所以A、D两项不符合规定。

5. 根据证券投资基金管理的有关规定，下列各项中，属于申请上市的基金必须符合的条件有（　　）。（2003年）

A. 基金存续期不少于5年

B. 基金最低募集金额不少于1亿元人民币

C. 基金持有人不少于1000人

D. 基金管理人、基金托管人有健全的组织机构和管理制度，财务状况良好，经营行为规范

【答案】ACD

【解析】根据规定，基金募集金额不低于2亿元，方符合基金上市条件，因此B选项不选。

三、判断题

1. 某上市公司董事会秘书甲将公司收购计划告知同学乙，乙据此买卖该公司股票并获利5万元。该行为属于内幕交易行为。（　　）（2002年）

【答案】√

【解析】根据证券法律制度的规定，知悉证券交易内幕信息的知情人员或者非法取得内幕信息的其他人员，不得买入或者卖出所持有的该公司的证券。

2. 某股份有限公司的股本总额为人民币50000万元，如果其申请首次向社会公众发行股票，则其拟申请向社会公众发行股票的数额应不少于

12500万元。（　　）（2003年）

【答案】×

【解析】股份公司公开发行股份的目的在于上市，因此其公开发行股份亦应考虑是否具备上市条件。根据《证券法》的规定，股份有限公司申请股票上市应当具备的条件之一为，公司股本总额超过人民币4亿元的，公开发行股份的比例为10%以上。12500÷（50000＋12500）＝0.2。

3. 上市公司发行股票所募资金，必须按照招股说明书所列资金用途使用。未经国务院证券监督管理委员会批准，不得改变招股说明书所列资金用途。（　　）（2003年）

【答案】×

【解析】应当为未经上市公司股东大会批准，不得改变招股说明书所列资金用途。

4. 某上市公司截止2004年12月31日经审计的财务资料为：总资产86800万元，净资产为34720万元，累计债券余额为12000万元。该公司计划在2005年发行可转换公司债券20000万元，如果不考虑发行可转换公司债券的其他条件，该发行计划符合有关规定。（　　）（2004年）

【答案】×

【解析】本次发行后累计公司债券余额已经超过最近一期期末净资产额的40%。

5. 在上市公司收购中，无论是通过协议收购方式，还是通过要约收购方式，收购人持有、控制一个上市公司的股份达到该公司已发行股份的30%时，除获得豁免外，均应当以要约收购方式向该公司的所有股东发出收购其所持有的全部股份的要约。（　　）（2005年经调整）

【答案】×

【解析】原题答案是正确的。根据现行规定，采取协议收购方式，收购人收购或者通过协议、其他安排与他人共同收购一个上市公司已发行的股份达到30%时，继续进行收购的，应当向该上市公司所有股东发出收购上市公司全部或者部分股份的要约。因此本题是错误的。

6. 内幕信息知情人员自己未买卖证券，也未建议他人买卖证券，但将内幕信息泄露给他人，他人依此买卖证券的，也属内幕交易行为。（　　）（2007年）

【答案】√

四、综合题

1. 说明：本题进行了调整。本题主要考点有：股票上市交易的条件，发起人股份转让的限制，股份有限公司股东所持股份的转让等。

某证券报社于1998年8月12日收到一封读者来信，反映某上市公司（下称"A公司"）存在下述问题并要求有关主管部门予以查处：

(1) A 公司于 1994 年 3 月 5 日由 B 企业、C 企业、D 公司、E 企业、F 公司共同以发起设立方式成立。A 公司成立时的股本总额为人民币 33600 万元（每股面值为人民币 1 元，下同）。1997 年 8 月 4 日 A 公司获准发行 8400 万股社会公众股，并于 8 月 31 日上市；此次发行完毕后，股本总额增为为人民币 42000 万元。A 公司现时股本结构违反了《中华人民共和国证券法》有关社会公众股所占股本总额比例的规定。

(2) A 公司的发起人 E 企业在进行资产重组时，将所持 A 公司 2000 万股于 1997 年 12 月 4 日转让给 G 公司，从而 G 公司持有 A 公司的股份达到 2050 万股。此一转让行为违反了国家法律、法规有关发起人股转让的规定，亦未经过 A 公司股东大会的同意；G 公司也未向 A 公司、证券交易所及中国证监会作出书面报告并公告。

(3) A 公司在证券交易所交易的股票价格自其 1997 年度报告公布之后，连续盘升，涨幅达 60%，而近期受大势回落的影响，一跌再跌，比年报公布前的价格还低 20%，而 A 公司未采取任何可以影响其股票价格稳定的措施，以致股民遭受重大损失。这是严重损害股民利益的行为。

(4) 鉴于上述情形，建议国家证券主管部门宣布 A 公司为证券市场禁入者。

要求：

试分别评述以上各点，并说明自己的观点。（1998 年）

【参考答案】

(1) A 公司现时股本结构中的社会公众股所占股本总额的比例为 20%，这一比例符合《证券法》有关社会公众股所占股本总额比例的规定。因为，根据《证券法》的规定，公司股本总额超过人民币 4 亿元的，公开发行股份的比例为 10% 以上即可。

(2) A 公司的发起人 E 企业将所持 A 公司 2000 万股转让给 G 公司违反有关发起人股份转让的规定。因为，根据《公司法》的规定，发起人持有的本公司公开发行股份前已发行的股份，自公司股票在证券交易所上市交易之日起 1 年内不得转让。本案 A 公司公开发行的股票于 1997 年 8 月 31 日上市，而 A 公司发起人 E 企业持有的本公司股份为公开发行股份前已发行的股份，于 1997 年 12 月 4 日转让，没有超过 1 年，因此不符合《公司法》的规定。此外，E 企业作为股份有限公司的股东转让其持有 A 公司的股份，无须经过股东大会的同意；G 公司受让 E 企业转让的股份之后，持有 A 公司的股份未达到股本总额的 5%，故无须向 A 公司、证券交易所和中国证监会作出书面报告并公告。

(3) A 公司未采取任何可以影响其股票价格稳定的措施符合有关规定。A 公司股票价格的涨落

纯属市场因素影响，股民进行证券投资应自担风险，其遭受的损失与 A 公司无关。

(4) 读者建议国家证券主管部门宣布 A 公司为证券市场禁入者无事实依据和法律依据。因为，A 公司作为一家上市公司，不属证券市场禁入的主体范围。

2. 说明：本题进行了调整。本题主要考点有：封闭式基金的设立规模，封闭式基金的存续时间，基金发起人的责任等。

A 证券公司、B 基金管理公司和 C 信托投资公司拟作为发起人共同设立一封闭式证券投资基金（以下称"D 基金"）。上述发起人拟定的设立 D 基金的有关计划要点如下：

(1) D 基金的基金单位拟定为 8 亿份，每份面值为人民币 1 元，每份发行价格拟定为人民币 1.02 元。基金的募集期限为 6 个月，自该基金批准之日起，在 6 个月内募集的资金达到人民币 6 亿元，该基金即为成立。

(2) D 基金的存续时间为 4 年。其封闭期限届满时，基金持有人大会同意续期的，即可续期；基金持有人大会不同意续期的，即不得续期。

(3) D 基金的托管人拟由 A 证券公司担任，基金管理人拟由 B 基金管理公司担任。如果 D 基金不能在批准的规模内募集到法定的资金，将不能成立。基金发起人必须将已募集的资金在扣除募集费用之后的余款退还给基金认购人。

要求：

按上述各点之顺序，分别指出其中的不符规定之处，并说明理由。（1999 年）

【参考答案】

(1) D 基金的募集资金达到人民币 6 亿元即为成立，不符合有关规定。根据有关规定，封闭式基金募集的资金达到核准规模的 80% 方可成立，以此计算，D 基金募集的资金只有达到人民币 6.4 亿元方可成立。

(2) 第一，D 基金的存续时间不符合有关规定。根据有关规定，D 基金的存续时间不得少于 5 年，而非 4 年。第二，D 基金有关续期的表述有不当之处。根据有关规定，基金的续期除了须经过基金持有人大会同意及具备其他条件外，还须经过国务院证券监督管理机构的批准。

(3) 根据有关规定，基金托管人应为商业银行，D 基金的基金托管人由 A 证券公司担任不符合规定。

基金发起人在基金不能成立时返还已募集的资金的方式不符合有关规定。根据有关规定，如果基金不能成立，基金发起人必须承担基金募集费用，已募集的资金并加计银行活期存款利息在 30 天内退还基金认购人。

3. 说明：本题进行了调整。本题主要考点有：股份有限公司发起人要求，首次公开发行股票的条

件，协议收购等。

1999 年 7 月，A 国有企业（本题下称"A 企业"）经国家有关部门同意，拟改组为股份有限公司并发行股票与上市。其拟定的有关方案部分要点为：A 企业拟作为主要发起人，联合其他 3 家国有企业共同以发起设立方式于 1999 年 9 月前设立 B 股份有限公司（本题下称"B 公司"）。各发起人投入 B 公司的资产总额拟定为人民币 16500 万元。其中：负债为人民币 12200 万元；净资产为人民币 4300 万元。B 公司成立时的股本总额拟定为 2750 万股（每股面值为人民币 1 元，下同）。B 公司成立 1 年后，即 2000 年年底之前，拟申请发行 6000 万社会公众股，新股发行后，B 公司股本总额为 8750 万股。

如果上述方案未获批准，A 企业将以协议收购方式收购 C 上市公司（本题下称"C 公司"）。具体做法为：A 企业与 C 公司的发起人股东 D 国有企业（本题下称"D 企业"）订立协议，受让 D 企业持有的 C 公司 51% 的股份。在收购协议订立之前，C 公司必须召开股东大会通过此事项。在收购协议订立之后，D 企业必须在 3 日内将该收购协议报国务院证券监督管理机构以及证券交易所审核批准。收购协议在未获得上述机构批准前不得履行。在收购行为完成之日，A 企业应当在 30 日内将收购情况报告国务院证券监督管理机构和证券交易所，并予公告。为了减少 A 企业控制 C 公司的成本，A 企业在收购行为完成 3 个月后，将所持 C 公司的股份部分转让给 E 公司。

要求：

根据上述事实，分别回答下列问题：

（1）A 企业拟定的改制及股票发行上市方案中，关于发起人人数是否符合规定？公司成立的时间以及公司的资产状况是否符合公司首次公开发行股票的有关规定？并说明理由。

（2）A 企业收购 C 公司的做法存在哪些不当之处？并说明理由。（1999 年）

【参考答案】

（1）第一，A 企业拟定由 4 家发起人以发起设立方式设立 B 公司符合法律规定。根据《公司法》规定，设立股份有限公司的发起人应当在 2 人以上 200 人以下，其中须有过半数以上的发起人在中国境内有住所。

第二，B 公司成立的时间不符合首次公开发行股票的规定。根据规定，股份有限公司应自成立后，持续经营时间在 3 年以上，方符合股份有限公司首次公开发行股票并上市的时间要求。

第三，根据规定，发行前股份有限公司的股本总额不少于人民币 3000 万元。而 B 公司拟发行股票前的股本总额为 2750 万元。因此，其财务状况不符合有关规定。

（2）A 企业收购 C 公司的做法存在以下不当之处：

①安排 C 公司召开股东大会通过 A 企业收购 C 公司股权事宜有不当之处。因为，A 企业收购 C 公司是受让 C 公司股东的股权，股份有限公司股东的股权转让无须经过股东大会批准。

②由 D 企业履行报告义务及将收购协议报国务院证券监督管理机构以及证券交易所审核批准不符合法律规定。根据有关规定，收购协议签订之后，应由收购人，即 A 企业履行报告义务，而非 D 企业。此外，收购协议无须经国务院证券监督管理机构以及证券交易所批准，仅向其作出书面报告即可。

③收购协议在未获批准之前不得履行的表述不当。根据有关规定，收购协议在未作出公告前不得履行。

④收购行为完成后，A 企业应当在 15 日内将收购情况报告国务院证券监督管理机构，抄送证券交易所，并予公告，而非 30 日。

⑤A 企业拟在收购行为完成 3 个月后转让所持 C 公司股份不符合法律之规定。根据有关法律规定，收购人在收购行为完成后 12 个月内不得转让所持上市公司的股份。

4. 说明：本题进行了调整。本题考查要点主要有：上市公司增发新股及配股的条件，股东大会的议事规则等。

中国证监会于 2000 年 8 月 5 日受理甲股份有限公司（本题下称"甲公司"）申请配股的申报材料，该申报材料披露了以下相关信息：

（1）甲公司系由乙国有企业（本题下称"乙企业"）独家发起，以募集方式设立，并于 1997 年 7 月在深圳证券交易所上市的股份有限公司。甲公司的主营业务为水力发电。甲公司截止于 2000 年 6 月 30 日的相关财务资料如下：

单位：万元

年　度 项　目	2000 年 6 月 30 日	1999 年度	1998 年度	1997 年度
总资产	67245	70145	56115	46500
负债	23500	29500	19950	13950
净资产	43745	40645	36165	32550
净利润	2620	4480	3115	3500

（2）甲公司的股本总额为15000万元（每股面值为人民币1元，下同），自上市以来，该股本未发生任何变化。甲公司拟以该股本为基数，按10∶3.5的比例配股，即为5250万股，该股份部分向公司全体股东配售，部分向社会公众配售。公司拟以本次配售股份的每股配售价格区间为2.80～4.80元，所募资金全部用于公司的国家重点项目，即第二期水电开发。

（3）甲公司董事会于2000年6月18日召开会议，出席该次董事会的董事一致通过配股的提案，并于同月19日发出公告，通知于7月22日召开临时股东大会专项通过该提案。在如期举行的临时股东大会上，出席该次会议的股东和股东代表所代表的股权数为9980万股，以该股权数的100%的赞成票通过配股议案。此外，根据乙企业的提议，该次股东大会在公告列明的事项之外，临时增加了一项增选公司董事议案，以6988万股赞成，2992万股反对的多数票通过了增选1名董事的决议。

（4）甲公司于2000年3月因一项标的额为100万元的设备购销合同纠纷作为原告向人民法院提起诉讼，该诉讼截止配股申请材料提交时，仍在进行中。

要求：

（1）根据上述要点（1）所述内容，甲公司盈利能力是否符合中国证监会规定的配股条件？并说明理由。

（2）根据上述要点（2）所述内容，甲公司拟订的配股比例、配售对象是否符合有关规定？并说明理由。

（3）根据上述要点（3）所述内容，甲公司发出召开临时股东大会的通知时间、股东大会通过的增选公司董事的议案是否符合有关规定？并说明理由。

（4）根据上述要点（4）所述内容，甲公司正在进行的诉讼事项是否对本次配股的批准构成实质性障碍？为什么？（2000年）

【参考答案】

（1）甲公司的盈利能力符合配股条件。根据规定，上市公司增发新股，最近3个会计年度应连续盈利。

（2）首先，甲公司拟订的配股比例35%不符合有关规定。根据有关规定，上市公司拟配售股份数量不超过本次配售股份前股本总额的30%。其次，甲公司的配售对象不符合有关规定。根据有关规定，公司配售股票的对象为股权登记日登记在册的本公司的全体股东，而甲公司拟将部分配售股票向社会公众配售（属于增发），故不符合有关规定。

（3）首先，甲公司发出的召开临时股东大会通知的时间符合公司召开股东大会应提前30日将

审议的事项通知各股东的规定。其次，甲公司召开的临时股东大会通过增选董事议案不符合有关规定。根据《公司法》规定，股东大会不得对向股东通知中未列明的事项作出决议。因此，该次临时股东大会在公告列明的事项之外，临时增加了增选董事的议案，并获得通过是不符合有关规定的。

（4）甲公司正在进行诉讼不属获得本次配股批准的实质障碍，即对本次配股无实质性影响。（根据规定，上市公司或其现任董事、高级管理人员因涉嫌犯罪被司法机关立案侦查或涉嫌违法违规被中国证监会立案调查，构成上市公司增发股票的法律障碍。但甲公司进行的诉讼，没有说明涉嫌犯罪，仅是经济纠纷。）

5. 本题主要考点有：编制虚假财务会计报告的法律责任（会计法内容），内幕交易行为，为上市公司出具审计报告的人员、证券从业人员买卖股票的限制。

中国证监会在组织对A上市公司（本题下称"A公司"）进行例行检查时，发现以下事实：

（1）1998年，A公司由于经营管理和市场方面的原因，经营业绩滑坡。为了获得配股资格，A公司的主要负责人甲便要求公司财务总监乙对该年度的财务数据进行调整，以保证公司的净资产收益率符合配股的条件。乙组织公司会计人员丙以虚做营业额、隐瞒费用和成本开支等方法调整了公司财务数据。A公司根据调整后的财务资料，于1999年10月申请配股并获批准发行。

（2）在A公司申请配股期间，持有A公司5.5%非流通股票的B企业认为A公司的股票将会上涨，便于1999年8月以每股8.65元的价格通过证券交易所购买A公司股票50万股，使其持有A公司的股票达到6%，随后，A公司的股票价格连续攀升，同年9月，B企业以14.89元的价格抛出所持A公司的50万股流通股票；为A公司出具1999年度审计报告的注册会计师李某，在该报告公布日（2000年3月16日）后，于2000年5月购买该公司4万股股票，并于6月抛出，获利6万元；C证券公司的证券从业人员钱某认为A公司的股票仍具上涨潜力，遂于2000年6月购买A公司股票2万股，其购买的股票被深幅套牢，亏损严重。（2000年）

要求：

（1）根据上述要点（1）所述事实以及《中华人民共和国会计法》的规定，指出哪些当事人存在何种违法行为？并分别说明各违法行为的法律后果。

（2）根据上述要点（2）所述事实以及《中华人民共和国证券法》的有关规定，B企业、李某、钱某买卖A公司的股票的行为是否合法？并说明理由。

【参考答案】

（1）第一，A公司、乙、丙存在编制虚假财务会计报告的行为。根据《会计法》有关规定，上述当事人构成犯罪的，依法追究刑事责任；尚不构成犯罪的，由县级以上人民政府财政部门予以通报，可以对A公司并处五千元以上十万元以下的罚款，对乙、丙处三千元以上五万元以下的罚款，乙、丙为会计人员，应由县级以上人民政府财政部门吊销会计从业资格证书。第二，甲存在授意、指使他人编制虚假财务会计报告的行为。根据《会计法》的有关规定，其构成犯罪的，依法追究刑事责任，尚不构成犯罪的，可以处以五千元以上五万元以下的罚款。

（2）第一，B企业买卖A公司股票的行为为非法，因为，B企业持有A公司5%以上的股票，其属于内幕信息单位，其以收购为目的，在A公司申请配股期间买卖该公司股票即为非法行为。第二，李某买卖A公司股票的行为合法，因为，尽管李某是为A公司出具审计报告的人员，但其在该报告公开5日以后的时间买卖该公司的股票，即为合法行为。第三，钱某买卖A公司股票的行为非法，因为，凡是证券从业人员在其任期或者法定期限内，不得直接或者以化名、借他人名义持有、买卖股票。

6. 说明：由于2001年综合题的主要内容教材中已经删除，不再选取。

7. 说明：本题进行了调整。本题主要考点有：上市公司发行可转换公司债券的条件、期限、转股时间、转股价格，股东大会的议事规则。

新桥股份有限公司（以下简称"新桥公司"）于1999年7月向社会公开发行股票并在上海证券交易所上市。2002年5月，公司召开股东大会讨论了董事会提交的发行可转换公司债券的提案，有关情况如下：

新桥公司的主营业务为路桥建设；截止2001年12月31日，公司股份总额为26000万股（每股面值为人民币1元，下同），资产总额为126000万元，负债总额为76500万元，净资产为50400万元；公司1999年、2000年、2001年的加权平均净资产收益率分别为7.6%、6.8%、11.1%。

新桥公司拟计划发行9800万元4年期可转换公司债券；本次发行的可转换公司债券的转股期限拟为自发行结束之日起9个月后可转为公司股票；转股价格以发行可转换公司债券前1个月股票的平均价格为基准，下浮一定幅度作为转股价格；该转股价格确定之后，在转股期内，无论公司股份是否发生变动，都不再作任何调整。

本次股东大会对董事会提交的发行可转换公司债券提案进行审议后的表决情况为：出席本次股东大会的股东和股东代表持有的表决权股份总数为18200万股，占应出席本次股东大会的股东和股东代表持有的表决权股份总数的70%；赞成票为10920万股，占出席有表决权股份总数的60%；反对票为7280万股，占出席有表决权股份总数的40%。

要求：

根据上述提示的资料，回答下列问题：

（1）新桥公司的净资产收益率和董事会拟订的发行可转换公司债券总额是否符合有关发行可转换公司债券的条件？并分别说明理由。

（2）新桥公司董事会拟定的可转换公司债券的期限和转为股票的期限是否符合有关规定？并分别说明理由。

（3）新桥公司董事会拟定的可转换公司债券的转股价格和对转股价格不作出任何调整的说明是否符合有关规定？并分别说明理由。

（4）新桥公司股东大会对董事会提交的发行可转换公司债券的提案的表决是否获得通过？并说明理由。（2002年）

【参考答案】

（1）新桥公司的净资产收益率和发行总额都符合发行可转换公司债券的条件。①新桥公司最近3年加权平均净资产收益率平均为8.5%。根据规定，上市公司发行可转换公司债券，最近3个会计年度加权平均净资产收益率平均不低于6%。因此，其净资产收益率符合规定。②公司法规定，公司债权上市交易条件之一为，公司债权实际发行额不少于人民币5000万元。新桥公司拟发行可转换公司债券总额为9800万元。因此，其发行总额符合规定。

（2）新桥公司董事会拟定的可转换公司债券的期限和转为股票的期限符合规定，但利率水平不符合规定。①可转换公司债券的最短期限为1年，最长期限为6年，由发行人和主承销商协商确定。新桥公司拟发行的可转换公司债券期限为4年，符合规定。②可转换公司债券自发行结束之日起6个月后方可转为公司股票。新桥公司拟发行的可转换公司债券的转股期限拟为自发行结束之日起9个月，符合规定。

（3）不符合规定。①上市公司拟发行可转换公司债券的，转股价格应不低于募集说明书公告日前20个交易日该公司股票交易均价和前一交易日的均价。新桥公司董事会拟定的可转换公司债券的转股价格为以发行可转换公司债券前1个月股票的平均价格为基准，下浮一定幅度，因此不符合规定。②可转换公司债券发行后，因发行新股、送股及其他原因引起公司股份发生变动的，发行人应当及时调整转股价格，并向社会公布。因此，新桥公司董事会拟定的在转股期内，无论股份是否变动都不再调整转股价格是不符合有关规定。

（4）股东大会对董事会提交的发行可转换公司

债券方案不能通过。根据中国证监会的有关规定，发行可转换公司债券的方案，须经出席股东大会的股东所持表决权的 2/3 以上通过。新桥公司股东大会的表决不符合上述规定，所以不能通过（说明：股份有限公司发行公司债券，根据《公司法》的规定，未列入公司的重大事项，无须以特别方式进行表决；但是，股份公司发行可转换公司债券，由于公司债券可以转换为公司股票的性质，将使得公司的股本总额即注册资本发生变化，因此股东大会应当以特别方式通过）。

8. 本题主要考点有：上市公司增发股票的条件。

A 公司 1997 年在上海证券交易所上市。截止 2002 年 12 月 31 日，公司股本总额为 1.5 亿元，其中流通股为 6000 万元；经审计的净资产值为 4.5 亿元。A 公司最近 3 年无重大违法行为。2003 年 7 月，A 公司向中国证监会提出增发新股的申请，其申请文件披露了以下信息：

（1）A 公司董事陈某 2002 年 8 月因在任职期间抛售所持 A 公司股票被上海证券交易所公开谴责。2002 年 9 月，A 公司为其子公司向银行贷款 3000 万元提供了担保。

（2）A 公司第一大股东 B 公司 1999 年以来向 A 公司累计借款 1500 万元，至今没有归还。B 公司财务部经理吴某兼任 A 公司财务总监，A 公司董事张某兼任 A 公司控股的 C 公司总经理。

要求：

（1）根据本题要点（1）所述内容，A 公司董事陈某任职期间抛售股票的行为和 A 公司为其子公司提供担保的行为是否构成本次增发新股的障碍？并分别说明理由。

（2）根据本题要点（2）所述内容，B 公司向 A 公司借款的情形是否符合增发新股的规定？吴某、张某兼职是否构成本次增发新股的障碍？并分别说明理由。（2003 年）

【参考答案】

（1）第一，陈某的行为构成本次增发新股的障碍（0.5 分）。根据有关规定，上市公司的董事在最近 12 个月内未受到证券交易所公开谴责是上市公司增发新股条件之一，而陈某作为 A 公司董事受到证券交易所公开谴责未满 12 个月（1 分）。第二，A 公司为其子公司提供担保的行为不构成增发新股的障碍。因为法律没有上市公司不能为其子公司担保的禁止性规定（1 分）。（本要点共 2.5 分）

（2）首先，B 公司向 A 公司借款的情形不符合增发新股的规定（0.5 分）。根据有关规定，上市公司的资金不存在被具有实际控制权的个人、法人或其他组织占用的情形是增发新股条件之一，而 B 公司作为 A 公司的第一大股东占用了 A 公司的资金（1 分）。其次，吴某兼任 A 公司财务总监构成本次增发新股的障碍。根据有关规

定，上市公司增发新股条件之一是，具有完善的法人治理结构，与对其具有实际控制权的法人或者其他组织及其他关联企业在人员上分开，保证上市公司的人员独立。吴某作为 A 公司的第一大股东的财务部经理兼任 A 公司财务总监，不符合上市公司的人员独立的要求（1 分）。第三，张某兼任控股 C 公司总经理，不构成增发新股的障碍。因为法律没有上市公司董事不能兼任其控股公司经理的禁止性规定（1 分）。（本要点共 3.5 分）

9. 说明：本题进行了调整。本题主要考点有：股份有限公司发起人要求，董事任职资格，独立董事任职资格，首次公开发行股票并上市的条件。

2004 年 1 月，A 国有企业集团（以下简称 A 集团）拟将其全资拥有的 B 国有企业（以下简称 B 企业）整体改制设立股份有限公司，首次向社会公众发行股票并上市。A 集团制订了相应的方案，该方案的有关要点如下：

（1）B 企业截至 2003 年 12 月 31 日经评估确认的净资产为 5000 万元。A 集团拟联合 C 公司、赵某和钱某共同发起设立股份有限公司。股份有限公司的股本总额拟定为 5000 万元（每 1 股面值 1 元，下同）。

（2）股份有限公司的董事会拟由 7 名董事组成，7 名董事候选人相关情况以及拟在股份有限公司任职情况如下：

张某，拟任董事，研究生学历，现担任 A 集团总经理，拟同时兼任股份有限公司董事长。

王某，拟任董事，本科学历，现担任 A 集团董事，拟同时兼任股份公司总经理职务。

李某，拟任董事，大专学历，现担任 C 公司总经理。

赵某，拟任董事，大专学历，拟以发起人身份以现金认购股份有限公司 290 万股。1997 年 3 月起任一家企业总经理，1999 年 9 月该企业破产清算完结，赵某对该企业破产负有个人责任。

钱某，拟任独立董事，工学博士学历，拟以发起人身份以专利技术作价认购股份有限公司 210 万股。

孙某，拟任独立董事，会计学博士学历，现任某省财政厅会计处处长职务。

黄某，拟任独立董事，教授，现在某大学法学院任职。

（3）B 企业整体改制为股份有限公司的工作拟于 2004 年 4 月底之前完成。股份有限公司成立之后，拟于 2006 年 4 月底之前申请向社会公众首次发行股票。鉴于 A 集团在 W 证券公司持有 10% 的股份，拟聘请该证券公司作为股份有限公司首次发行股票上市的保荐机构。

（4）股份有限公司成立之后，预计在正式申请首次发行股票的上一个年度末，其净资产值可以

达到 9200 万元。股份有限公司拟申请向社会公众发行 3000 万股，发行价每股 10 元，募集资金 30000 万元。

要求：

根据上述内容，回答下列问题：

（1）根据本题要点（1）所述内容，拟定的股份有限公司发起人人数是否符合《中华人民共和国公司法》的规定？并说明理由。

（2）根据本题要点（2）所述内容，分别说明张某、王某、李某、赵某、钱某、孙某、黄某是否符合拟在股份有限公司担任董事或相关职务的任职资格条件？并分别说明理由。

（3）根据本题要点（3）所述内容，拟定的股份有限公司申请首次向社会公众发行股票的时间是否符合有关规定？并说明理由。拟定由 W 证券公司作为股份有限公司首次发行股票上市的保荐机构是否符合有关规定？并说明理由。

（4）根据本题要点（4）所述内容，股份有限公司拟申请向社会公众发行股份的数额是否符合有关规定？并说明理由。（2004 年）

【参考答案】

（1）拟定的股份有限公司的发起人人数符合《公司法》规定。股份有限公司采取发起方式设立的，发起人为 2 人以上 200 人以下，其中须有过半数的发起人在中国境内有住所。现拟定的股份有限公司发起人人数有 4 人，符合规定。

（2）张某符合担任股份有限公司董事的任职资格，但不宜同时兼任股份有限公司董事长职务。（或：担任股份有限公司董事长职务时，应当同时辞去 A 集团总经理职务）拟申请向社会公众发行股票上市公司的董事长，不得在控股股东中担任除董事之外的其他行政职务，而张某则同时在 A 集团担任总经理。

王某符合担任股份有限公司董事资格。（或者：王某在 A 集团担任董事职务，不影响其在股份有限公司担任总经理职务）

李某符合担任股份有限公司董事资格。（或者：李某在 C 公司担任总经理不影响其在股份有限公司担任董事）

赵某符合担任股份有限公司董事资格。担任因经营管理不善而破产企业的董事、经理、厂长，并对该公司、企业的破产负有个人责任的，自该公司、企业破产清算完结之日起未逾 3 年的人，不得担任公司的董事。（或者：赵某自其担任的企业破产清算完结之日起已经超过了 3 年）

钱某不符合担任股份有限公司独立董事资格。直接或间接持有上市公司已发行股份 1% 以上或者是上市公司前 10 名股东中的自然人股东，不得担任独立董事。（或者：钱某是持有股份有限公司 210 万元股份的股东，在股份有限公司发行 3000 万元公众股份之后，钱某持有股份有限公司的股份达到了 2.6%）

孙某不符合担任股份有限公司独立董事资格。国家公务员不得担任公司董事。（或者：孙某是公务员，其不符合担任董事资格）

黄某符合担任股份有限公司独立董事资格。

（3）拟定的股份有限公司申请首次向社会公众发行股票的时间符合规定。有限责任公司按原账面净资产值折股整体变更为股份有限公司的，持续经营时间可以从有限责任公司成立之日起计算，并达 3 年以上。

（4）股份有限公司拟申请向社会公众发行股份的数额符合规定。股份有限公司向社会公众发行的部分不少于股本总额的 25%。（或者：股份有限公司拟向社会公众发行 3000 万股份，股本总额将达到 8000 万，占股本总额的 37.5%）（说明：虽然首次公开发行股票的条件中，没有规定股份有限公司向社会公众发行股份应占公司已发行股本总额的比例，但是，公开发行股份的目的在于上市交易，因此在公开发行时即应当考虑是否具备上市交易的条件。而有关社会公众的持股比例，是上市交易条件之一）

10. 说明：本题进行了调整。本题主要考点有：上市公司董事会议事规则，上市公司对外担保，上市公司年报、临时报告披露内容。

中国证监会的某证券监管派出机构于 2005 年 5 月在对 A 上市公司进行例行检查时，发现该公司存在以下事实：

（1）A 公司报送的 2004 年年度报告显示：截止 2004 年 12 月 31 日，该公司合并会计报表净资产总额为 26888 万元。2005 年 2 月，由 A 公司董事长直接批准，A 公司向其控股股东 B 公司租赁仓储用房一栋，年租金为 380 万元，期限 1 年。

（2）至检查时止，A 公司先后为下列公司提供了总额为 8000 万元的担保：

一是：2005 年 1 月，为 A 公司持股 55% 的 C 公司向银行借款 3000 万元提供担保。C 公司截止 2004 年 12 月 31 日的财务资料显示：总资产为 8600 万元，净资产为 2200 万元。

二是：2005 年 2 月，为 A 公司持股 45% 的 D 公司向银行借款 2000 万元提供担保。持有 D 公司 55% 股权的 E 公司向 A 公司提供反担保。

三是：2005 年 3 月，为 B 公司向他方履行合同的行为提供总额 3000 万元的连带责任保证担保。

（3）A 公司报送的 2004 年年度报告仅披露了持股 5% 以上（含 5%）的股东共计 6 人的情况，而未披露其他股东的情况；在披露持有 36% 股份的控股股东 B 公司情况时，仅披露了该公司的名称。

（4）2004 年 2 月，因市政管网供气不足，A 公司停产 20 天，造成损失 560 万元，A 公司没有以临时报告的方式披露该事件；同年 4 月，A 公司召开的董事会根据经理的提议，解聘了公司副经理王某的职务，该信息也未以临时报告的方式披露。

要求：

根据本题所述内容，分别回答下列问题：

（1）A 公司董事长直接批准 A 公司向 B 公司租赁房屋的关联交易是否符合有关规定？并说明理由。

（2）A 公司提供总额 8000 万元的担保数额是否违反有关规定？并说明理由。A 公司为 C 公司、D 公司和 B 公司提供的担保是否符合有关规定？并分别说明理由。

（3）A 公司在年度报告中披露的股东人数是否符合规定？并说明理由。A 公司在年度报告中披露的 B 公司的情况是否符合规定？并说明理由。

（4）根据上市公司临时报告信息披露的有关规定，A 公司是否应当以临时报告的方式披露停产和解聘王某的信息？并分别说明理由。（2005 年）

【参考答案】

（1）A 公司董事长直接批准 A 公司向 B 公司租赁房屋的关联交易不符合有关规定。根据《公司法》规定，上市公司董事与董事会会议决议事项所涉及的企业有关联关系的，不得对该项决议行使表决权，该董事会会议由过半数的无关联关系董事出席即可举行，董事会会议所作决议须经无关联关系董事过半数通过。因此，董事长无权直接批准，而应交由董事会决议。

（2）说明：根据现行规定，就题目提供的事实而言，该问难以作出回答。建议考生可从以下提示角度考虑问题（以下比例不是根据题目计算出来的，而是需要考虑的因素）：

第一，A 公司提供总额 8000 万元的担保，考虑其表决方式问题。根据规定，上市公司及其控股子公司的对外担保总额，超过最近一期经审计净资产 50% 以后提供的任何担保，须经董事会审议通过后，提交股东大会审批。

第二，为 C 公司提供担保的问题。首先，根据题目提供的资料，可以考虑 C 公司的资产负债率。其次，计算 A 公司为 C 公司提供的担保，是否超过最近一期经审计的净资产的 10%。根据有关规定，为资产负债率超过 70% 的担保对象提供的担保或者单笔担保额超过最近一期经审计净资产 10% 的担保，应由股东大会审批的，必须经董事会审议通过后，方可提交股东大会审批。股东大会在审议为股东、实际控制人及其关联方提供的担保议案时，该股东或受该实际控制人支配的股东，不得参与该项表决，

该项表决由出席会议的其他股东所持表决权的半数以上通过。

第三，为 D 公司提供担保的问题，同样可以考虑 A 公司就此事项的表决方式。根据有关规定，上市公司对股东、实际控制人及其关联方提供担保，须经董事会审议通过后，提交股东大会审批。

第四，为 B 公司提供担保的问题。由于 B 公司是 A 上市公司的控股股东，考虑其表决方式。根据《公司法》的规定，公司为公司股东或者实际控制人提供担保的，必须经股东大会决议，接受担保的股东或者受实际控制人支配的股东不得参加表决。该项表决由出席会议的其他股东所持表决权的过半数通过。

（3）首先，A 公司的年度报告中披露的股东人数不符合规定。根据有关规定，若持股 5% 以上（含 5%）的股东少于 10 人，则应列出至少前 10 名股东的持股情况。

其次，A 公司在年度报告中披露的 B 公司情况不符合规定。根据有关规定，对持股 10%（含 10%）以上的法人股东，应介绍股东单位的法定代表人和经营范围。

（4）首先，A 公司可以不以临时报告的方式披露停产信息。根据有关规定，上市公司遭受超过净资产 10% 以上的重大损失时，才应当以临时报告的方式披露该信息，而 A 公司停产造成损失未达到该标准。

其次，A 公司可以不以临时报告的方式披露解聘王某的信息。根据有关规定，副经理（或王某作为副经理）发生职务变动，不属于临时报告应当披露的范围。

11. 本题考查要点有：公司债券发行条件，公司债券的承销。

甲公司是由自然人乙和自然人丙于 2002 年 8 月共同投资设立的有限责任公司。2006 年 4 月，甲公司经过必要的内部批准程序，决定公开发行公司债券，并向国务院授权的部门报送有关文件，报送文件中涉及有关公开发行公司债券并上市的方案要点如下：

（1）截止到 2005 年 12 月 31 日，甲公司经过审计后的财务会计资料显示：注册资本为 5000 万元，资产总额为 26000 万元，负债总额为 8000 万元；在负债总额中，没有既往发行债券的记录；2003 年度至 2005 年度的可分配利润分别为 1200 万元、1600 万元和 2000 万元。

（2）甲公司拟发行公司债券 8000 万元，募集资金中的 1000 万元用于修建职工文体活动中心，其余部分用于生产经营；公司债券年利率为 4%，期限为 3 年。

（3）公司债券拟由丁承销商包销。根据甲公司与丁承销商签订的公司债券包销意向书，公司

债券的承销期限为 120 天，丁承销商在所包销的公司债券中，可以预留购入并留存公司债券 2000 万元，其余部分向公众发行。

要求：

根据上述内容，分别回答下列问题：

（1）甲公司是否具备发行公司债券的主体资格？

（2）甲公司的净资产和可分配利润是否符合公司债券发行的条件？并分别说明理由。

（3）甲公司发行的公司债券数额和募集资金用途是否符合有关规定？并分别说明理由。

（4）甲公司拟发行的公司债券由丁承销商包销是否符合规定？并说明理由。公司债券的承销期限和包销方式是否符合规定？并分别说明理由。（2006 年）

【参考答案】

（1）甲公司具备发行公司债券的主体资格。

（2）甲公司的净资产符合公司债券发行的条件。《公司法》规定，有限责任公司的净资产不低于 6000 万元即可。甲公司的净资产达到 18000 万元。甲公司的可分配利润符合公司债券发行的条件。根据公司法规定，公司最近 3 年平均可分配利润足以支付公司债券 1 年的利息即符合条件。甲公司最近 3 年的平均可分配利润为 1600 万元，足以支付公司债券 8000 万元 1 年的利息 320 万元。

（3）甲公司发行的公司债券数额不符合有关规定。《公司法》规定，公司发行债券累计余额不超过公司净资产的 40%。甲公司发行公司债券 8000 万元超过了净资产 40%。（或者：公司净资产的 40% 为 7200 万元，拟发行的 8000 万元公司债券超过了该数额）。募集资金用于修建职工文体活动中心不符合有关规定（或者：募集资金用途不符合规定）。《公司法》规定，公开发行公司债券募集的资金，不得用于非生产性支出。

如果公司债券发行后上市交易，公司债券的期限符合规定。《公司法》规定，公司债券发行后上市交易，公司债券的期限为 1 年以上。

（4）甲公司拟发行的公司债券由丁承销商包销不符合规定。《证券法》规定，向不特定的对象公开发行的证券票面总值超过人民币 5000 万元的，应当由承销团承销（未答出"5000 万元"或者未答出"由承销团承销"的，均不得分）。

公司债券的承销期限不符合规定。《证券法》规定，证券的包销期限最长不得超过 90 天。包销方式不符合规定。承销商应当保证先行出售给认购人，不得预先购入并留存所包销的证券。

12. 本题主要考点有：上市公司增发股票的条件。

A 公司于 2003 年 6 月在上海证券交易所上市。2007 年 4 月，A 公司聘请 B 证券公司作为向不特定对象公开募集股份（以下简称"增发"）的保荐人。B 证券公司就本次增发编制的发行文件有关要点如下：

（1）A 公司近 3 年的有关财务数据如下：

单位：万元

年 度 类 别	2004	2005	2006
总资产	156655	176655	186655
净资产	78600	83088	85476
净利润	4288	4488	5260

A 公司于 2004 年度以资本公积转增股本，每 10 股转增 2 股，转增资本公积 7200 万元；2005 年度每 10 股分配利润 0.5 元（含税），共分配利润 1900 万元；2006 年度以利润送红股，每 10 股送 1 股，共分配利润 5184 万元（含税）。

（2）A 公司于 2005 年 10 月为股东 C 公司违规提供担保而被有关监管部门责令改正；2006 年 1 月，在经过 A 公司董事会全体董事同意并作出决定后，A 公司为信誉良好和业务往来密切的 D 公司向银行一次借款 1 亿元提供了担保。

（3）A 公司于 2004 年 6 月将所属 5000 万元委托 E 证券公司进行理财，直到 2006 年 11 月，E 证券公司才将该委托理财资金全额返还 A 公司，

A 公司亏损财务费 80 万元。

（4）本次增发的发行价格拟按公告招股意向书前 20 个交易日公司股票均价的 90% 确定。

要求：

根据上述内容，分别回答下列问题：

（1）A 公司的盈利能力和已可分配利润的情况是否符合增发的条件？并分别说明理由。

（2）A 公司的净资产收益率是否符合增发的条件？并说明理由。

（3）A 公司为 C 公司违规提供担保的事项是否构成本次增发的障碍？并说明理由。A 公司为 D 公司提供担保的审批程序是否符合规定？并说明理由。

（4）A 公司的委托理财事项是否构成本次增发的障碍？并说明理由。

（5）A 公司本次增发的发行价格的确定方式是否符合有关规定？并说明理由。（2007 年）

【参考答案】

（1）A 公司的盈利能力和已分配利润的情况都符合增发的条件。根据规定，上市公司最近 3 个会计年度连续盈利；最近 3 年以现金或股票方式累计分配的利润不少于最近 3 年实现的年均可分配利润的 20%。A 公司最近 3 年已做到连续盈利，实现的年均可分配利润大约为 4678.67 万元，而累计分配利润为 14284 万元。

（2）A 公司的净资产收益率不符合增发的条件。根据规定，上市公司最近 3 个会计年度加权平均净资产收益率平均不低于 6%。而 A 公司最近 3 个会计年度加权平均净资产收益率平均不足 6%。

（3）A 公司为 C 公司违规提供担保的事项不构成本次增发的障碍。因为该担保行为距离本次增发股票已经超过 12 个月。

A 公司为 D 公司提供担保的审批程序不符合规定。根据规定，股份有限公司单笔担保额超过最近一期经审计净资产 10% 的担保，必须经董事会审议通过后，提交股东大会审批。A 公司为 D 公司的担保已经超过了其最近一期经审计净资产的 10%，只经董事会同意违反规定。

（4）A 公司的委托理财事项构成本次增发的障碍。根据规定，除金融类企业外，最近一期期末不存在委托理财等财务性投资的情形。而 A 公司的委托理财事项持续到最近一期期末。

（5）A 公司本次增发的发行价格的确定方式不符合有关规定。根据规定，上市公司向不特定对象公开募集股份的，其发行价格应不低于公告招股意向书前 20 个交易日公司股票均价或前一个交易日的均价。因此，A 公司本次增发的发行价格拟按公告招股意向书前 20 个交易日公司股票均价的 90% 确定，不符合有关规定。

13. 本题主要考点有：股份有限公司董事、监事转让公司股份的限制，对证券服务机构人员买卖股票的限制，回购股份的要求，对外国战略投资者的要求。

某股份有限公司（下称公司）于 2006 年 6 月在上海证券交易所上市。2007 年以来，公司发生了下列事项：

（1）2007 年 5 月，董事赵某将所持公司股份 20 万股中的 2 万股卖出；2008 年 3 月，董事钱某将所持公司股份 10 万股中的 25000 股卖出；董事孙某因出国定居，于 2007 年 7 月辞去董事职务，并于 2008 年 3 月将其所持公司股份 5 万股全部卖出。

（2）监事李某于 2007 年 4 月 9 日以均价每股 8 元价格购买 5 万股公司股票，并于 2007 年 9 月 10 日以均价每股 16 元价格将上述股票全部卖出。

（3）2007 年 5 月 12 日，公司发布年度报告。为该公司年报出具审计报告的注册会计师周某于同年 5 月 20 日购买该公司股票 1 万股。

（4）公司股东大会于 2007 年 5 月 8 日通过决议，由公司收购本公司股票 900 万股，即公司已发行股份总额的 3%，用于奖励本公司职工。同年 6 月，公司从资本公积金中出资收购上述股票，并将其中的 600 万股转让给公司职工，剩余的 300 万股拟在 2008 年 10 月转让给即将被吸收合并于该公司的另一企业的职工。

（5）2008 年 7 月，公司决定拟以定向发行的方式引进外国战略投资者。双方签订的意向协议约定：第一，本次定向发行完成后，外国战略投资者首次投资取得公司已发行股份的 8%；第二，外国战略投资者本次定向认购的股份在 2 年内不得转让。

要求：

根据本题所述内容，分别回答下列问题：

（1）赵某、钱某和孙某卖出所持公司股票的行为是否符合法律规定？并分别说明理由。

（2）李某买卖公司股票的行为是否符合法律规定？并说明理由。

（3）周某买入公司股票的行为是否符合法律规定？并说明理由。

（4）公司收购用于奖励职工的本公司股票数额是否符合法律规定？并说明理由。公司从资本公积金中出资收购用于奖励职工的本公司股票的行为是否符合法律规定？并说明理由。公司预留 300 万股股票拟在 2008 年 10 月转入其他职工的行为是否符合法律规定？并说明理由。

（5）公司与外国战略投资者签订的意向协议约定的内容是否符合法律规定？并说明理由。（2008 年）

【参考答案】

（1）赵某卖出所持公司股票的行为不符合法律规定。《公司法》规定，公司董事所持本公司股份自公司股票上市交易之日起 1 年内不得转让，由于赵某转让公司股票的时间发生在公司股票上市交易之日起 1 年内，因此该行为不合法。但是，钱某和孙某卖出所持公司股票的行为均符合法律规定。根据《公司法》的规定，公司董事钱某转让的股份占其持有的本公司股份的 25%，未超过其所持有本公司股份总数 25% 的限制；公司董事孙某离职后转让其所持有的本公司股份，已经超过了半年的时间限制。

（2）李某买卖公司股票的行为不符合法律规定。因为李某为公司监事，根据证券法的规定，上市公司监事，将其持有的该公司的股票在买入后 6 个月内卖出的，由此所得收益归公司所有，公司董事会应当收回其所得收益。因此，李某在买入该公司股票后 6 个月内卖出的行为不合法，由此所得收益归公司所有。

（3）周某买入公司股票的行为符合法律规定。因为周某作为为上市公司出具审计报告的人员，根据《证券法》的规定，自接受上市公司委托之日起至上述文件公开后 5 日内，不得买卖该种股票。周某买入该公司股票的时间已经超过了文件公开后的 5 日。

（4）公司收购用于奖励职工的本公司股票数额为 3%，符合法律规定，因为未超过《公司法》规定的不得超过本公司已发行股份总额的 5%。公司从资本公积金中出资收购用于奖励职工的本公司股票的行为不符合法律规定。因为，《公司法》规定，用于收购的资金应当从公司的税后利润中支出。

公司预留 300 万股股票拟在 2008 年 10 月转入其他职工的行为不符合法律规定。《公司法》规定，所收购的股份应当在 1 年内转让给职工。

（5）公司与外国战略投资者签订的意向协议约定的内容符合法律规定。因为外国战略投资者投资取得公司的股份为 8%，不构成公司的控股股东，根据规定，自发行结束之日起，12 个月内不得转让。

本章练习题库

一、单项选择题

1. 下列各项中，有关股票发行方式、期限等内容的表述中，不正确的是（　　）。
   A. 向累计超过 200 人的特定对象发行证券，属于公开发行
   B. 公开发行的证券票面总值超过人民币 5000 万元的，应当由承销团承销
   C. 证券代销、包销期限不得超过 90 日
   D. 代销期限届满，向投资者出售的股票数量未达到拟公开发行股票数量 70% 的，为发行失败

2. 根据规定，下列各项中，有关上市公司非公开发行股票的表述中，符合发行条件的是（　　）。
   A. 发行价格应不低于定价基准日前 20 个交易日公司股票均价或前一个交易日的均价
   B. 发行对象不超过 10 名，并应符合股东大会决议规定的条件
   C. 控股股东、实际控制人及其控制的企业认购的股份，12 个月内不得转让
   D. 现任董事最近 12 个月内受到证券交易所的公开谴责

3. 根据证券法律制度的规定，下列各项中，不符合股份公司首次公开发行股份的条件是（　　）。

A. 最近 3 个会计年度经营活动产生的现金流量净额累计超过人民币 5000 万元
B. 最近 3 个会计年度营业收入累计超过人民币 3 亿元
C. 发行前股本总额不少于人民币 3000 万元
D. 最近 3 个会计年度净利润累计超过人民币 3000 万元

4. 根据有关规定，上市公司增发股票，应具备良好的财务状况。其中最近三年以现金或股票方式累计分配的利润不少于最近三年实现的年均可分配利润的（　　）。
   A. 10%　　B. 20%　　C. 30%　　D. 50%

5. 根据规定，上市公司向原股东配售股份，拟配售股份数量不得超过本次配售股份前股本总额一定的比例。该比例为（　　）。
   A. 10%　　B. 20%　　C. 30%　　D. 50%

6. 根据规定，下列各项中，有关上市公司非公开发行股票应当具备的条件是（　　）。
   A. 拟发行股份数量不超过本次发行股份前股本总额的 30%
   B. 最近 3 个会计年度加权平均净资产收益率平均不低于 6%
   C. 本次发行的股份自发行结束之日起，12 个月内不得转让；控股股东、实际控制人及其控制的企业认购的股份，36 个月内不得转让
   D. 非公开发行股票的对象应当符合股东大会决议规定的条件，其发行对象不得超过 200 人

7. 根据《证券法》的规定，下列各项中，应当终止股票上市交易的情形是（　　）。
   A. 公司股本总额为人民币 5000 万元
   B. 公司最近 3 年连续亏损
   C. 社会公众持有的股份达公司股本总额的 60%
   D. 收购要约期满之后，收购人持有的被收购公司的股份数达到该公司已发行的股份总数的 75% 以上

8. 2005 年 5 月某股份有限公司成功发行了 3 年期公司债券 1200 万元，1 年期公司债券 800 万元。该公司截止 2007 年 9 月 30 日的净资产额为 8000 万元，计划于 2007 年 10 月再次发行公司债券。根据有关规定，该公司此次发行公司债券额最多不得超过（　　）万元。
   A. 3200　　　　　　B. 2000
   C. 1200　　　　　　D. 1000

9. 根据相关法律的规定，以下有关公司债券上市交易的各项规定中，错误的是（　　）。
   A. 公司债券的期限为 1 年以上
   B. 公司债券实际发行额不少于人民币 5000 万元
   C. 累计债券总额不超过公司净资产额的 40%
   D. 公司最近 3 年连续亏损的，应暂停上市交易

10. 依法发行的证券，法律对其转让期限有限制性规定的，在规定期限内，不得买卖。下列各项

规定不正确的是（　　）。

A. 为股票发行出具审计报告的专业人员，在该股票承销期内，不得买卖该种股票

B. 为上市公司出具审计报告的专业人员，自接受上市公司委托之日起至上述文件公开后5日内，不得买卖该种股票

C. 在上市公司收购中，收购人所持有的被收购的上市公司股票，在收购行为完成后的12个月内不得转让

D. 发起人持有的本公司股份，自公司成立之日起1年内不得转让

11. 上市公司董事、监事、高级管理人员、持有上市公司股份5%以上的股东，将其持有的该公司的股票在买入后一定期限内卖出，或者在卖出后一定期限内又买入的，由此所得的收益归该公司所有，公司董事会应当收回其所得收益。该一定期限是（　　）。

A. 3个月　　　　　　　　B. 6个月

C. 9个月　　　　　　　　D. 12个月

12. 上市公司董事、监事、高级管理人员、持有上市公司股份5%以上的股东，将其持有的该公司的股票在买入后6个月内卖出，或者在卖出后6个月内又买入的，由此所得的收益归该公司所有。代表公司收回所得收益的机构是（　　）。

A. 公司的股东大会

B. 公司的经理

C. 公司的监事会

D. 公司的董事会

13. 根据《证券法》的规定，上市公司董事、高级管理人员、持有上市公司股份5%以上的股东，将其持有的该公司的股票在买入后六个月内卖出，或者在卖出后六个月内又买入，由此所得收益归该公司所有，公司董事会应当收回其收益。公司董事会不按上述规定执行的，下列各项中，股东可以采取的正确方式是（　　）。

A. 要求董事会在30日内执行

B. 以股东自己的名义直接向法院提起诉讼

C. 要求监事会在30日内执行

D. 连续180天单独或者合并持有1%以上股份的股东直接向法院提起诉讼

14. 上市公司发生的下列事实中，国务院证券主管部门可以决定该公司暂停上市的事实有（　　）。

A. 公司的股本总额由人民币1.2亿元减为人民币1亿元

B. 公司股权分布发生变化不再具备上市条件

C. 公司最近2年连续亏损

D. 公司未按规定公开其财务状况，且拒绝纠正

15. 根据有关规定，上市公司发行分离交易的可转换公司债券，公司最近一期末经审计的净资产应不低于人民币（　　）。

A. 3亿元　　　　　　　　B. 5亿元

C. 10亿元　　　　　　　D. 15亿元

16. 上市公司发行可转换公司债券的，根据规定，下列各项中，符合转股价格的是（　　）。

A. 应不低于募集说明书公告日前20个交易日该公司股票交易均价和前一个交易日的均价

B. 应不低于募集说明书公告日前20个交易日该公司股票交易均价或前一个交易日的均价

C. 应不低于定价基准日前20个交易日公司股票均价的90%

D. 应不低于公告招股意向书前20个交易日公司股票均价或前一个交易日的均价

17. 某上市公司于2007年3月9日成功发行了分离交易的可转换公司债券1亿元，期限为1年，认股权证的行权期为存续期届满前的5个交易日。下列各项中，有关该认股权证的表述中，不符合规定的是（　　）。

A. 认股权证的存续期可以截止到2008年3月9日前

B. 自2007年9月9日以后截止到2008年3月9日前持有人可以随时行权

C. 持有人可以在2008年3月9日前的5个交易日内行权

D. 认股权证的行权价格应不低于公告募集说明书日前20个交易日公司股票均价和前一个交易日的均价

18. 根据有关规定，上市公司发行公司债券，公司与资信评级机构应当约定，在债券有效存续期间，资信评级机构应当公告跟踪评级报告。下列各项中，正确的是（　　）。

A. 在债券有效存续期间至少公告一次

B. 每年至少公告一次

C. 每年至少公告二次

D. 在债券有效存续期间至少公告二次

19. 证券投资基金发生下列（　　）情形时，应终止上市。

A. 某基金的最低募集数为8亿元人民币

B. 基金份额持有人大会决定提前终止上市交易

C. 某基金确定并被批准的存续期为10年

D. 某基金的持有人有8000人

20. 根据《证券法》的规定，下列各项中，关于上市公司收购中报告与信息披露的表述，不正确的是（　　）。

A. 投资者持有或者通过协议、其他安排与他人共同持有一个上市公司已发行股份达到5%后，应当依法报告与信息披露

B. 应当在持股达到5%的事实发生之日起3日内，依法报告与信息披露

C. 持股达到5%的，自公告、报告后的2日内，不得再行买卖该上市公司的股票

D. 作出书面报告的对象包括证监会、证券交易

所，通知对象为该上市公司，并予以公告

21. 上市公司和公司债券上市交易的公司，应当在每一个会计年度上半年结束之日起（　　），向国务院证券监督管理机构和证券交易所报送中期报告。
   A. 1 个月　　　　　　　B. 2 个月
   C. 3 个月　　　　　　　D. 4 个月

22. 下列各项中，不属于公司中期报告中应当披露的事项是（　　）。
   A. 公司财务会计报告和经营情况
   B. 涉及公司的重大诉讼事项
   C. 公司的实际控制人
   D. 已发行的股票、公司债券变动情况

23. 根据证券法律制度的有关规定，下列各项中，投资者及其一致行动人，应当进行权益披露的表述中，不符合规定的是（　　）。
   A. 已披露权益变动报告书的投资者及其一致行动人在披露之日起 12 个月内，因拥有权益的股份变动需要再次报告、公告权益变动报告书的，可以仅就与前次报告书不同的部分作出报告、公告
   B. 因上市公司减少股本导致投资者及其一致行动人拥有权益的股份变动，出现法定情形，投资者及其一致行动人免于履行报告和公告义务
   C. 投资者及其一致行动人为上市公司第一大股东或者实际控制人，其拥有权益的股份达到或者超过一个上市公司已发行股份的 5%，但未达到 20% 的，应当编制详式权益变动报告书
   D. 投资者及其一致行动人拥有权益的股份达到一个上市公司已发行股份的 5% 时，应当在该事实发生之日起 3 日内编制权益变动报告书

24. 要约收购期满，收购人应当按照收购要约规定的条件购买被收购公司股东预受的全部股份；预受要约股份的数量超过预定收购数量时，下列各项中，收购人正确的处理是（　　）。
   A. 全部收购
   B. 全部拒绝收购，已经收购的退还原股东
   C. 按照同等比例收购全部预受股份
   D. 对超过预受收购的部分拒绝收购

25. 收购人向中国证监会报送要约收购报告书后，在公告要约收购报告书之前，拟自行取消收购计划的，应当向中国证监会说明有关事项，并予公告，自公告之日起一定期限内，该收购人不得再次对同一上市公司进行收购。根据规定，该一定期限为（　　）。
   A. 6 个月内　　　　　　B. 12 个月内
   C. 24 个月内　　　　　D. 36 个月内

26. 以协议方式进行上市公司收购，相关当事人可以临时委托相应机构保管拟转让的股票，并将用于支付的现金存放于有关机构指定的银行账户。该有关机构是（　　）。

A. 证券登记结算机构
B. 证券交易所
C. 证券公司
D. 中国人民银行和中国证监会

27. 某证券公司的注册资本为人民币 5000 万元，下列各项中，该证券公司不能从事的业务是（　　）。
   A. 证券经纪
   B. 证券投资咨询
   C. 与证券交易、证券投资活动有关的财务顾问
   D. 证券承销与保荐

28. 证券公司应当妥善保存客户开户资料、委托记录、交易记录和与内部管理、业务经营有关的各项资料，任何人不得隐匿、伪造、篡改或者毁损。上述资料的保存期限不得少于（　　）。
   A. 3 年　　B. 5 年　　C. 10 年　　D. 20 年

29. 根据规定，上市公司向其控股股东、实际控制人或其控制的关联人，非公开发行股票的，其认购的股份自发行结束之日起限期不得转让的期限为（　　）。
   A. 6 个月　　　　　　B. 12 个月
   C. 24 个月　　　　　D. 36 个月

30. 召开基金份额持有人大会的，召集人应当提前公告基金份额持有人大会的召开时间、会议形式、审议事项、议事程序和表决方式等事项。下列各项中，有关提前公告的时间符合规定的是（　　）。
   A. 至少提前 10 日　　B. 至少提前 15 日
   C. 至少提前 20 日　　D. 至少提前 30 日

31. 基金份额持有人持有的每一基金份额具有一票表决权，基金份额持有人可以委托代理人出席基金份额持有人大会并行使表决权。基金份额持有人大会应当有符合法定比例的持有人参加，方可召开。该法定比例为（　　）。
   A. 代表 30% 以上基金份额的持有人参加
   B. 代表 50% 以上基金份额的持有人参加
   C. 代表 70% 以上基金份额的持有人参加
   D. 代表 75% 以上基金份额的持有人参加

32. 代表基金份额一定比例的基金份额持有人就同一事项要求召开基金份额持有人大会，而基金管理人、基金托管人都不召集的，代表基金份额一定比例的基金份额持有人有权自行召集。该一定比例为（　　）。
   A. 10%　　B. 20%　　C. 30%　　D. 50%

二、多项选择题

1. 根据有关规定，发行人拟首次发行股票并上市，应具有良好的财务指标。下列各项中，发行公司的财务指标符合规定的有（　　）。
   A. 最近 3 个会计年度净利润均为正数且累计超过人民币 3000 万元
   B. 发行前股本总额不少于人民币 3000 万元

C. 最近 3 个会计年度营业收入累计超过人民币 5000 万元

D. 最近一期期末不存在未弥补亏损

2. 根据有关规定,下列各项中,符合公司首次公开发行股票的条件有(   )。

A. 公司成立时间不少于 3 年

B. 公司最近 3 年内主营业务和董事、高级管理人员没有发生重大变化,实际控制人没有发生变更

C. 公司的总经理、副总经理、财务负责人和董事会秘书等高级管理人员没有在公司的控股股东、实际控制人及其控制的其他企业中担任董事、监事

D. 公司不存在与控股股东、实际控制人及其控制的其他企业共用银行账户

3. 公司股票上市交易申请经证券交易所审核同意,下列各项中,属于公司应当公告的事项有(   )。

A. 股票获准在证券交易所交易的日期

B. 持有公司股份最多的前 5 名股东的名单和持股数额

C. 公司的实际控制人

D. 董事、监事、高级管理人员的姓名及其持有的本公司股票和债券的情况

4. 根据有关规定,上市公司发行分离交易的可转换公司债券,除符合公开增发股票的一般条件外,下列各项中,符合发行条件的有(   )。

A. 最近一期末经审计的净资产不低于人民币 15 亿元

B. 最近三个会计年度实现的年均可分配利润不少于公司债券一年的利息

C. 最近三个会计年度加权平均净资产收益率平均不低于 6%

D. 最近三个会计年度经营活动产生的现金流量净额平均不少于公司债券一年的利息

5. 上市公司发行可转换公司债券,应当依法提供担保。下列各项中,有关担保事项的表述中,符合规定的有(   )。

A. 最近一期末经审计的净资产不低于 15 亿元的公司,可以不提供担保

B. 提供的担保应当为全额担保,包括债券的本金及利息

C. 以保证方式提供担保的,应当为连带责任担保,且保证人最近一期经审计的净资产额应不低于其累计对外担保的金额

D. 除上市商业银行外,证券公司或上市公司不得为担保人

6. 根据有关规定,下列各项中,符合上市公司增发股票条件的有(   )。

A. 最近 12 个月内未受到过中国证监会的行政处罚和证券交易所的公开谴责

B. 上市公司最近 3 个会计年度连续盈利

C. 最近 24 个月内曾公开发行证券的,不存在发

行当年营业利润比上年下降 50% 以上的情况

D. 最近三年及一期财务报表未被注册会计师出具保留意见、否定意见或无法表示意见的审计报告

7. 根据有关规定,下列各项中,符合上市公司非公开发行股票条件的有(   )。

A. 发行价格不低于发行前 20 个交易日公司股票均价的 90%

B. 本次发行的股份自发行结束之日起 12 个月内不得转让;控股股东、实际控制人及其控制的企业认购的股份 36 个月内不得转让

C. 最近一年及一期财务报表未被注册会计师出具保留意见、否定意见或无法表示意见的审计报告

D. 其发行对象不超过 200 人

8. 根据《证券法》的规定,下列各项中,符合上市公司股票暂停交易情形的有(   )。

A. 公司最近 3 年连续亏损

B. 公司对财务会计报告作虚假记载,且拒绝纠正

C. 公司有重大违法行为

D. 公司对财务会计报告作虚假记载,可能误导投资者

9. 根据有关规定,下列各项中,属于应当召开债券持有人会议的有(   )。

A. 公司拟变更公司债券的募集用途

B. 拟变更债券受托管理人

C. 保证人面临破产

D. 公司减少注册资本

10. 根据公司债券发行的有关办法的规定,下列各项中,属于债券受托人应当履行的职责有(   )。

A. 出现可能影响债券持有人重大权益的事项时,召集债券持有人会议

B. 在债券持续期内勤勉处理债券持有人与公司之间的谈判或者诉讼事务

C. 预计公司不能偿还债务时,要求公司追加担保

D. 预计公司不能偿还债务时,依法申请法定机关采取财产保全措施

11. 根据《中华人民共和国证券法》的规定,股份有限公司发行的公司债券上市交易后,公司发生的下列情形中,证券交易所可以决定暂停公司债券上市交易的有(   )。

A. 最近 2 年连续亏损

B. 有重大违法行为

C. 公司债券实际发行额少于 5000 万元

D. 公司所募集的资金不按照核准的用途使用

12. 根据有关规定,下列选项中,属于申请上市的封闭式基金必须符合的条件有(   )。

A. 基金的最低募集数不少于 2 亿元

B. 基金管理人持有的基金份额不少于 2000 万元

C. 基金存续期不少于5年

D. 基金管理人为经国务院证券监督管理机构批准设立的基金管理公司

13. 下列各项中，关于证券投资基金的表述中，正确的有( )。

A. 基金管理公司的注册资本不低于1亿元人民币，且必须为实缴货币资本

B. 基金管理公司的主要股东的注册资本不低于3亿元人民币，且必须为实缴货币资本

C. 基金募集期限自基金份额发售之日起计算

D. 封闭式基金募集的基金份额总额达到核准规模的80%以上

14. 下列各项中，关于信息披露的规定，符合法律要求的有( )。

A. 年度报告应当在每一会计年度结束之日起4个月内，向国务院证券监督管理机构和证券交易所提交，并在指定报刊上公布

B. 上市公司停业进行装修，应当公布

C. 上市公司董事长涉嫌挪用公款，被司法机关逮捕，应当公布

D. 上市公司的经理发生变动，应当公布

15. 对于上市公司持续信息公开中存在虚假记载、误导性陈述或者有重大遗漏，致使投资者在证券交易中遭受损失的，发行人、承销的证券公司应当承担赔偿责任，发行人、承销的证券公司负有责任的人员应当承担连带赔偿责任。下列各项中，应当承担连带赔偿责任的有( )。

A. 董事　　　　　　　　B. 监事

C. 经理　　　　　　　　D. 财务总监

16. 根据《证券法》的规定，下列各项中，属于证券交易内幕信息的知情人员的有( )。

A. 发行人的董事、监事、高级管理人员

B. 持有公司5%以上股份的股东

C. 持有公司5%以上股份的高级管理人员

D. 承销的证券公司的有关人员

17. 根据《证券法》的规定，下列各项中，属于内幕信息的有( )。

A. 公司分配股利或者增资的计划

B. 公司营业用主要资产的报废一次超过该资产的30%

C. 公司董事发生变动

D. 持有公司5%以上股份的股东情况发生重大变化

18. 根据证券法律制度的有关规定，下列各项中，属于上市公司应当报送临时报告的重大事件有( )。

A. 公司生产经营的外部条件发生的重大变化

B. 法院裁决禁止控股股东转让其所持股份

C. 任意一个股东所持公司5%以上股份被质押

D. 公司的监事或者经理发生变化

19. 根据有关规定，下列各项中，属于上市公司应

当及时进行临时公告的情形有( )。

A. 对外提供重大担保

B. 变更会计政策、会计估计

C. 董事会就发行新股或者其他再融资方案、股权激励方案形成相关决议

D. 主要资产被查封、扣押、冻结或者被抵押、质押

20. 根据《中华人民共和国证券法》的规定，下列选项中，属于欺诈客户的行为有( )。

A. 证券公司不在规定时间内向客户提供交易的书面确认文件

B. 编制并传播影响证券交易的虚假信息

C. 一人或多人连续两次以上买进或卖出某种证券，造成价格的升降

D. 证券公司的从业人员挪用客户的委托买卖证券

21. 根据有关规定，下列各项中，关于要约收购的表述，符合规定的有( )。

A. 对同一种类股票的要约收购价格，不得低于要约收购提示性公告日前6个月内该种股票的平均交易价格

B. 以现金支付收购价款的，应当在作出要约收购提示性公告的同时，将不少于收购价款总额的20%作为履约保证金存入证券登记结算机构指定的银行

C. 收购人以在证券交易所上市的债券支付收购价款的，该债券的可上市交易时间应当不少于1个月

D. 收购人以未在证券交易所上市交易的证券支付收购价款的，必须同时提供现金方式供被收购公司的股东选择

22. 收购人可以通过协议收购、要约收购或者证券交易所的集中竞价交易方式进行上市公司收购，获得对一个上市公司的实际控制权。下列各项中，属于具有实际控制权的情形有( )。

A. 在一个上市公司股东名册中持股数量最多的

B. 能够行使、控制一个上市公司的表决权超过该公司股东名册中持股数量最多的股东的

C. 持有、控制一个上市公司股份、表决权的比例达到或者超过30%的

D. 通过行使表决权能够决定一个上市公司董事会半数以上成员当选的

23. 根据有关规定，下列各项中，关于收购人收购上市公司，可申请豁免的事项，符合规定的有( )。

A. 收购人与出让人能够证明本次转让未导致上市公司的实际控制人发生变化

B. 上市公司面临严重财务困难，收购人提出的挽救公司的重组方案取得该公司股东大会批准

C. 在一个上市公司中拥有权益的股份达到或者超过该公司已发行股份的50%的，继续增加其

在该公司中拥有的权益不影响该公司的上市地位

D. 收购人依法取得上市公司向其发行的新股，导致其在该公司拥有权益的股份超过该公司已发行股份的 30%，收购人承诺在 3 年内不转让其拥有权益的股份

24. 根据有关规定，在上市公司收购中应当编制详式权益变动报告书的情形有(　　)。

A. 投资者及其一致行动人为上市公司第一大股东或者实际控制人

B. 投资者及其一致行动人拥有权益的股份达到或者超过已发行股份的 5% 但未达到 20% 的

C. 投资者及其一致行动人为上市公司第一大股东或者实际控制人，其拥有权益的股份达到或者超过已发行股份的 5% 但未达到 20% 的

D. 投资者及其一致行动人拥有权益的股份达到或者超过已发行股份的 20% 但未达到 30% 的

25. 根据有关规定，下列各项中，如无相反证据，投资者为一致行动人的有(　　)。

A. A 公司收购 B 上市公司，C 公司也欲收购 B 上市公司，A 公司是 C 公司的控股股东

B. A 公司收购 B 上市公司，C 公司也欲收购 B 上市公司，甲公司是 A 公司和 C 公司的控股股东

C. A 公司收购 B 上市公司，李某是 A 公司的董事，李某也持有 B 上市公司的股份

D. A 公司收购 B 上市公司，张某持有 A 公司的股份，也持有 B 公司的股份

26. 根据有关规定，下列各项中，不得收购上市公司的情形有(　　)。

A. 收购人负有数额较大的债务

B. 收购人最近 3 年涉嫌有重大违法行为

C. 收购人最近 3 年有证券市场失信行为

D. 担任破产清算的公司的经理，对该公司的破产负有个人责任的，自该公司破产清算完结之日起未逾 3 年

27. 根据有关规定，下列各项中，投资者及其一致行动人持有被收购公司的股份达到 30% 的，可以申请免除发出要约收购义务的情形有(　　)。

A. A 公司与 B 上市公司达成协议，A 公司收购 B 公司 51% 的股份，若 A 公司继续增加在 B 公司中拥有的权益

B. B 上市公司面临严重财务困难，A 公司提出挽救公司的重组方案取得 B 公司股东大会批准，且 A 公司承诺 3 年内不转让其在 B 公司中所拥有的权益

C. 在一个上市公司中拥有权益的股份达到或者超过该公司已发行股份的 30% 的，自上述事实发生之日起 1 年后，每 12 个月内增加其在该公司中拥有权益的股份不超过该公司已发行股份

的 2%

D. 经上市公司非关联股东批准，收购人取得上市公司向其发行的新股，导致其在该公司拥有权益的股份超过该公司已发行股份的 30%，收购人承诺 3 年内不转让其拥有权益的股份

28. 在收购人发出要约收购的提示性公告后，被收购公司董事会的下列做法中，正确的有(　　)。

A. 对公司股东是否应当接受要约提出专业意见

B. 继续从事正常的经营活动

C. 经股东大会批准，董事会进行公司主要业务调整

D. 在要约收购期间，被收购公司董事不得辞职

29. 根据证券法律制度的规定，证券公司在证券经营活动中，不得从事的行为在下列各项中有(　　)。

A. 为客户融资融券

B. 接受客户的全权委托

C. 在依法设立的证券营业场所之外接受委托

D. 将其自营账户借给他人使用

30. 根据《证券法》的规定，下列各项中，属于证券交易所的职责的有(　　)。

A. 核准证券上市交易

B. 公布证券交易即时行情

C. 决定临时停市

D. 办理证券的上市、暂停上市、恢复上市或者终止上市事务

31. 上市公司非公开发行股票的发行价格不低于定价基准日前 20 个交易日公司股票均价的 90%。下列各项中，可以确定为定价基准日的有(　　)。

A. 本次非公开发行股票的董事会决议公告日

B. 本次非公开发行股票的股东大会公告日

C. 发行期的首日

D. 证监会核准之日

32. 上市公司非公开发行股票，董事会未确定发行对象的，由上市公司及保荐人共同确定认购邀请书发送对象的名单。下列各项中，属于认购邀请书发送对象的有(　　)。

A. 董事会决议公告后已经提交认购意向书的投资者及公司前 20 名股东

B. 不少于 20 家证券投资基金管理公司

C. 不少于 10 家证券公司

D. 不少于 5 家保险机构投资者

33. 下列各项中，有关基金财产的表述中，符合规定的有(　　)。

A. 基金财产不得用于向其他基金管理人、基金托管人出资

B. 基金财产不得用于买卖其他基金管理人、基金托管人发行的股票或者债券

C. 基金管理人、基金托管人因基金财产的管理、运用或者其他形式而取得的财产和收益，

归入基金财产

D. 不同基金财产的债权债务，不得互相抵销

34. 下列各项中，基金份额持有人大会表决的事项，应当经参加大会的基金份额持有人所持表决权的 2/3 以上通过的事项有（　　）。
A. 转换基金运作方式
B. 更换基金管理人
C. 更换基金托管人
D. 提前终止基金合同

三、判断题

1. 某有限责任公司成立 5 年有余，2008 年 3 月公司账面净资产值为 1 亿元，该公司将按 80% 的比例将公司净资产折股变更为股份有限公司，并申请公开发行股票并上市。该公司的经营时间符合有关规定。（　　）

2. 招股说明书的有效期为 6 个月，自股票发行之日起开始计算。（　　）

3. 某上市公司股本总额为 20000 万股，现拟向公司原股东配售股份，本次配售股份的数量不得超过 6000 万股。（　　）

4. 发行人最近 36 个月内违反环保法律、行政法规，受到行政处罚的，将构成首次发行股票并上市的法定障碍。（　　）

5. 开放式基金在销售机构的营业场所销售及赎回，不上市交易。投资人申购基金时，必须全额交付申购款项。款项一经交付申购申请即为有效。（　　）

6. 公开发行可转换公司债券的，应当提供担保。提供担保的，应当为全额担保。以保证方式提供担保的，应当为连带责任担保，且保证人最近一期经审计的净资产额应不低于其累计对外担保的金额。（　　）

7. 债券受托管理人为经中国证监会认可的机构担任，但不得为本次发行的保荐人。（　　）

8. 某上市公司拟订发行 3 年期公司债券 2 亿元，首期发行 60%，自核准之日起 6 个月内发行。剩余数量的公司债券分两次，每次发行总量的 20%，在核准后的 2 年内发行完毕。该发行方案符合公司债券发行的规定。（　　）

9. 持有公司 5% 以上股份的股东不属于内幕人员，其交易活动，不属于内幕交易。（　　）

10. 某投资者委托某证券公司买入甲种股票，而证券公司为其买入乙种股票，给该投资者造成损失，该证券公司的行为属于内幕交易的行为。（　　）

11. A 上市公司与 B 公司正在就某一工程项目进行谈判，主题为 A 公司负责为 B 公司建设一项重大工程。按照规定，该工程项目意向书签署后的 3 日内，A 公司应当及时披露该信息。（　　）

12. 利用信息优势联合或者连续买卖，操纵证券交易价格或者证券交易量的行为，属于制造虚假信息的行为。（　　）

13. 采用要约收购方式的，收购人在收购期限内，不得卖出被收购公司的股票，也不得采取要约规定以外的形式和超出要约的条件买入被收购公司的股票。（　　）

14. 发出竞争要约的收购人最迟不得晚于初始要约收购期限届满前 15 日发出要约收购的提示性公告。（　　）

15. A 公司持有 B 上市公司的股份，李某持有 A 公司 33% 的股份，王某是 A 公司的董事，王某的父母、配偶、子女及其配偶、配偶的父母、兄弟姐妹及其配偶、配偶的兄弟姐妹及其配偶，也持有 B 公司的股份。根据规定，李某、王某以及与王某有亲属关系的人，和 A 公司为一致行动人。（　　）

16. A 公司于 2007 年 8 月 10 日向 B 上市公司发出收购要约，收购期限截止到 9 月 10 日。C 公司也欲收购 B 上市公司，根据规定 C 公司应当在 8 月 31 日前发出要约收购的提示性公告。（　　）

17. 投资者及其一致行动人持有被收购公司股份达到 30%，未取得中国证监会豁免的，拟以要约以外的方式继续增持股份的，应当发出全面要约。（　　）

18. A 公司对甲上市公司进行要约收购，于 2007 年 9 月 10 日发出要约收购提示性公告，其收购价格应当不低于 2007 年 3 月 10 日以后至公告日前，A 公司取得甲上市公司股票的最高价格。（　　）

19. 收购人以在证券交易所上市的债券支付收购价款的，该债券的可上市交易时间应当不少于 1 个月。（　　）

20. 因违法行为或者违纪行为被撤销资格的注册会计师，自被撤销资格之日起未逾 5 年的，不得担任证券交易所的负责人以及证券公司的高级管理人员。（　　）

21. 股票、公司债券的暂停上市、恢复上市或者终止上市的事务，由国务院证券监督管理机构核准。（　　）

22. 在上市公司收购过程中，财务顾问应当自公告上市公司收购报告书至收购完成后，通过日常沟通、定期回访等方式，关注上市公司的经营情况，结合被收购公司定期报告和临时报告披露的事宜，对收购人及被收购公司履行持续督导职责。（　　）

23. 未经证券交易所许可，任何单位和个人不得发布证券交易即时行情。（　　）

24. 进入证券交易所参与集中交易的，必须是证券交易所的会员。投资者委托证券公司代其买卖

证券，不能自己到证券交易所进行证券交易。在证券交易所内从事证券交易的人员，违反证券交易所有关交易规则的，由证券交易所给予纪律处分。 （ ）

25. 证券投资咨询机构的从业人员不得代理委托人从事证券投资。 （ ）

26. 投资咨询机构及其从业人员从事证券服务业务的，可以买卖本咨询机构提供服务的上市公司股票。 （ ）

27. 股民王某投资于股市，但由于缺乏投资经验损失惨重。于是，将其投资全权委托于某证券公司的工作人员小李，双方约定，小李保证王某每年10%的收益。后股市暴涨，王某的朋友获利丰厚，而王某仅获得10%的收益。为此，王某提出由于该约定属于乘人之危，且收益率较低，故无效，请求小李返还80%的收益。 （ ）

28. 所谓证券市场禁入，是指在一定期限内直至终身不得从事证券业务或者不得担任上市公司董事、监事、高级管理人员的制度。 （ ）

29. 上市公司非公开发行股票的对象不得超过10名，其中证券投资基金管理公司以其管理的2只以上基金认购的，视为一个发行对象。 （ ）

30. 基金管理人与基金托管人不得为同一人，不得相互出资或者持有股份。 （ ）

四、综合题

1. 国泰股份有限公司（以下简称"国泰公司"）于2005年3月发起设立。发起人有A、B、C三家国有企业，和D公司一家民营企业，以及外国商人E，股本总额为8000万元。A企业是国泰公司的第一大股东，是国泰公司主要的原材料供应商，持有公司51%的股份。公司主营业务为电子产品和计算机软件的开发。公司成立以来，假设公司发生以下有关资本扩张和股权转让的事件：

（1）国泰公司成立半年后，曾因发生董事挪用公司资金的问题，而对公司董事会成员进行改选。此后公司业务稳健发展，并且经营范围从计算机软件的开发，拓展到通讯领域。2008年该公司经审计的年度报告披露，公司的净资产为1亿元，其中无形资产为1800万元；公司负债为6000万元。如果2009年1月，该公司为了扩张股本总额，经股东大会讨论通过，决定发行5000万股社会流通股。

（2）国泰公司于2007年10月曾发行3年期公司债券5000万元，如果2009年1月该公司经股东大会以普通决议的方式，通过发行可转换公司债券的方案，拟发行6000万元。由A证券承销机构作为主承销商，组成承销团包销。可转换公司债券募集说明书的有效期为6个月。本次发行的

可转换公司债券的期限为3年，期满后以发行可转换公司债券前6个月的股票平均价格为标准，确定转股价格。

（3）如果截至2008年12月，国泰公司的股本总额为20000万股。最近3年以股票方式累计分配的利润达到最近3年实现的年均可分配利润的20%以上。2009年3月国泰公司董事会拟定公司向公司原有股东配售股份的方案，拟向原股东配售股份5000万股。在提交公司股东大会讨论之前，A企业公开承诺认配股份1000万股。

要求：

根据以上事实，请分别回答如下问题：

（1）根据本题要点（1）和其他部分的事实，分析国泰公司本次发行股票，是否符合公开发行股票并上市的条件？并说明理由。

（2）根据本题要点（1）和要点（2）以及其他部分的事实，分析国泰公司发行可转换公司债券的方案能否通过？并对已知事实加以分析，说明理由。

（3）根据本题要点（3），分析国泰公司是否符合配售股份的条件？

2. 甲股份有限公司（下称"甲公司"）采取发起设立方式，发起人共有3人，公司股本总额为1000万元。公司成立3年来，生产规模不断扩大，职工数量迅速增加，职工总数已超过200多人；组织机构健全，且运行良好；经营业绩持续上升；特别是公司的财务会计报告无虚假记载，公司也无其他重大违法行为。为此，向中国证监会申请公开发股票。本次拟定发行股份2000万股（每股面值为1元），由乙证券公司承销，甲公司与乙证券公司协商确定的每股发行价格为3元。本次发行的新股，其中有1500万股向本公司全体职工发行，另有500万股由公司发起人认购。丙会计师事务所的注册会计师张某和刘某为甲公司本次股票的发行出具审计报告。

要求：

根据以上事实，请分别回答下列问题：

（1）甲公司是否具备发行新股的条件？本次发行新股是否属于公开发行？本次发行的新股是否应当组成承销团承销？为什么？本次股票发行价格的确定是否合法？注册会计师张某和刘某能否买卖甲公司的股票？为什么？

（2）如果甲公司的股票依法被核准发行，是否具备上市交易的条件？请说明理由。甲公司发起人持有的本公司股票能否转让？

（3）如果甲公司股东丁通过证券交易所的证券交易，持有甲公司的股份达到5%时，应当履行什么义务？能否继续购买甲公司的股票？还将受到什么限制？

（4）如果甲公司的经理在卖出本公司股票后的6个月内再次买入本公司股票，是否应受到限制？

如果不合法，对其行为将如何处理？

3. 甲有限责任公司（下称"甲公司"）和乙有限责任公司（下称"乙公司"）协议以现有资产，共同出资改制为丙股份有限公司（下称"丙公司"）。甲公司和乙公司在改制前具体资产状况如下：甲公司的固定资产为1000万元，流动资产为200万元，商标权和专利权价值100万元，各类负债合计500万元；乙公司的固定资产为1500万元，流动资产300万元，商标权和专利权、专有技术价值200万元，各类负债合计800万元。甲公司和乙公司共同作为发起人，投入丙股份有限公司的股本总额为1300万股（每股面值1元），其中甲公司拟持有550万股，乙公司拟持有750万股。

丙公司于2006年3月经核准注册正式成立。甲公司首期出资200万元，乙公司首期出资300万元，其余出资至2008年3月前缴足。

如果丙公司为扩大投资规模，拟发行公司债券，已知该公司最近一期经审计的净资产为3000万元。公司董事会拟订发行方案后，提交公司股东大会讨论。不足半数的股东出席了该次股东大会，所代表的股份超过了公司股份总数的1/2以上，股东大会经出席会议的股东有表决权的过半数以上同意。

丁证券投资基金是一家开放式基金，该基金预计在募集期内其净销售额为10亿元，但募集期满实际净销售额为6亿元，持有人已达上万人。如果丙公司的股票上市交易，价格为每股8元，丁基金准备购买丙公司的股票。

要求：

根据上述内容，分别回答以下问题：

（1）丙公司的设立方式和设立条件是否符合有关法律规定的条件？并分别说明理由。

（2）丙公司缴纳出资的方式是否符合法律规定？如果在经营过程中，丙公司为了增加注册资本，在2008年3月份之前是否可以通过向他人募股份的方式，实现增资的目的？

（3）丙公司发行公司债券最多可以发行的数额有多少？股东大会的表决是否有效？丙公司的公司债券是否具备上市交易的条件？请说明理由。

（4）丁基金是否具备成立条件？丁基金的管理人能否购买丙公司的股票？

以上问题均请说明理由。

4. A基金成立于2006年10月，其管理人为B基金管理公司，托管人为C银行。A基金自成立以来，B基金管理公司、托管人C银行发生如下一些行为：

（1）A基金在设立之初，B基金管理公司、C银行在其宣传手册上对基金份额持有人作出收益承诺。

（2）2007年B基金管理公司把握证券市场大幅上涨的时机，良好地该运作该基金，使A基金财产在证券市场获利丰厚，基金资产净值大幅增长，B基金管理公司将该部分收益归入了A基金财产。

（3）2008年底B基金管理公司用A基金财产购入D上市公司股票。D上市公司持有C银行10%的股份。

（4）2009年初，B基金管理公司将A基金财产借与E公司。E公司与B基金管理公司、D银行的股份相互不持有股份，与B基金管理公司、C银行也无其他关联关系，且E公司也无其他不良贷款记录。

鉴于B基金管理公司的某些作法，引起部分基金持有人的不满，持有A基金份额16%的基金份额持有人要求召开基金份额持有人大会，更换基金管理公司。B基金管理公司不按规定召集。

要求：

根据以上事实，请分别回答下列问题：

（1）对A基金成立以来所发生的一些行为进行分析，指出是否符合法律规定？说明理由。

（2）B基金管理公司不按规定召开基金份额持有人大会的，C银行是否应当召集？如果C银行也不召集，基金份额持有人大会能否召开？关于更换基金管理公司的事项，基金份额持有人大会应如何表决通过？

5. 甲股份有限公司（以下简称甲公司）的股票于1996年上市，甲公司股本总额为2亿元人民币。1997年年报披露，甲公司股票每股收益0.46元，实现盈利9200万元；1998年年报披露，甲公司股票每股收益负2.72元，发生亏损5.44亿元；1999年年报披露，甲公司股票每股收益实际为负3.80元，亏损额达7.6亿元，甲公司为避免暂停交易的发生，公司财务人员编造虚假报告，年报显示每股收益0.12元，实现盈利2400万元。

要求：

根据以上事实，请分别回答下列问题：

（1）应对甲公司的股票交易做何处理？由哪个机构办理？为什么？

（2）假设甲公司的全部股均已上市流通，乙公司现持有甲公司股票5000万股，欲收购甲公司，能否发出收购要约？应该怎样做？

（3）如果乙公司于1999年7月2日发出收购要约，于同年9月15日将收购情况报告证券交易所，其做法是否正确，为什么？对其收购的股票有何限制？

（4）如果B会计师事务所的注册会计师甲、乙二人，于2000年12月接受委托，为甲公司出具2000年报的审计报告。该公司年报及审计报告于2001年3月1日公布。甲上市公司年报披露时间是否符合规定？注册会计师甲、乙二人能否买卖甲公司的股票？

本章练习题库参考答案及解析

一、单项选择题

1.【答案】B
【解析】向不特定对象公开发行的证券票面总值超过人民币 5000 万元的，应当由承销团承销。因此，B 选项不正确。

2.【答案】B

3.【答案】D
【解析】最近 3 个会计年度净利润均为正数且累计超过人民币 3000 万元，故 D 选项不对。

4.【答案】B
【解析】最近三年以现金或股票方式累计分配的利润不少于最近三年实现的年均可分配利润的 20%。

5.【答案】C

6.【答案】C
【解析】（1）A 选项所述，适用于上市公司配股的条件；（2）B 选项所述，适用于上市公司向不特定对象公开募集股份的条件；（3）根据规定，上市公司非公开发行股票的发行对象不超过 10 名，因此 D 选项也不符合规定。

7.【答案】D
【解析】收购人持有 75% 的股份，股权分布不具备上市交易条件，应当终止其股票上市。

8.【答案】B
【解析】根据《公司法》的规定，公司累计发行债券总额不得超过公司净资产的 40%，该股份公司前一次发行的债券中 1 年期的债券在本次发行时，已经到期，只有 3 年期的债券尚未到期，应当与本次发行的数额累计，不超过净资产的 40%，即 8000×40% – 1200 = 2000（万元）。

9.【答案】D
【解析】最后一项应当是公司最近 2 年连续亏损，应当暂停该债券上市交易。注意与股票暂停交易的情形区别。

10.【答案】A
【解析】为股票发行出具审计报告的专业人员，除了在该股票承销期内不得买卖该种股票，而且在承销期满后的六个月内也不得买卖该种股票。

11.【答案】B

12.【答案】D
【解析】公司董事会不按照规定执行的，股东有权要求董事会在 30 日内执行。公司董事未在上述期限内执行的，股东有权为了公司利益以自己的名义直接向法院提起诉讼。

13.【答案】A
【解析】公司董事未在 30 日内执行的，股东有

权为了公司的利益以自己的名义直接向法院提起诉讼。

14.【答案】B
【解析】（1）A 选项中股本总额符合上市交易条件；（2）公司最近 2 年连续亏损，是公司债券暂停上市的情形；（3）公司未按规定公开其财务状况且拒绝纠正，为终止交易的情形。

15.【答案】D
【解析】上市公司发行分离交易的可转换公司债券，公司最近一期末经审计的净资产应不低于人民币 15 亿元。

16.【答案】A
【解析】注意区分几种情况：（1）A 选项的规定，适用于可转换公司债券的转股价格以及认股权证的行权价格；（2）C 选项的规定，适用于上市公司非公开发行股票的发行价格；（3）D 选项的规定，适用于上市公司向不特定对象公开募集股份的发行价格。

17.【答案】B
【解析】（1）认股权证的存续期间不超过公司债券的期限，自发行结束之日起不少于 6 个月。故 A 选项符合规定。（2）募集说明书公告的权证存续期限不得调整。认股权证自发行结束之日已满 6 个月起方可行权，行权期间为存续期届满前的一段期间，或者是存续期限内的特定交易日。因此，B 选项所述持有人可以随时行权不符合规定，C 选项则符合规定。（3）认股权证的行权价格应不低于公告募集说明书日前 20 个交易日公司股票均价和前一个交易日的均价。D 选项也符合规定。

18.【答案】B
【解析】本考点为公司债券持有人的权益保护。

19.【答案】B
【解析】ACD 三个选项都符合证券投资基金发行和交易的条件。

20.【答案】C
【解析】注意区分，持股达到 5% 与在此基础上增加或者减少 5%，有关公告、报告时间的要求虽然一致，但是，在此后限制其再行购买公司股票的时间规定不同。前者为在持股达到 5% 的事实发生之日起 3 日内，依法公告、报告，在上述期限内，不得再行买卖该上市公司的股票。后者为增加或者减少 5% 持股比例的事实发生之日起 3 日内进行公告、报告，并在报告期限内和作出报告、公告后两日内，不得再行买卖该上市公司的股票。

21.【答案】B
【解析】注意区分中期报告和年度报告报送的时间。

22.【答案】C
【解析】注意区分中期报告和年度报告公告事

项的区别。C 选项属于年度报告公告的事项。

23.【答案】A

【解析】A 选项中的时间有误,应当为"在披露之日起 6 个月内"。

24.【答案】C

25.【答案】B

26.【答案】A

27.【答案】D

【解析】证券公司的注册资本不同,其业务范围有所不同。本题中前三个选项所涉及的业务,无论注册资本高低都可经营。但是,最后一项业务,要求证券公司的注册资本最低是 1 亿元。

28.【答案】D

29.【答案】D

30.【答案】D

31.【答案】B

32.【答案】A

二、多项选择题

1.【答案】ABD

【解析】最近 3 个会计年度经营活动产生的现金流量净额累计超过人民币 5000 万元;或者最近 3 个会计年度营业收入累计超过人民币 3 亿元。因此,C 选项不符合规定。

2.【答案】BD

【解析】第一,股份有限公司应自成立后,持续经营时间在 3 年以上;有限责任公司按原账面将资产值折股整体变更为股份有限公司的,持续经营时间可以从有限责任公司成立之日起计算,并达 3 年以上。因此,A 选项的说法不准确。第二,发行人的总经理、副总经理、财务负责人和董事会秘书等高级管理人员没有在公司的控股股东、实际控制人及其控制的其他企业中担任除董事、监事以外的其他职务。所以,C 选项表述不能说明符合上述规定。

3.【答案】ACD

【解析】B 选项应当为持有公司股份最多的前 10 名股东的名单和持股数额,故 B 选项不对。

4.【答案】ABCD

【解析】注意区分可转换公司债券与分离交易的可转换公司债券发行条件的异同。

5.【答案】ACD

【解析】担保范围包括债券的本金及利息、违约金、损害赔偿金和实现债权的费用。

6.【答案】BCD

【解析】最近 36 个月内受到过中国证监会的行政处罚、最近 12 个月内未受到过证券交易所的公开谴责。故 A 选项不符合规定。

7.【答案】BC

【解析】发行价格不低于定价基准日前 20 个交易日公司股票均价的 90%,故 A 选项不对。其

发行对象不应超过 10 名,所以 D 选项也不对。

8.【答案】ACD

【解析】注意区分上市公司暂停、终止股票交易的情形,特别是在程度上存在差异。(1)公司不按规定公开其财务状况,或者对财务会计报告作虚假记载,且拒绝纠正的,属于应当终止交易的情形。因此不选 B 选项。(2)公司最近 3 年连续亏损,在其后一个年度内未能恢复盈利的,应当终止股票交易。

9.【答案】ABCD

【解析】有下列情况的,应当召开债券持有人会议:(1)拟变更债券募集说明书的约定;(2)拟变更债券受托管理人;(3)公司不能按期支付本息;(4)公司减资、合并、分立、解散或者申请破产;(5)保证人或者担保物发生重大变化;(6)发生对债券持有人权益有重大影响的事项。

10.【答案】ABCD

11.【答案】ABCD

12.【答案】ACD

【解析】本题考点为封闭式基金设立的条件和设立的程序要求。有关规定,对基金管理人持有的基金份额没有规定,所以 B 选项是错误的,其余三项都符合有关规定。

13.【答案】ACD

【解析】虽然有关规定要求,基金管理公司的主要股东的注册资本不低于 3 亿元人民币,但没有要求必须为实缴货币资本。所以 B 项不正确。

14.【答案】ABCD

【解析】A 选项是关于定期报告披露的时间要求。后三个选项都属于上市公司的重大事项,应当及时公布。

15.【答案】ABCD

【解析】发行人、承销的证券公司的负有责任的董事、监事、高级管理人员应当承担连带责任。经理、财务总监属于公司的高级管理人员。

16.【答案】ABCD

17.【答案】ABCD

18.【答案】ABC

【解析】公司的董事、1/3 以上监事或者经理发生变化,属于重大事件。

19.【答案】ABCD

20.【答案】AD

【解析】本题涉及有关禁止交易的行为。对于 5 种禁止交易的行为,考生应注意从行为主体、行为手段上加以区别。欺诈客户行为的主体是证券公司及其从业人员。所以 A、D 两项属欺诈客户的行为。

21.【答案】BCD

【解析】根据规定,对同一种类股票的要约收

购价格，不得低于要约收购提示性公告前 6 个月内收购人取得该种股票所支付的最高价格。故 A 选项不符合规定。

22.【答案】CD

【解析】关于实际控制具体规定有四种情形，除了本题 C、D 两种情形外，还包括：投资者为上市公司持股 50% 以上的控股股东；投资者依其可实际支配的上市公司股份表决权足以对公司股东大会产生的决议产生重大影响。

23.【答案】AC

【解析】上市公司面临严重财务困难，收购人提出的挽救公司的重组方案取得该公司股东大会批准，且收购人承诺 3 年内不转让其在该公司中所拥有的权益，故 B 选项表述不完整。收购人依法取得上市公司向其发行的新股，导致其在该公司拥有权益的股份超过该公司已发行股份的 30%，收购人承诺在 3 年内不转让其拥有权益的股份，且公司股东大会同意收购人免予发出要约。因此，D 选项表述也不完整。

24.【答案】CD

【解析】（1）投资者及其一致行动人不是上市公司的第一大股东或者实际控制人，其拥有权益的股份达到或者超过该公司已发行股份的 5% 但未达到 20% 的，应当编制简式权益报告书。（2）注意区分编制简式与详式权益报告书的情形，同时还应注意掌握相关的报告内容。

25.【答案】ABC

【解析】属于一致行动人的情形有：（1）投资者之间有股权控制关系。A 选项即是。（2）投资者受同一主体控制。B 选项即是。（3）在投资者任职的董事、监事及高级管理人员，与投资者持有同一上市公司股份。C 选项即是。（4）持有投资者 30% 以上股份的自然人，与投资者持有同一上市公司股份。D 选项中没有说明张某持有 A 公司的股份超过 30%，所以不选。

26.【答案】BD

【解析】（1）收购人负有数额较大的债务，到期未清偿，且处于持续状态；所以不选 A 项。（2）收购人最近 3 年有严重的证券市场失信行为。因此，C 选项也不选。

27.【答案】BC

【解析】（1）在一个上市公司中拥有权益的股份达到或者超过该公司已发行股份的 50% 的，继续增加其在该公司拥有的权益不影响该公司的上市地位。故 A 选项的表述有欠缺。（2）D 选项所述情形，还应当经股东大会同意收购人免予发出要约。

28.【答案】BCD

【解析】被收购公司董事会应当对收购人的主体资格、资信情况及收购意图进行调查，对要约条件进行分析，对股东是否接受要约提出建议，并聘请独立财务顾问提出专业意见。故 A 选项不对。

29.【答案】BCD

【解析】新《证券法》规定，证券公司为客户买卖证券提供融资融券服务，应当按照国务院的规定并经国务院证券监督管理机构批准。可见，新旧《证券法》就此规定不同，并未绝对禁止证券公司向客户融资融券的行为。

30.【答案】BCD

【解析】核准证券上市交易是中国证监会的职责。

31.【答案】ABC

32.【答案】ABCD

33.【答案】ABCD

34.【答案】ABCD

三、判断题

1.【答案】×

【解析】有限责任公司变更为股份有限公司，持续经营时间可以从有限责任公司成立之日起计算，必须是公司净资产折股整体变更。

2.【答案】×

【解析】招股说明书的有效期为 6 个月，自中国证监会核准发行申请前招股说明书最后一次签署之日起计算。

3.【答案】√

【解析】拟配售股份数量不得超过本次配售股份前股本总额的 30%。

4.【答案】×

【解析】发行人最近 36 个月内违反工商、税收、土地、环保、海关以及其法律、行政法规，受到行政处罚，并且"情节严重"的，将构成首次发行股票并上市的法定障碍。

5.【答案】√

【解析】（1）注意开放式基金与封闭式基金的区别，封闭式基金上市交易。（2）开放式基金款项一经交付申购申请即为生效。但是，基金管理人应当于收到基金投资人申购、赎回申请之日起 3 个工作日内，对该交易的有效性进行确认。

6.【答案】×

【解析】公开发行可转换公司债券，应当提供担保，但最近一期末经审计的净资产不低于人民币 15 亿元的公司除外。

7.【答案】×

【解析】债券受托管理人为本次发行的保荐人或者其他经中国证监会认可的机构担任。为本次发行提供担保的机构不得担任本次债券发行的受托管理人。

8.【答案】√

【解析】发行公司债券，可以申请一次核准，分期发行。自中国证监会核准发行之日起，公司应在六个月内首期发行，剩余数量应当在二十四个月内发行完毕。首期发行数量应当不少于总发行数量的50%，剩余各期发行的数量由公司自行确定。

9.【答案】×
【解析】持股5%的股东属内幕人员，但其交易活动不属内幕交易。

10.【答案】×
【解析】该证券公司违背客户的委托为其买卖证券，该行为属于欺诈客户的行为。

11.【答案】×
【解析】应当为签署意向书2日内披露该信息。

12.【答案】×
【解析】应当为操纵市场的行为。

13.【答案】√

14.【答案】√

15.【答案】√
【解析】持有投资者30%以上股份的自然人和在投资者任职的董事、监事及高级管理人员，其父母、配偶、子女及其配偶、配偶的父母、兄弟姐妹及其配偶、配偶的兄弟姐妹及其配偶等亲属，与投资者持有同一上市公司股份，为一致行动人。

16.【答案】×
【解析】发出竞争要约的收购人最迟不得晚于初始要约收购期限届满前15日发出要约收购的提示性公告。因此，C公司应当在8月26日前发出要约收购的提示性公告。

17.【答案】√

18.【答案】√
【解析】收购人依法进行要约收购的，对同一种类股票的要约价格，不得低于要约收购提示性公告日前6个月内收购人取得该种股票所支付的最高价格。

19.【答案】√

20.【答案】√
【解析】本题涉及证券公司以及证券交易所高级管理人员的任职资格，注意与《公司法》的有关规定联系。

21.【答案】×
【解析】证券交易所有权依照法律、行政法规，以及国务院证券监督管理机构的规定，办理股票、公司债券的暂停上市、恢复上市或者终止上市的事务。

22.【答案】×
【解析】财务顾问应当自收购人公告上市公司收购报告书至收购完成后12个月内，对收购人及被收购公司依法进行督导。

23.【答案】√
【解析】本题内容属于证券交易所的职责之一。

24.【答案】√

25.【答案】√
【解析】代理委托人从事证券投资活动应由证券公司承担。

26.【答案】×
【解析】投资咨询机构及其从业人员从事证券服务业务的，不得买卖本咨询机构提供服务的上市公司股票。

27.【答案】×
【解析】证券公司办理经纪业务，不得接受客户的全权委托而决定证券买卖、选择证券种类、决定买卖数量或者买卖价格。证券公司不得以任何方式对客户证券买卖的收益或者赔偿证券买卖的损失作出承诺。

28.【答案】√

29.【答案】√

30.【答案】√

四、综合题

1.【答案】本题主要考点有：首次申请公开发行股票的条件，可转换公司债券的发行条件、转股价格，上市公司配股的条件。

（1）国泰公司本次发行股票属于首次申请公开发行股票。根据已知事实，结合相关法律分析如下：①该公司首次申请公开发行股票的时间符合法律规定。根据规定，发行人申请首次公开发行股票并上市，该股份公司应自成立后，持续经营时间在3年以上。国泰公司成立后持续经营已经超过3年。②公司董事会的改选以及公司经营业务方面的变化，将构成本次发行的法律障碍。根据规定，发行人申请首次公开发行股票并上市，最近3年内主营业务和董事、高级管理人员没有发生重大变化。国泰公司的情况不符合这一规定。在最近三年内公司董事会发生了改选，公司经营业务也发生了变化。③公司的相关财务指标符合首次公开发行股票的条件，即发行前股本总额不少于人民币3000万元；无形资产在净资产中所占的比例不高于20%。该公司发行股票前股本总额为8000万元，无形资产在净资产中所占的比例为18%，均符合上述规定。④公开发行的股份已达到公司股本总额的38.5%，符合公开发行的股份达到公司股份总额的25%以上的上市交易条件。⑤国泰公司的第一大股东A企业与国泰公司存在关联交易，A企业作为国泰公司主要的原材料供应商，使得国泰公司的原料采购依赖于大股东，从而不具有独立的原料采购系统。不符合发行人业务独立的有关要求。

（2）国泰公司发行可转换公司债券的方案不能通过。理由如下：①国泰公司不是上市公司，不具备发行可转换公司债券的主体资格。②此次债券发行完毕，公司债券与净资产的比例高达

110%，超过了法律限定的40%的比例。③该公司股东大会以普通决议的方式通过该发行方案，也不符合法律规定，应当以特别决议，即出席股东大会的股东所持表决权的2/3以上通过。④发行期限合法，可转换公司债券募集说明书的有效期为6个月，自可转换公司债券募集说明书签署之日起计算。⑤承销方式合法，可转换公司债券的发行，应当由证券经营机构承销，证券经营机构应当具有股票承销资格，并且发行金额超过5000万元的，应当组织承销团承销。⑥转股价格不合法。上市公司发行可转换公司债券的，转股价格应不低于募集说明书公告日前20个交易日该公司股票交易均价和前一交易日的均价。

（3）国泰公司符合配售股份的条件：①最近3年以股票方式累计分配的利润不少于最近3年实现的年均可分配利润的20%。②拟配售的股份数量不超过本次配售股份前股本总额的30%。③A企业公开承诺认配股份。A企业是国泰公司的控股股东，根据规定，控股股东应当在股东大会召开前公开承诺认配股份的数量。

2.【答案】本题考查要点有：公开发行的情形，股票发行的条件，股票上市交易的条件，对持有上市公司股票特定主体的限制等。

（1）甲公司已具备发行新股的条件。《证券法》规定，公司发行新股，应当符合下列条件：①具备健全且运行良好的组织机构；②具有持续盈利能力，财务状况良好；③最近3年财务会计文件无虚假记载，无其他重大违法行为等。

本次发行新股属于公开发行，虽然是向特定对象发行，但是已经超过200人。

本次发行的新股无需组成承销团承销。因为《证券法》规定，向不特定对象公开发行的证券票面总值超过人民币5000万元的，应当由承销团承销。而甲公司本次发行股票，是向特定对象发行的。

本次股票发行价格的确定是合法的。《证券法》规定，股票发行采取溢价发行的，其发行价格由发行人与承销的证券公司协商确定。

注册会计师张某和刘某可以买卖甲公司的股票，但是须受到一定的限制。因为二人是为该公司股票发行出具审计报告的人员，根据法律规定，在该股票承销期内和期满后六个月内，不得买卖甲公司的股票，之后便不再受到限制。

（2）甲公司的股票已具备上市条件。第一，该公司股票已核准公开发行；第二，该公司的股本总额不低于3000万元；第三，公开发行股份的比例已经超过公司股本总额的25%。

甲公司发起人持有的本公司股票能够转让。首先，甲公司发起人自发起设立时认购的股票，自公司成立之日起1年内不得转让，由于甲公司成立早已超过1年，所以，发起人持有的这一部分

股票，发生转让将不再受到限制；其次，甲公司发起人在公开发行股票时认购的股份，不属于公司公开发行股份前已向其发行的股份，因此，《公司法》所规定的，"公司公开发行股份前已发行的股份，自公司股票在证券交易所上市交易之日起1年不得转让"的内容，对甲公司的发起人不适用。

（3）如果甲公司股东丁通过证券交易所的证券交易，持有甲公司的股份达到5%时，根据《证券法》的规定，其应当履行披露及公告义务。具体要求是，通过证券交易所的证券交易持有一个上市公司已发行的股份达到5%时，应当在该事实发生之日起3日内，向国务院证券监督管理机构、证券交易所作出书面报告，通知该上市公司，并予以公告。在上述期限内，不得再行买卖该上市公司的股票。

超过上述发行期限以后，丁可以继续购买甲公司的股票。就其再次买入股票后将要受到的限制有两个方面：第一，其继续买入甲公司股票后，6个月内又卖出的，由此所得的收益归甲公司所有；第二，其继续买入甲公司的股票比例每增加5%的，还应当依法进行报告和公告。在报告期限内和作出报告、公告后2日内，不得再行买卖该上市公司的股票。

（4）如果甲公司的经理在卖出本公司股票后的六个月内再次买入本公司股票，应当受到限制。《证券法》规定，上市公司董事、监事、高级管理人员，持有上市公司股份5%以上的股东，将其持有的该公司的股票在买入后六个月内卖出，或者在卖出后六个月内又买入的，由此所得收益归该公司所有，公司董事会应当收回其所得收益。公司董事会如果不按照上述规定执行，股东有权要求董事会在30日内执行。公司董事会未在上述期限内执行的，股东有权为了公司的利益以自己的名义直接向人民法院提起诉讼。

3.【答案】（1）①丙公司的设立方式合法。股份有限公司的设立方式可以采取发起设立的方式。根据《公司法》的规定，采取发起设立方式的，发起人为2人以上200人以下，其中须有过半数的发起人在中国境内有住所。②从已知的设立条件分析也合法。丙公司的股本总额为1300万股，即30000万元，已经满足股份有限公司注册资本不低于500万元的法律要求。

（2）丙公司缴纳出资的方式符合法律规定。《公司法》规定，股份有限公司采取发起设立方式的，注册资本为在公司登记机关登记的全体发起人认购的股本总额。公司全体发起人的首次出资额不得低于注册资本的20%，其余部分由发起人自公司成立之日起两年内缴足。

如果在经营过程中，丙公司为了增加注册资本，在2008年3月份之前不可以通过向他人募集股

份的方式，实现增资的目的。《公司法》规定，股份有限公司采取发起设立方式，在注册资本缴足前，不得向他人募集股份。

（3）丙公司的净资产为 3000 万元，根据规定债券发行余额不得超过公司净资产的 40%，因此，丙公司最多可以发行公司债券的数额为 1200 万元。

股东大会的表决也是有效的。因为发行公司债券不属于公司法所规定的特别事项，须经出席股东大会的股东所持表决权的过半数通过。

丙公司发行的公司债券不具备上市交易的条件。根据法律规定公司债券实际发行额不少于人民币 5000 万元，具备上市交易条件。由于丙公司的公司债券发行额未达到该规模，因此不具备上市交易的条件。

（4）丁基金可以成立。根据有关规定，开放式基金的设立募集期限为 3 个月，在设立募集期内，净销售额超过 2 亿元，最低认购人数达到 1000 人的，开放式基金方可成立。丁基金在法定期限内的净销售额和持有该基金的人数均已具备了上述条件，所以可以成立。

丁基金的管理人可以购买丙公司的股票。因为证券投资基金就是由基金管理人管理和运用资金，从事股票、债券等金融工具投资的方式。

4.【答案】本题主要考点有：基金财产，基金管理人，基金份额持有人。

（1）对 A 基金成立以来所发生的一些行为分析如下：

第一，A 基金在设立之初的宣传手册上对基金份额持有人作出收益承诺的行为，不符合法律规定。根据规定，基金管理人具有良好的职业操守，不得向基金份额持有人违规承诺收益或者承担损失。

第二，B 基金管理公司将 A 基金投资于证券市场的收益归入 A 基金财产的做法，是符合法律规定的。根据规定，基金管理人、基金托管人应当将因基金财产的管理、运用或者其他形式而取得的财产和收益，归入基金财产。

第三，B 基金管理公司用 A 基金财产购入 D 上市公司股票的行为，不违反法律规定。根据规定，基金财产不得用于买卖与其基金管理人、基金托管人有控股关系的股东公司发行的证券。D 上市公司持有 C 银行 10% 的股份，未形成控股关系。

第四，B 基金管理公司将 A 基金财产借予 E 公司的做法，是不符合法律规定的。根据规定，基金财产不得用于向他人贷款或者提供担保。

（2）B 基金管理公司不按规定召开基金份额持有人大会的，C 银行应当召集。

如果 C 银行也不召集，基金份额持有人大会能否召开应具体分析。首先，根据规定，在基金管理人、基金托管人都不召集基金份额持有人大会的情况下，代表基金份额 10% 以上的基金份额持有人有权自行召集。现已有 16% 的该基金份额持有人提议，因此可自行召集。第二，根据规定，基金份额持有人大会应当有代表 50% 以上基金份额的持有人参加，方可召开。因此，能否召开还应分析出席会议的代表所持的基金份额比例是否合法。

关于更换基金管理公司的事项，根据规定，应当经参加大会的基金份额持有人所持表决权的 2/3 以上通过。

5.【答案】本题主要考点有：股票的暂停交易，要约收购的条件、期限及完成收购行为后的要求、限制，上市公司年报披露时间，对股票交易主体买卖股票的限制。

（1）应对甲公司的股票做出暂停交易的处理，具体由证券交易所办理。根据《证券法》的规定，公司不按规定公开其财务状况，或者对财务会计报告作虚假记载的，应暂停上市。办理股票暂停上市，是证券交易所的职责之一。

（2）乙公司尚不能发出收购要约。法律规定，投资者持有一个上市公司已发行的股份的 30% 时，才具备发出收购要约的条件，所以乙公司应持有甲公司的 6000 万股股票时，才可发出收购要约。在此之前，乙公司应按法律规定在现有持股比例 25% 的基础上，每增加 5%，通过向证券监督管理机构、证券交易所报告，并在指定报刊上公告的方式购进甲公司股票，直至达到上述条件时，依法向甲公司的所有股东发出收购要约。

（3）乙公司的做法不完全正确。法律规定收购要约期限不得少于 30 日，并不得超过 60 日，假定按最长的期限 60 天计算，乙公司于 9 月 15 日的报告行为时间符合规定，但报告的机构不合规定。因为法律规定，收购上市公司的行为结束后，收购人应当在 15 日内将收购的情况报告国务院证券监督管理机构和证券交易所，并予公告。乙公司在收购行为完成后的 12 个月内不得转让所持有的甲公司的股票。

（4）甲上市公司年报披露时间符合规定。法律规定，年度报告应当在每一会计年度结束之日起 4 个月内，向国务院证券监督管理机构和证券交易所提交，并在指定报刊上公布。注册会计师甲、乙二人在限期内不能购买甲公司的股票，即自 2000 年 12 月接受委托之日至年报披露后的 5 日内（2001 年 3 月 6 日），不得买卖 A 公司股票。

第六章

企业破产法

本章考情分析

本章是经济法教材中难点问题较多的一章，2007 年本章内容变化较大。本章题型以客观题为主，分值一般在 6 分以上。在 1998 年、2003 年和 2007 年考过综合题。因此，从难易程度，以及历年考试情况综合分析，本章是比较重要的一章。

破产法既是程序法又是实体法，所以本章主要贯穿两条基本线索：一是破产程序；二是破产财产的清算与分配。要求考生：首先，对破产制度设立的目的有全面、正确的理解，即破产申请与受理、破产宣告与破产清算、和解及重整申请与避免破产倒闭、破产管理人与债权人会议在破产程序中的地位及其作用。在此基础上理顺破产程序，并把握在破产进行中每个阶段的联系与区别。其次，关于破产的清算与分配问题，应当掌握破产财产与破产债权的界定方法与具体范围，牢记破产财产的分别顺序，熟练地运用有关公式计算破产债权额。

复习本章注意如下问题：（1）由于 2007 年教材结合新修订的企业破产法进行了全新的修改，因此在复习过程中，除 2007 年和 2008 年试题外，对历年考题应特别注意要以新的规定来解读；（2）本章是难点问题较多的一章，注意对难点问题的理解；（3）与第八章物权法和第九章合同法（总则）中的担保问题结合复习。

2009 年指定教材本章内容整体变化不大，主要进行了结构调整，并适当增加了一些新内容。

最近 3 年题型题量分析

题型＼年份	2006 年	2007 年	2008 年
单选题	2 题 2 分	1 题 1 分	3 题 3 分
多选题	2 题 2 分	1 题 1 分	3 题 3 分
判断题	2 题 2 分	1 题 1 分	2 题 2 分
综合题		1 题 11 分	
合计	6 题 6 分	4 题 14 分	8 题 8 分

本章考点扫描

首先，根据破产法具有程序法的特点，将本章主要考点归纳如下：

1. 破产原因——提出破产申请（由谁提出、提出何种申请、向谁提出、如何提出）

2. 提出申请的结果 { 法院不予受理（驳回申请）——可以上诉 / 法院受理（不等于破产）——指定管理人、申报债权

3. 重整程序 { 何时提出、由谁提出 / 重整计划的制定、批准 / 重整计划的执行、监督与终止 / 结果 { 债务人更生、避免破产 / 宣告破产

4. 和解制度 { 和解协议的效力 / 结果 { 债务人更生、避免破产 / 宣告破产

5. 破产宣告

6. 破产清算（破产财产分配顺序、别除权）

7. 破产程序终结

其次，结合破产法又是实体法的特征，考生应

关注以下问题：

1. 债权申报与确认：（1）申报的期限；（2）可以申报的债权

2. 债务人财产：（1）财产范围；（2）撤销权；（3）取回权；（4）抵销权

3. 破产费用与共益债务：（1）界定；（2）清偿

4. 管理人制度：（1）产生；（2）资格；（3）职责

5. 债权人会议：（1）组成；（2）表决权；（3）召集；（4）债权人委员会

本章涉及时间规定较多，考生在记忆有关期限时，特别应注意该期限开始计算的时间，比如是法院受理破产案件申请之日起，还是宣告破产之日起，或者裁定破产程序终结之日前等。

【考点一】破产原因

1. 债务人不能清偿到期债务，并且资产不足以清偿全部债务，主要适用于债务人提出破产申请且其资不抵债易于判断的案件；

2. 债务人不能清偿到期债务，并且明显缺乏清偿能力，主要适用于债权人提出破产申请和债务人提出破产申请但其资不抵债不易判断的案件。

【解释1】"不能清偿"是指债务人对请求偿还的到期债务，因丧失清偿能力而无法偿还的客观财产状况。

【解释2】"到期债务"是指已到偿还期限、提出清偿要求、无争议或已经法院或仲裁机构作出生效裁判具有确定名义的债务。有争议的债务首先要通过诉讼程序解决争议，然后方可进入破产程序。

【注意问题】债权人和债务人提出破产申请的破产原因，虽然都有债务人不能清偿到期债务的要求，但是对债务人提出破产申请时，又要求有资产不足以清偿全部债务的事实。这对于掌握自身财产状况、资产状况的债务人而言，是可以做到的。但是对于债权人而言，由于其不可能掌握债务人的具体的资产、财产状况，因此无法要求其提供这些资料，所以规定为债务人明显缺乏清偿能力，也就是说只要债权人能够证明债务人存在这样的事实，即可以对债务人提出破产申请。

【考点二】破产申请

1. 债务人发生破产原因，可以向人民法院提出重整、和解或者破产清算申请。

2. 债务人不能清偿到期债务，债权人可以向人民法院提出对债务人进行重整或者破产清算的申请。

3. 企业法人已解散但未清算或者未清算完毕，资产不足以清偿债务的，依法负有清算责任的人应当向人民法院申请破产清算。

4. 商业银行、证券公司、保险公司等金融机构出现破产情形的，国务院金融监督管理机构可以向人民法院提出对该金融机构进行重整或者破产清算的申请。

5. 破产案件的地域管辖由债务人住所地人民法院管辖。

6. 当事人向人民法院提出破产申请，应当提交破产申请书和有关证据。债务人提出申请的，还应当向人民法院提交财产状况说明、债务清册、债权清册、有关财务会计报告、职工安置预案以及职工工资的支付和社会保险费用的缴纳情况。

7. 人民法院受理破产申请前，申请人可以请求撤回申请。（2004年、2006年单选题）

【例题1·多选题】根据企业破产法的规定，债务人提出破产申请的，除应当提交破产申请书以外，下列各项中，属于债务人应当提交的材料有（　　）。

A. 财产状况说明书

B. 债权清册与债务清册

C. 职工工资的支付和社会保险费用的缴纳情况

D. 债务清偿预案

【答案】ABC

【例题2·单选题】债权人甲公司对债务人乙国有企业提出破产申请后，又与其达成清偿债务的协议，甲公司拟向人民法院请求撤回破产申请。甲公司可以请求撤回破产申请的时间为（　　）。（2004年试题）

A. 人民法院决定受理乙企业破产案件前

B. 人民法院宣告乙企业破产前

C. 人民法院裁定进行破产财产分配前

D. 人民法院裁定终结破产案件前

【答案】A

【考点三】破产申请异议

债权人提出破产申请，债务人对破产申请有异议的，应当自收到人民法院的通知之日起7日内向法院提出。

【解释】因为当债权人对债务人提出破产申请时，债务人有可能认为其并未出现破产原因，因此可依法提出异议。但是，当债务人提出破产申请时，债权人似乎没有提出异议的必要。

【考点四】裁定不予受理（驳回申请）

1. 人民法院裁定不予受理破产申请，申请人对裁定不服的，可以自裁定书送达之日起10日内向上一级人民法院提起上诉。（2001年、2006年多选题）

2. 人民法院受理破产申请后至破产宣告前，经审查发现债务人未发生破产原因的，可以裁定驳回破产申请。申请人对裁定不服的，可以自裁定书送达之日起10日内向上一级人民法院提起上诉。

【例题3·多选题】根据企业破产法律制度的规定，人民法院作出的下列裁定中，当事人可以提出上诉的有（　　）。（2006年试题）

A. 不予受理破产申请的裁定

B. 驳回破产申请的裁定

C. 破产宣告的裁定

D. 破产程序终结的裁定

【答案】AB

【注意问题】在整个破产案件的审理过程中，人民法院对各种问题均以裁定方式解决。除不予受理破产申请的裁定和驳回申请的裁定外，一律不准上诉。

【相关链接】裁定是对程序问题作出的，包括不予受理、驳回申请的裁定。可以上诉的，上诉期为裁定书送达之日起10日内。（第一章中关于判决与裁定的内容）

【考点五】指定管理人（本考点至考点十二为法院受理破产申请后的有关事项）

人民法院裁定受理破产申请的，应当同时指定管理人，并通知已知债权人，并予以公告。

【解释】新破产法将破产清算、和解与重整三程序的受理阶段合并规定。自法院受理破产申请后，管理人开始介入破产程序，管理人的工作自案件受理开始横贯三个程序。

【例题4·判断题】人民法院裁定债务人破产的，应当同时指定管理人，并通知已知债权人，并予以公告。（　　）

【答案】×

【注意问题】法院裁定受理破产申请，与裁定债务人破产（即破产宣告）是两个概念。

【考点六】债务人管理人员的义务

自人民法院受理破产申请的裁定送达债务人之日起至破产程序终结之日，债务人的有关人员（即企业的法定代表人；经人民法院决定，可以包括企业的财务管理人员和其他经营管理人员），应承担五项义务：

（1）妥善保管其占有和管理的财产、印章和账簿、文书等资料；

（2）根据人民法院、管理人的要求进行工作，并如实回答询问；

（3）列席债权人会议并如实回答债权人的询问；

（4）未经人民法院许可，不得离开住所地；

（5）不得新任其他企业的董事、监事、高级管理人员。

【相关链接】《公司法》规定，担任破产清算的公司、企业的董事或者厂长、经理，对该公司、企业的破产负有个人责任的，自该公司、企业破产清算完结之日起未逾3年的，不得担任公司的董事、监事、高级管理人员。

【考点七】个别清偿行为无效（重要）

人民法院受理破产申请后，债务人对个别债权人的债务清偿无效。但是，债务人以其自有财产向债权人提供物权担保的，其在担保物价值内向债权人所作的债务清偿，不受上述规定限制。

【解释】

1. 所谓物权担保，根据物权法的规定，包括抵押、质押和留置。

2. 债务人对个别债权人的清偿，将使得债务人的财产减少，从而损害其他债权人的利益，违背了破产法的基本原则之一，即"公平清偿"原则。

【例题5·判断题】2006年5月A公司向B银行申请贷款1000万元，期限为1年，以其厂房抵押给B银行。2007年11月，在法院受理对A公司的破产申请后，A公司厂房的变现价值为900万元，则B银行在该900万元的范围内可以优先得到清偿。（　　）

【答案】√

【注意问题】

1. 债务人的该种清偿行为限定在以其"自有财产提供的担保的担保物价值内"，B银行的行为已构成别除权。因此，注意该规定与别除权内容的联系（见考点五十五）。

2. 如果债务人已经发生了对个别债权人的清偿行为，结合撤销权的规定，如果发生在法院受理破产申请前6个月内，管理人有权请求法院予以撤销，管理人应当追回该清偿财产（见考点二十三）。

【考点八】向管理人清偿债务或交付财产（重要）

人民法院受理破产申请后，债务人的债务人或者财产持有人应当向管理人清偿债务或者交付财产。

【解释】因为这部分财产属于债务人所有，将用于对债权人债权的清偿。

【例题6·单选题】人民法院受理破产申请后，债务人的债务人或者财产持有人应当向有关机构清偿债务或者交付财产，该机构为（　　）。

A. 人民法院　　　　　　B. 债权人会议

C. 债权人委员会　　　　D. 管理人

【答案】D

【考点九】未履行合同的处理（重要）

人民法院受理破产申请后，管理人对破产申请受理前成立而债务人和对方当事人均未履行完毕的合同有权决定解除或者继续履行，并通知对方当事人。管理人决定解除或者继续履行合同，应当以保障债权人权益最大化为原则。有三种情况视为解除合同：

（1）管理人自破产申请受理之日起2个月内未通知对方当事人；

（2）自收到对方当事人催告之日起30日内未答复的；

（3）管理人决定继续履行合同的，对方当事人应当履行，但有权要求管理人提供担保，管理人不提供担保的。

【例题7·单选题】根据企业破产法律制度的规定，对破产企业尚未履行的合同，管理人采取的处理方式是（　）。（2002年试题经调整）

A. 一律解除合同

B. 一律继续履行合同

C. 以是否对破产债权人有利为原则，决定解除或者继续履行合同

D. 申请人民法院裁定解除或者继续履行合同

【答案】C

【例题8·多选题】人民法院受理破产申请后，管理人对破产申请受理前成立而债务人和对方当事人均未履行完毕的合同有权决定解除或者继续履行，并在合理期限内通知对方当事人。下列各项中，视为解除合同的情形有（　）。

A. 管理人自破产申请受理之日起2个月内未通知对方当事人

B. 管理人自收到对方当事人催告之日起30日内未答复的

C. 管理人决定继续履行合同的，对方当事人应当履行，但有权要求管理人提供担保，管理人不提供担保的

D. 管理人决定继续履行合同的，对方当事人应当履行，但有权要求管理人提供物权担保，管理人提供担保的

【答案】ABC

【考点十】财产保全措施、执行程序中止（重要）

人民法院受理破产申请后，有关债务人财产的保全措施应当解除，执行程序应当中止。所谓执行程序应当中止，是指对无财产担保债权的执行，物权担保债权人对担保物的执行原则上不中止，除非当事人申请的是重整程序。

【解释】

1. 破产程序注意"公平清偿"原则，法院受理破产申请后，执行程序中止即是从该原则出发。

2. "中止"不等于"终止"，因此需根据破产申请受理后债务人企业的变化确定，如果债务人最终没有被宣告破产，说明债务人企业继续存续，没有获得清偿的债务可以恢复执行程序。

【注意问题】

1. 有物权担保的债权人，其债权在担保物的变现价值内享受优先受偿权，所以有物权担保的债权可以执行。

2. 有物权担保的债权的执行程序，在重整程序中也应当中止。

【考点十一】诉讼、仲裁程序中止（重要）

人民法院受理破产申请后，已经开始而尚未终结的有关债务人的民事诉讼或者仲裁应当中止；在管理人接管债务人的财产后，该诉讼或者仲裁继续进行。

【解析】管理人接管债务人的财产后，管理人代表债务人企业参与诉讼或仲裁活动。

【考点十二】提起民事诉讼

破产申请受理后，有关债务人的民事诉讼只能向受理破产申请的人民法院提起。但是其他法律有特殊规定的应当除外。

【考点十三】管理人资格（重要）

管理人可以由有关部门、机构的人员组成的清算组或者依法设立的律师事务所、会计师事务所、破产清算事务所等社会中介机构担任。人民法院根据债务人的实际情况，可以在询问有关社会中介机构的意见后，指定该机构具备相关专业知识并取得执业资格的人员担任管理人。

但是，有下列情形之一的，不得担任管理人：（1）因故意犯罪受过刑事处罚；（2）曾被吊销相关专业执业证书；（3）与本案有利害关系；（4）人民法院认为不宜担任管理人的其他情形。

【例题9·多选题】根据《企业破产法》的规定，下列人员中，不得担任管理人的有（　）。

A. 因过失犯罪行为受到刑事处罚未逾3年的

B. 因故意犯罪受过刑事处罚

C. 被吊销注册会计师执业资格证书

D. 某债权人的法律顾问

【答案】BCD

【注意问题】受过刑事处罚的，只限故意犯罪。

【考点十四】清算组担任管理人的案件范围

1. 破产申请受理前，根据有关规定已经成立的清算组，人民法院认为符合司法解释有关规定的。

2. 纳入国家计划的国有企业政策性破产案件。

3. 有关法律规定企业破产时成立清算组的，主要是指《商业银行法》和《保险法》等规定的金融机构破产问题。

【考点十五】个人担任管理人的案件特点

对于事实清楚、债权债务关系简单、债务人财产相对集中的企业破产案件，人民法院可以指定管理人名册中的个人为管理人。

【例题10·判断题】根据有关规定，人民法院受理债务人破产案件后，对于破产案件标的额较小，债务人财产相对集中的企业破产案件，人民法院可以指定个人为管理人。（　）

【答案】×

【注意问题】司法解释中没有将指定个人管理人的适用范围限定为小额破产案件，而是应符合上述三个界定因素。

【考点十六】管理人的利害关系回避（重要）

1. 社会中介机构、清算组成员有下列情形之一，可能影响其忠实履行管理人职责的，人民法院可以认定为有利害关系：

（1）与债务人、债权人有未了结的债权债务关系；

（2）在人民法院受理破产申请前3年内，曾为债务人提供相对固定的中介服务；

（3）现在或者在人民法院受理破产申请前3年内曾经是债务人、债权人的控股股东或者实际控制人；

（4）现在担任或者在人民法院受理破产申请前3年内曾经担任债务人、债权人的财务顾问、法律顾问。

2. 清算组成员的派出人员、社会中介机构的派出人员、个人管理人有下列情形之一，可能影响其忠实履行管理人职责的，可以认定为有利害关系：

（1）具有本规定第23条规定情形（即上述第1点中所列各种情形）；

（2）现在担任或者在人民法院受理破产申请前3年内曾经担任债务人、债权人的董事、监事、高级管理人员；

（3）与债权人或者债务人的控股股东、董事、监事、高级管理人员存在夫妻、直系血亲、三代以内旁系血亲或者近姻亲关系。

【例题11·单选题】 根据企业破产法的规定，下列主体中，可以担任管理人的是（　　）。（2008年试题）

A. 与债权人有尚未了解债务的人

B. 曾被吊销注册会计师证书的人

C. 破产案件受理的4年前曾担任债务人董事的人

D. 破产案件受理前2年内曾担任债务人法律顾问的人

【答案】C

【例题12·多选题】 人民法院于2008年3月1日受理甲公司的破产申请。根据有关规定，下列中介机构派出的人员中，属于与案件有利害关系，可能影响其忠实履行义务的情形有（　　）。

A. 在甲公司的债权人A公司中担任董事的李某

B. 具有注册会计师执业资格的甲公司总经理的弟弟王某

C. 甲公司债权人是C公司董事张某的妻子

D. 甲公司债权人是D公司监事的表弟

【答案】ABCD

【考点十七】管理人的指定与辞职

1. 管理人由人民法院指定。管理人依法执行职务，向人民法院报告工作，并接受债权人会议和债权人委员会的监督。管理人应当列席债权人会议，向债权人会议报告职务执行情况，并回答询问。债权人会议认为管理人不能依法、公正执行职务或者有其他不能胜任职务情形的，可以申请人民法院予以更换。

（1）管理人的指定有随机、竞争、接受推荐三种方式。随机产生是一般破产案件指定管理人的主要方式。竞争方式：参与竞争的社会中介机构不得少于三家。被指定为管理人的社会中介机构应经评审委员会成员1/2以上通过。接受推荐方式：对于经过行政清理、清算的商业银行、证券公司、保险公司等金融机构的破产案件，人民法院可以在金融监督管理机构推荐的已编入管理人名册的社会中介机构中指定管理人。

（2）清算组作为管理人的，人民法院可以从政府有关部门、编入管理人名册的社会中介机构、金融资产管理公司中指定清算组成员，人民银行及金融监督管理机构可以按照有关法律和行政法规的规定派人参加清算组。

2. 管理人无正当理由不得拒绝人民法院的指定，否则可以决定停止其担任管理人1年至3年，或将其从管理人名册中除名。

3. 管理人没有正当理由不得辞去职务。管理人辞去职务应当经人民法院许可。管理人经人民法院许可，可以聘用必要的工作人员。

【考点十八】管理人的更换（2009年新增内容）

社会中介机构有下列情形之一的，人民法院可以根据债权人会议的申请或者依职权进行决定更换管理人：

1. 执业许可证或者营业执照被吊销或者注销；

2. 出现解散、破产事由或者丧失承担执业责任风险的能力；

3. 与本案有利害关系；

4. 履行职务时，因故意或者重大过失导致债权人利益受到损害；

5. 人民法院对管理人申请辞去职务未予许可，管理人仍坚持辞去职务并不再履行管理人职责的，人民法院应当决定更换管理人。

【考点十九】管理人的职责（重要）

1. 接管债务人的财产、印章和账簿、文书等资料；

2. 调查债务人财产状况，制作财产状况报告；

3. 决定债务人的内部管理事务；

4. 决定债务人的日常开支和其他必要开支；

5. 在第一次债权人会议召开之前，决定继续或者停止债务人的营业；

6. 管理和处分债务人的财产；

7. 代表债务人参加诉讼、仲裁或者其他法律程序；

8. 提议召开债权人会议；

9. 人民法院认为管理人应当履行的其他职责。

此外，在第一次债权人会议召开之前，管理人决定继续或者停止债务人的营业或者本法第69条规定行为之一的，应当经人民法院许可。

【相关链接】第69条规定，见债权人委员会（考点三十八）。

【注意问题】注意将管理人的职责与债权人会议的职权（见考点三十五）区别。

【考点二十】 管理人的报酬与责任

【法律规定】

1. （2009年新增内容）管理人执行职务的费用、报酬和聘用工作人员的费用为破产费用。据此，管理人的报酬不包括其执行职务和聘用工作人员的费用。破产清算事务所通过聘用其他社会中介机构或者人员协助履行管理人职责的，所需费用从其报酬中支付。

2. 人民法院采取公开竞争方式指定管理人的，可以根据社会中介机构提出的报价确定管理人报酬方案，但报价比例不得超出规定限制的范围，其报价方案一般不予调整，但债权人会议异议成立的除外。

3. 清算组中有关政府部门派出的工作人员参与公司的不收取报酬。

4. 担保人优先受偿的担保物价值原则上不计入管理人报酬的标的额，但是管理人对担保物的维护、变现、交付等管理工作付出合理劳动的，有权向担保人收取适当的报酬。

5. 管理人应当在第一次债权人会议上报告管理人报酬方案内容。债权人会议对管理人报酬有异议的，应当向人民法院书面提出具体的请求和理由。人民法院应当自收到债权人会议异议书之日起10日内就是否调整管理人报酬的问题书面通知管理人、债权人委员会或者债权人会议主席。

6. 最终确定的管理人报酬及收取情况，应列入破产财产分配方案。在和解、重整程序中，管理人报酬方案内容应列入和解协议草案或重整计划草案。

7. 管理人未依照法律规定勤勉尽责，忠实执行职务的，人民法院可以依法处以罚款；给债权人、债务人或者第三人造成损失的，依法承担赔偿责任。

【例题13·判断题】管理人的报酬属于破产费用，管理人应当在第一次债权人会议上报告管理人报酬方案，最终由人民法院确定。（ ）

【答案】√

【考点二十一】 债务人财产的范围（重要）

债务人财产包括破产申请受理时属于债务人的全部财产，以及破产申请受理后至破产程序终结前债务人取得的财产。

【注意问题】确定债务人财产范围的界定时点是破产申请受理时，而不是破产宣告时，已作为担保物的财产也属于破产财产。债务人财产在破产宣告后成为破产财产。

【例题14·多选题】根据企业破产法的规定，下列财产中，属于债务人财产的有（ ）。（2008年试题）

A. 破产申请受理时属于债务人的房屋

B. 破产宣告后破产人得到的银行存款利息

C. 破产申请受理时债务人用于抵押担保的财产

D. 破产申请受理后至破产程序终结前债务人取得的财产

【答案】ABCD

【考点二十二】 债务人财产的收回（重要）

1. 收回债务人未完全履行的出资。人民法院受理破产申请后，债务人的出资人尚未完全履行出资义务的，管理人应当要求该出资人缴纳认缴的出资，而不受出资期限的限制。

2. 收回债务人高管从企业获得的非法所得。债务人的董事、监事和高级管理人员利用职权从企业获得的非正常收入和侵占的企业财产，管理人应当追回。

3. 通过清偿债务收回担保物。人民法院受理破产申请后，管理人可以通过清偿债务或者提供为债权人接受的担保，取回质物、留置物。管理人所作的债务清偿或者替代担保，在质物或者留置物的价值低于被担保的债权额时，以该质物或者留置物当时的市场价值为限。

【解释】如甲企业与乙企业签订买卖合同，为向乙企业支付100万元货款而将其价值100万元的车辆质押给乙企业。现甲企业被法院受理其破产申请，该车辆当前的市场价值为80万元，则管理人从乙企业收回车辆时，仅向乙企业支付80万元或价值相当于80万元的其他担保物。乙企业未得到的清偿的20万元，则作为普通破产债权进行清偿。

【相关例题】见本章经典试题回顾部分2003年综合题。

【注意问题】对于收回的财产，应并入债务人财产。

【考点二十三】 破产撤销权与无效行为制度（重要，撤销权为破产法中的四大权利之一）

1. 破产撤销权

（1）破产法规定，人民法院受理破产申请"前一年内"，涉及债务人财产的下列行为，管理人有权请求人民法院予以撤销：

①无偿转让财产的；

②以明显不合理的价格进行交易的；

③对没有财产担保的债务提供财产担保的；

④对未到期的债务提前清偿的；

⑤放弃债权的。

（2）人民法院受理破产申请"前6个月内"，债务人有不能清偿到期债务，并且资产不足以清偿全部债务或者明显缺乏清偿能力的情形，仍对个别债权人进行清偿的，管理人有权请求人民法院予以撤销。但是，个别清偿使债务人财产受益的除外。

2. 无效行为制度

涉及债务人财产的下列行为无效：

（1）为逃避债务而隐匿、转移财产的；

（2）虚构债务或者承认不真实债务的。

3. 可撤销行为与无效行为的法律后果

因上述1、2项中所列行为而取得的债务人的财产，管理人有权追回。

【注意问题】（1）在破产程序终结后两年内，债权人可以行使破产撤销权或针对债务人的无效行为而追回财产。"在此期间内"追回的财产，应用于对全体债权人分配。"在此期间后"，追回的财产不再用于对全体债权人清偿，而是用于对追回财产的债权人个别清偿。（2009年新增内容）

【例题15·多选题】人民法院于2000年9月10日受理某国有企业破产案件，12月10日作出破产宣告裁定。在破产企业清算时，下列选项中，管理认可依法行使撤销权的有（　　）。（2001年试题经调整）

A. 该企业于2000年3月1日对应于同年10月1日到期的债务提前予以清偿

B. 该企业上级主管部门于2000年4月1日从该企业无偿调出价值10万元的机器设备一套

C. 该企业于2000年5月8日与其债务人签订协议，放弃其15万元债权

D. 该企业于2000年7月10日将价值25万元的车辆作价8万元转让他人

【答案】ABCD

【注意问题】关于撤销权中规定的时间，无论1年还是6个月，都自"法院受理破产案件"的时间往前推。此外，新旧法律关于撤销权中涉及的时间规定不同，对于2007年以前的考题，注意依照新法的规定进行调整。

【相关例题】见本章经典试题回顾部分1998年、2007年综合题。

【考点二十四】取回权（重要，破产法中四大权利之一）

1. 一般取回权

（1）人民法院受理破产申请后，债务人占有的不属于债务人的财产，该财产的权利人可以通过管理人取回。但是，法律另有规定的除外。

（2）权利人在取回定作物、保管物等财产时，存在相应对待给付义务的，应向管理人交付加工、保管等费用。一般取回权的行为通常只限于取回原物。如在破产案件受理前，原物已被债务人出卖或者灭失，权利人的取回权消灭，只能以物价即直接损失额作为破产债权要求清偿。但是，如果转让其财产的对待给付财产尚未支付或存在补偿金等，该财产的权利人还有权取回代偿物，这就是代偿取回权。

2. 特别取回权（出卖人取回权）

人民法院受理破产申请后，出卖人已将买卖标的物向作为买受人的债务人发运，债务人尚未收到且未付清全部价款的，出卖人可以取回在运输途中的标的物。但是，管理人可以支付全部价款，要求出卖人交付标的物。

【例题16·单选题】甲企业被宣告破产后，乙企业有权对出租给甲企业的机器设备行使取回权。乙企业行使取回权是下列方式中，符合企业破产法律制度规定的是（　　）。（2002年试题经调整）

A. 自行取回

B. 通过债权人会议取回

C. 通过管理人取回

D. 申请人民法院裁定取回

【答案】C

【例题17·判断题】A公司交付给B公司保管一批货物，因B公司保管不当致使该批货物损失大半，损失额为20万元。在法院受理对B公司的破产申请后，A公司可以遭受损失的20万元作为破产债权进行申报。（　　）

【答案】√

【注意问题】

1. 一般取回权中，财产权利人行使取回权以原物存在为前提，原物灭失，取回权转化为破产债权。

2. 原物的灭失发生在破产案件受理前，该损失为破产债权；如果原物的损失发生在破产案件受理后，如果是管理人管理不当造成的，由管理人承担赔偿责任。

【例题18·判断题】人民法院受理破产申请后，出卖人已将买卖标的物向作为买受人的债务人发运，债务人尚未收到且未付清全部价款的，管理人有权决定解除还是继续履行。（　　）

【答案】×

【注意问题】如果双方均未履行的合同，管理人有权决定解除或者继续履行。如果一方已经开始履行了，管理人无权决定。但是，出卖人有权取回在运途中的标的物，即解除合同。

【考点二十五】抵销权（重要，破产法中四大权利之一）

1. 债权人在"破产申请受理前"对债务人负

有债务的，可以向管理人主张抵销，管理人（或债务人）不得主动主张债务抵销。

2. 有下列情形之一的不得抵销：

（1）债务人的债务人在"破产申请受理后"取得他人对债务人的债权的；

（2）债权人已知债务人有不能清偿到期债务或者破产申请的事实，对债务人负担债务的；但是，债权人因为法律规定或者有破产申请1年前所发生的原因而负担债务的除外。

（3）债务人的债务人已知债务人有不能清偿到期债务或者破产申请的事实，对债务人取得债权的；但是，债务人的债务人因为法律规定或者有破产申请1年前所发生的原因而取得债权的除外。

3. 不得抵销的其他情形：

（1）根据各国立法惯例，股东之破产债权，不得与其欠付的注册资本金相抵销。

（2）因债务性质不得抵销者，如养老金、抚养费、税收等。（2009年新增内容）

【例题19·判断题】破产申请受理后，破产企业的股东享有的破产债权可以与其欠缴的破产企业的注册资本金相抵销。（　　）（2004年试题经调整）

【答案】×

【解析】新《破产法》在抵销权的限制规定中，未具体涉及本题内容。但是，根据各国立法惯例，股东之破产债权，不得与其欠付的注册资本金相抵销。因为，破产企业的股东享有的破产债权，与其未到位的注册资本金，两者的性质不同，前者为股东对企业享有的债权，后者为股东对企业应当履行的出资义务。当然不得抵销。

【例题20·判断题】甲公司的债务人乙在甲公司的破产案件被人民法院受理后，取得他人对甲公司债权。乙可以用该债权与其欠甲公司的债务进行抵销。（　　）（2008年试题）

【答案】×

【解析】破产法规定，债务人的债务人在破产申请受理后取得他人对债务人的债权的，不得抵销。

【注意问题】可以抵销的互负债务，必须发生在破产申请受理前。

【相关例题】见本章经典试题回顾部分2007年综合题。

【考点二十六】破产费用与共益债务（重要，见表6-1）

表6-1　　　　　破产费用与共益债务

	破产费用	共益债务
概念	是在人民法院受理破产申请后，破产程序中为全体债权人共同利益而支付的各项费用的总称	是在人民法院受理破产申请后，破产程序中为全体债权人利益而由债务人财产负担的债务的总称
范围	1. 破产案件的诉讼费用；2. 管理、变价和分配债务人财产的费用；3. 管理人执行职务的费用、报酬和聘用工作人员的费用	1. 因管理人或者债务人请求对方当事人履行双方均未履行完毕的合同所产生的债务；2. 债务人财产受无因管理所产生的债务；3. 因债务人不当得利所产生的债务；4. 为债务人继续营业而支付的劳动报酬和社会保险费用以及由此产生的其他债务；5. 管理人或者相关人员执行职务致人损害所产生的债务；6. 债务人财产致人损害所产生的债务
清偿	1. 破产费用和共益债务由债务人财产随时清偿。 2. 债务人财产不足以清偿所有破产费用和共益债务的，先行清偿破产费用（见解释1）。 3. 债务人财产不足以清偿所有破产费用或者共益债务的，按照比例清偿。债务人财产不足以清偿破产费用的，管理人应当提请人民法院终结破产程序（见解释2）。 4. 债务人财产虽然不足以支付所有破产费用和共益债务，但是破产案件的债权人、管理人、债务人的出资人或者其他利害关系人愿意垫付相关费用的，经人民法院同意，破产程序可以继续进行。 5. 在债权人或债务人等提出破产清算时，即发现破产人财产不足以支付破产费用、无财产可供分配的，人民法院在确认其属实之后，应当受理破产案件，并作出破产宣告，同时作出终结破产程序的裁定，不应拒绝受理破产案件	

【解释1】如果破产费用为80万元，共益债务为100万元，债务人财产有100万元，按规定先清偿80万元的破产费用。

【解释2】如果破产费用为80万元，共益债务为100万元，债务人财产有60万元，既不足以清偿破产费用，也不足以清偿共益债务，根据规定按照比例清偿。由于债务人财产不足以清偿破产费用，应当终结破产程序。

【例题21·多选题】根据破产法的规定，下列各项中，属于破产费用的有（　　）。

A. 管理人的报酬
B. 管理人执行职务的费用
C. 管理债务人财产的费用
D. 债权人的差旅费用

【答案】ABC

【例题22·多选题】根据《企业法破产法》的规定，下列各项中，在人民法院受理破产申请后，为全体债权人利益而发生的各种情形，应当界定为共益债务的有（　　）。

A. 向管理人支付的报酬

B. 聘请资产评估机构而支付的费用

C. 在双方均未履行完毕的合同中，管理人要求出卖人继续作为买受人的债务人企业交付货物后，债务人应当向出卖人支付的货款

D. 为债务人继续营业而应支付的劳动报酬

【答案】CD

【考点二十七】债权申报期限（重要）

1. 债权申报的期限自人民法院发布受理破产申请公告之日起计算，最短不得少于30日，最长不得超过3个月。

2. 在人民法院确定的债权申报期限内，债权人未申报债权的，可以在破产财产最后分配前补充申报；但是，此前已进行的分配，不再对其补充分配。为审查和确认补充申报债权的费用，由补充申报人承担。

【例题23·判断题】法院受理破产申请后，债权人应当在法定期限内申报债权，否则在破产程序中即视为放弃债权，不再予以清偿。（　　）

【答案】×

【注意问题】

1. 考生要牢记债权申报的期限；

2. 未在债权申报期限内申报债权，可在破产财产最后分配前补充申报。

【考点二十八】债权申报的一般规则（重要，破产法的核心问题之一，几乎每年必考）

1. 职工债权不必申报。债务人所欠职工的工资和医疗、伤残补助、抚恤费用，所欠的应当划入职工个人账户的基本养老保险、基本医疗保险费用，以及法律、行政法规规定应当支付给职工的补偿金，不必申报，由管理人调查后列出清单并予以公示。职工对清单记载有异议的，可以要求管理人更正；管理人不予更正的，职工可以向人民法院提起诉讼。

2. 未到期债权的申报。未到期的债权，在破产申请受理时视为到期。

3. 附利息、附条件和附期限债权的申报。附利息的债权自破产申请受理时起停止计息。

4. 附条件、附期限的债权和诉讼、仲裁未决的债权，债权人也可以申报其债权。

【相关链接】破产财产分配时，对于诉讼或者仲裁未决的债权，管理人应当将其分配额提存。自破产程序终结之日起满两年仍不能受领分配的，人民法院应当将提存的分配额分配给其他债权人。

5. 连带债权的申报。申报的债权是连带债权的，应当说明。连带债权人可以由其中一人代表全体连带债权人申报债权，也可以共同申报债权。

【解释】

（1）如甲公司与乙公司订立买卖合同，由乙公司向甲公司出售一台机床，价值500万元。合同订立后乙公司发生分立，分立为A公司和B公司。甲公司收到机床后一直未履行付款义务，现法院受理对甲公司的破产申请，那么A、B公司即为甲公司未予支付的500万元债务的连带债权人。

（2）无论是由代表人申报，还是连带债权人共同申报，都不会导致债权的重复申报，因为申报债权需提供相关的证据，在管理人登记后，最终还需债权人会议确认。

【考点二十九】破产债权申报的特别规定（重要，破产法的核心问题，几乎每年必考）

1. 债务人的保证人或连带债务人申请债权。债务人的保证人或者其他连带债务人已经代替债务人清偿债务的，以其对债务人的求偿权申报债权；尚未代替债务人清偿债务的，以其对债务人的将来求偿权申报债权。但债权人已向管理人申报全部债权的除外。

【相关链接】保证期间，人民法院受理债务人破产案件的，债权人既可以向人民法院申报债权，也可以向保证人主张权利。债权人不申报债权的，应通知保证人。保证人在承担保证责任前，可以预先申报破产债权行使追偿权，参加破产财产分配。以免发生保证人承担保证责任后，因债务人破产财产已分配完毕无法行使追偿权的情况（见第九章合同法总则考点三十三）。

【注意问题】保证人尚未代替债务人清偿债务，以其对债务人的将来求偿权申报债权的，必须是在债权人没有申报债权的情况下发生。否则，将导致债权的重复申报。

2. 债权人对连带债务人的破产案件申报债权。连带债务人数人的破产案件均被受理的，其债权人有权就全部债权分别在各破产案件中申报债权。

3. 负有保证担保债权的申报。人民法院受理债务人破产案件后，对于负连带责任的保证人，债权人有权直接要求其清偿保证债务，也可以先向进入破产程序的债务人追偿，然后再以未受偿的余额向保证人追偿。

【相关链接】根据《担保法》的规定，人民法院受理债务人破产案件，中止执行程序的，保证人不得行使先诉抗辩权。

4. 破产人破产时破产债权的申报。人民法院受理保证人破产案件的，保证人的保证责任不得因其破产而免除。保证债务已到期时，债权人可依保证合同的约定向保证人申报债权追偿。保证债务尚未到期的，可将其未到期之保证责任视为已到期，在

减去未到期的利息后予以提前清偿。

5. 因解除合同所产生的损害申报债权。管理人或者债务人依照破产法规定解除合同的，对方当事人以因合同解除所产生的损害赔偿请求权申报债权。可申报的债权以实际损失为限，违约金不得作为破产债权。

【解释】合同的解除不是因当事人违约造成的，而是依照破产法的规定，在法院受理破产案件后解除的，因此只能以损害赔偿请求权即损失申报债权，违约金不得作为破产债权。

6. 债务人的受托人申报债权。债务人是委托合同的委托人，其破产案件被人民法院受理，受托人不知该事实，继续处理委托事务的，受托人以由此产生的请求权申报债权。

7. 票据的付款人（承兑人）申报债权。债务人是票据的出票人，其破产案件被人民法院受理，该票据的付款人继续付款或者承兑的，付款人以由此产生的请求权申报债权。

【例题24·多选题】根据《中华人民共和国企业破产法》的有关规定，下列各项中，属于破产债权的是（　　）。（2001年试题经调整）

A. 破产企业未履行合同的对方当事人，因管理人解除合同受到的损失额

B. 债权人参加债权人会议的差旅费用

C. 有财产担保的债权

D. 破产宣告前工商行政管理部门对破产企业的罚款

【答案】AC

【例题25·多选题】根据企业破产法律制度的规定，人民法院受理破产申请后，下列选项中，可以申报的债权有（　　）。（2002年试题经调整）

A. 付款人不知票据出票人被受理破产申请而向持票人支付票款而产生的债权

B. 破产企业保证人代替破产企业清偿债务而产生的债权

C. 债权人因申报债权而发生的费用

D. 未放弃优先受偿权利的有财产担保的债权

【答案】ABD

【例题26·多选题】根据企业破产法的规定，下列选项中，可以作为破产债权申报的有（　　）。（2008年试题）

A. 破产宣告时尚未到期的债权

B. 破产宣告时附停止条件的债权

C. 破产案件受理前成立的有财产担保的债权

D. 管理人决定解除破产企业未履行的合同，除实际损失之外，依合同约定应支付给对方当事人的违约金

【答案】ABC

【解析】管理人决定解除破产企业未履行的合同，对方当事人以因合同解除所产生的损害赔偿请求权申报债权，可申报的债权以实际损失为限，违

约金不作为破产债权。所以，D选项不选。D选项的内容在2007年的综合题中考过。

【相关例题】见本章经典试题回顾部分，本章曾经考过的四道综合题中都有债权申报的问题。

【注意问题】

1. 法院受理破产申请，并不等于债务人企业破产，只是该企业进入了破产程序，最终可能因和解或重整而避免破产。因此，只有其被宣告破产才意味其破产，即企业主体资格消灭。

2. 申报的债权也不等于破产债权，一是要得到确认；二是在法院宣告债务人破产后，得到确认的债权为破产债权。

3. 新旧法律关于破产债权概念的界定不同，注意新法的规定。

【考点三十】破产债权确认

1. 管理人对申报债权进行审查。管理人收到债权申报材料后，应当登记造册，对申报的债权进行审查，并编制债权表。债权表和债权申报材料由管理人保存，供利害关系人查阅。

2. 第一次债权人会议进行核查。管理人依法编制的债权表，应当提交第一次债权人会议核查。

3. 法院对有异议债权的裁定。经核查后仍存在异议的债权，由人民法院裁定该异议是否成立。该项裁定无实体法律效力，不影响债权人提起债权确认诉讼的权利。

（1）人民法院裁定异议不成立时，债权列入债权表，异议人可以该债权人为被告提起债权确认诉讼。

（2）人民法院裁定异议成立时，债权不列入债权表，该债权人可以异议人为被告提起债权确认诉讼。

【例题27·单选题】管理人收到债权申报材料后，应当登记造册，对申报的债权进行审查，并编制债权表。对该债权表进行核查的机构是（　　）。

A. 债务人　　　　　B. 债权人会议

C. 人民法院　　　　D. 债权人委员会

【答案】B

【考点三十一】债权人会议成员与权利（重要）

依法申报债权的债权人为债权人会议的成员，有权参加债权人会议，享有表决权。

【注意问题】

1. 凡是申报债权者均有权参加第一次债权人会议，有权参加对其债权的核查、确认活动，并可依法提出异议。债权被否认而又未提起债权确认诉讼者，不得再参加债权人会议。

2. 对于第一次债权人会议以后的债权人会议，只有债权得到确认者才有权参加并行使表决权。债权尚未确定的债权人，除人民法院能够为其行使表决权而临时确定债权额者外，不得行使表决权。

3. 对债务人的特定财产享有担保权的债权人，未放弃优先受偿权利的，对下列事项不享有表决权：

（1）通过和解协议；

（2）通过破产财产分配方案。

【解释】因为对债务人特定财产享有担保权的债权人，可以在担保物的价值范围内优先得到清偿，因此债权人会议讨论是否与债务人达成和解及破产财产如何分配，与该债权人利益无关，因此对上述两个事项不享有表决权。

4. 债权人可以委托代理人出席债权人会议，行使表决权。

5. 债权人会议应当有债务人的职工和工会的代表参加，对有关事项发表意见。但通常认为，他们在债权人会议上没有表决权。

【例题28·多选题】根据企业破产法的规定，债权人会议表决的下列事项中，对债务人的特定财产享有担保且未放弃优先受偿权利的债权人享有表决权的有（　　）。（2007年试题）

A. 通过重整计划

B. 通过和解协议

C. 通过破产财产的分配方案

D. 通过破产财产的变价方案

【答案】AD

【考点三十二】债权人会议主席（2006年、2008年判断题）

债权人会议设主席1人，由人民法院在有表决权的债权人中指定，通常是在破产程序中无优先权的债权人。

【例题29·判断题】在破产程序中，债权人会议主席由人民法院指定产生，而不是由债权人会议选举产生。（　　）（2008年试题）

【答案】√

【考点三十三】债权人会议的列席人员

1. 债务人的法定代表人有义务列席；

2. 经人民法院决定，债务人企业的财务管理人员和其他经营管理人员也有义务列席；

3. 管理人应当列席。

【相关链接】债权人会议应当有债务人的职工和工会的代表参加，对有关事项发表意见。但通常认为，他们在债权人会议上没有表决权。

【考点三十四】债权人会议的召集

1. 第一次债权人会议由法院召集，自债权申报期限届满之日起15日内召开。

2. 以后的债权人会议，在法院认为必要时，或者管理人、债权人委员会、占债权总额1/4以上的债权人向债权人会议主席提议时召开。

3. 召开债权人会议，管理人应当提前15日通知已知的债权人。

【例题30·多选题】根据《中华人民共和企业破产法》的规定，在人民法院召开第一次债权人会议后，出现下列情形时，应当召开债权人会议的有（　　）。（1999年试题经调整）

A. 人民法院认为必要时

B. 债权人会议主席认为必要时

C. 1/2以上的债权人要求时

D. 占债权总额1/4以上的债权人向债权人会议主席提议时

【答案】AD

【注意问题】第一次债权人会议的召集和此后债权人会议的召集不同。

【考点三十五】债权人会议的职权（重要）

1. 核查债权；

2. 申请人民法院更换管理人，审查管理人的费用和报酬；

3. 监督管理人；

4. 选任和更换债权人委员会成员；

5. 决定继续或者停止债务人的营业；

6. 通过重整计划；

7. 通过和解协议；

8. 通过债务人财产的管理方案；

9. 通过破产财产的变价方案；

10. 通过破产财产的分配方案；

11. 人民法院认为应当由债权人会议行使的其他职权。

【例题31·多选题】根据《中华人民共和国企业破产法》的规定，下列事项中，属于债权人会议职权的有（　　）。（2000年试题经调整）

A. 讨论通过和解协议草案

B. 决定继续或者停止债务人的营业

C. 对破产企业未履行的合同，决定解除或继续履行

D. 讨论通过破产财产的分配方案

【答案】ABD

【注意问题】管理人职责（考点十九）与债权人会议职权的联系与区别。因为债权人会议作为一个破产议事机构，不能与破产程序之外的主体发生法律关系。债权人会议虽属法定必设机关，但不是常设机构。债权人会议仅为决议机关，虽享有法定职权，但本身无执行功能，其所作出的相关决议一般由管理人负责执行。

【考点三十六】债权人会议的表决及效力（重要）

1. 债权人会议的决议，由出席会议的有表决权的债权人过半数通过，并且其所代表的债权额占无财产担保债权总额的1/2以上。但是，本法另有规定的除外（见相关链接）。

【相关链接1】出席会议的同一表决组的债权人过半数同意重整计划草案，并且其所代表的债权额占该组债权总额的2/3以上的，即为该组通过重整计划草案。

【相关链接2】债权人会议通过和解协议的决议，由出席会议的有表决权的债权人过半数同意，并且其所代表的债权额占无财产担保债权总额的2/3以上。对债务人的特定财产享有担保权的债权人，对此事项无表决权。

2. 债权人会议的决议，对于全体债权人均有约束力。

3. 决议反对者的救济。债权人认为债权人会议的决议违反法律规定，损害其利益的，可以自债权人会议作出决议之日起15日内，请求人民法院裁定撤销该

决议，责令债权人会议依法重新作出决议。

【例题32·判断题】破产财产分配方案须经债权人会议决议，由出席会议的有表决权的债权人过半数通过，并且其所代表的债权额占无财产担保债权总额的2/3以上。（　　）

【答案】×

【考点三十七】由法院裁定的未决事项（重要，见表6-2）

表6-2　　　　　　　　由法院裁定的未决事项

	法院裁定	债权人不服法院裁定
债权人会议表决未通过的事项	（1）通过债务人财产的管理方案；（2）通过破产财产的变价方案	债权人对法院裁定不服的，可以自裁定宣布之日或者收到通知之日起15日内向法院申请复议
债权人会议两次表决未通过的事项	破产财产的分配方案	债权额占无财产担保债权总额1/2以上的债权人对裁定不服，可以自裁定宣布之日或者收到通知之日起15日内向法院申请复议

【例题33·单选题】在破产程序中，债权人会议未能依法通过管理人的财产分配方案时，由人民法院裁定。根据企业破产法的规定，有权对该裁定提出复议的债权人是（　　）。（2008年试题）

A. 占全部债权总额1/2以上的债权人

B. 占无财产担保债权总额1/2以上的债权人

C. 占全部债权人人数1/2以上的债权人

D. 占全部债权人人数2/3以上的债权人

【答案】B

【注意问题】注意表6-2中比对的情况。主要有两点区别：（1）债权人会议讨论的事项不同，法院作出裁定前，债权人会议的表决次数不同；（2）债权人会议讨论的事项不同，债权人对法院裁定不服，申请复议的人员要求不同。

【考点三十八】债权人委员会（重要）

1. 债权人委员会是遵循债权人的共同意志，代表债权人会议监督管理人行为以及破产程序的合法、公正进行，处理破产程序中的有关事项的常设监督机构。

2. 组成。债权人委员会中的债权人代表由债权人会议选任、罢免。此外，债权人委员会中还应当有一名债务人企业的职工代表或者工会代表。

3. 人数。债权人委员会的成员人数原则上应为奇数，最多不得超过9人。债权人委员会成员应当经人民法院书面认可。

4. 债权人委员会的职权：

（1）监督债务人财产的管理和处分；

（2）监督破产财产分配；

（3）提议召开债权人会议；

（4）债权人会议委托的其他职权。

5. 管理人实施并应当及时报告债权人委员会的

行为：

（1）涉及土地、房屋等不动产权益的转让；

（2）探矿权、采矿权、知识产权等财产权利的转让；

（3）全部库存或者营业的转让；

（4）借款；

（5）设定财产担保；

（6）债权和有价证券的转让；

（7）履行债务人和对方当事人均未履行完毕的合同；

（8）放弃权利；

（9）担保物的收回；

（10）对债权人利益有重大影响的其他财产处分行为。

未设立债权人委员会的，管理人实施上述行为应当及时报告人民法院。

【解释】以上10项内容因为涉及到对债务人企业各类财产及权利的处分，势必影响到债务人财产的数量，从而影响债权人的利益，因此应当及时报告债权人委员会或人民法院。

【例题34·单选题】根据企业破产法的规定，下列关于债权人委员会的表述中，正确的是（　　）。（2007年试题）

A. 在债权人会议中应当设置债权人委员会

B. 债权人委员会的成员人数最多不得超过7人

C. 债权人委员会中的债权人代表由人民法院指定

D. 债权人委员会中应当有1名债务人企业的职工代表或者工会代表

【答案】D

【考点三十九】重整申请（重要）

1. 债务人或者债权人可以依法直接向人民法院申请对债务人进行重整。

2. 债权人申请对债务人进行破产清算的，在人民法院受理破产申请后、宣告债务人破产前，债务人或者出资额占债务人注册资本 1/10 以上的出资人，可以向人民法院申请重整。

3. 国务院金融监管机构可以向人民法院提出对金融机构进行重整的申请。

【例题35·多选题】 根据《企业破产法》的规定，下列各项中，可以依法直接对债务人申请进行重整的有(   )。

A. 债务人

B. 债权人

C. 出资额占债务人注册资本 1/10 以上的出资人

D. 管理人

【答案】 AB

【注意问题】 注意区分直接提出重整申请，与在法院受理破产申请后，至宣告债务人破产前提出重整申请，其申请人的区别。

【考点四十】重整期间有关事项的处理（重要）

【解释】 所谓重整期间，仅指重整申请受理至重整计划草案得到债权人会议分组表决通过及人民法院审查批准，或重整计划草案未能得到债权人会议分组表决通过或人民法院不予批准的期间，不包括重整计划得到批准后的执行期间。

1. 财产管理及事务执行。在重整期间，债务人的财产管理和营业事务执行，可以由债务人或管理人负责。

(1) 经债务人申请，人民法院批准，债务人可以在管理人的监督下自行管理财产和营业事务。管理人应当向债务人移交财产和营业事务，管理人的职权由债务人行使，管理人起监督的作用。

(2) 管理人负责管理财产和营业事务的，可以聘任债务人的经营管理人员负责营业事务。

2. 担保事项的处理

(1) 在重整期间，对债务人的特定财产享有的担保权暂停行使。但是，对企业重整进行无保留必要的担保财产，经债务人或管理人同意，担保权人可以行使担保权。担保物有损坏或者价值明显减少的可能，足以危害债权人权利的，担保权人可以向人民法院请求恢复行使担保权。

(2) 在重整期间，债务人或者管理人为继续营业而借款的，可以为该借款设定担保。债务人在重整期间为重整进行而发生的费用，原则上属于共益债务。

3. 财产取回

债务人合法占有的他人财产，该财产的权利人在重整期间要求取回的，应当符合事先约定的条件。

4. 限制投资收益分配

在重整期间，债务人的出资人不得请求投资收益分配。在重整期间，债务人的董事、监事、高级管理人员不得向第三人转让其持有的债务人的股权，但经人民法院同意的除外。

【例题36·多选题】 根据《企业破产法》的规定，下列各项中，有关重整期间法律规定的表述中，正确的有(   )。

A. 在重整期间，对债务人的特定财产享有的担保权暂停行使

B. 在重整期间，债务人或者管理人为继续营业而借款的，可以为该借款设定担保

C. 债务人为他人保管的物品，财产所有人按照原保管合同的约定向债务人支付保管费用后可以取回

D. 经人民法院同意，债务人的出资人可以进行投资收益分配

【答案】 ABC

【考点四十一】重整计划的制定（重要）

1. 重整计划的制定者

(1) 债务人自行管理财产和营业事务的，由债务人制作重整计划草案。

(2) 管理人负责管理财产和营业事务的，由管理人制作重整计划草案。

2. 制定期限。债务人或者管理人应当自人民法院裁定债务人重整之日起 6 个月内，同时向人民法院和债权人会议提交重整计划草案。期限届满，经债务人或者管理人请求，有正当理由的，人民法院可以裁定延期 3 个月。

3. 延期提交的后果。债务人或者管理人未按期提交重整计划草案的，人民法院应当裁定终止重整程序，并宣告债务人破产。

【例题37·判断题】 人民法院受理对债务人的破产申请后，在破产宣告之前，债务人申请重整的，应当自人民法院裁定受理破产申请之日起 6 个月内，同时向人民法院和债权人会议提交计划草案。(   )

【答案】 ×

【注意问题】 注意该时间的起算点。

【考点四十二】重整计划分组表决

1. 依债权分类进行分组表决

(1) 对债务人的特定财产享有担保权的债权。

(2) 债务人所欠职工债权。

(3) 债务人所欠税款。

(4) 普通债权。

2. 出资人组

重整计划草案涉及出资人权益调整事项的，应

当设出资人组，对该事项进行表决。

3. 重整计划不得规定减免债务人欠缴的职工工资和医疗、伤残补助、抚恤费用，所欠的应当划入职工个人账户的基本养老保险、基本医疗保险费用，以及法律、行政法规规定应当支付给职工的补偿金以外的社会保险费用；该项费用的债权人不参加重整计划草案的表决。

4. 重整计划的表决期限。人民法院应当自收到重整计划草案之日起 30 日内召开债权人会议，对重整计划草案进行表决。

【考点四十三】重整计划的通过（重要）

1. 出席会议的同一表决组的债权人过半数同意重整计划草案，并且其所代表的债权额占该组债权总额的 2/3 以上的，即为该组通过重整计划草案。

2. 各表决组均通过重整计划草案时，重整计划草案即为通过。

3. 部分表决组未通过重整计划草案的，债务人或者管理人可以同未通过重整计划草案的表决组协商，该表决组可以在协商后再表决一次。

【注意问题】表决通过的比例一定要记，并且与债权人会议其他事项的表决权比较（见表 6-3）。

【考点四十四】人民法院强制批准重整计划草案

1. 未通过重整计划草案的表决组拒绝再次表决或者再次表决仍未通过草案的，但重整计划草案符合法定条件的，债务人或者管理人可以申请人民法院批准重整计划草案。

2. 重整计划未获批准的后果。重整计划草案未获得通过且未依照法律规定获得人民法院的强制批准，或者已通过的重整计划未获得批准的，人民法院应当裁定终止重整程序，并宣告债务人破产。

【考点四十五】重整计划的执行与监督

1. 重整计划由债务人负责执行。

2. 重整计划的监督：

(1) 在重整计划规定的监督期内，由管理人监督重整计划的执行。在监督期内，债务人应当向管理人报告重整计划执行情况和债务人财产状况。

(2) 监督期届满时，管理人应当向人民法院提交监督报告。自监督报告提交之日起，管理人的监督职责终止。

【例题 38·判断题】企业进入重整程序后，在重整计划规定的监督期内，负责监督重整计划执行的主体是人民法院。（　　）（2007 年试题）

【答案】×

【考点四十六】重整计划的效力（重要）

1. 经人民法院裁定批准的重整计划，对债务人和全体债权人均有约束力，包括对债务人的特定财产享有担保权的债权人。

【相关链接】破产法明确规定，在重整期间对债务人的特定财产享有的担保权暂停行使。

2. 债权人对债务人的保证人和其他连带债务人所享有的权利，不受重整计划的影响，可以依据原合同约定行使权利。

【解释】重整计划中可能涉及对债务人债务的减免内容，如债务人按照债权总额的 80% 进行清偿，即给予债务人 20% 的债务减免。也就是说，债权人根据重整计划只能要求债务人进行 80% 的债务清偿。但是，债权人未得到清偿的 20% 仍然有权向债务人的保证人或其他连带债务人要求清偿。

3. 债权人未依法申报债权的，在重整计划执行期间不得行使权利；在重整计划执行完毕后，可以按照重整计划规定的同类债权的清偿条件行使权利。

4. 债务人不能执行或者不执行重整计划的，人民法院经管理人或者利害关系人请求，应当裁定终止重整计划的执行，并宣告债务人破产。

5. 人民法院裁定终止重整计划执行的，债权人在重整计划中作出的债权调整承诺失去效力，但为重整计划的执行提供的担保继续有效。债权人因执行重整计划所受到的清偿仍然有效，债权未受清偿的部分作为破产债权。在重整计划执行中已经接受清偿的债权人，只能在其他同顺位债权人同自己所受的清偿达到同一比例时，才能继续接受破产分配。

6. 按照重整计划减免的债务，自重整计划执行完毕时起，债务人不再承担清偿责任。

【注意问题】注意区分两种不同的情况：

(1) 人民法院裁定终止重整计划执行的，债权人在重整计划中作出的债权调整承诺失去效力，如债权人给予债务人企业债务 20% 的减免，由于重整计划被终止，因此该债权人所作出的债务减免的承诺失去效力。因为，法院裁定终止重整计划执行的，意味着债务人企业被宣告破产，债务人企业应当按照原来登记的债权，依照破产程序对债权人进行清偿。

(2) 重整计划执行完毕的，按照重整计划减免的债务，债务人不再承担清偿责任。因为重整计划通过后，对全体债权人和债务人均有约束力。重整计划得以执行，从而也避免了该债务人企业破产倒闭。

【例题 39·多选题】根据破产法的规定，下列各项中，关于重整计划效力的表述，正确的有（　　）。

A. 债权人未依法申报债权的，在重整计划执行期间不得行使权利

B. 债务人不能执行重整计划的，人民法院应当裁定终止重整计划的执行，并宣告债务人破产

C. 经人民法院裁定批准的重整计划，对债务人和无财产担保的债权人均有约束力

D. 人民法院裁定终止重整计划执行的，债权人在重整计划中作出的债权减免承诺失去效力

【答案】AD

【考点四十七】重整程序终止，宣告债务人破产（重要）

1. 在重整期间，有下列情形之一的，经管理人或者利害关系人请求，人民法院应当裁定终止重整程序，并宣告债务人破产：

（1）债务人的经营状况和财产状况继续恶化，缺乏挽救的可能性；

（2）债务人有欺诈、恶意减少债务人财产或者其他显著不利于债权人的行为；

（3）由于债务人的行为致使管理人无法执行职务。

2. 债务人或者管理人未按期提出重整计划草案的，人民法院应当裁定终止重整程序，宣告债务人破产。

3. 重整计划草案未获得通过且未依照法律规定

获得人民法院的强制批准，或者已通过的重整计划未获得批准的，人民法院应当裁定终止重整程序，并宣告债务人破产。

4. 债务人不能执行或者不执行重整计划的，人民法院经管理人或者利害关系人请求，应当裁定终止重整计划执行，并宣告债务人破产。

【例题40·多选题】根据《企业破产法》的规定，下列各项中，人民法院应当裁定终止重整程序，并宣告债务人破产的有(　　)。

A. 重整期间，债务人的经营状况和财产状况继续恶化，缺乏挽救的可能性

B. 管理人自法院裁定重整之日起3个月内未提交重整计划草案

C. 重整计划草案未能获得债权人会议的通过

D. 债务人因客观原因而无法执行重整计划

【答案】AD

【注意问题】债务人不能执行或者不执行重整计划，既包括主观因素也包括客观因素，都应当请求法院裁定终止重整程序，宣告债务人破产。

【考点四十八】和解申请（见表6-3）

表6-3　　和解程序与重整程序比较

	重整程序	和解制度
申请人	债权人、债务人、占债务人注册资本1/10以上的出资人	只能是债务人
申请原因	债务人可能或已经发生破产原因	债务人已经发生破产原因
申请时间	1. 债权人、债务人可直接申请；2. 债权人申请对债务人进行破产清算的，在法院受理破产申请后、宣告债务人破产前，债务人或出资额占债务人注册资本1/10以上的出资人可以提出重整申请	债务人可以依法直接向人民法院申请和解，也可以在人民法院受理破产申请后、宣告破产前，向人民法院申请和解
享有物权担保的债权人	在重整期间，其对债务人的特定财产享有的担保权暂停行使	和解程序对就债务人特定财产享有担保权的权利人无约束力，该权利人自人民法院裁定和解之日起可以对担保物行使权利
表决方式	债权人分组表决	债权人会议讨论通过
表决比例	出席会议的同一表决组的债权人过半数同意重整计划草案，并且其代表的债权额占该组债权总额的2/3以上	由出席会议的有表决权的债权人过半数同意，并且其所代表的债权额占无财产担保债权总额的2/3以上。对债务人的特定财产享有担保权的债权人，对此事项无表决权
未能通过	重整计划草案未获得通过且未依照法律规定获得法院的强制批准，法院应当终止财产重整程序，并宣告债务人破产	和解协议草案经债权人会议表决未获得通过，或者已经债权人会议通过的和解协议未获得人民法院认可的，法院应当裁定终止和解程序，并宣告债务人破产

【例题41·判断题】和解申请只能由债务人提出。既可以直接向法院申请和解，也可以在法院受理破产申请后，宣告破产前，向法院申请和解。(　　)

【答案】√

【考点四十九】和解协议的表决（重要，见表6-3）

【例题42·单选题】根据《中华人民共和国企业破产法》的有关规定，债权人会议通过和解协议

草案的决议应当由（　　）。（2001年试题）

A. 出席会议的有表决权的债权人过半数通过，并且其所代表的债权额占无财产担保债权总额的2/3以上

B. 出席会议的有表决权的债权人过半数通过，并且其所代表的债权额占全部债权总额的2/3以上

C. 全体有表决权的债权人过半数通过，并且其所代表的债权额占无财产担保债权总额的2/3以上

D. 全体有表决权的债权人过半数通过，并且其所代表的债权额占全部债权总额的2/3以上

【答案】A

【考点五十】和解协议对债务人和和解债权人的效力（重要）

经人民法院裁定认可的和解协议，对债务人和全体和解债权人均有约束力。

【解释】和解债权人是指人民法院受理破产申请时对债务人享有无财产担保债权的人。

（1）对债务人的效力。按照和解协议减免的债务，自和解协议执行完毕时起，债务人不再承担清偿责任。

（2）对和解债权人的效力。和解债权人未依照法律规定申报债权的，在和解协议执行期间不得行使权利；在和解协议执行完毕后，可以按照和解

图 6－1

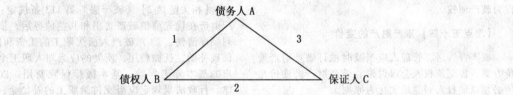

2. 因债务人的欺诈或者其他违法行为而成立的和解协议，人民法院应当裁定无效，并宣告债务人破产。有上述情形的，和解债权人因执行和解协议所受的清偿，在其他债权人所受清偿同等比例的范围内，不予返还。

【例题44·判断题】由于保证合同是依附于主合同的从属合同，因此，当破产企业作为债务人与债权人签订的和解协议规定破产企业的债务一律减免20%时，债务人的保证人也应按和解协议的约定相应调整其应承担的保证责任。（　　）（1998年试题）

【答案】×

【注意问题】在破产问题上，不适用主债务减少从债务随之减少的原则。此处的规定与重整程序中的相关规定相同。

议规定的清偿条件行使权利。

【例题43·判断题】经人民法院裁定认可的和解协议，对债务人和全体债权人均有约束力。（　　）

【答案】×

【注意问题】经人民法院裁定认可的重整计划与和解协议，均对债务人具有约束力，但是对债权人的约束力应区别对待。

【考点五十一】和解协议对债务人的保证人和其他连带债务人的效力（重要）

1. 和解债权人对债务人的保证人和其他连带债务人所享有的权利，不受和解协议的影响。和解债权人对债务人所做出的债务减免清偿或延期偿还让步的，效力不及于债务人的保证人或连带债务人，他们仍应按原来债的约定或法定责任承担保证或连带责任。

【解释】图6－1中共反映了三个法律关系：（1）如果A对B负有100万元债务，和解协议约定和解债权人对A减免30%的债务，A只需向B偿还70万元；（2）剩余的30万元债务，B可以向保证人C继续追偿，C不得拒绝；（3）C清偿了30万元后，C则成为A的和解债权人，作为和解债权人均受到和解协议的约束，C有权要求A清偿30万元的70%，即21万元债务。

【考点五十二】和解程序的终止（重要）

1. 和解程序终止，并宣告债务人破产

（1）和解协议经债权人会议表决未获得通过，或者已经债权人会议通过的和解协议未获得法院认可的，人民法院应当裁定终止和解程序，并宣告债务人破产。

（2）债务人不能执行或者不执行和解协议的，人民法院经和解债权人请求，应当裁定终止和解协议的执行，并宣告债务人破产。

（3）法院裁定终止和解协议的效力。人民法院裁定终止和解协议执行的，和解债权人在和解协议中作出的债权调整承诺失去效力，但债务人方面为和解协议的执行提供的担保继续有效。和解债权人因执行和解协议所受的清偿仍然有效，和解债权人未受清偿的部分作为破产债权。上述债权人只有在其他债权人同自己所受的清偿达到同一比例时，才

能继续接受破产分配。

2. 法院裁定认可和解协议，终结破产程序

人民法院受理破产申请后，债务人与全体债权人就债权债务的处理自行达成协议的，可以请求人民法院裁定认可，并终结破产程序。

【注意问题】上述两点的情形不同，其结果不同：第一种结果是宣告债务人破产，从而进行破产清算，与重整程序中的有关规定相同；第二种结果是终结破产程序。

【例题45·判断题】因为债务人不能执行和解协议，法院裁定终止和解协议执行的，和解协议中和解债权人对债务人所作的债务减免20%的承诺失去效力。和解债权人可以要求就全部债权进行破产清算分配。（   ）

【答案】√

【例题46·判断题】法院裁定终止和解协议执行的，在和解协议的执行过程中，和解债权人已经得到清偿和未得到的清偿，一并纳入破产清算程序重新进行分配。（   ）

【答案】×

【考点五十三】破产人、破产财产、破产债权的概念

债务人被宣告破产后，债务人称为破产人，债务人财产称为破产财产，人民法院受理破产申请时对债务人享有的债权称为破产债权。

【注意问题】普通债权和有财产担保的债权统称为破产债权。

【考点五十四】破产财产的变价

破产宣告后，管理人应当及时拟订破产财产变价方案，提交债权人会议讨论。破产财产的变价出售必须以债权人利益最大化为原则。

【相关链接】债权人会议的决议，由出席会议的有表决权的债权人过半数通过，并且其所代表的债权额占无财产担保债权总额的1/2以上。

【考点五十五】别除权（重要，破产法中四大权利之一）

【解释】对破产人的特定财产享有担保权的权利人，对该特定财产享有优先受偿的权利，即别除权。别除权之债属于破产债权，其担保物属于破产财产。

1. 别除权人行使优先受偿权利未能完全受偿的，其未受偿的债权作为普通债权；别除权人放弃优先受偿权利的，其债权作为普通债权。

2. 如破产人仅作为担保人为他人债务提供物担保，担保债权人的债权虽然在破产程序中可以构成别除权，但因破产人不是主债务人，在担保物价款不足以清偿担保债额时，余债不得作为破产债权向破产人要求清偿，只能向原主债务人求偿。

【例题47·多选题】根据企业破产法的规定，对破产人的特定财产享有担保权的权利人，对该特定财产享有优先受偿的权利。下列选项中，构成该项优先受偿权的有（   ）。（2008年试题）

A. 破产人为他人债务提供的保证担保

B. 破产人为自己的债务提供的质押担保

C. 破产人为他人债务提供的抵押担保

D. 第三人为破产人的债务提供的抵押担保

【答案】BC

【注意问题】别除权的构成需注意两点：（1）只有物权担保方构成别除权，因此本题中的A选项不选；（2）只有以债务人自身特定财产提供的担保，方构成别除权，因此本题中D选项不选。

【相关例题】见本章经典试题回顾部分2007年综合题。

【考点五十六】别除权与职工债权之间的清偿顺序（重要）

别除权人未及时获得清偿，可以在处置担保物时将对担保物享有优先于别除权受偿的职工债权全额提存，在不影响该债权清偿的前提下，对特定财产行使优先受偿权。享有优先受偿权的权利人为两人以上时，对职工债权的责任按照各权利人行使优先受偿权的财产比例分担。

【相关链接1】《破产法》第109条规定："对破产人的特定财产享有担保权的权利人，对该特定财产享有优先受偿的权利。"

【相关链接2】《破产法》第113条规定："破产财产在优先清偿破产费用和共益债务后，依照下列顺序清偿：（1）破产人所欠职工的工资和医疗、伤残补助、抚恤费用，所欠的应当划入职工个人账户的基本养老保险、基本医疗保险费用，以及法律、行政法规规定应当支付给职工的补偿金；（2）破产人所欠缴的除前款规定以外的社会保险费用和破产人所欠税款；（3）普通破产债权。破产财产不足以清偿同一顺序的清偿要求的，按照比例分配。破产企业的董事、监事和高级管理人员的工资按照该企业职工的平均工资计算。"

【相关链接3】《破产法》第132条对职工债权的清偿问题作有特别规定，即"本法施行后，破产人在本法公布之日前所欠职工的工资和医疗、伤残补助、抚恤费用，所欠的应当划入职工个人账户的基本养老保险、基本医疗保险费用，以及法律、行政法规规定应当支付给职工的补偿金，依照本法第一百一十三条的规定清偿后不足以清偿的部分，以本法第一百零九条规定的特定财产优先于对该特定财产享有担保的权利人受偿"。

【解释】《破产法》第109条和第113条所规定的破产债权，由于其性质不同，前者有债务人的特定财产作担保，后者则没有，因此前者享有以特定财产优先受偿的权利，后者没有。因此，二者之间

原本不存在交叉的问题，但依照 132 条的特别规定，如果该职工债权发生在"破产法公布之日以前（即 2006 年 8 月 27 日以前）"的，并且债务人的财产又不足以清偿该债权的，则以特定的担保财产优先受偿，即以债务人特定财产担保的债权人的优先受偿权需让位于职工债权。如果职工债权发生在破产法公布之日以后，职工债权与有财产担保的债权人的优先受偿权，分别按照第 113 条和第 109 条的规定处理。

【例题48·多选题】某企业于 2007 年 12 月 5 日被法院依法宣告破产。管理人出具的相关资料反映：该企业共拖欠职工工资及各项社会保险费用（简称职工债权）780 万元（其中有 480 万元发生在破产法公布之日以前）；享有物权担保的债权共计 3246 万元；已经设定物权担保的财产变现价值为 2938 万元，其他财产的变现价值为 280 万元。下列各项中，有关该企业破产清算的表述，符合规定的是（　　）。

A. 680 万元的职工债权首先以企业其他财产清偿，不足部分再以设定担保物权的财产清偿

B. 职工债权中的 480 万元首先以企业其他财产清偿，不足部分再以设定担保物权的财产清偿

C. 职工债权中发生在破产法公布日以前的 200 万元，以企业其他财产清偿，不足部分不再清偿

D. 享有物权担保的债权，在其担保物的变现价值范围内优先清偿

【答案】BC

【注意问题】（1）职工债权应注意是否发生在破产法公布日以前，其清偿顺序不同。（2）享有物权担保的债权的优先受偿权，需让位于发生在破产法公布之前的职工债权。

【相关例题】见本章经典试题回顾部分 2007 年综合题。

【考点五十七】破产财产的清偿顺序（重要，破产法的核心问题之一。见考点五十六中相关链接1、2）

【相关例题】见本章经典试题回顾部分 1998 年、2003 年、2007 年综合题。

【考点五十八】商业银行破产清算

商业银行破产清算时，在支付清算费用、所欠职工工资和劳动保险费用后，应当优先支付个人储蓄存款的本金和利息。

【考点五十九】破产财产分配方案的拟订与执行

管理人应当及时拟订破产财产分配方案，提交债权人会议讨论。债权人会议表决通过破产财产分配方案后，由管理人将该方案提请人民法院裁定认可，由管理人执行。

【相关链接】对债务人的特定财产享有担保权的债权人，未放弃优先受偿权利的，对该事项没有表决权。债权人会议的决议，由出席会议的有表决权的债权人过半数通过，并且其所代表的债权额占无财产担保债权总额的 1/2 以上。

【考点六十】无法交付债权人的财产的处理（重要）

对债权人留有明确姓名或名称、地址、银行账户的，管理人应当直接将破产财产分配额交付债权人；无法直接交付的债权人未受领的破产财产分配额，管理人应当提存。债权人自最后分配公告之日起满 2 个月仍不领取的，视为放弃受领分配的权利，管理人或者人民法院应当将提存的分配额分配给其他债权人。

【例题49·判断题】无法直接交付的债权人未受领的破产财产分配额，管理人应当提存。债权人自破产程序终结之日起满 2 个月仍不领取的，视为放弃受领分配的权利，管理人或者人民法院应当将提存的分配额分配给其他债权人。（　　）

【答案】×

【注意问题】注意起算点，应当自最后分配公告之日起满 2 个月。

【考点六十一】附生效条件或者解除条件的债权的处理（重要）

对附生效条件或者解除条件的债权，管理人应当将其分配额提存。在最后分配公告日，生效条件未成就或者解除条件成就的，提存的分配额应当分配给其他债权人；在最后分配公告日，生效条件成就或者解除条件未成就的，提存的分配额应当交付给债权人。

【注意问题】上一个考点中有关时间的计算，与本考点中涉及的时间，都是最后分配公告日。

【考点六十二】对诉讼、仲裁未决债权的处理（重要）

破产财产分配时，对于诉讼或者仲裁未决的债权，管理人应当将其分配额提存。自破产程序终结之日起满 2 年仍不能受领分配的，人民法院应当将提存的分配额分配给其他债权人。

【注意问题】本考点与考点六十、六十一中，有关期限的起算点不同，本考点为破产程序终结之日起开始计算。

【考点六十三】破产程序终结（重要）

1. 因和解、重整程序顺利完成而终结；
2. 因债务人消除破产原因或以其他方式解决债务清偿问题（包括自行和解）；
3. 因债务人的破产财产不足以支付破产费用而终结；

4. 因破产财产分配完毕而终结。

管理人应当自破产程序终结之日起 10 日内，持人民法院终结破产程序的裁定，向破产人的原登记机关办理注销登记。

【例题 50·判断题】人民法院受理了对甲公司的破产申请，后和解债权人与甲公司之间达成和解协议，协议约定和解债权人给予甲公司 20%的债务减免，如果甲公司向和解债权人偿还了全部债务的 80%，则应当终结破产程序。（ ）

【答案】√

【注意问题】所谓因和解、重整程序顺利完成而终结，即按照和解协议或重整计划清偿债务。

【考点六十四】遗留事务的处理（重要）

1. 追加分配财产

在破产程序因债务人财产不足以支付破产费用而终结，或者因破产人无财产可供分配或者破产财产分配完毕而终结时，自终结之日起 2 年内，有下列情形之一的，债权人可以请求人民法院按照破产财产分配方案进行追加分配：

（1）发现在破产案件中有可撤销行为、无效行为或者债务人的董事、监事和高级管理人员利用职权从企业获得非正常收入和侵占企业财产的情况，应当追回财产的；

（2）发现破产人有应当供分配的其他财产。

2. 保证人及连带债务人的清偿责任

破产人的保证人和其他连带债务人，在破产程序终结后，对债权人依照破产清算程序未受清偿的债权，依法继续承担清偿责任。

【相关链接】合伙企业依法被宣告破产的，普通合伙人对合伙企业债务仍应承担无限连带责任。合伙企业注销后，原普通合伙人对合伙企业存续期间的债务仍应承担无限连带责任。

【例题 51·单选题】根据企业破产法的规定，破产程序终结后，债权人发现破产人有应当供分配的其他财产，可以请求人民法院按照破产财产分配方案进行追加分配的法定期限是（ ）。（2008 年试题）

A. 破产程序终结后半年内

B. 破产程序终结后一年内

C. 破产程序终结后二年内

D. 破产程序终结后三年内

【答案】C

经典试题回顾

【说明】在历年试题中，所涉及内容在新的《企业破产法》中已经删除的，不再选取；与新的《企业破产法》规定不同的，作适当调整。

一、单项选择题

1. 根据有关规定，在破产程序中，当事人对人民法院作出的下列裁定，有权提出上诉的是（ ）。（1999 年）

A. 驳回破产申请的裁定

B. 破产宣告的裁定

C. 撤销债权人会议决议的裁定

D. 终结破产程序的裁定

【答案】A

【解析】破产程序属于非诉讼程序，实行一审终审，当事人对法院所作的实体裁定不得上诉，在破产程序中，当事人只对不予受理和驳回破产申请的裁定，有权提起上诉。

2. 在破产程序中，债务人与债权人会议达成的和解协议发生效力后，应受和解协议约束的债权人是（ ）。（1999 年）

A. 和解协议成立前产生的无财产担保的债权人

B. 和解协议成立前产生的有财产担保的债权人

C. 和解协议成立后产生的无财产担保的债权人

D. 和解协议成立后产生的有财产担保的债权人

【答案】A

【解析】《企业破产法》规定，经人民法院裁定认可的和解协议，对债务人和全体和解债权人均有约束力。和解债权人是指人民法院受理破产申请时对债务人享有无财产担保债权的人。

3. 甲企业把租用乙公司的一台吊车，于其破产案件受理前 5 个月擅自变卖，在甲企业被宣告破产后，下列选项中，乙公司保护其正当权益的方式是（ ）。（2000 年）

A. 行使取回权

B. 行使撤销权

C. 行使破产债权

D. 行使别除权

【答案】C

【解析】本题为一般取回权的内容。根据《企业破产法》的规定，如在破产案件受理前，原物已被债务人卖出或灭失，权利人的取回权消灭，只能以物价即直接损失额作为破产债权要求清偿。本题中破产企业甲企业租用乙公司的一台吊车，并于破产案件受理前 5 个月擅自变卖，乙公司对其吊车原本享有的取回权，在吊车被变卖后，转变为对甲企业的破产债权。所以 C 选项是正确的。

4. 破产企业在人民法院受理破产案件前 6 个月至破产宣告之日的期间内隐匿、私分或者无偿转让财产的行为，自破产程序终结之日起的一定期限内被查出的，由人民法院追回财产。该期限为自破产程序终结之日起（ ）。（2000 年经调整）

A. 半年内　　　　　B. 1 年内

C. 2 年内　　　　　D. 3 年内

【答案】C

【解析】注意新旧法律规定的不同。

5. 根据企业破产法律制度的规定，下列款项中，应当从破产财产中最先拨付的是（　　）。（2002年）

A. 破产企业所欠职工工资和劳动保险费用

B. 破产企业所欠税款

C. 银行贷款

D. 破产案件的诉讼费用

【答案】D

【解析】D选项属于破产费用，根据法律规定，破产费用和共益债务应当优先从破产财产中拨付。

6. 甲企业被宣告破产后，清算组（改为管理人）决定解除甲企业与乙公司签订的尚未履行的合同。该合同约定，甲企业不履行合同时，应向乙公司按合同金额的30%支付违约金。下列对该项违约金的处理方式中，正确的是（　　）。（2004年）

A. 作为破产费用从破产财产中优先拨付

B. 作为破产债权清偿

C. 作为有财产担保债权优先清偿

D. 不予清偿

【答案】D

【解析】新《企业破产法》规定，管理人或者债务人依照本法规定解除合同的，对方当事人以因合同解除所产生的损害赔偿请求权申报债权。但违约金不能作为债权申报。

7. 根据破产法律制度的规定，下列选项中，属于破产债权的是（　　）。（2005年经调整）

A. 管理人解除破产企业与他人签订的合同时，破产企业依约应当支付的违约金

B. 破产企业在破产宣告前因侵权给他人造成损失而产生的赔偿责任

C. 破产企业开办单位对破产企业未收取的管理费

D. 破产宣告后的债务利息

【答案】没有正确选项

【解析】第一，依《破产法》的规定而解除合同的，申报的债权以实际损失为限，违约金不得作为破产债权。故A选项不对。第二，B选项所述情形，在新的《破产法》中作了修改，即人民法院受理破产申请后，债务人财产致人损害所生的债务，为共益债务。共益债务与破产债权不同，共益债务和破产费用由债务人财产随时清偿。第三，C选项的情形，新《破产法》未作规定。第四，D选项的情形，新《破产法》规定，附利息的债权自破产申请受理时起停止计息。既然破产申请受理后已经停止计息，破产宣告后的债务利息当然更不能计算。

8. 根据企业破产法律制度的规定，申请人向人民法院提出破产申请后，在一定期限内可以撤回破产申请，该期限是（　　）。（2006年）

A. 法院受理破产案件之前

B. 法院作出破产宣告之前

C. 破产清算组成立之前

D. 破产程序终结之前

【答案】A

【解析】本题内容2004年曾作为单选题考过。

9. 某企业在一债务纠纷案件中，因承担一般保证责任而成为被告之一，其后该企业被其他债权人申请破产，人民法院予以受理。对该企业有关保证责任的诉讼，人民法院的正确处理方式是（　　）。（2006年经调整）

A. 继续审理　　　　B. 中止审理

C. 终止审理　　　　D. 驳回起诉

【答案】B

【解析】新的《企业破产法》规定，人民法院受理破产申请后，已经开始而尚未终结的有关债务人的民事诉讼或者仲裁应当中止；在管理人接管债务人的财产后，该诉讼或者仲裁继续进行。因此，按照新法的规定，应当选择B选项。

二、多项选择题

1. 某国有企业被依法宣告破产，该企业的下列财产中，属于破产财产的有（　　）。（1999年试题经调整）

A. 已作为债务担保物的财产

B. 破产前为维持生产经营，向职工筹借的款项

C. 破产企业在与他人合资组成的法人型联营企业中的投资

D. 破产企业在破产宣告至破产程序终结前所取得的财产

【答案】ACD

【注意问题】企业向职工筹借的款项属于企业对职工的负债，因此B选项不属于破产财产。

2. 根据有关规定，下列债权中，属于破产债权的是（　　）。（1999年经调整）

A. 破产宣告后成立的无财产担保的债权

B. 破产宣告前成立的有财产担保的债权

C. 破产宣告前成立的放弃优先受偿权利的有财产担保的债权

D. 债权人参加债权人会议的差旅费用

【答案】BC

【解析】本题是在原来单选题的基础上，作了调整，答案中增加了B项。因为，根据新的《企业破产法》的规定，债务人被宣告破产后，人民法院受理破产申请时对债务人享有的债权（无论是否有财产担保）统称为破产债权。

3. 刘律师在谈论企业破产程序中人民法院的权限时，认为人民法院对下列事项具有裁定权，其中正确的有（　　）。（2001年经调整）

A. 对破产申请有权裁定宣告破产，也有权裁定驳回破产申请

B. 管理人提出的破产财产分配方案，经债权人会议一致通过的，须经人民法院裁定才能生效，债权人会议没有通过的，人民法院也有权裁定其生效

C. 债权人与债务人达成的破产和解协议，须经人民法院裁定才能生效

D. 破产财产分配完毕后，终结破产程序须经人民法院裁定

【答案】ACD

【解析】该题目的四个选项分别反映在破产申请与受理、债权人会议、和解程序和破产程序终结等几个问题中。其中B选项所述关于破产财产的分配方案，根据《企业破产法》的规定，经债权人会议二次表决仍未通过的，由人民法院裁定。

4. 根据企业破产法律制度的规定，下列债权人中，可以在债权人会议上享有表决权的有（　　）。（2002年）

A. 担保物价款不足以清偿其担保债权的有财产担保债权人

B. 兼有有财产担保债权人和无财产担保债权人双重身份的债权人

C. 代替破产企业清偿债务后的保证人

D. 无财产担保的债权人

【答案】ABCD

【解析】本题虽然未作调整，但是出题的角度及解题的思路应当根据新的《企业破产法》加以调整。（1）根据规定，对于第一次债权人会议以后的债权人会议，其申报的债权得到确认的都有权参加债权人会议并享有表决权，一般不再区分是否有财产担保的问题；（2）仅仅对于通过和解协议和通过破产财产的分配方案两项事宜，对于债务人的特定财产享有担保权的债权人，未放弃优先受偿权利的，不享有表决权。

5. 根据破产法律制度的规定，企业被宣告破产后，下列选项中，构成别除权的情形有（　　）。（2004年）

A. 第三人为破产人的债务提供抵押担保

B. 破产人为其他债务人的债务提供连带责任保证担保

C. 破产人为自己的债务提供质押担保

D. 破产人为其他债务人的债务提供抵押担保

【答案】CD

【注意问题】别除权的构成需注意两点：（1）只有物权担保方构成别除权，因此本题中的B选项不选；（2）只有以债务人自身特定财产提供的担保，方构成别除权，因此本题中A选项不选。

三、判断题

1. 人民法院受理债务人破产案件后，债权人未申报债权的，保证人虽未履行保证责任，但也可参加破产财产分配，预先行使追偿权。（　）（1999年）

【答案】√

【解析】（1）保证人参加破产财产分配，预先行使追偿权时，须注意其前提为债权人未申报债权，为了避免保证人在代替债务人向债权人清偿债务后，因为债务人企业破产，无法行使追偿权，而受到损害；（2）保证人以其对债务人的将来求偿权申报债权。

2. 债务人企业在破产重整计划执行期间，非因自身过错，不执行重整计划的，债权人不得申请终结企业重整执行。（　）（2000年经调整）

【答案】×

【解析】根据《企业破产法》的规定，债务人不能执行或者不执行重整计划的，人民法院经管理人或者利害关系人请求，应当裁定终止重整计划的执行，并宣告债务人破产。

3. 破产法贯彻对债权人公平清偿的原则，破产财产在优先拨付破产费用后，对所欠职工工资和税款，均按同一比例予以清偿。（　）（2001年）

【答案】×

【解析】破产企业所欠职工工资和劳动保险费是第一顺序，所欠税款是第二顺序。在前一顺序的债权得到全额偿还之前，后一顺序的债权不予分配。

4. 作为票据出票人的企业被宣告破产后，付款人不知其破产事实而付款的，因此产生的债权为破产债权。（　）（2001年）

【答案】√

5. 破产程序终结后，且未另外发现破产财产的，债权人通过破产分配未能得到清偿的债权不再予以清偿，破产企业未偿清余债的责任依法免除。（　）（2002年）

【答案】√

【解析】本题反映了破产程序终结的法律效力，但应当注意该效力仅对破产企业而言，破产人的保证人和其他连带债务人，在破产程序终结后，对债权人依照破产清算程序未受清偿的债权，依法继续承担清偿责任。

6. 破产法上的和解协议必须经债务人和所有债权人意思表示一致才能成立。（　）（2004年）

【答案】×

【解析】债权人会议通过和解协议的决议，由出席会议的有表决权的债权人过半数同意，并且其所代表的债权额占无财产担保债权总额的2/3以上。

7. 破产企业设立的分支机构和具有法人资格的子公

司的财产，应当作为破产财产，一并纳入破产程序进行清理。（　　）（2005年）

【答案】×

【解析】破产企业设立的分支机构和没有法人资格的全资机构的财产，应当一并纳入破产程序进行清理。而具有法人资格的子公司的财产具有独立性，不作为破产财产。

8. 破产企业内属于他人的财产，在法院受理破产案件后宣告破产前毁损、灭失的，财产权利人只能以其直接损失额申报债权，作为破产债权人受偿。（　　）（2005年经调整）

【答案】×

【解析】（1）本题内容涉及取回权，根据新《破产法》的规定，人民法院受理破产申请后，债务人占有的不属于债务人的财产，该财产的权利人可以通过管理人取回。注意取回权限于取回原物，如在破产案件受理前债务人占有他人的财产发生毁损、灭失的情形，权利人可以行使取回权。但如果是在破产案件受理后，由于债务人的财产交由管理人管理，如果发生毁损、灭失则涉及管理人的责任；（2）本题内容还涉及管理人的职责。管理人未依照本法规定勤勉尽责，忠实执行职务，给债权人、债务人或者第三人造成损失的，依法承担赔偿责任。根据上述两点分析，该损失应当由管理人承担赔偿责任，而不得作为破产债权申报。

9. 破产企业内属于他人的财产，在破产宣告后因管理人的责任毁损灭失的，财产权利人有权要求管理人等值赔偿。（　　）（2006年经调整）

【答案】√

10. 在破产程序中，债权人会议主席从有表决权的债权人中选举产生。（　　）（2006年）

【答案】×

四、综合题

1. 说明：根据新《企业破产法》进行了修改。本题考查要点主要有：破产债权的认定、破产财产的计算、破产财产的分配顺序、破产债权额分配的计算。

荣昌针织总厂（以下简称"荣昌厂"）始建于50年代初期，属地方国有企业，因经营管理不善，长期亏损，已严重到不能清偿到期债务。1996年9月1日，该厂向人民法院提出了破产申请，人民法院受理此案后，指定管理人接管荣昌厂，依照法定程序，于1996年12月20日宣布荣昌厂破产。随后，管理人对荣昌厂的财产进行了清理，有关清理情况如下：

（1）荣昌厂资产总额为6000万元（变现价值），其中：流动资产1000万元，长期投资800万元，固定资产4000万元，其他资产200万元；负债总额为12000万元，其中：流动负债11000万

元，长期负债1000万元。

（2）荣昌厂流动负债的具体情况为：

①应付职工工资及劳动保险费200万元，应交税金500万元。

②短期借款4200万元。其中：1995年10月5日，以荣昌厂厂房A、机器设备作抵押，向中国建设银行荣昌支行共贷款2200万元；1996年2月1日向中国工商银行荣昌支行信用贷款2000万元。

③应付账款3100万元。其中包括但不限于：

（a）欠宏达公司1994年9月到期货款160万元。宏达公司经多次催缴无效后，起诉于人民法院，1996年8月2日，人民法院经过二审审理，判决荣昌厂支付宏达公司欠款及违约金和赔偿金等共计200万元，随后将荣昌厂办公楼予以查封，拟用于抵偿宏达公司的债权。人民法院受理荣昌厂破产申请时，此判决正在执行之中。

（b）欠华天公司1995年6月到期货款100万元。华天公司经多次催缴无效后，于1996年8月10日起诉于人民法院。人民法院受理荣昌厂破产申请时，此案正在审理之中。

（c）欠万达公司1996年5月5日到期的货款150万元。1996年6月5日，应万达公司的要求，荣昌厂与万达公司签订了一份担保合同，担保合同约定：若1996年8月5日荣昌厂不能支付万达公司150万元欠款，则以荣昌厂厂房B折价抵偿万达公司欠款。

④其他流动负债合计3000万元。

（3）经评估确认：荣昌厂厂房A变现价值为500万元，厂房B变现价值为200万元，办公楼变现价值为300万元，机器设备变现价值为1400万元。

（4）荣昌厂在破产程序中支付的破产费用为100万元。

要求：

根据以上事实，在不考虑债权利息的情况下，请分别回答下列问题：

（1）中国建设银行荣昌支行的普通债权额是多少？

（2）荣昌厂欠宏达公司、华天公司、万达公司的货款是否能够申报破产债权？为什么？

（3）荣昌厂在优先支付了享有物权担保的债权后，剩余的破产财产应为多少？依照《破产法》的规定应按何种顺序分配。

（4）中国工商银行荣昌支行应分配的财产具体数额为多少？（角、分省略）（1998年）

【参考答案】

（1）中国建设银行荣昌支行的普通债权额为300万元。即2200－（500＋1400）＝300（万元）

[注：根据担保法的规定，荣昌厂所拥有的厂房和机器设备可以作为抵押物进行抵押担保。根据

《破产法》的规定，中国建设银行荣昌支行对荣昌厂以厂房 A 和机器设备作抵押担保的债权享有优先受偿权利，这部分债权不属于普通破产债权。

（2）①荣昌厂欠宏达公司的货款，宏达公司可以依法申报债权。依照新《破产法》规定，法律规定，人民法院受理破产申请后，执行程序应当中止。人民法院受理破产申请时对债务人享有债权的债权人，依法定程序行使权利。故宏达公司可以依法申报债权。

②荣昌厂欠华天公司的货款能够申报破产债权。依照新《破产法》规定，人民法院受理破产申请后，已经开始而尚未终结的有关债务人的民事诉讼或者仲裁应当中止；在管理人接管债务人的财产后，该诉讼或者仲裁继续进行。（或者：诉讼、仲裁未决的债权，债权人可以申报。）

③荣昌厂欠万达公司的货款依法能申报破产债权。依照新《破产法》的规定，人民法院受理破产申请前 1 年内，债务人对没有财产担保的债务提供财产担保的，管理人有权请求人民法院予以撤销。因此，以荣昌厂厂房 B 所作的担保因撤销而消灭。

（3）①荣昌厂剩余的破产财产应为 4100 万元。计算公式为：6000 万元 - 1900 万元（用于担保的财产）= 4100 万元。

②荣昌厂的剩余破产财产分配顺序为：a. 支付破产费用；b. 支付所欠职工工资和劳动保险费用（不考虑破产法公布前后的问题）；c. 支付所欠税款；d. 支付破产债权。

（4）中国工商银行荣昌支行分配的财产数额为 702.1276 万元。

注：计算公式为：[4100 万元（除去以特定财产享有优先受偿权以外的破产财产）- 100 万元（破产费用）- 200 万元（应付工资及劳动保险费）- 500 万元（应交税金）] ÷ [12000 万元（负债总额）- 1900 万元（有财产担保的债权）- 200 万元（应付工资和劳动保险费）- 500 万元（应交税金）] × 2000 万元（工商银行荣昌分行的破产债权）= 702.1276 万元 [说明：依照新《破产法》规定，破产人所欠职工的工资和医疗、伤残补助、抚恤费用，所欠的应当划入职工个人账户的基本养老保险、基本医疗保险费用，以及法律、行政法规规定应当支付给职工的补偿金，为第一清偿顺序，破产人欠缴的社会保险费在上述其他费用之外，和破产人所欠税款同为第二顺序。]

2. 说明：本题按照新《企业破产法》的规定进行了修改。本题考查要点主要有：破产案件受理后尚未执行完毕的执行程序如何处理、有财产担保债权能否认定为破产债权、破产案件中的撤销权、破产企业为保证人时债权人能否申报破产债

权、破产财产的计算、破产债权额分配的计算。

2002 年 3 月 1 日人民法院受理了甲公司就自己不能支付到期债务而提出的破产申请，指定管理人接管甲公司，并依照法定程序，于同年 10 月 10 日宣告该公司破产。管理人接管甲公司后，对该公司的财产进行了清理，有关清理情况如下：

（1）甲公司资产总额为 1800 万元（变现价值）；负债总额为 4000 万元，其中，流动负债的情况为：

①应付职工工资 80 万元，未交税金 220 万元。

②短期借款 500 万元。其中：2001 年 3 月 5 日，以甲公司全部厂房作抵押，向中国工商银行贷款 300 万元；2001 年 6 月 1 日，以全部机器设备作抵押，向中国建设银行贷款 200 万元。

③应付账款 640 万元。其中包括但不限于：

（a）应付乙公司 2001 年 4 月到期货款 100 万元。乙公司经多次催收无效后向人民法院提起诉讼，2002 年 2 月 25 日，人民法院终审判决甲公司支付乙公司欠款及违约金和赔偿金等共计 120 万元，并将甲公司办公楼予以查封，拟用于抵偿乙公司的债权。人民法院受理甲公司破产申请时，此判决尚未执行。

（b）应付丙公司 2001 年 7 月 18 日到期货款 180 万元。2001 年 6 月 18 日，应丙公司的要求，甲公司与丙公司签订了一份担保合同，担保合同约定：以甲公司机器设备作抵押，若 2002 年 6 月 18 日前甲公司仍不能支付丙公司 180 万元货款，则以甲公司机器设备变卖受偿。

（c）应付丁公司 2002 年 1 月 30 日到期货款 200 万元。

④其他流动负债合计 1660 万元。

（2）甲公司于 1999 年 8 月 10 日在某港口城市设立的甲分公司，至人民法院受理破产申请之日止，账外资金累计余额为 90 万元。2002 年 3 月 20 日，甲分公司的主要负责人将该 90 万元作为奖金予以私分。

（3）甲公司 2001 年 4 月 26 日为戊公司向城市商业银行贷款 70 万元（贷款期限为 18 个月）提供担保，并与城市商业银行签订了保证合同。保证合同约定：当戊公司不能偿还到期贷款时，由甲公司承担连带保证责任。城市商业银行在法定期限内未申报债权。

（4）甲公司在破产程序中支付的破产费用为 40 万元。

（5）经评估确认：甲公司厂房变现价值为 160 万元，办公楼变现价值为 190 万元，机器设备变现价值为 320 万元。经查：甲公司的股东用于出资的房产在出资时作价 300 万元，而当时的实际价值仅为 120 万元；甲公司用于抵押的厂房、机器设备于合同签订的当天全部办理了抵押登记手续。

要求：

根据以上事实，在不考虑债权利息的情况下，分别回答下列问题：

（1）人民法院查封的甲公司的办公楼可否用于偿还所欠乙公司的货款？并说明理由。

（2）甲公司所欠丙公司的货款是否属于普通破产债权？并说明理由。

（3）对甲分公司私分的财产应如何处置？并说明理由。

（4）甲公司与城市商业银行订立保证合同是否应当终止？并说明理由。

（5）甲公司除去设定担保的破产财产额是多少？并具体说明其构成。

（6）如果甲公司的破产债权额确认为3125万元，则丁公司可分配的财产具体数额为多少（金额保留到元）？并列明计算过程。（2003年）

【参考答案】

（1）人民法院查封的甲公司的办公楼不能用于偿还所欠乙公司的货款（0.5分）。因为《破产法》规定，人民法院受理破产申请后，对债务人财产的执行程序应当中止（1分）。

（2）甲公司所欠丙公司的货款，部分属于普通破产债权（0.5分），部分不属于普通破产债权（0.5分）。因为，甲公司的机器设备既用于中国建设银行的贷款抵押担保，又用于丙公司债权的抵押担保。根据《物权法》的规定，破产企业对其同一财产设定两个以上抵押权的，抵押合同自登记之日起生效的，拍卖、变卖抵押物所得的价款按照抵押物登记的先后顺序清偿（1分）。故公司机器设备的变现价值应先用于清偿中国建设银行的贷款，剩余部分再用于清偿丙公司的货款，该剩余部分为120万元（1分）。因此，在甲公司所欠丙公司的180万元货款中，有财产担保的为120万元（1分），不属于普通破产债权，无财产担保的为60万元，属于普通破产债权（1分）。

（3）对甲分公司私分的财产，应纳入破产程序进行清理（0.5分），并由管理人向人民法院申请追回，并入破产财产分配（0.5分）。理由：第一，债务人设立的分支机构和没有法人资格的全资机构的财产，应当一并纳入破产程序进行清理（1分）。第二，新《破产法》规定，债务人的董事、监事和高级管理人员利用职权从企业获取的非正常收入和侵占的企业财产，管理人应当追回。（或者：依照新《破产法》的规定，为逃避债务而隐匿、转移债务人财产的行为无效，管理人有权追回。）（1分）。

（4）甲公司与城市商业银行订立的保证合同不应当终止（0.5分）。依照新《破产法》规定，在人民法院确定的债权申报期限内，债权人未申报债权的，可以在破产财产最后分配前补充申报

（1分）。

（5）甲公司除去设定担保的破产财产额是1590万元（1分）。其具体构成：一是，公司资产总额扣除已作为债务担保物的财产计1320万元（1800万元－160万元－200万元－120万元）（1分）；二是，管理人追回甲公司被私分的财产90万元（0.5分）；三是，因甲公司股东出资额不足应当由该股东补足的出资180万元（300－120）（0.5分）。（本要点共3分）

（6）丁公司应分配的财产数额为80万元（1分）。

计算公式为：

[1590万元（除去设定担保的破产财产额）－40万元（破产费用）－80万元（应付工资）－220万元（未交税金）]÷3125万元（破产债权额）×200万元（丁公司的破产债权）＝80万元（2分）。（本要点共3分）[说明：财产分配顺序见第一题相关问题的说明。]

3.　本题主要考点有：撤销权、别除权、因管理人解除合同可申报的债权额、抵销权、职工债权的清偿。

2007年7月30日，人民法院受理了甲公司的破产申请，并同时指定了管理人。管理人接管甲公司后，在清理其债权债务过程中，有如下事项：

（1）2006年4月，甲公司向乙公司采购原材料而欠乙公司货款未付。2007年3月，甲乙双方签订一份还款协议，该协议约定：甲公司于2007年9月10日前偿还所欠乙公司货款及利息共计87万元，并以甲公司所属一间厂房作抵押。还款协议签订后，双方办理了抵押登记。乙公司在债权申报期内就上述事项申报了债权。

（2）2006年6月，丙公司向A银行借款120万元，借款期限为1年。甲公司以所属部分设备为丙公司提供抵押担保，并办理了抵押登记。借款到期后，丙公司未能偿还A银行贷款本息。经甲公司、丙公司和A银行协商，甲公司用于抵押的设备被依法变现，所得价款全部用于偿还A银行，但尚有20万元借款本息未能得到清偿。

（3）2006年7月，甲公司与丁公司签订了一份广告代理合同，该合同约定：丁公司代理发布甲公司产品广告；期限2年；一方违约，应当向另一方承担违约金20万元。至甲公司破产申请被受理时，双方均各自履行了部分合同义务。

（4）2006年8月，甲公司向李某购买一项专利，尚欠李某19万元专利转让费未付。李某之子小李创办的戊公司曾于2006年11月向甲公司采购一批电子产品，尚欠甲公司货款21万元未付。人民法院受理甲公司破产申请后，李某与戊公司协商一致，戊公司在向李某支付19万元后，取得李某对甲公司的19万元债权。戊公司向管理人主张以19万元债权抵销其所欠甲公司相应债

务。

（5）甲公司共欠本公司职工工资和应当划入职工个人账户的基本养老保险、基本医疗保险费用37.9万元，其中，在2006年8月27日新的《企业破产法》公布之前，所欠本公司职工工资和应当划入职工个人账户的基本养老保险、基本医疗保险费用为20万元。甲公司的全部财产在清偿破产费用和共益债务后，仅剩余价值1500万元厂房及土地使用权，但该厂房及土地使用权已于2006年6月被甲公司抵押给B银行，用于担保一笔2000万元的借款。

要求：

根据上述内容，分别回答下列问题：

（1）管理人是否有权请求人民法院对甲公司将厂房抵押给乙公司的行为予以撤销？并说明理由。

（2）A银行能否将尚未得到清偿的20万元欠款向管理人申报普通债权，由甲公司继续偿还？并说明理由。

（3）如果管理人决定解除甲公司与丁公司之间的广告代理合同，并由此给丁公司造成实际损失5万元，则丁公司可以向管理人申报的债权额应为多少？并说明理由。

（4）戊公司向管理人提出以19万元债权抵销其所欠甲公司相应债务的主张是否成立？并说明理由。

（5）甲公司所欠本公司职工工资和应当划入职工个人账户的基本养老保险、基本医疗保险费用共计37.9万元应当如何清偿？（2007年）

【参考答案】

（1）管理人有权请求人民法院对甲公司将厂房抵押给乙公司的行为予以撤销。《企业破产法》规定，人民法院受理破产申请前1年内，以债务人的财产为没有财产担保的债务提供财产担保的，管理人有权请求人民法院予以撤销。本案中，法院受理破产案件的时间为2007年7月，甲公司与乙公司的原有债务没有甲公司的财产担保，双方于2007年3月就原有债务签订抵押担保协议，根据上述规定，管理人有权请求法院予以撤销该担保行为。

（2）A银行不能将尚未得到清偿的20万元欠款向管理人申报普通债权，由甲公司继续偿还。因为破产人不是主债务人，在担保物价款不足以清偿担保债额时，余债不得作为破产债权向破产人要求清偿，只能向原主债权人求偿。本案中，A银行与丙公司签订借款合同，该债务关系的主债务人是丙公司，根据上述规定，A银行通过破产程序未能得到清偿的20万元余债，只能要求丙公司清偿。

（3）丁公司可以向管理人申报的债权额应为5万元。《企业破产法》规定，管理人或债务人依

照破产法规定解除合同的，对方当事人以因合同解除所产生的损害赔偿请求权申报债权。可申报的债权以实际损失为限。

（4）戊公司向管理人提出以19万元债权抵销其所欠甲公司相应债务的主张不能成立。《企业破产法》规定，债务人的债务人在破产申请受理后取得他人对债务人的债权的，不得抵销。本案中，戊公司作为甲公司的债务人，在法院受理甲公司的破产申请后，取得甲公司的债权人李某对甲公司享有的债权，根据上述规定不得抵销。

（5）甲公司所欠本公司职工工资和应当划入职工个人账户的基本养老保险、基本医疗保险费用共计37.9万元应当分为两种情况受偿。在《破产法》公布之前，甲公司所欠本公司职工工资和应当划入职工个人账户的基本养老保险、基本医疗保险费用20万元，以甲公司已抵押的厂房及土地使用权优先于B银行受偿。其余的17.9万元发生在《破产法》公布之后，由于甲公司财产在清偿了破产费用和共益债务后，剩余财产已经设定物权担保，且不足以清偿有物权担保的债权，因此所欠职工的这部分工资及相关费用不再清偿。

本章练习题库

一、单项选择题

1. 根据破产法的规定，下列各项中，有关破产申请与受理的表述中，不符合法律规定的是（　　）。
   A. 债务人不能清偿到期债务，且资产不足以清偿全部债务的，债务人可以向人民法院提出重整申请
   B. 人民法院受理破产申请前，申请人可以请求撤回申请
   C. 人民法院裁定不受理破产申请的，申请人不服裁定的，可以自裁定送达之日起10日内提起上诉
   D. 人民法院受理破产申请后，已经开始而尚未终结的有关债务人的民事诉讼应当终止

2. 人民法院受理破产申请后，应当确定债权人申报债权的期限。债权申报期限自人民法院发布受理破产申请公告之日起计算，具体期限为（　　）。
   A. 最短不得少于15日，最长不得超过2个月
   B. 最短不得少于30日，最长不得超过2个月
   C. 最短不得少于30日，最长不得超过3个月
   D. 最短不得少于60日，最长不得超过6个月

3. 根据破产法的规定，下列各项中，债权人不可以申报的债权是（　　）。
   A. 债务人的保证人尚未代替债务人清偿债务
   B. 超过人民法院公布的债权申报期限的债权
   C. 诉讼、仲裁未决的债权

D. 管理人依法解除双方均未履行完毕的合同所产生的违约金

4. 债务人所欠职工的工资和医疗、伤残补助、抚恤费用，所欠的应当划入职工个人账户的基本养老保险、基本医疗保险费用等，不必申报，由管理人调查后列出清单并予以公示。职工对清算记载有异议的，职工可以采取的措施是（　　）。
   A. 要求管理人更正
   B. 直接向人民法院起诉
   C. 要求人民法院裁定
   D. 向人民法院提出复议

5. 债权人提出破产申请的，人民法院应当自收到申请之日起5日内通知债务人。债务人对申请有异议的，应当在法定期限内向人民法院提出。根据《破产法》的规定，该法定期限是（　　）。
   A. 自收到法院通知之日起5日内
   B. 自收到法院通知之日起7日内
   C. 自收到法院通知之日起10日内
   D. 自收到法院通知之日起15日内

6. 人民法院受理债权人提出破产申请的，应当自裁定作出之日起5日内送达债务人。债务人应当在法定期限内，向人民法院提交包括财产状况说明等在内的有关资料。根据《破产法》的规定，该法定期限是（　　）。
   A. 自裁定送达之日起5日内
   B. 自裁定送达之日起7日内
   C. 自裁定送达之日起10日内
   D. 自裁定送达之日起15日内

7. 根据破产法的规定，下列各项中，不属于债务人财产的是（　　）。
   A. 破产申请受理时债务人已经先期抵押的财产
   B. 债务人因为他人出卖货物而应收取的货款
   C. 债务人为他人保管的财产
   D. 破产申请受理后债务人从投资方获得的利润

8. 人民法院受理破产申请前一定期限内，债务人不能清偿到期债务，并且资产不足以清偿全部债务或者明显缺乏清偿能力的，债务人仍然对个别债权人进行清偿的，管理人有权请求人民法院予以撤销。根据《破产法》的规定，该一定期限是（　　）。
   A. 人民法院受理破产申请前3个月内
   B. 人民法院受理破产申请前6个月内
   C. 人民法院受理破产申请前1年内
   D. 人民法院受理破产申请前2年内

9. 根据《破产法》的规定，人民法院受理破产申请前1年内，发生的某些情形，管理人有权请求人民法院予以撤销。下列各项中，管理人有权请求人民法院予以撤销的有（　　）。
   A. 为逃避债务而隐匿、转移财产
   B. 虚构债务
   C. 承认不真实的债务

D. 无偿转让财产

10. 下列各项中，根据《企业破产法》的规定，有关管理人的表述中，不正确的是（　　）。
    A. 人民法院裁定宣告债务人破产的，应当同时指定管理人
    B. 管理人有权决定解除债务人和对方当事人均未履行完毕的合同，自破产申请受理之日起2个月内未通知对方当事人，或者自收到对方当事人催告之日起30日内未答复的，视为解除合同
    C. 管理人在第一次债权人会议召开之前，有权决定继续或者停止债务人的营业
    D. 人民法院受理破产申请后，债务人占有的不属于债务人的财产，该财产的权利人可以通过管理人取回

11. 法院依法受理对甲公司的破产申请。根据《破产法》的规定，下列各项中，债权人可以向管理人主张抵销权的是（　　）。
    A. 甲公司的债务人A公司在破产申请受理后取得B公司对甲公司的债权
    B. 甲公司的债权人B公司在破产申请1年以内，已知甲公司有不能清偿到期债务的事实，而拖欠甲公司货款发生的债务
    C. 甲公司的债务人C公司已知甲公司不能清偿到期债务，依然向甲公司出售产品取得的债权
    D. 甲公司的债权人D公司在破产申请受理前对甲公司拖欠的房屋租金

12. 根据《破产法》的规定，下列各项中，不属于管理人职责的是（　　）。
    A. 决定债务人的内部管理事务
    B. 在第一次债权人会议召开之前，决定继续或者停止债务人的营业
    C. 决定第一次债权人会议召开的时间
    D. 代表债务人参加诉讼、仲裁或者其他法律程序

13. 人民法院受理破产申请后，管理人可以通过清偿债务或者提供为债权人接受的担保，取回质物、留置物。在质物或者留置物的价值低于被担保的债权额时，确定该质物或者留置物的正确方法是（　　）。
    A. 以被担保的债权为限
    B. 以该质物或者留置物的原有价值为限
    C. 以该质物或者留置物当时的市场价值为限
    D. 由管理人与质物或者留置物的权利人协商确定

14. 债权人与债务人互负债务的，符合《破产法》规定的条件的，债权人可以向管理人主张抵销。下列各项中，符合法定抵销条件的是（　　）。
    A. 债权人在破产申请受理前对债务人负有债务的
    B. 债权人在破产宣告裁定前对债务人负有债务

的

C. 债权人在破产清算前对债务人负有债务的

D. 债权人在破产程序终结前对债务人负有债务的

15. 破产费用和共益债务由债务人财产随时清偿。当债务人财产不足以清偿所有破产费用和共益债务的，下列各项中，依法正确的处理是（ ）。

A. 按比例清偿

B. 先行清偿破产费用

C. 由管理人与债权人会议协商确定

D. 人民法院听取债权人会议的意见作出裁定

16. 债权人申请对债务人进行破产清算的，在人民法院受理破产申请后、宣告债务人破产前，债务人或者占注册资本一定比例的债务人的出资人，可以向人民法院申请重整。该一定比例为（ ）。

A. 注册资本的1/2

B. 注册资本的1/3

C. 注册资本的1/5

D. 注册资本的1/10

17. 根据《破产法》的规定，下列各项中，经债权人会议二次表决仍未通过的，由人民法院裁定的事项是（ ）。

A. 通过和解协议

B. 通过债务人财产的管理方案

C. 通过破产财产的变价方案

D. 通过破产财产的分配方案

18. 重整计划的执行人，根据《破产法》的规定，下列各项中，正确的是（ ）。

A. 债务人   B. 债权人会议

C. 管理人   D. 人民法院

19. 根据《破产法》的规定，下列各项中，关于重整的有关表述，不符合法律规定的是（ ）。

A. 重整期间，债务人为重整进行而发生的债务，债权人可依法申报债权

B. 重整期间，对债务人的特定财产享有担保权的权利人，发现担保物有价值明显减少的可能，足以危害其权利的，可以向人民法院请求恢复行使担保权

C. 重整期间，债务人或者管理人为继续营业而借款的，可以为该借款设定担保

D. 重整期间，债务人的出资人不得请求投资收益分配

20. 下列情形发生在破产宣告前，法院应当依法作出裁定终结破产程序的是（ ）。

A. 重整期间债务人的经营状况和财产状况继续恶化，缺乏挽救的可能性

B. 重整期间由于债务人的行为致使管理人无法执行职务

C. 破产人无财产可供分配

D. 债务人不能执行和解协议的

21. 某债务人企业共有15位普通债权人，申报债权额为11000万元，出席分组讨论重整计划草案的债权人有13位，所代表的债权额为10960万元。下列各项中，能够通过重整计划草案的是（ ）。

A. 7位债权人同意，并且其代表的债权额为5500万元

B. 8位债权人同意，并且其代表的债权额为6000万元

C. 7位债权人同意，并且其代表的债权额为7000万元

D. 8位债权人同意，并且其代表的债权额为8000万元

22. 人民法院受理破产申请后，债务人向人民法院申请和解，法院依法裁定和解，并召集债权人会议讨论债务人提交的和解协议草案。该债务人企业共有12人申报债权，债权额合计1300万元。出席本次债权人会议的有10位债权人，代表的债权总额为1200万元。其中债权人甲、乙的债权额为300万元，有破产企业的房产作抵押。根据《破产法》的规定，下列各项中，不能够通过和解协议的是（ ）。

A. 有6位债权人同意，其代表的债权额为700万元

B. 有6位债权人同意，其代表的债权额为650万元

C. 有5位债权人同意，其代表的债权额为450万元

D. 有5位债权人同意，其代表的债权额为700万元

23. 根据破产法的规定，下列各项中，债权人享有优先受偿权的是（ ）。

A. 对债务人的债务享有保证担保的债权

B. 对债务人的财产享有抵押权的债权人，抵押物价值不足清偿的债权

C. 债务人以其财产为他人债务提供质押担保，担保权人享有的债权

D. 他人为债务人的债务提供抵押担保，债权人对债务人享有的债权

24. 根据《破产法》的规定，下列各项中，关于破产财产变价和分配的表述，不正确的是（ ）。

A. 破产人所欠的职工工资、欠缴的社会保险费用与破产人所欠税款清偿顺序不同

B. 债权人A对破产人B享有200万元破产债权，并对破产人B的机器设备享有抵押权，该机器设备的拍卖款为160万元，债权人A的破产债权有40万元

C. 破产企业的董事、监事和高级管理人员的工资按照该企业职工的平均工资计算

D. 破产企业变价出售时，可以将其中的无形资产和其他财产单独变价出售

25. 人民法院宣告债务人破产后，破产人无财产可供分配的，管理人请求人民法院裁定终结破产程序。自破产程序终结后的一定期限内，发现破产人有应当供分配的其他财产的，债权人可以请求人民法院按照破产财产分配方案进行追加分配。根据《破产法》的规定，该一定期限为（　　）。

A. 自破产程序终结之日起 6 个月内
B. 自破产程序终结之日起 1 年内
C. 自破产程序终结之日起 2 年内
D. 自破产程序终结之日起 3 年内

26. 债权人先向债务人申报债权追偿的，对于其在破产程序中未受清偿的部分，债权人要求保证人承担保证责任的，最迟应当在（　　）。

A. 破产程序终结后 6 个月提出
B. 破产宣告后 6 个月提出
C. 破产程序终结后 1 年内提出
D. 破产宣告后 1 年内提出

二、多项选择题

1. 根据《破产法》的规定，债权人提出申请的，人民法院应当自裁定作出之日起 5 日内送达债务人。债务人应当自裁定送达之日起 15 日内，向人民法院提交有关资料。下列各项中，属于债务人应当提交的材料有（　　）。

A. 财务状况说明及有关财务会计报告
B. 债务清册及债权清册
C. 职工工资的支付和社会保险费用的缴纳情况
D. 企业经营状况的说明

2. 下列各项中，根据《破产法》的规定，人民法院受理破产申请后，所产生的法律效力的表述中正确的有（　　）。

A. 债务人的财产持有人应当向人民法院交付财产
B. 债务人对个别债权人的债务清偿无效
C. 有关债务人财产的保全措施应当解除，执行程序应当中止
D. 有关债务人的民事诉讼，只能向受理破产申请的人民法院提起

3. 根据企业破产法的规定，自人民法院受理破产申请的裁定送达债务人之日起至破产程序终结之日，债务人的有关人员应承担必要的义务。下列各项中，属于其应承担的义务有（　　）。

A. 列席债权人会议并如实回答债权人的询问
B. 未经人民法院许可，不得离开住所地
C. 不得新任其他企业的董事、监事、高级管理人员
D. 妥善保管其占有和管理的财产、印章和账簿、文书等资料

4. 根据《破产法》的规定，下列各项中，属于债务人财产的有（　　）。

A. 宣告破产时债务人经营管理的财产
B. 债务人企业对其 A 享有债权，因 A 无力偿还，又怠于向其债务人 B 主张债权，债务人企业为此行使代位权对 B 享有的债权
C. 债务人为定作人加工的物品
D. 债务人在破产申请受理后至破产程序终结前从联营企业分得的利润

5. 根据破产法的规定，下列各项中，属于破产财产的有（　　）。

A. 法院受理破产申请时，出卖人已向作为买受人的债务人发运，债务人尚未收到且未付清全部款项的买卖标的物
B. 企业破产宣告前对其他公司投资形成的股权
C. 破产企业在宣告破产后取得的银行存款利息
D. 破产宣告前债务人企业的财产

6. 根据《破产法》的规定，下列各项中，在人民法院确定的债权申报期限内，可以进行债权申报的有（　　）。

A. 在破产申请受理时未到期的债权及其截止债权到期日的利息
B. 管理人依法解除合同，对方当事人以因合同解除所产生的损害赔偿请求权
C. 已经代替债务人清偿债务的保证人，对债务人的求偿权
D. 债务人是委托合同的委托人，被裁定受理破产申请后，受托人继续处理委托事务而产生的请求权

7. 人民法院于 2008 年 3 月 1 日受理甲公司的破产申请。根据有关规定，下列中介机构不得担任该破产案件管理人的有（　　）。

A. 对甲公司享有 5 万元债权的 A 律师事务所
B. 自 2005 年开始至 2007 年底负责甲公司审计业务的 B 会计师事务所
C. 甲公司股东之一的 C 资产评估公司
D. 现为甲公司提供咨询服务的 D 财务咨询公司

8. 根据有关规定，下列情形中属于与破产案件有利害关系，可能影响管理人忠实履行义务的有（　　）。

A. 在破产案件受理前 2 年内担任债务人的法律顾问
B. 在破产案件受理前 3 年内为债务人的控股股东
C. 债务人企业监事的妻子
D. 债权人企业财务总监的弟弟

9. 如果法院于 2007 年 6 月 11 日受理对甲企业的破产申请。根据《破产法》的规定，下列各项中，管理人有权请求人民法院予以撤销的行为是（　　）。

A. 甲企业于 2006 年 3 月向乙企业无偿转让一批

货物

B. 甲企业于 2006 年 9 月将价值 100 万元的设备，以 60 万元的价格卖给丙公司

C. 甲企业于 2006 年 10 月对丁公司到期债务未作清偿，与丁公司达成协议将其厂房抵押给丁公司

D. 甲企业于 2006 年 6 月 10 日放弃其对戊公司的到期债权

10. 根据《破产法》的规定，人民法院受理破产申请后，下列选项中，可以作为债权人申报债权的有（ ）。

A. 债务人是票据的出票人，被裁定受理破产的，该票据的付款人继续付款由此产生的请求权

B. 债务人的保证人代替债务人清偿债务而产生的对债务人的求偿权

C. 附条件、附期限的债权

D. 诉讼、仲裁未决的债权

11. 根据《破产法》的规定，下列情形中，关于破产债权抵销的处理中，不正确的情形有（ ）。

A. 债权人 A 对破产企业享有 100 万元的破产债权，在破产企业财产拍卖时，以 100 万元的价格购买破产企业的房产，欲以破产债权抵偿房款

B. 债权人 B 对破产企业享有 150 万元的债权，在法院宣告债务人企业破产后，债权人 B 将其债权转让给 C，C 对破产企业负有 150 万元的债务，于是 C 提出以受让的债权与对破产企业发生的债务相抵销

C. 在法院受理破产申请前，债权人 C 对破产企业同时负有债务，但该债务在破产宣告时尚未到期，债权人 C 欲以其对破产企业享有的债权与该债务抵销

D. 破产企业的股东 D 也是破产企业的债权人，其要求用其破产债权与其未缴纳的注册资本金相抵销

12. 根据《破产法》的规定，下列各项中，应当由人民法院裁定的事项有（ ）。

A. 债务人、债权人对债权表记载的债权有异议的

B. 债务人财产的管理方案和破产财产的变价方案，经债权人会议表决未通过的

C. 债权人委员会成员

D. 管理人因正当理由辞去职务

13. 根据《破产法》的规定，下列各项中，应当经人民法院许可方能决定的事项有（ ）。

A. 管理人聘用必要的工作人员

B. 在第一次债权人会议召开之前，管理人决定继续或者停止债务人的营业

C. 管理人就破产申请受理前成立而债务人和对

方当事人均未履行完毕的合同有权决定继续履行或者解除

D. 管理人辞去职务

14. 人民法院受理破产申请后，管理人对破产申请受理前成立而债务人和对方当事人均未履行完毕的合同有权决定解除或者继续履行，并通知对方当事人。根据《破产法》的规定，下列各项中，视为解除合同的有（ ）。

A. 管理人自破产申请受理之日起 2 个月内未通知对方当事人

B. 管理人自破产申请受理之日起 1 个月内未通知对方当事人

C. 管理人自收到对方当事人催告之日起 30 日内未答复的

D. 管理人决定继续履行合同，对方当事人要求管理人提供担保，但管理人不提供的

15. 根据《破产法》的规定，下列各项中，关于权利人行使取回权的表述正确的有（ ）。

A. 法院受理破产申请后，债务人的出资人对其已经缴纳的出资，有权行使取回权

B. 法院受理破产申请后，债务人为他人保管的财产，财产的权利人有权行使取回权

C. 法院受理破产申请时，出卖人已将买卖标的物向作为买受人的债务人发运，债务人尚未收到且未付清全部价款的，出卖人可以取回在运途中的标的物

D. 取回权的行使需经人民法院许可

16. 根据《破产法》的规定，下列各项中，属于破产费用的有（ ）。

A. 破产案件的诉讼费用

B. 管理、变价和分配债务人财产的费用

C. 管理人执行职务的费用、报酬和聘用工作人员的费用

D. 管理人或者相关人员执行职务致人损害产生的损失赔偿费用

17. 人民法院受理破产申请后发生的债务，下列各项中，根据《破产法》的规定，属于共益债务的有（ ）。

A. 因管理人或者债务人请求对方当事人履行双方均未履行完毕的合同所产生的债务

B. 因债务人财产受无因管理或者因债务人不当得利所产生的债务

C. 为债务人继续营业而应支付的劳动报酬和社会保险费用以及由此产生的其他债务

D. 债务人财产致人损害所产生的债务

18. 除第一次债权人会议，由人民法院召集外，下列各项中，符合以后债权人会议召开的情形有（ ）。

A. 人民法院认为必要时

B. 管理人向债权人会议主席提议时

C. 债权人会议主席提议时

D. 占债权总额 1/4 以上的债权人向债权人会议主席提议时

19. 根据《破产法》的规定，下列各项中，有关事项应当在 15 日内进行的，表述正确的有（　　）。
A. 债务人财产的管理方案和破产财产的变价方案，经债权人会议表决未通过的，由人民法院裁定。债权人对该裁定不服的，可以自裁定宣布之日起 15 日内向该法院申请复议
B. 债权人认为债权人会议的决议违反法律规定，损害其利益的，可以在债权人会议作出决议之日起 15 日内，请求人民法院裁定撤销该决议，责令债权人会议依法重新作出决议
C. 自债权申报期限届满之日起 15 日内人民法院召集第一次债权人会议
D. 召开债权人会议，管理人应当提前 15 日通知已知的债权人

20. 根据《破产法》的规定，下列各项中，属于债权人会议的职权的有（　　）。
A. 监督管理人
B. 决定继续或者停止债务人的营业
C. 监督债务人财产的管理和处分
D. 监督破产财产分配

21. 根据《破产法》的规定，管理人实施的下列行为中，应当及时报告债权人委员会的有（　　）。
A. 涉及土地、房屋等不动产权益的转让
B. 部分库存或者营业的转让
C. 设定财产担保
D. 履行债务人和对方当事人均未履行完毕的合同

22. 根据《破产法》的规定，企业法人不能清偿到期债务，可以依照法律规定可以向人民法院提出对其进行重整申请的是（　　）。
A. 债务人
B. 债权人
C. 占债权人出资额 1/10 以上的出资人
D. 占债务人出资额 1/10 以上的出资人

23. 根据《破产法》的规定，下列各项中，有关重整问题的表述，正确的有（　　）。
A. 经人民法院裁定批准的重整计划，对债务人和全体债权人均有约束力，但是债权人对债务人的保证人和其他连带债务人所享有的权利，不受重整计划的影响
B. 债务人因不执行重整计划，人民法院裁定终止重整计划的执行，并宣告债务人破产的，债权人在重整计划中作出的债权调整的承诺失去效力，但债权人因执行重整计划所受到的清偿仍然有效，未受清偿的部分作为破产债权
C. 债务人因不能执行重整计划，人民法院裁定终止重整计划的执行，并宣告债务人破产的，

为重整计划的执行提供的担保无效
D. 按照重整计划减免的债务，自重整计划执行完毕时起，债务人不再承担清偿责任

24. 根据《破产法》的规定，下列各项中，人民法院应当对债务人宣告破产的情形有（　　）。
A. 债务人不执行和解协议，经和解债权人请求
B. 已经经债权人会议通过的和解协议未获得人民法院许可的
C. 因债务人的欺诈行为而成立的和解协议，人民法院裁定无效的
D. 债务人或者管理人未按期提出重整计划草案的

25. 根据《破产法》的规定，下列各项中，人民法院应当裁定终结破产程序的有（　　）。
A. 在重整期间，债务人有恶意减少债务人财产的行为的
B. 人民法院受理破产申请后，债务人与全体债权人就债权债务的处理自行达成协议的，经人民法院裁定认可的
C. 第三人为债务人清偿全部到期债务的
D. 破产人无财产可供分配的

26. 根据《破产法》的规定，下列各项中，适用有关提存规定的有（　　）。
A. 对于附生效条件的债权，在最后分配公告日，生效条件未成就的，管理人应当将其分配额提存
B. 债权人未受领的破产财产分配额，管理人应当提存
C. 破产财产分配时，对于诉讼或者仲裁未决的债权，管理人应当将其分配额提存
D. 破产人的保证人对破产人的将来求偿权应分配的债权，管理人应当将求偿权分配额提存

27. 根据《破产法》的规定，下列各项中，债权人未受领破产财产分配额的，处理方法正确的有（　　）。
A. 债权人未受领的破产财产分配额，管理人应当提存。债权人自破产程序终结之日起满 2 年仍不领取的，视为放弃受领分配的权利，管理人或法院应当将提存的分配额分配给其他债权人
B. 债权人未受领的破产财产分配额，管理人应当提存。债权人自最后分配公告之日起满 2 个月仍不领取的，视为放弃受领分配的权利，管理人或法院应当将提存的分配额分配给其他债权人
C. 破产财产分配时，对于诉讼或者仲裁未决的债权，管理人应当将其分配额提存。债权人自最后分配公告之日起满 2 个月仍不领取的，人民法院应当将提存的分配额分配给其他债权人
D. 破产财产分配时，对于诉讼或者仲裁未决的债权，管理人应当将其分配额提存。自破产程

序终结之日起满 2 年仍不能受领分配的，人民法院应当将提存的分配额分配给其他债权人

28. 人民法院受理债务人破产案件后，下列各项中，有关破产债权申报的表述中，符合规定的有（　　）。

A. 债权人有权直接要求负连带责任的保证人清偿债务，但补充责任的保证人因其享有先诉抗辩权，不得直接要求其清偿债务

B. 债权人有权直接要求负连带责任的保证人清偿债务，补充责任的保证人享有先诉抗辩权不得行使，债权人也可直接要求其清偿债务

C. 对于负连带责任的保证人，债权人有权直接要求其清偿保证债务，也可以先向进入破产程序的债务人追偿，然后再以未受偿的余额向保证人追偿

D. 破产案件受理时主债务未到期的，负补充责任的保证人并无提前履行保证责任的义务

三、判断题

1. 在人民法院确定的债权申报期限内，债权人未申报债权的，可以在破产财产最后分配前补充申报；但是，此前已进行的分配，不再对其补充分配。（　　）

2. 人民法院受理破产申请后，债务人与全体债权人就债权债务的处理自行达成协议的，可以请求人民法院裁定认可，并执行该协议。（　　）

3. A 有限责任公司于 2006 年 3 月 10 日注册成立，出资人先期缴纳注册资本的 20%，其余出资截止到 2008 年 3 月 9 日前缴清。2008 年 1 月 A 公司申请破产，此时 A 公司出资人仍有尚未缴付的出资。该出资人应当继续缴纳出资。（　　）

4. 人民法院受理 A 公司破产申请后，管理人发现 A 公司的部分机器设备为担保 B 公司 200 万元的货款，已经质押给 B 公司。该机器设备经评估其目前市场价值为 160 万元。管理人欲取回质押设备，应当向 B 公司清偿 160 万元的货款或者提供价值 160 万元的担保。（　　）

5. A 公司向 B 银行贷款 500 万元，C 公司以其价值 550 万元的房为 A 公司该笔贷款提供抵押担保。A 公司到期无力偿还 B 银行贷款，C 公司已被法院受理其破产申请。C 公司抵押房产的变现价值为 490 万元，B 银行可就其债权申请优先受偿权。（　　）

6. 债务人财产不足以清偿所有破产费用和共益债务的，按照比例清偿。（　　）

7. 债权人可以决定设立债权人委员会。债权人委员会由债权人会议选任的债权人代表组成，其成员不得超过 9 人。（　　）

8. 自人民法院受理破产申请的裁定送达债务人之日起至破产程序终结之日，债务人的有关人员应当承担法定义务。该有关人员是指债务人的法定代表人；经管理人决定，可以包括企业的财务管理人员和其他经营管理人员。（　　）

9. 管理人无正当理由不得拒绝人民法院的指定，否则可以决定停止其担任管理人 1～3 年，或将其从管理人名册中除名。（　　）

10. 因犯罪受过刑事处罚的人，曾被吊销相关专业职业证书，与案件有利害关系，以及人民法院认为不宜担任管理人的，不得担任管理人。（　　）

11. 管理人收到债权申报材料后，应当登记造册，对申报的债权进行审查，并编制债权表。债权表除了供利害关系人查阅外，还应当提交第一次债权人会议核查，债务人、债权人对此有异议的，应当由人民法院裁定确认。（　　）

12. 管理人决定继续履行合同的，对方当事人应当履行；但是，对方当事人有权要求管理人提供相应的担保。管理人是否提供担保，不影响合同的履行。（　　）

13. 破产申请受理时属于债务人的全部财产，以及破产申请受理后至破产程序终结前债务人取得的财产，为债务人财产，但已经提供财产担保的财产除外。（　　）

14. 甲企业向乙企业购买价值 200 万元的货物，双方约定甲企业于 2006 年 7 月底之前向乙企业支付全部贷款。付款期限届至，乙企业向甲企业明确表示可以不予支付。2007 年 6 月 4 日法院受理乙企业破产申请。管理人发现该情况后，有权请求人民法院撤销乙企业的该行为，追回该笔贷款。（　　）

15. 法院受理 A 公司的破产申请后，管理人发现 A 公司的出资人 B，违反公司章程规定，有 10 万元的出资已经超过章程规定期限的 2 年仍未缴纳。由于已经超过了诉讼时效，管理人无权要求出资人 B 继续缴纳。（　　）

16. A 公司向 B 银行申请贷款 500 万元，C 公司为该笔贷款的保证人，担保金额为 500 万元。该贷款到期后，A 公司没有按约还贷。后 A 公司被法院受理其破产申请，由于 B 银行未向管理人申报债权，C 公司可以就该 500 万元的担保金额申报债权。（　　）

17. 依法申报债权的债权人为债权人会议的成员，有权参加债权人会议，享有表决权，但是，对债务人的特定财产享有担保权的债权人，未放弃优先受偿权利的，不享有表决权。（　　）

18. 某债务人企业共有 21 位债权人，已确认的债权总额为 15000 万元，其中有财产担保的债权有 5 位，其所代表的债权额为 6000 万元。债权人会议经过二次表决仍未能通过破产财产的分配方案，人民法院依法作出裁定。如果部分债权人对此不服，其所代表的无财产担保债权额为 5000 万元，则可以自收到法院裁定通知之日

起 15 日内向该法院申请复议。　　　（　　）

19. 在重整期间，经债务人申请，人民法院批准，债务人可以在管理人的监督下自行管理财产和营业事务，管理人依法行使的职权由债务人行使。　　　（　　）

20. 在重整期间，债务人的董事、监事、高级管理人员不得向第三人转让其持有的债务人的股权。但是，经人民法院同意的除外。　　　（　　）

21. 重整期间，债务人自行管理财产和营业事务的，债务人应当制作重整计划草案，并自法院裁定重整之日起 3 个月内，同时向人民法院和债权人会议提交重整计划草案。　　　（　　）

22. 人民法院于 4 月 11 日收到管理人制作的重整计划草案，应当在 5 月 11 日前召开债权人会议，对重整计划草案进行表决。　　　（　　）

23. 部分未通过重整计划草案的，债务人或者管理人可以同未通过重整计划草案的表决组协商。该表决组可以在协商后再表决一次。　　　（　　）

24. 债务人 A 公司与其债权人会议达成和解协议，约定和解债权人免除 A 公司 30% 的债务。和解债权之一 B 银行曾向 A 公司发放贷款，C 公司为该笔贷款提供保证担保，A 公司到期没有偿还，本息合计 1000 万元。现在按照和解协议的约定，A 公司向 B 银行偿还了 700 万元后，B 银行就未得到清偿的部分，还可继续向保证人 C 公司要求清偿。　　　（　　）

25. 破产财产的变价方案，经债权人会议表决，其结果为有出席会议的无特定财产担保的债权人过半数同意，但是其所代表的债权额未达到无财产担保债权总额的 1/2 以上，该方案未能通过的。在二次表决仍未通过的情况下，由法院裁定通过。债权人对该裁定不服的，可以向法院申请复议。　　　（　　）

26. 对于破产财产的管理方案和分配方案，经债权人会议二次表决仍未能通过的，由人民法院裁定，债权人对裁定不服的，债权额占无财产担保债权总额 1/2 以上的债权人，可以在裁定宣布之日起 15 日内向该法院申请复议。　　　（　　）

27. 破产人的保证人，在破产程序终结后，对债权人依照破产清算程序未受清偿的债权，不再承担清偿责任。　　　（　　）

28. 甲公司于 2006 年 8 月将一处价值 800 万元的房产以 500 万元的价格出售给乙公司。甲公司在 2007 年 6 月 14 日被法院裁定受理破产申请。如果在破产程序终结后 10 个月时被债权人发现，债权人可以请求人民法院按照破产财产分配方案进行追加分配。　　　（　　）

29. 人民法院受理保证人破产案件的，如果保证债务已到期，保证人的保证责任不免除；如果保证债务未到期，保证人的保证责任免除。　　　（　　）

四、综合题

1. 瀚海公司与兴林公司签订买卖合同，从兴林公司购得价值 1000 万元的机器设备。瀚海公司先期向兴林公司交付 100 万元定金后，兴林公司按照合同约定将该机器设备交付瀚海公司。瀚海公司收到货物后，在长达近 2 年的时间里，兴林公司多次向其催要剩余货款，均被瀚海公司资金周转不开，无力支付为由拒绝。于是，兴林公司于 2007 年 6 月 11 日向法院提出对瀚海公司进行破产清算的申请。法院依法通知了瀚海公司，瀚海公司对此提出异议。但是，法院最终于 2007 年 6 月 21 日裁定受理了兴林公司提出的破产清算申请，同时指定了管理人，并且发布公告。

法院公告中载明，债权申报期限截止到 2007 年 9 月 10 日，第一次债权人会议于 9 月 22 日在瀚海公司会议室召开。A 公司对瀚海公司享有附条件的债权，但在债权申报期限内，由于该条件尚未成就，A 公司则未在法院公布的债权申报期限内申报债权。

管理人接管瀚海公司后，经过对瀚海公司财产状况及内部管理事务等事项的调查，于 2007 年 8 月 20 作出如下决定：决定继续瀚海公司的营业；决定瀚海公司日常开支和其他必要的开支。在得知瀚海公司起诉同和公司拖欠货款的诉讼尚未审结，现因法院受理瀚海公司的破产清算案件而被中止。于是，管理人接管瀚海公司后，代表瀚海公司继续该诉讼，并且从同和公司追回货款 300 万元。

瀚海公司在经营活动中从买方手中获得一张 B 银行的承兑汇票。法院受理瀚海公司破产清算申请后，该票据到期，瀚海公司持 B 银行承兑汇票向付款人 B 银行请求付款，汇票金额记载为 208 万元，B 银行经审查无误后向瀚海公司转账支付，但到账金额为 280 万元。B 银行在其后的业务活动中发现了该差错，遂请求瀚海公司退还其多收的 72 万元款项。管理人则以瀚海公司已被法院受理破产清算申请为由，要求 B 银行将该 72 万元款项作为其履行合同受到的损失，作为债权进行申报。为此，双方发生争执。

在对瀚海公司进行破产清算的过程中，瀚海公司的出资人向法院提出重整的申请，已知该出资人持有瀚海公司 20% 的注册资本。法院依法裁定瀚海公司重整。瀚海公司如期向人民法院和债权人会议提交了重整计划草案。法院于收到重整计划草案之日起的两个星期之内召开债权人会议，分组讨论瀚海公司提交的重整计划草案。债权人会议在讨论重整计划草案时，管理人及其瀚海公司的法定代表人列席本次会议。有人反映瀚海公司在 2006 年年初，对 C 公司没有特定财产担保的债权，提供了房产抵押，认为不应当通过重整计划，请求管理人提请人民法院撤销该行为，并且作出宣告瀚海公司破产的裁定。

瀚海公司债权人会议在就重整计划草案进行分组讨论时，共分为四个小组。第一组为对瀚海公司特定财产享有担保权的债权人，他们未对草案提出异议。第二组为以职工代表组成的债权人小组，该组发现草案中对瀚海公司所欠的职工工资和医疗、伤残补助、抚恤费用，所欠的应当划入职工个人账户的基本养老保险、基本医疗费用，以及应当依法支付给职工的补偿金，按照 80% 的比例支付，免除了 20%。草案解释为，希望全体职工共渡难关，为公司的重整作出奉献。该表决组未能通过该项重整计划，再次协商仍未通过。第三组为税务部门组，对瀚海公司所欠税款的清偿草案进行表决。出席会议的债权人中过半数同意重整计划草案，其所代表的债权额占该组债权总额的 1/2 以上。第四组为普通债权人组。该表决组共有债权人 15 人，债权总额为 4000 万元。出席会议的债权人有 13 人，其中 7 人同意，所代表的债权额为 2800 万元。根据各组讨论及表决情况，法院依法作出调整，并最终裁定批准重整计划草案。

要求：

根据以上事实，请分别回答如下问题：

（1）兴林公司对瀚海公司提出破产清算申请是否合法？说明理由。瀚海公司应当在什么期限内对破产申请提出异议？瀚海公司在法院裁定受理破产清算申请后，应当向法院提交哪些材料？

（2）法院发布的债权申报期限以及第一次债权人会议召开的时间是否合法？说明理由。A 公司的债权能否进行申报？其未在法院确定的债权申报期间申报债权是否意味着其放弃其债权？如果 A 公司申报了债权，至瀚海公司破产清算时，其所附条件仍未生效，应如何处理？

（3）管理人接管瀚海公司后，发生的行为是否合法？说明理由。

（4）B 银行向瀚海公司多支付的 72 万元款项应如何处理？

（5）瀚海公司的出资人是否有权提出重整申请？瀚海公司对 C 公司提供的担保是否应当撤销？

（6）第三组和第四组能否通过和解协议草案？为什么？应当如何作出调整，才能申请法院作出批准重整计划草案的裁定？

2. 某商场为一家有限责任公司，某年 10 月该商场与某电器公司签订了一份购销合同，保证人为甲公司。商场与电器公司在购销合同中约定：由电器公司提供商场彩色电视机 100 台，价款总额 80 万元。两个月后即 12 月 31 日，商场一次性付清全部价款，不计收利息。甲公司与电器公司签订了保证合同，双方约定：甲公司仅为商场应支付给电器公司的 80 万元债务提供连带责任保证，

对逾期付款的利息、违约金等不承担保证责任。11 月 4 日，该商场又向甲公司借款 10 万元，用于流动资金的周转。后因商场经营管理不善，亏损严重，明显缺乏清偿能力，经股东会表决同意，向人民法院提出破产清算的申请。法院于同年 11 月 15 日受理了该破产案件，同时指定管理人接管某商场，并依法向债权人发出债权申报的通知和公告，债权申报期限截止到第二年的 2 月 15 日。甲公司于 1 月 20 日将某商场向其发生的借款 10 万元，向管理人申报债权。但电器公司认为某商场欠自己的电视机款有甲公司作担保，直至 2 月底电器公司也未向管理人申报债权。甲公司得知后即向管理人申报其承担保证责任的 80 万元保证债权。

管理人接管某商场后，针对某商场存在的几笔债权债务关系，作出如下处理：（1）某商场与乙公司尚有一份合同，双方均未履行，管理人要求乙公司继续履行，乙公司要求管理人提供担保，但管理人拒绝提供；（2）丙公司有一批货物存放在某商场的仓库，由某商场代为保管。现丙公司通过管理人欲取回该批货物，管理人同意；（3）某商场向丁银行贷款 100 万元，将价值 100 万元的运输车辆质押给丁银行。管理人接管某商场后，向丁银行清偿了该笔贷款，取回质押车辆；（4）某商场从戊公司购买的一批商品，双方约定货到后 10 日内付款。法院受理破产申请时，戊公司已将该批商品向某商场发运，尚在运送途中。管理人通知戊公司取回运输途中的商品。

法院经审理，最终依法裁定某商场破产。管理人拟订破产财产的变价方案和破产财产分配方案，提交债权人会议讨论。据管理人统计已申报债权的债权人有 29 人，申报债权额为 21000 万元，其中有 6 人申报的债权以某商场的特定财产提供了担保，该担保债权额共计 6000 万元。出席本次债权人会议的债权人共有 23 人，其中有 2 人的债权有特定财产担保，担保债权额为 3000 万元。最终本次债权人会议经投票表决，有 12 人同意，其所代表的无财产担保的债权额为 8000 万元。

要求：

根据以上事实，请分别回答如下问题：

（1）甲公司向管理人申报的两笔债权应予登记吗？说明理由。

（2）某商场与乙公司之间的合同应当继续履行吗？为什么？

（3）管理人同意丙公司取回货物是否有合法依据？说明理由。

（4）管理人从丁银行取回质押车辆的行为是否有合法依据？说明理由。

（5）管理人通知戊公司取回运输途中的商品，

是否合法？

（6）债权人会议能否通过破产财产变价方案和破产财产的分配方案？为什么？如果未能通过该两项方案，应如何处理？

3. 甲有限责任公司（以下简称"甲公司"）有注册资本 5000 万元，因投资决策失误，不能清偿到期债务，公司现有的财产已不足以清产公司全部债务，公司董事会决定向法院提出和解申请。甲公司董事会于某年 5 月 15 日向公司全体股东发出会议通知，具体列明了会议召开的时间、地点及讨论事项。6 月 2 日公司股东会如期召开，全体股东均出席了该次会议，公司董事会将其作出的有关公司提出和解申请的议案提交股东会讨论。有三位股东同意该议案，共计持有公司 3800 万元的出资额。董事会提交股东会讨论的议案得以通过。

6 月 20 日甲公司正式向法院提出和解申请，甲公司依法向法院提交了和解协议，及相关的财务资料、债权债务清册等文件。7 月 5 日法院裁定受理该申请。同时指定某会计师事务所作为本案的管理人。

在 8 月 10 日法院主持召开了第一次债权人会议，会上选举出债权人会议的主席。在该次会议上，债务人企业提出了和解的要求，并向债权人会议提交了和解协议草案。管理人就该债务人企业申报债权的情形回报如下：在债权申报期间内，有 25 位债权人申报债权，债权总额为 8000 万元，其中有 1000 万元提供了财产担保。出席本次债权人会议的债权人有 17 位，所代表的债权数额为 6000 万元，其中 2 位债权人的债权有财产担保，债权数额为 600 万元。就债务人企业提供的和解协议，经过讨论后，最终的表决结果为有 9 位同意，所代表的债权数额为 4800 万元。

在甲公司提出的，并经债权人会议讨论通过的和解协议中，涉及对甲公司原有债务的减免，即债权人会议对甲公司原有债务全部减免 20%。甲公司按照和解协议的约定，在协议规定的期限内，向全体债权人清偿了全部债务的 80%。其中甲公司的债权人之一 A 银行曾向甲公司贷款 1000 万元，乙公司为该笔贷款的连带责任保证人。和解协议执行期限届满，A 银行从甲公司获得 800 万元的清偿。现 A 银行就剩余的 200 万元贷款请求乙公司承担清偿责任，乙公司以债权人会议已经给予甲公司债务的减免，现甲公司已经按照和解协议清偿了债务，银行无权再向自己追要为由，予以拒绝。

要求：

根据以上事实，请分别回答下列问题：

（1）甲公司股东会的召开是否合法？股东会的表决是否符合法律规定？说明理由。

（2）甲公司具体出现何种情形，可以提出和解

申请？如果法院受理了债权人要求甲公司破产清算的申请后，甲公司还能否提出和解申请？如果法院对甲公司的和解申请裁定驳回申请，甲公司能否上诉？

（3）第一次债权人会议应当在什么时间召开？由法院主持召开以及会议主席的选举是否正确？

（4）债权人会议的表决结果分析，和解协议能否通过？为什么？

（5）乙公司拒绝向 A 银行承担清偿责任的理由是否正确？为什么？

本章练习题库参考答案及解析

一、单项选择题

1.【答案】D

【解析】人民法院受理破产申请后，已经开始而尚未终结的有关债务人的民事诉讼应当中止；在管理人接管债务人的财产后，该诉讼继续进行。故 A 选项不对。

2.【答案】C

3.【答案】D

【解析】（1）债务人的保证人尚未代替债务人清偿债务的，以其对债务人的将来求产权申报债权，但是债权人已向管理人申报全部债权的除外；（2）附条件、附期限的债权和诉讼、仲裁未决的债权，债权人也可以申报其债权；（3）在人民法院确定的债权申报期限内，债权人未申报的，可以在破产财产最后分配前补充申报。（4）D 选项所述可申报的债权以实际损失为限，违约金不作为破产债权。

4.【答案】A

【解析】职工对清单记载有异议的，可以要求管理人更正；管理人不予更正的，职工可以向人民法院提起诉讼。

5.【答案】B

【解析】债务人对破产申请有异议的，应当自收到人民法院的通知之日起 7 日内向人民法院提出。

6.【答案】D

【解析】注意与上一题中有关期限规定的不同。

7.【答案】C

【解析】债务人为他人保管的财产，财产的权利人有权行使取回权取回被保管的财产。

8.【答案】B

【解析】本题考点为撤销权。本题涉及的情形，为法院受理破产申请前 6 个月内，其他法定行使撤销权的情形，有关期限的规定为，人民法院受理破产申请前 1 年内。

9.【答案】D

【解析】涉及债务人财产的前三种行为，属于无

效行为。注意无效行为与有权请求法院予以撤销
行为发生情形的区别。

10.【答案】A

【解析】管理人制度是新《破产法》的新规定，
人民法院裁定受理破产申请的，应当同时指定
管理人。管理人取代了原有的清算组，而且自
法院受理破产申请的同时，管理人即接管债务
人企业。

11.【答案】D

【解析】本题考点为破产抵销权。《破产法》规
定，债权人在破产申请受理前对债务人负有债
务的，可以向管理人主张抵销。

12.【答案】C

【解析】第一次债权人会议召开的时间由人民
法院召集。

13.【答案】C

【解析】人民法院受理破产申请后，管理人可
以通过清偿债务或者提供为债权人接受的担保，
取回质物、留置物。在质物或者留置物的价值
低于被担保的债权额时，以该质物或者留置物
当时的市场价值为限。

14.【答案】A

【解析】债权人在破产申请受理前对债务人负
有债务的，可以向管理人主张抵销。但是，债
权人在破产申请前1年内，已知债务人有不能
清偿到期债务或者破产申请的事实，对债务人
负担债务的，以及债务人的债务人已知债务人
有不能清偿到期债务或者破产申请的事实，对
债务人取得债权的，不得抵销。

15.【答案】B

【解析】注意区分如下两种不同情形：债务人
财产不足以清偿所有破产费用和共益债务，与
债务人财产不足以清偿所有破产费用或者共益
债务。前者先行清偿破产费用，后者按照比例
清偿。

16.【答案】D

17.【答案】D

【解析】和解协议的通过不是必须的，无法通
过，则宣告债务人破产，所以，A选项不选。
B、C两项内容，经债权人会议表决未通过的，
由人民法院裁定，并未强调须二次表决，故该
两项也不选。

18.【答案】A

【解析】重整计划由人民法院裁定批准，债务
人负责执行，管理人监督重整计划的执行。

19.【答案】A

【解析】破产法规定，债务人在重整期间为重
整进行而发生的费用与债务，原则上属于共益
债务，可以不受重整程序限制地从债务人财产
中受偿。故A选项不对。

20.【答案】C

【解析】破产法规定，破产人无财产可供分配
的，管理人应当请求人民法院裁定终结破产程
序。注意宣告破产，并不同于终结破产程序，
而是破产清算程序的开始。A、B情形的出现，
经管理人或者利害关系人请求，人民法院应当
裁定终止重整程序，宣告债务人破产。D情形
出现，经和解债权人请求，人民法院应当裁定
终止和解协议的执行，并宣告债务人破产。

21.【答案】D

【解析】出席会议的同一表决组的债权人过半
数同意重整计划草案，并且其所代表的债权额
占该组债权总额的2/3以上的，即为该组通过
重整计划草案。

22.【答案】C

【解析】本题有如下两个考点：（1）债权人会
议的表决权。对债务人的特定财产享有担保权
的债权人，未放弃优先受偿权利的，对于通过
和解协议、通过破产财产的分配方案，在债权
人会议上不享有表决权；（2）债权人会议通过
和解协议的决议，由出席会议的有表决权的债
权人过半数同意，并且其所代表的债权额占无
财产担保债权总额的2/3以上。

23.【答案】C

【解析】此题针对别除权。对破产人的特定财
产享有担保权的权利人，对该特定财产享有优
先受偿的权利。A选项不属于财产担保；优先
受偿权限定在特定财产的价值内，因此B选项
中抵押物价值不足清偿的债权不享有优先受偿
权；D选项中的抵押担保不是以债务人财产设
定，债权人也不适用优先受偿权。

24.【答案】B

【解析】（1）注意区分破产人所欠职工的工资
和医疗、伤残补助、抚恤费用、所欠的应当划
入职工个人账户的基本养老保险、基本医疗保
险费用，以及法律、行政法规规定应当支付给
职工的补偿金为一顺序，而在上述规定以外的
社会保险费用和破产人所欠税款为其后的同一
个顺序。因此，A选项正确。（2）债务人被宣
告破产后，债务人成为破产人，人民法院受理
破产申请时对债务人享有的债权称为破产债
权。所以，债权人A对破产人B享有的破产债权应
当为200万元。债权人对破产人特定财产享有
优先受偿权利未能完全受偿的，其未受偿的债
权作为普通债权，所以未得到清偿的40万元为
普通债权。

25.【答案】C

【解析】有本题所述情形，但财产数量不足以
支付分配费用的，不再进行追加分配，由人民
法院将其上交国库。

26.【答案】A

二、多项选择题

1.【答案】ABC

2.【答案】BCD
【解析】债务人的债务人或者财产持有人应当向管理人清偿债务或者交付财产，故A选项不正确。

3.【答案】ABCD

4.【答案】ABD
【解析】破产申请受理时属于债务人的全部财产，以及破产申请受理后至破产程序终结前债务人取得的财产，为债务人财产。据此规定，其中A、B、D都属于债务人财产。C选项中定作人可以行使取回权取回加工物品，故不属于债务人财产。

5.【答案】BCD
【解析】《破产法》规定，破产申请受理时属于债务人的全部财产，以及破产申请受理后至破产程序终结前债务人取得的财产，为债务人财产。

6.【答案】BC
【解析】（1）未到期的债权，在破产申请受理时视为到期，附利息的债权自破产申请受理时起停止计息。故A选项关于利息的计算不正确。（2）债务人是委托合同的委托人，被裁定受理破产申请后，"受托人不知该事实"，继续处理委托事务而产生的请求权，可以申报债权。故D选项的表述不准确。

7.【答案】ABCD

8.【答案】ABCD

9.【答案】BC
【解析】本题考点为撤销权。新《破产法》将行使撤销权的时间改为"人民法院受理破产申请前1年内"，具体情形略有变化。

10.【答案】ABCD
【解析】注意债权申报与破产债权的概念不同。前者发生在破产申请受理后，后者在破产宣告后认定。

11.【例题】ABD
【解析】（1）破产法上的抵销权，是指债权人在破产申请受理前对债务人即破产人负有债务的，无论是否已到清偿期限、标的是否相同，均可在破产财产最终分配确定前向管理人主张相互抵销的权利。本题中A、B两项的互负债务发生在破产案件受理后，不得抵销。（2）股东至破产债权，不得与其欠付的注册资本金向抵销，因此，D项的处理也不对。

12.【答案】AB
【解析】C、D两项内容，属于应当经人民法院许可的情形。

13.【答案】ABD
【解析】C选项所述内容，无需经人民法院许可。

14.【答案】ACD
【解析】B选项与A选项对比时间是错误的。

15.【答案】BC
【解析】出资人需以出资对企业承担责任，不得取回出资，故A选项不对。取回权的行使通过管理人，所以D选项也不正确。

16.【答案】ABC
【解析】本题中的前三个选项是《破产法》明确规定的破产费用。D选项为共益债务。

17.【答案】ABCD
【解析】结合本题内容，注意如下几点：（1）破产费用与共益债务不同；（2）破产费用与共益债务由债务人财产随时清偿；（3）债务人财产不足以清偿破产费用与共益债务时，应如何清偿。

18.【答案】ABD
【解析】债权人会议主席无权提议召开债权人会议，管理人、债权人委员会、占债权总额1/4以上的债权人可以向债权人会议主席提议召开。

19.【答案】ABCD

20.【答案】AB
【解析】后两个选项的内容，属于债权人委员会的职权。

21.【答案】ACD
【解析】管理人将全部库存或者营业的转让，应当及时报告债权人委员会。故B选项不对。

22.【答案】ABD
【解析】债务人或者债权人可以依法直接向人民法院申请对债务人进行重整。债权人申请对债务人进行破产清算的，在人民法院受理破产申请后、宣告债务人破产前，债务人或者出资额占债务人注册资本1/10以上的出资人，可以向人民法院申请重整。

23.【答案】ABD
【解析】债务人因不能执行重整计划，人民法院裁定终止重整计划的执行，并宣告债务人破产的，为重整计划的执行提供的担保继续有效。故C选项的表述不正确。

24.【答案】ABCD

25.【答案】BCD
【解析】A选项的情形发生，经管理人或者利害关系人请求，人民法院应当裁定终止重整程序，并宣告债务人破产。

26.【答案】BC
【解析】对于附生效条件的债权，在最后分配公告日，生效条件未成就的，管理人应当将提存额分配给其他债权人。

27.【答案】BD
【解析】A、C两项的错误在于期限及其期限的起算点都不正确。

28.【答案】CD

【解析】A、B两项的表述中就补充责任保证人的问题，表述过于绝对，没有区分两种情况：（1）破产案件受理时，主债权已到期，保证人不得行使先诉抗辩权；（2）破产案件受理时主债务未到期的，负补充责任的保证人并无提前履行保证责任的义务，仍应按照原保证合同的约定承担担保责任。

三、判断题

1.【答案】√

2.【答案】×

【解析】出现本题所述情形，可以请求人民法院裁定认可，并终结破产程序。

3.【答案】√

【解析】人民法院受理破产申请后，债务人的出资人尚未完全履行出资义务的，管理人应当要求该出资人缴纳所认缴的出资，而不受出资期限的限制。

4.【答案】√

【解析】在人民法院受理破产申请后，管理人可以通过清偿债务或者提供为债权人接受的担保，取回质物、留置物。管理人所作的债务清偿或者替代担保，在质物或留置物的价值低于被担保的债权额时，以该质物或者留置物的市场价值为限。

5.【答案】×

【解析】本题表述不准确。B银行可就变现的490万元主张优先受偿权，其余债务应当向主债务人A公司主张。

6.【答案】×

【解析】共益债务的概念是新《破产法》的规定。注意区分以下两种情况：其一，债务人财产不足以清偿所有破产费用"和"共益债务的，先行清偿破产费用；其二，债务人财产不足以清偿所有破产费用"或者"共益债务的，按照比例清偿。

7.【答案】×

【解析】债权人委员会是新《破产法》的新内容。债权人委员会由债权人会议选任的债权人代表和一名债务人的职工代表或者工会代表组成。

8.【答案】×

【解析】应当是经人民法院决定，可以包括企业的财务管理人员和其他经营管理人员。

9.【答案】√

10.【答案】×

【解析】应当是因"故意犯罪"受过刑事处罚的人，不得担任管理人。

11.【答案】×

【解析】债务人、债权人对债权表记载的债权无异议的，由人民法院裁定确认；有异议的，可以向受理破产申请的人民法院提起诉讼。

12.【答案】×

【解析】管理人不提供担保的，视为解除合同。

13.【答案】×

【解析】债务人财产包括已经提供担保的财产。

14.【答案】√

【解析】本题考点为撤销权。人民法院受理破产申请前1年内，债务人放弃债权的，管理人有权请求法院予以撤销。

15.【答案】×

【解析】人民法院受理破产申请后，债务人的出资人尚未完全履行出资义务的，管理人应当要求该出资人缴纳所认缴的出资，而不受出资期限的限制。在此情形下，与诉讼时效也无关。

16.【答案】√

【解析】债务人的保证人或者其他连带债务人尚未代替债务人清偿债务的，以其对债务人将来求偿权申报债权。但是，债权人已经向管理人申报全部债权的除外。

17.【答案】×

【解析】注意新旧破产法律制度规定的不同。新《破产法》规定，依法申报债权的债权人为债权人会议的成员，有权参加债权人会议，享有表决权。对债务人的特定财产享有担保权的债权人，未放弃优先受偿权利的，对通过和解协议和破产财产的分配方案不享有表决权，但债权人会议的其他表决事项仍然享有表决权。

18.【答案】√

【解析】债权额占无财产担保债权总额1/2以上的债权人对人民法院作出的破产财产分配方案的裁定不服的，可以在裁定宣布之日或者收到通知之日起15日内向该法院申请复议。复议期间不停止裁定的执行。

19.【答案】√

20.【答案】√

21.【答案】×

【解析】命题时间有误。提交重整计划草案的时间为自法院裁定重整之日起6个月内。

22.【答案】√

【解析】人民法院应当自收到重整计划草案之日起30日内召开债权人会议，对重整计划草案进行表决。

23.【答案】√

24.【答案】√

【解析】和解债权人对债务人的保证人和其他连带债务人所享有的权利，不受和解协议的影响。

25.【答案】×

【解析】本题适用的前提是破产财产分配方案未能通过的处理。通过债务人财产的管理方案和变价方案，经债权人会议表决未能通过的，由法院裁定，债权人对法院裁定不服的，可以自裁定宣布之日或者收到通知之日起15日内向法院申请复议。

26.【答案】×

【解析】只有破产财产分配方案，经债权人会议二次讨论未能通过的，方按照本题所述处理；破产财产管理和变价方案，只要债权人会议未能通过，由人民法院裁定。

27.【答案】×

【解析】破产人的保证人，在破产程序终结后，对债权人依照破产清算程序未受清偿的债权，依法继续承担清偿责任。

28.【答案】√

【解析】本题有两个考点：其一，是关于撤销权的内容；其二，是关于在破产程序终结之日起2年内，又发现破产财产的，对债权人追加分配的问题。

29.【答案】×

【解析】人民法院受理保证人破产案件的，保证人的保证责任不免除。保证债务已到期的，债权人可依保证合同的约定向保证人申报债权追偿。保证债务尚未到期的，将其未到期之保证责任视为已到期，在减去未到期的利息后予以提前清偿。

四、综合题

1.【答案】本题考点主要有：破产清算申请的提出，债务人应向法院提交的材料，第一次债权人会议的召开，管理人的职责，共益债务的界定及清偿，债权申报，重整计划草案的提出与通过。

（1）兴林公司对瀚海公司提出破产清算申请是合法的。《破产法》规定，债务人不能清偿到期债务，债权人可以向人民法院提出对债务人进行破产清算的申请。

《破产法》规定，债权人提出破产申请的，债务人对申请有异议的，应当自收到人民法院的通知之日起7日内向法院提出。因此，瀚海公司应当在收到法院通知之日起的7日内提出。

瀚海公司在法院裁定受理破产清算申请后，根据《破产法》的规定，应当自裁定送达之日起15日内，向法院提交财务状况说明、债务清册、债权清册、有关财务会计报告以及职工工资的支付和社会保险费用的缴纳情况。

（2）法院发布的债权申报期限以及第一次债权人会议召开的时间是合法的。《破产法》规定，债权申报期限自法院发布受理破产申请公告之日起计算，最短不得少于30日，最长不得超过3个月。第一次债权人会议由人民法院召集，自债权申报期限届满之日起15日内召开。该法院受理瀚海公司破产清算的裁定于2007年6月21日

作出，债权申报期限截止到9月10日，既不少于30日，又未超过3个月。9月22日召开第一次债权人会议，也未超过债权申报期限届满后的15日。

A公司的债权能够申报。《破产法》规定，附条件的债权，债权人可以申报。其未在法院确定的债权申报期间申报债权并不意味着其放弃其债权。因为《破产法》规定，在人民法院确定的债权申报期限内，债权人未申报债权的，可以在破产财产最后分配前补充申报。因此，A公司只要能在破产财产最后分配前申报，其债权还可获得清偿。

如果A公司申报了债权，至瀚海公司破产清算时，其所附条件仍未生效的，根据《破产法》的规定，对于附条件的债权，管理人应当将其分配额提存。在最后分配公告日，生效条件未成就的，应当分配给其他债权人；在最后分配日，生效条件成就的，应当交付给A公司。

（3）管理人接管瀚海公司后，发生的行为是合法的。第一，根据《破产法》的规定，决定债务人的日常开支和其他必要开支，以及在第一次债权人会议召开之前，决定继续或者停止债务人的营业，都属于管理人的职责。瀚海公司第一次债权人会议于9月22日召开，管理人于8月20日作出瀚海公司继续营业的决定，符合法律规定。第二，《破产法》规定，人民法院受理破产申请后，已经开始而尚未终结的有关债务人的民事诉讼应当中止；在管理人接管债务人的财产后，该诉讼继续进行。管理人代表债务人参加诉讼，也是其职责之一。因此，管理人代表瀚海公司参与诉讼的行为有合法根据。

（4）B银行向瀚海公司多支付的72万元款项，对于瀚海公司而言属于不当得利。根据《破产法》的规定，人民法院受理破产申请后，因债务人不当得利所产生的债务，为共益债务。共益债务由债务人财产随时清偿。因此，B银行有权要求瀚海公司清偿其多得的72万元。

（5）瀚海公司的出资人有权提出重整申请。《破产法》规定，债权人申请对债务人进行破产清算的，在人民法院受理破产申请后、宣告债务人破产前，债务人或者出资额占债务人注册资本1/10以上的出资人，可以向人民法院申请重整。本案中对瀚海公司的破产申请是其债权人兴林公司提出的，法院在受理该申请后，尚未对瀚海公司宣告破产，并且提出重整申请的出资人占瀚海公司的20%的注册资本，其提出重整申请完全符合法律规定。

瀚海公司对C公司提供的担保不应当撤销。《破产法》规定，人民法院受理破产申请前1年内，以债务人财产对没有财产担保的债务提供财产担保的，管理人有权请求人民法院予以撤销。但本

案中，瀚海公司对 C 公司提供财产担保的行为发生在 2006 年年初，法院受理瀚海公司破产申请的时间是 2007 年 6 月 21 日。说明该担保行为未发生在法院受理破产申请之日起的 1 年内，因此，不能撤销该担保行为。

（6）第三组的表决不能通过，第四组的表决依法通过。《破产法》规定，出席会议的同一表决组的债权人过半数同意重整计划草案，并且其所代表的债权额占该组债权总额的 2/3 以上，即为该组通过重整计划草案。据此规定，第三组的表决虽然债权人人数符合规定，但是他们所代表的债权额只有该组债权总额的 1/2 以上，不符合规定，因此不能通过。第四组的表决，同意的人数为 7 人，已经超过出席会议的债权人数 13 人的半数，并且所代表的债权额为 2800 万元，超过了该组债权总额 4000 万元的 2/3。所以，第四组的表决依法通过。

在分组讨论中，由于第一组和第四组均已通过重整计划草案。对于第二组而言，其所涉及的债权为职工工资、保险费用及补偿金等，对于第三组来说，其债权为所欠缴的税款。根据《破产法》的规定，该部分债权在分组表决未能通过的情况下，可以与债务人再次协商，协商后仍未通过的，债务人在保证第二组和第三组所涉及的债权获得全额清偿的情况下，可以申请法院批准重整计划草案。至此，每一组均将通过该计划草案。根据《破产法》的规定，各表决组均通过重整计划草案时，重整计划即为通过。债务人可以申请法院裁定批准该重整计划草案。

2.【答案】本题主要考点有：债权申报期限，保证人预先申报债权，未履行合同的处理，取回权，破产财产变价方案和破产财产分配方案的表决。

（1）甲公司向管理人申报的第一笔债权，即某商场向甲公司的 10 万元借款，管理人应当登记。因为某商场向甲公司借款，即在某商场和甲公司之间形成债权债务关系，甲公司是某商场的债权人，当然可以在债权申报期间向管理人申报债权。甲公司向管理人申报的第二笔债权，管理人也应当登记。理由有二：第一，虽然债权人电器公司未按照法律规定的债权申报期限申报债权，至第二年 2 月底尚未申报债权，自破产申请受理之日已经超过 3 个月。但《破产法》规定，在人民法院确定的债权申报期限内债权人未申报债权的，可以在破产财产最后分配前补充申报。第二，债权人电器公司不申报债权，《破产法》规定，债务人的保证人或者其他连带债务人尚未代替债务人清偿债务的，以其对债务人的将来求偿权申报债权。所以，某商场的保证人甲公司，在债权人电器公司不申报债权，破产财产分配前有权将其担保的 80 万元贷款申报债权。

（2）某商场与乙公司之间的合同不应当继续履

行。《破产法》规定，人民法院受理破产申请后，管理人对破产申请受理前成立而债务人和对方当事人均未履行完毕的合同有权决定解除或者继续履行。管理人决定继续履行合同的，对方当事人应当履行；但是，对方当事人有权要求管理人提供担保。管理人不提供担保的，视为解除合同。本案中，由于管理人拒绝提供担保，则视为某商场与乙公司之间的合同解除，双方无需继续履行。

（3）管理人同意丙公司取回货物是有合法依据的。《破产法》规定，人民法院受理破产申请后，债务人占有的不属于债务人的财产，该财产的权利人可以通过管理人取回。本案中，丙公司存放在某商场的货物，不属于某商场的财产，其权利人为丙公司。因此，丙公司可以行使取回权取回该批货物。

（4）管理人从丁公司取回质押车辆的行为有合法依据。《破产法》规定，人民法院受理破产申请后，管理人可以通过清偿债务，取回质物。既然管理人已经向丁银行清偿了债务，根据上述规定，可以将质物取回。

（5）管理人通知戊公司取回运输途中的商品，是合法的。《破产法》规定，人民法院受理破产申请时，出卖人已将买卖标的物向作为买受人的债务人发运，债务人尚未收到且未付清全部价款的，出卖人可以取回在运途中的标的物。本案中，出卖人戊公司发运的货物尚未运送至买受人某商场，债务人某商场尚未向戊公司支付货款。据此规定，出卖人戊公司有权取回运输途中的货物。

（6）债权人会议能够通过破产财产变价方案。《破产法》规定，债权人会议的决议，由出席会议的有表决权的债权人过半数通过，并且其所代表的债权额占无财产担保债权总额的 1/2 以上。本案中，出席债权人会议的债权人有 23 人，其中 12 人同意破产财产的变价方案，已经超过了出席会议的债权人的 1/2，并且其所代表的债权额 8000 万元也超过了无财产担保债权总额 15000 万元的 1/2。所以，该方案能够通过。

债权人会议亦能通过破产财产的分配方案。《破产法》规定，对债务人的特定财产享有担保权的债权人，未放弃优先受偿权利的，对于通过破产财产的分配方案没有表决权。此外，就通过破产财产分配方案的表决比例要求同上述规定。本案中，对破产财产分配方案表示同意的债权人有 12 位，均为无财产担保的债权人，具体表决的人数及其所代表的无财产担保债权额比例的要求，都符合上述规定。

如果未能通过破产财产的变价方案，根据《破产法》的规定，由人民法院裁定。如果未能通过破产财产的分配方案，经债权人会议二次表决仍未通过的，由人民法院裁定。

3.【答案】本题考查要点主要有：有限责任公司股东会的议事规则，和解申请的提出及受理，债权人会议的召开，和解协议的表决，和解协议对债务人的保证人的效力。

（1）甲公司股东会的召开是合法的。《公司法》规定，有限责任公司股东会由董事会召集，于会议召开15日以前通知全体股东。甲公司的此次股东会由公司董事会召集，5月15日向全体股东发出通知，6月2日召开会议，符合法律规定。

股东会的表决符合法律规定。首先，本次会议讨论的事项，涉及公司是否被宣告破产的问题，根据公司法的规定，应当由股东会表决。第二，公司法规定，涉及公司解散等重大事项的，必须经代表2/3以上表决权的股东通过。本次会议的表决，已经持有公司76%的出资额的股东通过，已超过法定表决比例。

（2）《破产法》规定，企业法人不能清偿到期债务，并且资产不足以清偿全部债务或者明显缺乏清偿能力的，可以向人民法院提出重整、和解或者破产清算申请。据此，甲公司出现上述情形时，可以向法院提出和解申请。

如果法院受理了债权人要求甲公司破产清算的申请后，甲公司还可以提出和解申请。《破产法》规定，债务人可以依法，直接向人民法院申请和解，也可以在人民法院受理破产申请后、宣告债务人破产前，向人民法院申请和解。因此，在法院受理债权人要求甲公司破产清算的申请后，在破产宣告前，甲公司仍然可以向法院提出和解申请。

如果法院对甲公司的和解申请裁定驳回申请，甲公司可以上诉。《破产法》规定，申请人对法院不予受理和驳回申请的裁定不服的，可以自裁定送达之日起10日内向上一级人民法院提起上诉。

（3）根据破产法的规定，法院受理破产案件后，第一次债权人会议由人民法院召集并主持，应当在债权申报期限届满后15日内召开。所以，人民法院召集并主持该次债权人会议是正确的。但是债权人会议主席的选举是不正确的。法律规定，债权人会议设会议主席，由人民法院从有表决权的债权人中指定，不应当由债权人会议选举产生。

（4）和解协议能够通过。破产法规定，债权人会议的决议，由出席会议的有表决权的债权人过半数通过，并且其所代表的债权额必须占无财产担保债权总额的半数以上，但是通过和解协议草案的决议，必须占无财产担保债权总额的2/3以上；有财产担保的债权人在债权人会议上就通过和解协议无表决权。本案中出席债权人会议的人数为17位，其中有2位是有财产担保的债权人，不应计入有效表决人数，有9位债权人表决同意，已经过了有表决权的15位债权人的半数；其所代表的债权额为4800万元，已经超过无财产担保的债权数额7000万元的2/3。因此，该和解协议能够通过。

（5）乙公司拒绝向A银行承担清偿责任的理由是不正确的。《破产法》规定，和解债权人对债务人的保证人和其他连带债务人所享有的权利，不受和解协议的影响。乙公司作为债务人甲公司的保证人，根据上述规定，和解债权人与甲公司之间达成的减免债务的协议，对乙公司无效，乙公司并不能因此而免除其应当承担的担保责任，所以，A银行未能得到清偿的200万元债务，仍有权要求保证人乙公司承担。

第七章

企业国有资产法律制度

本章考情分析

本章在历年考试中所占分数均不多，题型一般为客观题；由于2005年本章内容变化较大，在综合题中出现了一个小问题。

2009年指定教材本章内容变化较大，在第一节增加了大量新内容，增加了第六节。因此，从本章内容及考试情况分析，应当重点关注：（1）第一节、第六节；（2）第五节企业国有产权转让制度，是近几年本章内容变化较大的部分；（3）某些试题的重复性较为突出，如国有资产的界定、应当进行评估的情形等。鉴于本章内容的突出变化，2009年本章内容有出现在综合题中的可能性。

学习本章应注意把握两个基本思路：一是本章介绍的是国有资产的管理，其目的是确保国有资产保值增值，防止国有资产的流失，无论在产权界定、评估、登记还是转让的哪一具体环节中，均体现出这一目的；二是本章为国有资产管理的法律制度，所以主要掌握有关国有资产管理的法律规定，而对一些具体管理的手段、方法等专业技术知识较强的内容作一般了解。

最近3年题型题量分析

年 份 \ 题 型	2006 年	2007 年	2008 年
单选题		1 题 1 分	1 题 1 分
多选题	1 题 1 分	1 题 1 分	1 题 1 分
判断题		1 题 1 分	
综合题			
合计	1 题 1 分	3 题 3 分	2 题 2 分

本章考点扫描

【考点一】履行出资人职责的机构的基本职责和履职要求（2009年新增内容）

1. 履行出资人职责的机构。国务院国有资产监督管理机构、地方人民政府按照国务院的规定设立的国有资产监督管理机构、国务院和地方人民政府根据需要，授权的其他部门、机构。

2. 基本职责（摘要）。履行出资人职责的机构委派的股东代表参加国有资本控股公司、国有资本参股公司召开的股东会会议、股东大会会议，应当按照委派机构的提示提出提案、发表意见、行使表决权，并将其履行职责的情况和结果及时报告委派机构。

3. 履职要求（摘要）。（1）不得干预企业经营活动。（2）对本级人民政府负责，向本级人民政府

报告履行出资人职责的情况，接受本级人民政府的监督和考核，对企业国有资产的保值增值负责。（3）应当按照国家有关规定，定期向本级人民政府报告有关企业国有资产总量、结构、变动、收益等汇总分析的情况。

【考点二】国家出资企业（2009年新增内容）

国家出资的国有独资企业、国有独资公司、国有资本控股公司、国有资本参股公司。

由国家出资企业出资设立的子企业不属于国家直接出资企业，但国家出资企业的国有资本出资人权益，通过国家出资企业的投资延伸到子企业。

【考点三】对国家出资企业的要求（2009年新增内容，摘要）

1. 国家出资企业应当依照法律、行政法规以及企业章程的规定，向出资人分配利润。

2. 国有独资企业由履行出资人职责的机构按照

国务院的规定委派监事组成监事会。国家出资企业的监事会依照法律、行政法规以及企业章程的规定，对董事、高级管理人员执行职务的行为进行监督，对企业财产进行监督检查。

【考点四】国家出资企业管理者的任免范围（重要）

1. 任免或者建议任免国家出资企业的人员（见表 7 - 1）

表 7 - 1　　　　　　　　　　任免或者建议任免国家出资企业的人员

企业形式	任免或建议任免
国有独资企业	任免：经理、副经理、财务负责人和其他高级管理人员
国有独资公司	任免：董事长、副董事长、董事、监事会主席和监事
向国有控股公司、国有参股的公司的股东会、股东大会提出董事、监事人选。	

2. 国家出资企业的董事会、监事会成员，必须有和可以有职工代表的情况（2009 年新增内容，见表 7 - 2）。

表 7 - 2　　　　国家出资企业的董事会、监事会成员，必须有和可以有职工代表的情况

企业形式	应当有或可以有职工代表
国有独资公司	董事会成员、监事会成员（不低于1/3）都应当有，职工代表大会选举产生
两个以上的国有企业或者两个以上的其他国有投资主体投资设立的有限责任公司	董事会成员、监事会成员（不低于1/3）都应当有（见注）
其他有限责任公司	董事会成员可以有，监事会成员（不低于1/3）应当有（见注）
股份有限公司	董事会成员可以有，监事会成员（不低于1/3）应当有（见注）

注：职工代表由职工通过职工代表大会、职工大会或者或其他形式民主选举产生。

【相关链接】《公司法》规定，国有独资公司设立董事会，董事会成员由国有资产监督管理机构委派或更换。国有独资公司的董事长、副董事长，由国有资产监督管理机构从董事会成员中指定。

【例题 1·判断题】国有独资公司的董事长、副董事长、董事，由国有资产监督管理机构任免。（　　）（2004 年试题）

【答案】√

【例题 2·多选题】根据规定，下列各项企业中，其公司董事会成员应当有公司职工代表的有（　　）。

A. 股份有限公司

B. 国有独资公司

C. 有限责任公司

D. 两个以上国有投资主体投资设立的有限责任公司

【答案】BD

【考点五】国家出资企业管理者的兼职限制（重要，2009 年新增内容）

1. 未经履行出资人职责的机构同意，国有独资企业、国有独资公司的董事、高级管理人不得在其他企业兼职。

2. 未经股东会、股东大会同意，国有资本控股公司、国有资本参股公司的董事、高级管理人员不得在经营同类业务的其他企业兼职。

3. 未经履行出资人职责的机构同意，国有独资公司的董事长不得兼任经理。

4. 未经股东会、股东大会同意，国有资本控股公司的董事长不得兼任经理。

5. 董事、高级管理人员不得兼任监事。

【例题 3·多选题】下列各项中，有关国家出资企业管理者兼职限制的表述中，符合规定的有（　　）。

A. 未经履行出资人职责的机构同意，国有独资企业、国有独资公司的董事、高级管理人不得在经营同类业务的其他企业兼职

B. 未经股东会、股东大会同意，国有资本控股公司、国有资本参股公司的董事、高级管理人员不得在经营同类业务的其他企业兼职

C. 未经履行出资人职责的机构同意，国有独资公司的董事长不得兼任经理

D. 未经履行出资人职责的机构同意，国有独资公司的董事、高级管理人员不得兼任监事

【答案】BC

【注意问题】（1）国有独资企业、国有独资公司的董事、高级管理人的兼职限制为，不得在其他企业兼职，无论是否经营同类业务。（2）国家出资

企业的董事、高级管理人员不得兼任监事是法律规定，无需考虑是否经什么机构同意。

【考点六】国家出资企业管理者的经营业绩考核（重要，2009年新增内容）

1. 国家出资企业管理者的经营业绩考核

（1）履行出资人职责的机构应当对其任命的企业管理者进行年度和任期考核，并依据考核结果决定对企业管理者的奖惩。

（2）年度经营考核以公历年为考核期，采取由履行出资人职责的机构的负责人或者其授权代表与国家出资企业管理者签订经营业绩责任书的方式进行。年度经营考核指标包括基本指标与分类指标。基本指标包括年度利润总额和净资产收益率指标。分类指标由履行出资人职责的机构根据企业所处行业特点，综合考虑反映企业经营管理水平、技术创新投入及风险控制能力等因素确定，具体指标在责任书中确定。

（3）任期经营业绩考核一般以3年为考核期，采取由履行出资人职责的机构的负责人或者其授权代表与国家出资企业管理者签订经营业绩责任书的方式进行。任期经营考核指标包括基本指标和分类指标。基本指标包括国有资产保值增值率和3年主营业务收入平均增长率。分类指标由履行出资人职责的机构根据企业所处行业特点，综合考虑反映企业技术创新能力、资源节约和环境保护水平、可持续发展能力及核心竞争力等因素确定，具体指标在责任书中确定。

2. 国家出资企业管理者的任期责任审计

【例题4·单选题】 履行出资人职责的机构应当对其任命的企业管理者进行年度和任期考核。下列各项中属于任期考核中 基本指标的有（　　）。

A. 国有资产保值增值率
B. 企业技术创新能力
C. 资源节约和环境保护水平
D. 风险控制能力
【答案】 A

【考点七】关系企业国有资产出资人权益重大事项的一般规定（摘要，2009年新增内容）

1. 国有独资企业、国有独资公司合并、分立，增加或者减少注册资本，发行债券，分配利润，以及解散、申请破产，由履行出资人职责的机构决定。

【相关链接】《公司法》规定，国有独资公司不设股东会，公司股东权利由国家授权投资的机构或者国家授权投资的部门行使，并授权公司董事会行使一部分股东权利。公司的合并、分立、解散、增减资本和发行公司债券必须由国家授权投资的机构或者国家授权投资的部门决定。

2. 重要的国有独资企业、国有独资公司、国有资本控股公司的合并、分立、解散、申请破产以及法律、行政法规和本级人民政府规定应当由履行出资人职责的机构报经本级人民政府批准的重大事项，履行组织人职责的机构在做出决定或者向其委派国有资本控股公司股东会会议、股东大会会议的股东代表做出指示前，应当报请本级人民政府批准。

3. 国家出资企业发行债券、投资等事项，有关法律、行政法规规定应当报经人民政府或者人民政府有关部门、机构批准、核准或者备案的，依照其规定。

4. 国家出资企业的合并、分立、改制、解散、申请破产等重大事项，应当听取企业工会的意见，并通过职工代表大会或者其他形式听取职工的意见和建议。

【例题5·多选题】 根据国有资产管理制度的规定，国有独资公司发生的下列事项中，须由国有资产监督管理机构审核批准或决定的有（　　）。（2004年试题）

A. 股份制改造方案
B. 修改章程
C. 增减资本
D. 发行公司债券
【答案】 ABCD
【注意问题】 国有独资公司属于《公司法》中规定的有限责任公司的一种特殊形式，一般的有限责任公司发行公司债券不属于重大事项，但国有独资公司该事项属重大事项（选项AB的知识点新教材已删除）。

【考点八】企业改制（摘要，2009年新增内容）

1. 企业改制应当依照法定程序，由履行出资人职责的机构决定或者由公司股东会、股东大会决定。重要的国有独资企业、国有独资公司、国有资本控股公司的改制，履行出资人职责的机构在作出或者向其委派参加国有资本控股公司股东会会议、股东大会会议的股东代表作出提示前，应当将改制方案报请本级人民政府批准。

2. 企业改制涉及重新安置企业职工的，应当制定职工安置方案，并经职工代表大会或者职工大会审议通过，企业方可实施改制。（1）改制为国有控股企业的，改制后企业继续履行改制前企业与留用的职工签订的劳动合同；留用的职工在改制前企业的工作年限因合并计算为在改制后企业的工作年限；原企业不得向继续留用的职工支付经济补偿金。（2）改制为非国有企业的，对企业改制时解除劳动合同且不再继续留用的职工，要支付经济补偿金。企业国有产权持有单位不得强迫职工将经济补偿金等费用用于改制后企业的投资或借给改制后企业（包括改制企业的投资者）使用。（3）企业改

制时，对经确认的拖欠职工的工资、集资款、医疗费和挪用的职工住房公积金以及企业欠缴社会保险费，原则上要一次付清。（4）改制后的企业要按照有关规定，及时为职工接续养老、失业、医疗、工伤、生育等各项社会保险关系，并按时为职工足额缴纳各种社会保险费。

【例题6·判断题】国有企业改制为非国有企业的，企业国有产权持有单位与职工订立协议，可以将职工的经济补偿金用于改制后企业的投资。（　　）

【答案】√

【注意问题】企业国有产权持有单位不得强迫职工。

【考点九】与关联方的交易（重要，2009年新增内容）

1. 未经履行出资人职责的机构同意，国有独资企业、国有独资公司不得有下列行为：

（1）与关联方订立财产转让、借款的协议；（2）为关联方提供担保；（3）与关联方共同出资设立企业，或者向董事、监事、高级管理人员或者其近亲属所有或者实际控制的企业投资。

2. 国有资本控股公司、国有资本参股公司与关联方的交易，由公司股东会、股东大会或者董事会决定。由公司股东会、股东大会决定的，履行出资人职责的机构委派的股东代表，应当按照委派机构的提示提出提案、发表意见、行使表决权，并将其履行职责的情况和结果及时报告委派机构。公司董事会对公司与关联方的交易作出决议时，该交易涉及的董事不得行使表决权，也不得代理其他董事行使表决权。

3. 在涉及关联方交易活动中，当事人恶意串通，损害国有资产权益的，该交易行为无效。

【例题7·判断题】未经履行出资人职责的机构同意，国有资本控股公司、国有资本参股公司不得为关联方提供担保。（　　）

【答案】×

【注意问题】国有独资企业、国有独资公司，与国有资本控股公司、国有资本参股公司的关联交易的决定方式不同。

【考点十】企业国有资产转让（重要，2009年新增内容）

1. 履行出资人职责的机构决定转让全部企业国有资产的，或者转让部分企业国有资产致使国家对该企业不再具有控股地位的，应当报请本级人民政府批准。

2. 企业国有资产转让应当在依法设立的产权交易场所公开进行。转让方应当如实披露有关信息，征集受让方；征集产生的受让方为两个以上的，转让应当采用公开竞价的交易方式。

3. 企业国有资产转让应当依法评估，经履行出资人职责的机构认可或者由履行出资人职责的机构报经本级人民政府核准的价格为依据，合理确定最低转让价格。

4. 根据规定，可以向本企业的董事、监事、高级管理人员或者其近亲属，或者这些人员所有或实际控制的企业转让的企业国有资产，在转让时，上述人员或者企业参与受让的，应当与其他受让参与者平等竞买；转让方应当按照规定，如实披露有关信息；相关的董事、监事和高级管理人员不得参与转让方案的制定和组织实施的各项工作。

【例题8·多选题】履行出资人职责的机构决定企业国有资产转让，下列各项中，应当报请本级人民政府批准的有（　　）。

A. 经公开征集产生两个以上受让方的

B. 转让全部国有资产的

C. 转让部分国有资产致使国家对该企业不再具有控股地位的

D. 向本企业的董事、监事、高级管理人员或者其近亲属的企业转让企业国有资产的

【答案】BC

【考点十一】国有资本经营预算的收支范围（2009年新增内容）

1. 国有资本经营预算收入主要包括：（1）从国家出资企业分得的利润；（2）企业国有资产转让收入；（3）从国家出资企业取得的清算收入；（4）其他国有资本收入。

2. 国有资产经营预算支出：（1）资本性支出；（2）费用性支出；（3）其他支出。

【考点十二】国有资本经营预算的编制和执行（2009年新增内容）

1. 国有资本经营预算的编制。国有资本经营预算按年度单独编制，纳入本级人民政府预算，报本级人民代表大会批准。国有资本经营预算支出按照当年预算收入规模安排，不列赤字。

2. 国有资产经营预算的执行。（1）国有资本经营预算收入由财政部门、履行出资人职责的机构收取、组织上交。（2）国有资本经营预算资金支出，由企业在经批准的预算范围内提出申请，报经财产部门审核后，按照财政国库管理制度的有关规定，直接拨付使用单位。（3）年度终了后，财政部门应当编制国有资本经营决算草案报本级人民政府批准。

【考点十三】企业资产损失认定的金额（2009年新增内容）

认定资产损失金额应当包括直接损失金额和间接损失金额。

相关的交易或者事项尚未形成事实损失，但确有证据证明在可预见的未来将发生事实损失，且能计量损失金额的，应当认定为资产损失。

【考点十四】企业资产损失责任处罚（重要，2009年新增内容）

国有独资企业、国有独资公司、国有资本控股公司的董事、监事、高级管理人员违反规定，（1）造成国有资产重大损失，被免职的，自免职之日起5年内不得担任国有独资企业、国有独资公司、国有资本控股公司的董事、监事、高级管理人员。（2）造成国有资产特别重大损失，或者因贪污、贿赂、侵占财产、挪用财产或者破坏社会主义市场经济秩序被判处刑罚的，终身不得担任国有独资企业、国有独资公司、国有资本控股公司的董事、监事、高级管理人员。

【例题9·多选题】 下列各项中，国有独资企业、国有独资公司、国有资本控股公司的董事、监事、高级管理人员因违反规定，将受到终身不得担任上述企业董事、监事、高级管理人处罚的有（　　）。

A. 造成国有资产重大损失
B. 因贪污行为受到行政处分
C. 因贿赂被判处刑罚
D. 因挪用财产被判处刑罚

【答案】 CD

【注意问题】

1. 注意5年内不得任职与终身不得任职的情形不同，如A项。

2. 注意因违法行为是否受到刑事处罚，是决定其是否终身任职的前提，如B选项。

【考点十五】国有资产产权界定（重要）

1. 接受馈赠的资产

（1）他人捐赠给各党派组织的资产，归该政党所有；

（2）政府和国有企业、事业单位无偿转让集体企业的资产或有偿转让而收取的转让费（含实物）已达到其资产原有价值的，归集体企业所有，不属国有资产；

（3）国有企业接受馈赠形成的资产，中外合资、合作经营企业清算或完全解散时，馈赠或无偿留给中方继续使用的各项资产，界定为国有资产。

2. 以国有资产担保，贷款创办企业的资产

（1）以国有企业和行政事业单位担保，完全用国内外借入资金投资创办的或完全由其他单位借款创办的"国有企业"，其收益积累的净资产，界定为国有资产。

（2）集体企业使用银行贷款、国家借款等借贷资金形成的资产，国有单位只提供担保的，不

界定为国有资产；但履行了连带责任的，国有单位予以追索清偿或协商转为投资的部分界定为国有资产。

3. 国有企业党、团、工会组织的资产

国有企业企业中的党、团、工会组织等占用企业的财产（不包括以个人缴纳党费、团费、会费以及按国家规定由企业拨付的活动经费等结余购建的资产），界定为国有资产。

4. 股份制企业的资产

股份制企业公积金、公益金中，国有单位按照投资应占有的份额，界定为国有资产；股份制企业未分配的利润中，国有单位按照投资比例所占有的相应份额，界定为国有资产。

【解释】 把握一个基本原则，即"谁投资、谁拥有产权"。

【例题10·多选题】 根据国有资产产权界定的有关规定，下列资产中，应界定为国有资产的有（　　）。（1998年试题）

A. 国家机关所属的事业单位占有使用的资产
B. 由国有企业提供担保，完全用借入资金投资创办的国有企业，其收益积累的净资产
C. 由国有企业提供一般保证，集体企业利用银行借款积累形成的资产
D. 国有企业为安置企业富余人员而无偿转让给集体企业的资产

【答案】 AB

【注意问题】 虽然都是由国有企业提供担保适用贷款资金投资创办的企业，但注意分清所创办企业的性质，性质不同其收益积累形成的资产性质责任不同。

【例题11·单选题】 甲公司的注册资本为200000万元，其中：国家授权投资的乙机构出资100000万元；国有企业丙出资50000万元；民营企业丁出资50000万元。甲公司的年度财务报告显示，其有公积金6000万元，公益金3000万元，未分配利润9000万元。根据上述数据资料，可以界定甲公司国有资产的数额为（　　）万元。（2003年试题）

A. 109000　　　　B. 150000
C. 163500　　　　D. 107500

【答案】 C

【解析】 首先，考虑在甲公司的注册资本中，国有出资者所占的出资比例，将乙机构与丙企业的出资相加后与甲公司的注册资本相比，其比例为75%。其次，考虑相关法律规定，股份制企业公积金、公益金中，全民单位按照投资应占有的份额，界定为国有资产；未分配利润中，全民单位按照投资比例所占的相应份额，也界定为国有资产。即 $100000 + 50000 + （6000 \times 75\%） + （3000 \times 75\%） + （9000 \times 75\%） = 163500$（万元）。

【考点十六】产权纠纷处理程序（见表 7-3）

表 7-3 产权纠纷处理程序

发生纠纷主体	纠纷处理程序
国有单位之间	调解和裁定；裁定不服可以申请复议
国有单位与非国有单位之间	国有单位提出处理意见并报同级国有资产监督管理机构同意后协商；司法程序

【例题12·单选题】 泰市的荣昌公司为国有企业，荣发公司为集体企业，这两个企业因资产归属问题发生产权纠纷。荣昌公司经主管国有资产管理部门同意，提出了一套处理产权纠纷的意见，并与荣发公司协商解决，荣发公司不同意荣昌公司的处理意见。根据国有资产产权纠纷处理的有关规定，荣昌公司可以提请（　　）。（1998 年试题）

A. 泰市的国有资产管理部门裁定解决

B. 泰市上一级国有资产管理部门裁定解决

C. 泰市的人民政府裁定解决

D. 人民法院依司法程序处理

【答案】 D

【注意问题】 关于国有资产产权纠纷的处理，应区分发生纠纷主体的不同情况。如果发生纠纷的双方均为国有单位，除协商外只能通过行政调解、仲裁解决，不可提起诉讼；如果一方为非国有单位，除协商外，还可依司法程序处理。

【考点十七】国有资产评估的范围（重要）

1. 国有资产占有单位有下列情形之一的，应当对国有资产进行资产评估：

（1）整体或部分改建为有限责任公司或者股份有限公司；

（2）以非货币资产对外投资；

（3）合并、分立、破产、解散；

（4）非上市公司国有股东股权比例变动；

（5）产权转让；

（6）资产转让、置换；

（7）整体资产或部分资产租赁给非国有单位；

（8）以非货币资产偿还债务；

（9）资产涉讼；

（10）收购非国有单位资产。

（11）接受非国有单位以非货币资产出资

（12）接受非国有单位以非货币资产抵债

2. 企业有下列行为，可以不对相关国有资产进行评估的有：（1）经各级人民政府及其授权部门批准，对整体企业或者部分资产实行无偿划转；（2）国有独资企业与其下属独资企业（事业单位）之间或其下属独资企业（事业单位）之间的合并、资产（产权）划转、置换和无偿划转。

3. 资产评估机构应当具备下列条件（摘要，2009 年新增内容）：（1）近 3 年内没有违法、违规

纪录；（2）与企业负责人无经济利益关系；（3）未向同一经济行为提供审计业务服务。

【例题13·多选题】 根据国有资产评估管理制度的规定，国有资产占有单位发生的下列情形中，属于应当对国有资产进行评估的有（　　）。（2003 年试题）

A. 以部分资产改建为有限责任公司

B. 将资产租赁给非国有单位

C. 利用外资改组为外商投资企业

D. 国有独资企业下属的独资企业之间的资产转让

【答案】 ABC

【注意问题】 只要是国有资产占有单位的资产发生变化，不再由原来的占有单位单独占有、使用，就应当进行资产评估，以防国有资产流失。另外，国有资产占有单位接受非国有资产时，也应当进行评估。

【考点十八】国有资产评估项目核准制（2009 年有变化）

经各级人民政府批准经济行为的事项涉及的资产评估项目，分别由其国有资产监督管理机构负责核准。国务院批准的重大经济事项同时涉及中央和地方的资产评估项目，可由国有股最大股东依照其产权关系，逐级报送国务院国有资产监督管理机构进行核准。

【例题14·判断题】 自 2002 年起，国有资产评估项目实行核准制和备案制。凡由国务院批准的涉及国有资产产权变动的重大经济项目，其国有资产评估实行核准制；凡由省级人民政府批准的涉及国有资产产权变动的重大经济项目，其国有资产评估实行备案制。（　　）（2002 年试题）

【答案】 ×

【考点十九】国有资产评估项目备案制（2009 年有变化）

1. 企业收到资产评估机构出具的评估报告后，将备案材料逐级报送给国有资产监督管理机构或其所出资企业，自评估基准日起 9 个月内提出备案申请。

2. 经核准或备案的资产评估结果使用有效期为自评估基准日起 1 年。

3. 企业进行与资产评估相应的经济行为时，应当以经核准或备案的资产评估结果为作价参考依据。当交易价格低于评估结果的90%时，应当暂停交易，在获得原经济行为批准机构同意后方可继续交易。

【考点二十】企业国有资产产权登记的范围

1. 国有企业、国有独资公司投资设立的企业以及其他形式占有国有资产的企业，都应当依照规定申请办理国有资产产权登记；

2. 有限责任公司、股份有限公司、中外合资经营企业、中外合作经营企业和联营企业，应由国有股权持有单位或委托企业按规定申办企业国有资产产权登记；

3. 有关部门所属未脱钩企业和事业单位及社会团体所投资企业的产权登记工作，由同级国有资产监督管理机构组织实施；

4. 企业产权归属关系不清楚或者发生产权纠纷的，可以申请暂缓办理产权登记。

【例题15·多选题】根据企业国有资产产权登记管理的有关规定，下列选项中，应当依照规定申请办理国有资产产权登记的有（　　）。（2000年试题）

A. 国有独资公司

B. 占有、使用国有资产的集体企业

C. 国有企业投资设立的有限责任公司

D. 国家授权投资的机构

【答案】ABCD

【注意问题】凡是依法占有国有资产的单位，无论单位性质属何种，都应办理国有资产产权登记。

【考点二十一】产权登记的年度检查

企业国有资产产权登记实行年度检查制度。企业应于每年2月1日至4月30日，完成企业产权登记的年度检查，并向产权登记机关报送企业产权登记年度汇总表和年度汇总分析报告。

【考点二十二】产权登记的其他管理事项

1. 两个或两个以上主管部门、地区或国有企业投资设立的企业，由国有资本额最大的出资者的产权归属关系确定登记管辖机关；

2. 国有资本出资额相等，则按其推举的出资者的产权归属关系确定企业产权登记管辖机关，并由该国有资本出资人的所出资企业申请办理产权登记。

【例题16·单选题】A省管辖的甲国有企业与B省管辖的乙国有独资公司共同投资在C省设立丙有限责任公司。其中，甲企业投资占65%，乙公司投资占35%。根据企业国有资产产权登记管理的有关规定，丙公司的产权登记管辖机关是（　　）。

（2000年试题）

A. A省的国有资产管理部门

B. B省的国有资产管理部门

C. C省的国有资产管理部门

D. 甲企业和乙公司共同推举的A省或B省或C省的国有资产管理部门

【答案】A

【考点二十三】企业国有产权转让的原则（重要）

1. 除国家法律、行政法规的另有规定外，企业国有产权转让应当在依法设立的产权交易机构中公开进行，不受地区、行业、出资者或者隶属关系的限制。

2. 企业国有产权转让可以采取拍卖、招投标、协议转让以及国家法律、行政法规规定的其他方式进行。

3. 转让的企业国有产权权属应当清晰，权属关系不明确或者存在权属纠纷的企业国有产权不得转让。

4. 被设置为担保物权的企业国有产权转让，应当符合《担保法》的有关规定。

【考点二十四】清产核资

根据清产核资结果编制资产负债表和资产移交清册，并委托会计师事务所实施全面审计（包括按照国家有关规定对转让标的企业法定代表人的离任审计）。在清产核资和审计的基础上，转让方应当委托具有相关资质的资产评估机构依照国家有关规定进行资产评估。评估报告经核准或者备案后，作为确定企业国有产权转让价格的参考依据。

【例题17·判断题】根据有关规定，企业国有产权转让中，根据清产核资结果编制资产负债表和资产移交清册，并委托会计师事务所实施全面审计，最终依资产评估机构的评估报告作为确定企业国有产权转让价格的参考依据。（　　）

【答案】×

【注意问题】评估报告经核准或备案后，方能作为确定企业国有产权转让价格的参考依据。

【考点二十五】确定受让方（重要）

1. 转让方应当将产权转让公告委托产权交易机构公开披露，广泛征集受让方。产权转让公告发布后，转让方不得随意变动或无故提出取消所发布信息。

2. 对征集到的意向受让方由产权交易机构负责登记管理，产权交易机构不得将对意向受让方的登记管理委托转让方或其他方面进行。

3. 产权交易机构要与转让方按照有关标准和要求对登记的意向受让方共同进行资格审查，确定符合条件的意向受让方的数量。

4. 在对意向受让方的登记过程中,产权交易机构不得预设受让方登记数量或以任何借口拒绝、排斥意向受让方进行登记。

【相关例题】见第四章经典试题回顾部分 2005 年综合题。

【考点二十六】确定转让价格(重要)

1. 转让企业国有产权的首次挂牌价格不得低于经核准或备案的资产评估结果。经公开征集没有产生意向受让方的,转让方可以根据标的企业情况确定新的挂牌价格并重新公告;如拟确定新的挂牌价格低于资产评估结果 90% 的,应当获得相关产权转让批准机构书面同意。

2. 对经公开征集只产生一个意向受让方而采取协议转让的,转让价格应按本次挂牌价格确定。

3. 企业国有产权转让中涉及的职工安置、社会保险等有关费用,不得在评估作价之前从拟转让的国有净资产中先行扣除,也不得从转让价款中进行抵扣。

4. 在产权交易市场中公开形成的企业国有产权转让价格,不得以任何付款方式为条件进行打折、优惠。

【例题 18 · 判断题】在企业国有产权转让中,对涉及的职工安置、社会保险等有关费用,可以在评估作价之前从拟转让的国有净资产中先行扣除。(　)(2007 年试题)

【答案】×

【考点二十七】转让成交(重要)

1. 经公开征集只产生一个受让方或者按照有关规定经国有资产监督管理机构批准的,可以采取协议转让的方式。

2. 经公开征集产生两个以上受让方时,转让方应当与产权交易机构协商,根据转让标的的具体情况采取拍卖或者招投标方式组织实施产权交易。

【考点二十八】支付转让价款(重要)

转让价款原则上应当一次付清。如金额较大、一次付清确有困难的,可以采取分期付款的方式。采取分期付款方式的受让方首期付款不得低于总价款的 30%,并在合同生效之日起 5 个工作日内支付;其余款项应当提供合法的担保,并应当按同期银行贷款利率向转让方支付延期付款期间的利息,付款期限不得超过 1 年。

【例题 19 · 单选题】根据企业国有产权转让管理的有关规定,企业国有产权转让时,受让方采取分期付款方式支付价款的,对首期付款的支付比例和支付期限的要求是(　)。(2005 年试题)

A. 不得低于总价款的 15%,并在合同生效之日起 5 个工作日内支付

B. 不得低于总价款的 30%,并在合同生效之

C. 不得低于总价款的 15%,并在合同生效之日起 15 个工作日内支付

D. 不得低于总价款的 30%,并在合同生效之日起 15 个工作日内支付

【答案】B

【考点二十九】企业国有产权向管理层转让的要求(重要,2009 年新增内容)

1. 企业国有产权向管理层转让,应当符合以下要求(摘要):(1)国有产权持有单位的法定代表人参与受让企业国有产权的,应当对其进行经济责任审计。(2)管理层应当与其他拟受让方平等竞买。企业国有产权向管理层转让必须进入经国有资产监督管理机构选定的产权交易机构公开进行,并在公开国有产权转让信息时对有关事项详尽披露。产权转让公告中的受让条件不得含有为管理层设定的排他性条款,以及其他有利于管理层的安排。(3)企业国有产权持有单位不得将职工安置费等有关费用从净资产中抵扣(国家另有规定除外);不得以各种名义压低国有产权转让价格。(4)管理层受让企业国有产权时,应当提供其受让资金来源的相关证明,不得向包括标的企业在内的国有及国有控股企业融资,不得以这些企业的国有产权或资产为管理层融资提供保证、抵押、质押、贴现等。

2. 管理层不得受让标的企业的国有资产的情形。

3. 企业国有产权向管理层转让后仍保留有国有产权的,参与受让企业国有产权的管理层不得作为改制后企业的国有股股东代表。

【例题 20 · 多选题】下列各项中,属于管理层不得受让标的企业国有产权的有(　)。

A. 经审计认定对企业经营业绩下降负有直接责任的

B. 参与国有产权转让方案、底价确定等重大事项的

C. 压价资产评估结果

D. 无法提供受让资金来源相关证明的

【答案】ABCD

【考点三十】企业国有产权无偿划转的批准(重要,2009 年有变化)

1. 不得实施无偿划转的情形:①被划转企业主业不符合划入方主业及发展规划的;②中介机构对被划转企业划转基准日的财务报告出具否定意见、无法表示意见或保留意见的审计报告的;③无偿划转设计的职工分流安置事项未经被划转企业的职工代表大会审议通过的;④被划转企业或有负债未有妥善解决方案的;⑤划出方债务未有妥善处置方案的。

2. 由政府决定的无偿划转事项(2009 年新增

内容）。下列国有产权无偿划转事项，依据中介机构出具的被划转企业上一年度（或最近一次）的审计报告或经国有资产监督管理机构批准的清产核资结果，直接进行账务调整，并按规定办理产权登记等手续：（1）由政府决定的所出资企业国有产权无偿划转本级国有资产监督管理机构其他所出资企业的；（2）由上级政府决定的所出资企业国有产权在上、下级政府国有资产监督管理机构之间的无偿划转；（3）由划入、划出方政府决定的所出资企业国有产权在互不隶属的政府的国有资产监督管理机构之间的无偿划转；（4）由政府决定的实施政企分开的企业，其国有产权无偿划转国有资产监督管理机构持有的；（5）其他由政府或国有资产监督管理机构根据国有经济布局、结构调整和重组需要决定的无偿划转事项。

【例题21·多选题】根据企业国有产权无偿划转的有关规定，下列选项中，企业国有产权不得实施无偿划转的情形有（　　）。（2006年试题）

A. 被划转企业的或有负债未有妥善解决方案

B. 被划转企业职工代表大会未通过无偿划转涉及的职工分流安置事项

C. 被划转企业主业不符合划入方主业及发展规划

D. 中介机构对被划转企业划转基准日的财务报告出具了保留意见的审计报告

【答案】ABCD

【考点三十一】国有股东转让所持上市公司股份的方式

该转让行为可以通过证券交易系统转让、以协议方式转让、无偿划转或间接转让实施。

【考点三十二】证券交易系统转让采用事后报备具备的条件（重要）

【解释】事后报备是指国有控股股东按照内部决策程序决定转让所持上市公司股份，完成转让后，事后报省级或省级以上国有资产监督管理机构备案。

采用该程序转让须同时符合两个条件：

1. 总股本不超过10亿股的上市公司，国有控股股东在连续三个会计年度内累计净转让股份（累计转让股份扣除累计增持股份后的余额，下同）的比例未达到上市公司总股本的5%；总股本超过10亿股的上市公司，国有控股股东在连续三个会计年度内累计净转让股份的数量未达到5000万股或累计净转让股份的比例未达到上市公司总股本的3%。

2. 国有控股股东转让股份不涉及上市公司控制权的转移。多个国有股东属于同一控制人的，其累计净转让股份的数量或比例应合并计算。

【例题22·判断题】总股本不超过10亿股的上市公司，国有控股股东在连续三个会计年度内累计净转让股份的比例未达到上市公司总股本的5%，可以采用事后报备的方式。（　　）

【答案】×

【注意问题】还应考虑该转让是否导致上市公司控制权的转移。以上两个条件必须同时具备。

【考点三十三】证券交易系统转让采用事先报批的规定（重要）

【解释】事先报批是指国有控股股东按照内部决策程序决定转让所持上市公司股份时，事前须报经国务院国有资产监督管理机构审核批准。

1. 控股股东不同时具备事后报备条件（见考点三十二）之一的，须事先报批。

2. （1）国有参股股东通过证券交易系统在一个完整会计年度内累计净转让股份比例未达到上市公司股本5%的，由国有参股股东按照内部决策程序决定，并在每年1月31日前将其上年度转让上市公司股份的情况报省级或省级以上国有资产监督管理机构备案；（2）达到或超过上市公司总股本5%的，应将转让方案逐级报国务院国有资产监督管理机构审核批准后实施。

【例题23·多选题】甲上市公司总股本为8亿股，乙公司为国有独资公司，是甲上市公司的控股股东。乙公司按照内部决策程序决定通过证券交易系统转让所持甲上市公司股份。下列有关乙公司转让甲上市公司股份的方案均不涉及甲上市公司控制权的转移，根据国有股东转让所持上市公司股份的相关规定，其中仍须事先报经国务院国有资产监督管理机构审核批准的有（　　）。（2008年试题）

A. 在连续3个会计年度内累计转让股份扣除累计增持股份后的余额为3000万股

B. 在连续3个会计年度内累计转让股份扣除累计增持股份后的余额为3800万股

C. 在连续3个会计年度内累计转让股份扣除累计增持股份后的余额为4600万股

D. 在连续3个会计年度内累计转让股份扣除累计增持股份后的余额为5000万股

【答案】CD

【解析】本题注意两点规定：（1）总股本不超过10亿股的上市公司，国有控股股东在连续3个会计年度内累计转让股份扣除累计增持股份后的余额，未达到上市公司总股本的5%，且国有控股股东转让股份不涉及上市公司控制权的转移，可以采取事后报备的程序。（2）不能同时具备上述两个条件的，需采取事先报批的程序，如本题中C、D两项均超过了上述5%比例的规定。

【考点三十四】协议转让（重要，2009年有变化）

1. 国有股东在书面报告省级或省级以上国有资产监督管理机构的同时，应将拟协议转让股份的信息书面告知上市公司，由上市公司依法公开披露该信息，向社会公众进行提示性公告。

2. 在特殊情况下，经省级或省级以上国有资产监督管理机构批准后，也可不披露拟协议转让股份的信息直接签订转让协议。这种特殊情况是指：（1）上市公司连续两年亏损并存在退市风险或严重财务危机，受让方提出重大资产重组计划及具体时间表的；（2）国民经济关键行业、领域中对受让方有特殊要求的；（3）国有及国有控股企业为实施国有资产整合或资产重组，在其内部进行协议转让的；（4）上市公司回购股份涉及国有股东所持股份的；（5）国有股东因接受要约收购方式转让其所持上市公司股份的。

3. （2009年新增内容）受让国有股东所持上市公司股份后拥有上市公司实际控制权的，受让方应为法人，且应当具备以下条件：（1）受让方或其实际控制人设立3年以上，最近2年连续盈利且无重大违法违规行为；（2）具有明晰的经营发展战略；（3）具有促进上市公司持续发展和改善上市公司法人治理结构的能力。

4. 国有股东协议转让上市公司股份的价格应当以上市公司股份转让信息公告日（经批准不需公开股份转让信息的，以股份转让协议签署日为准）前30个交易日的每日加权平均价格算数平均值为基础确定；确需折价的，其最低价格不得低于该算数平均值的90%。不按照该价格转让时，应当按以下方式作价：

（1）国有股东为实施资源整合或重组上市公司，并在其所持上市公司股份转让完成后全部回购上市公司主业资产的，股份转让价格由国有股东根据中介机构出具的该上市公司股票价格的合理估值结果确定。

（2）国有及国有控股企业为实施国有资源整合或资产重组，在其内部进行协议转让且拥有的上市公司权益和上市公司中的国有权益并不因此减少的，股份转让价格应当根据上市公司股票的每股净资产值、净资产收益率、合理的市盈率等因素合理确定。

5. 国有股东与拟受让方签订股份转让协议后，应及时履行信息披露等相关义务，同时应按规定程序报国务院国有资产监督管理机构审核批准。

6. （2009年新内容）国有股东应及时收取上市公司股份转让价款。拟受让方以现金支付股份转让价款的，国有股东应在股份转让协议签订后5个工作日内收取不低于转让收入30%的保证金，其余价款应在股份过户前全部清结。在全部转让价款支付完毕或交由转让双方共同认可的第三方妥善保管前，不得办理转让股份的过户登记手续。

【例题24·判断题】国有股东拟采取协议方式转让其所持有的上市公司股份的，应当依法进行公告。（　　）

【答案】×

【注意问题】国有股东有书面报告的义务，上市公司对公众进行公告。

【例题25·多选题】国有及国有控股企业为实施国有资源整合或资产重组，在其内部进行协议转让且拥有的上市公司权益和上市公司中的国有权益并不因此减少的，股份转让价格应当根据合理因素确定，该合理因素包括（　　）。

A. 上市公司股票的每股净资产值

B. 上市公司的净资产收益率

C. 上市公司股票合理的市盈率

D. 中介机构出具的上市公司股票价格的合理估值结果

【答案】ABC

【注意问题】注意区分并掌握不同情形下，股份转让价格的确定标准。

【例题26·单选题】根据国有股东转让所持上市公司股份的相关规定，在不涉及资源整合或重组上市、国有资源整合或资产重组的情况下，下列有关国有股东协议转让上市公司股份确定价格的表述中，正确的是（　　）。（2008年试题）

A. 国有股东协议转让上市公司股份的价格，一般应当以上市公司股份转让信息公告日前30个交易日的每日加权平均价格算术平均值为基础确定，但最低价格不得低于该算术平均值的80%

B. 国有股东协议转让上市公司股份的价格，一般应当以上市公司股份转让信息公告日前30个交易日的每日加权平均价格算术平均值为基础确定，但最低价格不得低于该算术平均值的90%

C. 国有股东协议转让上市公司股份的价格，一般应当以上市公司股份转让信息公告日前60个交易日的每日加权平均价格算术平均值为基础确定，但最低价格不得低于该算术平均值的80%

D. 国有股东协议转让上市公司股份的价格，一般应当以上市公司股份转让信息公告日前60个交易日的每日加权平均价格算术平均值为基础确定，但最低价格不得低于该算术平均值的90%

【答案】B

【考点三十五】无偿划转

1. 国有股东所持上市公司股份可以依法无偿划转给政府机构、事业单位、国有独资企业以及国有独资公司持有。国有独资公司作为划入或划出一方的，应当符合《公司法》的有关规定。

2. 国有股东无偿划转所持上市公司股份可能影响其偿债能力时，上市公司股份划出方应当就无偿划转事项制定相应的债务处置方案。

【考点三十六】间接转让

【解释】间接转让是指国有股东因产权转让或增资扩股等原因导致其经济性质或实际控制人发生

变化的行为。

【法律规定】

1. 按照有关国有股东协议转让上市公司股份价格的确定原则合理确定其所持上市公司股份价格，上市公司股份价格确定的基准日应与国有股东资产评估的基准日一致。国有股东资产评估的基准日与国有股东产权持有单位对该国有股东产权变动决议的日期相差不得超过 1 个月。

2. 国有股东所持上市公司股份间接转让的，国有股东应在产权转让或增资扩股方案实施前（其中，国有股东国有产权转让的，应在办理产权转让鉴证前；国有股东增资扩股的，应在工商登记前），由国有股东逐级报国务院国有资产监督管理机构审核批准。

【考点三十七】清产核资的范围（重要，2009 年新增内容）

1. 可以要求企业进行清产核资的情形：（1）企业资产损失和资金挂账超过所有者权益，或者企业会计信息严重失真、账实严重不符的；（2）企业受重大自然灾害或者其他重大、紧急情况等不可抗力因素影响，造成严重资产损失的；（3）企业账务出现严重异常情况，或者国有资产出现重大流失的。

2. 需要进行清产核资的情形：（1）企业分立、合并、重组、改制、撤销等经济行为涉及资产或产权结构重大变动情况的；（2）企业会计政策发生重大更改，涉及资产核算方法发生重要变化情况的；（3）国家有关法律法规规定企业特定经济行为必须开展清产核资工作的。

【例题 27·多选题】根据规定，下列各项中，属于各级国有资产监督管理机构，可以要求企业进行清产核资的情形有（　　）。

A. 企业受重大自然灾害或者其他重大、紧急情况等不可抗力因素影响，造成严重资产损失的

B. 企业账务出现严重异常情况

C. 企业会计政策发生重大更改，涉及资产核算方法发生重要变化情况的

D. 国有资产出现重大流失的

【答案】ABD

【注意问题】注意区分可以和需要企业进行清产核资的情形。

【考点三十八】清产核资的要求（摘要，2009 年新增内容）

企业清产核资中产权归属不清或者有争议的资产，可以在清产核资工作结束后，依据国家有关法规，向同级国有资产监督管理机构另行申报产权界定。

经典试题回顾

一、单项选择题

1. 某集体企业在改组为股份制企业时，经依法评估确认，其全部资产额为人民币 5000 万元。在该企业的资产中，1992 年前用税前还贷形成的资产为人民币 1000 万元；由国有企业担保，通过银行贷款形成的资产为人民币 1000 万元，该贷款已由集体企业还清；集体企业原无偿使用国有土地使用权折价人民币 3000 万元。根据《国有资产产权界定和产权纠纷处理暂行办法》的规定，该集体企业资产中，应界定为国有资产的数额为人民币（　　）万元。（1999 年）

A. 1000　　　　　　B. 2000

C. 3000　　　　　　D. 5000

【答案】C

【解析】1992 年前用税前还贷形成的资产 1000 万元，发生在 1993 年 7 月 1 日前，不界定为国有资产；国有企业担保，通过银行贷款形成的资产 1000 万元，因为已由集体企业还清，应界定为集体企业的资产。所以，只有国有土地使用权折价的 3000 万元为国有资产。

2. 根据国有资产产权界定管理的有关规定，下列资产中，应当界定为国有资产的是（　　）。（2001 年）

A. 国有企业为安置企业下岗人员无偿投入集体企业的资产

B. 国有独资公司投资创办的以集体企业名义注册登记的企业的资产

C. 集体企业由国有企业提供担保而未发生担保责任使用银行贷款形成的资产

D. 集体企业改组为股份制企业时有偿占用的国有土地折价形成的资产

【答案】B

【解析】国有企业为安置企业下岗人员无偿投入集体企业的资产，属于该集体企业所有；集体企业由国有企业提供担保使用银行贷款形成的资产，因为提供担保的国有企业未实际承担担保责任，不属于国有资产，而属于该集体企业的资产；D 选项中的资产也属于集体企业所有。所以 A、C、D 三个选项都不正确。

3. 根据国有资产产权界定管理的规定，下列资产中，应当界定为国有资产的是（　　）。（2004 年）

A. 国有企业为安置企业富余人员无偿转让给集体企业的资产

B. 国有企业投资创办的以集体企业名义注册登记的企业资产

C. 集体企业由国有企业提供担保而未发生担保

责任使用银行贷款形成的资产

D. 国有企业职工缴纳的工会会费

【答案】B

【解析】本题反映了"谁投资，谁拥有产权"的原则。

4. 在企业国有产权转让中，受让方可以采取分期付款的方式向转让方支付价款。下列有关受让方采取分期付款方式支付价款的表述中，符合企业国有产权转让规定的是(　　)。(2007 年)

A. 受让方首次付款不得低于总价款的 20%，并在合同生效之日起 5 个工作日内支付；其余款项应当提供合法的担保，并应当按同期银行贷款利率向转让方支付延期付款期间利息，付款期限不得超过 1 年

B. 受让方首次付款不得低于总价款的 30%，并在合同生效之日起 5 个工作日内支付；其余款项应当提供合法的担保，并应当按同期银行贷款利率向转让方支付延期付款期间利息，付款期限不得超过 1 年

C. 受让方首次付款不得低于总价款的 20%，并在合同生效之日起 5 个工作日内支付；其余款项应当提供合法的担保，并应当按同期银行贷款利率向转让方支付延期付款期间利息，付款期限不得超过 2 年

D. 受让方首次付款不得低于总价款的 30%，并在合同生效之日起 5 个工作日内支付；其余款项应当提供合法的担保，并应当按同期银行贷款利率向转让方支付延期付款期间利息，付款期限不得超过 2 年

【答案】B

【解析】根据规定，企业国有产权转让的全部价款，受让方应当按照产权转让合同的约定支付。受让方首次付款不得低于总价款的 30%，并在合同生效之日起 5 个工作日内支付；其余款项应当提供合法的担保，并应当按同期银行贷款利率向转让方支付延期付款期间利息，付款期限不得超过 1 年。

二、多项选择题

1. 根据国有资产产权界定管理的有关规定，下列资产中，应当界定为国有资产的有(　　)。(2002 年)

A. 国有企业接受馈赠形成的资产

B. 集体企业使用银行贷款资金由国有企业提供担保而未发生担保责任形成的资产

C. 国有企业以从中外合资经营企业分得的利润再投资所形成的资产

D. 国家授权投资的机构或部门直接向新设立的股份有限公司投资形成的资产

【答案】ACD

【解析】本题体现了"谁投资，谁拥有产权"的原则，其中 B 选项所述，集体企业贷款虽由国有企业提供担保，但没有发生担保责任，所以不属于国有资产，遇此问题需要注意提供担保的国有企业是否承担了担保责任，从而确定集体企业贷款所形成资产的性质。

2. 根据国有资产评估管理的有关规定，国有资产占有单位发生的下列行为中，应当进行资产评估的有(　　)。(2002 年)

A. 以无形资产对外投资

B. 以部分资产改建为有限责任公司

C. 将部分资产租赁给非国有单位使用

D. 接受非国有单位以实物资产偿还债务

【答案】ABCD

3. 甲、乙、丙、丁在中国境内投资设立了一家中外合资经营企业，其中，甲、乙为国有企业，丙为集体所有制企业，丁为外国企业。甲、乙、丙、丁的出资比例依次为 30%、30%、10%、30%。该合营企业股东发生的下列行为中，依法应当进行国有资产评估的有(　　)。(2005 年)

A. 甲将出资额全部转让给乙

B. 甲将出资额全部转让给丙

C. 甲、乙分别将出资额转让给丁

D. 甲将出资额转让给该合营企业股东以外的另一国有企业

【答案】ABCD

【解析】除上市公司以外的原股东股权比例变动的，按照规定应当对国有资产进行资产评估。

4. 某重要的国有独资公司由甲国有资产监督管理机构出资。根据企业国有资产监督管理的规定，该国有独资公司的下列事项中，应当由甲国有资产监督管理机构批准的有(　　)。(2007 年)

A. 公司章程

B. 公司分立

C. 公司债券发行

D. 全部国有股权的转让

【答案】ABC

【解析】本题考点为国有资产监督管理机构对企业重大事项的管理问题。(1) 本题所列举的前三个事项都属于重大事项，除此之外，公司合并、增加或减少注册资本、修改章程、解散等事项也属于重大事项，与《公司法》中所涉及的重大事项基本相同，只有发行公司债券，在非国有性质的公司中，没有作为重大事项规定。(2) 转让全部国有股权或者转让部分国有股权致使国家不再拥有控股地位的，须报经本级人民政府批准，而不是国有资产监督机关批准，因此 D 选项未选。

三、综合题

2005 年本章内容第一次出现在综合题中，为 2005 年试卷综合题第二题中的第二问，结合了

《合同法》与《公司法》的内容，请考生参见第四章经典试题回顾部分。

本章练习题库

一、单项选择题

1. 国有资产监督管理机构应当建立企业负责人经营业绩考核制度，与任命的企业负责人签订业绩合同，根据业绩合同对企业负责人进行( )。
   - A. 业绩考核
   - B. 年度考核
   - C. 任期考核
   - D. 年度考核与任期考核

2. 某中外合资经营企业，中外双方的出资比例各占50%。中方为一国有企业，在企业设立时以厂房、场地使用权作为出资，折合人民币为2000万元；企业可分配利润1000万元人民币；企业决定解散时，外方将价值人民币500万元的机器设备及原材料无偿留给中方继续使用。该企业的国有资产是( )万元。
   - A. 2000
   - B. 2500
   - C. 3000
   - D. 3500

3. 国有单位之间发生产权纠纷，经协商不能解决的，应向同级或共同上一级国有资产监管机构申请调解和裁定。必要时( )。
   - A. 由国务院裁定
   - B. 报有权管辖的人民政府裁定
   - C. 向人民法院提起诉讼
   - D. 向上一级国有资产监管机构申请复议

4. 企业国有资产产权登记实行年度检查制度。企业应当在规定的时间内完成企业产权登记情况的年度检查，并向产权登记机关报送企业产权登记年度汇总表和年度汇总分析报告。企业年度检查规定的时间应当是每年的( )。
   - A. 1月1日至3月31日
   - B. 2月1日至4月30日
   - C. 1月1日至4月30日
   - D. 2月1日至3月31日

5. 根据企业国有产权转让制度的规定，对征集到的意向受让方由产权交易机构负责登记管理，产权交易机构不得将对意向受让方的登记管理委托转让方或其他方面进行，产权交易机构要与( )按照有关标准和要求对登记的意向受让方共同进行资格审查，确定符合条件的意向受让方的数量。
   - A. 转让方
   - B. 转让方的主管部门
   - C. 国有资产监督管理机构
   - D. 受让方的主管部门

6. 国有资产监督管理机构决定所出资企业的国有产权转让，其中，转让国有产权致使国家不再拥有控股地位的，应当报( )批准。
   - A. 本级人民政府
   - B. 省级人民政府
   - C. 国务院国有资产监督管理部门
   - D. 省级国有资产监督管理部门

7. 根据企业国有产权转让制度的有关规定，经公开征集产生两个以上受让方时，有关单位应当进行协商，根据转让标的的具体情况采取拍卖或者招投标方式组织实施产权交易。该有关单位是( )。
   - A. 转让方与受让方
   - B. 转让方与产权交易机构
   - C. 受让方与产权交易机构
   - D. 转让方、受让方与产权交易机构

8. 企业国有产权无偿划转涉及职工分流安置事项的，应当经被划转企业职工代表大会审议通过。( )还应当就无偿划转事项通知本企业的债权人，并制订相应的债务处置方案。
   - A. 划出方企业
   - B. 被划转企业
   - C. 划出方与被划转方企业
   - D. 划出方企业或者被划转企业

9. 根据有关规定，下列各项中，国有股东通过证券交易系统转让股份，须采用事先报批方式的表述中，不正确的是( )。
   - A. 国有控股股东转让股份涉及上市公司控制权转移的，应当采用事先报批方式
   - B. 国有参股股东通过证券交易系统在一个完整会计年度内累计净转让股份比例未达到上市公司股本5%的，由该股东按照内部决策程序决定，并在每年1月31日前将其上年度转让上市公司股份的情况报省级或省级以上国有资产监督管理机构备案
   - C. 国有参股股东通过证券交易系统在一个完整会计年度内累计净转让股份比例达到或超过上市公司股本5%的，应将转让方案逐级报国务院国有资产监督管理机构审核批准后实施
   - D. 国有控股股东通过证券交易系统在一个完整会计年度内累计净转让股份比例达到或超过上市公司股本5%的，应将转让方案逐级报国务院国有资产监督管理机构审核批准后实施

10. 根据有关规定，下列各项中，关于国有股东协议转让上市公司股份的转让价格的表述，符合规定的是( )。
    - A. 转让价格应当以上市公司股份转让信息公告日前30个交易日的每日加权平均价格算术平均值为基础确定；确需折价的，其最低价格不得低于算术平均值的90%
    - B. 转让价格应当以上市公司股份转让信息公告日前20个交易日的每日加权平均价格算术平均

值为基础确定；确需折价的，其最低价格不得低于该算术平均值的90%

C. 国有股东为实施资源整合或重组上市公司，并在其所持上市公司股份转让完成后全部回购上市公司主业资产的，股份转让价格应当根据上市公司股票的每股净资产值、净资产收益率、合理的市盈率等因素合理确定

D. 国有及国有控股企业为实施国有资源整合或资产重组，在其内部进行协议转让且其拥有的上市公司权益和上市公司中的国有权益并不因此减少的，股份转让价格由股东根据中介机构出具的该上市公司股票价格的合理估值结果确定

11. 在国有股东间接转让所持上市公司股份中，上市公司股份价格确定的基准日应与国有股东资产评估的基准日一致。国有股东资产评估的基准日与国有股东产权持有单位对该国有股东产权变动决议的日期相差不得超过(　　)。
    A. 1 个月　　　　　B. 2 个月
    C. 3 个月　　　　　D. 6 个月

12. 国有股东协议转让上市公司股份的价格应当依照有关规定确定；确需折价的，其最低价格不得低于该算术平均值的90%。下列各项中，符合国有股东协议转让上市公司股份价格的确定标准是(　　)。
    A. 以上市公司股份转让信息公告日前 30 个交易日的每日加权平均价格算术平均值为基础
    B. 以上市公司股份转让信息公告日前 20 个交易日的每日加权平均价格算术平均值为基础
    C. 以股份转让协议签署日前 30 个交易日的每日加权平均价格算术平均值为基础
    D. 以股份转让协议签署日前 20 个交易日的每日加权平均价格算术平均值为基础

13. 上市公司股份无偿划转的，应当按照规定程序逐级报国务院国有资产监督管理机构审核批准。根据规定，逐级提出审核批准的是(　　)。
    A. 划出一方　　　B. 划入一方
    C. 划转双方　　　D. 划转双方推举一方

14. 履行出资人职责的机构，应当接受监督和考核的部门是(　　)。
    A. 国务院　　　　B. 本级人民政府
    C. 财政部　　　　D. 监察部

15. 履行出资人职责的机构应当对其任命的企业管理者进行年度和任期考核。任期经营业绩考核一般的考核期为(　　)。
    A. 1 年　　　　　B. 2 年
    C. 3 年　　　　　D. 5 年

16. 下列各项中，有关企业改制的表述中，不符合规定的是(　　)。
    A. 重要的国有独资企业的改制由履行出资人职责的机构决定，其他国有企业由股东会、股东大会决定
    B. 改制为国有控股企业的，改制后企业继续履行改制前企业与留用的职工签订的劳动合同，原企业不得向继续留用的职工支付经济补偿金
    C. 改制为非国有企业的，对企业改制时解除劳动合同且不再继续留用的职工，要支付经济补偿金
    D. 改制为非国有企业的，企业国有产权持有单位不得强迫职工将经济补偿金等费用用于改制后的企业的投资或借给改制后企业使用

17. 国有独资企业、国有独资公司、国有资本控股公司的董事、监事、高级管理人员违反规定，造成国有资产重大损失，被免职的。下列各项中，就其处罚的表述，正确的是(　　)。
    A. 自免职之日起 3 年内不得担任国有独资企业、国有独资公司、国有资本控股公司的董事、监事、高级管理人员
    B. 自免职之日起 5 年内不得担任国有独资企业、国有独资公司、国有资本控股公司的董事、监事、高级管理人员
    C. 自免职之日起 10 年内不得担任国有独资企业、国有独资公司、国有资本控股公司的董事、监事、高级管理人员
    D. 终身不得担任国有独资企业、国有独资公司、国有资本控股公司的董事、监事、高级管理人员

18. 国有股东转让所持上市公司股份，拟受让方以现金支付股份转让价款的，国有股东应在股份转让协议签订后 5 个工作日内收取一定比例的保证金，其余价款应在股份过户前全部结清。在全部转让价款支付完毕或由转让双方共同认可的第三方妥善保管前，不得办理转让股份的过户登记手续。该一定比例为(　　)。
    A. 不低于转让收入的 10%
    B. 不低于转让收入的 20%
    C. 不低于转让收入的 30%
    D. 不低于转让收入的 50%

二、多项选择题

1. 根据有关规定，国有资产监督管理机构对企业重大事项的管理。下列选项中，须由国有资产监督管理机构审核批准或决定的有(　　)。
    A. 国有资产监督管理机构出资企业中的国有独资企业的重组、股份制改造方案
    B. 国有资产监督管理机构出资企业中的国有独资公司章程
    C. 重要的国有独资企业的分立、合并、破产、解散
    D. 出资企业的国有股权转让，不影响国有股权控股地位的

2. 国有资产监督管理机构依法对所出资企业财务进

行监督，建立和完善国有资产保值增值指标体系，维护国有资产出资人的权益。所出资企业中的国有独资企业、国有独资公司应当按照规定定期向国有资产监督管理机构报告(　　)。

A. 财务状况

B. 生产经营状况

C. 国有资产保值增值状况

D. 资产处置状况

3. 下列各项中，应当界定为国有资产的有(　　)。

A. 以国有企业担保，完全由其他单位借款创办的全民所有制企业，其收益积累的净资产

B. 国有企业的党、团、工会组织中，以个人缴纳党费、团费、会费

C. 国有企业接受馈赠形成的资产

D. 以国有企业担保，集体企业使用银行贷款资金还贷后形成的资产

4. 根据有关规定，划转双方应当组织被划转企业按照有关规定开展审计或清产核资。下列各项中，作为企业国有产权无偿划转的依据有(　　)。

A. 中介机构出具的审计报告

B. 经划出方国资监管机构批准的清产核资结果

C. 中介机构出具的资产评估报告

D. 经被划转方国资监管机构批准的清产核资结果

5. 根据企业国有产权无偿划转的有关规定，下列各项中，符合规定的有(　　)。

A. 被划转企业应当组织中介机构按照规定开展审计或清产核资

B. 企业国有产权无偿划转的依据是，中介机构出具的审计报告或经划出方国资监管机构批准的清产核资结果

C. 划转双方应当就无偿划转事项通知本企业的债权人，并制订相应的债务处置方案

D. 无偿划转方案中所涉及的职工分流安置事项，应当经被划转企业职工代表大会审议通过

6. 根据有关规定，下列各项中，关于企业国有产权转让价格的表述中，正确的有(　　)。

A. 转让企业国有产权的首次挂牌价格不得低于经核准或备案的资产评估结果

B. 经公开征集没有产生意向受让方的，转让方可以根据标的企业情况确定新的挂牌价格并重新公告，如拟确定新的挂牌价格低于资产评估结果90%的，应当获得相关产权批准机构书面同意

C. 对经公开征集只产生一个意向受让方而采取协议转让的，转让价格应按本次挂牌价格确定

D. 企业国有产权转让中涉及的职工安置、社会保险等有关费用，不得在评估作价之前从拟转让的国有净资产中先行扣除，也不得从转让价款中进行抵扣

7. 下列选项中，占有、使用国有资产的单位应当进行产权界定的情形有(　　)。

A. 与外方合资

B. 实行股份制改造

C. 发生兼并

D. 进行拍卖

8. 根据国有资产管理的有关规定，下列各项中，应当进行国有资产产权登记的有(　　)。

A. 国有企业

B. 占有国有资产的集体企业

C. 国有企业与外商投资设立的合资企业

D. 国有资产不占控股地位的有限责任公司

9. 根据企业国有产权转让的有关规定，企业国有产权转让的全部价款，受让方原则上应当一次付清。如金额较大、一次付清确有困难的，可以采取分期付款的方式。下列各项中，符合规定的有(　　)。

A. 受让方首期付款不得低于总价款的30%，并在合同生效之日起5个工作内支付

B. 受让方首期付款不得低于总价款的30%，并在合同生效之日起10个工作内支付

C. 其余款项应当提供合法的担保，并应当按同期银行贷款利率向转让方支付延期付款期间的利息，付款期限不得超过1年

D. 其余款项应当提供合法的担保，并应当按同期银行贷款利率向转让方支付延期付款期间的利息，付款期限不得超过2年

10. 根据企业国有产权无偿划转的有关规定，下列各项中，符合规定的有(　　)。

A. 企业国有产权在同一国资监管机构所出资企业之间无偿划转的，由所出资企业共同报国资监管机构批准

B. 实施政企分开的企业，其国有产权无偿划转所出资企业或其子企业持有的，由同级国资监管机构和主管部门分别批准

C. 下级政府国资监管机构所出资企业国有产权无偿转让上级政府国资监管机构所出资企业或其子企业持有的，由下级政府和上级政府国资监管机构分别批准

D. 企业国有产权在所出资企业内部无偿划转的，由所出资企业批准并抄报同级国资监管机构

11. 根据有关规定，下列各项中，符合国有股东转让所持上市公司股份的方式有(　　)。

A. 通过证券交易系统转让

B. 无偿划转

C. 协议转让

D. 间接转让

12. 根据有关规定，下列各项中，国有股东转让其所持有的上市公司股份，在实施转让行为前，须经国务院国有资产监督管理机构审核批准的有(　　)。

A. 国有参股股东通过证券交易系统在一个完整

会计年度内累计净转让股份比例未达到上市公司股本 5%的

B. 国有股东与拟受让方签订股份转让协议转让股份

C. 国有股东无偿划转所持上市公司股份

D. 国有股东所持上市公司股份间接转让

13. 根据有关规定，下列各项中，国有股东通过协议转让其所持有的上市股份，在特殊情况下，经省级或省级以上国有资产监督管理机构批准后，可不披露拟协议转让股份的信息直接签订转让协议的情形有( )。

A. 国民经济关键行业、领域中对受让方有特殊要求的

B. 上市公司连续两年亏损并存在退市风险或严重财务危机，受让方提出重点资产重组计划及具体时间表的

C. 国有及国有控股企业为实施国有资产整合或资产重组，在其内部进行协议转让的

D. 上市公司回购股份涉及国有股东所持股份的

14. 国有独资企业由履行出资人职责的机构按照国务院的规定委派监事组成监事会。下列各项中，属于国家出资企业的监事会依照法律、行政法规以及企业章程的规定，行使的职责有( )。

A. 对董事执行职务的行为进行监督

B. 对高级管理人员执行职务的行为进行监督

C. 对企业生产经营进行指导

D. 对企业财产进行监督检查

15. 下列各类企业中，董事会或监事会成员中，应当有公司职工代表的有( )。

A. 有限责任公司监事会

B. 股份有限公司监事会

C. 国有独资公司董事会

D. 两个以上国有企业投资设立的有限责任公司的董事会

16. 下列各项中，有关国家出资企业管理者兼职限制的表述中，符合规定的有( )。

A. 未经履行出资人职责的机构同意，国有独资公司的董事长不得兼任经理。

B. 未经股东会、股东大会同意，国有资本控股公司的董事长不得兼任经理。

C. 未经履行出资人职责的机构同意，国有独资公司的董事、高级管理人员不得兼任监事。

D. 未经履行出资人职责的机构同意，国有独资企业、国有独资公司的董事、高级管理人不得在其他企业兼职

17. 履行出资人职责的机构应当对其任命的企业管理者进行年度和任期考核。下列各项中属于年度考核的基本指标的有( )。

A. 年度利润总额

B. 年度净资产收益率

C. 年度国有资产保值增值率

D. 年度主营业务收入平均增长率

18. 下列各项中，有关国有独资企业、国有独资公司发生的事项，由履行出资人职责的机构决定的有( )。

A. 合并、分立

B. 发行债券

C. 分配利润

D. 增加或者减少注册资本

19. 下列各项中，未经履行出资人职责的机构同意，国有独资企业、国有独资公司不得发生的交易有( )。

A. 与关联方订立财产转让、借款的协议

B. 为关联方提供担保

C. 与关联方共同出资设立企业

D. 向董事、监事、高级管理人员或者其近亲属所有或者实际控制的企业投资

20. 根据规定，下列各项中，有关企业国有产权向管理层转让要求的表述中，符合规定的有( )。

A. 除国家另有规定外，企业国有产权持有单位不得将职工安置费等有关费用从净资产中抵扣

B. 受让国有资产的管理层不得参与国有产权转让方案的制定、中介机构委托等重大事项

C. 管理层受让企业国有产权时，不得以这些企业的国有产权或资产为管理层融资提供保证、抵押、质押、贴现等

D. 企业国有产权向管理层转让后仍保留有国有产权的，参与受让企业国有产权的管理层可以作为改制后企业的国有股股东代表

21. 下列各项中，国有产权无偿划转事项，依据中介机构出具的被划转企业上一年度（或最近一次）的审计报告或经国有资产监督管理机构批准的清产核资结果，直接进行账务调整，并按规定办理产权登记等手续的有( )。

A. 由政府决定的所出资企业国有产权无偿划转本级国有资产监督管理机构其他所出资企业的

B. 由上级政府决定的所出资企业国有产权在上、下级政府国有资产监督管理机构之间的无偿划转

C. 由划入、划出方政府决定的所出资企业国有产权在互不隶属的政府的国有资产监督管理机构之间的无偿划转

D. 由政府决定的实施政企分开的企业，其国有产权无偿划转国有资产监督管理机构持有的

22. 下列各项中，属于由企业提出申请，报同级国有资产监督管理机构批准，需要进行清产核资的情形有( )。

A. 企业资产损失和资金挂账超过所有者权益

B. 企业会计信息严重失真、账实严重不符的

C. 企业产权结构重大变动情况的

D. 企业会计政策发生重大更改，涉及资产核算方法发生重要变化情况的

三、判断题

1. 国有资产监督管理机构，依照对企业负责人的业绩考核结果，确定所出资企业负责人的薪酬。（　　）

2. 国有资产监督管理机构，依照《公司法》规定，派出监事，参加国有控股、参股的公司的股东会、董事会，由其代表国有资产监督管理机构对该公司进行监督管理。（　　）

3. 在产权交易市场中公开形成的企业国有产权转让价格，不得以任何付款方式为条件进行打折、优惠。（　　）

4. 除国家法律、行政法规另有规定外，企业国有产权转让应当在依法设立的产权交易机构中公开进行，不受地区、行业、出资或者隶属关系的限制。（　　）

5. 国有资产占有单位收购非国有资产，对其也应当进行评估。（　　）

6. 企业国有产权无偿划转，划转双方应当组织被划转企业按照有关规定开展审计或清产核资，以中介机构出具的审计报告或经划出方国资监管机构批准的清产核资结果作为企业国有产权无偿划转的依据。（　　）

7. 中介机构对被划转企业划转基准日的财务报告出具否定意见、无法表示意见或保留意见的审计报告的，企业国有产权不得实施无偿划转。（　　）

8. 总股本超过 10 亿股的上市公司，国有控股股东在连续 3 个会计年度内通过证券交易系统累计净转让股份的比例未达到上市公司总股本的 5%，并且该股份转让不涉及上市公司控制权的转移，可以采用事后报备的方式。（　　）

9. 国有股东所持上市公司股份可以依法无偿划转给政府机构、事业单位、国有独资企业以及国有独资公司持有。（　　）

10. 国有控股股东通过证券交易系统在一个完整会计年度内累计净转让股份比例未达到上市公司股本 5% 的，由该股东按照内部决策程序决定，并在每年 1 月 31 日前将其上年度转让上市公司股份的情况报省级或省级以上国有资产监督管理机构备案。（　　）

11. 企业国有产权转让的价款原则上应当一次付清。采取分期付款方式，受让方首期付款不得低于总价款的 20%，其余款项应当提供合法的担保，并应当按同期银行贷款利率向转让方支付延期付款期间利息，付款期限不得超过 1 年。（　　）

12. 由国家出资企业出资设立的子企业不属于国家直接出资企业，但国家出资企业的国有资本出

资人权益，通过国家出资企业的投资延伸到子企业。（　　）

13. 未经履行出资人职责机构的同意，国有资本控股公司、国有资本参股公司的董事、高级管理人员不得在经营同类业务的其他企业兼职。（　　）

14. 根据规定，企业国有资产不得向本企业的董事、监事、高级管理人员或者其近亲属，或者这些人员所有或实际控制的企业转让。（　　）

15. 相关的交易或者事项尚未形成事实损失，但确有证据证明在可预见的未来将发生事实损失，应当认定为资产损失。（　　）

16. 向企业国有产权持有单位的同一经济行为提供审计业务服务的资产评估机构，不得担任该单位资产的评估业务。（　　）

17. 企业进行与资产评估相应的经济行为时，应当以经核准或备案的资产评估结果为作价参考依据。当交易价格低于评估结果的 90% 时，应当暂停交易，在获得原经济行为批准机构同意后方可继续交易。（　　）

本章练习题库参考答案及解析

一、单项选择题

1.【答案】D
【解析】本题是关于国有资产管理部门对企业负责人管理的问题。

2.【答案】C
【解析】2000 万元（中方出资）＋1000 万元×50%（中方分配的利润）＋500 万元（无偿留给中方的资产）＝3000（万元）。

3.【答案】B
【解析】注意区别发生产权纠纷主体的性质。

4.【答案】B
【解析】注意年检的时间及报送的材料。

5.【答案】A

6.【答案】A

7.【答案】B

8.【答案】A

9.【答案】D
【解析】注意国有参股股东和国有控股股东，在转让国有股份的具体规定上存在差异。

10.【答案】A
【解析】C、D 两个选项的内容，其前提条件和结果相互颠倒。

11.【答案】A

12.【答案】A

13.【答案】C

14.【答案】B

15.【答案】C

16.【答案】A

【解析】企业改制应当依照法定程序，由履行出资人职责的机构决定或者由公司股东会、股东大会决定。重要的国有独资企业、国有独资公司、国有资本控股公司的改制，履行出资人职责的机构在作出或者向其委派参加国有资本控股公司股东会会议、股东大会会议的股东代表作出提示前，应当将改制方案报请本级人民政府批准。

17.【答案】B

18.【答案】C

二、多项选择题

1.【答案】ABD

【解析】本题中，C选项应由国有资产监督管理机构审核后，报本级人民政府批准。如果国有股权转让，致使国家不再拥有控股地位的，须报经本级人民政府批准。

2.【答案】ABC

3.【答案】AC

【解析】注意全民所有制企业提供担保，用银行贷款创立的企业因其性质不同，借款形成的资金的性质也不同，但是如果全民所有制单位为集体企业的贷款履行了连带责任，应当界定为国有资产。

4.【答案】AB

5.【答案】BD

【解析】划转双方应当组织被划转企业按照有关规定开展审计或清产核资，故A选项错误。划出方还应当就无偿划转事项通知本企业的债权人，并制订相应的债务处置方案，所以，C选项也不符合规定。

6.【答案】ABCD

7.【答案】ABCD

8.【答案】ABCD

【解析】本题涉及企业国有资产产权登记的范围。只要是占有国有资产的企业都应当进行国有资产产权登记。

9.【答案】AC

10.【答案】ABCD

11.【答案】ABCD

12.【答案】BCD

【解析】国有参股股东通过证券交易系统在一个完整会计年度内累计净转让股份比例未达到上市公司股本5%的，在每年1月31日前将有关情况向国有资产监督管理机构备案。

13.【答案】ABCD

14.【答案】ABD

【解析】除依法履行出资人职责外，不得干预企业经营活动。

15.【答案】ABCD

16.【答案】ABD

【解析】国家出资企业的董事、高级管理人员不得兼任监事，是法律规定，无需考虑是否经什么机构同意。

17.【答案】AB

【解析】注意区分年度与任期考核的基本指标的区别。

18.【答案】ABCD

【解析】国有独资企业、国有独资公司发生合并、分立，增加或者减少注册资本，发行债券，分配利润，解散和申请破产，由履行出资人职责的机构决定。其决定事项与公司法中规的国有独资公司的重大事项基本一致，只是多了利润分配一项。

19.【答案】ABCD

20.【答案】ABC

【解析】企业国有产权向管理层转让后仍保留有国有产权的，参与受让企业国有产权的管理层不得作为改制后企业的国有股股东代表。故D选项错误。

21.【答案】ABCD

22.【答案】CD

【解析】A、B两项属于可以要求企业进行清产核资的情形。

三、判断题

1.【答案】×

【解析】应当为依据考核结果，决定所出资企业负责人的奖惩。

2.【答案】×

【解析】应当依照《公司法》的规定，派出股东代表、董事，参加国有控股、参股公司股东会、董事会，由股东代表、董事代表国有资产监督管理机构在股东会、董事会上发表意见、行使表决权。

3.【答案】√

4.【答案】√

5.【答案】√

【解析】本题是关于国有资产评估的对象和范围问题。注意区分应当评估与可以评估的情形。

6.【答案】√

7.【答案】√

【解析】企业国有资产不得实施无偿划转的情形共有五种，此为其中之一。

8.【答案】×

【解析】比例错误，应当将5%改为3%。

9.【答案】√

10.【答案】×

【解析】（1）注意区分国有股东为控股还是参股；（2）在参股的情况下，再分析其累计净转让股份比例是否达到上市公司股本的5%，确定备案或审批。

11.【答案】×
【解析】采取分期付款方式，受让方首期付款不得低于总价款的30%。

12.【答案】√

13.【答案】×
【解析】应当为未经股东会、股东大会同意。注意区别：（1）国有独资公司中董事、高级管理人员的兼职，须经履行出资人职责机构的同意，而国有资本控股公司、国有资本参股公司，经股东会、股东大会同意。（2）国有独资公司的兼职限制不考虑是否具有同类业务，而国有资本控股公司、国有资本参股公司的兼职限制范围为具有同类业务。

14.【答案】×
【解析】根据规定，可以向本企业的董事、监事、高级管理人员或者其近亲属，或者这些人员所有或实际控制的企业转让的企业国有资产，在转让时，上述人员或者企业参与受让的，应当与其他受让参与者平等竞买。

15.【答案】×
【解析】相关的交易或者事项尚未形成事实损失，但确有证据证明在可预见的未来将发生事实损失，且能计量损失金额的，应当认定为资产损失。

16.【答案】√

17.【答案】√

第八章

物权法律制度

本章考情分析

本章是 2008 年教材新增加的一章，其中第四节担保物权的内容是从原教材第八章合同法（总则）中调整过来的。本章内容是以后各章学习的基础，与企业破产法、合同法联系非常紧密。因此，是全书的重点章之一。题型即包括客观题，也包括主观题。

本章的主要内容有：（1）物的种类；（2）物权变动；（3）物权的保护；（4）征收与征用；（5）业主的建筑物区分所有权；（6）共有与相邻关系；（7）用益物权；（8）担保物权等。

复习本章内容时应当注意，除 2008 年本章考题以外，以前年度的考题虽然有参考价值，但必须注意与《物权法》的规定有出入的部分，应当按照《物权法》的规定重新理解。同时，对历年考题的参考，不仅要关注知识点，更应注意分析其出题、解题的思路。

2009 年指定教材本章内容变化不大。

最近 3 年题型题量分析

年 份 题 型	2006 年	2007 年	2008 年
单选题			1 题 1 分
多选题			2 题 2 分
判断题			1 题 1 分
综合题		1.5 分	1 题 16 分
合计		1.5 分	5 题 20 分

本章考点扫描

【考点一】物的概念及特征

物是指人们能够支配的物质实体和自然力。

【解释】民法上的物具有以下法律特征（与第一章法律关系客体中的物具有相同的特征）：

1. 客观物质性。物必须是客观存在的物质实体或自然力。如自身不具备物质性的财产或财产权利，智力成果，虽能给权利人带来物质利益，但不是民法上的物；又如能够被人们支配的自然力，电、热、气、磁力等，虽然外表无形，但实际上都有一定的物质结构或形态，亦是物。

2. 可支配性。能够被民事主体支配的物质实体和自然力才是民法上的物。如宇宙的恒星，因其不具备可支配性，不是民法上的物。

【注意问题】物是物权的客体，但物权的客体不局限于物。在法律有规定的情况下，权利也可以作为物权的客体。

【考点二】特定物与种类物（对于理解合同的违约责任有意义）

1. 特定物在交付前意外灭失的，可以免除义务人的交付义务，而只能请求赔偿损失。

2. 种类物如在交付前意外灭失的，由于其具有可替代性，故不能免除其交付义务，义务人仍应交付同类物。

【解释】

特定物是指具有独立特征或被权利人指定，不能以它物替代的物。如一件古董、一幅名人字画等。

种类物是指以品种、质量、规格或度量衡确定，不需具体指定的物。如级别、价格相同的大米等。

【例题 1·单选题】甲向乙订购一批新出版的图书，双方对此作出明确约定，如一方违约则需按合同总金额的 10% 支付违约金。后乙欲交付给甲的该批图书在运输过程中遭暴雨浸泡。经查乙的库房还有与该批图书相同的库存。下列各项有关该问题的解决，正确的是（　　　）。

A. 乙无需向甲交付，但应向甲支付赔偿金及违约金

B. 乙应当向甲交付

C. 乙因遭遇不可抗力，无需交付

D. 乙应当向甲交付，并按约定支付迟延交付的违约金

【答案】D

【解析】该合同约定的标的物为种类物。根据规定，在交付前灭失的，不能免除义务人的责任，仍应交付同种物。在本例中，该交付行为实际为合同法中规定的继续履行，除此之外，由于双方还约定了违约金条款，因此，违约方还需承担支付违约金的违约责任。

【考点三】原物与孳息（重要）

原物 { 天然孳息（所有权人取得；所有权与用益物权并存，用益物权人取得，另有约定除外）

法定孳息（有约定按照取得，没有约定或者约定不明确的，按照交易习惯取得）

【解释】孳息是指物或者权益而产生的收益，包括天然孳息和法定孳息。天然孳息是原物根据自然规定产生的物，如幼畜。法定孳息是原物根据法律规定带来的物，如存款利息、股利、租金等。

【相关链接】《合同法》规定，标的物在交付之前产生的孳息，归出卖人所有，交付之后产生的孳息，归买受人所有。

【例题2·判断题】在一物之上设定了用益物权的，该物产生的天然孳息，除当事人另有约定外，由所有权人取得。（　）（2008年试题）

【答案】×

【考点四】物权的概念及分类（见表8-1）

物权是指权利人对特定的物享有直接支配和排他的权利。

表8-1　　　　　　　　　　　　　　各类物权基本情况对比

	基本特征	具体种类
所有权	最完整、最充分的物权。所有人依法可以对物进行占有、使用、收益和处分的权利	国家所有权、集体所有权、私人所有权。相关内容：业主的建筑物区分所有权、共有与相邻关系
用益物权	注重物的使用价值；在不动产上成立的物权	土地承包经营权、建设用地使用权和地役权
担保物权	注重物的交换价值；既可以在不动产，也可以在动产上设立	抵押、质押、留置

【解释】与债权相比，物权具有如下特征：

1. 物权的权利主体是特定的，而义务主体是不特定的。权利人以外的任何人都负有不得非法干涉和侵害的义务，物权是一种绝对权和"对世权"。而债权的权利主体和义务主体都是特定的，称为对人权。

2. 物权的内容是直接支配一定的物，并排斥他人干涉。

3. 物权的标的是物。债权的标的可以是物，也可以是行为。

【考点五】一物一权原则（重要，对于理解共有问题有意义）

一物一权原则包括以下几项内容：（1）一个所有权的客体仅为一个独立物。集合物原则上不能成为一个所有权的客体，而应为多个所有权客体；（2）一个独立物上只能存在一个所有权。但是一物之上的所有人可以为多人，多人对一物享有所有权，并非多重所有权，所有权仍然是一个，只不过主体为多人。

所有权的行使中必须遵循以下几个原则：（1

在按份共有中，各共有人虽依据其份额对财产享有相应的权利，承担相应的义务，但是份额本身并非单独的所有权；（2）一物之上可以存在数个物权，但各个物权之间不得相互矛盾。如一物之上可以有多个抵押权的存在；（3）一物的某一部分不能成立单个的所有权，物只能在整体上成立一个所有权。

【例题3·判断题】甲享有一辆汽车的所有权，乙对该车上的轮胎主张所有权。因此，在该汽车上形成两个所有权。（　）

【答案】×

【解析】一物的某一部分不成立单个的所有权。甲、乙对该车的所有权为按份共有形式。

【考点六】占有的概念和推定

占有是指民事主体对物进行管理而形成的事实状态。

《物权法》规定占有制度，可以实现事实推定和权利推定两个效果：

1. 事实推定。首先，推定占有人是以所有的意思为自己占有，而且是善意、和平及公然占有；其

次，占有前后的两个时期，有占有证据的，推定其为继续占有。

2. 权利推定。即占有人在占有物上行使的权利推定为合法。受权利推定的占有人，免除举证责任，除非相对人提出反证。

【考点七】占有的种类

1. 自主占有与他主占有。以所有的意思占有标的物称为自主占有。而其他的占有就叫做他主占有。

【解释】至于该物是否真正属于自己所有不在考虑的范围，因此小偷对赃物的占有也同样能够成立自主占有。

2. 直接占有与间接占有。直接占有是指直接对物进行事实上的管领的控制。而间接占有则指并不直接占有某物，但因此可以依据一定的法律关系而对直接占有某物的人享有返还占有请求权，而对物形成间接的控制和管理。

【解释】如A将自己的房屋出租给B，B作为承租人直接占有该物，则B对该物是直接占有，A通过B的占有取得间接占有。

3. 有权占有与无权占有。有权占有是指基于法律或者合同的规定而享有对某物进行占有的权利。无权占有则指没有权源的占有。

【解释】如通过买卖合同占有某物为有权占有，不当得利人对标的物的占有为无权占有，负有返还义务。

4. 善意占有与恶意占有。善意占有指不法占有人在占有他人财产时，不知道或者不应当知道其占有是非法占有。恶意占有指不法占有人在占有他人财产时明明知道或者应当知道其占有行为属于非法但仍然继续占有。

【解释】如拾得认为是他人遗弃的物品，为善意占有；小偷占有赃物为恶意占有。

【考点八】无权占有人与返还请求权人的关系（重要）

1. 不动产或者动产被占有人占有的，权利人可以请求返还原物及其孳息，但应当支付善意占有人因维护该不动产或者动产支出的必要费用。

2. 占有人因使用占有的不动产或者动产，致使该不动产或者动产受到损害，恶意占有人应当承担赔偿责任。

3. 占有的不动产或者动产毁损、灭失，该不动产或者动产的权利人请求赔偿的，占有人应当将因毁损、灭失取得的保险金、赔偿金或者补偿金等返还给权利人；权利人的损害未得到足够弥补，恶意占有人还应当赔偿损失。

【例题4·判断题】A的数码相机丢失在公共汽车站的垃圾箱附近，B从此路过见到该相机无人认领，遂认为是他人丢弃之物而拾得，使用中不慎将该相机摔坏。A有权要求B返还该相机，并承担损害赔偿责任。（　　）

【答案】×

【解释】应当区分善意与恶意占有。善意占有人只需返还占有的原物及孳息，或者原物毁损、灭失后取得的保险金、赔偿金或者补偿金，如果造成损害，无须承担赔偿责任；而恶意占有人不仅需承担上述返还义务，还需承担赔偿损失的责任。

【注意问题】注意与善意取得的内容加以区别。

【考点九】占有的法律保护（重要，见表8－2）

表8－2　　　　　占有的法律保护

发生情形	占有人采取的措施
占有的不动产或动产被侵占的	有权请求返还原物，自侵占发生之日起一年内未行使的，该请求权消灭
对妨害占有的行为	有权请求排除妨害或者消除危险
因侵占或者妨害造成损害的	有权请求损害赔偿

其中一年的期间属于除斥期间，且仅适用于返还原物的请求权。关于损害赔偿的请求权，仍适用一般诉讼时效的规定。

【例题5·判断题】2008年1月5日A的汽车出租给B使用，租期至3月5日。该出租汽车在3月1日被C占有。B有权在2009年3月1日前，起诉C请求返还该汽车。（　　）

【答案】√

【考点十】不动产的物权变动（重要，2008年综合试题中出现）

1. 不动产物权的设立、变更、转让和消灭，经依法登记，发生效力；未经登记的，不发生效力，但法律另有规定的除外。依法属于国家所有的自然资源，所有权可以不登记。

2. "法律另有规定的除外"主要是指一些他物权的变动不以登记为生效要件，而是以登记为对抗要件，这些情形具体包括：①土地承包经营权自土地承包经营权合同生效时设立。未经登记，不得对抗善意第三人；②地役权自地役权合同生效时设立。未经登记，不得对抗善意第三人；③已经登记的宅基地使用权转让或者消灭的，应当及时办理变更登记或者注销登记。

3. 非以法律行为发生的不动产物权变动也不要求以登记为生效要件：①因人民法院、仲裁委员会的法律文书，人民政府的征收决定等，导致物权设立、变更、转让或者消灭的，自法律文书生效或者人民政府的征收决定等行为生效时发生效力；②因继承或者受遗赠取得物权的，自继承或者受遗赠开始时发生效力；③因合法建造、拆除房屋等事实行为设立和消灭物权的，自事实行为成就时发生效力；④上述三种情形的物权变动虽不以登记为要件，但获得权利的主体在处分该物权时，仍应当依法办理登记。未经登记，不发生物权效力。

【例题6·判断题】甲死亡后，其房屋由继承人乙继承，虽然没有办理登记，但乙取得该房屋所有权。但如乙欲将该房屋转卖给丙，则乙应当先将房屋登记在自己名下，然后才能过户到丙的名下。否则，乙丙之间的买卖合同虽然生效，但是不能发生房屋所有权转移的物权变动效果。（ ）

【答案】√

【例题7·多选题】根据《物权法》的规定，下列各项中，有关不动产物权设立、变更、转让和消灭的表述中，符合法律规定的有（ ）。

A. 因合法建造、拆除房屋等事实行为设立和消灭物权的，自事实行为成就时发生效力

B. 因人民法院的法律文书，导致物权消灭的，自法律文书生效时发生消灭的效力

C. 地役权自地役合同生效时设立

D. 已经登记的宅基地使用权转让或者消灭的，自办理变更登记或者注销登记时发生法律效力

【答案】ABC

【注意问题】（1）用益物权中的土地承包经营权和地役权，均自合同生效时设立；（2）土地宅基地使用权，只规定应当及时办理变更登记或者注销登记，并不以登记为生效要件。

【相关例题】见本章经典试题回顾综合题部分。

【考点十一】不动产物权的登记地点、方式（重要，2008年综合试题出现）

不动产物权的登记地点、登记方式的具体规则是：

1. 登记地点。不动产登记，由不动产所在地的登记机构办理。

2. 登记簿与权属证书。不动产物权的设立、变更、转让和消灭，依照法律规定应当登记的，自记载于不动产登记簿时发生效力。不动产权属证书与不动产登记簿不一致的，除有证据证明不动产登记簿确有错误外，以不动产登记簿为准。

【相关例题】见本章经典试题回顾综合题部分。

【考点十二】更正登记与异议登记（重要）

1. 更正登记。权利人、利害关系人认为不动产登记簿的事项错误的，可以申请更正登记。不动产登记簿记载的权利人书面同意更正或者有证据证明登记确有错误的，登记机构应当予以更正。

2. 异议登记。异议登记是利害关系人对不动产登记簿记载的权利提出异议并记入登记簿的行为，是在更正登记不能获得权利人同意后的补救措施。

3. 异议登记的法律效力。（1）异议登记使得登记簿上所记载权利失去正确性推定的效力，因此异议登记后第三人不得主张基于登记而产生的公信力。（2）异议登记申请人在异议登记之日起15日

内起诉，不起诉的，则异议登记失效。（3）异议登记不当的，造成权利人损害的，权利人可以向申请人请求损害赔偿。

【例题8·判断题】A的三间房屋已经依法进行房屋所有权登记，但是B认为该房产登记的事项存在错误，其中一间应为B所有，为此申请更正登记。在登记机关未进行更正的情况下，B对此提出异议并由该房产登记机关记入登记簿。C购买A的三间房屋，并以登记机关先前登记的内容为准，要求办理房产变更登记。该主张有合法依据。（ ）

【答案】×

【注意问题】异议登记使得登记簿上所记载权利失去正确性推定的效力，因此异议登记后第三人不得主张基于登记而产生的公信力。

【考点十三】预告登记（重要）

当事人签订买卖房屋或者其他不动产物权的协议，为保障将来实现物权，按照约定可以向登记机构申请预告登记。预告登记后，未经预告登记的权利人同意，处分该不动产的，不发生物权效力。预告登记后，债权消灭或者自能够进行不动产登记之日起三个月未申请登记的，预告登记失效。

【例题9·多选题】A与B签订房屋买卖协议，约定A预先向房产登记部门申请预告登记。协议签订后，A按约向登记机构提出预告登记申请。下列各项表述中，正确的有（ ）。

A. 因为该房屋的所有权依然属于B，因此B决定将该房屋卖与C的行为发生物权效力

B. 在预告登记期间，未经A的同意，B决定将该房屋卖与C的行为不发生物权效力

C. A与B解除房屋买卖合同后，预告登记失效

D. A与B未在预告登记后2个月内办理房屋过户登记的，预告登记失效

【答案】BC

【解析】（1）预告登记后，未经预告登记的权利人同意，处分该不动产的，不发生物权效力，故A不正确；（2）预告登记后，自能够进行不动产登记之日起三个月内未申请登记的，预告登记失效，因此D不正确。

【考点十四】不动产买卖合同与登记（重要，对于正确理解合同效力有意义）

当事人之间订立有关设立、变更、转让和消灭不动产物权的合同，除法律另有规定或者合同另有约定外，自合同成立时生效；未办理物权登记的，不影响合同效力。

【解释】在不动产买卖中，买卖合同的效力与办理登记没有必然联系，即该买卖合同不以物权登记为生效要件。但是，买卖合同的生效，也不意味着物权的效力发生，应当依法办理登记。（见考点十例题6）

【考点十五】动产的物权变动（重要）

1. 动产物权的设立和转让，自交付时发生效力，但法律另有规定的除外。

【解释】交付是指将物或提取标的物的凭证移转给他人占有的行为。交付通常指现实交付，即直接占有的转移。交付的具体方式见考点十六。

2. 船舶、航空器和机动车等物权的设立、变更、转让和消灭，未经登记，不得对抗善意第三人。

【解释】其物权变动没有采取登记生效主义，而是采取登记对抗主义。

【例题10·判断题】甲公司将其所有的船舶抵押给A银行，未办理抵押物登记。之后甲公司因向B银行申请贷款，将该船舶又抵押给B银行，B银行在对该船舶已经抵押不知情的情况下，与甲公司一同办理了抵押登记。以上两笔债务均已到期，甲公司无力偿还。A银行以其抵押发生在前，B银行抵押在后，就该船舶拍卖款项请求优先受偿。法院应当支持。（　　）

【答案】×

【注意问题】A银行抵押行为虽然发生在先，但未办理抵押登记，不得对抗善意第三人B银行。

【考点十六】交付方式（重要，对于判断动产物权是否变动有意义）

除现实交付外，以下几种交付方式，也可以发生与现实交付同样的法律效果：

1. 简易交付。是指动产物权设立和转让前，权利人已经先行占有该动产的，无需现实交付，物权在法律行为生效时发生变动效力。

【解释】如受让人已经通过寄托、租赁、借用等方式实际占有了动产，则当双方当事人关于所有权转移的合意生效时，即完成标的物的交付，受让人取得直接占有。

2. 指示交付。动产物权设立和转让前，第三人依法占有该动产的，负有交付义务的人可以通过转让请求第三人返还原物的权利代替交付。

3. 占有改定。动产物权转让时，双方又约定由出让人继续占有该动产的，物权转移自该约定生效时发生效力。

【解释】甲将其所有的书卖给乙，按照一般原则，必须当甲将其所有的书现实交付与乙，才能发生所有权的移转。但甲希望将该书阅读完毕，因此与乙协商要求借用，乙表示同意。这样乙仅仅取得一个间接占有，但交付在法律上已经完成。

【相关链接】出质人代质权人占有质物的，质押合同不生效。质押成立后质权人将质物返还于出质人后，不得以其质权对抗第三人。

【考点十七】所有权取得的特别规则

物权法所规定的所有权特别规则，主要涉及所有权的原始取得制度。主要方式有：劳动生产、先占、孳息、添附、善意取得、拾得遗失物、发现埋藏物等。

【解释】原始取得，是指根据法律规定，最初取得财产的所有权或不依赖于原所有人的意志而取得财产的所有权。

【考点十八】善意取得（重要）

1. 善意取得。所谓善意取得，是指动产占有人或者不动产的名义登记人将动产或者不动产不法转让给受让人以后，如果受让人善意取得财产，即可依法取得该财产所有权的法律制度。

2. 善意取得的构成要件：

（1）受让人受让财产时主观上为善意。

【注意问题】受让人在让与后是否为善意，并不影响其取得所有权。

（2）以合理的价格有偿受让。

【注意问题】无偿方式取得财产时，不适用善意取得制度。

（3）转让财产依照法律规定应当登记的已经登记，不需要登记的已经交付给受让人。

【注意问题】如果双方当事人仅仅达成合意，而没有发生标的物的移转，则当事人之间仍只有债的法律关系，而没有形成物权法律关系，不能发生善意取得的效果。

3. 善意取得成立后，在当事人间（权利人、让与人、受让人）发生如下法律效果（如图8-1所示，有三个法律关系）：

图8-1

（1）在原权利人与受让人之间，原权利人丧失标的物所有权，而受让人则基于善意取得制度而获得标的物的所有权。

（2）在让与人与受让人之间，让与人与受让人基于有偿法律行为而发生债的法律关系，在受让人获得标的物的所有权以后，应当承担向让与人支付价款的义务，而不能根据让与人无权处分而拒绝支付价款。

（3）在原权利人与让与人之间，由于善意取得法律效果是所有权发生转移，因此原权利人无权要求让与人返还原物，只能要求无权处分人承担赔偿责任，也可以要求让与人返还不当得利。

4. 理解善意取得制度时，应当注意以下几点：

（1）除了动产可以使用善意取得制度外，不动产上也可以适用善意取得制度。当然不动产的善意取得以登记为要件。

（2）拾得遗失物、赃物不能适用善意取得制度（具体内容见考点十九）。漂流物、隐藏物、埋藏物适用同样规则。

（3）善意取得不但适用于所有权的取得，也适用于他物权的取得。因此建设用地使用权、抵押权、质押权等他物权也可以善意取得。

【例题11·判断题】A的电脑借给B使用，B则将该电脑卖给C，C按照该电脑的市场价格向B支付了货款。C为善意取得，享有该电脑的所有权。（ ）

【答案】√

【例题12·判断题】A盗窃了B的电脑后，通过二手市场将该电脑卖给C，C按照市场价格向A支付了价款。C的行为属于善意取得，享有该电脑的所有权。（ ）

【答案】×

【注意问题】拾得遗失物、赃物不能适用善意取得制度。

【相关链接】善意取得制度保护善意第三人的财产所有权。《合同法》中规定，债务人以明显不合理的低价转让财产，对债权人造成损害，并且受让人知道该情形的，债权人可以行使撤销权。

【考点十九】拾得遗失物（重要）

【解释】遗失物，是指他人不慎丧失占有的动产。拾得遗失物是指发现他人遗失物而予以占有的法律事实。

1. 拾得人与权利人之间法律关系的处理规则

（1）拾得遗失物，应当返还权利人。

（2）拾得人在返还拾得物时，可以要求支付必要的费用，但不得要求支付报酬。但遗失人发出悬赏广告，愿意支付一定报酬的，不得反悔。

（3）有关部门收到遗失物，知道权利人的，应当及时通知其领取；不知道的，应当及时发布招领公告。自有关部门发出招领公告之日起6个月内无人认领的，遗失物归国家所有。

（4）拾得人在遗失物送交有关部门前，有关部门在遗失物被领取前，应当妥善保管遗失物。因故意或者重大过失致使遗失物毁损、灭失的，应当承担民事责任。

（5）拾得人拒不返还遗失物，按侵权行为处理。拾得人不得要求支付必要费用。也无权请求权利人按照承诺履行义务。

2. 如果遗失物通过转让为他人所占有时，权利人有权要求占有人返还原物或者赔偿损失的具体规则

（1）权利人有权向无处分权人请求损害赔偿，或者自知道或者应当知道受让人之日起2年内向受让人请求返还原物。

【相关链接】在善意占有制度中，占有人返还原物的请求权，自侵占发生之日起一年内未行使的，该请求权消灭。

（2）如果受让人通过拍卖或者向具有经营资格的经营者购得该遗失物的，权利人请求返还原物时应当支付受让人所付的费用。权利人向受让人所付费用后，有权向无处分权人追偿。

【注意问题】拾得漂流物、发现埋藏物或者隐藏物的，同样适用关于遗失物的规则。对这一问题的理解，同样注意分清如下三个法律关系（如图8-2所示）：

图8-2

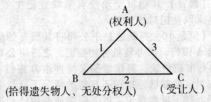

（拾得遗失物人、无处分权人）　（受让人）

【例题13·判断题】A丢失钱包，通过媒体发布广告称，捡到钱包归还者，失主将给予1000元酬金致谢。B捡到A丢失的钱包后，见有大量现金，欲据为己有。后公安机关根据失主提供的线索查找到B，并搜查出A丢失的钱包。B将钱包归还给A后，要求A支付1000元酬金。A应当支付。（ ）

【答案】×

【解析】拾得人拒不返还遗失物，按侵权行为处理。拾得人不得要求支付必要费用。也无权请求权利人按照承诺履行义务。

【例题14·单选题】A饲养的鸭子顺水漂到下游村子，被B带回家中饲养，在该鸭子产下鸭蛋后几天，B将该鸭子在集市上出售，被C买下。下列各项中，有关该鸭子的处理，正确的是（ ）。

A. A有权要求B返还该鸭子

B. 如果C不知道该鸭子为A所有，A无权要求C返还

C. A有权要求C返还鸭子，但应当向C支付费用，所付费用有权向B追偿

D. A向C要求返还鸭子的请求权自其知道C购得该鸭子之日起1年内行使

【答案】C

【考点二十】物上请求权（重要，见表8-3）

【解释】法律赋予物权人除去该等妨害，恢复对标的物的支配的权利，就是物上请求权，是对物权的保护。

表8-3　　　　　　　　　物上请求权

请求权的种类	救济内容
请求返还原物	无权占有不动产或者动产的，权利人可以要求请求返还原物。见【解释1】
请求排除妨碍或者消除危险	妨害物权或者可能妨害物权的，权利人可以请求排除妨害或者消除危险。见【解释2】

【解释1】无权占有包括两种情况：（1）无权占有所有物。如甲的房屋被乙租用，租期届满后，乙不返还承租的房屋。（2）非法侵占。如甲抢夺乙的财产据为己有。

【注意问题】在适用这一方法保护物权时，应注意以下问题：（1）在共有的情况下，每个共有人都可以请求不法占有人返还共有物。但各共有人必须要求不法占有人将共有物返还给全体共有人。（2）权利人只能针对无权占有人提出返还原物，而不能要求有权占有人返还原物。（3）如果原物被他人合法占有，占有人在合法占有期间，将原物非法转让第三者。权利人能否向第三者提出返还原物的要求，要依具体情况而定。（4）权利人请求返还原物，必须原物依然存在。如果原物已经灭失，权利人就只能要求赔偿损失。

【解释2】所谓排除妨碍，是指物正遭受损害和权利的行使正遭受妨碍时，物权人可以依法请求不法侵害人排除妨碍，或请求人民法院责令侵害人承担排除妨碍的责任。消除危险与排除妨碍的区别在于，排除妨碍的情况下，妨碍事实正在发生，而在消除危险情形下，妨碍事实还没有发生，只是可能发生。

【注意问题】（1）妨碍人是否存在过错，不影响权利人提出请求。但妨碍行为必须是非法的；（2）权利人不仅可以对已经发生的妨碍请求排除，而且对尚未发生但又确有可能发生的妨碍，也有权请求排除；（3）排除妨碍的费用由侵害人负担。

【考点二十一】债权请求权

物权人在其标的物受到损害时，除要求停止侵害、排除妨碍等以外，还可以请求侵权人赔偿损失。

【解释】物上请求权与损害赔偿请求权的区别：（1）物上请求权旨在恢复物权人对其标的物的支配状态，从而使物权得以实现。损害赔偿请求权的目的在于填补损害，它是在不能恢复物的原状时，以金钱作为赔偿，填补物权人受到的财产损失；（2）

损害赔偿请求权必须以实际受到损害为前提，而物上请求权则不以有损害为要件。

【注意问题】在物权因他人的违法行为受到侵害时，如果有标的物的实际损害，可以同时发生物上请求权和损害赔偿请求权，故物上请求权与损害赔偿请求权可以并用。此外，因物权归属、内容发生争议的，利害关系人可以请求确认权利，称之为确认之诉。

【考点二十二】所有权的权能（重要）

所有权包括四项权能，即占有权、使用权、收益权、处分权。

【解释】

1. 占有和占有权。占有，是指民事主体对财产的实际控制。占有权，就是民事主体对于财产的实际控制权。占有强调一种事实状态，既可以是合法的，也可以是不合法的。而占有权则一定是基于合法占有财产所产生的权利。

2. 使用权。使用，是指民事主体按照财产的性能对其加以利用，以满足生产或者生活的某种需要。使用权，就是民事主体对于财产的合法利用权。

3. 收益权。收益，是指民事主体通过合法途径获取基于财产而产生的物质利益。包括孳息和利润。

4. 处分权。处分，是指民事主体在法律允许的范围内对财产进行的处置。按照财产处置方式不同，可把处分划分为事实上的处分与法律上的处分：（1）事实处分，是指在生产或者生活中直接消耗财产。其法律结果实质上是消灭了原财产的所有权。如消费粮食；（2）法律上的处分，是指通过某种法律行为处置财产。其法律后果实质上是转移原财产的所有权。如出卖房屋等。处分权是财产所有人最基本的权利，也是所有权的核心内容。

【考点二十三】征收与征用（见表8-4）

表8-4 征收与征用比较

		征收	征用
	相同之处	（1）主体都是国家，都是为了公共利益的需要，也均是强制性的。（2）除了适用于所有权外，还可以适用用益物权，如土地承包经营权、建设用地使用权、宅基地使用权等权利	
不同之处	法律效果不同	征收是财产所有权发生了变化，不存在返还的问题	征用是所有权没有变化，使用权暂时发生了变化。因此征用的结果，如果标的物没有灭失，则仍需要返还给权利人；毁损、灭失的，应当给予补偿
	适用对象不同	征收是针对土地、房屋等不动产，不包括动产	征用则于不动产和动产均可适用
	适用条件不同	征收和征用都是为了公共利益	征用还要求必须是为了抢险、救灾等紧急需要

【考点二十四】国家所有权（重要）

1. 法律规定属于国家所有的财产，属于国家所有即全民所有。

2. 国家所有权的行使。国有财产的行使，除法律另有规定的以外，均由国务院代表国家行使所有权。另外未授权给公民、法人经营、管理的国家财产受到侵害的，不受诉讼时效的限制。

3. 国家所有权的客体范围。国家所有权的客体包括：（1）城市土地、矿藏、水流、海域；（2）法律规定属于国家所有的野生动植物资源；（3）无线电频谱资源；（4）国防资产；（5）森林、山岭、草原、荒地、滩涂等自然资源，属于国家所有，但法律规定属于集体所有的除外；（6）法律规定属于国家所有的农村和城市郊区的土地及铁路、公路、电力设施、电信设施和油气管道等基础设施，属于国家所有；（7）法律规定属于国家所有的文物，属于国家所有。

【注意问题】 在上述客体范围中，（1）、（3）、（4）项中的财产，只能作为国家所有权的客体，不能成为集体组织或者公民个人所有权的客体。

【考点二十五】劳动群众集体所有权

1. 劳动群众集体组织所有权的客体可以是法律规定的国家专有财产以外的其他任何财产。

2. 集体所有的土地和森林、山岭、草原、荒地、滩涂等，依照下列规定行使所有权：（1）属于村农民集体所有的，由村集体经济组织或者村民委员会代表集体行使所有权；（2）分别属于村内两个以上农民集体所有的，由村内各该集体经济组织或者村民小组代表集体行使所有权；（3）属于乡镇农民集体所有的，由乡镇集体经济组织代表集体行使所有权。

3. 集体经济组织、村民委员会或者其负责人作出的决定侵害集体成员合法权益的，受侵害的集体成员可以请求人民法院予以撤销。

【例题15·多选题】 根据《物权法》的规定，下列各项中，既可以为国家所有又可以为集体所有的财产包括(   )。

A. 土地

B. 无线电频谱资源

C. 野生动植物资源

D. 森林

【答案】 ACD

【考点二十六】业主的建筑物区分所有权
（重要，2008年考过多选题）

1. 建筑物区分所有权由专有部分所有权、共有部分的权利以及因共同关系所产生的成员权三要素构成。

【注意问题】 建筑物区分所有权不同于传统的共有制度，其根本属性仍在于单独所有，共有部分及管理权部分均是为区分所有服务的。因此建筑物区分所有权人在转让时，其他建筑物区分所有权人不得享有优先购买权。

2. 建筑物区分所有权的客体。

（1）专有部分的所有权。业主对建筑物内的住宅、经营性用房等专有部分享有所有权，有权对专有部分占有、使用、收益和处分。业主行使专有部分所有权时，不得危及建筑物的安全，不得损害其他业主的合法权益。

【解释】 业主不得违反法律、法规以及管理规约，将住宅改变为经营性用房。业主将住宅改变为经营性用房的，除遵守法律、法规以及管理规约外，应当经有利害关系的业主同意。

（2）共有部分的共有权。共有部分包括：①建筑区划内的道路，属于业主共有，但属于城镇公共道路的除外；②建筑区划内的绿地，属于业主共有，但属于城镇公共绿地或者明示属于个人的除外；③建筑区划内的其他公共场所、公用设施和物业服务用房，属于业主共有；④占用业主共有的道路或者其他场所用于停放汽车的车位，属于业主共有。在建筑区划内规划用于停放汽车的车位、车库应当首先满足业主需要。

【注意问题】 在转让专有部分所有权时，共有部分的共有权及共同管理权必须随之转移。

3. 成员权。业主对专有部分以外的共有部分享有共同管理的权利。业主可以自行管理建筑物及其附属设施，也可以委托物业服务企业或者其他管理人管理（具体内容见表8-5）。

表8-5 业主行使权利的事项及表决比例

表决事项	表决比例
制定和修改业主会议议事规则、制定和修改建筑物及其附属设施的管理规约、选举业主委员会或者更换业务委员会成员、选聘和解聘物业服务机构或者其他管理人等事项	经专有部分建筑物总面积过半数的业主且占总人数过半数的业主同意即可
对于筹集和使用建筑物及其附属设施的维修资金和改建、重建建筑物及其附属设施的行为	经专有部分占建筑物总面积2/3以上的业主且占总人数2/3以上的业主同意

【例题16·多选题】 根据物权法有关业主建筑物区分所有权的规定，下列各项中，属于业主共有部分的共有权的范围有(   )。

A. 电梯

B. 外墙面

C. 建筑区划内的道路

D. 占用业主共有的道路或者其他场地用于停放汽车的车位

【答案】ABCD

【例题17·多选题】根据《物权法》关于建筑物区分所有权的有关规定，下列选项中，应当经专有部分占建筑物总面积2/3以上的业主且占总人数2/3以上的业主同意才能通过的事项有（   ）。(2008年试题)

A. 选举业主委员会

B. 制定和修改业主大会议事规则

C. 改建、重建建筑物及其附属设施

D. 筹集和使用建筑物及其附属设施的维修资金

【答案】CD

【考点二十七】共有的概念和特征

共有是指某项财产由两个或者两个以上的权利主体共同享有所有权。共有方式有按份共有和共同共有。共有的法律特征是：

1. 共有的主体是两个或者两个以上的公民或法人。但是多数人共有一物，并非有多个所有权，只是一个所有权由多人共同享有。

2. 共有物在共有关系存续期间不能分割，不能由各个共有人分别对某一部分共有物享有所有权。每个共有人的权利属于整个共有财产，因此共有不是分别所有。

3. 在内容方面，共有人对共有物按照各自的份额享有权利并承担义务，或者平等地享有权利、承担义务。在处分共有财产时，必须由全体共有人协商，按照法律规定的方式决定。

4. 共有法律关系的权利内容只能是所有权，对于用益物权、担保物权及其他权利的共有，称之为准共有，只能是参照共有制度的相关规定。

【考点二十八】按份共有和共同共有（重要，见表8-6）

表8-6　　　　　　　　　　　　按份共有和共同共有的比较

	概念	权利义务
按份共有	又称分别共有，是指两个或者两个以上的共有人按照各自的份额分别对共有财产享有权利和承担义务	(1) 按份共有人按照预先确定的份额分别对共有财产享有占有、使用和收益的权利。但是对共有财产的使用，应由全体共有人协商决定。按份共有人死亡以后，其份额可以作为遗产由继承人继承或受遗赠人获得 (2) 按份共有人有权自由处分自己的共有份额，无需取得其他共有人的同意，但是共有人将份额出让给共有人以外的第三人时，其他共有人在同等条件下，有优先购买的权利
共同共有	是指两个或两个以上的公民或法人，根据某种共有关系而对某项财产不分份额地共同享有权利并承担义务。共同共有基于共同关系产生，以共同关系的存在为前提，如夫妻关系、家庭关系等	(1) 共同共有中，共有人对共有财产不分份额地享有权利，对共有财产享有平等的占有、使用权 (2) 对共有财产的收益，不是按比例分配，而是共同享有 (3) 对共有财产的处分，必须征得全体共有人的同意。共同共有关系终止，才能确定份额，分割共有财产
共有人对共有的不动产或者动产没有约定为按份共有或者共同共有的，或者约定不明确的，除共有人具有家庭关系等外，视为按份共有		

【例题18·判断题】按份共有人有权自由处分自己的共有份额，无需取得其他共有人的同意，但是共同共有人对共有财产的处分，必须征得全体共有人的同意。（   ）

【答案】√

【考点二十九】共有物的处分及分割（重要，2008年考过单选和多选题）

1. 共有物的处分。(1) 处分共有的不动产或者动产以及对共有的不动产或者动产作重大修缮的，应当经占份额2/3以上的按份共有人或者全体共同共有人同意，但共有人之间另有约定的除外。(2) 一个或几个共有人未经占份额2/3以上的按份共有人同意或者其他共同共有人同意，擅自处分共有财产的，其处分行为应当作为效力待定的民事行为处理。但第三人善意、有偿取得该财产的，应当维护第三人的合法权益，对其他共有人的损失，由擅自处分共有财产的人赔偿。(3) 根据法律规定或者共有人之间的协议，可以由某个共有人代表或代理全体共有人处分共有财产。无权代表或代理的共有人擅自处分共有财产的，如果其他共有人明知而不提出异议，视为其同意。

2. 费用的承担。对共有物的管理费用以及其他负担，有约定的，按照约定；没有约定或者约定不明确的，按份共有人按照其份额负担，共同共有人共同负担。

3. 共有财产的分割。共有人可以协商确定分割方式。达不成协议，共有的不动产或者动产可以分割并且不会因分割减损价值的，应当对实物予以分割；难以分割或者因分割会减损价值的，应当对折价或者拍卖、变卖取得价款予以分割。共有人分割所得的不动或者动产有瑕疵的，其他共有人应当分担损失。

【解释】根据上述规定，对共有财产的分割可以采取三种方式：协议分割；实物分割；变价分割或作价补偿。共有财产分割以后，共有关系归于消灭。不管是就原物进行分割还是变价分割，各共有人就分得财产取得单独的所有权。

【注意问题】（2009 年新增内容）共同共有财产分割后，一个或者数个原共有人出卖自己分得的财产时，如果出卖的财产与其他原共有人分得的财产属于一个整体或者配套使用，其他原共有人可以主张优先购买权。

【例题 19·单选题】甲、乙、丙、丁按份共有一栋房屋，份额相同。为提高该房屋使用价值，甲向乙、丙、丁提议拆旧翻新。在共有人之间未就该事项做出明确约定的情况下，下列表述中，符合《物权法》规定的是（　　）。（2008 年试题）

A. 即使乙、丙、丁不同意，甲仍可以拆旧翻新

B. 只要乙、丙、丁中有一人同意，甲就可以拆旧翻新

C. 只要乙、丙、丁中有二人同意，甲就可以拆旧翻新

D. 只要乙、丙、丁均同意，甲才可以拆旧翻新

【答案】C

【解析】根据《物权法》规定，对共有的不动产或动产作重大修缮，应当经占份额 2/3 以上的按份共有人的同意。

【例题 20·多选题】甲、乙各出资 10 万元共同购买机械设备一套，双方约定轮流使用，每次时间为半年。甲在使用设备期间，向善意的丙借款 15 万元，并将该设备交付给丙设定质押担保。甲无力还款，丙行使了质权，从而引发纠纷。下列关于纠纷解决的表述中，正确的有（　　）。（2008 年试题）

A. 甲无权处分，但丙仍应取得质权

B. 甲无权处分，故丙无权主张质权

C. 乙有权就所发生的损失请求甲赔偿

D. 乙有权就所发生的损失要求甲、丙承担连带责任

【答案】AC

【解析】甲、乙对机械设备的共有关系。根据《物权法》的规定，一个或几个共有人未经占份额 2/3 以上的按份共有人同意或者其他共同共有人同意，擅自处分共有财产的，其处分行为应当作为效力待定的民事行为处理，但第三人善意、有偿取得该财产的，应当维护第三人的合法权益，对其他共有人的损失，由擅自处分共有财产的人赔偿。

【相关链接】出质人以其不具有所有权但合法占有的动产出质的，法律保护善意质权人的权利。善意质权人行使质权给动产所有人造成损失的，由出质人承担赔偿责任。

【考点三十】 共有的对外关系（重要）

因共有的不动产或者动产产生的债权债务，在对外关系上，共有人享有连带债权、承担连带债务，但法律另有规定或者第三人知道共有人不具有连带债权债务关系的除外。偿还债务超过自己应当承担份额的按份共有人，有权向其他共有人追偿。

【例题 21·判断题】A、B、C 三人共同出资购买甲的汽车，甲按照合同约定将汽车交付给 A 后，三人一直没有向甲支付剩余的 6 万元购车款。但由于三人约定为按份共有，为此甲只能按照 A、B、C 之间约定的份额要求他们清偿债务。（　　）

【答案】×

【注意问题】共有人之间的约定，对于对外关系中的债权人或债务人没有约束力，共有人仍然享有连带债权，承担连带债务。除非共有人与债权人或债务人做出约定，如 A、B、C 与甲之间有约定，甲则应按照约定分别要求 A、B、C 清偿债务。

【考点三十一】 相邻关系

1. 相邻关系是指两个或两个以上相互毗邻的不动产的所有人或使用人，在行使不动产的所有权或者使用权时，因相邻各方应当给予便利和接受限制而发生的权利义务关系。

2. 相邻关系的种类：（1）因通行而产生相邻关系；（2）因用水、排水产生的相邻关系；（3）因修建施工、防险发生的相邻关系；（4）因通风、采光而产生的相邻关系；（5）因不可量物产生的相邻关系。

【解释】因不可量物产生的相邻关系。不动产权利人不得违反国家规定弃置固体废物，排放大气污染物、水污染物、噪声、光、电磁波辐射等有害物质。

3. 如果不动产权利人因用水、排水、通行、铺设管线等利用相邻不动产并造成损害的，应当给予赔偿。

【考点三十二】 用益物权的概念、种类和特征

1. 用益物权是对他人所有的不动产或者动产，依法享有占有、使用和收益的权利。

2. 用益物权包括：（1）土地承包经营权；（2）建设用地使用权；（3）宅基地使用权；（4）地役权；（5）准物权。准物权具体包括海域使用权、探矿权、采矿权、取水权和使用水域、滩涂从事养殖、捕捞的权利。

3. 用益物权的特征：（1）用益物权以对标的物的使用、收益为主要内容，即注重物的使用价值，并以对物的占有为前提。这区别于担保物权注重物的交换价值。而且担保物权中的抵押权不以物的占有为前提，质押权、留置权虽也要移转占有，但这种占有的目的在于权利保持和公示，而非在于标的物的使用；（2）用益物权除地役权外，均为主物权；担保物权为从物权；（3）用益物权虽然也可以在动产设立，但是从用益物权的具体类型来看，用益物权主要以不动产为客体，这主要是便于通过登记公示；（4）用益物权是直接支配他人的物的权利。

【考点三十三】土地承包经营权

1. 承包经营权，是指公民或集体组织，对国家所有或集体所有的土地、山岭、草原、荒地、滩涂、水面等，依照承包合同的规定而享有的占有、使用和收益的权利。

2. 土地承包经营权自土地承包权合同生效时设立。

3. 承包经营的期限因内容的不同而有不同：（1）耕地的承包期为30年；（2）草地的承包期为30年～50年；（3）林地的承包期为30年～70年，特殊林木的林地承包期，经国务院林业行政主管部门批准可以延长。

4. 在承包经营期限范围内，承包权人有权根据法律规定，采取转包、互换、转让等方式流转土地承包经营权，流转的期限不得超过承包期的剩余期限。如果采取互换、转让方式流转没有办理登记手续的，不得对抗善意第三人。通过招标、拍卖、公开协商等方式承包荒地等农村土地，依照农村土地承包法等法律和国务院的有关规定，其土地承包经营权可以转让、入股、抵押或者以其他方式流转。

5. 在承包期内，承包土地被征收的，土地承包经营权人有权依照法律规定获得相应补偿。

【考点三十四】建设用地使用权（重要，2008年综合题出现）

1. 建设用地使用权人依法对国家所有的土地享有占有、使用和收益的权利，有权利用该土地建造建筑物、构筑物及其附属设施。

2. 建设用地使用权的取得方式有出让、划拨等方式。其中划拨是无偿取得使用权的方式，因此法律严格限制以划拨方式设立建设用地使用权。凡是工业、商业、旅游、娱乐和商品住宅等经营性用地，都应当采取招标、拍卖等公开竞价的方式出让。

建设用地使用权取得必须向登记机构办理登记，登记是建设用地使用权生效的条件。

3. 建设用地使用权的流转。权利人取得建设用地的使用权后，除法律另有规定的以外，有权将建设用地使用权转让、互换、出资、赠与或者抵押。在转让、互换、出资或者赠与时，附着于该土地上的建筑物、构筑物及其附属设施一并处分。当建筑物、构筑物及其附属设施转让、互换、出资或者赠与的，该建筑物、构筑物及其附属设施占有范围内的建设用地使用权一并处分。采取"房随地走、地随房走，房地一体"的流转规则。

住宅建设用地使用权期间届满的，自动续期。

【例题22·判断题】甲公司与乙公司共同投资设立丙有限责任公司，甲以其拥有的厂房出资，则该厂房占有的建设用地使用权应当一并作为出资。（ ）

【答案】√

【相关例题】见本章经典试题回顾综合题部分。

【考点三十五】地役权的概念及属性（重要，2008年综合题中出现）

1. 地役权，是指不动产权利人（包括土地所有人、地上权人以及土地的承租人），为了自己使用土地的方便或者土地利用价值的提高，通过约定得以利用他人土地的权利。其中为他人土地利用提供便利的土地称为供役地，而享有地役权的土地称为需役地。供役地与需役地之间并不要求相邻。

【解释】可以设立地役权的不动产不局限于土地，还包括建筑物和其他工作物。

2. 地役权的属性。

（1）从属性，是就地役权与需役地的关系而言。具体表现为两个方面：①地役权不得与需役地相分离单独转让；②地役权不得与需役地的所有权或使用权相分离，作为其他权利的标的。如不得单独设定抵押。

（2）不可分性。①需役地以及需役地上的土地承包经营权、建设用地使用权、宅基地使用权部分转让时，转让部分涉及地役权的，受让人同时享有地役权；②供役地以及供役地上的土地承包经营权、建设用地使用权、宅基地使用权部分转让时，转让部分涉及地役权的，地役权对受让人具有约束力。

3. 地役权自地役权合同生效时设立。当事人要求登记的，可以向登记机构申请地役权登记；未经登记，不得对抗善意第三人。

【注意问题】与相邻权的区别（见表8-7）

表 8 - 7　　　　　　　　　　　　　　　地役权与相邻权的区别

	相邻权	地役权
性质	实质上是相邻不动产所有人或使用人行使权利的延伸或限制，故相邻权不是一项独立的民事权利，更非独立的他物权	地役权是一种物权，它是归属于需役地人的一种用益物权
设立方式	相邻关系是法定的，不需要登记程序	地役权通常是由当事人各方通过合同约定设立，没有经过登记程序，不能对抗善意第三人
内容	相邻关系是为了达到使用的最低标准	地役权的设立是为了使不动产权利人的权利得到更好的行使，是一个比较高的标准
是否相邻	相邻关系强调相邻	地役权不一定相邻。虽然地役权多发生在相邻不动产间，但也可以发生在不相邻的不动产间

【例题23·综合题】村民甲、乙、丙依次毗邻而居。甲为修房向乙提出在其院内堆放，乙不允。甲遂向丙提出在其院内堆放，丙要求甲付费200元，并提出不得超过20天，双方签订了合同。由于甲的院落位于最前端，丙向甲提出此次修房不得增加房屋的高度，以免挡住他家的视线，为此甲需另打地基修建新房，从而增加建房费用，故甲向丙提出要求其支付必要费用，丙亦同意，双方达成书面协议，该协议10年内有效。修房过程中，甲搬运建材须从乙家门前经过，乙予以阻拦。5年后甲将院落卖与丁，丁准备重新修缮房屋，准备增加房屋的高度。丙出面阻拦。请问：（1）乙有权阻拦甲经其门前搬运建材吗？（2）乙有权拒绝甲在其院内堆放建材吗？（3）甲和丙之间的关系如何确定？（4）丙有权阻拦丁加高房屋吗？（5）如果地役权合同订立2年后，丙转让其院落于戊，戊是否同时取得地役权？

【答案】

（1）甲与乙之间存在相邻关系，修房的甲搬运建材只能从乙家门前经过，乙作为不动产的相邻关系人，根据《物权法》的规定，应当按照有利生产、方便生活的原则，正确处理与甲的相邻关系，应该容忍甲从自家门前经过，无权阻止其搬运建材，相邻关系的本质是不动产相邻当事人在法律设定的必要范围内相互予以容忍。

（2）甲要求在乙的院子里堆放的行为，则超出了相邻关系中应该容忍的范畴，所以乙有权拒绝。

（3）甲与丙之间的存在两个法律关系。其一，甲与丙之间的保管合同关系。甲为寄存人，丙为保管人。其二，甲与丙之间的地役权关系，丙在甲的宅基地使用权上享有地役权，即限制甲在自家的土地上增加房屋高度，从而满足丙的视线不被遮挡的需要，提高其使用不动产的效益。

（4）丙是否有权阻拦丁增加房屋高度的做法，关键在于确定第三人丁是否善意。甲与丙的地役权合同没有经过登记，根据《物权法》的规定，未经

登记，不得对抗善意第三人。因此，如果丙向丁转让该院落时，丁对地役权合同的内容知情，则该合同对丁有约束力；否则，对其没有约束力。

（5）根据《物权法》的规定，地役权不得与需役地的所有权或使用权相分离，作为其他权利的标的。丙的宅基地使用权在地役权合同中为需役地，地役权具有从属性，附属于丙的宅基地使用权上，因此戊在取得该土地的使用权时亦取得地役权。

【相关例题】见本章经典试题回顾综合题部分。

【考点三十六】地役权与其他用益物权的关系（重要）

1. 土地所有权人享有地役权或者负担地役权的，设立土地承包经营权、宅基地使用权时，该土地承包经营权人、宅基地使用权人继续享有或者负担已设立的地役权。

2. 土地上已设立土地承包经营权、建设用地使用权、宅基地使用权等权利的，未经上述用益物权人同意，土地所有权人不得设立地役权。

3. 以土地承包经营权、建设用地使用权等转让的，地役权一并转让，但是合同另有规定的除外。以土地承包经营权、建设用地使用权等抵押的，在实现抵押权时，地役权一并转让。

【考点三十七】地役权的效力（重要，2008年综合题中出现）

1. 地役权人有权依据合同约定的利用目的和方法利用供役地，同时尽量减少对供役地权利人物权的限制。

2. 地役权的期限由当事人约定，但不得超过土地承包经营权、建设用地使用权等用益物权的剩余期限。

3. 4. 如果地役权人滥用地役权或者约定的付款期间届满后在合理期限内经两次催告未支付费用的，供役地权利人有权解除合同使得地役权消灭。

【例题24·多选题】根据《物权法》的规定，

下列各项中，关于用益物权的表述，正确的有（　　）。

A. 土地承包经营权发生转让的必须办理登记手续

B. 建设用地使用权的取得必须向登记机关办理登记

C. 除合同另有约定的外，土地承包经营权、建设用地使用权转让的，地役权一并转让

D. 需役地上的土地承包经营权、建设用地使用权部分转让时，转让部分涉及地役权的，受让人同时享有地役权

【答案】BCD

【相关例题】见本章经典试题回顾综合题部分。

【考点三十八】担保物权的特征（2009年新增内容）

1. 从属性。体现在三个方面：（1）发生上的从属性。原则上担保物权的设立，以主债权存在为前提（最高额抵押属例外），主债权不存在，担保物权也不能设立；（2）移转上的从属性。担保物权不能与主债权分离而转让。担保物权不能与主债权分离，单独作为权利质权的客体；（3）消灭上的从属性。原则上主债权消灭，担保物权也归于消灭。不过主债权部分消灭时，基于担保物权的不可分性，担保物权并不部分消灭。

2. 不可分性。是指担保物的全部担保债权的各部分以及担保物的各部分担保债权的全部。

3. 物上代位性。担保期间，担保财产毁损、灭失或者被征收等，担保物权人可以就获得的保险金、赔偿金或者补偿金等优先受偿。被担保债权的履行期未届满的，也可以提存该保险金、赔偿金或者补偿金等。

【考点三十九】抵押的特征

除具有担保物权的特征外，抵押权是不转移标的物占有的一种担保物权（与质押区别）。

【考点四十】抵押权的设定（重要，是分析抵押合同是否有效的因素之一）

抵押权的取得，可以基于法律行为，如签订抵押合同；也可以基于事实行为，如继承、善意取得。关于抵押合同：

1. 抵押合同应当采用书面形式。

2. 当事人在订立抵押合同时，不得在合同中约定在债务履行期满抵押权人未受清偿时，抵押物的所有权转移为债权人所有。即"流押条款"无效。

【解释】债务履行期限届满，债权人未得到清偿，设定抵押担保的债权，债权人（抵押权人）只能以抵押物的实际变现价值进行清偿。因此，不得在合同中约定在债务履行期满抵押权人未受清偿时，抵押物的所有权转移为债权人所有。

【例题25·判断题】甲向银行贷款100万元，以其价值120万元的房产作抵押，并且约定甲到期不能清偿债务的，该抵押房产归银行所有。该约定是无效的。（　　）

【答案】√

【考点四十一】可以作为抵押物的财产范围（重要，是分析抵押合同是否有效的重要依据。2002年、2008年综合题中曾出现）

1. 建筑物和其他土地附着物。

【注意问题】地上定着物包括尚未与土地分离的农作物。当事人以农作物和与其尚未分离的土地使用权同时抵押的，土地使用权部分的抵押无效。

2. 建设用地使用权。

【注意问题】（1）以建筑物抵押的，该建筑物占用范围内的建设用地使用权同时抵押。即"地随房走，房随地走，房地一体。"（2）如果以建设用地使用权设定抵押，土地上新增的房屋不属于抵押物。（3）乡镇、村企业的建设用地使用权不得单独抵押。以乡镇、村企业的厂房等建筑物抵押的，其占用范围内的建设用地使用权一并抵押。

3. 以招标、拍卖、公开协商等方式取得的荒地等土地承包经营权。

【注意问题】并非所有的土地承包经营权都可以成为抵押权的客体，只有以招标、拍卖、公开协商等方式取得的荒地等土地承包经营权才可以成为抵押权的客体。

4. 生产设备、原材料、半成品、产品。

5. 正在建造的建筑物、船舶、航空器。依法获准尚未建造的或者正在建造中的房屋或者其他建筑物也属于可以抵押的标的物。

6. 交通运输工具。

【相关例题】见本章经典试题回顾部分综合题及第九章经典试题回顾部分2002年综合题。

【考点四十二】不得抵押的财产范围（重要，是分析抵押合同是否有效的重要依据）

1. 土地所有权。

2. 耕地、宅基地、自留山、自留地等集体所有的土地使用权，但是法律规定可以抵押的除外。

3. 学校、幼儿园、医院等以工艺为目的的事业单位、社会团体的教育设施、医疗卫生设施和其他社会公益设施。但是，上述单位以上述特定设施以外的财产为自身债务设定抵押的，法院可以认定抵押有效。

4. 所有权、使用权不明或者有争议的财产。

5. 依法被查封、扣押、监管的财产。

【例题26·多选题】根据《中华人民共和国担保法》的规定，下列财产中，不得用于抵押的有（　　）。（1999年试题）

A. 抵押人所有的机器

B. 抵押人依法有权处分的国有土地使用权

C. 医院所有的房屋

D. 依法扣押的财产

【答案】CD

【注意问题】C选项中关于医院所有的房屋，准确的说，如果不属于医疗卫生设施（如门诊楼、病房等之外的房屋）并且为自身债务，可以设定抵押。

【考点四十三】抵押登记（重要，是认定抵押合同是否生效的依据之一。2005年综合题考过）

抵押物登记的效力有两种情形

1. 登记是抵押权的设立条件。登记是抵押权设立条件的财产范围包括：

（1）建筑物和其他土地附着物；

（2）建设用地使用权；

（3）以招标、拍卖、公开协商等方式取得的荒地等土地承包经营权；

（4）正在建造的建筑物。

【注意问题】以登记作为设立条件的抵押应当注意几点：

（1）对上述财产设定抵押，如果当事人未办理登记，虽然抵押权没有设立，但是抵押合同已经生效。

（2）抵押物登记记载的内容与抵押合同约定的内容不一致的，以登记记载的内容为准。

（3）以尚未办理办理权属证书的财产抵押的，只要当事人在一审法庭辩论终结前能够提供权利证书或者补办登记手续的，法院可以认定抵押有效。

2. 登记为对抗第三人的效力。

当事人以《物权法》规定的生产设备、原材料、半成品、产品，正在建造的船舶、航空器，交通运输工具设定抵押，或者以《物权法》规定的动产设定抵押，抵押权自抵押合同生效时设立。未经登记，不得对抗善意第三人。

【解释】以上财产是否办理抵押登记，并不影响抵押权的设立，抵押权的设立与抵押合同的生效同时产生。但是，不办理抵押登记，不能对抗善意第三人。就是说，如果抵押人和抵押权人之外的善意第三人，对抵押物主张所有权，抵押权人（包括抵押人）不能以该财产已经抵押为由加以干涉。

【例题27·判断题】甲向乙借款，双方签订书面合同约定，甲将其汽车抵押给乙。后甲将其抵押的汽车卖与丙。借款合同到期后，甲无力向乙清偿债务，但由于该汽车已经卖与丙，因此乙无权对该汽车主张抵押权。（　）

【答案】×

【注意问题】应当分析第三人丙是否善意。如其善意，则乙无权对该汽车主张抵押权；否则，乙仍然有权对该汽车行使抵押权。

【相关例题】见第九章经典试题回顾部分2005年综合题。

【考点四十四】抵押人的权利（重要）

1. 抵押物的占有权。除法律和合同另有约定以外，抵押人有权继续占有抵押物，并有权取得抵押物的孳息。

【注意问题】债务人不履行到期债务或者发生当事人约定的实现抵押权的情形，致使抵押财产被人民法院依法扣押的，自扣押之日起抵押权人有权收取该抵押财产的孳息。但抵押权人未通知应当清偿法定孳息的义务人的除外。

2. 抵押人对抵押物的收益权。

【注意问题】抵押人对抵押物的收益权，需要注意抵押权与出租之间的关系：（1）如果抵押权设定在先，出租在后，抵押权实现后，租赁合同对受让人不具有约束力。抵押人将已抵押的财产出租时，如果抵押人未书面告知承租人该财产已抵押的，抵押人对出租抵押物造成承租人的损失承担赔偿责任；如果抵押人已书面告知承租人该财产已抵押，抵押权实现造成承租人的损失，由承租人自己承担。（2）如果出租在先，抵押在后，租赁合同在有效期内对抵押物的受让人继续有效。

【例题28·判断题】2008年3月1日甲将房屋出租给乙，租期至2008年12月31日。2008年5月甲将该出租房屋出售给丙，无论丙是否同意，乙都有权继续租赁该房屋。（　）

【答案】√

【注意问题】注意出租和抵押发生的先后顺序不同，其结果不同。

3. 对抵押物的处分权。

【注意问题】抵押人处分抵押物应受到如下限制：（1）抵押期间，抵押人转让抵押财产的，须经抵押权人同意，否则该转让行为无效，但受让人代为清偿债务消灭抵押权的除外；（2）如果抵押物未经登记的，则抵押权不能对抗善意第三人。因此给抵押权人造成损失的，由抵押人承担赔偿责任；（3）抵押物依法被继承或者赠与的，抵押权不受影响。

4. 设定多项抵押的权利。抵押人可以就同一抵押物设定多个抵押权，但不得超出余额部分。

【考点四十五】抵押权人的权利（重要）

1. 保全抵押物。如果抵押物受到抵押人或第三人的侵害，抵押权人有权要求停止侵害、恢复原状、赔偿损失。如果因抵押人的行为使抵押物价值减少，抵押权人有权要求抵押人恢复抵押物的价值，或者提供与减少的价值相当的担保。

2. 放弃抵押物权或者变更抵押权的顺位。（1）抵押权人与抵押人可以协议变更抵押权顺位以及被担保的债权数额等内容，但抵押权的变更，未经其他抵押权人书面同意，不得对其他抵押权人产生不利影响；（2）债务人以自己的财产设定抵押，抵押权人放弃该抵押权、抵押权顺位或者变更抵押权的，其他担保人在抵押权人丧失优先受偿权益的范围内免除担保责任，但其他担保人承诺仍然提供担保的除外。

3. 优先受偿权（在破产清偿中反映的尤为充分）。

【相关链接】《企业破产法》规定：对破产人的特定财产享有担保权的权利人，对该特定财产享有优先受偿的权利。此项权利即是破产法理论上的别除权。

【考点四十六】抵押担保的范围（与保证、质押、留置担保的范围基本相同）

担保物权的担保范围包括主债权及其利息、违约金、损害赔偿金、保管担保财产和实现担保物权的费用。当事人另有约定的，按照约定。

【考点四十七】抵押权的实现的方式（重要）

1. 实现方式。债务履行期届满抵押权人未受清偿的，可以与抵押人协议以抵押物折价或者以拍卖、变卖该抵押财产所得的价款优先受偿。协议损害其他债权人利益的，其他债权人可以在知道或者应当知道撤销事由之日起一年内请求人民法院撤销该协议。

【注意问题】必须以抵押物的变现价值进行清偿。

2. 抵押权实现的顺序

抵押物折价或者拍卖、变卖所得的价款，当事人没有约定的，清偿顺序如下：（1）实现抵押权的费用；（2）主债权的利息；（3）主债权。抵押物不足清偿的债权由债务人清偿。

3. 抵押物保险金的保全（2008 年综合题中出现）。在抵押物灭失、毁损或者被征用的情况下，抵押权人可以就抵押物的保险金、赔偿金或者补偿金优先受偿。如抵押权所担保的债权未届清偿期的，抵押权人可以请求人民法院对保险金、赔偿金或补偿金等采取保全措施。

【相关例题】见本章经典试题回顾部分综合题。

【考点四十八】多个抵押权并存时的清偿顺序（重要）

1. 抵押权已登记的，按照登记的先后顺序清偿；顺序相同的，按照债权比例清偿。

【解释】同一天在不同的法定登记部门办理抵押物登记的，视为顺序相同。

2. 抵押权已登记的先于未登记的受偿。

【解释】就同一抵押物先后设定抵押，有的登记，有的没有登记，登记的先于未登记的受偿。

3. 抵押权未登记的，按照债权比例清偿。

4. 顺序在先的抵押权与该财产的所有权归属一人时，该财产的所有权人可以以其抵押权对抗顺序在后的抵押权。

5. 顺序在后的抵押权所担保的债权先到期的，抵押权人只能就抵押物价值超出顺序在先的抵押担保债权的部分受偿。

【例题 29·单选题】甲公司分别向 A 银行贷款 200 万元、B 银行贷款 300 万元、C 银行贷款 500 万元，以一栋价值 1000 万元的房产先后抵押给三家银行。甲公司在 3 月 3 日向 B 银行办理抵押物登记，3 月 5 日向 C 银行办理抵押物登记，3 月 6 日向 A 公司办理抵押物登记。如果贷款到期甲公司均未清偿。该房产的变现价值为 900 万元，则以下清偿顺序的表述中，正确的是（　　）。

A. 按照 A 银行、B 银行、C 银行的顺序清偿

B. 按照比例清偿

C. 先清偿 B 银行贷款，再清偿 C 银行贷款，剩余部分清偿 A 银行贷款，不足部分由甲公司继续清偿

D. 先清偿 C 银行贷款，再清偿 B 银行贷款，剩余部分清偿 A 银行贷款，不足部分由甲公司继续清偿

【答案】C

【考点四十九】抵押权与其他物权并存时的清偿顺序（重要）

1. 抵押权与质权并存。同一财产法定登记的抵押权与质权并存时，抵押权人优先于质权人受偿。

【注意问题】此处的抵押财产必须经过"法定登记"，抵押权优先于质权。

2. 抵押权与留置权并存。同一财产抵押权与留置权并存时，留置权人优先于抵押权人受偿。

【解释】因为留置权人依法占有该财产。

3. 抵押权与其他权利并存。《合同法》第 286 条规定的优先受偿权优先于抵押权。

【相关链接】《合同法》第 286 条规定，建设工程的价款就该工程折价或者拍卖的价款优先受偿。

【相关例题】见第九章经典试题回顾部分 2004 年综合题。

【考点五十】最高额抵押

1. 最高额抵押权设立前已经存在的债权，经当事人同意，可以转入最高额抵押担保的债权范围。

【解释】因为最高额抵押权的设定不以债权的已经存在为前提，而是对将来发生的债作担保。

2. 最高额抵押担保的债权确定前，部分债权转让的，最高额抵押权不得转让，但当事人另有约定的除外。

3. 抵押权人的债权在下列情况下确定：（1）约定债权确定期限届满；（2）没有约定债权确定期间或者约定不明确，抵押权人或者抵押人自最高额

抵押权设立之日起满两年后请求确定债权；（3）新的债权不可能发生；（4）抵押财产被查封、扣押；（5）债务人、抵押人被宣告破产或者被撤销。

4. 抵押权人实现最高额抵押权时，如果实际发生的债权余额高于最高限额的，以最高限额为限，超过部分不具有优先受偿的效力；如果实际发生的债权余额低于最高限额的，以实际发生的债权余额为限对抵押物优先受偿。

【例题30·多选题】2006年12月，甲商场与乙电器公司订了为期一年的买卖合同，合同有效期自2007年1月1日至2008年1月1日。合同约定，甲商场在合同约定的有效期内预计购入各类家用电器合计金额大约为2000万元，期满双方货款两清。为确保货款支付，双方还约定甲商场将其价值2000万元的房产抵押给乙公司，设定最高额抵押担保。该抵押房产依法办理了抵押登记。如果合同履行期限届满，甲商场未向乙公司支付货款。下列各项中，关于乙公司实现最高额抵押的表述中，符合规定的有（　　）。

A. 经甲乙双方同意，乙公司对甲商场发生在2007年以前的债权可以转入最高额抵押担保的债权范围内

B. 至2008年1月1日，乙公司对甲商场确定债权额

C. 至2008年1月1日，甲商场与乙公司为期一年的买卖合同实际发生交易额为1600万元，乙公司可以对该款项在抵押房产的变现价值中享有优先受偿权

D. 至2008年1月1日，甲商场与乙公司为期一年的买卖合同实际发生交易额为2600万元，乙公司可以在抵押房产的变现价值中，就2000万元的货款享有优先受偿权

【答案】ABCD

【考点五十一】浮动抵押（2009年新增内容）

1. 动产的浮动抵押只能由特定的主体设立，即企业、个体工商户、农业生产经营者。

2. 其抵押客体是动产，指现有的以及将有的生产设备、原材料、半成品、成品，不包括不动产。

3. 浮动抵押的设立以合同的生效为条件，不以登记为要件。但是，不登记的，抵押权不能对抗善意第三人。

4. 浮动抵押财产确定的程序，即"结晶"程序。抵押财产在下列情形之一发生时确定：（1）债务履行期届满，债权未实现；（2）抵押人被宣告破产或者被撤销；（3）当事人约定的实现抵押权的情形；（4）严重影响债权人实现的其他情形。

5. 在动产浮动抵押"结晶"程序之前，即使浮动抵押办理了登记，该抵押权也不得对抗正常生产经营活动中已支付合理价款并取得抵押财产的买受人。

【考点五十二】质押的特征（重要，见表8-8）

表8-8　　　　　　　　　　　　　　质押与抵押的比较

		抵押	质押
不同	财产范围	包括享有所有权或依法处分权的动产和不动产	只限于动产及特定权利
		要式（特定抵押物）	
	孳息收取	债务履行期届满，债务人不履行债务致使抵押物被人民法院依法扣押的，自扣押之日起抵押权人有权收取由抵押物分离的天然孳息以及抵押人就抵押物可以收取的法定孳息	除合同另有规定外，自质权人依据质押合同占有质物之日起，质权人有权收取质物所生的孳息
	保管义务	抵押人对抵押物进行保管	质权人对质物负有妥善保管义务
	权利实现	债务履行期届满抵押权人未受清偿的，可以与抵押人协议以抵押物折价或者拍卖、变卖该抵押物所得的价款受偿；协议不成的，抵押权人可以向人民法院提起诉讼	（1）债务履行期届满债务人履行债务的，或者出质人提前清偿所担保的债权的，质权人应当返还质物。质权人未受清偿的，质权人可以继续留置质物，与出质人协议以质物折价、或者依法拍卖、变卖质物。（2）债务履行期限届满出质人请求质权人及时行使权利，而质权人怠于行使权利致使质物价格下跌的，由此造成的损失，质权人应当承担赔偿责任

续表

相同		抵押	质押
	合同种类	诺成合同	诺成合同
	权利设立	特定抵押物须办理登记手续	特定权利须办理登记手续
	合同内容	抵押权人（质权人）和抵押人（出质人）不得在合同中约定，在债务履行期届满抵押权人（质权人）未受清偿时，抵押物（质物）的所有权转移为抵押权人（质权人）所有	
	担保范围	主债权及利息、违约金、损害赔偿金、（质物保管费用）和实现抵押权（质权）的费用。合同另有约定的除外	
	担保物灭失的处理	抵押权（质权）因抵押物（质物）灭失而消灭。因灭失所得的赔偿金等，应当作为担保财产	

【注意问题】质押合同生效的条件与质权设立的条件不同。

【考点五十三】动产质押的设定（重要，是确定质权是否设立的依据）

设定动产质押，出质人与质权人应当以书面形式订立合同。质权自质物移交给质权人占有时设立。

【注意问题】

1. 标的物的占有移转不是动产质押合同的生效条件，但是质权设立的条件。

2. 出质人以间接占有的财产出质的，书面通知送达占有人时视为移交。

3. 流质条款无效（见表8－8合同内容一栏）。

【例题31·判断题】甲向乙借款5000元，约定甲将一台笔记本电脑质押给乙。现甲的电脑借给丙使用，甲书面通知丙将该电脑交付给乙。自书面通知到达丙时，质押合同生效。（　）

【答案】√

【注意问题】如果丙在接到交付通知后，又接受甲将该电脑变卖的指示，该处分电脑的行为无效。

【考点五十四】动产质押标的物

1. 出质人对财产有处分权。但出质人以其不具有所有权但合法占有的动产出质的，法律保护善意质权人的权利。善意质权人行使质权给动产所有人造成损失的，由出质人承担赔偿责任。

2. 动产质权的效力及于质物的从物。但是从物未随同质物移交质权人占有的，质权的效力不及于从物。

【例题32·判断题】甲向乙借款5000元，甲将一台从丙处借来的笔记本电脑交付给乙，为该笔债务设定质押担保。如果乙不知道甲对出质的电脑没有所有权，在还款期限届满后，乙有权将该电脑变现后优先得到清偿。丙为此遭受的损失，应当由甲承担赔偿责任。（　）

【答案】√

【考点五十五】动产质押的效力

1. 动产质押设立后，在主债权清偿前，质权人有权占有质物，并有权收取质物所生的孳息。

【注意问题】质权人收取孳息，并非取得孳息所有权，而是将孳息作为质押标的物。

2. 质权人在质权存续期间，为担保自己的债务，经出质人同意，以其所占有的质物为第三人设定质权的，应当在原质权所担保的债权范围之内，超过的部分不具有优先受偿的效力。转质权的效力优于原质权。

【考点五十六】权利质押的生效（重要）

各类权利质押合同生效的形式，除均须订立书面合同外，具体要求：

1. 有价证券的质押，质权自权利凭证交付质权人时设立。没有权利凭证的，质权自有关部门办理出质登记时设立。

【注意问题】

（1）以票据、债券、存款单、仓单、提单出质的，质权人再转让或者质押的无效。

（2）汇票、支票、本票、债券、存款单、仓单、提单的兑现日期或者提货日期先于主债权到期的，质权人可以兑现或者提货，并与出质人协议将兑现的价款或者提取的货物提前清偿债务或者提存。

2. 以基金份额、证券登记结算机构登记的股权出质的，质权自证券登记结算机构办理出质登记时设立；以其他股权出质的，质权自工商行政管理部门办理出质登记时设立。

【注意问题】基金份额、股权出质后，不得转让，但经出质人与质权人协商同意的除外。出质人转让基金份额、股权所得的价款，应当向质权人提前清偿债务或者提存。

3. 知识产权的质押，应当向有关部门办理出质登记。

【注意问题】

（1）设定质押的知识产权仅限于可以转让的财

产权。以知识产权中的人身权设定质押无效。

（2）设定质权后，未经质权人同意不得转让或者许可他人使用。未经许可转让或者许可他人使用，应当认定为无效。因此给质权人或者第三人造成损失的，由出质人承担民事责任。

（3）以知识产权设定质押，应当向有关管理部门办理出质登记，才能使得质权生效。

4. 应收账款的质押，质权自信贷征信机构办理出质登记时设立。

【注意问题】应收账款出质后，不得转让，但经出质人与质权人协商同意的除外。出质人转让应收账款所得的价款，应当向质权人提前清偿债务或者提存。

【例题33·判断题】以依法可以转让的股票出质的，出质人与质权人订立的质押合同自出质人将股票交付于质权人时生效。（　）（1999年试题）

【答案】×

【注意问题】以依法可以转让的股票出质的，注意分清是否属于在证券登记结算机构登记的股票。因其办理质押登记的机构不同。

【考点五十七】留置权的概念和特征

留置权是指债权人合法占有债务人的动产，在债务人不履行到期债务时，债权人有权依法留置该财产，并有权就该财产优先受偿的权利。留置权具有以下特征：

留置权属于担保物权。

留置权属于法定的担保物权，只有在符合法律规定的条件时产生。

【注意问题】此为留置权有别于抵押权、质权的重要特征。虽然留置权的产生并非依当事人的约定，但当事人可以通过合同约定排除留置权的适用。

【考点五十八】留置权的成立条件（重要，是判断留置权是否成立的重要依据。2007年综合题中考过）

1. 债权人占有债务人的动产。

【注意问题】原则上动产应当属于债务人所有，但留置权也可以善意取得，即如果债权人合法占有债务人交付的动产时，不知债务人无处分该动产的权利，债权人仍然可以行使留置权。

2. 占有的动产与债权属于同一法律关系，但法律另有规定的除外。

【注意问题】《物权法》规定，债权人留置的动产，应当与债权属于同一法律关系，但企业之间留置的除外。即扩大了留置权的适用范围，一方面不再局限于特定的合同关系，如不当得利、无因管理等法律关系也可以产生留置权。另一方面，对于企业之间的留置权的行使，可以不以同一债权债务关系为要件。

3. 债权已届清偿期且债务认未按规定期限履行义务。

【例题34·多选题】下列合同中，一方当事人不履行支付价款或者报酬义务时，另一方可以依法行使留置权的有（　）。（2005年试题）

A. 保管合同

B. 建设工程合同

C. 货物运输合同

D. 行纪合同

【答案】ACD

【注意问题】建设工程合同的标的物一般为不动产，留置权的构成要件之一为债权人合法占有债务人的动产，因此建设工程合同不具备留置权的构成要件。

【相关例题】见第九章经典试题回顾部分2007年综合题。

【考点五十九】留置权的效力

1. 留置权人在占有留置物期间内，除了留置物本身以外，留置权的效力还及于从物、孳息和代位物。

2. 留置的财产为可分物的，留置物的价值应当相当于债务的金额。留置物为不可分物的，留置权人可以就其留置物的全部行使留置权。

【考点六十】留置权的实现（重要）

1. 留置标的物。给债务人的履行期限应当为2个月以上。

【相关链接】

（1）寄存人未按照约定支付保管费以及其他费用的，保管人对保管物享有留置权。

（2）托运人或者收货人不支付运费、保管费以及其他运输费用的，承运人对相应的运输货物享有留置权。

（3）定作人未向承揽人支付报酬或者材料费等价款的，承揽人对完成的工作成果享有留置权。

（4）建设工程合同本质上也属于承揽合同。

（5）行纪人完成或者部分完成委托事务的，委托人应当向其支付相应的报酬。委托人逾期不支付报酬的，行纪人对委托物享有留置权。

2. 处分留置物，优先受偿。

【例题35·判断题】荣耀公司受荣盛公司委托，加工一批服装，双方约定荣盛公司提供面料并支付加工费。荣盛公司超过领取期三个月不来取货也不支付加工费，荣耀公司经催交无效便将其做好的服装予以拍卖，所得价款，用于抵补加工费、保管费之后，将剩余余款项全部退还了荣盛公司。荣耀公司的行为不合法。（　）（1998年试题）

【答案】×

经典试题回顾

【说明】(1)由于本章前三节为2008年教材新增的内容,客观试题已经在本章考点精讲部分引用,该部分只有综合试题。(2)以往综合试题中涉及担保物权的内容,通常与《合同法》结合,请考生见第九章合同法总则经典试题回顾部分。

一、单选选择题

甲公司向银行贷款,并以所持乙上市公司股份用于质押。根据担保法律制度的规定,该质押合同生效的时间是( )。(2002年)

A. 贷款合同签订之日

B. 质押合同签订之日

C. 向证券登记机构申请办理出质登记之日

D. 证券登记机构办理出质登记之日

【答案】D

【解析】注意权利质押中,各种权利质押合同生效的形式或登记机构的区别。

二、综合题

甲公司于2007年10月10日通过拍卖方式拍得位于北京郊区的一块工业建设用地;同年10月15日,甲公司与北京市土地管理部门签订《建设用地使用权出让合同》;同年10月21日,甲公司缴纳全部土地出让金;同年11月5日,甲公司办理完毕建设用地使用权登记,并获得建设用地使用权证。

2007年11月21日,甲公司与相邻土地的建设用地使用权人乙公司签订书面合同,该合同约定:甲公司在乙公司的土地上修筑一条机动车道,以利于交通方便;使用期限为20年;甲公司每年向乙公司支付18万元费用。该合同所设立的权利没有办理登记手续。

2008年1月28日,甲公司以取得的上述建设用地使用权作抵押,向丙银行借款5000万元,借款期限3年。该抵押权办理了登记手续。此后,甲公司依法办理了立项、规划、建筑许可、施工许可等手续后开工建设厂房。

2008年5月,因城市修改道路规划,政府提前收回甲公司取得的尚未建设厂房的部分土地,用于市政公路建设。甲公司因该原因办理建设用地使用权变更登记手续时,发现登记机构登记簿上记载的建设用地使用权面积与土地使用权证上的记载不尽一致。(2008年)

要求:

根据本题所述内容,分别回答下列问题:

(1)甲公司于何时取得建设用地使用权?并说明理由。

(2)甲公司与乙公司订立合同拟设立的是何种物权?该物权是否已经设立?并说明理由。

(3)甲公司与乙公司的合同订立后,如果甲公司不支付约定的费用,乙公司在何种条件下有权解除合同?

(4)甲公司在建造的厂房已经完工,未办理房屋所有权证的情况下,是否取得该房屋的所有权?并说明理由。

(5)甲公司建造的厂房是否属于丙银行抵押权涉及的抵押物范围?并说明理由。

(6)在政府提前收回甲公司部分建设用地使用权的情况下,丙银行能否就甲公司获得的补偿金主张权利?并说明理由。

(7)在登记簿上的记载与土地使用权证上的记载不一致的情况下,以何为准?

【参考答案】

本题主要考点有:不动产物权的登记、地役权的概念及生效、地役权合同的解除、抵押物的范围与抵押权的实现。

(1)甲公司于2007年11月5日取得建设用地使用权。《物权法》规定,建设用地使用权取得必须向登记机关办理登记,登记是建设用地使用权生效的条件。

(2)甲公司与乙公司订立合同拟设立的是用益物权,具体而言是地役权。所谓地役权,是指土地上权利人,为了自己使用土地的方便或者土地利用价值的提高,通过约定得以利用他人土地的权利。甲公司为了方便交通,而利用乙公司的土地修筑机动车道,明显具备地役权的特征。

该物权已经设立。因为《物权法》的规定,地役权自地役权合同生效时设立。

(3)甲公司与乙公司的合同订立后,如果甲公司不支付约定的费用,根据《物权法》的规定,乙公司在合理期限内经两次催告,甲公司仍未支付费用的,有权解除合同。

(4)甲公司在建造的厂房已经完工,未办理房屋所有权证的情况下,不能取得该房屋的所有权。因为,根据《物权法》的规定,除法律另有规定的外,不动产物权的设立,经依法登记发生效力。

(5)甲公司建造的厂房不属于丙银行抵押权涉及的抵押物范围。《物权法》规定,以城市房地产设定抵押的,土地上新增的房屋不属于抵押物。本案中,甲公司与丙银行办理抵押权登记手续后,方开工建设厂房,属于土地上新增的房屋,依法不属于抵押物的范围。

(6)在政府提前收回甲公司部分建设用地使用权的情况下,丙银行能就甲公司获得的补偿金主张权利。《物权法》规定,在抵押物被征用的情况下,抵押权人可以就该抵押物的补偿金优先受偿。

(7)在登记簿上的记载与土地使用权证上的记

载不一致的情况下，根据《物权法》的规定，除有证据证明不动产登记簿确有错误外，以不动产登记簿为准。

本章练习题库

一、单项选择题

1. 根据《物权法》的规定，下列各项中，有关孳息的取得，表述正确的是（　　）。
   A. 一物之上既有所有权人，又有用益物权人的，因该物产生的天然孳息由所有权人取得
   B. 一物之上既有所有权人，又有用益物权人的，因该物产生的天然孳息由所有权人和用益物权人按一定比例取得
   C. 某有限责任公司的股利，按照公司章程的规定取得
   D. 某有限责任公司的股利，按照实缴出资比例取得

2. 甲在马路上看到一只受伤的狗，在等候了一段时间不见有人认领后，遂作为流浪狗带回家。经过一个多月的悉心喂养，这只小狗非常健康、可爱。不料被乙偷走，几天后乙准备出售此狗时，被甲发现。下列各项中，有关甲主张权利的表述中，正确的是（　　）。
   A. 自乙占有此狗之日起1年内，甲有权请求乙返还
   B. 自甲知道或者应当知道乙占有此狗之日1年内，甲有权请求乙返还
   C. 自乙占有此狗之日起2年内，甲有权请求乙返还
   D. 自甲知道或者应当知道乙占有此狗之日2年内，甲有权请求乙返还

3. 甲喂养的一只小狗遗失在出租车上，被出租车司机乙带回家。甲根据开具的发票找到了乙，乙称他已在集市上将小狗卖给了丙。下列各项中，关于此事的处理正确的是（　　）。
   A. 甲有权要求乙返还小狗
   B. 甲有权要求丙返还小狗，但应当向丙支付所付的费用
   C. 甲有权要求丙返还小狗，但无须向丙支付所付的费用
   D. 甲只能要求乙返还小狗，因为丙为善意取得

4. 根据《物权法》的规定，下列各项中，以登记作为其权利生效条件的是（　　）。
   A. 土地承包经营权
   B. 建设用地使用权
   C. 地役权
   D. 机器设备抵押权

5. 下列各项中，根据《物权法》的规定，不动产物权的设立、变更、转让和消灭，依照法律规定

应当登记的，不动产物权发生效力的时间为（　　）。
   A. 自记载于不动产物权登记簿时
   B. 自不动产权属证书记载的时间
   C. 自权利人领取不动产权属证书时
   D. 自权利人在不动产物权登记簿上签字确认时

6. 根据《物权法》的规定，利害关系人认为不动产登记簿的事项错误的，在更正登记不能获得权利人同意后，有权提出异议并记入登记簿。异议登记申请人在法定期限内不起诉的，则异议登记失效。异议登记申请人起诉的法定期限为（　　）。
   A. 提出异议申请之日起15日内
   B. 提出异议申请之日起30日内
   C. 异议登记之日起15日内
   D. 异议登记之日起30日内

7. 有关部门收到遗失物，知道权利人的，应当及时通知其领取；不知道的，应当及时发布招领公告。自有关部门发出招领公告之日起一定期限内无人认领的，遗失物归国家所有。该一定期限为（　　）。
   A. 3个月　　　　　　B. 6个月
   C. 1年　　　　　　　D. 2年

8. 甲居住的房屋，乙认为并非甲所有，而对其主张所有权。根据《物权法》的规定，乙可以请求法院（　　）。
   A. 返还原物　　　　B. 排除妨碍
   C. 恢复原状　　　　D. 确认物权

9. 在所有权的四项权能中，最核心的内容是（　　）。
   A. 占有权　　　　　B. 使用权
   C. 收益权　　　　　D. 处分权

10. 根据《物权法》的规定，下列各项中，既是国家所有权的客体，也能成为集体组织或者公民个人所有权的客体有（　　）。
    A. 城市土地、矿藏、水流、海域
    B. 野生动植物资源
    C. 森林、山岭、草原、荒地、滩涂等自然资源
    D. 国家所有的文物

11. 根据《物权法》的规定，下列各项中，业主大会须经专有部分建筑物占建筑物总面积2/3以上的业主且占总人数2/3以上的业主同意的事项是（　　）。
    A. 制定和修改业主大会议事规则
    B. 对于筹集和使用建筑物及其附属设施的维修资金
    C. 选聘和解聘物业服务机构
    D. 选举业主委员会或者更换业主委员会成员

12. 根据《物权法》的规定，下列各项有关共有关系的表述中，不符合法律规定的是（　　）。
    A. 按份共有人有权自由处分自己的共有份额，

无需取得其他共有人的同意

B. 共同共有人对共有财产的处分，必须征得全体共有人的同意

C. 按份共有人将份额出让给共有人以外的第三人时，必须征得其他共有人的同意

D. 共同共有关系终止，才能确定份额，分割共有财产

13. 甲将其房屋出租给A、B、C三人居住，但三人一直拖欠房租，为此甲要求三人支付所欠房租。下列各项中，有关甲要求支付租金的方式中，不正确的是( )。

A. 甲应当按照A、B、C三人约定的比例要求他们支付房租

B. 甲可以要求A、B、C三人中的任何一人支付全部拖欠的房租，任何一人支付全部房租后，有权就超过的份额向其他人追偿

C. 甲可以要求A、B、C三人按照平均的数额支付拖欠房租

D. 甲如果与A、B、C三人约定了每人支付房租的数额，甲应按照约定分别向A、B、C要求支付各自拖欠的房租

14. 下列各项中，不属于用益物权人享有的权利是( )。

A. 占有　　　　　　B. 使用

C. 处分　　　　　　D. 收益

15. 根据《物权法》的规定，下列各项中，有关地役权与相邻关系的表述中，不正确的是( )。

A. 相邻关系是法定的，不需要登记，地役权通常是约定的，应当登记

B. 相邻关系属于所有权或使用权的延伸，地役权属于用益物权

C. 相邻权是权利人到达最低使用标准设立的，地役权是权利人为了较高的标准设立的

D. 相邻关系中的不动产必须相邻，地役权中的不动产既可以是相邻的也可以是不相邻的

16. 根据物权法律制度的规定，下列各项中，关于抵押担保的表述中，正确的是( )。

A. 土地的所有权及国有土地的使用权不得抵押

B. 某学校向银行申请贷款，将其拥有的招待所的房产抵押给银行，其抵押物不符合担保法的规定

C. 订立抵押合同时，抵押权人和抵押人不得约定在债务履行期届满抵押权人未受清偿时，抵押物的所有权转移为债权人所有

D. 抵押期间，抵押人转让已办理登记的抵押物的行为无效

17. 甲将房屋一间作为抵押向乙借款20000元。抵押期间，知情人丙向甲表示愿以30000元购买甲的房屋，甲也想将抵押的房屋出卖。对此，下列各项中表述正确的是( )。

A. 甲有权将该房屋出卖，但须事先告知抵押权人乙

B. 甲可以将该房屋出卖，不必征得抵押权人乙的同意

C. 甲可以将该房屋卖给丙，但应征得抵押权人乙的同意

D. 甲无权将该房屋出卖，因为房屋上已设置了抵押权

18. 根据《物权法》的规定，下列各项中，关于质押的表述，正确的是( )。

A. 出质人与质权人约定代质权人占有质物的，质权设立

B. 出质人以其租用的设备出质的，质权人认为该设备为出质人所有，质权人享有质权

C. 甲将其电脑出质给乙，乙有权将该电脑质给丙，为此丙享有的质权优于乙

D. 基金份额、股权出质后，不得转让

19. 根据《物权法》的规定，如果地役权人滥用地役权或者约定的付款期间届满后在合理期限内经两次催告未支付费用的，供役地权利人有权采取的措施是( )。

A. 再次催告

B. 向地役权人追加费用

C. 解除合同使得地役权消灭

D. 要求地役权人赔偿损失

20. 债务人不履行到期债务或者发生当事人约定的实现抵押权的情形，抵押权人可以与抵押人协议以抵押财产折价或者以拍卖、变卖该抵押财产所得的价款优先受偿。协议损害其他债权人利益的，其他债权人可以在法定期限内向人民法院主张相应的权利。根据《物权法》的规定，下列各项中，符合规定的是( )。

A. 其他债权人可以在知道或者应当知道权利受到侵害之日起1年内向法院提起诉讼，要求损害赔偿

B. 其他债权人可以在知道或者应当知道权利撤销事由之日起1年内请求法院撤销该协议

C. 其他债权人可以在知道或者应当知道权利受到侵害之日起2年内向法院提起诉讼，要求损害赔偿

D. 其他债权人可以在知道或者应当知道权利撤销事由之日起2年内请求法院撤销该协议

二、多项选择题

1. 根据物的特征，下列各项中，属于民法上的物的有( )。

A. 智力成果　　　　B. 房屋

C. 电、热、气、磁力　D. 恒星

2. 根据《物权法》的规定，下列各项中，关于"一物一权原则"的理解正确的有( )。

A. 一个独立物上只能存在一个物权

B. 一物之上的所有人可以为多人，多人对一物享有所有权

C. 在按份共有中，各共有人虽依据其份额对财产享有相应的权利，承担相应的义务，但是份额本身并非单独的所有权

D. 一物之上可以有多个抵押权存在

3. 根据《物权法》的规定，下列各项中，有关无权占有人与返还请求权人之间产生的法律后果，表述不正确的有（   ）。

A. 不动产或者动产被占有人占有的，权利人可以请求返还原物及其孳息，但应当支付占有人因维护该不动产或者动产支出的必要费用

B. 占有人因使用占有的不动产或者动产，致使该不动产或者动产受到损害的，恶意占有人应当承担赔偿责任

C. 占有的不动产或者动产毁损、灭失，该不动产或者动产的权利人请求赔偿，恶意占有人应当将因毁损、灭失取得的保险金、赔偿金或者补偿金等返还给权利人

D. 占有的不动产或者动产毁损、灭失，该不动产或者动产的权利人请求赔偿，占有人应当将因毁损、灭失取得的保险金、赔偿金或者补偿金等返还给权利人；权利人的损害未得到足够弥补的，占有人还应当赔偿损失

4. 根据《物权法》的规定，下列各项中，发生不动产物权设立的情形有（   ）。

A. 个人取得的房屋所有权自依法登记之日起

B. 土地承包经营权自土地承包经营权合同生效时

C. 地役权自地役权合同生效时并依法登记之日起

D. 仲裁委员会涉及所有权设立的法律文书生效时

5. 当事人签订买卖房屋或者其他不动产物权的协议，为保障将来实现物权，按照约定可以向登记机构申请预告登记。下列情形中，预告登记失效的有（   ）。

A. 债权消灭

B. 自能够进行不动产登记之日起三个月内未申请登记的

C. 自能够进行不动产登记之日起两个月内未申请登记的

D. 自预告登记之日起三个月内未申请登记的

6. 根据《物权法》的规定，下列各项中，动产物权的设立或转让发生效力的表述中，符合规定的有（   ）。

A. 甲将卖与乙的电脑交付与乙，物权转移

B. 甲将借与乙使用的电脑卖与乙，乙实际占有电脑时物权转移

C. 甲将卖与乙的电脑，甲可以通过指示占有人丙向乙交付电脑，代替交付

D. 甲将卖与乙的电脑，与乙约定再继续使用三天，电脑物权的转移自该约定生效时发生效力

7. A盗窃了B的电脑后，通过二手市场将该电脑卖给C，C按照市场价格向A支付了价款。根据《物权法》的规定，下列各项中，有关该电脑买卖行为的表述中，不符合法律规定的有（   ）。

A. C的行为构成善意取得

B. B为此丧失了该电脑的所有权，电脑的所有权转移至C

C. A应当为其行为承担行政或刑事责任，但无须承担民事责任

D. B有权向C要求返还电脑，但应向C支付价款，之后再向A追偿

8. 根据《物权法》的规定，物权人的权利受到妨碍或者有妨碍危险时，权利人可以行使的物上请求权有（   ）。

A. 返还原物   B. 排除妨碍

C. 消除危险   D. 恢复原状

9. 根据《物权法》的规定，所有权包括的权能有（   ）。

A. 占有权   B. 使用权

C. 处分权   D. 物上请求权

10. 下列各项中，关于征收与征用的表述中，正确的有（   ）。

A. 征收与征用的主体都是国家，都是为了公共利益的需要，也均是强制性的

B. 无论征收还是征用，除了适用于所有权外，还可以适用于用益物权

C. 征收是财产所有权发生了变化；征用是所有权没有变化，使用权暂时发生了变化

D. 征收是针对土地、房屋等不动产，不包括动产；征用则于不动产和动产均可适用

11. 根据《物权法》的规定，业主对专有部分以外的共有部分享有共同管理的权利。下列各项中，应当经专有部分占建筑物总面积2/3以上的业主且占总人数2/3以上的业主同意的事项有（   ）。

A. 制定和修改业主会议议事规则

B. 制定和修改建筑物及其附属设施的管理规约

C. 筹集和使用建筑物及其附属设施的维修资金

D. 改建、重建建筑物及其附属设施的行为

12. 根据《物权法》的规定，下列各项中，共有人处分共有财产的行为能够发生法律效力的有（   ）。

A. 经占份额2/3以上按份共有人的同意，对不动产进行处分的行为

B. 经全体共同共有人同意，对动产进行处分的行为

C. 无权代表共有人擅自处分共有财产的，如果其他共有人明知而不提出异议

D. 共有人处分共有财产，第三人善意取得

13. 甲、乙、丙三人对一架钢琴为共同共有，甲欲将该钢琴卖与丁，下列各项中，甲的卖与行为有效的有（　　）。
    A. 只要乙、丙中有一人同意即可
    B. 乙、丙均同意
    C. 无论乙、丙是否同意，丁认为该钢琴为甲的个人财产，并向甲支付了合理价款
    D. 乙、丙知道甲出卖钢琴的行为而未提出异议

14. 根据《物权法》的规定，下列各项中，可以用于抵押的有（　　）。
    A. 建筑物和其他地上附着物
    B. 正在建造中的建筑物、船舶、航空器
    C. 耕地、宅基地的使用权
    D. 学校、医院等以公益为目的的事业单位的教育设施、医疗卫生设施，为自身债务设定抵押

15. 同一财产向两个以上债权人抵押的，债权人以抵押物拍卖、变卖所得的价款受偿的顺序为（　　）。
    A. 抵押合同自登记之日起生效的，按照抵押物登记的先后顺序清偿
    B. 登记顺序相同的，按照债权比例清偿
    C. 抵押合同自签订之日起生效的，按照合同生效时间的先后顺序清偿
    D. 抵押物已登记的先于未登记的受偿

16. 根据《担保法》及《担保法解释》的规定，抵押期间发生的下列行为中，符合法律规定的有（　　）。
    A. 抵押人将已抵押的财产出租的，抵押权实现后，租赁合同对受让人不具有约束力
    B. 抵押人将已抵押的财产出租时，如果抵押人未书面告之承租人该财产已抵押，抵押人对出租抵押物造成承租人的损失承担赔偿责任
    C. 抵押人将已出租的财产抵押，抵押权实现后，租赁合同在有效期内对抵押物的受让人继续有效
    D. 抵押期间，抵押人转让已办理登记的抵押物的，应当通知抵押权人并告之受让人转让物已经抵押的情况

17. 根据《担保法解释》的规定，下列抵押合同有效的是（　　）。
    A. 以经法定程序确认为违法、违章的建筑物抵押的
    B. 以依法获准尚未建造的房屋抵押的，当事人办理了抵押物登记的
    C. 共同共有人以其共有财产设定抵押，其他共有人知道而未提出异议
    D. 当事人以农作物和与其尚未分离的土地使用权同时抵押的，土地使用权部分的抵押

18. 根据法律规定，下列各项中，关于权利质押生效条件的表述中，正确的是（　　）。
    A. 以票据、债券、存款单、仓单、提单出质

的，质权人再转让或者质押的无效
    B. 国有股东受权代表单位持有的国有股只限于为本单位及其全资或控股子公司提供质押，用于质押的国有股数量不得超过其所持该上市公司国有股总额的50%
    C. 以有限责任公司的股权出质的，质权自公司股东名册上登记时设立
    D. 以知识产权中的人身权设定质押无效

19. 根据《物权法》的规定，下列各项有关留置权的表述中，正确的有（　　）。
    A. 需合同双方当事人有明确约定
    B. 适用于运输、承揽、保管、行纪合同中
    C. 债权清偿期届满，留置权人有权处置留置物而受偿
    D. 债权人合法占有债务人的动产

20. 根据《物权法》的规定，下列各项中，有关抵押的表述，不正确的有（　　）。
    A. 当事人就共有财产设定抵押，应当征得其他共有人的同意
    B. 当事人依农作物和与其尚未分离的土地使用权同时抵押的，土地使用权部分的抵押无效
    C. 以城市房地产设定抵押的，土地上新增的房屋不属于抵押物
    D. 耕地、宅基地、自留地、自留山等集体所有的土地使用权不得抵押

21. 在动产浮动抵押的情况下，下列各种情形中，抵押财产得以确定的有（　　）。
    A. 债务履行期届满
    B. 抵押人被宣告破产
    C. 抵押人被撤销
    D. 当事人约定的实现抵押权的情形

三、判断题

1. 某村民承包了A村所有的一片果园，果树上所结果实应当由某村民取得。（　　）

2. 当事人签订买卖房屋或者其他不动产物权的协议，为保障将来实现物权，按照约定可以向登记机构申请预告登记。预告登记后，预告登记的权利人处分该不动产的，不发生物权效力。（　　）

3. 不动产权属证书与不动产登记簿不一致的，除有证据证明不动产登记簿确有错误外，以不动产权属证书为准。（　　）

4. A对B持有的房屋登记事项有异议，要求房产登记机关进行变更登记。在房产机关未作变更登记的情况下，A对登记事项提出异议，房产登记机关进行异议登记。后经登记机关调查，认为原登记属实，没有错误。B因异议登记不能正常出租该房屋，导致3000元损失，应当由A承担赔偿责任。（　　）

5. 不动产的异议登记使得登记簿上所记载权利失去

正确性推定的效力，因此异议登记后第三人不得主张基于登记而产生的公信力。 （　）

6. 船舶、航空器和机动车等物权的设立、变更、转让和消灭，未经登记，不发生物权效力。 （　）

7. 甲捡到乙丢失的提包，其中装有数码相机、手机、钱包及身份证件等物品，遂据为己有。当乙在知情人的协助下找到甲要求返还时，甲要求乙支付5000元费用，乙认为过高，甲拒绝返还。乙将甲诉至法院，要求甲返还。法院判决甲向乙返还提包，对甲要求乙支付费用的请求不予支持。 （　）

8. 甲租用乙的汽车，租期届满甲继续使用，拒不返还。乙有权要求甲返还汽车，并对其因不能按时归还汽车而给乙造成的损失，承担赔偿责任。 （　）

9. 未授权给公民、法人经营管理的国家财产受到侵害的，不受诉讼时效的限制。 （　）

10. 共有人对共有的不动产或者动产没有约定为按份共有或者共同共有的，或者约定不明确的，除共有人具有家庭关系等外，视为共同共有。 （　）

11. 如果地役权人滥用地役权或者约定的付款期间届满后在合理期限内经两次催告未支付费用的，供役地权利人有权解除合同使得地役权消灭。 （　）

12. 同一财产向两个以上债权人抵押的，顺序在后的抵押权所担保的债权先到期的，抵押权人只能就抵押物价值超出顺序在先的抵押担保债权的部分受偿。 （　）

13. 已经设定抵押的财产被采取查封、扣押等财产保全或者执行措施的，其抵押无效。 （　）

14. 张某将其房屋抵押给银行申请贷款，双方不仅签订了借款合同和抵押合同，并且依法办理了房屋抵押登记。后张某急需用钱，在未通知银行的情况下，又将该房屋卖给了李某。李某对该房屋抵押的情况也不知情。张某的银行贷款到期后，无力偿还，银行仍可以行使抵押权。 （　）

15. 甲公司向乙公司购买货物，为担保甲公司按期向乙公司支付货款，甲公司将其拥有的专利权质押给乙公司，并向专利管理部门办理质押登记。后甲公司为解决资金周转困难，又将该专利许可丙公司使用，甲公司的该行为无效。 （　）

16. 债务人A企业与债权人银行达成协议，A企业将现有的生产设备以及将有的产品抵押给银行。后在生产过程中，A企业将其生产设备、产品按照市场价格卖给了B公司。债务履行期限届满，A企业无力偿还银行贷款，银行有权主张将B公司取得的设备及产品变卖优先受偿。 （　）

17. 甲为乙保管一批服装，约定的保管期限届满，乙既未按时取走该批服装，也未向甲支付保管费。经催告后乙仍未领取，甲遂将该批服装予以变卖。甲的做法是行使留置权。 （　）

18. 对于企业之间的留置权的行使，可以不以同一债权债务关系为要件。 （　）

19. 对共有物的管理费用以及其他负担，按份共有人按照其份额负担，共同共有人共同负担。 （　）

20. 供役地上的建设用地使用权部分转让时，转让部分涉及地役权的，地役权对受让人具有约束力。 （　）

四、综合题

1. 高某饲养的一头母猪走失，跟随邻村的李某回家，李某遂领回家饲养，为此李某修建了猪圈，购置了猪饲料。一个多月后该母猪产下几只猪仔，被李某拿到市场上卖了两千多块钱。一年后，高某知道了该母猪的下落，遂找到李某要求返还母猪，李某拒不承认，称该母猪是自家饲养的。于是，高某便指出母猪身上的记号，李某见状不得不承认，但同时提出因其饲养母猪垒圈、买饲料等支出，要求高某给予1万元补偿。高某认为李某要价太高不同意给，于是李某也不让高某将母猪领走。

几天后，高某一纸诉状将李某起诉至法院，要求李某返还母猪。庭审中，李某起初辩称该母猪是自家的，后在证据及法官的教育之下，最终承认母猪是别人家的，可它是跟着自己回家的，既不是偷的，也不是抢的，何况自己又出钱出力。因此李某依然坚持1万元的费用补偿，否则坚决不予返还。

要求：

根据以上事实，请分别回答下列问题：

（1）高某是否有权要求李某返还母猪？说明理由。

（2）高某是否有权要求李某返还猪仔或者出售猪仔所得的价款？为什么？

（3）李某是否有权要求高某支付必要的费用？为什么？

（4）李某在发现跟随其回家的母猪后，应当采取的正确做法是什么？

2. 甲、乙、丙对某套位于风景区周边的房屋享有共有权，甲占有50%的份额，乙占有30%的份额，丙占有20%的份额。根据三方出资比例、居住季节以及三人休假、工作时间等因素综合考虑，三方约定，该房屋轮流分别由甲、乙、丙使用，甲使用5个月，乙使用4个月，丙使用3个月。如果三人在取得该房屋所有权后，发生以下事实，应如何处理？

（1）如果甲欲转让自己份额，乙、丙是否有权阻止？如果乙或丙有意购买甲转让的份额，甲还能否向他人转让？说明理由。

（2）如果乙在居住期间，房屋外置空调机掉落，砸伤行人，责任应如何承担？为什么？

（3）如果丙提出对该房屋进行重大修缮，是否应经甲和乙同意？说明理由。

（4）甲、乙、丙对该房屋的物业费没有约定，应当如何承担？

（5）如果甲、乙、丙对该房屋的居住发生矛盾，结束共有关系，该房屋应如何处置？

3. 甲、乙系夫妻关系，于2006年购买了一辆汽车，共同经营出租运营业务。2007年春，因家庭矛盾，双方发生纠纷，进行争吵。妻子乙一气之下，将汽车开走，离家独居。1个月后，乙与丙联系，商量将汽车卖给丙。双方商定价格为10万元，当天交付了汽车和全部购车款，一起去当地车辆管理部门办理了汽车所有权转移手续。当工作人员询问乙的丈夫对卖车的意见时，乙谎称其丈夫长期在外地工作，不管家事，遂办理了汽车买卖手续，将车籍转到丙的名下。10日后，此事被甲发现，遂找丙要车，被丙拒绝。甲以乙为被告，丙为第三人，向人民法院起诉，要求丙返还财产。

要求：

根据以上事实，分别回答下列问题：

（1）乙是否有权出售该车？法院能否支持甲的主张？说明理由。

（2）如果该汽车已经交给丙，但尚未办理所有权转移手续，丙是否取得该车的所有权？甲是否有权请求丙返还该汽车？说明理由。

（3）如果丙知道该汽车为甲乙夫妻共有财产，并且乙未经甲同意擅自转让，但认为该车出售价格合适，仍然购买了该车，是否取得该车的所有权？

（4）如果丙取得该车所有权后，向丁借款10万元，将该车抵押给丁，双方订立书面抵押合同。该抵押合同未经登记，丁是否取得抵押权？如果丙在抵押期间将该汽车卖与戊，戊不知该车已抵押，戊取得了该车的所有权，丙在借款期限届满不能向丁偿还借款的情况下，能否对抵押车辆行使抵押权？说明理由。

4. 甲有限责任公司（以下简称甲公司）在经营过程中，为解决资金周转问题，先后向银行申请贷款，并订立担保合同，以下为甲公司曾经发生的几例担保事件：

（1）2月份，甲公司向A银行申请贷款1000万元，将其已经出租给乙公司的房屋抵押给A银行；在同月甲公司因向B银行贷款500万元，又将该房屋抵押给B银行。甲公司分别与A银行、

B银行签订了书面抵押合同，并于8日同B银行办理了抵押登记，9日与A银行办理抵押登记。至贷款合同期限届满时，甲公司无力按期偿还银行贷款。A银行、B银行均要求拍卖甲公司的抵押房屋实现债权。经查：现该房屋的变现价值为1300万元，甲公司与乙公司签订的该房屋租赁期限尚未届满。

（2）5月份，甲公司与丙公司订立买卖合同，为支付丙公司货款，甲公司将其一台运输车辆质押给丙公司，双方签订了书面质押合同，甲公司将该车辆交付给丙公司，但未办理车辆质押登记。甲公司向丁公司租赁一台机械设备，为支付租金，甲公司与丁公司订立质押合同，双方约定甲公司将其拥有的M注册商标质押给丁公司，并依法向商标局办理了该商标的质押登记。

（3）8月份，甲公司为戊公司加工定做一批产品。合同约定，戊公司向甲公司提供原材料及设计图纸，甲公司负责加工制作。甲公司按照加工合同的约定如期完成加工任务，并向戊公司发出领取通知后，戊公司一直未领取加工物，也未向甲公司支付合同约定的加工费。

要求：

根据以上事实，请分别回答下列问题：

（1）甲公司抵押房屋拍卖后，应如何清偿A银行、B银行的贷款？说明理由。抵押房屋拍卖后，买受人是否受租赁合同的约束？为什么？

（2）丙公司是否取得了甲公司车辆的质权？说明理由。丁公司是否取得了甲公司商标的质权？说明理由。甲公司是否有权将M商标转让给他人或者许可他人使用？为什么？

（3）甲公司可以向戊公司主张何种权利？说明理由。如何行使？

本章练习题库参考答案及解析

一、单项选择题

1.【答案】C

【解析】（1）天然孳息，由所有权人取得；一物之上既有所有权人，又有用益物权人的，因该物产生的天然孳息由用益物权人取得。当事人另有约定的，按照约定。所以A、B两项不对。（2）法定孳息，当事人有约定的，按照约定取得；没有约定或者约定不明确的，按照交易习惯取得。C选项属于当事人有约定（有限责任公司章程由全体股东制定），按照约定取得，故C选项正确。D选项中没有说明股东约定或公司章程规定的前提，因此不对。

2.【答案】A

【解析】甲的行为属于占有。《物权法》规定，占有人返还原物的请求权，自侵占发生之日起1

年内未行使的，该请求权消灭。

3.【答案】B

【解析】（1）乙的行为属于拾得遗失物。（2）如果遗失物通过转让为他人占有时，权利人有权要求占有人返还原物或者赔偿损失。本案中甲为权利人，丙为占有人（受让人）。（3）如果受让人通过拍卖或者向具有经营资格的经营者购得该遗失物的，权利人请求返还原物时应当支付受让人所付的费用。

4.【答案】B

【解析】其他三项权利适用登记对抗主义，即未经登记不得对抗善意第三人。

5.【答案】A

6.【答案】C

7.【答案】B

【解析】自有关部门发出招领公告之日起6个月内无人认领的，遗失物归国家所有。

8.【答案】D

【解析】因物权的归属、内容发生争议的，利害关系人可以请求确认权利。

9.【答案】D

【解析】处分包括事实上的处分与法律上的处分。

10.【答案】C

【解析】森林、山岭、草原、荒地、滩涂等自然资源，属于国家所有，但法律规定属于集体所有的除外。

11.【答案】B

【解析】对于筹集和使用建筑物及其附属设施的维修资金和改建、重建建筑物及其附属设施的行为，符合本题要求。即涉及资金使用的问题，是业主委员会的应当以特别方式进行的表决的事项。

12.【答案】C

【解析】按份共有人将份额出让给共有人以外的第三人时，其他共有人在同等条件下，有优先购买的权利。

13.【答案】A

【解析】共有人之间的约定，对第三人没有约束力。

14.【答案】C

15.【答案】A

【解析】地役权未经登记不得对抗善意第三人，采取登记对抗主义。

16.【答案】C

【解析】土地所有权不得抵押，但是国有土地的使用权可以抵押，所以A项表述不对。学校等以公益为目的的事业单位、社会团体的教育设施、医疗卫生设施和其他社会公益设施不得抵押，但以上述设施以外的财产为该事业单位、社会团体自身债务设定抵押的，抵押有效。因

此，B项的表述不正确。抵押期间，抵押人转让已办理登记的抵押物的，应当通知抵押权人并告知受让人转让物已经抵押的情况。可见，D项的表述也不正确。

17.【答案】C

【解析】根据担保法律制度的规定，抵押期间，抵押人转让已办理登记的抵押物的，应当经抵押权人同意转让抵押财产。未经抵押权人同意，不得转让抵押财产，但受让人代为清偿债务消灭抵押权的除外。

18.【答案】B

【解析】（1）出质人代质权人占有质物的，质权没有设立。A选项不对。（2）出质人以其不具有所有权但合法占有的动产出质的，法律保护善意质权人的权利。因此，B选项是正确的。（3）转质押的，应当经出质人同意。所以，C选项不对。（4）基金份额、股权出质后，不得转让，但经出质人与质权人协商同意的除外。故D选项也不对。

19.【答案】C

【解析】除C选项以外，其他三个选项对于供役地权利人而言也可以考虑，但都不是《物权法》直接赋予供役地权利人的权利。

20.【答案】B

【解析】无论是《物权法》还是《合同法》中，涉及当事人行使撤销权的期间，一般都是自知道或者应当知道撤销事由之日起1年内向法院主张。

二、多项选择题

1.【答案】BC

【解析】智力成果不具有客观物质性；恒星不具有可支配性。

2.【答案】BCD

【解析】一个独立物上只能存在一个所有权。故A选项不对。

3.【答案】ACD

【解析】A选项没有确认占有人是否善意；C选项不应只限于恶意占有人；D选项中的赔偿损失责任，只针对恶意占有人。因此，就此类问题一定注意分清占有人是否善意。

4.【答案】ABD

【解析】（1）A选项属于不动产物权设立的一般形式，即以登记为生效要件；（2）B、C两项物权不以登记为生效要件，自合同生效时设立，但未经登记不得对抗善意第三人；（3）D选项属于物权设立的特殊情形。

5.【答案】AB

【解析】预告登记后，债权消灭或者自能够进行不动产登记之日起三个月内未申请登记的，预告登记失效。

6.【答案】ACD

【解析】A 属于现实交付；B 属于简易交付的情形，但是物权在法律行为生效时发生变动效力；C 属于指示交付；D 属于占有改定。

7.【答案】ABC

【解析】赃物不适用于善意取得。如果赃物通过转让为他人所占有时，权利人有权要求占有人返还原物或者赔偿损失。

8.【答案】ABCD

9.【答案】ABC

【解析】所有权包括四项权能，即占有权、使用权、收益权、处分权。物上请求权是对物权的保护。

10.【答案】ACD

【解析】征用适用于使用权，征收适用于所有权。故 B 选项不对。

11.【答案】CD

【解析】根据《物权法》的规定，除本题 C、D 两种情形外，其他事项只需经专有部分占建筑总面积过半数的业主且占总人数过半数的业主同意即可。

12.【答案】ABCD

【解析】第三人善意取得该财产的，无论共有人处分该财产的表决是否符合法律或约定，均为有效。

13.【答案】BCD

【解析】（1）处分共有的不动产或者动产以及对共有的不动产或者动产作重大修缮的，应当经占份额 2/3 以上的按份共有人或者全体共同共有人同意；（2）擅自处分共有财产的，其处分行为应当作为效力待定的民事行为处理。但第三人善意、有偿取得该财产的受法律保护；（3）无权代表或代理的共有人擅自处分共有财产的，如果其他共有人明知而不提出异议，视为其同意。

14.【答案】AB

【解析】耕地、宅基地等集体所有的土地使用权不得抵押，对于集体所有的自留地、自留山等，法律规定可以抵押的除外。学校、医院等以公益为目的的事业单位的教育设施、医疗卫生设施，不得抵押；公益目的以外的财产，为自身债务设定抵押有效。

15.【答案】ABD

【解析】本题是关于抵押的顺序，登记生效的，先登记的顺序在先；登记的顺序先于签订；顺序相同的按照债权比例清偿。

16.【答案】ABC

【解析】根据《物权法》的规定，抵押期间，抵押人经抵押权人同意转让抵押财产的，应当将转让所得的价款向抵押权人提前清偿债务或者提存。因此该转让行为须经抵押权人同意。

而非通知即可。故 D 选项不符合规定。注意 2007 年教材已经结合《物权法》的规定所作的修改。

17.【答案】BC

【解析】A 选项中因为抵押物违法而导致抵押无效。D 选项是错误的，因为以农作物和尚未分离的土地使用权同时抵押的，土地使用权部分的抵押应当无效。

18.【答案】ABD

【解析】以基金份额、证券登记结算机构登记的股权出质的，质权自证券登记结算机构办理出质登记时设立；以其他股权出质的，质权自工商行政管理部门办理出质登记时设立。故 C 选项不对。

19.【答案】BD

【解析】留置是一种法定担保的形式，双方当事人即使在合同中没有约定留置的条款，只要具备留置权的构成要件，就可以行使留置权，所以，A 选项不对。债权清偿期届满，留置权人应当在不少于两个月的时间内，保留该财产，并通知债务人履行债务，超过该留置期债务人仍未履行的，方可处置留置物，因此 C 选项也不对。

20.【答案】AD

【解析】（1）A 选项中，就共有财产没有区分按份共有与共同共有。如果是按份共有，则按份共有人以其共有财产中享有的份额设定抵押；如果是共同共有，共同共有人应当征得其他共有人的同意才能设定抵押，否则抵押无效。（2）D 选项所述情形，有两种例外：一是以招标、拍卖、公开协商等方式取得的荒地等土地承包经营权可以抵押；二是乡镇、村企业的建设用地使用权不得单独抵押，只能"地随房走"，不能"房随地走"。

21.【答案】BCD

【解析】债务履行期届满，如果债权人实现债权，则无需确定抵押财产，因此，A 选项中，还应当说明"债权未实现"。

三、判断题

1.【答案】√

【解析】所有权与用益物权并存时，孳息由用益物权人取得，当事人另有约定的除外。

2.【答案】×

【解析】未经预告登记的权利人同意，处分该不动产的，不发生物权效力。

3.【答案】×

【解析】应当以不动产登记簿为准。

4.【答案】√

【解析】异议登记不当的，造成权利人损害的，权利人可以向申请人请求损害赔偿。

5.【答案】√

6.【答案】×

【解析】应当是未经登记，不得对抗善意第三人，对物权效力的产生没有影响，动产物权的效力自交付时发生。

7.【答案】√

【解析】拾得人拒不返还遗失物，按侵权行为处理。拾得人不得要求支付必要费用，也无权请求权利人按照承诺履行义务。

8.【答案】√

【解析】物上请求权与损害赔偿请求权可以并用。

9.【答案】√

10.【答案】×

【解析】应当视为按份共有。

11.【答案】√

12.【答案】√

【解析】注意区分抵押顺序与债权发生的先后顺序。抵押顺序在先的债权人应当优先得到清偿，所以顺序在后的抵押权所担保的债权先到期时，抵押权人只能就抵押物价值优先清偿后剩余的价值得到清偿。

13.【答案】×

【解析】正确的规定应当是，不影响抵押权的效力。因为抵押的行为发生在前，而保全措施在后。如果是财产先被查封、扣押的，因该财产不得抵押，该抵押行为无效。

14.【答案】√

【解析】抵押期间，抵押人转让已办理登记的抵押物的，应当经抵押权人同意。抵押人未经抵押权人同意，抵押权人仍可以行使抵押权。

15.【答案】√

【解析】以依法可以转让的商标专用权、专利权、著作权中的财产权利出质的，质押合同自登记之日起生效。权利出质后，出质人不得转让或者许可他人使用，但质权人同意者除外，否则应当认定为无效。

16.【答案】×

【解析】以此情形设定抵押的，不得对抗正常经营活动中已支付合理价款并取得抵押财产的买受人。

17.【答案】×

【解析】债权人在其债权没有得到清偿时，有权留置债务人的财产，并给债务人确定一个履行期限，该履行期限应当为两个月以上。

18.【答案】√

19.【答案】×

【解析】有约定的，按照约定；没有约定或者约定不明确的，则按题目所述负担。

20.【答案】√

四、综合题

1.【答案】

(1) 高某有权要求李某返还母猪。高某家的母猪为遗失物，根据物权法的规定，权利人可以要求遗失物的占有人返还原物。

(2) 高某无权要求李某返还猪仔，但有权要求李某返还出售猪仔所得的价款。因为，猪仔为母猪所生之孳息，李某已经将其转让为他人占有，即李某不再占有猪仔。根据《物权法》的规定，权利人请求返还原物，必须原物依然存在。如果返还原物客观上已经不可能，权利人只能要求赔偿损失。因此，高某对于李某而言只能要求李某支付合理的价款。

(3) 李某无权要求高某支付必要的费用。《物权法》规定，拾得人拒不返还遗失物，按侵权行为处理。拾得人不得要求支付必要费用。

(4) 李某在发现该母猪后，如果知道为高某所丢，应当及时通知其领取，李某在返还该母猪时，可以要求高某支付必要费用，但不得要求支付报酬；如果不知道可以送交公安等有关部门，在送交有关部门之前，应当妥善饲养该母猪，如果发生毁损、灭失的，应当承担民事责任。

2.【答案】

(1) 如果甲欲转让自己份额，乙、丙无权阻止。因为甲、乙、丙对房屋的所有权为按份共有的关系。根据《物权法》的规定，按份共有人有权自由处分自己的共有份额，无需取得其他共有人的同意。但是共有人将份额出让给共有人以外的第三人时，其他共有人在同等条件下，有优先购买权。根据上述规定，甲转让份额，乙、丙无权阻止，如果乙或丙有意购买甲转让的份额，并且与第三人的受让条件相同，则甲不能向他人转让；否则甲可以向他人转让。

(2) 空调机掉落砸伤行人，应当由甲、乙、丙承担连带赔偿责任。《物权法》规定，因共有的不动产产生的债权债务，在对外关系上，共有人享有连带债权、承担连带债务，但法律另有规定或者第三人知道共有人不具有连带债权债务关系的除外。偿还债务超过自己应当承担份额的按份共有人，有权向其他共有人追偿。被砸伤的行人一般是不可能知道甲、乙、丙三人的按份共有关系，根据规定应当由三人对被害人承担连带赔偿责任。但是，其中的任何人承担责任超过其应承担的份额的，有权向其他共有人追偿。

(3) 如果丙提出对该房屋进行重大修缮，应经甲或乙同意。《物权法》规定，对共有的不动产进行重大修缮的，应当经占份额2/3以上的按份共有人同意。因此，只要甲或乙中有一人同意即可。

(4) 甲、乙、丙对该房屋的物业费没有约定，根据《物权法》的规定，按份共有人按照其份额负担。因此，甲、乙、丙分别负担物业费的 50%、30% 和 20%。

（5）如果甲、乙、丙对该房屋的居住发生矛盾，结束共有关系，根据《物权法》的规定，共有人可以协商确定分割方式。如果协商不能达成一致，由于房屋为不可分割物，依法应当变卖，对于取得的价款按照约定的份额予以分割。

3.【答案】

（1）乙无权出售该车。因为该车是基于夫妻共同关系而产生的共同共有财产。根据《物权法》的规定，除共有人另有约定的以外，处分共有的不动产或动产的，应当经全体共同共有人的同意。所以乙在未经甲同意的情况下，无权出售该车。但是，法院也不能支持甲的主张。因为，丙属于善意取得。第一，丙不知道乙无权处分该车；第二，丙以合理价格有偿受让该车；第三，汽车属于不动产，其所有权的转让自交付时发生效力。根据《物权法》的规定，动产占有人将动产不法转让给受让人以后，如果受让人善意取得财产，即可依法取得该财产的所有权。本案中，丙为善意取得，并且乙已经依法向丙办理了所有权转让手续，丙对该车享有的权利受法律保护，因此法院不能支持甲的主张。

（2）如果该汽车已经交给丙，但尚未办理所有权转移手续，丙依然取得该车的所有权。如上所述，汽车为动产，根据《物权法》的规定，动产的设立和转让，自交付时起发生转移。船舶、航空器和机动车等动产，其所有权的移转仍以交付为要件，但是如果交付后没有办理登记，不能对抗善意第三人。由于甲对乙向丙转让汽车的行为不知情，该车的所有权依然登记在甲、乙的名下，甲是该车的共有人，因此相对于乙、丙而言为善意第三人。根据前述规定，该汽车尚未办理登记手续，不得对抗善意第三人甲，因此，甲有权请求丙返还该汽车。

（3）如果丙知道乙擅自转让该汽车，虽然是有偿取得，也不能取得该车的所有权。首先，该车为共同共有财产，须经全体共同共有人同意方能处分。其次，丙知道乙未经甲同意擅自处分该车，不具备善意取得的构成要件，因此不能取得该车的所有权。

（4）丁取得抵押权。《物权法》规定，交通运输工具设定抵押的，抵押权自抵押合同生效时设立。因此，该抵押合同虽然未经登记，并不影响抵押合同的效力。

丁不能对抵押车辆行使抵押权。因为《物权法》规定，交通运输工具未经登记，不得对抗善意第三人。本案中戊因对受让汽车已抵押的事实不知情，有偿受让该车，为善意第三人，抵押权人丁不能再对抵押车辆行使抵押权。丁为此产生的损失，应当由丙承担。

4.【答案】本题主要考点有：抵押清偿的顺序，动产质押与权利质押的效力，留置权的构成要件及实现。

（1）甲公司抵押房屋拍卖后，应先清偿 B 银行的贷款，剩余部分用于清偿所欠 A 银行的贷款。因为甲公司与 B 银行的抵押登记先于 A 银行，根据《物权法》的规定，抵押权已登记的，按照登记的先后顺序清偿。

抵押房屋拍卖后，买受人应当受租赁合同的约束。因为，该房屋租赁在先，抵押在后，且租赁期限尚未届满。根据《物权法》的规定，租赁合同在有效期内对抵押物的受让人继续有效。

（2）丙公司取得了甲公司车辆的质权。因为甲公司已经将出质车辆交付给丙公司。根据《物权法》的规定，动产质权自质物移交给质权人占有时设立。

丁公司也取得了甲公司商标的质权。因为该出质商标已经依法向商标局办理了出质登记。根据《物权法》的规定，以知识产权设定质押，应当向有关管理部门办理出质登记，才能使得质权生效。

甲公司是否有权将 M 商标转让给他人或者许可他人使用，应当取决于丁公司。因为《物权法》规定，设定质权后，未经质权人同意不得转让或者许可他人使用。未经许可转让或者许可他人使用，应当认定为无效。

（3）甲公司可以向戊公司主张留置权。因为甲公司根据加工合同合法的占有戊公司的动产，且戊公司未按约定期限履行义务，甲公司已经具备了行使留置权的要件。

甲公司行使留置权，在留置并妥善保管戊公司的加工物时，应当通知戊公司履行义务，该履行义务的期限应不少于两个月以上。如果超过该期限，戊公司仍未向甲公司履行约定义务，则甲公司有权依法折价或者拍卖、变卖留置物，并以此价款优先得到清偿。

第九章

合同法律制度（总则）

本章考情分析

本章是历年考试的重点章，各种题型都曾出现过，综合题几乎每年必考，分值一般在 10 分左右。本章自 2000 年进行重大调整后，综合题命题除当年和 2008 年是以本章内容独立命题外，其他年份基本与其他章的内容结合命题，结合形式主要有：（1）《合同法》总则与分则的结合，这是最常见的结合（2001 年、2002 年、2004 年、2005 年、2006 年、2007 年）；（2）《合同法》与《票据法》的结合（2002 年、2003 年）；（3）《合同法》与《公司法》、《证券法》的结合（2005 年、2007 年）。

本章内容可概括为两大部分：合同法总则与担保。就合同法总则的内容，又可总结为两大问题：合同的订立与合同的履行。合同案例的分析可照此思路进行：（1）确定合同效力，如合同无效则按无效的处理方式予以处理；如合同有效，继续分析，考虑合同履行中的问题。（2）在对合同履行问题的分析中，具体考虑是否涉及合同抗辩、转让、变更、解除等问题，则按相应规定解决；如尚未发生上述情况，则应确认违约方，进而追究违约方的违约责任。

本章的特点是法律专有概念较多，实用性强，灵活性突出，因此有一定的学习难度。考生应特别注意对法律规定的理解，加强对法律规定灵活运用的训练。2000 年以后的考题，考生可注重参考。

2009 年指定教材本章内容变化不大。

最近 3 年题型题量分析

年 份 题 型	2006 年	2007 年	2008 年
单选题	1 题 1 分	1 题 1 分	
多选题		1 题 1 分	
判断题	1 题 1 分	1 题 1 分	
综合题	0.5 题 7 分	0.5 题 6 分	1 题 12 分
合计	2.5 题 9 分	3.5 题 9 分	1 题 12 分

本章考点扫描

【考点一】合同的法律适用

在中华人民共和国境内履行的中外合资经营企业合同、中外合作经营企业合同、中外合作勘探开发自然资源合同，适用中华人民共和国法律。

【考点二】合同的分类

1. 诺成合同与实践合同。诺成合同是指当事人意思表示一致即可认定合同成立的合同。实践合同是指在当事人意思表示一致以外，尚须有实际交付标的物或者有其他现实给付行为才能成立的合同。

【注意问题】区分两者的法律意义在于：（1）是确认合同关系是否成立的依据；（2）实践合同中作为合同成立要件的给付义务的违反不产生违约责任，因为合同关系未成立，因此产生缔约过失责任。

2. 要式合同与不要式合同。要式合同是按照法律规定或者当事人约定必须采用特定形式订立方能成立的合同。不要式合同是对合同成立的形式没有特别要求的合同。

【注意问题】区分两者的意义在于，确定合同关系是否成立。有关要式合同的要求，关注本章的第五节，以及第十章。

3. 主合同和从合同。主合同是无须以其他合同存在为前提即可独立存在的合同。从合同是以其他合同的存在为其存在前提的。故主合同的成立与效力直接影响从合同的成立与效力。

【注意问题】主合同有效，从合同并不必然有效，尚须分析从合同是否具备生效要件，但是主合同无效，从合同必然无效；从合同的成立与效力不影响主合同的成立与效力。

【考点三】合同相对性（2009年新增内容）

1. 主体的相对性
2. 内容的相对性
3. 责任的相对性
4. 合同相对性的例外

【考点四】要约与承诺（重要，自2000年以后考过5次，包括综合题。见表9-1）

【注意问题】以下有关要约与承诺内容的考点，考生应重点理解掌握，这是判断合同是否成立的因素之一。

表9-1 要约与承诺

	要约（与要约邀请区别）	承诺（与新要约区别）
生效条件	1. 内容具体确定，包括一经承诺合同即足以成立的各项基本条款；2. 表明经受要约人承诺，要约人即受该意思表示约束。以上两点须同时具备，否则为要约邀请	1. 承诺应当在要约确定的期限内（见注1）到达要约人；2. 受要约人未对要约内容作出实质性变更。以上两点须同时具备，否则为新要约
生效时间	到达受要约人时生效	到达要约人时生效
撤回	撤回要约的通知应当在要约到达受要约人之前或者与要约同时到达受要约人（即要约生效前）	撤回承诺的通知应当在承诺通知到达要约人之前或者与承诺通知同时到达要约人，即在承诺生效前到达要约人
撤销	撤销要约的通知应当在受要约人发出承诺通知之前到达受要约人（注意有两种例外情形见注2）	
失效	见注3	承诺迟到的效力确认。见注4

注1. 承诺期限。通常承诺期限在要约中确定，要约没有确定承诺期限的，承诺期限按照《合同法》的规定确定，即：①要约以对话方式作出的，应当即时作出承诺，但当事人另有约定的除外；②要约以非对话方式作出的，承诺应当在合理期限内到达。承诺期限的起算点：承诺期限自信件载明的日期或者电报交发之日开始计算。

注2. 不得撤销的要约。（1）要约人确定了承诺期限或者以其他形式明示要约不可撤销；（2）受要约人有理由认为要约是不可撤销的，并已经为履行合同作了准备工作。

注3. 要约的失效：（1）拒绝要约的通知到达要约人；（2）要约人依法撤销要约；（3）承诺期限届满，受要约人未作出承诺；（4）受要约人对要约的内容作出实质性变更。

注4. 应当分清是否属于受要约人的责任。（1）受要约人超过承诺期限发出承诺的，为迟延承诺，除要约人及时通知受要约人该承诺有效的以外，应视为新要约；（2）受要约人在承诺期限内发出承诺，按照通常情形能够及时到达要约人，但因其他原因使承诺到达要约人时超过承诺期限的，除要约人及时通知受要约人因承诺超过期限不接受该承诺的以外，该承诺有效。

【例题1·单选题】甲公司7月1日通过报纸发布广告，称其有某型号的电脑出售，每台售价8000元，随到随购，数量有限，广告有效期至7月30日。乙公司委托王某携带金额16万元的支票于7月28日到甲公司购买电脑，但甲公司称广告所述电脑已全部售完。乙公司为此受到一定的经济损失。根据合同法律制度的规定，下列表述正确的是（　　）。（2003年试题）

A. 甲公司的广告构成要约，乙公司的行为构成承诺，甲公司不承担违约责任

B. 甲公司的广告构成要约，乙公司的行为构成承诺，甲公司应当承担违约责任

C. 甲公司的广告不构成要约，乙公司的行为不构成承诺，甲公司不承担民事责任

D. 甲公司的广告构成要约，乙公司的行为不构成承诺，甲公司不承担民事责任

【答案】C

【注意问题】注意要约与要约邀请的区别。要约的内容是具体确定的，否则即属于要约邀请。本例中甲公司的广告行为因为没有数量，其内容不具体，不构成要约行为，构成要约邀请行为，乙公司的行为构成要约行为，而不是承诺。

【例题2·多选题】根据《中华人民共和国合同法》的规定，下列要约中，不得撤销的有（　　）。（2001年试题）

A. 要约人确定了承诺期限的要约

B. 要约人明示不可撤销的要约

C. 已经到达受要约人但受要约人尚未承诺的要约

D. 受要约人有理由认为不可撤销，且已为履约作了准备的要约

【答案】ABD

【注意问题】所谓要约的撤销，就是对已经生

效的要约撤销其效力。要约自到达要约人时生效，在受要约人做出承诺前，要约人可以撤销。如果受要约人做出承诺，则不能撤销，因合同关系成立。

【例题3·单选题】2007年4月30日，甲以手机短信形式向乙发出购买一台笔记本电脑的要约，乙于当日回短信同意要约。但由于"五一"期间短信系统繁忙，甲于5月3日才收到乙的短信，并因个人原因于5月8日才阅读乙的短信，后于9日回复乙"短信收到"。甲乙之间买卖合同的成立时间是（　　）。（2007年试题）

A.2007年4月30日

B.2007年5月3日

C.2007年5月8日

D.2007年5月9日

【答案】B

【注意问题】根据合同法的规定，承诺自通知到达要约人时生效，采用数据电文形式订立合同，收件人指定特定系统接收数据电文的，该数据电文进入该特定系统的时间，视为承诺到达时间，承诺生效时合同成立，所以选择B。

【例题4·单选题】美达家具厂得知Z机关所建办公楼要购置一批办公桌椅，便于1997年2月1日致函Z机关以每套1000元的优惠价格出售办公桌椅。Z机关考虑到美达家具厂生产的家具质量可靠，便于2月2日回函订购300套桌椅，提出每套价格800元，同时要求3个月内将桌椅送至Z机关，验货后七日内电汇付款。美达家具厂收到函件后，于2月4日又发函Z机关，同意Z机关提出的订货数量、交货时间及方式、付款时间及方式，但同时提出其每套桌椅售价1000元已属优惠价格，考虑Z机关所订桌椅数量较多，可以按每套桌椅900元出售。Z机关2月6日发函表示同意。2月7日，美达家具厂电话告知Z机关收到2月6日函件。该合同的要约为（　　）。（1998年试题）

A.2月1日美达家具厂发出的函件

B.2月2日Z机关发出的函件

C.2月4日美达家具厂发生的函件

D.2月6日Z机关发出的函件

【答案】C

【注意问题】本题是非常典型的题目，将合同订立的程序全面的加以反映，说明了要约与要约邀请，新要约与承诺的区别。A选项所述2月1日美达家具厂发出的函件，为要约邀请，因为内容不具体，没有数量条款；B选项所述2月2日Z机关发出的函件，该内容包括了合同的标的、数量、价格、履行时间、方式、付款方式等合同主要内容，符合要约生效的条件，为要约；C选项所述2月4日美达家具厂发生的函件，为新要约，因为家具厂变更了Z机关所提出的价格标准；D选项所述2月6日Z机关发出的函件，对家具厂的提议表示同意，

属承诺行为。

【考点五】双方实际履行与合同成立（重要，2000年、2001年综合题考过）

如果当事人未采用法律要求或者当事人约定的书面形式、合同书形式订立合同，或者当事人没有在合同书上签字盖章的，只要一方当事人履行了主要义务，对方接受的，合同仍然成立。

【解释】该规定反映了"实际履行原则"，一方履行了主要义务，对方接受，说明双方均已履行合同。

【相关链接】

（1）当事人约定以交付定金作为主合同成立或者生效要件的，给付定金的一方未支付定金，但主合同已经履行或者已经履行主要部分的，不影响主合同的成立或者生效。

（2）商品房的认购、订购、预订等协议具备《商品房销售管理办法》规定的商品房买卖合同的主要内容，并且出卖人已经按照约定接受购房款的，该协议应当认定为商品房买卖合同。

【例题5·判断题】甲乙双方订立买卖合同，双方约定该合同自双方当事人签字、盖章之日起成立。乙未在合同书上签字、盖章之前，甲按照合同约定将货物发送至乙。乙在保持货物原状的情形下，可以合同未成立为由拒绝接受。（　　）

【答案】√

【注意问题】须一方履行了主要义务，对方接受，即双方均已履行合同的情况下，无论双方是否按照约定签字、盖章，合同成立。本题中只有甲一方履行了主要义务，而乙并未履行。

【相关例题】见本章经典试题回顾部分2000年、2001年综合题。

【考点六】格式条款（重要）

1. 采用格式条款订立合同，应当遵循公平原则，提供一方应采取合理方式提请对方注意免除或者限制其责任的条款，按照对方的要求，对该条款予以说明。

2. 格式条款具有《合同法》规定的合同无效和免责条款无效的情形，或者提供格式条款一方免除其责任、加重对方责任、排除对方主要权利的，该条款无效。

【相关链接】《合同法》规定，合同中的下列免责条款无效：①造成对方人身伤害的；②因故意或者重大过失造成对方财产损失的。

3. 对格式条款的理解发生争议的，应当按照通常理解予以解释。对格式条款有两种以上解释的，应当作出不利于提供格式条款一方的解释。格式条款和非格式条款不一致的，应当采用非格式条款。

【例题6·判断题】对合同格式条款的理解发生争议的，应当按照通常理解予以解释。对格式条

款有两种以上解释的，应当作出不利于提供格式条款一方的解释。（　　）（2006 年试题）

【答案】√

【注意问题】注意对格式条款的解释权。

【考点七】缔约过失责任（重要，见表 9 - 2）

表 9 - 2　　缔约过失责任（与违约责任的区别）

	缔约过失责任	违约责任
发生时间	发生在合同成立之前，适用于合同未成立、合同未生效、合同无效等情况	产生于合同生效之后
发生情形	(1) 假借订立合同，恶意进行磋商；(2) 故意隐瞒与订立合同有关的重要事实或者提供虚假情况；(3) 有其他违背诚实信用原则的行为；(4) 泄露或不正当地使用订立合同中知悉的商业秘密，给对方造成损失的	适用于生效合同。不履行或者不适当履行合同约定的义务
责任形式	给对方造成损失的当事人，应当承担损害赔偿责任，即信赖利益的损失	继续履行、采取补救措施、支付赔偿金、支付违约金、适用定金罚则，即可期待利益的损失

【注意问题】缔约过失责任的发生，导致合同未成立或未生效。由此给对方造成损失，承担的赔偿责任，为缔约过失责任。

【相关链接】合同无效或者被撤销后，因该合同取得的财产，应当予以返还；不能返还或者没有必要返还的，应当折价补偿。有过错的一方应当赔偿对方因此所受到的损失，双方都有过错的，应当各自承担相应的责任。

【考点八】合同的生效（重要，以下内容是判断合同效力的重要依据）

【解释】合同可根据其效力层次分为有效合同、效力待定合同、可撤销合同及无效合同。关于可撤销合同及无效合同的内容见第一章表 1 - 5。

1. 合同依法成立时生效。就一般合同而言，合同成立即生效，但必须依法成立。

【注意问题】

(1) 合同的成立与合同的生效既有联系又有区别。合同成立是一个事实问题，一般依照合同订立的程序（要约与承诺、双方的实际履约行为等）分析，合同的生效是一个价值判断，需要分析已经成立的合同是否符合法律规定。

(2) 合同成立的情况下，如何确定合同的效力？对此，可以结合第一章中法律行为的生效条件分析，即 (1) 首先分析当事人是否具备订立合同的主体资格；(2) 双方意思表示是否真实；(3) 合同的内容是否符合法律、行政法规规定；(4) 要式合同是否具备法定的形式。

2. 合同经批准、登记后生效。根据司法解释的规定，具体分清以下两种情形：

(1) 合同应当办理批准手续，或者办理批准、登记等手续才生效，在法院审理案件过程中，一审法庭辩论终结前当事人仍未办理批准手续的，或者仍未办理批准、登记手续的，人民法院应当认定该

合同未生效；

【相关链接】中外合作合同自审查批准机关颁发批准证书之日起生效。

(2) 法律、行政法规规定合同应当办理登记手续，但未规定登记后生效的，当事人未办理登记手续不影响合同的效力，但合同标的所有权及其他物权不能转移。如当事人以商品房预售合同未按照法律、行政法规规定办理登记备案手续为由，请求确认合同无效的，不予支持。当事人约定以办理登记备案手续为商品房预售合同生效条件的，从其约定，但当事人一方已经履行主要义务，对方接受的除外。

【解释】法律未规定商品房预售合同必须办理登记备案手续方能生效，因此该类合同是否以办理登记备案手续作为合同生效的条件，由当事人约定。如果当事人约定了该生效条件，该合同在没有办理登记备案手续的情况下不生效，不过如果当事人一方已经履行主要义务，对方接受的，则因为双方的实际履约行为，说明该合同生效。

3. 附条件或附期限合同的生效。

(1) 附生效条件的合同，自条件成就时生效。附解除条件的合同，自条件成就时失效。当事人为自己的利益不正当地阻止条件成就的，视为条件已成就；不正当地促成条件成就的，视为条件不成就。

(2) 附生效期限的合同，自期限届至时生效；附终止期限的合同，自期限届满时失效。

【注意问题】附条件和附期限的合同，结合第一章附条件和附期限的法律行为一并复习。

【例题7·判断题】甲乙双方签订书面房屋买卖合同，双方在合同书上签字并盖章。但该合同因未经房产部门登记备案，不能生效，房屋所有权不发生转移。（　　）

【答案】×

【解析】法律未规定房屋买卖合同必须办理登记备案手续方能生效，当事人未办理登记手续不影响合同的效力，但合同标的所有权及其他物权不能转移。

【考点九】效力待定的合同（重要）

【注意问题】注意什么人订立的合同需要待定，待定人是谁，待定的时间有多长。

1. 限制民事行为能力人独立订立的与其年龄、智力、精神状况不相适用的合同。经法定代理人追认后，该合同有效，但纯获利益的合同或者与其年龄、智力、精神健康状况相适应而订立的合同，不必经法定代理人追认。

【例题8·判断题】13 岁的学生王立背着家长从家里拿了 2000 元钱买了一个 MP4，该买卖行为如果家长不追认，则不能生效。但是如果王立的叔叔送给他一个 MP4，无论他的家长是否同意，都是有效的。以上说法是正确的。（　　）

【答案】√

【注意问题】

（1）限制民事行为能力人订立的合同是否有效，一是分析是否与其年龄、智力、精神状况相适应；二是分析其法定代理人是否追认。

（2）纯获利益的合同无须法定代理人的追认。

2. 无权代理人订立的合同。行为人没有代理权、超越代理权或者代理权终止后以被代理人名义订立的合同，未经被代理人追认的，对被代理人不发生效力，由行为人承担责任。

上述两种情形，相对人均可催告权利人在一个月内予以追认，权利人未作表示的，视为拒绝追认。合同被追认前，善意相对人有以通知方式撤销的权利。

【例题9·多选题】2007 年 7 月 5 日，甲授权乙以甲的名义将甲的一台笔记本电脑出售，价格不得低于 8000 元。乙的好友丙欲以 6000 元的价格购买。乙遂对丙说："大家都是好朋友，甲说最低要 8000 元，但我想 6000 元卖给你，他肯定也会同意的。"乙遂以甲的名义以 6000 元将笔记本电脑卖给丙。下列说法中，正确的是（　　）。（2007 年试题）

A. 该买卖行为无效

B. 乙是无权代理行为

C. 乙可以撤销该行为

D. 甲可以追认该行为

【答案】BD

3. 无处分权的人处分他人财产，经权利人追认或者无处分权的人订立合同后取得处分权的，该合同有效。

【例题10·判断题】2000 年 5 月 8 日甲作为出租人与乙订立租赁合同，约定将丙的房屋于同年 7 月 1 日租赁给乙作为办事处。同年 6 月 10 日，甲向丙购买该出租房屋；并办理了产权转让手续。甲与乙于 5 月 8 日所签租赁合同因甲对该房屋尚无处分权而无效。（　　）（2000 年试题）

【答案】×

【注意问题】本题中甲与乙签订租赁合同时，甲尚不是房屋的所有权人，无处分权，但在合同订立后，甲购买了丙的房屋，取得了处分权，据此，该合同有效。

【考点十】约定不明时合同内容的确定规则（重要）

1. 当事人可以协议补充；

2. 不能达成补充协议的，按照合同有关条款或者交易习惯确定；

3. 依照上述履行原则仍不能确定的，适用《合同法》的下列规定：

（1）价款或者报酬不明确的，按照订立合同时履行地的市场价格履行。

（2）履行地点不明确，给付货币的，在接受货币一方所在地履行；交付不动产的，在不动产所在地履行；其他标的，在履行义务一方所在地履行。

（3）履行期限不明确的，债务人可以随时履行，债权人也可以随时要求履行，但应当给对方必要的准备时间。

（4）履行费用的负担不明确的，由履行义务一方负担。

【例题11·判断题】A 公司与 B 公司订立买卖合同，约定 A 公司向 B 公司出售一批货物，由 A 公司将该批货物运送至 B 公司。但是双方没有就运费的负担事项做出约定，则该运费在双方协商未果的情况下，依法律规定应当由 A 公司负担。（　　）

【答案】√

【相关例题】见第十章经典试题回顾部分 2006 年综合题。

【考点十一】当事人名称等变更与合同履行

合同生效后，当事人不得因姓名、名称的变更或者法定代表人、负责人、承办人的变动而不履行合同义务。

【注意问题】该规定与当事人发生合并、分立的规定不同。

【相关链接】当事人订立合同后合并的，由合并后的法人或者其他组织行使合同权利，履行合同义务。当事人订立合同后分立的，除债权人与债务人另有约定的以外，由分立的法人或者其他组织对合同的权利和义务享有连带债权，承担连带债务。

【考点十二】向第三人履行与由第三人履行（重要，自 2000 年以来考过四次，包括综合题）

1. 当事人约定由债务人向第三人履行债务的，

债务人未向第三人履行债务或者履行债务不符合约定，应当向债权人承担违约责任。

2. 当事人约定由第三人向债权人履行债务的，第三人不履行债务或者履行债务不符合约定，债务人应当向债权人承担违约责任。

【例题12·判断题】债权人甲与债务人乙约定由乙向丙履行债务，乙未履行，则乙应向丙承担违约责任。（　　）（2000年试题）

【答案】×

【注意问题】债务人向第三人履行，与合同债权的转让不同，本题中债权人依然是甲，则违约责任应向甲承担。

【例题13·判断题】A公司与B公司订立买卖合同，约定由C公司向B公司履行交货的义务，如果C公司向B公司所交货物质量不符合买卖合同的约定，应当由A公司向B公司承担违约责任。（　　）

【答案】√

【注意问题】由第三人履行，与合同债务让与也不同。

【相关例题】见本章经典试题回顾部分2003年综合题。

【考点十三】同时履行抗辩权（见表9-3）

表9-3 三种不同抗辩权的区别

	同时履行抗辩权	先履行抗辩权	不安履行抗辩权
行使主体	没有履行顺序之分，当事人应当同时履行，故适用于任何一方当事人	有履行的先后顺序，适用于后履行义务一方的当事人	有履行的先后顺序，适用于先履行义务一方的当事人
适用情形	一方拒绝履行债务或者一方履行债务不符合约定时	先履行一方未履行或者履行债务不符合约定时	后履行债务一方有下列情形之一：（1）经营状况严重恶化；（2）转移财产、抽逃资金，以逃避债务；（3）丧失商业信誉；（4）有丧失或者可能丧失履行债务能力的其他情形
行使程序			（1）先履行债务一方须举证证明后履行一方发生上述情形之一；（2）及时通知对方中止履行
行使结果	一方在对方履行之前有权拒绝其履行要求。一方在对方履行债务不符合约定时，有权拒绝其相应的履行要求	先履行一方未履行的，后履行一方有权拒绝其履行要求；先履行一方履行债务不符合约定的，后履行一方有权拒绝其相应的履行要求	（1）如果对方提供担保或者恢复履行能力，应当恢复履行；（2）如果对方在合理期限内未恢复履行能力且未提供适当担保的，中止履行的一方可以解除合同

【考点十四】先履行抗辩权（重要，见表9-3）

【例题14·单选题】甲公司与乙公司订立的买卖合同约定：甲公司向乙公司购买西服价款总值为9万元，甲公司于8月1日前向乙公司预先支付货款6万元，余款于10月15日在乙公司交付西服后2日内一次付清。甲公司以资金周转困难为由未按合同约定预先支付货款6万元。10月15日，甲公司要求乙公司交付西服。根据合同法律制度的规定，乙公司可以行使的权利是（　　）。（2002年试题经调整）

A. 同时履行抗辩权

B. 先履行抗辩权

C. 不安抗辩权

D. 撤销权

【答案】B

【注意问题】2007年教材已将"后履行抗辩权"改为"先履行抗辩权"。是履行顺序在后的一方行使的权利。

【考点十五】不安抗辩权（重要，见表9-3）

【例题15·单选题】甲乙双方订立买卖合同，约定收货后一周内付款。甲方在交货前发现乙方经营状况严重恶化，根据《中华人民共和国合同法》的规定，甲方（　　）。（2000年试题）

A. 可行使同时履行抗辩权

B. 可行使后履行抗辩权

C. 可行使不安抗辩权

D. 可解除合同

【答案】C

【相关例题】见第十章经典试题回顾部分2006年综合题。

【注意问题】

1. 不安抗辩权是先履行合同一方行使的权利。

2. 先履行一方中止履行的，必须有确切证据，否则将构成违约行为。

3. 不安抗辩权的实行必须注意程序，先履行义务一方有确切证据的情况下，首先是中止履行，然后根据对方的具体情况作出恢复履行或者解除合同的处理。

【考点十六】代位权（重要，见表9-4）

表9-4　　合同保全

	代位权	撤销权
适用条件（情形）	①债权人对债务人的债务合法；②债务人怠于行使其到期债权，对债权人造成损害；③债务人的债权已到期；④债务人的债权不是专属于债务人自身的债权（专属于债务人自身的债权，一般是指与债务人的身份有关的债权）	①因债务人放弃其到期债权或者无偿转让财产，对债权人造成损害的；②债务人以明显不合理的低价转让财产，对债权人造成损害，并且受让人知道该情形的
适用对象	是债务人的消极行为，即债务人危及债权人利益的怠于行使其权利的行为	是债务人的积极行为
适用范围	以债权人的债权为限	以债权人的债权为限
结果与效力	(1)次债务人对债务人的抗辩，可以向债权人主张。债权人—债务人（债权人）—债务人（次债务人）；(2)债权人行使代位权，其债权就代位权行使的结果有优先受偿权利；(3)在代位权诉讼中，债权人胜诉的，诉讼费由次债务人负担，从实现的债权中优先支付	撤销权行使的结果是恢复债权人的财产与权利，债权人就撤销权行使的结果并无优先受偿的权利。债权人行使撤销权所支付的律师代理费、差旅费等必要费用，由债务人负担；第三人有过错的，应当适当分担
时限	适用诉讼时效	自债权人知道或者应当知道撤销事由之日起一年内行使。自债务人的行为发生之日起五年内没有行使撤销权的，该撤销权消灭

【例题16·多选题】债权人甲认为债务人乙怠于行使其债权给自己造成损害，欲提起代位诉讼。下列各项债权中，不得提起代位诉讼的有（　　）。（2004年试题）

A. 安置费给付请求权
B. 劳动报酬请求权
C. 人身伤害赔偿请求权
D. 因继承关系产生的给付请求权
【答案】ABCD
【注意问题】因为以上各项均属于专属于债务人自身的债权，不得提起代位诉讼。

【例题17·判断题】A公司向B公司出售一批货物，B公司收到货物后，没有按照合同约定时间支付10万元货款，A公司几次追要未果。C公司委托B公司加工一批型材，B公司如期完成并交付加工型材后，C公司没有按照约定向B公司支付10万元加工费，B公司一直未要求C公司支付。则A公司可行使代位权，起诉C公司。（　　）
【答案】√
【相关例题】见本章经典试题回顾部分2008年综合题。

【考点十七】撤销权（重要，见表9-4）

【例题18·多选题】根据合同法律制度的规定，债务人的下列行为中，债权人认为对自己造成损害的，可以请求人民法院予以撤销的有（　　）。

（2003年试题）

A. 放弃到期债权
B. 无偿转让财产
C. 拍卖优良资产
D. 以明显不合理的低价转让财产，且受让人知道该情形
【答案】ABD

【例题19·单选题】根据《合同法》的规定，下列各项中，有关代位权与撤销权的表述中，正确的是（　　）。

A. 代位权和撤销权都是因债务人的行为损害了债权人的利益而由债权人主张的
B. 债权人主张代位权和撤销权时，其债权都已到期
C. 代位权和撤销权行使的期限相同，自债权人知道或者应当知道权利受到权利受到侵害之日起1年内
D. 债权人对代位权和撤销权行使的结果享有优先受偿权
【答案】A
【注意问题】注意代位权与撤销权的区别。
【相关例题】见本章经典试题回顾部分2000年、2008年综合题。

【考点十八】担保方式

1. 有五种担保方式：保证、抵押、质押、留

置、定金。约定担保包括：保证、抵押、质押、定金；法定担保：留置。

2. 反担保。反担可以是债务人提供的抵押或质押，也可以是其他人提供的保证、抵押或者质押。留置和定金不能作为反担保方式。

表 9 - 5　　　　　　　　　　　　无效担保合同的责任

主合同有效而担保合同无效	债权人无过错的	担保人与债务人对主合同债权人的经济损失，承担连带赔偿责任
	债权人、担保人有过错的	担保人承担民事责任的部分，不应超过债务人不能清偿部分的1/2
主合同无效而导致担保合同无效	担保人无过错的	担保人则不承担民事责任
	担保人有过错的	应承担的民事责任不超过债务人不能清偿部分的1/3
担保人承担无效担保合同的后果	担保人因无效担保合同向债权人承担赔偿责任后，可以向债务人追偿，或者在承担赔偿责任的范围内，要求有过错的反担保人承担赔偿责任	

【注意问题】

1. 注意此处涉及两个合同关系，主合同和担保合同。在主合同中的当事人为债权人和债务人，担保合同的当事人是担保人和债权人。

2. 当主合同有效担保合同无效时，应考虑担保合同中债权人和担保人是否存在过错，债权人如果没有过错，担保人和债务人承担连带责任；如果双方都有过错，担保人承担民事责任的部分，不应超过债务人不能清偿部分的1/2。

3. 当主合同无效时担保合同必然无效，在担保合同中只考虑担保人是否有过错，主要指担保人是否知道所担保的合同违反法律规定，如属于有过错，需承担不超过债务人不能清偿部分1/3的责任，反之为无过错，则无需承担责任。

【例题20·单选题】根据担保法律制度的规定，担保合同被确认无效时，债务人、担保人、债权人有过错的，应当根据其过错各自承担相应的民事责任。下列有关承担民事责任的表述中，正确的是（　　）。（2003 年试题）

A. 主合同有效而担保合同无效，债权人无过错的，债务人对主合同债权人的经济损失承担赔偿

责任，担保人则不承担赔偿责任

B. 主合同有效而担保合同无效，债权人、担保人有过错的，担保人承担民事责任的部分，不应超过债务人不能清偿部分的1/3

C. 主合同无效而导致担保合同无效，担保人无过错则不承担民事责任

D. 主合同无效而导致担保合同无效，担保人有过错的，应当承担的民事责任不超过债务人不能清偿部分的1/2

【答案】C

【例题21·判断题】主合同有效而担保合同无效，债权人无过错的，担保人与债务人对主合同债权人的经济损失，应当承担连带赔偿责任。（　　）（2007 年试题）

【答案】√

【相关例题】见本章经典试题回顾部分 2005 年综合题。

【考点二十】关于上市公司担保方面的限制性规定（重要，见表 9 - 6）

表 9 - 6　　　中国证监会关于上市公司担保方面的限制性规定（与《公司法》内容联系）

	上市公司对外担保	上市公司对内担保
适用情形	（1）上市公司及其控股子公司的对外担保总额，超过最近一期经审计净资产 50% 以后提供的任何担保；（2）为资产负债率超过 70% 的担保对象提供的担保；（3）单笔担保额超过最近一期经审计净资产 10% 的担保。	对股东、实际控制人及其关联方提供的担保
议事程序	必须经董事会审议同意，方可提交股东大会审批	必须经董事会审议同意，方可提交股东大会审批
决议机构	股东大会	股东大会
表决比例	公司章程规定，若公司章程未作规定，依《公司法》规定，由出席股东大会的股东所持表决权的半数以上通过	该股东或受该实际控制人支配的股东，不得参与该项表决，该项表决由出席股东大会的其他股东所持表决权的半数以上通过

【相关例题】见第五章经典试题回顾部分2005年综合题，本章经典试题回顾部分2002年综合题。

【考点二十一】主合同解除后担保人的责任

1. 主合同解除后，担保人对债务人应当承担的民事责任仍应承担担保责任。除非担保合同另有约定。

2. 如果法人或者其他组织的法定代表人、负责人超越权限订立的担保合同，除相对人知道或者应当知道其超越权限的以外，该代表行为有效。

【例题22·判断题】甲乙双方订立买卖合同，丙为保证人，担保乙方能够按时向甲方支付货款。保证合同约定，甲乙双方解除合同后，丙的保证责任随之解除。甲向乙交付了部分货物后，因为断货不能按照约定继续履行合同。甲乙双方为此解除合同。甲有权就乙未支付的部分货款要求丙承担。（　　）

【答案】×

【例题23·判断题】企业法定代表人超越权限订立的合同，在相对人不知其越权的情况下合同成立有效。（　　）（2000年试题）

【答案】√

【考点二十二】保证合同（重要，是分析保证合同是否成立的依据之一）

保证合同必须采用书面形式。保证合同作为要式合同需注意的问题：

（1）保证人在债权人与被保证人签订的订有保证条款的主合同上，以保证人身份签字或者盖章的，保证合同成立。

（2）第三人单方以书面形式向债权人出具担保书，债权人接受且未提出异议的，保证合同成立。

（3）主合同中虽然没有保证条款，保证人在主合同上以保证人的身份签字或者盖章的，保证合同成立。

【解释】以上规定注重的是以保证人身份所作的签字或者盖章，具有保证担保的意义，视为存在保证合同。

【例题24·判断题】A公司与B银行订立借款合同，合同中没有保证条款。B银行要求A公司提供担保，C公司同意为A公司提供担保。于是C公司单方以书面形式向B银行出具担保书，视为保证合同成立。（　　）

【答案】×

【注意问题】合同是双方意思表示一致的结果，因此还需有债权人的意思表示，即债权人接受且未提出异议的，保证合同成立。

【考点二十三】保证人（重要，保证人的资格是分析保证合同是否有效的重要因素之一）

对保证人的限制主要有：

1. 主债务人不得同时为保证人。

【解释】如果主债务人同时为保证人，意味着其责任财产未增加，保证的目的落空。

2. 国家机关原则上不得为保证人。但经国务院批准为使用外国政府或者国际经济组织贷款进行转贷的除外。

3. 学校、幼儿园、医院等以公益为目的的事业单位、社会团体不得作保证人。但从事经营活动的事业单位、社会团体，可以担任保证人。

4. 企业法人的职能部门不得担任保证人。

5. 企业法人的分支机构原则上不得担任保证人。但企业法人的分支机构有法人书面授权的，可以在授权范围内提供保证。

6. 保证人必须有代为清偿债务的能力。但不具有完全代偿能力的主体，只要以保证人身份订立保证合同后，就应当承担保证责任。

【例题25·判断题】A有限责任公司的对其分公司B公司作出书面授权，B公司可以为其他企业50万元以下的债务提供担保。C公司与银行签订30万元的借款合同，B公司为该笔银行贷款提供担保。该担保有效。（　　）

【答案】√

【相关例题】见本章经典试题回顾部分2005年综合题。

【考点二十四】一般保证和连带责任保证（重要，见表9-7）

表9-7　一般保证和连带责任保证

		一般保证	连带责任保证
区别	适用情形	债务人不能履行债务	债务人不履行债务
	保证人与债务人的顺序	债务人承担责任的顺序在先，保证人的责任在后	保证人与债务人对债务负连带责任，没有先后顺序
	保证人的先诉抗辩权（见注1）	有（见注2）	无
联系	当事人对保证方式没有约定或者约定不明确的，按照连带责任保证承担责任		

注1. 先诉抗辩权，即在主合同纠纷未经审判或仲裁，并就债务人财产依法强制执行仍不能清偿

债务前，保证人对债权人可拒绝承担保证责任。

注 2. 有下列情形之一的，保证人不得行使先诉抗辩权：（1）债务人住所变更，致使债权人要求其履行债务发生重大困难的；（2）人民法院受理债务人破产案件，中止执行程序的；（3）保证人以书面形式放弃先诉抗辩权的。

【例题 26·判断题】当事人对保证方式没有约定或者约定不明确的，按照连带责任保证承担保证责任。（　　）（2005 年试题）

【答案】√

【例题 27·判断题】保证合同约定保证人为一般保证人，当主债务人到期不能清偿债务时，债权人应首先要求主债务人清偿。债权人在通过诉讼获得法院判决后，依然没有得到清偿的，可以要求一般保证人承担保证责任。（　　）

【答案】×

【注意问题】一般保证的保证人与主债务人承担债务有先后顺序，债权人必须证明主债务人不能履行债务，也就是没有能力履行债务，即通过法院强制执行依然不能得到清偿，才可以要求一般保证的保证人承担责任。

【相关例题】见本章经典试题回顾部分 2006 年综合题。

【考点二十五】单独保证和共同保证

1. 单独保证是指只有一个保证人担保同一债权的保证。

2. 共同保证是指数个保证人担保同一债权的保证。按照保证人是否约定各自承担的担保份额，可以将共同保证分为按份共同保证和连带共同保证。

（1）按份共同保证是保证人与债权人约定按份额对主债务承担保证义务的共同保证；

（2）连带共同保证是各保证人约定对全部主债务承担保证义务或者保证人与债权人之间没有约定所承担保证份额的共同保证。连带共同保证的债务人在主合同规定的债务履行期届满没有履行债务的，债权人可以要求债务人履行债务，也可以要求任何一个保证人承担全部保证责任。已经承担保证责任的保证人，有权向债务人追偿，或者要求承担连带责任的其他保证人清偿其应当承担的份额。

【例题 28·判断题】甲公司与银行签订借款合同，约定由 A 公司、B 公司和 C 公司共同为甲公司的该笔银行贷款承担保证责任。A、B、C 三位保证人之间作出明确约定：A、B、C 承担保证责任的份额分别为 50%、30% 和 20%。该保证为按份共同保证。（　　）

【答案】×

【注意问题 1】按份共同保证应当是保证人与债权人约定按份额对主债务承担保证义务。本题中，虽然 A、B、C 三位保证人之间确定了担保份额，但是并未与债权人银行作出约定。因此，应当

为连带共同保证，在借款合同履行期限届满，甲公司没有履行债务的情况下，银行可以要求 A、B、C 三位保证人承担连带责任。

【注意问题 2】连带共同保证的"连带"是保证人之间的连带，而非保证人与主债务人之间的连带。

【考点二十六】保证责任范围（重要）

保证担保的责任范围包括主债权及利息、违约金、损害赔偿金和实现债权的费用。保证合同另有约定的，按照约定执行。当事人对此没有约定或者约定不明的，保证人应当对全部债务承担责任。

【例题 29·判断题】保证人与债权人在保证合同中约定，保证人只对主债权承担保证责任，对由此产生的利息、违约金等其他债务及费用概不承担责任。该约定合法。（　　）

【答案】√

【注意问题】担保合同对担保范围有明确约定的，按照约定执行，没有约定或约定不明确的，按照法定范围执行。

【考点二十七】主合同变更与保证责任承担（重要，见表 9-8）

表 9-8　　主合同变更与保证责任承担

	保证人责任
主债权转让	保证债权同时转让，保证人在原保证担保的范围对受让人承担保证责任。但是，保证人与债权人事先约定仅对特定的债权人承担保证责任或者禁止债权转让的，保证人不再承担保证责任
主债务转让	债权人许可债务人转让债务的，应当取得保证人书面同意，保证人对未经其同意转让的债务部分，不再承担保证责任
主合同内容变更	如果未经保证人书面同意的变更，保证人对加重的部分不承担保证责任，但在减轻责任的范围内仍应承担保证责任。主合同当事人双方协议以新贷偿还旧贷，除保证人知道或者应当知道者外，保证人不承担民事责任，但是新贷与旧贷系同一保证人的除外
主合同履行期限变更	如果未经保证人书面同意的变更，保证合同期限为原合同约定的或者法律规定的期间

【例题 30·判断题】在保证合同保证期间，债权人与债务人未经保证人同意对主合同价款进行了变更。如果这种变更减轻了债务人的债务，则保证人仍应对变更后的合同承担保证责任；如果这种变更加重了债务人的债务，则保证人对加重的部分不承担保证责任。（　　）（2002 年试题）

【答案】√

【考点二十八】保证期间（重要，见表9-9）

表9-9　　　　保证期间

有约定的	按照约定执行
没有约定的	法律规定的保证期间为主债务履行期限届满之日起六个月。保证合同约定的保证期间早于或者等于主债务履行期限的，视为没有约定
约定不明的	保证期间为主债务履行期限届满之日起2年

【解释】如果主债务履行期限没有约定或者约定不明时，保证期间自债权人要求债务人履行债务的宽限期届满之次日计算。

【例题31·多选题】根据担保法律制度的规定，下列各项中，有关保证期间的表述，符合规定的有（　　）。

A. 保证人与债权人在保证合同中约定，保证人承担保证责任的期限自主债务人履行期限届满之日起2个月

B. 保证人与债权人在保证合同中没有约定保证期限，则保证期限等于主债务履行期限

C. 保证人与债权人在保证合同中约定保证期限等于主债务履行期限，视为约定不明，保证期间应为主债务履行期限届满之日起6个月

D. 保证合同约定保证人承担保证责任，直至主债务本息还清时为止的，视为约定不明，保证期间为主债务履行期限届满之日起2年

【答案】AD

【注意问题】注意区分"没有约定"与"约定不明"。

【相关例题】见本章经典试题回顾部分2006年综合题。

【考点二十九】保证的诉讼时效（重要，见表9-10）

表9-10　　　　保证期间与诉讼时效的关系

	一般保证	连带责任保证
保证期间债权人未起诉债务人的	保证人责任免除	还可以起诉保证人。如未起诉保证人的，保证人免除保证责任
保证期间债权人已起诉债务人的	保证的诉讼时效中断，从判决或者仲裁裁决生效之日起，开始计算保证合同的诉讼时效	也可一并起诉保证人。如未起诉保证人的，保证人免除保证责任
保证的诉讼时效期限及起算点	2年。在债权人对债务人提起诉讼或者仲裁的判决或者仲裁裁决生效之日起算保证的诉讼时效	2年。从确定保证责任时起，开始计算连带责任保证的诉讼时效
主债务诉讼时效中断	中断	不中断
主债务诉讼时效中止	中止	中止

【例题32·综合题】A公司向B银行贷款，贷款金额100万元，还款期限截止到2007年12月31日。C公司与B银行签订保证合同约定，C公司为一般保证人，在A公司到期不能偿还该笔贷款时，C公司承担该笔贷款本金及利息的清偿责任，保证期间自2008年1月1日至3月31日。A公司到期没有清偿该笔银行贷款。问：

（1）C公司与B银行签订的保证合同是否合法？

（2）B银行能否直接起诉C公司，要求其承担代为清偿的责任？

（3）B银行在什么期间内起诉A公司，在法院强制执行仍未得到清偿的情况下，可以起诉C公司？诉讼时效期间是多长？从什么时候开始计算？

（4）如果B银行在2008年5月9日对A公司提起诉讼，并且依强制执行程序仍未得到清偿，还能否起诉C公司？

【答案】

（1）保证合同合法。因为关于保证方式、保证责任范围以及保证期间都可以由当事人约定。

（2）B银行不能直接起诉C公司，因为C公司为一般保证人，根据法律规定，一般保证人享有先诉抗辩权，即在主合同纠纷未经审判或仲裁，并就债务人财产依法强制执行仍不能清偿债务前，保证人对债权人可拒绝承担保证责任。

（3）B银行在保证期间内起诉A公司，即2008年1月1日至2008年3月31日前，起诉A公司，在通过强制执行未能得到清偿的情况下，自法院判决之日起两年内可以起诉C公司。

（4）B银行因未在保证期间内对主债务人A公司提起诉讼，根据法律规定，一般保证人的保证责任免除，因此B银行丧失了对C公司诉讼的权利。

【注意问题】

1. 考生应注意区分主债务诉讼时效、保证期

间、保证诉讼时效几个不同的概念。如本题中主债务的诉讼时效为 2007 年 12 月 31 日至 2009 年 12 月 31 日。保证期间、保证诉讼时效见题目答案。

2. 注意区分一般保证与连带责任保证在保证诉讼时效及责任方面的区别。

【考点三十】特殊情形下的保证责任

1. 第三人向债权人保证监督支付专款专用的，在履行此项义务后，不再承担责任。未尽监督义务造成资金流失的，应当对流失的资金承担补充赔偿责任。

【解释】第三人（相当于保证人）约定的保证责任就是监督债务人专款专用，至于债务人到期能否还债，其不承担保证责任。

2. 保证人对债务人的注册资金提供保证的，债务人的实际投资与注册资金不符，或者抽逃转移注册资金的，保证人在注册资金不足或者抽逃转移注册资金的范围内承担连带保证责任。

【注意问题】第 2 点规定，考生可以考虑与《公司法》中关于股东出资的内容结合。

【考点三十一】保证人的抗辩权

【法律规定】由于保证人承担了对债务人的保证责任，所以保证人享有债务人的抗辩权。如债务人放弃对债务的抗辩权，保证人仍有权抗辩。但保证人对已经超过诉讼时效期间的债务承担保证责任或者提供保证的，不得又以超过诉讼时效为由提出抗辩。

【考点三十二】共同担保下的保证责任（重要）

【解释】同一债权上既有保证又有物的担保的，属于共同担保。

物的担保与保证担保并存时，如果债务人不履行债务，则根据下列规则确定当事人的担保责任承担：

1. 根据当事人的约定确定承担责任的顺序。

2. 没有约定或者约定不明的，如果保证与债务人提供的物的担保并存，则债权人先就债务人提供的物的担保求偿。保证人在物的担保不足清偿时承担补充清偿责任。

3. 没有约定或者约定不明的，如果保证与第三人提供的物的担保并存，则债权人可以就物的担保实现债权，也可以要求保证人承担保证责任。

4. 在保证与第三人提供的物的担保并存的情况下，如果其中一人承担了担保责任，则只能向债务人追偿，不能向另外一个担保人追偿。

【例题 33·多选题】赵某向钱某借款 30 万元，用价值 15 万元的汽车作抵押，同时又请孙某和李某对未抵押部分债务共同承担连带担保责任。偿债期到后，赵某无力偿还。钱某获汽车拍卖价款 10 万元后，找孙某追偿其余债务。孙某承担责任时行

使权利的方式有（　　）。（1998 年经调整）

A. 先代偿 20 万元，然后请求赵某偿付 20 万元

B. 先代偿 20 万元，然后请求李某承担 10 万元，再请求赵某偿还 10 万元

C. 先代偿 15 万元，然后请求赵某偿付 15 万元

D. 先代偿 15 万元，然后请求李某承担 7.5 万元，再请求赵某偿还 7.5 万元

【答案】AB

【解析】本题涉及两个法律规定。其一，在同一债上既有保证又有债务人提供的物的担保，当事人没有约定或者约定不明的，则债权人先就债务人的物的担保求偿。保证在物的担保不足清偿时承担补充清偿责任。其二，关于连带共同保证。已承担保证责任的保证人，有权向债务人追偿，或者要求承担连带责任的其他保证人清偿其应当承担的份额。

【注意问题】

1. 在共同担保中，当事人是否约定了保证担保与物的担保的责任顺序。

2. 注意区分物的担保，是由债务人提供的物，还是第三人提供的物，两者的责任顺序在没有约定的情况下，法律规定不同。

【相关例题】见本章经典试题回顾部分 2006 年综合题。

【考点三十三】保证人的追偿权（重要）

1. 保证人承担保证责任后，有权向债务人追偿其代为清偿的部分。如果实际清偿数额大于主债权范围的，保证人只能在主债权范围内对债务人行使追偿权。保证人对债务人行使追偿权的诉讼时效，自保证人向债权人承担责任之日起开始计算。

2. 保证期间，人民法院受理债务人破产案件的，债权人既可以向人民法院申报债权，也可以向保证人主张权利。

（1）如果债权人不申报债权的，应通知保证人，保证人在承担保证责任前，可以预先申报破产债权行使追偿权。

（2）如果债权人知道或者应当知道债务人破产，既未申报债权也未通知保证人，致使保证人不能预先行使追偿权的，保证人就该债权在破产程序中可能受偿的范围内免除保证责任。债权人要求保证人对其在破产程序中未受清偿部分承担保证责任的，应当在破产程序终结后 6 个月内提出。

【解释】之所以如此规定，是避免发生保证人承担保证责任后，因债务人破产财产已分配完毕无法行使追偿权的情况。

【相关链接】见第六章破产法考点三十七。

【考点三十四】定金的生效与效力（重要）

1. 定金应当以书面形式约定。定金合同从实际交付定金之日起生效。

【注意问题】定金合同是实践性合同。

2. 定金的效力表现为以下几个方面：

（1）给付定金一方不履行约定的债务的，无权要求返还定金；收受定金的一方不履行约定的债务的，应当双倍返还定金。

（2）当事人约定的定金数额不得超过主合同标的额的20%，超过部分无效。

（3）在同一合同中，如果当事人既约定违约金，又约定定金的，在一方违约时，当事人只能选择适用违约金条款或者定金条款，不能并用。

【相关例题】见第四章经典试题回顾部分2005年综合题。

【考点三十五】合同的变更

1. 合同变更仅指合同内容的变更。

2. 合同变更的条件和程序。（1）当事人协商一致可以变更合同；（2）但法律、行政法规规定变更合同应当办理批准、登记等手续的，应依法办理；（3）变更内容约定不明确的，推定为未变更。

【相关链接】中外合资经营企业合同、中外合作经营企业合同的变更须经审查批准机关的批准。

3. 合同变更的法律后果。合同的变更仅对变更后未履行的部分有效，对已履行的部分无溯及力。

【考点三十六】债权转让（重要，2005 判断题、2008 年综合题。见表 9 - 11）

表 9 - 11　　　　　　　合同债权的转让与合同债务的承担对比

	债权转让	债务承担
条件	无须债务人同意，但应当通知债务人	应经债权人同意
程序	法律、行政法规规定应当办理批准、登记等手续的，当事人应依照其规定办理相应手续	与债权转让相同
法律后果	1. 债权人转让权利的，受让人取得与债权有关的从权利，如抵押权，但该权利专属于债权人自身的除外；2. 债务人接到债权通知后，债务人对让与人的抗辩可以向受让人主张，如提出债权无效等；3. 债务人对债权人享有的抵销权，不受债权转让的影响	1. 债务人转移义务的，新债务人可以主张原债务人对债权人的抗辩。2. 新债务人应当承担与主债务有关的从债务，但该从债务专属于原债务人自身的除外

【例题34·判断题】买卖合同的出卖人将收取价款的权利转让给第三人，无须得到买受人的同意，但是应当通知买受人。（　）（2005 年试题）

【答案】√

【注意问题】注意分清债权转让与债务转让的条件不同。

【例题35·判断题】甲乙双方订立买卖合同。在甲按照合同约定向乙交付货物后，甲告知乙，将其向乙收取货款的权利转让给丙。乙验货后认为甲所交付的货物不符合约定的标准，于是拒绝向丙支付货款。（　）

【答案】√

【相关例题】见本章经典试题回顾部分 2008 年综合题。

【考点三十七】债务承担（重要，见表 9 - 12）

【例题36·判断题】甲向乙购买一批货物，乙按照合同约定时间向甲交付了货物。之后经乙同意，甲将其向乙支付货款的义务转让给丙。如果丙对乙交付的货物向有关部门提出鉴定，鉴定结果为质量不符合国家标准，则丙有权拒绝向乙支付货款。（　）

【答案】√

【考点三十八】合同债权债务的概括移转（重要）

当事人订立合同后合并的，由合并后的法人或者其他组织行使合同权利，履行合同义务。当事人订立合同后分立的，除债权人与债务人另有约定的以外，由分立的法人或者其他组织对合同的权利和义务享有连带债权，承担连带债务。

【相关链接】《公司法》规定，公司合并时，合并各方的债权、债务，应当由合并后存续的公司或者新设的公司承继。公司分立前的债务由分立后的公司承担连带责任，但是，公司在分立前与债权人就债务清偿达成书面协议另有约定的除外。

【相关例题】见本章经典试题回顾部分 2001 年综合题。

【考点三十九】清偿（2009 年新增内容）

清偿，又称履行。是合同消灭的最重要和最常见的原因。

1. 债务人清偿的对象。除债权人以外，还可以是债权人的代理人、破产企业的清算组织、收据持有人、行使代位权的债权人、债权人与债务人约定的受领清偿的第三人。

2. 清偿人。除债务人以外，还可以是债务人的代理人、第三人代为清偿。第三人代为清偿后，可以代位行使债权人的权利。

3. 清偿的标的。应当按照合同约定标的清偿，但经债权人同意并受领替代物清偿的，也能产生清偿效果。

【考点四十】合同的解除（重要）

1. 合同的合意解除。根据当事人事先约定的情况或经当事人协商一致而解除合同。

【解释】该规定包括两种情况：（1）在合同中约定解除的条件，即附解除条件的合同；（2）合同中虽然没有约定，但在合同订立后，双方协议一致也可以解除合同。

【注意问题】无论属于上述哪种情况而解除合同，均为双方当事人的合意。

2. 合同的法定解除。

（1）因不可抗力致使不能实现合同目的；

（2）在履行期限届满之前，当事人一方明确表示或者以自己的行为表明不履行主要债务；

（3）当事人一方迟延履行主要债务，经催告后在合理期限内仍未履行；

（4）当事人一方迟延履行债务或者有其他违约行为致使不能实现合同目的。

【注意问题】

（1）综上几种情形，根本原因在于一方违约在先，致使无法实现合同目的，相对人有权单方提出解除合同。因此，法定解除是单方行使解除权。

（2）合同自通知到达对方时解除。对方有异议的（注意此时合同并未解除），可以请求人民法院或者仲裁机构确认解除合同的效力。

3. 合同解除的后果。合同解除后，尚未履行的，终止履行；已经履行的，根据履行情况和合同性质，当事人可以要求恢复原状、采取其他补救措施，并有权要求赔偿损失。

【注意问题】合同解除，与要求违约方承担违约责任并不矛盾。因为在法定解除的情形中，基本上就是因为一方违约而发生的。

【例题37·判断题】甲乙双方订立合同约定，甲应当于2008年10月31日前向乙交付货物。交付期限届至，甲未能向乙交付货物。乙遂以甲不履行债务为由，提出解除合同。（ ）

【答案】×

【解析】经乙催告后，甲在合理期限内仍未履行债务的，乙方能提出解除合同。

【例题38·判断题】2008年5月8日甲公司成立十周年，为庆祝活动特向乙预定鲜花。双方约定乙最迟需在5月8日早晨8点之前将鲜花送至甲公司。乙未能按时向甲公司交付鲜花，甲公司随向乙

提出解除合同。（ ）

【答案】√

【注意问题】虽然以上例题都涉及一方当事人迟延履行债务，但相对人能否就此直接提出解除合同，则需分析迟延履行是否致使不能实现合同目的。例题37没有反映，而例题38中货物的交付时间直接影响到合同的目的能否实现。

【相关例题】见本章经典试题回顾部分2002年、2005年、2007年综合题。

【考点四十一】抵销（重要，2009年有变化）

1. 法定抵销。

（1）法定抵销具备的条件：①须双方当事人互负有债务，互享有债权。②须双方债务的给付为同一种类。③须双方的债务均届清偿期。④须双方的债务均为可抵销的债务。

（2）不得抵销的债务：①法律规定不得抵销的债务，如因故意侵权行为而产生的债务。②合同性质不能抵销的债务，如提供劳务的债务、不作为的债务等。③当事人约定不得抵销的债务。

（3）抵销通知到达对方时生效，不得附条件或者附期限。抵消产生如下效力：①双方的债权债务于抵销数额内消灭。②抵销的意思表示溯及于得为抵销之时。

2. 约定抵销。当事人互负债务，标的物种类、品质不相同的，经双方协商一致，也可以抵销。

【例题39·判断题】债权人与债务人双方互负债务，无论是否到期，也无论标的物的品种、种类是否相同，只要双方协商一致，也可以抵销。（ ）

【答案】√

【注意问题】

1. 两种抵销适用的条件不同。约定抵销的条件就是双方协议一致，不受法定抵销条件的限制。

2. 此处法定抵销，与《破产法》中抵销权的规定也不同。债权人在破产宣告前对破产人负有债务的，无论是否已到清偿期限，无论债务标的、给付种类是否相同，均可在破产清算前相互抵销。

【相关例题】见本章经典试题回顾部分2008年综合题。

【考点四十二】提存

1. 提存原因

（1）债权人无正当理由拒绝受领；

（2）债权人下落不明；

（3）债权人死亡未确定继承人或者丧失民事行为能力未确定监护人。

2. 提存的法律效果

（1）标的物提存后，毁损、灭失的风险由债权人承担。孳息归债权人所有。提存费用由债权人负担。

（2）债权人领取提存物的权利，自提存之日起5年内不行使则消灭。

3. 标的物提存后，合同虽然终止，但债务人还负有后合同义务。除债权人下落不明的以外，债务人应当及时通知债权人或者债权人的继承人、监护人。

【例题40·多选题】根据《合同法》的规定，下列各项中，有关提存的表述，符合规定的有（　　）。

A. 债权人下落不明的，债务人可以将标的物提存

B. 标的物提存后，毁损、灭失的风险由提存人承担

C. 标的物提存后，孳息归债权人所有，提存费用由债权人负担

D. 债权人自提存之日起5年内不领取提存物的其权利消灭

【答案】ACD

【考点四十三】违约与侵权的竞合（重要）

因当事人一方的违约行为，侵害对方人身、财产权益的，受损害方有权选择依照《合同法》规定要求其承担违约责任或者依照其他法律要求其承担侵权责任。

【例题41·单选题】甲公司从乙农场购入10头种牛，乙农场违约，将部分带有传染病的种牛交付给甲公司，致使甲公司所饲养的其他奶牛大量患病造成财产损失。对此，甲公司要求乙农场承担责任的方式是（　　）。（2001年试题）

A. 只能要求乙农场承担违约责任

B. 只能要求乙农场承担侵权责任

C. 要求乙农场既承担违约责任又承担侵权责任

D. 在违约责任或侵权责任中选择其一要求乙农场承担

【答案】D

【考点四十四】承担违约责任的方式（重要）

【注意问题】注意区分每一种违约责任方式的适用情形，以及彼此能否并用。

1. 继续履行。但有下列情形之一的除外：（1）法律上或者事实上不能履行；（2）债务的标的不适于强制履行或者履行费用过高；（3）债权人在合理期限内未要求履行。

2. 补救措施。（1）可与继续履行并用；（2）主要针对质量违约而采用的承担方式；（3）受损害方可根据标的的性质以及损失的大小，合理选择要求对方承担修理、更换、重作、退货、减少价款或者报酬等违约责任。

3. 损害赔偿。

（1）赔偿损失。①在继续履行或采取补救措施

后，对方还有其他损失的，应当赔偿损失。②损失赔偿额的确定标准。相当于合同违约所造成的损失，包括合同履行后可以获得的利益但不得超过违反合同一方订立合同时预见到或者应当预见到的因违反合同可能造成的损失。③当事人一方违约后，对方应当采取的救助义务。对方应当采取适当措施防止损失的扩大；没有采取适当措施致使损失扩大的，不得就扩大的损失要求赔偿。当事人因防止损失扩大而支出的合理费用，由违约方承担。因为赔偿损失是常见的违约责任承担方式，对此应熟练掌握运用。

（2）支付违约金。①约定的违约金低于或过分高于造成的损失的，当事人可以请求人民法院或仲裁机构予以增加或适当减少。②当事人支付了迟延履行的违约金后，还应当履行债务。

（3）定金。当事人在合同中既约定违约金，又约定定金的，一方违约时，对方可以选择适用违约金或者定金条款，但两者不可同时并用。

【例题42·单选题】甲乙订立买卖合同约定：甲向乙交付200吨铜材，货款为200万元；乙向甲支付定金20万元；如任何一方不履行合同应支付违约金30万元。甲因将铜材卖给丙而无法向乙交货。在乙向法院起诉时，既能最大限度保护自己的利益，又能获得法院支持的诉讼请求是（　　）。（2006年试题）

A. 请求甲双倍返还定金40万元

B. 请求甲支付违约金30万元

C. 请求甲支付违约金30万元，同时请求甲双倍返还定金40万元

D. 请求甲支付违约金30万元，同时请求返还定金20万元

【答案】D

【例题43·多选题】根据《中华人民共和国合同法》的规定，当事人履行合同义务，质量不符合约定而对违约责任又没有明确约定的，受损害方根据标的的性质以及损失的大小，可以合理要求对方承担的补救措施有（　　）。（2001年试题）

A. 修理　　　　　　　B. 减少价款

C. 退货　　　　　　　D. 更换

【答案】ABCD

【相关例题】见本章经典试题回顾部分2007年综合题。

【考点四十五】免责事由

《合同法》规定的法定的免责事由仅限于不可抗力。注意以下问题：

1. 不可抗力并非当然免责，要根据不可抗力对合同履行的影响决定。

2. 当事人迟延履行后发生不可抗力，不能免除责任。

3. 发生不可抗力的当事人一方负有及时通知义

务和提供证明的义务。

经典试题回顾

【说明】历年试题中涉及物权担保的题目，与《物权法》的规定不一致的，依照该法作适当调整。

一、单项选择题

1. 甲与乙订立合同后，乙以甲有欺诈行为为由向人民法院提出撤销合同申请，人民法院依法撤销了该合同。下列有关被撤销合同的法律效力的表述中，正确的是（　　）。（2004 年）
   A. 自合同订立时无效
   B. 自乙提出撤销请求时起无效
   C. 自人民法院受理撤销请求时起无效
   D. 自合同被人民法院撤销后无效
   【答案】A
   【解析】可撤销合同与可撤销民事行为一样，一旦被撤销，与无效民事行为相同，自行为开始起无效。

二、多项选择题

1. 甲、乙签订的买卖合同约定了定金和违约金条款。甲违约，造成乙经济损失。下列选项中，乙可选择追究甲违约责任的方式有（　　）。（2000年）
   A. 要求单独适用定金条款
   B. 要求单独适用违约金条款
   C. 要求同时适用定金和违约金条款
   D. 要求同时适用定金、违约金条款，并另行赔偿损失
   【答案】AB
   【解析】当事人在合同中既约定违约金，又约定定金的，一方违约时，对方可以选择适用违约金或者定金条款，但两者不可同时并用。

三、判断题

1. 当事人约定由债务人向第三人履行债务的，债务人未向第三人履行债务，应当向第三人承担违约责任。（　　）（2001 年）
   【答案】×
   【解析】《合同法》规定，当事人约定由债务人向第三人履行债务的，债务人未向第三人履行债务或者履行债务不符合约定的，应当向债权人承担违约责任。

2. 采用数据电文形式订立合同，收件人未指定特定系统的，该数据电文进入收件人的任何系统的首次时间，视为要约或者承诺到达时间。（　　）（2003 年）
   【答案】√
   【解析】要约和承诺的生效都在到达对方时生效。本题是关于到达的解释。

3. 合同约定由债务人甲向第三人乙履行交货义务，甲在所交货物的质量不符合合同约定时，应当向乙承担违约责任。（　　）（2004 年）
   【答案】×
   【解析】《合同法》规定，当事人约定由债务人向第三人履行债务的，债务人未向第三人履行债务或者履行债务不符合约定，应当向债权人承担违约责任。

4. 甲以欺诈手段订立合同，损害国家利益。该合同应属于无效合同，而不是可撤销合同。（　　）（2004 年）
   【答案】√
   【解析】以欺诈手段订立的合同，根据其损害后果确定是否属于无效合同。如果仅仅损害了对方当事人的利益，相对人可以请求撤销合同；如果损害了国家利益，则为无效合同。

四、综合题

1. 本题考查要点主要有：要约与承诺，合同成立的情形，撤销权。
   甲企业（本题下称"甲"）向乙企业（本题下称"乙"）发出传真订货，该传真列明了货物的种类、数量、质量、供货时间、交货方式等，并要求乙在 10 日内报价。乙接受甲发出传真列明的条件并按期报价，亦要求甲在 10 日内回复；甲按期复电同意其价格，并要求签订书面合同。乙在未签订书面合同的情况下按甲提出的条件发货，甲收货后未提出异议，亦未付货款。后因市场发生变化，该货物价格下降。甲遂向乙提出，由于双方未签订书面合同，买卖关系不能成立，故乙应尽快取回货物。乙不同意甲的意见，要求其偿付货款。随后，乙发现甲放弃其对关联企业的到期债权，并向其关联企业无偿转让财产，可能使自己的货款无法得到清偿，遂向人民法院提起诉讼。
   要求：
   根据以上内容，分别回答以下问题：
   （1）试述甲传真订货、乙报价、甲回复报价行为的法律性质。
   （2）买卖合同是否成立？并说明理由。
   （3）对甲放弃到期债权、无偿转让财产的行为，乙可向人民法院提出何种权利请求，以保护其利益不受侵害？对乙行使该权利的期限，法律有何规定？（2000 年）
   【参考答案】
   （1）甲传真订货行为的性质属于要约邀请。因该传真欠缺价格条款，邀请乙报价，故不具有要约性质。
   乙报价行为的性质属于要约。根据《合同法》的规定，要约要具备两个条件：第一，内容具体

确定；第二，表明经受要约人承诺，要约人即受该意思表示约束。本例中，乙的报价因同意甲方传真中的其他条件，并通过报价使合同条款内容具体确定，约定回复日期则表明其将受报价的约束，已具备要约的全部要件。

甲回复报价行为的性质属于承诺。因其内容与要约一致，且于承诺期内作出。

（2）买卖合同依法成立。根据《合同法》的规定，当事人约定采用书面形式订立合同，当事人未采用书面形式但一方已经履行主要义务，对方接受，该合同成立。本例中，虽双方未按约定签订书面合同，但乙已实际履行合同义务，甲亦接受，未及时提出异议，故合同成立。

（3）乙可向人民法院提出行使撤销权的请求，撤销甲的放弃到期债权、无偿转让财产的行为，以维护其权益。对撤销权的时效，《合同法》规定，撤销权应自债权人知道或者应当知道撤销事由之日起1年内行使，自债务人的行为发生之日起5年内未行使撤销权的，该权利消灭。

2. 本题考查要点主要有：合同成立的情形，当事人分立后合同义务的履行，加工承揽合同中定作方解除合同的情形，表见代理，保证人的责任。

1999年10月15日，A公司与B公司签订了一份加工承揽合同。该合同约定：由B公司为A公司制作铝合金门窗1万件，原材料由A公司提供，加工承揽报酬总额为150万元，违约金为报酬总额的10%；A公司应在1999年11月5日前向B公司交付60%的原材料，B公司应在2000年3月1日前完成6000件门窗的加工制作并交货；A公司应在2000年3月5日前交付其余40%的原材料，B公司应在2000年5月20日前完成其余门窗的加工制作并交货。A公司应在收到B公司交付门窗后3日内付清相应款项。

为确保A公司履行付款义务，B公司要求其提供担保，适值D公司委托A公司购买办公用房，D公司为此向A公司提供已盖有D公司公章及法定代表人签字的空白委托书和D公司的合同专用章，A公司遂利用上述空白委托书和合同专用章，将D公司列为该项加工承揽合同的连带保证人，与B公司签订了保证合同。

1999年11月1日，A公司向B公司交付60%的原材料，B公司按约加工制作门窗。2000年2月28日，B公司将制作完成的6000件门窗交付A公司，A公司按报酬总额的60%予以结算。

2000年3月1日，B公司发生重组，加工型材的生产部门分立为C公司。3月5日，A公司既未按加工承揽合同的约定向B公司交付40%的原材料，也未向C公司交付。3月15日，C公司要求A公司继续履行其与B公司签订的加工承揽合同，A公司表示无法继续履行并要求解除合同。C公司遂在数日后向人民法院提起诉讼，要

求判令A公司支付违约金并继续履行加工承揽合同，同时要求D公司承担连带责任。

经查明：A公司与B公司签订的加工承揽合同仅有B公司及其法定代表人的签章，而无A公司的签章。

要求：

根据以上内容，分别回答以下问题：

（1）A公司与B公司签订的加工承揽合同是否成立？为什么？

（2）C公司可否向A公司主张加工承揽合同的权利？为什么？

（3）C公司要求判令A公司支付违约金并继续履行加工承揽合同的主张能否获得支持？并说明理由。

（4）D公司应否承担保证责任？并说明理由。（2001年）

【参考答案】

（1）A公司与B公司签订的加工承揽合同成立。根据《合同法》的规定，采用合同书形式订立合同，在签字或者盖章之前，当事人一方已经履行主要义务，对方接受的，该合同成立。（或者：本案中A公司虽未在加工承揽合同上签章，但已经履行了主要义务，且B公司已经接受，加工承揽合同成立。）

（2）C公司可向A公司主张加工承揽合同的权利。根据《合同法》的规定，当事人订立合同后分立的，除债权人和债务人另有约定的以外，由分立的法人或者其他组织对合同的权利和义务享有连带债权，承担连带债务。

（3）首先，C公司要求判令A公司支付违约金的主张可以获得支持。A公司未按加工承揽合同约定的时间向B公司交付40%的原材料，已构成违约，根据《合同法》的规定，应当承担违约责任，支付违约金。其次，C公司要求判令A公司继续履行合同的主张不能获得支持。根据《合同法》的规定，在加工承揽合同中，定作人可以随时解除承揽合同。A公司作为定作人，可以解除合同，故无需继续履行合同。

（4）D公司应承担保证责任。根据《合同法》的规定，行为人超越代理权以被代理人的名义订立合同，相对人有理由相信行为人有代理权的，该合同有效。本案中，A公司向B公司出具了D公司提供的盖有公章及法定代表人签字的空白委托书及合同专用章，B公司有理由相信A公司有代理权，A公司与B公司签订的以D公司为保证人的保证合同有效，因此D公司应承担担保责任。

3. 说明：本题经调整。本题考查要点主要有：借款合同利息的规定，抵押物未办理登记时抵押合同的效力，保证人的资格及保证责任承担，借款合同解除的情形。

2000 年 3 月 5 日，A 房地产开发公司（以下简称"A 公司"）与 B 银行签订借款合同。该借款合同约定：借款总额为 2 亿元；借款期限为 2 年 6 个月；借款利率为年利率 5.8%，2 年 6 个月应付利息在发放借款之日预先一次从借款本金中扣除；借款期满时一次全额归还所借款项；借款用途为用于 S 房地产项目（以下简称 S 项目）开发建设；A 公司应当按季向 B 银行提供有关财务会计报表和借款资金使用情况；任何一方违约，违约方应当向守约方按借款总额支付 1% 的违约金。

在 A 公司与 B 银行签订上述借款合同的同时，B 银行与 A 公司和 C 公司分别签订了抵押合同和保证合同。B 银行与 A 公司签订的抵押合同约定：A 公司以正在建造的 S 项目作为抵押，如果 A 公司不能按时偿还借款或不能承担违约责任，B 银行有权用抵押的 S 项目变现受偿。B 银行与 C 公司签订的保证合同约定：如果 A 公司不能按时偿还借款或不能承担违约责任，而用 A 公司抵押的 S 项目变现受偿后仍不足以补偿 B 银行遭受的损失时，C 公司保证承担相应的补偿责任。

B 银行依照约定于 2000 年 3 月 6 日向 A 公司发放借款，并从发放的借款本金中扣除了 2 年 6 个月的借款利息。2001 年 4 月 5 日，B 银行从 A 公司提供的相关财务会计资料中发现 A 公司将借款资金挪作他用，遂要求 A 公司予以纠正，A 公司以借款资金应当由自己自行支配为由未予纠正。同年 5 月，B 银行通知 A 公司，要求 A 公司提前偿还借款，A 公司以借款尚未到期为由拒绝偿还借款。同年 8 月，B 银行向人民法院提起诉讼，要求解除借款合同，并要求 A 公司提前偿还借款，将用于抵押的 S 项目变现受偿，同时要求 C 公司承担保证责任。

经查：A 公司实际投入 S 项目的资金为 3800 万元，挪用资金 15000 万元；S 项目经评估后的可变现价值为 3500 万元；S 项目建设取得了一切合法的批准手续，有书面抵押合同，但未办理抵押登记；C 公司是 A 公司控股的子公司，C 公司与 B 银行签订保证合同时未获除 A 公司之外的其他股东认可，并隐瞒了与 A 公司的关联关系。

要求：

根据上述事实，回答下列问题：

（1）借款合同约定借款利息预先从借款本金中扣除是否符合有关规定？如何处理？

（2）根据上述提示内容，A 公司应当如何向 B 银行支付利息？

（3）B 银行与 A 公司签订的抵押合同是否有效？并说明理由。

（4）B 银行与 C 公司签订的保证合同是否有效？并说明理由。

（5）B 银行可否要求解除借款合同？并说明理由。

（6）B 银行可否要求 C 公司承担民事责任？为什么？（2002 年）

【参考答案】

（1）不符合规定。按照我国《合同法》的规定，借款的利息不得预先在本金中扣除。利息预先在本金中扣除的，应当按照实际借款数额返还借款并计算利息。因此，B 银行应返还 2 年 6 个月的利息。

（2）由于双方没有约定支付利息的期限，且借款期间在一年以上。因此，A 公司在每届满一年时支付利息，剩余期间不满一年的，在返还借款时一并支付。即，分别于 2001 年 3 月 6 日、2002 年 3 月 6 日、2002 年 9 月 6 日支付。

（3）有效。因为，根据《物权法》的规定，依法获准尚未建造的或者正在建造中的房屋或其他建筑物属于可以抵押的标的物，抵押合同应当采用书面形式。A 公司与 B 银行订立的抵押合同符合规定，因此有效。

（4）无效。根据《公司法》的规定，未按公司章程经董事会或股东会的审议，担保合同无效。

（5）B 银行可以要求解除借款合同。根据《合同法》的规定，借款人未按照约定的借款用途使用借款的，贷款人可以停止发放借款、提前收回借款或者解除合同。由于 A 公司将借款资金挪作他用，未按约定用途使用借款，因此，B 银行可以要求解除借款合同。

（6）虽然因保证合同无效，C 公司不再承担保证责任。但是，当债权人 A 公司不偿还债务时，C 公司应当向 B 银行承担民事赔偿责任。

4. 本题考查要点主要有：合同解除的法定情形，违约金和定金能否并用；票据的伪造，票据权利的补救。

2002 年 3 月 2 日，A 展览公司（以下简称"A 公司"）与 B 公司签订了一份价值为 100 万元的展览设备买卖合同。该合同约定：A 公司于 3 月 3 日向 B 公司签发一张金额为人民币 15 万元的银行承兑汇票作为定金；B 公司于 3 月 10 日交付展览设备；A 公司于 B 公司交付展览设备之日起 3 日内付清货款；任何一方违约，应当依照合同金额的 20% 向守约方支付违约金。

3 月 3 日，A 公司依约向 B 公司签发并交付了一张由 C 银行承兑和付款的金额为 15 万元的银行承兑汇票，B 公司在收到汇票后，于 3 月 4 日将其背书转让给 D 公司。3 月 10 日，B 公司未向 A 公司交付设备，经 A 公司催告后至 3 月 15 日，B 公司仍未交货，A 公司遂于 3 月 18 日另行购买了设备，并通知 B 公司解除合同，要求 B 公司双倍返还定金 30 万元，同时支付违约金 20 万元。B 公司收到 A 公司通知后未就解除合同提出异议，但不同意 A 公司提出的双倍返还定金和支付违约金的要求。

3月9日，D公司取得的上述汇票不慎被盗，同日，D公司到C银行办理了挂失止付手续。3月10日，王某用盗得的上述汇票以D公司的名义向E公司购买汽车一辆，并以D公司的名义将该汇票签章背书转让给E公司作为支付购买汽车的价款。3月12日，E公司为支付F公司货款，又将该汇票背书转让给F公司。4月5日，F公司在该汇票到期日向C银行提示付款，C银行拒绝支付票款。

要求：

根据上述事实，回答下列问题：

（1）B公司收到A公司解除合同通知后，双方之间签订的买卖合同是否已经解除？并说明理由。

（2）A公司要求B公司双倍返还定金30万元，同时支付违约金20万元是否符合《中华人民共和国合同法》的规定？并说明理由。

（3）王某以D公司的名义将汇票签章背书转让给E公司的行为是否有效？并说明理由。

（4）在F公司向C银行提示付款时，D公司已采取的挂失止付补救措施是否可以补救其票据权利？为什么？（2002年）

【参考答案】

（1）合同已经解除。根据我国《合同法》的规定，当事人一方迟延履行主要债务，经催告后在合理期限内仍未履行的，当事人可以解除合同。当事人一方主张解除合同的，应当通知对方。合同自通知到达对方时解除。因此，B公司在收到A公司解除合同通知后，双方之间的买卖合同已经解除。

（2）不符合规定。根据我国《合同法》规定，当事人在合同中既约定违约金又约定定金的，一方违约时，对方可以选择适用违约金或者定金条款，但两者不可同时并用。

（3）王某以D公司的名义将汇票签章背书转让给E公司的行为无效。王某假冒D公司的名义所进行的背书行为属票据的伪造。票据的伪造行为是一种扰乱社会经济秩序、损害他人利益的行为，在法律上不具有任何票据行为的效力，其从一开始就是无效的。王某的行为应认定为无效。

（4）不可以。挂失止付仅仅是失票人在丧失票据后采取的一种暂时的预防措施。根据《票据法》的规定，失票人应当在通知挂失止付后3日内，依法向人民法院申请公示催告。人民法院受理后，应当向付款人及代理付款人发出止付通知。付款人或代理付款人自收到挂失止付通知书之日起12日内没有收到人民法院的止付通知书的，自第13日起，挂失止付通知书失效。银行自3月9日办理挂失止付手续后，直至4月5日F公司提示付款时止，并未收到法院的止付通知

书。因此，挂失止付通知书已经失效，不能补救F公司的票据权利。

5. 2003年本章的综合题与票据法的内容结合，并且票据法的内容较多，故该题放在第十三章票据法部分。

6. 2004年本章的综合题与合同法（分则）的内容结合，并且合同法（分则）的内容较多，故该题放在第十章。

7. 2005年本章没有单独的综合题，其中有三道综合题中涉及到了本章的部分问题，第二题的第一问中有关定金担保的问题，请考生见第五章历年试题评析综合题部分；第四题中第二问关于股权质押担保的问题，请考生见第五章历年试题评析综合题部分；在此将本章与第十章合同法（分则）结合的综合题提供给考生，见第8题。

8. 说明：本题经调整。本题考查要点主要有：撤销权，融资租赁合同解除的情形，保证人资格，抵押物未办理登记的效力，破产取回权。

2000年10月，甲融资租赁公司（下称甲公司）与乙公司订立了一份融资租赁合同。该合同约定：甲公司按乙公司要求，从国外购进一套花岗岩生产线设备租赁给乙公司使用；租赁期限10年，从设备交付时起算；年租金400万元（每季支付100万元），从设备交付时起算；租期届满后，租赁设备归乙公司所有。为了保证乙公司履行融资租赁合同规定的义务，丙公司所属的丁分公司在征得丙公司的口头同意后，与甲公司订立了保证合同，约定在乙公司不履行融资租赁合同规定的义务时，由丁分公司承担保证责任。

2001年12月，甲公司依约将采购的设备交付给乙公司使用；乙公司依约开始向甲公司支付租金。

2003年3月，甲公司获悉：乙公司在融资租赁合同洽谈期间所提交的会计报表严重不实；隐瞒了逾期未还银行巨额贷款的事实；伪造了大量客户订单。甲公司随即与乙公司协商，并达成了进一步加强担保责任的协议，即：乙公司将其所有的一栋厂房作抵押，作为其履行融资租赁合同项下义务的担保。为此，甲公司与乙公司订立了书面抵押合同，乙公司将用于抵押的厂房的所有权证书交甲公司收存。

2004年7月，乙公司停止向甲公司支付租金。经甲公司多次催告，乙公司一直未支付租金。甲公司调查的情况显示：乙公司实际已处于资不抵债的境地。（2005年）

要求：

根据本题所述内容，分别回答下列问题：

（1）甲公司在乙公司停止支付租金后，可否以乙公司存在欺诈行为为由撤销融资租赁合同？并说明理由。

（2）甲公司是否可以解除融资租赁合同？并说

明理由。

（3）丁分公司是否应当向甲公司承担担保责任？并说明理由。丙公司是否应当向甲公司承担民事责任？并说明理由。

（4）如果乙公司破产，乙公司用于抵押的厂房是否属于破产财产？并说明理由。

（5）如果乙公司破产，乙公司向甲公司租赁的设备是否属于破产财产？并说明理由。

【参考答案】

（1）甲公司不能撤销融资租赁合同。根据法律规定，具有撤销权的当事人知道撤销事由后明确表示或者以自己的行为放弃（答对其中之一均给该要点之分）撤销权的，其撤销权消灭；甲公司在知道受欺诈后，没有提出撤销合同，而与乙公司协商后，同意继续履行合同，实际是以自己的行为放弃撤销权（根据法律规定，具有撤销权的当事人自知道或者应当知道撤销事由之日起一年内没有行使撤销权的，撤销权消灭；甲公司在2003年3月份知道撤销事由后至乙公司停止支付租金之时已经超过一年）。

（2）甲公司可以解除合同。根据法律规定，一方迟延履行后，经对方催告后在合理期限内仍不履行的，对方有权解除合同。

（3）首先，丁分公司不应依照与甲公司签订的保证合同承担保证责任，根据有关法律规定，企业法人的分支机构未经法人书面授权订立保证合同的，保证合同无效。其次，丙公司应当向甲公司承担民事责任。根据有关法律规定，企业法人的分支机构未经法人书面授权与债权人订立保证合同，导致该合同无效的，应当根据债权人和企业法人的过错承担民事责任，而丙公司对该合同无效有过错（或者保证合同无效，但是丙公司对该合同无效有过错，甲公司可以要求其根据过错承担相应的民事责任）。

（4）乙公司用于抵押的厂房属于破产财产。根据《企业破产法》的规定，债务人财产包括破产申请受理时属于债务人的全部财产，债务人被宣告破产后，债务人财产称为破产财产。

（5）租赁设备不属于破产财产。融资租赁合同尚未履行完毕，租赁设备的所有权属于出租人（或甲公司）。因此，乙公司破产时，租赁设备不属于破产财产。

9. 本题考查要点有：不安抗辩权的行使；买卖合同标的物风险责任的转移；运输合同货物灭失的责任；保证的方式、范围与期限。

2006年3月20日，上海的甲公司与北京的乙公司签订了一份买卖合同，约定：甲公司向乙公司购买1000吨化工原料，总价款为200万元；乙公司在合同签订后1个月内交货，甲公司在验货后7日内付款。双方没有明确约定履行地点。

合同签订后，甲公司以其办公用房作抵押向丙银行借款200万元，并办理了抵押登记手续。由于办公用房的价值仅为100万元，甲公司又请求丁公司为该笔借款提供了保证担保。丙银行与丁公司的保证合同没有约定保证方式及保证范围，但约定保证人承担责任的期限至借款本息还清时为止。

4月10日，乙公司准备通过铁路运输部门发货时，甲公司的竞争对手告知乙公司，甲公司经营状况不佳，将要破产。乙公司随即暂停了货物发运，并电告甲公司暂停发货的原因，要求甲公司提供担保。甲公司告知乙公司：本公司经营正常，货款已经备齐，乙公司应尽快履行合同，否则将追究违约责任。但乙公司坚持要求甲公司提供担保。甲公司急需这批货物，只好按照乙公司的要求，提供了银行保证函。5月25日，乙公司收到银行保证函，当日向铁路运输部门支付了运费并发货。货物在运输途中，遇泥石流灾害全部灭失。

借款合同到期后，甲公司没有偿还丙银行的借款本息。

要求：

根据上述内容，分别回答下列问题：

（1）乙公司暂停发货是否有法律依据？并说明理由。

（2）在买卖合同履行地点约定不明确的情况下，应当如何交付标的物？

（3）货物灭失的损失应当由谁承担？并说明理由。

（4）铁路运输部门是否应当依据运输合同承担违约责任？乙公司可否要求铁路运输部门返还运费？并分别说明理由。

（5）丁公司应当承担连带保证责任还是一般保证责任？并说明理由。

（6）丁公司的保证期间为多长？并说明理由。

（7）丙银行可否直接要求丁公司承担200万元的保证责任？并说明理由。（2006年）

【参考答案】

（1）乙公司暂停发货无法律依据。因为，乙公司无确切证据证明甲公司将要破产，故不能以不安抗辩权为由暂停发货。

（2）根据《合同法》的规定，标的物需要运输的，出卖人应当将标的物交付给第一承运人以运交给买受人。

（3）货物灭失的损失应当由甲公司承担。《合同法》规定，买卖合同标的物交付后的风险，应由买受人承担（或者：货交第一承运人后的风险，应当由买受人承担）。

（4）铁路运输部门不应当承担违约责任。《合同法》规定，由于不可抗力导致的货物灭失，承运人不承担违约责任。

乙公司可以要求铁路运输部门返还运费。《合同法》规定，货物在运输过程中因不可抗力灭失，承运人已经收取运费的，托运人可以要求返还。

（5）丁公司应当承担连带保证责任。《担保法》规定，当事人对保证方式没有约定或者约定不明确的，应当承担连带保证责任。

（6）丁公司的保证期间为2年。《担保法》规定，保证合同约定保证人承担保证责任直至主债务本息还清时为止等类似内容的，视为约定不明，保证期间为主债务履行期届满之日起2年。

（7）丙银行不可以直接要求丁公司承担200万元的保证责任。《担保法》规定，同一债权既有保证又有债务人提供物的担保的，保证人对物的担保以外的债权承担保证责任。

10. 本题主要考点有：买卖合同交货地点约定不明的确定，风险责任承担，买卖合同的解除，留置权，租赁合同的效力。

2007年1月10日，甲公司与乙公司签订一份买卖合同。合同约定：甲公司向乙公司购买CAT320B型挖掘机5台，每台40万元，共计200万元；合同签订之日起5个工作日内甲公司向乙公司付款100万元，余款自挖掘机交付之后每月5日前支付10万元，10个月付清；甲公司任何一个月未按期付款，乙公司享有解除合同的权利；货款付清之前，乙公司保留该5台挖掘机的所有权。乙公司在收到100万元货款后3日内交付挖掘机。

甲公司依约支付100万元货款，乙公司在约定时间内向甲公司交付挖掘机时，因合同未约定履行地点及履行费用负担，双方发生争议。在争议未决的情况下，乙公司委托运输公司将挖掘机送至甲公司，为此支付运费1万元。

在乙公司保留挖掘机所有权期间，发生以下事实：（1）甲公司发现一台挖掘机有重大质量问题，无法使用；（2）一台挖掘机因被突发洪水浸泡受损，送丙修理厂修理，因未支付修理费而被丙修理厂扣留；（3）甲公司将一台挖掘机出租给丁公司，租期3个月，获得租金10万元；（4）甲公司连续3个月没有支付货款。

要求：

根据上述内容，分别回答下列问题：

（1）如何确定该买卖合同的履行地点？并说明理由。

（2）甲公司可否因1台挖掘机的质量问题而解除5台挖掘机的买卖合同？并说明理由。

（3）在乙公司保留所有权的情况下，挖掘机因洪水所受损失应当由谁承担？并说明理由。

（4）如丙修理厂不知保留所有权的事实，丙修理厂能否对挖掘机行使留置权？并说明理由。

（5）在甲公司连续3个月没有付款的情况下，乙公司能否要求解除合同？并说明理由。

（6）在甲公司连续3个月没有付款的情况下，

乙公司享有什么权利？并说明理由。

（7）甲公司与丁公司之间的租赁合同是否有效？甲公司是否有权收取租金？并说明理由。（2007年）

【参考答案】

（1）《合同法》的规定，当事人没有约定交付地点或者约定不明确，标的物需要运输的，出卖人应当将标的物交付给第一承运人以运交给买受人。根据上述规定，乙公司将挖掘机交付运输公司委托其运输的地点为该买卖合同的履行地点。

（2）甲公司不能因1台挖掘机的质量问题而解除5台挖掘机的买卖合同。《合同法》规定，标的物为数物，其中一物不符合约定的，买受人可以就该物解除，但该物与他物分离使标的物的价值显受损害的，当事人可以就数物解除合同。本案中5台挖掘机各自独立使用，一台挖掘机的质量缺陷不会影响到其他机器的使用，因此，甲公司只能就发生质量问题的机器提出解除。

（3）在乙公司保留所有权的情况下，挖掘机因洪水所受损失应当由甲公司承担。《合同法》规定，在买卖合同中，当事人没有约定交付地点或者约定不明确，标的物需要运输的，出卖人将标的物交付给第一承运人后，标的物毁损、灭失的风险由买受人承担。由于乙公司已经将标的物交由运输公司运至甲公司，因此，此后标的物发生的风险责任应由甲公司承担。所有权转移与否不是确定风险转移的标准。

（4）如丙修理厂不知保留所有权的事实，丙修理厂能够对挖掘机行使留置权。因为丙修理厂作为甲公司的债权人已经占有其动产，并且甲公司未向丙修理厂支付修理费，说明该债权已届清偿期限且债务人未按规定期限履行义务。由此证明丙修理厂已经具备了行使留置权的条件。

（5）在甲公司连续3个月没有付款的情况下，乙公司能够要求解除合同。因为双方在合同中约定，甲公司任何一个月未按期付款，乙公司享有解除合同的权利。因此，根据当事人事先约定的情况，乙公司可以要求解除合同。

（6）乙公司有权要求甲公司支付全部货款或解除合同。根据《合同法》的规定，分期付款的买受人未支付全部价款的1/5的，出卖人可以要求买受人支付全部货款或解除合同。

（7）租赁合同有效，甲有权收取租金。根据所有权保留条款，尽管甲公司不享有挖掘机的所有权，但甲公司享有占有、使用和收益的权利，因此甲有权出租并收取租金。

11. 本题主要考点有：合同的保全，即代位权与撤销权、债的抵销、债权转让等。

甲公司 2007 年 12 月 31 日的资产负债表显示的净资产为负，财务状况不断恶化。有关资产：商业用房一间，账面价值 100 万元；机器设备一套，账面价值 20 万元；银行存款 30 万元；应收乙的账款 30 万元（2008 年 1 月 20 日到期）；应收丙的账款 70 万元（2008 年 2 月 6 日到期）。甲公司有关负债：应付丙的账款 50 万元（2008 年 3 月 5 日到期）；应付丁的账款 180 万元（2008 年 1 月 10 日到期）。

2008 年以来，甲公司的资产处理及债权债务清偿情况如下：

（1）1 月 20 日，丁请求甲公司偿还欠款未果。但在 1 月 28 日丁发现甲曾于 1 月 15 日将机器设备赠送给了戊。

（2）2 月 3 日，甲公司将拥有的商业用房以 60 万元的价格（市场价格为 120 万元）转让给非关联企业己公司，己公司在不知情的情况下，受让该房产，并办理了过户登记手续。

（3）2 月 21 日后，甲公司一直催告乙偿还债务，但乙到 8 月底仍未偿还，甲公司亦未采取其他法律措施。

（4）3 月 15 日，甲公司向丙提出就 50 万元债权债务予以抵销。

（5）4 月 10 日，甲公司与庚公司签订债权转让合同，将对丙的 20 万元债权以 18 万元的价格转让给庚。

要求：

根据本题所述内容，分别回答下列问题：

（1）丁是否有权请求人民法院撤销甲公司将机器设备赠送给戊的行为？并说明理由。

（2）丁是否有权请求人民法院撤销甲公司将商业用房转让给己公司的行为？并说明理由。

（3）丁是否有权代位行使甲对乙的债权？并说明理由。

（4）甲是否有权向丙主张就 50 万元债权债务予以抵销？并说明理由。

（5）甲庚之间的债权转让何时生效？何时对丙产生效力？并分别说明理由。

【参考答案】

（1）丁有权请求人民法院撤销甲公司将机器设备赠送给戊的行为。由于甲公司无偿转让财产，而无力清偿其所欠丁的到期债务，对债权人丁造成损害，符合《合同法》规定的撤销权发生的法定情形。因此，丁有权自知道该法定事由之日起 1 年内行使撤销权。

（2）丁无权请求人民法院撤销甲公司将商业用房转让给己公司的行为。《合同法》规定，债务人以明显不合理的低价转让财产，对债权人造成损害，并且受让人知道该情形的，债权人可依法行使撤销权。本案中，虽然甲公司以明显不合理的低价转让财产，对债权人丁造成损

害，但是受让人己公司对此并不知情，且已依法办理了房产的过户登记手续，因此不符合撤销权行使的法定事由。

（3）丁有权代位行使甲对乙的债权。理由如下：第一，丁对甲的债权已经于 2008 年 1 月 10 日到期；第二，债务人甲对其债务人乙的债权也已于 2008 年 1 月 20 日到期，但甲怠于以诉讼或仲裁的方式向其债务人乙主张到期债权，从而对丁的债权造成损害；第三，甲对乙的债权不属于专属债权。以上几点均符合代位权行使的条件。

（4）甲有权向丙主张就 50 万元的债权债务予以抵销。理由如下：第一，甲和丙互负债务，并且均已到期；第二，该两笔债务的标的物种类相同，均为金钱债务。符合《合同法》规定的抵销条件，依法可以抵销。

（5）甲庚之间的债权转让合同自双方签订时，即 4 月 10 生效。自该转让合同通知到达丙时产生效力。因为《合同法》规定，债权人转让权利的无须债务人同意，但应通知债务人。

本章练习题库

一、单项选择题

1. 在中国境内履行的中外合资（合作）经营合同、中外合作勘探自然资源合同，（　　）。
   A. 可以适用双方当事人国的法律
   B. 应当适用国际惯例
   C. 应当适用中华人民共和国法律
   D. 由当事人自行约定选择适用有关的法律

2. 格式条款是当事人为了重复使用而预先拟定，并在订立合同时未与对方协商的条款。下列关于格式条款的解释中，不正确的是（　　）。
   A. 提供格式条款的一方，应采取合理的方式提醒对方注意免除或限制其责任的条款
   B. 提供格式条款一方免除其责任、加重对方责任、排除对方主要权利的，该条款无效
   C. 对格式条款有两种以上解释的，应当作出不利于提供格式条款一方的解释
   D. 格式条款和非格式条款不一致的，应当采用格式条款

3. 要约可以撤回，撤回要约的通知应当（　　）。
   A. 在要约到达受要约人之前或者与要约同时到达受要约人
   B. 在受要约人发出承诺通知之前
   C. 在承诺通知到达受要约人之前
   D. 在合同生效前

4. 甲公司向乙公司发出要约，要约当日到达乙公司。由于甲公司认为要约将在第二天才能到达乙公司，欲撤回要约，在当日下班前，又发出一份

"要约作废"的函件,该函件在第二天到达乙公司。乙公司工作人员小李收到该函件,忘记交给总经理。第三天乙公司的总经理发函给甲公司,提出只要将交货日期推迟两个星期,其他条件都可接受。最终甲、乙未能缔约,双方缔约不成功的原因是( )。

A. 乙公司对要约内容作了实质性的改变

B. 乙公司的承诺超过了有效期间

C. 要约已被甲公司撤回

D. 要约已被甲公司撤销

5. 甲商场向乙企业发出采购 100 台电冰箱的要约。乙于 5 月 1 日以电子邮件的形式将承诺信件发送至甲商场指定的电子邮箱,5 月 2 日甲的工作人员看到信件,时逢其总经理外出。5 月 9 日总经理知悉了该信内容,遂于 5 月 10 日电传告之乙收到承诺。该承诺生效的时间是( )。

A. 5 月 1 日　　　　　B. 5 月 2 日

C. 5 月 9 日　　　　　D. 5 月 10 日

6. 甲、乙双方订立一份买卖合同,约定以书面形式订立,自双方签字盖章时合同生效。在书面合同未签订之前,甲向乙发货,乙接受货物。此时( )。

A. 该合同因形式欠缺不成立

B. 该合同成立

C. 该合同生效

D. 该合同补办书面合同后生效

7. 一家经营日用小百货的商店,在年前进了一批服装出售。如果该批服装的进货途径及服装的质量、定价都不存在违法行为,该商店出售服装的行为( )。

A. 因超出了工商部门核准的经营范围,属于无效买卖合同

B. 在补办变更登记手续后,方可进行

C. 因不属于特许经营的行为,该合同有效

D. 因没有其他违法情节,属于可撤销的合同

8. 2006 年 7 月,博通科技公司以 120 万元的价格购买了某房地产公司开发的一套房屋。博通科技公司依约支付了定金 2 万元。但半年后,某房地产开发公司告知博通公司,该房屋已经不在该公司名下了,而是以更高的价格卖给了该房地产开发公司人力资源部的李经理,并已过户到了李经理名下。同时开发公司愿意返还 2 万元定金。下列各项中,有关本案的处理正确的是( )。

A. 开发公司与李经理恶意串通损害博通公司利益,所订购房合同无效,应当将房屋返还给博通公司

B. 开发公司与李经理恶意串通损害博通公司利益,所订购房合同无效,但因房屋已经过户到李经理名下,无需返还

C. 开发公司与李经理恶意串通损害博通公司利益,所订购房合同无效,但因房屋已经过户到李

经理名下,无需返还,但应当赔偿博通公司损失

D. 开发公司与李经理之间的购房合同是双方真实意思表示,且李经理已经取得房屋所有权,受法律保护

9. 可撤销的合同,具有撤销权的当事人在一定限内没有行使撤销权的,撤销权消灭。根据《合同法》的规定,该一定期限为( )。

A. 自合同成立之日起 1 年内

B. 自知道或者应当知道撤销事由之日起 1 年内

C. 自合同成立之日起 5 年内

D. 自知道或者应当知道撤销事由之日起 5 年内

10. 甲现有一房屋欲出租给乙,甲、乙已经签订合同。在双方签字之前,丙为阻止甲的出租行为,称其愿出高价租用甲的房屋,致使甲、乙之间的租赁合同没有成立。随后,甲与丙订立合同,丙却借故说不租用甲的房屋。此时,甲可以要求丙承担( )。

A. 擅自解除合同的责任

B. 违约责任

C. 缔约过失责任

D. 撤销合同的责任

11. 合同生效后,当事人就价款或者报酬约定不明确的,按照市场价格履行。该市场价格的确定标准是( )。

A. 订立合同时履行地的市场价格

B. 履行合同时履行地的市场价格

C. 订立合同时签订地的市场价格

D. 履行合同时签订地的市场价格

12. 合同生效后,履行地点不明确的,给付货币的,在( )。

A. 给付货币一方所在地履行

B. 接受货币一方所在地履行

C. 合同签订地

D. 双方当事人之外的第三地

13. 某汽车配件厂与某商贸公司签订供应汽车配件的合同,合同中约定,货到后 3 日付款。正当该厂准备发货时,突然确切了解到该商贸公司已将全部资金转移,该厂向商贸公司说明情况,并决定暂不向其发货。该厂的行为属于( )。

A. 行使撤销权

B. 解除合同

C. 违约行为

D. 行使不安抗辩权

14. 甲、乙之间有一债权债务关系,乙欠甲 1 万元钱到期未还,甲多次催要,乙均以无钱为由拒绝偿还。现甲得知丙欠乙 1 万元钱,也已到期,要求乙向丙催要,乙对此毫无反应。甲可以行使( )。

A. 不安抗辩权

B. 撤销权

C. 要求乙转让债权

D. 代位权

15. 在共同保证中，按照保证人是否约定各自承担的担保份额，可以将共同保证分为按份共同保证和连带共同保证。下列各项中，债务人在主合同规定的债务履行期限届满没有履行债务的，关于共同保证人责任承担的表述中，不正确的是（　　）。

A. 按份共同保证人在向债权人承担保证责任后，有权按照约定的份额向债务人追偿

B. 按份共同保证人只就其与债权人约定的保证份额承担保证责任，超出保证份额的部分该保证人有权拒绝承担

C. 债权人可以要求债务人履行债务，也可以要求任何一个保证人承担全部保证责任

D. 已经承担连带责任的保证人，有权向债务人追偿，或者要求承担连带责任的其他保证人清偿其应当承担的份额

16. 保证合同约定保证人承担保证责任直至主债务本息还清时为止等类似内容的，视为约定不明，保证期间为主债务履行届满之日起（　　）。

A. 三个月　　　　　　B. 六个月

C. 一年　　　　　　　D. 两年

17. 第三人向债权人保证监督支付专款专用的，在履行了监督支付专款专用的义务后，不再承担责任。未尽监督义务造成资金流失的，应当对流失的资金承担（　　）。

A. 连带赔偿责任

B. 补充赔偿责任

C. 违约责任

D. 追偿责任

18. 根据法律规定，下列各项中，可以做保证人的是（　　）。

A. 主债务人

B. 企业法人的职能部门

C. 有企业法人书面授权的企业分支机构

D. 学校、医院等以公益为目的的事业单位

19. 债权人知道或者应当知道债务人破产，既未申报债权也未通知保证人，致使保证人不能预先行使追偿权的，保证人可以免除保证责任。其免责的范围是（　　）。

A. 保证范围内

B. 该债权在破产程序中可能受偿的范围内

C. 债权人未申报债权的范围内

D. 债权人会议确定的清偿范围内

20. 债权人要求保证人对其在破产程序中未受清偿部分承担保证责任的，应当在法定期限内提出。该法定期限为（　　）。

A. 破产财产分配完毕后 6 个月内

B. 破产程序终结后 6 个月内

C. 破产财产分配完毕后 1 年内

D. 破产程序终结后 1 年内

21. 甲同乙订立合同，双方约定甲于 3 月 31 日向乙交付某画家的某一幅作品，后乙得知甲已在 3 月 20 日将该幅作品卖给了丙，此时乙有权（　　）。

A. 解除合同

B. 变更合同

C. 行使后履行抗辩权

D. 行使撤销权

22. 在合同履行中，因债权人等方面的原因使债务人难以履行债务的，债务人可将标的物提存。自提存之日起（　　）内债权人不领取提存物的，提存物在扣除提存费用后归国家所有。

A. 1 年　　　　　　　　B. 2 年

C. 4 年　　　　　　　　D. 5 年

23. 在商品房买卖合同纠纷中，当事人以约定的违约金过高为由请求减少的，应当以违约金超过造成的损失的一定标准适当减少，当事人以约定的违约金低于造成的损失为由请求增加的，应当以违约造成的损失确定违约金数额。根据法律规定，其中一定标准为（　　）。

A. 以违约金超过造成损失的 10%

B. 以违约金超过造成损失的 20%

C. 以违约金超过造成损失的 30%

D. 以违约金超过造成损失的 40%

二、多项选择题

1. 甲公司于 1 月 5 日向乙公司以信件方式发出要约，向乙公司订购一批原材料，要求乙公司在 10 天内作出答复，该要约于 1 月 6 日到达乙公司。下列各项中，乙公司的做法属于承诺行为的有（　　）。

A. 乙公司的答复于 1 月 16 日到达甲公司

B. 乙公司于 1 月 8 日向甲公司发货

C. 乙公司要求甲公司适当提高报价

D. 乙公司于 1 月 14 日向甲公司发送电子邮件表示接受要约，由于网站出现技术故障，该邮件于 1 月 15 日到达甲公司

2. 根据《中华人民共和国合同法》的规定，下列要约中，不得撤销的有（　　）。

A. 要约人确定了承诺期限的要约

B. 要约人明示不可撤销的要约

C. 已经到达受要约人但受要约人尚未承诺的要约

D. 受要约人有理由认为不可撤销，且已为履约作了准备的要约

3. 段某将自己的房屋卖给了王某，当时房子的产权证还未办下来，双方在商品房卖买合同中约定，王某先付一半房款就可入住，段某拿到产权证后，双方办理过户手续时王某付剩余房款。王某给付段某一半房款后入住，并对房屋进行了装

修。两年后，段某将房屋产权证办了下来，但当王某要求办理过户手续时，段某却反悔了。王某将段某告上法庭。下列各项中，对该案件的认识不正确的有（　　）。

A. 段某没有领取房屋产权证的房屋不能转让，所以双方签订的房屋买卖合同属于无效合同，不能继续履行

B. 段某与王某签订的房屋买卖合同是他们双方真实意思的表示，并且不违反法律强制性规定及社会公共利益，所以该合同合法有效，应当继续履行

C. 段某与王某签订的房屋买卖合同是他们双方真实意思的表示，因未办理房屋买卖登记手续，所以该合同无效，不能继续履行

D. 段某此时仍为该房屋的所有权人，具有对该房屋的处分权，在向王某返还购房款并赔偿装修等损失后，有权解除合同

4. 根据《合同法》的规定，合同无效或者被撤销后，因该合同取得的财产，正确的处理方法有（　　）。

A. 应当予以返还

B. 不能返还的，应当折价补偿

C. 当事人恶意串通，损害国家利益的，因此取得的财产收归国家所有

D. 双方都有过错的，应当各自承担责任

5. 根据《中华人民共和国合同法》的规定，下列合同中，属于无效合同的有（　　）。

A. 一方以欺诈手段使对方在违背真实意思情况下订立的合同

B. 损害社会公共利益的合同

C. 以合法形式掩盖非法目的的合同

D. 显失公平的合同

6. 某画家甲与顾客乙约定，由甲为乙画像，乙应先预付酬金 1 万元。合同生效后，甲患重病卧床不起，极有可能无法再为乙画像。鉴于此种情况，乙的下列做法中正确的有（　　）。

A. 通知甲中止向其履行先行支付酬金的义务

B. 通知甲解除合同

C. 如果甲提供担保后，继续履行先行支付酬金义务

D. 如果甲的病情不见好转，可以解除合同

7. 根据有关规定，下列各项中，属于上市公司对外担保，必须经董事会审议通过，方可提交股东大会审批的对外担保有（　　）。

A. 上市公司对外担保超过最近一期经审计净资产 50% 以后提供的任何担保

B. 对持有本公司股份 50% 以下的股东提供的担保

C. 为资产负债率超过 70% 的担保对象提供的担保

D. 单笔担保额超过最近一期经审计的净资产的 10% 的担保

8. 根据《担保法》的规定，下列各项中，可以作保证人的有（　　）。

A. 某公司的财务部门

B. 从事经营活动的社会团体

C. 某公司为其股东作保证人，经其出席股东会的其他股东所持表决权的过半数通过

D. 某境内企业为外商投资企业注册资本提供保证

9. 根据《担保法》的规定，下列各项中，有关担保人责任的表述，符合规定的有（　　）。

A. 主合同无效而导致担保合同无效，担保人无过错则不承担民事责任

B. 主合同无效而导致担保合同无效，担保人有过错的，应承担的民事责任不超过债权人不能清偿部分的 1/3

C. 主合同有效而担保合同无效，担保人无过错则不承担民事责任

D. 主合同有效而担保合同无效，债权人、担保人有过错的，担保人承担民事责任的部分，不应超过债务人不能清偿部分的 1/2

10. 同一债权上既有保证担保又有物的担保，属于共同担保。下列各项中，关于物的担保与保证并存时，如果债务人不履行债务的，当事人承担担保责任的表述中，符合法律规定的有（　　）。

A. 根据当事人的约定确定承担责任的顺序

B. 没有约定或者约定不明的，如果保证人与债务人提供的物的担保并存，则债权人应先就债务人的物的担保求偿，保证在物的担保不足清偿时承担补充清偿责任

C. 没有约定或者约定不明的，如果保证与第三人提供的物的担保并存，则债权人可以就物的担保实现债权，也可以要求保证人承担保证责任

D. 在保证与第三人提供的物的担保并存的情况下，如果其中一人承担了保证责任，则只能向债务人追偿，不能向另外一个担保人追偿

11. 根据担保法律制度的规定，下列各项中有关保证的表述，正确的有（　　）。

A. 主合同纠纷已经审判或仲裁后，债务人不履行生效判决或裁决的，一般保证的保证人不得拒绝债权人要求其承担保证责任的主张

B. 主合同中无保证条款，保证人在主合同上以保证人的身份签字或者盖章的，保证合同成立

C. 债权人与债务人对主合同履行期限作了变动，未经保证人书面同意的，保证人不承担保证责任

D. 人民法院受理债务人破产案件，中止执行程序的，一般保证人的先诉抗辩权消灭

12. 在保证期间，主合同发生变更，根据《担保

法》及《担保法解释》的规定，下列情形中保证人应当承担保证责任的有(　　)。

A. 债权人依法将主债权转让给第三人

B. 债权人许可债务人转让债务的

C. 债权人与债务人对主合同履行期限作了变动，在原合同确定的期间内

D. 债权人与债务人协议变动主合同内容，但并未实际履行的

13. 刘某到某家具城购买家具，其选定的一组家具价值1万元。该家具城与刘某订立了家具买卖合同，在下列的条款中，你认为不正确的条款有(　　)。

A. 刘某先交纳500元的预付款，若刘某违约该款项不予退还

B. 刘某先交纳1000元的定金，合同履行后抵作价款

C. 定金担保自定金交付之日起生效

D. 如果刘某违约可适用约定的定金和违约金条款，但并用的结果不超过合同的总价款

14. 根据合同法律制度的规定，在以下列举的合同转让行为中，转让行为不合法的有(　　)。

A. A公司与日本B公司举办中外合资经营企业，A公司未经B公司同意将合营合同的权利义务转让给C公司，但没法获得审批机关的批准

B. 李教授曾答应为某大学讲课，但因讲课当天临时有急事，便让自己的博士生王某代为授课

C. 债权人张某急需用钱，便将债务人杨某欠自己的两万元债权以15000元的价格转让给了周某，张某将此事打电话通知了杨某

D. 甲对乙的房屋享有抵押权，为替好友从银行借款提供担保，将该抵押权转让给了银行

15. 合同的转让，即合同主体的变更。债权人将合同的权利全部转让给第三人的，能够产生的法律后果，以下各项表述正确的有(　　)。

A. 受让人享有债权，但从权利不得享有

B. 专属于债权人自身的权利，受让人不得享有

C. 债务人对原债权人的抗辩，可以向新的债权人主张

D. 债务人对债权人享有的抵销权，受债权转让的影响

16. 甲公司欠乙公司20万元材料款尚未偿还，现乙公司从甲公司进了一批价值20万元的货物，双方约定货到后10日内付款。甲公司与乙公司的互负债务可以(　　)。

A. 因种类数量相同而发生抵销

B. 因一方的履行期限尚未到期不能发生法定抵销

C. 经双方协商一致可以抵销

D. 双方债务均到履行期限后才能协商抵销

17. 某家具公司与某小学校订立课桌椅买卖合同，双方约定家具公司需在8月20日前将货物运送至学校。至8月20日，学校未受到家具公司运送的货物，于是告知家具公司最迟在25日前将货物送到，否则解除合同。至25日家具公司仍未将货物送至学校。为此，学校通知家具公司解除合同，并紧急从其他公司购置课桌椅一批。由于临近开学，学校为此多支付8000多元货款。以下各项中，关于该案处理的表述，正确的有(　　)。

A. 学校有权单方解除合同

B. 学校应与家具公司协商解除合同

C. 无论家具公司是否同意解除合同，只要解除通知到达家具公司即发生解除的效力

D. 学校与家具公司解除合同后，有权要求家具公司赔偿其8000多元损失

18. 赵某为钱某打印一本书稿，钱某借给赵某一本工具书。赵某完成打印任务后，钱某一直没有给赵某支付报酬。钱某借给赵某的书，赵某也没有还给钱某。于是，钱某想用工具书抵偿应付给赵某的报酬。请问下列解释中正确的有(　　)。

A. 如果赵某同意，赵某与钱某的债务可以抵销

B. 即使赵某同意，二人的债务因种类不同也不能抵销

C. 无论赵某是否同意，因为该债务都已到期，如果数量相当也可以抵销

D. 如果赵某不同意，赵某与钱某的债务不可以抵销

19. 根据《合同法》的规定，债务人可以通过提存方法履行债务的情形有(　　)。

A. 债权人下落不明

B. 债权人死亡

C. 债权人正处于破产案件受理阶段

D. 债权人正在进行分立

20. 甲与乙订立一份买卖合同，合同约定由乙方向甲方提供一批办公家具。乙方按期交货，甲验收时，发现该批家具有严重的质量问题。于是甲方以乙方违约，无法实现合同目的为由提出解除合同。合同解除后，甲方可以主张的权利有(　　)。

A. 要求恢复原状

B. 要求退货

C. 要求乙方赔偿

D. 要求乙方重新修理或更换

21. 下列各项中，有关法定抵销的表述中，符合法律规定的有(　　)。

A. 因故意侵权行为而产生的债务不得抵销

B. 双方当事人可以抵销的互负债务均届清偿期

C. 当事人主张抵销通知对方时发生抵销的效果

D. 抵销自发出抵销通知的当事人确定的期限届满时生效

三、判断题

1. 某游乐场在其大型游乐玩具上标明：请游客注意安全，如有意外本公司不承担责任。该内容属于无效的格式条款。（ ）

2. 要约到达受要约人时生效，承诺的通知到达要约人时生效。承诺生效时合同成立。（ ）

3. 某商场规定，过季打折商品，当面选好，如事后发现质量问题，概不负责退换。此规定为格式条款，对顾客有法律约束力。（ ）

4. 甲向朋友乙借款 5000 元，双方约定如果甲的单位年终分奖金，甲以其奖金偿还；如果没有奖金或奖金不足偿还，从甲每月的工资中至少扣除 500 元逐月偿还，直至还清为止。甲在年终从单位分得奖金 6000 元，随后全家人出去旅游全部用光。乙得知消息后，要求甲还钱，甲以无钱可还为由拒绝还钱，此时乙只能按约定从甲的工资中逐月得到偿还。（ ）

5. 人民法院确认合同无效，应当以全国人大及其常委会制定的法律和国务院制定的行政法规为依据，不得以地方性法规、行政规章为依据。（ ）

6. 刘某未经王某的同意，擅自将王某空闲的房屋出租给张某，租期为 1 年。之后，王某连续三个月按月向张某收取房租。后王某认为该房屋的租金太低，要求提高房租，张某不同意，认为王某违约。而王某以未和张某订立合同，刘某无处分权为由，起诉至法院要求撤销该合同。法院可予以支持。（ ）

7. 撤销权自债权人知道或者应当知道撤销事由之日起一年内行使。自债务人的行为发生之日起五年内没有行使撤销权的，该撤销权消灭。（ ）

8. 2007 年 8 月，大孙失业后向邻居小赵借款 3 万元，临街开了一个小饭馆。双方约定了借款期和利息。2008 年 8 月借款到期后，小赵多次催要。大孙称饭馆亏损，希望将还款期延至年底。中秋节前，小赵又去找大孙，恰好碰到他的一个亲戚，说是要还 4 万元钱给大孙，当时，大孙支支吾吾地将话题岔开。随后，小赵打听到大孙在几年前曾经借款给该亲戚 4 万元，到现在该亲戚准备还钱大孙却不着急要。小赵可以向大孙的亲戚行使代位权。（ ）

9. 某手表厂为纪念某活动特制纪念手表 2000 只，每只售价 2 万元。其广告宣传该纪念表为金表，镶有进口钻石。后经查实，该纪念表为镀金表，进口钻石为进口人造钻石，手表的成本约为 1000 元。为此，购买者与该手表厂发生纠纷，该纠纷应当按可撤销合同处理。（ ）

10. 当事人在订立合同过程中知悉的商业秘密，在合同成立前，不得泄露或者不正当地使用。（ ）

11. 某公司订立的合同生效后，在履行过程中，由于该公司的经理在订立合同过程中有违法行为，被董事会撤换。新经理上任后，认为该合同对公司不利，拒绝向对方当事人履行合同义务。该公司经理的做法是正确的，此所谓"新官不理旧账"。（ ）

12. 债权人甲与债务人乙约定由乙向丙履行债务，乙未履行，则乙应向丙承担违约责任。（ ）

13. 因为担保合同为从合同，所以在主合同纠纷案件中，虽然对担保合同未经审判，人民法院也可以依据对主合同当事人所作出的判决或者裁定，直接执行担保人的财产。（ ）

14. 保证人对债务人的注册资金提供保证的，债务人的实际投资与注册资金不符，或者抽逃转移注册资金的，保证人在注册资金不足或者抽逃转移注册资金的范围内承担连带保证责任。（ ）

15. 由于保证合同对主合同具有依附性。因此，在保证期间，如果债务人放弃对债务的抗辩权，则保证人对债务的抗辩权也随之消灭。（ ）

16. 某公司向银行申请贷款 100 万元，某商场作保证人为该笔贷款承担一般保证责任，贷款合同约定的还款期限为 2004 年 12 月 31 日。某公司到期未偿还银行贷款，银行于 2005 年 7 月将某公司起诉至法院要求其履行合同义务。如果法院在采取了强制执行措施后，某公司仍然不能偿还银行贷款，作为保证人的某商场应当承担保证责任。（ ）

17. 担保人为债务人的债务提供担保的，担保人可以要求债务人或者第三人提供反担保，但留置、定金不能作为反担保方式。（ ）

18. 在保证合同保证期间，债权人与债务人未经保证人同意对主合同价款进行了变更。如果这种变更减轻了债务人的债务，则保证人仍应对变更后的合同承担保证责任；如果这种变更加重了债务人的债务，则保证人对加重的部分不承担保证责任。（ ）

19. A 公司向 B 银行贷款，A 公司以其及其设备抵押给银行，又由 C 公司与银行签订保证合同，但没有约定保证责任的范围。如果 A 公司到期不能清偿银行贷款本息，B 银行可以就物的担保实现债权，也可以要求保证人承担保证责任。（ ）

20. 当事人约定以交付定金作为定立主合同担保的，给付定金的一方拒绝订立主合同的，无权要求返还定金；收受定金的一方拒绝订立合同的，应当双倍返还定金。（ ）

21. 当事人订立合同后分立的，由分立的当事人按照分立协议的约定，享有合同的债权，承担合同债务。（ ）

22. 某商场与某公司订立买卖合同，双方约定某商场从某公司进货 100 件，分期履行，在某公司全部发货之后，某商场一次结清货款。某公司按约向某商场发货 40 件后，某商场提出该货的价格过高不易出售，要求降低价格，某公司同意。该合同的总价款应当以降价后的每件商品的价格计算。　　　　　　　　　　（　　）

四、综合题

1. A 县的甲公司与 B 县的乙公司于 2002 年 6 月 3 日签订了一份空调买卖合同，约定甲公司向乙公司购进 100 台空调，每台空调的单价 2000 元，乙公司负责在 B 市代办托运，6 月 20 日货物运至甲公司，甲公司于货到后 10 日内付款，同时约定若发生纠纷由合同履行地的法院管辖。

   乙公司于 6 月 18 日在 B 市火车站交付托运费用办理完毕托运手续后，准备在 B 市火车站托运该 100 台空调时，收到甲公司发来的传真，传真称由于甲公司突然发生财务问题，无力履行合同，请乙公司不要发货。乙公司收到传真后，努力寻找新的买家，于 6 月 22 日与 C 市的丙公司签订了该 100 台准备托运中的空调，每台单价 1900 元，丙公司于订立合同时向乙公司支付 40000 元定金，在收到货物后 15 日内付清全部货款；在丙公司付清全部货款前，乙公司保留对空调的所有权；如有违约，违约方应承担合同总价款 20% 的违约金。乙公司同时于当日传真通知甲公司解除此前签订的合同。

   铁路运输公司在运输过程中于 6 月 21 日遇上泥石流，30 台托运中的空调毁损。丙公司于 6 月 26 日收到 70 台完好无损的空调后，又与丁公司签订合同准备将这 70 台空调全部卖给丁公司。同时丙公司以未能如约收到 100 台空调为由，拒绝向乙公司付款。

   要求：

   根据以上事实，请分别回答以下问题：

   （1）乙公司在与甲公司的合同履行期限届满前解除合同的理由是什么？在此解除合同的情形下，乙公司能否向甲公司主张违约责任？

   （2）假设甲公司以乙公司解除合同构成违约为由向法院起诉，请问哪个法院有管辖权？为什么？

   （3）遭遇泥石流而毁损的空调的损失应由谁承担？为什么？

   （4）乙公司认为丙公司拒绝付款构成违约，决定不返还其定金，还要求其支付 36000 元的违约金，其主张能否得到支持？为什么？

   （5）丙公司与丁公司所签合同的效力如何？为什么？

2. 某五金商店与某建筑公司签订了一份水泥购销合同。合同约定，由五金商店向建筑公司出售 1000 吨水泥，每吨单价 230 元，并于 5 月底在火

车站交货，货款于货到三天后交付。几天后，五金商店又与某建材厂签订了同样的一份水泥购销合同，建材厂在合同成立后，立即向五金商店汇出 400 吨水泥的货款，五金商店在收到付款后先向建材厂发送了 300 吨水泥。一个星期后，五金商店按合同约定又向建筑公司发送 700 吨水泥。到 5 月中旬时，五金商店在建筑公司多次催要剩下的 300 吨水泥，而又不能立即收集的情况下，于是与建材厂商量，让建材厂暂时拨出 300 吨水泥给建筑公司，以后再由五金商店向建材厂补齐。建材厂表示同意，但由于建材厂收到的 400 吨水泥只剩下 200 吨尚未处理。于是，五金商店向建筑公司发函表示由建材厂帮助五金商店交付 200 吨水泥，建筑公司表示同意接收。至 5 月底，建筑公司收到建材厂交付的 200 吨水泥。但在建筑公司收到货物以后，以尚欠 100 吨水泥为由，要求建材厂补足，同时，拒绝向五金商店支付 1000 吨水泥的全部货款。五金商店在多次催讨未果的情况下，向法院提起诉讼。建筑公司在诉讼中，要求建材厂继续交付剩余的 100 吨水泥。

   要求：

   根据以上内容，分别回答以下问题：

   （1）本案是否已发生合同转让的问题？请说明理由。

   （2）本案中，建筑公司要求建材厂继续支付剩余的 100 吨水泥的要求是否正确？为什么？

   （3）建筑公司拒绝向五金商店支付全部货款是否属于抗辩行为？该抗辩是否正确？请说明理由。

   （4）本案应如何处理？

3. 甲公司因转产致使一台价值 1000 万元的精密机床闲置。该公司董事长王某与乙公司签订了一份机床转让合同。合同规定，精密机床作价 950 万元，甲公司于 10 月 31 日前交货，乙公司在交货后 10 天内付清款项。在交货日前，甲公司发现乙公司经营状况恶化，通知乙公司中止交货并要求乙公司提供担保，乙公司予以拒绝。又过了一个月，甲公司发现乙公司的经营状况进一步恶化，于是提出解除合同。乙公司遂向法院起诉。法院查明：（1）甲公司股东会议决定，对精密机床的处置应经股东会特别决议；（2）甲公司的机床原由丙公司保管，保管期限至 10 月 31 日，保管费 50 万元。11 月 5 日，甲公司将机床提走，并约定 10 天内付保管费，如果 10 天内不付保管费，丙公司可对该机床行使留置权。现丙公司要求对该机床行使留置权。

   要求

   依据《合同法》和《担保法》回答下列问题：

   （1）甲公司与乙公司之间转让机床的合同是否有效？为什么？

（2）甲公司中止履行的理由是否能成立？为什么？

（3）甲公司能否解除合同？为什么？

（4）丙公司能否行使留置权？为什么？

（5）如果乙公司为了购买该转让的精密机床，曾先后向 A 银行与 B 银行分别申请贷款 500 万元，并以同一幢价值 1000 万元的房产作抵押，先后与 A 银行和 B 银行签订了抵押合同及办理抵押物登记手续。A 银行的债务先期届满，未得到清偿而请求法院将该抵押房产拍卖，在拍卖中 A 银行购买了该房产，那么，此时 B 银行的债务到期如果没有得到清偿能否就该房产主张其抵押权？为什么？

4. 小张在某时装店花 4800 元买了一件皮上衣，小张说，当时她再三向店员询问，得知衣服是狐毛的。后因担心有假，她再次到该店，要求店员为她写下收据一张，并标明衣服为狐毛。

该衣服后经有关专业人员审看，认为衣服的衣领、袖口部位为狐毛，衣身为兔毛。小张认为时装店在销售服装时对她形成欺诈，所以起诉至法院要求退货，并按照《消费者权益保护法》的规定双倍赔偿购衣款共计 9600 元。

时装店则称，小张所买的衣服狐毛、兔毛各占一半。狐毛与兔毛区别很大，一般消费者均应有此常识，从这件衣服的价格也应当知道店员根本没有故意欺诈消费者。另外，店员根据顾客的要求为小张写了收条注明所买衣服为狐毛，是因为该衣服的确有一半是狐毛，因为衣服不全是狐毛，所以没有注明全狐毛。时装店同意退货，但不同意双倍赔偿货款。

请问：小张的诉讼请求能否得到法院支持？说明理由。

5. 班某看好某处房产，买房时开发商向其承诺，6 层（顶层）的业主可以在 6 层平台上盖轻体房屋。于是，班某便一口气买下了 2 套 6 层的房屋，并将开发商的承诺写进了购房合同的补充条款中。此后，班某花 30 余万元在 6 层平台上盖了 4 层轻体房，并购置了全套家具。

几年后，班某接到区规划委的限期拆除通知书，要求其将 6 层平台上的轻体建筑无条件拆除。班某认为，自己的损失是开发商一手造成的，于是起诉要求开发商赔偿基建费 30.5 万元、拆除费及防水保温费 3 万元，同时赔偿处理家具损失费 3 万元。

庭审中开发商表示，当初他们只是在销售时同意过班某在平台上建轻体房，但后来班某建房没有经过有关行政部门的批准。故班某违法建房的损失应由其自己承担。

法院经审理查明，售楼时开发商并未取得在 6 层平台上建设轻体房屋的建设工程规划许可证件和其他有关批准文件。

诉讼中法院委托有关部门对涉诉轻体房屋建筑及装修的造价、拆除费用、拆除后防水、保温的维修费用进行了鉴定，鉴定结果为上述费用共计 29.8 万元。

请问：根据以上事实，本案应如何处理？并说明理由。

本章练习题库参考答案及解析

一、单项选择题

1. 【答案】C

【解析】《合同法》规定，在中华人民共和国境内履行的中外合资经营企业合同、中外合作经营企业合同、中外合作勘探开发自然资源合同，适用中华人民共和国法律。

2. 【答案】D

【解析】格式条款的适用必须公平，所以《合同法》规定，格式条款与非格式条款不一致的，应当采用非格式条款。所以 D 选项的说法是不正确的。

3. 【答案】A

【解析】注意要约的撤回与撤销适用的条件不同。撤回要约的通知应当在要约到达受要约人之前或者与要约同时到达受要约人；撤销要约的通知应当在受要约人发出承诺通知之前到达受要约人。

4. 【答案】D

【解析】注意要约撤回与撤销的区别。在要约到达受要约人之前或者与要约同时到达受要约人的，为要约的撤回；在受要约人发出承诺通知之前要约人可以撤销已发出的要约。因本题中，已经说明甲公司发出"要约作废"的通知是在要约已经到达受要约人后发出的，因此不属于要约的撤回，但是符合要约撤销的条件。既然要约已经撤销，就不存在承诺的问题。

5. 【答案】A

【解析】承诺自通知到达要约人时生效。

6. 【答案】B

【解析】根据《合同法》的规定，法律、行政法规规定或者当事人约定采用合同书形式订立合同，在签字或者盖章之前，当事人一方已经履行主要义务，对方接受的，该合同成立。本题中甲向乙发货，乙接受货物，即说明一方已经履行合同，对方接受，所以该合同成立。该合同是否生效，还应当考虑合同的具体内容等问题。

7. 【答案】C

【解析】该商店出售服装的行为属于商店与消费者之间发生的买卖合同的行为。最高人民法院的《合同法解释》规定，当事人超越经营范围订立合同，人民法院不因此认定合同无效，但违反国

家限制经营、特许经营以及法律、行政法规禁止
经营规定的除外。本案中的服装销售不在此限制
范围之内。

8.【答案】A

【解析】合同法规定，恶意串通损害第三人利益
的合同无效。由于房屋买卖合同无效，导致过户
无效，因此李经理取得该房屋属于不当得利。即
使进行了过户登记，李经理也不能取得该房屋的
所有权，应当予以返还。

9.【答案】B

10.【答案】C

【解析】本题中丙的行为属于假借订立合同，
恶意进行磋商的行为。根据《合同法》的规
定，丙应当承担缔约过失的责任，向甲承担损
害赔偿责任。

11.【答案】A

【解析】本题属于合同条款不明确的解决方法。
根据《合同法》的规定，价款或者报酬不明确
的，按照订立合同时履行地的市场价格履行；
依法应当执行政府定价或者政府指导价的，按
照规定履行。所以应当注意区分合同中适用的
价格形式，市场价适用何时何地的市场价格。

12.【答案】B

【解析】根据《合同法》的规定，履行地点不
明确，给付货币的，在接受一方所在地履行。

13.【答案】D

【解析】在当事人行使不安抗辩权时，应注意：
第一，注意违约行为与行使不安抗辩权的主要
区别在于：先履行合同义务的一方不履行合同，
是否能够提供后履行义务一方不能或可能不能
履行合同的确切证据；第二，先履行合同义务
的一方，应首先提出中止履行合同，再根据对
方是否能够提供担保或者恢复履约能力，决定
是否解除合同。

14.【答案】D

【解析】本题中乙怠于行使其对丙的债权，而
该债权已经到期，符合代位权行使的条件，所
以甲可以代位行使乙对丙的债权，得到清偿。

15.【答案】C

【解析】C选项问题是没有划分是按份共同保证
还是连带共同保证。若是连带共同保证该选项
符合法律规定。

16.【答案】D

【解析】当事人没有约定保证期间或者保证期
间约定不明确的，有两种法定的确定依据。一
是没有约定的，保证期间为主债务履行期届满
之日六个月；二是虽然约定了保证期限，但约
定不明确的，保证期间为主债务履行期届满之
日起二年。

17.【答案】B

【解析】第三人向债权人保证监督支付专款专

用的，在履行此项义务后，不再承担责任。未
尽监督义务造成资金流失的，应当对流失的资
金承担补充赔偿责任。

18.【答案】C

【解析】企业法人的分支机构原则上不得担保
保证人，但企业法人的分支机构有法人书面授
权的，可以在授权范围内提供保证。

19.【答案】B

20.【答案】B

21.【答案】A

【解析】本题属于在履行期限届满之前，当事
人一方以自己的行为表明不履行主要债务的情
形，符合合同解除的法定情形，所以乙有权解
除合同。

22.【答案】D

【解析】《合同法》规定，债权人领取提存物的
权利，自提存之日起五年内不行使则消灭，提
存物扣除提存费用后归国家所有。

23.【答案】C

二、多项选择题

1.【答案】BD

【解析】（1）要约以信件方式作出的，信件未载
明承诺期限的，自投寄该信件的邮戳记载的日期
开始计算，本案应从1月5日开始计算。（2）要
约人在承诺期限内发出承诺，按照通常情形能够
及时到达要约人，但因其他原因使承诺到达要约
人时超过承诺期限的，除要约人及时通知受要约
人因承诺超过期限不接受该承诺的以外，该承诺
有效。

2.【答案】ABD

【解析】要约可以撤销，撤销要约的通知应当在
受要约人发出承诺通知之前到达受要约人，所以
C选项不对。《合同法》规定，有下列情形之一
的，要约不得撤销：（1）要约人确定了承诺期
限或者以其他形式明示要约不可撤销；（2）受
要约人有理由认为要约是不可撤销的，并已经为
履行合同作了准备工作。

3.【答案】ACD

【解析】双方所签合同如B选项所述，为有效合
同。因此，对双方均具有约束力，任何一方不得
擅自变更或解除。

4.【答案】ABC

【解析】D选项的错误在于没有强调各自承担相
应的责任。

5.【答案】BC

【解析】本题考点为无效合同与可撤销合同的区
别。A选项所述情形为意思表示不真实，属可撤
销的合同，如其行为后果损害国家利益，则属于
无效合同；B、C选项所述情形，为合同内容违
法，是无效民事行为的一种；D选项所述为可撤

销的合同。

6.【答案】ACD

【解析】本题为不安抗辩权的问题。《合同法》应当先履行义务的一方当事人有确切证据证明后履行义务的一方当事人可能无法履行合同的情形时，可以通知对方中止履行，并要求其提供担保；如果对方提供担保或者恢复履行能力的，合同应当恢复履行；如果对方未提供担保又不能恢复履行能力的，先履行合同的一方可以解除合同。

7.【答案】ABCD

【解析】上市公司对股东、实际控制人及其关联方提供的担保，也应按照上述规定由股东大会审批。考生可结合《公司法》的相关规定一并复习掌握。

8.【答案】BC

【解析】企业法人的职能部门不能担保保证人，因此A选项不选；为外商投资企业注册资本、外商投资企业中的外方投资部分的对外债务提供担保的，担保合同无效，所以也不可以为此类债务充当保证人。

9.【答案】ABD

【解析】主合同有效而担保合同无效，债权人无过错的，担保人与债务人对主合同债权人的经济损失，承担连带赔偿责任。因此，C选项不符合规定。

10.【答案】ABCD

11.【答案】BD

【解析】主合同纠纷已经审判或仲裁，并就债务人财产依法强制执行仍不能清偿债务前，一般保证的保证人对债权人可拒绝承担保证责任，所以A项表述不正确。债权人与债务人对主合同履行期限作了变动，未经保证人书面同意的，保证期间为原合同约定的或者法律规定的期间，因此，C项不正确。

12.【答案】ACD

【解析】债权人许可债务人转让债务的，须经保证人书面同意，保证人方承担保证责任。所以B选项不符合法律规定。

13.【答案】AD

【解析】定金与预付款不同，预付款只有预付职能，不具有惩罚性，所以A选项不对。定金与违约金不可并用，二者选择其一，所以D选项也不对。BC两项符合法律规定，约定的定金数额没有超过合同总价款的20%，并且定金在合同履行后可以抵作价款或者收回。定金担保合同自定金实际交付之日起生效。

14.【答案】ABD

【解析】根据外商投资企业法律制度的规定，合营一方向合营以外的投资者转让出资的，须经合营他方的同意，董事会依法通过，并报审

批机关批准，A项因不符合上述条件，该转让不合法。B项属于债权债务的一并转让，根据《合同法》的规定，应当经债权人的同意，李教授的转让行为未经某大学同意，其转让行为无效。C项属于债权人转让债权，根据《合同法》的规定，债权人只需通知债务人即可，而无需经债务人同意，债权人张某已将债权转让的事件通知了债务人杨某，故该转让合法有效。D项的抵押权属于主债权的从权利，从权利依附于主权利，不得单独发生转让。所以，该转让也不合法。

15.【答案】BC

【解析】债权人转让权利的，受让人取得与债权有关的从权利，所以A选项不对。债务人对债权人享有的抵销权，不受债权转让的影响，所以D选项不对。

16.【答案】BC

【解析】本题是关于抵销的条件。注意区分法定抵销与约定抵销的条件。

17.【答案】AD

【解析】（1）一方迟延履行债务，经催告后在合理期限内仍未履行的，属于法定解除情形之一。因此，学校有权单方解除合同。（2）合同自通知到达对方时解除，对方有异议的，可以请求人民法院或者仲裁机构确认解除的效力。因此，如果家具公司对解除合同的通知有异议的，还未发生解除的效力。（3）合同解除后，尚未履行的终止履行；已经履行的，根据履行情况和合同性质，当事人可以要求赔偿损失。

18.【答案】AD

【解析】本题是关于约定抵销的条件问题。当事人互负债务，标的物的种类、品质不相同的，经双方协商一致，也可以抵销。其条件有二：（1）当事人互负债务；（2）经双方协商一致。

19.【答案】AD

【解析】本题是关于提存的情形。债权人死亡未确定继承人的，债务人可以将标的物提存，所以B项不对；债权人处于破产程序，而债权人依然存在，并不影响债务人向债权人履行债务，所以C选项不对。

20.【答案】BC

【解析】《合同法》规定，合同解除后，尚未履行的，终止履行；已经履行的，根据履行情况和合同性质，当事人可以要求恢复原状、采取其他补救措施，并有权要求赔偿损失。结合本题的履行情况分析，应当选择B、C。

21.【答案】AB

【解析】抵销的效果自通知到达对方时生效，故C选项不对。抵销不得附有条件和期限，因此，D选项也不对。

三、判断题

1.【答案】√
【解析】提供格式条款的一方免除其责任、加重对方责任、排除对方主要权利的，该条款无效。

2.【答案】√
【解析】本题反映了要约和承诺的生效时间。

3.【答案】×
【解析】该格式条款由于使用者某商场免除了自身应当对商品质量负责任的义务，排除了顾客退货的权利，属于不平等的格式条款，所以对顾客没有约束力。

4.【答案】×
【解析】该借款合同属于附条件的合同。《合同法》规定，当事人为了自己的利益不正当的阻止条件成就的，视为条件已成就。就本案而言，甲以年终奖金偿还属于所附条件，该条件原本已经成就，但是甲阻止了条件的成就，乙则可以在要求甲继续履行合同的同时，要求甲赔偿其损失，如利息等。

5.【答案】√

6.【答案】×
【解析】刘某虽然对王某的房屋没有处分权，但是王某对刘某的处分行为通过履行合同的形式予以追认，所以该合同有效。王某提出提高房租是变更合同的行为，承租人张某不同意说明变更无效，王某和张某应当按照原来的租赁合同继续履行。

7.【答案】√
【解析】注意其中1年和5年的期间的起算点不同。同时还应注意理解两者之间的关系。

8.【答案】√

9.【答案】√
【解析】因欺诈而导致该合同为可撤销合同。

10.【答案】×
【解析】当事人在订立合同过程中知悉的商业秘密，无论合同是否成立，不得泄露或者不正当地使用。

11.【答案】×
【解析】《合同法》规定，合同生效后，当事人不得因姓名、名称的变更或者法定代表人、负责人、承办人的变动而不履行合同义务。

12.【答案】×
【解析】本题所述属于债务人向合同以外的第三人履行合同的情况。《合同法》规定，当事人约定由债务人向第三人履行债务的，债务人未向第三人履行债务或者履行债务不符合约定，应当向债权人承担违约责任。

13.【答案】×
【解析】担保法律制度规定，担保物权所担保的债权的诉讼时效结束后，担保权人可在诉讼

时效结束后的2年内行使担保物权。所以，该命题不对。此外，如果是保证担保，也应当根据对保证人责任的判决或者裁定结果处理。

14.【答案】√
【解析】注意该种保证责任与第三人向债权人监督保证债务人专款专用的保证责任不同。前者保证人承担连带保证责任；后者第三人（保证人）承担补充赔偿责任，实为一般保证。

15.【答案】×
【解析】如债务人放弃对债务的抗辩权，保证人仍有权抗辩，因其保证责任并未免除。

16.【答案】×
【解析】本题的保证为一般保证，并且没有约定保证期间，因此保证期间为法定的主合同履行期限届满后的6个月内。在保证期间，债权人未对一般保证的债务人提起诉讼的或者申请仲裁的，保证人免除保证责任。本案中，债权人银行对债务人提起诉讼的时间已经超过了保证期间。

17.【答案】√
【解析】根据规定，反担保可以是债务人，也可以是债务人之外的其他人。反担保的方式可以是债务人提供的抵押或者质押，也可以是其他人提供的保证、抵押或者质押。因此留置和定金不能作为反担保方式。在债务人亲自向原担保人提供反担保的场合，保证就不得作为反担保方式。

18.【答案】√

19.【答案】×
【解析】没有约定或者约定不明的，如果保证与债务人提供的物的担保并存，则债权人先就债务人的物的担保求偿。保证在物的担保不足清偿时承担补充清偿责任。

20.【答案】√
【解析】本题内容为立约定金。

21.【答案】×
【解析】当事人订立合同后分立的，除债权人和债务人另有约定的以外，由分立的法人或者其他组织对合同的权利和义务享有连带债权，承担连带债务。

22.【答案】×
【解析】合同的变更仅对变更后未履行的部分有效，对已履行的部分无溯及力。

四、综合题

1.【答案】本题主要考点有：合同的法定解除条件及后果，履行地点条款不明确的确定标准，买卖合同总标的物的风险责任，定金担保，效力代定合同等。
（1）《合同法》规定，在合同履行期限届满前，当事人一方明确表示不履行合同的主要债务的，

另一方当事人有权解除合同。据此规定，因为甲公司在合同约定的交货日期前，已经向乙公司表明不能履行合同，所以，乙公司有权解除该合同。

乙公司在解除合同的情形下，仍可以向甲公司主张违约责任。因为乙公司已经支付了托运费用，开始履行合同，根据《合同法》的规定，合同解除后，已经履行的，根据履行情况和合同性质，当事人可以要求恢复原状、采取其他补救措施，并有权要求赔偿损失。因此，乙公司就其已经支付的托运费用，以及甲公司未能履行合同致使其发生的利益受损部分，有权要求甲公司赔偿。

（2）应由B县法院管辖。因为甲公司与乙公司在该合同中约定，如发生纠纷由合同履行地法院管辖。《合同法》规定，履行地点不明确的，给付货币的，在接受货币一方所在地履行。本案中的乙公司作为买卖合同的出卖人，是接受货币的一方，因此，合同履行地是乙公司所在地的B县。（也可以解释为：《合同法》规定，履行地点不明确的，除接受货币或交付不动产的标的以外，履行地点为履行一方所在地。本案中该买卖合同由乙公司负责托运，乙公司是履行给付货币义务以外的义务人，所以，乙公司所在地B县是履行地点。）

（3）应由丙公司承担。《合同法》规定，出卖人出卖交由承运人运输的在途标的物，除当事人另有约定的以外，标的物毁损、灭失的风险自合同成立时起由买受人承担。

（4）乙公司的要求不能全部得到支持。首先，乙公司与丙公司订立的定金条款不符合担保法的规定，已经超过了合同总金额的20%，超过部分无效；其次，即使该定金担保的条款合法，根据合同法的规定，当事人既约定违约金，又约定定金的，一方违约时，对方可以选择适用违约金或者定金条款。即两者不能并用。

（5）属于效力待定的合同。因为乙公司与丙公司在合同中约定，在丙公司付清全部货款前，乙公司保留对空调的所有权。丙公司出卖所有权属于乙公司的空调，属无权处分，因此其与丁公司所签订的合同属于效力待定的合同。只有在丙公司向乙公司付清全部货款后，该批空调的所有权才转移至丙公司，丙公司与丁公司订立的合同才能生效。

2.【答案】本题考查点主要有：第三人代为履行合同的违约责任、后履行抗辩权、违约责任的承担。

（1）本案中未发生合同转让的问题。合同转让是指合同当事人的变更，本案中五金商店并未将供货的义务转让给建材厂，而是由建材厂代替五金商店向建筑公司发货，属于由第三人代为履

行。

（2）建筑公司要求建材厂继续交付剩余的100吨水泥的要求不正确。如前所述，五金商店与建筑公司之间的合同并未转让给建材厂，所以建材厂与建筑公司之间不存在合同关系，建材厂不是该合同的债务人，而属于第三人。第三人代替债务人向债权人履行债务，法律规定，第三人不履行债务或者履行债务不符合约定，债务人应当向债权人承担违约责任。所以建筑公司应当要求五金商店承担违约责任。

（3）建筑公司对五金商店的行为属于抗辩行为。因为双方约定货到后三日内付款，说明五金商店应当先履行交货的义务，建筑公司的付款义务在后，该合同属于双务合同。后履行义务一方因先履行义务一方的不履行或者不当履行，对其行使相应的抗辩权。但是，建筑公司的抗辩权行使有不正确之处，先履行义务一方的五金商店不属于不履行合同，而是没有全部履行，所以作为后履行义务一方的建筑公司可以对五金商店未按时交货部分拒绝付款，如果拒绝支付全部货款是不正确。

（4）如前所述，在五金商店与建筑公司的合同关系中，五金商店未按时交货已构成违约，建筑公司拒不支付货款也构成违约，双方均应承担违约责任。即五金商店应继续将剩余的100吨水泥交付给建筑公司，并赔偿由此给建筑公司造成的损失。建筑公司应向五金商店支付全部货款及违约期间发生的利息。五金商店与建材厂之间的合同，建材厂可以五金商店迟延履行，经催告后在合理期限内仍未履行为由，要求解除合同，并要求五金商店赔偿损失；也可以要求五金商店继续履行合同并承担赔偿责任。

3.【答案】本题考查要点主要有：代理问题，不安抗辩权的行使、留置权行使的条件、抵押担保的责任。

（1）甲公司与乙公司之间转让机床的合同有效。《合同法》规定，法人的法定代表人超越权限订立的合同，除相对人知道或者应当知道其超越权限的以外，该代表行为有效。本案中王某是甲公司的法定代表人，虽然其订立的合同行为越权，但乙公司不知其越权，所以该代表行为有效，所签合同也生效。

（2）甲公司中止履行的理由成立。《合同法》规定，先履行义务人有证据证明后履行义务人经营状况恶化的，可以中止履行合同，该行为属于不安抗辩权的行使。

（3）甲公司能解除合同。《合同法》规定，先履行合同义务的一方当事人中止履行后，对方在合理期限内未恢复履行能力且未提供适当担保的，中止履行的一方当事人可以解除合同。

（4）丙公司不能行使留置权。因为丙公司已不

占有机床。根据《担保法》的规定，行使留置权以占有留置物为前提。

（5）B银行不能就该房产主张其抵押权。因为《担保法》司法解释规定，同一财产向两个以上债权人抵押的，顺序在先的抵押权与该财产的所有权归属一人时，该财产的所有权人可以以其抵押权对抗顺序在后的抵押权。本案中，A银行作为顺序在先的抵押权人，购买了该抵押房产，又成为该抵押财产的所有权人，根据上述规定，可以对抗顺序在后的抵押权人B银行。

4.【答案】本题主要考点为：可撤销合同的情形、后果。

小张的诉讼请求不能全部得到法院支持。小张与时装店就该皮衣的标注存在争议，应当说小张作为消费者对所购的商品有重大误解，同时也没有充分的证据证明时装店对其构成欺诈。因此，该合同应当为可撤销的合同，适用《合同法》的规定，时装店退还小张货款4800元，小张将所购皮衣退还给时装店。

5.【答案】本题主要考点为：缔约过失责任。

开发商应当赔偿班某建轻体房费用、装修费用、拆除费用、拆除后防水保温的恢复费用共计29.8万元。

由于开发商未取得在6层平台上建轻体房的建设工程规划许可证件和其他有关批准手续，故双方补充条款中关于建轻体房的约定，违反了我国相关法律的强制性规定，该条款属于无效条款。因此开发商应承担缔约过失责任，赔偿班某的经济损失。

缔约过失责任的赔偿是以发生损害为前提的，没有损害就不存在赔偿。本案中，班某购置的家具并不会因轻体房的拆除而受到损害，这些家具在轻体房拆除后仍具有相应的使用价值，故对于班某要求赔偿处理家具损失3万元的诉讼请求法院不予支持。

第十章

合同法律制度（分则）

本章考情分析

本章除了少量客观题之外，基本与其他章内容结合考综合题，主要有：（1）2001年加工承揽合同、2002年借款合同、2004年建设工程合同、2006年买卖合同、运输合同、2007年买卖合同、租赁合同与合同法总则结合；（2）2003年技术合同与专利法结合；（3）2005年融资租赁合同与破产法结合。

本章2009年指定教材本章基本没有变化，共介绍了14种有名合同。考生应对各类合同的基本特征有所了解，可对比归纳。具体掌握各类合同中双方当事人的权利、义务。同时，可结合《合同法》总则的内容复习。

历年考题突出了本章几类较为重要的合同，以及这些合同中突出的法律规定，非常值得考生借鉴，其中买卖合同自2000年以来，在综合题中出现两次，客观题考过3次，是各类合同中最为重要的；其次是借款合同、租赁合同、技术合同。

最近3年题型题量分析

年份 题型	2006年	2007年	2008年
单选题			
多选题			
判断题		1题1分	
综合题	0.5题5分	0.5题6分	
合计	0.5题5分	1.5题7分	

本章考点扫描

【考点一】交付标的物（重要）

1. 出卖人应当按照约定的期限交付标的物。标的物在订立合同之前已为买受人占有的，合同生效的时间为交付时间。

2. 出卖人应当按照约定的地点交付标的物。不能确定交付地点的，适用下列规定：

（1）标的物需要运输的，出卖人应当将标的物交付给第一承运人以运交给买受人。

（2）标的物不需要运输，出卖人和买受人订立合同时知道标的物在某一地点的，出卖人应当在该地点交付标的物；不知道标的物在某一地点的，应当在出卖人订立合同时的营业地交付标的物。

3. 标的物在交付之前产生的孳息，归出卖人所有，交付之后产生的孳息归买受人所有。

【解释】因为标的物的所有权自交付时起由出卖人转移至买受人。

【例题1·判断题】在买卖合同中，标的物在交付之前产生的孳息归出卖人所有，交付之后产生的孳息归买受人所有。（　　）（2003年试题）

【答案】√

【相关例题】见第九章经典试题回顾部分2007年综合题。

【注意问题】对"交付"行为的判断非常重要，因为标的物所有权的转移，以及标的物的风险承担都是以交付为标准划分的。因此出卖人的行为是否属于交付，就是分析所有权是否转移，以及标的物风险责任由谁承担的重要依据。

【考点二】出卖人对出卖标的物的权利保证（重要）

1. 交付标的物时，标的物必须是属于出卖人所有或者出卖人有权处分的物。

【解释】此处强调的是"交付标的物时"，而不是合同订立时。因为合同订立时出卖人可能还没有生产出来，或者标的物受自然条件的影响还没有成熟等。

2. 出卖人就交付的标的物，负有保证第三人不得向买受人主张任何权利的义务，但买受人订立合同时知道或者应当知道第三人对买卖的标的物享有权利的，或法律另有其他规定的除外。

【解释】如买受人知道所买物品为赃物，则出卖人无法保证第三人不（即财产的所有人）对标的物主张权利。

3. 买受人有确切证据证明第三人可能就标的物主张权利的，可以中止支付相应的价款，但出卖人提供适当担保的除外。

【相关链接】抵押期间，抵押人未经抵押权人同意，不得转让抵押财产，但受让人代为清偿债务消灭抵押权的除外。

【例题2·判断题】甲将其房屋抵押给乙，并依法办理了抵押登记。抵押期间甲又与丙订立房屋买卖合同，将该房屋出售给丙。如果丙知道乙对其所买房屋享有抵押权的，可以中止支付相应的价款。（　　）

【答案】√

【考点三】转移标的物的所有权（重要）

1. 标的物的所有权自标的物交付时起转移，但法律另有规定或者当事人另有约定的除外。

2. 当事人可以在买卖合同中约定买受人未履行支付价款或者其他义务的，标的物的所有权属于出卖人，即订立所有权保留条款。

3. 出卖具有知识产权的计算机软件等标的物的，除法律另有规定或者当事人另有约定的以外，该标的物的知识产权不属于买受人。

【例题3·多选题】乙向甲购买10台新型计算机，双方订立了合同。下列关于该合同项下计算机所有权转移的表述中，正确的有（　　）。（2005年试题）

A. 如果双方没有特别约定，计算机的所有权自买卖合同生效时起转移

B. 如果双方没有特别约定，计算机的所有权自甲方交付时起转移

C. 如果双方没有特别约定，计算机的所有权自乙方付清全部价款时起转移

D. 如果双方约定，甲方先行交付计算机，在乙方付清全部价款之前，其所有权仍属于甲方，该约定有效

【答案】BD

【考点四】买卖合同标的物的风险承担（重要）

【解释】所谓风险，是指在买卖合同生效后，由于不可归责于双方当事人的事由导致标的物遭受毁损、灭失的情形。导致风险的原因是不可抗力、意外事件及第三人原因。

1. 标的物毁损、灭失的风险，在标的物交付之前由出卖人承担，交付之后由买受人承担，但法律另有规定或者当事人另有约定的除外。

【解释】这是标的物风险责任承担的一般规定，

但从第2点开始以下各项即是法律所作的另外规定。

2. 因买受人的原因致使标的物不能按照约定的期限交付的，买受人应当自违反约定之日起承担标的物毁损、灭失的风险。

3. 出卖人出卖交由承运人运输的在途标的物，除当事人另有约定的以外，毁损、灭失的风险自合同成立时起由买受人承担。

【解释】该种情况下包括两个法律关系：（1）出卖人与买受人之间的买卖合同关系；（2）出卖人与承运人之间的运输合同关系。根据前述考点一的规定，出卖人将标的物交付给第一承运人以运交买受人的，即为交付，故风险责任转移至买受人。

4. 当事人没有约定交付地点或者约定不明确，标的物需要运输的，出卖人将标的物交付给第一承运人后，标的物毁损、灭失的风险由买受人承担。

5. 出卖人按照约定或者依照《合同法》有关规定将标的物置于交付地点，买受人违反约定没有收取的，标的物毁损、灭失的风险自违反约定之日起由买受人承担。

6. 出卖人未按照约定交付有关标的物的单证和资料的，不影响标的物毁损、灭失风险的转移。

7. 因标的物不符合质量要求，致使不能实现合同目的的，买受人可以拒绝接受标的物或者解除合同。买受人拒绝接受标的物或者解除合同的，标的物毁损、灭失的风险由出卖人承担。

【相关链接】《合同法》总则中规定，当事人一方迟延履行债务或者有其他违约行为致使不能实现合同目的的，相对一方可以解除合同（法定解除情形之一）。

8. 标的物毁损、灭失的风险由买受人承担的，不影响因出卖人履行债务不符合约定，买受人要求其承担违约责任的权利。

【例题4·单选题】甲乙双方订立买卖合同，约定了标的物的品质、数量及交货时间、付款方式等条款，同时约定由丙负责运输。由于合同未明确甲交货的地点，于是甲按照合同约定将货物交付给丙。丙按照合同条款就所运送货物的名称及数量进行核对无误后，将货物运送至乙。乙验货时发现货物数量短缺，货物质量不符合同约定的情况。根据《合同法》的规定，下列各项中，关于该买卖合同责任的理解正确的是（　　）。

A. 丙承担货物数量短缺的责任，甲承担货物质量违约的责任

B. 乙承担货物数量短缺的责任，甲承担货物质量违约的责任

C. 乙承担货物数量短缺及货物质量不符约定的责任

D. 甲承担货物数量短缺及货物质量不符约定的责任

【答案】B

【解析】本题主要涉及上述法律规定的第4点和第8点。

【相关例题】见第九章经典试题回顾部分2006年、2007年综合题。

【注意问题】合同生效后，标的物发生毁损、灭失风险的原因可以是不可抗力、意外事件及第三人原因。如果是可归责于一方当事人的事由导致合同不能履行，则不属于风险承担，应当按照违约责任或者侵权责任处理。一般在综合题中常见买卖合同与运输合同结合的情况，买卖合同中标的物毁损、灭失的风险，不能由处于第三人地位的承运人承担，除非有证据证明该风险是由承运人的原因导致的，由承运人承担责任。但是，该责任也是在承认运输合同存在的前提下，依据运输合同中的有关规定处理的。

【考点五】买受人对标的物的检验

1. 买受人收到标的物时应当在约定的检验期间内检验，发现标的物的数量或者质量不符合约定的，买受人应当在检验期间内通知出卖人。买受人怠于通知的，视为标的物的数量或者质量符合约定。

2. 没有约定检验期间的，应当及时检验。买受人应当在发现或者应当发现标的物的数量或者质量不符合约定的合理期间内通知出卖人。买受人在合理期间内未通知或者自标的物收到之日起两年内未通知出卖人，视为标的物的数量或者质量符合约定。但对标的物有质量保证期的，适用质量保证期。

3. 出卖人知道或者应当知道提供的标的物不符合约定的，买受人不受上述通知时间的限制。

【解释】如出卖人明知是假冒伪劣商品进行出卖的行为。

【考点六】买卖合同的特别解除规则（重要）

1. 因标的物的主物不符合约定而解除合同的，解除合同的效力及于从物。标的物的从物因不符合约定被解除的，解除的效力不及于主物，即从物有瑕疵的，买受人仅可解除与从物有关的合同部分。

2. 标的物为数物，其中一物不符合约定的，买受人可以就该物解除，但该物与他物分离使标的物的价值显受损害的，当事人可以就数物解除合同。

3. 出卖人分批交付标的物的，出卖人对其中一批标的物不交付或者交付不符合约定，致使该批标的物不能实现合同目的的，买受人可以就该批标的物解除合同。

4. 出卖人不交付其中一批标的物或者交付不符合约定，致使今后其他各批标的物的交付不能实现合同目的的，买受人可以就该批以及今后其他各批标的物解除。

5. 买受人如果就其中一批标的物解除，该批标的物与其他各批标的物相互依存的，可以就已经交付和未交付的各批标的物解除。

【相关例题】见第九章经典试题回顾部分2007年综合题。

【注意问题】虽然此处规定较多，但是核心的内容在于，出卖人交付的标的物是否影响到买受人合同目的的实现，依此目的买受人决定是否解除合同。考生还可结合《合同法》总则中有关解除合同的法定情形一并复习，核心意思是相同的。

【考点七】分期付款买卖合同

分期付款的买受人未支付到期价款的金额达到全部价款的1/5的，出卖人可以要求买受人一并支付到期与未到期的全部价款或者解除合同。

【相关例题】见第九章经典试题回顾部分2007年综合题。

【考点八】试用买卖合同

1. 试用买卖的买受人在试用期内可以购买标的物，也可以拒绝购买。

2. 试用期间届满，买受人对是否购买标的物未作出表示的，视为购买。此外，如买受人已无保留地支付部分或全部价款，或对标的物进行试用以外的行为，如出租、出售，也可视为同意购买。

【例题5·多选题】下列各项中，关于试用买卖合同中，视为买受人购买的有（　　）。

A. 买受人在试用期内对标的物的出租行为

B. 买受人在试用期内对标的物的出售行为

C. 买受人在试用期内已无保留地向出卖人支付全部价款

D. 试用期间届满，买受人对是否购买标的物未作出表示

【答案】ABCD

【考点九】招标投标

【解释】所谓招标投标，是指由招标人向数人或者公众发出招标通知或者招标公告，在诸多投标中按照一定的标准，选择自己最满意的投标人并与之订立合同的方式。

1. 招投标买卖的程序：招标公告（要约邀请）……投标人投标（要约）……定标（承诺）。

2. 中标人在接到中标通知后，在指定的期间与地点与招标人签订书面合同，买卖合同正式成立。

【考点十】赠与人的责任

1. 因赠与人故意或重大过失致使赠与的财产毁损、灭失的，赠与人应当承担损害赔偿责任。

2. 赠与的财产有瑕疵的，赠与人不承担责任。赠与人故意不告知瑕疵或者保证无瑕疵，造成受赠人损失的，应当承担损害赔偿责任。

3. 附义务的赠与，赠与的财产有瑕疵的，赠与

人在附义务的限度内承担与出卖人相同的责任。

4. 赠与合同成立后，赠与人的经济状况显著恶化，严重影响其生产经营或者家庭生活的，可以不再履行赠与义务。

【例题6·判断题】赠与人应当对赠与财产的瑕疵承担责任，如果造成受赠人损失的，应承担损失赔偿责任。（　　）

【答案】×

【注意问题】注意区分赠与人是否将赠与财产的瑕疵，向受赠人履行了告知义务。

【考点十一】赠与的撤销

1. 任意撤销，在赠与财产的权利转移之前可以撤销赠与。但具有救灾、扶贫等社会公益、道德义务性质的赠与合同或者经过公证的赠与合同，不得撤销赠与。

2. 法定撤销的情形。

（1）赠与人的撤销权。受赠人有下列情形之一的，赠与人可以行使撤销权：①严重侵害赠与人或者赠与人的近亲属；②对赠与人有扶养义务而不履行；③不履行赠与合同约定的义务。赠与人的撤销权，自知道或者应当知道撤销原因之日起一年内行使。

（2）赠与人的继承人、法定代理人的撤销权。因受赠人的违法行为致使赠与人死亡或者丧失民事行为能力的，撤销权自知道或者应当知道撤销事由之日起六个月内行使。

（3）撤销权人撤销赠与的，可以向受赠人要求返还赠与的财产。

【例题7·多选题】根据《合同法》的规定，下列各项中，属于赠与人不得撤销赠与合同的法定情形有（　　）。

A. 具有救灾、扶贫等社会公益性质的

B. 经过公证的

C. 赠与人知道受赠人不履行赠与合同约定的义务的，超过六个月的

D. 赠与人的继承人知道受赠人的违法行为致使赠与人死亡，超过一年的

【答案】ABD

【考点十二】借款合同的种类和形式

1. 金融机构贷款的借款合同是诺成合同，自双方意思表示一致时成立。自然人之间的借款合同为实践合同，自贷款人提供借款时生效。

2. 借款合同应采用书面形式，但自然人之间借款另有约定的除外。

借款人未按照约定的借款用途使用借款的，贷款人可以停止发放借款、提前收回借款或者解除合同。

【例题8·多选题】根据《中华人民共和国合同法》的规定，借款人未按照借款合同约定的借款用途使用借款的，贷款人可以采取的法律措施有（　　）。（2000年试题）

A. 停止发放借款

B. 提前收回借款

C. 加收罚息

D. 解除合同

【答案】ABD

【相关例题】见第九章经典试题回顾部分2002年综合题。

【考点十三】借款的利息（重要）

1. 金融机构贷款利率的确定，应当按照中国人民银行规定的贷款利率的上下限确定。

2. 借款的利息不得预先在本金中扣除。利息预先在本金中扣除的，应当按照实际借款数额返还借款并计算利息。

3. 对支付利息的期限没有约定或者约定不明确的，借款期间不满一年的，应当在返还借款时一并支付；借款期间一年以上的，应当在每届满一年时支付，剩余期间不满一年的，应当在返还借款时一并支付。

4. 借款人应当按照约定的期限返还借款。借款人未按照约定的期限返还借款的，应当按照约定或者国家有关规定支付逾期利息。

5. 借款人提前偿还借款的，除当事人另有约定的以外，应当按照实际借款的期间计算利息。

6. 自然人之间有关借款利息的处理。（1）自然人之间的借款合同对支付利息没有约定或者约定不明确的，视为不支付利息。（2）自然人之间的借款合同有约定偿还期限而借款人不按期偿还，或者未约定偿还期限但经出借人催告后，借款人仍不偿还的，出借人可以要求借款人偿付逾期利息。（3）自然人之间的借款合同约定支付利息的，借款的利率不得违反国家有关限制借款利率的规定，即不得超过银行同期贷款利率的四倍。超过时，超过部分无效。

【例题9·单选题】根据合同法的规定，借款人提前偿还借款的，除当事人另有约定外，计算利息的方法是（　　）。（2005年试题）

A. 按照借款合同约定的期间计算

B. 按照借款合同约定的期间计算，实际借款期间小于1年的，按1年计算

C. 按照实际借款的期间计算

D. 按照实际借款的期间计算，但是借款人应当承担相应的违约责任

【答案】C

【相关例题】见第九章经典试题回顾部分2002年综合题。

【考点十四】租赁合同的期限

1. 租赁期限不得超过20年。超过20年的，超

过部分无效。租赁期间届满，当事人可以续订租赁合同，但约定的租赁期限自续订之日起仍不得超过20年。

2. 不定期租赁。主要有以下几种情况：（1）租赁期限6个月以上的，合同应当采用书面形式。当事人未采用书面形式的，视为不定期租赁。（2）当事人对租赁期限没有约定或者约定不明确的，依法仍不能确定的，视为不定期租赁。（3）租赁期届满，承租人继续使用租赁物，出租人没有提出异议的，原租赁合同继续有效，但租赁期限为不定期。

3. 对于不定期租赁，双方当事人均可以随时解除合同，但出租人解除合同应当在合理期限之前通知承租人。

【例题10·多选题】 根据《合同法》的规定，下列各项中，属于不定期租赁合同的有( )。

A. 租赁期限超过20年的书面合同

B. 租赁期限超过6个月的口头合同

C. 租赁期限届满，承租人继续使用租赁物，且出租人没有提出异议

D. 当事人没有约定租赁期限的书面合同

【答案】 BCD

【考点十五】出租人解除合同（重要）

1. 承租人未按照约定的方法或者租赁物的性质使用租赁物，致使租赁物受到损失的，出租人可以解除合同并要求赔偿损失。

2. 承租人未经出租人同意转租的，出租人可以解除合同。

3. 承租人无正当理由未支付或者迟延支付租金的，出租人可以要求承租人在合理期限内支付。承租人逾期不支付的，出租人可以解除合同。

【相关例题】 见第九章经典试题回顾部分2007年综合题。

【注意问题】

1. 考生可以从出租人订立合同的目的考虑。承租人订立租赁合同的主要目的是收取租金。如果租赁物受损价值减少，并且是承租人造成的，或者承租人擅自转租的行为，都将导致出租人租金收入的减少，如果承租人不按约定交付租金，出租人无法实现合同目的，因此为出租人单方有权解除合同的各种情形。

2. 考生还可结合《合同法》总则中关于合同解除的法定情形复习。

【考点十六】出租人应当承担的基本义务

1. 出租人应当履行租赁物的维修义务，但当事人另有约定的除外。

【相关链接】 在融资租赁合同中，承租人应当妥善保管、使用租赁物，履行占有租赁物期间的维修义务。注意二者规定的区别。

2. 出租人未履行维修义务的，承租人可以自行维修，维修费用由出租人负担。因维修租赁物影响承租人使用的，应当相应减少租金或者延长租期。

【例题11·多选题】 根据《合同法》的规定，下列各项中，有关租赁合同中租赁物维修义务及责任的表述中，符合规定的有( )。

A. 双方当事人可以约定由承租人负担租赁物维修

B. 双方当事人未作约定的情况下，应当由出租人承担租赁物的维修

C. 因维修租赁物影响承租人使用的，可以减少租金

D. 因维修租赁物影响承租人使用的，可以延长租期

【答案】 ABCD

【考点十七】承租人的赔偿责任

1. 承租人应妥善保管租赁物，因保管不善造成租赁物毁损、灭失的，应当承担损害赔偿责任。

2. 承租人未经出租人同意，对租赁物进行改善或者增设他物的，出租人可以要求承租人恢复原状或者赔偿损失。

【例题12·判断题】 甲将房屋出租给乙居住，租赁期间乙对该房屋进行了装修，乙的行为构成违约，甲有权解除合同。( )

【答案】 ×

【注意问题】

1. 承租人对租赁物进行改造或增设他物，是否经出租人同意。

2. 承租人对租赁物进行改造或增设他物，未经出租人同意的，出租人不得单方解除合同。

【考点十八】承租人支付租金（重要）

承租人应当按照约定支付的期限支付租金。支付期限没有约定或者约定不明确，依法仍不能确定的，租赁期间不满1年的，应当在租赁期间届满时支付；租赁期间1年以上的，应当在每届满1年时支付，剩余期间不满1年的，应当在租赁期间届满时支付。

【相关链接】 见考点十五法律规定第3点。

【例题13·多选题】 甲乙双方订立机械设备租赁合同，租赁期限为2年。在此期间双方均按约定履行了合同。租赁期限届满，甲未要求收回设备，乙仍继续承租该机械设备。下列各项中，关于该租赁合同的处理，正确的是( )。

A. 租赁期限届满，双方的租赁关系视为不定期租赁，甲在合理期限内随时有权通知乙解除租赁合同

B. 租赁期限届满，双方的租赁关系事实存在，甲不得单方通知乙解除租赁合同

C. 租赁期限届满后，租赁期间不满1年，双方解除租赁合同的，承租人乙在解除合同时向甲支付

该租赁期间的租金

D. 租赁期限届满后，租赁期间超过1年的，承租人乙在租赁期间届满1年时向甲支付该租赁期间的租金

【答案】ACD

【考点十九】承租人的优先购买权（重要）

1. 租赁物在租赁期间发生所有权变动的，不影响租赁合同的效力，即实行"买卖不破租赁"的原则。

2. 出租人出卖租赁房屋的，应当在出卖之前的合理期限内通知承租人，承租人享有以同等条件优先购买的权利。

【例题14·单选题】甲与乙订立租赁合同，将自己所有的一栋房屋租赁给乙使用。租赁期间，甲在征得乙同意后，将房屋卖给丙，并转移了所有权。下列有关该租赁合同效力的表述中，正确的是（　　）。（2005年试题）

A. 租赁合同在乙和丙之间继续有效

B. 租赁合同自动解除

C. 租赁合同自动解除，但是甲应当对乙承担违约责任

D. 租赁合同自动解除，但是丙应当另行与乙订立租赁合同

【答案】A

【注意问题】承租人的优先购买权，须与他人在同等条件（即出价相同）下享有。

【考点二十】承租人单方解除合同（重要）

1. 因不可归责于承租人的事由，致使租赁物部分或全部毁损、灭失的，承租人可以要求减少租金或者不支付租金；因租赁物部分或者全部毁损、灭失，致使不能实现合同目的的，承租人可以解除合同。

2. 租赁物危及承租人安全或健康的，即使承租人订立合同时明知该租赁物质量不合格，承租人仍然可以随时解除合同。

【例题15·判断题】甲乙双方签订房屋租赁合同，租赁期间因发生火灾，致使房屋部分受损，需要修复，暂时影响承租人乙居住。为此，乙有权提出解除合同。（　　）

【答案】×

【注意问题】

（1）注意分清致使租赁物部分或全部毁损、灭失的，是否由承租人所致。如属承租人所致，承租人理应向出租人承担赔偿责任；如因不可归责于承租人的事由所致，再注意分清以下结果。

（2）租赁物部分或全部毁损、灭失，是否导致不能实现合同目的。如果不致影响承租人实现合同目的，承租人可以要求减少租金或者不支付租金；如果致使承租人不能实现合同目的，可以解除合同。

同。

【例题16·判断题】甲与乙订立汽车租赁合同，租赁期限为1个月。乙明确告知该汽车存在某些问题。但是甲急于租用，并且认为凭借自己娴熟的驾驶技术能够控制。后甲在实际使用过程中，认为该车的问题已经危及到驾驶安全，遂向乙提出解除合同。乙以合同未到期为由不同意解除合同。乙的理由是正确的。（　　）

【答案】×

【注意问题】该规定为租赁合同的一个特点。人的生命、健康高于一切。

【考点二十一】共居人的承租权

承租人在房屋租赁期间死亡的，与其生前共同居住的人可以按照原租赁合同租赁该房屋。

【注意问题】该规定只适用于房屋租赁。

【考点二十二】融资租赁合同当事人的关系

【解释】典型的融资租赁关系涉及三方当事人，即出租人、承租人和出卖人，内容涉及租赁和买卖两个方面。融资租赁合同应当采用书面形式。

1. 出租人、出卖人及承租人三方可以约定，出卖人不履行买卖合同义务的，由承租人行使索赔的权利，出租人应予以协助。

2. 出租人根据承租人对出卖人、租赁物的选择订立的买卖合同，未经承租人同意，出租人不得变更与承租人有关的合同内容。

3. 出租人享有租赁物的所有权。承租人破产的，租赁物不属于破产财产。

【相关链接】人民法院受理破产申请后，债务人占有的不属于债务人的财产，该财产的权利人可以通过管理人取回。

4. 融资租赁合同的租金，除当事人另有约定外，应当根据购买租赁物的大部分或者全部成本以及出租人的合理利润确定。

【例题17·判断题】融资租赁合同的租金，除当事人另有约定外，应当根据购买租赁物的大部分或者全部成本、租赁期限以及出租人的合理利润等确定。（　　）

【答案】×

【相关例题】见第九章经典试题回顾部分2005年综合题。

【考点二十三】租赁物不符合约定的责任

租赁物不符合租赁合同约定或者不符合使用目的的，出租人不承担责任，但融资租赁承租人依赖出租人的技能确定租赁物或者出租人干预选择租赁物的除外。

【解释】因为融资租赁合同中，出租人又是买受人，一般根据承租人的要求购买租赁物。

【考点二十四】融资租赁物的维修

承租人应当妥善保管、使用融资租赁物，履行占有租赁物期间的维修义务。

【例题18·判断题】融资租赁合同中，除当事人另有约定的外，承租人履行占有租赁物期间的维修义务。（　）

【答案】√

【相关链接】注意对租赁物的维修义务，经营性租赁与融资租赁合同规定有区别。见考点十六。

【考点二十五】出租人解除合同

承租人应当按照约定支付租金。承租人经催告后在合理期限内仍不支付租金的，出租人可以要求支付全部租金；也可以解除合同，收回租赁物。

【相关链接】见考点十五法律规定第3点。

【考点二十六】租赁物权利归属

1. 当事人约定租赁期间届满租赁物归承租人所有，承租人已经支付大部分租金，但无力支付剩余租金，出租人因此解除合同收回租赁物的，收回的租赁物的价值超过承租人欠付的租金以及其他费用，承租人可以要求部分返还。

【解释】体现了《合同法》的"公平原则"。

2. 出租人和承租人可以约定租赁期间届满租赁物的归属。对租赁物的归属没有约定或者约定不明确，租赁物的所有权归出租人。

【例题19·判断题】在融资租赁合同中，租赁期限届满，且承租人已经按照约定支付了全部租金的，租赁物的所有权归承租人。（　）

【答案】×

【注意问题】当事人是否在合同中就此作出约定。

【考点二十七】承揽人的主要义务

1. 承揽人完成承揽工作。具体要求：

（1）承揽人应当以自己的设备、技术和劳力，完成主要工作，但当事人另有约定的除外。

（2）承揽人将其承揽的主要工作交由第三人完成的，应当就该第三人完成的工作成果向定作人负责；未经定作人同意的，定作人也可以解除合同。

（3）承揽人可以将其承揽的辅助工作交由第三人完成，并就该第三人完成的工作成果向定作人负责。

【相关链接】《合同法》总则中规定，当事人约定由第三人向债权人履行债务的，第三人不履行债务或者履行债务不符合约定，债务人应当向债权人承担违约责任。

2. 承揽人应当按照定作人的要求保守秘密，未经定作人许可，不得留存复制品或者技术资料。

【例题20·判断题】承揽人应当以自己的设

备、技术和劳力，完成承揽工作。未经定作人同意，不得将其承揽的工作交由第三人完成。（　）

【答案】×

【注意问题】注意区分交由第三人完成的工作是主要工作还是辅助工作。主要工作须经定作方同意或者合同约定；辅助工作无需定作人的同意。

【考点二十八】承揽人的留置权（重要）

定作人未向承揽人支付报酬或者材料费等价款的，承揽人对完成的工作成果享有留置权，但当事人另有约定的除外。

【考点二十九】定作人随时解除合同（重要）

定作人可以随时解除承揽合同，但定作人因此造成承揽人损失的，应当赔偿损失。

【相关例题】见第九章经典试题回顾部分2001年综合题。

【注意问题】此处为承揽合同的突出特点，2001年综合题、2007年判断题考过两次。

【考点三十】建设工程合同的无效（重要）

1. 建设工程施工合同有下列情形之一的，属于无效合同：（1）承包人未取得建筑施工企业资质或者超越资质等级的；（2）没有资质的实际施工人借用有资质的建筑施工企业名义的；（3）建设工程必须进行招标而未招标或者中标无效的。

【解释】以上各种情形基本属于主体资格不合格，合同无效。

2. 承包人超越资质等级许可的业务范围签订建设工程施工合同，在建设工程竣工前取得相应资质等级，不按照无效合同处理。

3. 建设工程施工合同无效，但建设工程经竣工验收合格，承包人可以请求参照合同约定支付工程价款。

4. 建设工程施工合同无效，且建设工程经竣工验收不合格的，按照以下情形分别处理：（1）修复后的建设工程经竣工验收合格，发包人可以请求承包人承担修复费用；（2）修复后的建设工程经竣工验收不合格，承包人无权请求支付工程价款。

5. 建设工程主体结构的施工必须由承包人自行完成。否则，所签订的合同无效，收缴当事人已经取得的非法所得。

【例题21·判断题】某施工企业承包一项建设工程，虽然该企业不具备相应的资质，但是该建设工程竣工后，经验收合格。该施工企业可以请求参照合同约定支付工程价款。（　）

【答案】√

【注意问题】承包人的主体资格不合格，导致合同无效，没有履行的合同不得履行。但是已经履行完的合同，承包人可以请求参照合同约定支付工程价款，则根据竣工验收的结果而定，合格的可以要求支付；不合格的再根据修复结果确定。

【考点三十一】承包人垫资（重要）

1. 当事人对垫资和垫资利息有约定，承包人可以请求按照约定返还垫资及利息，但是约定的利息计算标准高于中国人民银行发布的同期同类贷款利率的部分除外。

2. 当事人对垫资没有约定的，按照工程欠款处理。当事人对垫资利息没有约定，承包人无权请求支付利息。

【例题22·判断题】建设工程合同的承包人为建设工程垫资的，如果当事人之间对垫资利息没有约定，承包人有权请求发包人按照中国人民银行发布的同期同类贷款利率支付利息。（　　）（2005年试题）

【答案】×

【考点三十二】建设工程合同的解除

1. 发包人的解除权。承包人具有下列情形之一，发包人可以请求解除建设工程施工合同：

（1）明确表示或者以行为表明不履行合同主要义务的；

（2）在合同约定的期限内没有完工，且在发包人催告的合理期限内仍未完工的；

（3）已经完成的建设工程质量不合格，并拒绝修复的；

（4）将承包的建设工程非法转包、违法分包的。

2. 承包人的解除权。发包人具有下列情形之一，致使承包人无法施工，且在催告的合理期限内仍未履行相应义务，承包人可以请求解除建设工程施工合同：

（1）未按约定支付工程价款的；

（2）提供的主要建筑材料、建筑构配件和设备不符合强制性标准的；

（3）不履行合同约定的协助义务的。

【注意问题】考生可以将此处的规定与《合同法》总则中合同解除的法定情形联系，是在总则的基础上对建设工程施工合同所作的具体规定。

3. 合同解除的后果。建设工程合同解除后，其法律后果主要有：

（1）建设工程施工合同解除后，已经完成的建设工程质量合格的，发包人应当按照约定支付相应的工程价款。

（2）已经完成的建设工程质量不合格的，参照考点三十的有关规定处理。

（3）因一方违约导致合同解除的，违约方应当赔偿因此而给对方造成的损失。

【考点三十三】建设工程的竣工

1. 当事人约定，发包人收到竣工结算文件后，在约定期限内不予答复，视为认可竣工结算文件的，按照约定处理。承包人可以请求按照竣工结算文件结算工程价款。

2. 当事人对建设工程实际竣工日期有争议的，按照以下情形分别处理：

（1）建设工程经竣工验收合格的，以竣工验收合格之日为竣工日期；

（2）承包人已经提交竣工验收报告，发包人拖延验收的，以承包人提交验收报告之日为竣工日期；

（3）建设工程未经竣工验收，发包人擅自使用的，以转移占有建设工程之日为竣工日期。

【考点三十四】因工程量变化导致工程款结算变化（重要）

1. 因设计变更导致建设工程的工程量或者质量标准发生变化，当事人对该部分工程价款不能协商一致的，可以参照签订建设工程施工合同时当地建设行政主管部门发布的计价方法或者计价标准结算工程价款。

2. 当事人对工程量有争议的，按照施工过程中形成的签证等书面文件确认。承包人能够证明发包人同意其施工，但未能提供签证文件证明工程量发生的，可以按照当事人提供的其他证明确认实际发生的工程量。

【例题23·判断题】因设计变更导致建设工程的工程量或者质量标准发生变化，当事人对该部分工程价款不能协商一致的，可以参照工程竣工时当地建设行政主管部门发布的计价方法或者计价标准结算工程价款。（　　）

【答案】×

【注意问题】即价格条款不明确时，应当按照何时何地的价格执行问题。

【考点三十五】建设工程价款的支付（重要）

1. 当事人就同一建设工程另行订立的建设工程施工合同与经过备案的中标合同实质性内容不一致的，应当以备案的中标合同作为结算工程价款的根据。

2. 建设工程的价款就该工程折价或者拍卖的价款优先受偿。建筑工程承包人工程价款的优先受偿权优于抵押权和其他债权。

3. 消费者交付购买商品房的全部或者大部分款项后，承包人就该商品房享有的工程价款优先权不得对抗买受人。

【解释】该规定存在两个合同关系，一个是承包人与发包人之间的建设工程施工合同关系，另一个是消费者与发包人之间的商品房买卖合同关系。因此看出承包人与消费者之间不存在法律关系，故承包人的优先权不得对抗买受人。

4. 建筑工程价款包括承包人为建筑工程应当支

付的工作人员报酬、材料款等实际支出的费用，不包括承包人因发包人违约所造成的损失。

5. 建设工程承包人行使优先权的期限为6个月，自建设工程竣工之日或者建设工程合同约定的竣工之日起计算。

【例题24·多选题】某开发商与某建筑公司订立建设工程合同，约定由建筑公司负责承建某住宅小区项目。为获得建设所需资金，开发商将该在建工程抵押给某银行，并依法办理相关抵押登记手续。项目竣工验收合格后，开发商未能按照合同约定向建筑公司支付工程款。自工程竣工之日起6个月内，建筑公司向法院申请优先权，法院依法将该工程进行拍卖。下列各项中，有关工程款支付的理解上，正确的有( )。

A. 建筑公司的工程款优先于银行抵押债权受偿

B. 银行抵押债权优先于建筑公司的工程款受偿

C. 工程款包括建筑公司为该工程应当支付的工作人员报酬、材料款等实际支出

D. 建筑公司不得将该小区内购房人已经支付房款的商品房，请求法院拍卖用于支付工程款

【答案】ACD

【相关例题】见本章经典试题回顾部分2004年综合题。

【考点三十六】欠付工程价款的计息（重要）

1. 当事人对欠付工程价款利息计付标准有约定的，按照约定处理；没有约定的，按照中国人民银行发布的同期同类贷款利率计息。

2. 利息从应付工程价款之日计付。当事人对付款时间没有约定或者约定不明的，下列时间视为应付款时间：（1）建设工程已实际交付的，为交付之日；（2）建设工程没有交付的，为提交竣工结算文件之日；（3）建设工程未交付，工程价款也未计算的，为当事人起诉之日。

【例题25·判断题】当事人对欠付工程价款利息计付标准有约定的，按照约定处理；没有约定的，不予支付利息。( )

【答案】×

【注意问题】工程价款利息的支付，与承包人垫资利息的支付，两者法律规定不同。

【考点三十七】工程质量缺陷的责任

发包人具有下列情形之一，造成建设工程质量缺陷，应当承担过错责任，承包人有过错的，也应当承担相应的过错责任：（1）提供的设计有缺陷；（2）提供或者指定购买的建筑材料、建筑构配件、设备不符合强制性标准；（3）直接指定分包人分包专业工程。

【考点三十八】托运人的权利

在承运人将货物交付收货人之前，托运人可以要求承运人中止运输、返还货物、变更到达地或者将货物交给其他收货人，但应当赔偿承运人因此受到的损失。

【例题26·多选题】根据合同法规定，下列各项中，属于在承运人将货物交付收货人之前，托运人可以要求承运人的权利有( )。

A. 中止运输、返还货物

B. 变更到达地

C. 将货物交给其他收货人

D. 增加运输货物

【答案】ABC

【考点三十九】货物毁损、灭失的责任（重要）

1. 承运人对运输过程中货物的毁损、灭失承担损害赔偿责任，但承运人证明货物的毁损、灭失是因不可抗力、货物本身的自然性质或者合理损耗以及托运人、收货人的过错造成的，不承担损害赔偿责任。

2. 货物在运输过程中因不可抗力灭失，未收取运费的，承运人不得要求支付运费；已收取运费的，托运人可以要求返还。

【解释】体现了协作履行的原则。

【相关例题】见第九章经典试题回顾部分2006年综合题

【考点四十】联运的责任

两个以上承运人以同一运输方式联运的，与托运人订立合同的承运人应当对全程运输承担责任。损失发生在某一运输区段的，与托运人订立合同的承运人和该区段的承运人承担连带责任。

【考点四十一】承运人留置、提存货物（重要）

1. 托运人或者收货人不支付运费、保管费以及其他运输费用的，承运人对相应的运输货物享有留置权，但当事人另有约定的除外。

2. 收货人不明或者收货人无正当理由拒绝受领货物的，承运人可以依法提存货物。

【例题27·判断题】收货人不明或者收货人无正当理由拒绝受领货物的，承运人对相应的运输货物享有留置权。( )

【答案】×

【考点四十二】保管合同的特点

保管合同一般为实践合同，自保管物交付时成立。但当事人另有约定的，保管合同可自当事人约定的时间成立，为诺成合同。

【考点四十三】保管人的义务

1. 给付保管凭证的义务，但另有交易习惯的除外。

2. 妥善保管义务。保管期间，因保管人保管不善造成保管物毁损、灭失的，保管人应当承担损害赔偿责任。但无偿保管时，保管人证明自己没有重大过失的，不承担损害赔偿责任。

3. 专属保管和不得使用义务。除当事人另有约定，保管人不得将保管物转交第三人保管，不得使用或者许可第三人使用保管物。

4. 通知义务。第三人对保管人提起诉讼或者对保管物申请扣押的，保管人应当及时通知寄存人。

5. 返还保管物的义务。保管期间届满或者寄存人提前领取保管物的，保管人应当将原物及其孳息归还寄存人。

【例题28·判断题】甲将其旅行箱交给火车站的寄存处保管，该寄存处计时收费。后该寄存处被盗，乙窃取了甲的旅行箱。甲的损失应当由乙承担。（　　）

【答案】×

【注意问题】

1. 甲和寄存处之间存在保管合同的关系，甲的损失应当由寄存处承担。寄存处的损失，可以向乙主张。

2. 还应注意分清，保管是否有偿。如果是无偿保管，还应分析保管人是否没有重大过失，依此确定保管人是否应承担损害赔偿责任。

【考点四十四】寄存人的义务

1. 告知义务。寄存人交付的保管物有瑕疵或者按照保管物的性质需要采取特殊保管措施的，寄存人应当将有关情况告知保管人。

2. 支付保管费义务。当事人对保管费没有约定或者约定不明确，依法不能确定的，保管是无偿的。寄存人未按照约定支付保管费以及其他费用的，保管人对保管物享有留置权，但当事人另有约定的除外。

3. 声明义务。寄存人寄存货币、有价证券或者其他贵重物品的，应当向保管人声明，由保管人验收或者封存。寄存人未声明的，该物品毁损、灭失后，保管人可以按照一般物品予以赔偿。

【例题29·单选题】某存车处没有明示其收费标准，根据《合同法》的规定，下列各项中有关收费的理解正确的是（　　）。

A. 按照惯例收取

B. 属于无偿保管

C. 由当地物价部门裁定

D. 由工商部门处理

【答案】B

【考点四十五】消费保管

【解释】消费保管，又称不规则保管，是指保管物为可替代物的，当事人约定将保管物的所有权转移给保管人，保管期满由保管人返还相同种类、品质、数量的物品（包括原物）。

保管合同成立后，原物及其孳息归保管人所有，保管人可使用保管物，并应承担保管物的灭失风险。

【考点四十六】受托人的权利义务

1. 受托人应当按照委托人的指示处理委托事务。需要变更委托人指示的，应当经委托人同意；因情况紧急，难以和委托人取得联系的，受托人应当妥善处理委托事务，但事后应当将该情况及时报告委托人。

2. 受托人应亲自处理委托事务。经委托人同意，受托人可以转委托。转委托经同意的，委托人可以就委托事务直接指示转委托的第三人，受托人仅就第三人的选任及其对第三人的指示承担责任。转委托未经同意的，受托人应当对转委托的第三人的行为承担责任，但在紧急情况下受托人为维护委托人的利益需要转委托的除外。

【例题30·判断题】甲委托乙代办税务登记。乙接受委托后因紧急情况无法亲自办理，其及时将有关情况告知甲，并将该委托事项转交给丙办理，此事得到甲的同意。乙向丙具体说明了甲委托事项的要求，后丙未能在法定期限内完成税务登记事项，致使甲受到处罚。甲的损失应当由乙承担。（　　）

【答案】×

【注意问题】

1. 区分转委托是否征得了委托人同意，未经委托人同意的，受托人对第三人的行为承担责任。

2. 转委托经委托人同意的，分析受托人对第三人的选择是否正确，委托事项是否交待明确，即受托人只承担该责任，如果受托人尽到该等责任，则对第三人是否完成受托事项受托人不承担责任。

【考点四十七】隐名代理

1. 受托人以自己的名义与第三人订立合同时，第三人不知道受托人与委托人之间的代理关系的，受托人因第三人的原因对委托人不履行义务，受托人应当向委托人披露第三人，委托人因此可以行使受托人对第三人的权利，但第三人如果知道该委托人存在，就不会与受托人订立合同的除外。

2. 受托人因委托人的原因对第三人不履行义务，受托人应当向第三人披露委托人，第三人因此可以选择受托人或者委托人作为相对人主张其权利，但第三人不得变更选定的相对人。

3. 委托人行使受托人对第三人的权利的，第三人可以向委托人主张其对受托人的抗辩。第三人选定委托人作为其相对人的，委托人可以向第三人主张其对受托人的抗辩以及委托人对第三人的抗辩。

【例题31·判断题】甲委托乙购买两台电脑，乙接受甲的委托以自己的名义与丙订立电脑买卖合同，向丙支付了部分款项后，购得电脑两台。后丙一直未得到所出售的电脑余款，乙向丙说明了电脑为甲所购，甲未给付其电脑款而导致未能向丙支付的情况。那么，丙有权选择向甲追要余款。（ ）

【答案】√

【注意问题】此考点建议考生以理解为主，可以结合本例举一反三加深理解。

【考点四十八】损失赔偿

无论是委托人，还是受托人，因过错给对方造成损失的，应承担损失赔偿责任。无偿的委托合同，因受托人的故意或者重大过失给委托人造成损失的，委托人可以要求赔偿损失。受托人超越权限给委托人造成损失的，应当赔偿损失。

【考点四十九】行纪合同与委托合同的主要区别

1. 行纪人以自己的名义与第三人订立合同；而委托合同的受托人原则上以委托人的名义订立合同。

2. 行纪合同为有偿合同；而委托合同可以是有偿的，也可以是无偿的。

3. 行纪人处理委托事务支出的费用，除当事人另有约定，应自行承担；而委托合同的受托人的费用由委托人承担。

【考点五十】行纪人的报酬（重要）

1. 行纪人在行纪中低于委托人指定的价格卖出或者高于委托人指定的价格买入的，应当经委托人同意。未经委托人同意，行纪人补偿其差额的，该买卖对委托人发生效力。

2. 行纪人高于委托人指定的价格卖出或者低于委托人指定的价格买入的，可以按照约定增加报酬。没有约定或者约定不明确的，依法仍不能确定的，该利益属于委托人。

3. 委托人对价格有特别指示的，行纪人不得违背该指示卖出或者买入。

4. 行纪人卖出或者买入具有市场定价的商品的，除委托人有相反的意思表示的以外，行纪人自己可以作为买入人或者出卖人。此时，行纪人仍然可以要求委托人支付报酬。

5. 行纪人完成或者部分完成委托事务的，委托人应当向其支付相应的报酬。委托人逾期不支付报酬的，行纪人对委托物享有留置权，但当事人另有约定的除外。

【例题32·判断题】行纪人高于委托人指定的价格卖出或者低于委托人指定的价格买入的，该利

益属于受托人。（ ）

【答案】×

【考点五十一】居间合同的报酬与费用（重要）

1. 居间人故意隐瞒与订立合同有关的重要事实或者提供虚假情况，损害委托人利益的，不得要求支付报酬并应当承担损害赔偿责任。

2. 居间人促成合同成立的，委托人应当按照约定支付报酬。没有约定或者约定不明确，依法仍不能确定的，根据居间人的劳务合理确定。（1）因居间人提供订立合同的媒介服务而促成合同成立的，由该合同的当事人平均负担居间人的报酬。（2）居间人促成合同成立的，居间活动的费用，由居间人负担。

3. 居间人未促成合同成立的，不得要求支付报酬，但可以要求委托人支付从事居间活动支出的必要费用。

【例题33·判断题】居间人促成合同成立的，其报酬以及从事居间活动的费用由该合同的当事人平均负担。（ ）

【答案】×

【注意问题】促成合同成立的支付报酬，不负担费用；报酬的支付有约定的按照约定，无法确定的，平均分担。

【考点五十二】技术合同的无效（重要）

1. 具有下列非法垄断技术、妨碍技术进步或者侵害他人技术成果情形的技术合同无效：

（1）限制当事人一方在合同标的技术基础上进行新的研究开发或者限制其使用所改进的技术，或者双方交换改进的技术的条件不对等，包括要求一方将其自行改进的技术无偿提供给对方、非互惠性转让给对方、无偿独占或者共享该改进技术的知识产权；

（2）限制当事人一方从其他来源获得与技术提供方类似技术或者与其竞争的技术；

（3）阻碍当事人一方根据市场需求，按照合理方式充分实施合同标的技术，包括明显不合理地限制技术接受方实施合同标的的技术生产产品或者提供服务的数量、品种、价格、销售渠道和出口市场；

（4）要求技术接受方接受并非实施技术必不可少的附带条件，包括购买非必需的技术、原材料、产品、设备、服务以及接收非必需的人员等；

（5）不合理地限制技术接受方购买原材料、零部件、产品或者设备等的渠道或者来源；

（6）禁止技术接受方对合同标的的技术知识产权的有效性提出异议或者对提出异议附加条件。

2. 不具有民事主体资格的科研组织（如法人或者其他组织设立的从事技术研究开发、转让等活动的课题组、工作室等）订立的技术合同，经法人或者其他组织授权或者认可的，视为法人或者其他

组织订立的合同，由法人或者其他组织承担责任；未经法人或者其他组织授权或认可的，由该科研组织成员共同承担责任，但法人或者其他组织因该合同受益的，应当在其受益范围内承担相应责任。

【注意问题】虽然订立技术合同的当事人主体资格不合格，但并不因此而认定合同无效，主要考虑此类合同的责任应当由谁承担。

3. 生产产品或者提供服务依法应当经过但未经有关部门审批或者取得行政许可的，不影响当事人订立的相关技术合同的效力。当事人对办理审批或者许可义务没有约定或者约定不明确的，由实施技术的一方负责办理，但法律、行政法规另有规定的除外。

【例题34·多选题】根据有关规定，技术合同有下列情形时，导致技术合同无效的有（　　）。（2005年试题经调整）

A. 技术提供方限制技术接受方从其他来源获得与技术提供方类似技术的

B. 法人内部从事技术开发的课题组未经法人授权或者认可，与他人订立技术合同的

C. 技术接受方生产产品应当取得行政许可而未取得的

D. 技术提供方限制技术接受方在合同标的技术基础上进行新的研究开发的

【答案】AD

【注意问题】B、C两项虽然不属于无效合同，但是应注意其责任如何承担。除本考点内容外，关注考点五十四。

【考点五十三】技术合同的可撤销

当事人一方采取欺诈手段，就其现有技术成果作为研究开发标的与他人订立委托开发合同收取研究开发费用，或者同一研究开发课题先后与两个或者两个以上的委托人分别订立委托开发合同重复收取研究开发费用的，受损害方有权请求变更或者撤销合同。

【解释】可撤销的技术合同，其情形与《合同法》总则中的以欺诈手段订立合同，损害对方当事人利益的规定相同。

【考点五十四】技术合同无效的法律后果

改进技术成果归属、善意取得技术秘密、恶意串通使用技术秘密

1. 技术合同被确认无效或者被撤销后，技术开发合同研究开发人、技术转让合同让与人、技术咨询合同和技术服务合同的受托人已经履行或者部分履行了约定的义务，并且造成合同无效或者被撤销的过错在对方的，对其已履行部分应当收取的研究开发经费、技术使用费、提供咨询服务的报酬，可以认定为因对方原因导致合同无效或者被撤销给其造成的损失。

2. 技术合同被确认无效或者被撤销后，因履行合同所完成的新技术成果或者在他人技术成果基础上完成后续改进技术成果的权利归属和利益分享，当事人不能重新协议确定，由完成技术成果的一方享有。

3. 侵害他人技术秘密的技术合同被确认无效后，除法律、行政法规另有规定的以外，善意取得该技术秘密的一方当事人可以在其取得时的范围内继续使用该技术秘密，但应当向权利人支付合理的使用费并承担保密义务。对方继续使用技术秘密但又拒不支付使用费的，权利人可以请求人民法院判令使用人停止使用。

4. 当事人双方恶意串通或者一方知道或者应当知道另一方侵权仍与其订立或者履行合同的，属于共同侵权，侵权人应当承担连带赔偿责任和保密义务，因此取得技术秘密的当事人不得继续使用该技术秘密。

【例题35·判断题】甲公司窃取了乙公司的技术秘密后，甲公司将该技术秘密许可丙公司使用，收取使用费。丙公司在与甲公司订立合同时，未能发现甲公司存在问题。后甲公司和丙公司的技术许可使用合同被认定无效，丙公司可在原有合同约定的范围内继续使用该技术秘密，但应当向乙公司支付合理的使用费。（　　）

【答案】√

【考点五十五】技术合同价款、报酬等的支付方式

技术合同价款、报酬或者使用费的支付方式由当事人约定，可以采取一次总算、一次总付或者一次总算、分期支付，也可以采取提成支付或者提成支付附加预付入门费的方式。

【例题36·多选题】根据合同法律制度的规定，技术合同价款、报酬或者使用费的支付方式由当事人约定。当事人约定的下列支付方式中，符合规定的有（　　）。（2002年试题）

A. 一次总算、一次总付

B. 一次总算、分期支付

C. 提成支付

D. 提成支付附加预付入门费

【答案】ABCD

【考点五十六】技术合同的解除

技术合同当事人一方迟延履行主要债务，经催告后在30日内仍未履行，另一方有权主张解除合同。当事人在催告通知中附有履行期限且该期限超过30日的，在该履行期限届满后方可有权提出解除合同的主张。

【相关链接】当事人一方可以解除合同的法定情形之一，即当事人一方迟延履行主要债务，经催告后在合理期限内仍未履行。

【考点五十七】职务技术成果归属（重要）

【解释】职务技术成果是执行法人或者其他组织的工作任务，或者主要是利用法人或者其他组织的物质技术条件所完成的技术成果。

所谓"执行法人或者其他组织的工作任务"，包括：（1）履行法人或者其他组织的岗位职责或者承担其交付的其他技术开发任务；（2）离职后一年内继续从事与其原所在法人或者其他组织的岗位职责或者交付的任务有关的技术开发工作，但法律、行政法规另有规定的除外。

所谓"物质技术条件"，包括资金、设备、器材、原材料、未公开的技术信息和资料等。但下列情况除外：（1）对利用法人或者其他组织提供的物质技术条件，约定返还资金或者交纳使用费的；（2）在技术成果完成后利用法人或者其他组织的物质技术条件对技术方案进行验证、测试的。

1. 个人完成的技术成果，属于执行原所在法人或者其他组织的工作任务，又主要利用了现所在法人或者其他组织的物质技术条件的，应当按照该自然人原所在和现所在法人或者其他组织达成的协议确认权益。不能达成协议的，根据对完成该项技术成果的贡献大小由双方合理分享。

2. 职务技术成果的使用权、转让权属于法人或者其他组织的，法人或者其他组织可以就该项职务技术成果订立合同。法人或者其他组织应当从使用和转让该项职务技术成果取得的收益中提取一定比例，对完成该项职务技术成果的个人给予奖励或者报酬。法人或者其他组织订立技术合同转让职务技术成果时，职务技术成果的完成人享有以同等条件优先受让的权利。

【解释】所谓完成技术成果的"个人"，是指对技术成果单独或者共同作出创造性贡献的人。

【相关例题】见第十四章经典试题回顾部分2003年综合题。

【注意问题】注意与第十四章中考点一的内容结合复习。

【考点五十八】技术开发合同的解除与风险承担

（1）因作为技术开发合同标的的技术已经由他人公开，当事人可以解除合同；（2）风险责任由当事人约定或由当事人合理分担；（3）任何一方均负有失败情况的通知及采取适当措施减少损失的义务。

【考点五十九】技术开发合同成果的权利归属（重要）

1. 委托完成的发明创造，除当事人另有约定的以外，申请专利的权利属于研究开发人。研究开发人取得专利权的，委托人可以免费实施该专利。研究开发人转让专利申请权的，委托人享有以同等条

件优先受让的权利。

2. 合作开发完成的发明创造，除当事人另有约定的以外，申请专利的权利属于合作开发的当事人共有。当事人一方转让其共有的专利申请权时，其他各方享有以同等条件优先受让的权利。

3. 合作开发的当事人一方声明放弃其共有的专利申请权的，可以由另一方单独申请或者由其他各方共同申请。申请人取得专利权的，放弃专利申请权的一方可以免费实施该专利。合作开发的当事人一方不同意申请专利的，另一方或者其他各方不得申请专利。

【例题37·多选题】根据合同法律制度的规定，下列各项中，关于技术开发合同成果权利归属的表述中，符合规定的有（   ）。

A. 委托完成的发明创造，除当事人另有约定的以外，申请专利的权利属于委托人

B. 合作开发完成的发明创造，除当事人另有约定的以外，申请专利的权利属于合作开发的当事人共有

C. 合作开发的当事人一方声明放弃其共有的专利申请权的，可以由另一方单独申请

D. 研究开发人转让专利申请权的，委托人享有以同等条件优先受让的权利

【答案】BCD

【注意问题】

1. 技术开发完成的成果归属，一般原则是，在当事人未作出约定的情况下，谁开发谁享有专利申请权，因此，委托开发的完成技术成果属于研究开发人，合作开发完成的技术成果由合作者共有。

2. 与第十四章中《专利法》规定的有关专利申请的问题联系（见十四章考点一）。

【考点六十】技术秘密后续改进成果的归属

当事人可以按照互利的原则，在技术转让合同中约定实施专利、使用技术秘密后续改进的技术成果的分享办法。没有约定或者约定不明确，依法仍不能确定的，一方后续改进的技术成果，其他各方无权分享。

【解释】有约定的按照约定执行，没有约定的，仍然需根据谁付出谁分享的原则确认。

【例题38·判断题】甲乙双方订立专利实施许可合同，甲许可乙使用其专利。乙在使用过程中，对原有专利技术进行改进，开发出新的技术成果。因双方对后续改进的技术成果的归属未事先作出约定，现又达不成协议，该新技术成果应当由甲乙双方共有。（   ）

【答案】×

【考点六十一】专利申请权转让合同的解除

1. 专利申请权转让合同当事人在办理专利申请权转让登记之前，可以以专利申请被驳回或者被视

为撤回为由请求解除合同，但在办理专利申请权转让登记之后，则不得因此请求解除合同，当事人另有约定的除外。

【解释】因为专利申请被驳回或者被视为撤回的，如果当事人再将该专利申请权转让给他人，受让人因此可能面临相同的结果，而不能获得专利权。因此，在专利申请权转让办理登记之前发生前述情形，订立合同的受让人可以解除合同。

2. 专利申请因专利申请权转让合同成立时即存在尚未公开的同样发明创造的在先专利申请被驳回，当事人可以请求予以变更或者撤销合同。

【解释】因发明创造被驳回，受让人再接受该专利申请权可能同样面临此结果。

【考点六十二】专利实施许可的方式（重要）

1. 独占实施许可，是指让与人在约定许可实施专利的范围内，将该专利仅许可一个受让人实施，让与人依约定不得实施该专利。

2. 排他实施许可，是指让与人在约定许可实施专利的范围内，将该专利仅许可一个受让人实施，但让与人依约定可以自行实施该专利。

3. 普通实施许可，是指让与人在约定许可实施专利范围内许可他人实施该专利，并且可以自行实施该专利。

当事人对专利实施许可方式没有约定或者约定不明确的，认定为普通实施许可。

【例题39·判断题】甲公司拥有某项发明技术的专利权，甲公司与乙公司订立协议，约定许可乙公司使用该项专利技术，并就该技术使用的范围、期限、费用的支付方式达成一致。甲乙之间所签订的专利实施许可协议为普通实施许可。（　　）

【答案】√

【注意问题】前两种许可方式须双方当事人在协议中作出明确约定，否则即视为普通实施许可。

【考点六十三】技术咨询、服务合同中新成果的归属

在技术咨询、技术服务合同履行过程中，受托人利用委托人提供的技术资料和工作条件完成的新的技术成果，属于受托人。委托人利用受托人的工作成果完成的新的技术成果，属于委托人。

【考点六十四】技术咨询合同当事人的违约责任

1. 技术咨询合同的委托方未按照约定提供必要的资料和数据，影响工作进度和质量，不接受或者逾期接受工作成果的，支付的报酬不得追回，未支付的报酬应当支付。

2. 技术咨询合同的受托方未按期提出咨询报告或者提出的咨询报告不符合约定的，应当承担减收或免收报酬等违约责任。

【考点六十五】技术服务合同当事人的违约责任

1. 技术服务合同的委托人承担按约提供工作条件、配合及接受工作成果并支付报酬的义务。如违反上述义务，支付的报酬不得追回，未支付的报酬应当支付。

2. 技术服务合同的受托人按约完成服务项目，并传授解决技术问题的知识。未按约完成服务工作的，应当承担免收报酬等违约责任。

【考点六十六】技术中介合同报酬的支付

1. 当事人对中介人的报酬数额没有约定或者约定不明确的，应当根据中介人所进行的劳务合同确定，并由委托人承担。

2. 仅在委托人与第三人订立的技术合同中约定中介条款，但未约定给付中介人报酬或者约定不明确的，应当支付的报酬由委托人和第三人平均承担。

3. 中介人未促成委托人与第三人之间的技术合同成立的，无权要求支付报酬，可以要求委托人支付其从事中介活动的必要费用，但当事人另有约定的除外。

【例题40·判断题】甲公司欲购买乙公司的一项专利技术，委托丙公司与乙公司洽谈技术转让事宜。甲公司与丙公司订立的技术中介合同中就报酬的支付约定不明确。如果丙公司促成甲公司与乙公司的技术转让事项，在该技术转让合同中也未明确向丙公司支付报酬的问题。丙公司的报酬应当由甲公司和乙公司平均承担。（　　）

【答案】√

【注意问题】

1. 在上述规定中涉及两个合同关系。第1点中反映的是技术中介合同中的委托人与受托人之间的关系，受托人报酬的支付有约定的按照约定执行，没有约定的由委托人承担。第2点反映的是技术合同中的双方当事人的关系，就中介人的报酬有约定的按照约定支付，没有约定的，由技术合同中的当事人平均承担。

2. 报酬与费用不同。中介人完成任务，有权要求支付报酬；没有完成任务，无权要求支付报酬，但可以要求委托人支付从事中介活动的必要费用。

3. 可结合居间合同复习。

经典试题回顾

一、单项选择题

1. 根据《中华人民共和国合同法》的规定，在买卖合同中，除法律另有规定或当事人另有约定外，标的物的所有权转移时间为（　　）。（2000年）

A. 买卖合同成立时

B. 买卖合同生效时

C. 标的物交付时

D. 买方付清标的物价款时

【答案】C

【解析】本题所涉内容为《合同法》（分则）中买卖合同所有权转移的时间规定。

2. 甲公司将所属设备租赁给乙公司使用。租赁期间，甲公司将用于出租的设备卖给丙公司。根据合同法律制度的规定，下列表述正确的是（　　）。（2003 年）

A. 甲公司在租赁期间不能出卖出租设备

B. 买卖合同有效，原租赁合同继续有效

C. 买卖合同有效，原租赁合同自买卖合同生效之日起终止

D. 买卖合同有效，原租赁合同须丙公司同意后方可继续有效

【答案】B

【解析】该例适用了"买卖不破租赁"的原则。

二、多项选择题

1. 甲公司向乙银行借款 1000 万元，甲公司未按约定的借款用途使用借款。根据合同法律制度的规定，乙银行可以采取的措施有（　　）。（2003 年）

A. 停止发放借款

B. 提前收回借款

C. 解除借款合同

D. 按已确定的借款利息双倍收取罚息

【答案】ABC

【解析】本题涉及借款人违反合同时应当承担的法律后果，也就是贷款人的权利。2000 年曾考过类似的题目。

三、判断题

1. 在买卖合同中，标的物在交付之前产生的孳息归出卖人所有，交付之后产生的孳息归买受人所有。（　√　）（2003 年）

【答案】√

【解析】因为买卖合同中标的物的所有权自交付时起发生转移，所以对标的物所生孳息享有的权利同所有权的转移一同发生。

四、综合题

1. 2001 年关于承揽合同的综合题，以及 2002 年有关借款合同的综合题，都与《合同法》总则的有关内容联系，请见第九章《合同法》（总则）历年试题解析部分。

2. 2003 年关于技术合同的综合题与《专利法》的内容相关，请见第十四章工业产权法律制度历年试题解析部分。

3. 2002 年 1 月，A 房地产开发公司（下称 A 公司）就一商品楼开发项目与 B 建筑公司（下称 B 公司）签订建筑工程承包合同。该合同约定：由 B 公司作为总承包商承建该商品楼开发项目，A 公司按工程进度付款；建筑工期为 2 年。2002 年 7 月，A 公司与 C 银行签订借款合同，该合同约定：A 公司向 C 银行借款 5000 万元，借款期限 1 年；同时约定将在建的商品楼作为借款的抵押担保，A 公司与 C 银行共同办理了抵押登记手续。由于 A 公司资金不足，不能按期向 B 公司支付工程款项，该建筑工程自 2003 年 6 月起停工。A 公司欠付 B 公司材料款 800 万元、人工费 400 万元；A 公司依合同应承担违约金 200 万元。B 公司多次催要未果。

B 公司为追索欠款和违约金，于 2003 年 8 月诉至法院，申请保全在建商品楼，并根据合同法的有关规定要求拍卖受偿。C 银行因 A 公司逾期未还借款也于 2003 年 8 月向法院提起诉讼，并对 A 公司的在建商品楼主张抵押权。

要求：

根据上述内容，回答下列问题：

（1）A 公司以在建商品楼作为借款的抵押担保是否有效？并说明理由。

（2）请说明 B 公司要求以在建商品楼拍卖所得受偿的法律依据的内容。

（3）在 B 公司与 C 银行均要求对在建商品楼行使受偿权利的情况下，谁的受偿权利更为优先？并说明理由。

（4）B 公司追索的材料款、人工费、违约金中，哪些属于享有优先权的范围？（2004 年）

【参考答案】

本题考查要点主要有：在建工程抵押担保，建设工程价款的优先支付顺序及范围。

（1）A 公司以在建商品楼作为向 C 银行借款的抵押有效（0.5 分）。根据担保法司法解释，正在建设的房屋或其他建筑物可以抵押（0.5 分），当事人办理了抵押物登记手续，抵押有效（1 分）。

（2）根据合同法及有关司法解释规定，建设工程发包方未按约定支付价款的，承包方可以催告发包人在合理期限内支付价款。逾期不支付的，除按照建设工程的性质不宜折价、拍卖的外，承包人可以与发包人协商将工程折价（0.5 分），也可以申请人民法院将工程依法拍卖（0.5 分），建设工程的价款就该工程折价或拍卖的价款中优先受偿（1 分）。

（3）B 公司享有的受偿权利更为优先（0.5 分）。根据合同法及有关司法解释规定，建设工程承包人的建筑工程价款就该工程拍卖价款的优先受偿权优先于抵押权与其他债权，尽管 C 银行可以对商品楼行使抵押权，但 B 公司对该商品楼的

受偿权优先于 C 银行的抵押权（1.5 分）。

（4）B 公司享有优先权的建筑工程价款包括承包人为该建筑工程应当支付的材料款、人员报酬等实际支出的费用，不包括承包人因发包人违约所造成的损失（3 分）。

4. 2005 年本章中关于融资租赁合同的内容，与《合同法》（总则）、《破产法》的内容结合出了一道综合题，该题请见第九章历年试题解析部分。

5. 2006 年本章没有独立的综合题，其中有关涉及买卖合同、运输合同以及技术合同的内容，在题目中所占比例也不多，请见第九章和第十四章历年试题解析部分。

本章练习题库

一、单项选择题

1. 根据《合同法》的规定，买卖合同的标的物在订立合同之前已为买受人占有，合同生效的时间为（　　）。
   A. 交付时
   B. 签字盖章时
   C. 合同的约定时间
   D. 订立合同时

2. 小李在一家裁缝店定做了一件旗袍，预付了 500 元订金，约定 5 天后取衣服。没想到旗袍做好后，因隔壁店铺失火蔓延至裁缝店，烧毁了很多衣服，也包括小李定做的旗袍。小李要求返还旗袍，但裁缝师傅却说旗袍已属于小李，店家只是代为保管，并且火灾的发生又是不可抗力造成的，预付定金不能退还，店家又不想退还定金。下列各项中，关于此事的处理正确的是（　　）。
   A. 旗袍不属于小李，但火灾是不可抗力，裁缝店免除赔偿责任
   B. 旗袍不属于小李，裁缝店应当向小李返还预付订金
   C. 旗袍已属于小李，损失由小李承担
   D. 旗袍已属于小李，裁缝店只是无偿的代为保管，损失由隔壁店铺承担

3. 甲公司与乙公司于 2005 年 5 月 10 日订立买卖合同，双方约定合同自订立之日起成立生效，并且约定甲公司将货物交给丙运输公司，由丙运输公司负责运送。甲公司按照合同的约定于 5 月 12 日将货物交给丙运输公司。丙运输公司于 5 月 13 日将该批货物交给乙公司验收。如果乙公司于第二天发现该批货物发生部分毁损，该批货物毁损的责任应（　　）承担。
   A. 自 2005 年 5 月 10 日起由乙公司承担
   B. 自 2005 年 5 月 12 日起由乙公司承担
   C. 自 2005 年 5 月 13 日起由乙公司承担
   D. 自 2005 年 5 月 12 日起由丙运输公司承担

4. 根据《合同法》的规定，下列各项，关于买卖合同中出卖人权利保证的表述不正确的是（　　）。
   A. 如果买受人在订立合同时知道所买物品为赃物的，买受人应当承担该物被追回的损失
   B. 出卖人就交付的标的物，应当向买受人保证将不会受到任何追究
   C. 如果买受人能够举证证明，出卖人出卖的标的物已经出租的，可以解除合同
   D. 如果出卖人将已经设定抵押担保的标的物出卖给买受人的，应当告之买受人并经抵押权人同意

5. 当事人没有约定检验期间的，买受人在合理期间内未通知或者自标的物收到之日起（　　）内未通知出卖人，视为标的物的数量或者质量符合约定，但对标的物有质量保证期的，适用质量保证期。
   A. 三个月　　　　　　B. 六个月
   C. 一年　　　　　　　D. 两年

6. 下列各项中，买卖合同双方当事人中，有权单方解除合同的提法中，不正确的选项是（　　）。
   A. 因标的物的主物不符合约定而解除合同的，解除合同的效力及于从物
   B. 标的物为数物，其中一物不符合约定的，买受人可以就该物解除
   C. 出卖人分批交付标的物的，出卖人不交付其中一批标的物的，买受人可以就该批以及今后其他各批标的物解除合同
   D. 分期付款的买受人未支付到期价款的金额达到全部价款的五分之一的，出卖人可以解除合同

7. 甲准备从乙处买一台电视机。双方达成协议后，丙得知此事，找到甲并且向甲出示了其购买该电视机的发票，说明该电视机是自己于一个月前刚买的。甲对该买卖电视机的合同可以（　　）。
   A. 解除合同
   B. 中止支付相应的价款
   C. 行使代位权
   D. 行使撤销权

8. 甲向乙赠送一辆汽车，下列各项中甲不得撤销该赠与合同的是（　　）。
   A. 合同订立时
   B. 双方签字、盖章后
   C. 办理车辆过户手续后
   D. 汽车交付给乙时

9. 根据《合同法》的规定，下列各项中，赠与人对赠与财产的瑕疵，以及因此而造成受赠人财产损失，承担赔偿责任的表述中正确的是（　　）。
   A. 赠与的财产有瑕疵的，赠与人承担责任
   B. 附义务的赠与，赠与的财产有瑕疵的，赠与人对瑕疵损失承担全部赔偿责任

C. 赠与人故意不告知瑕疵，造成受赠人损失的，应当承担损害赔偿责任

D. 因赠与人的过失致使赠与的财产毁损、灭失的，赠与人应当承担损害赔偿责任

10. 根据《合同法》的规定，下列各项中，关于借款合同的表述中，不符合法律规定的是（ ）。

A. 借款人未按照约定的借款用途使用借款的，贷款人可以停止发放借款、提前收回借款或者解除合同

B. 借款人未按照约定的期限返还借款的，应当按照约定或者国家有关规定支付逾期利息

C. 借款人提前偿还借款的，除当事人另有约定的以外，应当按照实际借款的期间计算利息

D. 自然人之间的借款合同约定支付利息的，利率不得超过银行同期贷款利率的三倍

11. 根据《合同法》规定，租赁合同的租赁期限不得超过（ ），超过部分无效。租赁期限超过（ ）的，租赁合同应当采用书面形式。

A. 20 年 6 个月   B. 15 年 6 个月

C. 10 年 3 个月   D. 5 年 3 个月

12. 融资租赁合同的租金，除当事人另有约定的以外，应当根据购买租赁物的大部分或者全部成本以及（ ）确定。

A. 承租人的获利情况

B. 出租人的合理利润

C. 市场行情

D. 国家政策

13. 经定作人同意，承揽人可以将其承揽的工作部分交由第三人完成，下列各项中，关于承揽人对第三人完成工作的瑕疵，承担责任的说法正确的是（ ）。

A. 由第三人自行承担

B. 由承揽人向定作人承担

C. 由承揽人和第三人向定作人承担连带责任

D. 按照承揽人、定作人和第三人的约定承担

14. 建设工程承包人就工程价款行使优先权的期限，自建设工程竣工之日或者建设工程合同约定的竣工之日起计算，最长为（ ）。

A. 2 年   B. 1 年

C. 6 个月   D. 3 个月

15. 有关建设工程合同，下列各项中，表述不正确的是（ ）。

A. 应当采用书面形式

B. 应以招标的方式订立

C. 消费者交付购买商品房的全部款项后，承包人就该商品房享有的工程价款优先受偿权不得对抗买受人

D. 建筑工程价款的优先受偿范围包括承包人为建设工程应当支付的工作人员报酬、材料等实际支出费用，以及承包人因发包人违约所造成

的损失

16. 某公司欲购买一批仪器，委托刘某提供媒介服务。某公司和有关当事人对刘某提供媒介服务的费用承担问题没有约定，后又不能协商确定。在此情况下，下列各项中对刘某提供媒介服务费用的建议正确的是（ ）。

A. 某公司应当向刘某预付提供媒介服务的费用

B. 在刘某促成合同成立时，某公司应当承担提供媒介服务的费用

C. 在刘某未促成合同成立时，应当由刘某自己承担提供媒介服务的费用

D. 在刘某促成合同成立时，应当由刘某自己承担提供媒介服务的费用

17. 技术合同当事人一方迟延履行主要债务，经催告后在法定期限内仍未履行的，另一方有权主张解除合同。该法定期限为（ ）。

A. 15 日内   B. 30 日内

C. 45 日内   D. 60 日内

18. 技术服务合同的受托人未按照合同约定完成服务工作的，应当承担（ ）等违约责任。

A. 减收报酬

B. 免收报酬

C. 返还已收的报酬

D. 双倍返还报酬

19. 甲单位接受乙单位委托的研究任务完成一项发明创造。在双方事前无协议约定的情况下，下列各项对该成果的专利申请权的确定符合法律规定的是（ ）。

A. 专利申请权应属于甲单位

B. 专利申请权应属于乙单位

C. 专利申请权应属于甲、乙两单位共同拥有

D. 专利申请权归两单位中先提出专利申请者

20. 甲乙两个单位共同开发研制出一项技术成果，甲单位声明放弃该技术成果的专利申请权，于是乙申请并获得了该技术成果的专利权。甲单位可以（ ）。

A. 免费实施该专利

B. 要求乙单位给予补偿

C. 要求乙单位转让该专利时征求甲单位的同意

D. 优先要求受让该专利

21. 企业以技术成果向其他企业出资，但未明确约定权属。下列各项中，关于该出资权属的表述正确的是（ ）。

A. 接受出资的企业可以主张该技术成果归其享有

B. 出资的企业可以主张该技术成果归其享有

C. 由出资企业与接受出资的企业对该技术成果共同共有

D. 由出资企业与接受出资的企业对该技术成果按份共有

二、多项选择题

1. 根据《合同法》的规定，下列各项中，出卖人应当承担标的物毁损、灭失风险的是（　　）。
   A. 合同约定卖方代办托运，出卖人已将标的物发运，即将达到约定的交付地点
   B. 买受人下落不明，出卖人将标的物提存
   C. 标的物已运抵交付地点，买受人因标的物质量不合格而拒收货物
   D. 合同约定在标的物所在地交货，约定时间已过，买受人仍未前往提货

2. 分期付款的买受人未支付到期价款的金额达到全部价款的1/5的，出卖人可以（　　）。
   A. 要求买受人支付违约金
   B. 要求买受人支付全部价款
   C. 解除合同
   D. 若解除合同，可以要求买受人支付该标的物的使用费

3. 买卖合同标的物毁损、灭失的风险，在标的物交付之前由出卖人承担，交付之后由买受人承担。根据《合同法》的规定，下列各项中正确的有（　　）。
   A. 因买受人的原因致使标的物不能按照约定的期限交付的，买受人应当自违反约定之日起承担标的物毁损、灭失的风险
   B. 出卖人出卖交由承运人运输的在途标的物，除当事人另有约定的以外，毁损、灭失的风险自交付承运人起由买受人承担
   C. 当事人没有约定交付地点或者约定不明确，出卖人将标的物交给第一承运人后，标的物毁损、灭失的风险由承运人和买受人承担连带责任
   D. 出卖人按照约定将标的物置于交付地点，买受人违反约定没有收取的，标的物毁损、灭失的风险自违反约定之日起由买受人承担

4. 根据合同法律制度的规定，下列各类合同中，当事人有权随时解除合同的有（　　）。
   A. 租赁物危及承租人安全或者健康的，即使承租人订立合同时明知该租赁物质量不合格，承租人仍然可以随时解除合同
   B. 定作人可以随时解除合同
   C. 技术服务合同的委托人认为受托人不能完成受托任务的，可以随时解除合同
   D. 居间合同的委托人可以随时解除合同

5. 根据《合同法》的规定，赠与合同订立后，赠与人可以撤销赠与。下列各项中基于受赠人的行为，赠与人可以撤销赠与的情形有（　　）。
   A. 严重侵害赠与人
   B. 对赠与人有抚养义务而不履行
   C. 严重侵害赠与人的近亲属
   D. 不履行赠与合同约定的义务

6. 赠与的撤销分为任意撤销和法定撤销。在下列各项中不得发生任意撤销的情形有（　　）。
   A. 汽车赠与合同已经成立，尚未向受赠人交付之前
   B. 已经将赠与的电脑交给受赠人的
   C. 经过公证的赠与合同
   D. 向灾区捐赠的救灾物品尚未交付之前

7. 根据《合同法》的规定，以下有关借款合同利息的说法正确的有（　　）。
   A. 自然人之间的借款合同对利息没有约定的，按照同期银行存款利息计息
   B. 金融机构贷款的利率，应当按照中国人民银行规定的贷款利率的上下限确定
   C. 对支付利息的期限没有约定的，借款期限一年以上的，应当在每届满一年时支付
   D. 借款的利息预先在本金中扣除的，应当按照实际借款数额返还并计算利息

8. 根据《合同法》规定，因第三人主张权利，致使承租人不能对租赁物使用、收益的，承租人可以（　　）。
   A. 要求减少租金
   B. 要求不支付租金
   C. 解除合同
   D. 就承租利益向第三人提出抗辩

9. 在下列各项中，根据《合同法》的规定，出租人有权单方解除合同的情形有（　　）。
   A. 承租人未按照约定的方法使用租赁物，致使租赁物受到损失的
   B. 承租人未经出租人同意，对租赁物进行改善
   C. 承租人未经出租人同意转租的
   D. 承租人无正当理由逾期不支付租金的

10. 某甲将私房三间出租给某乙，租期为2年，在租期内，某甲又与某丙签订了该私房的买卖合同，将该私房卖与丙。下列各项中关于该房屋租赁合同的说法正确的有（　　）。
    A. 某甲与某丙所签订的合同无效，因为某甲未取得某乙的同意
    B. 某甲应当提前通知某乙房屋将要出售
    C. 某乙在同等条件下有权优先于某丙购买房屋
    D. 如某丙购买了房屋，则其有权决定原甲、乙之间的房屋租赁合同是否继续执行

11. 根据《合同法》的规定，下列各项中，关于融资租赁合同的表述中正确的有（　　）。
    A. 融资租赁合同应当采用书面形式
    B. 合同当事人可以约定，出卖人不履行买卖合同义务的，由承租人行使索赔的权利，出租人应当予以协助
    C. 承租人依赖出租人的技能确定租赁物的，如果租赁物不符合租赁合同约定或者不符合使用目的的，由出租人承担责任
    D. 出租人根据承租人对出卖人、租赁物的选择订立的买卖合同，未经承租人同意，出租人不

得变更与承租人有关的合同内容

12. 在融资租赁合同中，出租人应当保证承租人对租赁物的占有和使用。承租人占有租赁物期间，租赁物造成第三人的人身伤害或者财产损害的，下列各项中，有关责任承担的表述不正确的有（ ）。
    A. 出租人不承担责任
    B. 承租人不承担责任，由出租人承担责任
    C. 出租人与承租人负连带责任
    D. 出租人与出卖人负连带责任

13. 承揽人交付的工作成果不符合质量要求的，定作人可以要求承揽人承担违约责任。该违约责任包括（ ）。
    A. 修理   B. 重作
    C. 减少报酬   D. 赔偿损失

14. 根据《合同法》的规定，下列各项中，有关承揽合同的表述正确的有（ ）。
    A. 除当事人另有约定的以外，定作人未向承揽人支付报酬或者材料费等价款的，承揽人对完成的工作成果享有留置权
    B. 承揽人未经定作人同意，将其承揽的辅助工作交由第三人完成，定作人可以解除合同
    C. 定作人可以随时解除合同，因此造成承揽人损失的应当赔偿
    D. 承揽人应当按照定作人的要求保守秘密，未经定作人许可，不得留存复制品或者技术资料

15. 根据最高人民法院司法解释的规定，人民法院对建筑工程的拍卖所得，工程承包人可主张工程价款的优先受偿权。该建筑工程价款包括（ ）。
    A. 承包人为建设工程应当支付的工作人员报酬
    B. 建设工程的材料款
    C. 因发包人违约所造成的损失
    D. 因承包人追讨工程款而发生的合理费用

16. 根据司法解释的规定，下列各项中，建设工程施工合同无效及处理方式正确的有（ ）。
    A. 承包人超越资质等级许可的业务范围签订合同，在建设工程竣工前取得相应资质等级，不按照无效合同处理
    B. 建设工程施工合同无效，但建设工程经竣工验收合格，承包人可以请求参照合同约定支付工程价款
    C. 建设工程施工合同无效，且建设工程经竣工验收不合格的，但修复后的建设工程经竣工验收合格的，发包人可以请求承包人承担修复费用
    D. 对具有劳务作业法定资质的承包人与总承包人、分包人签订的劳务分包合同，因其转包建设工程违反法律规定而应确认为无效

17. 当事人对欠付工程价款利息计付标准有约定的，按照约定处理；没有约定的，按照中国人民银行发布的同期同类贷款利率计息。利息从应付工程价款之日计付，下列各项中，可以视为应付价款的时间有（ ）。
    A. 建设工程已实际交付的，为交付之日
    B. 建设工程没有交付的，为提交竣工结算文件之日
    C. 建设工程未交付，工程价款也未结算的，为当事人起诉之日
    D. 建设工程未交付，工程价款也未结算的，为转移占有建设工程之日

18. 根据合同法的规定，下列各项中，有关货物运输合同的表述正确的有（ ）。
    A. 如果收货人有证据证明货物的毁损、灭失发生在运输过程中，即使过了合同约定的检验期间，仍可向承运人索赔
    B. 两个以上承运人以同一运输方式联运的，损失发生在某一区段的，与托运人订立合同的承运人和该区段的承运人按照合同约定承担责任
    C. 货物在运输过程中因不可抗力灭失，未收取运费的，承运人不得要求支付运费；已收取运费的，托运人也不得要求返还
    D. 托运人不支付运费的，承运人对相应的运输货物享有留置权；收货人无正当理由拒绝受领货物的，承运人可以依法提存货物

19. 甲到公园赴约会，将自行车推到公园门口乙存车处，乙存车处交给甲标有"乙存车处1号"铜板1个。甲出公园后，向乙存车处交还铜板并付存车费后推走自行车。以上事实表明（ ）。
    A. 乙存车处交付给甲的铜板，即是甲与乙存车处之间的保管合同凭证
    B. 甲与乙存车处的保管合同自交付自行车时成立
    C. 甲与乙存车处的合同属于提供劳务的合同
    D. 甲可委托丙凭铜板交费取车

20. 下列各项中关于委托合同与行纪合同的表述中，正确的有（ ）。
    A. 行纪合同仅适用于贸易活动，而委托合同则适用于各种可以委托的事项
    B. 行纪人和委托人都应当以自己的名义与第三人订立合同
    C. 行纪合同为有偿的，而委托合同可以是无偿的
    D. 行纪人对于具有市场定价的商品，自己可以作为买受人或者出卖人，并且此时仍然可以要求委托人支付报酬；委托合同中，委托人或者受托人可以随时解除委托合同

21. 技术合同被确认无效或者被撤销后，技术开发合同研究开发人、技术转让合同让与人、技术咨询合同和技术服务合同的受托人已经履行或者部分履行了约定的义务，并且造成合同无效

或者被撤销的过错在对方的，对其已经履行部
分，可以要求对方赔偿的损失有（　　）。
A. 应当收取的研究开发费
B. 技术使用费
C. 提供咨询服务的报酬
D. 未支付的费用及报酬所产生的利息

22. 关于技术开发合同所开发完成的技术成果的归
属问题，下列各项中，符合法律规定的有
（　　）。
A. 委托开发完成的发明创造，申请专利的权利
属于委托人
B. 委托开发中，如果研究开发人取得专利权
的，委托人可以免费实施该专利
C. 合作开发完成的发明创造，当事人约定申请
专利的权利属于合作开发的一方当事人
D. 合作开发的当事人一方取得专利权的，声明
放弃专利申请权的一方可以免费实施该专利

23. 甲、乙共同完成一项发明，就该项发明的专利
申请权所作的下列判断中，正确的有（　　）。
A. 如果甲不同意申请专利，乙可以自行申请
B. 如果甲放弃其专利申请权，乙可以单独申
请，但取得专利后，甲有免费使用的权利
C. 如果甲准备转让其专利申请权，应签订书面
合同
D. 如果甲准备转让其专利申请权，乙在同等条
件下有优先受让的权利

三、判断题

1. 招标公告在性质上属于要约邀请，投标人的投标
为要约，招标人定标为承诺。　　　　　　（　　）
2. 谢某欲卖给蒋某一位画家的作品，双方订立了书
面买卖合同。但该画在交付之前，因发生火灾被
烧毁。谢某可以免除向蒋某交付该画的责任。
　　　　　　　　　　　　　　　　　　（　　）
3. 买卖合同的标的物不需要运输的，不知道标的物
在某一地点的，应当在出卖人的营业地交付标的
物。　　　　　　　　　　　　　　　　（　　）
4. 赠与合同自赠与标的物转移至受赠人后，赠与人
均不得撤销赠与。　　　　　　　　　　（　　）
5. A公司向B银行申请贷款，双方签订借款合同约
定贷款金额500万元，贷款期间利息共计10万
元。B银行向A公司实际发放贷款时预先扣除了
10万元利息。根据规定，A公司应当偿还本金
490万元并以此计算利息。　　　　　　（　　）
6. 借款人提前偿还借款的，当事人可以约定按借
款合同约定的期间计算利息。　　　　　（　　）
7. 融资租赁合同中，承租人应当履行占有租赁物期
间的维修义务。　　　　　　　　　　　（　　）
8. 在融资租赁合同中，出租人享有租赁物的所有
权。承租人破产的，租赁物不属于破产财产。
　　　　　　　　　　　　　　　　　　（　　）

9. 马某慕名到甲服装加工店加工一套服装，双方订
立了合同，明确约定了服装的款式、尺寸、加工
费及交活的时间。随后，由于甲服装店接收了某
单位的批量工作服的加工任务，遂与乙服装加工
店达成协议，将马某定作的一套服装转让给乙店
加工，并与乙服装店达成协议，通知了马某。该
合同转让行为合法有效。　　　　　　　（　　）
10. 某学校与某服装厂订立校服承揽合同，由服装
厂为某学校加工校服。承揽合同履行期间，某
学校到服装厂检查生产发现校服质量不理想，
于是提出解除合同。如果服装厂不同意，某学
校则构成违约，应承担违约责任。　　　（　　）
11. 当事人就同一建设工程另行订立的建设工程施
工合同与经过备案的中标合同实质性内容不一
致的，应当以备案的中标合同作为结算工程价
款的根据。　　　　　　　　　　　　　（　　）
12. 当事人对建设工程的计价标准或者计价方法有
约定的，按照约定结算工程价款。当事人约定
按照固定价结算工程价款，一方当事人不得请
求对建设工程造价进行鉴定。　　　　　（　　）
13. 建设工程施工合同有效，但建设工程竣工验收
不合格的，承包人无权请求支付工程款。（　　）
14. 运输合同中，收货人无正当理由拒绝受领货物
的，承运人可以依法留置该货物。　　　（　　）
15. 运输合同订立后，承运人将货物交付收货人前，
托运人可以要求承运人中止运输、返还货物、
变更到达地或者将货物交给其他收货人，但应
当赔偿承运人因此受到的损失。　　　　（　　）
16. 保管期间，因保管人保管不善造成保管物毁损、
灭失的，保管人应当承担损害赔偿责任。但保
管人能证明自己没有重大过失的，不承担损害
赔偿责任。　　　　　　　　　　　　　（　　）
17. 甲工厂委托乙公司购买一批货物，乙公司不收
取报酬。如果乙公司因重大过失给甲工厂造成
损失，甲工厂可要求乙公司赔偿损失。（　　）
18. 受托人需要转委托的，应当经委托人同意，委
托人可以就委托事务直接指示转委托的第三人，
受托人仅就第三人的选择及其对第三人的指示
承担责任。　　　　　　　　　　　　　（　　）
19. 甲委托乙与丙订立合同，甲对乙做出明确授权，
且要求乙以其自身的名义与丙订立合同，但丙
知道乙是代理甲与之订立合同，该合同直接约
束甲和丙。　　　　　　　　　　　　　（　　）
20. 甲委托乙以乙的名义与丙订立合同，合同订立
后因甲无货可供对丙不履行合同，此时，乙应
当向丙披露委托的事实及委托人甲的情况，丙
可因此选择甲或乙作为相对人提出履行合同义
务的权利，并可根据具体情况随时予以变更相
对人。　　　　　　　　　　　　　　　（　　）
21. 居间人促成合同成立的，居间活动的费用，由

该合同的当事人平均负担。 （ ）

22. 生产产品或者提供服务依法应当经过但未经有关部门审批或者取得行政许可的，不影响当事人订立的相关技术合同的效力。 （ ）

23. 合作开发完成的技术成果，当事人一方不同意申请专利的，另一方可以申请专利。 （ ）

24. 委托开发或者合作开发完成的技术秘密成果的使用权、转让权以及利益的分配办法，由当事人约定，未约定的，当事人均有使用的权利，但不得转让。 （ ）

25. 技术合同被确认无效或者被撤销后，因履行合同所完成的新技术成果或者在他人技术成果基础上完成后续改进技术成果的权利归属和利益分享，当事人不能重新协议确定的，由原技术所有人和完成技术成果的一方共有。 （ ）

26. 李某曾经是A公司的电脑软件研发人员，担任X计算机软件的研发工作，于2007年9月离职。2008年8月李某在B公司提供的物质技术条件帮助下，完成X计算机软件的研发工作。X计算软件的研发成果应当有A公司和B公司共同享有。 （ ）

四、综合题

1. 甲商场规定其下属的百货、家电、食品等承包组对外开展业务可以使用甲商场的名义和公章，但发生的债权债务概与商场无关。2004年11月2日，该商场百货组以甲商场名义，与乙服装厂签订一份购买5万件服装的合同，合同约定由百货组自行提货，签约后6个月内一次付清货款。为担保合同履行，在合同签订时，丙商场承诺对该合同买方承担的货款义务负连带保证责任。此外，百货组还以甲商场的名义，将甲商场的4辆汽车向乙服装厂作了抵押，并办理了抵押登记。11月5日，百货组派人到乙服装厂提货，货车回商场途中与一辆运煤车相撞起火，车上服装全部被烧毁。

要求：

根据上述内容，回答下列问题

（1）百货组以甲商场的名义与乙服装厂签订的合同是否有效？为什么？

（2）上述合同中买方的权利、义务应由谁享有、承担？为什么？

（3）该批货物被烧毁的损失应由谁承担？为什么？

（4）丙商场的保证责任的范围是什么？在清偿债务时该保证责任的范围与甲商场抵押担保的范围应如何界定？

2. 李某将自有房屋两间租给王某居住。租赁合同中约定租期2年。1年后，李某因急需用钱便决定出卖该房屋。李某将这一决定告之了承租人王某并要其退租。王某拒不退租，也不表示买房。李某便于3个月后将该房以5万元卖给赵某。赵某要王某迁出，王某不理。赵某又请李某将王某撵走，李某否认自己有撵走王某的义务。赵某因此起诉到人民法院，要求王某立即搬出，以便自己能立即使用房屋。

要求：

根据上述内容，回答下列问题：

（1）李某和赵某的房屋买卖是否有效？为什么？

（2）李某、王某的房屋租赁合同是否因李某将房屋出卖给赵某而无效？为什么？

（3）赵某要求王某立即搬出是否有理？为什么？

3. 某年5月，李某自行研制的多功能手杖、高级自动烟盒等新型产品经有关部门评选认可，提交全国技术成果交易会展出，其间某机械厂主动找到李某商谈技术转让事宜。双方于同年6月21日签订了由李某向机械厂转让带收音机多功能电子手杖和多功能吸尘器两项技术成果的技术转让合同。合同签订后，机械厂将带收音机多功能电子手杖的技术转让费1.5万元给付李某。李某向机械厂提供了带收音机多功能电子手杖的样品及图纸等技术资料，并对机械厂的有关人员进行了技术培训。机械厂掌握该项技术后，以"同时上两个新产品有困难"为由，要求变更合同。经双方商定，将原转让的带收音机多功能电子手杖生产技术变更为不带收音机的多功能电子手杖生产技术，转让费变更为1.3万元，解除转让多功能吸尘器生产技术的合同。同年7月13日，双方又签订了由李某向机械厂转让多功能高级自动烟盒技术成果的技术转让合同，合同规定转让费为2000元，从李某多收的电子手杖技术转让费中冲抵。随后，李某又按该合同对机械厂有关人员进行了技术培训，提供了多功能高级自动烟盒的样品、图纸资料及材料来源。机械厂按李某转让的技术生产出了合格的多功能电子手杖和多功能高级自动烟盒，还对多功能电子手杖外形和内部结构进行了改制，两项产品均已投入市场销售。李某将多功能手杖和多功能高级自动烟盒的样品收回。第二年4月8日，机械厂诉至人民法院，以李某采用欺骗手段转让两项不成熟技术为由，要求确认其与李某签订的技术转让合同无效，由李某返还全部技术转让费并赔偿经济损失。

要求：

根据上述内容，回答下列问题：

（1）本案所涉及的技术转让合同是否有效？为什么？属于何种技术转让合同？

（2）本案应如何认定及处理？说明理由。

4. 某年7月1日，A租赁有限公司（下称租赁公司）和B电子工业总公司（下称电子公司）签订了一份合同。该合同约定，租赁公司按照电子公司的要求从国外购进年产500万只气体打火机全套设备和生产技术，以及一台气罐车和生产设备、零配件，租赁给电子公司，租金金额为41070万元，约定分6次还清，每6个月还一次，未能支付到期租金，应付迟延利息。该合同并由该市国际贸易开发总公司（下称国发公司）提供担保。合同签订后，因生产成本高，产品销路不好，致使设备开工后不久就停产，电子公司自付出第一期租金后，就未能按合同约定支付租金。租赁公司多次催要未果，遂向市人民法院起诉，要求电子公司按规定偿付租金及利息。

要求：

根据上述内容，回答下列问题：

（1）该合同属于什么合同？请说明理由。

（2）租赁公司的诉讼请求是否合法？说明理由。

（3）国发公司对电子公司不能支付租金的行为承担什么责任？

（4）如果电子公司以租赁物不符合租赁合同约定为由，要求出租人租赁公司承担责任是否有合法依据？为什么？

（5）如果该合同约定，租赁期间届满租赁物归电子公司所有，并且电子公司已按期支付了前5次租金，最后一期租金因发生意外事件无力支付的，租赁公司能否要求解除合同？

5. 某公司与某希望小学签订了一份赠与合同，某公司决定向某小学捐赠价值2万元的电脑。合同签订后，因某公司的法定代表人更换，不愿意履行赠与合同。

要求：

根据上述内容，回答下列问题：

（1）因某公司法定代表人的变动，能否终止该合同关系？为什么？

（2）某公司在没有交付捐赠电脑之前能否撤销该赠与合同？为什么？某小学是否有权要求某公司交付电脑？请说明理由。

（3）如果某公司在捐赠电脑的过程中，由于司机违反交通规则发生事故，致使捐赠的电脑发生毁损，对此是否应承担责任？说明理由。

本章练习题库参考答案及解析

一、单项选择题

1. 【答案】A

【解析】《合同法》规定，标的物在订立合同之前已为买受人占有的，合同生效的时间为交付时间。

2. 【答案】B

【解析】标的物的毁损、灭失风险，交付前由出卖人承担，交付后由买受人承担。

3. 【答案】B

【解析】《合同法》规定，当事人没有约定交付地点或者约定不明确，标的物需要运输的；出卖

人将标的物交付给第一承运人后，标的物毁损、灭失的风险由买受人承担。

4. 【答案】C

【解析】《合同法》规定，买受人有确切证据证明第三人可能就标的物主张权利的，可以中止支付相应的价款，但出卖人提供适当担保的除外。因此，C选项中，解除合同的说法不正确。

5. 【答案】D

【解析】注意本题适用于一般情况，而对标的物的保质期有特殊规定的，适用其特殊规定。

6. 【答案】C

【解析】《合同法》规定，出卖人分批交付标的物的，出卖人对其中一批标的物不交付或者交付不符合约定，致使该批标的物不能实现合同目的的，买受人可以就该批标的物解除合同。所以C选项说买受人可以就该批以及今后其他各批标的物解除合同是不正确的。

7. 【答案】B

【解析】《合同法》规定，买受人有确切证据证明第三人可能就标的物主张权利的，可以中止支付相应的价款，但出卖人提供适当担保的除外。

8. 【答案】D

【解析】赠与人在赠与财产的权利转移之前可以撤销赠与。而该赠与财产汽车为动产，根据《物权法》的规定，机动车等动产，其所有权的转移以交付为要件，而不是以登记为要件。因此，选择D项。

9. 【答案】C

【解析】赠与的财产有瑕疵，如果赠与人告知了受赠人的，赠与人并不承担责任，所以，A选项不对；附义务的赠与，赠与的财产有瑕疵的，赠与人在附义务的限度内承担与出卖人相同的责任，因此，B选项不对；如果因为赠与人的故意或者重大过失致使赠与的财产毁损、灭失的，赠与人应当承担损害赔偿责任，所以D选项也不对。

10. 【答案】D

【解析】自然人之间的借款合同约定支付利息的，利率不得超过银行同期贷款利率的四倍。

11. 【答案】A

【解析】《合同法》规定，租赁期限不得超过二十年。超过二十年的，超过部分无效。租赁期间届满，当事人可以续订租赁合同，但约定的租赁期限自续订之日起仍不得超过二十年。

12. 【答案】B

【解析】融资租赁合同有别于一般的财产租赁合同，其租金的确定可依此规定。

13. 【答案】B

【解析】在此情形下，根据合同法的规定，承揽人对无论是否是由自己完成的工作，均要承担全部责任。这与《合同法》总则中，由第三

人代为履行合同义务时，合同责任的承担规定是一致的。

14.【答案】C

15.【答案】D

【解析】建筑工程价款不包括承包人因发包人违约所造成的损失。

16.【答案】D

【解析】注意区分居间活动费用和报酬负担的不同规定。《合同法》规定，居间人促成合同成立的，委托人应当按照约定支付报酬。对居间人的报酬没有约定或者约定不明确的，根据居间人的劳务合理确定。因居间人提供订立合同的媒介服务而促成合同成立的，由该合同的当事人平均负担居间人的报酬。居间人促成合同成立的，居间活动的费用，由居间人负担。

17.【答案】B

18.【答案】B

19.【答案】A

【解析】《合同法》规定，委托开发完成的发明创造，除当事人另有约定的以外，申请专利的权利属于研究开发人。研究开发人取得专利权的，委托人可以免费实施该专利。研究开发人转让专利申请权的，委托人享有以同等条件优先受让的权利。

20.【答案】A

【解析】《合同法》规定，合作开发的当事人一方声明放弃其共有的专利申请权的，可以由另一方单独申请。申请人取得专利权的，放弃专利申请权的一方可以免费实施该专利。

21.【答案】A

二、多项选择题

1.【答案】AC

【解析】（1）《合同法》规定，标的物毁损、灭失的风险，在标的物交付之前由出卖人承担，交付之后由买受人承担，但法律另有规定或者当事人另有约定的除外。（2）出卖人应当按照约定的地点交付标的物。因此，A选项中出卖人应承担风险责任。（3）《合同法》规定，因标的物质量不符合质量要求，致使不能实现合同目的的，买受人可以拒绝接受标的物或者解除合同。买受人拒绝接受标的物或者解除合同的，标的物毁损、灭失的风险由出卖人承担。所以，C选项应选。

2.【答案】BCD

【解析】违约金在双方有特别约定的情况下方可考虑，并且违约金的数额不得过分高于违约造成的损失。

3.【答案】AD

【解析】本题涉及标的物风险责任承担问题，考生应注意掌握一般规定及几种特殊规定。

4.【答案】AB

【解析】合同当事人解除合同可依据总则和分则中的规定，行使解除权，但是随时解除合同应受到限制，须有法律的明确规定。

5.【答案】ABCD

【解析】本题为赠与合同撤销的法定情形。

6.【答案】BCD

【解析】本题为赠与合同任意撤销的情形。赠与财产的权利转移之前赠与人可以撤销赠与。

7.【答案】BCD

【解析】自然人之间的借款合同对支付利息没有约定或者约定不明确的，视为不支付利息。所以A选项不对。

8.【答案】AB

【解析】因为第三人对租赁物主张权利的，承租人应当及时通知出租人，不得单方提出解除合同，或者直接对抗第三人。

9.【答案】ACD

【解析】其中B项所述情形，出租人有权要求恢复原状或者赔偿损失。

10.【答案】BC

【解析】根据《合同法》的规定，出租人出卖租赁房屋的，应当在出卖之前的合理期限内通知承租人，承租人享有以同等条件优先购买的权利，以及"买卖不破租赁"的原则，可见B、C的表述是正确的，A、D的表述不正确。

11.【答案】ABCD

12.【答案】BCD

【解析】承租人占有租赁物期间，租赁物造成第三人的人身伤害或者财产损害的，出租人不承担责任。

13.【答案】ABCD

【解析】本题属于质量违约，既符合承揽合同中的有关规定，也与《合同法》总则中质量违约责任的承担方式一致。

14.【答案】ACD

【解析】（1）承揽人未经定作人同意，将其承揽的主要工作交由第三人完成，定作人可以解除合同，故B选项不正确。

15.【答案】AB

【解析】司法解释规定，建筑工程款包括承包人为建设工程支付的工作人员报酬、材料款等实际支出的费用，不包括承包人因发包人违约所造成的损失。

16.【答案】ABC

【解析】司法解释规定，对具有劳务作业法定资质的承包人与总承包人、分包人签订的劳务分包合同，不得以转包建设工程违反法律规定为由确认其无效。所以，D选项不正确。

17.【答案】ABC

18.【答案】AD

【解析】在联运中的责任，应当由与托运人订立合同的承运人和该区段的承运人承担连带责任，所以 B 选项不对；因不可抗力导致货物灭失的，已收取的运费，托运人可以要求返还，所以 C 选项也不对。

19.【答案】ABCD
【解析】本题涉及保管合同的法律规定，由于保管合同一般属于实践合同，所以相应的各选项的规定，即符合这一特征也符合法律规定。注意保管合同与仓储合同的区别。

20.【答案】ACD
【解析】委托合同中的受托人可以委托人或者自己的名义订立合同，如以自己的名义订立合同，则负有向第三人的披露义务。所以，B 选项的说法不全面。

21.【答案】ABC

22.【答案】BCD
【解析】（1）委托开发完成的发明创造，除当事人另有约定的以外，申请专利的权利属于研究开发人。所以 A 选项不对。

23.【答案】BCD
【解析】甲、乙完成的发明属于合作开发完成的发明。合作开发的当事人一方不同意申请专利的，另一方或者其他各方不得申请专利。所以，A 项不正确。

三、判断题

1.【答案】√

2.【答案】√
【解析】特定物买卖合同在特定物灭失后，通常当事人可免除实际履行责任。某画家的某件作品属于特定物。

3.【答案】×
【解析】《合同法》规定，当事人没有约定交付地点或者约定不明确，依《合同法》有关规定仍不能确定的，标的物不需要运输，出卖人和买受人订立合同时不知道标的物在某一地点的，应当在出卖人订立合同时的营业地交付标的物。

4.【答案】×
【解析】赠与的撤销分为任意撤销和法定撤销。任意撤销是指赠与人在赠与财产的权利转移之前可以撤销赠与。法定撤销是指具有法定情形时，无论是否具有救灾、扶贫义务或者经过公证，赠与人均可撤销赠与，包括受赠人的下列情形：（1）严重侵害赠与人或者赠与人的近亲属；（2）对赠与人有扶养义务而不履行；（3）不履行赠与合同约定的义务。

5.【答案】√
【解析】借款的利息不得预先在本金中扣除。利息预先在本金中扣除的，应当按照实际借款数额返还借款及利息。

6.【答案】√
【解析】借款人提前偿还借款的，除当事人另有约定的以外，应当按照实际借款的期间计算利息。

7.【答案】√
【解析】租赁合同与融资租赁合同中，关于租赁物维修义务的规定不同。

8.【答案】√

9.【答案】×
【解析】必须经定作人同意方可转让。

10.【答案】×
【解析】《合同法》规定，定作人可以随时解除承揽合同，这是承揽合同的一个特点。但定作人因此造成承揽人损失的，应当赔偿损失。

11.【答案】√

12.【答案】√

13.【答案】×
【解析】建设工程施工合同有效，但建设工程竣工验收不合格的，工程价款结算按照合同无效时工程竣工验收不合格的情形处理。即：（1）修复后的建设工程经竣工验收合格，发包人可以请求承包人承担修复费用；（2）修复后的建设工程经竣工验收不合格，承包人无权请求支付工程价款。

14.【答案】×
【解析】托运人或收货人不支付运费、保管费以及其他运输费用的，承运人对相应的运输货物享有留置权。但是收货人不明或收货人无正当理由拒绝受领货物的，承运人可以依法提存货物。

15.【答案】√
【解析】《合同法》规定，托运人享有运输合同的变更与解除的权利。在承运人将货物交付收货人之前，托运人可以要求承运人中止运输、返还货物、变更到达地或者将货物交给其他收货人，但应当赔偿承运人因此受到的损失。

16.【答案】×
【解析】保管期间，因保管人保管不善造成保管物毁损、灭失的，保管人应当承担损害赔偿责任。但保管是无偿的时，保管人证明自己没有重大过失的，不承担损害赔偿责任。

17.【答案】√
【解析】委托合同有有偿与无偿之分，受托人的责任因此而有区别。无偿的委托合同，因受托人的故意或者重大过失给委托人造成损失的，委托人可以要求赔偿损失。该规定中，委托人的损失是因受托人存在故意或者重大过失造成的。

18.【答案】√

19.【答案】√
【解析】受托人以自己的名义，在委托人授权范围内与第三人订立的合同，第三人在订立合同时知道受托人与委托人之间的代理关系的，该合同直接约束委托人和第三人。

20.【答案】×

【解析】《合同法》规定，受托人因委托人的原因对第三人不履行义务，受托人应当向第三人披露委托人，第三人因此可以选择受托人或者委托人作为相对人主张其权利，但第三人不得变更选定的相对人。所以第三人丙可以根据具体情况随时予以变更相对人的说法不对。

21.【答案】×

【解析】居间人促成合同成立的，居间活动的费用，由居间人负担。居间人未促成合同成立的，不得要求支付报酬，但可以要求委托人支付从事居间活动支出的必要费用。注意区分报酬和费用的支付或者负担的不同。

22.【答案】√

23.【答案】×

【解析】该情形下，另一方或者其他各方也不得申请专利。因为合作开发完成的技术成果归合作开发的当事人共有。

24.【答案】×

【解析】没有约定或者约定不明确的，当事人均有使用和转让的权利，但委托开发的研究开发人不得在向委托人交付研究开发成果之前，将研究开发成果转让给第三人。

25.【答案】×

【解析】当事人不能重新协议确定的，由完成技术成果的一方享有。

26.【答案】×

【解析】个人完成的技术成果，属于执行原所在法人的工作任务，又主要利用了向所在法人的物质技术条件的，应当按照该自然人原所在和现所在法人达成的协议确认权益。不能达成协议的，根据对完成该项技术成果的贡献大小由双方合理分享。

四、综合题

1.【答案】本题考查要点主要有：表见代理，所有权转移与标的物风险责任的承担，保证方式与保证责任的范围，物的担保与保证担保的责任划分。

（1）百货组以甲商场的名义与乙服装厂签订的合同有效。本案百货组以甲商场名义，使用甲商场公章，而乙服装厂并不知悉甲商场内部规定，这实际上形成了百货组为代理人，甲商场为被代理人而与乙服装厂订立合同的代理行为，符合表见代理的规定。

（2）买方的权利、义务由甲商场享有和承担。根据表见代理的规定，该代理行为的法律后果由被代理人甲商场承担，即合同权利的享有和义务

的承担。

（3）该批货物中被烧毁的损失应由甲商场承担。根据规定，标的物毁损、灭失的风险自交付时转移，案中百货组已提走货物，运输途中灭失，因此损失由买方甲商场承担。

（4）因为丙商场在签订保证合同时，未就保证责任的范围与乙服装厂作出约定，根据《担保法》的规定，保证合同对保证责任没有约定的，丙商场的保证责任的范围包括主债权及利息、违约金、损害赔偿金、实现债权的费用。

丙商场对4辆汽车价值以外的债权承担保证责任。因为《物权法》规定，同一债权既有保证又有物的担保的，当事人没有约定或者约定不明的，则债权人先就债务人的担保求偿，保证在物的担保不足清偿时承担补充清偿责任。

2.【答案】本题考查要点主要有：房屋租赁合同中出租人在租赁期间能否出卖租赁房屋，"买卖不破租赁"的原则。

（1）《合同法》规定，出租人出卖租赁房屋的，应当在出卖之前的合理期限内通知承租人，承租人享有以同等条件优先购买的权利。本案中出租人李某在出卖该房屋时，提前3个月通知了承租人王某，说明李某在出卖之前的合理期限内通知了承租人。王某对该房屋享有优先购买权，但是王某未予明确表示。所以出租人李某与第三人赵某签订的房屋买卖合同有效。

（2）根据《合同法》的规定，租赁物在租赁期间发生所有权变动的，不影响租赁合同的效力，即实行"买卖不破租赁"的原则。本案中李某出卖房屋的行为发生在租赁期间，根据上述规定该租赁合同继续有效。

（3）根据上述规定，房屋的受让人赵某要求王某立即搬出该房屋是没有道理的，因为该房屋的租赁期限还没有届满，房屋租赁合同仍然有效，所以承租人王某有权继续居住。

3.【答案】本题考查要点主要有：技术转让合同的效力，技术转让合同的违约责任承担方式。

（1）本案涉及两份技术转让合同，均为技术秘密的转让，为合法有效合同。因为李某是两项技术秘密的合法拥有者，该事实已得到有关部门的认定，并且李某所提供的技术完整、无误、有效，已经达到约定的目标，有机械厂生产出的产品为证。双方以书面形式订立合同。上述事实均符合《合同法》有关技术转让合同的规定，李某不存在欺诈，故合同合法有效。

（2）如上所述，本案中两份技术转让合同合法有效，双方应履行合同义务。《合同法》规定，技术秘密转让合同的让与人应当按照约定提供技术资料，进行技术指导，保证技术的实用性，可靠性，并承担保密义务。对此规定，李某身为转让人均已做到，并且保证机械厂在李某的指导下

生产出产品，投放市场，说明该两项技术的实用性与可靠性。受让人机械厂理应按照约定使用技术，支付使用费，承担保密义务，故此要求返还转让费及赔偿损失的理由不能成立。

4.【答案】本题考查要点主要有：融资租赁合同的基本特征，承租人未按约定支付租金时出租人的权利，保证方式及保证人的责任，租赁物的归属。

（1）该合同属于融资租赁合同。其中租赁公司既是出租人又是买受人，电子公司是承租人，出租人租赁公司根据承租人电子公司的需求，向出卖人购买租赁物，提供给承租人使用，符合融资租赁合同的基本特征。

（2）租赁公司对电子公司的诉讼请求是合法的。《合同法》规定，承租人应当按照约定支付租金。承租人经催告后在合理期限内仍不支付租金的，出租人可以要求支付全部租金；也可以解除合同，收回租赁物。

（3）国发公司对电子公司不能支付租金的行为应当承担连带责任。因为国发公司是该合同的保证人，而该保证合同没有约定保证的方式，因此，视为连带责任保证，保证人对债务人的债务须承担连带责任。

（4）电子公司要求租赁公司承担责任没有合法依据。因为该合同中租赁物的选择是出租人租赁公司根据承租人电子公司的要求从国外购进的，在此情形下，租赁物不符合租赁合同约定或者不符合使用目的的，出租人不承担责任。除非承租人依赖出租人的技能确定租赁物或者出租人干预

选择租赁物的，出租人须对此承担责任。但是，本案的事实不能反映出该情形的发生，所以，不能要求租赁公司承担责任。

（5）租赁公司可以要求解除合同，收回租赁物。《合同法》规定，当事人约定租赁期间届满租赁物归承租人所有，承租人已经支付大部分租金，但无力支付剩余租金，出租人可以解除合同收回租赁物。如果收回的租赁物的价值超过承租人欠付的租金以及其他费用的，承租人可以要求部分返还租金。

5.【答案】本题考查要点主要有：赠与合同的特点，合同生效后不得因当事人姓名、名称等的变动不履行合同义务，赠与合同不得撤销的情形，赠与人的责任。

（1）该合同不能终止。合同法规定，合同生效后，当事人不得因姓名、名称的变更或者法定代表人、负责人、承办人的变动而不履行合同义务。因此，该合同不能终止。

（2）某公司不能撤销合同。因为该赠与属于公益性的捐赠，根据合同法的规定，具有救灾、扶贫等社会公益、道德义务性质的赠与合同或者经过公证的赠与合同，不得撤销赠与，赠与人不交付赠与的财产的，受赠人可以要求交付。所以，某小学在某公司不交付赠与财产时，可以要求其交付。

（3）某公司应对损毁电脑承担赔偿责任。《合同法》规定，因赠与人故意或重大过失致使赠与财产毁损、灭失的，赠与人应当承担损害赔偿责任。

第十一章

外汇管理法律制度

本章考情分析

本章在教材中所占篇幅不大，题型均为客观题，分值一般在 3 分左右。

考生对全章内容的复习，应着重于有关外汇管理的具体法律规定，对于相关的金融知识及背景资料的介绍可作一般了解。

2009 年指定教材对本章内容在体例和内容上都进行了重大修改。因此，历年试题基本没有参考价值。

最近 3 年题型题量分析

年 份 题 型	2006 年	2007 年	2008 年
单选题	1 题 1 分		1 题 1 分
多选题	1 题 1 分	1 题 1 分	1 题 1 分
判断题			
综合题			
合 计	2 题 2 分	1 题 1 分	2 题 2 分

本章考点扫描

【考点一】外汇的概念（2009 年有变化）

外汇在形式上表现为某种外国货币或外币资产，但不能因此就认为所有的非本国货币都是外汇。只有那些具有可兑换性的外国货币才能成为外汇。

我国的人民币目前属于有限度自由兑换货币。

【考点二】外汇管理的概念（2009 年有变化）

外汇管理分为三类：（1）严格的外汇管理。（2）有限的外汇管理。即对经常项目的外汇收支原则上不予限制，对资本项目的外汇收支则加以限制。我国属于此类。（3）不加限制的外汇制度。

【考点三】《外汇管理条例》的适用范围

境内机构和境内个人的外汇收支或者外汇经营活动，无论其发生在境内或境外，均适用该条例。

【解释】所谓境内机构，是指中华人民共和国境内的国家机关、企业、事业单位、社会团体、部队等，外国驻华外交领事机构和国际组织驻华代表机构除外。所谓境内个人，是指中国公民和在中华人民共和国境内连续居住满 1 年的外国人，外国驻华外交人员和国际组织驻华代表除外。

【考点四】外汇管理基本原则（重要，2009 年新增内容）

1. 国际收支统计监测与应急保障制度。凡是中国居民与非中国居民之间发生的一切经济交易，都应当向国家外汇管理机关进行申报。

2. 禁止外币在境内流通（国家另有规定的除外）。

3. 国家对经常性国际支付和转移不予限制。只要是确属经常项目下的国际交易支付和转移，而不是用于资本转移目的，就可以对外支付，不得有数量限制。

4. 境内机构、个人的外汇收入可以调回境内或者存放境外。

5. 通过外汇账户办理外汇业务。

境内机构凡已经开立过经常项目外汇账户的，如需开立新的经常项目外汇账户，可持开户申请书、营业执照（或社团登记证）和组织机构代码证直接到经营外汇业务的银行办理开户手续；凡未开立过经常项目外汇账户的，应持营业执照（或社团登记证）和组织机构代码证先到外汇管理局进行机构基本信息登记。

除另有规定外，银行为境内机构和境外机构办理外汇收支业务，包括跨境收付汇结售汇、境内外汇划转等，均应先为其开立外汇账户，并通过外汇账户办理。对于有零星外汇收支的客户，银行可以不为其开立外汇账户，但应通过银行以自身名义开立的"银行零星代客结售汇"账户为其办理外汇收支业务。境内机构和境外机构办理外汇收支业务，应先按规定报告资金性质。银行根据其报告的资金性质填写交易编码后，方能为其办理外汇收支业务。

【例题1·多选题】根据外汇管理基本原则的要求，下列各项中，符合规定的有（　　）。

A. 以人民币支付中华人民共和国境内的一切公共的和私人的债务，任何单位和个人不得拒收

B. 境内机构、个人的外汇收入可以调回境内或者存放境外

C. 凡是中国居民与非中国居民之间发生的一切经济交易，都应当向国家外汇管理机关进行申报

D. 银行为客户办理外汇收支业务，均应先为其开立外汇账户

【答案】ABC

【考点五】经常项目外汇管理（重要，2009年有变化）

1. 对经常项目下的外汇收入实行意愿结汇制。经常项目外汇收入，可以按照国家有关规定保留或者卖给经营结汇、售汇业务的金融机构。

2. 经常项目的外汇支出，应当按照国务院外汇管理部门关于付汇与购汇的管理规定，凭有效单证以自有外汇支付或者向经营结汇、售汇业务的金融机构购汇支付。不需要审批。

3. 经常项目外汇收支交易基础的审核。经营结汇、售汇业务的金融机构应当按照规定，对交易单证的真实性及其与外汇收支的一致性进行合理审查。

【例题2·判断题】按照有关规定，经常项目的外汇支出，凭有效单证以自有外汇支付，不需要审批；向经营结汇、售汇业务的金融机构购汇支付的，需经外汇管理机关审批。（　　）

【答案】×

【考点六】资本项目外汇管理（重要，注意与经常项目外汇管理比较，2009年有变化）

1. 资本项目外汇收支的一般规定

（1）资本项目外汇收入保留或者卖给经营结汇、售汇业务的金融机构，应当经外汇管理机关批准，但国家规定无需批准的除外。

（2）资本项目外汇支出，应当按照有关规定，凭有效单证以自由外汇支付或者向经营结汇、售汇业务的金融机构购汇支付。国家规定应当经外汇管理机关批准的，应当在外汇支付前办理批准手续。

（3）依法终止的外商投资企业，按照国家有关规定进行清算、纳税后，属于外方投资者所有的人民币，可以向经营结汇、售汇业务的金融机构购汇汇出。

（4）资本项目外汇及结汇资金，应当按照有关主管部门及外汇管理机关批准的用途使用。外汇管理机关有权对资本项目外汇及结汇资金使用和账户变动情况进行监督检查。

2. 直接投资项下的外汇管理

境外机构、境外个人在境内直接投资，经有关主管批准后，应当到外汇管理机关办理登记。外商投资企业依照经国家批准的投资合同，可以保留其资本金或进行结汇；利润分配作为经常项目管理，汇出不受限制；投资回收经批准后可以购汇汇回。

3. 有价证券或者衍生产品发行、交易项下的外汇管理

（1）境外投资者可以直接进入我国境内的B股市场购买股票，无须审批；进入A股市场购买股票、债券等投资品种，需要通过合格境外机构投资者（简称QFII）进行，且通过QFII汇入的外汇资金不得超过国家批准的外汇额度。

（2）境内投资者到境外证券市场投资，实行合格境内机构投资者（简称QDII）制度。境内商业银行、保险公司等作为机构投资者，在外汇管理部门批准的外汇额度内，可以直接到境外进行证券投资，也可以接受客户委托到境外证券市场投资。

【例题3·判断题】我国对资本项目的外汇管理比经常项目下的外汇管理更为严格，因此，资本项目的外汇收入与支出，均应按照规定在办理之前办理批准手续。（　　）

【答案】×

【考点七】外债管理（2009年有变化）

国家对外债实行规模管理。借用外债应当按照国家有关规定办理，并到外汇管理机关办理外债登记。具体来说：

1. 国际金融组织贷款和外国政府贷款由国家统一对外举借。

2. 境内中资机构从境外举借中长期国家商业贷款，须经国家发改委批准；举借短期国际商业贷款，由国家外汇管理局核定外债限额、实行余额管理。

3. 外商投资企业借用国外贷款的，不需要有关部门批准，但需要报外汇管理机关备案，其外债限额控制在国家批准的投资总额与注册资本的差额之内。

4. 金融机构在境外发行外币债券，必须经国务院外汇管理部门批准，并按国家有关规定办理手续。

5. 提供对外担保，应当向外汇管理机关提出申请，由外汇管理机关根据申请人的资产负债等情况作出批准或者不批准的决定。

【考点八】境内机构对外提供商业贷款的管理（2009 年新增内容）

银行业金融机构在经批准的经营范围内可以直接向境外提供商业贷款。其他境内机构向境外提供商业贷款，应当向外汇管理机关提出申请，外汇管理机关根据申请人的资产负债等情况作出批准或不批准的决定。

【考点九】金融机构外汇业务综合头寸管理（摘要，2009 年新增内容）

1. 银行结售汇综合头寸的核定。国家外汇管理局及其分局根据国际收支状况、银行的结售汇业务量和本外币资本金（或营运资金）以及资产状况等因素，核定银行的结售汇综合头寸，并实行限额管理。结售汇综合头寸限额的管理区间下限为零、上限为外汇局核定的限额。

2. 银行结售汇综合头寸的考核和监管。外汇管理局对银行的结售汇综合头寸按日进行考核和监管。银行应当按日管理全行系统的结售汇综合头寸，使每个交易日结束时的结售汇综合头寸保持在外汇局核定的限额内。对于临时超过核定限额的，银行应在下一个交易日结束前调整至限额内。

3. 金融机构的资本金、利润以及因本外币资产不匹配需要进行人民币与外币间转换的管理。应当经外汇管理机关批准。凡具有外汇业务经营资格的中资商业银行，在具备健全的内控机制和完善的操作规程的条件下，可根据自身外汇总资产规模向人民银行申请购汇补充外汇资本金。申请材料包括，最近 1 年的资产负债表、损益表以及外汇业务经营情况和风险管理情况的分析报告；最近 1 年内人民银行或外汇局对其外汇业务的检查或考评报告，或各行的外汇业务自查报告等。

【例题 4·多选题】根据规定，下列各项中，属于国家外汇管理局及其分局，进行银行结售汇综合头寸核定的因素有（ ）。

A. 银行的结售汇业务量

B. 银行本外币资本金

C. 银行资产状况

D. 国际收支状况

【答案】ABCD

【例题 5·单选题】金融机构的资本金、利润以及因本外币资产不匹配需要进行人民币与外币间转换的，应当经外汇管理机关批准。凡具有外汇业务经营资格的中资商业银行，在具备健全的内控机制和完善的操作规程的条件下，可根据自身外汇总资产规模向有关机构申请购汇补充外汇资本金。该有关机构是（ ）。

A. 国家外汇管理机关

B. 人民银行

C. 其他商业银行

D. 政策性银行

【答案】B

【考点十】人民币汇率管理（2009 年有变化）

我国实行有管理的浮动汇率制度。

1. 以市场供求为基础。每日银行间外汇市场美元对人民币的交易价仍在人民银行公布的美元中间价上下 3‰的幅度内浮动，非美元对人民币的交易价在人民银行公布的该货币交易中间价上下一定幅度内浮动。

2. 汇率的管理与调节。中国人民银行负责确定美元等主要外币对人民币的交易价围绕中间价上下浮动的幅度，并根据市场发育状况和经济金融形势适时调整汇率浮动区间。

【考点十一】外汇市场管理

1. 对银行间的外汇市场只允许进行即期交易，即只能进行现汇买卖。对银行与客户之间则允许进行远期外汇交易。

2. 国务院外汇管理部门可以根据外汇市场的变化和货币政策的要求，依法对外汇市场进行调节。

【考点十二】外汇管理机关的监管措施（2009 年新增内容）

外汇管理机关依法进行监督检查或者调查，监督检查或调查人员不得少于 2 人，并应当出示证件。

【考点十三】逃汇及其处罚（2009 年有变化）

有违反规定将境内外汇转移境外，或者以欺骗手段将境内资本转移境外等逃汇行为的，由外汇管理机关责令限期调回外汇，处逃汇金额 30%以下的罚款；情节严重的，处逃汇金额 30%以上等值以下的罚款；构成犯罪的，依法追究刑事责任。

【考点十四】非法套汇及其处罚（2009 年有变化）

有违反规定以外汇支付应当以人民币收付的款项，或者以虚假、无效的交易单证等向经营结汇、售汇业务的金融机构骗购外汇等非法套汇行为的，由外汇管理机关责令对非法套汇资金予以回兑，处罚比例与逃汇处罚相同。

【例题 6·单选题】某企业在接待一外国考察小组时，以人民币支付该考察小组在中国境内的所有费用，同时向其收取等值的外汇，该行为属于（ ）。（1998 年试题）

A. 合法行为

B. 逃汇行为

C. 套汇行为

D. 扰乱金融行为

【答案】C

【考点十五】其他违反外汇管理规定的行为及处罚（2009 年有变化）

1. 违反规定将外汇汇入境内的，处罚比照逃汇（见考点十三）。

2. 违反规定携带外汇出入境的，由外汇管理机关予以警告，可以处违法金额 20% 以下的罚款。依法由海关予以处罚的，从其规定。

3. 有擅自对外借款、在境外发行债券或者提供对外担保等违反外债管理行为的，由外汇管理机关给予警告，处违法金额 30% 以下的罚款。

4. 违反规定，擅自改变外汇或结汇资金用途的，处罚比照逃汇（见考点十三）。

5. 私自买卖外汇、变相买卖外汇、倒买倒卖外汇或非法介绍买卖外汇数额较大的，由外汇管理机关给予警告，没收违法所得，处罚比例与逃汇相同（见考点十三）。

6. 有下列情形之一的，由外汇管理机关责令改正，给予警告，对机构可以处 30 万元以下的罚款，对个人可以处 5 万元以下的罚款：（1）未按照规定进行国际收支统计申报的；（2）未按照规定报送财务会计报告、统计报表等资料的；（3）未按照规定提交有效单证或者提交的单证不真实的；（4）违反外汇账户管理规定的；（5）违反外汇登记管理规定的；（6）拒绝、阻碍外汇管理机关依法进行监督检查或调查的。

【例题 7·单选题】王某非法倒买倒卖相当于人民币 20 万元的等值外汇。根据外汇管理的有关规定，外汇管理机关除可以给予王某警告、强制收兑、没收违法所得的处理处罚外，还可以并处一定数额的罚款。该罚款幅度为（　　）。（2008 年试题经调整）

A.1 万元至 10 万元

B.2 万元至 20 万元

C.5 万元至 50 万元

D.6 万元至 20 万元

【答案】D

【解析】2005 年曾考过类似单选题。

【考点十六】救济（2009 年新增内容）

当事人对外汇管理机关作出的具体行政行为不服的，可以依法申请行政复议；对行政复议决定仍不服的，可以依法向人民法院提起行政诉讼。

经典试题回顾

由于 2009 年教材本章内容变化非常大，因此，历年试题基本没有参考意义，故不再选取。

本章练习题库

一、单项选择题

1. 根据国际收支统计监测与应急保证制度的要求，凡是中国居民与非中国居民之间发生的一切经济交易，都应当按规定进行申报，报送财务会计报告、统计报表等。该申报的机关是（　　）。
   A. 国家统计机关
   B. 国家财政机关
   C. 中国人民银行
   D. 国家外汇管理机关

2. 外汇管理局对银行的结售汇综合头寸按日进行考核和监管。银行应当按日管理全行系统的结售汇综合头寸，使每个交易日结束时的结售汇综合头寸保持在外汇局核定的限额内。对于临时超过核定限额的，银行应在规定时间内调整至限额内。该规定时间是（　　）。
   A. 下一个交易日结束前
   B. 第 3 个交易日结束前
   C. 第 5 个交易日结束前
   D.1 个月内

3. 外汇管理机关依法进行监督检查或者调查，监督检查或调查人员应当出示证件，且不得少于（　　）。
   A.2 人　　B.3 人　　C.4 人　　D.5 人

4. 私自买卖外汇、变相买卖外汇、倒买倒卖外汇或非法介绍买卖外汇数额较大的，由外汇管理机关给予警告，没收违法所得，情节严重的，对其处罚为（　　）。
   A. 处违法金额 20% 以上等值以下的罚款
   B. 处违法金额 30% 以上等值以下的罚款
   C. 处违法金额 1 倍以上 5 倍以下的罚款
   D. 处违法金额 1 倍以上 3 倍以下的罚款

5. 擅自对外借债、在境外发行债券或者提供对外担保等违反外债管理行为的，由外汇管理机关给予警告外，其处罚为（　　）。
   A. 处违法金额 20% 以上等值以下的罚款
   B. 处违法金额 30% 以下的罚款
   C. 处违法金额 30% 以上等值以下的罚款
   D. 处违法金额 1 倍以上 5 倍以下的罚款

6. 当事人对外汇管理机关作出的具体行政行为不服的，可以依法（　　）。
   A. 要求调解
   B. 申请仲裁
   C. 申请行政复议
   D. 提起行政诉讼

7. 每日银行间外汇市场美元兑人民币的交易价仍在人民银行公布的美元中间价上下一定幅度内浮动。该一定幅度为（　　）。

A. 1‰   B. 2‰   C. 3‰   D. 5‰

8. 根据规定，确定美元等主要外币对人民币的交易价围绕中间价上下浮动的幅度，并根据市场发育状况和经济金融形势适时调整汇率浮动区间的机构是(   )。
   A. 中国人民银行
   B. 国务院外汇管理部门
   C. 国务院财政部门
   D. 中国人民银行和国务院外汇管理部门

二、多项选择题

1. 下列各项中，属于《外汇管理条例》适用范围的有(   )。
   A. 境内企业发生在境内的外汇收支
   B. 境内企业发生在境外的外汇经营活动
   C. 在中国境内连续居住满1年的外国人在中国境内发生的外汇收支
   D. 国际组织驻华代表机构的外汇收支

2. 根据外汇管理基本原则的要求，下列各项中，符合规定的有(   )。
   A. 中华人民共和国境内禁止外币流通，并不得以外币计价结算
   B. 凡是中国居民与非中国居民之间发生的一切经济交易，都应当向国家外汇管理机关进行申报
   C. 除另有规定外，银行为境内机构和境外机构办理外汇收支业务，均应先为其开立外汇账户
   D. 境内机构、个人的外汇收入应当调回境内

3. 下列各项中，有关经常项目外汇管理的表述，正确的有(   )。
   A. 经常项目的外汇支出，应当按照规定，凭有效单证以自有外汇支付，不需要审批
   B. 经常项目的外汇支出，应当按照规定，经外汇管理部门审批，凭有效单证向经营结汇、售汇业务的金融机构购汇支付
   C. 经营结汇、售汇业务的金融机构应当按照规定，对交易单证的真实性及其与外汇收支的一致性进行合理审查
   D. 对经常项目下的外汇收入实行意愿结汇制

4. 下列各项中，关于资本项目外汇管理的表述，符合规定的有(   )。
   A. 除国家另有规定的外，资本项目外汇收入保留或者卖给经营结汇、售汇业务的金融机构，应当经外汇管理机关批准
   B. 依法终止的外商投资企业，按照国家有关规定进行清算、纳税后，属于外方投资者所有的人民币，可以向经营结汇、售汇业务的金融机构购汇汇出
   C. 境外投资者可以直接进入我国境内的B股市场购买股票，无须审批
   D. 境内商业银行、保险公司等作为机构投资者，在外汇管理部门批准的外汇额度内，可以直接到境外进行证券投资，也可以接受客户委托到境外证券市场投资

5. 金融机构的资本金、利润以及因本外币资产不匹配需要进行人民币与外币间转换的，应当经外汇管理机关批准。下列各项中，属于具有外汇业务经营资格的中资商业银行，向人民银行申请购汇补充外汇资本金时，应当提价的材料有(   )。
   A. 最近1年的资产负债表
   B. 最近1年的损益表
   C. 外汇业务经营情况的分析报告
   D. 风险管理情况的分析报告

6. 下列各项中，由外汇管理机关责令改正，给予警告，对机构可以处30万元以下的罚款，对个人可以处5万元以下的罚款的有(   )。
   A. 未按照规定报送财务会计报告
   B. 未按照规定报送统计报表
   C. 拒绝、阻碍外汇管理机关依法进行监督检查或调查的
   D. 违反规定，擅自改变外汇或结汇资金用途的

7. 下列各项中，有关银行结售汇综合头寸的核定的表述，符合规定的有(   )。
   A. 中国人民银行核定银行的结售汇综合头寸
   B. 银行结售汇综合头寸的核定，实行限额管理，下限为零
   C. 国际收支状况、银行的结售汇业务量，是核定银行结售汇综合头寸的一定因素
   D. 银行的本外币资本金（或营运资金）以及资产状况，是核定银行结售汇综合头寸的一定因素

8. 国家对外债实行规模管理。借用外债应当按照国家有关规定办理，并到外汇管理机关办理外债登记。下列各项中，有关外债管理的表述，符合规定的有(   )。
   A. 国际金融组织贷款和外国政府贷款由国家统一对外举借
   B. 境内中资机构从境外举借中长期国家商业贷款，须经国家发改委批准；举借短期国际商业贷款，由国家外汇管理局核定外债限额，实行余额管理
   C. 外商投资企业借用国外贷款的，不需要有关部门批准，但需要报外汇管理机关备案，其外债限额控制在国家批准的投资总额与注册资本的差额之内
   D. 提供对外担保，应当向外汇管理机关提出申请，由外汇管理机关根据申请人的资产负债等情况作出批准或者不批准的决定

9. 下列各项中，有关资本项目外汇收支管理的表述，正确的有(   )。
   A. 依法终止的外商投资企业，按照国家有关规定进行清算、纳税后，属于外方投资者所有的人民币，可以向经营结汇、售汇业务的金融机构购汇汇出

B. 外商投资企业依照经国家批准的投资合同，可以保留其资本金或进行结汇

C. 外商投资企业的利润分配，经有关机关批准后，可以保留其或进行结汇

D. 外商投资企业的投资回收经批准后可以购汇汇回

10. 下列各项中，有关有价证券或者衍生产品发行、交易项下的外汇管理，表述正确的有（　　）。

A. 境外投资者经审批，可以进入我国境内的 B 股市场购买股票

B. 境外投资者进入 A 股市场购买股票、债券等投资品种，需要通过 QFII 进行，且通过 QFII 汇入的外汇资金不得超过国家批准的外汇额度

C. 境内商业银行、保险公司等作为机构投资者，在外汇管理部门批准的外汇额度内，可以直接到境外进行证券投资

D. 境内商业银行、保险公司等作为机构投资者，在外汇管理部门批准的外汇额度内，可以接受客户委托到境外证券市场投资

三、判断题

1. 并非所有的非本国货币都是外汇，只有那些具有可兑换性的外国货币才能成为外汇。（　　）

2. 我国在外汇管理制度上，实行严格的外汇管理制度。（　　）

3. 境内金融机构在经批准的经营范围内可以直接向境外提供商业贷款。（　　）

4. 未按照规定进行国家收支统计申报的，由外汇管理机关责令改正，给予警告，对机构可以处 30 万元以下的罚款，对个人可以处 5 万元以下的罚款。（　　）

5. 我国实行有管理的浮动汇率制度。（　　）

6. 中国人民银行对银行的结售汇综合头寸按日进行考核和监管。银行应当按日管理全行系统的结售汇综合头寸，使每个交易日结束时的结售汇综合头寸保持在外汇局核定的限额内。（　　）

7. 银行业金融机构在经批准的经营范围内可以直接向境外提供商业贷款。其他境内机构向境外提供商业贷款，应当向外汇管理机关提出申请，外汇管理机关根据申请人的资产负债等情况作出批准或不批准的决定。（　　）

8. 境内中资机构从境外举借国际商业贷款，须经国家发改委批准。（　　）

9. 资本项目外汇收入保留或者卖给经营结汇、售汇业务的金融机构，应当经外汇管理机关批准，但国家规定无需批准的除外。（　　）

10. 资本项目外汇支出，应当按照有关规定，凭有效单证以自由外汇支付或者向经营结汇、售汇业务的金融机构购汇支付。国家规定应当经外汇管理机关批准的，应当在外汇支付前办理批准手续。（　　）

11. 经常项目是指国际收支中经常发生的交易项目，包括贸易收支、劳务收支和对外投资等。（　　）

12. 外商投资企业经常项目下外汇收入可在外汇管理局核定的最高金额以内保留外，其超出的部分可以汇出境外。（　　）

13. 金融机构在境外发行外币债券，须经国务院证券监督管理委员会和外汇管理部门批准。（　　）

本章练习题库参考答案及解析

一、单项选择题

1. 【答案】D
2. 【答案】A
3. 【答案】A
4. 【答案】B
5. 【答案】B
6. 【答案】C

【解析】当事人对外汇管理机关作出的具体行政行为不服的，可以依法申请行政复议；对行政复议决定仍不服的，可以依法向人民法院提起行政诉讼。

7. 【答案】C
8. 【答案】A

二、多项选择题

1. 【答案】ABC

【解析】境内机构和境内个人的外汇收支或者外汇经营活动，无论其发生在境内或境外，均适用该条例。外国驻华外交人员和国际组织驻华代表除外。

2. 【答案】BC

【解析】（1）中华人民共和国境内禁止外币流通，并不得以外币计价结算，但国家另有规定的除外，如保税区。故 A 选项不对。（2）境内机构、个人的外汇收入可以调回境内或者存放境外。故 D 选项也不对。

3. 【答案】ACD

【解析】经常项目的外汇支出，应当按照国务院外汇管理部门关于付汇与购汇的管理规定，凭有效单证以自有外汇支付或者向经营结汇、售汇业务的金融机构购汇支付，不需要审批。

4. 【答案】ABCD
5. 【答案】ABCD
6. 【答案】ABC

【解析】违反规定，擅自改变外汇或结汇资金用途的，由外汇管理机关责令改正，处违法金额 30% 以下的罚款；情节严重的，处违法金额 30% 以上等值以下的罚款；构成犯罪的，依法追

究刑事责任。

7.【答案】BCD

【解析】国家外汇管理局及其分局根据国际收支状况、银行的结售汇业务量和本外币资本金（或营运资金）以及资产状况等因素，核定银行的结售汇综合头寸，并实行限额管理。结售汇综合头寸限额的管理区间下限为零、上限为外汇局核定的限额。

8.【答案】ABCD

9.【答案】ABD

【解析】外商投资企业依照经国家批准的投资合同，可以保留其资本金或进行结汇；利润分配作为经常项目管理，汇出不受限制；投资回收经批准后可以购汇汇回。

10.【答案】BCD

【解析】境外投资者可以直接进入我国境内的B股市场购买股票，无须审批。

三、判断题

1.【答案】√

2.【答案】×

【解析】有限的外汇管理制度。

3.【答案】×

【解析】银行业金融机构在经批准的经营范围内可以直接向境外提供商业贷款。其他境内机构向境外提供商业贷款，应当向外汇管理机关提出申

请，外汇管理机关根据申请人的资产负债等情况作出批准或不批准的决定。

4.【答案】√

5.【答案】√

6.【答案】×

【解析】应当是外汇管理局。

7.【答案】√

8.【答案】×

【解析】境内中资机构从境外举借中长期国际商业贷款，须经国家发改委批准；举借短期国际商业贷款，由国家外汇管理局核定外债限额，实行余额管理。

9.【答案】√

10.【答案】√

11.【答案】×

【解析】经常项目是指国际收支中涉及货物、服务、收益及经常转移的交易项目等。对外投资属于资本项目。

12.【答案】√

【解析】对经常项目下的外汇收入实行意愿结汇制。

13.【答案】×

【解析】根据我国《外汇管理条例》的规定，金融机构在境外发行外币债券，须经国务院外汇管理部门批准，并按照国家有关规定办理。

第十二章

支付结算法律制度

本章考情分析

本章历年试题一般以客观题为主，有关银行账户、结算法律责任的内容曾与票据法的规定结合考过综合题，但分值不高，一般不会超过5分。

本章主要介绍了三大问题：一是票据结算之外的五种支付结算方式，即汇兑、委托收款、托收承付、银行卡和电子支付；二是银行账户管理，包括基本存款账户、一般存款账户、临时存款账户、专用存款账户、个人存款账户和异地存款账户等6种银行账户；三是结算纪律与结算责任。

2009年指定教材本章内容基本没有变化。本章的学习难度不大，应注意如下问题：（1）对各种结算方式的适用范围、凭证格式等内容的比较。（2）各类银行账户之间在开户条件、用途等基本问题方面的比较、理解。（3）结算责任的内容与票据法的有关规定结合。本章历年试题值得参考。

最近3年题型题量分析

年份 题型	2006年	2007年	2008年
单选题	2题2分	2题2分	2题2分
多选题		1题1分	1题1分
判断题	1题1分	1题1分	1题1分
综合题			
合计	3题3分	4题4分	4题4分

本章考点扫描

【考点一】支付结算的法律特征

1. 支付结算必须通过中国人民银行批准的金融机构进行。银行是支付结算和资金清算的中介机构。未经中国人民银行批准的非银行金融机构和其他单位不得作为中介机构经营支付结算业务，但法律、行政法规另有规定的除外。

2. 支付结算是一种要式行为。票据和结算凭证上的金额、出票或者签发日期、收款人名称不得更改，更改的票据无效，更改的结算凭证，银行不予受理；票据和结算凭证金额须以中文大写和阿拉伯数字同时记载，两者必须一致，两者不一致的票据无效，两者不一致的结算凭证，银行不予受理。

【相关链接】票据行为必须符合法定形式，关于签章和绝对记载事项的要求与此处的规定相关。可在票据法中掌握（见第十三章考点三）。

3. 支付结算的发生取决于委托人的意志。银行只要以善意且符合规定的正常操作程序审查，对伪造、变造的票据和结算凭证上的签章以及需要交验

的个人有效身份证件，未发现异常而支付金额的，对出票人或付款人不再承担委托付款的责任，对持票人或收款人不再承担付款的责任。

【例题1·多选题】根据有关规定，单位在填写票据时，下列选项中，应当遵守的有（　　）。（2001年试题）

A. 金额以中文大写和阿拉伯数字同时记载并一致

B. 收款人名称必须清楚并不得更改

C. 签章应为单位的财务专用章或者公章加其法定代表人或其授权的代理人的签名或者盖章

D. 标明签发票据的原因

【答案】ABC

【考点二】汇兑的汇款回单和收账通知

1. 汇出银行受理，审查无误，向汇款人签发汇款回单。

2. 汇入银行审查无误后，办理付款手续，并向开立存款账户的收款人发出收账通知。收账通知是银行将款项确已收入收款人账户的凭证。（1）如果收款人转账支付的，应由原收款人向银行填制支款凭证，并由本人交验其身份证件办理支付款项。但

该账户的款项只能转入单位或个体工商户的存款账户,严禁转入储蓄和信用卡账户。(2)如果转汇的,应由原收款人向银行填制信、电汇凭证,并由本人交验身份证件。转汇的收款人必须是原收款人。

【例题2·判断题】汇款回单可作为该笔汇款已转入收款人账户的证明。( )(1999年试题)

【答案】×

【例题3·判断题】在银行汇兑业务中,原收款人转汇的,转汇的收款人必须是原收款人。( )(2008年试题)

【答案】√

【考点三】汇兑的退汇(重要)

【解释】汇款的退汇,是指汇款人对汇出银行已经汇出的款项申请退回汇款的行为。

1. 对在汇入银行开立存款账户的收款人,由汇款人与收款人达成退汇协议,可以办理退汇。

2. 对在汇入银行未开立存款账户的收款人,经汇入银行核实汇款确未支付,并将款项退回汇出银

行,方可办理退汇。但转汇银行不得受理汇款人或汇出银行对汇款的退汇。

3. 对于收款人拒绝接受的汇款或发出取款通知后两个月无法支付的汇款,汇入银行应主动办理退汇。

【例题4·多选题】在银行汇兑业务中,已经汇出的款项在特定情形下应由银行办理退汇。下列情形中,属于银行应依当事人申请或有关规定办理退汇的有( )。(2008年试题)

A. 收款人拒绝接受汇款

B. 汇入银行向收款人发出取款通知后,经过两个月汇款仍无法交付

C. 收款人在汇入银行未开立存款账户,汇入银行已将汇款支付给收款人

D. 收款人在汇入银行有存款账户,汇款人与收款人联系退汇,但双方未能就退汇达成一致意见

【答案】AB

【考点四】托收承付的适用范围(重要,见表12-1)

表12-1 汇兑、托收承付、委托收款适用范围、凭证的对比

	适用范围	凭证记载事项
汇兑	异地适用	1. 表明"信汇"或"电汇"的字样;2. 无条件支付的委托;3. 确定的金额;4. 收款人名称;5. 汇款人名称;6. 汇入地点、汇入行名称;7. 汇出地点、汇出行名称;8. 委托日期;9. 汇款人签章
托收承付	1. 异地适用,收付双方必须签有合法的购销合同;每笔金额起点为1万元,新华书店系统每笔的金额起点为1000元。2. 了解适用主体的特殊性。3. 结算款项的用途。必须是商品交易以及因商品交易而产生的劳务供应的款项。代销、寄销、赊销的商品的款项,不得适用。4. 累计三次收不回货款或无理拒付,暂停使用	1. 表明"托收承付"的字样;2. 确定的金额;3. 付款人名称及账号;4. 收款人名称及账号;5. 付款人开户银行名称;6. 收款人开户银行名称;7. 托收附寄单证张数或册数;8. 合同名称、号码;9. 委托日期;10. 收款人签章
委托收款	同城异地,单位个人均可适用	1. 表明"委托收款"的字样;2. 确定的金额;3. 付款人名称;4. 收款人名称;5. 委托收款凭据名称及附寄单证张数;6. 委托日期;7. 收款人签章

【例题5·单选题】根据支付结算办法的有关规定,下列款项中,可以使用托收承付方式办理结算的是( )。(2005年试题)

A. 供销社与国有企业之间的商品交易款项

B. 供销社为国有企业代销商品应支付的款项

C. 集体所有制企业向国有企业提供劳务应收取的款项

D. 集体所有制企业向国有企业赊销商品应收取的款项

【答案】A

【注意问题】考生注意汇兑、托收承付与委托收款适用范围的比较(见表12-1)。

【考点五】承付期(重要,与托收承付逾期付款赔偿金的计算有关)

1. 验单付款的承付期为3天,从付款人开户银行发出承付通知的次日算起。

2. 验货付款的承付期为10天,从运输部门向付款人发出提货通知的次日算起。在第10天付款人通知银行货物末到,而以后收到提货通知没有及时送交银行,银行仍按10天期满的次日作为划款日期,并按超过天数,计扣逾期付款赔偿金。

【考点六】托收承付的逾期付款处理(重要)

1. 付款人在承付期满银行营业终了时,如无足

够资金支付，其不足部分，即为逾期未付款项，按逾期付款处理。

2. 逾期付款赔偿金，按每天万分之五计算。

3. 逾期付款天数从承付期满日算起，当天算作逾期 1 天，承付期满的次日，应当算作逾期 2 天，以此类推。

4. 付款人开户银行对逾期未付的托收凭证，负责进行扣款的期限为 3 个月。期满时，如果付款人仍无足够资金支付的，银行应于次日通知付款人将有关交易单证在 2 日内退回银行，逾期不退回的，自发出通知的第 3 天起，按照该笔尚未付清欠款的金额，每天处以万分之五但不低于 50 元的罚款，并暂停付款人向外办理结算业务。

【例题 6·单选题】甲乙双方签订一买卖合同，合同金额为 4 万元，付款方式为托收承付，验单付款。卖方甲根据合同规定发货后委托银行向买方乙收取货款，乙的开户银行于 2000 年 5 月 15 日（星期一）收到经甲的开户银行审查后的托收凭证及附件，当日通知乙。承付期满日，乙的账户上无足够资金支付，尚缺 2 万元，同年 5 月 29 日，乙存入 3 万元。根据支付结算的有关规定，乙应被计扣赔偿金的数额为（　）。（2000 年试题）

　　A. 110 元　　　　　　B. 120 元
　　C. 140 元　　　　　　D. 150 元
【答案】A

【注意问题】关于此类问题的计算，应注意三点：（1）逾期付款金额的确定，为付款人在承付期满银行营业终了时，如无足够资金支付，其不足部分为逾期未付款项，本题中反映的逾期付款金额为 2 万元；（2）逾期付款天数的计算。逾期付款天数从承付期满日算起，承付期满日银行营业终了时，付款人如无足够资金支付，其不足部分，应当算作逾期 1 天，计算 1 天的赔偿金；本题为验单付款，承付期为 3 天，从付款人开户银行发出承付通知的次日算起，即从 2000 年 5 月 16 日算起，截止到 5 月 18 日承付款届满，18 日当天开始计算 1 天的赔偿金，直至 5 月 29 日，付款人向银行存入 3 万元，共计 11 天；（3）逾期付款赔偿金的支付比例，按每天万分之五计算，最后的计算过程为：2 万元 × 0.5‰ × 11 天 = 110 元。

【考点七】托收承付的拒绝付款处理（重要）

付款人在承付期内，有正当理由，可向银行提出全部或者部分拒绝付款。该理由包括：

1. 没有签订购销合同或未订明托收承付结算方式购销合同款项；

2. 未经双方事先达成协议，收款人提前交货或因逾期交货，付款人不需要该项货物的款项；

3. 未按合同规定的到货地址发货的款项；

4. 代销、寄销、赊销商品的款项；

5. 验单付款，发现所列货物的品种、规格、数量、价格与合同规定不符，或货物已到，经查验物与合同规定或发货清单不符的款项；

6. 验货付款，经查验货物与合同规定或发货清单不符的款项；

7. 货款已经支付或计算有错误的款项。

【解释】上述七项可以分为两种情况考虑：（1）不符合托收承付的适用范围，因此拒付。如第 1、4；（2）在买卖合同（购销合同）中买方因卖方违约而行使抗辩权，即买方拒绝付款。

【例题 7·多选题】根据有关规定，下列选项中，可以成为托收承付的付款人向银行提出拒绝付款的理由有（　）。（1999 年试题）

　　A. 合同未订明以托收承付方式结算款项
　　B. 未按合同规定到货地址发货的款项
　　C. 代销商品的款项
　　D. 赊销商品的款项
【答案】ABCD

【考点八】委托收款凭证的格式（重要，见表 12－1）

【例题 8·多选题】根据支付结算管理的有关规定，下列各项中，属于当事人签发委托收款凭证时必须记载的事项的有（　）。（2007 年试题）

　　A. 收款日期
　　B. 委托日期
　　C. 收款人名称和收款人签章
　　D. 委托收款凭据名称及附寄单证张数
【答案】BCD

【注意问题】注意汇兑、托收承付、委托收款凭证格式的比较（见表 12－1）。

【考点九】委托收款的付款

1. 付款人应于接到通知的当日书面通知银行付款；如果付款人未在接到通知的次日起 3 日内通知银行付款的，视同付款人同意付款。

2. 银行在办理划款时，发现付款人存款账户不足支付的，应通过被委托银行向收款人发出未付款通知书。

【例题 9·单选题】甲公司委托乙银行向丙企业收取款项，丙企业开户银行在债务证明到期日办理划款时，发现丙企业存款账户不足支付的，可以采取的行为是（　）。（2003 年试题）

　　A. 直接向甲公司出具拒绝支付证明
　　B. 应通过乙银行向甲公司发出未付款通知书
　　C. 先按委托收款凭证及债务证明标明的金额向甲公司付款，然后向丙企业追索
　　D. 应通知丙企业存足相应款项，如果丙企业在规定的时间内未存足款项的，再向乙银行出具拒绝支付证明
【答案】B

【考点十】银行卡的计息（见表12－2）

表12－2　　关于银行卡的计息标准

计息银行卡	不计息银行卡
准贷记卡、借记卡（不含储值卡）	贷记卡、储值卡（含IC卡的电子钱包）

【例题10·多选题】 根据规定，下列各类银行卡中，发卡银行按照中国人民银行规定的同期同档次存款利率及计息办法计付利息的有（　　）。

A. 贷记卡　　　　　B. 准贷记卡
C. 借记卡　　　　　D. 储值卡
【答案】 BC

【考点十一】贷记卡持卡人非现金交易的优惠条件（重要，见表12－3）

表12－3　　银行卡持卡人适用的优惠条件

银行卡的种类	贷记卡
适用情形	非现金交易
优惠条件	免息还款期待遇（60天）或者最低还款额待遇
不适用优惠条件的情形	贷记卡持卡人支取现金、准贷记卡透支

发卡银行对贷记卡持卡人未偿还最低还款额和超信用额度用卡的行为，应当分别按最低还款额未还部分、超过信用额度部分的5%收取滞纳金和超限费；贷记卡透支按月计收复利，准贷记卡透支按月计收单利，透支利率为日利率万分之五。

【例题11·单选题】 根据规定，下列各项中，银行卡持卡人能享有免息还款期或者最低还款额待遇的情形有（　　）。

A. 贷记卡持卡人非现金交易
B. 贷记卡持卡人支取现金
C. 准贷记卡持卡人非现金交易
D. 准贷记卡持卡人支取现金
【答案】 A

【考点十二】银行卡的收费标准

1. 向商户收取结算手续费的标准：
（1）宾馆、餐饮、娱乐、旅游等行业不低于交易金额的2%；
（2）其他行业不得低于交易金额的1%。
2. POS跨行交易的商户结算手续费收费标准
（1）对一般类型的商户，发卡行的固定收益为交易金额的0.7%，银联网络服务费的标准为交易金额的0.1%。

（2）对房地产、汽车销售类商户，发卡银行固定收益及银联网络服务费比照一般类型商户的办法和标准收取，但发卡银行收益每笔最高不超过40元，银联网络服务费最高不超过5元。对批发类的商户，发卡行固定收益及银联网络服务费比照一般类型商户的办法和标准收取，但发卡行收益每笔最高不超过16元，银联网络服务费最高不超过2元。

【例题12·单选题】 王某使用银行卡支付宾馆住宿费1万元。根据银行卡业务管理规定，银行办理该银行卡收单业务收取的结算手续费应不得低于（　　）元。（2002年试题）

A. 20　　B. 50　　C. 100　　D. 200
【答案】 D

【例题13·单选题】 李某到某汽车专营店购买轿车一辆，价格为10万元。李某使用中国工商银行牡丹灵通卡（借记卡）通过中国建设银行在该专营店设置的POS机刷卡支付。在此笔交易中，中国工商银行的结算收益和银联网络服务费分别为（　　）。（2008年试题）

A. 40元和5元
B. 70元和10元
C. 350元和50元
D. 700元和100元
【答案】 A

【考点十三】单位卡的使用

1. 在单位卡的使用过程中，其账户的资金一律从其基本存款账户转账存入，不得交存现金，不得将销货收入的款项存入其账户。
2. 单位卡的持卡人不得用于10万元以上的商品交易、劳务供应款项的结算，并一律不得支取现金。
3. 严禁将单位的款项存入个人卡账户。个人卡账户的资金只限于持有人的现金存入和工资性款项以及属于个人的劳务报酬收入、投资回报等转账存入。

【例题14·单选题】 下列各项中，信用卡持卡人可以使用单位卡的情形是（　　）。（1999年试题）

A. 购买价值9万元的电脑
B. 存入销货收入的款项
C. 支付12万元劳务费用
D. 支取现金
【答案】 A

【考点十四】持卡人退货的处理

1. 特约单位不得通过压卡、签单和退货等方式支付持卡人现金。
2. 持卡人要求退货的，特约单位应使用退货单办理压（刷）卡，并将退货单金额从当日签购单累计金额中抵减，退货单随签购单一并送交收单银行。

【例题15·判断题】甲发现用银行卡在乙商场购买的一台电视机存在质量问题，遂要求乙商场退货。乙商场在办理退货手续时以现金方式退还给甲支付的价款，并将退货单送交收单银行。乙商场的行为不符合银行卡业务管理的规定。（　　）（2002年试题）

【答案】√

【考点十五】信用卡的风险控制指标

1. 同一持卡人单笔透支发生额个人卡不得超过2万元（含等值外币）、单位卡不得超过5万元（含等值外币）。

2. 同一账户月透支余额个人卡不得超过5万元（含等值外币），单位卡不得超过发卡银行对该单位综合授信额度的3%。无综合授信额度可参照的单位，其月透支余额不得超过10万元（含等值外币）。

3. 外币卡的透支额度不得超过持卡人保证金（含储蓄存单质押金额）的80%。

4. 从本办法施行之日起新发生的180天（含180天，下同）以上的月均透支余额不得超过月均总透支余额的15%。

此外，准贷记卡的透支期限最长为60天。贷记卡的首月最低还款额不得低于其当月透支余额的10%。

【例题16·单选题】根据银行卡业务管理办法的规定，信用卡持卡人的透支发生额不能超过一定限度。下列有关信用卡透支额的表述中，正确的是（　　）。（2004年试题）

A. 单位卡的同一账户月透支余额不得超过发卡银行对其综合授信额度的5%

B. 单位卡的同一持卡人单笔透支发生额不得超过4万元（含等值外币）

C. 个人卡的同一账户月透支余额不得超过6万元（含等值外币）

D. 个人卡的同一持卡人单笔透支发生额不得超过2万元（含等值外币）

【答案】D

【考点十六】发卡银行的义务

发卡银行的义务（摘要）：

1. 发卡银行应当按月向持卡人提供账户结单，在下列情况下发卡银行可不向持卡人提供账户结单：

（1）已向持卡人提供存折或其他交易记录；

（2）自上一份月结单后，没有进行任何交易，账户没有任何未偿还余额；

（3）已与持卡人另行商定。

2. 发卡银行应当向持卡人提供银行卡挂失服务，应当设立24小时挂失服务电话，提供电话和书面挂失两种挂失方式，书面挂失为正式挂失方式，并在章程或有关协议中明确发卡银行与持卡人之间的挂失责任。

3. 发卡银行对持卡人的资信资料负有保密义务。

【例题17·判断题】银行卡发卡银行应当向持卡人提供对账服务，按月提供对账结单。即使自上一月份结单后，持卡人账户没有进行任何交易，也没有任何未偿还余额，发卡银行仍须向持卡人提供账户结单。（　　）（2007年试题）

【答案】×

【考点十七】银行卡的销户

1. 持卡人办理销户时，如果账户内还有余额，属单位卡的，则应将该账户内的余额转入其基本存款账户，不得提取现金；个人卡账户可以转账结清，也可以提取现金。

2. 持卡人透支之后，只有在还清透支本息后，在下列情况下，可以办理销户：（1）银行卡有效期满45天后，持卡人不更换新卡的；（2）银行卡挂失满45天后，没有附属卡又不更换新卡的；（3）银行卡被列入止付名单，发卡银行已收回其银行卡45天的；（4）持卡人死亡，发卡银行已收回其银行卡45天的；（5）持卡人要求销户或担保人撤销担保，并已交回全部银行卡45天的；（6）银行卡账户两年（含）以上未发生交易的；（7）持卡人违反其规定，发卡银行认为应该取消资格的。

【例题18·单选题】根据规定，银行卡账户一定期限以上未发生交易的，银行可以办理销户。该一定期限为（　　）。

A. 45天　　B. 60天　　C. 1年　　D. 2年

【答案】D

【考点十八】电子支付资料保存期

1. 客户提出终止电子支付协议或者银行停止为客户办理电子支付业务的，银行应当按会计档案的管理要求妥善保存客户的申请资料，保存期限至电子支付业务终止后5年。

2. 电子支付指令的确认。发起行应建立必要的安全程序，对客户的身份和电子支付指令进行确认，并应能够向客户提供纸质或电子交易回单，同时形成日志文件等纪录，保存至交易后5年。

【例题19·单选题】姚某最近在A银行申请开通了"网上银行"业务。2008年7月1日，他通过"网上银行"缴纳了一笔电话费。对于此笔支付形成的日志文件，A银行应当保存至（　　）。（2008年试题）

A. 2009 年 7 月 1 日
B. 2011 年 7 月 1 日
C. 2013 年 7 月 1 日
D. 2018 年 7 月 1 日
【答案】C

【考点十九】限制电子支付的金额（重要）

1. 银行通过互联网为个人客户办理电子支付业务，除采用数字证书、电子签名等安全认证方式外，单笔金额不应超过 1000 元人民币，每日累计金额不应超过 5000 元人民币。

2. 银行为客户办理电子支付业务，单位客户从其银行结算账户支付给个人银行结算账户的款项，其单笔金额不得超过 5 万元人民币，但银行与客户通过协议约定，能够事先提供有效付款依据的除外。

3. 银行应在客户的信用卡授信额度内，设定用于网上支付交易的额度供客户选择，但该额度不得超过信用卡的预借现金额度。

【例题20·单选题】根据有关规定，银行通过互联网为个人客户办理电子支付业务，除采用数字证书、电子签名等安全认证方式外，单笔金额和每日累计金额分别不应超过一定数额。该数额为（　）。（2007 年试题）

A. 单笔金额不得超过 500 元，每日累计金额不得超过 2000 元
B. 单笔金额不得超过 1000 元，每日累计金额不得超过 5000 元
C. 单笔金额不得超过 2000 元，每日累计金额不得超过 5000 元
D. 单笔金额不得超过 10000 元，每日累计金额不得超过 20000 元
【答案】B
【注意问题】关于限制电子支付金额的标准，注意区分不同情况下的具体限额，即个人客户、单位客户以及信用卡客户。

【考点二十】差错的责任承担（重要）

1. 因银行自身系统、内控制度或为其提供服务的第三方服务机构的原因，造成电子支付指令无法按约定时间传递、传递不完整或被篡改，并造成客户损失的，银行应按约定予以赔偿。

2. 因第三方服务机构的原因造成客户损失的，银行应予赔偿，再根据与第三方服务机构的协议进行追偿。

3. 因客户原因造成自身损失的，应当由自己承担损失责任。

4. 因银行（包括第三方服务机构）和客户共同的原因造成损失的，应当依据各自的过错大小，由相应的责任人承担相应的过错责任。

【例题21·判断题】因银行自身系统、内控支付或为其提供服务的第三方服务机构的原因，造成电子支付指令无法按约定时间传递、传递不完整或被篡改，并造成客户损失的，银行应赔偿客户的实际损失。（　）
【答案】×

【考点二十一】单位和个人办理结算的责任（重要，自2000年以来考过 5 次）

1. 商业承兑汇票到期，付款人不能支付票款，按票面金额对其处以 5% 但不低于 1000 元的罚款；银行承兑汇票到期，承兑申请人未能足额交存票款，对尚未扣回的承兑金额按每天万分之五计收罚息。

2. 存款人签发空头或印章与预留印鉴不符的支票，不以骗取财物为目的的，由中国人民银行处以票面金额 5% 但不低于 1000 元的罚款。

【例题22·单选题】一张商业承兑汇票金额为 15 万元，5 月 10 日到期，付款人不能支付票款。根据支付结算的有关规定，对付款人应处以的罚款数额为（　）。（2000 年试题）
A. 10500 元　　　B. 7500 元
C. 1050 元　　　D. 750 元
【答案】B
【相关例题】见第十三章经典试题回顾部分 2003 年综合题。

【考点二十二】银行违反结算规定的责任（重要）

1. 延压、挪用、截留结算资金，影响客户和他行资金使用的，按延压结算金额每天万分之五计付赔偿金。

2. 任意压票、退票、截留、挪用结算资金，由中国人民银行按结算金额对其处以每天万分之七罚款；对直接负责的主管人员和其他责任人员给予警告、记过、撤职或者开除的处分。

【相关例题】见第十三章经典试题回顾部分 2001 年综合题。

【考点二十三】银行结算账户的特点

银行结算账户是指银行为存款人开立的办理资金收付结算的人民币活期存款账户。

【例题23·判断题】人民币银行结算账户既可以作为存款人的活期存款账户，也可以作为存款人的定期存款账户。（　）（2004 年试题）
【答案】×

【考点二十四】各类银行结算账户的开立与使用（重要，见表 12-4）

表 12-4 银行结算账户的开立与使用

	开户条件	开户程序	用途
基本存款账户	1. 凡是具有民事权利能力和民事行为能力，并依法独立享有民事权利和承担民事义务的法人和其他组织，均可以开立基本存款账户。2. 有些单位虽然不是法人组织，但具有独立核算资格，有自主办理资金结算的需要，包括非法人企业、外国驻华机构、个体工商户、单位设立的独立核算的附属机构等	经中国人民银行当地分支行核准后办理开户手续	是存款人的主办账户。主要办理存款人日常经营活动的资金收付及其工资、奖金和现金的支取
一般存款账户	开立基本存款账户的存款人都可以开立一般存款账户。只要存款人具有借款或其他结算需要，都可以申请一般存款账户，且没有数量限制	自开立账户之日起法定期限内向中国人民银行当地分支行备案，无须核准	用于办理存款人借款转存、借款归还和其他结算的资金收付。可以办理现金缴存，但不得办理现金支取
专用存款账户	存款人对其特定用途资金进行专项管理和使用而开立的。见注1	与基本存款账户的核准程序相同；如果属于预算单位专用存款账户之外的其他专用存款账户的，还应办理备案	见注2
临时存款账户	是存款人因临时需要并在规定期限内使用而开立的银行结算账户。用于：（1）设立临时机构；（2）异地临时经营活动；（3）注册验资；（4）境外机构在境内从事经营活动	核准程序与基本存款账户相同	用于办理临时机构以及存款人临时经营活动发生的资金收付
个人存款账户	（1）使用支票、信用卡等信用支付工具；（2）办理汇兑、定期借记、定期贷记、借记卡等结算业务	开户后法定期限内向中国人民银行当地分支行备案。	见注3
异地存款账户	见注4	根据其账户的种类不同，开立程序与以上相关账户开立的程序相同	

注1. 对下列资金的管理与使用，存款人可以申请开立专用存款账户：（1）基本建设资金；（2）更新改造资金；（3）财政预算外资金；（4）粮、棉、油收购资金；（5）证券交易结算资金；（6）期货交易保证金；（7）信托基金；（8）金融机构存放同业资金；（9）政策性房地产开发资金；（10）单位银行卡备用金；（11）住房基金；（12）社会保障资金；（13）收入汇缴资金和业务支出资金；（14）党、团、工会设在单位的组织机构经费；（15）其他需要专项管理和使用的资金。

注2. 专用存款账户的用途：（1）单位银行卡账户的资金必须由其基本存款账户转账存入。该账户不得办理现金收付业务。（2）财政预算外资金、证券交易结算资金、期货交易保证金和信托基金专用存款账户，不得支取现金。（3）基本建设资金、更新改造资金、政策性房地产开发资金、金融机构存放同业资金账户需要支取现金的，应当在开户时报中国人民银行当地分支行批准。中国人民银行当地分支行应根据国家现金管理的规定审查批准。（4）粮、棉、油收购资金、社会保障基金、住房基

金和党、团、工会经费等专用存款账户支取现金应按照国家现金管理的规定办理。（5）收入汇缴账户除向其基本存款账户或预算外资金财政专用存款户划缴款项外，只收不付，不得支取现金。业务支出账户除从其基本存款账户拨入款项外，只付不收，其现金支取必须按照国家现金管理的规定办理。

注3.（1）活期储蓄功能；（2）普通转账结算功能；（3）通过个人银行结算账户使用支票、信用卡等信用支付工具。

注4.（1）营业执照注册地与经营地不在同一行政区域（跨省、市、县）需要开立基本存款账户的；（2）办理异地借款和其他结算需要开立一般存款账户的；（3）存款人因附属的非独立核算单位或派出机构发生的收入汇缴或业务支出需要开立专用存款账户的；（4）异地临时经营活动需要开立临时存款账户的；（5）自然人根据需要在异地开立个人银行结算账户的。

【例题24·单选题】根据有关规定，存款人对用于基本建设的资金，可以向开户银行出具相应的

证明并开立( )。(1999年试题)

  A. 临时存款账户　　B. 一般存款账户

  C. 专用存款账户　　D. 基本存款账户

【答案】C

【例题25·单选题】根据支付结算制度的规定,下列存款账户中,可以用于办理现金支取的是( )。(2006年试题)

  A. 证券交易结算资金专用存款账户

  B. 一般存款账户

  C. 信托基金专用存款账户

  D. 临时存款账户

【答案】D

【例题26·多选题】根据人民币银行结算账户管理的有关规定,存款人申请开立的下列人民币银行结算账户中,应当报送中国人民银行当地分支行核准的有( )。(2004年试题)

  A. 预算单位专用存款账户

  B. 临时存款账户

  C. 个人存款账户

  D. 异地一般存款账户

【答案】AB

【例题27·多选题】根据人民币银行结算账户管理的有关规定,下列专用资金存款账户中,经过中国人民银行批准可以支取现金的有( )。(2005年试题)

  A. 单位银行卡专用存款账户

  B. 财政预算外资金专用存款账户

  C. 金融机构存放同业资金专用存款账户

  D. 政策性房地产开发资金专用存款账户

【答案】CD

【例题28·判断题】基本存款账户的存款人可以通过本账户办理转账结算和现金缴存,但不能办理现金支取。( )(2000年试题)

【答案】×

【例题29·判断题】企业法人内部单位,只要是单独核算的,就可以申请开立基本存款账户。( )(2001年试题)

【答案】√

【考点二十五】银行结算账户使用过程中应当注意的事项(重要)

1. 存款人开立单位银行结算账户,自正式开立之日起3个工作日后,方可办理付款业务。

2. 存款人不得出租、出借银行结算账户,不得利用银行结算账户套取银行信用。

3. 存款人在同一营业机构撤销银行结算账户后重新开立银行结算账户时,重新开立的银行结算账户可自开立之日起办理付款业务。

4. 临时存款账户的有效期最长不得超过2年。

5. 单位从其银行结算账户支付给个人银行结算账户的款项,且每笔超过5万元的,应向其开户银行提供下列付款依据:(1)代发工资协议和收款人清单;(2)奖励证明;(3)新闻出版、演出主办等单位与收款人签订的劳务合同或支付给个人款项的证明;(4)证券公司、期货公司、信托投资公司、奖券发行或承销部门支付或退还给自然人款项的证明;(5)债权或产权转让协议;(6)借款合同;(7)保险公司的证明;(8)税收征管部门的证明;(9)农、副、矿产品购销合同;其他合法款项的证明。如果该款项金额未达5万元的,则无须提供该类付款依据。

【例题30·多选题】根据人民币银行结算账户管理的有关规定,下列款项中,可以转入个人银行结算账户的有( )。(2005年试题)

  A. 出版单位支付给个人的稿费5万元

  B. 期货公司退还个人交存的交易保证金10万元

  C. 保险公司向个人支付理赔款15万元

  D. 单位向个人支付的薪酬

【答案】ABCD

【相关例题】见第十三章经典试题回顾部分2004年综合题。

【考点二十六】银行结算账户的撤销

1. 存款人主体资格终止后,撤销银行结算账户的,应当先撤销一般存款账户、专用存款账户、临时存款账户,将账户资金转入基本存款账户后,方可办理基本存款账户的撤销。

2. 银行得知存款人主体资格终止情况的,存款人超过规定期限未主动办理撤销银行结算账户手续的,银行有权停止其银行结算账户的对外支付。

3. 存款人尚未清偿其开户银行债务的,不得申请撤销该账户。

4. 存款人撤销银行结算账户,必须与开户银行核对银行结算账户存款余额,交回各种重要空白票据及结算凭证和开户许可证。

5. 存款人应撤销而未办理销户手续的单位银行结算账户或银行对一年未发生收付活动且未欠开户银行债务的单位银行结算账户,应通知单位自发出通知之日起30日内办理销户手续,逾期视同自愿销户。

【考点二十七】存款人违反账户管理制度的处罚

存款人在使用银行结算账户过程中,有下列行为之一的,对于非经营性的存款人,给予警告并处以1000元的罚款;对于经营性的存款人,给予警告并处以5000元以上3万元以下的罚款:

1. 违反规定将单位款项转入个人银行结算账户;

2. 违反规定支取现金;

3. 利用开立银行结算账户逃废银行债务;

4. 出租、出借银行结算账户;

5. 从基本存款账户之外的银行结算账户转账存入、将销货收入存入或现金存入单位信用卡账户。

【相关例题】见第十三章经典试题回顾部分2001年综合题。

经典试题回顾

一、单项选择题

1. 一张票款为18000元的商业承兑汇票到期，付款人不能支付票款。根据支付结算的有关规定，付款人应受到罚款处罚，其罚款额至少为（　　）元。（2001年）
A. 360　　B. 540　　C. 900　　D. 1000
【答案】D
【解析】本题在2000年考过基本相同的题目。《支付结算办法》规定，商业承兑汇票到期，付款人不能支付票款，按票面金额对其处以5%但不低于1000元罚款。罚款数额为18000×5%=900（元）。

2. 一张金额为16000元的商业承兑汇票到期，付款人不能支付票款。根据支付结算管理的相关规定，付款人应受到罚款的处罚。该罚款数额应为（　　）元。（2007年）
A. 160　　B. 320　　C. 800　　D. 1000
【答案】D
【解析】根据规定商业承兑汇票到期，付款人不能支付票款，按票面金额对其处以5%但不低于1000元的罚款。该考点在历年试题中多次出现过。

二、多项选择题

1. 根据《支付结算办法》的规定，当事人签发委托收款凭证时，下列选项中，属于必须记载的事项有（　　）。（2000年）
A. 确定的金额和付款人名称
B. 委托收款凭证名称及附寄单证张数
C. 收款人名称和收款人签章
D. 收款日期
【答案】ABC
【解析】委托收款凭证必须记载的事项有七项，除本题应选的三个选项中包括的五项内容外，还包括表明"委托收款"的字样、委托日期两项。

2. 2000年5月，甲公司在办理托收承付结算时，遭到银行拒绝，在与银行交涉时，银行业务员张先生陈述的下列理由中，正确的有（　　）。（2001年）
A. 合同中没有订明使用异地托收承付结算方式
B. 签发托收承付凭证时未注明托收附寄单证的张数
C. 收款人对同一付款人发货托收累计3次未收

回货款
D. 本笔托收承付的金额只有9万元
【答案】ABC
【解析】A选项反映了托收承付的适用范围；B选项是托收承付凭证应当记载的内容之一；C选项符合如果收款人对同一付款人发货托收累计三次收不回货款的，收款人开户银行应暂停收款人向付款人办理托收的规定。托收承付每笔的金额起点为1万元，所以D选项不对。

3. 根据支付结算的有关规定，托收承付的付款人，有正当理由的，可以向银行提出全部或部分拒绝付款。下列选项中，托收承付的付款人可以拒绝付款的款项有（　　）。（2004年）
A. 代销商品发生的款项
B. 购销合同中未订明以托收承付结算方式结算的款项
C. 货物已经依照合同规定发运到指定地址，付款人尚未提取货物的款项
D. 因逾期交货，付款人不需要该项货物的款项
【答案】ABD
【解析】A项的情形不适用于托收承付结算方式，可以拒绝；B项的情形属于当事人没有约定选择该种结算方式，也可以拒绝；C项中付款人尚未提取货物，属付款人违约，不得以此对抗收款人，所以不得拒绝付款；D项的情形属于收款人违反合同约定，付款人可行使抗辩权，即拒绝向收款人付款。

三、判断题

1. 票据金额的中文大写记载与数字记载有差异时，以中文大写记载的金额为准。（　　）（2003年）
【答案】×
【解析】两者应当一致，两者不一致的票据无效；两者不一致的结算凭证，银行不予受理。

2. 个体工商户和个人不能通过托收承付结算方式进行结算。（　　）（2006年）
【答案】√
【解析】使用托收承付结算方式的，必须是国有企业、供销合作社以及经营管理较好，并经开户银行审查同意的城乡集体所有制工业企业。本题内容也多次考过。

四、综合题

请参见第十三章票据法经典试题回顾部分。

本章练习题库

一、单项选择题

1. 在办理汇兑过程中，如果收款人转账支付的，应由原收款人向银行填制支款凭证，并由本人交验

其身份证件办理支付款项。但该账户的款项只能转入单位或个体工商户的（　　）账户。

A. 存款　　　　　　B. 储蓄

C. 信用卡　　　　　D. 存款或储蓄

2. 汇入银行对于向收款人发出取款通知经过（　　）个月无法交付的汇款，应主动办理退汇。

A. 1　　　B. 2　　　C. 3　　　D. 6

3. 汇兑的撤销，是指汇款人对汇出银行（　　）的款项，向汇出银行申请撤销的行为。

A. 尚未汇出

B. 已经汇出

C. 与收款人达成撤销协议

D. 向收款人发出通知而遭拒绝

4. 根据有关规定，在托收承付办理过程中，付款人累计一定次数向收款人提出无理拒付的，付款人开户银行应暂停其向外办理托收。该一定次数为（　　）。

A. 两次　　B. 三次　　C. 四次　　D. 五次

5. 验货付款的承付期为10天，从（　　）的次日算起。在第10天付款人不通知银行的，银行即视同已验货，于10天期满的次日上午银行开始营业时，将款项划给收款人。

A. 合同约定的付款日

B. 收款人向付款人发出付款通知

C. 运输部门向付款人发出提货通知

D. 付款人收到提货通知

6. 下列各项中，属于实时扣账的借记卡。具有转账结算、存取现金和消费功能的是（　　）。

A. 贷记卡　　　　　B. 转账卡

C. 专用卡　　　　　D. 储值卡

7. 根据《银行卡业务管理办法》的有关规定，贷记卡持卡人享受的免息还款期优惠，和准贷记卡的透支期限最长为（　　）天。

A. 30　　B. 60　　C. 90　　D. 180

8. 商业银行办理银行卡收单业务向某宾馆收取结算手续费的标准是不得低于交易金额的（　　）。

A. 1%　　B. 2%　　C. 3%　　D. 4%

9. 客户提出终止电子支付协议或者银行停止为客户办理电子支付业务的，银行应当按会计档案的管理要求妥善保存客户的申请资料，保存期限至（　　）。

A. 客户申请资料接受后5年

B. 客户申请资料接受后3年

C. 电子支付业务终止后5年

D. 电子支付业务终止后3年

10. 根据《账户管理办法》的有关规定，下列各项中，不属于开立专用存款账户的情形是（　　）。

A. 基本建设资金

B. 粮、棉、油收购资金

C. 证券交易结算资金

D. 注册验资

11. 根据《支付结算办法》的规定，国有工业企业之间购销商品采用托收承付方式结算的，结算每笔的金额起点为（　　）元。

A. 100000　　　　　B. 50000

C. 10000　　　　　D. 1000

12. 单位的银行卡在使用过程中，其账户的资金一律从《银行卡业务管理办法》规定的存款账户转账存入，不得交存现金，不得将销货收入的款项存入其账户。该规定的存款账户为（　　）。

A. 专用存款账户

B. 一般存款账户

C. 基本存款账户

D. 临时存款账户

13. 一般存款账户的存款人，不能通过该账户办理（　　）。

A. 转账结算　　　　B. 现金缴存

C. 借款转存　　　　D. 现金支取

14. 单位和个人办理结算，因错填结算凭证，致使银行错投结算凭证或对款项不能解付，影响资金使用的，应由（　　）。

A. 银行与责任单位和个人负连带责任

B. 责任单位和个人自行负责

C. 责任单位和个人负行政责任

D. 责任单位和个人负赔偿责任

15. 根据有关规定，存款人对用于基本建设的资金，可以向开户银行出具相应的证明并开立（　　）。

A. 临时存款账户　　B. 一般存款账户

C. 专用存款账户　　D. 基本存款账户

二、多项选择题

1. 根据《支付结算办法》的规定，下列各项票据或结算凭证，将导致票据无效或者银行不予受理的情形有（　　）。

A. 金额更改

B. 出票日期或者凭证签发日期的更改

C. 收款人名称的更改

D. 中文大写与阿拉伯数字记载的金额不同

2. 根据《支付结算办法》的规定，汇兑的适用范围从主体及地域上包括（　　）。

A. 单位　　B. 个人　　C. 同城　　D. 异地

3. 下列各项中，属于汇兑凭证必须记载的事项有（　　）。

A. 无条件支付的委托

B. 合同名称、号码

C. 汇款人名称及签章

D. 收款人名称及账号

4. 下列各项中，能够办理汇兑退汇的有（　　）。

A. 汇出银行尚未汇出款项

B. 汇入银行的汇款未支付

C. 收款人在汇入银行开立存款账户,汇款人与收款人达成一致退汇意见

D. 收款人拒绝接受的款项

5. 根据《支付结算办法》的规定,下列各项可以适用托收承付结算方式的有( )。

A. 代销商品的款项

B. 国有企业间的商品交易

C. 供销合作社为支付买卖合同中的运费而支付的款项

D. 国有商场寄销商品的款项

6. 托收承付逾期付款处理的规定,下列各项中,正确的说法有( )。

A. 付款人接到付款通知时,如无足够资金支付的,其不足部分即为逾期付款

B. 逾期付款天数从承付期满日的次日算起

C. 赔偿金实行定期扣付,每月计算一次,于次月3日内单独划给收款人

D. 付款人开户银行对逾期未付的托收凭证,负责进行扣款的期限为3个月

7. 下列各项中,关于委托收款的说法,正确的有( )。

A. 如果委托收款以银行以外的单位为付款人的,委托收款凭证必须记载付款人开户银行的名称

B. 如果以未在银行开立存款账户的个人为收款人的,委托收款凭证必须记载被委托银行名称

C. 以银行为付款人的,银行应当在接到通知的3日内将款项主动支付给收款人

D. 付款人如果提前收到由其付款的债务证明的,付款人应通知银行于债务证明的到期日付款

8. 下列各项中,关于银行卡计息的表述,正确的有( )。

A. 发卡银行对贷记卡账户的存款、储值卡内的币值不计付利息

B. 发卡银行对准贷记卡及借记卡(不含储值卡)账户内的存款计付利息

C. 贷记卡持卡人使用该卡享受免息还款期待遇或者最低还款额待遇

D. 贷记卡透支按月计收复利,准贷记卡透支按月计收单利,透支利率为日利率万分之五

9. 根据有关规定,发卡银行可以不予办理挂失的银行卡有( )。

A. 储值卡

B. IC卡内的电子钱包

C. 贷记卡

D. 准贷记卡

10. 发卡银行应当向持卡人提供对账服务,按月向持卡人提供账户结单。但在特定情形下,根据有关规定发卡银行可以不向持卡人提供账户结单。下列各项中符合特定情形的有( )。

A. 已向持卡人提供存折

B. 已向持卡人提供交易记录

C. 已与持卡人另行商定

D. 自上一份月结单后,没有进行任何交易

11. 根据《银行卡业务管理办法》的有关规定,下列各项中,符合信用卡风险控制指标规定的有( )。

A. 个人卡同一持卡人单笔透支发生额不得超过2万元

B. 单位卡同一持卡人单笔透支发生额不得超过5万元

C. 同一账户月透支余额个人卡不得超过5万元

D. 同一账户月透支余额单位卡不得超过10万元

12. 根据有关支付结算法律制度的规定,下列各项中,单位、个人和银行违反规定,应当承担的法律责任正确的有( )。

A. 银行卡持卡人出租或者转借其银行卡及其账户的,发卡银行除责令其改正外,可并处1000元以内的罚款

B. 存款人不以骗取财物为目的的签发空头支票的,由中国人民银行处以票面金额5%但不低于1000元的罚款

C. 存款人不以骗取财物为目的签发印章与预留印鉴不符的支票,中国人民银行有权要求出票人赔偿支票金额2%的赔偿金

D. 银行签发空头银行汇票的,要追回垫付资金,并按垫付的金额对其处以每天1‰的罚款

13. 根据《银行卡业务管理办法》的有关规定,下列各项中,发卡银行对其存款、币值不计付利息的有( )。

A. 准贷记卡   B. 贷记卡

C. 借记卡   D. 储值卡

14. 根据有关规定,为保障电子支付的安全性,在电子支付类型、单笔支付金额和每日累计支付金额等方面作出了合理限制。下列各项中,符合规定的有( )。

A. 银行通过互联网为个人客户办理电子支付业务,单笔金额不应超过1000元人民币,每日累计金额不应超过5000元人民币

B. 银行通过互联网为个人客户办理电子支付业务,单笔金额不应超过2000元人民币,每日累计金额不应超过5000元人民币

C. 银行为客户办理电子支付业务,单位客户从其银行结算账户支付给个人银行结算账户的款项,除银行与客户通过协议约定能够事先提供有效付款依据的以外,其单笔金额不得超过4万元人民币

D. 银行为客户办理电子支付业务,单位客户从其银行结算账户支付给个人银行结算账户的款项,除银行与客户通过协议约定能够事先提供有效付款依据的以外,其单笔金额不得超过5

万元人民币

15. 根据有关规定，下列各项中，关于电子支付差错补救及责任承担的表述中，正确的有（　　）。

A. 因不可抗力造成电子支付指令未执行、未适当执行、延迟执行的，银行可免除责任

B. 因银行自身系统、内控制度或者为其提供服务的第三方服务机构的原因造成电子支付指令无法按约定时间传递、传递不完整或被篡改，并造成客户损失的，银行应按约定予以赔偿

C. 因第三方服务机构的原因造成客户损失的，银行与第三方应向客户承担连带责任

D. 因银行和客户的共同原因造成损失的，应当依据各自的过错大小，由相应的责任人承担相应的过错责任

16. 下列各项中，属于专用存款账户的特定用途的资金范围包括（　　）。

A. 银行借款转存

B. 基本建设的资金

C. 更新改造的资金

D. 合格境外机构投资者在境内从事证券投资开立的人民币特殊账户的资金

17. 根据《支付结算办法》及有关规定，下列各项中，属于违反结算纪律的行为有（　　）。

A. 企业法人内部单独核算的单位以其名义在银行开立基本账户的

B. 银行受理无理拒付企业的申请而拖延付款的

C. 单位签发空头支票的

D. 银行放弃执行对企事业单位违反结算纪律行为处罚的

18. 下列各项中，银行结算账户的开立，无须中国人民银行的核准，但需备案的有（　　）。

A. 基本存款账户

B. 临时存款账户

C. 一般存款账户

D. 个人存款账户

19. 下列各项中，关于银行结算账户使用过程中不符合规定的做法有（　　）。

A. 注册验资的临时存款账户在验资期间只收不付

B. 存款人开立单位银行结算账户，自正式开立之日起可办理付款业务

C. 个人储蓄账户仅限于办理现金存取业务，不得办理转账结算

D. 临时存款账户的有效期最长不得超过3年

20. 下列各项中，关于银行结算账户用途的表述，正确的有（　　）。

A. 基本建设资金、更新改造资金、政策性房地产开发资金、金融机构存放同业资金账户需要支取现金的，应在开户时报中国人民银行当地分支行批准

B. 社会保障基金等专用存款账户不得支取现金

C. 单位从其银行结算账户支付给个人银行结算账户的款项，每笔超过5万元的，应向其开户银行提供相关的付款依据

D. 个人储蓄账户仅限办理现金存取业务，不得办理转账结算

三、判断题

1. 在汇兑过程中，转汇银行不得受理汇款人或汇出银行对汇款的撤销。（　　）

2. 张某委托甲银行将其款项支付给李某。甲银行经审查无误，将款项汇入乙银行。乙银行依法审查后，向李某发出收账通知，收账通知是银行将款项确已收入李某银行账户的凭证。（　　）

3. 收付双方办理托收承付结算，必须重合同、守信用。如果付款人累计3次提出拒付的，付款人开户银行应暂停其向外办理托收。（　　）

4. 托收附寄单证张数或册数，属托收凭证必须记载的事项之一。（　　）

5. 托收承付结算方式中的付款人逾期未付的，其开户银行应限期通知付款人将有关交易单证退回银行。对付款人逾期不退回单证的，开户银行应当自发出通知的第3天起，按照该笔尚未付清欠款的金额，每天处以万分之五的罚款，并暂停付款人向外办理结算业务，直到退回单证时止。（　　）

6. 以单位为付款人的，银行应及时通知付款人，付款人应于接到通知的当日书面通知银行付款；如果付款人未在接到通知的当日起3日内通知银行付款的，视同付款人同意付款。（　　）

7. 某付款人通过银行向托收人乙承付货款10万元，在此之前，有托收人甲托收货款5万元尚未办理，该付款人可以从本次承付货款中扣出5万元款项，支付托收人甲的货款。（　　）

8. 委托收款是收款人委托银行向付款人收取款项的一种结算方式，无论是同城还是异地都可以使用。（　　）

9. 如果付款人提前收到由其付款的债务证明，付款人应当在接到通知日的次日起3日内通知银行于债务证明的到期日付款。如果付款人未按上述要求通知银行付款，银行应在付款人接到通知日的次日起第4日在债务证明到期日前，将款项划给收款人。（　　）

10. 委托收款中，银行在办理划款时，发现付款人存款账户不足支付的，应直接向收款人发出未付款通知书。（　　）

11. 凡申领信用卡的单位或个人，必须在中国境内金融机构开立基本存款账户，并依法提交相关的材料，按法定程序办理。（　　）

12. 发起行在确认客户电子支付指令完整和准确后，通过安全程序执行电子支付指令。接受行执行

该指令后，客户不得要求变更或撤销电子支付指令。 （ ）

13. 根据《银行卡业务管理办法》的规定，持卡人透支，发卡银行为了控制风险，有权及时采取扣减持卡人的保证金的措施。 （ ）

14. 发卡银行对贷记卡持卡人未偿还最低还款额和超信用额度用卡的行为，应当分别按最低还款额未还部分、超过信用额度部分的 5% 收取滞纳金和超限费；贷记卡透支按月计收复利，准贷记卡透支按月计收单利，透支利率为日利率 0.5‰，并根据中国人民银行此项利率调整而调整。 （ ）

15. 开立基本存款账户的存款人都可以开立一般存款账户，且没有数量限制。 （ ）

16. 存款人更新改造的资金，可申请设立临时存款账户。 （ ）

17. 合格境外机构投资者在境内从事证券投资开立 QFII 专用存款账户时，应出具国家外汇管理部门的批复文件和证券管理部门的证券投资业务许可证，但无须出具基本存款账户开户许可证。 （ ）

18. 收入汇缴的专用存款账户，除向其基本存款账户或预算外资金财政专用存款户划缴款项外，只收不付，不得支取现金；业务支出账户除从其基本存款账户拨入款项外，只付不收，其现金必须按照国家现金管理的规定办理。 （ ）

19. 开立专用存款账户的，应当向银行报送开户申请书及相关证明文件、资料，符合条件的，予以核准。 （ ）

20. 银行得知存款人主体资格终止情况的，存款人超过规定期限未主动办理撤销银行结算账户手续，银行有权停止其银行结算账户的对外支付。 （ ）

本章练习题库参考答案及解析

一、单项选择题

1. 【答案】A
【解析】如果收款人转账支付的，应由原收款人向银行填制支款凭证，并由本人交验其身份证件办理支付款项。但该账户的款项只能转入单位或个体工商户的存款账户，严禁转入储蓄和信用卡账户。

2. 【答案】B
【解析】除此之外，汇入银行不得主动办理退汇，应当由汇款人与收款人达成一致退汇意见，方可办理。

3. 【答案】A
【解析】注意汇兑的撤销与退汇是两个不同的概念，发生的前提条件有区别。

4. 【答案】B

5. 【答案】C
【解析】注意区分验单付款与验货付款的承付时间及起算的区别。前者的承付期为 3 天，从付款人开户银行发出承付通知的次日算起；后者的承付期为 10 天，从运输部门向付款人发出提货通知的次日起算。

6. 【答案】B
【解析】转账卡、专用卡、储值卡都属于借记卡，但是功能、用途各有不同。贷记卡是信用卡。信用卡的持卡人可在发卡银行规定的信用额度内透支；而借记卡不具备透支功能。

7. 【答案】B
【解析】本题是关于信用卡的风险控制指标的规定。贷记卡持卡人享受的免息还款期待遇，银行记账日至发卡银行规定的到期还款日之间为免息还款期，最长为 60 日。准贷记卡的透支期限最长为 60 天。贷记卡的首月最低还款额不得低于其当月透支余额的 10%。

8. 【答案】B
【解析】宾馆、餐饮、娱乐、旅游等行业适用 2%；其他适用 1%；商业银行代理境外银行卡收单业务应当向客户收取的结算手续费，不得低于交易金额的 4%。

9. 【答案】C

10. 【答案】D
【解析】存款人在规定期限内有注册验资需要的，可以申请开立临时存款账户。

11. 【答案】C
【解析】托收承付结算每笔金额起点为 1 万元，新华书店系统每笔的金额起点为 1000 元。

12. 【答案】C
【解析】在单位卡的使用过程中，其账户的资金一律从其基本存款账户转账存入，不得交存现金，不得将销货收入的款项存入其账户。

13. 【答案】D
【解析】一般存款账户是指存款人在基本存款账户以外的银行借款转存、与基本存款账户的存款人不在同一地点的附属非独立核算单位开立的账户。存款人可以通过本账户办理转账结算和现金缴存，但不能办理现金支取。

14. 【答案】B
【解析】本题是关于单位和个人办理结算的责任问题，包括自行负责、连带责任、经济处罚和行政处罚，应区分不同的适用情形。

15. 【答案】C
【解析】本题考点是各类银行账户的用途。专用存款账户，是指存款人因特定用途需要开立的账户。特定用途的资金范围包括：（1）基本建设的资金；（2）更新改造的资金；（3）特定用途，需要专户管理的资金。

二、多项选择题

1. 【答案】ABCD

【解析】票据和支付结算都属于要式行为，因此，应当特别注意法律对其形式方面的要求。

2. 【答案】ABD

【解析】注意区分汇兑与委托收款、托收承付的适用范围。

3. 【答案】AC

【解析】汇兑无须订立合同即可作为结算的方式，而订立合同是托收承付的适用条件之一，所以B选项不对。收款人名称是汇兑凭证上必须记载的内容之一，但是，收款人的账号不是必须记载的事项，只是收款人在银行开立存款账户时，必须记载其账号，欠缺记载的，银行不予受理。所以D选项也不是必须在汇兑凭证上记载的事项。

4. 【答案】CD

【解析】汇出银行尚未汇出的款项，汇款人可以撤销汇兑，所以A选项不对。汇入银行的汇款未支付的，银行不得无条件的退汇，所以B选项也不对。退汇的情形除了C、D两项所述之外，还有汇入银行对于向收款人发出取款通知，经过2个月无法交付的汇款，也应主动办理退汇。

5. 【答案】BC

【解析】代销、寄销、赊销商品的款项，不得办理托收承付结算。托收承付适用的主体必须是国有企业、供销合作社以及经营管理较好，并经开户银行审查同意的城乡集体所有制工业企业。托收承付适用的款项必须是商品交易以及因商品交易而产生的劳务供应的款项。

6. 【答案】CD

【解析】付款人无足够的资金支付，没有说明从何时起，所以A选项表述不准确。逾期付款天数从承付期满日算起，所以B选项也不对。

7. 【答案】ABD

【解析】以银行为付款人的，银行应在当日将款项主动支付给收款人，所以C选项不对。

8. 【答案】ABD

【解析】贷记卡持卡人非现金交易享受免息还款期待遇或者最低还款额待遇。贷记卡持卡人支取现金、准贷记卡透支，不享受免息还款期和最低还款额待遇，应当支付现金交易额或透支额自银行记账日起，按规定利率计算的透支利息。

9. 【答案】AB

10. 【答案】ABC

【解析】自上一份月结单后，没有进行任何交易，账户没有任何未偿还余额。因此，D选项不符合规定。

11. 【答案】ABC

【解析】银行卡的风险控制无论是实践中还是法律规定方面，都是比较重要的问题，注意掌握。同一账户月透支余额单位卡不得超过发卡银行对该单位综合授信额度的3%。无综合授信额度可参照的单位，其月透支余额不得超过10万元。故D选项的表述不准确。

12. 【答案】ABD

【解析】C选项的错误为不应当由中国人民银行要求出票人支付赔偿金，而是持票人有权要求出票人支付。

13. 【答案】BD

【解析】应注意区分不同的银行卡利息的计付规定。但是，贷记卡持卡人选择最低还款额方式或超过发卡银行批准的信用额度用卡时，不再享受免息还款期待遇，应当支付未偿还部分自银行记账日起，按规定利率计算的透支利息。

14. 【答案】AD

15. 【答案】BD

【解析】因不可抗力造成电子支付指令未执行、未适当执行、延迟执行的，银行应采取积极措施防止损失扩大，故A选项不正确。因第三方服务机构的原因造成客户损失的，银行应予赔偿，再根据与第三方机构的协议进行追偿，因此C选项也不正确。

16. 【答案】BCD

【解析】银行借款转存可通过一般存款账户办理，所以A选项不对。

17. 【答案】BCD

【解析】基本存款账户的适用十分广泛，包括A选项所述的情况。

18. 【答案】CD

【解析】A、B两项须中国人民银行当地分支行的核准。

19. 【答案】BD

【解析】B项的情形，应当为自正式开立之日起3个工作日后，方可办理付款业务。但注册验资的临时存款账户转为基本存款账户和因借款转存开立的一般存款账户除外。D项的情形，有效期最长应为不得超过2年。

20. 【答案】ACD

【解析】关于专用存款账户使用范围的有关规定：（1）财政外预算资金、证券交易结算资金、期货交易保证金和信托基金专用存款账户，不得支取现金；（2）粮、棉、油收购资金、社会保障基金、住房基金和党、团、工会经费等专用存款账户支取现金应按照国家现金管理的规定办理。

三、判断题

1. 【答案】√

2. 【答案】√

【解析】汇入银行对开立存款账户的收款人，应将汇给其的款项直接转入收款人账户，并向其发出收账通知，收账通知是银行将款项确已收入收款人账户的凭据。

3. 【答案】×

【解析】根据《支付结算办法》的规定，付款人累计三次提出无理拒付的，付款人开户银行应暂停其向外办理托收。

4. 【答案】√

【解析】该项内容是托收承付和委托收款必须记载的内容之一，汇兑凭证的记载事项不包括该项内容。

5. 【答案】×

【解析】托收承付结算方式中的付款人逾期未付的，其开户银行应限期通知付款人将有关交易单证退回银行。对付款人逾期不退回单证的，开户银行应当自发出通知的第3天起，按照该笔尚未付清欠款的金额，每天处以万分之五但不低于50元的罚款，并暂停付款人向外办理结算业务，直到退回单证止。

6. 【答案】×

【解析】以单位为付款人的，银行应及时通知付款人，按照有关规定，需要将有关债务证明交给付款人的，应交给付款人，并签收。付款人应于接到通知的当日书面通知银行付款；如果付款人未在接到通知的次日起3日内通知银行付款的，视同付款人同意付款。

7. 【答案】×

【解析】根据《支付结算办法》的规定，付款人不得在承付货款中，扣抵其他款项或以前托收款项。

8. 【答案】√

9. 【答案】×

【解析】在本题所述情形下，如果付款人未接到通知日的次日起3日内通知银行付款，付款人接到通知日的次日起第4日在债务证明到期日之前的，银行应于债务证明到期日将款项划给付款人。

10. 【答案】×

【解析】应通过被委托银行向收款人发出未付款通知书。

11. 【答案】×

【解析】凡申领单位信用卡的单位，必须在中国境内金融机构开立基本存款账户，并依法提交有关材料，按法定程序办理。

12. 【答案】×

【解析】应当为"发起行"执行该指令后，客户不得要求变更或撤销电子支付指令。本题为2007年新增内容。

13. 【答案】√

14. 【答案】√

【解析】注意区分贷记卡和准贷记卡所享受的优惠以及计息规定方面的区别。

15. 【答案】√

16. 【答案】×

【解析】注意临时存款账户与专用存款账户的区别。存款人更新改造的资金，可申请设立专用存款账户。

17. 【答案】√

18. 【答案】√

19. 【答案】×

【解析】如果专用存款账户属于预算单位专用存款账户的，应通过核准程序办理；如果属于预算单位专用存款账户之外的其他专用存款账户，只需备案。

20. 【答案】√

第十三章

票据法律制度

本章考情分析

本章试题以客观题为主，但综合试题也经常出现。自2000年以后，综合题的命题有时只涉及本章内容（2005年），但大多情况下是与其他章内容结合命题，其结合主要有：（1）与《合同法》结合（2002年、2003年）；（2）与支付结算法律制度结合（2001年、2004年）。分值平均在10分左右，因此，是比较重要的一章。

本章难点为难题较多，突出表现在法律基本概念有一定理解难度，票据关系较其他法律关系更为复杂，时效、期间规定多。可从两条基本线索把握：（1）票据的基本问题，即票据基础关系与票据行为产生票据关系，票据行为须合法；非法行为（如票据伪造、变造）导致票据法上的非票据关系；票据关系的核心，即票据权利与抗辩。（2）票据行为：出票、背书、承兑（仅限汇票）、付款及追索，其中每一行为的绝对应记载事项、时效及法律后果的规定，是解决具体问题的关键。

2009年指定教材本章内容基本没有变化。本章内容基本多年保持不变，因此，考点的重复性突出，历年考题是非常好的复习资料。由于本章连续三年没有考过综合题，在2009年考生应当特别重视综合题。

最近3年题型题量分析

年份 题型	2006年	2007年	2008年
单选题	3题3分	4题4分	3题3分
多选题	3题3分	4题4分	3题3分
判断题	2题2分	1题1分	1题1分
综合题			
合计	8题8分	9题9分	7题7分

本章考点扫描

【考点一】票据关系与票据法上的非票据关系（见表13-1）

表13-1　　　　　　　　　　票据关系与票据法上的非票据关系

	票据关系	票据法上的非票据关系
区别	是基于票据行为而发生的债权债务关系，是票据当事人之间的基本法律关系	不是基于票据行为直接发生的法律关系
联系	票据法上的非票据关系，是为了保障票据关系中当事人权利义务的实现，由法律另外作出的相应规定	

【解释】 如A签发一张票据给B，A、B之间的关系是因出票行为而发生的，出票行为属于票据行为，因此A、B之间存在票据关系，即A为债务人负有支付票款的义务，B为债权人，享有要求票据债务人支付票款的权利。如果B持有的票据被甲盗窃后，转让给C，而C又知道该票据为甲盗窃所得而接受，C为恶意取得，故B向C行使票据返还请求权而发生的关系，属于票据法上的非票据关系。

【考点二】票据关系与票据的基础关系（重要，见表13－2。2005年综合题，2006年判断题、2008年单选题）

表13－2　　　　　　　　　　　　　票据关系与票据的基础关系

	票据关系	票据的基础关系
概念	基于票据行为而发生的债权债务关系	是票据关系发生的原因或前提
联系与区别	(1) 票据关系的发生总是以票据的基础关系为原因和前提的，但票据关系一经形成，就与基础关系相分离，基础关系是否存在，是否有效，对票据关系都不起影响作用	
	(2) 票据关系因一定原因失效，亦不影响基础关系的效力	
	(3) 持票人是不履行约定义务的且与自己有直接债权债务关系的人，票据债务人才可进行抗辩	

【例题1·单选题】甲、乙签订了买卖合同，甲以乙为收款人开出一张票面金额为5万元的银行承兑汇票，作为预付款交付于乙，乙接受汇票后将其背书转让给丙。后当事人因不可抗力解除该合同。下列关于甲的权利主张的表述中，符合票据法规定的是（　　）。（2008年试题）

A. 甲有权要求乙返还汇票

B. 甲有权要求丙返还汇票

C. 甲有权请求付款银行停止支付

D. 甲有权要求乙返还5万元预付款

【答案】D

【解析】本题涉及到票据基础关系和票据抗辩两个考点问题。（1）甲向乙开具银行承兑汇票，是基于双方存在的买卖合同这一基础关系。但是，票据关系一经形成，即与基础关系相分离，基础关系是否存在，对票据关系不起影响作用。即该票据关系依然存在。（2）甲与持票人丙、付款银行之间不存在直接的债权债务关系，故甲也无权对丙和付款银行主张权利。因此，甲只能基于原本与乙之间的合同关系要求乙返还5万元预付款。

【相关例题】见本章经典试题回顾部分2005年综合题。

【注意问题】票据关系的效力是依据票据行为的有效要件判断的，与票据的基础关系分属于两个不同的法律关系，只要具备票据行为的生效要件，该票据关系即产生法律效力。

【考点三】票据行为的生效要件（重要，判断票据行为是否生效的依据）

1. 行为人必须具有从事票据行为的能力，即在票据上签章的自然人必须是具有完全民事行为能力的人。

2. 行为的意思表示必须真实无缺陷。因欺诈、偷盗、胁迫及恶意取得票据之行为无效。

【解释】恶意是相对善意而言。票据取得人明知票据转让者因欺诈、偷盗、胁迫而取得票据，还受让该票据，这表明行为人有主观上的恶性，意思表示有缺陷，故其行为不受法律的保护。换言之，如果票据取得人不知道或者不可能知道票据转让者存在权利上的瑕疵，没有处分、转让票据的权利而受让其票据，即为善意取得，只要票据形式合法，该票据取得人获得的票据即受法律保护。

3. 票据行为的内容必须符合法律、法规的规定。

4. 票据行为必须符合法定形式。包括：

（1）关于签章的规定。票据上的签章，为签名、盖章或者签名加盖章。法人和其他使用票据的单位在票据上的签章，为该法人或者该单位的盖章加其法定代表人或者其授权的代理人的签章。具体为：①银行汇票的出票人在票据上的签章和银行承兑汇票的承兑人的签章，应为经中国人民银行批准使用的该银行汇票专用章加其法定代表人或其授权的代理人的签名或者盖章；②商业汇票的出票人在票据上的签章，为该法人或者该单位的财务专用章或者公章加其法定代表人、单位负责人或者其授权的代理人的签名或者盖章；③银行本票的出票人在票据上的签章，应为经中国人民银行批准使用的该银行本票专用章加其法定代表人或其授权的代理人的签名或者盖章；④单位在票据上的签章，应为该单位的财务专用章或者公章加其法定代表人或其授权的代理人的签名或者盖章；⑤个人在票据上的签章，应为该个人的签名或者盖章；⑥支票的出票人和商业承兑汇票的承兑人在票据上的签章，应为其预留银行的签章。

票据上的签章是票据行为表现形式中绝对应记载的事项，如无该项内容，票据行为即为无效。

【解释】在票据上的签名，应当为该当事人的本名。该本名使之符合法律、行政法规以及国家有关规定的身份证件上的姓名。

【注意问题】银行汇票、银行本票的出票人以及银行承兑汇票的承兑人在票据上未加盖规定的专用章而加盖该银行的公章，支票的出票人在票据上未加盖与该单位在银行预留签章一致的财务专用章而加盖该出票人公章的，签章人应当承担票据责任。

（2）关于票据记载事项的规定（考生应注意各类票据绝对记载事项的掌握）。该类票据共同必须绝对记载的内容：①票据种类的记载。②票据金额的记载。票据金额以中文大写和数码同时记载，两者必须一致，两者不一致的，票据无效。③票据收款人的记载。④年、月、日的记载，一般是指出票的年月日。

【注意问题】票据行为必须同时具备以上四个条件，才能发生法律效力，否则即为无效。可结合第一章法律行为生效要件复习，即行为人具有相应的民事行为能力、意思表示真实、不违犯法律和社会公共利益、符合法律规定的行为方式。此处注意将法律行为的生效要件具体化。票据行为欠缺，票据关系无效，是票据债务人行使抗辩权的主要理由之一。

【例题 2·多选题】根据《票据法》的规定，票据上有关记载事项不得更改，更改的票据无效。下列各项中，属于不得更改的票据事项有(　　)。

A. 金额　　　　　　B. 收款人名称

C. 付款日期　　　　D. 出票日期

【答案】ABD

【例题 3·单选题】根据票据法律制度的规定，下列有关票据上的签章的表述中，正确的是(　　)。（2003 年试题）

A. 法人在票据上的签章，为该法人的签章

B. 个人在票据上的签章，为该个人的签名加盖章

C. 支票的出票人在票据上的签章，为其预留银行的签章

D. 商业汇票的出票人在票据上的签章，为该法人或者该单位的财务专用章

【答案】C

【例题 4·判断题】支票的出票人在支票上未加盖与该单位在银行预留签章一致的财务专用章而加盖该出票人公章的，签章人应当承担票据责任。(　　)（2001 年试题）

【答案】√

【例题 5·单选题】根据票据法律制度的规定，某公司签发汇票时出现的下列情形中，导致该汇票无效的是(　　)。（2007 年试题）

A. 汇票上未记载付款日期

B. 汇票上金额记载为"不超过 50 万元"

C. 汇票上记载了该票据项下交易的合同号码

D. 签章时加盖了本公司公章，公司负责人仅签名而未盖章

【答案】B

【考点四】票据签章的效力（重要）

1. 出票人在票据上的签章不符合规定，票据无效；

2. 承兑人、保证人在票据上的签章不符合规定的，或者无民事行为能力人、限制民事行为能力人在票据上签章的，其签章无效，但不影响其他符合规定签章的效力；

3. 背书人在票据上的签章不符合规定的，其签章无效，但不影响其前手符合规定签章的效力。

【例题 6·多选题】根据票据法律制度的规定，下列有关在票据上签章效力的表述中，正确的有(　　)。（2002 年试题）

A. 出票人在票据上签章不符合规定的，票据无效

B. 承兑人在票据上签章不符合规定的，其签章无效，但不影响其他符合规定签章的效力

C. 保证人在票据上签章不符合规定的，其签章无效，但不影响其他符合规定签章的效力

D. 背书人在票据上签章不符合规定，其签章无效，但不影响其前手符合规定签章的效力

【答案】ABCD

【考点五】票据行为的代理

1. 票据行为的代理必须具备 3 个条件，有别于一般的民事代理：（1）票据当事人必须有委托代理的意思表示；（2）代理人必须按被代理人的委托在票据上签章；（3）代理人应在票据上表明代理关系。

2. 无权代理。代理人承担这一责任，必须存在三个条件：（1）必须是无权代理人在票据上以自己的名义签章；（2）必须是行为人没有代理权；（3）必须是该行为能产生票据上的效力。

3. 越权代理。

【相关链接】后两种情况的法律责任，与一般的民事代理规定的相关内容相同。可结合第一章代理的内容复习。

【考点六】票据权利的内容

票据权利为付款请求权和追索权。

【解释】票据权利体现为二次请求权。第一次请求权是付款请求权，这是票据上的主要权利；第二次请求权为追索权，这是指第一次请求权（即付款请求权）得不到满足时，向付款人以外的票据债务人要求清偿票据金额及有关费用的权利。

【注意问题】持票人不先行使付款请求权而先行使追索权遭拒绝提起诉讼的，人民法院不予受理。

【考点七】票据权利的取得（重要）

1. 取得方式。（1）从出票人处取得；（2）从持有票据的人处受让票据；（3）依税收、继承、赠与、企业合并等方式获得票据。

2. 注意以下问题：

（1）票据的取得，必须给付对价，即应当给付票据双方当事人认可的相对应代价。票据的取得是无对价或无相当对价的，只要票据取得人取得票据没有恶意，即不存在欺诈、偷盗、胁迫等，那么他自然享有票据权利，但该票据权利不得优于其前手。如果前手的权利因违法或有瑕疵而受影响或丧失，该持票人的权利也因此而受影响或丧失。

【解释】

①"给付对价"。如出票人签发一张金额为5万元汇票，收款人提供5万元的商品，该商品即是相对应的代价。

②"前手"。是指在票据签章人或者持票人之前签章的其他票据债务人。

【相关链接】凡是善意的，已付对价的正当持票人可以向票据上的一切债务人请求付款，不受前手权利瑕疵和前手相互间抗辩的影响。

（2）因税收、继承、赠与可以依法无偿取得票据的，不受给付对价之限制。另一方面又对无偿取得票据者的票据权利作了相应的限制：①由此取得的票据权利范围不得超过其前手的权利范围；②如果前手的权利有瑕疵，票据取得人取得的权利亦受此影响。

（3）因欺诈、偷盗、胁迫、恶意或重大过失而取得票据的，不得享有票据权利。

【例题7·多选题】甲受乙胁迫开出一张以甲为付款人，以乙为收款人的汇票，之后乙通过背书将该汇票赠与丙，丙又将该汇票背书转让与丁，以支付货款。丙、丁对乙胁迫甲取得票据一事毫不知情。下列说法中，正确的有（　　）。（2008年试题）

A. 甲有权请求丁返还汇票

B. 乙不享有该汇票的票据权利

C. 丙不享有该汇票的票据权利

D. 丁不享有该汇票的票据权利

【答案】BC

【解析】（1）丁善意取得票据，并且给付其前手丙对价，依法享有票据权利，不受其前手票据权利瑕疵的影响，因此甲无权请求丁返还汇票。故A、D选项说法不对。（2）乙取得票据的行为不合法，因甲的意思表示不真实，不具备票据行为的生效要件，因此，乙不享有该汇票的票据权利。故B的说法是正确的。（3）丙虽然善意取得票据，但因其未给付对价，要受其前手票据权利瑕疵的影响。即因乙不享有汇票的票据权利，所以丙也不享有该汇票的票据权利。故C选项是正确的。

【例题8·简答题】A公司为支付B公司的货款，于1996年6月5日给B公司开出一张20万元的银行承兑汇票。B公司获此汇票后，因向C公司购买一批钢材而将该汇票背书转让给C公司，但事后不久，B公司发现C公司根本无货可供，完全是一场骗局。于是，便马上通知付款人停止向C公司支付票款。C公司获此票据后，并未向付款人请求支付票款，而是将该汇票又背书转让给了D公司，以支付其所欠之工程款。D公司获此汇票时，不知道C公司以欺诈方式从B公司获得该汇票，B公司已通知付款人停止付款的情况，即于1996年7月1日向付款人请求付款。付款人在对该汇票进行审查之后即为拒绝付款，理由是：①C公司以欺诈行为从B公司获取票据的行为为无效票据行为，B公司已通知付款人停止付款。②该汇票未记载付款日期，为无效票据。随即，付款人便作成退票理由书，交付D公司。

根据本例提供的事实，请回答问题：

（1）付款人可否以C公司的欺诈行为为由拒绝向D公司支付票款？为什么？

（2）A公司开出的汇票未记载付款日期，是否为无效票据？为什么？

【答案】

（1）付款人不能以C公司的欺诈行为为由拒绝向D公司支付票款。因为，D公司属善意持票人，其不知道C公司从B公司取得票据的行为无效，无权转让该票据。此外，D公司获得的票据，不属无对价或不相当对价之情形。因此，依照票据法的有关规定，付款人不能以C公司通过欺诈行为从B公司获得票据的事由而拒绝向D公司支付票款。

（2）A公司开出的汇票未记载付款日期，不属无效票据。因为，根据票据法的有关规定，付款日期为汇票的相对记载事项，其未记载这一内容，并不导致票据的无效，而是适用票据法的有关规定。根据票据法的规定，汇票未记载付款日期的，即为见票即付。

【注意问题】在分析持票人能否享有票据权利，也即付款人能否对持票人进行抗辩时，注意以下思路：（1）考虑持票人是通过何种方式取得的票据，如果是欺诈、偷盗等违法行为，其取得的票据肯定不受法律保护，产生票据法上的非票据关系，持有人负有返还义务；（2）持票人取得票据方式合法，进而考虑是否善意，如果恶意取得不受法律保护，不享有票据权利，同样应当返还票据给权利人；（3）在善意的基础上，在分析持票人是否给付对价，如果没有给付对价，则受其前手票据权利瑕疵的影响；如果给付对价则享有票据权利，不受其前手票据权利瑕疵的影响。

【考点八】票据权利的消灭（重要，见表 13-3。自 2000 年以来考过四次）

表 13-3 票据权利的消灭

持票人行使的权利对象及内容	期限	起算点
对汇票出票人和承兑人的权利	2 年	自票据到期日起
对见票即付的汇票、本票，对汇票的出票人或承兑人的权利，对本票的出票人	2 年	自出票日起
对支票出票人的权利	6 个月	自出票日起
对前手的追索权	6 个月	自被拒绝承兑或者被拒绝付款之日起
对前手的再追索权	3 个月	自清偿日或者被提起诉讼之日起

【例题 9·多选题】 根据《中华人民共和国票据法》的规定，下列选项中，属于因时效而致使票据权利消灭的情形有（   ）。（2001 年试题）

A. 甲持有一张本票，出票日期为 2000 年 5 月 20 日，于 2001 年 5 月 27 日行使票据的付款请求权

B. 乙持一张为期 30 天的汇票，出票日期为 1999 年 5 月 20 日，于 2001 年 5 月 27 日行使票据的付款请求权

C. 丙持一张见票即付的汇票，出票日期为 1999 年 5 月 20 日，于 2001 年 5 月 27 日行使票据的付款请求权

D. 丁持一张支票，出票日期为 2000 年 5 月 20 日，于 2001 年 4 月 27 日行使票据的付款请求权

【答案】 CD

【注意问题】

1. 见票即付的汇票、本票，自出票日起 2 年，所以 A 选项的情形票据权利没有消灭；而 C 选项所述的情形，已超过了上述法定期限，所以票据权利消灭。

2. 持票人对汇票的出票人和承兑人的权利，自票据到期日起 2 年，B 选项中乙持有的汇票到期日为 1999 年 6 月 20 日（1999 年 5 月 20 日～1999 年 6 月 20 日），所以截止到 2001 年 5 月 27 日时效尚未届满。

3. 注意以上各种情形的起算点。

【例题 10·单选题】 2006 年 6 月 5 日，A 公司向 B 公司开具一张金额为 5 万元的支票，B 公司将支票背书转让给 C 公司。6 月 12 日，C 公司请求付款银行付款时，银行以 A 公司账户内只有 5000 元为由拒绝付款。C 公司遂要求 B 公司付款，B 公司于 6 月 15 日向 C 公司付清了全部款项。根据《票据法》的规定，B 公司向 A 公司行使再追索权的期限为（   ）。（2006 年试题）

A. 2006 年 6 月 25 日之前

B. 2006 年 8 月 15 日之前

C. 2006 年 9 月 15 日之前

D. 2006 年 12 月 5 日之前

【答案】 D

【注意问题】 上述五种情形中，第一种、第二种和第三种所指的权利，包括付款请求权和追索权；第四种和第五种所指的追索权，不包括对票据

出票人的追索权。本题为持票人对支票出票人的权利，自出票日起 6 个月。

【考点九】票据权利的保全

经当事人申请并提供担保，对具有下列情形之一的票据，可以依法采取保全措施和执行措施：

1. 不履行约定义务，与票据债务人有直接债权债务关系的票据当事人所持有的票据；

2. 持票人恶意取得的票据；

3. 应付对价而未付对价的持票人持有的票据；

4. 记载有"不得转让"字样而用于贴现的票据；

5. 记载有"不得转让"字样而用于质押的票据。

【例题 11·单选题】 根据票据法律制度的规定，下列票据中，经票据权利人申请并提供担保，人民法院可以依法采取保全措施和执行措施的有（   ）。（2003 年试题）

A. 持票人恶意取得的票据

B. 应付而未付对价的持票人持有的票据

C. 记载有"不得转让"字样而用于贴现的票据

D. 记载有"不得转让"字样而用于质押的票据

【答案】 ABCD

【注意问题】 以上各种情形中，因为该持票人持有的票据都存在权利上的瑕疵，将影响票据权利人行使票据权利，因此，可以请求人民法院依法采取保全措施和执行措施，即将持票人持有的票据阻断流通。

【考点十】票据权利的补救（重要，自 2000 年以来考过五次）

1. 挂失止付。（1）未记载付款人或者无法确定付款人及其代理付款人的票据不适用；（2）挂失止付不是票据丧失后票据权利补救的必经程序。因此失票人既可在票据丧失后先采取挂失止付，再紧接着申请公示催告或提起诉讼；也可不采取挂失止付，直接申请公示催告或起诉；（3）付款人或者代理付款人自收到挂失止付通知书之日起 12 日内没有收到人民法院的止付通知书的，自第 13 日起，挂失止付通知书失效。

2. 公示催告。

（1）公示催告程序及结果如下：

图 13 – 1

失票人向法院提出申请
时间：在挂失止付后 3 日内，或票据丧失后申请。受理法院：票据支付地基层法院

法院受理、发布公告
（公告期不得少于 60 日）

结果一
公告期间收到利害关系人的申报，
裁定终结公示催告程序。

结果二
期限届满没有利害关系人申报权利，申请人应当
自期限届满的次日起一个月内申请法院作出丧失
票据无效的判决，公告并通知付款人。

（2）票据支付地是指票据的履行地。银行汇票以出票人所在地为支付地；商业汇票以承兑人或付款人所在地为支付地；银行本票以出票人所在地为支付地；支票以出票人开户银行所在地为支付地。

3. 普通诉讼。（1）失票人应当在通知挂失止付后 3 日内，也可以在票据丧失后，向人民法院提起诉讼。（2）注意问题：①票据丧失后的诉讼被告一般是付款人，但在找不到付款人或者付款人不能付款时，也可将其他票据债务人（出票人、背书人、保证人等）作为被告。②在判决前，丧失的票据出现时，付款人应以该票据正处于诉讼阶段为由暂不付款，而将情况迅速通知失票人和人民法院。法院应终结诉讼程序。失票人与提示人对票据债权人没有争议的，应由真正的票据债权人持有票据向付款人行使票据权利；如失票人与提示人对票据债权人有争议的，任何一方均可向法院起诉，由法院确认。判决生效后，丧失的票据出现时，付款人不为付款，应将情况通知失票人。如果失票人与提示人对票据权利没有争议的，由真正的票据权利人向付款人行使票据权利；如有争议，任何一方可向法院起诉，请求确认权利人。

【例题 12·判断题】持票人丧失票据后，可不通知付款人挂失止付，而直接向人民法院申请公示催告，或提起普通诉讼。（ ）（2008 年试题）
【答案】√
【例题 13·单选题】根据有关规定，支票丧失后，失票人应向支票支付地基层人民法院提出公示催告的申请。该支票支付地是指（ ）。（2000 年试题）
A. 失票人所在地
B. 收款人所在地
C. 出票人开户银行所在地
D. 出票人所在地
【答案】C
【例题 14·多选题】根据票据法律制度的规

定，下列各项中，属于不可以挂失止付的票据的有（ ）。（2007 年试题）
A. 已承兑的商业汇票
B. 未记载付款人的汇票
C. 未填明"现金"字样的银行汇票
D. 未填明"现金"字样的银行本票
【答案】BCD
【解析】根据票据法的规定，未记载付款人或者无法确定付款人及代理付款人的票据，不得挂失止付。A 选项所述已承兑的商业汇票，已经确定了付款人，根据题意不选。另外，挂失止付是通知付款人或代理付款人暂时停止向持票人付款的行为，并且确定的金额是各类票据均须绝对记载的事项之一，因此，未填明"现金"的票据不得挂失止付。

【例题 15·单选题】在票据权利补救的普通诉讼中，丧失的票据在判决前出现时，付款人应以该票据正处于诉讼阶段为由暂不付款，并将情况迅速通知失票人和人民法院。人民法院正确的处理方式是（ ）。（2007 年试题）
A. 终结诉讼程序
B. 中止诉讼程序
C. 判决付款人付款，其他争议另案审理
D. 追加持票人作为第三人，诉讼程序继续进行
【答案】A
【注意问题】无论是判决前还是判决后，丧失的票据出现的，关键在于提示人与失票人对该票据是否存在权利争议。如无争议由真正的权利人向付款人行使票据权利；如有争议，则任何一方均可向法院起诉。该诉讼标的为确认票据权利归属，与先前的诉讼不同，原来的诉讼标的为请求付款人付款，因此在原先的诉讼判决前丧失票据出现的，应当终结原先的诉讼。

【相关例题】见第九章经典试题回顾部分 2002 年综合题。

【注意问题】注意挂失止付与公示催告、普通诉讼之间的联系，即先采取挂失止付，又采取公示催告或普通诉讼的，应当在挂失止付的3日内提出。

【考点十一】票据的抗辩种类（重要）

1. 对物抗辩。这是指基于票据本身的内容而发生的事由所进行的抗辩，这一抗辩可以对任何持票人提出。其主要包括：（1）票据行为不成立而为的抗辩；如票据无效、背书不连续、持票人的票据权利有瑕疵（如因欺诈、偷盗等取得票据）等。（2）依票据记载不能提出请求而为的抗辩。如票据未到期、付款地不符等。（3）票据载明的权利已消灭或已失效而为的抗辩。如时效届满而消灭等。（4）票据权利的保全手续欠缺而为的抗辩。如应作成拒绝证书而未作等。（5）票据上有伪造、变造情形而为的抗辩。

2. 对人的抗辩。这是指票据债务人对抗特定债权人的抗辩。票据债务人可以对不履行约定义务的、与自己有直接债权债务关系的持票人，进行抗辩。

【例题16·多选题】根据票据法的有关规定，下列选项中，票据债务人可以拒绝履行义务，行使票据抗辩权的有（　　）。（2004年试题）

A. 背书不连续

B. 持票人向票据债务人交付的货物有严重质量问题

C. 票据金额的中文大写与数码记载的内容不一致

D. 票据上没有记载付款地

【答案】 ABC

【例题17·多选题】票据的对物抗辩是指基于票据本身的内容而发生的事由所进行的抗辩。下列情形中，属于对物抗辩的理由有（　　）。（2007年试题）

A. 背书不连续

B. 票据被伪造

C. 票据债务人无行为能力

D. 直接后手交付的货物存在质量问题

【答案】 ABC

【注意问题】

1. 注意区分对物与对人的抗辩的对象。

2. 在对人的抗辩中，须考虑以下两点：（1）票据债务人只能对与其有基础关系的直接相对人进行抗辩；（2）该基础关系中的持票人没有履行约定的义务，该义务应为基础关系中约定的义务，如持票人作为基础关系中的卖方，其交付的货物质量不符合合同约定，作为出卖人的票据债务人有拒绝向其付款的义务。以上两点必须同时具备。如，例题17中的D选项。

【考点十二】票据抗辩的限制（重要，与前一考点结合注意综合题）

1. 票据债务人不得以自己与出票人之间的抗辩事由对抗持票人。

【解释】如出票人与票据债务人存在合同纠纷；出票人存入票据付款人的资金不够等。

2. 票据债务人不得以自己与持票人的前手之间的抗辩事由对抗持票人。

【解释】如付款人与持票人的前手（如背书人）存在抵销关系，而持票人的前手将票据转让给持票人，付款人就不能以其与持票人的前手存在抗辩事由而拒绝向持票人付款。

3. 凡是善意的，已付对价的正当持票人可以向票据上的一切债务人请求付款，不受前手权利瑕疵和前手相互间抗辩的影响。

4. 持票人取得的票据是无对价或不相当对价的，由于其享有的权利不能优于其前手的权利，故票据债务人可以对抗持票人前手的抗辩事由对抗该持票人。

【例题18·单选题】根据有关规定，下列各项中，汇票债务人可以对持票人行使抗辩权的事由是（　　）。（1999年试题）

A. 汇票债务人与出票人之间存在合同纠纷

B. 汇票债务人与持票人的前手存在抵销关系

C. 背书不连续

D. 出票人存入汇票债务人的资金不够

【答案】 C

【解析】票据债务人可以对持票人提出的抗辩事由有：（1）票据行为不成立而为的抗辩；（2）依票据记载不能提出请求而为的抗辩；（3）票据载明的权利已消灭或已失效而为的抗辩；（4）票据权利的保全手续欠缺而为的抗辩；（5）票据上有伪造、变造情形而为的抗辩。本题的C选项即属于上述第（1）种抗辩事由。

【相关例题】见本章经典试题回顾部分2005年综合题。

【例题19·判断题】票据持有人遗失票据后，向人民法院申请公示催告，在人民法院公示催告发布之前，代理付款人已经按照规定程序善意付款，付款人以已经公示催告为由拒付代理付款人已垫付的款项的，人民法院不予支持。（　　）（2004年试题）

【答案】 √

【注意问题】代理付款的行为发生在法院公示催告发布之前，并且代理付款人的付款为善意的，该代理付款行为对被代理人即付款人发生法律效力，其后果应当由被代理人承担，因此，付款人拒绝支付代理付款人垫付款项的行为，法院不予支持。

【考点十三】票据的伪造（重要，自2000年以来考过四次）

1. 票据的伪造是指假冒他人名义或虚构他人的名义而进行的票据行为。

2. 其法律后果有二：

（1）伪造的票据从一开始就是无效的，对伪造人和被伪造人而言，均不承担票据责任，但是如果伪造人的行为给他人造成损害的，必须承担民事责任；构成犯罪的，还应承担刑事责任。

【解释】由于伪造人没有使用自己的名义在票据上签章，票据是文义证券，因此伪造人不承担票据责任，但不等于伪造人不承担法律责任。

（2）在票据上真正签章的人，仍应对被伪造的票据的债权人承担票据责任，不能以伪造为由对持票人进行抗辩。

【例题20·判断题】持票人善意取得伪造的票据，对被伪造人不能行使票据权利。（　　）（2000年试题）

【答案】√

【注意问题】因为被伪造人不是在票据上真正签章的人，所以不承担票据责任，因此持票人不得对其行使票据权利。

【例题21·单选题】甲私刻乙公司财务专用章，假冒乙公司名义签发一张转账支票交给收款人丙，丙将该支票背书转让给丁，丁又背书转让给戊。当戊主张票据权利时，下列表述中正确的是（　　）。（2008年试题）

　　A. 甲不承担票据责任

　　B. 乙公司承担票据责任

　　C. 丙不承担票据责任

　　D. 丁不承担票据责任

【答案】A

【注意问题】票据是文义证券，伪造人没有以自己的名义在票据上签章，所以伪造人不承担票据责任。但应依法追究伪造人的民事责任、刑事责任。

【相关例题】见第九章经典试题回顾部分2002年综合题。

【考点十四】票据的变造（重要，自2000年以来考过四次）

1. 票据的变造，是指无权更改票据内容的人，对票据上签章以外的记载事项加以变更的行为。

2. 票据的变造应依照签章是在变造之前或之后来承担责任。如果无法辨别是在票据被变造之前或之后签章的，视同在变造之前签章。

【例题22·多选题】根据《中华人民共和国票据法》的规定，下列选项中，属于变造票据的有（　　）。（2001年试题）

　　A. 变更票据金额

　　B. 变更票据上的到期日

　　C. 变更票据上的签章

　　D. 变更票据上的付款日

【答案】ABD

【注意问题】注意伪造与变造行为的区别。

【例题23·单选题】甲签发一张票面金额为2万元的转账支票给乙，乙将该支票背书转让给丙，丙将票据金额改为5万元后背书转让给丁，丁又背书转让给戊。下列关于票据责任承担的表述中，正确的是（　　）。（2008年试题）

　　A. 甲、乙、丁对2万元负责，丙对5万元负责

　　B. 乙、丙、丁对5万元负责，甲对2万元负责

　　C. 甲、乙对2万元负责，丙、丁对5万元负责

　　D. 甲、乙对5万元负责，丙、丁对2万元负责

【答案】C

【相关例题】见本章经典试题回顾部分2004年综合题。

【注意问题】以上考点为本章第一节的内容，可归纳如下：

图 13 - 2

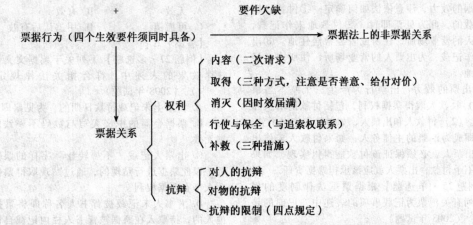

票据基础关系

```
票据基础关系
        +                    要件欠缺
票据行为（四个生效要件须同时具备） ───────→ 票据法上的非票据关系

                         ┌ 内容（二次请求）
                         │ 取得（三种方式，注意是否善意、给付对价）
               ┌ 权利 ┤ 消灭（因时效届满）
               │       │ 行使与保全（与追索权联系）
      票据关系 ┤       └ 补救（三种措施）
               │       ┌ 对人的抗辩
               └ 抗辩 ┤ 对物的抗辩
                       └ 抗辩的限制（四点规定）
```

【考点十五】汇票的特点

1. 汇票有三个基本当事人，即出票人、付款人和收款人。随着背书转让，人数增加。

2. 汇票是由出票人委托他人支付的票据，是一种委托证券。

3. 汇票是在指定的到期日付款的票据。指定到期日包括见票即付、定日付款、出票后定期付款、见票后定期付款四种。

4. 汇票是付款人无条件支付票据金额给持票人的票据。

【例题24·多选题】甲签发一张银行承兑汇票给乙。下列有关票据关系当事人的表述中，正确的有（   ）。

A. 甲是出票人

B. 乙是收款人

C. 甲是承兑申请人

D. 承兑银行是付款人

【答案】ABCD

【考点十六】出票（重要）

1. 出票人的资格。（1）出票人在为出票行为时，必须与付款人具有真实的委托付款关系，并且具有支付汇票金额的可靠资金来源；（2）出票人在出票时，必须确保在汇票不承兑或不获付款时，必须具有足够的清偿能力。

2. 汇票的格式。（1）汇票的绝对应记载事项（见表13－4）。

表13－4　汇票、本票和支票绝对记载事项比较

汇票	表明汇票的字样、无条件支付的委托、确定的金额、付款人名称、收款人名称、出票日期、出票人签章
本票	表明本票的字样、无条件支付的承诺、确定的金额、收款人名称、出票日期、出票人签章
支票	表明支票的字样、无条件支付的委托、确定的金额、付款人名称、出票日期、出票人签章

（2）汇票的相对记载事项有三项，未作记载不影响票据的效力，注意依法如何确定。①付款日期未作记载的，此为见票即付。②付款地未作记载，为付款人的营业场所、住所或者经常居住地。③出票地未作记载，为出票人的营业场所、住所或者经常居住地。

3. 出票的效力。出票行为产生三个基本当事人：（1）收款人取得票据权利，包括付款请求权和追索权。（2）付款人和出票人，如付款人作出承兑，付款人即成为汇票的主债务人；如果付款人未作出承兑，出票人就必须保证该付款能得以实现，如果付款人不予付款，出票人就应该承担票据责任。

【例题25·单选题】根据票据法律制度的规定，下列有关汇票为记载事项的表述中，正确的是（   ）。（2003年试题）

A. 汇票上未记载付款日期的，为出票后1个月内付款

B. 汇票上未记载付款地的，出票人的营业场所、住所或者经常居住地为付款地

C. 汇票上未记载收款人名称的，经出票人授权可以补记

D. 汇票上未记载出票日期的，该汇票无效

【答案】D

【注意问题】注意并掌握各类票据的绝对记载事项的异同，绝对记载事项是否具备是分析票据是否有效的重要因素之一。

【考点十七】背书的形式（重要，自2000年以来考过四次）

汇票转让只能采用背书的方式，而不能仅凭单纯交付方式，否则就不产生票据转让的效力。背书形式主要有：

1. 背书的绝对记载事项。（1）背书人签章；（2）被背书人名称。背书人未记载被背书人名称即将票据交付他人的，持票人在票据被背书人栏内记载自己的名称与背书人记载具有同等法律效力。

2. 背书的相对记载事项。背书日期，背书未记载日期的，视为在汇票到期日前背书。

3. 禁止背书的记载。背书人在汇票记载"不得转让"字样，其后手再背书转让的，原背书人对后手的被背书人不承担保证责任。即出票人在汇票上记载"不得转让"字样，汇票不得转让。对于记载"不得转让"字样的票据，其后手以此票据进行贴现、质押的，通过贴现、质押取得票据的持票人主张票据权利的，人民法院不予支持。

4. 背书不得记载的内容。（1）附有条件的背书；（2）部分背书。

【例题26·单选题】甲在将一汇票背书转让给乙时，未将乙的姓名记载于被背书人栏内。乙发现后将自己的姓名填入被背书人栏内。下列关于乙填入自己姓名的行为效力的表述中，正确的是（   ）。（2007年试题）

A. 无效　　　　　　B. 有效

C. 可撤销　　　　　D. 甲追认后有效

【答案】B

【例题27·多选题】下列关于票据文义记载的法律效果的表述中，符合相关法律规定的有（   ）。（2008年试题）

A. 汇票上未记载付款日期的，为见票即付

B. 票据金额的中文大写与数码不一致的，票据无效

C. 出票人记载"不得转让"字样的票据，其后手以此票据进行贴现的，通过贴现取得票据的持票人享有票据权利

D. 背书人未记载被背书人名称即将票据交付他人的，持票人在票据被背书人栏内记载自己的名称与背书人记载具有同等法律效力

【答案】ABD

【例题28·单选题】背书人甲将一张100万元

的汇票分别背书转让给乙和丙各 50 万元，下列有关背书效力的表述中，正确的是（　　）。（2002 年试题）

　　A. 背书无效

　　B. 背书有效

　　C. 背书转让给乙 50 万元有效，转让给丙 50 万元无效

　　D. 背书转让给乙 50 万元无效，转让给丙 50 万元有效

【答案】A

【考点十八】背书连续（重要）

认定背书连续的几个方面：

1. 各种背书在形式上是有效的，即背书不存在要式上的缺陷（如绝对记载事项没有欠缺）。

2. 后次背书的背书人与收款人或者前次背书的被背书人必须具有同一性。

3. 对于非经背书转让，而以其他合法方式取得汇票的，不涉及背书连续的问题。如继承、税收等。

4. 背书的连续是指转让背书连续，而不包括非转让背书在内，如委托收款背书、质押背书。（见下个考点）

【注意问题】背书连续主要是指背书在形式上的连续，如果背书在实质上不连续，如有伪造签章等，付款人仍应对持票人付款。但是，如果付款人明知持票人不是真正票据权利人，则不得向持票人付款，否则应自行承担责任。

【例题 29·简答题】A 签发一张汇票给收款人 B，金额为人民币 8 万元，B 依法承兑后将该汇票背书转让给 C，C 获得该汇票的第 2 天，因车祸而死亡，该汇票由其唯一的继承人 D 获得。D 又将该汇票背书转让给 E，并依法提供了继承该票据的有效证明，E 获得该汇票之后，将汇票金额改为人民币 18 万元，并背书转让给 F，F 又将该汇票背书转让给 G。G 在法定期限内向付款人请求付款，付款人在审查该汇票后拒绝付款，理由是：（1）该汇票背书不连续，因为，C 受让该汇票时，是该转让行为的被背书人，而在下一次背书转让中，背书人不是 C，而是 D。（2）该汇票金额已被变造。随即，付款人作成退票理由书，即为退票。

根据本例提供的事实，请回答以下问题：

（1）付款人可否以背书不连续作为拒绝付款的理由？为什么？

（2）如何界定当事人的民事责任？

【答案】

（1）付款人不得以背书不连续作为拒绝付款的理由。因为，尽管 C 受让该汇票时，是该行为的被背书人，而在下一次背书转让中，背书人不是 C，而是 D，但是，D 系以继承方式从 C 处合法获得该汇票，是该汇票的权利人，只要其提供了有效证明，便可行使相应的权利，将该汇票转让给他人。

因此，付款人不能将该汇票背书不连续作为拒绝付款的理由。

（2）根据票据法的有关规定，票据的变造应依照签章是在变造之前或之后确定当事人的责任。A、B、D 的签章是在变造之前，故应就该汇票当时记载的人民币 8 万元承担责任，付款人亦应对此承担责任；E 为变造人，应对所造文义负责，即人民币 18 万元负责；F 签章在变造之后，亦应对人民币 18 万元负责。如果 G 获得付款人支付的人民币 8 万元，则可向 E 和 F 请求赔偿人民币 10 万元及其他损失；如果 F 向 G 赔偿了人民币 10 万元及其他损失，则可向 E 请求赔偿由此造成的一切损失。

【考点十九】委托收款背书和质押背书

1. 委托收款背书。背书记载“委托收款”字样，被背书人有权代背书人行使被委托的汇票权利。但是，被背书人不得再以背书转让汇票权利。背书人可以记载“委托收款”字样，但如果记载“因收款”、“托收”、“代理”等字样的，也应该认为有效。

【解释】委托收款背书反映代理关系，该关系形成后，被背书人只是代理人，可以代理行使票据上的一切权利，但未取得票据权利，背书人仍然是票据权利人。

2. 质押背书。质押时应当以背书记载“质押”字样。以汇票设定质押时，出质人在汇票上只记载了“质押”字样而未在票据上签章的，或者出质人未在汇票、粘单上记载“质押”字样而另行签订质押合同、质押条款的，不构成票据质押。

【解释】质押背书反映担保关系。背书人是原持票人，也是出质人，被背书人则为质权人。

【例题 30·单选题】根据票据法律制度的规定，下列选项中，不构成票据质押的是（　　）。（2004 年试题）

　　A. 出质人在汇票上记载了“质押”字样而未在汇票上签章的

　　B. 出质人在汇票粘单上记载了“质押”字样并在汇票粘单上签章的

　　C. 出质人在汇票上记载了“质押”字样并在汇票上签章，但是未记载背书日期的

　　D. 出质人在汇票上记载了“为担保”字样并在汇票上签章的

【答案】A

【考点二十】法定禁止背书（重要）

法定禁止背书的情形有三种：（1）被拒绝承兑的汇票；（2）被拒绝付款的汇票；（3）超过付款提示期限的汇票。背书人以背书将该种票据进行转让，应该承担汇票责任。

【解释】前两种情形，票据的付款请求权消灭，该票据仅有追索权；最后一种情形，持票人丧失对

前手的追索权。由此可见，上述几种情况下，票据的权利已经不完整，因此法律禁止背书转让，以防损害后手的权利。

【例题31·多选题】根据《票据法》的规定，下列选项中，属于禁止背书转让汇票的情形有（ ）。（2006年试题）

A. 汇票未记载付款地的

B. 汇票超过付款提示期限的

C. 汇票被拒绝承兑的

D. 汇票被拒绝付款的

【答案】BCD

【考点二十一】提示承兑的期限（重要）

【解释】承兑是指汇票付款人承诺在汇票到期日支付汇票金额的票据行为。承兑是承诺付款而非付款行为，是汇票的特有程序。

1. 定日付款和出票后定期付款汇票的提示承兑期限，持票人应在汇票到期日前向付款人提示承兑，否则即丧失对其前手的追索权。

【解释】定日付款（如2008年6月30日为付款日）、出票后定期付款（如票据有效期为30日，是自出票日计算，由于出票日是绝对记载事项），该汇票上均已记载了付款日期，因此承兑应在此期限到期之前作出。

2. 见票后定期付款汇票的提示承兑期限，自出票日起1个月内，否则，持票人丧失对其前手的追索权。

【解释】见票后定期付款，是指付款人在见到汇票作出承兑时确定付款日期，因此提示承兑的期限自出票日计算。

3. 见票即付的汇票无需提示承兑。

【解释】见票即付的票据无需提示承兑，因此，本票、支票都属见票即付的票据，没有承兑程序。

【例题32·判断题】汇票是出票人委托他人付款的委付证券，因此汇票都需要付款人进行承兑。（ ）（2000年试题）

【答案】×

【考点二十二】承兑的格式

1. 承兑文句和承兑人签章是绝对应记载事项；

2. 承兑日期为相对记载事项，如欠缺则以付款人3天承兑考虑时间的最后1天为承兑日期。

【例题33·判断题】出票人向付款人提示承兑，由于付款人所作的承兑没有记载承兑日期，不影响该承兑的效力。（ ）

【答案】√

【考点二十三】承兑的效力（重要）

付款人承兑汇票后，应当承担到期付款的责任。该到期付款责任是一种绝对的责任，其表现在：

1. 承兑人于汇票到期日必须向持票人无条件的支付汇票上的金额，否则其必须承担迟延付款责任；

2. 承兑人必须对汇票上的一切权利人承担责任，该等权利人包括付款请求权人和追索权人；

3. 承兑人不得以其与出票人之间资金关系来对抗持票人，拒绝支付汇票金额；

【相关链接】见考点十二第1点。

4. 承兑人的票据责任不因持票人未在法定期限提示付款而解除。

【相关链接】见表13-5。

【例题34·判断题】A于2008年3月1日向B签发一张银行承兑汇票，后B将该汇票背书转让给C。C于2008年3月21日向银行提示承兑，银行作出承兑，并确定该票据的到期日为3月31日。此后C又将该票据背书转让给D。D于3月31日请求银行付款时，因A与银行之间的资金关系，可以拒绝向D支付票款。（ ）

【答案】×

【考点二十四】保证记载的事项

1. 绝对应记载的事项包括保证文句和保证人签章两项；

2. 相对记载的事项有被保证人的名称、保证日期和保证人住所。

【解释】被保证人的名称未作记载的，已承兑的汇票，承兑人为被保证人；未承兑的汇票，出票人为被保证人。

保证人地位的确定，取决于被保证人。如保证人为承兑人保证，取得票据主债务人的地位，如保证人为出票人或背书人保证，取得票据次债务人的地位。

【考点二十五】付款提示（重要，见表13-5）

表13-5　　　　付款提示

提示付款的期限	见票即付的汇票	自出票日起1个月内向付款人提示付款
	定日付款、见票后定期付款的汇票	自到期日起10日内向承兑人提示付款
超过付款提示期限的法律后果	如果持票人未在上述法定期限内为付款提示的，则丧失对其前手的追索权。而对于承兑人并不发生失权的效果	
付款提示的方法	一般是由持票人亲自到付款人处，或者通过邮局寄交付款人处。通过委托收款银行或者通过票据交换系统向付款人提示付款的，亦视同持票人提示付款	

【例题35·单选题】根据票据法的规定，汇票

的持票人没有在规定的期限内提示付款的，其法律后果是(　　)。(2005年试题)

A. 持票人丧失全部票据权利

B. 持票人在作出说明后，承兑人仍然应当承担票据责任

C. 持票人在作出说明后，背书人仍然应当承担票据责任

D. 持票人在作出说明后，可以行使全部票据权利

【答案】B

【注意问题】持票人未按照前款规定期限提示付款的，在作出说明后，承兑人或者付款人仍应当继续对持票人承担付款责任。

【考点二十六】付款的效力（重要）

1. 付款人依法足额付款后，全体汇票债务人的责任解除。

2. 如果付款人付款存在瑕疵，即未尽审查义务而对不符合法定形式的票据付款，或其存在恶意或重大过失而付款的，则不发生上述法律效力，付款人的义务不能免除，其他债务人也不能免除责任。

【例题36·判断题】银行对伪造的票据虽以善意且符合规定的正常操作程序审查，但未能发现异常而支付金额的，对持票人或收款人仍应负付款责任。(　　)(1999年试题)

【答案】×

【解析】付款人及代理付款人付款时，其审查义务仅限于票据格式是否合法，即票据形式上的审查，而不负责实质上的审查。如果付款人未尽审查义务而对不符合法定形式的票据付款，或其存在恶意或重大过失而付款的，则不能免除付款人的责任。

【相关例题】见本章经典试题回顾部分2004年综合题。

【考点二十七】追索权发生的原因（重要，见表13-6）

【例题37·多选题】根据《票据法》的规定，下列各项中，符合持票人行使追索权的有(　　)。

A. 汇票在到期日前被拒绝付款

B. 汇票在到期日前被拒绝承兑

C. 在汇票到期日前，付款人逃匿

D. 在汇票到期日前，承兑人因违法被责令终止业务活动

【答案】BCD

【注意问题】被拒绝付款的，为到期日（因为提示付款的期限为到期日起10日内）；被拒绝承兑的，为到期日前。

【相关例题】见本章经典试题回顾部分2005年综合题。

表13-6	追索权发生的原因
实质原因	(1) 汇票到期被拒绝付款；(2) 汇票在到期日前被拒绝承兑；(3) 在汇票到期日前，承兑人或付款人死亡、逃匿的；(4) 在汇票到期日前，承兑人或付款人被依法宣告破产或因违法被责令终止业务活动
形式原因	持票人行使追索权必须履行一定保全手续，包括：(1) 在法定提示期限提示承兑或付款；(2) 在不获承兑或不获付款时，在法定期限内作成拒绝证明

【考点二十八】发出追索通知

持票人应当自收到被拒绝承兑或者被拒绝付款的有关证明之日起3日内，将被拒绝事由书面通知其前手。未在规定期限内发出追索通知的后果，持票人仍可以行使追索权，但是所赔偿的金额以汇票金额为限。

【例题38·判断题】持票人甲于2008年3月1日收到付款人的拒绝承兑的有关证明，于2008年3月5日将被拒绝事由书面通知其前手乙，向其行使追索权。乙可以甲超过通知期限为由拒绝付款。(　　)

【答案】×

【考点二十九】确定追索对象（重要）

1. 被追索人为出票人、背书人、承兑人和保证人。持票人可以不按照汇票债务人的先后顺序，对其中任何一人、数人或者全体行使追索权。

2. 持票人为出票人的，对其前手无追索权。

【例题39·判断题】甲公司向乙公司开具了一张金额为20万元的商业承兑汇票，乙公司将此汇票背书转让给丙，丙又将汇票背书转让给甲。甲在汇票得不到付款时，可以向丙行使票据追索权。(　　)(2006年试题)

【答案】×

【注意问题】持票人为出票人的，对其前手无追索权。

【相关例题】见本章经典试题回顾部分2004年、2005年综合题。

【注意问题】在回答追索对象时，首先确定被追索对象的范围；其次一定要说明"持票人可以不按照汇票债务人的先后顺序，对其中任何一人、数人或者全体行使追索权。"

【考点三十】清偿金额和费用的范围（重要）

持票人行使追索权，可以请求被追索人支付的金额和费用有：(1) 被拒绝付款的汇票金额；(2) 汇票金额自到期日或者提示付款日起至清偿日止，按照中国人民银行规定的同档次流动资金贷款利率计算的利息；(3) 取得有关拒绝证明和发出通知书

的费用。

【例题40·多选题】根据有关规定，下列选项中，属于汇票持票人行使追索权时可以请求被追索人清偿的款项有（ ）。（1999年试题）

A. 汇票金额自到期日起至清偿日止，按照中国人民银行规定的相关利率计算的利息

B. 发出通知书的费用

C. 因汇票金额被拒绝支付而导致的利润损失

D. 因汇票金额被拒绝支付导致追索人对他人违约而支付的违约金

【答案】AB

【相关例题】见本章经典试题回顾部分2003年综合题。

图13-3

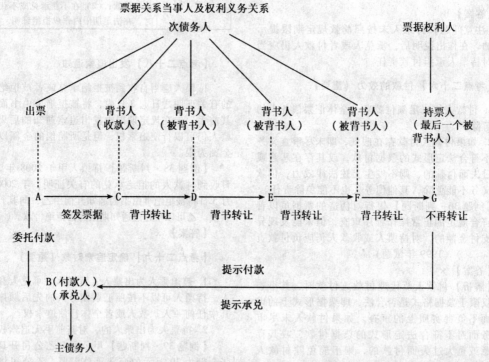

票据关系当事人及权利义务关系

【解释】

1. A、B、C是汇票的基本当事人。

2. 在票据转让过程中，原收款人C，原被背书人D、E、F，因转让票据而成为背书人，须对其后手承担票据责任；G不再转让票据，为最后背书人，即持票人。

3. 出票人A向付款人B提示承兑后，将已承兑的汇票交付给C；如果A交付给C的汇票未经承兑，那么从C开始，D、E、F、G任何一个票据权利人都可以在票据到期日前，请求付款人承兑。付款人在作出承兑后即为承兑人。

4. G作为持票人是票据的权利人，享有票据权利。G的付款请求权向承兑人B行使，承兑人B是汇票的主债务人，承担无条件支付票据金额的责任；G的付款请求权得不到满足时，可不按照汇票债务人的顺序向A、B、C、D、E、F中的任何一人、数人或全体行使追索权。

5. B接受出票人的付款委托，承兑了汇票，成为承兑人，是汇票的主债务人。如果B拒绝承兑或

者付款时，出票人A相当于汇票中的主债务人，应当向持票人G承担票据责任。

6. A作为出票人，C、D、E、F、G都是A的后手，A不得对其后手再追索。

【考点三十一】本票的特点

1. 本票是由出票人约定自己付款的一种自付证券；

2. 其基本当事人有两个，即出票人和收款人，在出票人之外不存在独立的付款人。

【例题41·判断题】汇票和支票都属于委付证券，本票则是自付证券。

【答案】√

【考点三十二】本票的记载事项（重要）

1. 绝对记载事项（见表13-4）。

2. 相对应记载事项，付款地和出票地，与汇票的规定相同。

【考点三十三】见票付款（重要，见表 13－7）

【例题42·多选题】甲出具一张本票给乙，乙将该本票背书转让给丙，丁作为乙的保证人在票据上签章。丙又将该本票背书转让给戊，戊作为持票人未按规定期限向出票人提示本票。根据《票据法》的规定，下列选项中，戊不得行使追索权的有（　　）。（2006 年试题）

A. 甲　　　　　　B. 乙
C. 丙　　　　　　D. 丁

【答案】BCD

【考点三十四】支票的特点（与汇票相同，见考点十五）

【考点三十五】支票的出票（重要）

1. 出票人签发支票必须具备一定的条件，即为在经中国人民银行当地分支行批准办理支票业务的银行机构开立可以使用支票的存款账户的单位和个人。

2. 支票的绝对应记载事项（见表 13－4）。

3. 授权补记的事项。（1）关于支票金额，出票人可以授权收款人补记，收款人以外的其他人不得补记，在支票金额未补记之前，收款人不得背书转让。（2）关于收款人名称，经出票人授权，可以补记；出票人可以在支票上记载自己为收款人。

4. 相对应记载事项。有付款地和出票地两项，与汇票规定相同。

【例题43·判断题】A 向 B 签发一张空白支票，授权 B 记载金额。B 在未记载金额的情况下，将该支票背书转让给 C，并授权 C 补记票据金额。B 的授权行为不合法。（　　）

【答案】√

【相关例题】见本章经典试题回顾部分 2001 年综合题。

【考点三十六】空头支票及法律责任（重要）

1. 支票的出票人所签发的支票金额不得超过其付款时在付款人处实有的存款金额，否则为空头支票，签发空头支票属违法行为，须承担法律责任。

2. 支票的出票人不得签发与其预留本名的签名式样或者印鉴不符的支票。否则，该支票即为无效。

【相关链接】（1）由中国人民银行及其分支机构实施对签发空头支票出票人的行政处罚。（2）签发空头支票或者签发与其预留的签章不符的支票，不以骗取财物为目的的，由中国人民银行处以票面金额 5% 但不低于 1000 元的罚款。（3）对逾期缴纳罚款的出票人，人民银行可按每日按罚款数额的 3% 加处罚款，或向人民法院申请强制执行。

【相关例题】见本章经典试题回顾部分 2001 年综合题

【考点三十七】付款（重要，见表 13－7）

表 13－7　三类票据付款提示期限及法律后果对比

	付款提示期限	法律后果
汇票	1. 见票即付的汇票，自出票日起 1 个月内向付款人提示付款 2. 定日付款、出票后定期付款或者见票后定期付款的汇票，自到期日起 10 日内向承兑人提示付款	此票人未按照规定期限提示付款的，在作出说明后，承兑人或者付款人仍应当继续对持票人承担付款责任
本票	本票自出票日起，付款期限最长不得超过两个月	如果本票的持票人未按照规定期限提示本票的，则丧失对出票人以外的前手的追索权
支票	1. 支票限于见票即付，不得另行记载付款日期。另行记载付款日期的，该记载无效 2. 支票的持票人应当自出票日起 10 日内提示付款	超过提示付款期限的，付款人可以不予付款，但是出票人仍应当对持票人承担票据责任

【例题44·多选题】根据《票据法》的规定，下列有关汇票与支票区别的表述中，正确的有（　　）。（2006 年试题）

A. 汇票可以背书转让，支票不可背书转让
B. 汇票有即期汇票与远期汇票之分，支票则均为见票即付
C. 汇票的票据权利时效为 2 年，支票的票据权利时效则为 6 个月
D. 汇票上的收款人可以由出票人授权补记，支票则不能授权补记

【答案】BC

【例题45·判断题】支票的出票人于 2005 年 9 月 9 日出票时，在票面上记载"到期日为 2005 年 9 月 18 日"。该记载有效。（　　）（2005 年试题）

【答案】×

【注意问题】支票限于见票即付，不得另行记载付款日期。另行记载付款日期的，只是该记载无效，并不导致支票无效。

【考点三十八】涉外票据的法律适用

1. 关于民事行为能力的法律适用。（1）一般情况下，适用其本国法律；（2）依照其本国法律为无民事行为能力或者限制民事行为能力，而依照行为地法律为完全民事行为能力的，适用行为地法律。

2. 关于出票时记载事项的法律适用。（1）汇票、本票出票时的记载事项，适用出票地法律；

（2）支票出票时的记载事项，适用出票地法律，经当事人协议，也可以适用付款地法律。

3. 关于背书、承兑、保证、付款行为的法律适用。适用行为地法律。

4. 关于追索权行使期限的法律适用。适用出票地法律。

5. 关于提示期限、拒绝证明的方式及出具期限的法律适用。适用付款地法律。

6. 关于票据丧失时保全票据权利程序的法律适用。适用付款地法律。

【例题46·多选题】根据票据法的规定，下列涉外汇票票据行为中，属于应适用行为地法的有（　　）。（2007年试题）

A. 背书　　　　　B. 保证
C. 付款　　　　　D. 承兑

【答案】ABCD

【考点三十九】法律表任

注意票据欺诈行为的责任和付款人故意压票，拖延支付的法律责任。

【相关链接】此处违法行为的法律责任，结合第十二章考点二十一、二十二。

经典试题回顾

一、单项选择题

1. 根据《票据法》的规定，背书人在汇票上记载"不得转让"字样，其后手再背书转让的，将产生的法律后果是（　　）。（2001年）

A. 该汇票无效
B. 该背书转让无效
C. 原背书人对后手的被背书人不承担保证责任
D. 原背书人对后手的被背书人承担保证责任

【答案】C

【解析】《票据法》第34条规定，背书人在汇票上记载"不得转让"字样，其后手再背书转让的，原背书人对后手的被背书人不承担保证责任。

2. 根据《票据法》的规定，银行本票自出票日起，付款期限最长为（　　）。（2006年）

A.1个月　　　　B.2个月
C.6个月　　　　D.9个月

【答案】B

【解析】主要本票和支票均属于见票即付的票据，无须记载付款日期，故法律规定其最长的付款日期。本票为自出票日起，付款期限最长不得超过两个月；支票自出票日起，付款期限为10日（同城使用）。

3. 根据《票据法》的规定，汇票出票人依法完成出票行为后即产生票据上的效力。下列表述中，正确的是（　　）。（2006年）

A. 收款人在汇票金额的付款请求权不能满足时，仅享有对出票人的追索权
B. 付款人在出票人完成出票之日，即成为汇票上的主债务人
C. 汇票签发后，如付款人不予付款，出票人应当承担票据责任
D. 持票人变造汇票金额的，出票人不仅不对变造后汇票记载的内容承担责任，而且也不对变造前汇票记载的内容承担责任

【答案】C

【解析】收款人在汇票金额的付款请求权不能满足时，行使追索权的对象不仅包括出票人，还包括背书人、承兑人和保证人，因此A选项的表述不正确；付款人在出票人完成出票之日，并不当然的成为该汇票上的主债务人，应根据付款人是否对该汇票作出承兑而确定其主债务人身份，即付款人在该汇票上作出承兑则成为主债务人，故B选项的说法不对；出票人应当对变造之前记载的内容承担票据责任，对变造之后的内容不承担责任，所以D选项的内容也不正确。

4. 汇票的背书人在票据上记载了"不得转让"字样，但其后手仍进行了背书转让。下列关于票据责任承担的表述中，错误的是（　　）。（2007年）

A. 不影响承兑人的票据责任
B. 不影响出票人的票据责任
C. 不影响原背书人之前手的票据责任
D. 不影响原背书人对后手的被背书人承担票据责任

【答案】D

二、多项选择题

1. 根据《中华人民共和国票据法》的规定，下列选项中，属于票据权利消灭的情形有（　　）。（2000年）

A. 持票人对前手的再追索权，自清偿日或者被提起诉讼之日起3个月未行使
B. 持票人对前手的追索权，在被拒绝承兑或者被拒绝付款之日起6个月未行使
C. 持票人对支票出票人的权利，自出票日起6个月未行使
D. 持票人对本票出票人的权利，自票据到期日起2年未行使

【答案】ABC

【解析】根据《票据法》规定，票据权利因在一定期限内不行使而消灭的情形有：（1）持票人对票据的出票人和承兑人的权利，自票据到期日起2年。见票即付的汇票、本票，自出票日起2年。（2）持票人对支票出票人的权利，自出票日起6个月。（3）持票人对前手的追索权，在被拒绝承兑或者被拒绝付款之日起6个月。（4）持票人对前手的再追索权，自清偿日或者被提起诉讼

之日起 3 个月。所以，D 选项所述持票人对本票出票人的权利，自票据到期日起 2 年未行使，与自出票日起 2 年未行使的规定不同，是错误的。

2. 根据票据法律制度的规定，持票人在一定期限内不行使票据权利，其权利归于消灭。下列有关票据权利消灭时效的表述中，正确的有（　　）。（2003 年）

A. 持票人对票据的出票人的权利，自票据到期日起 2 年

B. 持票人对票据的承兑人的权利，自票据到期日起 1 年

C. 持票人对支票出票人的权利，自出票日起 6 个月

D. 持票人对前手的再追索权，自清偿日或被提起诉讼之日起 3 个月

【答案】ACD

【解析】持票人对票据承兑人的权利自票据到期日起 2 年。

三、判断题

1. 支票另行记载付款日期的，该支票无效。（　　）（1999 年）

【答案】×

【解析】因为付款日期不属于支票的绝对记载事项，所以不受另行记载的限制。

2. 本票的持票人未按照规定期限提示本票的，丧失对出票人的追索权。（　　）（2000 年）

【答案】×

【解析】如果本票的持票人未按照规定期限提示本票的，则丧失对出票人以外的前手的追索权。

3. 以汇票设定质押时，出质人在汇票上只记载了"质押"字样而未在票据上签章的，构成票据质押。（　　）（2001 年）

【答案】×

【解析】根据有关司法解释的规定，以汇票设定质押时，出质人在汇票上只记载"质押"字样而未在票据上签章的，或者出质人未在汇票、粘单上记载了"质押"字样而另行签订质押合同、质押条款的，不构成票据质押。

4. 甲签发一张金额为 5 万元的本票交收款人乙，乙背书转让给丙，丙将本票金额改为 8 万元后转让给丁，丁又背书转让给戊。如果戊向甲请求付款，甲只应支付 5 万元，戊所受损失 3 万元应向丁和丙请求赔偿。（　　）（2002 年）

【答案】√

【解析】票据的变造应依照签章是在变造之前或之后来承担责任。如果无法辨别是在票据被变造之前或之后签章的，视同在变造之前签章。

5. 变更票据上的金额的，属于票据的伪造，不属于票据的变造。（　　）（2003 年）

【答案】×

【解析】注意伪造与变造的区别。伪造仅指假冒他人名义或者虚构人名义而进行的票据行为。对票据上其他记载事项的更改都属于变造。

6. 票据关系形成后，票据基础关系是否存在或有效，均不影响票据的效力。（　　）（2006 年）

【答案】√

7. 甲伪造乙的签章实施票据欺诈行为，给他人造成损失的，乙不承担票据责任。（　　）（2007 年）

【答案】√

【解析】因为乙是被伪造人，不是在票据上真实签章的人，故其不承担票据责任，可以票据伪造为由向持票人进行抗辩。

四、综合题

1. 甲公司拟向乙公司订购一批办公家具，授权本单位员工李某携带一张记载有本单位签章、出票日为 2001 年 5 月 9 日、票面金额为 18 万元的转账支票（同城使用，下同）前往采购。5 月 10 日，李某代表甲公司与乙公司签订了价值 18 万元的买卖合同。该合同约定：甲公司于合同签订当日以支票方式一次付款；乙公司应当在 6 月 10 日前向甲公司交付所购全部家具。李某在向乙公司交付支票时，声明该支票未记载收款人，由乙公司自己填写。

乙公司在收到该支票后，未在该支票收款人栏内记载自己的名称，而是直接在该栏内将收款人填写为丙公司，于 5 月 12 日将该支票交给丙公司，由丙公司存入其开立账户的丁银行，以便利用丙公司的银行账户提取现金。为此，丙公司将按照支票金额的 5% 提取管理费。

5 月 15 日，丁银行通知丙公司，其存入的上述支票的款项已于 5 月 14 日到账，但却不能支取使用，主要原因是：该支票上记载有在甲公司收到乙公司交付家具之次日，持票人才能支取使用该资金。乙公司于 6 月 8 日向甲公司交付所购家具，丙公司于第二天才得以开始分批从其账户中支取该资金并交付乙公司。

要求：

根据上述内容，回答下列问题：

（1）甲公司交付给乙公司的支票未记载收款人，该支票是否有效？并说明理由。

（2）乙公司利用丙公司账户存取款项的行为是否符合有关规定？并说明理由。如不符合有关规定，应当由谁承担何种法律责任？

（3）丁银行通知丙公司不能支取使用到账资金的理由是否成立？并说明理由。如丁银行的理由不能成立，其应当承担何种法律责任？（2001 年试题经调整）

【参考答案】

本题考查要点有：支票的授权补记事项，存款人出租或转让账户的责任，银行延压和截留客户资

金行为的法律责任（后两个问题是第十二章支付结算法律制度中的规定）。

（1）尽管甲公司交付给乙公司的支票未记载收款人，但该支票仍然有效。我国票据法规定，支票上未记载收款人名称的，经出票人授权，可以补记。甲公司已授权乙公司在收款人栏内补记收款人，因此，该支票是有效的。

（2）首先，乙公司利用丙公司账户存取款项的行为不符合有关规定。根据银行账户管理办法的有关规定，存款人的账户只能办理存款人本身的业务活动，丙公司与甲公司未发生任何业务活动，因此，乙公司在该支票上填写丙公司为收款人，由丙公司存取款项，并收取相应的管理费，属于出租或转让账户的行为，不符合有关规定。其次，应当由丙公司承担相应的责任。根据有关规定，存款人出租和转让账户的，给予警告并处以5000元以上3万元以下的罚款。

（3）首先，丁银行通知丙公司不能支付到账资金的理由不能成立。一是，根据《票据法》的规定，支票属于见票即付票据，不得另行记载付款日期。另行记载付款日期的，该记载无效。二是，根据有关规定，除国家法律另有规定外，银行不得代任何单位或个人冻结、扣款，不得停止单位、个人存款的正常支付。其次，丁银行限制丙公司支取支票资金的行为，属于延压和截留客户资金的行为，依照有关规定，丁银行应当按延压资金额每天万分之五计付赔偿金。

2. 2002年综合题请参见第九章合同法律制度（总则）"经典试题回顾"部分。

3. 2002年12月23日，A公司与B公司签订一份买卖合同，该合同约定：A公司向B公司购买2000吨螺纹钢材，每吨价格为2800元（含增值税）；由C公司于2003年5月28日一次向A公司交货；A公司在合同签订之日起7日内以银行承兑汇票方式一次付清560万元价款，该银行承兑汇票的付款日期为承兑后6个月。2002年12月28日，A公司向其开户的D银行申请银行承兑汇票承兑，并获该银行同意，同日开出于2003年6月28日付款、金额为560万元的银行承兑汇票。B公司收到该汇票后，即将其背书转让给E公司，以支付所欠货款。A公司为开出上述银行承兑汇票向D银行交付了该汇票金额50%的保证金。

2003年5月，因钢材价格上涨，C公司以此为由而未按时向A公司交货。A公司在上述银行承兑汇票付款到期日，未按照约定在D银行开户的账户内存足除保证金之外的280万元承兑金额。E公司持上述银行承兑汇票请求D银行付款时，D银行以A公司未存足金额为由拒绝付款。

要求：

根据上述内容，回答下列问题：

（1）A公司与B公司在合同中约定由C公司交货是否符合规定？并说明理由。C公司不按时交货，A公司应当向谁请求承担违约责任？

（2）A公司未按照约定在D银行开立的账户内存足相应的承兑金额，根据支付结算制度的有关规定，应当受到何种经济处罚？

（3）D银行拒绝向E公司付款的理由是否成立？并说明理由。如果D银行拒绝付款的理由不成立，根据票据法的有关规定，E公司可以请求D银行清偿的款项包括哪些内容？（2003年）

【参考答案】

本题考查要点有：第三人代为履行合同义务的责任（第九章合同法律制度总则中的规定），违反支付结算制度的法律责任（第十二章的内容），票据抗辩权的限制，追索权行使的范围。

（1）首先，A公司与B公司在合同中约定由C公司交货符合规定（0.5分）。根据《合同法》的规定，当事人可以在合同中约定由第三人向债权人履行债务（1分）。其次，C公司作为第三人不向A公司履行交货义务时，A公司应当向B公司请求承担违约责任（1分）。（本要点共2.5分）

（2）A公司未按照约定在D银行开立的账户内存足相应的承兑金额，应当受到的经济处罚为：对尚未扣回的承兑金额按每天万分之五计收罚息（1.5分）。（本要点共1.5分）

（3）首先，D银行拒绝向E公司付款的理由不成立。根据《票据法》的规定，票据债务人不得以自己与出票人之间的抗辩事由对抗持票人（1分）。D银行对其承兑的汇票具有付款的义务，E公司是该汇票的合法持有人，没有主观上的恶意，D银行不得以A公司没有承兑金额为由拒绝向E公司付款（1分）。其次，根据票据法的规定，E公司可以请求D银行清偿的款项包括：被拒绝付款的汇票金额（1分）；汇票金额自提示付款日至清偿日止（0.5分），按照中国人民银行规定的同档次流动资金贷款利率计算的利息（1分）；取得有关拒绝付款证明和发出通知书的费用（0.5分）。（本要点共5分）

4. 甲公司为支付一批采购的农副产品货款，向李某开出一张金额为4万元的转账支票。李某为偿还欠款，将该支票背书转让给张某。张某获该支票后，将该支票金额改为14万元后，又将该支票背书转让给王某。王某取得该支票后，到为其开立个人银行结算账户的乙银行办理委托收款手续。乙银行在对该支票审查后，未提出任何异议，也未要求王某提供其他任何证明资料，为王某办理了委托收款手续。甲公司开户的丙银行作为委托付款人，也按照乙银行的审查方式审查该支票后，将票面标明的14万元从甲公司账户转入王某个人银行结算账户。

甲公司在与丙银行对账的过程中，发现前述支票转出的金额与所应当支付的金额不符，即提出异议。丙银行在核对的过程中，发现支票票面金额被变造的事实。

要求：

根据上述内容，回答下列问题：

（1）甲公司所受损失可否向丙银行追索？并说明理由。

（2）本题所述的支票在变造后是否有效？并说明理由。

（3）乙银行在办理委托收款手续时，除未发现支票变造的事实外，根据《人民币银行结算账户管理办法》的有关规定，是否存在其他过失？并说明理由。

（4）如果丙银行在向王某付款前发现该支票被变造的事实而拒绝付款，王某可以向哪些人进行追索？被追索对象应承担票据责任的金额分别是多少？并分别说明理由。（2004 年）

【参考答案】

本题考查要点有：付款人未尽审查义务的责任（第十二章的内容）、支票的变造责任、追索权。

（1）甲公司所受损失可向丙银行追偿（1 分）。丙银行在审查支票的过程中未能发现该支票变造的事实（0.5 分），丙银行应当承担由此给甲公司造成的损失责任（0.5 分）。

（2）支票在变造后仍然有效（1 分）。甲公司开出的支票是合法成立的有效票据（或者：尽管张某变造了该支票的金额，但并不导致该支票无效）（1 分）。

（3）乙银行在办理委托收款手续时，存在除未发现支票变造事实之外的其他过失（0.5 分）。每笔超过 5 万元的，应当审查有关收款依据（或者：农副产品购销合同）（1.5 分）。

（4）王某可以向张某、李某和甲公司中的任何一人或部分或全部进行追索（2 分）。（或者：只答出"王某可以向张某、李某和甲公司中的任何一人或部分或全部进行追索"中的部分内容，不够全面的，酌情扣减本得分点）

甲公司应当对 4 万元负责（0.5 分）。李某在票据变造之前签章的，应按原记载内容负责（0.5 分）。（本题回答"甲公司和李某应当对 4 万元负责"给本得分点）

张某应对 14 万元负责（0.5 分）。张某是票据变造人，签章在票据变造之后，应按变造后的记载内容负责（0.5 分）。

5. 为向 A 公司支付购买化工产品货款，B 公司向自己开户的 C 银行申请开具银行承兑汇票。C 银行审核同意后，B 公司依约定存入 C 银行 300 万元保证金，签发了以自己为出票人、A 公司为收款人、C 银行为承兑人、金额为 1000 万元的银行

承兑汇票，C 银行在该汇票上作为承兑人签章。B 公司将上述汇票交付 A 公司以支付货款。

A 公司收到汇票后，在约定的期限向 B 公司交付完毕化工产品。为向 D 公司支付采购原料价款，A 公司又将该汇票背书转让给 D 公司。

B 公司收到 A 公司交付的化工产品后，经过检验，发现产品存在重大质量问题，在与 A 公司多次交涉无果后，解除了合同，并将收到的化工产品全部退还 A 公司。A 公司承诺向 B 公司返还货款，但未能履行。B 公司在解除合同后，立即将该事实通知 C 银行要求银行不得对其开出的汇票付款。直到该汇票到期日，B 公司也未依约定将剩余汇票金额存入 C 银行。

D 公司在该汇票到期时，持票请求 C 银行付款，C 银行以 B 公司已经解除与 A 公司的合同以及 B 公司未将剩余汇票金额存入账户为由，拒绝了 D 公司的付款请求。

要求：

根据本题所述内容，分别回答下列问题：

（1）C 银行拒绝 D 公司付款请求的两个理由是否能够成立？并分别说明理由。

（2）D 公司是否有权向 B 公司追索？并说明理由。

（3）如果 A 公司应 D 公司的要求，支付了全部被追索金额，转而作为持票人向 B 公司再追索，B 公司是否有权拒绝其请求？并说明理由。（2005 年）

【参考答案】

本题考查要点有：票据权利的取得与抗辩权的限制，追索权的对象。

（1）首先，C 银行无权以 B 公司解除合同为由拒绝 D 公司的付款请求。根据有关法律规定，D 公司从 A 公司背书合法受让票据，是票据权利人。C 银行承兑汇票后，就承担了到期向持票人无条件支付汇票金额的义务。其次，C 银行也无权以 B 公司未将剩余汇票金额存入账户为由拒绝付款。根据有关法律规定，C 银行不得以自己与出票人 B 公司之间的资金关系为理由，拒绝支付汇票金额。

（2）D 公司有权向 B 公司追索。根据法律规定，持票人在票据到期不获付款时，有权向其一切前手进行追索（或向出票人、背书人、承兑人和保证人进行追索）；同时，债务人不得以自己与出票人或者持票人的前手之间的抗辩事由对抗持票人（或尽管 A 公司对 B 公司违约，但 B 公司不得以此为理由对抗 D 公司）。

（3）B 公司可以拒绝 A 公司请求。根据法律规定，票据债务人与持票人存在票据基础法律关系，票据债务人可以对不履行约定义务的与自己有直接债权债务人关系的持票人进行抗辩〔或 B 公司与 A 公司之间存在汇票的基础法律关系

（或基础合同关系），而 A 公司在基础关系中未履行返还合同价款和赔偿损失的义务]。

本章练习题库

一、单项选择题

1. 票据上的正当权利人对于因恶意而取得票据的人行使票据返还请求权而发生的关系，属于( )。
   A. 票据关系
   B. 票据的基础关系
   C. 票据法上的非票据关系
   D. 票据诉讼关系

2. A 急需购买一批原材料，特与 B 订立买卖合同。为支付该笔货款，A 向 B 签发一张票据，B 在收到票据后将其背书给 C，C 持票向付款人请求付款。A 通知付款人因 B 存在欺诈行为，已经撤销买卖合同，拒绝向其支付票款。下列各项中，关于该票据的认识及处理，正确的是( )。
   A. 买卖合同被撤销，AB 之间的票据关系随之消灭，但 C 仍享有票据权利
   B. 买卖合同被撤销，票据关系随之消灭，付款人应拒绝向 C 支付票款
   C. 买卖合同被撤销，如果持票人为 B，其请求付款人付款将被拒绝
   D. 买卖合同被撤销，如果持票人 C 请求 A 付款，A 有权拒绝

3. 根据票据法律制度的规定，下列有关票据上的签章的表述中，正确的是( )。
   A. 法人在票据上的签章，为该法人的签章
   B. 个人在票据上的签章，为该个人的签名加盖章
   C. 支票的出票人在票据上的签章，为其预留银行的签章
   D. 商业汇票的出票人在票据上的签章，为该法人或者该单位的财务专用章

4. 我国票据法规定，下列各项中，票据上的记载事项不得更改的有( )。
   A. 付款人地址　　　B. 出票日期
   C. 出票人名称　　　D. 付款人名称

5. 公示催告的期间不得少于 60 日，在此期间人民法院收到利害关系人的申报后，应当( )。
   A. 判决丧失票据无效
   B. 对该票据的权利归属开始审理
   C. 裁定终止公示催告程序
   D. 通知付款人向申报人付款

6. 票据丧失后，失票人在挂失止付后再向人民法院申请公示催告的，该期限为通知挂失止付后( )。
   A. 10 日内　　　　B. 7 日内
   C. 5 日内　　　　 D. 3 日内

7. 王某有一张刚到期的汇票，该票未记载付款地。如果王某行使付款请求权，根据我国票据法规定，下列各项中应确定为付款地的是( )。
   A. 王某的住所或经常居住地
   B. 出票人的营业场所、住所或者经常居住地
   C. 直接的前手背书人的营业场所、住所或者经常居住地
   D. 承兑人的营业场所、住所或者经常居住地

8. 甲没有代理权，冒充乙的代理人，在票据上以代理人名义签章，该票据责任的承担者是( )。
   A. 乙　　　　　　B. 甲
   C. 甲与乙　　　　D. 相对人

9. 根据票据法律制度的规定，下列各项中，有关票据抗辩的表述中，不正确的是( )。
   A. 甲签发一张票据给乙而购买商品，乙未交货，甲可以不具有对价为由向乙主张抗辩
   B. 甲向乙签发一张票据，A 盗窃该票据后，冒用乙的签章将该票据背书给丙，甲可以该票据被伪造为由向丙主张抗辩
   C. 甲向乙签发一张票据，乙向付款人提示付款，付款人不可以甲未履行与其所签合同约定的义务为由，向乙主张抗辩
   D. 甲向乙签发一张票据，乙背书给丙，丙取得该票据后死亡，其合法继承人丁取得该票据，付款人不得以该票据背书不连续为由向丁主张抗辩

10. A 向 B 签发一张票据，记载金额为 10 万元，后 B 背书转让给 C，C 又背书给 D，D 又背书给 E。至 E 持票时，票据上记载的金额为 18 万元，现无法辨认 C 的签章是在变造之前或之后所作，则 C 应承担的票据金额为( )。
    A. 10 万元
    B. 18 万元
    C. 对增加的 8 万元金额与其后手 D 各承担一半，所以为 14 万元
    D. 变造的票据无效，故无须承担票据责任

11. 若原背书人在汇票上记载有"不得转让"字样时，下列表述中正确的是( )。
    A. 若持票人将此票据再行背书转让，该背书行为无效
    B. 在特定条件下，持票人可以将此票据再行背书转让
    C. 若背书人再行背书转让，原背书人对现持票人不承担保证责任
    D. 此票据只能背书记载"委托收款"字样，不能背书记载"质押"字样

12. 甲向乙签发了一张到期日为 2005 年 4 月 3 日的汇票，委托丙付款。乙持票后于 2005 年 4 月 1 日向丙提示承兑，丙予以承兑。丁为该汇票出票人甲的保证人，但丁未在该汇票上注明被保证人。那么这张汇票的被保证人应是( )。
    A. 甲　　　　　　B. 乙
    C. 丙　　　　　　D. 甲或丙

13. 根据票据法律制度的规定，确定的金额是各类票据的绝对记载事项之一。下列各项中，有关票据金额的表述中，正确的是（　　）。
   A. 如汇票上记载的金额为 10 万元以下，该票据无效
   B. 实际结算金额与出票时记载的确定金额不一致时，以实际结算金额为付款金额
   C. 支票的出票人未记载金额，可以授权持票人补记
   D. 银行本票均为定额银行本票

14. 见票后定期付款的票据，持票人向付款人提示承兑的期限为（　　）。
   A. 自出票日起 2 个月内
   B. 自出票日起 1 个月内
   C. 自票据到期日起 1 个月内
   D. 自票据到期日起 2 个月内

15. 除见票即付的汇票外，持票人向承兑人提示付款的期限为（　　）。
   A. 自出票日起 15 日内
   B. 自出票日起 10 日内
   C. 自票据到期日起 15 日内
   D. 自票据到期日起 10 日内

16. 2008 年 3 月 6 日甲向乙签发一张本票，乙持票后将该本票背书给丙，丙又背书给丁。丁于同年 5 月 8 日向甲提示付款，因手续欠缺，未得到付款。丁可以行使追索权的对象是（　　）。
   A. 甲
   B. 乙
   C. 丙
   D. 甲、乙、丙中的任何一人、数人和全体

17. 支票的金额可以授权补记，未补记的支票，不得使用。有权授权补记的人是（　　）。
   A. 出票人　　　　　　B. 持票人
   C. 背书人　　　　　　D. 被背书人

18. 根据《票据法》的规定，以下关于支票付款的有关说法，不正确的是（　　）。
   A. 支票限于见票即付，不得另行记载付款日期，另行记载付款日期的，该票据无效
   B. 支票的持票人应当自出票日起 10 日内提示付款
   C. 超过付款提示期限的，付款人可以不予付款
   D. 持票人超过付款提示期限的，并不丧失对出票人的追索权

19. 票据的付款人故意压票，拖延支付，给持票人造成损失的，依法承担（　　）。
   A. 票据责任
   B. 赔偿责任
   C. 票据责任及连带赔偿责任
   D. 赔偿责任及连带票据责任

20. 在我国，依据（　　）和适用的法律，将票据区分为境内票据和涉外票据。

A. 票据当事人　　　　B. 票据内容
C. 票据行为地　　　　D. 票据形式

21. 在涉外票据的法律适用中，关于追索权行使期限的法律，适用（　　）。
   A. 出票地
   B. 付款地
   C. 发出追索通知的行为地
   D. 由当事人协议选择出票地或付款地

二、多项选择题

1. 甲与乙订立买卖合同，甲为此向乙签发一张支票以支付该合同项下的货款。事后甲发现乙根本没有能力履行合同，遂向乙提出解除合同，返还支票。但是，乙获此支票后背书给丙。丙持该支票请求付款人付款。下列各项中，有关丙请求付款的表述中，正确的有（　　）。
   A. 买卖合同解除，票据关系随之消灭，丙无权要求付款人付款，其损失由乙承担
   B. 买卖合同解除，票据关系并不因此消灭，丙有权要求付款人付款
   C. 丙未自出票日起 10 日后请求付款，该票据权利消灭
   D. 丙自出票日起 10 日后，请求付款人付款，付款人有权拒绝

2. 单位、个人和银行在票据上签章时，必须按照规定进行。下列签章有效的有（　　）。
   A. 单位在票据上使用该单位的财务专用章加其授权的代理人的盖章
   B. 个人在票据上使用与其身份证件姓名不一致的签名
   C. 银行作为出票人在银行汇票上仅使用了经中国人民银行批准使用的银行汇票专用章
   D. 商业承兑汇票的承兑人在票据上使用其预留银行的签章

3. 下列各项关于票据代理的情形中，代理人应当承担票据责任的有（　　）。
   A. 甲未获得乙的授权，而以代理人名义在票据上签章
   B. 甲有乙的书面授权委托书，为乙的票据行为代理人，但甲未在票据上签章
   C. 限制民事行为能力人以代理人身份在票据上签章
   D. 甲虽然是乙的票据代理人，但其代理行为超越权限

4. 下列持票人中，可以享有票据权利的有（　　）。
   A. 拾得票据的持票人
   B. 因继承而取得票据的持票人
   C. 超过提示付款期限的汇票持票人
   D. 不知转让者以欺诈的手段取得票据而向其支付了对价受让该票据的持票人

5. 根据票据法律制度的规定，票据权利人为了防止

票据权利的丧失，在人民法院审理票据纠纷案件时，下列各项中，经当事人申请并提供担保，可以依法采取保全措施的有( )。

A. 记载有"不得转让"而用于质押的票据

B. 应付对价而未付对价的持票人持有的票据

C. 背书人因被背书人没有履行约定的义务，请求对被背书人的后手所持有的票据

D. 持票人在明知转让者取得的票据权利存在瑕疵而接受的票据

6. 失票人向人民法院提起诉讼以补救票据权利的，诉讼被告可以是下列选项中的( )。

A. 付款人　　　　　B. 背书人

C. 出票人　　　　　D. 保证人

7. 根据票据法律制度的规定，失票人向法院提起诉讼以补救其票据权利，在判决前，丧失的票据出现时，下列各项中，对此正确的处理有( )。

A. 票据提示人应当将该票据归还失票人

B. 法院应终结诉讼程序

C. 付款人应向票据提示人支付票款

D. 付款人应暂不付款，而将情况迅速通知失票人和人民法院

8. 根据《票据法》的规定，下列选项中，属于票据权利消灭的情形有( )。

A. 持票人对前手的再追索权，自清偿日或者被提起诉讼之日起 3 个月未行使

B. 持票人对前手的追索权，在被拒绝承兑或者被拒绝付款之日起 6 个月未行使

C. 持票人对支票出票人的权利，自出票日起 6 个月未行使

D. 持票人对本票出票人的权利，自票据到期日起 2 年未行使

9. 根据《票据法》的规定，下列选项中，属于变造票据的有( )。

A. 变更票据金额

B. 变更票据上的到期日

C. 变更票据上的签章

D. 变更票据上的付款日

10. 甲向乙签发了一张金额为 6 万元的银行承兑汇票。乙不慎丢失，丙拾得这张票据。丙冒充乙的签章，将这张汇票背书给丁，丁又背书给戊。戊持票后向付款人请求付款被拒绝。此时，戊除了可向付款人行使追索权外，还可向( )行使票据权利。

A. 甲　　　　　　　B. 乙

C. 丙　　　　　　　D. 丁

11. 下列各项中，关于票据债务人依法可进行抗辩的情形有( )。

A. 票据记载事项中欠缺付款地

B. 票据记载事项中欠缺付款日期

C. 持票人年龄为 15 周岁

D. 票据未到期

12. 根据《票据法》的规定，票据背书的绝对记载事项有( )。

A. 背书人签章　　　B. 被背书人名称

C. 背书的日期　　　D. 背书的原因

13. 依照我国《票据法》的规定，下列各项中，属于背书不得记载的内容有( )。

A. 附条件的背书

B. 记载"不得转让"字样的背书

C. 将票据金额部分转让的背书

D. 持票人自己在被背书人栏内记载自己的名称

14. 根据《票据法》的有关规定，下列各项中，属于汇票法定禁止背书的情形有( )。

A. 汇票被拒绝承兑

B. 汇票被拒绝付款

C. 汇票超过付款提示期限

D. 汇票背书的次数过多以致在汇票上无法记载

15. 付款请求权是票据持票人最基本的权利，下列有关付款请求权的表述中不正确的有( )。

A. 付款请求权的行使与票据当事人之间交付票据的原因行为无关

B. 付款请求权是向票据上载明的付款人或持票人的前手行使的权利

C. 持票人不能请求付款人支付多于票据上确定的金额，但可以请求付款人支付少于票据上确定的金额

D. 持票人只有在向付款人提供票据原件时才能请求付款

16. 在下列各项中，票据的持票人可以行使追索权的有( )。

A. 2002 年 3 月 5 日签发的见票后定期付款的汇票，于 4 月 8 日被拒绝承兑

B. 2002 年 3 月 5 日签发的支票，于 3 月 12 日被拒绝付款

C. 汇票的付款人死亡

D. 本票付款人被宣告破产

17. 甲签发汇票一张，汇票上记载收款人乙，付款人为丙，金额为 20 万元，到期为 2003 年 12 月 1 日。乙持票后将其背书转让给丁，丁再背书转让给戊，戊于 11 月 20 日向丙提示承兑，丙因与该票据出票人甲的事由拒绝承兑，戊若行使追索权，追索的对象有( )。

A. 甲　　　　　　　B. 乙

C. 丙　　　　　　　D. 丁

18. 根据《票据法》的规定，下列各项中，属于汇票的持票人行使追索权，可以请求被追索人支付的金额和费用有( )。

A. 被拒绝付款的汇票金额

B. 汇票金额自到期日起至清偿日止，按照中国人民银行规定的同档次流动资金贷款利率计算的利息

C. 汇票金额自提示付款日起至清偿日止，按照中国人民银行规定的同档次流动资金贷款利率计算的利息

D. 取得有关拒绝证明的费用

19. 下列各项，关于本票的表述正确的有(　　)。

A. 无条件支付的委托是其绝对记载事项之一

B. 本票仅限于银行本票，且为记名式本票和即期本票

C. 本票自出票日起，提示付款期限最长不得超过 2 个月

D. 本票的出票人是票据上的主债务人，即使持票人未按照法定期限提示付款，但仍可对出票人进行追索

20. 在下列各项中，持票人对前手的追索权消灭的情形有(　　)。

A. 支票的持票人超过付款期限提示付款被拒绝的

B. 持票人在被拒绝承兑或被拒绝付款之日起满 6 个月

C. 持票人对前手的再追索权，自清偿日或被提起诉讼之日起满 3 个月

D. 本票的持票人自出票之日起满 2 年不行使付款请求权

21. 下列各项中，如果本票的持票人未按规定期限提示付款，则丧失对其行使追索权的有(　　)。

A. 出票人　　　　　B. 背书人

C. 背书人的保证人　D. 付款人

22. 下列各项中，引起票据无效或权利消灭的情形有(　　)。

A. 付款

B. 时效届满

C. 绝对记载事项欠缺

D. 票据丧失

23. 因签发空头支票被人民银行处以罚款，而出票人逾期缴纳罚款的，人民银行可以采取的措施有(　　)。

A. 按每日罚款数额的 3% 加处罚款

B. 依法向人民法院申请强制执行

C. 按每日按罚款数额的 5% 加处罚款

D. 依法向上一级人民银行请求处罚

三、判断题

1. 票据是一种无因证券，持票人只要向票据的付款人提示票据及相关身份证明就可行使票据权利，而不问票据取得的原因是否无效或有瑕疵。(　　)

2. 李某持有的票据丢失后，被张某拾得，李某得知后，向张某要求返还票据的行为产生票据关系。(　　)

3. 单位在票据上的签章，应为该单位的财务专用章或者公章。(　　)

4. 票据的取得是无对价或无相当对价的，票据取得人享有的票据权利，均不得优于其前手。(　　)

5. 失票人在票据丧失后应先采取挂失付款，再紧接着申请公示催告或提起诉讼。(　　)

6. 付款人自收到挂失止付通知书之日起停止支付，直至收到人民法院的判决书为止。(　　)

7. 失票人向法院提起诉讼，在判决前，丧失的票据出现时，如果失票人与提示人对票据债权人没有争议的，法院应终结诉讼。(　　)

8. 票据债务人可以对与自己有直接债权债务关系的持票人进行抗辩。(　　)

9. A 签发一张支票给 B，B 不慎遗失该支票，后被甲捡到。甲遂冒用 B 的名义将该支票背书给 C 而购得一台电脑。C 向付款人请求付款遭到拒绝后，向出票人 A 和前手 B 进行追索，A、B 可以该支票被伪造为由进行抗辩。(　　)

10. 代理人付款人在人民法院公示催告公告发布以前按照规定程序善意付款后，有权要求付款人向其支付已经垫付的款项。(　　)

11. 持票人善意取得伪造的票据，对被伪造人不能行使票据权利。(　　)

12. 如果无法辨别票据上的签章人是在票据被变造之前或之后签章的，视同在变造之前签章。(　　)

13. 甲签发一张金额为 5 万元的本票交收款人乙，乙背书转让给丙，丙将本票金额改为 8 万元后转让给丁，丁又背书转让给戊。如果戊向甲请求付款，甲只应支付 5 万元，戊所受损失 3 万元应向丁和丙请求赔偿。(　　)

14. 汇票上未记载付款日期的，为出票后 1 个月内付款。(　　)

15. 付款人承兑汇票，不得附有条件；承兑附有条件的，视为拒绝承兑。持票人可以请求作成拒绝证明，向其前手行使追索权。(　　)

16. 如果一张汇票记载的付款日期为 2004 年 3 月 5 日，持票人于 3 月 16 日向付款人提示付款，则丧失追索权。(　　)

17. 持票人因延期发出追索通知，给其前手造成损失的，应承担该损失赔偿责任，所赔偿的金额以实际损失为限。(　　)

18. A 签发一张汇票给收款人 B，B 背书转让给 C，C 再背书转让给 D，如果 D 将该汇票再背书转让给 B，则 B 只能向 A 行使追索权。(　　)

19. 支票的持票人超过提示付款期限的，虽然丧失对其前手的追索权，但是对承兑人仍然可以进行追索。(　　)

20. 支票另行记载付款日期的，该支票无效。(　　)

21. 票据的付款人对见票即付或者到期的票据，故意压票，拖延支付的，由金融行政管理部门处

以罚款，对直接责任人员给予处分。（　）

22. 对于屡次签发空头支票的出票人，银行有权停止为其办理支票或全部支付结算业务。（　）

四、综合题

1. 2008 年 5 月 16 日，张某持甲公司遗失的专用转账支票至乙经营部，要求其调换现金。乙经营部在未审核来人身份证及支票来源的情况下，当即支付给张某现金 2 万元及手续费 200 元。张某收款后留下一张现金收条。同月 18 日，乙经营部将该支票解入银行，银行以账户存款不足为由退票。乙经营部遂寻张某，无着。同时，甲公司也收到银行退票，并被罚款，此时才发现支票遗失后被人冒用，派人与乙经营部交涉未果，后诉至法院。

要求：

根据以上事实，请分别回答以下问题：

（1）甲公司遗失已做成的支票被人冒用，在本案中有无抗辩权？

（2）根据《票据法》有关规定，说明乙经营部能否实现票据权利？

2. 甲公司委派采购员李某到某果园收购苹果，签发支票一张，其金额和收款人授权李某根据果园收购的实际情况填写，但明确告知支票的金额最多可以填写 30 万元，否则将超出公司目前在银行的存款额。支票的用途栏写明"收购苹果"。该公司并给李某出具了明确的法定代表人授权委托书和公司营业执照副本。然而，李某听信某私营企业老板张某之言，企图利用短短的时间差，先做一笔彩电批发生意，赚取相当利润后，再到果园收购苹果。于是，该二人将支票金额填写为 150 万元，收款人栏填写了张某企业的名称，再由张某以其企业的名义背书给某五金交电批发公司。所购买的彩电转手成功后，全部款项被李某和张某卷逃。当某五金交电公司将张某提交的支票送银行结算时，因甲公司账户上存款额不足而被退票。

要求：

根据以上事实，请分别回答以下问题：

（1）题中所述支票是否有效？为什么？

（2）李某和张某应当承担何责任？为什么？

（3）甲公司应承担何责任？为什么？五金交电公司是否可以要求甲公司承担赔偿责任？

3. 2008 年 5 月，某服装厂因其从某纺织厂购进原材料，为此向某纺织厂签发一张支票，金额处空缺，授权某纺织厂补记。某纺织厂或此职票后，在搬迁厂房和办公场所时，不慎遗失，但该厂未及时按照有关规定报失及刊登告示。后所遗失的支票被张某拾得。5 月 10 日张某伪刻一枚"某纺织厂"的财务章，加盖在背书处，金额填写为 10 万元，付款人为某银行。随后，张某持

该支票及身份证到某商场购物，当场将该支票背书给某商场。某商场收下支票后，第二天又以背书的方式转让给某五金厂，用以支付欠该厂的货款。五金厂在 6 月 9 日向付款人请求付款时，付款人以该支票伪造为由拒绝付款。

要求：

根据以上事实，请分别回答下列问题：

（1）持票人五金厂是否享有票据权利，为什么？

（2）付款人能否对五金厂拒付款？为什么？

（3）某纺织厂、某广告公司、张某及商场应否承担票据责任？说明理由。

（4）持票人五金厂被拒绝付款后，谁应当向持票人承担票据责任？说明理由。

4. 2003 年 5 月 1 日，某纺织厂与某县煤炭厂签订了一份煤矿购销合同。该合同规定：由煤炭厂在 20 天内给纺织厂供应二级无烟煤，货款共计 80 万元。5 月 15 日，煤炭厂全部供应完约定的 2000 吨煤炭，纺织厂于同日签发了一张以煤炭厂为收款人，票面金额为 80 万元，出票后 3 个月付款的汇票，经签章后交给了煤炭厂。6 月 10 日，煤炭厂向某市机械厂购进价值 80 万元的机械设备，于是煤炭厂便将由纺织厂签发的汇票依法背书转让给机械厂。6 月 20 日，机械厂持该汇票向纺织厂的开户银行提示承兑，而该开户银行则以纺织厂账户存款不足为理由拒绝承兑该汇票。2004 年 1 月 5 日，机械厂曾向煤炭厂和纺织厂提出清偿票据款项，但因其保管不善未能提供被拒绝承兑证书，而被拒绝付款。2005 年 6 月机械厂找到了被拒绝承兑的证书后，再次持该汇票和拒绝承兑证明书向纺织厂要求清偿票面金额 80 万元及利息、费用等，纺织厂以超过付款提示期限为由拒绝付款。

要求：

根据以上事实，请分别回答如下问题：

（1）2003 年 6 月 20 日，机械厂向付款人提示承兑遭到拒绝后，能否行使追索权？付款银行拒绝承兑的理由能否成立？为什么？

（2）2004 年 1 月 5 日机械厂向煤炭厂和纺织厂行使追索权的行为是否正确？请说明理由。

（3）2005 年 6 月，机械厂向纺织厂提出清偿票据款项，纺织厂的拒付理由能否成立？请说明理由。如果此时向煤炭厂要求清偿票据款项，能否得到支持？为什么？

本章练习题库参考答案及解析

一、单项选择题

1. 【答案】C

【解析】恶意取得票据的行为不属于票据行为，所以不产生票据关系，而产生票据法上的非票据

关系。

2. 【答案】C

【解析】本题主要考虑如下几点：（1）票据关系一经形成，就与基础关系相分离，基础关系是否存在，是否有效，对票据关系都不起影响作用。因此，A、B两项不正确。（2）如果付款人以恶意或者重大过失付款的，应当自行承担责任。因此，付款人在接到A的通知后，应当拒绝向B付款，否则得自行承担付款不利的法律后果。所以，C项的处理是正确的。（3）持票人是不履行约定义务的与自己有直接债权债务关系的人，票据债务人才可以进行抗辩。据此分析D选项不正确。

3. 【答案】C

【解析】法人在票据上的签章，为该法人单位的盖章加其法定代表人或者授权代理人的签章，故A选项不对；个人在票据上的签章，为该个人的签名或者盖章，故B选项不对；商业汇票的出票人在票据上的签章，为该法人的财务专用章加其法定代表人或者授权代理人的签名或者盖章，故D选项也不对。

4. 【答案】B

【解析】《票据法》第9条规定，票据金额、日期、收款人名称不得更改，更改的票据无效。

5. 【答案】C

【解析】公示催告程序是非诉讼程序，该程序不解决当事人对票据权利的归属问题。当利害关系人出现，说明该票据的权利在申报人与申请公示催告程序的申请人之间发生了争议。所以，法院裁定终止公示催告程序，双方可另行起诉解决票据争议。

6. 【答案】D

【解析】失票人应在通知挂失止付后3日内或在失票后，向人民法院申请公示催告。

7. 【答案】D

【解析】付款地是票据的相对记载事项，汇票上未记载付款地的，根据《票据法》的规定，付款人的营业场所、住所或者经常居住地为付款地。汇票中的承兑人是票据的主债务人，应承担无条件的付款责任，所以，以承兑人的上述所在地确定。

8. 【答案】B

【解析】如果没有代理权以代理人名义在票据上签章，签章人应承担票据责任。

9. 【答案】B

【解析】票据上有伪造签章的，不影响票据上其他真实签章的效力。在票据上真正签章人不能以伪造为由进行抗辩。因此，B选项不正确。

10. 【答案】A

【解析】如果无法辨别是在票据被变造之前或之后签章的，视同在变造之前签章。

11. 【答案】C

【解析】《票据法》规定，背书人在汇票上记载"不得转让"字样，其后手再背书转让的，原背书人对后手的被背书人不承担保证责任。

12. 【答案】C

【解析】被保证人的名称、保证日期和保证人住所都属于保证的相对记载事项。根据《票据法》的规定，已承兑的汇票，承兑人为被保证人；未承兑的汇票，出票人为被保证人。

13. 【答案】A

【解析】（1）如果实际结算金额与出票时记载的金额不一致的，实际结算金额只能小于或等于汇票金额。故B选项说法不准确；（2）支票的出票人未记载金额的，只能授权收款人补记，收款人未补记之前不得转让该票据。因此，C选项不正确；（3）银行本票分为定额银行本票和不定额银行本票。所以，D选项也不对。

14. 【答案】B

【解析】因为承兑行为发生在票据到期日之前，所以C、D两项可以排除。又因为只有汇票才需要承兑，而A选项的所述为本票持票人的提示付款期限。

15. 【答案】D

【解析】除见票即付的汇票外，该票据上都记载有付款日期，因此提示付款应当自票据到期日开始计算。超过付款提示期限的，持票人丧失对其前手（出票人除外）的追索权。

16. 【答案】A

【解析】本题有两个考点。一是，本票自出票日起，付款期限最长不得超过2个月。本题中的持票人提示付款已经超过了2个月。二是，如果本票的持票人未按照规定期限提示本票的，则丧失对出票人以外的前手的追索权，所以持票人只能向出票人追索。

17. 【答案】A

【解析】支票中有两个记载事项，可以由出票人授权补记。一个是金额，另一个是收款人名称。

18. 【答案】A

【解析】支票限于见票即付，不得另行记载付款日期。另行记载付款日期的，该记载无效。而不是该票据无效。

19. 【答案】B

【解析】赔偿责任是一种民事责任，在发生损失时应当承担的责任形式。

20. 【答案】C

【解析】《票据法》对涉外票据涉外因素的规定，主要是从行为角度加以认定的，即出票、背书、承兑、保证、付款等行为中，只要有一项发生在境外，就被认定为是涉外票据。

21. 【答案】A

【解析】《票据法》规定，票据追索权的行使期限，适用出票地法律。

二、多项选择题

1. 【答案】BD
【解析】本题涉及两个考点：（1）票据关系一经形成，就与基础关系相分离，基础关系是否存在，是否有效，对票据关系都不起影响作用。据此选择 B 项。（2）支票的提示付款期限及法律后果。支票人的持票人应当自出票日起 10 日内提示付款，超过提示付款期限的，付款人可以不予付款，但是付款人不予付款的，出票人仍应当对持票人承担票据责任。据此选择 D 项。

2. 【答案】AD
【解析】B 选项的错误在于，个人在票据上使用的签名不能与其身份证件上的姓名不一致。C 选项违背了有关规定，即银行汇票的出票人在票据上的签章，应为经中国人民银行批准使用的该银行汇票专用章加其法定代表人或其授权的经办人的签名或者盖章。

3. 【答案】AD
【解析】票据行为的代理，必须具备的条件之一是代理人必须按被代理人的委托在票据上签章。据此规定，A 不符合票据代理的要求，而 B 选项代理人未在票据上签章，也不符合法定条件。C 选项无民事行为能力或限制民事行为能力的人，不能充当代理人，所以该代理行为无效。D 选项代理人超越权限的，应当就其超越权限的部分承担票据责任。

4. 【答案】BCD
【解析】通过继承方式取得票据是票据取得的合法方式之一；超过提示付款期限的汇票的持票人丧失对其前手的追索权，但是对承兑人依然享有票据权利；善意、已给付对价取得票据的持票人，享有票据权利，并不受前手权利瑕疵和前手间抗辩的影响。

5. 【答案】ABD
【解析】对不履行约定义务，与票据债务人有直接债权债务关系的票据当事人所持有的票据，方可采取票据保全措施。而背书人与被背书人的后手，不存在直接的债权债务关系，故不符合上述规定。

6. 【答案】ABCD
【解析】因为付款人、背书人、出票人、保证人都是票据的债务人。

7. 【答案】BD

8. 【答案】ABC
【解析】根据《票据法》规定，票据权利因在一定期限内不行使而消灭的情形有：（1）持票人对票据的出票和承兑人的权利，自票据到期日起 2 年。见票即付的汇票、本票，自出票日起 2

年。（2）持票人对支票出票人的权利，自出票日起 6 个月。（3）持票人对前手的追索权，在被拒绝承兑或者拒绝付款之日起 6 个月。（4）持票人对前手的再追索权，自清偿日或者被提起诉讼之日起 3 个月。所以，D 选项所述持票人对本票出票人的权利，自票据到期日起 2 年未行使，与自出票日起 2 年未行使的规定不同，是错误的。

9. 【答案】ABD
【解析】变更票据上的签章属于票据的伪造行为。票据的变造是指无权更改票据内容的人，对票据上签章以外的记载事项加以变更的行为。

10. 【答案】AD
【解析】本题中丙的行为属伪造行为。被伪造人乙不承担票据责任，伪造人丙因为票据上没有其名义的签章，所以也不承担票据责任。但是在票据上真正签章的人仍应承担票据责任。本题中甲和丁的签章都是真实的，所以应承担票据责任。注意票据责任与其他的民事责任、刑事责任不同，票据责任就是支付票据金额的责任。

11. 【答案】CD
【解析】付款日期和付款地都是票据的相对记载事项，如果该项内容欠缺，不影响票据的效力。

12. 【答案】AB
【解析】背书人签章和被背书人名称，是票据背书的绝对记载事项，背书日期是票据背书的相对记载事项，背书未记载日期的，视为在票据到期日前背书。背书的原因是票据背书的任意记载事项。

13. 【答案】AC
【解析】背书不得附有条件，不得作部分背书。

14. 【答案】ABC
【解析】本题为法定禁止背书的三种情形。关于背书的次数，我国《票据法》并无限制。

15. 【答案】BCD
【解析】付款请求权是向票据上载明的付款人行使的权利，持票人向其前手行使的权利是追索权，所以，B 选项表述的意思不正确。无论是持票人请求付款，还是付款人予以付款都应按照票面记载的金额支付，C 选项的表述也不对。如果持票人的原件丢失、毁损等，可以通过公示催告等程序补救，若法院作出除权判决，并通知付款人付款的，原持票人的付款请求权在没有票据的情况下也能实现，所以，D 选项表述的也不准确。票据是无因证券，所以 A 选项表述正确。

16. 【答案】BCD
【解析】追索权发生的实质条件有：（1）汇票到期被拒绝付款；（2）汇票在到期日前被拒绝

承兑；（3）在汇票到期日前，承兑人或付款人死亡、逃匿；（4）在汇票到期日前，承兑人或付款人被依法宣告破产或因违法被责令终止业务活动。本票和支票可适用汇票的有关法律规定。见票后定期付款的汇票的提示承兑期限为自出票日起1个月内，可见A选项所述的情形，已经超过了提示承兑的期限，不属于汇票在到期日前被拒绝承兑，所以不符合追索权行使的实质要件。

17.【答案】ABD

【解析】丙虽为付款人，但其拒绝承兑，不是承兑人，则没有付款的义务。

18.【答案】ABCD

19.【答案】BCD

【解析】本票是自付证券，所以无条件委托是不对的。

20.【答案】ABCD

【解析】支票的持票人超过付款期限提示付款的，丧失对其前手的追索权。后三个选项都因时效届满，持票人的票据权利消灭。

21.【答案】BC

【解析】（1）本票的持票人超过付款提示期限提示付款的，丧失对出票人以外的前手的追索权。（2）本票为自付证券，没有独立的付款人。

22.【答案】ABC

【解析】票据丧失可以依法补救，票据权利并不因此而丧失。

23.【答案】AB

三、判断题

1.【答案】√

【解析】所谓票据是无因证券，是指票据债务人在付款时，只需对持票人的身份以及票据的形式要件进行审查，而无需对票据关系产生的基础关系，以及通过何种方式取得票据进行审查。即只需进行形式审查，而不负责实质上的审查。

2.【答案】×

【解析】属票据法上的非票据关系。

3.【答案】×

【解析】单位在票据上的签章，应为该单位的财务专用章或公章加其法定代表人或者授权的代理人的签名或者签章。

4.【答案】×

【解析】票据取得人如恶意取得票据，则不享有票据权利。

5.【答案】×

【解析】挂失止付不是公示催告或提起诉讼的必经程序。

6.【答案】×

【解析】根据《票据实施管理办法》的规定，付款人或者代理付款人自收到挂失止付通知书之日起12日内没有收到人民法院的止付通知书的，自第13日起，挂失止付通知书失效。

7.【答案】×

【解析】失票人向法院提起诉讼，在判决前，丧失的票据出现时，无论失票人与提示人对票据债权人是否有争议，法院都应终结诉讼。

8.【答案】×

【解析】票据债务人可以对不履行约定义务的与自己有直接债权债务关系的持票人，进行抗辩。

9.【答案】×

【解析】A是在票据上真正签章的人，不得以票据被伪造为由进行抗辩。B是被伪造人，未以自己的名义背书该支票，因此B可以支票被伪造为由拒绝承担票据责任。

10.【答案】√

【解析】代理付款人在人民法院公示催告公告发布以前按照规定程序善意付款后，承兑人或者付款人以已经公示催告为由拒付代理付款人已经垫付的款项的，人民法院不予支持。

11.【答案】√

【解析】因为被伪造人不是在票据上真正签章的人，所以不承担票据责任，因此持票人不得对其行使票据权利。

12.【答案】√

【解析】注意票据变造人责任的界定。

13.【答案】√

【解析】丙的行为属于变造行为。票据法规定，票据的变造应依照签章是在变造之前或之后来承担责任。如果当事人签章在变造之前，应按原记载内容负责；如果当事人签章在变造之后，则应按变造后的记载内容负责。

14.【答案】×

【解析】付款日期是汇票的相对记载事项，未作记载的视为见票即付。注意区分付款日期和提示付款的期限。

15.【答案】√

【解析】背书和承兑，都不允许附有条件，也不允许作部分背书或部分承兑。

16.【答案】×

【解析】如果持票人未在法定期限内（自到期日起10日内）提示付款的，则丧失对其前手的追索权。但是持票人丧失的追索权仅限于其前手，而对于承兑人并不发生失权的效果。

17.【答案】×

【解析】持票人因延期发出追索通知，给其前手造成损失的，承担对该损失的赔偿责任，但是所赔偿的金额以票据金额为限。

18.【答案】√

【解析】在回头背书中，持票人对其前手没有追索权。

19.【答案】×

【解析】支票的持票人超过提示付款期限的,付款人可以不予付款,但是出票人仍应当对持票人承担票据责任。支票为见票即付,无须承兑。

20.【答案】×

【解析】支票属于见票即付的票据,不得另行记载付款日期,否则该记载无效。

21.【答案】√

22.【答案】√

四、综合题

1.【答案】本题主要考点有:票据权利的抗辩,重大过失取得票据的后果。

(1) 甲公司在本案中有抗辩权。因为乙经营部在接受张某的支票时违反了《票据法》关于"转账支票只能用于转账,而不得支取现金"的规定。同时,其取得票据的行为有重大过失。《票据法》规定,持票人因重大过失取得不符合本法规定的票据的,也不得享有票据权利。因此,甲公司可以此为由主张抗辩权。

(2) 乙经营部不能实现其票据权利。因为其属于重大过失取得票据。

2.【答案】本题考查要点有:支票的授权补记事项,签发空头支票的责任。

(1) 该支票有效。根据《票据法》规定,支票的金额和收款人名称虽为绝对应记载事项,但经出票人授权的,可以补记。本案中的出票人甲公司已对李某明确授权,经李某补记后,该支票形式要件齐全。又因票据属要式行为,只要形式要件齐全,李某滥用补记权的行为,不影响该支票的效力。

(2) 本案中的空白支票,虽经出票人甲公司授权补记,但李某滥用代理权,故意签发空头支票,骗取资金,应当依法承担刑事责任。张某唆使李某共同作案,应一并对其追究刑事责任;同时,由于李、张二人的行为已对出票人某公司构成损害,应依法对某公司承担民事赔偿责任。

(3) 因为甲公司是该支票的出票人,应当承担签发空头支票的责任。但出票人甲公司签发空头支票是因李某所为,其作为出票人并未以骗取钱财为目的。因此,根据规定由中国人民银行处以票面金额5%但不低于1000元的罚款。

五金交电公司可以要求甲公司承担赔偿责任。根据规定,存款人签发空头支票的,持票人有权要求出票人赔偿支票金额2%的赔偿金。五金交电公司作为该支票的持票人,据此规定有权要求出票人甲公司赔偿3万元的赔偿金。

3.【答案】本题主要考点有:票据权利抗辩的限制,支票的提示付款期限及法律后果,票据伪造的责任等。

(1) 持票人五金厂享有票据权利。因其取得该支票为善意且支付对价,根据《票据法》的规定,其享有的票据权利不受其前手票据权利瑕疵的影响。

(2) 付款人可以对五金厂拒付票款。根据规定,支票的提示付款期限自出票日起10日内,超过提示付款期限的,付款人可以拒绝付款。

(3) 某纺织厂不承担票据责任。因为票据属于文义证券,而该票据上没有纺织厂的签章。

某广告公司和张某也不承担票据责任。因为广告公司为被伪造人,张某为伪造人。根据《票据法》的规定,伪造人没有以自己的名义在票据签章,因此不承担票据责任;被伪造人因被他人盗用名义,票据上的签章不是其真实意思表示,也不承担票据责任。

某商场应承担票据责任。因为该商场的签章是真实的,其作为持票人五金厂的背书人,根据《票据法》的规定,被伪造的票据,其真实签章人应承担票据责任。

(4) 持票人五金厂被拒绝付款后,某服装厂应当向持票人承担票据责任。《票据法》规定,超过提示付款期限的,付款人可以不予付款,但是出票人仍应当对持票人承担票据责任。

4.【答案】本题考查要点有:票据权利是否消灭及抗辩权的限制,追索权的实质要件与形式要件。

(1) 2003年6月20日,机械厂在遭到付款人拒绝承兑后,能够行使追索权。因为,该汇票的到期日应为2003年8月15日(2003年5月15日—8月15日)。持票人机械厂在汇票到期日前提示承兑被拒绝的,符合票据法规定的行使追索权的实质要件,应当享有追索权。付款银行拒绝承兑的理由不能成立,《票据法》规定,票据债务人不得以自己与出票人之间的抗辩事由对抗持票人。

(2) 本案中持票人机械厂向煤炭厂和纺织厂行使追索权的行为不正确。因为追索权的行使除了具备法定的实质要件外,还须具备形式要件,即持票人应当向被追索人出示被拒绝证明。

(3) 纺织厂的拒付理由不能成立,票据权利没有丧失。因为纺织厂是该票据的出票人,《票据法》规定,持票人对票据的出票人和承兑人的权利,自票据到期日起2年内有效。本案该票据的到期日为2003年8月15日,该票据权利的丧失应当截止到2005年8月15日。但如果此时机械厂向煤炭厂要求清偿票款,则不能得到支持。因为持票人对其前手的追索权,在被拒绝承兑或者被拒绝付款之日起6个月内不行使,该项权利消灭。

第十四章

工业产权法律制度

本章考情分析

2009 年指定教材将本章更名为工业产权法律制度，并进行了较大调整，保留了《专利法》和《商标法》，并适当增加了一些新内容。删除了《著作权法》一节，将《反不正当竞争法》一节的内容调整到第15 章竞争法律制度。

本章一般以客观题为主，分值在 5 分以上。2003 年和 2006 年本章内容与《合同法》结合考过综合题，分值较高。因此，属于比较重要的一章。

本章理解难度不大，法律规定相对稳定。历年考题与教材内容基本没有出入，考生可予以关注。

最近 3 年题型题量分析

年份 题型	2006 年	2007 年	2008 年
单选题		2 题 2 分	1 题 1 分
多选题	1 题 1 分	2 题 2 分	2 题 2 分
判断题		1 题 1 分	2 题 2 分
综合题	1 题 8 分		
合计	2 题 9 分	5 题 5 分	5 题 5 分

本章考点扫描

【考点一】专利权的主体（重要）

1. 发明人或设计人。是指对发明创造的实质性特点作出创造性贡献的人。发明人或者设计人一般具有以下特征：（1）发明人或者设计人为自然人；（2）发明人或者设计人的认定不受其民事行为能力的限制；（3）发明人或者设计人必须是对发明创造的实质性特点作出创造性贡献的人。

与发明人或者设计人相关的一个概念是专利申请人。专利申请人可以是发明人、设计人，也可以不是发明人、设计人。

【解释】因为，专利申请人只要对符合专利法规定的发明创造具有合法所有权即可，故职务发明创造的单位，发明创造的受让人、发明人或者设计人的合法继承人，都可以成为专利申请人。

2. 职务发明创造的单位。凡符合下列条件之一的，均属于职务发明创造：（1）在本职工作中作出的发明创造；（2）履行本单位交付的本职工作之外的任务所作出的发明创造；（3）退职、退休或者调动工作后 1 年内作出的，与其在原单位承担的本职工作或者原单位分配的任务有关的发明创造；（4）

主要利用本单位的物质技术条件完成的发明创造。

3. 专利申请权的归属。（1）对于职务发明创造，申请专利的权利属于该单位，申请被批准后，该单位为专利权人。（2）对于非职务发明创造，申请专利的权利属于发明人或者设计人，申请被批准后，该发明人或者设计人为专利权人。（3）利用本单位的物质技术条件所完成的发明创造，单位与发明人或者设计人订有合同的，对申请专利的权利和专利权的归属作出约定的，从其约定。（4）（2009年新增内容）两个以上单位或者个人合作完成的发明创造、一个单位或者个人接受其他单位或者个人委托所完成的发明创造，除另有协议的以外，申请专利的权利属于完成或者共同完成的单位或者个人；申请被批准后，申请的单位或者个人为专利权人。

【相关链接】见第十章考点五十七、考点五十九。

【例题 1·多选题】甲是乙公司的研发人员，经长期研究，完成单位交付的研发任务，开发出了一种抗癌新药，现欲申请专利。以下关于该成果权利归属的说法中，正确的是（　　）。（2007 年试题）

A. 专利申请权及专利权均归乙公司

B. 专利申请权归乙公司，专利权归甲

C. 专利申请权归甲，专利权归乙公司

D. 乙公司转让专利权时，甲在同等条件下有优先受让权

【答案】AD

【注意问题】本题是一道跨章节的考题。（1）根据专利法的规定，对于职务发明创造，申请专利的权利属于该单位，申请被批准后，该单位为专利权人。据此规定选择 A。（2）根据合同法的规定，法人或者其他组织订立技术合同转让职务技术成果时，职务技术成果的完成人享有以同等条件优先受

让的权利。据此规定选择 D。

【相关例题】见本章经典试题回顾部分 2003 年综合题

【考点二】专利权的客体（重要）

专利权的客体也称专利法保护的对象，是指可以获得专利法保护的发明创造。包括发明、实用新型和外观设计。

1. 发明与实用新型的区别（见表 14 - 1）

表 14 - 1   发明与实用新型的区别

	保护范围不同	创造性要求不同	审查程序不同	保护期限不同
发明	产品和方法，对发明没有形态上的要求	发明专利的创造性是指与现有技术相比，具有突出的实质性特点和显著的进步	形式审查和实质审查	20 年
实用新型	仅限于产品，要求具有固定形状或构造。不包括气态、液态、凝胶状或颗粒粉末状的物质或者材料	实用新型专利的创造性是指与现有技术相比，具有实质性特点和进步	只进行形式审查	10 年

【解释】（1）产品发明是指人们通过研究开发出来的关于各种新产品、新材料、新物质等的技术方案，如电子计算机。（2）方法发明是指人们为制造产品或者解决某个技术课题而研究开发出来的操作方法、制造方法以及工艺流程等技术方案，如汉字输入方法。

2. 在取得专利权后，因发明种类的不同，产品发明与方法发明的区别主要为：（1）专利权人行使权利的方式不同，专利权的效力范围也不同。产品发明专利权仅及于其产品本身；而方法发明专利权不仅及于其方法本身，而且及于用该方法直接获得的产品。（2）在专利权侵权诉讼中，一般情况下，产品发明专利被侵权后，诉讼中的举证责任在原告一方；而新产品的制造方法发明专利权被授予后，诉讼中的举证责任在被告一方。

3. 外观设计是指对产品的形状、图案或者其结合以及色彩与形状、图案的结合所作出的富有美感并适于工业应用的新设计。外观设计具有以下特征：（1）外观设计必须与产品相结合；（2）外观设计必须能在产业上应用；（3）外观设计富有美感。

【例题 2 · 单选题】根据专利法律制度的规定，某汽车制造厂完成的下列新技术成果中，可能获得实用新型专利的是（   ）。（2007 年试题）

A. 汽车新燃料

B. 汽车防冻液

C. 汽车发动机

D. 汽车节能方法

【答案】C

【考点三】授予专利权的发明和实用新型应当符合的条件（重要）

授予专利权的发明和实用新型，应当具备新颖性、创造性和实用性。

1. 新颖性。新颖性是指在申请日以前没有同样的发明或者实用新型在国内外出版物上公开发表过、在国内公开使用过或者以其他方式为公众所知，也没有同样的发明或者实用新型由他人向国务院专利行政部门提出过申请并且记载在申请日以后公布的专利申请文件中。

（1）新颖性的判断标准。

①现有技术的范围。现有技术是指申请日以前在国内外出版物上公开发表、在国内公开使用或者以其他方式为公众所知的技术。

②公开。包括公开的方式、公开的地域标准、公开的时间标准，构成了新颖性判断标准的重要内容。

首先为公开的方式。专利法上公开的方式有三种：一是出版物公开或者书面公开；二是使用公开；三是其他方式公开，包括口头公开、广播公开等。

其次为公开的地域标准。我国采用的是混合标准，即关于出版物的公开采用世界性的标准，而其他方式的公开，采用本国标准。

最后为公开的时间标准。我国采取的是申请日时间标准，即以国务院专利行政部门收到专利申请文件之日为申请日。

③抵触申请。所谓抵触申请是指出于在先申请的存在，使得在后申请的同一发明创造不具备新颖

性。需要指出的是，如果在先申请在被公布以前撤回、放弃或者被视为撤回或者被驳回，则不能构成抵触申请。

【解释】专利权的申请适用"申请在先"的原则，即同样的发明创造，授予在先申请的申请人。

（2）丧失新颖性的例外。《专利法》规定，申请专利的发明创造在申请日以前6个月内，有下列情形之一的，不丧失新颖性：①在中国政府主办或者承认的国际展览会上首次展出的；②在规定的学术会议或者技术会议上首次发表的；③他人未经申请人同意泄露其内容的。

2. 创造性。创造性是指同申请日以前已有的技术相比，该发明有突出的实质性特点和显著的进步，该实用新型有实质性特点和进步。创造性的衡量标准可以从该发明或者实用新型是否存在"实质性特点"和"进步"而得到判断。

3. 实用性。实用性是指该发明或者实用新型能够制造或者使用，并且能够产生积极效果。一般具备3个条件：①具有可实施性；②具有再现性；③具有有益性。

【例题3·多选题】甲于2008年8月1日向国家知识产权局提出一个关于吸尘器的发明专利申请。在甲申请专利之前发生的下列事实中，不会影响甲专利申请新颖性的有（　　）。（2008年试题）

A. 2008年3月15日，甲在中国政府主办的一个国际展览会上首次展出了这种吸尘器

B. 2008年4月10日，应当承担保密义务的工作人员乙，未经甲同意擅自在一个学术会议上公布了该发明

C. 2008年5月12日，甲在国家商务部组织召开的一个技术会议上首次发表了接受该发明的演讲

D. 2008年6月18日，甲在某国际性学术刊物上首次刊登了介绍该发明的学术论文

【答案】ABC

【解析】（1）授予专利权的发明应当具备新颖性、创造性和实用性。其新颖性的判断标准为，申请日前在国内外刊物上未公开发表，在国内未公开使用或者以其他方式为公众所知的技术。因此D选项丧失新颖性。（2）本题前三项情形，属于丧失新颖性的例外。

【相关例题】见本章经典试题回顾部分2003年综合题。

【注意问题】关于授予专利权的三个条件中，考生应重点掌握新颖性的判断标准。概括地说，一项发明或者实用新型，在申请日以前被公开则丧失新颖性（除丧失新颖性的例外），而公开的方式可以是通过使用、书面或口头等方式。公开的范围出版物（相当于书面形式）的公开采用世界性标准，即在国外的出版物上已经发表；其他方式（如使用）的公开，采用本国标准，即在本国没有人使用公开过。

【考点四】授予专利权的外观设计应当符合的条件（重要，2009年有变化）

授予专利权的外观设计，应当不属于现有设计；也没有任何单位或者个人就同样的外观设计在申请日以前向国务院专利行政部门提出过申请，并记载在申请日以后公告的专利文件中。授予专利权的外观设计与现有设计或者现有设计特征的组合相比，应当具有明显区别。授予专利权的外观设计不得与他人在申请日以前已经取得的合法权利相冲突。

【解释】上述所称现有设计，是指申请日以前在国内外为公众所知的设计。外观设计的新颖性在判断标准上与发明、实用新型的新颖性基本相同。

【考点五】不授予专利权的项目（2009年有变化）

1. 科学发现。

2. 智力活动的规则和方法。但进行智力活动的设备、装置或者根据智力活动的规则和方法设计制造的仪器、用具等，如果具备专利条件，可以被授予专利权。

3. 疾病的诊断和治疗方法。但是对于血液、毛发、尿样等脱离了人体的物质的化验方法则不属于疾病的诊断和治疗方法，因此如果具备专利条件，可以授予专利权。另外，对于用于诊断或者治疗疾病的仪器、设备或者器械等，如果具备专利条件，可以被授予专利权。

4. 动物和植物品种，不包括动物和植物品种的生产方法。

5. 用原子核变换方法获得的物质。

6. （2009年新增内容）对平面印刷品的图案、色彩或者二者的结合作出的主要起标识作用的设计。

此外，我国《专利法》还规定，对违反国家法律、社会公德或者妨害公共利益的发明创造，不授予专利权。

【考点六】专利申请的原则（重要，2009年有变化）

1. 先申请原则，是指在两个以上的申请人分别就同样的发明创造申请专利的情况下，对先提出申请的申请人授予专利权。先申请的判断标准是专利申请日。如果两个以上申请人在同一日分别就同样的发明创造申请专利的，应当在收到专利行政管理部门的通知后自行协商确定申请人。

2. （2009年新增内容）单一性原则，即"一申请一发明"原则。同样的发明创造只能授予一项专利权。但是，同一申请人同日对同样的发明创造既申请实用新型专利又申请发明专利，先获得的实用新型专利权尚未终止，且申请人声明放弃该实用

新型专利权的，可以授予发明专利权。

3. 优先权原则，是指将专利申请人首次提出专利申请的日期，视为后来一定期限内专利申请人就相同主题在他国或本国提出专利申请的日期。专利申请人依法享有的这种权利称为优先权，享有优先权的首次申请日称为优先权日。优先权包括外国优先权和本国优先权。

（1）外国优先权是指，申请人自发明或者实用新型在外国第一次提出专利申请之日起12个月内，或者自外观设计在外国第一次提出专利申请之日起6个月内，又在中国就相同的主题提出专利申请的，依照该外国同中国签订的协议或者共同参加的国际条约，或者依照相互承认优先权的原则，可以享有优先权。

（2）本国优先权是指，申请人自发明或者实用新型在中国第一次提出专利申请之日起12个月内，又向国务院专利行政部门就相同的主题提出专利申请的，可以享有优先权。

【例题4·多选题】根据《专利法》的规定，专利申请人在外国或中国第一次提出专利申请后，在下列期限内，又在中国就相同主题提出专利申请的，可以享有优先权的有（　　）。（2004年试题）

A. 自发明在外国第一次提出专利申请之日起十二个月

B. 自实用新型在外国第一次提出专利申请之日起六个月

C. 自实用新型在中国第一次提出专利申请之日起三个月

D. 自外观设计在外国第一次提出专利申请之日起六个月

【答案】ABCD

【相关例题】见本章经典试题回顾部分2003年综合题（先申请原则）。

【考点七】专利申请的撤回

专利申请被撤回，该申请视为自始即不存在。

1. 如果专利申请的撤回是在专利公开以前提出的，在撤回之后，申请人可以重新提出申请，其他人也可以就相同的发明创造提出专利申请。

2. 如果撤回是在专利公开以后提出的，则该发明创造已丧失新颖性，任何人就此发明创造提出申请都会被驳回。

【例题5·判断题】专利申请人在专利公开以后撤回专利申请的，该发明创造丧失新颖性，其他人就此发明创造提出的专利申请，都会被驳回。（　　）（2005年试题）

【答案】√

【考点八】专利权的行使（重要，2009年新增内容）

1. 专利的许可实施。（1）任何单位或者个人

实施他人专利的，应当与专利权人订立实施许可合同，向专利权人支付专利使用费。（2）被许可人无权允许合同规定以外的任何单位或者个人实施专利权。（3）发明专利申请公布后，申请人可以要求实施其发明的单位或者个人支付适当的费用。

2. 专利权共有人对专利权的许可实施。（1）专利申请权或者专利权的共有人对权利的行使约定的，从其约定。（2）没有约定的，共有人可以单独实施或者以普通许可方式许可他人实施该专利；许可他人实施该专利的，收取的使用费应当在共有人之间分配。（3）行使共有的专利申请权或者专利权，应当取得全体共有人的同意。

3. 对发明人或设计人的奖励。（1）被授予专利权的国有企业事业单位应当自专利权公告之日起3个月内发给发明人或者设计人奖金。（2）发给发明人或设计人的奖金，企业可以计入成本，事业单位可以从事业费中列支。（3）被授予专利权的国有企业事业单位在专利权有效期限内，实施发明创造专利后，每年应当从实施该项发明或者实用新型专利所得利润纳税后提取不低于2%或者从实施该项外观设计专利所得利润纳税后提取不低于0.2%，作为报酬支付发明人或者设计人；或者参照上述比例，发给发明人或设计人一次性报酬。（4）被授予专利权的国有企业事业单位许可其他单位或者个人实施其专利的，应当从许可实施该项专利收取的使用费纳税后提取不低于10%作为报酬支付发明人或者设计人。

【相关链接】专利实施许可的方式，见第十章考点六十二。

【考点九】专利权的转让（2009年新增内容）

1. 专利申请权和专利权可以转让。

2. 转让专利申请权或者专利权的，当事人应当订立书面合同，并向国务院专利行政部门登记，由国务院专利行政部门予以公告。

3. 专利申请权或者专利权的转让自登记之日起生效。

【考点十】专利权的终止（重要）

有下列情形之一的，专利权终止：

1. 专利权的期限届满；

2. 没有按照规定缴纳年费的；

3. 专利权人以书面声明放弃其专利权的；

4. 专利权人死亡，无继承人或受遗赠人的。

【例题6·多选题】根据专利法的有关规定，下列情形中，可以导致专利权终止的有（　　）。（2005年试题）

A. 专利权人有严重侵犯他人专利权的行为

B. 专利权人没有按照规定缴纳年费

C. 专利权人以书面声明放弃其专利

D. 专利权人拒绝执行已经生效的专利实施强

制许可决定

【答案】BC

【考点十一】专利权宣告无效的法律效力

1. 宣告无效的专利权视为自始即不存在。

2. 宣告专利权无效的决定，对在宣告专利权无效前人民法院作出并已执行的专利侵权的判决、裁定，已经履行或者强制执行的专利侵权纠纷处理决定，以及已经履行的专利实施许可合同和专利权转让合同，不具有追溯力。但是因专利权人的恶意给他人造成的损失，应当给予赔偿。

3. 如果依照上述规定，专利权人或者专利权转让人不向被许可实施专利人或者专利权受让人返还专利使用费或者专利权转让费，明显违反公平原则，专利权人或者专利权转让人应当向被许可实施专利人或者专利权受让人返还全部或者部分专利使用费或者专利权转让费。

【例题7·判断题】专利局依法授予甲公司某项实用新型专利，后乙公司向专利局反映该公司早在甲公司申请前已经公开使用该实用新型。专利复审委员会经审核后，宣告授予甲公司的实用新型专利权无效。但在此之前法院已就丙公司侵犯甲公司专利权一案作出判决，要求丙公司赔偿甲公司损失。该判决不应得到执行。（　　）

【答案】√

【注意问题】宣告无效的专利权视为自始即不存在，因此没有履行或者强制执行的判决、裁定不再执行。

【考点十二】专利实施的强制许可（2009年有变化）

1.（2009年新增内容）可以给予发明或实用新型专利强制许可的情形：（1）专利权人自专利权被授予之日起满3年，且自提出专利申请之日起满4年，无正当理由未实施或者未充分实施其专利的（申请强制许可的单位或个人应当提供证据，证明其以合理的条件请求专利权人许可其实施专利，但未能在合理的时间内获得许可）；（2）专利权人行使专利权的行为被依法认定为垄断行为，为消除或者减少该行为对竞争产生的不利影响的。

2. 实施强制许可的其他情况：

（1）在国家出现紧急状态或者非常情况时，或者为了公共利益的目的。

（2）为了公共健康目的，对取得专利权的药品，国务院专利行政部门可以给予制造并将其出口到符合我国参加的有关国际条件规定的国家或地区的强制许可。

（3）一项取得专利权的发明或者实用新型比以前已经取得专利权的发明或者实用新型具有显著经济意义的重大技术进步，其实施又有赖于前一发明或者实用新型的实施的。

3.（2009年新增内容）强制许可涉及的发明创造为半导体技术的，其实施限于公共利益的目的和为消除或者减少专利权人行使专利权的垄断行为对竞争产生的不利影响的情形。

4. 强制许可的理由消除并不再发生时，国务院专利行政部门应当根据专利权人的请求，经审查后作出终止实施强制许可的决定。

5. 取得实施强制许可的单位或者个人不享有独占的实施权，并且无权允许他人实施。取得实施强制许可的单位或者个人应当付给专利权人合理的使用费，其数额由双方协商；双方不能达成协议的，由国务院专利行政部门裁定。

6. 专利权人对国务院专利行政部门关于实施强制许可的决定不服的，专利权人和取得实施强制许可的单位或者个人对国务院专利行政部门关于实施强制许可的使用费的裁定不服的，可以自收到通知之日起3个月内向人民法院起诉。

【例题8·判断题】自专利权被授予之日起满2年后，任何单位均可以依照专利法的有关规定，请求国务院专利行政部门给予强制许可。（　　）

【答案】×

【考点十三】专利权的期限（重要）

发明专利权的期限为20年，实用新型专利权和外观设计专利权的期限为10年，均自申请日起计算。

【考点十四】专利权的保护范围

1. 发明或者实用新型专利权的保护范围以其权利要求的内容为准，说明书及附图可以用于解释权利要求的内容。

2. 外观设计专利权的保护范围以表示在图片或者照片中的该产品外观设计为准。

【考点十五】侵害专利权的行为（重要）

1. 未经专利权人许可，实施其专利的行为。

2. 假冒他人专利的行为。

3. 以非专利产品冒充专利产品、以非专利方法冒充专利方法的行为。

4. 侵夺发明人或者设计人的非职务发明创造专利申请权以及其他权益的行为。

【相关链接】侵害专利权行为的法律责任包括：民事责任、行政责任、刑事责任。侵犯专利权的赔偿数额，按照权利人因侵权所受到的损失或者侵权人因侵权行为所获得的利益确定；被侵权人的损失或者侵权人获得的利益难以确定的，参照该专利许可使用费的倍数合理确定。

【考点十六】不视为侵犯专利权的情形（2009年有变化）

1. 专利权人制造、进口或者经专利权人许可而制造、进口的专利产品或者依照专利方法直接获得的产品售出后，使用、许诺销售或者销售、进口该产品的。

2. 在专利申请日前已经制造相同产品、使用相同方法或者已经做好制造、使用的必要准备，并且仅在原有范围内继续制造、使用的。

3. 临时通过中国领陆、领水、领空的外国运输工具，依照其所属国同中国签订的协议或者共同参加的国际条约，或者依照互惠原则，为运输工具自身需要而在其装置和设备中使用有关专利的。

4. 专为科学研究和试验而使用有关专利的。

5.（2009 年新增内容）为提供行政审批所需要的信息，制造、使用、进口专利药品或者专利医疗器械的，以及专门为其制造、进口专利药品或专利医疗器械的。

【注意问题】注意将侵犯专利权的行为，与不视为侵犯专利权的情形加以区分。

【考点十七】侵犯专利权的民事责任（2009 年有变化）

1. 权利人的损失或者侵权人获得的利益难以确定的，参照该专利许可使用费的倍数合理确定。赔偿数额还应当包括权利人为制止侵权行为所支付的合理开支。

2.（2009 年新增内容）权利人的损失、侵权人获得的利益和专利许可使用费均难以确定的，人民法院可以根据专利权的类型、侵权行为的性质和情节等因素，确定给予 1 万元以上 100 万元以下的赔偿。

【考点十八】侵害专利权案件的处理（2009 年新增内容）

1. 未经专利权人许可，实施其专利，即侵犯专利权，引起纠纷的，由当事人协商解决；不愿协商或者协商不成的，专利权人或者利害关系人可以向人民法院起诉，也可以请求管理专利工作的部门处理。

2. 管理专利工作的部门处理时，认定侵权行为成立的，可以责令侵权人立即停止侵权行为，当事人不服的，可以自收到处理通知之日起 15 日内向法院起诉；侵权人期满不起诉又不停止侵权行为的，管理专利工作的部门可以申请人民法院强制执行。

3. 在专利侵权纠纷中，被控侵权人有证据证明其实施的技术或者设计属于现有技术或者现有设计的，不构成侵犯专利权。

【考点十九】诉前救济措施（2009 年有变化）

专利权人或者利害关系人有证据证明他人正在实施或者即将实施侵犯专利权的行为，如不及时制止将会使其合法权益受到难以弥补的损害的，可以在起诉前向人民法院申请采取责令停止有关行为和财产保全的措施。

申请人提出申请时，应当提供担保，不提供担保的，驳回申请。申请人自人民法院采取责令停止有关行为的措施之日起 15 日内不起诉的，人民法院应当解除措施。申请有错误的，申请人应当赔偿被申请人因停止有关行为所遭受的损失。

【解释】证据保全的申请与财产保全的申请基本相同。

【考点二十】专利侵权诉讼时效（重要，2009 年有变化）

侵犯专利权的诉讼时效为 2 年，自专利权人或者利害关系人得知或者应当得知侵权行为之日起计算。发明专利申请公布后至专利权授予前使用该发明未支付适当使用费的，专利权人要求支付使用费的诉讼时效为 2 年，自专利权人得知或者应当得知他人使用其发明之日起计算，但是，专利权人于专利权授予之日前即已得知或者应当得知的，自专利权授予之日起计算。

【注意问题】（2009 年新增内容）权利人超过 2 年起诉的，如果侵权行为在起诉时仍在继续，在该项专利权有效期内，人民法院应当判决被告停止侵权行为，侵权损害赔偿数额应当自权利人向人民法院起诉之日起向前推 2 年计算。

【例题 9·单选题】甲公司申请某项发明专利，在该专利申请公布后至专利权授予前，甲公司发现乙公司使用了该发明，乙公司拒绝支付使用费。根据专利法的规定，甲公司要求乙公司支付使用费的诉讼时效起算日应当是（   ）。（2004 年试题）

A. 甲公司发现乙公司使用其发明之日

B. 乙公司使用其发明之日

C. 该发明专利权授予之日

D. 该发明专利申请公布之日

【答案】C

【考点二十一】商标权的客体（重要，2009 年有变化）

商标权的客体即注册商标。注册商标包括商品商标、服务商标和集体商标、证明商标。

1. 申请注册的商标应具备的条件

（1）商标应当具备显著性。（2）商标应当符合可视性的要求。任何能够将自然人、法人或者其他组织的商品与他人的商品区别开的可视性标志，包括文字、图形、字母、数字、三维标志和颜色组合，以及上述要素的组合，均可以作为商标申请注册。

【注意问题】气味标志、音响标志不能成为注册商标。

2. 下列标志不得作为商标使用

（1）同中华人民共和国的国家名称、国旗、国徽、军旗、勋章相同或者近似的，以及同中央国家机关所在地特定地点的名称或者标志性建筑物的名称、图形相同的；（2）同外国的国家名称、国旗、国徽、军旗相同或者近似的，但该国政府同意的除外；（3）同政府间国际组织的名称、旗帜、徽记相同或者近似的，但经该组织同意或者不易误导公众的除外；（4）与表明实施控制、予以保证的官方标志、检验印记相同或者近似的，但经授权的除外；（5）同"红十字"、"红新月"的名称、标志相同或者近似的；（6）带有民族歧视性的；（7）夸大宣传并带有欺骗性的；（8）有害于社会主义道德风尚或者有其他不良影响的；（9）县级以上行政区划的地名或者公众知晓的外国地名。但是，地名具有其他含义或者作为集体商标、证明商标组成部分的除外。已经注册的使用地名的商标继续有效。

【注意问题】以上标志不得作为商标使用，无论是否属于注册商标，都不得使用。

3. 下列标志不得作为商标注册

（1）仅有本商品的通用名称、图形、型号的。（2）仅仅直接表示商品的质量、主要原料、功能、用途、重量、数量及其他特点的。（3）缺乏显著特征的。

【注意问题】上述所列标志经过使用取得显著特征，并便于识别的，可以作为商标注册。

4. 不予注册的情形

（1）以三维标志申请注册商标的，仅由商品自身的性质产生的形状、为获得技术效果而需有的商品形状或者使商品具有实质性价值的形状，不得注册；（2）就相同或者类似商品申请注册的商标是复制、摹仿或者翻译他人未在中国注册的驰名商标，容易导致混淆的，不予注册并禁止使用；（3）就不相同或者不相类似商品申请注册的商标是复制、摹仿或者翻译他人已经在中国注册的驰名商标，误导公众，致使该驰名商标注册人的利益可能受到损害的，不予注册并禁止使用（属于对驰名商标的特殊保护）；（4）未经授权，代理人或者代表人以自己的名义将被代理人或者被代表人的商标进行注册，被代理人或者被代表人提出异议的，不予注册并禁止使用；（5）商标中有商品的地理名称，而该商品并非来源于该标志所标志的地区，误导公众的，不予注册并禁止使用。

【注意问题】（2009年新增内容）已经善意取得注册的继续有效。这里所称地理标志，是指标示某商品来源于某地区，该商品的特定质量、信誉或者其他特征，主要由该地区的自然因素或人文因素所决定的标志。

【例题10·多选题】根据《商标法》的规定，下列选项中，不得作为注册商标的有（　　）。（2006年试题）

A. 三维标志

B. 气味标志

C. 植物名称

D. 与"红十字"标志近似的标志

【答案】BD

【注意问题】上述所列标志经过使用取得显著特征，并便于识别的，可以作为商标注册。

【例题11·判断题】就不相类似商品申请注册的商标是摹仿他人在中国注册的驰名商标，误导公众，致使该驰名商标注册人的利益可能受到损害的，商标主管部门应当不予注册并禁止使用。（　　）

【答案】√

【注意问题】注意区分对普通注册商标与驰名商标的保护力度存在区别。

【考点二十二】商标注册申请的原则（重要）

1. 申请在先原则。（1）两个或者两个以上申请人，先后在同一或类似商品或服务上，以相同或类似的商标申请注册的，商标权授予申请在先的人。申请先后的确定以申请日为准。（2）两个或者两个以上的申请人，在同一或者类似商品或者服务上，以相同或类似的商标在同一天申请注册的，商标权授予使用在先的人。（3）同日使用或均未使用的，由各申请人进行协商，协商不成的，由商标局裁定。

【相关链接1】《专利法》规定，先申请原则，是指在两个以上的申请人分别就同样的发明创造申请专利的情况下，对先提出申请的申请人授予专利权。先申请的判断标准是专利申请日。如果两个以上申请人在同一日分别就同样的发明创造申请专利的，应当在收到专利行政管理部门的通知后自行协商确定申请人。

【相关链接2】见本章考点二十四。

2. 优先权原则。商标注册申请人自其商标在外国第一次提出商标注册申请之日起6个月内，又在中国就相同商品以同一商标提出商标注册申请的，依照该外国同中国签订的协议或者共同参加的国际条约，或者按照相互承认优先权原则，可以享有优先权。

【例题12·判断题】甲、乙两家公司，均在2008年3月10日在羽绒服装上，以类似的"企鹅"标志申请商标注册。经核实甲公司最早于2007年10月生产的产品上使用该商标，乙公司于2007年11月使用该商标。"企鹅"商标权应授予甲公司。（　　）

【答案】√

【注意问题】《商标法》与《专利法》中关于申请在先原则的规定有区别。

【考点二十三】商标注册申请的方法

1. 商标注册申请人在不同类别的商品上申请注册同一商标的，应当按商品分类表提出注册申请。

2. 注册商标需要在同一类的其他商品上使用的，应当另行提出注册申请。

3. 注册商标需要改变其标志的，应当重新提出注册申请。

4. 注册商标需要变更注册人的名义、地址或者其他注册事项的，应当提出变更申请。

【例题13·判断题】注册商标需要改变其标志的，应当提出变更申请。（　　）

【答案】×

【考点二十四】商标注册申请的期限（2009年新增内容）

1. 两个或者两个以上的申请人，在同一种商品或者类似商品上，分别以相同或近似的商标在同一天申请注册的，各申请人应当自收到商标局通知之日起30日内提交其申请注册前在先使用该商标的证据。

2. 同日使用或者均未使用的，各申请人可以自收到商标局通知之日起30日内自行协商，并将书面协议报送商标局；不愿协商或协商不成的，商标局通知各申请人以抽签的方式确定一个申请人，驳回其他人的注册申请。

3. 商标局已经通知但申请人未参加抽签的，视为放弃申请，商标局应当书面通知未参加抽签的申请人。

【考点二十五】注册商标的变更（2009年新增内容）

1. 变更商标注册名义、地址或者其他注册事项的，应当向商标局提交变更申请书。商标局核准后，发给商标注册人相应证明，并予以公告。

2. 变更商标注册人名义或者地址的，商标注册人应当将其全部注册商标一并变更；未一并变更的，视为放弃变更申请。

【考点二十六】注册商标的续展（重要）

1. 注册商标的有效期为10年，自核准注册之日起计算。

2. 注册商标有效期满，需要继续使用的，应当在期满前6个月内申请续展注册；在此期间未能提出申请的，可以给予6个月的宽展期。宽展期仍未提出申请的，注销其注册商标。

3. 续展注册可以无限制地重复进行，每次续展注册的有效期为10年，自该商标上一次有效期满次日起计算。续展注册符合《商标法》规定的，经核准后，发给相应证明，并予以公告。

【例题14·单选题】某公司于1993年12月10日申请注册"海天"商标，1994年3月20日该商标被核准注册。根据商标法的规定，该公司第一次申请"海天"商标续展注册的最后期限应为（　　）。（2004年试题）

A. 2004年1月10日

B. 2004年2月10日

C. 2004年3月20日

D. 2004年9月20日

【答案】D

【考点二十七】注册商标的转让（2009年有变化，见表14-2）

表14-2　注册商标的转让与使用许可

	注册商标转让	注册商标使用许可
条件	转让人和受让人应当签订转让协议，并共同向商标局提出申请	（1）许可人是被许可的注册商标的所有人或有充分处置权人；（2）被许可人有生产使用许可的商品的资格；（3）使用许可的商标在法律保护期限内，且使用许可期限不得超过该注册商标的有效期限；（4）使用许可的商品在该注册商标核定使用的商品范围内；（5）使用许可的商标与注册商标一致
程序	须商标局进行公告	许可合同应报商标局备案
法律后果	受让人自公告之日起享有商标专用权	商标注册人可以通过签订商标使用许可合同，许可他人使用其注册商标。许可人应当监督被许可人使用其注册商标的商品质量。被许可人应当保证使用该注册商标的商品质量。经许可使用他人注册商标的，必须在使用该注册商标的商品上标明被许可人的名称和商品产地

【注意问题】（2009年新增内容）转让注册商标的，商标注册人对其在同一种或者类似商品上注册的相同或者近似的商标，应当一并转让；未一并转让的，由商标局通知其限期改正；期满不改正的，视为放弃转让该注册商标的申请。

【例题15·单选题】甲公司将本公司注册商标转让给乙公司，双方签订了转让合同。根据商标法的规定，乙公司开始享有该注册商标专用权的时间是（　　）。（2005年试题）

A. 甲、乙双方签订注册商标转让合同之日

B. 商标局收到注册商标转让申请之日

C. 商标局核准注册商标转让合同之日

D. 商标局核准注册商标转让合同后，予以公告之日

【答案】D

【考点二十八】注册商标的使用许可（重要）

1. 注册商标使用许可的条件（见表14-2）

2. 注册商标使用许可的类型：（1）独占使用许可，是指商标注册人在约定的期间、地域和以约定的方式，将该注册商标仅许可一个被许可人使用，商标注册人依约定不得使用该注册商标；（2）排他使用许可，是指商标注册人在约定的期间、地域和以约定的方式，将该注册商标仅许可一个被许可人使用，商标注册人以约定可以使用该注册商标但不得另行许可他人使用该注册商标；（3）普通使用许可，是指商标注册人在约定的期间、地域和以约定的方式，许可他人使用其注册商标，并可自行使用该注册商标和许可他人使用其注册商标。

【例题16·多选题】甲公司将拥有的"飞天"注册商标使用在其生产的乐器产品上。甲公司与乙公司签订商标使用许可合同，许可乙公司在其生产的乐器上使用"飞天"注册商标。根据商标法的规定，下列表述中，正确的有（　　）。（2005年试题）

A. 乙公司必须在其生产的使用"飞天"商标的乐器上标明自己的名称

B. 乙公司必须在其生产的使用"飞天"商标的乐器上标明商品产地

C. 甲公司应当监督乙公司使用"飞天"商标的乐器的质量

D. 乙公司应当保证使用"飞天"商标的乐器的质量

【答案】ABCD

【考点二十九】注册商标的争议裁定

已经注册的商标，违反《商标法》有关不予注册并禁止使用的规定的，或者违反《商标法》有关申请商标注册不得损害他人现有的在先权利，不得以不正当手段抢先注册他人已经使用并有一定影响的商标的规定，自商标注册之日起5年内，商标所有人或者利害关系人可以请求商标评审委员会撤销该注册商标。对恶意注册的，驰名商标所有人不受5年的时间限制。

【例题17·判断题】恶意注册他人驰名商标且已获得核准的，驰名商标注册人可以请求商标评审委员会撤销该注册商标，但是必须在该恶意注册人的商标获得注册之日起5年内提出。（　　）（2008年试题）

【答案】×

【考点三十】对注册商标使用的管理（重要，2009年有变化）

1. 使用注册商标，有下列情形之一的，商标局有权责令限期改正或者撤销其注册商标：（1）自行改变注册商标的；（2）自行改变注册商标的注册人名义、地址或者其他注册事项的；（3）自行转让注册商标的；（4）连续3年停止使用的。

【注意问题】

（1）（2009年新增内容）有上述第（1）、（2）、

（3）项行为之一的，由工商行政管理部门责令商标注册人限期改正；拒不改正的，报请商标局撤销其注册商标。有上述（4）项行为的，任何人可以向商标局申请撤销该注册商标。商标局应当通知商标注册人，限其自收到通知之日起2个月内提交该商标在撤销申请提出前使用的证据材料或者说明不使用的正当理由；期满不提供使用的证据材料或者证据材料无效并没有正当理由的，由商标局撤销其注册商标。

（2）对商标局撤销注册商标的决定，当事人不服的，可以自收到通知之日起15日内向商标局评审委员会申请复审，由商标局评审委员会作出决定，并书面通知申请人。当事人对商标评审委员会的决定不服的，可以自收到通知之日起30日内向人民法院起诉。

2. 监督使用注册商标的商品质量。

3. 注册商标被撤销的或者期满不再续展的，自撤销或者注销之日起1年内，商标局对与该商标相同或者近似的商标注册申请，不予核准。

【例题18·单选题】注册商标被撤销的或者期满不再续展的，自撤销或者注销的一定期限内，商标局对与该商标相同或者近似的商标注册申请，不予核准。该期限为（　　）。

A. 6个月　　　　　　　　B. 1年

C. 2年　　　　　　　　　D. 3年

【答案】B

【考点三十一】注册商标专用权的保护范围（2009年有变化）

注册商标专用权的保护范围主要限定在三个方面：（1）核准注册的商标；（2）核定使用的商品或者服务；（3）注册商标在有效期限内。

【注意问题】（2009年新增内容）注册商标中含有的本商品的通用名称、图形、型号，或者直接表示商品的质量、主要原料、功能、用途、重量、数量及其他特点，或者含有地名，注册商标专用权人无权禁止他人正当使用。

【考点三十二】侵犯注册商标专用权的行为（重要）

有下列行为之一的，均属侵犯注册商标专用权的行为：

1. 未经商标注册人的许可，在同一种商品或者类似商品上使用与其注册商标相同或者近似的商标的。

2. 销售侵犯注册商标专用权的商品的。

3. 伪造、擅自制造他人注册商标标识或者销售伪造、擅自制造的注册商标标识的。

4. 未经商标注册人同意，更换其注册商标并将该更换商标的商品又投入市场的。

5. 给他人的注册商标专用权造成其他损害的。

（1）将与他人注册商标相同或者相近似的文字作为企业的字号在相同或者类似商品上突出使用，容易使相关公众产生误认的；（2）复制、摹仿、翻译他人注册的驰名商标或其主要部分在不同或者不相类似商品上作为商标使用，误导公众，致使该驰名商标注册人的利益可能受到损害的；（3）将与他人注册商标相同或者近似的文字注册为域名，并且通过该域名进行相关商品交易的电子商务，容易使相关公众产生误认的。

【例题19·判断题】销售假冒他人注册商标的行为，构成侵犯注册商标专用权的行为。（　　）

【答案】√

【相关例题】见本章经典试题回顾部分2006年综合题。

【考点三十三】侵犯商标专用权的民事责任

其中，侵犯商标专用权的赔偿数额，为侵权人在侵权期间因侵权行为所获得的利益，或者被侵权人在侵权期间因被侵权行为所受到的损失，包括被侵权人为制止侵权行为所支付的合理的开支，如权利人或者委托代理人对侵权行为进行调查、取证的费用等。

【考点三十四】侵犯商标专用权的诉讼时效（重要）

【法律规定】侵犯注册商标专用权的诉讼时效为2年，自商标注册人或者利害关系人知道或者应当知道侵权行为之日起计算。商标注册人或者利害关系人超过2年起诉的，如果侵权行为在起诉时仍在持续，在该注册商标专用权有效期限内，人民法院应当判决被告停止侵权行为，侵权损害赔偿数额应当自权利人向人民法院起诉之日起向前推算2年计算。

【相关链接】关于诉讼时效的规定，与专利权侵权诉讼时效的规定基本一致（见考点二十）。

【考点三十五】驰名商标的认定（2009年有变化）

驰名商标由商标局、商标评审委员会、人民法院认定，任何组织和个人不得认定或者采取其他变相方式认定驰名商标。

【考点三十六】驰名商标的保护（2009年有变化）

1. 当事人认为他人使用的商标侵害其驰名商标的情形，由工商部门审查：（1）他人在相同或者类似商品上擅自使用与当事人未在中国注册的驰名商标相同或者近似的商标，容易导致混淆的；（2）他人在不同或者不类似的商品上擅自使用与当事人已经在中国注册的驰名商标相同或者近似的商标，容易误导公众，致使该驰名商标注册人的利益可能

受到损害的。

【相关链接】见考点二十一第4点。

2.（2009年新增内容）未被认定驰名商标的，自认定结果作出之日起1年内，当事人不得以同一商标就相同事实和理由再次提出认定请求。

3.（2009年新增内容）当事人认为他人将其驰名商标作为企业名称登记，可能欺骗公众或者对公众造成误解的，可以向企业名称登记主管机关申请撤销该企业名称登记，企业名称登记主管机关应当依法处理。

经典试题回顾

一、单项选择题

1. 根据商标法律制度的规定，注册商标有效期满后可以续展注册，每次续展注册的有效期为（　　）。（2003年）

A. 6个月　　　　　　　B. 5年
C. 10年　　　　　　　 D. 20年

【答案】C

【解析】续展注册可无限制的重复进行，每次续展注册的有效期为10年，自该商标上一次有效期满次日起计算。

2. 甲公司于2003年12月10日申请注册A商标，2005年3月20日该商标被核准注册。根据商标法的规定，甲公司申请商标续展注册的最迟日期是（　　）。（2007年）

A. 2013年12月10日
B. 2014年6月10日
C. 2015年3月20日
D. 2015年9月20日

【答案】D

【解析】根据商标法的规定，注册商标的有效期为10年，自核准注册之日起计算。有效期满，需要继续使用的，应当在期满前6个月内申请续展注册；在此期间未能提出申请的，可以给予6个月的宽展期。

二、多项选择题（已在本章考点精讲中引用）

三、判断题（已在本章考点精讲中引用）

四、综合题

1. 张某在A研究所从事医疗器械研发工作。2001年1月，张某从A研究所退职，并与B公司签订了一份合作开发合同。该合同约定：B公司提供研发经费、设施等必要的研究条件，张某主持从事一种治疗骨质增生的医疗器械的研发工作，该医疗器械被称之为"骨质增生治疗仪"；该产品研发成功之后，B公司付给张某30万元报酬；

该产品的发明人为张某。2002 年 6 月，张某主持研发的"骨质增生治疗仪"获得成功，B 公司依约付给张某 30 万元报酬。

2002 年 7 月，B 公司将"骨质增生治疗仪"的专利申请权以 300 万元的价格转让给 C 公司，C 公司支付了全部价款。

2002 年 8 月 12 日，C 公司就"骨质增生治疗仪"向国务院专利行政部门提出发明专利申请，国务院专利行政部门于同日收到该申请文件，在经初步审查后受理了 C 公司的发明专利申请。同年 9 月 1 日，A 研究所就与"骨质增生治疗仪"相同的发明创造向国务院专利行政部门提出专利申请，该发明创造被称之为"骨质增生治疗器"。国务院专利行政部门在初步审查后，以 C 公司已经就相同的发明创造在 A 研究所申请日之前申请专利为由，驳回了 A 研究所的该发明专利申请。

A 研究所经过调查后认为，C 公司无权就"骨质增生治疗仪"向国务院专利行政部门提出发明专利申请，理由为：第一，张某作为"骨质增生治疗仪"的发明人，在 A 研究所从事的工作与该发明创造有关，其退职后与 B 公司合作开发的该产品应当属于 A 研究所的职务发明，A 研究所之外的任何人无权就此发明创造申请专利；第二，A 研究所实际于 2001 年 5 月就已经完成"骨质增生治疗器"的发明，而"骨质增生治疗仪"的发明创造的完成时间是 2002 年 6 月，因此，"骨质增生治疗仪"不具有新颖性。为此，A 研究所就被驳回申请向专利复审委员会请求复审。

张某在获悉 B 公司将"骨质增生治疗仪"的专利申请转让给 C 公司之后，以 B 公司将该专利申请权转让给 C 公司未经其同意为由，于 2002 年 10 月 8 日向人民法院提起诉讼，请求人民法院确认该转让行为无效。经查：张某与 B 公司签订的合作开发合同未就合作开发完成的发明创造的归属作出明确规定；C 公司不知道张某与 B 公司的合作开发关系。

要求：

根据以上内容，分别回答下列问题：

（1）张某和 B 公司在合作开发合同中约定张某为"骨质增生治疗仪"的发明人是否妥当？为什么？可否将 B 公司列为发明人和专利权人？并说明理由。

（2）张某退职后与 B 公司合作开发的"骨质增生治疗仪"是否属于 A 研究所的职务发明？为什么？

（3）A 研究所以其完成的"骨质增生治疗器"的时间早于"骨质增生治疗仪"的完成时间为由，认为"骨质增生治疗仪"不具有新颖性是否正确？并说明理由。

（4）张某请求人民法院确认 B 公司将该专利申请权转让给 C 公司的行为无效是否成立？为什么？（2003 年）

【参考答案】

本题考查要点有：发明人的界定，职务发明与非职务发明的界定，专利申请的原则，专利申请权的转让（本题最后一问的内容涉及第十章合同法分则中技术合同的有关规定）。

（1）首先，张某和 B 公司在合作开发合同中约定张某为"骨质增生治疗仪"的发明人是妥当的（0.5 分）。因为张某主持"骨质增生治疗仪"的研究开发，可以认为张某是对发明创造具有实质性特点作出创造性贡献的人（1 分）。

其次，不能将 B 公司列为发明人（0.5 分）。因为发明创造是人类脑力劳动的成果，发明人只能是自然人（0.5 分）。

B 公司可以成为专利权人（0.5 分）。专利申请人可以是发明人，也可以不是发明人（1 分），只要依照《专利法》的规定，对发明创造具有合法所有权的，即可以成为专利申请人，进而成为专利权人（0.5 分）。（本要点共 4.5 分）

（2）张某退职后与 B 公司合作开发的"骨质增生治疗仪"不属于 A 研究所的职务发明（0.5 分）。因为根据有关规定，退职后 1 年内作出的，与其原单位承担的本职工作有关的发明创造，属于职务发明创造（1 分）。而张某退职时间与张某和 B 公司合作开发的"骨质增生治疗仪"的完成时间已经超过 1 年（0.5 分）。（本要点共 2 分）

（3）A 研究所以其完成的"骨质增生治疗器"的时间早于"骨质增生治疗仪"的完成时间为由，认为"骨质增生治疗仪"不具有新颖性的说法是不正确的（0.5 分）。因为，根据我国《专利法》的规定，我国采取的确认新颖性的公开时间是申请日时间标准，而不是发明创造完成的发明日标准（1 分）。尽管"骨质增生治疗器"的完成时间早于"骨质增生治疗仪"，但是，其申请专利的申请日却晚于"骨质增生治疗仪"的申请日，因此，A 研究所提出的理由不成立（0.5 分）。（本要点共 2 分）

（4）张某请求人民法院确认 B 公司将该专利申请权转让给 C 公司的行为无效成立（0.5 分）。因为，根据有关规定，合作开发完成的发明创造，除当事人另有约定的以外（0.5 分），申请专利的权利属于合作开发的当事人共有（0.5 分）。当事人一方转让其共有的专利申请权的，应当经过其他方的同意（1 分），并且其他方享有以同等条件优先受让的权利（1 分）。[或：张某与 B 公司未在合作开发合同中约定"骨质增生治疗仪"的专利申请权的归属，其专利申请权应当归张某与 B 公司共有（1 分）。B 公司作为共有一方，在转让"骨质增生治疗仪"的专利申请权时，应当经过张某同意（1分），且张某享有以同等条件优先受让的权利（1分）。B公司在未经张某同意的条件下，将"骨质增生治疗仪"的专利申请权转让给C公司是无效的。］（本要点共3.5分）

2. （经调整）甲公司为国内生产数控机床的公司，拥有与数控机床有关的多项专利技术。2005年4月，甲公司与外国乙公司分别签订了商标使用许可合同和著作权使用许可合同。根据商标使用许可合同，甲公司获得了乙公司的A注册商标的独占使用权，核准使用的商品为数控机床。根据著作权许可使用合同，甲公司获得乙公司的B软件在中国大陆地区的专用使用权，但合同没有约定甲公司是否可以许可第三人使用该软件。

2005年7月，甲公司与丙公司签订代销合同，约定丙公司以自己的名义试销贴有A注册商标的数控机床10台，销售价格为每台15万元，每销售一台收取代销费2万元。

2006年3月，丙公司以每台15万元的价格向丁公司销售了3台数控机床。丁公司收到3台数控机床后，自己使用一台，将其余两台出租给其他公司。

2006年8月，丙公司未经甲公司同意，将其余7台数控机床的A注册商标清除，更换为自己的C注册商标，并以每台15万元的价格卖出了5台。

要求：

根据上述内容，分别回答下列问题：

（1）丁公司出租数控机床的行为是否侵犯甲公司的专利权？并说明理由。

（2）丙公司更换A注册商标的行为是否侵犯乙公司的商标权？并说明理由。（2006年）

【参考答案】

本题考查要点有：专利侵权行为、商标侵权行为的认定。

（1）不侵犯甲公司的专利权。根据专利法的规定，专利权人制造的专利产品售出后，使用或者销售该产品的，不视为侵犯专利权。

（2）丙公司更换A注册商标的行为侵犯了乙公司的商标权。《商标法》规定，未经商标注册人同意，更换其注册商标并将该更换商标的商品又投入市场的，侵犯商标权。

本章练习题库

一、单项选择题

1. 根据《专利法》的规定，下列各项中，不能成为专利申请人的是（　）。
   A. 限制民事行为能力人就其完成的发明创造
   B. 职务发明创造的单位
   C. 发明人的合法继承人
   D. 工作人员退休后1年内所完成的，与其在原单位承担的本职工作有关的发明创造

2. 申请人自外观设计在外国第一次提出专利申请之日起（　），又向中国专利局就相同主题提出专利申请的，依照该国同中国共同参加的国际条约，可以享有优先权。
   A. 3个月　　　　　　B. 6个月
   C. 1年　　　　　　　D. 2年

3. 根据《专利法》的规定，下列各项中，不丧失新颖性的情形是（　）。
   A. 在申请日以前有同样的发明或者实用新型在国外出版物上公开发表过
   B. 使用该申请的发明制造的产品已经在市场上销售的
   C. 在申请日以前6个月内，他人未经申请人同意泄露其内容的
   D. 后申请的内容已经在先申请的内容中有所披露的

4. 外观设计专利的保护范围应当根据（　）确定。
   A. 说明书
   B. 图片或照片
   C. 实物模型或样品
   D. 说明书加图片或照片

5. 下列各项中，根据《专利法》的规定，属于《专利法》保护的智力成果是（　）。
   A. 关于一种新化学元素的发现以及一种新型高分子材料的聚合方法
   B. 一种速算方法以及一种演示新计算方法的教学用具
   C. 一种减肥新药或者一种减肥食品
   D. 一种诊断早期肝癌的方法以及一种新的放射疗法

6. 根据《专利法》的规定，对专利权的保护期从（　）计算。
   A. 完成发明创造之日
   B. 专利申请之日
   C. 专利核准之日
   D. 专利公告之日

7. 根据《专利法》的规定，自专利权被授予之日起满一定期限后，任何单位均可依照专利法的有关规定，请求国务院专利行政部门给予强制许可。该一定期限为（　）。
   A. 1年　　　　　　　B. 2年
   C. 3年　　　　　　　D. 5年

8. 下列各项中，可以作为商标提出注册申请的是（　）。
   A. 使用生产单位的名称或标志的文字和图形
   B. 直接表示商品质量和用途的文字和图形
   C. 直接表示商品重量、数量的文字和图形
   D. 直接表示商品主要原料和功能的文字和图形

9. 根据《商标法》的规定，对已经注册的商标，在发生下列( )行为时，任何人均可以向商标评审委员会申请撤销该注册商标。
   A. 自行改变注册商标的文字、图形或其组合的
   B. 自行改变注册商标的注册人名义、地址或其他注册事项的
   C. 自行转让注册商标的
   D. 违反《商标法》禁用性条款规定的

10. 甲厂与乙厂签订注册商标使用许可合同，规定甲厂许可乙厂使用其注册商标，该合同须( )。
    A. 经商标局核准
    B. 报商标局备案
    C. 经商标评审委员会核准
    D. 经甲厂所在地县级工商行政管理机关核准

11. 根据商标法律制度的规定，注册商标有效期满后可以续展注册，每次续展注册的有效期为( )。
    A. 6 个月
    B. 5 年
    C. 10 年
    D. 20 年

12. 百利服装公司于 2002 年 3 月 10 日已在国外申请百利牌商标注册，并准备就该商标在我国申请注册。该国与我国签订了了相互承认优先权的协议，根据《商标法》的规定，该公司应在( )以前，向我国商标局提出，否则丧失优先权。
    A. 2002 年 9 月 10 日
    B. 2003 年 3 月 10 日
    C. 2002 年 6 月 10 日
    D. 2002 年 11 月 10 日

13. 专利申请适用先申请原则。如果两个以上的申请人同一日分别就同样的发明创造申请专利的，确定申请人的正确方法是( )。
    A. 由专利行政管理部门确定
    B. 依使用在先确定
    C. 由申请人自行协商确定，协商不成的由专利行政管理部门确定
    D. 由申请人自行协商确定

14. 同样的发明创造只能授予一项专利权。但是，同一申请人同日对同样的发明创造既申请实用新型专利又申请发明专利，下列各项中，处理正确的是( )。
    A. 先获得的实用新型专利权
    B. 先获得的发明专利权
    C. 先获得的实用新型专利权尚未终止，且申请人声明放弃该实用新型专利权的，可以授予发明专利权
    D. 先获得的发明专利权尚未终止，且申请人声明放弃该发明专利权的，可以授予实用新型专利权

15. 被授予专利权的国有企业事业单位应当自专利权公告之日起一定期限内发给发明人或者设计

人奖金。该一定期限为( )。
    A. 1 个月内
    B. 2 个月内
    C. 3 个月内
    D. 6 个月内

16. 专利申请权和专利权可以转让。转让专利申请权或者专利权的，当事人应当订立书面合同，并向国务院专利行政部门登记，由国务院专利行政部门予以公告。专利申请权或者专利权生效的时间为( )。
    A. 当事人订立转让合同时
    B. 当事人向专利行政部门申请时
    C. 专利行政部门登记时
    D. 专利行政部门公告时

17. 权利人的损失、侵权人获得的利益和专利许可使用费均难以确定的，人民法院可以根据专利权的类型、侵权行为的性质和情节等因素，确定给予赔偿的金额在( )。
    A. 1 万元以上 50 万元以下
    B. 2 万元以上 30 万元以下
    C. 3 万元以上 100 万元以下
    D. 1 万元以上 100 万元以下

18. 权利人超过 2 年起诉的，如果侵权行为在起诉时仍在继续，在该项专利权有效期内，人民法院应当判决被告停止侵权行为，侵权损害赔偿数额的计算应当自( )。
    A. 权利人向人民法院起诉之日起向前推 2 年计算
    B. 法院受理之日起向前推 2 年计算
    C. 法院作出判决之日起向前推 2 年计算
    D. 法院判决生效之日起向前推 2 年计算

19. 两个或者两个以上的申请人，在同一种商品或者类似商品上，分别以相同或近似的商标在同一天申请注册的，各申请人应当自收到商标局通知之日起一定期限内提交其申请注册前在先使用该商标的证据。该一定期限是( )。
    A. 15 日内
    B. 30 日内
    C. 2 个月内
    D. 3 个月内

20. 商标注册人连续 3 年停止使用其注册商标的，任何人可以向商标局申请撤销该注册商标。商标局应当通知商标注册人，要求注册人限期提交该商标在撤销申请提出前使用的证据材料或者说明不使用的正当理由；期满不提供使用的证据材料或者证据材料无效并没有正当理由的，由商标局撤销其注册商标。该期限为( )。
    A. 自收到通知之日起 15 日内
    B. 自收到通知之日起 1 个月内
    C. 自收到通知之日起 2 个月内
    D. 自收到通知之日起 3 个月内

二、多项选择题

1. 在专利申请日以前已经制造相同产品、使用相同方法的或者已经作好制造、使用准备的，下列各

项中，对该使用者不正确的限制有（   ）。

A. 不得继续制造、使用

B. 可以在原有范围内继续制造、使用，但应当向专利权人支付费用

C. 可以在原有范围内继续制造、使用，但应当同专利权人订立使用许可合同

D. 可以在原有范围内继续制造、使用，但不得许可他人制造、使用

2. 下列各种关于发明、实用新型和外观设计的有关说法，正确的有（   ）。

A. 发明一般分为产品发明和方法发明两类，而实用新型仅限于产品

B. 发明和实用新型授予专利的条件为新颖性、创造性和实用性，外观设计授予专利权的条件为新颖性

C. 发明和实用新型须进行实质审查，外观设计只进行初步审查

D. 发明专利权的保护期为 20 年，实用新型和外观设计的保护期为 10 年

3. 工程师张某发明了一种食品的制造方法并获得专利。下列行为中，构成侵害工程师张某专利权的行为有（   ）。

A. 某企业未经允许为了经营以该方法制造该食品

B. 某企业未经允许为了经营销售以该方法制造该食品

C. 某企业未经允许为了经营进口以该方法制造该食品

D. 某研究所为了试验使用该方法制造少量该食品

4. 根据专利法的规定，下列各项中，授予专利权的有（   ）。

A. 科学发现

B. 调味品

C. 疾病的治疗方法

D. 生产植物品种的方法

5. 根据《专利法》的规定，下列各项中属于专利权终止的情形有（   ）。

A. 专利权的期限届满

B. 没有按照规定缴纳年费的

C. 授予专利权的发明创造不符合专利法规定的授予专利权的实质性条件

D. 被国务院专利行政部门决定实施强制许可

6. 根据《商标法》的规定，下列各项中，不得作为注册商标使用的有（   ）。

A. 锐利牌剪刀   B. 巴黎牌香水

C. 企鹅牌衬衫   D. 羊绒牌毛线

7. 甲公司通过商标使用许可合同，许可乙厂使用其"××牌"饮料注册商标。对于乙厂生产销售"××牌"饮料的质量事宜，甲公司的下列做法中正确的有（   ）。

A. 甲公司不必过问，由乙厂自行负责

B. 甲公司有权利要求乙厂在"××牌"饮料的包装上注明生产厂家为乙厂

C. 甲公司有权派人进行抽样检查

D. 如果不合格，甲公司有权禁止乙厂继续使用该商标

8. 根据《商标法》规定，下列各项中，商标局应当予以公告的有（   ）。

A. 撤销注册商标

B. 转让注册商标

C. 续展注册商标

D. 初步审定注册商标

9. 某厂使用鸭鸭牌注册商标生产床上用品，根据《商标法》的规定，在该厂发生下列（   ）行为时，商标局有权撤销其注册商标。

A. 产品质量低劣不加改正的

B. 自行转让该商标

C. 有效期届满尚未提出续展注册申请

D. 自行在注册商标上添加了图形

10. 根据商标法律制度的规定，未被认定为驰名商标的，自认定结果作出之日起，一定期限内，当事人不得以同一商标就相同事实和理由再次提出认定请求。该一定期限为（   ）。

A. 6 个月   B. 1 年

C. 2 年   D. 3 年

11. 根据最高人民法院的司法解释规定，未经注册商标所有人许可，在同一种商品上使用与其注册商标相同的商标，下列各项中属于情节严重，应当以假冒注册商标罪判处 3 年以下有期徒刑或者拘役，并处或者单处罚金的有（   ）。

A. 非法经营数额在 5 万元以上

B. 违法所得数额在 3 万元以上

C. 假冒两种以上注册商标，非法经营数额在 3 万元以上

D. 假冒两种以上注册商标，违法所得数额在 2 万元以上

12. 根据《专利法》的规定，下列各项中，申请专利权的发明或实用新型不具备新颖性的有（   ）。

A. 在申请日以前已有同样的发明在国外刊物上发表

B. 在申请日以前已有同样的实用新型产品在市场出售

C. 就同样的发明晚于他人提出申请

D. 在申请日以前 6 个月内规定的学术会议上首次发表的发明

13. 根据《商标法》的规定，已经注册的商标，商标所有人或者利害关系人可以在请求商标评审委员会撤销。下列各项中符合规定的有（   ）。

A. 甲公司拥有某驰名商标 A 商标，用于电冰箱

产品上。乙公司在服装类产品上注册了 A 商标，乙公司并不从事服装生产。甲公司可以请求撤销乙公司已注册的 A 商标

B. 丙公司拥有 B 注册商标，用于运动鞋产品上。乙公司生产皮鞋，注册了 B 商标，丙公司可以在乙公司的 B 商标注册之日起 5 年内请求撤销

C. 丁公司在其生产的饮料上使用 C 商标，该饮料在市场上有一定的知名度，但未予注册。乙公司注册了 C 商标用于饮料产品上，丁公司可以自乙公司的 C 商标注册之日起 5 年内请求撤销

D. 戊公司拥有 D 商标，乙公司代理戊公司的产品，乙公司以自己的名义将 D 商标注册，戊公司可以自乙公司注册 D 商标之日起 5 年内请求撤销

14. 下列各项中，有关专利权行使的表述中，符合规定的有（　　）。

A. 任何单位或者个人实施他人专利的，应当与专利权人订立实施许可合同，向专利权人支付专利使用费

B. 被许可人无权允许合同规定以外的任何单位或者个人实施专利权

C. 发给发明人或设计人的奖金，企业可以计入成本，事业单位可以从事业费中列支

D. 被授予专利权的国有企业事业单位许可其他单位或者个人实施其专利的，应当从许可实施该项专利收取的使用费纳税后提取不低于 2% 作为报酬支付发明人或者设计人

15. 下列各项中，有关专利权共有人对专利权许可实施的表述，符合规定的有（　　）。

A. 专利申请权或者专利权的共有人对权利的行使没有约定的，共有人可以单独实施

B. 专利申请权或者专利权的共有人对权利的行使没有约定的，共有人可以普通许可方式许可他人实施该专利单独实施

C. 许可他人实施该专利的，收取的使用费，应当在共有人之间分配

D. 行使共有的专利申请权或者专利权，应当取得全体共有的同意

16. 下列各项中，可以给予发明或实用新型专利强制许可的有（　　）。

A. 专利权人自专利权被授予之日起满 2 年，且自提出专利申请之日起满 3 年，无正当理由未实施其专利的

B. 专利权人自专利权被授予之日起满 3 年，且自提出专利申请之日起满 4 年，无正当理由未充分实施其专利的

C. 专利权人行使专利权的行为被依法认定为垄断行为，为消除或者减少该行为对竞争产生的不利影响的

D. 为了公共健康目的，对取得专利权的药品

17. 下列各项中，有关商标注册申请的表述中，符合规定的有（　　）。

A. 同日使用或者均未使用的，各申请人可以自收到商标局通知之日起 30 日内自行协商，并将书面协议报送商标局

B. 同日使用或者均未使用的，各申请人不愿协商或协商不成的，商标局确定一个申请人，驳回其他人的注册申请

C. 同日使用或者均未使用的，各申请人不愿协商或协商不成的，商标局通知各申请人以抽签的方式确定一个申请人，驳回其他人的注册申请

D. 商标局已经通知但申请人未参加抽签的，视为放弃申请

18. 注册商标在使用过程中，发生的下列行为，属于应当由工商行政管理部门责令商标注册人限期改正，拒不改正的，报请商标局撤销其注册商标的有（　　）。

A. 连续 3 年停止使用的

B. 自行改变注册商标的

C. 自行改变注册商标的注册人名义、地址或者其他注册事项的

D. 自行转让注册商标的

19. 根据规定，下列各项中，属于驰名商标认定的机构有（　　）。

A. 人民法院

B. 商标局

C. 商标评审委员会

D. 工商行政管理局

20. 驰名商标的权利人认为他人使用的商标侵害其驰名商标的，可以申请工商部门审查。下列各项中，属于工商部门审查的情形有（　　）。

A. 他人在相同商品上擅自使用与当事人未在中国注册的驰名商标近似的商标，容易导致混淆的

B. 他人在类似商品上擅自使用与当事人未在中国注册的驰名商标近似的商标，容易导致混淆的

C. 他人在不相同的商品上擅自使用与当事人已经在中国注册的驰名商标相同或近似的商标，容易误导公众，致使该驰名商标注册人的利益可能受到损害的

D. 他人在不类似的商品上擅自使用与当事人已经在中国注册的驰名商标相同的商标，容易误导公众，致使该驰名商标注册人的利益可能受到损害的

三、判断题

1. 本国优先权是指，申请人自发明、实用新型和外观设计在中国第一次提出专利申请起 12 个月内，

又向国务院专利行政部门就相同主题提出专利申请的，可以享有优先权。　　　（　　）

2. 一般情况下，产品发明专利被侵权后，诉讼中的举证责任在原告一方；而新产品的制造方法发明专利权授予后，诉讼中的举证责任在被告一方。　　　（　　）

3. 取得强制实施许可的单位或者个人不享有独占的实施权，并且无权允许他人实施。但是经国务院专利行政管理部门的决定可以在合理范围内免费使用。　　　（　　）

4. 不知是假冒专利产品而批发购进，事后得知实情，为避免损失而予售出的行为，视为侵犯专利权的行为。　　　（　　）

5. 使用或者销售不知道是未经专利权人许可而制造并售出专利产品的，不视为侵犯专利权。　　　（　　）

6. 对一项发明创造的专利申请权或被授予的专利权发生争议的，当事人可以请求专利管理机关处理，也可以直接向人民法院起诉。　　　（　　）

7. 甲于 2005 年 10 月 9 日得知乙擅自使用其申请的发明专利，甲于 2006 年 4 月 3 日被授予专利权，则甲自 2005 年 10 月 9 日开始，2 年内有权要求乙支付发明专利公布后至专利权授予前使用该发明未支付的适当费用。　　　（　　）

8. 甲公司的注册商标自到期日起 6 个月内没有申请续展，于是乙公司向商标局申请注册该商标，商标局应予核准。　　　（　　）

9. 注册商标被撤销的或者期满不再续展的，自撤销或者注销之日起 1 年内，商标局对与该商标相同或者近似的商标注册申请，不予核准。　　　（　　）

10. 经许可使用他人注册商标的，必须在使用注册商标的商品上标明许可人的名称和商品产地。　　　（　　）

11. 甲公司在其生产的冰箱上已经注册的商标为国家工商行政管理总局商标局认定的驰名商标，乙公司在其生产的家具上申请注册了该商标，甲公司认为可能损害其权益的，自乙公司注册之日起 5 年内，可以请求商标局商标评审委员会予以撤销。　　　（　　）

12. 两个以上单位或者个人合作完成的发明创造、一个单位或者个人接受其他单位或者个人委托所完成的发明创造，除另有协议的以外，申请专利的权利属于完成或者共同完成的单位或者个人；申请被批准后，申请的单位或者个人为专利权人。　　　（　　）

13. 对平面印刷品的图案、色彩或者二者的结合作出的主要起标识作用的设计，符合专利授予条件的，可以授予申请人专利权。　　　（　　）

14. 被授予专利权的国有企业事业单位在专利权有效期限内，实施发明创造专利后，每年应当从实施该项发明或者实用新型专利所得利润纳税

后提取不低于 2% 或者从实施该项外观设计专利所得利润纳税后提取不低于 0.2%，作为报酬支付发明人或者设计人；或者参照上述比例，发给发明人或设计人一次性报酬。　　　（　　）

15. 为提供行政审批所需要的信息，制造、使用、进口专利药品或者专利医疗器械的，以及专门为其制造、进口专利药品或专利医疗器械的，不视为侵犯专利权的情形。　　　（　　）

16. 管理专利工作的部门处理时，认定侵权行为成立的，可以责令侵权人立即停止侵权行为，当事人不服的，可以自受到处理通知之日起 15 日内向法院起诉；侵权人期满不起诉又不停止侵权行为的，管理专利工作的部门可以强制执行。　　　（　　）

17. 专利权人或者利害关系人可以在起诉前向人民法院申请采取责令停止有关行为和财产保全的措施。申请人提出申请时，应当提供担保，不提供担保的，驳回申请。申请人自申请之日起 15 日内不起诉的，人民法院应当解除措施。　　　（　　）

18. 变更商标注册人名义或者地址的，商标注册人应当将其全部注册商标一并变更；未一并变更的，视为放弃变更申请。　　　（　　）

19. 注册商标中含有的本商品的通用名称、图形、型号，或者直接表示商品的质量、主要原料、功能、用途、重量、数量及其他特点，或者含有地名，注册商标专用权人无权禁止他人正当使用。　　　（　　）

20. 未被认定驰名商标的，自认定结果作出之日起 2 年内，当事人不得以同一商标就相同事实和理由再次提出认定请求。　　　（　　）

21. 当事人认为他人将其驰名商标作为企业名称登记，可能欺骗公众或者对公众造成误解的，可以向企业名称登记主管机关申请撤销该企业名称登记，企业名称登记主管机关应当依法处理。　　　（　　）

四、综合题

1. 某市某食品有限责任公司（以下简称为"食品公司"），欲上一条新式食品生产线，急需一台关键设备，便与某食品机械研究所（以下简称为"机械研究所"）签订了一份新式食品料理机的研制开发合同。合同约定：由食品公司提供有关技术参数和原始资料，并支付实验开发所需经费和报酬 100 万元；机械研究所应于 8 个月内完成研制，提交料理机及有关技术资料，并保证达到约定的技术指标，而且应负责安装、调试直至顺利投产。

合同订立后，机械研究所将该项研制开发工作交给本所高级工程师张某完成。张某经过近 8 个月时间的刻苦攻关，终于完成研制任务。经生产检

验，大部分技术指标超过了同类进口机械的水平，使食品公司因此获得比较高的经济效益。但是，不久食品公司发现机械研究所的工程师张某将此项研究成果向国家专利机关申请了专利，于是食品公司将此事通知机械研究所，要求张某撤回专利申请，认为该项技术成果是食品公司委托机械研究所开发完成的，食品公司提供了资金支持，其专利申请权应归食品公司所有。但是机械研究所得知此事后，对食品公司的要求表示反对，同时认为该项研究成果申请专利的权利应当由本所享有，并告知张某撤回申请。但是，张某认为此项技术虽然是单位交给自己完成的，可是为了完成这项工作自己占用了大量的业余时间，倾注了全部的心血，单位只是提供了必要的资金支持，对此张某愿意将花费的单位资金付给机械研究所，坚持不肯放弃专利申请权。

在三方对该项技术成果的专利申请权争执不休的情况下，机械研究所在向律师咨询后，向国家专利局申请撤销张某的专利申请，并依法获准了该专利。

但是，机械研究所获得上述技术专利后，发现食品研究所仍然在使用该项技术，于是要求食品公司与其订立该项专利技术的使用许可合同，并向机械研究所交付使用费用。食品公司认为当初双方有技术开发的委托合同，既然已经向机械研究所提供了开发资金并支付了报酬，当然有权使用，无须征得机械研究所的许可，更无须向其支付使用费。在此情形下，机械研究所遂将食品公司起诉至法院，要求其停止使用该项技术，认定食品公司的行为构成专利侵权行为，并向机械研究所支付侵权行为所应支付的赔偿金。

要求：

根据以上事实，请分别回答下列问题：

（1）该新式食品料理机是否具备申请专利的条件？申请专利的权利归谁所有？请说明理由。

（2）张某的专利申请被驳回后，如果对该决定不服的，应当如何解决？机械研究所获得该项专利后，如果食品公司或者张某对机械研究所获得的专利有异议应如何解决？

（3）食品公司未经机械研究所同意使用该项专利技术是否构成侵权？机械研究所的起诉理由是否正确？

（4）如果机械研究所转让该项专利，食品公司是否具有优先受让权？为什么？

2. 美国某国际公司自1983年来华投资，在北京就设有20余家"美国加州牛肉面大王"连锁店，其"红蓝白"装饰牌匾于1993年11月3日获得外观设计专利。美国某国际公司于1993年9月向国家工商行政管理局提出申请，请求将"美国加州牛肉面大王"注册为服务商标，但该申请一直未获得批准。北京市某快餐厅于1993年

4月1日开业。该餐厅自开业以来，在店的横幅牌匾上打出了"美国加州牛肉面大王"的名称，其横幅牌匾的颜色依次为"红白蓝"，该餐厅亦有很高的霓虹灯招牌，上面书有"美国加州牛肉面大王"字样。1993年6、7月间，经美国某国际公司请求，北京市某工商所责令将某快餐厅横幅牌匾上的"美国加州牛肉面大王"及霓虹灯上的"国"、"州"两字去掉，将该快餐厅横幅牌匾及霓虹灯上的字样改为"美加牛肉面大王"，"国"、"州"两字在横幅牌匾及霓虹灯上的空缺仍在。

美国某国际公司认为，某快餐厅自开业以来，擅自打出"美国加州牛肉面大王"专有名称，冒用该公司的"红蓝白"外观设计专利，极大地损害了公司的经济利益、商誉及消费者的权益，某快餐厅的行为已构成不正当竞争，故向法院提起诉讼，请求法院判令某快餐厅停止侵权、登报道歉、赔偿该公司商誉损失及律师代理费50万元。

要求：

根据以上事实，请分别回答下列问题：

（1）"美国加州牛肉面大王"是否属于美国某国际公司的专有名称？为什么？

（2）某快餐厅的行为是否构成不正当竞争？如果构成，该快餐厅将受到怎样的行政处罚？

（3）美国某国际公司提出的赔偿请求，如果难以认定的，应如何计算赔偿金额？

3. 河南省某食品厂向商标局申请在该厂生产的食品上注册"同心"商标。商标局经审查，初步审定"同心"商标，于3月6日在《商标公告》上发布初步审定公告。宁夏某单位于6月1日对该"同心"商标提出异议。异议人提出异议的理由是，被异议商标"同心"是宁夏回族自治区同心县的行政区划名称，不得作为商标注册。被异议人未按期答辩。

要求：

根据以上事实，请分别回答下列问题：

（1）异议人提出异议的时间是否符合法律规定？你认为该异议能否成立？为什么？

（2）被异议人未按期答辩应如何处理？如果当事人对商标局的裁定不服的，可以通过何种方式解决？

（3）如果该食品厂在初步审定并公告后，即在其产品上将"同心"商标作为注册使用是否合法？

（4）如果"同心"商标获准注册，该食品厂在其生产的饮料上将"同心"商标作为注册商标使用是否合法？

（5）如果"同心"商标获准注册，该食品厂允许其他食品生产厂家使用其注册商标，应当注意什么问题？

4. 中国学者李某在 A 国完成一项产品发明。2002年 12 月 3 日，李某在我国某学术研讨会上介绍了他的这项发明成果。2003 年 6 月 16 日，出席过这次研讨会的某研究所工程师张某，将这项成果作为他自己的非职务发明，向中国专利局提出专利申请。2003 年 5 月 5 日，李某以这项成果在 A 国提出专利申请。2004 年 4 月 28 日，李某又以同一成果向中国专利局提出专利申请，同时要求优先权的书面声明，并提交了有关文件。已知，A 国与我国签订有相互承认优先权的协议。

要求：

根据以上事实，请分别回答下列问题：

(1) 李某作为中国人是否享有外国优先权？为什么？

(2) 李某的发明因在学术会议上被介绍，是否丧失新颖性？说明理由。

(3) 张某先于李某在中国专利局提出该发明专利的申请，按照先申请原则，能否享有该发明专利的申请权？

(4) 如果张某为了科学研究和实验而使用李某的发明专利，是否构成对该专利的侵权？

5. 马某设计的软饮料包装（图案色彩）获外观设计专利，甲公司在该专利公告授予专利权 6 个月内，请求撤销这项专利，专利局作出维持专利权的决定。甲公司在该专利公告授予专利权 6 个月后，又以同一理由请求宣告该专利权无效，未被受理。甲公司即向专利局请求强制许可，未达目的。于是准备在该专利权期满终止后使用这种专利，以推销本公司的产品。

要求：

根据以上事实，请分别回答下列问题：

(1) 甲公司能否提出撤销该项专利申请，向谁提出，有无时间的限制？

(2) 甲公司提出宣告专利权无效的请求未被受理，是否符合法律规定？

(3) 甲公司请求强制许可，在法律上是否存在可能性？

(4) 外观设计专利权的期限是多少？从何时计算？

本章练习题库参考答案及解析

一、单项选择题

1.【答案】D

【解析】D 选项所述属于职务发明创造，其申请专利的权利属于单位。

2.【答案】B

【解析】注意发明或者实用新型与外观设计关于优先权行使适用的时间不同。前者为 12 个月内。

3.【答案】C

【解析】A 选项已经构成出版物公开；B 选项构成使用公开；D 选项构成抵触申请。该三种情形都已丧失了新颖性。

4.【答案】B

【解析】注意发明、实用新型与外观设计保护范围根据的区别。

5.【答案】C

【解析】A 属于科学发现；B 属于智力活动的规则和方法；D 属于疾病的诊断和治疗方法。依法都不得申请专利。

6.【答案】B

【解析】专利权保护期的计算与商标权保护期的计算不同。后者是从核准注册之日起计算。

7.【答案】C

8.【答案】A

【解析】后三项为《商标法》禁用性条款规定的情形。

9.【答案】D

【解析】其中前三项由商标局依法对行为人的违法行为责令其限期改正。

10.【答案】B

11.【答案】C

【解析】续展注册可无限制的重复进行，每次续展注册的有效期为 10 年，自该商标上一次有效期满次日起计算。

12.【答案】A

【解析】商标注册申请人自其商标在外国第一次提出商标申请之日起 6 个月内，又在中国就相同商品以同一商标提出注册申请的，依照该外国同中国签订的协议或者共同参加的国际条约，或者按照相互承认优先权原则，可以享有优先权。

13.【答案】D

【解析】注意专利申请与商标申请先申请原则有所不同，商标申请以申请在先为基本原则，以使用在先为补充，即遇到本题所述情形时，商标申请人为使用在先的人。

14.【答案】C

15.【答案】C

16.【答案】C

17.【答案】D

18.【答案】A

19.【答案】B

20.【答案】C

二、多项选择题

1.【答案】ABC

【解析】《专利法》规定，在专利申请日前已经制造相同产品、使用相同方法或者已经作好制造、使用的必要准备，并且仅在原有范围内继续制造、使用的，不视为侵犯专利权。显然，继续制造、使用的权利不受限制，此外，该规定也没有要求使用者、制造者向专利权人支付使用费、订立许可使用合同，所以 A、B、C 三项的限制都不正确。

2.【答案】ABD

【解析】发明专利申请须进行实质审查，实用新型和外观设计专利的申请只进行初步审查。

3.【答案】ABC

【解析】《专利法》规定，未经专利权人许可实施其专利侵害专利权的行为，包括：（1）未经专利权人许可，为生产经营目的制造、使用、许诺销售、销售、进口其专利产品，或者使用其专利方法以及使用、许诺销售、销售、进口依照该专利方法直接获得的产品；（2）未经专利权人许可，为生产经营目的制造、许诺销售、销售、进口其外观设计专利产品等。

4.【答案】BD

【解析】疾病的诊断和治疗方法不能授予专利，但是对于血液、毛发、尿样等脱离了人体的物质的化验方法则不属于疾病的诊断和治疗方法，具备专利条件，可以授予专利。动物和植物品种不能授予专利，但是对于动植物品种的生产方法，可以依照《专利法》的规定授予专利权。

5.【答案】AB

【解析】C 选项属于专利权的无效；D 选项所述的强制许可专利权并没有终止，否则就谈不上对专利权的实施。

6.【答案】ABD

【解析】A 项直接表示了该商品的功能、用途，并带有夸大宣传的倾向；B 项属于公众知晓的外国地名；D 项直接表示了商品的主要原料。考生还应注意区分不得作为商标使用的，和不得作为商标注册的不同禁止性要求所对应的情形。

7.【答案】BCD

【解析】商标注册人可以通过签订商标使用许可合同，许可他人使用其注册商标。许可人应当监督被许可人使用其注册商标的商品质量。被许可人应当保证使用该注册商标的商品质量。经许可使用他人注册商标的，必须在使用该注册的商品上标明被许可人的名称和商品产地。商标使用许可合同应当报商标局备案。

8.【答案】ABCD

【解析】公告的目的是为了引起公众的注意，使公众对此提出异议或者注意商标权的变化或存在与否。

9.【答案】ABD

【解析】自注册商标有效期届满之日起，还可给予 6 个月的宽展期，在宽展期内还不能撤销该商标。

10.【答案】B

11.【答案】ABCD

12.【答案】ABC

【解析】D 选项属于丧失新颖的例外情形。

13.【答案】ABCD

14.【答案】ABC

【解析】被授予专利权的国有企业事业单位许可其他单位或者个人实施其专利的，应当从许可实施该项专利收取的使用费纳税后提取不低于 10% 作为报酬支付发明人或者设计人。

15.【答案】ABCD

16.【答案】BC

【解析】（1）专利权人自专利权被授予之日起满 3 年，且自提出专利申请之日起满 4 年，无正当理由未实施或者未充分实施其专利的。（2）为了公共健康目的，对取得专利权的药品，国务院专利行政部门可以给予制造并将其出口到符合我国参加的有关国际条件规定的国家或地区的强制许可。

17.【答案】ACD

18.【答案】BCD

【解析】A 选项之情形，商标局应当通知商标注册人，限其自收到通知之日起 2 个月内提交该商标在撤销申请提出前使用的证据材料或者说明不使用的正当理由；期满不提供使用的证据材料或者证据材料无效并没有正当理由的，由商标局撤销其注册商标。

19.【答案】ABC

【解析】驰名商标由商标局、商标评审委员会、人民法院认定，任何组织和个人不得认定或者采取其他变相方式认定驰名商标。

20.【答案】ABCD

三、判断题

1.【答案】×

【解析】本国优先权不包括外观设计专利的申请。

2.【答案】√

3.【答案】×

【解析】取得实施许可的单位或者个人应当付给专利权人合理的使用费，其数额由双方协商；双方不能达成协议的，由国务院专利行政管理部门裁决。

4.【答案】√

【解析】本题中的销售者已知所销售的产品为假冒专利的产品，构成专利侵权行为。

5.【答案】√

【解析】与上一题所不同的是，使用者和销售者对通过侵犯他人专利权制造出的产品是不知情的，因此不构成侵犯专利权的行为。

6.【答案】×

【解析】专利申请人对国务院专利行政部门驳回申请的决定不服的，可以自收到通知之日起 3 个月内，向专利复审委员会请求复审。专利申请人对复审委员会的复审决定不服的，可以自收到通知之日起 3 个月内向人民法院起诉。注意顺序，提起行政复议在先，诉讼在后。

7.【答案】×

【解析】应当自专利权授予之日起计算，即 2006 年 4 月 3 日开始计算。

8.【答案】×

【解析】注册商标被撤销或者期满不再续展的，自撤销或者注销之日起 1 年内，商标局对与该商标相同或者近似的商标注册申请，不予核准。

9.【答案】√

【解析】本题为对被撤销或者注销商标的管理规定的内容。

10.【答案】×

【解析】应当是被许可人的名称和商品的产地。

11.【答案】√

【解析】将与他人驰名商标相同或者近似的商标在非类似商品上申请注册，且可能损害驰名商标注册人的权益的，已经注册的，自注册之日起 5 年内，驰名商标注册人可以请求商标局商标评审委员会予以撤销。

12.【答案】√

13.【答案】×

【解析】对平面印刷品的图案、色彩或者二者的结合作出的主要起标识作用的设计，属于不授予专利权的情形。

14.【答案】√

15.【答案】√

16.【答案】×

【解析】管理专利工作的部门可以向人民法院申请强制执行。

17.【答案】×

【解析】申请人自人民法院采取责令停止有关行为的措施之日起 15 日内不起诉的，人民法院应当解除措施。

18.【答案】√

19.【答案】√

20.【答案】×

【解析】时间不对，应当为自认定结果作出之日起 1 年内。

21.【答案】√

四、综合题

1.【答案】本题主要考点有：授予发明专利的条件，委托发明创造成果的归属，职务发明的认定，专利申请的复议，专利侵权行为的认定。

（1）该食品料理机的发明属于产品发明，根据《专利法》的规定，授予专利权的条件应当具备新颖性、创造性和实用性。关于新颖性的认定标准，我国采取的是混合制度，即在申请日以前没

有同样的发明或者实用新型在国内外出版物上公开发表过、在国内公开使用过或者以其他方式为公众所知，也没有同样的发明或者实用新型由他人向国务院专利行政部门提出过申请并且记载在申请日以后公布的专利申请文件中。本案提供资料显示，该料理机的大部分技术超过了同类进口机械的水平，并使食品公司因此获得较高的经济效益。已说明该料理机具备了上述三项授予专利权的特性。

申请专利的权利应当归机械研究所享有。首先，食品公司与机械研究所之间的关系属于委托开发合同关系。根据《合同法》的规定，委托开发完成的发明创造，除当事人另有约定的以外，申请专利的权利属于研究开发人。由于本案中双方当事人未就该发明创造申请专利的权利归属作出约定，依法应当由研究开发人享有。其次，该产品的直接研究开发人张某接受机械研究所交给的工作任务，而从事该产品的发明工作，应当属于职务发明。根据《专利法》的规定，职务发明创造申请专利的权利属于该单位，即本案中的机械研究所享有。

（2）如果张某的申请被驳回而不服的，张某作为专利申请人，可以自收到通知之日起 3 个月内，向专利复审委员会请求复审。如果对复审的决定仍然不服的，可以自收到通知之日起 3 个月内向人民法院起诉。

如果食品公司或者张某对机械研究所获得专利有异议的，可以向专利复审委员会提出请求书，并说明理由。对于专利复审委员会作出维持该专利权的决定不服的，可以自收到通知之日起 3 个月内向人民法院起诉。

（3）食品公司对该项专利的使用不构成侵权。根据《合同法》的规定，委托开发完成的发明创造，研究开发人取得专利权的，委托人可以免费实施该专利。因此，食品公司对该项专利的使用并未构成侵权。所以，机械研究所的起诉理由也不正确。

（4）食品公司不具有优先受让的权利。因为《合同法》规定，研究开发人转让专利申请权的，委托人享有以同等条件优先受让的权利。而机械研究所在获得该项专利后，就是该项专利的权利人，依法享有独占的、排他的专有权，因此，其专利权的转让不同于专利申请权的转让，故不受上述规定约束的。

2.【答案】本题考查要点有：注册商标禁用规定，不正当竞争行为的界定及处罚，不正当竞争行为的损害赔偿标准。

（1）"美国加州牛肉面大王"不属于美国某国际公司的专有名称。理由有如下几点：第一，虽然美国某国际公司已对该名称申请注册商标，但尚未被核准，根据《商标法》的规定，只有注册

商标才享有专有权。第二，该注册商标申请将不可能获得核准。因为该名称中含有外国国家的名称、公众知晓的外国地名，以及其经营产品的主要内容。根据《商标法》的规定，以上这些都属于禁止作为商标使用的名称。

（2）某快餐厅的行为已经构成不正当竞争。虽然美国某国际公司对"美国加州牛肉面大王"的名称不享有专有权，但是其作为外观设计的"红蓝白"装饰牌匾已经获得了专利局的核准，对该外观设计享有专利权。《反不正当竞争法》规定，经营者不得擅自使用知名商品特有的名称、包装、装潢，或者使用与知名商品近似的名称、包装、装潢，造成和他人的知名商品相混淆，使购买者误认为是该知名商品。所谓知名商品，是指在市场上具有一定知名度，为相关公众所知悉的商品。美国某国际公司在北京设有20余家连锁店，其经营的牛肉面在消费者中享有一定的知名度，故其服务可以被认定为知名商品。因此，某快餐厅将美国某国际公司已获得外观设计专利的标志作为装潢使用，足以给消费者造成误认，显然构成不正当竞争行为。

根据《反不正当竞争法》的规定，该快餐厅的行为已经构成不正当竞争。监督检查部门应当责令其停止违法行为，没收违法所得，可以根据情节处以违法所得1倍以上3倍以下的罚款；情节严重的可以吊销营业执照。

（3）美国某国际公司提出的赔偿请求，如果难以认定的，根据《反不正当竞争法》的规定，赔偿额为侵权人在侵权期间因侵权所获得的利润，并应当承担被侵害的经营者因调查该经营者侵害其合法权益的不正当竞争行为所支付的合理费用。

3.【答案】本题考查要点有：商标申请程序中异议的提出，注册商标禁用规定，商标申请原则，注册商标使用许可。

⑴异议人提出异议的时间是合法的。《商标法》规定，对初步审定的商标，自公告之日起3个月内，任何人均可以提出异议。本案初步审定公告的时间是3月6日，异议人在6月1日提出异议，尚未超过提出异议的法定期间。

该异议不能成立。商标法规定，县级以上行政区划的地名或者公众知晓的外国地名，不得作为商标，但是，地名具有其他含义的除外。本案中"同心"虽为一个县名，但是其还有其他含义，因此，不在禁用范围之内。

（2）被异议人未按期答辩的，根据《商标法》的规定，并不影响商标局对案件的裁定。

无论是异议人还是被异议人，对商标局的裁定不服的，可以在收到通知之日起15日内向商标评审委员会申请复审，由商标评审委员会作出裁定。当事人对商标评审委员会的裁定不服的，可

以自收到通知之日起30日内向人民法院起诉。

（3）如果该食品厂在初步审定并公告后，即在其产品上将"同心"商标作为注册使用不合法。因为注册商标自商标局核准注册之日起生效，初步公告期限届满没有人提出异议或者异议不成立的，予以核准注册；如果有人提出异议并且异议成立的，裁定驳回申请，不予核准注册。因此在公告期间，申请人并未获得该商标的注册核准，不得作为注册商标使用。

（4）如果"同心"商标获准注册，该食品厂在其生产的饮料上将"同心"商标作为注册商标使用不合法。根据商标法的规定，注册商标在不同类别或者同一类别的其他商品上使用的，应当另行提出注册申请。

（5）如果"同心"商标获准注册，该食品厂允许其他食品生产厂家使用其注册商标，应当注意以下问题：第一，双方应当签订注册商标许可使用合同；第二，商标使用许可合同应当报商标局备案；第三，许可人应当监督被许可人使用其注册商标的商品质量。经许可使用他人注册商标的，必须在使用该注册商标的商品上标明被许可人的名称和商品产地。

4.【答案】本题考查要点有：专利申请的"优先权原则"、"先申请原则"，丧失新颖性的例外规定，专利侵权行为的认定。

（1）李某享有外国优先权。外国优先权是指，申请人自发明或者实用新型在外国第一次提出专利申请之日起12个月内，或者自外观设计在外国第一次提出专利申请之日起6个月内，又在中国就相同的主题提出专利申请的，依照该国同中国签订的协议或者共同参加的国际条约，或者依照相互承认优先权的原则，可以享有优先权。该原则并没有对申请人是否具有中国国籍作出限定，而李某提出该发明专利申请优先权的时间符合上述法律规定，理应享有优先权。

（2）李某的发明不丧失新颖性。《专利法》规定，申请专利的发明创造在申请日以前6个月内，在规定的学术会议或者技术会议上首次发表的，不丧失新颖性。而享有优先权的专利申请人，专利申请日即首次提出专利申请日。

（3）张某不能享有该发明专利的申请权。虽然张某向中国专利局提出该发明专利申请的时间早于李某，但是因为李某对该发明专利申请享有优先权，因此，李某提出申请的时间早于张某，按照先申请原则的规定，李某享有该发明专利的申请权。

（4）如果张某为了科学研究和实验而使用李某的发明专利，并不构成对该专利的侵权。因为张某的行为符合《专利法》关于不视为侵权的法定情形之一，即专为科学研究和实验而使用有关专利。

5.【答案】本题主要考点有：撤销专利申请的提出，专利的强制实施许可，外观设计专利的期限等。

(1) 专利法规定，自专利公告授予专利权之日起6个月内，任何单位或个人认为该专利权的授予不符合专利法规定的，都可以请求专利局撤销该专利权。据此，甲公司有权提出撤销专利权的申请，该申请应在公告授予专利权之日起6个月内向专利局提出。

(2) 专利法规定，就撤销专利的请求已作出决定，又以同一事实和理由请求无效宣告的，专利复审委员会不予受理。据此，甲公司的无效宣告请求未被受理是正确的。

(3) 专利法规定，具备实施条件的单位以合理的条件请求发明或者实用新型专利权人许可实施其专利，而未能在合理长的时间内获得这种许可时，专利局根据该单位的申请，可以给予实施该发明专利或者实用新型专利的强制许可。据此，专利实施的强制许可是发明或实用新型专利，不包括外观设计专利。

(4) 根据专利法的规定，外观设计专利权的期限为10年，自申请日起计算。

第十五章

竞争法律制度

本章考情分析

本章主要包括两部分内容：反不正当竞争法律制度和反垄断法律制度。其中前一部分是从第十四章调整过来的（以往只在 2003 年和 2008 年考过两道客观题），并对该部分内容进行了修改；后一部分内容是 2009 年教材新增加的。

本章是指定教材中篇幅最少的一章，考题可能以客观题为主，分值不会太高。

本章考点扫描

【考点一】对不正当竞争行为的监督检查（2009 年新增内容）

1. 县级以上工商行政管理部门对不正当竞争行为可以进行监督检查。

2. 监督检查部门可根据不同的不正当行为和情节，给予违法当事人如下行政处罚：（1）责令停止违法行为；（2）没收违法所得；（3）罚款；（4）吊销营业执照。

3. 当事人对监督检查部门作出的处罚决定不服的，可以自收到处罚决定之日起 15 日内向上一级主管机关申请复议；对复议决定不服的，可以自收到复议决定书之日 15 日内向人民法院提起行政诉讼；也可以直接向人民法院提起行政诉讼。

【考点二】仿冒行为（2009 年有变化）

1. 假冒他人注册商标（见第十四章考点三十二）

2. 擅自使用知名商品特有的名称、包装、装潢，或者使用与知名商品近似的名称、包装、装潢，造成和他人的知名商品相混淆，使购买者误认为是该知名商品。

3. 擅自使用他人的企业名称或者姓名，引人误认为是他人的商品。

4. 在商品上伪造或者冒用认证标志、名优标志等质量标志，伪造产地，对商品质量作引人误解的虚假表示。

【考点三】商业贿赂行为及其法律规制（重要，2009 年有变化）

1. 回扣与佣金、折扣的区别

经营者销售或者购买商品，可以以明示方式给对方折扣，可以给中间人佣金。经营者给对方折扣、给中间人佣金的，必须如实入账。

【注意问题】折扣和佣金必须如实入账，而回扣是账外暗中进行的。

2. 法律责任

构成犯罪的，依法追究刑事责任；不构成犯罪的，监督检查部门可以根据情节处以 1 万元以上 20 万元以下的罚款，有违法所得的，予以没收。应当注意的是，罚款和没收违法所得均是针对行贿者和受贿者双方当事人的。

【考点四】虚假宣传行为及其法律规制（重要，2009 年有变化）

1. 虚假宣传行为的特点

（1）主体是经营者。广告有的是由广告商品和服务的经营者（广告主）所为，也有的是由广告经营者、广告发布者受广告商品和服务的经营者委托而为。广告的经营者不得在明知或者应知的情况下，代理、设计、制作、发布虚假广告。

（2）宣传的内容与客观事实不符。

（3）足以引人误解。

2. 法律责任

（1）经营者利用广告或者其他方法，对商品作引人误解的虚假宣传的，监督检查部门应当责令停止违法行为，消除影响，处罚金额与商业贿赂相同。（2）广告的经营者，在明知或者应知的情况下，代理、设计、制作、发布虚假广告的，监督检查部门责令停止违法行为，没收违法所得，并依法处以罚款。（3）广告主、广告经营者、广告发布者违反国家规定，利用广告对商品或者服务作虚假宣传，情节严重的，处两年以下有期徒刑或者拘役，并处或单处罚金。

【考点五】侵犯商业秘密行为（重要，2009 年有变化）

1. 商业秘密的特征（或要件）

（1）秘密性。是指不为公众所知悉。

（2）商业性。即能为权利人带来经济利益、具有实用性。

（3）保密性。是指经权利人采取保密措施。具有下列情形之一，在正常情况下足以防止涉密信息泄漏的，应当认定权利人采取了保密措施：（1）限定涉密信息的知悉范围，只对必须知悉的相关人员告知其内容；（2）对于涉密信息载体采取加锁等防范措施；（3）在涉密信息的载体上标有保密标志；（4）对于涉密信息采用密码或者代码等；（5）签订保密协议；（6）对于涉密的机器、厂房、车间等场所限制来访者或者提出保密要求。

2. 侵犯商业秘密的行为主要包括：（1）以盗窃、利诱、胁迫或者其他不正当手段获取权利人的商业秘密；（2）披露、使用或者允许他人使用以盗窃、利诱、胁迫或者其他不正当手段获取的权利人的商业秘密；（3）违反约定或者违反权利人有关保守商业秘密的要求，披露、使用或者允许他人使用其所掌握的商业秘密；（4）第三人明知或者应知上述所列违法行为，获取、使用或者披露他人的商业秘密，视为侵犯商业秘密。

【注意问题】通过自行开发研制或者反向工程等方式获得的商业秘密，不认定为上述第（1）、（2）项侵犯商业秘密行为。但是，当事人以不正当手段知悉了他人的商业秘密之后，又以反向工程为由主张获取行为合法的，人民法院不予支持。

【例题1·判断题】甲公司最新研制的自动煮蛋器已经上市，该公司对相关技术资料采取了严格的保密措施。乙公司从市场购得一台甲公司生产的自动煮蛋器，通过拆解掌握了该产品的技术原理，并组织生产相同的产品。乙公司的行为侵犯了甲公司的商业秘密。（ ）（2008年试题）

【答案】×

【考点六】不正当有奖销售行为（2009年有变化）

1. 采用谎称有奖或者故意让内定人员中奖的欺骗方式进行有奖销售；

2. 利用有奖销售的手段推销质次价高的商品；

3. 抽奖式的有奖销售，最高奖金的金额超过5000元。

【例题2·判断题】某商场采取有奖销售方式促销商品，凡在本商场购买商品超过100元者，可凭当日购买商品小票获得一次抽奖机会，奖金共分三档：其中，一等奖1名，奖金为3000元；二等奖3名，奖金为2000元；三等奖10名，奖金为100元。该商场的有奖销售行为属于不正当竞争行为。（ ）（2003年试题）

【答案】×

【考点七】诋毁商誉行为（2009年有变化）

诋毁商誉行为的特征：（1）行为人有诋毁竞争对手的故意；（2）诋毁行为的客体是竞争者商业信誉和商品声誉；（3）行为人采取了捏造、散布虚假事实的手段。

【考点八】限制竞争行为（2009年有变化）

1. 公用企业或者其他依法具有独占地位的经营者，限定他人购买其指定的经营者的商品，以排挤其他经营者的公平竞争。

2. 政府及其所属部门滥用行政权力，限定他人购买其指定的经营者的商品，限制其他经营者正当的经营活动。

3. 以排挤竞争对手为目的的低于成本销售行为。但是，经营者有下列情形之一的，即使以低于成本的价格销售商品，也不属于不正当竞争行为：（1）销售鲜活商品；（2）处理有效期限即将到期的商品或者其他积压的商品；（3）季节性降价；（4）因清偿债务、转产、歇业降价销售商品。

4. 搭售商品或附加其他不合理交易条件的行为。

5. 串通招投标行为。

【考点九】反垄断法的适用范围（以下各考点均为2009年新增内容）

1. 地域范围。中华人民共和国境内的垄断行为，适用本法。中华人民共和国境外的垄断行为，对境内市场竞争产生排除、限制影响的，适用本法。

2. 主体和行为类型。经营者、行业协会是适用主体。经营者的下列行为是反垄断法的三大支柱：（1）经营者达成垄断协议；（2）经营者滥用市场支配地位；（3）具有或者可能具有排除、限制竞争效果的经营者集中。

3. 适用除外。（1）知识产权的正当行使。（2）农业生产中的联合或者协同行为。

【例题3·判断题】反垄断法不仅适用于中国境内的垄断行为，而且适用于境外产生的垄断行为。（ ）

【答案】×

【注意问题】境外的垄断行为，对境内市场竞争产生排除、限制影响的，适用本法。

【考点十】反垄断法律责任

法律责任有三类：民事责任、行政责任和刑事责任。

行政责任包括停止违法行为、没收违法所得、罚款等形式。对反垄断执法机构作出的有关经营者集中的决定，规定了行政复议前置的程序，即当事人须先申请行政复议，对行政复议决定不服，才可提起行政诉讼；对其作出的其他决定，则可以申请行政复议，也可以直接提起行政诉讼。

【例题4·判断题】当事人对反垄断执法机构作出的处罚决定不服的，须先申请行政复议，对行政复议决定不服，才可提起行政诉讼。（ ）

【答案】×

【注意问题】注意具体行政行为处罚的违法行为种类。

【考点十一】反垄断机构

1. 国家工商局（内设反垄断与反不正当竞争执法局）负责非价格垄断协议和非价格滥用市场支配地位以及滥用行政权力排除限制竞争的反垄断执法；

2. 国家发改委（内设价格监督检查司）负责依法查处价格垄断行为；

3. 商务部（内设反垄断局）负责经营者集中行为的反垄断审查工作。

【考点十二】经营者承诺

有下列情形之一的，反垄断执法机构应当恢复调查：（1）经营者未履行承诺的；（2作出中止调查决定所依据的事实发生重大变化的；（3）中止调查的决定是基于经营者提供的不完整或者不真实的信息作出的。

【例题5·判断题】反垄断执法机构决定中止对涉嫌垄断行为调查的，应当对经营者履行承诺的情况进行监督。经营者履行承诺的，反垄断机构应当决定终止调查。（　　）

【答案】×

【注意问题】反垄断机构"可以"决定终止调查。

【考点十三】垄断协议的特征

1. 垄断协议的主体是两个或两个以上的经营者。达成垄断协议的主体应为具有独立责任能力的市场主体。法人的分支机构、内部职能部门等不能构成垄断协议的主体。

2. 垄断协议的表现形式多样化。包括协议（书面或口头）、决定和其他协同行为（默示行为）。

3. 垄断协议排除、限制竞争。

【考点十四】反垄断法禁止的横向垄断协议

1. 固定或者变更商品价格的协议
2. 限制商品的生产数量或者销售数量
3. 分割销售市场或者原材料采购市场
4. 限制购买新技术、新设备或者限制开发新技术、新产品
5. 联合抵制交易

【例题6·判断题】具有竞争关系的经营者通过联合起来，拒绝与之进行商业往来的方式，惩罚违反或者不配合固定价格垄断协议的同行，属于反垄断法所禁止的联合抵制交易的横向垄断协议之一。（　　）

【答案】√

【考点十五】反垄断法禁止的纵向垄断协议

1. 维持转售价格协议
2. 地域或客户限制

3. 排他性交易

我国反垄断法列举的三种受到禁止的纵向垄断协议形式：（1）固定向第三人转售商品的价格；（2）限定向第三人转售商品的最低价格；（3）国务院反垄断执法机构认定的其他垄断协议。

【例题7·判断题】通过合同规定对违反转售价格约定的行为进行处罚的行为，属于反垄断法所禁止的纵向垄断协议之一。（　　）

【答案】√

【考点十六】反垄断法豁免的垄断协议

1. 为改进技术、研究开发新产品的

2. 为提高产品质量、降低成本、增进效率，统一产品规格、标准或者实行专业化分工的

3. 为提高中小经营者经营效率，增强中小经营者竞争力的

4. 为实现节约能源、保护环境、救灾救助等社会公共利益的

5. 因经济不景气，为缓解销售量严重下降或者生产明显过剩的

6. 为保障对外贸易和对外经济合作中的正当利益的

对于上述第一至五项垄断协议的豁免，反垄断法要求经营者应当证明所达成的协议不会严重限制相关市场的竞争，并且能够使消费者分享由此产生的利益。

【考点十七】经营者达成垄断协议的法律责任

对其行政处罚为：责令停止违法行为，没收非法所得，并处上1年度销售额1%以上10%以下的罚款；尚未实施所达成的垄断协议的，可以处50万元以下的罚款。

行业协会违反反垄断法规定，组织本行业的经营者达成垄断协议的，反垄断执法机构可以处50万元以下的罚款；情节严重的，社会团体登记管理机关可以依法撤销登记。

【考点十八】市场支配地位的认定与推定

1. 认定经营者具有市场支配地位时应当依据的因素

（1）经营者在相关市场的市场份额，以及相关市场的竞争状况

（2）经营者控制销售市场或者原材料采购市场的能力

（3）经营者的财力和技术条件

（4）其他经营者对该经营者在交易上的依赖程度

（5）其他经营者进入相关市场的难易程度

2. 经营者市场支配地位的推定标准

（1）一个经营者在相关市场的市场份额达到1/2的

（2）两个经营者在相关市场的市场份额合计达到2/3的

（3）三个经营者在相关市场份额合计达到3/4的

【注意问题】

（1）对于多个经营者被推定为共同占有市场支配地位时，其中有的经营者市场份额不足1/10的，不应当推定该经营者具有市场支配地位。

（2）由于市场份额不是认定市场支配地位的唯一的和绝对的标准，因此，被推定具有市场支配地位的经营者，如有证据证明不具有市场支配地位的，不应当认定其具有市场支配地位。

【例题8·多选题】 下列各项中，可以推定经营者具有市场支配地位的情形有（　　）。

A. 一个经营者在相关市场的市场份额达到1/2的

B. 两个经营者在相关市场的市场份额合计达到1/2的

C. 两个经营者在相关市场的市场份额合计达到2/3的

D. 三个经营者在相关市场的市场份额合计达到3/4的

【答案】 ACD

【考点十九】反垄断法禁止的滥用市场支配地位行为

1. 以不公平的高价销售商品或者以不公平的低价购买商品

2. 没有正当理由，以低于成本的价格销售商品

3. 没有正当理由，拒绝与交易项对人进行交易

4. 没有正当理由，限定交易相对人只能与其进行交易或者只能与其指定的经营者进行交易

5. 没有正当理由搭售商品，或者在交易时附加其他不合理的交易条件

6. 没有正当理由，对条件相同的交易相对人在交易价格等交易条件上实行差别待遇

【考点二十】经营者集中及其法律规制

1. 经营者集中主要包括的情形：（1）合并。（2）通过取得股权或者资产的方式取得对其他经营者的控制权。（3）通过合同等方式取得对其他经营者的控制权或者能够对其他经营者施加决定性影响。

2. 反垄断法对经营者集中的规制模式。体现为对经营者实行集中申报制度。

3. 经营者集中申报标准。经营者集中达到下列标准之一的，经营者应当事先向国务院商务主管部门申报，未申报的不得实施集中：（1）参与集中的所有经营者上一会计年度在全球范围内的营业额合计超过100亿元人民币，并且其中至少两个经营者上一会计年度在中国境内的营业额均超过4亿元人

民币；（2）参与集中的所有经营者上一会计年度在中国境内的营业额合计超过20亿元人民币，并且其中至少两个经营者上一会计年度在中国境内的营业额均超过4亿元人民币。

4. 经营者集中申报的豁免条件。经营者集中有下列情形之一的，可以不向国务院反垄断执法机构申报：（1）参与集中的一个经营者拥有其他每个经营者50%以上有表决权的股份或资产的；（2）参与集中的每个经营者50%以上有表决权的股份或资产被同一个参与集中的经营者拥有的。

【例题9·多选题】 下列各项中，符合经营者集中应当事先向国务院商务主管部门申报，未申报的不得实施集中的情形有（　　）。

A. 参与集中的所有经营者上一会计年度在全球范围内的营业额合计超过100亿元人民币，并且其中至少两个经营者上一会计年度在中国境内的营业额均超过4亿元人民币

B. 参与集中的所有经营者上一会计年度在全球范围内的营业额合计超过50亿元人民币，并且其中至少两个经营者上一会计年度在中国境内的营业额均超过4亿元人民币

C. 参与集中的所有经营者上一会计年度在中国境内的营业额合计超过50亿元人民币，并且其中至少两个经营者上一会计年度在中国境内的营业额均超过4亿元人民币

D. 参与集中的所有经营者上一会计年度在中国境内的营业额合计超过20亿元人民币，并且其中至少两个经营者上一会计年度在中国境内的营业额均超过4亿元人民币

【答案】 AD

【考点二十一】经营者集中申报与审查程序

1. 申报材料提交与补正。

2. 第一阶段审查。国务院反垄断执法机构应当自收到经营者提交的符合规定的文件、资料之日起30日内，进行初步审查。

3. 第二阶段审查。国务院反垄断执法机构决定实施进一步审查的，应当自决定之日起90日内审查完毕。审查期间，经营者不得实施集中。有下列情形之一的，国务院反垄断执法机构经书面通知经营者，可以延长审查期限，但最长不得超过60日：（1）经营者同意延长审查期限的；（2）经营者提交的文件、资料不准确，需要进一步核实的；（3）经营者申报后有关情况发生重大变化的。

4. 最终决定。（1）禁止集中决定。（2）不予禁止决定。（3）附条件的不予禁止决定。

5. 决定的公布。

【考点二十二】经营者违法实施集中的法律责任

由国务院反垄断执法机构责令停止实施集中、

限期处分股份或者资产、限期转让营业以及采取其他必要措施恢复到集中前的状态，可以处 50 万元以下的罚款。

【考点二十三】滥用行政权力排除、限制竞争及其法律规制

1. 滥用行政权力排除、限制竞争的特征（摘要）：行为主体特定，主体为行政机关和法律、法规授权的具有管理公共事务职能的组织。

2. 反垄断法禁止的滥用行政权力排除、限制竞争行为

（1）强制交易。

（2）地区封锁。①对外地商品设定歧视性收费项目、实行歧视性收费标准，或者规定歧视性价格；②对外地商品规定与本地同类商品不同的技术要求、检验标准，或者对外地商品采取重复检验、重复认证等歧视性技术措施，限制外地商品进入本地市场；③采取专门针对外地商品的行政许可，限制外地商品进入本地市场；④设置关卡或者采取其他手段，阻碍外地商品进入或者本地商品运出；⑤妨碍商品在地区间自由流通的其他行为。

（3）排斥或者限制外地经营者参加本地招标投标。

（4）排斥或者限制外地经营者在本地投资或者设立分支机构。

（5）强制经营者从事垄断行为。

（6）抽象行政性垄断行为。

本章练习题库

一、单项选择题

1. 根据《反不正当竞争法》的规定，下列各项中，不构成不正当竞争行为的是（　　）。
   A. 经营者在销售商品时，在账外给予对方折扣
   B. 第三人使用明知是他人违反约定提供的客户名单进行交易
   C. 当地政府发布文件，限制在本地区销售外地生产的同类产品
   D. 以低于成本的价格进行季节性降价

2. 经营者的不正当竞争行为给被侵害的经营者造成的损失难以计算的，赔偿额为（　　）。
   A. 侵权人在侵权期间所获得的利润
   B. 侵权人在侵权期间因侵权所获得的利润
   C. 受害人在被侵权期间所获得的利润
   D. 侵权人在侵权期间因侵权所获得利润的两倍

3. 经营者利用广告或者其他方法，对商品作引人误解的虚假宣传的，监督检查部门应当责令停止违法行为，消除影响，根据情节处以罚款，金额是（　　）。
   A. 1 万元以上 10 万元以下

B. 1 万元以上 20 万元以下
C. 2 万元以上 20 万元以下
D. 2 万元以上 30 万元以下

4. 下列各项中，适用行政复议前置程序，即当事人对行政复议决定不服，才可提起行政诉讼的情形是（　　）。
   A. 对经营者达成垄断协议的认定
   B. 对经营者滥用市场支配地位认定
   C. 作出的有关经营者集中的决定
   D. 作出经营者滥用市场支配地位的处罚

5. 根据反垄断法的规定，负责经营者集中行为反垄断审查工作的机构是（　　）。
   A. 国家工商局
   B. 国家发改委
   C. 商务部
   D. 反垄断审查委员会

6. 下列各项中，属于反垄断法豁免的垄断协议，并且不要求经营者应当证明所达成的协议不会严重限制相关市场的竞争，并且能够使消费者分享由此产生的利益的情形的是（　　）。
   A. 为保障对外贸易和对外经济合作中的正当利益的
   B. 因经济不景气，为缓解销售量严重下降或者生产明显过剩的
   C. 为改进技术、研究开发新产品的
   D. 为提供中小经营者经营效率，增强中小经营者竞争力的

7. 行业协会违反反垄断法规定，组织本行业的经营者达成垄断协议的，反垄断执法机构可以对其罚款的金额是（　　）。
   A. 上 1 年度销售额 1% 以上 10% 以下
   B. 20 万元以下
   C. 30 万元以下
   D. 50 万元以下

8. 对于多个经营者被推定共同占有市场支配地位时，其中有的经营者市场份额未达到一定比例的，不应当推定该经营者具有市场支配地位。该一定比例是（　　）。
   A. 不足 1/10　　　　　B. 不足 1/8
   C. 1/5　　　　　　　D. 1/3

9. 经营者集中达到法定规定情形的，经营者应当事先进行向有关主管部门申报，未申报的不得实施集中。该申报主管部门是（　　）。
   A. 国务院反垄断委员会
   B. 商务部
   C. 国家工商行政管理局
   D. 国家发改委

10. 参与集中的所有经营者上一会计年度在全球范围内的营业额合计超过 100 亿元人民币，在中国境内的营业额合计超过 20 亿元人民币的，并且其中至少两个经营者上一会计年度在中国境内的营

业额均超过一定规模的，应当事先向国务院商务主管部门进行申报。该一定规模是( )。

A. 2 亿元人民币　　B. 3 亿元人民币
C. 4 亿元人民币　　D. 5 亿元人民币

二、多项选择题

1. 县级以上工商行政管理部门对不正当竞争行为可以进行监督检查。当事人对监督检查部门作出的处罚决定不服的，下列各项中，当事人采取的措施符合规定的有( )。
A. 可以自收到处罚决定之日起 15 日内向上一级主管机关申请复议
B. 可以自收到处罚决定之日起 15 日内向上一级主管机关申请复议，也可以自收到决定书之日 15 日内向人民法院提起行政诉讼
C. 对复议决定不服的，应当自收到复议决定书之日起 15 日内向人民法院提起行政诉讼
D. 对复议决定不服的，可以自收到复议决定书之日起 15 日内向人民法院提起行政诉讼；也可以直接向人民法院提起行政诉讼

2. 根据《反不正当竞争法》的规定，下列各项中，属于不正当竞争行为的是( )。
A. 第三人明知或者应知法律所禁止的行为，获取、使用或者披露他人商业秘密的行为
B. 经营者以低于成本的价格销售商品用于清偿债务的行为
C. 擅自使用他人的企业名称或者姓名，引人误认为是他人商品的行为
D. 利用有奖销售推销质次价高的商品

3. 根据《反不正当竞争法》的规定，下列行为中，不属于不正当竞争行为的有( )。
A. 以低于成本价格销售鲜活商品
B. 以低于成本价格处理积压商品
C. 有奖销售最高奖为 5000 元
D. 发布虚假广告

4. 根据有关规定，下列各项中，在正常情况下足以防止涉密信息泄露的保密措施有( )。
A. 在涉密信息的载体上标有保密标志
B. 保密信息采用密码或者代码等
C. 签订保密协议
D. 对于涉密的机器、厂房、车间等限制来访者或者提出保密要求

5. 根据反垄断法的规定，下列各项中，适用该法规制的行为有( )。
A. 知识产权的正当行使
B. 经营者达成垄断协议
C. 可能具有排除、限制竞争效果的经营者集中
D. 农业生产中的联合或者协同行为

6. 下列各种中，属于反垄断执法机构应当恢复调查的情形有( )。
A. 经营者未及时作出书面承诺的

B. 经营者未履行承诺的
C. 作出中止调查决定所依据的事实发生重大变化的
D. 中止调查的决定是基于经营者提供的不完整或者不真实的信息作出的

7. 下列各项中，属于反垄断法所禁止的垄断协议的有( )。
A. 分割销售市场或者原材料采购市场
B. 维持转售价格协议
C. 固定或者变更商品价格的协议
D. 地域或客户限制

8. 下列各项中，属于我国反垄断法列举的受到禁止的纵向垄断协议形式有( )。
A. 固定向第三人转售商品的价格
B. 限定向第三人转售商品的最低价格
C. 排他性交易
D. 地域或客户限制

9. 下列各项中，属于反垄断法禁止的滥用市场支配地位的行为有( )。
A. 以不公平的高价销售商品或者以不公平的低价购买商品
B. 以低于成本的价格销售商品
C. 拒绝与交易相对人进行交易
D. 没有正当理由搭售商品

10. 下列各项中，符合经营者集中申报豁免的情形有( )。
A. 参与集中的一个经营者拥有其他每个经营者 50% 以上有表决权的股份或资产的
B. 参与集中的一个经营者拥有其他每个经营者 30% 以上有表决权的股份或资产的
C. 参与集中的每个经营者 50% 以上有表决权的股份或资产被同一个参与集中的经营者拥有的
D. 参与集中的每个经营者 30% 以上有表决权的股份或资产被同一个参与集中的经营者拥有的

11. 经营者违法实施集中的，下列各项中，属于国务院反垄断执法机构可以采取的措施有( )。
A. 责令停止实施集中
B. 限期处分股份或者资产
C. 限期转让营业
D. 处 50 万元以下的罚款

12. 下列各项中，属于反垄断法禁止的滥用行政权力排除、限制竞争行为的有( )。
A. 采取专门针对外地商品的行政许可，限制外地商品进入本地市场
B. 限制外地经营者参加本地招标投标
C. 限制外地经营者在本地投资或者设立分支机构
D. 对外地商品规定与本地同类商品不同的技术要求、检验标准，限制外地商品进入本地市场

三、判断题

1. 商业贿赂行为，不构成犯罪的，监督检查部门可以根据情节处以 1 万元以上 20 万元以下的罚款，有违反所得的，予以没收罚款和没收违法所得均是针对行贿者和受贿者双方当事人的。（　　）

2. 通过技术手段对从公开渠道取得的产品进行拆卸、测绘、分析等而获得该产品的有关技术信息，不认定为侵犯他人商业秘密的行为。
（　　）

3. 不正当竞争行为的主体是经营者，因此政府及其所属部门滥用行政权力妨碍经营者的正当竞争行为不属于不正当竞争行为。（　　）

4. 甲厂的产品质量低，成本高，销路不畅。为了推销产品，该厂律师授权声明："我厂产品是名牌产品，销路居全国之首。近来发现很多厂家冒牌生产我厂产品，我厂保留诉讼和索赔的权利。"甲厂的行为是一种不正当竞争的行为。（　　）

5. 假冒他人注册商标的行为既是侵犯注册商标专用权的行为，也是不正当竞争行为。（　　）

6. 某项工程正常预算投资 8 亿元，招标人据此确定了招标底价。参加投标的几家大企业商定统一报价 10 亿元，无论谁中标，招标人均要多支出 2 亿元。这种行为属于联合投标，不应视为不正当竞争行为。（　　）

7. 某化妆品厂广告称"八次使用彻底换个模样"是虚假广告，属于不正当竞争行为。（　　）

8. 某百货公司销售电冰箱，在门口广告牌上写明："凡在本商店购买冰箱者，会给总价款 2% 的折扣，介绍推销者给付总价款 1% 的佣金。"被人发现后举报到有关部门，经调查发现该商店给付的回扣、佣金，在账面上均有明确记载。该公司的行为是正当的促销交易行为。（　　）

9. 所谓商业秘密是指不为公众所知悉，能为权利人带来经济利益、具有实用性的技术信息和经营信息。

10. 达成垄断协议的主体应为具有独立责任能力的市场主体。法人的分支机构、内部职能部门等不能构成垄断协议的主体。（　　）

11. 三个经营者在相关市场份额合计达到 3/4 的，这些经营者被推定为共同占有市场支配地位。其中有的经营者市场份额不足 1/5 的，不应当推定该经营者具有市场支配地位。（　　）

12. 我国反垄断法对经营者集中的规制模式，实行反垄断执法机构依法监督查处的制度。体现为对经营者集中实行申报制度。（　　）

13. 参与集中的所有经营者上一会计年度的营业额合计超过 50 亿元人民币，并且其中至少两个经营者上一会计年度在中国境内的营业额均超过 4 亿元人民币的，经营者应当事先进行向有关

主管部门申报，未申报的不得实施集中。
（　　）

14. 对于经营者集中，国务院反垄断执法机构决定实施进一步审查的，应当自决定之日起 90 日内审查完毕。（　　）

15. 滥用行政权力排除、限制竞争的行为主体，为行政机关和法律、法规授权的具有管理公共事务职能的组织、公用企业。（　　）

本章练习题库参考答案及解析

一、单项选择题

1. 【答案】D
【解析】A 选项已构成商业贿赂行为；B 选项属于侵犯商业秘密行为；C 选项属于政府部门滥用行政权力限制正常市场竞争的行为。

2. 【答案】B
【解析】A、C 两种说法都不准确；民事赔偿不是惩罚措施，所以 D 选项也不对。

3. 【答案】B

4. 【答案】C
【解析】对反垄断执法机构作出的有关经营者集中的决定，规定了行政复议前置的程序，即当事人须先申请行政复议，对行政复议决定不服，才可提起行政诉讼；对其作出的其他决定，则可以申请行政复议，也可以直接提起行政诉讼。

5. 【答案】C

6. 【答案】A

7. 【答案】D

8. 【答案】A

9. 【答案】B

10. 【答案】C

二、多项选择题

1. 【答案】AD

2. 【答案】ACD
【解析】B 选项属于以低于成本销售商品，而不构成不正当竞争行为的例外情形。

3. 【答案】ABC
【解析】A、B 两项是法律规定，低于成本销售商品不构成不正当竞争的例外情形；违法的有奖销售是指最高奖金额超过 5000 元。

4. 【答案】ABCD

5. 【答案】BC
【解析】A、D 两项属于该法适用除外的情形。反垄断法对经营者的下列行为予以规制：（1）经营者达成垄断协议；（2）经营者滥用市场支配地位；（3）具有或者可能具有排除、限制竞。

6. 【答案】BCD

7. 【答案】ABCD

8.【答案】AB

【解析】我国反垄断法列举的三种受到禁止的纵向垄断协议形式：（1）固定向第三人转售商品的价格；（2）限定向第三人转售商品的最低价格；（3）国务院反垄断执法机构认定的其他垄断协议。

9.【答案】AD

【解析】B、C两项所述情形，如果没有正当理由，属于反垄断法禁止的滥用市场支配地位的行为。

10.【答案】AC

11.【答案】ABCD

12.【答案】ABCD

三、判断题

1.【答案】√

2.【答案】√

3.【答案】×

【解析】经营者是构成不正当竞争行为最主要的主体，但是政府部门在某些特定情形下，也可以成为该主体。

4.【答案】√

【解析】属于欺诈性的市场交易行为。

5.【答案】√

6.【答案】×

【解析】本题所述属于投标人串通投标，抬高标价以损害招标人利益的行为，属于不正当竞争行为。

7.【答案】√

【解析】属于欺诈性的市场交易行为。

8.【答案】√

【解析】注意折扣、佣金是否入账，是判断是否构成不正当竞争行为的依据。

9.【答案】×

【解析】权利人必须采取了保密措施。

10.【答案】√

11.【答案】×

【解析】其中有的经营者市场份额不足1/10的，不应当推定该经营者具有市场支配地位。

12.【答案】×

【解析】对经营者集中实行申报制度。

13.【答案】×

【解析】没有说明经营者上一会计年度的营业额是全球范围的，还是中国境内的。

14.【答案】√

15.【答案】×

【解析】滥用行政权力排除、限制竞争的行为主体，为行政机关和法律、法规授权的具有管理公共事务职能的组织。

第三部分

提高篇

提高篇练习题

一、单项选择题

1. 下列各项中，有关自然人民事行为能力及行为方式的表述中，正确的是（　　）。
   A. 只有 18 岁以上，且智利和精神健康的公民，方具有完全的民事行为能力
   B. 10 周岁以上的未成年人，可以进行与他的年龄、智力、精神健康状况相适应的民事活动，其他民事活动须由他的法定代理人代理
   C. 不能辨认自己行为的精神病人，由他的法定代理人代理民事活动
   D. 限制民事行为能力人、无民事行为能力人，接受赠与的行为无须征得其法定代理人的同意

2. 代理人超越代理权所为的法律行为，其后果（　　）。
   A. 代理人告知被代理人后，被代理人即承担民事责任
   B. 代理人与被代理人承担连带责任
   C. 代理人与第三人承担连带责任
   D. 经被代理人追认后，被代理人承担民事责任

3. 下列法律行为中，属于多方法律行为的是（　　）。
   A. 赠与行为
   B. 委托代理的撤销
   C. 债务的免除
   D. 无权代理的追认

4. 甲乙双方于 2008 年 12 月份订立一份买卖合同，约定由甲向乙提供原材料，期限为一年，该合同自双方当事人签字盖章之日起生效。该合同属于（　　）。
   A. 附生效条件的民事行为
   B. 附解除条件的民事行为
   C. 附延缓期限的民事行为
   D. 附终止期限的民事行为

5. 下列各项中，不得作为个人独资企业出资方式的是（　　）。
   A. 土地使用权
   B. 知识产权
   C. 其他财产权利
   D. 劳务

6. 某普通合伙企业由甲、乙、丙三位合伙人共同出资设立，聘请 A 管理企业事务。后吸收普通合伙人丁入伙，丁入伙时合伙企业尚有未到期的银行贷款未清偿，丁与其他合伙人订立入伙协议约定，对未到期的银行贷款不承担清偿责任。现该笔贷款到期，合伙企业财产无力清偿。下列各项中，关于该笔债务清偿的正确处理方式是（　　）。
   A. 由甲、乙、丙、丁四位合伙人承担连带责任
   B. 由于丁入伙时签订的协议不公平，该入伙协议无效，应当按照平均分配的原则承担清偿责任
   C. 由于入伙协议约定丁不承担清偿责任，所以该笔贷款应由甲、乙、丙承担
   D. 除了甲、乙、丙、丁承担连带责任外，A 因管理不善也应承担清偿责任

7. 一家登记为有限责任公司的中外合作经营企业，其合作合同和章程中规定：外方以设备和现金出资，中方以厂房和土地使用权出资；所得收益首先用于偿付外方出资的本息；偿付完毕后的合营期间，双方按各 50% 的比例分配收益；合营期满时，该企业的全部固定资产无偿归中方所有。对此，根据我国法律，应认定（　　）。
   A. 该合作合同和章程违反法律，应属无效
   B. 该合作合同和章程合法有效，该企业可以登记为有限责任公司
   C. 该合作合同和章程显失公平，应变更为按出资比例分配的方案
   D. 该合作合同和章程合法有效，但该企业不得登记为有限责任公司

8. 某中外合资经营企业的注册资本为 400 万美元，双方的出资各占 50%。双方约定一次缴付出资。其中外方的货币出资 80 万美元以合资的中方企业作担保，用银行贷款资金缴付；中方将已抵押的土地使用权作价 120 万美元出资。该企业设立当年的税后利润为 200 万元人民币。依算术平均法计算，中方可以分配（　　）万元。
   A. 72.73
   B. 80
   C. 100
   D. 125

9. 有限责任该公司的股东向股东以外的人转让股权，应当经其他股东过半数同意。股东应就其股权转让事项书面通知其他股东征求意见，其他股东自接到书面通知的一定期限内未作答复的，视为同意转让。该一定期限为（　　）。
   A. 10 日
   B. 15 日
   C. 30 日
   D. 45 日

10. 股东因对股东大会作出的公司合并、分立决议持有异议，要求公司收购其股份的，公司收购本公司股份后，应当转让或者注销的时间为（　　）。
    A. 10 日
    B. 3 个月
    C. 6 个月
    D. 1 年

11. 根据上市公司独立董事制度的有关规定，下列

各项中，可以担任上市公司独立董事的是（　　）。

A. 上市公司附属企业工作人员的配偶

B. 虽然持有上市公司 1% 以上股份的自然人，但其不是该上市公司前 10 名股东的自然人

C. 具有 3 年以上从事经济工作的经验

D. 上市公司前 5 名股东单位任职人员的兄弟

12. 下列各项中，有关股份有限公司将本公司股份奖励给公司职工的表述中，符合法律规定的是（　　）。

A. 应当经出席股东大会股东所持表决权的 2/3 以上通过

B. 不得超过本公司已发行股份总额的 10%

C. 用于收购的资金应当从公司的税后利润中支出

D. 所收购的股份应当在 6 个月内转让给职工

13. 根据有关规定，下列各项中，关于认股权证的表述，正确的是（　　）。

A. 行权价格应不低于公告募集说明书日前 20 个交易日公司股票均价和前一个交易日的均价

B. 认股权证的存续期间可超过公司债券的期限

C. 认股权证自发行结束后方可行权

D. 行权期间为存续期间届满后的特定交易日

14. 某公司在其招股说明书中所列的募集资金用途为收购一条彩管生产线。股票发行上市后，该上市公司发现该项目市场前景欠佳，遂决定取消该项目，将所募资金用于其他项目。根据《中华人民共和国证券法》的规定，上述行为须经（　　）。

A. 国务院证券监督管理机构批准

B. 原投资项目审批机构批准

C. 股东大会批准

D. 董事会批准

15. 根据《中华人民共和国证券法》的规定，为上市公司出具审计报告的注册会计师在一定期限内不得购买该公司的股票。该期限为（　　）。

A. 该股票的承销期内和期满后 1 年内

B. 该股票的承销期内和期满后 6 个月内

C. 出具审计报告后 6 个月内

D. 自接受上市公司委托之日起至审计报告公开后 5 日内

16. 根据《破产法》的规定，下列各项中，属于管理人职责的是（　　）。

A. 决定债务人的日常开支和其他必要开支

B. 核查债权

C. 通过破产财产的分配方案

D. 聘用必要的工作人员

17. 根据有关规定，下列各项中，可能影响其忠实履行管理人职责的，人民法院可以认定为有利害关系的是（　　）。

A. 3 年前曾与债务人、债权人发生过债权债务

关系

B. 在人民法院受理破产申请 3 年前，曾为债务人提供相对固定的中介服务

C. 在人民法院受理破产申请 3 年前曾经是债务人、债权人的控股股东或者实际控制人

D. 与债权人的董事存在近姻亲关系

18. 下列各项中，不属于债务人财产的是（　　）。

A. 破产宣告后破产人得到的银行存款利息

B. 管理人追回的债务人的高级管理人员从企业获得的非法所得

C. 人民法院受理破产申请 1 年以前，债务人无偿转让的财产

D. 管理人收回的债务人未完全履行的出资

19. 下列各项中，有关国家出资企业管理者兼职限制的表述中，不符合规定的是（　　）。

A. 未经履行出资人职责的机构同意，国有独资企业、国有独资公司的董事、高级管理人员不得在其他企业兼职

B. 未经股东会、股东大会同意，国有资本控股公司、国有资本参股公司的董事、高级管理人员不得在其他企业兼职

C. 未经履行出资人职责的机构同意，国有独资公司的董事长不得兼任经理

D. 董事、高级管理人员不得兼任监事

20. 国家出资企业管理者的任期经营业绩考核一般考核期限是（　　）。

A. 5 年　　　　　　　　　B. 3 年

C. 2 年　　　　　　　　　D. 1 年

21. 根据《物权法》的规定，下列各项中，有关不动产物权变动的表述中，不符合法律规定的是（　　）。

A. 城市土地的所有权可以不登记

B. 因继承取得的房屋，自继承开始时继承人取得该房屋的所有权，无需办理房屋所有权属登记

C. 用益物权均自合同生效时设立，未经登记不得对抗善意第三人

D. 不动产权属证书与不动产登记簿不一致的，除有证据证明不动产登记簿确有错误外，以不动产登记簿为准

22. 下列各项中，属于要约行为的是（　　）。

A. 向客户寄送价目表

B. 发布拍卖公告

C. 刊登悬赏广告

D. 发布招股说明书

23. 甲公司与乙工厂签订一份合同，在履行中，发现标的物的质量条款有重大误解，双方当事人在合同中订立了仲裁条款。此时，正确的处理办法有（　　）。

A. 都有权向对方宣告此合同无效

B. 都有权向对方宣告此合同的质量条款无效

C. 都有权请求仲裁机关予以变更或撤销

D. 都有权请求人民法院予以变更或撤销

24. 根据《合同法》的规定，除当事人另有约定的以外，出卖人出卖交由承运人运输的在途标的物，开始计算买受人承担标的物毁损、灭失风险的时间为（　　）。

A. 自合同成立时起

B. 自交付承运人时起

C. 自合同订立时起

D. 自交付买受人时起

25. 根据有关《外汇管理法律制度》的规定，下列各项中，有关经常项目与资本项目外汇管理的表述，不符合规定的是（　　）。

A. 除另有规定外，银行为境内机构和境外机构办理外汇收支业务，包括跨境收付汇结售汇、境内外汇划转等，均应先为其开立外汇账户，并通过外汇账户办理

B. 境内机构、个人的外汇收入应当调回境内不得擅自存放境外

C. 确属经常项目下的国际交易支付和转移，可以对外支付，不得有数量限制

D. 境外投资者可以直接进入我国境内的 B 股市场购买股票，无须审批；进入 A 股市场购买股票、债券等投资品种，需要通过 QFII 进行，且通过 QFII 汇入的外汇资金不得超过国家批准的外汇额度

26. 甲乙双方分处 A、B 两地，签订一份买卖合同，总价款为 10 万元。甲为卖方，于 3 月 1 日向运输部门办理托运，之后，向乙的开户银行办理托收。运输部门于 3 月 5 日向乙发出提货通知。乙的开户银行于 3 月 20 日前向甲的开户银行划转 6 万元货款，余款未付。截止到 3 月 25 日，乙的开户银行转入 5 万元货款，此时乙应向甲计扣的逾期付款赔偿金额为（　　）。

A. 200 元　　　　　　　B. 450 元

C. 500 元　　　　　　　D. 550 元

27. 2007 年 4 月 9 日，甲公司向乙公司签发一张金额为 100 万元的银行承兑汇票，委托某银行于见票后付款。在下列各项中，某银行不得对持票人行使抗辩权，拒绝付款的情形有（　　）。

A. 甲公司存入某银行的资金不够 100 万元

B. 乙公司于 2009 年 4 月 10 日向某银行提示付款

C. 某银行的所在地与票上记载的付款地不符

D. 乙公司取得甲公司票据后，甲公司得知乙公司无货可供，并且立即将该事实通知银行

28. 根据《票据法》的规定，伪造票据者，（　　）。

A. 承担票据责任　　　　B. 承担付款责任

C. 不承担法律责任　　　D. 不承担票据责任

29. 根据《专利法》的规定，下列各项中，关于专利申请权归属的确认，不正确的是（　　）。

A. 在本职工作中完成的发明创造，申请专利的权利属于该单位

B. 主要利用本单位的物质技术条件所完成的发明创造，申请专利的权利由单位与发明人约定

C. 单位领导同意，由个人自筹经费完成的本职工作以外的发明创造，申请专利的权利属于发明人本人

D. 退休、退职后 1 年内作出的，与其在原单位承担的本职工作有关的发明创造，申请专利的权利属于原单位

30. 根据《专利法》的规定，下列各项中，不构成侵犯专利权的行为是（　　）。

A. 为提供行政审批所需的信息，制造专利药品或者专利医疗器械的

B. 侵夺发明人或者设计人的非职务发明创造专利申请权

C. 以非专利产品冒充专利产品

D. 假冒他人专利的行为

31. 根据《商标法》的规定，下列各项中，有关商标注册申请原则及期限表述，不正确的是（　　）。

A. 两个或者两个以上申请人，先后在同一或类似商品或服务上，以相同或类似的商标申请注册的，商标权授予申请在先的人

B. 两个或者两个以上的申请人，在同一或者类似商品或者服务上，以相同或类似的商标在同一天申请注册的，商标权授予使用在先的人

C. 两个或者两个以上的申请人，在同一种商品或者类似商品上，分别以相同或近似的商标在同一天申请注册的，各申请人应当自收到商标局通知之日起 30 日内提交其申请注册前在先使用该商标的证据

D. 同日使用或者均未使用的，商标局通知各申请人以抽签的方式确定一个申请人，驳回其他人的注册申请

32. 根据《反不正当竞争法》的规定，下列各项中，有关虚假宣传行为的特点及法律规制的表述，不正确的是（　　）。

A. 虚假宣传行为的主体既包括广告商品的经营者，也包括广告经营者、广告发布者

B. 经营者利用广告或者其他方法，对商品作引人误解的虚假宣传的，监督检查部门应当责令停止违法行为，消除影响，可以根据情节处以 1 万元以上 20 万元以下的罚款

C. 广告的经营者，代理、设计、制作、发布虚假广告的，监督检查部门责令停止违法行为，没收违法所得，并依法处以罚款

D. 广告主、广告经营者、广告发布者违反国家规定，利用广告对商品或者服务作虚假宣传，情节严重的，处两年以下有期徒刑或者拘役，

并处或单处罚金

33. 根据《反垄断法》的规定，下列各项中，实行行政复议前置的程序，即当事人须先申请行政复议，对行政复议决定不服，才可提起行政诉讼的事项是(　　)。
    A. 经营者达成垄断协议的处罚
    B. 经营者滥用市场地位的决定
    C. 经营者滥用市场地位的处罚
    D. 经营者集中的决定

34. 根据《反垄断法》的规定，下列各项中，认定经营者市场支配地位的推定标准，正确的是(　　)。
    A. 一个经营者在相关市场的市场份额达到1/3的
    B. 两个经营者在相关市场的市场份额合计达到1/2的
    C. 三个经营者在相关市场份额合计达到3/4，且每个经营者的市场份额达到1/10的，该三个经营者共同占有市场支配地位
    D. 两个经营者在相关市场的市场份额合计达到2/3，其中有的经营者市场份额不足1/10的，该两个经营者不构成占有市场支配地位

二、多项选择题

1. 下列各项中，关于仲裁与诉讼的表述中，符合规定的有(　　)。
    A. 一个民事案件的诉讼只能有一个判决，但可能有多个裁定，无论判决还是裁定，当事人均可在法律规定的期限内上诉
    B. 当事人达成书面仲裁协议的，不得向法院起诉
    C. 当事人对生效的判决、裁定不服的，可在两年内申请再审，但不影响判决、裁定的执行
    D. 当事人一方不履行仲裁裁决的，另一方当事人可向仲裁机构申请强制执行

2. 在下列各项中，关于法律行为表述正确的有(　　)。
    A. 法律行为是一种合法行为，非法行为不是法律行为
    B. 多方的法律行为是两个以上当事人所作的意思表示
    C. 从法律行为的效力依附于主法律行为；主法律行为无效，则从法律行为当然无效；主法律行为有效，从法律行为亦有效
    D. 沉默形式在特定情形下也是法律行为的表现形式

3. 某普通合伙企业内部规定，有对外代表权的合伙人甲在签订合同时，须经乙和丙两个执行事务的合伙人的同意，如果甲自作主张没有征求乙和丙的同意，与第三人丁签订了一份买卖合同。下列各项，关于该合同效力及处理方式的说法正确的

有(　　)。
    A. 合伙人甲代表合伙企业与丁签订的合同，由于超过权限无效，由甲承担责任
    B. 合伙人甲代表合伙企业与丁签订的合同，由于超过权限无效，如果丁知道该情形，则由甲和丁承担责任
    C. 如果丁不知道合伙企业内部对甲的限制，在合同履行中，也没有从中获得不正当的利益，合伙企业应当承担合同责任
    D. 无论丁是否知道合伙企业内部对甲的限制，在合同履行中，没有从中获得不正当的利益，合伙企业就应当出承担合同责任

4. 根据《个人独资企业法》的规定，下列各项中，关于个人独资企业的有关表述中，符合规定的有(　　)。
    A. 个人独资企业的投资人死亡，其合法继承人有权继承该企业
    B. 个人独资企业聘请的管理人员，有权以企业财产为企业发生的债务提供担保
    C. 个人独资企业无独立承担民事责任的能力，因此也无独立的民事主体资格
    D. 个人独资企业解散后，债权人在5年内未向投资人提出偿债请求的，该责任消灭

5. 下列各项中，关于普通合伙企业，允许合伙协议约定的事项有(　　)。
    A. 普通合伙人转变为有限合伙人的条件
    B. 聘任合伙人以外的人担任合伙企业的经营管理人员
    C. 合伙人同本合伙企业进行交易
    D. 合伙人与他人合作经营与本合伙企业相竞争的业务

6. 依据有关规定，下列各项中，根据中外合资经营企业的经营项目，可以不约定合营期限的有(　　)。
    A. 产品全部直接出口的允许类外商投资项目
    B. 属于农业新技术的项目
    C. 运用我国特有工艺或者技术生产产品的项目
    D. 能够增加产品国际竞争能力的项目

7. 根据有关规定，下列各项中，有关外商投资企业合并、分立的表述，符合规定的有(　　)。
    A. 股份有限公司与有限责任公司合并后，可以为股份有限公司，也可以为有限责任公司
    B. 各方投资者在合并后的公司中的股权比例，由投资者之间协商或者根据资产评估机构对其在原公司股权价值的评估结果，在合并后的公司合同、章程中确定
    C. 外国公司与中国内资企业合并后为外商投资企业，其投资总额为原公司的投资总额与中国内资企业财务审计报告所记载的企业资产总额之和
    D. 采取吸收合并形式的，接纳方公司的成立日期为合并后公司的成立日期

8. 根据《公司法》的规定，下列有关有限责任公司、股份有限公司对外投资及担保的表述中，正确的是(   )。

A. 公司只能向其他有限责任公司、股份有限公司投资

B. 公司对外投资累计投资额不得超过本公司净资产的50%

C. 公司为他人提供担保，按照公司章程的规定由董事会或股东大会决议

D. 公司为公司股东或者实际控制人提供担保的，必须经股东会或者股东大会决议

9. 股份有限公司的董事、监事、高级管理人员，转让持有的本公司股份，将受到法律的限制，下列各项中，有关该限制的表述中，正确的是(   )。

A. 股份公司的董事、监事、高级管理人员在任职期间内不得转让其所持有的本公司的股份

B. 股份公司的董事、监事、高级管理人员所持有的本公司的股份，在任职期间内每年转让的股份不得超过其所持有的本公司股份总数的25%，自公司成立之日起1年内不得转让，

C. 股份公司的董事、监事、高级管理人员所持有的本公司的股份，在任职期间内每年转让的股份不得超过其所持有的本公司股份总数的25%，自公司股票上市交易之日起1年内不得转让

D. 股份公司的董事、监事、高级管理人员所持有的本公司的股份，离职后半年内不得转让

10. 根据上市公司独立董事制度的规定，下列各项中，符合上市公司独立董事要求的有(   )。

A. 独立董事有权就公司董事、高级管理人员的薪酬发表独立意见

B. 上市公司应当提供独立董事履行职责所必需的工作条件和费用

C. 上市公司拟与关联人达成的总额高于上市公司最近经审计净资产值5%的关联交易，独立董事应当发表独立意见

D. 独立董事3次未亲自出席董事会会议的，由董事会提请股东大会予以撤换

11. 甲公司是乙上市公司的股东之一，甲公司负责向乙公司供应原材料。后乙公司召开股东大会讨论是否为甲公司提供担保的事项。对于这次会议的召开及决议方式，下列各项中表述正确的有(   )。

A. 甲公司不得出席，其表决权可以委托其他股东代为行使

B. 甲公司不应当参与投票表决，其所代表的有表决权的股份数不计入有效表决总数

C. 甲公司无法回避时，公司在征得2/3以上的股东同意后，可以按照正常程序进行表决，并在股东大会决议公告中作出详细说明

D. 该项表决由出席股东大会的，除甲公司之外的其他股东所持表决权的过半数通过

12. 根据《中华人民共和国公司法》及有关规定，上市公司召开股东大会审议下列事项时，须以特别决议方式通过的有(   )。

A. 董事会和监事会的工作报告

B. 董事会和监事会成员的任免及其报酬和支付方法

C. 发行可转换公司债券

D. 公司章程修改

13. 下列各项中，股东提起的诉讼，人民法院不予受理的有(   )。

A. 股东因公司拒绝其查阅会计账簿，而向人民法院提出要求公司提供查阅的请求

B. 股东以知情权受到损害为由，提起解散公司诉讼的

C. 股东以公司亏损、财产不足以偿还全部债务为由，提起解散公司诉讼的

D. 股东提起解散公司诉讼，同时又申请人民法院对公司进行清算的申请

14. 根据《证券法》的规定，下列各项中，有关发行公司债券的表述正确的有(   )。

A. 有限责任公司和股份有限公司具备同等条件，都可以发行公司债券

B. 债券的利率不得超过国务院限定的利率水平

C. 最近3年平均可分配利润足以支付公司债券1年的利息

D. 公开发行公司债券筹集的资金，不得用于弥补亏损和非生产性支出

15. 根据《证券投资基金法》的相关规定，下列各项中，符合基金申请上市及交易条件的情形有(   )。

A. 证券投资基金的依法募集由综合类证券公司承担

B. 基金合同的期限为5年以上

C. 基金募集金额不低于2亿元人民币

D. 基金持有人不少于1000人

16. 根据《证券法》的规定，下列行为中，属于证券公司及其从业人员损害客户利益的欺诈行为有(   )。

A. 不在规定时间内向客户提供交易的书面确认书

B. 散布虚假信息

C. 挪用客户委托买卖的证券

D. 借客户名义买卖证券

17. 根据《公司法》及证监会相关文件的规定，下列各项中，符合股份有限公司首次发行股票应当具备的条件有(   )。

A. 自设立股份有限公司之日起不少于3年

B. 发行股票前一年末的净资产在总资产中所占比例不低于30%，无形资产在注册资本中所占比例不高于20%

C. 最近一个会计年度的净利润主要来自合并财务报表范围以外的投资收益

D. 最近 3 个会计年度营业收入累计超过人民币 3 亿元

18. 根据《证券法》的规定，下列各项中，属于内幕人员的有(　　)。

A. 持有公司 5% 以上股份的股东

B. 持有发行股票公司 20% 股份的公司中的高级管理人员

C. 证券监督管理机构的工作人员

D. 为发行股票公司出具审计报告的注册会计师

19. 根据《证券法》的规定，下列各项中，属于上市公司应当报送临时报告的重大事件有(　　)。

A. 公司营业用主要资产的抵押、出售或者报废一次超过该资产的 10%

B. 公司分配股利

C. 公司发生重大亏损

D. 1/5 的董事发生变动

20. 根据《破产法》的规定，下列各项中，在人民法院受理破产申请后所发生的行为，符合法律规定的有(　　)。

A. 债务人的法定代表人及其他管理人员不得新任其他企业的董事、监事、高级管理人员

B. 债务人对个别债权人的债务清偿无效

C. 管理人自破产申请受理之日起 2 个月内未通知合同对方当事人的，视为解除合同

D. 已经开始而尚未终结的有关债务人的民事诉讼或者仲裁应当中止；在管理人接管债务人的财产后，该诉讼或者仲裁继续进行。

21. 根据《破产法》的规定，下列各项中，有关破产债权申报的表述，符合规定的有(　　)。

A. 保证期间，人民法院受理债务人破产案件的，债权人既可以向人民法院申报债权，也可以向保证人主张权利

B. 对于保证人，债权人有权直接要求其清偿保证债务，也可以先向进入破产程序的债务人追偿，然后再以未受偿的余额向保证人追偿

C. 人民法院受理保证人破产案件的，保证人的保证责任不得因其破产而免除

D. 债务人是票据的出票人，其破产案件被人民法院受理，该票据的付款人继续付款或者承兑的，付款人以由此产生的请求权申报债权

22. 下列各项中，属于国有企业改制时，对其确认的费用原则上要一次付清的有(　　)。

A. 拖欠职工的工资

B. 职工的集资款

C. 职工住房公积金

D. 企业欠缴的社会保险费

23. 根据有关规定，可以要求企业进行清产核资的情形有(　　)。

A. 企业分立、合并

B. 企业会计政策发生重大更改，涉及资产核算方法发生重要变化情况的

C. 企业会计信息严重失真、账实严重不符的

D. 国有资产出现重大流失的

24. 下列财产中，应当办理抵押登记，抵押权自登记之日起设定的有(　　)。

A. 土地所有权

B. 林木

C. 建设土地使用权

D. 企业的设备或其他动产

25. 某村民委员会对本村的宅基地拥有所有权，将 A 宅基地使用权分配给村民甲，A 宅基地上有两棵古树，其所有权亦为村委会享有。为保护古树，村委会与村民甲约定，甲不得擅自处置古树。下列各项中，根据物权法的规定，下列说法正确的有(　　)。

A. 该约定基于所有权制度的规定，是有效的

B. 该约定属于地役权的内容

C. 村民甲获得的是一种用益物权

D. 村民甲转让宅基地使用权时，其房屋所有权一并转让，受让人继续负担设立在其上的地役权

26. 担保合同被确认无效时，债务人、担保人、债权人有过错的，应当根据其过错各自承担相应的民事责任。下列各项中，符合法律规定的选项有(　　)。

A. 主合同有效而担保合同无效，债权人无过错的，担保人与债务人对主合同债权人的经济损失，承担连带赔偿责任

B. 主合同有效而担保合同无效，债权人、担保人有过错的，担保人承担民事责任的部分，不应超过债务人不能清偿部分的 1/2

C. 主合同无效而导致担保合同无效，担保人无过错的，则不承担民事责任

D. 主合同无效而导致担保合同无效，担保人有过错的，应承担的民事责任不超过债务人不能清偿部分的 1/3

27. 甲商场业务员乙持公司授权采购空调的委托书，到丙公司采购空调，见丙公司生产的电暖气造型美观，价格适宜，遂决定同时购买一批电暖气。货到后，甲商场即对外销售，开始销路较好，后因热力部门提前供暖，电暖气的销量大减。甲商场遂主张乙为无权代理，其所订合同为效力未定的合同，于是拒绝追认并拒付货款。对此，下列表述中，不正确的有(　　)。

A. 甲商场应支付货款，因为乙为表见代理

B. 甲商场应支付货款，因为乙的行为已经其追认

C. 甲商场可以拒付货款，因为乙的行为为无权代理

D. 甲商场可以拒付货款，因为乙的行为为滥用代理权的行为

28. 根据《合同法》的规定，有关委托合同中委托人与第三人的关系，下列各项表述正确的有（   ）。

A. 受托人因第三人的原因对委托人不履行义务，受托人应当向委托人披露第三人

B. 受托人因委托人的原因对第三人不履行义务，受托人应当向第三人披露委托人

C. 委托人行使受托人对第三人的权利的，第三人可以向委托人主张其对受托人的抗辩

D. 第三人选定委托人作为其相对人的，委托人可以向第三人主张其对受托人的抗辩以及受托人对第三人的抗辩

29. 根据《外汇管理法律制度》的规定，下列各项中，银行为境内机构和境外机构办理外汇收支业务，应当先为其开立外汇账户，并通过外汇账户办理的有（   ）。

A. 跨境收付汇

B. 跨境结售汇

C. 境内外汇划转

D. 客户的零星外汇收支

30. 根据《外汇管理法律制度》的规定，下列各项中，有关金融机构外汇业务综合头寸管理的表述，正确的有（   ）。

A. 银行结售汇综合头寸限额的管理区间下限为零、上限为外汇局核定的限额

B. 金融机构的资本金、利润以及因本外币资产不匹配需要进行人民币与外币间转换的管理，应当经外汇管理机关批准

C. 凡具有外汇业务经营资格的商业银行，在具备健全的内控机制和完善的操作规程的条件下，可根据自身外汇总资产规模向人民银行申请购汇补充外汇资本金

D. 人民银行根据国际收支状况、银行的结售汇业务量和本外币资本金（或营运资金）以及资产状况等因素，核定银行的结售汇综合头寸，并实行限额管理

31. 根据有关规定，POS跨行交易的商户结算手续费收益分配，采用固定发卡行收益和银联网络服务费方式，即每笔商户结算手续费，发卡行获得固定收益和银联收取网络服务费，下列各项中，符合规定的有（   ）。

A. 一般类型的商户，发卡行的固定收益为交易金额的0.7%，银联网络服务费的标准为交易金额的0.1%

B. 对宾馆、餐饮、娱乐类的商户，发卡行的固定收益为交易金额的2%，银联网络服务费标准为交易金额的0.2%

C. 对汽车、房地产销售类商户，发卡行固定收益每笔最高不超过40元，银联网络服务费最高

不超过5元

D. 对医院、学校，发卡行和银联暂不参与收益分配

32. 下列各项中，可以申请开立基本存款账户的存款人有（   ）。

A. 企业法人

B. 企业法人内部单独核算的单位

C. 外地常设机构

D. 个人

33. 下列各项中，持票人享有票据权利的情形有（   ）。

A. 甲不知道其前手通过欺诈的手段取得该票据，而受赠该票据的

B. 乙通过继承的方式取得被继承人持有的票据

C. 丙通过背书受让一张已被付款人拒绝付款的票据

D. 丁拾得一张票据

34. 甲于2008年11月1日签发支票一张，支票上记载收款人为乙，保证人为丙，金额为20万元。乙持票后于11月3日将其背书转让给丁，丁于11月5日再背书转让给戊，戊于11月13日要求付款银行付款被拒绝。对此应当承担票据责任的债务人有（   ）。

A. 甲   B. 乙

C. 丙   D. 丁

35. 根据《商标法》的规定，下列各项中，有关对注册商标管理的表述，正确的有（   ）。

A. 达成注册商标许可使用协议的，应当依法进行公告

B. 自行转让注册商标的，商标局有权责令限期改正或者撤销其注册商标

C. 注册商标连续3年停止使用的，由商标局撤销其注册商标

D. 注册商标被撤销的或者期满不再续展的，自撤销或者注销之日起1年内，商标局对与该商标相同或者近似的商标注册申请，不予核准

36. 不正当竞争行为的行政责任形式有（   ）。

A. 赔偿损失   B. 没收非法所得

C. 罚款   D. 吊销营业执照

37. 根据《反不正当竞争法》的规定，下列各项中，属于不正当竞争行为的有（   ）。

A. 某市政府发出通知，由于最近本市连续发生多起煤气中毒事件，因此各单位必须统一使用本市煤气公司生产的煤气安全阀

B. 某商场为促销商品，张贴海报宣传在年底举办有奖销售，最高奖为价值4000元彩电1台

C. 某市果品公司购进一批水果，由于储存不便，决定降低价格销售，致使本市水果价格大幅下降

D. 甲公司为提高本公司产品的市场的占有率，通过座谈会的形式向顾客宣传乙公司的产品不

如甲公司

38. 下列各项中，根据《反垄断法》的规定，经营者应当事先向国务院商务主管部门申报，未申报不得实施集中的有（　　）。

A. 参与集中的所有经营者上一会计年度在全球范围内的营业额合计超过 100 亿元人民币，并且其中至少两个经营者上一会计年度在中国境内的营业额均超过 4 亿元人民币

B. 参与集中的所有经营者上一会计年度在全球范围内的营业额合计超过 50 亿元人民币，并且其中至少两个经营者上一会计年度在中国境内的营业额均超过 5 亿元人民币

C. 参与集中的所有经营者上一会计年度在中国境内的营业额合计超过 20 亿元人民币，并且其中至少两个经营者上一会计年度在中国境内的营业额均超过 4 亿元人民币

D. 参与集中的所有经营者上一会计年度在中国境内的营业额合计超过 20 亿元人民币，并且其中至少两个经营者上一会计年度在中国境内的营业额均超过 2 亿元人民币

三、判断题

1. 法律关系的产生原因既包括客观发生的事件也包括人的行为，人的行为中既包括合法行为，也包括非法行为，都可能引起法律关系的产生、变更或者消灭。（　　）

2. 无效民事行为的确认机构为仲裁机关或人民法院，因此，未经人民法院或者仲裁机构的确认，不能确定民事行为的效力。无效的民事行为当事人可以补正。（　　）

3. 一方以欺诈、胁迫手段或者乘人之危，使对方在违背真实意思的情况下订立的合同是可撤销的合同，如损害到国家利益的，则属于无效合同。（　　）

4. 1990 年 4 月，王某被李某打伤，造成肢体伤残，但一直不知是李某所为。直到 2009 年 4 月，李某方从有关知情人处得知李某是造成自己肢体伤残的人，于是要求李某赔偿损失，双方为此发生争议。王某此时的诉讼时效期间应截止到 2010 年 4 月。（　　）

5. 特殊普通合伙企业由普通合伙人和有限合伙人组成，普通合伙人对合伙企业债务承担无限连带责任，有限合伙人对合伙企业债务承担有限责任。（　　）

6. 外国投资者实施战略投资后，减持股份使上市公司外资股比例低于 25%，上市公司应在 10 日内向商务部备案并办理变更外商投资企业批准证书的相关手续。投资者减持股份使上市公司外资股比例低于 10%，上市公司应在 10 日内向审批机关备案并办理注销外商投资企业批准证书的相关手续。（　　）

7. 公司股东（大）会、董事会的会议召集程序、表决方式违反法律、行政法规或者公司章程，或者决议内容违反公司章程的，股东可以通过公司监事会或者监事提起诉讼，请求人民法院撤销。（　　）

8. 上市公司董事会会议由过半数的无关联关系董事出席即可举行，董事会会议所作决议须经无关联关系董事过半数通过。出席董事会的无关联关系董事人数不足董事会人数的 1/2 的，应将该事项提交上市公司股东大会审议。（　　）

9. 上市公司应当定期向股东披露董事、监事、高级管理人员从公司获得报酬的情况。公司不得直接或者通过子公司向董事、监事、高级管理人员提供借款。上市公司总经理及高层管理人员（副总经理、财务主管和董事会秘书）必须在上市公司领薪，不得由控股股东代发薪水。（　　）

10. 公司解散事由发生后，公司并未终止，仍然具有法人资格，可以自己的名义开展与清算相关的活动，直到清算完毕并注销后才消灭其主体资格。（　　）

11. 未经中国证券监督管理委员会许可，任何单位和个人不得发布证券交易即时行情。（　　）

12. 投资者持有一个上市公司已发行的股份达到 5% 后，其所持有该上市公司已发行的股份比例每增加或者减少 5%，在报告期限内和作出报告、公告后 3 日内，不得再行买卖该上市公司的股票。（　　）

13. 某有限责任公司的净资产额为 5000 万元，拟发行公司债券，该公司最多可发行 2000 万元。（　　）

14. 上市公司增发股票，其最近 3 年以现金或股票方式累计分配的利润不少于最近 3 年实现的年均可分配利润的 20%。（　　）

15. 非公开发行股票的特定对象应当符合股东大会决议规定的条件，其发行对象不超过 10 名。其中证券投资基金管理公司以其管理的 2 只以上基金认购的，视为一个发行对象。（　　）

16. 管理人执行职务的费用、报酬和聘用工作人员的费用为破产费用。因此，管理人的报酬不包括其执行职务和聘用工作人员的费用。（　　）

17. 人民法院受理破产申请后，出卖人已将买卖标的物向作为买受人的债务人发运，出卖人可以取回在运输途中的标的物。但是，管理人也可以支付全部价款，要求出卖人交付标的物。（　　）

18. 甲公司是乙公司的股东，尚有未按约定缴纳的注册资本金 200 万元。现乙公司被人民法院宣告破产，甲公司主张将其对乙公司现有的 200 万元破产债权，与其尚未缴付的注册资本金相抵销。甲公司的主张可以支持。（　　）

19. 破产财产的变价方案，经债权人会议两次表决

未通过的，债权额占无财产担保债权总额 1/2 以上的债权人对裁定不服的，可以自裁定宣布之日或者收到通知之日起 15 日内向法院申请复议。（　　）

20. 人民法院裁定终止重整计划执行的，债权人在重整计划中作出的债权调整承诺失去效力；但是，重整计划执行完毕的，按照重整计划减免的债务，债务人不再承担清偿责任。（　　）

21. 企业国有产权向管理层转让后仍保留有国有产权的，参与受让企业国有产权的管理层不得作为改制后企业的国有股股东代表。（　　）

22. 受让国有股东所持上市公司股份后拥有上市公司实际控制权的，受让方应为法人，且受让方或其实际控制人设立 3 年以上，最近 3 年连续盈利且无重大违法违规行为。（　　）

23. 甲将房屋出租给乙，租期 5 年，后甲又将该房屋抵押给丙。租赁期间，甲因无力清偿对丙的债务，丙请求法院将抵押房屋拍卖，丁买下此房，丁有权决定是否向乙继续出租该房。（　　）

24. 拾得人拒不返还遗失物，按侵权行为处理。拾得人不得要求支付必要费用。但是，拾得人在返还遗失物后，有权请求权利人按照承诺履行义务。（　　）

25. 甲乙双方订立买卖合同，甲方因乙方不能按时交货，致使其无法实现合同目的。于是，甲方向乙方提出解除合同，自甲的解除通知到达乙时，无论乙方是否同意解除，合同关系终止。（　　）

26. 保管期间届满或者寄存人提前领取保管物的，保管人应当将原物归还寄存人，孳息可以与保管费相抵，归保管人。（　　）

27. 外汇管理局对银行的结售汇综合头寸按日进行考核和监管。银行应当按日管理全行系统的结售汇综合头寸，使每个交易日结束时的结售汇综合头寸保持在外汇局核定的限额内。对于临时超过核定限额的，银行应在下一个交易日结束前调整至限额内。（　　）

28. 开立基本存款账户、临时存款账户应经中国人民银行核准，开立一般存款账户、专用存款账户、个人存款账户的实行备案制，无须中国人民银行核准。（　　）

29. 发卡银行应当按月向持卡人提供账户结单。但是，自上一份月结单后，没有进行任何交易，发卡银行可不向持卡人提供账户结单。（　　）

30. 因银行自身系统、内控制度或为其提供服务的第三方服务机构的原因，造成电子支付指令无法按约定时间传递、传递不完整或被篡改，并造成客户损失的，银行应按约定予以赔偿。（　　）

31. 单位从其银行结算账户支付给个人银行结算账户的款项，如果该款项金额未达 5 万元的，则无须提供各类付款依据。（　　）

32. 出票人在票据上的签章不符合规定，票据无效；背书人在票据上的签章不符合规定的，其签章无效，但不影响其前手符合规定签章的效力。（　　）

33. 失票人在票据丧失后，向人民法院提起诉讼。在判决前，丧失的票据出现时，法院应依法作出判决确认票据权属并要求付款人付款；判决生效后，丧失的票据出现时，付款人应依法院生效判决为依据付款。（　　）

34. 变更商标注册人名义或者地址的，商标注册人应当将其全部注册商标一并变更；未一并变更的，视为放弃变更申请。（　　）

35. 当事人认为他人将其驰名商标作为企业名称登记，可能欺骗公众或者对公众造成误解的，可以向企业名称登记主管机关申请撤销该企业名称登记。（　　）

36. 因经济不景气，为缓解销售量严重下降或者生产明显过剩的，根据反垄断法的规定，相关经营者之间达成一致的价格协议的，予以豁免。（　　）

37. A 公司持有 B 公司 60% 的有表决权的股份，A 公司拟与 B 公司合并。根据反垄断法的规定，A 公司应当事先向国务院商务主管部门申报，未申报的不得实施合并。（　　）

四、综合题

1. 王甲和妻子都曾在一家企业工作，后因企业破产，王甲和妻子双双下岗。下岗后，二人认为自己身体健康，应该重新开始工作，商量开办一家餐馆。但因资金不足，王甲便找其弟弟王乙和妹妹王丙帮助。王乙在一家网络公司上班，王丙在一家公司作秘书。后几人商量不如一家人一起办个餐馆，王甲夫妻接受了王乙、王丙的建议。为了避免日后发生矛盾，影响彼此之间的情谊，几人特就餐馆开办事宜，以及出资、利润分成事项达成书面协议：王甲夫妻负责餐馆的日常经营与管理，以劳务作为其出资，另以货币出资 2 万元。王乙以 5 万元货币和价值 1 万元的电脑设备出资，其中货币出资可以分两次缴纳，餐馆设立时先缴纳 3 万元，其余的 2 万元在餐馆开业后的 2 年内缴纳；王丙以货币出资 2 万元。餐馆经营盈利的第一年全部利润归王甲夫妻，以后每年盈利王甲夫妻、王乙和王丙分别按照 5∶3∶2 的比例进行利润分成。如果发生亏损，王乙和王丙以其实际缴纳的出资额为限承担责任。准备工作就绪，王甲向工商行政管理机关申请设立登记，领取营业执照后，餐馆开业。

由于王甲夫妻经营得当，其弟、妹也经常带朋友、同事来此用餐，为餐馆招揽生意，该餐馆经营顺利，年终盈利 5 万元，按照协议全部归王甲夫妻。

王甲在设立餐馆前曾向张某和刘某分别借款 3 万元。借款到期后，张某向王甲索要，王甲称其仍无力偿还，要求张某再宽限一年，一年后利息加倍偿还，张某不同意。王甲又提出请张某入伙该餐馆，张某借给王甲的 3 万元钱抵作出资，按照出资比例分享盈利，张某认为该餐馆生意红火，随即同意。张某入伙后一个月，刘某要求王甲还钱，王甲推拖不还，于是刘某将王甲诉诸法院。

王乙经人介绍认识了一位经营水产的老板李某，现有一批鲜活水产急于出售。王乙认为价格确实便宜，餐馆经营也需要，于是在与王甲联系不上的情况下，立即决定购入一批水产，并以餐馆的名义与李老板签订了合同。李老板认为该餐馆是王甲与王乙兄弟二人开办的，王乙对餐馆的事情也能做主，在合同签订后即将水产送至餐馆，但该餐馆却一直没有向李老板付款。而该批水产也因客人食用非常少卖不出去，而导致死亡、变质损失。

要求：

根据上述内容，分别回答下列问题：

（1）该餐馆应属于何种企业？出资人身份是否合法？该企业名称中应当标明什么字样？请分别说明理由。

（2）该餐馆有关出资方式、出资期限和利润分配及亏损承担的协议内容是否合法？说明理由。如果王乙没有按照协议约定履行出资义务，应当承担什么责任？如果王乙的第一期出资义务履行完毕以后，该餐馆因经营不善发生债务，王乙应如何承担责任？

（3）王甲的妹妹王乙如果贷款买房，王甲是否有权决定以餐馆的房产做抵押担保？为什么？

（4）张某的入伙能否发生？并说明理由。

（5）刘某的借款应如何偿还？如果此时，刘某向该餐馆借了 3 万元钱没有偿还，能够要求与其抵销吗？为什么？

（6）如果该餐馆无力支付该笔货款，王乙应如何承担责任？王乙对餐馆的损失是否应承担责任？

2. （1）某外国商人在其本国注册了"茂业私人有限公司"（以下简称茂业公司），2005 年 1 月，茂业公司依法在北京设立了一个商务办事处，指定中国公民张某为该办事处代理人，其在中国登记的名称为"×国茂业公司北京办事处"，注册的经营资金是 70 万元人民币。由于该商人的大部分业务都在深圳，于是决定联合本国的另一家企业在深圳设立公司。

（2）2005 年 10 月，经审批机关批准后向工商行政管理机关领取了营业执照。该外商独资公司的组织形式为有限责任公司，注册资本是 300 万美

元，其中以茂业公司的商标权出资 50 万美元，机器设备出资 150 万美元，其余为货币出资。全部注册资本于 2007 年 10 月前缴清。企业名称为"茂发有限公司"（以下简称茂发公司）。茂发公司不设股东会，董事会是公司的权力机构。茂发公司章程规定，依照我国公司法的规定进行利润分配，并从税后利润中提取 12% 储备基金和 3% 的职工奖励及福利基金。

（3）茂发公司成立后，为了扩大经营规模，决定于 2006 年 3 月发行公司债券。但该公司对中国法律不甚了解，为此向律师请教。

（4）2006 年 8 月，茂业公司打算从中国购买一批保健药品，便决定交给其在中国境内的南北两个机构处理。于是茂业公司北京办事处和茂发公司分别与某保健品公司签订了买卖合同。茂发公司收到保健品公司的供货后，委托其开户银行于 9 月 20 日按约定向对方出具了一张与合同总价款等值的银行承兑汇票。但由于保健品公司经手人员保管不善遗失该汇票，保健品公司在票据丢失的第二天即 9 月 25 日，向付款人某银行挂失止付，9 月 26 日向法院申请公示催告。

（5）茂业公司北京办事处因资金周转困难，在约定的期限内只给了 1/3 的货款，尚有 70 万元货款没能清偿。后来，保健品公司多次索款，该办事处均无资金偿还。于是，2007 年 1 月，保健品公司以张某为茂业公司代理人向法院起诉，要求茂业公司北京办事处偿还所欠债务 70 万元，并要求茂发公司承担连带责任，弥补茂业公司北京办事处不能偿还的部分。

要求：

根据上述内容，分别回答下列问题：

（1）茂业公司在北京和深圳分别设立的机构，其法律地位应如何认定，为什么？

（2）茂发公司的组织形式、注册资本的缴纳、公司组织机构的设置以及税后利润的计提比例是否合法？说明理由。

（3）茂发公司是否具有发行公司债券的主体资格或条件？说明理由。

（4）保健品公司申请公示催告的做法是否合法？应向何地的法院提出公示催告的申请？

（5）茂业公司北京办事处的欠款应如何解决？茂发公司对此是否负有连带责任？

3. 某药业公司与某研究所协议成立某生物工程有限责任公司（以下简称为"生物工程公司"）。协议内容为：（1）药业公司以货币 300 万元及 500 万元实物出资，共计 800 万元。研究所以某系列口服液的技术出资，该技术作价 200 万元（有评估机构出具的评估证明）。注册资本分两期缴付，首期缴纳 400 万元，自公司成立之日起两年内缴付其余的出资。（2）公司注册资本拟定为 1000 万元，双方出资比例为 4∶1。（3）公司董事会由

5 名董事组成，分别由双方按出资比例选派。董事长由药业公司推荐，公司的经理、财务总管等高级职员由董事长任命。（4）双方按4∶1的出资比例分享利润、支付设立费用，分担风险。

之后，双方按4∶1的比例组成5人筹备组，共同制定了公司章程，章程部分内容如下：（1）董事长以股东双方达成的协议产生，经理、财务总管等高级职员由董事长提名，董事会聘任等内容。（2）对外提供担保的金额在300万元以下的，由公司董事会作出决议；担保金额超过300万元的，由公司股东会作出决议；但公司为本公司的股东提供担保，必须经股东会决议。（3）双方按照协议约定的出资比例进行利润分配。

生物工程公司于2006年4月登记成立，由于筹备组成员田某在公司设立过程中工作成绩突出，于是双方推举的董事选举田某作公司董事长。田某聘任了正副经理、财务负责人与一些管理人员。药业公司方面的某一董事A称，有证据证明田某原是研究所下属公司的承包人，承包期间因贪污行为曾受到刑事处罚，2000年3月刑满释放，1年前向朋友借钱20万元炒股，被深度套牢，借款仍未还清。据上述两个理由，认为田某无权作董事长。药业公司方面另一些董事怀疑公司账目有假，有3人退出董事会，于是生物工程公司的股东药业公司方面提议召开临时股东会重新选举公司董事。于是，生物工程公司董事会，依照公司章程的规定，于2006年5月20日发出通知，定于6月1日召开公司的临时股东会。鉴于公司原董事长田某的问题，公司认为其不适合再担任公司的董事长，故公司的副董事长（系药业公司的人员）主持了本次临时股东会。

生物工程公司的监事会根据职工举报，调查核实该公司的经理曾经擅自利用公司财产为其朋友开办的公司，向银行申请贷款提供担保，担保金额为100万元。为了感谢该经理，其朋友任命该经理在自己的公司担任董事，在该公司领取报酬。该公司从事建筑装饰业务。

又查明，某研究所研制的某系列口服液技术是委托某大学教授张某完成的。2005年3月，某研究所与张某就该口服液技术订立协议约定：张某负责完成研究所交给的科研任务，研究所为其科研工作提供必要的物质条件（包括实验室、资金等投入）和人员支持。张某确保在半年内完成该科研项目，项目经验收后，研究所一次性支付张某20万元报酬。但双方对于该科研项目申请专利的权利未作约定。2005年9月，张某如期完成该口服液技术，并交付研究所验收通过。张某随即获得报酬人民币20万元。

后张某于2006年1月，就该口服液技术正式向国务院专利行政主管部门提出专利申请。生物工程公司成立后，于2006年5月也就该口服液技

术向专利行政主管部门提出专利申请，但被驳回申请。于是生物工程公司即向专利复审委员会申请复议，理由是：第一，张某不具有申请专利的资格，因为张某是接受某研究所的任务完成的发明创造，应当属于职务发明，申请专利的权利属于某研究所，现某研究所作为生物工程公司的股东之一，以该口服液技术出资，所以申请专利的权利转移至生物工程公司；第二，该口服液技术生物工程公司已经于成立之日起正式投产，有其在先使用的证明。

要求：

根据上述事实，请分别回答如下问题：

（1）药业公司与研究所的协议中，有关出资方式、比例、期限是否合法？分别说明理由。

（2）生物工程公司的股东协议和公司章程关于董事长及公司高级管理人员的产生办法规定不同，你认为哪个正确？为什么？生物工程公司章程的其他内容是否合法？请分别说明理由。

（3）药业公司董事A，认为田某不具有作董事长的资格的说法，是否正确？请说明理由。

（4）生物工程公司临时股东会的召开是否合法？请说明理由。退出董事会的成员，在新的董事产生之前，是否应继续履行董事职务？如果股东认为本次会议召开程序或决议内容违法，可以采取什么措施？

（5）生物工程公司经理的担保行为以及兼职行为是否合法？说明理由。如果违反《公司法》的规定，对其行为应如何处理？

（6）生物工程公司申请复议的理由是否正确？为什么？

（7）如果张某获得了该口服液技术的专利权，生物工程公司能否继续使用该技术？某研究所还应当承担什么责任？

4. 某有限责任公司为几家企业改制而成，因股东之间矛盾日益突出，最终导致因经营管理不善，发生严重亏损，不能清偿到期债务。其债权人A于2008年5月12日向法院申请该企业破产。法院于5月18日裁定受理，并于5月21日将裁定书面通知该公司，6月3日通知已知债权人并发布公告，同时指定某会计师事务所作为管理人接管该公司。在8月10日法院主持召开了第一次债权人会议，会上选举出债权人会议的主席。在该次会议上，债务人企业提出了和解的要求，并向债权人会议提交了和解协议草案。管理人就该债务人企业申报债权的情形回报如下：在债权申报期间内，有25位债权人申报债权，债权总额为8000万元，其中有1000万元提供了财产担保。出席本次债权人会议的债权人有17位，所代表的债权数额为6000万元，其中2位债权人的债权有财产担保，债权数额为600万元。就债务人企业提供的和解协议，经过讨论后，最终的表决结果为

有 9 位同意，所代表的债权数额为 3000 万元。

在债务人公司召开的股东会议上，就表决公司破产事项投反对票的股东之一甲，于 8 月 11 日向法院提出重整申请，股东甲持有债务人公司 15% 的出资额。但最终由于重整方案未能依法通过，法院裁定该债务人公司破产。

管理人接管债务人企业后，查明该公司财产、债权及债务情况如下：

该公司在破产宣告时经营管理的全部财产的变现价值为 2500 万元。其中包括：①该公司的厂房、机器设备向银行贷款时已经抵押，这部分财产的变现价值为 1000 万元。②该公司成立后发现其股东 A 注册资本投入不足，尚欠 400 万元。后又查明：在人民法院受理该企业破产案件前 3 个月内，该公司无偿转让作价为 300 万元的财产，遂向人民法院申请予以撤销，追回财产。经过 1 个月的时间将上述财产全部追回。

该公司的负债总额 8000 万元，其中所欠职工工资和劳动保险费用共计 500 万元，所欠税款 300 万元。

（3）该公司的其他有关情况如下：①该公司的债权人之一 B 公司因追索 150 万元货款而在一个月前起诉该公司，此案尚在审理中；②该公司的另一债权人 C 公司与其签订的合同尚未到期，管理人决定解除该合同，为此 C 公司发生的损失为 100 万元。③该公司欠当地工商银行贷款 800 万元，其抵押房产的变现价值为 500 万元。

（4）其他：本案诉讼费用为 25 万元，管理人报酬 20 万元，律师费等费用 35 万元，评估费 20 万元，为继续营业而支付的职工工资及社会保险费用 10 万元。

要求：

根据上述内容，分别回答下列问题：

（1）该公司的破产申请人及破产申请提出的条件是否符合法律规定？管理人的产生是否符合法律规定？

（2）第一次债权人会议应当在什么时间召开？由法院主持召开以及会议主席的选举是否正确？

（3）债权人会议的表决结果分析，和解协议能否通过？为什么？

（4）本破产案件中哪些属于破产费用？哪些属于共益债务？如何清偿？

（5）债权人 B 公司与债务人公司之间尚未审结的追索货款之诉应如何处理？债权人 C 公司因管理人解除合同的损失能否作为破产债权？

（6）工商银行的 800 万元贷款应如何处理？实际分配破产债权有多少？

5. A 上市公司是一家在上海证券交易所上市的股份公司，公司上市时间已 3 年有余，股本总额为 50000 万股（每股面值 1 元）。A 公司财务会计文件无虚假记载，最近 3 年及一期财务报表未被

注册会计师出具保留意见、否定意见或无法表示意见的审计报告，报告显示：最近 3 个会计年度加权平均净资产收益率分别为 5.2%、6.5%、8.3%；最近 3 年年均实现的可分配利润为 18000 万元，向公司股东分配现金及股票累计为 4000 万元。A 公司为解决从国外购进某大型设备及专利技术的需要，现公司董事会决定通过增发 13000 万股新股募集资金，用以解决实际购买资金 26800 万元的问题。为此，董事会在讨论增发股份时，形成了如下几种意见：

一是，本次增发的全部股份，通过向公司原有股东配售的方式解决。

二是，本次增发的股份，通过向不特定对象公开募集的方式解决。

三是，本次增发的股份，通过向特定的 10 家公司非公开发行的方式解决。

A 公司董事会成员共有 9 名，出席董事会会议的成员有 7 名，最终有 5 人同意采用向特定对象非公开发行的方式解决。

要求：

根据上述内容，分别回答下列问题：

（1）A 公司的财务状况及募集资金数额是否具备上市公司增发股票的一般条件？

（2）A 公司向原有股东配售的股份数量是否符合规定？

（3）A 公司的财务状况是否具备向不特定对象公开发行股票的条件？其发行价格应如何确定？

（4）董事会会议能否通过第三种意见？如果通过，其发行对象的数量是否符合规定？发行价格应如何确定？本次股份发行结束后，对特定对象及控股股东有何限制？

上述问题均请说明理由。

6. （1）A 证券公司的注册资本为 5 亿元，是由 5 位股东共同出资设立的有限责任公司，其中主要股东的净资产都不低于人民币 2 亿元，并且无不良记录。A 证券公司拟从事的业务包括：证券经纪、证券投资咨询、与证券交易、证券投资活动有关的财务顾问、证券承销与保荐、证券自营和证券资产管理。A 证券公司的股东向公司登记机关注册登记。

（2）A 证券公司的证券承销与保荐业务被核准后，与 B 上市公司（下称"B 公司"）签订承销协议，采用代销的方式为 B 公司公开发行的新股进行承销，承销股票数量为 6000 万股（每股面值 1 元），承销期限为 30 日。至承销期满，由于投资者普遍认为 B 公司股票发行价格过高，只发行了股票数量的 66%，尚有部分股票没有发行。于是，认购新股的投资者要求 B 公司返还认购股份的资金，并支付相应的利息。而 B 公司不愿承担该后果，认为 A 证券公司的承销行为有问题，要求 A 证券公司购买尚未发行的股份，但遭到

（3）B公司与C会计师事务所签订协议，由C会计师事务所委派注册会计师为B公司本年度的年度报告出具审计意见。注册会计师在对B公司的有关财务会计资料进行审计的过程中，发现公司存在着较为严重的亏损，但是，B公司由于连续两年发生亏损，如果本年度报告继续亏损，公司将面临着股票暂停交易的后果。因此，在B公司的授意下，注册会计师出具了虚假的审计报告。该事实后被证券交易所查实，对B公司股票作出暂停交易的处理。

（4）A证券公司工作人员张某由于工作疏忽，将客户钱某委托卖出的股票，在接受委托后的第二天才卖出，致使钱某遭受损失，要求A证券公司赔偿。公司另一工作人员李某在接受客户委托时，向投资者金某推荐本公司承销的D公司的股票。金某认为李某的介绍与D公司招股说明书上披露的信息一致，确实具有投资价值，于是委托A证券公司购买了D公司的股票。之后，D公司股票连续下跌，金某遭受损失。事后查明，D公司的招股说明书中存在虚假陈述、误导投资者的内容。

要求：

根据上述内容，分别回答下列问题：

（1）A证券公司拟定的业务范围是否合法？其向公司登记机关注册登记后，是否可以开展业务？

（2）A证券公司与B公司签订的承销协议是否有效？认购B公司新股的投资者对B公司提出的要求是否合法？如果该承销协议合法，A证券公司是否应当购买尚未发行的股份？请分别说明理由。

（3）证券交易所对B公司股票作出暂停交易的决定是否正确？为什么？

（4）A证券公司工作人员张某的行为应如何认定？投资者钱某的损失，是否应当由A证券公司承担？投资者金某的损失，是否也应由A证券公司承担？

7. A股份有限公司是一家上市公司（以下简称A公司），公司股本总额为28000万股（每股面值1元）。

（1）该公司章程规定董事会成员共有7人，但因董事之间产生矛盾，包括董事长在内的3位董事为此向公司提交了辞呈。于是，股东要求董事会召集临时股东大会，选举公司董事。A公司董事会于临时股东大会召开15日前，通过媒体通知全体股东，公告会议召开的时间、地点和审议事项。临时股东大会依公告通知的时间如期召开，公司的副董事长主持了本次临时股东大会。最后，经出席会议的股东所持表决权的过半数通过了新董事的人选。但是，有未出席股东大会的股东质疑该次临时股东大会，认为该人选无效，

要求重新选举。

（2）A公司的股东B公司持有公司股票1000万股，B公司现欲通过证券交易市场公开求购A公司股票400万股。A公司部分股东得知B公司的收购消息后，立即向B公司抛售股票，B公司在几天之内即收购了400万股。C证券公司的工作人员王某通过知情人得知B公司的收购意图后，预计A公司股票有上涨可能，立即以某客户的名义购买A公司股票。为A公司出具审计报告的注册会计师张某，在审计过程中发现A公司上年度业绩虽有较大增长，但是用于弥补以前年度亏损，还将导致公司继续发生亏损，公司未来预期不乐观，于是在年报披露后的第7天立即卖出A公司股票2万股。

（3）2004年4月20日A公司年报披露该公司上年度实现盈利，但是因以前年度该公司财务会计存在重大差错，而进行追溯调整，导致最近两年连续亏损，并将在追溯调整的当年继续发生亏损。

要求：

根据上述内容，分别回答下列问题：

（1）A公司是否应当召开临时股东大会？该次临时股东大会的召开是否有效？如果股东大会的召开无效，反对本次会议决议的股东可以行使何种权利？

（2）B公司的收购行为完成后，将产生何种法律义务以及对其有何种限制？C证券公司工作人员张某买入A公司股票的行为是否合法？注册会计师张某卖出A公司股票的行为是否合法？

（3）对A公司股票作出暂停交易的处理是否正确？

8. 北方有限责任公司（以下简称北方公司）由5家国有企业联合设立，注册资本1亿元。2004年3月，公司净资产额8000万元。

北方公司现有董事7名，分别由5家股东推荐，基本由5家企业的总经理、副总经理或厂长组成。2004年3月10日，董事长提议，趁全体董事20日均无外出任务，召开临时董事会。20日全体董事如期到会，董事会上制定并通过了"公司债券发行方案"和"公司增资方案"，两个方案的主要内容分别为：鉴于公司曾于2003年8月成功发行3年期公司债券1000万元、1年期公司债券500万元，为此拟定本年度计划再次发行1年期公司债券2000万元；将公司现有的注册资本由1亿元增加到1.5亿元。会后将上述两个方案提交了公司股东会。

4月10日，公司股东会在其召开的定期会议上审议了董事会提交的"公司增资方案"，股东会审议表决结果为：3家股东赞成增资，这3家股东的出资总和为5840万元；2家股东不赞成增资，这2家股东的出资总和为4160万元。股东

会通过了增资决议，并授权董事会执行。

4月20日，公司监事会在检查公司财务时发现，公司经理王某擅自将公司5万元资金借给其亲属开办公司。2003年度公司税后利润5000万元，公司以前年度未发生亏损，已提取法定公积金累计额为5500万元，本年度未提取法定公积金，只提取法定公益金200万元。

要求：

根据上述内容，分别回答下列问题：

（1）北方公司董事的产生及组成是否合法？如果该公司董事会的产生及组成是合法的，临时董事会的召开是否合法？

（2）北方公司是否具有发行公司债券的主体资格？该公司的"公司债券发行方案"的主要内容是否合法？为什么？

（3）北方公司股东会作出的增资决议是否合法？

（4）北方公司对王某擅自挪用公司资金的行为应如何处理？

（5）北方公司2003年度未提取法定公积金的做法是否合法？说明理由。

（6）北方公司2003年度提取的法定公益金数额是否合法？说明理由。

9. 瑞安股份有限公司是一家上市公司（以下简称"瑞安公司"），该公司根据市场的变化以及自身发展的需要，决定将该公司分立出一个专门负责销售的公司即瑞新有限责任公司（以下简称"瑞新公司"）。为此公司董事会在就拟订分立方案的基础上，提议召开临时股东大会。瑞安公司董事会有9名成员，其中有7人参加了本次董事会会议，有两名董事不同意公司分立，有5人表示同意拟订公司分立方案，并提交股东大会讨论通过。董事会会议于2006年9月6日作出上述决议。

瑞安公司董事会随即通知股东并在报纸上发布公告，临时股东大会定于2006年10月16日召开。临时股东大会召开时，瑞安公司董事长突然因病住院，副董事长因出国签订合同尚未回来，其余的几位董事就临时股东大会主持人的安排意见发生分歧，董事会一时未确定该次临时股东大会的主持人，于是该公司的监事会召集并主持了本次股东大会。出席本次股东大会的股东所持的股份为16500万股，占公司股本总额的85.6%，对公司分立方案投赞成票所占股份为13200万股，反对票所占股份为2800万股，其余的为弃权票。

股东大会于2006年10月18日结束后，瑞安公司董事会开始编制资产负债表及财产清单，并于10月25日陆续向公司已经确认的债权人发出通知，要求他们在接到通知之日起的30日内向公司申报债权，否则公司将不再予以清偿。对于无法通知的债权人，瑞安公司于10月25日在当地一家颇有影响的报纸上进行了公告，要求债权人

自公告之日起30日内向公司申报债权，逾期后果自负。

在瑞安公司发布公司分立的公告后，公司债权人之一B公司于11月30日向公司申报债权100万元，要求清偿，但公司以债权申报已经过期为由，拒绝清偿。后债权人B公司以《公司法》的规定为依据，说服了瑞安公司。但瑞安公司又提出因为该债权尚未到期，不能清偿，可以向B公司提供担保，保证B公司的债权到期一定能够得到清偿。为此，瑞安公司请求A公司为该笔债务提供担保，A公司同意后，与债权人B公司订立了保证合同，为该笔债务承担一般保证的责任。

B公司债务于2006年12月31日到期，B公司要求瑞安公司清偿债务。此时，瑞安公司以公司分立，按照分立协议其承担70%的债务，其余30%的债务由分立后的瑞新公司承担为由，只同意偿还70万元的债务，余债拒绝承担。B公司认为当初合同是与瑞安公司签订的，又不是同瑞新公司签订的，当然应当由瑞安公司承担。B公司在与瑞安公司交涉无果的情况下，于2007年3月1日将瑞安公司和其保证人A公司起诉至法院，要求清偿剩余债务。

如果瑞新公司因为经营管理不善，决策失误，发生高额债务无力清偿，向法院申请破产，法院依法受理该破产申请。由于瑞新公司尚欠瑞安公司货款1000万元，在得知法院受理瑞新公司破产申请后，第二天即向法院申报债权。瑞安公司申报的债权数额除了1000万元的货款外，还有对瑞新公司的投资1000万元，其中包括实物投资700万元，瑞安公司向法院申请行使取回权，取回上述的实物投资。

要求：

根据上述内容，分别回答下列问题：

（1）瑞安公司董事会的召开及表决是否符合法律规定？说明理由。

（2）临时股东大会的召开是否合法？就会议主持人的确定是否正确？该公司的分立方案能否通过？为什么？假设该公司由于一直未能确定召集人和主持人，股东能否自行召集和主持会议？应如何进行？

（3）瑞安公司分立设立瑞新公司后，还能否单独投资设立其他有限责任公司？为什么？

（4）瑞安公司董事会通知及公告债权人的方式及内容是否合法？说明理由。

（5）A公司能否为瑞安公司与B公司之间发生的债务提供担保？

（6）瑞安公司拒绝清偿全部到期债务的理由是否正确？为什么？B公司对瑞安公司和A公司的起诉是否合法？为什么？如果B公司于2006年7月5日起诉瑞安公司，瑞安公司无力清偿的情

况下，B 公司能否追究保证人 A 公司的责任？

（7）瑞安公司能否向法院申报债权？其对瑞新公司投资能否作为破产债权申报，或者行使取回权？说明理由。

10. 张先生是一位颇有成就的美籍商人，是一家美国百货公司 A 公司（以下简称美国 A 公司）的董事长。1993 年张先生决定来中国境内投资，以美国 A 公司的名义与深圳的 B 集团公司（以下简称深圳 B 公司）共同投资举办了两家中外合资经营公司：一家是 C 集团（深圳）有限公司（以下简称 C 合资公司），从事服装生产，其中美国 A 公司持有该合资企业 90% 的股份，深圳 B 公司持有合资企业 10% 的股份；另一家是 D 有限责任公司（以下简称 D 合资公司），从事玩具生产加工，美国 A 公司持有 D 合资公司 80% 的股份，深圳 B 公司持有 D 合资公司 20% 的股份。1996 年，C 合资公司与某国有投资公司、某科技公司共同发起成立了 C 高科技股份有限公司（以下简称 C 科技公司），注册资本 3000 万元人民币。其中 C 合资公司为第一大股东，持有 35% 的股份；某国有投资公司为第二大股东，持有 20% 的股份；第三大股东为某科技公司，持有 2% 的股份，剩余股份由其他中、小股东持有。1999 年，C 科技公司的股票在深圳证券交易所挂牌交易，C 科技公司成为上市公司。张先生分别担任了 C 合资公司、D 合资公司和 C 科技公司的董事长。

2001 年 12 月 15 日，C 科技公司董事会发布公告，以协议转让的方式购买了美国 A 公司持有的 D 合资公司的 70% 的股份，转让完成后，C 科技公司成为 D 合资公司的第一大股东。C 合资公司在 C 科技公司董事会发布公告前 1 个月内，以 15 位工作人员个人的名义办理了股东账卡，以该公司资金大量买入 C 科技公司股票，使股票价格连续拉升，股票价格上涨幅度高达 80%，并与 C 科技公司董事会发布公告后立即卖出，获利 100 多万元。C 科技公司打字员李某在得知公司收购的消息后，也立即买入该股 1000 股，并告知其朋友王某也买入该只股票，均在消息公布后抛出获利。

C 科技公司第二大股东 C 合资公司因涉及经济纠纷，其全部财产被法院查封，如果不能与原告方达成延期还款协议，则其股份面临被法院拍卖或折价抵债的危险，但是，公司董事会考虑到该诉讼尚未了结，及早公布此事将给公司造成不利影响，于是董事会决定暂不公告。但由于该诉讼案件影响较大，被媒体及时披露。

在 E 证券公司买卖股票的客户钱某，在 C 科技公司股票连续上涨时，决定买入该股票 1000 股，但在其进行股票交易中发现账户内的资金少了 3 万元，使其交易不成，钱某询问证券公

司工作人员，也未能得到合理的解释。

要求：

根据上述内容，分别回答下列问题：

（1）张先生分别担任上述几家公司的董事长是否合法？上述几家公司的董事长应如何产生？

（2）根据已知事实分析，深圳 C 科技公司的设立是否符合条件？

（3）C 合资公司使用个人股东账户购买 C 科技公司股票的行为是否合法？为什么？

（4）C 科技公司购买美国 A 公司股份的行为应当具备什么条件，办理哪些程序？

（5）C 科技公司打字员李某和其朋友王某买入 C 科技公司股票的行为是否合法？为什么？如果持有 C 科技公司股份已达 5% 的股东 F，是否属于公司的内幕人员，其能否继续购买该公司的股票？如果不能，请说明理由。如果可以，请说明应注意哪些法律规定？

（6）C 科技公司第二大股东涉及诉讼的事件，该公司董事会采取的做法是否正确？为什么？

（7）E 证券公司的行为属于何种行为？应如何处理？

11. 2008 年 10 月 8 日，甲与乙开发商签订商品房预售合同，双方约定在办理房屋所有权登记之前，向房屋登记管理机构申请进行预告登记。预告登记期间，乙有权对该房屋进行处置。自预告登记结束之日起 10 日内甲向乙支付全部购房款，当日乙为甲办理房屋所有权登记。

甲按照合同约定向乙支付购房款后，10 月 28 日乙为其办理该房屋的所有权登记。由于制作方面的原因，于 2 日后取得房屋所有权证书。

甲入住后，其居住的小区召开业主大会，制定建筑物及其附属设施的管理规约以及业主居住行为规范，并且讨论筹集和使用建筑物及其附属设施的维修资金的事项。

甲购得该房屋后，由于投资需要，向朋友丙借款 50 万元。为确保丙能按期还款，甲与丙订立书面合同约定，甲以其所有的房屋作抵押。为此，双方就该房屋向登记机关办理抵押登记。此时，甲发其房屋所有权证书记载的房屋面积，与房屋登记管理机构记载于不动产登记簿上的面积相比，少了 2 平方米。随即向登记机构提出异议，要求登记机构以购买合同上记载的房屋面积为准进行更正。登记机构以证据不足为由拒绝更改。为此，甲依法向登记机构提出异议登记，并依法提起诉讼。事后查明，房屋登记机构记载的房屋面积无误，是开发商乙在购买合同中记载的面积有误。

甲居住的小区前有一家大型商场，为了促销，在其楼顶竖立起一块巨幅广告牌，该广告牌直接影响到甲及其他一些住户的采光。甲及其他一些住户委托小区业委会与该商场协商，要求

其拆除广告牌。商场以该建筑物为其所有，有权对其建筑物的内部及墙体等部位加以使用，而拒绝拆除。

甲居住的小区由于安全措施不到位，致使其家中祖传的一件瓷瓶被盗。后公安机关侦破该案，瓷瓶为丁所盗，丁又将盗窃的瓷瓶在二手市场转让，被戊购得。

甲因工作原因，搬至他处居住，而将其所有的房屋出租给庚。庚承租该房屋期间，甲向丙的借款到期，由于甲无力偿还该笔借款，丙请求将甲的抵押房屋变卖，甲同意。双方聘请评估机构对该房屋的价值进行评估，评估价值与甲应支付的借款本金及利息相当。于是，双方约定，甲的房屋由丙买下，购房款与甲的借款本息相抵，差额部分由丙向甲补足。此后，双方办理了房屋所有权转让登记，丙取得该房屋的所有权。

要求：

根据以上事实，请分别回答下列问题：

（1）甲与乙签订的合同内容是否有效？说明理由。

（2）甲何时取得该房屋的所有权？

（3）业主大会讨论的有关事项应如何通过？

（4）该抵押合同是否有效？甲向登记机构提出异议的情况下，应当在何时向法院提起诉讼？甲可以向乙主张何种权利？

（5）甲及其他住户是否有权要求商场拆除巨幅广告牌？说明理由。

（6）甲的被盗瓷瓶应归谁所有？说明理由。如果业主要求更换物业服务公司，应如何作出决议？

（7）甲与丙之间就到期债务的解决方式是否合法？丙取得该房屋后，能否阻止庚继续承租？说明理由。

12. 王某于1998年购买一套二室一厅面积约90平方米的房屋，依法取得了房屋所有权证明。王某于2007年10月病逝，其生前立有遗嘱，称其名下所有的这套房产由他的两个儿子王甲和王乙继承，每人对该房屋享有同等的份额。

根据王某的该份遗嘱，王甲和王乙在共同继承了该房屋后，王某的房屋所有权证书由王甲保管。二人未对该房屋进行分割，也未办理产权过户手续，而是将该房屋出租给李某，每月获取的租金平均分配。1年后，王甲和王乙欲提高房屋租金，李某不同意，并称王甲和王乙对其出租的房屋不享有所有权，该房屋租赁合同无效，提出解除该房屋租赁合同，并且要求王甲和王乙二人返还向其收取的租金。

后来，王甲背着王乙，向房屋登记机关提供了遗嘱继承，以及其伪造王乙签名的放弃该房屋继承的书面声明，骗得登记机关后，将该房

过户到自己名下，并将该房屋以80万元的价格出售给刘某。刘某向王甲支付了20万元首付，其余款项通过向银行贷款的方式支付。为此，刘某与银行签订了书面借款合同，该借款合同由某担保公司作保证人，担保在刘某在不能按期偿还银行贷款时，代为承担偿还责任。此后，担保公司又与刘某签订了抵押担保合同，将刘某购置的房屋抵押给担保公司，双方依法办理了该房屋的抵押登记手续。刘某依法向房屋登记管理机构办理了房屋所有权登记。刘某买下该房屋后，开始进行装修。在刘某装修期间，王乙得知王甲私自卖房的事实。王乙遂要求刘某停止装修，并称王甲无权私自处分该房屋，王甲与刘某的房屋买卖行为无效。经查：该遗嘱继承合法有效；该房屋的评估价值与王甲出售的价格基本相当。

王乙在与刘某交涉的同时，又找到王甲，要求王甲向其支付房款的50%，王甲表示同意，但一直未向王乙支付。

要求：

根据以上事实，请分别回答下列问题：

（1）王甲和王乙对继承的房屋为何种共有形式？说明理由。

（2）李某的主张是否正确？说明理由。

（3）刘某能否取得该房屋的所有权？说明理由。刘某与担保公司签订的抵押担保合同又称之为什么担保形式？

（4）王甲未向王乙支付一半的房款，王乙如果通过诉讼主张该权利，应当在什么期限内提起诉讼？说明理由。

（5）如果当初王甲在房屋登记机关办理过户手续后，该房屋尚未出售之前，王乙发现了王甲私自办理房产过户手续的事实，遂找到房屋登记机关，向该机关工作人员出示了其父的遗嘱。此时，王乙可以采取什么措施，补救自己在该房屋上享有的权利？

13. 2007年1月，A公司与B公司签订了一份产地交货合同，由A公司向B公司出售新鲜荔枝2吨，价值25万元。合同规定B公司必须在当年5月25日至31日之间派冷藏集装箱车到产地接运货物，并于验货后7日内向A公司付款。假设在合同签订后，履行过程中发生了以下情况：

（1）假设提货期到后，A公司虽多次去函催促对方派车接货，但直至6月7日仍未见对方派车接货，于是A公司在6月8日向买方通知解除合同，并将这批鲜荔枝卖给另一买主，货款只有20万元。于是A公司向B公司提出索赔。B公司答复：A公司已解除合同，无权再依据该合同要求索赔。

（2）如果B公司按期提货后，验货时发现该批荔枝有20%发生腐烂，于是立即通知A公司，

要求退货。A公司认为荔枝发生腐烂与己无关，属B公司验货不及时，运输工具使用不当造成，拒不退货，同时要求B公司付款。B公司拒绝支付全部货款。A公司将B公司起诉至法院。法院查明：B公司验收及时，运输工具使用得当。但B公司对该批荔枝未做处理，至诉讼时该批荔枝腐烂程度已达50%。

（3）又假设B公司签订合同后，得知C公司正在收购荔枝，于是B公司与C公司签订协议，将其与A公司订立的荔枝收购合同让与C公司。之后，B公司将此事通知A公司，但并未得到A公司的明确答复。C公司在原合同约定的提货期限内派车前往A公司提货。C公司在验货时，发现该批荔枝有部分腐烂，要求A公司赔偿。A公司提出与C公司未建立合同关系，拒绝赔偿。

（4）如果在买卖合同订立后，B公司因运输工具有限，于4月初与D公司订立运输合同，由D公司负责B公司所购荔枝的运输。B公司验货后5日内向D公司支付运费，任何一方违约，按违约金额的5%向对方支付违约金。之后，B公司将与D公司协商运输的事宜通知了A公司。D公司按照运输合同约定的地点及期限，将该批荔枝运送至B公司。B公司经检验发现该批荔枝大量变质，于是拒绝向A公司支付货款。后查明，荔枝变质的原因系运输车辆制冷系统发生故障，车内温度升高所致。

（5）如果B公司在约定期限内，从A公司提走货物后，于6月1日向A公司出具一张汇票，交与A公司，委托其开户银行甲银行向A公司付款，但该汇票未记载付款日期。A公司持票后，为支付欠C公司的货款，将该汇票背书给C公司。C公司在向甲银行提示付款时，遭到拒绝。理由是B公司已通知其A公司所交货存在质量问题，为此拒绝付款。

要求：

根据以上事实，分别回答下列问题：

（1）A公司解除合同对吗？A公司是否有权向B公司提出索赔要求？说明理由。

（2）B公司是否有权要求退货或者拒付部分货款？如果B公司要求A公司赔偿损失，损失赔偿的范围是多少？

（3）公司的理由是否正确？该批荔枝的质量问题如何处理？

（4）B公司拒绝向A公司付款的理由是否成立？B公司遭受的损失应如何解决？说明理由。

（5）该汇票未记载付款日期是否有效？甲银行拒付理由是否成立？该汇票的持票人C公司的付款请求权截止到何时？

14. 甲公司生产的服装使用"牡丹"牌商标，该商标于1996年2月经商标局核准注册，成为注册

商标。乙公司也是一家服装生产企业，因为"牡丹"商标在当地颇有影响，乙公司欲使用，乙公司经与甲公司协商，双方于1999年6月达成协议，约定甲公司将自己的注册商标"牡丹"转让给乙公司，并要求乙公司保证产品质量，乙公司一次性支付甲公司商标转让费80万元。两年后，许多消费者写信给甲公司，反映"牡丹"牌服装质量下降，甲公司告知消费者，现在市场上销售的"牡丹"牌服装不是甲公司生产的，商标已经转让给乙公司使用，有问题请找乙公司交涉。为此，消费者向当地工商行政管理部门投诉。工商局经查发现，甲公司将其"牡丹"牌商标转让乙公司时，并未经商标局核准。于是认定两公司签订的商标转让合同属无效合同。商标局依法责令乙公司停止使用"牡丹"牌商标，限期补办申请核准手续。

乙公司在生产过程中，为了提高产品的知名度，扩大市场销路，在其生产的服装上使用ISO国际质量认证标志，并且通过当地电视台和报纸发布广告，称该公司生产的产品，全省销路第一，属省级名牌产品。在每年季节交替时，大幅降价处理过季服装，比其他服装生产厂家生产的服装价格明显偏低，于是有服装厂将乙公司的做法投诉到工商局，认为乙公司的该种行为构成了不正当竞争。

至2006年2月丙公司认为乙公司使用的"牡丹"注册商标期限届满，于是，开始在其生产的服装上使用"牡丹"商标。另一家生产家具的丁公司也使用"牡丹"商标，并且注明注册商标的字样。

要求：

根据以上事实，分别回答下列问题：

（1）商标局认定甲公司与乙公司签订的商标转让合同无效依据是什么？责令乙公司停止使用"牡丹"商标，并且限期补办核准手续的处理是否正确？

（2）乙公司在其生产的服装上使用ISO国际质量认证标志是否合法？乙公司通过媒体所做的广告是否合法？乙公司大幅降价处理过季服装的行为是否构成不正当竞争的行为？请分别说明理由。

（3）丙公司使用"牡丹"商标的行为是否合法？丁公司使用"牡丹"商标的行为是否合法？请分别说明理由。

15. 甲公司的业务员李某因暗中收受回扣，损害公司利益被甲公司辞退。李某在甲公司工作期间持有甲公司的授权委托书以及为采购物品方便而预留的公司空白转账支票一张，公司未予收回，李某趁人不备加盖了甲公司的公章。李某被甲公司辞退后，于2006年9月11日以甲公

司名义与乙公司签订电脑买卖合同。合同约定：甲公司于合同签订当日以支票方式一次性付款；乙公司应当在 9 月 30 日前按照甲公司指定的地点向指定的人员交货。合同签订后，李某即将一张转账支票（同城使用）交付给乙公司。乙公司也按照买卖合同的约定向李某交付了电脑。该支票记载的出票日期为 2006 年 9 月 10 日，盖有甲公司的公章，票面金额为 10 万元，付款日期为 2006 年 9 月 30 日。李某向乙公司声明该支票未记载收款人，由乙公司自己填写。

乙公司收到该支票后，未在该支票收款人栏内记载自己的名称，而是直接在该栏内将收款人填写为丙公司，并于 9 月 12 日将该支票交给丙公司，双方约定由丙公司将该支票存入其开户的 A 银行，以便利用丙公司的银行账户提取现金。为此，丙公司将按照支票金额的 5% 提取管理费。

丙公司获取该支票后，并未存入其开户的 A 银行，而是将该支票背书给丁公司以支付所欠丁公司的货款。丁公司接收该支票后，将金额改写为 18 万元，又背书给戊公司。戊公司于 9 月 19 日向甲公司的开户银行 B 银行请求支付票款，B 银行经审查发现甲公司在该支票上的签章与其在银行预留的签章不同，以此为由拒绝支付票款。为此，戊公司欲行使追索权。

要求：

根据上述内容，分别回答下列问题：

(1) 李某代表甲公司与乙公司签订的买卖合同是否有效？该支票是否有效？李某的行为构成票据的伪造行为还是票据的无权代理行为？说明理由。

(2) 乙公司利用丙公司账户提取现金的约定是否符合有关规定？并说明理由。如不符合有关规定，应当由谁承担何种法律责任？

(3) B 银行拒绝付款的理由是否正确？说明理由。戊公司能否行使追索权？为什么？可以向谁行使追索权？被追索对象应当支付的票据金额是多少？

16. A 公司与 B 公司订立了一份房屋租赁合同，A 公司将其空闲的厂房出租给 B 公司从事生产，租期为 3 年，租金按年支付。同时还约定 A、B 双方发生纠纷，由甲仲裁机构仲裁解决。B 公司承租房屋后，未经 A 公司同意，对 A 公司的厂房进行了装修改造，开办了一家餐厅。A 公司得知后，欲解除合同，收回厂房。B 公司认为双方签订的合同已生效，合同未到期，A 公司无权收回厂房。于是，A 公司向法院提起诉讼解决该纠纷。

A 公司为拓展经营范围，与 C 大学协商设立 D 有限责任公司（简称 D 公司）。A 公司以货币和厂房作价出资 350 万元（其中货币出资 100

万元，厂房作价 250 万元）；C 大学以其研制开发的技术作为出资（作价 50 万元）。D 公司成立后不久，为增强经营管理，又吸收回国留学生美籍博士 E 的出资 100 万元人民币。其后，对三位股东的出资重新验资时发现，甲出资的厂房的实际价值为 200 万元。E 的 100 万元人民币出资通过获得中国银行的贷款缴纳的，该贷款以 A 公司的厂房作抵押。

D 公司业务员李某外出购物时不慎遗失 3 张空白支票。D 公司未及时按中国人民银行有关票据格式凭证管理的规定报失及刊登告示。后所遗失的其中一张支票被张某伪刻名称为"某电脑公司"的财务章加以签署。支票的收款人处空白，金额填写为 10 万元。尔后，张某又持该伪造支票及身份证，到某商场购物，当场将该商场填写为支票的收款人。某商场将收到的该支票送银行入账时，遭退票。经公安机关循支票格式凭证编号查实：该支票确系 D 公司遗失的，但无任何证据显示上述骗购物事件与 D 公司有关；"某电脑公司"根本没有。某商场起诉 D 公司，要求该公司支付票款或赔偿货物损失。

要求：

根据上述内容，分别回答下列问题：

(1) A 公司有权解除合同吗？已装修改造过的厂房应如何处理？法院能受理 A 公司的诉讼吗？

(2) A 公司、C 大学、E 博士共同出资设立的 D 公司，存在法律障碍吗？A 公司出资不实的责任如何承担？如果 C 大学的教授李某发现该大学出资的技术属于他本人的发明，正准备向专利局申请专利，那么 C 大学以该技术出资是否合法？李某具备什么条件才能有资格就该技术发明向专利局提出申请？

(3) D 公司是否应承担法律责任？某商场持有该伪造的支票是否享有票据权利？某商场的损失应如何解决？

以上问题均请说明理由。

提高篇参考答案及解析

一、单项选择题

1.【答案】D

【解析】纯获利益的民事行为，限制民事行为能力人、无民事行为能力人无须征得其法定代理人的同意。

2.【答案】D

【解析】本题属于无权代理的特殊情形。无权代理的一般处理情形为代理人责任自负，但在经被代理人追认和表见代理的情形下，则由被代理人承担民事责任。

3.【答案】A

【解析】注意区分多方法律行为与双务法律行为。赠与行为虽然不是双务法律行为，因为受赠人只享受权利，无须尽义务，但是仍然属于多方法律行为，因为这一行为中包括赠与人和受赠人两个基本的当事人。

4.【答案】A

【解析】合同法并没有规定签字盖章是买卖合同生效的法定条件，所以，该事实属于双方约定的条件，而且是订立合同时尚未发生的，是否发生也不能确定，同时这种约定不违反法律规定，当事人把该条件的发生作为此合同生效的依据，所以属于附生效条件的民事行为（合同）。

5.【答案】D

【解析】只有合伙企业，在全体合伙人一致同意的前提下，允许普通合伙人以劳务出资。

6.【答案】A

【解析】入伙人对其入伙前企业发生的债务承担连带责任。入伙协议是合伙人之间的约定，属于合伙人之间的内部关系。因此，在合伙债务清偿中，注意分清合伙人的外部清偿关系与内部关系。

7.【答案】B

【解析】中外合作经营企业为契约型企业，与一般的有限责任公司不同，以其投资或者提供的合作条件为限承担有限责任，具有特殊性。

8.【答案】B

【解析】中外双方的货币80万元和土地使用权120万元，出资方式不符合法律规定。所以，外方实缴出资为120万元，中方实缴为80万元。按照各方实际缴纳出资额的比例进行利润分配。即 $200 \times 80 / (120 + 80) = 80$（万元）

9.【答案】C

10.【答案】C

【解析】注意区分公司收购本公司股份后，发生股份转让或注销的时间要求，因收购的情形不同而有所区别。

11.【答案】D

【解析】上市公司或者其附属企业任职的人员及其直系亲属、主要社会关系不得担任上市公司独立董事，因此A选项不对；直接或者间接持有上市公司已发行股份1%以上或者是上市公司前10名股东中的自然人股东及其直系亲属，也不得担任上市公司独立董事，所以B选项不对；独立董事的任职须具有5年以上法律、经济或者其他履行独立董事职责所必需的工作经验，因此C选项也不符合要求。上市公司前5名股东单位任职人员及其直系亲属，不得担任上市公司独立董事，而任职人员的兄弟不属于直系亲属，因此不在禁止之列，D选项是正

确的。

12.【答案】C

【解析】（1）公司收购股份，奖励给职工，但其股本总额没有发生变化，无需采取特别表决方式，A选项不对；（2）B选项比例有误，应当为5%；（3）D选项时间有误，应当为1年内。

13.【答案】A

【解析】认股权证的存续期间不超过公司债券的期限，自发行结束之日起不少于六个月。认股权证自发行结束至少已满六个月起方可行权，行权期间为存续期限届满前的一段期间，或者是存续期限内的特定交易日。

14.【答案】C

【解析】该公司改变招股说明书中所列募集资金用途的行为，属于公司投资计划的变化，应由公司的权力机构股东大会作出决定，所以C选项正确。

15.【答案】D

【解析】为股票发行出具审计报告、资产评估报告或者法律意见书等文件的专业机构和人员，在该股票承销期内和期满后6个月内，不得买卖该种股票；为上市公司出具审计报告和法律意见书等文件的专业机构和人员，自接受上市公司委托之日起至上述文件公开后5日内，不得买卖该种股票。

16.【答案】A

【解析】B、C两项属于债权人会议的职权。管理人聘用必要的工作人员，须经人民法院许可。

17.【答案】D

【解析】（1）本题前三项的情形都不在法律限制的期限内。（2）与债权人或者债务人的控股股东、董事、监事、高级管理人员存在夫妻、直系血亲、三代以内旁系血亲或者近姻亲关系。为利害关系的一种情形。

18.【答案】C

【解析】人民法院受理破产申请1年内，债务人无偿转让财产的行为无效，管理人应当追回。

19.【答案】B

【解析】未经股东会、股东大会同意，国有资本控股公司、国有资本参股公司的董事、高级管理人员不得在经营同类业务的其他企业兼职。故B选项不符合规定。

20.【答案】B

21.【答案】C

【解析】用益物权包括承包经营权、建设用地使用权和地役权等内容，其中建设用地使用权的取得必须向登记机构办理登记，登记是建设用地使用权生效的条件。

22.【答案】C

【解析】因为悬赏广告具备要约的生效条件。

即内容具体明确；并且经受要约人承诺，要约人即受要约意思表示的约束。A、B、D三项所述都属于要约邀请的行为。

23.【答案】C
【解析】（1）合同的无效由仲裁机构或人民法院确认；（2）发生重大误解的当事人可以请求撤销合同；（3）合法的撤销或变更程序是向法院或者仲裁机构申请，如果当事人订立了书面的仲裁协议，则应当向仲裁机构申请。

24.【答案】A
【解析】《合同法》规定，出卖人出卖交由承运人运输的在途标的物，除当事人另有约定的以外，毁损、灭失的风险自合同成立时起由买受人承担。

25.【答案】B
【解析】境内机构、个人的外汇收入可以调回境内或者存放境外。

26.【答案】B
【解析】$100000 \times 0.5‰ \times 5 + 40000 \times 0.5‰ \times 10 = 450$（元）

27.【答案】A
【解析】（1）票据的债务人不得以自己与出票人之间的抗辩事由对抗持票人，所以A选项不对。（2）该汇票为见票即付，持票人对见票即付汇票、本票的权利，自出票日起2年，因此，根据B选项所述时间可以确定票据权利已经消灭。（3）C选项为因票据记载不能提出请求而为的抗辩。（4）D选项所述乙公司的行为属于通过欺诈方式而取得票据，票据关系无效，付款人可以此为由进行抗辩。

28.【答案】D
【解析】对伪造人而言，由于票据上没有以自己名义所作的签章，因此不承担票据责任。但是，如果伪造人的行为给他人造成损害的，必须承担民事责任；构成犯罪的，还应承担刑事责任。

29.【答案】B
【解析】利用本单位物质技术条件所完成的发明创造，属于职务发明创造，申请专利的权利属于该单位。

30.【答案】A
【解析】为提供行政审批所需的信息，制造、使用、进口专利药品或者专利医疗器械的，以及专门为其制造、进口专利药品或专利医疗器械的。属于不视为侵犯专利权的情形之一。

31.【答案】D
【解析】同日使用或者均未使用的，各申请人可以自收到商标局通知之日起30日内自行协商，并将书面协议报送商标局；不愿协商或协商不成的，商标局通知各申请人以抽签的方式确定一个申请人，驳回其他人的注册申请。

32.【答案】C
【解析】广告的经营者，"在明知或者应知的情况下"，代理、设计、制作、发布虚假广告的，监督检查部门责令停止违法行为，没收违法所得，并依法处以罚款。

33.【答案】D
【解析】对反垄断执法机构作出的有关经营者集中的决定，规定了行政复议前置的程序，即当事人须先申请行政复议，对行政复议决定不服，才可提起行政诉讼；对其作出的其他决定，则可以申请行政复议，也可以直接提起行政诉讼。

34.【答案】C
【解析】经营者市场支配地位的推定标准：（1）一个经营者在相关市场的市场份额达到1/2的；（2）两个经营者在相关市场的市场份额合计达到2/3的；（3）三个经营者在相关市场份额合计达到3/4的。对于多个经营者被推定共同占有市场支配地位时，其中有的经营者市场份额不足1/10的，不应当推定该经营者具有市场支配地位。

二、多项选择题

1.【答案】BC
【解析】一审的判决当事人可以上诉，二审判决为终审判决当事人不得上诉，一审裁定当事人也可上诉，但只限于不予受理、对管辖权的异议、驳回起诉的裁定，所以A选项不正确；当事人一方不履行仲裁裁决的，另一方当事人可以向人民法院申请强制执行，所以D选项也不对。

2.【答案】AD
【解析】注意B、C选项的错误之处。B选项中多方法律行为的当事人有两个以上，不仅需要各自进行意思表示，而且意思表示还需一致。C选项中，主法律行为无效，则从法律行为当然无效，但是，主法律行为有效，从法律行为不必然有效，还应具体分析从法律行为的构成要件是否合法。

3.【答案】BC
【解析】合伙企业对合伙人执行合伙事务以及对外代表合伙企业权利的限制，不得对抗善意第三人。

4.【答案】AD
【解析】个人独资企业投资人不得擅自以企业财产提供担保，故B选项不正确。个人独资企业无独立承担民事责任的能力，其不具备法人资格，但是具有独立的民事主体资格，所以，C选项也不对。

5.【答案】ABC
【解析】（1）A选项所述，合伙企业法规定应当经全体合伙人一致同意；（2）合伙企业法禁止普通合伙人发生 D 选项所述行为，因此，无论合伙协议是否有约定。但是，该项规定不适用于有限合伙人。

6. 【答案】ABD

【解析】有关法律规定，对于属于国家规定鼓励投资和允许投资项目的合营企业，合营各方可以在合同中约定合营期限，也可以不约定合营期限。其中 C 选项属于禁止类项目。

7. 【答案】BCD

【解析】上市的股份有限公司与有限责任公司合并后为股份有限公司。非上市的股份有限公司与有限责任公司合并后可以是股份有限公司，也可以是有限责任公司。A 选项没有区分股份公司是否为上市公司。

8. 【答案】CD

【解析】注意区分为他人提供担保，与为本公司股东或实际控制人提供担保的决议要求不同。

9. 【答案】CD

【解析】注意该 1 年的限制为股票上市交易之日起开始计算。

10. 【答案】AB

【解析】C 选项所述情形，独立董事在行使职权时应取得全体独立董事的 1/2 以上同意；独立董事"连续 3 次"未亲自出席董事会会议的，方予以撤换，所以 D 选项也不对。

11. 【答案】BD

【解析】公司为公司股东或者实际控制人提供担保的，必须经股东会或者股东大会决议。接受担保的股东或者受实际控制人支配的股东不得参加表决。该项表决由出席会议的其他股东所持表决权的过半数通过。

12. 【答案】CD

【解析】A、B 两项属于一般表决事项。发行公司债券与可转换公司债权的表决方式不同，前者属一般表决事项；后者因可以转换为股份，即公司股本增加，应当以特别方式表决。

13. 【答案】BCD

【解析】(1) 股东以知情权、利润分配请求权等权益受到损害，或者公司亏损、财产不足以偿还全部债务，以及公司被吊销企业法人营业执照未进行清算等为由，提起解散公司诉讼的，人民法院不予受理。(2) 股东提起解散公司诉讼，同时又申请人民法院对公司进行清算的，人民法院对其提出的清算申请不予受理。

14. 【答案】BCD

【解析】股份有限公司与有限责任公司发行公司债券条件的主要区别在于净资产要求不同。股份有限公司的净资产不低于人民币 3000 万元，有限责任公司的净资产不低于人民币 6000 万元。故 A 选项不正确。

15. 【答案】BCD

【解析】相关法律根本无 A 选项所述内容的规定。

16. 【答案】ACD

【解析】欺诈客户的行为主体是证券公司及其从业人员，而散布虚假信息的行为主体不同于欺诈客户的行为主体。

17. 【答案】AD

【解析】(1) 最近一期期末无形资产占净资产的比例不高于 20%，但没有关于发行股票前一年末的净资产在总资产中所占比例不低于 30% 的要求，所以 B 选项不对；(2) C 选项属于影响发行人持续盈利能力的情形之一，因此也不对。

18. 【答案】ACD

【解析】发行股票公司的控股公司的高级管理人员，属于内幕人员，B 选项不符合该情形。

19. 【答案】CD

【解析】公司营业用主要资产的抵押、出售或者报废一次超过该资产的 30%，属于内幕信息，不是重大事件。故 A 选项不正确。选项 B 也属于内幕信息。

20. 【答案】ACD

【解析】人民法院受理破产申请后，债务人对个别债权人的债务清偿无效。但是，债务人以其自有财产向债权人提供物权担保的，其在担保物价值内向债权人所作的债务清偿，不受上述规定限制。因此，B 选项表述不准确。

21. 【答案】ABCD

22. 【答案】ABD

【解析】C 选项正确的表述是，挪用的职工住房公积金。

23. 【答案】CD

【解析】A、B 属于需要进行清产核资的情形。

24. 【答案】BC

【解析】(1) 土地所有权不得设定抵押，故 A 排除；(2) 建筑物和其他地上附着物设定抵押的，抵押权自登记之日起设定。

25. 【答案】ABCD

【解析】本题四个选项共涉及四个考点。所有权人对标的物的处分权、地役权的概念、用益物权的范围、地役权与用益物权的关系。

26. 【答案】ABCD

【解析】在确定相关当事人责任时，首先应当搞清担保合同是债权人与担保人签订的，其次在分析担保合同无效是因主合同而导致还是因自身原因而无效。

27. 【答案】ACD

【解析】虽然乙的行为属于无权代理，但是甲商场接收了该批电暖气，即表明其对乙的无权代理予以了追认，无权代理人所为代理行为的法律效果归属于被代理人甲商场，视为有权代理。所以，B 选项的说法是正确的。

28.【答案】ABCD

29.【答案】ABC

【解析】除另有规定外，银行为境内机构和境外机构办理外汇收支业务，包括跨境收付汇结售汇、境内外汇划转等，均应先为其开立外汇账户，并通过外汇账户办理。对于有零星外汇收支的客户，银行可以不为其开立外汇账户，但应通过银行以自身名义开立的"银行零星代客结售汇"账户为其办理外汇收支业务。

30.【答案】AB

【解析】C 选项中，应当为凡具有外汇业务经营资格的"中资"商业银行。（2）D 选项中，应当为"国家外汇管理局及其分局"。

31.【答案】AC

【解析】其中 B 选项的内容，应当改为发卡行的固定收为交易金额的 1.4%；D 选项的错误是没有区分学校、医院是否为公立的。

32.【答案】ABC

【解析】基本存款账户开立的适用对象最为宽泛。

33.【答案】BC

【解析】A 选项中只表明甲是善意，但未给付对价，根据规定，如果前手的权利有瑕疵，票据取得人取得的权利亦受此影响。《票据法》还规定，因欺诈、偷盗等而取得票据的，不得享有票据权利。因此，甲因其前手的欺诈行为影响不享有票据权利。

34.【答案】AC

【解析】（1）支票的持票人超过付款提示期限提示付款的，付款人及其前手可以不承担票据责任，但出票人仍应承担票据责任。（2）票据上没有约定被保证人的，则票据的主债务人即为被保证人。支票的出票人为主债务人。

35.【答案】BD

【解析】（1）注册商标使用许可与转让不同，前者只需备案，无须公告；后者应当公告。（2）注册商标连续 3 年停止使用的，商标局应当通知商标注册人，限其自收到通知之日起 2 个月内提交该商标在撤销申请提出前使用的证据材料或者说明不使用的正当理由；期满不提供使用的证据材料或者证据材料无效并没有正当理由的，由商标局撤销其注册商标。

36.【答案】BCD

【解析】监督检查部门可根据不同的不正当行为和情节，给予违法当事人如下行政处罚：（1）责令停止违法行为；（2）没收违法所得；（3）罚款；（4）吊销营业执照。赔偿损失是民事责任。

37.【答案】AD

【解析】A 属于限制竞争行为。D 属于诋毁商誉行为。

38.【答案】AC

三、判断题

1.【答案】√

2.【答案】×

【解析】（1）无效民事行为从行为开始时起就没有法律约束力，不论当事人是否主张，是否知道，不论是否经过人民法院或者仲裁机构确认。（2）部分无效的民事行为，无效部分不影响其它部分的效力，当事人应当对无效部分进行改正。

3.【答案】√

4.【答案】√

【解析】本题应注意两点问题。其一，是诉讼时效与保护时效的关系，前者的普通诉讼时效期间为两年，保护时效从权利被侵害之日起的二十年，本例中李某权利被侵害的时间为 1990 年 4 月，其知道权利被侵害的时间为 2009 年 4 月，保护时效截止到 2010 年 4 月，意味着李某的诉讼时效期间仅剩一年。其二，是关于普通诉讼时效与特别诉讼时效的规定，本例中李某要求王某赔偿身体伤害受到的损失应适用特别诉讼时效期间 1 年的规定。

5.【答案】×

【解析】特殊普通合伙企业是普通合伙企业的一种特殊形式，其由普通合伙人组成。

6.【答案】×

【解析】投资者减持股份使上市公司外资股比例低于 10%，且该投资者非为单一最大股东，上市公司应在 10 日内向审批机关备案并办理注销外商投资企业批准证书的相关手续。

7.【答案】×

【解析】公司股东（大）会、董事会的会议召集程序、表决方式违反法律、行政法规或者公司章程，或者决议内容违反公司章程的，股东可以自决议作出之日起 60 日内，请求人民法院撤销。

8.【答案】×

【解析】出席董事会的无关联关系董事人数不足 3 人的，应将该事项提交上市公司股东大会审议。

9.【答案】√

10.【答案】√

11.【答案】×

【解析】本题内容为证券交易所的职责。

12.【答案】×

【解析】应当为在报告期限内和作出报告、公告后 2 日内，不得再行买卖该上市公司的股票。

13.【答案】×

【解析】有限责任公司的净资产额不低于 6000 万元，才有资格发行公司债券。

14.【答案】√

15.【答案】√

16.【答案】√

17.【答案】×

【解析】人民法院受理破产申请后，出卖人已将买卖标的物向作为受买人的债务人发运，债务人尚未收到且未付清全部价款的，出卖人可以取回在运输途中的标的物。但是，管理人可以支付全部价款，要求出卖人交付标的物。

18.【答案】×

【解析】股东之破产债权，不得与其欠付的注册资本金相抵销。

19.【答案】√

【解析】本题适用于破产财产分配方案的通过。

20.【答案】√

21.【答案】√

22.【答案】×

【解析】最近2年连续盈利。

23.【答案】×

【解析】买卖不破租赁，乙有权继续承租该房。

24.【答案】×

【解析】无权请求权利人按照承诺履行义务。

25.【答案】×

【解析】合同自通知到达对方时解除。对方有异议的，可以请求人民法院或仲裁机构确认解除合同的效力。

26.【答案】×

【解析】除非当事人另有约定，否则，根据《合同法》的规定，保管期间届满或者寄存人提前领取保管物的，保管人应当将原物及其孳息归还寄存人。

27.【答案】√

28.【答案】√

29.【答案】×

【解析】自上一份月结单后，没有进行任何交易，且"账户没有任何未偿还余额的"，发卡银行可不向持卡人提供账户结单。

30.【答案】√

31.【答案】√

32.【答案】√

33.【答案】×

【解析】在判决前，丧失的票据出现时，付款人应以该票据正处于诉讼阶段为由暂不付款，而将情况迅速通知失票人和人民法院。法院应终结诉讼程序。失票人与提示人对票据债权人没有争议的，应由真正的票据债权人持有票据向付款人行使票据权利；如失票人与提示人对票据债权人有争议的，任何一方均可向法院起诉，由法院确认。判决生效后，丧失的票据出现时，付款人不为付款，应将情况通知失票人。如果失票人与提示人对票据权利没有争议的，由真正的票据权利人向付款人行使票据权利；如有争议，任何一方可向法院起诉，请求确认权利人。

34.【答案】√

35.【答案】√

36.【答案】×

【解析】对于该种协议的豁免，反垄断法还要求经营者应当证明所达成的协议不会严重限制相关市场的竞争，并且能够使消费者分享由此产生的利益。

37.【答案】×

【解析】本题涉及经营者集中申报的豁免条件。经营者集中有下列情形之一的，可以不向国务院反垄断执法机构申报：（1）参与集中的一个经营者拥有其他每个经营者50%以上有表决权的股份或资产的；（2）参与集中的每个经营者50%以上有表决权的股份或资产被同一个参与集中的经营者拥有的。

四、综合题

1.【答案】

本题考查要点：有限合伙企业设立条件、合伙事务执行方式、入伙条件、合伙人个人债务承担。

（1）该餐馆实际上为有限合伙企业。首先，该餐馆有三个出资人，王甲夫妻和他的弟弟王乙、妹妹王丙；其次，三个人都履行了出资义务，王甲夫妻以劳务出资，王乙以货币和实物出资，王丙以货币出资；第三，由于王甲为普通合伙人，负责合伙事务的执行，王乙和王丙以出资额为限对餐馆债务承担责任，实际为有限合伙人。

出资人的身份都合法，出资人都具有完全的民事行为能力，并且没有法律、行政法规规定的禁止从事经营活动的情形。

该企业的名称中应当标明"有限合伙"的字样。

（2）该餐馆有关出资方式、出资期限的内容合法，但是利润分配及亏损承担的协议内容部分不合法。第一，《合伙企业法》规定，合伙人可以货币、实物等出资，普通合伙人经全体合伙人一致同意也可以劳务出资；该餐馆中王甲夫妻的劳务出资得到了其他合伙人的一致同意，并且经全体合伙人协商确定了评估办法。第二，《合伙企业法》规定，有限合伙人应当按照合伙协议的约定按期足额缴纳出资。说明该法对出资期限没有特别的要求，而是由合伙协议约定有限合伙人的出资期限。第三，《合法企业法》规定，有限合伙企业不得将全部利润分配给部分合伙人；但是，合伙协议另有约定的除外。因此该餐馆协议约定在企业盈利的第一年全部利润归王甲夫妻，也符合法律规定。第四，《合伙企业法》规定，有限合伙人以其认缴的出资额为限对合伙企业债务承担责任。因此，该企业协议约定王乙和王丙按照实际缴纳的出资额对企业债务承担责任不合法。根据上述规定，王乙对该餐馆发生的债务实际应承担6万元的责任，即以其在协议中认缴的数额为限。

根据《合伙企业法》的规定，王乙未按期足额缴纳等出资的，应当承担补缴义务，并对其他合伙人承担违约责任。

（3）王某无权以餐馆的房产提供抵押担保。因为餐馆的房产属于全体合伙人共有的财产，根据《合伙企业法》的规定，以合伙企业名义为他人提供担保，应当经全体合伙人一致同意。

（4）根据《合伙企业法》的规定，新合伙人入伙应当经全体合伙人一致同意，所以张某能否入伙关键是其他合伙人是否同意，如果只有张某和王甲的意愿，还不具备入伙的条件。

（5）王甲当初向刘某的借款属于其个人债务，应当以其个人财产进行清偿。当个人财产不足以清偿时，王甲只能以其从合伙企业分得的收益用于清偿。

刘某向该餐馆借的3万元钱不能与王某向刘某借的3万元钱抵销。因为，王甲向刘某借的钱，属于个人债务，刘某是王甲的债权人。而王甲向该餐馆的借款，该餐馆是刘某的债权人。《合伙企业法》规定，合伙人发生与合伙企业无关的债务，相关债权人不得以其债权抵销其对合伙企业的债务。

（6）《合伙企业法》规定，合伙企业对合伙人执行合伙事务以及对外代表合伙企业权利的限制，不得对抗善意第三人。本案中，由于李老板不知道该餐馆对王乙执行合伙事务的限制，即无权代表合伙企业执行事务，因此李老板为善意第三人。

如果该餐馆无力支付该笔货款，根据《合伙企业法》的规定，第三人有理由相信有限合伙人为普通合伙人并与其交易的，该有限合伙人对该笔交易承担与普通合伙人同样的责任。因此王乙应对该笔货款与普通合伙人王甲承担无限连带责任。王乙对餐馆的损失应承担赔偿责任。因为《合伙企业法》规定，有限合伙人未经授权以有限合伙企业名义与他人进行交易，给有限合伙企业或者其他合伙人造成损失的，该有限合伙人应当承担赔偿责任。

2.【答案】

本题考查要点主要有：外国公司分支机构的设立及法律地位，外资企业的设立、组织形式、组织机构，公司债权发行的主体及条件，票据权利补救的措施。

（1）茂业公司在北京设立的办事处，为茂业公司的分公司，即外国公司在中国境内设立的分支机构，不具有法人资格。茂业公司在深圳设立的茂发公司，是依照《外资企业法》，经中国政府

批准，设在中国境内的外资企业，该企业的组织形式为有限责任公司，具有中国法人的资格。

（2）茂发公司的组织形式合法。外资企业法律制度规定，外资企业的组织形式为有限责任公司，经批准也可以为其他责任形式。

茂发公司的注册资本方式及缴纳期限都符合法律规定。首先，该公司的注册资本为300万元，出资方式包括货币、知识产权（即商标权）、实物（即机器设备），都符合《公司法》的规定。此外，货币出资占注册资本的33%，不低于注册资本的30%。但是，该公司的出资期限不明确，根据外资企业法的规定，外资企业分期出资的，自营业执照办法之日3个月内缴纳的出资不得低于注册资本的15%，其余出资在两年内缴足。

茂发公司组织机构的设置也符合法律规定。外资企业虽然是有限责任公司，但是其组织机构设置与公司法规定不同，董事会是外资企业的最高权力机构，法律并未要求其设立股东会。

茂发公司税后利润的计提比例是合法的。关于储备基金的计提为税后利润的12%，符合不低于税后利润10%的法律要求。职工奖励及福利基金，根据外资企业法律制度的规定，提取比例由外资企业自行确定。

（3）茂发公司具有发行公司债券的主体资格。依照《公司法》的规定，所有公司都可以发行公司债券。但是，此时尚不具备发行公司债券的条件。《公司法》规定，发行公司债券的条件之一为，最近3年平均可分配利润足以支付公司债券1年的利息。茂发公司成立的时间尚不足3年，因此不具备发行公司债券的条件。

（4）保健品公司申请公示催告程序合法。法律规定，挂失止付虽然不是票据丧失后票据权利补救的必经程序，失票人在票据丧失后既可先采取挂失止付再申请公示催告，也可直接申请公示催告。但是，如果通知挂失止付的，应当在通知挂失止付后3日内向人民法院提出公示催告的申请，保健品公司是在挂失止付的第二天申请公示催告的，所以合法。本案公示催告申请应向茂发公司开户银行所在地的基层法院提出。因为法律规定，失票人向票据支付地的基层法院提出申请，银行承兑汇票属于商业汇票，根据《票据法》的规定，商业汇票以承兑人或付款人所在地为支付地。

（5）茂业公司北京办事处是茂业公司在中国境内的分公司，分公司不具有法人资格，其债务应由其总公司承担，因此，茂业公司北京办事处欠保健品公司70万元的货款，应由茂业公司承担。茂发公司因与茂业公司北京办事处之间不存在隶属关系，因此，对该办事处的债务不负连带责任。

3.【答案】

（1）药业公司与研究所的协议中，以货币、实物和专有技术出资的方式合法，其中货币出资300万元，占注册资本的30%，符合全体股东的货币出资金额不得低于有限责任公司注册资本30%的规定。出资分两期缴纳，首期缴纳的出资占注册资本的40%，其余出资自公司成立之日起两年内缴纳，符合《公司法》的规定，即首期出资额不得低于注册资本的20%，其余出资自公司成立之日起两年内缴清的规定。

（2）生物工程公司的股东协议和公司章程关于董事长及公司高级管理人员的产生办法部分内容正确，部分内容不正确。第一，董事会的组成人数为5人，由双方按出资比例选派合法，因为《公司法》规定，有限责任公司的董事会人数为3～13人，非职工代表的董事人选由股东会选举产生。由于该公司只有两名股东，协商由各自按出资比例选派，并不违反公司法的规定。第二，董事长的产生方式正确，根据《公司法》的规定，董事长、副董事长的产生办法由公司章程规定。第三，股东协议约定的公司高级管理人员，即经理、财务总管由董事长任命的做法不正确，而公司章程规定的高级管理人员的产生方式符合《公司法》规定。《公司法》规定，公司的经理由董事会聘任；公司的副经理和财务负责人，根据经理提名，由董事会聘任。

生物工程公司章程的其他内容合法。首先，关于公司对外担保的问题，《公司法》规定，公司向其他企业投资或者提供担保，按照公司章程的规定由董事会或股东会决议。但公司为公司的股东或者实际控制人提供担保的，必须经股东会决议。所以，生物工程公司章程关于公司对外提供担保的规定，符合公司法的要求。其次，双方按照协议约定的出资比例进行利润分配。最后，关于公司利润分配的问题，《公司法》规定，一般情况下，股东按照实缴的出资比例分取红利，但是，全体股东可以约定不按照出资比例分取红利。

（3）董事A的主张不完全正确。田某因贪污行为受到刑事处罚，于2000年3月刑满释放，公司于2006年4月成立，刑满释放已超过5年，任职资格不受法律限制，但是，个人所负到期债务数额较大，未予清偿，不符合董事长的任职资格。田某向朋友借钱20万元炒股一直无力偿还，属于该情形。

（4）生物工程公司临时股东会的召开合法。第一，《公司法》规定，代表1/10以上表决权的股东提议，应当召开临时股东会。该公司股东之一药业公司占8/10的表决权，其提议召开临时股东会符合法律规定。第二，该次临时股东会的通知虽然没有于会议召开15日以前通知全体股东，但是按照公司章程的规定发出通知的，因此合法。《公司法》规定，召开股东会议，应当于会议召开15日以前通知全体股东，但公司章程另有规定或者全体股东另有约定的除外。第三，本次临时股东会的主持人由副董事长担任，也不违反法律规定。因为董事长田某不具备担任董事的资格，故不能履行职务，根据《公司法》的规定，由副董事长主持。

退出董事会的成员，在新的董事产生之前，依照《公司法》的规定，应当继续履行董事职务。《公司法》规定，董事在任期内辞职导致董事会成员低于法定人数的，在改选出的董事就任前，原董事仍应当依照法律、行政法规和公司章程的规定，履行董事职务。

如果股东认为本次会议召开程序或决议内容违法，根据《公司法》的规定，股东可以自临时股东会决议作出之日起60日内，请求人民法院撤销。股东据此规定提起诉讼的，人民法院可以应公司的请求，要求股东提供相应的担保。

（5）生物工程公司经理的担保行为不合法。因为该经理未按照公司章程的规定，对该担保事项提交公司董事会讨论。对其兼职行为，虽然没有直接构成竞业禁止，但是其兼职与其利用职务便利有关，因此应当考虑应经股东会的同意。根据《公司法》的规定，公司董事、高级管理人员违反规定，所得的收入应当归公司所有。因此，生物工程公司有权没收该经理在其朋友开办公司所获得的报酬。

（6）生物工程公司申请复议的理由不正确。首先，张某的发明不属于职务发明，因为张某不是研究所的工作人员，因此不符合职务发明的各种条件。其次，在张某与研究所签订的委托开发协议中，也没有约定申请专利的权利归研究所所有。根据《合同法》的规定，委托开发完成的发明创造，除当事人另有约定的以外，申请专利的权利属于研究开发人，即作出创造性贡献的人张某。最后，专利申请适用先申请原则，张某申请专利的时间明显早于生物工程公司。所以，生物工程公司申请复议的理由不能得到支持。

（7）如果张某获得了该口服液技术的专利权，生物工程公司则可以继续使用该技术。因为某研究所与张某之间是委托开发的关系，委托开发完成的专利技术，委托人有免费实施的权利。

某研究所还应当承担股东出资不实的责任。因为张某获得该口服液技术的专利权后，说明某研究所对该技术不享有所有权，因此不得以此作为出资。根据《公司法》的规定，股东出资与其在公司章程中的出资存在显著差额的，应当由该股东补交其差额，公司设立时的股东对其承担连带责任。此外，还应当向已足额缴纳出资的股东承担违约责任。所以，某研究所应当补交出资，并向药业公司承担违约责任。

4.【答案】

(1) 根据《破产法》的规定，债务人不能清偿到期债务，债权人可以向人民法院提出对债务人进行重整或者破产清算申请。因此，在该债务人公司不能清偿其债权人 A 的到期债务时，债权人 A 有权提出破产清算申请。

管理人的产生符合法律规定。《破产法》规定，人民法院裁定受理破产申请的，应当同时指定管理人，管理人可以由有关部门、机构的人员组成的清算组或者依法设立的律师事务所、会计师事务所、破产清算事务所等社会中介机构担任。因此，法院受理破产申请后，指定某会计师事务所为管理人符合法律规定。

(2) 根据《破产法》的规定，法院受理破产案件后，第一次债权人会议由人民法院召集并主持，应当在债权申报期限届满后 15 日内召开。所以，人民法院召集并主持该次债权人会议是正确的。但是债权人会议主席的选举是不正确的。法律规定，债权人会议设会议主席，由人民法院从有表决权的债权人中指定，不应当由债权人会议选举产生。

(3) 和解协议不能通过。《破产法》规定，债权人会议的决议，由出席会议的有表决权的债权人过半数通过，并且其所代表的债权额必须占无财产担保债权总额的半数以上，但是通过和解协议草案的决议，必须占无财产担保债权总额的 2/3 以上；有财产担保的债权人在债权人会议上无表决权。本案中出席债权人会议的人数为 17 位，有 2 位是有财产担保的债权人，不应计入有效表决人数，有 9 位债权人表决同意，已经过了半数；其所代表的债权额为 3000 万元，无财产担保的债权数额为 7000 万元，可见表决通过的债权人所代表的债权额，不足无财产担保债权总额的 2/3，所以，该和解协议不能通过。

(4) 本破产案件中属于破产费用的有：诉讼费用 25 万元，管理人报酬 20 万元，律师费等费用 35 万元，评估费 20 万元。

本破产案件中属于共益债务的是，为继续营业而支付的职工工资及社会保险费用 10 万元。

以上的破产费用和共益债务应当先以该公司的变价财产清偿，剩余财产再清偿其他债权。

(5) 债权人 B 公司与债务人公司之间尚未审结的追索货款之诉，根据《破产法》的规定，应当中止诉讼；在管理人接管债务人的财产后，该诉讼继续进行。

债权人 C 公司因管理人解除合同的损失能够作为破产债权。《破产法》规定，管理人有权对债务人企业未履行完毕的合同决定解除或继续履行。管理人依法解除合同的，对方当事人以因合同解除所产生的损害赔偿请求权申报债权。

(6) 工商银行的 800 万元的贷款，其中 500 万元为有财产担保的债权，可从抵押财产中优先受偿；剩余的 300 万元可作为普通债权，与其他破产债权一样，依破产程序公平受偿。

实际分配的破产债权约为 59.03 万元。计算过程如下：首先，计算该债务人公司的破产财产。2500（变现财产总额）－1000（设定物权担保的财产）＋400（追缴的股东出资）＋300（行使撤销权追回的财产）＝2200（万元）。第二，计算该公司的普通破产债权。8000 万元（负债总额）－1000（有财产担保的债权）－500（所欠职工工资、保险费等）－300（所欠税款）＝6200（万元）第三，确定破产财产的清偿顺序。2200－[100（破产费用）＋10（共益债务）]－500（所欠职工工资、保险费用等）－300（所欠税款）＝1290（万元）。破产财产在依照法定清偿顺序清偿完毕后剩余的 1290 万元，用于清偿普通破产债权，即普通债权人按照相同的比例得到清偿。具体为 1290/6200×100%，约为 21%。第四，计算工商银行普通破产债权实际分配金额。300×21%＝63（万元）

5.【答案】

本题考查要点有：上市公司增发新股的方式、条件及限制，董事会的议事规则。

(1) A 公司的财务状况具备增发股票的一般条件。有关规定要求，上市公司财务状况良好。财务会计报告无虚假记载。最近 3 年及一期财务报表未被注册会计师出具保留意见、否定意见或无法表示意见的审计报告。最近 3 年以现金或股票方式累计分配的利润不少于最近 3 年实现的年均可分配利润的 20%。A 公司最近 3 年以现金或股票方式累计分配的利润为最近 3 年实现的年均可分配利润的 22.22%。

根据规定，上市公司募集资金数额不超过项目需要量。本资募集 130000 万新股未超过 26800 万元项目需要量，符合规定。

(2) A 公司向原有股东配售的股份数量符合规定。根据有关规定，拟配售股份数量不超过本次配售股份前股本总额的 30%。本次拟配售股份数量占配售前公司股份总额的 26%。

(3) A 公司的财务状况具备向不特定对象公开发行股票的条件。根据有关规定，上市公司最近 3 个会计年度加权平均净资产收益率平均不低于 6%。A 公司最近 3 个会计年度加权平均净资产收益率平均值约为 6.67%，符合上述规定。

根据有关规定，上市公司向不特定对象公开募集股份的，发行价格应不低于公告招股意向书前 20 个交易日公司股票均价或前一个交易日的均价。

(4) 董事会会议能够通过第三种意见。《公司法》规定，董事会会议应有过半数成员出席方能召开，会议决议须经董事会成员的过半数同意方能通过。A 公司董事会会议出席的人数，以及表决通过第三个方案的董事人数，均符合上述规定。

发行对象的数量符合规定。根据规定，非公开发行股票的发行对象不超过 10 名。其发行价格，依据规定应不低于定价基准日前 20 个交易日公司股票均价的 90%。

根据规定，本次发行股份自发行结束之日起，12 个月内不得转让；控股股东、实际控制人及其控制的企业认购的股份，36 个月内不得转让。

6.【答案】

本题考查要点有：证券公司的业务与注册资本的联系，证券承销的方式及期限，上市公司信息披露，上市公司股票暂停交易，证券交易所的职责，证券投资咨询机构的禁止行为，欺诈客户的行为。

（1）A 证券公司拟定的业务范围合法。因为 A 证券公司注册资本 5 亿元，可以选择证券承销和保荐、证券自营、证券资产管理业务中两项以上，所以 A 证券公司的业务范围没有超过法律规定的标准。

A 证券公司向公司登记机关注册登记后，尚不可开展业务活动。根据《证券法》的规定，证券公司应当自领取营业执照之日起 15 日内，向国务院证券监督管理机构申请经营证券业务许可证。未取得经营业务许可证，证券公司不得经营证券业务。

（2）A 证券公司与 B 公司签订的承销协议无效。有关法律规定，向不特定对象公开发行的证券票面总值超过人民币 5000 万元，应当由承销团承销。因此，该协议约定由 A 证券公司独家承销不符合法律规定。

认购 B 公司新股的投资者对 B 公司提出的要求是合法的。《证券法》规定，股票发行期限届满，向投资者出售的股票数量未达到拟公开发行股票数量的 70% 的，为发行失败。发行人应当按照发行价并加算银行同期存款利息返还股票认购人。

A 证券公司不应购买尚未发行的股份，因为双方约定采用代销方式，而非包销方式。

（3）证券交易所对 B 公司股票作出暂停交易的决定是正确的。因为，根据《证券法》的规定，公司不按照规定公开其财务会计状况，或者对财务会计报告作虚假记载，可能误导投资者的，证券交易所有权决定暂停其股票上市交易。

（4）A 证券公司工作人员张某未在客户委托的时间内进行交易，属于欺诈客户的行为。投资者钱某的损失应当由 A 证券公司承担。因为，欺诈客户行为给客户造成损失的，行为人应当承担赔偿责任，张某是证券公司的工作人员，其行为

属于职务行为，因此，证券交易所应当承担赔偿责任。

投资者金某的损失，不仅应当由 A 证券公司承担责任，而且还应当由发行人 D 公司及其相关责任人承担责任。《证券法》规定，发行人的招股说明书中披露的信息，有虚假记载、误导性陈述或者重大遗漏，致使投资者在证券交易中遭受损失的，发行人应当承担赔偿责任；发行人的董事、监事、高级管理人员和其他直接责任人员以及承销的证券公司，应当与发行人承担连带赔偿责任。

7.【答案】

本题考查要点：股份有限公司临时股东大会召开的情形、议事规则，股东权利，上市公司收购的信息披露义务及对收购人的限制，对上市公司股票特定持有人的限制，股票暂停交易。

（1）A 公司应当召开临时股东大会。因为该公司的董事人数因有 3 位董事提出辞呈而不足法定人数，即不足 5 人，符合《公司法》所规定的股份有限公司临时股东大会召开的情形。

该次临时股东大会的召开无效。因为发出临时股东大会公告的时间不符合规定。《公司法》规定，临时股东大会应当于会议召开 15 日前通知各股东，但是发行无记名股票的，应当于会议召开 30 日前公告会议召开的时间、地点和审议事项。而该公司是上市公司，公开发行的股票一般为无记名股票。

对本次会议决议持反对意见的股东，依照《公司法》的规定可以自临时股东大会做出决议之日起 60 日内，请求人民法院撤销。但是，股东据此提起诉讼的，人民法院可以应公司的请求，要求股东提供相应担保。

（2）B 公司的收购行为完成后，已持有 A 公司 5% 的股份，根据《证券法》的规定，应当在该事实发生之日起 3 日内，向国务院证券监督管理机构、证券交易所作出书面报告，通知该上市公司，并予公告。在上述期间内，不得再行买卖该上市公司的股票。并且在收购该公司股票后的 6 个月内不得卖出该公司的股票。

C 证券公司工作人员张某买入 A 公司股票的行为是不合法，构成欺诈客户的行为。《证券法》规定，严禁证券公司从业人员私自买卖客户账户上的证券，或者假借客户的名义买卖证券。

注册会计师张某卖出 A 公司股票的行为是合法。《证券法》规定，为上市公司出具审计报告和法律意见书等文件的专业机构和人员，自接受上市公司委托之日起至上述文件公开后的 5 日内，不得买卖该种股票。张某卖出 A 公司股票的时间已经超过了上述时间的限制。

（3）对 A 公司股票作出暂停交易的处理是正确的。因为，该公司财务会计报告连续 3 年存在

亏损。

8.【答案】

本题考查要点主要有：有限责任公司董事会的组成、职责，公司债券的发行主体、发行条件，股东会的议事规则，公司高级管理人员的禁止性义务，公积金的计提。

（1）北方公司董事的产生及组成都是不合法的。根据《公司法》的规定，有限责任公司的董事应当由股东会选举或聘任。所以北方公司由各个股东企业推荐董事而不经公司股东会选举的做法是错误的。此外，《公司法》还规定，两个以上的国有企业投资设立的有限责任公司，其董事会成员中应当有公司职工代表。北方公司由5家国有企业出资设立，其董事会成员中应当有公司职工代表，因此该公司董事会成员的组成也不符合《公司法》的规定。

如果该公司董事会的产生及组成是合法的，临时董事会的召开也是合法的。《公司法》规定，有限责任公司董事会会议由董事长召集和主持。

（2）北方公司具有发行公司债券的主体资格。根据《公司法》的规定，公司债券的发行主体为有限责任公司和股份有限公司。北方公司的"公司债券发行方案"的主要内容不合法。根据《公司法》的规定，公司发行债券累计总额不得超过公司净资产额的40%。根据北方公司的债券发行方案，其累计发行债券总额将达到3500万元，超过了其净资产的40%。

（3）北方公司股东会作出的增资决议不合法。根据《公司法》的规定，股东会对公司增加注册资本作出决议，必须经代表2/3以上表决权的股东通过。而北方公司审议表决时，同意的股东的出资额占表决权总数的58.4%，未达到2/3的比例。

（4）北方公司对王某擅自挪用公司资金的行为，根据《公司法》的规定，公司应责令王某退还公司的资金，由公司给予处分，将其所得收入归公司所有。

（5）北方公司2003年度未提取法定公积金的做法是合法的。根据《公司法》的规定，法定盈余公积金按照税后利润（减弥补亏损）的10%提取，当盈余公积金累计金额已达到注册资本50%以上时可不再提取。

（6）北方公司2003年度提取的法定公益金数额合法。因为《公司法》对此未作出规定，公司可根据情形自主决定。

9.【答案】

本题考查要点主要有：股份有限责任公司董事会的议事规则，临时股东大会召开的情形及时间，股东大会的主持人，股份公司分立方案的表决，一人有限责任公司的出资人，公司分立的程序及分立后债务的承担，一般保证人的先诉抗辩权，

股东的有限责任。

（1）瑞安公司董事会的召开及表决符合法律规定。《公司法》规定，股份有限公司的董事会须有过半数的董事出席方可举行，董事会的决议须经全体董事的过半数通过。瑞安公司董事会的召开人数已过半数，并且经全体董事的过半数通过了拟订公司分立方案的决议。符合上述法律规定。

（2）临时股东大会的召开是合法的。首先，该次会议的召开符合《公司法》规定的临时股东大会召开的法定情形，即经公司董事会提议；其次，在董事会提议后1个多月召开，也符合临时股东大会应当在法定情形出现后2个月内召开的要求。

会议主持人的确定正确。根据《公司法》的规定，股东大会会议由董事会召集，董事长主持；董事长不能履行职务或者不履行职务的，由副董事长主持；副董事长不能履行职务或者不履行职务的，由半数以上董事共同推举一名董事主持。董事会不能履行或者不履行召集股东大会职责的，监事会应当及时召集和主持。本案中瑞安公司董事会未能按照公司法的规定推举主持股东大会的董事，依法应当由监事会召集和主持。

该公司的分立方案能通过。《公司法》规定，股份有限公司股东大会讨论通过公司分立事项应当以特别决议通过。特别决议须经过出席会议的股东所持表决权的2/3以上通过。瑞安公司股东大会通过公司分立方案所占的表决权，已经超过了上述法定比例的要求。

该公司股东在符合《公司法》规定的情形及条件时，可以自行召集和主持股东大会。即董事会和监事会不召集和主持股东大会，连续90日以上单独或者合计持有公司10%以上股份的股东可以自行召集和主持。

（3）瑞安公司设立瑞新公司后，还可以再单独出资设立其他的有限责任公司。因为瑞新公司虽然为一人有限责任公司，但其属于法人股东出资设立，不受一个自然人只能投资设立一个一人有限责任公司的限制。

（4）瑞安公司董事会通知及公告债权人的时间符合《公司法》的规定，即在作出分立决议之日起10日内通知债权人，并于30日在报纸上进行公告的要求。但是，其通知的内容不合法。因为《公司法》并未就债权人申报债权的时间作出规定。如果瑞安公司的债权人未与瑞安公司就债务清偿达成书面协议的，瑞安公司分立前的债务由分立后的瑞新公司与瑞安公司承担连带责任。

（5）A公司能为该债务提供担保。根据《担保法》的规定，具有法人资格的企业或者其他经济组织可以作保证人。A公司符合《担保法》

所规定的保证人的资格。

（6）瑞安公司拒绝清偿全部到期债务的理由不正确。根据《公司法》的有关规定，当事人订立合同后发生分立的，除债权人和债务人另有约定的以外，由分立的法人或者其他组织对合同的权利义务享有连带债权，承担连带债务。本案中，瑞安公司与债权人 B 公司，并没有就公司分立后的债务承担作出约定，因此，瑞安公司应当就该债务承担连带责任。

B 公司对瑞安公司和 A 公司的起诉是不合法的。因为，A 公司对该债务承担一般保证的责任。根据《担保法》的规定，一般保证的保证人享有先诉抗辩权，即 B 公司应当首先起诉主债务人瑞安公司，该诉讼法院依法判决并就瑞安公司财产依法强制执行仍未得到清偿时，B 公司方可起诉保证人 A 公司，要求 A 公司承担保证责任，代为清偿债务。

如果 B 公司于 2006 年 7 月 5 日起诉瑞安公司，瑞安公司无力清偿的情况下，B 公司不能追究保证人 A 公司的责任。因为保证人 A 公司与债权人 B 公司签订的保证合同没有约定保证期间。根据法律规定，该保证期间为主合同届满之日起 6 个月内，即 2006 年 1 月 1 日至 6 月 30 日止。债权人未在保证期间内对债务人提起诉讼的，一般保证人的保证责任免除。

（7）瑞安公司能够向法院申报债权。申报债权额为 1000 万元，即瑞新公司欠瑞安公司的货款。因为瑞安公司与瑞新公司都是具有法人资格的企业，独立享受权利并独立承担义务。

但是，瑞安公司对瑞新公司投资不能作为破产债权申报。因为瑞安公司是瑞新公司的股东之一，根据《公司法》的规定，有限责任公司的股东在其出资额的范围内对公司债务承担责任。其实物出资也不得行使取回权，因为该实物为瑞新公司所有，而非瑞安公司的财产，不符合取回权的条件。

10.【答案】

本题考查要点主要有：公司高级管理人员的竞业禁止义务，股份有限公司董事长的产生，股份有限公司的设立方式及设立条件，禁止买卖股票的情形，中外合资经营企业出资的转让，证券市场内幕交易，上市公司信息披露。

（1）张先生分别担任 D 公司和 C 科技公司董事长，是合法的。因为张先生任职的两家公司其经营范围不同，不构成同业竞争；第二，D 合资公司作为中外合资经营企业，根据有关外商投资企业法律制度的规定，董事长和副董事长由合营各方协商确定或者由董事会选举产生。中外合营者的一方担任董事长的，由他方担任副董事长。所以，张先生有资格担任该两家公司的董事长。

张先生同时担任 C 合资公司和 C 科技公司的董事长也不违反法律规定。根据股份公司首次公开发行股票并上市的条件规定，发行人的总经理、副总经理、财务负责人和董事会秘书等高级管理人员不得在控股股东、实际控制人的企业担任除董事、监事以外的职务。而张某为发行人的董事长，相关法律对此未作限制性规定。C 科技公司是一家股份有限公司，根据《公司法》的规定，董事长和副董事长由董事会以全体董事的过半数选举产生。

（2）根据已知条件分析，C 科技公司的设立符合《公司法》规定的条件。首先，该公司以发起设立的方式设立，并且发起人不少于 2 人，符合公司规定的股份有限公司的设立方式和发起人数的规定。《公司法》规定，设立股份有限公司，应当有 2 人以上 200 人以下为发起人，其中须有过半数的发起人在中国境内有住所。其次，注册资本为 3000 万元人民币，符合《公司法》规定的股份有限公司注册资本不低于 500 万元人民币的条件。

（3）不合法。《证券法》规定，严禁法人以个人名义设立账户买卖证券。C 公司的行为已经违反了该法律规定。

（4）C 科技公司购买美国 A 公司的股份发生在 D 合资公司，根据外商投资企业法律制度的有关规定，中外合资经营企业中合营一方将其全部或部分出资额转让给合营企业以外的第三者的，其转让条件为：一是须经合营各方同意；二是须经董事会会议通过后，报原审批机关批准；三是合营他方有优先购买权。该转让程序分为四步：第一，申请出资额转让；第二，董事会审查决定；第三，报告审批机关批准；第四，向工商行政管理部门办理变更登记。同时，该转让行为还存在着关联交易的问题，C 科技公司股东大会在讨论该事项时，还应当按照公司法律制度的有关规定进行，即公司的关联股东在股东大会审议有关关联交易事项时，不应当参与投票表决。C 科技公司的股东 C 合资公司应当回避，其所代表的有表决权的股份数不计入有效表决总数；股东大会应当充分披露非关联交易股东的表决情况。

（5）不合法。因为该公司的打字员李某属于公司的内幕人员。根据证券法律制度的有关规定，知悉证券交易内幕信息的知情人员或者非法取得内幕信息的其他人员，不得买入或者卖出所持有的该公司的证券；不得泄露该信息；也不得建议他人买卖该证券。李某朋友王某属于非法取得内幕信息的其他人员，也不得买入或者卖出该公司的股票。因此，李某和王某的行为都构成了内幕交易。

该公司股东 F 因为持股已达 5%，根据证券法律制度的有关规定，应当属于内幕人员。但是，如果该股东以收购上市公司的股份为目的，不在禁止之列。该股东若继续收购该上市公司的股票，应当注意：首先，应当依法进行信息披露，即通过证券交易，投资者持有一个上市公司已发行股份的5%时，应当在该事实发生之日起3日内，向国务院证券监督管理机构、证券交易所作出书面报告，通知该上市公司，并予以公告；在上述期间内，不得再行买卖该上市公司的股票。此外，在此基础上持股比例每增加或者减少5%，也应依上述办法进行报告和公告。其次，该股东是以收购的目的购买该公司的股票。所以，在买入后6个月内不得卖出。

（6）不正确。因为其第二大股东C合资公司涉及诉讼，并且被法院依法查封全部财产的事实，根据《证券法》的规定，属于上市公司的重大事件，依法应当及时披露。

（7）E证券公司因为挪用客户账户上的资金，属于欺诈客户的行为，该公司应当向受到损失的股东钱某赔偿损失。并且根据相关法律规定，对该证券公司给予罚款等行政处罚。

11.【答案】

（1）甲与乙签订的合同内容属部分有效，部分无效。根据《物权法》的规定，当事人买卖房屋或者其他不动产物权的协议，可以约定向登记机构申请预告登记。但是，在预告登记后，未经预告登记的权利人同意，处分该不动产的，不发生物权效力。因此，约定预告登记期间，乙有权对该房屋进行处置的内容，不符合法律规定。

（2）根据《物权法》的规定，不动产物权的设立、变更、转让和消灭，自记载于不动产登记簿时发生效力。因此，甲自2008年10月28日取得该房屋的所有权。

（3）根据《物权法》的规定，业主大会讨论的有关制定建筑物及其附属设施的管理规约以及业主居住行为规范的事项，应经专有部分占建筑总面积过半数的业主且占总人数过半数的业主同意即可。但是，讨论筹集和使用建筑物及其附属设施的维修资金的事项，应当经专有部分占建筑物总面积2/3以上的业主且占总人数2/3以上的业主同意。

（4）该抵押合同有效。抵押合同自签订之日起生效。

甲向登记机构提出异议的情况下，根据《物权法》的规定，应当15日内向法院提起诉讼，要求进行登记更正。

甲可以向乙主张债权请求权，即损害赔偿请求权。因为债权损害赔偿请求权必须以实际受到损害为前提，由于乙的过错行为导致甲多支付

的2平方米购房款以及乙占有该款项期间的利息，均为甲发生的实际损害，甲有权要求乙赔偿。

（5）甲及其他住户有权要求商场拆除巨幅广告牌。《物权法》规定，相邻各方修建房屋和其他建筑物，不得妨碍邻居的通风和采光。由于某商场没有遵循《物权法》的有关规定，应当按照公平合理的原则，正确处理相邻关系，因此不动产权利人有权要求排除妨碍，恢复原状。

（6）被盗瓷瓶应归甲所有。虽然戊善意并且有偿取得该瓷瓶，但是，根据《物权法》的规定，赃物不能适用善意取得。所以，甲被盗的瓷瓶依然归甲所有。

如果业主要求更换物业服务公司，根据《物权法》的规定，应当经专有部分占建筑物总面积过半数的业主且占总人数过半数的业主同意即可。

（7）甲与丙之间就到期债务的解决方式合法。甲与丙之间存在一借款合同，后经协商又产生一个房屋买卖合同，即双方互负债务，经约定可以抵销。根据《合同法》的规定，属于约定抵销权的抵销。

丙取得该房屋后，不能阻止庚继续承租。由于庚承租该房屋在先，抵押行为发生在后。抵押物的转让发生在租赁期间，根据"买卖不破租赁"的原理，丙不能阻止庚继续承租。

12.【答案】

本题主要考点有：按份共有，善意取得，诉讼时效，不动产更正登记，反担保等。

（1）王甲和王乙对继承的房屋为按份共有。因其父生前立有遗嘱，称其名下所有的这套房产由他的两个儿子王甲和王乙继承，每人对该房屋享有同等的份额。

（2）李某的主张不正确。根据《物权法》规定，因继承取得物权的，自继承开始时发生效力。因此，在王某死亡时，王甲和王乙即取得该房屋的所有权。

（3）刘某取得该房屋的所有权。第一，刘某善意取得，即刘某不知道也不应当知道该房屋为王甲和王乙共有，王甲没有处分权；第二，刘某向王甲支付了对价，为有偿取得；第三，刘某依法办理了房屋所有权登记。以上理由，说明刘某构成善意取得，因此，对该房屋享有所有权。

刘某与担保公司签订的抵押担保合同又称之为反担保。

（4）王乙向王甲追讨房款的主张，属于一般的金钱债务关系。根据民事通则的规定，王乙应当在知道王甲获得该房款之日起2年内提起诉讼。

（5）王乙可以向登记机关提出更正登记。物权

法规定，权利人、利害关系人认为不动产登记簿的事项错误的，可以申请更正登记。不动产登记簿记载的权利人书面同意更正或者有证据证明登记确有错误的，登记机构应当予以更正。因此，王乙作为该房屋的权利人之一，向登记机关出具了有效遗嘱后，登记机关应当予以更正。

13.【答案】

(1) A 公司有权解除合同，并向 B 公司提出索赔。《合同法》规定，当事人一方迟延履行主要债务，经催告后在合理期限内仍未履行，当事人可以解除合同。主张解除合同的，应当通知对方。合同自通知到达对方时解除。合同解除后，当事人有权要求赔偿损失。本案中 B 公司已构成迟延履行，并经 A 公司多次催告仍未履行，A 公司有权解除合同。A 公司依法向 B 公司发出解除合同的通知，并且到达 B 公司，合同已解除。但 A 公司在解除合同后依然享有要求赔偿损失的权利，故此因解除合同而发生的 5 万元损失有权要求 B 公司赔偿。

(2) B 公司有权要求退货，或拒付部分货款。《合同法》规定：当事人互负债务，有先后履行顺序，先履行一方未履行的，后履行一方有权拒绝其履行。先履行一方履行债务不符合约定的，后履行一方有权拒绝其相应的履行要求。因此，B 公司作为后履行义务一方，有权对 A 公司交货质量不符约定的部分，拒绝支付货款，即 B 公司行使先履行抗辩权，但是 B 公司不能拒绝支付全部货款。B 公司要求 A 公司赔偿损失的部分仅限于该批货物的 20%。因为《合同法》规定：当事人一方违约后，对方应当采取适当措施防止损失的扩大；没有采取适当措施致使损失扩大的，不得就扩大的损失要求赔偿。B 公司在发现该批货物 20% 的损失后，应采取适当措施防止损失扩大，而 B 公司未曾妥善处理，因此不得就进一步扩大的损失要求 A 公司赔偿。

(3) 公司的理由是正确的。因为该荔枝收购合同是 A 公司与 B 公司订立的，如果 B 公司欲将该合同转让给 C 公司，属于债权债务的概括转让。根据《合同法》的规定，B 公司应当通知 A 公司，并经 A 公司同意。本案中，B 公司只通知 A 公司将合同转让给 C 公司，但未征得 A 公司的同意，所以该合同转让行为不符合法律规定，转让行为无效。A 公司因未与 C 公司建立合同关系，有权拒绝赔偿。该批荔枝的质量问题，可由 B 公司向 A 公司提出赔偿要求。

(4) B 公司拒绝向 A 公司付款的理由不能成立。根据《合同法》的规定，出卖人应当按照约定的地点交付标的物。标的物需要运输的，出卖人应当将标的物交付给第一承运人以运交

买受人。标的物交付后，毁损、灭失的风险由买受人承担。本例中，A 公司与 B 公司约定了交货地点，D 公司按照约定负责运送。因此，当 A 公司将货物交付给 D 公司后，标的物即为交付，此后发生的风险责任应当由买受人 B 公司承担。所以，B 公司以该批荔枝变质为由拒绝向 A 公司支付货款的理由不成立。

B 公司遭受的损失应当要求 D 公司承担。因为 B 公司与 D 公司之间订立有运输合同。《合同法》规定，承运人对运输过程中货物的毁损、灭失承担损害赔偿责任。本案中由于承运人 D 公司运输车辆的故障问题，导致该批荔枝变质，责任在 D 公司。根据法律规定及双方合同约定，D 公司应向 B 公司承担损失赔偿责任，并按约定支付违约金。

(5) 该汇票有效。因为付款日期属相对记载事项，如果欠缺，《票据法》规定为"见票即付"。甲银行的拒付理由不成立。《票据法》规定：票据债务人可以对不履行约定义务的与自己有直接债权债务关系的持票人，进行抗辩。由于甲银行与持票人 C 公司之间不存在直接的债权债务关系，故此不得对 C 公司拒绝付款。该汇票持票人 C 公司的付款请求权，依照《票据法》的规定，见票即付的汇票，自出票日起 2 年内不行使，其权利归于消灭。所以 C 公司的付款请求权截止到 2009 年 6 月 1 日。

14.【答案】

本题考查要点有：商标权转让的条件及程序，假冒标识的不正当竞争行为，商标注册的续展。

(1) 根据《商标法》的有关规定，转让注册商标的，转让人和受让人应当共同向商标局提出申请。受让人应当保证使用该注册商标的商品质量。转让注册商标经核准后，予以公告。据此说明注册商标转让的协议属于特殊的书面形式，而甲公司和乙公司所签订的该转让协议，不符合法定的转让形式，属于形式要件欠缺，所以该转让协议无效。同时《商标法》还规定，自行转让注册商标的，由商标局责令限期改正或者撤销其注册商标。由此可知，商标局的处理是正确的。

(2) 乙公司在其生产的服装上使用 ISO 国际质量认证标志的行为不合法。属于在商品上冒用认证标志的行为，认证标志须经质量认证机构准许其认证产品质量合格的企业在产品或者包装上使用的标志，而乙公司在未获得有关机构认证的情况下擅自使用，因此不合法。乙公司通过媒体所进行的广告宣传，该行为也不合法。属于利用广告作引人误解的虚假宣传的行为。乙公司的上述两种行为均属于欺骗市场交易的不正当竞争行为。乙公司大幅降价处理过季服装的行为，不构成不正当竞争的行为。因为乙

公司的行为属于季节性降价，根据《反不正当竞争法》的规定，即使是低于成本的价格销售，也不属于不正当竞争行为。

（3）丙公司使用"牡丹"商标的行为不合法。因为，"牡丹"商标虽然期限届满，但是根据《商标法》的规定，注册商标有效期满，需要继续使用的，应当在期满前6个月内申请续展注册；在此期间未能提出申请的，可以给予6个月的宽展期。宽展期没有届满，乙公司仍然对该商标享有注册商标的独占使用权，所以，丙公司使用该商标即构成了对乙公司商标专用权的侵犯。丁公司的做法也不合法。虽然丁公司生产的产品与乙公司不同，可以使用"牡丹"商标，但是其在未经注册的情况下，擅自使用注册商标的标记不合法。

15.【答案】

本题考查要点主要有：表见代理，支票的记载事项，票据的伪造、变造及责任，出租、出借银行账户的行为，票据的抗辩，票据的追索。

（1）李某代表甲公司与乙公司签订的买卖合同有效。虽然李某已被甲公司辞退，无权代理，但是相对人乙公司对此并不知情，属于善意相对人，并且根据李某持有的甲公司授权委托书及签章的支票，有理由相信李某有代理权，符合表见代理的情形。在此情形下，代理行为有效，该买卖合同有效，被代理人甲公司应当承担代理的法律后果。

该支票有效。虽然没有记载收款人，但《票据法》规定，支票上未记载收款人名称的，经出票人授权，可以补记。此外，该支票记载了付款日期，根据规定，支票属于见票即付的票据，无须记载付款日期，如有记载则该记载无效，并不影响支票的效力。

李某的行为已构成票据的伪造行为。因为李某在该空白支票上盗盖了出票人甲公司的公章进行出票，而该票据上没有表明代理关系的字样，因此属于票据的伪造行为。

（2）乙公司利用丙公司账户提取现金的约定不符合有关规定。根据有关规定，存款人的账户只能办理存款人本身的业务活动，丙公司与甲公司未发生任何业务活动，因此，乙公司在该支票上填写丙公司为收款人，由丙公司存取款项，并收取相应的管理费，属于出租或转让账户的行为，不符合有关规定。

如不符合有关规定，应当由丙公司承担相应的法律责任。根据有关规定，存款人出租、出借账户的，对于经营性的存款人，给予警告并处5000元以上3万元以下的罚款。

（3）银行拒绝付款的理由不正确。甲公司在该支票上的签章虽然与该单位在银行预留的签章不一致，但加盖了该单位的公章，根据有关规

定，签章人应当承担票据责任。甲公司开户银行账户存款不足属于签发空头支票的行为。根据有关规定，存款人签发空头支票或印章与预留印鉴不符的支票，不以骗取财物为目的的，由中国人民银行处以票面金额5%但不低于1000元的罚款。又由于甲公司是被伪造的出票人，所以甲公司所承担的上述处罚和赔偿，是被伪造人所受到的损失，最终应当由伪造人李某向甲公司承担民事赔偿责任，并且李某的行为已构成犯罪，还应承担刑事责任。

戊公司能够行使追索权。根据有关规定，支票的持票人应当自出票日起10日内提示付款。戊公司按照法律规定的时间向付款人B银行请求付款被拒绝，在取得拒绝证明后有权向其前手行使追索权。戊公司可以向其前手丙公司和丁公司行使追索权，但是对于出票人甲公司不得行使追索权，因为甲公司是被伪造人，根据《票据法》的规定，持票人即使是善意取得也不得对被伪造人行使票据权利。

如果戊公司向丙公司进行追索，丙公司应支付的票据金额是10万元，向丁公司进行追索，丁公司应支付的票据金额是18万元。因为丁公司的行为已构成票据的变造，根据有关规定，在票据被变造之前签章的当事人，应按原记载的内容负责；如果当事人在变造之后签章的，则应按变造后的记载内容负责。

16.【答案】

本题考查要点主要有：租赁合同中出租人单方解除合同的情形，中外合资经营企业的出资方式及比例，股东出资不实的责任，专利申请中职务发明与非职务发明的确定、专利申请的条件，票据的伪造及责任。

（1）A公司有权解除合同。《合同法》规定，承租人未按照约定的方法或者租赁物的性质使用租赁物，致使租赁物受到损失的，出租人可以解除合同并要求赔偿损失。因此，A公司有权依此规定，对B公司违反合同约定，改变租赁物使用方法的情况，提出解除合同，对已装修改造的厂房予以收回，并根据实际情况要求B公司予以赔偿。在一般情况下，法院不会受理A公司的诉讼。因为A公司与B公司已达成书面的仲裁协议，并且具体选定了仲裁机构，在此情况下，法院不予受理，应由双方选定的仲裁机构受理。除非B公司也愿通过诉讼方式解决纠纷，或者仲裁协议无效，法院才予受理。

（2）A公司、C大学和E博士共同出资设立的D公司实际上为一家中外合资的有限责任公司，有关法律规定，外国的自然人可以与中国的企业、组织共同出资，依照中国法律，在中国境内设立中外合资的企业，其法律形式为有限责

任公司。

E博士的出资存在如下违法之处。首先，E博士为外国人，据有关法律规定，中外合资企业中的外方投资者以货币出资的必须以外币缴付出资，其出资额应不低于D公司注册资本的25％。所以E博士以人民币出资，并且其交纳的出资额不足D公司注册资本的25％，不符合法律规定；其次，E博士的出资以合营他方A企业财产抵押，也不符合法律规定。外商投资企业法律制度规定，中外投资者不得以企业或者投资他方的财产和权益为其出资担保。

此外，D公司的设立程序存在法律问题。应当依法经有关部门审核批准，方可设立。A公司出资不实的责任，应由A公司承担，补交其差额。如果A公司无力支付时，由公司设立时的股东C大学与A公司承担连带责任。

在C大学的教授李某准备向专利局申请专利时，C大学以该技术出资应当是合法的。因为，在李某未获得该项技术的专利权以前，不享有独占的权利。李某如果就该技术向专利局申请专利，应当考虑两个方面的因素：一是，李某是否有资格提出专利申请，即该技术发明是否属于非职务发明，若属于非职务发明，则应当排除李某的发明不属于执行本单位的任务，或者主要不是利用本单位的物质技术条件所完成的发明创造。二是，在李某具备专利技术申请人的资格后，还应当考虑该技术发明是否具有新颖性、创造性和实用性，也就是是否具备发明专利的申请条件。

（3）因D公司未在票据上签章，未做出任何票据行为，当然不承担票据责任。D公司虽然不承担票据责任，但因其未按中国人民银行有关票据管理的要求及时办理报失及刊登告示的手续，应按有关规定承担相应的法律责任。某商场在本案中不享有票据权利。因为伪造的票据无效，某商场直接从伪造出票的人手中取得票据，即使是善意也不能获得付款请求权。由于伪造人张某的行为已给某商场造成损害，依法必须承担民事责任，赔偿某商场的损失，同时张某的行为已构成犯罪，还应承担刑事责任。

第四部分

实战演习篇

2009 年注册会计师全国统一考试模拟试卷（一）

注意事项：

1. 单项选择题、多项选择题、判断题的答题结果填涂在答题卡上；
2. 计算题、综合题的答题结果写在答题卷上；
3. 在试题卷上填写答题结果无效。

一、单项选择题（本题型共 16 题，每题 1 分，共 16 分。每题只有一个正确答案，请从每题的备选答案中选出一个你认为正确的答案，在答题卡相应位置上用 2B 铅笔填涂相应的答案代码。答案写在试题卷上无效。）

1. 下列各项中，你认为属于无效代理的是（　　）。
   A. 甲公司的业务员张某在离职后，利用原单位的空白合同书以及委托书与乙公司订立合同的行为
   B. 乙公司业务员李某以公司名义与丙公司签订合同，事后及时与本公司联系，乙公司未做否认表示的
   C. 丙公司的业务员刘某作为丁公司的代理人，为丙公司订立购买丁公司产品的行为
   D. 丁公司业务员王某去外地采购水果，自作主张以公司名义与甲公司签订海鲜进货合同，海鲜到站后，运输部门通知丁公司接收货物，丁公司派人去车站接收了货物

2. 根据《物权法》的规定，不动产物权的设立、变更、转让和消灭，依照法律规定应当登记。下列各项中，关于不动产物权效力的表述正确的是（　　）。
   A. 不动产物权自记载于不动产登记簿时发生效力
   B. 不动产物权自签发不动产权利证书时发生效力
   C. 不动产权属证书与不动产登记簿不一致的，以不动产登记簿为准
   D. 不动产权属证书与不动产登记簿不一致的，以不动产权属证书为准

3. 甲将其自行车出租给乙使用，后被丙盗窃。乙得知丙盗窃该车后，请求丙返还该车。下列各项中，有关乙行使请求权要求丙返还自行车的时间，正确的是（　　）。
   A. 自乙知道或应当知道丙盗窃时起 1 年内
   B. 自丙盗窃时起 1 年内
   C. 自乙知道或应当知道丙盗窃时起 2 年内
   D. 自丙盗窃时起 2 年内

4. 根据《合伙企业法》的规定，新入伙的有限合伙人对入伙前有限合伙企业的债务承担责任的方式是（　　）。
   A. 只对其过错承担责任
   B. 按照入伙协议的约定承担责任
   C. 承担无限连带责任
   D. 以其认缴的出资额为限承担责任

5. 根据有关规定，下列各项中，符合上市公司独立董事任职条件的是（　　）。
   A. 上市公司附属企业董事的配偶
   B. 间接持有上市公司已发行股份 1% 以上的自然人的弟媳
   C. 为上市公司提供财务服务
   D. 1 年前曾在持有上市公司已发行股份 10% 的股东单位任职

6. 根据规定，下列各项中，有关外商投资企业合并与分立的表述中，不正确的是（　　）。
   A. 在投资者按照公司合同、章程规定缴清出资、提供合作条件且实际开始生产、经营之前，公司之间不得合并，公司不得分立
   B. 上市的股份有限公司与有限责任公司合并后为股份有限公司
   C. 公司债权人自接到通知书之日 30 日内，未接到通知书的债权人自第一次公告之日起 60 日内，有权要求公司对其债务承继方案进行修改，或者要求公司清偿债务或提供相应的担保
   D. 外国公司与中国内资企业合并后为外商投资企业，其投资总额为原公司的投资总额与中国内资企业财务审计报告所记载的企业资产总额之和

7. 根据规定，下列各项中，关于外资并购境内企业出资企业的表述，符合法律规定的是（　　）。
   A. 外国投资者并购境内企业设立外商投资企业的，外国投资者应自外商投资企业营业执照颁发之日起 6 个月内向转让股权的股东，或出售资产的境内企业支付全部对价
   B. 外国投资者认购境内公司增资，有限责任公司的股东应当在公司申请外商投资企业营业执照时缴付不低于 25% 的新增资本
   C. 外国投资者资产并购的，投资者应在拟设立的外商投资企业合同、章程中规定出资期限，合同、章程中规定一次缴付出资的，投资者应在外商投资企业营业执照颁发之日起 3 个月内缴清
   D. 并购后所设外商投资企业注册资本为 400 万美元的，其投资总额不得超过 800 万美元

8. 下列各项中，根据《破产法》的规定，在破产程序终结后，下列有关事项的处理不正确的是（　　）
   A. 自终结之日起两年内，又发现破产人有应当供分配的其他财产时，债权人可请求法院追加分配
   B. 破产人的保证人，在破产程序终结后，对债权人依照破产清算程序未受清偿的债权，不再承担清偿责任
   C. 破产财产分配时，对于诉讼或者仲裁未决的债权，管理人应当将其分配额提存。自破产程序终结之日满两年仍不能受理分配的，人民法院应

当将提存的分配额分配给其他债权人

D. 管理人应当自破产程序终结之日起 10 日内，持人民法院终结破产程序的裁定，向破产人的原登记机关办理注销登记

9. 根据规定，收购人向中国证监会报送要约收购报告书后，在公告要约收购报告书之前，拟自行取消收购计划的，应当向证监会提出取消收购计划的申请及原因说明，并予公告。自公告之日起的一定期间内，该收购人不得再次对同一上市公司进行收购。该一定期限为( )。

A. 6 个月　　　　　　　B. 12 个月
C. 24 个月　　　　　　D. 36 个月

10. 某服装加工部在显著位置悬挂了该加工部服装加工收费价目表。某顾客来店加工服装，该加工部负责人与顾客商定了加工费用，随即填写了加工单，将交活的时间、收费标准等逐项做了填写，并交与顾客。顾客按时领取加工成衣，加工部要求顾客按收费价目表的标准支付加工费，顾客不同意，为此双方发生纠纷。你认为以下处理意见正确的是( )。

A. 加工部应当按照加工单填写的收费标准收取加工费

B. 加工部应当按照悬挂的收费价目表的标准收取加工费

C. 该纠纷属于双方约定不明确，应由双方重新协商

D. 应当按照当地该加工行业的通常收费标准收取加工费

11. 根据规定，下列各项中，关于电子支付的表述中，不符合规定的是( )。

A. 电子支付的当事人之间应当签订书面合同或协议

B. 客户办理电子支付业务应当在银行开立银行结算账户

C. 电子支付指令与纸质支付凭证可以相互转换，二者具有同等效力

D. 银行应当按会计档案的管理要求妥善保存客户的申请资料，保存期限至电子支付业务终止后 10 年

12. 根据规定，下列各项中，有关专用存款账户不得支取现金的是( )。

A. 证券交易结算资金
B. 基本建设资金
C. 政策性房地产开发资金
D. 社会保障基金

13. 根据《票据法》的规定，下列各项中，持票人不享有票据权利的是( )。

A. 持票人超过付款提示期限提示付款
B. 票据上记载的金额为 10 万元以下
C. 持票人持有的本票未记载付款日期
D. 持票人持有的支票，出票人在票据上加盖的是单位公章

14. 根据国有资产管理法律制度的规定，下列各项中，需要企业进行清产核资的情形是( )。

A. 企业受重大自然灾害因素影响，造成严重资产损失的

B. 企业资产损失和资金挂账超过所有者权益

C. 国有资产出现重大流失的

D. 企业分立、合并、重组、改制、撤销等经济行为涉及资产或产权结构重大变动情况的

15. 根据专利法律制度的规定，下列各项中，有关专利申请原则的表述中，符合规定的是( )。

A. 如果两个以上申请人在同一日分别就同样的发明创造申请专利的，应当由专利行政管理部门裁定

B. 同一申请人同日对同样的发明创造既申请实用新型专利又申请发明专利，先获得的实用新型专利权尚未终止，且申请人声明放弃该实用新型专利权的，可以授予发明专利权

C. 优先权原则既适用于发明、实用新型，也适用于外观设计

D. 申请人自发明第一次提出专利申请之日起 12 个月内，或者自外观设计第一次提出专利申请之日起 6 个月内，再次提出专利申请的，可以享有优先权

16. 根据反垄断法的规定，下列各项中，经营者应当事先向国务院商务主管部门申请，未申报不得实施集中的情形是( )。

A. 参与集中的所有经营者上一会计年度在全球范围内的营业额合计超过 50 亿元人民币，并且其中至少两个经营者上一会计年度在中国境内的营业额均超过 4 亿元人民币

B. 参与集中的所有经营者上一会计年度在中国境内的营业额合计超过 20 亿元人民币，并且其中至少两个经营者上一会计年度在中国境内的营业额均超过 4 亿元人民币

C. 参与集中的一个经营者拥有其他每个经营者 50% 以上有表决权的股份或资产的

D. 参与集中的每个经营者 50% 以上有表决权的股份或资产被同一个参与集中的经营者拥有的

二、多项选择题（本题共 18 题，每题 1 分，共 18 分。每题均有多个正确答案，请从每题的备选答案中选出你认为正确的答案，在答题卡相应位置上用 2B 铅笔填涂相应的答案代码。每题所有答案选择正确的得分；不答、错答、漏答均不得分。答案写在试题卷上无效。）

1. 根据《民法通则》的规定，下列各项中，诉讼时效已届满的情形有( )。

A. 李某于 2006 年 6 月 1 日在某餐厅就餐时因食物中毒，身体受到伤害，于 2007 年 6 月 11 日向法院起诉

B. 王某自 2006 年 3 月 1 日开始欠付房租，房东

因病于 2006 年 7 月住院治疗 1 个月，至 2007 年 3 月 15 日向法院起诉

 C. 张某向刘某借钱，其欠条上说明于 2001 年 6 月 30 日前归还刘某，2003 年 4 月因"非典"刘某被隔离 15 天，至 2003 年 7 月 3 日刘某向法院起诉张某

 D. 陈某因吴某欠其货款，合同约定的付款期限为 2004 年 8 月 6 日，陈某于 2004 年 12 月向吴某追讨，吴某答应于 2005 年 1 月 31 日偿还，至此陈某仍未得到清偿，陈某于 2006 年 12 月向法院起诉吴某

2. 甲、乙、丙三人共同拥有一辆汽车，三人平等享有该车的权利，对于该车的处分及重大修缮未作出约定。根据《物权法》的规定，下列各项中，有关该汽车的处分正确的有（ ）。

 A. 应当经 2/3 以上份额的共有人同意

 B. 应当经全体共有人同意

 C. 甲擅自将该汽车卖与丁，丁善意有偿取得，丁对该汽车享有所有权

 D. 该汽车的维修费用应当由三人平均负担

3. 根据《物权法》的规定，下列各项中，采取登记对抗主义的有（ ）。

 A. 以正在建造的船舶、航空器，交通运输工具设定抵押

 B. 地役权的设立

 C. 土地承包经营权的转让

 D. 建设用地使用权的取得

4. 某有限合伙企业的有限合伙人甲，因为其儿子购买电脑向乙借了 1 万元钱，甲乙之间发生的如下情形中，不符合《合伙企业法》规定的有（ ）。

 A. 如果乙对该合伙企业欠货款 1 万元，可以与甲的债务发生抵销

 B. 甲可以将其向合伙企业出资的设备质押给乙作为担保

 C. 如果甲到期没有能力清偿债务，可以用其在合伙企业中的出资用于清偿

 D. 如果甲不能清偿债务，由乙代位行使甲在合伙企业中的权利，进行利润分配

5. 根据《合伙企业法》的规定，下列各项中，在法律规定之外，允许合伙协议另行作出约定的事项有（ ）。

 A. 有限合伙企业不得将全部利润分配给部分合伙人

 B. 普通合伙人向合伙以外的人转让其在合伙企业中的出资份额，须经其他合伙人一致同意

 C. 有限合伙人可以同本企业进行交易

 D. 普通合伙人不得自营或者与他人合作经营与本企业相竞争的业务

6. 根据有关法律制度的规定，下列各项中，属于国有资产的有（ ）。

 A. 国有企业中，党、团、工会组织等按国家规定由企业拨付的活动经费等结余购建的资产

 B. 集体企业使用银行贷款，国有单位提供担保并履行了连带清偿责任，尚未追回的财产

 C. 国有企业向股份制企业投资形成的股份

 D. 集体企业改组为股份制企业时，国有土地折价部分形成的国家股份

7. 根据《公司法》的规定，下列各项中，有关股份有限公司回购本公司股份的表述，符合法律规定的有（ ）。

 A. 回购股份将奖励给本公司职工的，应当经股东大会决议，并不得超过本公司已发行股份总额的 5%

 B. 因减少注册资本回购本公司股份的，应当自收购之日起 10 日内注销

 C. 与持有本公司股份的其他公司合并而收购本公司股份的，应当在 6 个月内转让或注销

 D. 回购股份将奖励给本公司职工的，所收购股份应当在 1 年内转让给职工

8. 外国投资者并购境内企业，下列各项中，属于应当依照相关规定进行反垄断审查的有（ ）。

 A. 并购导致并购一方当事人在中国的市场占有率达到 25%

 B. 并购一方当事人在中国的市场占有率已经达到 20%

 C. 并购一方当事人在中国市场营业额超过 15 亿元人民币

 D. 1 年内并购国内关联行业的企业累计超过 10 个

9. 根据《破产法》的规定，下列各项中，可以进行债权申报的有（ ）。

 A. 法院受理破产申请时未到期的债权

 B. 未在法院确定的债权申报期限内申报的债权

 C. 债务人合法占有的债权人财产，在破产案件受理前，原物已被债务人卖出或灭失，债权人发生的直接损失

 D. 人民法院受理破产申请后，债务人的财产致人损害所产生的债务

10. 根据规定，下列各项中，有关上市公司收购的表述，符合规定的有（ ）。

 A. 持有 A 上市公司 50% 以上的股东，拟收购 A 上市公司 20% 的股份，该收购人可豁免采取要约收购

 B. 收购人对同一种类股票的要约收购价格，不得低于要约收购提示性公告日前 6 个月内收购人取得该种股票所支付的最高价格

 C. 收购人自收购行为完成后 6 个月内不得转让被收购公司的股份

 D. 在收购人 B 公司任职的董事，与 B 公司持有同一上市公司 C 公司的股份，B 公司与其董事持有的 C 公司的股份应合并计算

11. 根据《证券法》的规定，下列各项中，关于证券公司的行为，不符合法律规定的有（ ）。

A. 证券公司的从业人员可以买卖股票，但必须以自己的名义进行，不得假借他人名义

B. 证券公司破产或清算时，客户的交易结算资金和证券不属于其破产财产或者清算财产

C. 证券公司可以向客户融资融券

D. 客户的证券买卖委托，就其成交纪录应当按照规定的期限，保存于证券公司，保存期限不得少于 20 年

12. 根据担保法律制度的规定，下列各项中，关于保证担保法律责任的表述，符合法律规定的有（　　）。

A. 企业法人的分支机构有企业法人的书面授权的，可以在授权范围内提供保证，该分支机构的财产不足以承担民事责任的，由企业法人承担民事责任

B. 同一债权既有保证担保又有物的担保时，应优先执行物的担保，保证人仅对物的担保以外的债权承担保证责任

C. 保证期间，债权人依法将主债权转让给第三人，应当取得保证人书面同意，未经保证人书面同意的，保证人不再承担保证责任

D. 债权人知道或者应当知道债务人破产，既未申报债权也未通知保证人，致使保证人不能预先行使追偿权的，保证人在该债权在破产程序中可能受偿的范围内免除保证责任

13. 根据外汇管理法律制度的规定，下列各项中，有关经常项目与资本项目外汇管理的表述，符合规定的有（　　）。

A. 经常项目外汇收入，可以按照国家有关规定保留或者卖给经营结汇、售汇业务的金融机构

B. 资本项目外汇支出，应当按照有关规定，凭有效单证以自由外汇支付或者向经营结汇、售汇业务的金融机构购汇支付

C. 外商投资企业依照经国家批准的投资合同，可以保留其资本金或进行结汇；利润分配作为经常项目管理，汇出不受限制

D. 境内商业银行、保险公司等作为机构投资者，在外汇管理部门批准的外汇额度内，可以直接到境外进行证券投资，也可以接受客户委托到境外证券市场投资

14. 在汇兑中，如果收款人转账支付的，应由原收款人向银行填制支款凭证，并由本人交验其身份证件办理支付款项。但该账户的款项只能转入（　　）账户。

A. 单位的存款账户

B. 储蓄账户

C. 个体工商户的存款账户

D. 银行卡账户

15. 根据《银行卡业务管理办法》的规定，下列各项中，有关信用卡风险控制指标的表述，符合该办法规定的有（　　）。

A. 同一持卡人单笔透支发生额个人卡不得超过 2 万元、单位卡不得超过 5 万元

B. 同一账户月透支余额个人卡不得超过 5 万元、单位卡不得超过 10 万元

C. 外币卡的透支额度不得超过持卡人保证金的 60%

D. 准贷记卡的透支期限最长为 60 天，贷记卡首月最低还款额不得低于其当月透支余额的 10%

16. A 公司向 B 公司购买设备，为此向 B 公司签发一张支票。根据票据法及司法解释的规定，下列各项中，经当事人提出申请并提供担保的，人民法院可以依法采取保全措施和执行措施的有（　　）。

A. 如果 B 公司交货后，A 公司发现该设备不符合约定的要求，A 公司可申请对 B 公司持有的票据采取保全措施

B. 如果 B 公司将该支票背书转让给 C 公司，A 公司可申请对 C 公司持有的票据采取保全措施

C. 如果 C 公司持票后向 D 公司购买物品，又背书转让给 D 公司，而 D 公司持票后一直未向 C 公司交付全部货物，C 公司可申请对 D 公司持有的票据采取保全措施

D. 如果 C 公司持票后向 D 公司购买物品，又背书转让给 D 公司，但是 D 公司根本无货可供，完全是一场骗局，C 公司可申请对 D 公司持有的票据采取保全措施

17. 根据《反不正当竞争法》的规定，下列各项中，构成不正当竞争行为的有（　　）。

A. 甲企业以低于进货成本的价格销售即将过季的商品

B. 乙商场采用"买一送一"的销售方式销售保质期已过的商品

C. 丙企业给购买者折扣、给中间人佣金，但如实入账

D. 丁地方政府有关部门，以发展地区经济，创立名牌产品为由，要求当地经营者只能销售本地企业生产的啤酒

18. 根据反垄断法的规定，下列各项中，有关经营者市场支配地位推定标准的表述，正确的有（　　）。

A. 一个经营者在相关市场的市场份额达到 1/2 的，可以推定其占有市场支配地位

B. 两个经营者在相关市场的市场份额合计达到 2/3，其中一个经营者市场份额不足 1/10 的，为共同占有市场支配地位

C. 三个经营者在相关市场份额合计达到 3/4，无论每位经营者单独的市场份额有多少，为共同占有市场支配地位

D. 三个经营者在相关市场份额合计达到 3/4，其中一个经营者市场份额不足 1/10 的，不应当推定该经营者具有市场支配地位

三、判断题（本题型共 16 题，每题 1 分，共 16 分。请判断每题的表述是否正确，你认为表述正确的，请在答题卡相应位置上用 2B 铅笔填涂代码"√"你认为错误的，请填涂代码"×"。判断正确的，每题得 1 分，判断错误的，每题倒扣 1 分；不答题既不得分，也不扣分。扣分最多扣至本题型零分为止。答案写在试题卷上无效。）

1. 如果地役权人滥用地役权或者约定的付款期间届满后在合理期限内经三次催告未支付费用的，供役地权利人有权解除合同使得地役权消灭。（　　）

2. 抵押设定以后，因为抵押人并不丧失对抵押物的所有权，因此抵押人有权将抵押物转让给他人。（　　）

3. 业主选聘或解聘物业服务机构，需经专有部分占建筑物总面积过半数的业主且占总人数过半数的业主同意。（　　）

4. 转让企业国有产权的首次挂牌价格不得低于经核准或备案的资产评估结果。经公开征集没有产生意向受让方的，转让方可以根据标的企业情况确定新的挂牌价格并重新公告；如拟确定新的挂牌价格低于资产评估结果 90% 的，应当获得相关产权转让批准机构书面同意。（　　）

5. 外国投资者进行战略投资可以分期进行，首次投资完成后取得的股份比例不低于该公司已发行股份的 10%。（　　）

6. 一中外合资企业的中外投资者双方约定的合作合同如下：该企业的投资总额为 1200 万美元，注册资本为 600 万美元；注册资本分期缴纳，第一期各自分别缴纳认缴出资的 20%，其余出资自营业执照核发之日起 1 年内缴清；中外投资者均须按照合同规定的比例和期限同步缴付认缴的出资额；合营企业按照出资比例分配董事名额；合营企业终止，企业的全部固定资产无偿归中方合营者所有等，该合同合法有效。（　　）

7. 境内公司及自然人从特殊目的公司获得的利润、红利及资本变动所得外汇，应自获得之日起 1 年内调回境内。（　　）

8. 股份有限公司申请首次公开发行股票并上市应具备的财务指标之一为，最近 3 个会计年度加权平均净资产值平均不低于 6%。（　　）

9. 甲乙双方订立买卖合同，合同标的额为 200 万元。双方约定：买方甲应向卖方乙预先支付合同总金额 20% 的定金，如任何一方违约将支付合同标的额 5% 的违约金。合同订立后，甲向乙支付了 40 万元定金，乙按照合同约定向甲发货，但甲收到货物后一直未按约定向乙支付货款，致使乙遭受的利息等各项损失为 5 万元。为此，乙要求甲承担违约责任，其可以要求甲支付的最高金额是 205 万元。（　　）

10. 凡具有外汇业务经营资格的中资商业银行，在具备健全的内控机制和完善的操作规程的条件下，可根据自身外汇总资产规模向人民银行申请购汇补充外汇资本金。（　　）

11. 某单位使用单位卡在某商场购物 8 万元，直接用该单位的银行卡进行了结算。其做法符合有关规定。（　　）

12. 甲公司持有的汇票不慎遗失，于 2003 年 8 月 3 日通知付款人挂失止付。后该支票被乙公司持有，乙公司于 8 月 16 日向付款人请求付款，付款人向乙公司支付票款。甲公司得知后，认为付款人负有止付义务而付款，应向其承担赔偿责任。甲公司的主张是正确的。（　　）

13. A 签发一张支票给 B，B 持票后将该票据背书转让给 C，C 持有的票据被盗窃，随后甲在 D 处购物，于是盗用 C 的名义将该票据背书给 D。D 向付款人请求付款，付款人以超过法定提示付款期限为由拒绝付款，于是 D 行使追索权，在该票据上作出真实签章的当事人 A、B 都应向 D 承担票据责任，只有 C 是被伪造人有权对 D 行使抗辩权，拒绝向 D 承担票据责任。（　　）

14. 甲企业为油漆生产企业，拥有国家工商行政管理总局商标局认定的驰名商标"A"，另一企业也从事油漆生产，将甲企业的"A"商标作为自己企业的名称使用，并经工商部门核准登记，致使一般消费者认为是一个厂家生产的油漆，甲企业可以自知道或者应当知道之日起 5 年内，请求工商行政管理机关予以撤销。（　　）

15. 甲企业的注册商标的有效期截止于 2003 年 6 月 8 日，但是如果乙企业在未经甲企业许可的情况下，于 2003 年 8 月使用甲企业的商标的也应认为构成商标侵权。（　　）

16. 行业协会违反反垄断法规定，组织本行业的经营者达成垄断协议的，反垄断执法机构可以处 100 万元以下的罚款；情节严重的，社会团体登记管理机关可以依法撤销登记。（　　）

四、综合题（本题型共四题。第 1 题 15 分；第 2 题 15 分；第 3 题 9 分；第 4 题 11 分。本题型共 50 分，在答题卷上解答，答在试题卷上无效。）

1. A 有限责任公司（以下简称"A 公司"）是由甲、乙、丙、丁四位股东共同出资设立，其出资额分别为 40%、30%、20%、10%。成立几年后，由于公司的经营环境发生重大变化，加之内部管理也存在一定问题，A 公司不能清偿到期债务，并且明显缺乏清偿能力，其债权人 B 公司向法院申请对 A 公司进行破产清算。法院依法于 2007 年 6 月 6 日裁定受理了对 A 公司进行破产清算的申请，同时指定管理人接管 A 公司。管理人接管 A 公司后，发现如下一些问题：（1）A 公司于 2006 年 12 月 4 日，对债权人 C 公司应当于 2007 年 8 月到期的债务提前清偿；（2）A

公司欠 D 银行贷款到期未还，A 公司将其厂房抵押给 D 银行，并且办理了抵押登记手续。法院受理 A 公司破产清算申请时，D 银行依法院的生效判决，请求法院强制执行，对 A 公司抵押的厂房予以拍卖受偿。法院依法查封 A 公司的厂房；（3）A 公司的股东甲以机器设备出资 400 万元，其实际评估价值仅为 300 万元，至今尚未补足差额；（4）A 公司与 E 公司订立的买卖合同，合同约定 A 公司在 E 公司交付标的物验收合格后的 5 日内付款。出卖人 E 公司已将买卖标的物向 A 公司发运，A 公司尚未收到该批货物；（5）A 公司欠债权人 F 公司 200 万元货款，F 公司在发现 A 公司不能清偿债务，并且明显缺乏清偿能力的情况下，于 2007 年 3 月向 A 公司购买设备，为此欠 A 公司货款 200 万元。

在法院受理 B 公司的破产清算申请后，A 公司的股东丁向法院提出重整申请。人民法院于 2007 年 6 月 29 日依法裁定 A 公司重整。重整期间，A 公司向法院申请自行管理财产和营业事务，获得法院批准。A 公司依法制作重整计划草案。在此期间，管理人对 A 公司的经营活动进行监督。管理人发现 A 公司在重整期间有如下一些行为：

（1）A 公司为继续营业而向甲银行申请贷款，贷款金额为 500 万元，以某处厂房作抵押，并办理了抵押登记手续；（2）A 公司因加工承揽合同而保管乙公司的加工物，乙公司尚未按照合同约定向 A 公司支付加工费；（3）A 公司的股东请求投资收益分配；（4）A 公司为起草重整计划草案，向有关专业机构支付一笔咨询费。

A 公司的重整计划草案，经各表决组分组讨论通过。该重整计划中，普通债权人组对 A 公司债务作出减免 20% 的承诺。

要求：

根据以上事实，请分别回答如下问题：

（1）法院受理 B 公司破产申请的根据是什么？法院裁定 A 公司进行重整的根据是什么？

（2）A 公司对 C 公司的债务清偿，管理人应如何处理？A 公司欠 D 银行的贷款，D 公司能否主张优先受偿权？A 公司股东甲尚未履行的出资义务，应如何解决？A 公司与 E 公司之间的买卖合同，管理人应如何处理？A 公司欠 F 公司的货款，F 公司能否主张抵销权？以上问题，均请说明理由。

（3）A 公司应当在什么期限内，向谁提交重整计划草案？

（4）整顿期间，A 公司为继续营业而向甲银行申请贷款，并提供担保的行为是否有效？乙公司能否取回加工物？A 公司股东请求投资收益分配的行为是否合法？A 公司为起草重整计划草案，向某专业机构支付的咨询费，属于何种性质、如何支付？以上问题，均请说明理由。

（5）如果人民法院裁定终止重整计划执行的，普通债权人对 A 公司债务作出的减免承诺是否有效？如果 A 公司执行重整计划，执行完毕，A 公司是否还应就减免债务继续承担清偿责任？

2. A 钢铁股份有限公司（以下简称"A 公司"）是一家 1997 年在上海证券交易所上市的上市公司。2006 年 5 月 8 日公司向全体董事发出召开董事会会议的通知。会议于 2006 年 5 月 11 日按照通知时间如期召开，公司董事应到 9 人，实到 9 人。公司监事及高级管理人员列席了会议。董事长主持本次会议，鉴于目前证券市场环境发生变化，经公司董事会核查，公司符合发行分离交易的可转换公司债券的条件，审议通过了关于将原可转换公司债券发行方案，调整为分离交易的可转换公司债券发行方案的议案。该公司以前年度发行的公司债券均已到期还本付息，本次发行方案获得出席会议的董事一致通过。有关发行方案的内容如下：

（1）本次拟发行分离交易的可转换公司债券不超过人民币 30 亿元，每张债券的认购人可以无偿获得公司派发的不超过 15 份认股权证。提请股东大会授权董事会根据市场情况在上述范围内确定具体发行规模。（2）本次分离交易的可转换公司债券按面值发行，每张面值人民币 100 元，共发行不超过 3,000 万张债券，债券所附认股权证按比例无偿向债券的认购人派发。（3）本次发行的分离交易的可转换公司债券的票面利率预设区间为 1.40% ‒ 2.00%。水平及利率确定方式由董事会根据市场状况与主承销商协商确定，自发行之日起每年付息一次，并在本次发行分离交易的可转换公司债券的《募集说明书》中予以披露。（4）自本次发行的公司债券上市交易之日起 8 个月后，持有人可以将债券转换为公司股票，转股价格不低于募集说明书公告日前 20 个交易日该公司股票交易的均价和前一个交易日的均价。在债券的有效期内，该转股价格不再进行调整。（5）在本次发行的债券到期日之后的 5 个交易日内，公司将按面值加上当期应计利息偿还所有到期的债券。（6）债券期限为自分离交易的可转换公司债券发行之日起 6 年。期满后的五个工作日内向债券持有办理还本付息的事项。（7）本次发行的分离交易的可转换公司债券募集资金投资项目的实施情况，若根据中国证监会相关规定属于改变募集资金用途的，债券持有人有权以面值加上当期应计利息的价格向本公司回售债券。（8）本次发行所附认股权证行权比例为 1:1，即每一份认股权证代表 1 股公司发行的 A 股股票的认购权利。自认股权证发行之日起 24 个月。认股权证持有人有权在权证存续期最后五个交易日内行权。本次发行所附每张权证的行权价格不低于公司股票在募集说明书公告前 20 个交易日均价和前一个交易日均价的 120%，具体行权价格及确定方式提请股东大会授权董事会在上述范围内根据市场状况与主承销商协商确定。

2006 年 6 月 1 日 A 公司董事会发出通知，公司定于 2006 年 7 月 6 日召开临时股东大会，讨论公司发行分离交易的可转换公司债券的事宜。有代表 80% 以上股份的股东出席了本次会议。有股东提出，本次发行分离交易的可转换公司债券发行后，有可能导致发行当年公司营业利润比上年下降 50% 以上的情形，将对本次乃至今后公司发行新股、公司债券等造成法律障碍。本次股东大会最终以代表 68% 的股份表决通过。

要求：

根据以上事实，请分别回答下列问题：

（1）根据 A 公司拟发行的可分离交易的可转换公司债券的数量，能否计算出该公司的净资产规模最少为多少？根据该规模说明，A 公司本次发行公司债券是否应当提供担保？

（2）如果 A 公司债券的利率确定为 2%，那么该公司最近 3 个会计年度经营活动产生的现金流量净额平均值应当不低于什么标准？预计所附认股权全部行权后募集的资金总量应当不超过什么规模？

（3）本次发行的分离交易的可转换公司债券的期限、转股时间、转股价格，以及到期还本付息的处理是否符合规定？说明理由。可转换公司债券的转股价格，在转股期间内是否应始终保持不变？如果不能改变，请说明理由。如果可以改变，请说明应如何调整？

（4）A 公司是否应当保证债券持有人一次回售债券的权利？为什么？

（5）认股权证的存续期间、行权期间以及行权价格是否符合规定？

（6）A 公司临时股东大会的召开是否合法？说明理由。某股东所提出的问题是否将导致本次发行分离交易的可转换公司债券的法律障碍？为什么？该问题是否将对公司未来发行证券的行为构成法律障碍？请说明理由。

3.（1）甲公司与乙研究所签订协议，就该研究所的两项技术获得使用权，其一，乙研究所许可甲公司使用该所的 S 发明专利技术，使用期限为 2 年，甲公司按约每年向乙研究所支付 60 万元使用费；其二，乙研究所将 M 技术秘密转让给甲公司，转让费 40 万元。双方还就该两项技术的使用范围、技术资料的提供与技术人员培训、技术秘密的保密义务等事项作出了具体约定，但对于专利许可的方式没有作出约定。

甲公司获得 S 专利技术的使用权后，在乙研究所有关人员的指导下，很快掌握了该技术的应用，其利用 S 专利技术生产的产品投放市场后销路也不错。但后来甲公司发现还有另外厂家利用 S 专利技术生产产品，导致甲公司产品销路下滑。为此，甲公司找到乙研究所，被告知乙研究所还与 A 公司签订了 S 专利技术的许可使用合同。甲公司认为乙研究所违约，要求乙研究所赔偿其损失。

（2）甲公司获得乙研究所的 M 技术秘密后，发现乙研究所在半年后未与其协商的情况下，将 M 技术向专利局申请专利，在该发明专利被公告后，甲公司认为既然乙研究所再次违约，擅自申请专利，该技术被公开后，已没有保密的必要，因此一方面停止向乙研究所支付剩余的使用费，另一方面也不再承担保密义务，进而将该技术的核心部分的解决方案提供给 C 大学。

（3）甲公司委托丙公司加工一批产品，双方约定由甲公司向丙公司提供原材料，丙公司按照甲公司提供的设计要求，保质保量，如期完成加工任务，待丙公司交付产品验收合格后，甲公司在 10 日内一次支付全部加工费。合同订立后，丙公司由于生产任务繁忙，于是将甲公司委托的加工任务交付给 D 公司完成。待合同履行期限届满，甲公司对该批产品进行验收时发现，大部分产品不符合合同约定的设计要求，拒绝接受该批产品，拒付货款，并要求丙公司赔偿材料费。此时，丙公司才如实告知甲公司该批产品是委托 D 公司加工完成的，应由 D 公司承担责任。

（4）甲公司从丁公司购进一台机床，货款总值 500 万元，双方约定由 E 运输公司负责运送，于 7 月 31 日前送达甲公司，丁公司派人负责安装、调试。丁公司按照合同约定日期，将该机床交给 E 运输公司。8 月 1 日，E 运输公司的运输车辆在途遭遇山洪暴发，泥石流阻止车辆前行，山上滚落的泥石砸毁机床。甲公司因未能如期接到机床，即要求丁公司承担责任，但丁公司称，其按照合同约定于 7 月 25 日就将运送机床交给了 E 运输公司，机床的毁损和自己没有关系，并要求甲公司支付购买机床的货款 500 万元。甲公司又找 E 运输公司赔偿其不能按期开工生产的损失，E 公司称其运输途中遭遇不可抗力，按照法律规定，属于应当免除责任的情形，故也不承担责任。于是，甲公司将丁公司和 E 运输公司一并起诉至法院，要求承担损失赔偿责任。

法院审理查明：丁公司所述属实，E 运输公司在货物运送途中确实遭遇不可抗力，在正常情况下，该货物运输路程所需时间为一天。

（5）甲公司为购买该机床向 F 银行借款 500 万元，以价值 500 万元的厂房抵押给 F 银行，甲公司与银行签订了书面抵押合同，并依法办理了抵押物登记。F 银行为防止抵押物价值减少而最终无法实现全部债权，要求甲公司提供保证担保。于是又由戊有限合伙企业（以下简称"戊企业"）为该笔银行贷款承担保证责任，戊企业与银行签订了书面保证合同。双方约定借款到期后，以甲公司的房产拍卖无力清偿 F 银行贷款的，戊企业就不能清偿的部分承担保证责任。银行贷款到期后，甲公司无力清偿，F 银行请求法院拍卖抵押房产的同时，亦要求保证人戊企业承担保证责任。但戊企业认为应当首先以拍卖房产的款项清偿银行贷款，故拒绝了 F 银行的请求。

(6) 如果戊企业由普通合伙人 A，与有限合伙人 B、C 共同出资设立。该担保行为未经全体合伙人一致同意，而是由执行合伙事务的普通合伙人 A 根据合伙协议的约定，代表企业与银行签订的。并且甲公司的银行贷款到期后，银行就拍卖甲公司厂房得到 460 万元清偿，现就未得到清偿的剩余债务要求戊企业承担保证责任时，戊企业也无力清偿。因此，银行要求合伙人承担清偿责任，但合伙人 B、C 认为，合伙人 A 未经全体合伙人一致同意即代表企业签订了该合同，不符合《合伙人企业法》的规定，认为该合同无效，应由 A 承担责任，与他们无关。

要求：

根据以上事实，请分别回答下列问题：

(1) 乙研究所许可 A 公司使用 S 专利技术是否对甲公司构成违约？请说明理由。S 专利技术属于哪一种发明专利？如果 B 公司在未经乙研究所许可的情况下，使用 S 专利技术生产产品，是否构成对乙研究所的专利侵权行为？乙研究所如起诉 B 公司，诉讼中的举证责任由谁承担？

(2) 乙研究所未与甲公司协商独自将 M 技术秘密申请专利的行为是否违约？甲公司对乙研究所停止支付使用费，并将 M 技术提供给 C 大学的行为应如何认定？

(3) 谁应当对甲公司承担违约责任？如果在合同履行期间，甲公司发现丙公司擅自将该批生产任务交付给 D 公司完成，能否要求解除合同？如果丙公司如期完成加工任务，甲公司未按照合同约定的时间验收并支付加工费，则丙公司可采取什么措施？

(4) 机床毁损的责任应当由谁承担？说明理由。

(5) 保证人戊企业的观点是否正确？为什么

(6) 戊企业与银行签订的保证合同是否有效？为什么？戊企业无力承担保证责任，应如何处理？说明理由。

4. 万方有限责任公司（以下简称为"万方公司"）拟与万象股份有限公司（以下简称为"万象公司"）合并，万方公司并入万象公司。为此，万方公司董事会拟定了与万象公司合并的方案，之后提交公司股东会讨论。万方公司共有股东 9 人，其中 7 人出席了此次股东会，这些股东所代表的股份占公司股份总额的 85%，有 5 位股东对董事会提交的合并方案投了赞成票，占出席会议的股东所持表决权的 70%，该合并方案为此未能通过。此后，万方公司董事会再次与万象

公司协商，拿出第二份合并方案，万方公司第一大股东 A 公司持有公司 45% 的股权，股东 A 提议将第二份合并方案再次提交公司股东会讨论。于是万方公司董事会根据股东 A 的提议，召集了公司临时股东会，该次会议最终依法定程序通过，同意将万方公司并入万象公司。但是，万方公司的股东 D 在临时股东会上，就该合并方案投了反对票，股东 D 持有万方公司 5% 的股权。于是，股东 D 要求万方公司回购其所持有的公司股权。但公司认为股东 D 提出的回购价格过高，为此拒绝了股东 D 的回购请求。

万方公司与万象公司合并方案通过后，万方公司在作出合并决议后的第 5 天即 6 月 5 日将该公司合并的事宜通知公司的债权人，并于 6 月 20 日在报纸上刊登了有关公司合并事宜的公告。万方公司的原债权人甲有限责任公司（以下简称"甲公司"），于 7 月 8 日在报纸上得知万方公司合并的消息后，有代表公司股份 1/3 以上的股东立即提议召开临时股东会讨论有关债权申报的问题，股东会一致同意由董事会具体负责解决该债务问题。甲公司总经理受董事会之托，代表公司董事会于 7 月 10 日向万象公司申报债权，直至 8 月底万方公司也没有向甲公司清偿债务。

万方公司与万象公司合并的过程中，工商部门发现公司个人股东 B 在公司成立后有抽逃资金的行为；并且该公司有在会计账册以外另立会计账册的行为。工商部门对万方公司的行为依法进行了处罚，在万方公司改正错误，并依法清理债务后，予以办理变更登记，并公告。

万方公司与万象公司合并后，万方公司将其持有的一张已承兑的银行汇票交给万象公司，该汇票的到期日为年 1 月 20 日。万象公司为了向供货单位支付货款将该汇票背书给 B 公司，B 公司持票后于年 2 月 1 日向承兑银行要求付款，但遭到银行的拒绝。理由有二：一是，该汇票背书不连续万象公司不是通过背书的方式取得该汇票，而背书是我国《票据法》规定的唯一合法的转让方式；二是，该汇票已超过付款提示期限。

要求：

根据以上事实，请分别回答下列问题：

(1) 万方公司董事会第一次提交的合并方案股东会为什么没有通过？股东 D 是否有权要求公司回购其所持有的公司股权？其请求被公司拒绝后，股东 D 可以采取什么措施？以上问题分别说明理由。

(2) 甲公司临时股东会召开的情形是否符合法定条件？请说明理由。万方公司就公司合并事项，通知债权人的时间和方式是否合法？债权人甲公司申报债权的时间是否符合要求？在万方公司没有向甲公司清偿债务的情况下，能否合并？请分别说明理由。

（3）对万方公司股东 B 抽逃资金的行为应如何处罚？对万方公司设立账外账的行为应如何处罚？

（4）万象公司能否享有该汇票的权利？付款银行的抗辩理由是否能成立？为什么？

模拟试卷（一）参考答案及解析

一、单项选择题

1.【答案】C
【解析】C 选项所述情形为代理人同时代理双方进行法律行为，属于滥用代理权，代理行为无效。

2.【答案】A

3.【答案】B
【解析】占有人返还原物的请求权，自侵占发生之日起 1 年内未行使的，该请求权消灭。

4.【答案】D
【解析】新入伙的有限合伙人对入伙前有限合伙企业的债务，以其认缴的出资额为限承担责任。

5.【答案】D

6.【答案】C
【解析】公司债权人自接到通知书之日 30 日内，未接到通知书的债权人自第一次公告之日起 90 日内，有权要求公司对其债务承继方案进行修改，或者要求公司清偿债务或提供相应的担保。

7.【答案】D
【解析】（1）外国投资者并购境内企业设立外商投资企业的，外国投资者应自外商投资企业营业执照颁发之日起 3 个月内向转让股权的股东，或出售资产的境内企业支付全部对价。故 A 选项不对。（2）外国投资者认购境内公司增资，有限责任公司的股东应当在公司申请外商投资企业营业执照时缴付不低于 20% 的新增资本。故 B 选项也不对。（3）外国投资者资产并购的，投资者应在拟设立的外商投资企业合同、章程中规定出资期限，合同、章程中规定一次缴付出资的，投资者应在外商投资企业营业执照颁发之日起 6 个月内缴清。因此，C 选项不对。（4）并购后所设外商投资企业注册资本为 210 万美元以上至 500 万美元的，投资总额不得超过注册资本的 2 倍。因此，D 选项符合规定。

8.【答案】B
【解析】破产人的保证人和其他连带债务人，在破产程序终结后，对债权人依照破产清算程序未受清偿的债权，依法继续承担清偿责任。

9.【答案】B

10.【答案】A
【解析】本题属于格式条款的问题。根据《合同法》的规定，当格式条款与非格式条款发生争议时，应当采用非格式条款。本题中加工部悬挂的收费价目表属于格式条款，交给顾客的加工单属于非格式条款。

11.【答案】D

12.【答案】A

13.【答案】B
【解析】确定的金额是各类票据的绝对记载事项之一，绝对记载事项未作记载，该票据无效。

14.【答案】D
【解析】前三项属于可以要求企业进行清产核资的情形。注意区分可以与需要进行清产核资的情形。

15.【答案】B
【解析】（1）A 选项，应当为如果两个以上申请人在同一日分别就同样的发明创造申请专利的，应当在收到专利行政管理部门的通知后自行协商确定申请人。（2）C、D 选项，应当注意区分外国优先权还是本国优先权。

16.【答案】B
【解析】（1）A 选项中 50 亿元应改为 100 亿元；（2）C、D 两项属于经营者集中申报的豁免条件。

二、多项选择题

1.【答案】AB
【解析】A、B 两项适用的诉讼时效期间均为 1 年，A 选项已经过了 1 年的诉讼时效期间；B 选项所反映的诉讼障碍没有发生在诉讼时效的最后六个月内，不引起诉讼时效的中止。C 选项适用诉讼时效的中止，D 选项适用诉讼时效的中断。

2.【答案】ACD
【解析】（1）注意区分按份共有与共同共有，B 选项适用于后者。（2）一个或几个共有人擅自处分共有财产的，其处分行为应当作为效力待定的民事行为处理，但第三人善意、有偿取得该财产的，应当维护第三人的合法权益，对其他共有人的损失，由擅自处分共有财产的人赔偿。所以，C 选项正确。（3）对共有物的管理费用以及其他负担，没有约定或约定不明的，按分共有人按照其份额负担。

3.【答案】ABC
【解析】建设用地使用权必须向登记机构办理登记，登记是建设用地使用权生效的条件。

4.【答案】ACD
【解析】注意《合伙企业法》关于普通合伙人与有限合伙人以其在合伙企业中的财产份额出质的规定不同。

5.【答案】ABC
【解析】《合伙企业法》规定，普通合伙人不得自营或者与他人合作经营与本企业相竞争的业务；有限合伙人可以经营与本企业相竞争的业务，但是合伙协议另有约定的除外。因此，D 选项的事项，合伙协议不得另行作出约定。

6.【答案】BCD
【解析】A 选项所述资产不属于国有资产,归该党、团、工会组织所有。

7.【答案】ABCD
【解析】考生不仅应注意掌握回购本公司股份的情形,还应注意有关回购的具体操作要求。

8.【答案】ABCD

9.【答案】ABC
【解析】注意在破产申请受理后,债务人的财产致人损害所产生的债务,为共益债务。

10.【答案】ABD
【解析】A 选项涉及豁免发出要约收购的情形;D 选项涉及一致行动人的情形。C 选项的错误为限制转让股份的时间,应当为收购行为完成后 12 个月内。

11.【答案】AD
【解析】证券公司从业人员,禁止买卖股票;证券公司的自营业务必须以自己的名义进行,不得假借他人名义或者以个人名义进行,必须使用自有资金和依法筹集的资金。所以,A 选项不符合法律规定。客户的证券买卖委托,不论是否成交,其委托记录应当按照规定的期限,保存于证券公司,保存期限不得少于 20 年。因此,D 选项也不符合规定。

12.【答案】AD
【解析】本题注意两点:第一,注意《物权法》关于保证与物权担保并存时的清偿顺序,与《担保法》的规定不同,根据新法优于旧法的理论,应以《物权法》的规定为准。第二,注意区分保证期间,债权人转让债权和债务人转让债务,保证人是否承担保证责任的要求不同。

13.【答案】ABCD

14.【答案】AC
【解析】通过汇兑方式付款的,如果收款人转帐支付的,应由原收款人向银行填制支款凭证,并由本人交验其身份证件办理支付款项。但该账户的款项只能转入单位或个体工商户的存款账户,严禁转入储蓄和银行卡账户。

15.【答案】ABD
【解析】本题内容涉及银行卡风险控制指标。

16.【答案】ACD
【解析】见票据法中票据权利的行使与保全。A 与 B 具有直接的债权债务关系,并且 B 没有履行基础关系中约定的义务,所以 A 可申请对 B 采取保全措施;而 A 与 C 不存在直接的债权债务关系,所以 A 对 C 持有的票据不得申请采取保全措施;C 向 D 背书票据,由于 D 没有向 C 给付对价,所以 C 可申请对 D 持有的票据采取保全措施;C 向 D 背书票据,由于 D 无货可供,属欺诈行为,为恶意取得,所以 C 可以对恶意取得票据的 D 申请采取保全措施。

17.【答案】BD
【解析】B 属于不正当的有奖销售行为;D 属于政府部门滥用行政权力限制外地商品进入本地市场的行为。

18.【答案】AD
【解析】对于多个经营者被推定共同占有市场支配地位时,其中有的经营者市场份额不足 1/10 的,不应当推定该经营者具有市场支配地位。

三、判断题

1.【答案】×
【解析】应当为经两次催告。

2.【答案】×
【解析】应当经抵押权人同意,或者受让人代为清偿债务消灭抵押权的,抵押人可以把抵押物转让给他人。

3.【答案】√

4.【答案】√

5.【答案】√

6.【答案】×
【解析】合营企业是有限责任公司,企业解散时,应当按照出资比例对剩余财产进行分配。合作企业则可以约定外方先行回收投资时,合作企业届满时,企业的全部固定资产无偿归中方合作者所有。

7.【答案】×
【解析】境内公司及自然人从特殊目的公司获得的利润、红利及资本变动所得外汇,应自获得之日起 6 个月内调回境内。

8.【答案】×
【解析】本题的条件为上市公司增发股票具备的条件之一。首次公开发行股票的条件,应当为最近 3 个会计年度净利润均为正数且累计超过人民币 3000 万元,净利润以扣除非经常性损益前后较低者为计算依据。

9.【答案】√
【解析】第一,因为定金担保属于实践性合同,以实际交付的定金为准。同时按照定金罚则的要求,给付定金的一方不履行合同的无权收回定金,所以,甲在违约时已交付的定金 40 万元不得收回。第二,定金与违约金不得同时并用,所以按照题目要求所计算的 10 万元违约金,显然没有定金的数额高,按照最高赔偿额的计算,应适用定金罚则的规定;第三,实际损失发生额为 5 万元,违约方甲应向乙支付;第四,乙方要求甲方继续履行合同,所以甲应向乙支付 200 万元的货款,这是合同约定的义务;第五,因为 40 万元的定金甲方已经交付给乙方,所以,此时乙方要求甲方支付的最高金额就是 205 万元(即 200 万元+5 万元)。

10.【答案】√

11.【答案】√
【解析】该笔交易没有超过 10 万元。
12.【答案】×
【解析】付款人自收到挂失止付通知书之日起 12 日内没有收到人民法院的止付通知书的，自第 13 日起，挂失止付通知书失效。
13.【答案】×
【解析】固然对于伪造的票据在票据上真实签章的人须承担票据责任，但是该票据由于超过了法定的提示付款期限，则丧失对于前手的追索权，所以 B 作为 D 的前手不承担票据责任，只有出票人 A 承担该票据责任。
14.【答案】×
【解析】应当在 2 年内请求撤销。
15.【答案】√
【解析】因为商标续展的期限自到期日起，还有 6 个月的宽展期。宽展期内该商标仍然受保护。
16.【答案】×
【解析】处罚金额应当为 50 万元以下。

四、综合题

1.【答案】
（1）法院受理 B 公司破产申请的根据是，A 公司已经达到了破产界限。《破产法》规定，债务人不能清偿到期债务，并且明显缺乏清偿能力的，债权人有权向法院提出要求债务人破产的申请。
法院裁定 A 公司进行重整的根据即《破产法》规定，债权人申请对债务人破产清算的，在人民法院受理破产申请后、宣告债务人破产前，债务人或者出资额占债务人注册资本 1/10 以上的出资人，可以向人民法院申请重整。
（2）A 公司对 C 公司的债务清偿，根据《破产法》的规定，由于 A 公司对 C 公司未到期的债务提前清偿的行为发生在法院受理破产申请前 1 年内，因此，管理人有权请求人民法院予以撤销。管理人依法追回 C 公司取得的 A 公司的财产。
A 公司欠 D 银行的贷款，D 公司能够主张优先受偿权。《破产法》规定，人民法院受理破产申请后，有关债务人财产的执行程序应当中止，但物权担保债权人对担保物的执行原则上不中止。因此，在法院未裁定重整程序的情形下，D 银行对其担保债权的优先受偿权不受影响。
A 公司股东甲尚未履行的出资义务，根据《破产法》的规定，人民法院受理破产申请后，债务人的出资人尚未完全履行出资义务的，管理人应当要求该出资人缴纳所认缴的出资，而不受出资期限的限制。
A 公司与 E 公司之间的买卖合同，根据《破产法》的规定，人民法院受理破产申请时，出卖人已将买卖标的物向作为买受人的债务人发运，债务人尚未收到且未付清全部价款的，出卖人可以取回在运途中的标的物。但是，管理人可以支付全部价款，请求出卖人交付标的物。因此管理人可以采取如下两种措施处理：其一，解除合同，由 E 公司取回在运途中的货物，E 公司因解除合同受到的损失，可以实际损失为限申报债权；其二，继续履行，管理人向 E 公司支付全部价款，E 公司交付货物。
A 公司欠 F 公司的货款，F 公司不能主张抵销权。《破产法》规定，债权人已知债务人有不能清偿到期债务或者破产申请的事实，对债务人负担债务的，不得抵销。本案中，债务人 A 公司的债权人 F 公司，在已知 A 公司有不能清偿到期债务的事实，仍然从 A 公司购买设备，从而成为 A 公司的债务人，并且该行为发生在法院受理破产申请之日起 1 年内。根据《破产法》的上述规定，不得抵销。
（3）根据《破产法》的规定，A 公司应当在法院裁定重整程序之日起 6 个月内，即 2007 年 12 月 29 日，同时向人民法院和债权人会议提交重整计划草案。
（4）整顿期间，A 公司为继续营业而向甲银行申请贷款，并提供担保的行为有效。《破产法》规定，重整期间，债务人或者管理人为继续营业而借款的，可以为该借款设定担保。
乙公司如取回加工物，必须按照合同约定向 A 公司支付加工费。因为《破产法》规定，债务人合法占有的他人财产，该财产的权利人在重整期间要求取回的，应当符合事先约定的条件。
A 公司股东请求投资收益分配的行为不合法。《破产法》规定，在重整期间，债务人的出资人不得请求投资收益分配。
A 公司为起草重整计划草案，向某专业机构支付的咨询费，属于共益债务，因为该费用发生在破产案件受理后，为重整进行而发生的费用。根据《破产法》共益债务由债务人财产随时清偿。
（5）如果人民法院裁定终止重整计划执行的，普通债权人对 A 公司债务作出的减免承诺无效。《破产法》规定，人民法院裁定终止重整计划执行的，债权人在重整计划中作出的债权调整的承诺失去效力。
如果 A 公司执行重整计划，执行完毕，A 公司不应就减免债务继续承担清偿责任。《破产法》规定，按照重整计划减免的债务，自重整计划执行完毕时起，债务人不再承担清偿责任。
2.【答案】
（1）根据 A 公司拟发行的可分离交易的可转换公司债券的数量，可计算出该公司的净资产规模至少应当为 750000 万元。因为根据规定，本次发行后累计公司债券余额不超过最近一期末净资产额的 40%。根据有关规定，公开发行可转换公司债券，应当提供担保，但最近一期末经审计的净资产不低于人民币 15 亿元的公司除外。所以，A 公司本次发行公司债券可以不提供担保。

（2）如果 A 公司债券的利率确定为 2%，那么该公司最近 3 个会计年度经营活动产生的现金流量净额平均值应当不低于 6000 万元。根据规定，发行分离交易的可转换公司债券，应符合的条件之一为，最近 3 个会计年度实现的年均可分配利润不少于公司债券 1 年的利息。预计所附认股权全部行权后募集的资金总量应当不超过 30 亿元。因为有关办法规定，发行分离交易的可转换公司债券，其发行条件之一为，预计所附认股权全部行权后募集的资金总量不超过拟发行公司债券的金额。

（3）本次发行的分离交易的可转换公司债券的期限、转股时间、转股价格，以及到期还本付息的处理符合规定。根据规定，可转换公司债券的最长期限为 6 年。转股时间为可转换公司债券自发行结束之日起 6 个月后方可转为公司股票，转股期限由公司根据可转换公司债券的存续期及公司财务状况确定。因此，A 公司确定的转股时间为发行公司债券结束后的 8 个月转股符合规定。关于转股价格，根据规定应不低于募集说明书公告日前 20 个交易日该公司股票交易均价和前一个交易日的均价。A 公司董事会确定的转股价格方案符合上述规定。关于到期还本付息的规定为，可转换公司债券持有人不转换为股票的，上市公司应当在可转换公司债券期满后 5 个工作日内办理完毕偿还债券余额本息的事项。

可转换公司债券的转股价格，在转股期间内始终保持不变的方案，不符合有关规定。根据规定，募集说明书应当约定转股价格调整的原则及方式。发行可转换公司债券后，因配股、增发、送股、派息、分立即其他原因引起上市公司股份变动的，应当同时调整转股价格。如果募集说明书约定转股价格向下修正条款的，应当同时约定：（1）转股价格修正方案须提交股东大会表决，且须经出席会议的股东所持表决权的 2/3 以上同意。股东大会进行表决时，持有公司可转换公司债券的股东应当回避。（2）修正后转股价格不低于前项规定的股东大会召开日前 20 个交易日该公司股票交易均价和前一个交易日的均价。

（4）根据规定，募集说明书应当约定，上市公司改变公告的募集资金用途的，赋予债券持有人一次回售的权利。因此，A 公司约定根据本次发行的分离交易的可转换公司债券募集资金投资项目的实施情况，若根据中国证监会相关规定属于改变募集资金用途的，保证债券持有人一次回售债券的权利，是必须的。

（5）认股权证的存续期间、行权期间以及行权价格均符合规定。根据规定，认股权证的存续期间不超过公司债券的期限，A 公司确定的认股权

证的存续期间为 24 个月，未超过公司债券 6 年的期限。行权期间按规定为存续期届满前的一段时间，或者是存续期内的特定交易日。A 公司确定的行权期间为存续期届满前的 5 个交易日。行权价格应不低于公告募集说明书前 20 个交易日公司股票均价和前一个交易日的均价。A 公司确定的行权价格为不低于公司股票在募集说明书公告前 20 个交易日均价和前一个交易日均价的 120%，符合规定。

（6）A 公司临时股东大会的召开是合法。首先，根据《公司法》的规定，公司董事会有权提议召开临时股东大会，并且于该情形发行之日起 2 个月内召开。第二，临时股东大会的通知，已于会议召开 30 日前发出。《公司法》的规定，公司发行无记名股票的，应当于会议召开 30 日前将会议召开的时间、地点及审议的事项通知股东。

某股东所提出的问题将不会导致本次发行分离交易的可转换公司债券的法律障碍。根据规定，上市公司增发股票及可转换公司债券应符合的条件之一为，最近 24 个月内曾公开发行证券的，不存在发行当年营业利润比上年下降 50% 以上的情形。但是，该规定是对发行可转换公司债券前 24 个月内发生情况的界定，而不是发行后当年预期营业利润的要求，所以，对本次发行可转换公司债券并不够成法律障碍。不过如果 A 公司在本次发行可转换公司债券后，出现该类问题，将致使 A 公司在其后的 24 个月内不得发行新股及公司债券。

3.【答案】

（1）乙研究所许可 A 公司使用 S 专利技术的行为对甲公司并不构成违约。因为双方在专利许可合同中没有约定实施许可的方式，应认定为普通实施许可，所以乙研究人作为许可人，除了许可甲公司实施该专利外，还可在相同的范围内许可他人实施该专利。S 专利技术应当属于方法发明，如果乙研究所起诉 B 公司，依照法律规定，诉讼中的举证责任在被告一方，即 B 公司。

（2）乙研究所未与甲公司协商独自将 M 技术秘密申请专利的行为不是违约行为。因为双方订立的该技术秘密转让合同没有就乙研究所将该技术秘密申请专利的的行为加以限制，因此，作为该技术秘密的让与人乙研究所可以申请专利。甲公司对乙研究所停止支付使用费，并将 M 技术提供给 C 大学的行为，构成对乙研究所的违约。虽然乙研究所将 M 技术秘密申请专利，该技术被公开，但是该技术仍然属于乙研究所所有，因此，甲公司使用该技术就应当按照合同约定支付使用费，并且甲公司对该技术只享有使用权，无权在未经该技术所有人乙研究所同意的情况下擅自转让。所以，甲公司应停止违约行为，向研究

所支付使用费。

（3）合同法规定，承揽人将承揽的主要工作交由第三人完成的，应当就该第三人完成的工作成果向定作人负责。根据上述规定，丙公司应当向甲公司承担违约责任。如果在合同履行期间，甲公司发现丙公司擅自将该批生产任务交付给D公司完成，可以解除合同。如果丙公司如期完成加工任务，甲公司未按合同约定的时间验收并支付加工费的，丙公司可以行使留置权。

（4）机床毁损的责任应当由E运输公司承担。第一，丁公司按照合同约定将该机床交付给E运输公司后，按照合同法的规定，该机床的毁损、灭失的风险责任即转移至买受人甲公司，因此出卖人丁公司不承担标的物毁损、灭失的风险责任。第二，E运输公司虽然遭遇山洪暴发的不可抗力，但该不可抗力发生在合同履行期限届满后，合同法规定，当事人迟延履行后发生不可抗力的，不能免除责任。因此E运输公司应当承担该责任。

（5）保证人戊企业的观点是正确的。《物权法》规定，被担保的债权既有物的担保又有人的担保的，债务人不履行到期债务，债权人应当按照约定实现债权。本案中，既然债权人F银行与保证人戊企业之间约定，保证承担抵押物拍卖后不足以清偿的部分，因此即应当按照约定执行，首先执行物的担保。

（6）戊企业与银行签订的保证合同有效。首先，《合伙企业法》规定，除合伙协议另有约定外，以合伙企业名义为他人提供担保，应经全体合伙人同意。普通合伙人A代表企业与银行签订的合同是根据合伙协议的约定订立的，不违反法律规定。第二，合伙企业作为一类经济组织，具备订立保证合同的主体资格。

戊企业无力承担保证责任的，根据《合伙企业法》的规定，应当由合伙人以个人财产承担责任。具体而言，合伙人A为普通合伙人，其应当承担无限连带责任；合伙人B、C为有限合伙人，依法以其认缴的出资额承担责任。

4.【答案】

（1）万方公司第一次董事会提交方案没有通过的原因是股东会的决议未达到法定比例。根据《公司法》的规定，有限责任公司股东会讨论决定公司合并、分立等事项时，必须经代表2/3以上表决权的股东通过，股东会决议由股东按照出资比例行使表决权。而该公司股东会的表决未达到股东表决权的2/3。

股东D有权要求公司回购其所持有的公司股权。因为《公司法》规定，公司合并、分立、转让主要财产的决议通过后，对股东会议该项决议投反对票的股东可以请求公司按照合理的价格回购其股权。其请求被公司拒绝后，根据《公司法》的规定，股东D可以自股东会会议通过之日起90日内向人民法院提起诉讼。

（2）甲公司临时股东会的召开符合法定条件。《公司法》规定，有代表1/10以上表决权的股东提议召开临时股东会的，公司应当召开。

万方公司就公司合并事项，通知债权人的时间和方式，以及债权人甲公司申报债权的时间都是合法的。因为《公司法》规定，公司发生合并的，公司应当自作出合并决议之日起10日内通知债权人，并于30日内在报纸上公告。债权人自接到通知之日起30日内，未接到通知书的自公告之日起45日内，可以要求公司清偿债务或者提供相应的担保。本案中万方公司自作出合并决议的5日内向债权人发出通知，30日内在报纸上进行公告。债权人甲公司没有接到万方公司的合并通知，其自公告之日起第20日向万方公司申报债权。故以上做法均符合法律规定。

在万方公司没有向甲公司清偿债务时，公司不能合并。因为万方公司于年6月20日进行公告，债权人甲公司于7月10日向其申报债权，符合公司法规定的自公告之日起45日内，债权人申报债权的要求。而万方公司一直没有向甲公司清偿债务，根据公司法律制度的规定，公司合并的，应当自公告之日起45日后申请登记，提交合并协议和合并决议或者决定以及公司在报纸上登载公司合并公告的有关证明和债务清偿或者债务担保情况的说明。由于万方公司没有向债权人甲公司清偿债务，故不能如实提供公司清偿债务或者提供担保的说明，公司登记机关不能为此办理有关合并登记的事项。

（3）根据《公司法》的规定，对万方公司股东B抽逃资金的行为，应责令其改正，处以抽逃出资金额5%以上10%以下的罚款。构成犯罪的，依法追究刑事责任。在法定的会计账册之外另立会计账册的，责令改正，处以5万元以上50万元以下的罚款。构成犯罪的，依法追究其刑事责任。

（4）万象公司享有该汇票的权利。因为《公司法》规定，公司合并时，合并各方的债权、债务由合并后存续的公司或新设的公司承继。万方公司与万象公司的合并属于吸收合并，合并之后万象公司依然存在，所以有权享有该汇票的权利。

付款银行的抗辩理由不能成立。第一，根据《票据法》的规定，票据权利的取得方式除了出票、背书之外，还可通过税收、赠与、继承、企业合并等方式取得；第二，该汇票为已承兑的汇票，已承兑的汇票即使持票人超过付款提示期限提示付款的，承兑人仍然须承担付款的责任。所以，承兑银行的抗辩理由不成立。

2009 年注册会计师全国统一考试模拟试卷（二）

注意事项：

1. 单项选择题、多项选择题、判断题的答题结果填涂在答题卡上；
2. 计算题、综合题的答题结果写在答题卷上；
3. 在试题卷上填写答题结果无效。

一、单项选择题（本题型共 16 题，每题 1 分，共 16 分。每题只有一个正确答案，请从每题的备选答案中选出一个你认为正确的答案，在答题卡相应位置上用 2B 铅笔填涂相应的答案代码。答案写在试题卷上无效。）

1. 甲在乙处寄存物品，于 2005 年 4 月 10 日取回，发现该物已毁损，找乙处要求赔偿未果，一气之下住进医院，治疗一个月之后出院。出院后，如果甲起诉乙，其诉讼时效应截止到（   ）。
   A. 2007 年 4 月 10 日   B. 2007 年 5 月 10 日
   C. 2006 年 4 月 10 日   D. 2006 年 5 月 10 日

2. 甲的电脑被乙窃取，乙又将该电脑处分。根据《物权法》的规定，下列各项中，关于该事件的处理正确的是（   ）。
   A. 乙将该电脑卖与丙，丙对乙窃取电脑之事不知晓，丙取得该电脑的所有权
   B. 乙将该电脑卖与丙，丙知道乙转让的电脑是甲的，丙应当通知甲，并有权要求甲支付报酬
   C. 乙将该电脑赠与丙，丙对乙窃取电脑之事不知晓，丙取得该电脑的所有权
   D. 乙窃取的电脑被丙拾得，丙在向甲返还电脑时，可以要求甲支付必要的费用

3. 赵、钱、孙、李四人共同出资创办一家普通合伙企业，生产加工豆类制品。为了扩大经营，合伙企业于 2005 年 10 月向银行贷款 10 万元，还款期限为 1 年。2006 年 6 月经赵、钱、孙三位合伙人的同意，合伙人李退伙。银行贷款到期时，合伙企业发生亏损，无力偿还，这笔银行贷款应该由（   ）。
   A. 赵、钱、孙按照合伙协议约定的比例偿还
   B. 赵、钱、孙承担连带责任
   C. 赵、钱、孙、李按照合伙协议约定的比例偿还
   D. 赵、钱、孙、李承担连带责任

4. 根据企业国有产权转让的有关规定，下列各项中，不符合规定的是（   ）。
   A. 转让企业国有产权的首次挂牌价格不得低于经核准或备案的资产评估结果
   B. 经公开征集没有产生意向受让方的转让方可以根据标的企业情况确定新的挂牌价格并重新公告

   C. 如拟确定的新的挂牌价格，不得低于资产评估结果的 90%
   D. 对经公开征集只产生一个意向受让方而采取协议转让的，转让价格按本次挂牌价格确定

5. 根据有关规定，外国投资者以股权作为支付手段并购境内公司的，商务部在收到境内公司报送的全部文件后对并购申请进行审核，符合条件的，颁发批准证书，该批准证书的有效期为（   ）。
   A. 自营业执照颁发之日起 6 个月
   B. 自批准证书颁发之日起 6 个月
   C. 自营业执照颁发之日起 1 年
   D. 自批准证书颁发之日起 1 年

6. 根据国有资产管理法律制度的规定，下列各项中，关于企业改制的表述，不正确的是（   ）。
   A. 改制为国有控股企业的，改制后企业继续履行改制前企业与留用的职工签订的劳动合同，原企业不得向继续留用的职工支付经济补偿金
   B. 改制为国有控股企业的，留用的职工在改制前企业的工作年限应合并计算为在改制后企业的工作年限
   C. 改制为非国有企业的，对企业改制时解除劳动合同且不再继续留用的职工，要支付经济补偿金
   D. 改制为非国有企业的，对经确认的拖欠职工的工资、集资款、医疗费和挪用的职工住房公积金以及企业欠缴社会保险费，原则上要一次付清；改制为国有控股企业的，确有困难的经批准可以分期支付

7. 根据《公司法》的规定，下列有关股份有限公司股东大会的表述，不符合规定的是（   ）。
   A. 股东大会年会应当每年召开一次，出现召开临时股东大会的法定情形时，应当在两个月内召开临时股东大会
   B. 股东大会的首次会议由出资最多的股东召集和主持
   C. 股东大会不得对向股东通知中未列明的事项作出决议
   D. 单独或者合计持有公司 3% 以上股份的股东，可以在股东大会召开 10 日前提出临时提案并书面提交董事会；董事会应当在收到提案后 2 日内通知其他股东，并将该临时提案提交股东大会审议

8. 根据《公司法》的规定，上市公司在一年内购买出售资产或者担保金额超过一定比例的，应当由股东大会作出决议，并经出席会议的股东所持

表决权的2/3以上通过。该一定比例为（　　）。

A. 公司净资产总值的30%

B. 公司资产总额的30%

C. 公司净资产总值的50%

D. 公司资产总额的50%

9. 根据《破产法》的规定，下列各项中，可以行使破产抵销权的情形是（　　）。

A. 债权人A对破产企业B的100万元债权，与购买破产企业B机器设备的拍卖款100万元相抵销

B. 在破产申请受理前，破产企业B欠C公司100万元债务，后C公司自债务人B企业处购得一批100万元产品，至债务人B企业被法院宣告破产时，C公司在其向B企业承担的付款义务尚未到期，C公司主张将两笔债务抵销

C. 破产企业B的股东D企业在破产企业中享有100万元的债权，股东D企业可以将其未缴纳的100万元注册资本与该债权相抵销

D. 破产企业B的债务人E，在破产案件受理后，取得破产企业债权人A的债权，可以与所欠破产企业B的债务抵销

10. 根据《收购管理办法》的规定，下列各项中，关于收购人进行要约收购的，对同一种类股票的要约价格的确定，符合规定的是（　　）。

A. 不得低于要约收购提示性公告日前一个交易日的均价

B. 不得低于定价基准日前20个交易日公司股票均价的90%

C. 不得低于要约收购提示性公告日前6个月内收购人取得该种股票所支付的最高价格

D. 不得低于收购公告前20个交易日该公司股票交易均价和前一个交易日的均价

11. 根据法律规定，下列各项中有关公司债券发行及上市交易的表述，不符合规定的是（　　）。

A. 发行可转换公司债券的条件之一为，公司最近一期末经审计的净资产不低于人民币10亿元，最近3个会计年度实现的年均可分配利润不少于公司债券1年的利息

B. 累计公司债券余额不得超过最近一期末公司净资产额的40%

C. 公司债券发行额不得低于5000万元

D. 公司连续2年连续亏损，应当暂停公司债券交易

12. 某饭店要求某服装厂加工80套工作服，其中70套为西服，10套为中式服装。服装厂作完成，通知饭店前来取货并支付定作费用。饭店验收时发现80套工作服均为西服，提出服装厂违约。服装厂则辩称：我厂服务须知中明确写到，本厂只生产西服，饭店没有尽到应有的注意，责任自负，与我厂无关。本案的处理意见应为（　　）。

A. 服装厂无理，应向饭店承担违约及赔偿责任

B. 服装厂的辩解正确，责任由饭店自负

C. 该合同为重大误解的合同，服装厂有权撤销

D. 该合同为显失公平的合同，饭店有权撤销

13. 根据外汇管理法律制度的规定，下列各项中，符合规定的是（　　）。

A. 境内机构、个人的外汇收入可以调回境内，但不得存放境外

B. 只要是确属经常项目下的国际交易支付和转移，就可以对外支付，不得有数量限制

C. 银行为境内机构和境外机构办理外汇收支业务，均应先为其开立外汇账户，并通过外汇账户办理

D. 境外投资者经审批，可以进入我国境内的A股市场和B股市场购买股票

14. 贷记卡持卡人选择最低还款额方式或超过发卡银行批准的信用额度用卡时，不再享受免息还款期待遇，应当支付未偿还部分按规定利率计算的透支利息。该透支利息的偿还的起算时间为（　　）。

A. 自透支日

B. 自银行记账日

C. 应当支付现金交易额日

D. 最低还款额的到期日

15. 根据商标法律制度的规定，未被认定为驰名商标的，自认定结果作出之日起，一定期限内，当事人不得以同一商标就相同事实和理由再次提出认定请求。该一定期限为（　　）。

A. 6个月　　　　　　　B. 1年

C. 2年　　　　　　　　D. 3年

16. 甲公司拥有W实用新型的专利。乙公司未经甲公司许可使用W实用新型专利用于生产，并于2007年3月9日将其生产的产品投放市场。2007年5月10日，甲公司发现乙公司擅自使用其实用新型专利的行为。甲公司欲通过诉讼主张自己的权利，如果至甲公司提起诉讼时，该侵权行为仍在继续。下列各项中，有关该事件处理的正确表述是（　　）。

A. 甲公司应当在2009年3月9日前提起诉讼，否则丧失胜诉权

B. 甲公司应当在2009年5月10日前提起诉讼，否则丧失胜诉权

C. 甲公司于2009年3月9日以后提起诉讼，人民法院应当判决被告停止侵权行为，侵权损害赔偿数额应当自权利人向人民法院起诉之日向前推2年计算

D. 甲公司于2009年5月10日以后提起诉讼，人民法院应当判决被告停止侵权行为，侵权损害赔偿数额应当自权利人向人民法院起诉之日起向前推2年计算

二、多项选择题（本题型共 20 题，每题 1 分，共 20 分。每题均有多个正确答案，请从每题的备选答案中选出你认为正确的答案，在答题卡相应位置上用 2B 铅笔填涂相应的答案代码。每题所有答案选择正确的得 1 分；不答、错答、漏答均不得分。答案写在试题卷上无效。）

1. 李某为给病危的父亲治病急需用款 10 万元，王某表示愿意借给，但 1 年后须加倍偿还，否则须以其三居室住房代偿，李某表示同意。此行为属于（　　）。
   A. 无效的借款合同
   B. 可撤销的借款合同
   C. 乘人之危的借款合同
   D. 有效的借款合同

2. 根据《个人独资企业法》的规定，下列各项中，投资人聘用的管理人员的行为，必须经投资人同意的有（　　）。
   A. 从事与本企业相竞争的业务
   B. 同本企业订立合同
   C. 将企业商标转让给他人使用
   D. 以企业财产提供担保

3. 根据国有股东转让所持上市公司股份的有关规定，国有控股股东按照内部决策程序决定转让所持上市公司股份，完成转让后，事后报省级或省级以上国有资产监督管理机构备案。除了应当具备国有控股股东转让股份不涉及上市公司控制权的转移条件外，还应当具备的条件有（　　）。
   A. 总股份不超过 10 亿股的上市公司，国有控股股东连续三个会计年度内累计净转让股份的比例未达到上市公司总股本的 5%
   B. 总股份不超过 10 亿股的上市公司，国有控股股东连续三个会计年度内累计净转让股份的数量未达到 3000 万股
   C. 总股本超过 10 个亿的上市公司，国有控股股东在连续三个会计年度内累计净转让股份的数量未达到 5000 万股
   D. 总股本超过 10 个亿的上市公司，国有控股股东在连续三个会计年度内累计净转让股份的比例未达到上市公司总股本的 3%

4. 根据有关规定，外购投资者在境外发生并购，并购方应在对外公布并购方案之前或者报所在国主管机构的同时，向商务部和国家工商行政管理总局报送并购方案。下列各项中，属于规定情形的有（　　）。
   A. 境外并购一方当事人在我国境内拥有资产 30 亿元人民币以上
   B. 境外并购一方当事人当年在中国市场上的营业额 15 亿元人民币以上
   C. 境外并购一方当事人及与其有关联关系的企业在中国市场占有率已经达到 20%
   D. 由于境外并购，境外并购一方当事人直接或者间接参股境内相关行业的外商投资企业将超过 15 家

5. 下列各项中，关于外国投资者并购境内企业的说法，符合有关规定的有（　　）。
   A. 外国投资者股权并购的，并购后所设外商投资企业继承被并购境内公司的债权和债务
   B. 外国投资者资产并购的，并购后所设外商投资企业继承被并购境内公司的债权和债务
   C. 出售资产的境内企业应当在投资者向审批机关报送申请文件之前至少 15 日，向债权人发出通知书，并在全国发行的省级以上报纸上发布公告
   D. 所设外商投资企业，外国投资者出资比例低于 25% 的，投资者应当自营业执照颁发之日起 3 个月内缴清出资

6. 根据《公司法》的规定，股份有限公司为奖励给本公司职工，可以收购本公司的股份。下列各项中，有关在此情形下收购本公司股份的表述，符合规定的有（　　）。
   A. 所收购的股份，不得超过本公司已发行股份总额的 5%
   B. 用于收购的资金应当从公司的税后利润中支出
   C. 所收购的股份应当在 1 年内转让给职工
   D. 应当自收购之日起 10 日内注销

7. 甲股份有限公司在公司成立后，其发起人 A 公司抽逃出资 300 万元。根据《公司法》的规定，下列各项中，对 A 公司可以采取的处罚有（　　）。
   A. 由公司登记机关责令改正
   B. 处以 30 万元的罚款
   C. 构成犯罪的，可以并处或者单处 30 万元的罚金
   D. 对 A 公司的主要负责人追究刑事责任

8. 华新水泥厂因长期负债，不能清偿到期债务，该厂债权人于 2006 年 3 月 3 日向法院申请破产，法院于 3 月 8 日受理该破产案件。下列各项中，法院应当裁定宣告华新水泥厂破产的情形有（　　）。
   A. 华新厂与债权人会议达成和解协议，该协议由出席会议的有表决权的债权人过半数同意，并且其所代表的债权额占无财产担保债权总额的 2/3 以上
   B. 华新厂向法院申请重整，债务人或管理人自法院裁定重整之日起 6 个月内未向法院和债权人会议提交重整计划草案的
   C. 华新厂不能执行重整计划，管理人请求法院裁定终止重整计划执行的
   D. 按照和解协议偿还 70% 债务的要求，华新厂已向债权人偿还了全部债务的 70%，尚有 30% 的债务未予偿还

9. 根据《破产法》的规定，下列各项中，属于共益债务的有(　　)。
   A. 管理人执行职务的费用、报酬和聘用工作人员的费用
   B. 因管理人请求对方当事人履行双方均未履行完毕的合同所产生的债务
   C. 未有法定及约定义务，而管理债务人财产发生的债务
   D. 债务人财产致人损害所产生的债务

10. 根据《证券法》的规定，下列各项中，属于重大事件，应当报送临时报告的情形有(　　)。
    A. 持有公司股份最多的前 10 名股东名单和持股数额
    B. 公司生产经营所需的煤炭、电力等价格上涨导致公司生产经营成本有较大增加
    C. 持有公司 5% 股份的股东，增加持有公司股份
    D. 公司董事、监事、高级管理人员涉嫌犯罪被司法机关采取强制措施

11. 根据《合同法》的规定，下列情形中，合同效力不能确定的有(　　)。
    A. 一位小学生接受某公司捐赠而订立的合同
    B. 一位中学生因向他人转让个人电脑而订立的合同
    C. 行为人超越代理权以被代理人名义订立的合同
    D. 承租人将租住的房屋卖与他人而订立的合同

12. 根据中国证监会的有关规定，下列各项有关上市公司提供担保的内容必须经出席董事会的 2/3 以上的董事审议通过后，方可提交股东大会审批的情形，符合规定的有(　　)。
    A. 对外担保总额超过最近一期经审计净资产 50% 以后提供的任何担保
    B. 为资产负债率超过 70% 的担保对象提供的担保
    C. 单笔担保额超过最近一期经审计净资产 10% 的担保
    D. 对股东、实际控制人及其关联方提供的担保，股东大会在审议该担保议案时，由出席股东大会的股东所持表决权的半数以上通过

13. 根据《担保法》及相关司法解释的规定，下列各项中有关定金的内容，符合法律规定的有(　　)。
    A. 定金可以抵作价款
    B. 定金合同自双方当事人签字、盖章之日起生效
    C. 出卖人通过认购、订购、预订等方式向买受人收受定金作为订立商品房买卖合同担保的，如果因当事人一方原因未能订立的，适用定金罚则
    D. 出卖人通过认购、订购、预订等方式向买受人收受定金作为订立商品房买卖合同担保的，如果因不可归责于当事人双方的事由，导致合同未能订立的，由双方协商返还定金

14. 根据外汇管理法律制度的规定，下列各项中，有关外债管理的表述，符合规定的有(　　)。
    A. 国际金融组织贷款和外国政府贷款由国家统一对外举借
    B. 境内中资机构从境外举借中长期国家商业贷款，须经国家发改委批准
    C. 境内中资机构从境外举借短期国际商业贷款，由国家外汇管理局核定外债限额，实行余额管理
    D. 金融机构在境外发行外币债券，必须经国务院外汇管理部门批准，并按照国家有关规定办理手续

15. 下列各项中，有关银行结算账户使用过程中应当注意事项的内容，符合规定的有(　　)。
    A. 存款人开立单位银行结算账户，自正式开立之日起 3 个工作日后，方可办理付款业务
    B. 存款人不得出租、出借银行结算账户
    C. 临时存款账户的有效期最长不得超过 3 年
    D. 储蓄账户仅限于办理现金存取业务，不得办理转账结算

16. 下列各项中，符合异地存款账户开立条件的有(　　)。
    A. 营业执照注册地与经营地不在同一行政区域需要开立基本存款账户的
    B. 办理异地借款和其他结算需要开立一般存款账户的
    C. 存款人因附属的非独立核算单位或派出机构发生的收入汇缴需要开立专用存款账户的
    D. 异地临时经营活动需要开立临时存款账户的

17. 根据《票据法》的规定，背书人以背书方式转让汇票，下列各项中，背书人应该承担汇票责任的有(　　)。
    A. 被拒绝承兑的汇票
    B. 背书人不知道被伪造过的汇票而签章
    C. 被拒绝付款的汇票
    D. 超过付款提示期限的汇票

18. 根据《物权法》的规定，下列各项中，关于物权保护的表述中，正确的有(　　)。
    A. 甲占有的电视，乙认为应归其所有，乙可以请求法院要求甲返还电视
    B. 甲的房屋被乙租用，租期届满后，乙不返还承租的房屋，甲可以请求返还房屋
    C. 甲在其承包经营的土地种植蔬菜，被乙的牲畜踩踏，甲可以请求乙停止侵害、排除妨碍、赔偿损失
    D. 甲的电脑被乙撞坏，甲可以请求乙恢复原状

19. 根据《商标法》的规定，下列各项中使用注册商标的情形中，应当由商标局责令限期改正或

者撤销其注册商标的有(　　)。

A. 自行改变注册商标的

B. 连续 3 年停止使用的

C. 自行许可他人使用注册商标的

D. 自行改变注册商标注册人的地址的

20. 根据国有资产管理法律制度的规定,下列各项中,有关国有股权协议转让的表述,符合规定的有(　　)。

A. 受让国有股东所持上市公司股份后拥有上市公司实际控制权的,受让方应为法人

B. 受让方或其实际控制人设立 3 年以上,最近 2 年连续盈利且无重大违法违规行为

C. 拟受让方以现金支付股份转让价款的,国有股东应在股份转让协议签订后 5 个工作日内收取不低于转让收入 30% 的保证金,其余价款应在股份过户前全部结清

D. 在全部转让价款支付完毕或交由转让双方共同认可的第三方妥善保管前,不得办理转让股份的过户登记手续

三、判断题(本题型共 14 题,每题 1 分,共 14 分。请判断每题的表述是否正确,你认为表述正确的,请在答题卡相应位置上用 2B 铅笔填涂代码"√",你认为错误的,请填涂代码"×"。每题判断正确的,得 1 分;每题判断错误的,倒扣 1 分;不答题既不得分,也不扣分。扣分最多扣至本题型零分为止。答案写在试题卷上无效。)

1. 根据《物权法》的规定,在建筑物区分所有权制度中,选聘或者解聘物业服务机构或者其他管理人等事项应当经专有部分占建筑物总面积过半数的业主且占总人数过半数的业主同意即可。(　　)

2. 甲合伙企业的普通合伙人 A 向乙借款 1 万元,到期后一直未还,此时乙与甲合伙企业签订一份金额为 1 万元的合同,为此,乙可以以 A 所欠其 1 万元的债权与该合同发生的 1 万元债务相抵。(　　)

3. 公司减少注册资本的,应当自减少注册资本决议或者决定作出之日起 45 日后申请变更登记,并应提交公司在报纸上登载其减少注册资本公告的有关证明和公司债务清偿或债务担保情况的说明。(　　)

4. 中外合作经营企业可以依法设立为有限责任公司,其利润分配比例可以按照合同约定的方式和比例进行,可以采取净利润分成、产品分成或产值分成等分配方式。(　　)

5. A 公司与 B 公司因合同纠纷引起诉讼,法院依法判决 A 公司向 B 公司支付货款。但是 A 公司拒不执行法院判决,B 公司申请法院强制执行。执行期间,因 A 公司其他债权人的申请,法院受理了 A 公司的破产案件,此时,法院的执行程序应当终结,B 公司凭生效判决书向受理破产案

件的法院申报债权,统一依破产程序公平受偿。(　　)

6. 某上市公司拟发行公司债券 1 亿元,采取一次核准,分期发行的方式。自证监会核准发行之日起 3 个月内首期发行 3000 万元,剩余债券在 2 年内发行完毕。该公司拟订的发行方案符合规定。(　　)

7. 投资者及其一致行动人不是上市公司的第一大股东或者实际控制人,其拥有权益的股份达到或者超过该公司已发行股份的 5% 但未达到 20% 的,应当编制简式权益变动报告书。(　　)

8. 某商场发布广告称,自广告发布之日起 10 日内购物满 2000 元者,有资格参加本商场举办的抽奖活动,中奖者一等奖为 25 英寸彩电一台,此外还规定了二等奖和三等奖的奖品,中奖当日现场领取奖品。该广告为要约邀请。(　　)

9. 行纪人卖出或者买入具有市场定价的商品,除委托人有相反的意思表示的以外,行纪人自己可以作为买受人或者出卖人。但此时,行纪人不可以要求委托人支付报酬。(　　)

10. 租赁物危及承租人的安全或者健康的,即使承租人订立合同时明知该租赁物质量不合格,承租人仍然可以随时解除合同。(　　)

11. 银行业金融机构在经批准的经营范围内可以直接向境外提供商业贷款。其他境内机构向境外提供商业贷款,应当向外汇管理机关提出申请,外汇管理机关根据申请人的资产负债等情况作出批准或不批准的决定。擅自对外借债、在境外发行债券或者提供对外担保等违反外债管理行为的,由外汇管理机关给予警告,处违法金额 30% 以下的罚款。(　　)

12. 企业国有产权向管理层转让后仍保留有国有产权的,参与受让企业国有产权的管理层可以作为改制后企业的国有股股东代表。(　　)

13. 经营者对反垄断执法机构作出的有关经营者集中的决定不服的,须先申请行政复议,对行政复议决定不服,才可提起行政诉讼;对其作出的其他决定,则可以申请行政复议,也可以直接提起行政诉讼。(　　)

14. 专利权人自专利权被授予之日起满 3 年,且自提出专利申请之日起满 4 年,无正当理由未实施或者未充分实施其专利的,其他单位或个人可以申请专利行政主管部门给予强制许可。(　　)

四、综合题(共 4 题,共 50 分,第 1 题 11 分,第 2 题 13 分,第 3 题 15 分,第 4 题 11 分。)

1. (1) A 股份有限公司为一家上市公司,公司的股本总额为 80000 万股,现有资产 12 亿元。2008 年 3 月 A 上市公司(以下简称"A 公司")召开董事会,会议作出两项决定:第一,A 公司于 2008 年 4 月 28 日召开本年度股东大会;第二,

任命 A 公司控股股东甲集团公司的董事李某担任本公司总经理。此外，还有两项提案提请本次股东大会讨论：第一，本年度公司为其他企业对外提供担保金额拟定为 38000 万元；第二，审议通过独立董事人选。独立董事候选人共有 4 人，提交股东大会从中确定 3 名人选。该 4 位候选人情况为：

甲，大学学历，注册会计师，执业 6 年；

乙，经济学博士，其父亲持有 A 公司 10 万股份；

丙，法学教授，其妻子 1 年前曾在 A 公司的控股股东甲公司处任职；

丁，经济学教授，A 公司控股的 B 公司的营销顾问。

以上 4 位均已参加有关独立董事的培训并通过相关考试取得相应资格。

（2）A 公司股东大会如期召开。有代表公司股份总额 90% 以上的股东出席会议，就董事会提交讨论的第一个事项，有 43000 万股赞成票，21500 万股反对票，另有 7900 万股弃权票。

（3）独立董事人选确定后，A 公司拟与其股东 C 公司达成一项金额为 350 万元的买卖合同。该事项在征求了独立董事的意见后，提交董事会讨论决定。有 1/2 以上的董事出席了会议，并经出席会议的董事过半数讨论通过。

（4）有两名独立董事提议公司召开临时股东大会，提议解聘 D 会计师事务所，同时聘用 E 会计师事务所担任本公司的审计工作。

要求：

根据以上事实，请分别回答下列问题：

（1）A 公司董事会通过的两项决议是否合法？说明理由。董事会是否有资格向股东大会提交独立董事的候选人？4 位候选人是否符合任职条件？说明理由。

（2）股东大会能否通过有关公司对外担保的方案？说明理由。

（3）A 公司董事会在讨论该买卖合同前，应如何征求独立董事的意见？董事会能否通过该项合同？说明理由。

（4）独立董事是否有权提议召开临时股东大会，以及提议聘用或者解聘会计师事务所？董事会应否接受上述提议？

2.（1）某证券公司营业部经理张某与某房地产公司总经理助理刘某是同学。刘某于 2006 年 5 月 16 日晚聚餐时将 A 房地产公司将收购 B 上市公司 30% 以上股票的计划透露给张某。该证券公司营业部在得知这一信息后，即于同年 5 月 17 日至 5 月 27 日以个人名义三次购入 B 上市公司股票 80 万股，总计动用资金 800 多万元，其中绝大部分是占用客户存入交易结算资金，并于 6 月 10 日高价抛出，获利近 200 万元。张某个人

也低价买入、高价卖出该股票获利 18.5 万元。

（2）证券公司经理张某的亲戚谢某一直想炒股，但由于缺乏经验，为避免风险，于是通过张某的关系，和某证券公司达成一项全权委托协议，委托该证券公司代理进行股票买卖操作，并授权证券公司可自行决定买卖证券的种类、数量和价格，代理期限一年。代理期限内如赢利由谢某和证券公司各得 70% 和 30%，如亏损则由证券公司全额补偿给谢某。代理期满，谢某炒股资金净亏 20 万元，谢某即要求证券公司依据双方的协议补偿 20 万元。

（3）如果 A 房地产公司拟收购 B 上市公司股东 C 公司持有的 30% 的股票。为此 A 房地产公司与 B 公司达成收购协议。如果协议依法达成，A 公司通过协议已持有 B 公司 30% 的股份。

（4）A 房地产公司收购行为完成后，与 B 上市公司又签订了一份买卖合同，A 房地产公司从 B 上市公司购买原材料一批，价值为 1000 万元。为支付该笔货款，B 上市公司要求 A 房地产公司提供担保。于是，A 房地产公司与 B 上市公司签订质押担保合同，约定 A 房地产公司将其持有的 B 上市公司的股票质押给 B 上市公司。双方订立质押担保合同后，A 房地产公司并没有将其持有的 B 上市公司的股票办理有关质押登记的手续。

（5）如果 B 上市公司增发新股，拟定向 300 人的特定对象采取非公开方式定向募集，募集股份数额 50000 万股。在其确定的定向募集对象中，包括 1 名外国战略投资者 C 公司，C 公司的母公司境外实有资产总额为 1.1 亿美元。C 公司拟定采取分期投资的方式，首次投资完成后取得股份比例为 B 公司已发行股份的 8%，并约定 C 公司取得的 B 公司股份在 3 年内不得转让。

B 上市公司财务资料显示，B 公司最近 3 个会计年度加权平均净资产收益率平均值为 6.8%；最近 3 年公司实现的年均可分配利润为 9890 万元，以现金或股票方式累计向股东分配利润 1988 万元。B 公司与 D 证券公司签订承销协议，由 D 证券公司承销。D 证券公司的注册资本为 1 亿元人民币。B 公司增发股票的发行价格拟定为公告招股意向书前 20 个交易日公司股票均价的 1.2 倍。

要求：

根据上述事实，回答如下问题：

（1）证券公司的哪些行为违反了《证券法》的有关规定？证券公司经理张某的行为是否合法？为什么？

（2）谢某的损失应不应当得到补偿？为什么？

（3）A 房地产公司与 B 上市公司达成股票收购协议是否合法？说明理由。如果该协议于 2006 年 6 月 6 日依法达成，A 公司应履行哪些法律手

续？A公司是否应承担要约收购的义务？如果A公司承担要约收购的义务，A公司是否应向B上市公司的所有股东发出收购其全部股份的要约？为什么？

（4）该质押合同是否生效？并说明理由。

（5）B公司拟向300人的特定对象采取非公开定向募集的方式增发股票，是否符合有关规定？说明理由。C公司作为外购投资者是否具备投资B公司发行新股的资格？C公司拟采取分期投资的方式以及投资比例、限期转让股份的约定是否符合相关规定？

（6）根据B公司财务资料显示的情况分析，B公司是否具备增发股票的条件？D公司是否具有股票承销业务的资格？增发股票的价格是否合法？说明理由。

3. 某铝业公司与某有色金属公司有交易往来，两个单位的业务人员关系非常熟悉。后有色金属公司总公司在A市召开一次系统业务会议，铝业公司与有色金属公司的经理均参加了这次会议，会后铝业公司经理王某委托有色金属公司的经理刘某，将盖有该公司合同专用章的空白合同书转交给铝业公司驻A市办事处的华某。刘某回去后，因故没有将合同书转交给华某。不久，C市某钢铁公司要求有色金属公司提供500吨铝铁，而有色金属公司并无这么多的库存，而且又正值铝铁生产供小于求的阶段，刘某为了转移风险，便指令本公司业务人员用铝业公司的空白合同书与钢铁公司签订了合同，合同约定钢铁公司按合同货物总额的5%作为定金，将该款项汇入有色金属公司账户，再由有色金属公司将该款项转给铝业公司。合同签订后，钢铁公司按合同的约定，将货物总额5%的价款100万元作为定金汇入有色金属公司的账户。钢铁公司由于在合同约定的时间内一直没有收到货物，便将铝业公司起诉到法院，要求该公司双倍返还定金。

有色金属公司因无力清偿企业全部到期与未到期债务，向法院提出破产清算申请。法院于2007年6月6日受理有色金属公司的破产申请。

有色金属公司被法院依法宣告破产。管理人接管该公司后，在对该企业财产及债权情况进行登记时，查明的有关情况如下：（1）该企业于破产宣告前两年与A银行签订一份为期3年的贷款合同，贷款金额为2000万元，以该企业的土地使用权作抵押，双方订立有书面合同，并办理了抵押登记。该土地使用权的拍卖价值为5000万元。（2）该公司于2006年8月对B公司的债务100万元到期后，无力清偿，应B公司请求将该公司的办公设备及车辆质押给B公司，双方办理了交付手续。该质押财产的拍卖价值为86万元。（3）有色金属公司的股东C，至法院受理破产申请之日，仍未按照公司章程约定的时间履行出资

义务。其应缴纳的出资额为300万元。（4）该公司与D公司订立的买卖合同，双方约定任何一方违约需向对方支付合同总金额20%的违约金。至法院受理破产申请时，双方均未履行，管理人为此要求双方解除合同。D公司因合同解除发生损失30万元。

要求：

请根据上述事实，分别回答如下问题：

（1）铝业公司与钢铁公司订立的合同是否有效？说明理由。

（2）钢铁公司汇入有色金属公司账户上的100万元定金是否有权要求双倍返还？

（3）铝业公司是否有义务向钢铁公司双倍返还定金？本案如何处理？

（4）有色金属公司能否提出破产申请？A银行的贷款应如何清偿？有色金属公司对B公司所作的担保是否有效？说明理由。股东C未履行的出资义务应如何处理？为什么？有色金属公司与D公司解除合同后，应如何处理？

4. 某酒厂与甲公司订立买卖合同，由甲公司向某酒厂供应粮食一批，甲公司负责运送，货到后10日内付款。甲公司准备向某酒厂送货时，恰遇该公司货车发生故障。为了能够按时履行合同，甲公司随即与某物流公司联系，在物流公司同意送货的情况下，甲公司通知某酒厂并得到其同意。物流公司向某酒厂送货的过程中，由于其他车辆超速将其货车撞翻，该批运送的粮食大量遗撒。某酒厂向某饭店供应白酒，双方订立合同约定某饭店先向酒厂预付货款总额10%的定金后，某酒厂向某饭店发货。合同订立后，某酒厂发生火灾。某饭店听说火灾致使该厂大量白酒烧毁，认为该酒厂有可能丧失履行合同的能力，于是立即通知某酒厂解除合同。

甲公司在与某酒厂订立买卖合同之前，派业务员A与乙公司订立粮食收购合同。A超越甲公司的授权，与乙公司订立合同。后被乙公司发现，随即向甲公司询问此事，甲公司一直未作出明确答复。

如果甲乙双方的粮食买卖合同订立后，A拟将甲公司作为收款人的一张银行承兑汇票背书给乙公司，但由于A和乙公司业务员B不熟悉票据的背书规则，于是A、B委托当地农行的工作人员C代为完成背书。C将乙公司的公章盖在了背书人栏，将甲公司的公章盖在了被背书人栏，并将汇票交给B，之后乙公司又将该汇票背书给了丙公司，用以支付所欠的购货款。

如果该银行承兑汇票为某酒厂签发给甲公司，不存在背书错误。该汇票记载的金额为50万元，出票日期为2007年6月5日，出票后3个月付款，该汇票的背书也是正确的。7月20日，丙公司持该汇票向某酒厂的开户银行提示承兑，而

该开户银行则以某酒厂账户存款不足为由拒绝承兑该汇票。2007 年 9 月 5 日，丙公司曾向乙公司提出清偿票据款项，但未提交拒绝证书。2008 年 6 月丙公司持该汇票和拒绝承兑证明书向某酒厂要求清偿票面金额 50 万元。某酒厂予以拒绝。

要求：

根据以上事实，请分别回答下列问题：

（1）谁应当承担货物损失的责任？说明理由。

（2）如何确认甲公司与乙公司的合同效力？说明理由。

（3）某饭店向某酒厂提出解除合同是否正确？说明理由。

（4）丙公司若持该银行承兑汇票提示付款，承兑人应否付款？为什么？

（5）票据背书的绝对应记载事项有哪些？

（6）付款银行拒绝承兑的理由能否成立？为什么？2007 年 9 月 5 日，丙公司向乙公司提出清偿票据款项，是否表明其在行使追索权？该追索权的行使是否合法？2008 年 6 月，丙公司向某酒厂要求清偿票款，能否得到支持？请说明理由。

模拟试卷（二）参考答案及解析

一、单项选择题

1.【答案】C

【解析】第一，本题适用 1 年的诉讼时效期间；第二，甲住院的事实并未发生在诉讼时效期间的最后 6 个月内，不能引起诉讼时效的中止；第三，诉讼时效期间自当事人知道或者应当知道侵害事实之日起开始计算。

2.【答案】D

【解析】（1）注意拾得遗失物、赃物不适用善意取得，因此 A 选项中丙不取得该电脑的所有权。（2）得遗失物应当返还权利人，拾得人在返还拾得物时，可以要求支付必要的费用，但不得要求支付报酬。

3.【答案】D

【解析】退伙人对其退伙前合伙企业发生的债务也应承担连带责任。

4.【答案】C

【解析】如拟确定新的挂牌价格低于资产评估结果的 90% 的，应当获得相关产权转让批准机构书面同意。

5.【答案】A

6.【答案】D

【解析】企业改制时，对经确认的拖欠职工的工资、集资款、医疗费和挪用的职工住房公积金以及企业欠缴社会保险费，原则上要一次付清。

7.【答案】B

【解析】股东大会由董事会召集，董事长主持。

注意有限责任公司和股份有限公司就该问题的规定不同。有限责任公司的首次股东会议由出资最多的股东召集和主持。

8.【答案】B

9.【答案】B

【解析】A 选项是在破产宣告后取得的债务，禁止与破产债权相抵销；C 选项是破产企业的股东享有的破产债权，不得与其未到位的注册资本相抵销；D 选项属于破产人的债务人在破产宣告后或破产案件受理后，取得他人的破产债权，也禁止抵销。

10.【答案】C

【解析】注意区分不同情形下对股票价格确定的要求。本题中包括了增发股票的发行价格、可转换公司债券的转股价格等。

11.【答案】A

【解析】发行分离交易的可转换公司债券，应符合的条件之一为，公司最近一期末经审计的净资产不低于人民币 15 亿元，发行可转换公司债券的条件之一为，最近 3 个会计年度加权平均净资产收益率平均不低于 6%。

12.【答案】A

【解析】本题适用格式条款，《合同法》规定，当格式条款的解释与非格式条款的解释不一致时，适用非格式条款一方提供的解释。

13.【答案】B

【解析】（1）A 选项应当为：境内机构、个人的外汇收入可以调回境内或者存放境外。（2）C 选项应为：除另有规定外，银行为境内机构和境外机构办理外汇收支业务，包括跨境收付汇结售汇、境内外汇划转等，均应先为其开立外汇账户，并通过外汇账户办理。（3）D 选项应为：境外投资者可以直接进入我国境内的 B 股市场购买股票，无须审批；进入 A 股市场购买股票、债券等投资品种，需要通过合格境外机构投资者（简称 QFII）进行，且通过 QFII 汇入的外汇资金不得超过国家批准的外汇额度。

14.【答案】B

【解析】贷记卡持卡人选择最低还款额方式或超过发卡银行批准的信用额度用卡时，不再享受免息还款期待遇，应当自银行记账日起支付未偿还部分按规定利率计算的透支利息。

15.【答案】B

16.【答案】C

【解析】（1）侵犯专利权的诉讼时效为 2 年，自专利权人或者利害关系人得知或者应当得知侵权行为之日起计算。甲公司应当知道其权利受到侵害的时间为侵权产品投放市场的时间。（2）权利人超过 2 年起诉的，如果侵权行为在起诉时仍在继续，在该项专利权有效期内，人民法院应当判决被告停止侵权行为，侵权损害赔偿数额应当自权利人向人民法院起诉之日起向前推2年计算。(3)本例中甲公司应当知道其权利受到侵害的时间是乙公司将其产品投放市场的时间,具体为2007年3月9日。

二、多项选择题

1.【答案】BC

【解析】属于乘人之危签订的显失公平的协议,因此也属于可撤销的民事行为。

2.【答案】ABCD

【解析】注意A选项的要求,与《合伙企业法》中对合伙人的要求不同。

3.【答案】ACD

4.【答案】ABCD

【解析】考生注意区分并掌握,外购投资者并购境内企业,与外购投资者境外并购,进行反垄断审查的情形有区别。

5.【答案】AC

【解析】(1)外国投资者股权并购与资产并购,对被并购企业原有债权债务的承担不同。(2)外国投资者的出资比例低于25%的,其出资期限,根据出资方式不同有所区别。其中现金出资应当自营业执照颁发之日起3个月内缴清。

6.【答案】ABC

【解析】减少公司注册资本的,才应当注销公司被收购的股份。

7.【答案】ABC

【解析】(1)公司的发起人、股东在公司成立后,抽逃其出资的,由公司登记机关责令改正,处以所抽逃出资金额5%以上15%以下的罚款。构成犯罪的,依法追究刑事责任并处或单处抽逃出资额2%以上10%以下的罚金。(2)单位犯此罪的,对单位处以罚金,并对其直接负责的主管人员和其他直接责任人员,追究刑事责任。可见,对单位负责人追究刑事责任的前提是,单位已经构成犯罪。故D选项表述不准确。

8.【答案】BC

【解析】A选项的内容反映和解协议已经合法通过,因此,不应宣告债务人破产。D选项反映的内容说明债务人已经按照和解协议清偿了债务,所以,也不应宣告其破产。

9.【答案】BCD

【解析】其中A选项的内容属于破产费用。

10.【答案】BCD

【解析】A选项所述内容,属于公司上市公告书,以及年度报告中应当披露的信息,因此不属于临时报告的情形。

11.【答案】BCD

【解析】A选项属于无民事行为能力人或限制民事行为能力人,发生的纯获利益的合同;B选项属于限制民事行为能力人所订立的合同,

其效力应由法定代理人追认;C项所述情形应当由被代理人追认;D项所述的承租人无处分租赁物的权利。

12.【答案】ABC

【解析】对股东、实际控制人及其关联方提供的担保,股东大会在审议该担保议案时,该股东或受该股东实际控制人支配的股东,不得参与该项表决,该项表决由出席股东大会的其他股东所持表决权的半数以上通过。故D选项不符合规定。

13.【答案】AC

【解析】定金担保合同自交付定金之日起生效,所以B选项不对;发生D选项的情形,出卖人应当将定金返还买受人。

14.【答案】ABCD

15.【答案】ABD

【解析】C选项的期限不对,应当为2年。

16.【答案】ABCD

【解析】注意区分各类银行结算账户的开户条件。

17.【答案】ABCD

【解析】其中A、C、D三项属于法定禁止背书的情形。B选项中,汇票在被伪造时,伪造人和被伪造人不承担票据责任,背书人在背书时以自己名义在汇票上真实签章,仍然应当承担票据责任。

18.【答案】BCD

【解析】甲占有的电视,乙认为应归其所有,乙可以请求法院确认该电视机归其所有,即请求确认物权。故A选项不正确。

19.【答案】ABD

【解析】因为注册商标的使用许可只须备案即可,无须登记,与注册商标的转让不同。

20.【答案】ABCD

三、判断题

1.【答案】√

【解析】注意区分不同情形下的表决权要求。

2.【答案】×

【解析】合伙企业中某一合伙人的债权人,不得以该债权抵销其对合伙企业的债务。

3.【答案】×

【解析】注意应当为"自公告之日起"45日后申请变更登记。

4.【答案】√

【解析】注意中外合资经营企业与中外合作经营企业利润分配的区别。

5.【答案】×

【解析】法院的执行程序应当中止。但是,物权担保债权人对担保物的执行原则上不中止,除非当事人申请的是重整程序。注意新《破产法》

的变化。

6.【答案】×

【解析】发行公司债券，可以申请一次核准，分期发行。自中国证监会核准发行之日起，公司应在 6 个月内首期发行，剩余数量应当在 24 个月内发行完毕。首期发行数量应当不少于总发行数量的 50%。

7.【答案】√

【解析】注意区分编制简式权益变动报告书与编制详式权益变动报告书，所适用的情形不同。

8.【答案】×

【解析】应当为要约，该广告已经具备了要约的基本构成要件。该广告的内容属于附条件的赠与行为。

9.【答案】×

【解析】《合同法》规定，行纪人卖出或者买入具有市场定价的商品，除委托人有相反的意思表示的以外，行纪人自己可以作为买受人或者出卖人。此时，行纪人仍然可以要求委托人支付报酬。所以行纪人不可以要求支付报酬的说法是错误的。

10.【答案】√

【解析】本题内容为租赁合同的特别规定。

11.【答案】√

12.【答案】×

【解析】企业国有产权向管理层转让后仍保留有国有产权的，参与受让企业国有产权的管理层不得作为改制后企业的国有股股东代表。

13.【答案】√

14.【答案】×

【解析】应当说明该强制许可只针对发明或实用新型。

四、综合题

1.【答案】

本题主要考点有：股东大会召开的时间，董事会的职权，独立董事的选举、独立董事的任职资格以及行使职权，上市公司对外担保。

（1）A 公司董事会通过的两项决议是合法的。首先，根据《公司法》的规定，股份有限公司股东大会由董事会召集，应当在上一个会计年度结束后的 6 个月内举行。因此，无论从董事会的职权，还是其确定的股东大会召开的时间，都符合法律规定。其次，根据《公司法》规定，董事会决定聘任或者解聘公司经理及其报酬事项是其职权之一；上市公司的总经理必须专职，总经理在集团等控股股东单位不得担任除董事以外的其他职务。因此，A 公司董事会选举，在其控股股东处担任董事职务的李某担任本公司经理，也符合法律规定。

董事会有资格向股东大会提交独立董事候选人。

因为有关文件规定，上市公司董事会、监事会、单独或者合并持有上市公司已发行股份 1% 以上的股东可以提出独立董事候选人，并经股东大会选举决定。

四位候选人中有三位符合任职条件，一位不符合条件。具体分析如下：甲作为注册会计师，执业 6 年。说明其已经具备了具有五年以上法律、经济或者其他履行独立董事所必需的工作经验。乙的父亲虽然持有 A 公司 10 万股股份，但是该父的持股比例并未达到 A 公司已发行股份的 1%。丙为法学教授，虽然其妻子曾在 A 公司的控股股东甲公司处任职，但该情形发生在 1 年前，而不是最近 1 年内。所以，以上三位都符合，并且不存在不得担任独立董事的禁止情形。而丁教授为 A 公司控股的 B 公司的营销顾问，根据相关规定，为上市公司或者其附属企业提供财务、法律、咨询等服务的人员，不得担任独立董事。因此，丁不符合任职条件。

（2）股东大会不能通过 A 公司对外担保的方案。《公司法》规定，上市公司在 1 年内提供担保的金额超过公司资产总额的 30% 的，应当由股东大会作出决议，并经出席会议的股东所持表决权的 2/3 以上通过。A 公司董事会提交的担保金额已经超过了公司资产总额的 30%（约为 31.7%），在股东大会表决时，赞成票所占比例未到达出席会议的股东所持表决权的 2/3 以上（约为 59.7%）。因此，不能通过该方案。

（3）A 公司董事会在讨论该买卖合同前，根据有关规定，应当取得全体独立董事的 1/2 以上同意。

董事会不能通过该项合同。《公司法》规定，董事会会议应有过半数的董事出席方可举行。董事会作出决议必须经全体董事的过半数通过。而该董事会有 1/2 以上的董事出席会议，并经出席会议董事的 1/2 通过，未达到法定比例。

（4）独立董事有权提议召开临时股东大会，以及提议聘用或者解聘会计师事务所。这是相关法律赋予独立董事的职权。董事会应当接受上述提议，因为上述提议不仅是独立董事的职权，而且根据规定，独立董事在行使上述职权时，应当取得全体独立董事 1/2 以上同意。因此，无论是从独立董事的职权方面，还是其行使职权的方式上都符合法律规定，董事会应当接受。

2.【答案】

本题主要考点有：内幕交易、操纵市场的行为，要约收购的条件，质押担保，上市公司非公开定向募集股票的条件，外国战略投资者投资 A 股，上市公司增发股票的条件。

（1）证券公司以个人名义买卖股票，挪用客户的资金自营买卖股票和利用内幕信息买卖股票的行为都是违反《证券法》规定的行为，已构成利用内幕信息、操纵市场以及欺诈客户的行为。证券公司营业部经理张某的行为首先违反了证券从业人员和管理人员不得持有和买卖股票的规定，其次其利用内幕信息，低价买入、高价卖出股票获利的行为，也属于利用内幕信息、操纵市场的行为。

（2）《证券法》规定，证券公司在证券经营业务中不得接受客户的全权委托，不得私下接受客户委托买卖证券，即不得不经过依法设立的证券营业场所接受委托。据此规定，谢某与某证券公司的协议因违法而属于无效的协议，不受法律的保护，因此谢某无权根据该协议要求损失赔偿。

（3）A 房地产公司应当与 B 上市公司的股东 C 公司签订收购协议。协议达成后，根据《证券法》的规定，收购人 A 房地产公司必须在 3 日内将该收购协议向国务院证券监督管理机构及证券交易所作出书面报告，并予以公告。在公告前不得履行收购协议。A 公司的收购协议完成后，虽然持有 B 上市公司 30% 的股份，但是根据《证券法》的规定，如果 A 公司继续收购 B 公司股份的，应当采取要约收购的方式，如果 A 公司无意继续收购 B 公司的股份，则不必然构成要约收购义务。如果 A 公司构成要约收购义务，根据《证券法》的规定，应当依法向该上市公司所有股东发出收购上市公司全部或者部分股份的要约。因此，A 公司没有法定义务必须发出收购 B 公司全部股份的要约，可以只收购部分股份。

（4）A 房地产公司与 B 上市公司签订的质押担保合同无效。因为《公司法》规定，上市公司不得接受以本公司股票为质押权的标的。

（5）B 公司拟向 300 人的特定对象采取非公开定向募集的方式增发股票，不符合有关规定。根据规定，上市公司采用非公开方式，向特定对象发行股票的，其发行对象不得超过 10 名。因此 B 公司应当改为公开发行的方式。

C 公司作为外国投资者具备投资 B 公司发行新股的资格。有关规定要求，外国投资者的母公司境外实有资产总额不低于 1 亿美元。C 公司拟采取分期投资的方式符合规定，但是其投资比例不符合规定。相关规定要求，投资分期进行的，首次投资完成后取得的股份比例不低于该公司已发行股份的 10%，并且取得上市公司 A 股股份 3 年内不得转让，因此限期转让股份的约定也是符合相关规定的。

（6）根据 B 公司财务资料显示的情况分析，B 公司具备增发股票的条件。第一，B 公司最近 3 个会计年度加权平均净资产收益率平均值为 6.8%，不低于相关规定的所要求的 6% 的比例；第二，最近 3 年公司以现金或股票方式累计向股东分配利润的比例，已经超过公司实现的年均可分配利润的 20%。

由于 D 证券公司的注册资本人民币为 1 亿元，根据《证券法》的规定，如果其从事证券承销业务，则无权再从事证券自营业务、证券资产管理业务等。

增发股票的价格是合法的。根据规定，发行价格应不低于公告招股意向书前 20 个交易日公司股票均价。B 公司拟定的增发股票价格为该均价的 1.2 倍，符合规定。

3.【答案】

本题主要考点有：表见代理，定金担保，破产界限，破产法中的撤销权，破产债权确认。

（1）铝业公司与钢铁公司订立的合同有效。因为该合同是由有色金属公司的经理指令本公司业务员，用盖有铝业公司合同专用章的空白合同书签订的，合同的相对人钢铁公司对此并不知情，因此钢铁公司有理由认为有色金属公司是铝业公司的代理人，这种代理属表见代理。《合同法》规定，行为人没有代理权、超越代理权或者代理权终止后以被代理人名义订立合同，相对人有理由相信行为人有代理权的，该代理行为有效。本案代理行为有效，合同亦无违法之处，故合同有效。

（2）钢铁公司汇入有色金属公司账户上的 100 万元定金无权要求双倍返还。因为钢铁公司与有色金属公司不存在合同关系，定金是合同的担保，为从合同关系，由于主合同关系不存在，所以定金担保的从属关系也不存在。

（3）铝业公司有义务向钢铁公司双倍返还定金。因为主合同有效，定金担保没有超过合同标的总额 20%，也合法有效，而铝业公司是合同的当事人，没有向钢铁公司履行合同，依《担保法》的规定，接受定金的一方不履行合同的，应当双倍返还定金，因此铝业公司当然有义务向钢铁公司双倍返还定金。

本案处理意见如下：铝业公司作为合同的一方当事人，首先承担向钢铁公司双倍返还定金的义务，之后再向有色金属公司追偿。由于有色金属公司已申请破产，铝业公司可以作为破产企业有色金属公司的债权人，其已双倍返还给钢铁公司的定金，是其因有色金属公司无权代理行为而遭受的损失，可以作为破产债权，向法院申报，按破产程序予以受偿。

（4）有色金属公司能够提出破产申请。根据《破产法》的规定，债务人不能清偿到期债务，并且资产不足以清偿全部债务的，债务人可以提出破产申请。

有色金属公司向 A 银行申请贷款时，以其土地使用权作为抵押担保，并且依法办理了登记手续，该抵押担保合法有效。因此，该笔贷款属于有财产担保的债权。根据《破产法》的规定，以该抵押财产的变现价值优先得到清偿。

有色金属公司对 B 公司所作的担保属于可撤销的行为。《破产法》规定，人民法院受理破产申请前 1 年内，对没有财产担保的债务提供财产担保的，管理人有权请求人民法院予以撤销。本案中有色金属公司对 B 公司原本没有财产担保的债务，提供财产担保的时间发生在法院受理破产申请前 10 个月内，因此，管理人可以请求法院予以撤销。

股东 C 未履行的出资义务，根据《破产法》的规定，管理人应当要求其缴纳所认缴的出资，并且不受出资期限的限制。

有色金属公司与 D 公司解除合同后，根据《破产法》的规定，对方当事人以因合同解除所产生的损害赔偿请求权申报债权。可申报的债权以实际损失为限，违约金不作为破产债权。据此规定，D 公司可将其因解除合同而发生的 30 万元损失额作为债权申报，但是违约金不作为破产债权。

4.【答案】

本题主要考点有：第三人代为履行债务的责任，效力待定的合同，不安抗辩权，票据背书不连续的抗辩，票据抗辩的限制，追索权的行使，票据权利的消灭。

（1）应当由甲公司承担货物损失责任。因为，甲公司与某酒厂存在合同关系，甲公司将其履行的部分债务交由第三人物流公司代为履行，根据《合同法》的规定，由第三人向债权人履行债务的，第三人履行债务不符合约定，债务人应当向债权人承担违约责任。

（2）《合同法》规定，行为人超越代理权订立的合同，未经被代理人追认不发生效力。相对人可以催告被代理人在一个月内予以追认。被代理人未作表示的，视为拒绝追认。因此，应当分析甲公司未作出追认的时间，自乙公司催告开始是否超过了一个月。如果在此期间，该合同的效力未

定；如果超过了该期间，超越权限的部分不生效，由 A 承担责任。

（3）某饭店向某酒厂提出解除合同不正确。某饭店按照合同约定应当先履行给付定金的义务，在其认为某酒厂有可能丧失履行债务能力的情况下，可以行使不安抗辩权。根据《合同法》的规定，某饭店可以中止向酒厂给付定金，并及时通知对方，在对方在合理期限内未恢复履行能力并且未提供担保的情况下，可以解除合同。因此，某饭店直接向酒厂提出解除合同是不正确的。

（4）承兑人不应付款。因为背书人和被背书人的签章位置颠倒，背书不成立；再转让给丙公司导致背书不连续。

（5）票据背书的绝对记载事项包括：背书人签章和被背书人名称。

（6）付款银行拒绝承兑的理由不能成立。《票据法》规定，票据债务人不得以自己与出票人之间的抗辩事由对抗持票人。因此，本案中付款人拒绝承兑的抗辩受到限制。

2007 年 9 月 5 日，丙公司向乙公司提出清偿票据款项，表明其在向其前手行使追索权。但是该追索权的行使是不合法。因为追索权的行使除了具备实质要件之外，还须具备形式要件。本案中丙公司未向乙公司提交拒绝证书，欠缺形式要件，故该追索不合法。

2008 年 6 月，丙公司向某酒厂要求清偿票款，能得到支持。首先，丙公司具备行使追索权的实质要件和形式要件；其次，丙公司行使追索权的追索对象合法，因某酒厂是该票据的出票人；第三，票据权利没有丧失，《票据法》规定，持票人对票据的出票人和承兑人的权利，自票据到期日起 2 年内。本案该票据的到期日为 2007 年 9 月 5 日，该票据权利的丧失应当截止到 2009 年 9 月 5 日。